Du même auteur, aux éditions Bragelonne :

Dette d'Os – une préquelle à *L'Épée de Vérité*

L'Épée de Vérité :
1. *La Première Leçon du Sorcier*
2. *La Pierre des Larmes*
3. *Le Sang de la Déchirure*
4. *Le Temple des Vents*
5. *L'Âme du Feu*
6. *La Foi des Réprouvés*
7. *Les Piliers de la Création*
8. *L'Empire des Vaincus*
9. *La Chaîne de Flammes*
10. *Le Fantôme du Souvenir*
11. *L'Ombre d'une inquisitrice*

www.bragelonne.fr

Terry Goodkind

La Première Leçon du Sorcier

L'Épée de Vérité – livre premier

Traduit de l'anglais (États-Unis) par Jean Claude Mallé

Bragelonne

Collection dirigée par Stéphane Marsan et Alain Névant

Titre original: *Wizard's First Rule*

1re édition: janvier 2003
3e tirage: janvier 2005
4e tirage: mars 2006
5e tirage: janvier 2007
6e tirage: novembre 2007
7e tirage : mars 2008
8e tirage : mai 2009
9e tirage : mars 2010
10e tirage : décembre 2010
2e édition: mars 2011

ISBN: 978-2-35294-465-2

Bragelonne
60-62, rue d'Hauteville – 75010 Paris

E-mail : info@bragelonne.fr
Site Internet : www.bragelonne.fr

Pour Jeri

REMERCIEMENTS

Je tiens à remercier certaines personnes très importantes pour moi.

Mon père, Leo, qui ne m'a jamais poussé à lire. Lecteur avide lui-même, il m'a transmis le virus de la curiosité.

Mes très chères amies, Rachel Kahlandt et Gloria Avner, qui se sont chargées de relire le manuscrit brut. Leurs remarques me furent précieuses, et elles ont su me montrer qu'elles croyaient en moi au moment où j'en avais le plus besoin.

Mon agent, Russell Galen, qui eut le premier la bravoure de brandir l'épée pour transformer mes rêves en réalité.

Mon directeur d'ouvrage, James Frenkel, pas seulement pour son talent éditorial, ses conseils et les améliorations qu'il a apportées au livre, mais aussi pour la patience et la gentillesse qu'il a investies afin que je devienne un meilleur écrivain.

Tous les gens de chez Tor, pour leur enthousiasme et leur ardeur au travail.

Enfin, une pensée pour deux jeunes gens hors du commun, Richard et Kahlan, qui m'ont choisi pour raconter leur histoire. Leurs larmes et leurs triomphes ont touché mon cœur et je ne serai plus jamais le même…

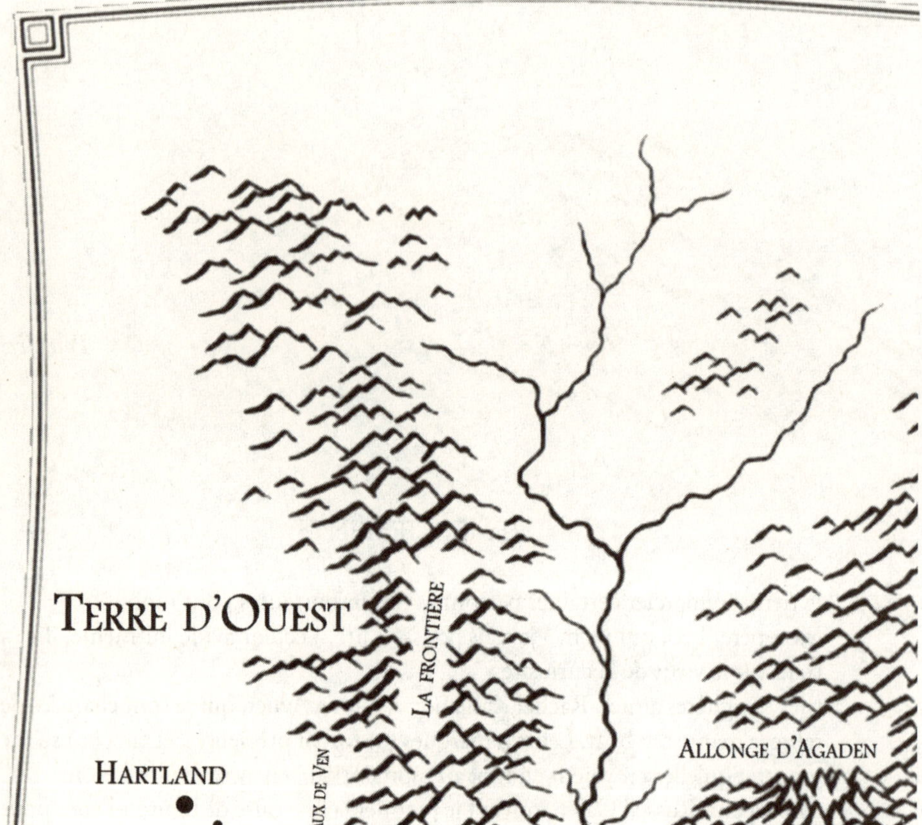
TERRE D'OUEST
LA FRONTIÈRE
HAUTS PLATEAUX DE VEN
HARTLAND
LAC
TRUNT
ALLONGE D'AGADEN
PEUPLE D'ADOBE
HAVRE DU SUD
PASSAGE DU ROI
FLEUVE DRUN

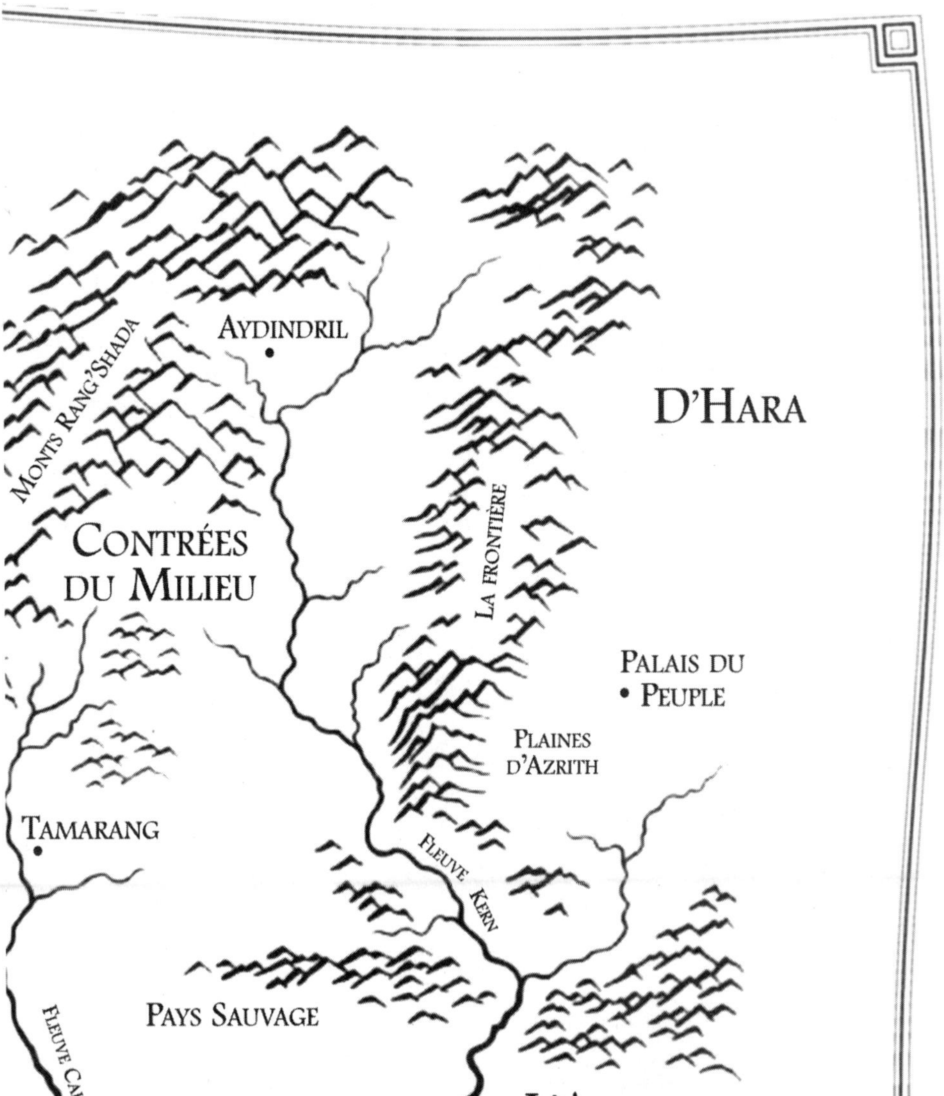
Aydindril
Monts Rang'Shada
D'Hara
Contrées du Milieu
La Frontière
Palais du Peuple
Plaines d'Azrith
Tamarang
Fleuve Kern
Pays Sauvage
Fleuve Callisidrin
L'Ancien Monde
Tanimura

Chapitre premier

Une étrange variété de plante grimpante…

Des feuilles panachées brunâtres s'enroulaient autour de la liane qui étranglait lentement le tronc lisse d'un sapin baumier. De la sève suintant de son écorce blessée, ses branches desséchées inclinées vers le sol, l'arbre semblait appeler au secours dans l'air frais et humide de la matinée. Sur toute la longueur de la liane, à intervalles irréguliers, des cosses scrutaient les alentours comme si elles redoutaient que des témoins surprennent cet assassinat végétal.

Évoquant une créature déjà immonde de son vivant, l'odeur de décomposition avait attiré l'attention de Richard. Il passa une main dans ses cheveux épais pendant que son esprit émergeait des brumes du désespoir, ramené à la réalité par la découverte de la plante tueuse. Puis il regarda autour de lui pour voir s'il y en avait d'autres. Rien. Tout semblait normal. Caressés par la brise, les érables du haut plateau de la forêt de Ven arboraient fièrement leur nouveau manteau cramoisi. Avec les nuits plus froides, leurs cousins des bois de Hartland, dans les plaines, se mettraient bientôt à l'unisson. Derniers à succomber aux assauts de l'automne, les chênes conservaient stoïquement leur feuillage vert sombre.

Pour avoir passé la plus grande partie de sa vie dans les bois, Richard connaissait toutes les plantes, même si leurs noms lui échappaient parfois. Depuis sa petite enfance, son ami Zedd l'associait à son incessante quête d'herbes « spéciales ». Expliquant pourquoi elles poussaient à certains endroits et pas ailleurs, il lui avait montré lesquelles chercher et avait profité de leurs longues promenades pour lui apprendre le nom de tout ce qu'ils voyaient. Souvent, ils s'abandonnaient simplement au plaisir de longues conversations. Le vieil homme, qui traitait Richard comme un égal, posait autant de questions qu'il fournissait de réponses. Ainsi, il avait stimulé la soif de connaissances de son protégé.

Malgré cette formation exhaustive, Richard n'avait vu cette variété de liane qu'une fois… et ce n'était pas au cœur de la nature. Dans la maison paternelle, au fond du vase en argile bleu fabriqué quand il était enfant, il avait trouvé un petit morceau de la plante… Marchand de son métier, son père voyageait beaucoup pour se procurer des objets rares ou exotiques. Les puissants de leur communauté lui rendaient de fréquentes visites, intéressés par ce qu'il avait déniché. Amoureux de la recherche plus que de la découverte – et surtout de la possession – il se séparait sans rechigner de sa dernière trouvaille, trop heureux de se mettre en quête de la suivante.

Depuis sa plus tendre enfance, Richard aimait rester près de Zedd pendant que son père était au loin. Michael, son frère aîné, se désintéressait de la nature, ne supportait pas les bavardages décousus du vieil homme et préférait de loin la compagnie des gens importants. Cinq ans plus tôt, Richard avait quitté la maison familiale pour vivre seul. Au contraire de son frère, toujours trop occupé, il allait souvent voir leur père. En cas d'absence, un message déposé dans le vase bleu l'informait des dernières nouvelles, résumait les rumeurs intéressantes ou décrivait la plus récente merveille vue par son géniteur.

Trois semaines plus tôt, quand Michael lui avait annoncé qu'on venait d'assassiner leur père, Richard avait aussitôt couru jusqu'à sa maison. Tant pis si son frère avait insisté pour qu'il n'en fasse rien, convaincu que c'était inutile ! N'avait-il pas depuis longtemps passé l'âge où on obéit à son aîné ?

Pour lui épargner un choc, on ne lui avait pas laissé voir le cadavre. Mais les flaques de sang noir et sec, sur le plancher, parlaient d'elles-mêmes. À son approche, les gens s'étaient tus – sauf pour lui manifester une compassion qui attisa son chagrin. Mais plus tard, il avait capté des bribes de conversation au sujet des… créatures… qui franchissaient la frontière. Un mélange d'histoires plausibles et de rumeurs délirantes.

La sorcellerie !

La petite maison de son père était ravagée comme par une tornade. Parmi les rares objets intacts, le vase bleu reposait toujours sur une étagère. Au fond, il avait découvert un petit morceau de la plante tueuse – encore dans sa poche aujourd'hui. Mais le sens de cet ultime message lui échappait…

Richard sombra dans le chagrin, puis dans la dépression, et se sentit abandonné bien qu'il eût encore son frère. Avoir atteint l'âge d'homme ne le protégea pas du sentiment d'être orphelin *et* seul au monde. Un désespoir qu'il avait déjà connu lors du décès de sa mère, des années plus tôt. Même si son père voyageait par monts et par vaux – souvent des semaines entières –, Richard savait qu'il était quelque part et qu'il reviendrait.

À présent, il ne reviendrait plus.

Et Michael ne le laisserait pas participer à la traque du meurtrier ! Les meilleurs pisteurs de l'armée s'en chargeaient. Pour son propre bien, Richard – prétendait-il ! – ne devait pas s'en mêler. Dans ces conditions, le jeune homme n'avait pas jugé utile de lui montrer le dernier message de leur père.

Mais il était parti dans la forêt tous les jours, décidé à trouver la liane. Trois semaines durant, il avait arpenté les sentiers des bois de Hartland, y compris ceux qu'il était seul à connaître. En vain !

Alors, malgré ce que lui dictait la logique, il céda aux voix qui murmuraient dans son esprit et monta sur le haut plateau de la forêt de Ven, près de la frontière. Les voix lui répétaient sans cesse qu'il savait quelque chose sur les raisons de la mort de son père. Elles le défiaient, lui faisaient entendre l'écho de pensées qui dansaient à la limite de son conscient et se moquaient de son aveuglement. Mais c'était sûrement son chagrin qui lui jouait des tours – rien de réel, en somme.

Persuadé que trouver la liane lui fournirait un début de réponse, il ne savait plus que penser. Les voix ne le harcelaient pas, elles… boudaient. Certain que tout venait de son esprit, il s'ordonna de cesser d'attribuer à ces murmures une vie propre. Zedd aurait été navré qu'il s'abandonne à ces fantaisies.

Richard regarda le grand sapin baumier agonisant et repensa à la mort de son père. La liane était présente dans les deux cas, et elle assassinait cet arbre. Il n'y avait rien de bon dans tout ça. Et s'il ne pouvait plus sauver son père, rien ne l'obligeait à laisser le végétal commettre un autre meurtre. Saisissant la tige, il tira, banda ses muscles et arracha de l'écorce les vrilles noueuses.

Alors, la plante l'attaqua !

Une cosse frappa le dos de sa main gauche, le forçant à reculer sous l'effet de la douleur et de la surprise. Quand il inspecta la blessure, il repéra une minuscule épine enchâssée dans sa chair. Maintenant, il n'y avait plus de doute. La liane était maléfique.

Pour extraire l'épine, Richard voulut prendre son couteau, mais il ne le trouva pas à sa ceinture. D'abord étonné, il se maudit d'avoir laissé le chagrin lui faire oublier une précaution aussi élémentaire. Emporter son couteau dans la forêt allait pourtant de soi ! Du bout des ongles, il tenta de déloger l'épine. Comme si elle était vivante, elle s'enfonça encore. De plus en plus inquiet, il passa l'ongle de son pouce sur l'entaille en appuyant très fort. Peine perdue ! Plus il insistait, plus le petit corps étranger s'enfonçait. En proie à une nausée aggravée par ses manœuvres inutiles, il renonça.

L'épine avait disparu dans un cloaque de sang…

Richard regarda autour de lui et avisa les feuilles d'automne mordorées d'un arbuste lesté de baies violettes. Au pied du végétal, nichée dans les replis d'une racine, il trouva ce qu'il cherchait : une fleur d'aum. Soulagé, il coupa la tige fragile à ras du sol et, la pressant doucement, fit couler sur sa blessure une sève épaisse claire comme de l'eau. Mentalement, il remercia Zedd de lui avoir enseigné que les fleurs d'aum favorisaient la guérison des plaies. Leurs feuilles dentelées lui rappelaient toujours son vieil ami…

La sève apaiserait la douleur, mais ne pas pouvoir retirer l'épine l'inquiétait. D'autant qu'il la sentait toujours se tortiller comme un ver dans sa chair.

Richard s'accroupit, creusa du bout des doigts un petit trou dans la terre, repiqua la fleur d'aum et entoura la tige de mousse pour qu'elle s'enracine plus facilement.

Soudain, un silence de mort tomba sur la forêt. Richard leva la tête et cligna des yeux quand une ombre noire, au-dessus de lui, rasa la cime des arbres en émettant un étrange sifflement. La taille de cette ombre était effrayante. Les oiseaux s'envolèrent des branches dans un concert de piaillements et s'éparpillèrent dans toutes les directions. Richard plissa les yeux pour mieux voir à travers les trouées de la frondaison vert et roux et aperçut une énorme créature rouge. Bien qu'il fût incapable de l'identifier, les rumeurs – et les histoires vraies – sur les monstres qui franchissaient la frontière lui revinrent à l'esprit et il se sentit glacé de terreur jusqu'aux os.

La liane était maléfique, pensa-t-il de nouveau. Et la bête volante n'avait rien à lui envier. Il se souvint soudain d'un vieux dicton : « Le mal engendre toujours trois enfants. » Inutile de réfléchir des heures pour conclure qu'il n'avait aucune envie de connaître le troisième !

Ignorant sa peur, il se mit à courir.

Des radotages de gens superstitieux, voilà pour les dictons ! Mieux valait tenter d'en savoir plus sur le monstre. Quelle créature rouge pouvait être aussi grosse ? Rien d'aussi imposant n'était capable de voler. Ce devait être un nuage, ou un jeu de lumière…

Non, inutile de se leurrer. Ce n'était pas un nuage…

Richard leva la tête sans ralentir et ne vit rien de plus. Il courait vers le chemin qui serpentait autour de la colline, offrant une vue dégagée sur le ciel. Tandis qu'il sautait au-dessus des troncs d'arbres morts et des ruisseaux, des branches encore lourdes des pluies de la veille lui flanquaient de formidables gifles. Les buissons d'épineux déchiquetaient les jambes de son pantalon. Des flaques irrégulières de lumière l'incitaient à lever les yeux, puis l'éblouissaient pour mieux l'empêcher de voir. Haletant, le front couvert d'une sueur froide, il sentait son cœur s'affoler, poussé aux limites de sa résistance par la vitesse à laquelle il dévalait la pente. Manquant de peu s'étaler, il émergea enfin du couvert des arbres et déboucha sur le sentier.

Il repéra aussitôt la créature, beaucoup trop loin de lui pour qu'il puisse l'identifier. Il aurait pourtant juré qu'elle avait des ailes. Afin de s'en assurer, il plissa les yeux et mit une main en visière. Mais le monstre disparut derrière une colline, trop vite pour qu'il voie s'il était vraiment rouge.

À bout de souffle, Richard s'assit sur un rocher, au bord du sentier. Cassant machinalement les brindilles mortes d'un arbrisseau, près de lui, il baissa les yeux sur le lac Trunt, dont les eaux miroitaient au pied de la colline. Devait-il tout raconter à Michael ? La liane tueuse et la créature rouge dans le ciel ? Son frère éclaterait de rire en l'entendant parler du « monstre ». Comme il s'était lui-même esclaffé de ce genre de fables…

Mieux valait ne rien dire. Sinon, Michael serait furieux qu'il se soit aventuré près de la frontière. Et qu'il ait désobéi à l'ordre de ne pas poursuivre le meurtrier. Pour le couver comme ça – ce n'était pas très loin du harcèlement – son frère devait beaucoup l'aimer, il en avait conscience. Devenu adulte, il avait le droit de se moquer des diktats fraternels. Mais ça ne l'empêcherait pas de devoir supporter les regards désapprobateurs…

Richard cassa une autre brindille. Pour se défouler, il la jeta sur un rocher plat. Puis il décida de ne pas se sentir persécuté. Michael passait son temps à dire aux gens ce qu'ils devaient faire. Même leur père n'y avait pas échappé.

Était-ce vraiment le moment de critiquer son frère ? Alors qu'un grand jour s'annonçait pour lui ? Dans quelques heures, il accepterait la charge de Premier Conseiller. Désormais, il serait responsable de tout. Pas seulement de la cité de Hartland, mais de toutes les agglomérations, villes ou villages, de Terre d'Ouest. Sans oublier les gens des campagnes ! Oui, responsable de tout et de tous. Michael méritait le soutien de Richard. Et il en avait besoin. Après tout, lui aussi avait perdu son père…

L'après-midi, il y aurait chez Michael une cérémonie puis une grande fête. Des gens importants venus des quatre coins de Terre d'Ouest y assisteraient. Richard aussi était invité. Tant mieux, car le banquet serait à la hauteur de l'événement, et il avait une faim de loup !

En réfléchissant, Richard scrutait la berge opposée du lac Trunt, en contrebas. De cette hauteur, les eaux limpides laissaient voir des alternances de fonds rocheux tapissés d'algues vertes autour de certains grands trous. Au bord du lac, la piste des Fauconniers serpentait entre les arbres, parfois en terrain découvert. Richard avait souvent emprunté cette partie du sentier. Au printemps, les eaux du lac, grossies par les pluies, la transformaient en bourbier. Si tard dans l'année, la terre serait sèche. Plus loin au nord et au sud, à travers la forêt de Ven, la piste s'approchait dangereusement de la frontière. Prudents, la plupart des gens lui préféraient les sentiers des bois de Hartland. Forestier accompli, Richard y avait accompagné plus d'un voyageur. En majorité des dignitaires en déplacement plus intéressés par le prestige d'avoir un guide local que par son sens de l'orientation.

Richard sursauta. Il venait de capter un mouvement. Intrigué, il fixa un point, sur la berge la plus éloignée du lac.

Une ombre passa derrière un mince écran de végétation. Plus de doute possible : un être humain suivait la piste. Son ami Chase ? Sans doute… À part un garde-frontière, qui s'aventurerait par là ?

Richard sauta de son rocher, jeta au loin les brindilles et avança de quelques pas. La silhouette venait d'atteindre la berge du lac et marchait à découvert.

Ce n'était pas Chase, mais une femme. Et vêtue d'une robe, en plus de tout ! Comment pouvait-on être stupide au point d'errer ainsi accoutrée dans les profondeurs de la forêt de Ven ? Richard regarda l'inconsciente apparaître et disparaître à sa vue au gré des détours de la piste. Sans se précipiter, elle avançait d'un bon pas, comme l'eût fait un voyageur expérimenté. Ce qu'elle devait être, puisque personne ne vivait au bord du lac…

D'autres mouvements attirèrent l'attention de Richard. Sondant la piste, il constata que la femme était suivie. Trois hommes – non, quatre ! – habillés de manteaux à capuche de forestiers. Passant furtivement de rocher en arbre et d'arbre en rocher, ils restaient à bonne distance de la voyageuse – sans jamais la quitter des yeux.

Richard se tendit, tous les sens en alerte.

Ces hommes traquaient une proie.

De toute évidence, il venait de rencontrer le troisième enfant du mal.

Chapitre 2

Richard resta un instant immobile, indécis. Comment être sûr – avant qu'il soit trop tard – que les quatre hommes traquaient vraiment la femme ? Et en quoi cela le concernait-il ? D'autant plus qu'il n'avait pas son couteau. Contre autant d'adversaires, il n'aurait aucune chance.

Il regarda la femme avancer.

Puis il observa ses poursuivants.

Quelles chances avait la voyageuse ?

Il se ramassa sur lui-même, muscles noués et durcis par l'effort. Que pouvait-il faire ? se demanda-t-il, le cœur battant la chamade. Le soleil matinal lui brûlait le visage et la peur accélérait sa respiration.

Alors, une idée lui vint. Un raccourci donnait sur la piste des Fauconniers, à un endroit que la femme atteindrait dans quelques minutes. Mais où était-il exactement ? La piste principale contournait le lac, gravissait la colline par la gauche et passait là où il se tenait. Si elle ne bifurquait pas, il pouvait attendre la voyageuse et l'avertir du danger. Mais que faire ensuite ? De plus, les hommes l'attaqueraient sans doute avant. Cédant à une impulsion, Richard commença à dévaler la piste.

S'il rejoignait la femme avant l'attaque – et avant l'embranchement – il pourrait lui faire emprunter le raccourci. Ce chemin conduisait hors de la forêt, sur un plateau, puis s'éloignait de la frontière, vers Hartland. Là où ils trouveraient de l'aide. Et s'ils se décidaient assez vite, il pourrait dissimuler leurs traces et les quatre hommes ne s'apercevraient de rien. Croyant leur proie sur la piste principale, ils comprendraient leur erreur trop tard, quand Richard et sa protégée seraient depuis longtemps en ville.

Mal remis de sa course précédente, Richard haleta comme jamais en dévalant la pente raide. La piste s'enfonçant de nouveau entre les arbres, il ne risquait pas que les quatre chasseurs le voient. Au pied des antiques pins qui flanquaient le sentier, un tapis d'aiguilles étouffait le bruit de ses pas…

Richard ralentit un peu et chercha du regard le chemin latéral. Il ignorait quelle distance il avait parcourue et la forêt ne lui offrait aucun point de repère. Où était ce maudit raccourci ? Passer devant un sentier aussi étroit sans le voir était si facile !

Richard continua avec l'espoir de découvrir le raccourci derrière chaque tournant de la piste. Que dirait-il à la femme quand il la rejoindrait ? Et si elle le prenait pour le complice de ses poursuivants ? Si elle avait peur de lui ? Si elle refusait de le croire ? Il n'aurait pas beaucoup de temps pour la convaincre de ses bonnes intentions…

Au sommet d'une petite butte, il chercha de nouveau la bifurcation, ne vit rien et continua à courir. Hors d'haleine, chaque inspiration lui était une torture. Mais s'il n'atteignait pas l'embranchement avant la voyageuse, ils seraient piégés, leurs seules options restant de courir plus vite que les quatre hommes… ou de les combattre. Dans son état de fatigue, les deux possibilités n'étaient pas envisageables.

Cette idée lui redonna un peu de force. De la sueur ruisselait dans son dos et sa chemise lui collait à la peau. La tiédeur matinale semblait avoir cédé la place à une chaleur étouffante, mais c'était une illusion due à l'épuisement. Au bord du chemin, les arbres défilaient si vite qu'il ne les distinguait presque plus…

Juste avant un tournant abrupt, vers la droite, il repéra au dernier moment l'entrée du raccourci. Une rapide inspection du sol lui apprit que la femme n'était pas encore passée. Soulagé, il s'agenouilla, s'assit sur les talons et essaya de reprendre son souffle. La première partie de son plan était un succès ! Il avait battu la voyageuse de vitesse. Restait à la persuader de le suivre…

La main droite comprimant son point de côté, le souffle encore court, il se demanda pour la première fois s'il n'était pas en train de se ridiculiser. Et s'il s'agissait d'une jeune fille et de ses frères ? D'un jeu, peut-être… Ce serait lui, le dindon de la farce ! Et tout le monde rirait à gorge déployée.

Sauf lui !

Il regarda la blessure, sur le dos de sa main. Rougeâtre, elle pulsait douloureusement. Il se souvint de la créature rouge, dans le ciel…

La femme marchait avec une détermination qui n'évoquait pas un jeu. De plus, c'était une adulte, pas une jeune fille. Et l'angoisse qu'il avait éprouvée en voyant ses quatre poursuivants… Le troisième événement étrange de la matinée. Le dernier enfant du mal… Non, ses yeux ne l'avaient pas trompé. Ces gens-là ne s'amusaient pas. Des chasseurs et une proie, voilà ce qu'ils étaient !

Richard se releva à demi, des vagues de chaleur déferlant dans son corps. Plié en deux, les mains autour des genoux, il prit quelques inspirations rapides avant de se redresser complètement.

La femme déboucha du tournant, juste devant lui. Un instant, il en eut le souffle coupé. Ses longs cheveux bruns soyeux dessinaient les contours de son corps. Presque aussi grande que lui, elle devait avoir environ le même âge. Sa robe ne ressemblait à rien qu'il eût jamais vu : presque blanche, à ras du cou, la taille ceinte d'une lanière de cuir lestée d'une bourse. Le tissu, fin, lisse et brillant, n'était orné d'aucune dentelle ou jabot, contrairement aux atours féminins dont il avait l'habitude. Nulle tache de couleur, pas de motif imprimé pour détourner l'attention de la manière dont le vêtement mettait en valeur les formes de la voyageuse. Bref, l'élégance de la simplicité !

Quand elle s'immobilisa, les longs plis gracieux de sa traîne s'enroulèrent autour de ses jambes. Une silhouette indubitablement régalienne...

Richard fit quelques pas vers elle et s'immobilisa à une distance suffisante pour ne pas paraître hostile. Elle ne broncha pas, les bras le long du corps. Ses sourcils, remarqua-t-il, rappelaient la forme élancée d'un oiseau de proie en plein vol. Ses yeux verts se rivèrent hardiment dans les siens. Un contact si intense qu'il menaça de lui arracher toute conscience de sa propre identité. En un éclair, il eut le sentiment d'avoir toujours connu cette femme. Comme si elle était depuis sa naissance une part de lui-même, ses besoins et ses désirs recoupant les siens.

Ce regard qui l'emprisonnait aussi sûrement qu'une main de fer sondait ses yeux à la recherche de son âme, en quête d'une énigmatique réponse. *Je veux vous aider*, dit-il mentalement. Une pensée plus lourde de sens que toutes celles qu'il avait jamais eues...

Le regard de la femme, moins intense, desserra son emprise sur lui. Dans ses prunelles, il lut une chose qui l'attirait plus que tout. L'intelligence ! Oui, l'intelligence brûlait dans ses yeux et dans tout son corps, glorieuse figure de proue de son intégrité. Pour la première fois de la matinée, Richard se sentit en sécurité.

Une voix, dans sa tête, lui rappela pourquoi il était là. Il ne fallait pas perdre de temps !

— J'étais là-haut, dit-il en tendant un doigt vers la colline, et je vous ai vue...

La femme regarda dans la direction qu'il indiquait. Il l'imita et s'aperçut qu'il désignait un entrelacs de branches qui dissimulaient la colline. Il laissa retomber son bras, tenté de passer outre sa méprise. Mais elle riva ses yeux sur lui, exigeant des explications.

Richard les lui donna à voix basse :

— J'étais sur une hauteur qui surplombe le lac. Je vous ai vue marcher le long de la berge. Des hommes vous suivent...

— Combien ? demanda la femme, impassible.

Richard trouva la question bizarre mais répondit quand même :

— Quatre.

Soudain blême, la voyageuse tourna la tête et sonda les bois, derrière elle. Puis elle se remit à le dévisager.

— Et vous avez décidé de m'aider ?

À part sa pâleur, rien, sur son superbe visage, ne permettait de deviner ses sentiments.

— Oui.

— Et que devons-nous faire ? demanda-t-elle, plus amicalement.

— Un raccourci part de cet endroit. Si nous l'empruntons et que vos poursuivants restent sur la piste, nous les sèmerons.

— Et s'ils ne se trompent pas ? S'ils suivent nos traces ?

— Je les brouillerai, dit Richard pour la rassurer. Ils ne nous traqueront pas. Mais le temps presse, et…

— S'ils nous suivent quand même ? coupa la femme. Quel est votre plan ?

Richard la dévisagea à son tour.

— Sont-ils très dangereux ?

— Oui.

La façon dont elle prononça ce mot banal lui coupa de nouveau le souffle. Une fraction de seconde, il vit une terreur animale passer dans ses yeux.

— Eh bien… Le sentier est étroit et la végétation s'éclaircit vite… Ils ne pourront pas nous encercler.

— Avez-vous une arme ?

Richard fit non de la tête, trop furieux d'avoir oublié son couteau pour s'en vanter à voix haute.

— Alors, dépêchons-nous !

Une fois la décision prise, ils ne parlèrent plus pour ne pas trahir leur position. Richard dissimula hâtivement leurs traces et fit signe à sa compagne de passer la première. Ainsi, il se tiendrait entre elle et ses ennemis…

La femme n'hésita pas. Les plis de sa robe ondulèrent derrière elle quand elle s'engagea sur le sentier. Les arbres à feuilles persistantes plantés des deux côtés du chemin lui conféraient des allures de tunnel obscur qui s'enfonçait entre des branches basses et des buissons. Impossible de voir ce qui se passait autour d'eux ! Richard jetait de fréquents coups d'œil en arrière, mais la visibilité était limitée. À cette restriction près, il n'y avait rien à signaler. Et sa compagne avançait à un bon rythme sans qu'il doive l'y encourager.

La pente devint bientôt plus raide et un sol rocheux succéda à la terre meuble. Les arbres, effectivement moins luxuriants, offraient une vue plus dégagée. Le sentier serpentait sur un terrain accidenté et traversait parfois de petits ravins jonchés de feuilles mortes qui crissaient sous leurs pieds. Les pins et les épicéas disparurent, remplacés par des bouleaux dont les branches, moins serrées, laissaient filtrer la lumière du soleil en une myriade de petites lucioles qui dansaient sur les pierres. Avec leurs troncs blancs constellés de points noirs, on aurait cru que des centaines d'yeux observaient les deux fuyards. N'étaient les croassements de quelques corbeaux, un silence rassurant les enveloppait.

À l'abord de la paroi de granit que longeait le sentier, Richard posa un doigt sur ses lèvres pour indiquer à la femme de marcher plus prudemment encore. Au moindre craquement, l'écho trahirait leur position. Dès qu'un corbeau croassait, le son se réverbérait dans les collines. Richard connaissait cet endroit : la falaise répercutait les bruits à des lieues à la ronde.

Il montra à sa compagne les grosses pierres couvertes de mousse qui tapissaient le sol. En marchant dessus, ils éviteraient de briser les branches et les brindilles dissimulées sous les feuilles mortes. Pour le faire comprendre à la femme, il écarta quelques feuilles, ramassa des brindilles et fit mine de les briser. Puis il porta une main à son oreille.

La voyageuse hocha la tête, releva sa robe d'une main et entreprit de passer de pierre en pierre. Richard lui tapota le bras pour qu'elle se retourne et fit semblant de déraper pour lui signaler que la mousse était très glissante. Avec un sourire, elle hocha de nouveau la tête et reprit sa progression.

La voir sourire, une surprise dans ces circonstances, réconforta Richard et dissipa un peu sa peur. Plus optimiste sur l'issue de cette aventure, il posa le pied sur une pierre.

À mesure que le chemin montait, les arbres devenaient de plus en plus rares. Dans ce sol rocailleux, ancrer leurs racines tenait de l'exploit. Bientôt, ils ne virent plus, réfugiés dans des crevasses, que des arbustes malingres et ratatinés. Comme s'ils espéraient, en se faisant tout petits, offrir moins de prise au vent qui menaçait de les arracher de terre…

Avec mille précautions, Richard et la femme continuèrent d'avancer. Le sentier n'étant pas toujours nettement tracé, elle se retournait souvent pour l'interroger du regard sur la direction à suivre. Il lui répondait en tendant le doigt ou en hochant la tête…

Il brûlait de connaître son nom, mais la terreur que lui inspiraient les quatre hommes lui imposa le silence. Excellente randonneuse, sa compagne avançait vite et se jouait des difficultés du terrain au point qu'il n'eut jamais besoin de ralentir pour ne pas la percuter. Sous sa robe, elle portait le genre de bottes en cuir souple qu'affectionnent les voyageurs aguerris…

Voilà près d'une heure qu'ils avaient quitté le couvert des arbres et traversaient le plateau sous un soleil brûlant. Pour le moment, ils se dirigeaient vers l'est. Plus tard, le sentier bifurquerait vers l'ouest. Pour l'instant, les quatre hommes – s'ils les suivaient – avaient le soleil en face, un handicap visuel non négligeable.

Richard avait indiqué à la femme de se pencher autant que possible, comme lui, et il jetait sans cesse des coups d'œil derrière eux. Quand il les avait repérés, près du lac, les chasseurs faisaient tout pour se cacher et un autre que lui les aurait sûrement manqués. Ici, le terrain était trop dégagé pour qu'on joue à ce petit jeu. S'il ne voyait rien, c'était qu'il n'y avait rien !

Richard se détendit. Personne ne les traquait. Leurs poursuivants avaient dû suivre la piste des Fauconniers et perdre le contact avec leur proie. Sa protégée et lui s'éloignaient de la frontière et approchaient de la ville. Tout allait pour le mieux. Le plan marchait !

Puisqu'ils avaient semé les quatre hommes, Richard aurait vu d'un bon œil qu'ils fassent une pause, car sa main le lançait de plus en plus. Mais la femme ne manifesta ni le besoin ni l'envie de s'arrêter. Elle continuait à un train d'enfer, comme si ses ennemis la talonnaient. Au souvenir de sa réaction, quand il lui avait demandé s'ils étaient dangereux, Richard renonça à se reposer.

En ce début d'après-midi, si tard dans l'année, la chaleur était étonnante. Dans le ciel d'un bleu étincelant, quelques nuages blancs dérivaient au gré de la brise. L'un d'eux évoquait irrésistiblement un serpent – tête en bas et queue en haut. Cette configuration bizarre rappela à Richard qu'il avait remarqué le même nuage dans la matinée. Ou était-ce la veille ? Un détail qu'il devrait mentionner à Zedd dès qu'il le reverrait.

Son vieil ami lisait dans les nuages… À l'instant même, il devait regarder le ciel, se demandant si son protégé avait aperçu le serpent. Si Richard oubliait d'en parler, il aurait droit à un sermon d'une heure sur l'interprétation des nuages !

Le sentier les conduisit sur la face sud du mont Dentelé, un petit pic qui tenait son nom de sa falaise en dents de scie. La traversant jusqu'à mi-hauteur, leur itinéraire offrait une vue panoramique du sud de la forêt de Ven. Sur la gauche, auréolés de brume et à demi dissimulés par la falaise, se découpaient les pics géants déchiquetés qui marquaient la frontière. Richard distingua dans le manteau de verdure les formes marron d'arbres agonisants. Plus on approchait de la frontière, plus ils étaient nombreux. La liane tueuse, comprit-il.

Ils traversèrent la corniche le plus vite possible, inquiets d'être en pleine vue, sans endroits où se cacher et aussi repérables qu'une mouche sur un mur blanc. Par bonheur, au-delà de la falaise, la piste remontait vers les bois de Hartland, puis gagnait la ville. Même si les quatre hommes s'étaient aperçus de leur erreur et avaient retrouvé leur piste, Richard et sa compagne disposaient d'une avance suffisante.

Au bout de la falaise, tout près d'eux, maintenant, le sentier, jusque-là étroit et traître, s'élargissait assez pour qu'on y marche à deux de front. Richard fit les derniers pas en frôlant la paroi rocheuse du bout des doigts pour se stabiliser et risqua un regard en bas. Toujours rien ! Idem derrière lui.

Quand il se retourna, il vit que la femme s'était immobilisée, les plis de sa robe ondulant autour de ses jambes.

Devant eux, sur le chemin libre quelques secondes plus tôt, deux poursuivants les attendaient. Et si Richard dépassait d'une bonne tête presque tous les hommes de sa connaissance, ceux-là étaient plus grands que lui. Les capuches empêchaient de voir leurs visages, mais les muscles qui saillaient sous les manteaux n'auguraient rien de bon.

Comment avaient-ils réussi à les précéder ?

Richard et sa compagne firent volte-face, prêts à détaler. Mais des cordes tombèrent le long de la paroi rocheuse. Les deux autres poursuivants se laissèrent glisser jusqu'au sol et leur barrèrent la retraite. Aussi costauds que leurs compagnons, leurs manteaux ouverts dévoilaient des bandoulières et des ceinturons lestés d'armes…

Richard se tourna vers les deux premiers hommes, qui rabattirent lentement leurs capuches. Des cous de taureau, des traits taillés à la serpe non dépourvus de beauté, des cheveux blonds...

— Tu peux passer, mon gars. C'est la fille qui nous intéresse...

La voix grave du type était presque amicale. Mais la menace demeurait, tranchante comme une lame. Sans daigner regarder Richard, le type enleva ses gants et les coinça dans sa ceinture. À l'évidence, il ne tenait pas le jeune homme pour un obstacle. Les trois autres attendirent respectueusement qu'il reprenne la parole – la preuve qu'il était le chef du groupe.

Richard n'avait jamais affronté une situation pareille. Doué pour éviter les ennuis, il ne s'autorisait pas à perdre son calme et ce pacifisme foncier transformait aisément les rictus en sourires. Quand les mots ne suffisaient pas, il était assez fort et rapide pour calmer le jeu avant que quelqu'un soit blessé. Au pire, il prenait tout simplement la tangente. Mais ces types-là n'avaient aucune intention de parler et il ne les impressionnait pas. Quant à prendre la tangente, c'était hélas exclu...

Richard chercha le regard vert de la femme. Sans qu'elle abdiquât pour autant sa fierté, il y lut un appel au secours.

— Je ne vous abandonnerai pas..., souffla-t-il, penché vers elle.

Soulagée, elle eut un bref hochement de tête et lui posa une main sur l'avant-bras.

— Distrayez-les, dit-elle. Empêchez-les de m'attaquer tous en même temps. Et prenez garde à ne pas me toucher au moment où ils approcheront...

Elle serra plus fort le bras de Richard et sonda son regard pour s'assurer qu'il avait compris ses instructions. Même si leur sens lui échappait, il fit signe que oui.

— Puissent les esprits du bien être de notre côté..., murmura la femme.

Elle lâcha Richard. Les bras le long du corps, impassible, elle se tourna vers les deux premiers hommes.

— Continue ton chemin, mon gars, dit le chef, plus du tout amical. (Ses yeux bleus brillant d'arrogance, il lâcha :) C'est la dernière fois que je te le propose...

Richard sentit une boule se former dans sa gorge.

— Nous continuons tous les deux, dit-il avec une assurance qu'il espéra bien imitée.

— Pas aujourd'hui..., fit le chef en dégainant un couteau à lame incurvée.

Son compagnon tira une épée courte du fourreau fixé dans son dos. Avec un sourire de dément, il la passa au creux de son avant-bras, faisant couler le sang. Derrière lui, Richard entendit le crissement de l'acier contre du cuir. La peur le paralysa. Tout se déroulait trop vite. Ils n'avaient pas l'ombre d'une chance.

Un instant, personne ne bougea. Puis les quatre hommes poussèrent le cri de guerre des soldats prêts à mourir au combat et chargèrent. Épée courte brandie à deux mains, le compagnon du chef fonça sur Richard. Derrière lui, un troisième agresseur ceintura la femme…

Au moment où la lame s'abattait, il y eut dans l'air comme un roulement de tonnerre silencieux. Secoué par l'impact, Richard eut le sentiment que ses articulations explosaient. De la poussière tourbillonna autour d'eux.

Le colosse à l'épée souffrait aussi. Un instant, il oublia Richard et regarda fixement la femme. Quand il reprit sa charge, le jeune homme s'adossa à la paroi rocheuse et lui propulsa ses deux pieds dans la poitrine. Le type décolla du sol, vola dans les airs, bascula hors du chemin et écarquilla les yeux de surprise quand il se sentit tomber dans le vide, l'arme toujours tenue à deux mains.

Stupéfait, Richard vit un autre guerrier suivre la même voie, la poitrine déchiquetée. Mais il n'eut pas le temps de s'appesantir sur la question, car le chef bondissait sur la femme. Au passage, de sa main libre, il frappa Richard au plexus solaire. Les poumons vidés de leur air, le jeune homme s'écrasa contre la roche et sa tête percuta une saillie.

À demi sonné, il parvint à se souvenir de sa mission : empêcher le tueur d'atteindre sa compagne !

Puisant dans des ressources qu'il ignorait avoir, il saisit au vol l'énorme poignet de l'homme et le força à se retourner. La lame incurvée décrivit un arc de cercle vers lui. Quand il vit une lueur meurtrière dans les yeux de l'homme, Richard eut peur comme jamais dans sa vie.

Une réaction normale au moment de mourir.

Jailli de nulle part, le dernier agresseur enfonça une lame déjà rouge de sang dans le ventre de son chef. La violence de l'impact les entraîna tous les deux dans une chute mortelle.

Jusqu'à ce que son corps s'écrase sur les rochers, le dernier agresseur poussa un atroce hurlement de rage.

Toujours sonné, Richard se tourna vers la femme, certain de la découvrir égorgée dans une flaque de sang.

Assise sur le sol, dos appuyé à la paroi, le regard perdu dans le vide, elle semblait épuisée mais indemne. Incapable de comprendre ce qui s'était passé, Richard constata que sa protégée et lui étaient de nouveau seuls dans un silence de mort.

Le crâne douloureux – logique, après un choc pareil contre de la pierre – il s'assit près d'elle sur un rocher chauffé par le soleil. La femme n'étant pas blessée, il s'abstint de lui demander comment elle allait. Pour le moment, ils étaient tous les deux trop épuisés pour parler…

Quand elle vit du sang sur le dos de sa main, la voyageuse l'essuya contre la paroi déjà maculée de traînées rouges.

Richard faillit vomir…

Comment pouvaient-ils être encore en vie ? Et ce tonnerre silencieux, d'où venait-il ? La douleur, au moment de l'impact, ne ressemblait à rien qu'il eût expérimenté.

Assez de questions pour l'instant! Quoi que fût ce phénomène, sa compagne n'y était pas étrangère... et il lui devait la vie. Mais tout ça n'avait rien de naturel. Il n'était pas sûr de vouloir en apprendre davantage.

La femme appuya la tête contre la roche et la tourna lentement vers lui.

—Je ne connais même pas votre nom... J'aurais voulu vous le demander, mais j'avais peur... (Du menton, elle désigna le précipice.) Ces hommes m'effrayaient tellement. Je ne voulais pas qu'ils nous trouvent...

Elle semblait sur le point d'éclater en sanglots. Richard la regarda et comprit qu'elle ne le ferait pas. Mais ce serait de justesse...

—Ils me terrorisaient aussi, admit-il. Et je m'appelle Richard Cypher.

Alors que la brise faisait voleter de petites mèches sur ses joues, la voyageuse sonda de nouveau le regard de son compagnon.

—Peu d'hommes auraient choisi de rester avec moi, dit-elle en souriant.

Richard trouva sa voix – complément parfait de l'intelligence qui brillait dans ses yeux – aussi attirante que le reste de sa personne. Une fois de plus, il en eut le souffle coupé.

—Vous êtes une personne comme on en rencontre rarement, Richard Cypher.

Atterré, Richard sentit qu'il s'empourprait. Chassant des mèches rebelles de ses yeux, elle se détourna pour ne pas ajouter à son embarras.

—Je suis..., commença-t-elle comme si elle allait dire quelque chose d'important. (Elle se ravisa et tourna la tête vers lui.) Je m'appelle Kahlan. Kahlan Amnell...

—Vous êtes aussi une personne comme on en rencontre rarement, Kahlan Amnell. Peu de femmes auraient fait face de cette manière...

Elle ne rougit pas mais sourit encore. Un sourire étrange, sans découvrir les dents, lèvres serrées comme pour murmurer des confidences... Mais ses yeux souriaient aussi, exprimant son désir de... *partager*!

Richard se tâta l'arrière du crâne, sentit une énorme bosse et regarda ses doigts, certain qu'ils seraient rouges de sang. Mais il n'y avait rien. Plutôt étonnant, vu la violence du choc...

Il regarda Kahlan et se demanda une nouvelle fois ce qu'elle avait fait et... comment. Après le coup de tonnerre silencieux, il avait expédié un des hommes dans le vide. Un des deux autres avait tué son compagnon, puis éventré leur chef...

—Kahlan, mon amie, peux-tu me dire pourquoi nous sommes en vie? Et pourquoi ces quatre tueurs ne le sont plus?

—Tu penses ce que tu dis? demanda la jeune femme, surprise.

—Quoi donc?

—Eh bien... « mon amie »...

— Évidemment! Tu l'as dit toi-même: j'ai choisi de rester avec toi. Le genre de choses qu'on fait pour une amie, non?

—Je n'en sais rien, avoua Kahlan. (Elle joua avec la manche de sa robe, les yeux baissés.) Je n'ai jamais eu d'ami, à part ma sœur...

Richard sentit qu'il avait touché un point sensible.

— Maintenant, tu en as un ! Nous nous sommes tirés ensemble d'une situation terrifiante. En collaborant, nous avons survécu.

Kahlan approuva d'un hochement de tête.

Richard regarda la forêt de Ven, au loin, où il se sentait depuis toujours chez lui. Alors que le soleil faisait scintiller les feuillages, son regard fut attiré vers la gauche, sur les taches marron des arbres morts ou agonisants qui côtoyaient des voisins encore sains. Jusqu'à ce matin, quand la liane l'avait attaqué, il ignorait qu'une plante tueuse envahissait les bois. Mais il approchait rarement autant de la frontière…

Ses concitoyens plus âgés en restaient aussi loin que possible. Certains téméraires s'aventuraient plus près quand ils empruntaient la piste des Fauconniers – ou pour chasser –, mais pas au point de voir ce qu'il avait vu. La frontière, c'était la mort, tout simplement. La traverser, disait-on, ne coûtait pas seulement la vie. On y perdait son âme ! Alors, les gardes-frontière s'assuraient que les curieux passent leur chemin.

— Et ma question ? demanda-t-il soudain. Tu ne m'as pas dit pourquoi nous sommes toujours vivants.

— Je suppose que les esprits du bien nous ont protégés…, répondit Kahlan sans croiser son regard.

Richard n'en crut pas un mot. Mais il n'était pas dans sa nature, même s'il brûlait de curiosité, de forcer les gens à parler quand ils n'en avaient pas envie. Très tôt, son père lui avait appris à respecter le droit au silence des autres. Un jour, si elle le désirait, Kahlan lui confierait ses secrets. En attendant, il ne la harcèlerait pas.

Tout le monde avait des secrets, y compris lui. Après l'assassinat de son père, et les événements de la journée, il les sentait frémir désagréablement au fond de son esprit.

— Kahlan, rien ne te force à dire ce que tu veux continuer à cacher. Et ça ne nous empêchera pas de rester amis…

Elle ne le regarda toujours pas, mais acquiesça.

Richard se leva. Son crâne et sa main lui faisaient mal, sa poitrine le lançait, là où le type l'avait frappé. Et pour couronner le tout, il mourait de faim…

Michael ! Bon sang, il avait oublié la fête ! Après un coup d'œil au soleil, il comprit qu'il serait en retard. Pourvu qu'il ne rate pas le discours de son frère !

Il amènerait Kahlan avec lui. À la première occasion, il raconterait tout à Michael et lui demanderait de la protéger.

Il tendit une main pour aider Kahlan à se relever.

Quand elle le dévisagea, stupéfaite, il ne baissa pas le bras. Le regardant enfin dans les yeux, elle se laissa faire…

— Aucun ami ne t'a jamais tendu la main ?

— Non…

Voyant qu'elle se détournait de nouveau, Richard changea de sujet.

— Quand as-tu mangé pour la dernière fois ?

— Il y a deux jours…

— Tu dois être plus affamée que moi ! Viens, nous allons chez mon frère ! (Il désigna le précipice.) On lui parlera des cadavres et il saura que faire. Kahlan, qui étaient ces hommes ?

— On appelle ce genre d'équipe un *quatuor*… Ce sont des tueurs, en quelque sorte. On les charge d'éliminer… (une nouvelle fois, elle renonça à dire ce qui lui brûlait les lèvres)… des gens. (Abruptement, elle redevint aussi sereine que lors de leur rencontre.) Moins on en sait sur moi, plus je suis en sécurité…

Richard n'avait jamais rien entendu de tel. Pour se donner une contenance, il se passa une main dans les cheveux et tenta de réfléchir. Des idées confuses mais sinistres tourbillonnèrent de nouveau dans sa tête. Sans savoir pourquoi, il redoutait la réponse à sa question suivante. Pourtant, il ne put s'empêcher de la poser.

— Kahlan, d'où venait ce *quatuor* ? Cette fois, tu dois me dire la vérité.

— Ces hommes me traquaient depuis mon départ des Contrées du Milieu et ils ont traversé la frontière avec moi.

Richard en fut glacé jusqu'aux os. Un frisson remonta le long de sa colonne vertébrale et les poils de sa nuque se hérissèrent.

La colère enfouie au plus profond de lui se réveilla et ses secrets manifestèrent de plus belle leur inquiétante présence.

Elle mentait ! Personne ne pouvait traverser la frontière !

Personne !

Aucun être vivant ne sortait des Contrées du Milieu. Et nul n'y entrait. La frontière avait été érigée longtemps avant leur naissance à tous les deux.

Car la sorcellerie infectait les Contrées !

Chapitre 3

La résidence de Michael, un solide bâtiment en pierre blanche, se dressait à bonne distance de la route. Les éléments du toit en ardoise, disposés suivant des inclinaisons et des angles différents, s'emboîtaient selon une géométrie complexe, une arête composée de petits carreaux de verre laissant entrer la lumière dans le hall central. Le chemin qui menait à la maison, ombragé par de grands chênes clairs, serpentait entre des carrés de pelouse avant de traverser un jardin aux deux flancs parfaitement symétriques. Partout, la végétation était luxuriante. Si tard dans l'année, les plantes et les fleurs avaient dû être élevées en serre en vue de ce jour précis…

Parmi les invités en habits d'apparat qui déambulaient sur le gazon et dans le jardin, Richard se sentit soudain aussi peu à sa place que possible. Dans ses vêtements de forestier sales et trempés de sueur, il avait l'air d'un vagabond. Mais passer chez lui pour se laver et se changer aurait été une perte de temps. D'humeur maussade, il se fichait d'ailleurs royalement de son apparence.

Kahlan passait beaucoup mieux que lui dans l'assemblée. Sa robe peu conventionnelle, mais superbe, ne laissait pas deviner qu'elle sortait à peine de la forêt. Avec tout le sang qui avait coulé sur le mont Dentelé, Richard se demanda comment elle avait réussi à ne pas en avoir sur elle. D'une manière ou d'une autre, elle était restée immaculée pendant que des hommes s'entre-tuaient…

Devant la réaction de Richard, quand elle avait mentionné les Contrées du Milieu et la frontière, Kahlan n'avait pas ajouté un mot sur le sujet. Le jeune homme ayant besoin de temps pour réfléchir à tout ça, il s'était abstenu de lui poser d'autres questions. Mais il avait répondu de bonne grâce aux siennes sur Terre d'Ouest, ses habitants et l'endroit où il vivait. Après avoir décrit sa maison dans les bois, il lui avait longuement parlé de son métier de guide.

— Il y a une cheminée chez toi ? avait-elle demandé.

— Bien sûr.

— Et tu t'en sers ?

— Tout le temps, pour cuisiner… Pourquoi demandes-tu ça ?

Le regard perdu dans le lointain, Kahlan avait haussé les épaules.

— Parce que m'asseoir près d'un bon feu me manque, voilà tout…

Malgré son chagrin – et les événements de la journée – Richard s'était réjoui d'avoir quelqu'un à qui parler. Et tant pis si elle éludait toujours ses questions !

Une voix le tira de sa rêverie.

— Vous avez une invitation, messire ?

Une invitation, lui ? Irrité, Richard se retourna et… découvrit le sourire malicieux de son ami Chase. Ravi, il tapa joyeusement dans les mains du garde-frontière.

Très grand, soigneusement rasé, Chase arborait une tignasse de cheveux châtains que l'âge ne parvenait pas à attaquer, même s'ils grisonnaient sur les tempes. Sous ses sourcils épais, ses yeux marron, toujours en mouvement, même quand il parlait, voyaient absolument tout. À cause de cette habitude – ou plutôt de ce réflexe – les gens pensaient souvent qu'il manquait de concentration. Une erreur phénoménale ! Malgré sa taille, il pouvait être vif comme l'éclair quand ça s'imposait.

Plusieurs couteaux pendaient à un côté de sa ceinture et une masse d'armes à six piques était accrochée à l'autre. La garde d'une épée courte dépassait de son épaule droite. Sur la gauche, il portait une arbalète et une bandoulière garnie de carreaux à pointe d'acier barbelée.

— On dirait que tu as l'intention de défendre jusqu'à la mort ta part du festin ! lança Richard.

Le sourire de Chase s'effaça.

— Je ne suis pas là en tant qu'invité, dit-il avec un regard vaguement soupçonneux pour Kahlan.

Richard prit la jeune femme par le bras et la tira en avant. Elle ne résista pas, confiante.

— Chase, je te présente mon amie Kahlan… Kahlan, voilà Dell Brandstone. Mais tout le monde le surnomme Chase ! Je le connais et l'apprécie depuis toujours. Avec lui, nous n'avons rien à craindre. (Il se tourna vers le garde-frontière.) Tu peux te fier à elle, mon vieux…

Kahlan sourit et salua le colosse de la tête.

Chase lui rendit la pareille. Pour lui, la question était réglée, car un mot de Richard suffisait à le rassurer.

Il sonda de nouveau la foule et découragea d'un froncement de sourcils les invités qui les dévisageaient avec trop d'insistance à son goût. Puis il entraîna ses deux amis un peu à l'écart.

— Ton frère a convoqué tous les gardes-frontière. (Il jeta un autre regard autour de lui.) Pour le protéger…

— Quoi ? s'exclama Richard. C'est absurde ! Il a les Volontaires Régionaux et l'armée. Pourquoi ajouter une poignée de gardes-frontière ?

Chase posa la main sur le manche en corne d'un de ses couteaux.

— Bonne question, dit-il avec son impassibilité coutumière. Peut-être pour impressionner le peuple. Tu sais, on a peur de nous… Richard, depuis la mort de ton père, tu as passé ton temps dans les bois. À ta place, j'aurais fait pareil, mais pendant ton absence, des choses bizarres sont arrivées. Des gens viennent ici le jour et la nuit. Michael les appelle des « citoyens responsables ». Depuis qu'il parle à tort et à travers d'un complot contre le gouvernement, il veut nous avoir autour de lui.

Richard regarda alentour et ne repéra pas un seul homme de Chase. Mais ça ne voulait rien dire. Quand un de ces gaillards décidait de passer inaperçu, il pouvait vous marcher sur les pieds sans qu'on le repère.

Chase pianota nerveusement sur le manche de son couteau.

— Mes gars sont là, tu peux me croire.

— D'accord… Mais comment peux-tu affirmer que Michael a tort ? Après tout, on vient d'assassiner le père du Premier Conseiller.

— Je connais à fond la vermine du pays, répondit Chase, l'air dégoûté. Il n'y a pas de complot ! S'il y en avait un, je m'amuserais peut-être un peu, au lieu de jouer les épouvantails. Michael a insisté pour qu'on me voie bien. (Son expression se durcit.) Quant à la mort de ton père… Petit, mon amitié avec George Cypher remonte à des lustres, bien avant ta naissance et cette histoire de frontière. C'était un brave homme et je me flattais de le compter au nombre de mes intimes. (Il renonça à contenir sa colère.) J'ai tordu quelques doigts, mon garçon. Assez fort pour que leurs propriétaires dénoncent leur mère, si elle était coupable. Aucun de ces types ne savait rien. Sinon, ils se seraient empressés d'écourter notre « conversation », fais-moi confiance ! C'est la première fois que je reviens bredouille d'une chasse… (Il croisa les bras et étudia Richard de pied en cap.) À propos de vermine, d'où sors-tu ? Tu ressembles à un de mes « clients »…

Richard regarda Kahlan, puis se concentra de nouveau sur Chase.

— Nous étions dans les hauteurs de la forêt de Ven… Quatre hommes nous ont attaqués…

— Des sales types de ma connaissance ?

— Non.

— Et qu'ont fait ces importuns après vous être tombés dessus ?

— Tu connais le chemin qui traverse la falaise du mont Dentelé ?

— Comme ma poche !

— Ils sont sur les rochers, au fond du précipice. Il faudra qu'on reparle de tout ça…

Chase décroisa les bras, pensif.

— Comment avez-vous réussi ça ?

Richard échangea un bref regard avec Kahlan et répondit :

— Je suppose que les esprits du bien nous ont protégés…

— Si tu le dis…, lâcha Chase sans insister. Pour le moment, il vaut mieux ne pas parler de ça à Michael. Je crains qu'il ne croie pas aux esprits du bien… Si vous pensez que ça s'impose, venez habiter chez moi tous les deux. Personne ne vous embêtera…

Pensant aux nombreux enfants de son ami, Richard frissonna à l'idée de les mettre en danger. Pour ne pas contredire Chase, il hocha vaguement la tête.

— On devrait entrer… Michael doit être impatient de me voir.

— Encore une chose…, ajouta Chase. Zedd veut te parler. Il fait tout un foin autour de je ne sais trop quoi. Mais il paraît que c'est important.

Richard leva les yeux et aperçut le nuage-serpent.

— Moi aussi, il faut que je lui parle…

Il se détourna et voulut s'éloigner.

— Richard, lança Chase d'une voix qui aurait pétrifié toute autre personne que son jeune ami, que faisais-tu dans les hauteurs de la forêt de Ven ?

— La même chose que toi, répondit Richard sans se démonter. Je cherchais un indice.

— Et tu en as trouvé un ?

Le jeune homme leva sa main gauche blessée.

— Oui. Et il pique !

Kahlan et Richard se mêlèrent à la foule qui entrait dans la maison et remontèrent un couloir au sol en mosaïque jusqu'au hall central. Les colonnes et les murs de marbre, caressés par les rayons du soleil, émettaient une lueur froide presque surnaturelle. Si Richard préférait de loin la chaleur du bois, Michael était catégorique. Selon lui, n'importe qui pouvait aller dans la forêt, se procurer du bois et construire sa maison. Pour le marbre, en revanche, il fallait engager les habitants de ces « cabanes » et les charger de faire le travail à votre place.

Jadis, avant la mort de leur mère, Richard et Michael jouaient souvent dans la poussière, où ils bâtissaient des maisons et des châteaux forts avec des bâtons. À cette époque, Michael aidait son frère. Il espéra qu'il en serait de même aujourd'hui…

Des connaissances du jeune homme le saluèrent et obtinrent en retour une vague poignée de main ou un sourire distrait. Richard fut surpris que Kahlan, une étrangère, soit aussi à l'aise avec le gratin de son pays. Mais l'idée qu'elle appartenait également à la classe dirigeante lui avait déjà traversé l'esprit. En général, les tueurs ne traquaient pas les petites gens…

Richard eut du mal à sourire tous azimuts. Si les histoires sur les créatures qui traversaient la frontière étaient davantage que des rumeurs, les choses risquaient de mal tourner pour Terre d'Ouest. Dans les campagnes, autour de Hartland, les paysans, terrifiés à l'idée de sortir la nuit, lui parlaient souvent de malheureux découverts à demi dévorés. Des personnes décédées de mort naturelle et victimes d'animaux sauvages, assurait-il. Ce genre de choses arrivait tout le temps… Non, c'était la bête volante ! insistaient les fermiers.

Richard n'avait jamais pris ces superstitions au sérieux…

… jusqu'à aujourd'hui !

Malgré la foule, il se sentait terriblement isolé. Perturbé, il ne savait que faire, ni vers qui se tourner. Seule Kahlan le rassurait un peu. En même temps, elle l'effrayait autant que les hommes qu'ils avaient combattus sur la corniche.

Il voulait partir d'ici au plus vite et emmener son amie !

Zedd répondrait à toutes ces questions. Même s'il n'en parlait jamais, avant l'époque de la frontière, il vivait dans les Contrées du Milieu. Mais que pourrait-il contre ce qui torturait Richard ? L'inquiétante intuition que tout cela avait un rapport avec la mort de son père, elle-même liée aux secrets que George Cypher avait dissimulés en lui et en lui seul…

— Richard, je suis navrée, pour ton père, dit Kahlan, une main posée sur son bras. Je ne savais pas…

Avec les horreurs de la journée, il avait presque oublié ce drame jusqu'à ce que Chase en reparle. Presque…

— Merci…, dit-il.

Il se tut pendant qu'une femme en robe de soie bleue surchargée de dentelle passait devant eux. Pour ne pas avoir à lui rendre un sourire mielleux, il baissa ostensiblement les yeux.

— Ça remonte à trois semaines, reprit-il.

Incarnation de la compassion, Kahlan l'écouta raconter une partie de l'histoire.

— Je comprends ton chagrin, Richard, dit-elle quand il eut fini. Tu préférerais peut-être que je te laisse…

— Non, j'ai été seul assez longtemps. Avoir quelqu'un à qui parler m'est d'un grand réconfort.

Kahlan lui sourit.

Ils recommencèrent à se frayer un chemin dans la foule.

Mais où était donc Michael ? se demanda Richard. Pourquoi se cachait-il comme ça ?

Bien qu'il eût perdu son appétit, il n'avait pas oublié que Kahlan jeûnait depuis deux jours. Avec tous les mets délicieux proposés aux invités, sa retenue était admirable. D'autant plus que les odeurs alléchantes commençaient à faire changer d'avis son propre estomac !

— Tu as faim ? demanda-t-il

— Je *meurs* de faim !

Richard entraîna sa compagne vers une longue table lestée de merveilles gastronomiques. Des plats fumants de saucisses et de viande rouge, des pommes de terre en robe des champs, du poisson fumé et grillé, du poulet, de la dinde, des légumes crus coupés en bâtonnets, de la soupe à l'oignon, au chou, aux épices… Sans oublier les diverses variétés de pain, les plateaux de fromage, les fruits, les tartes et les gâteaux… Quant au vin et à la bière, ils coulaient à flot !

Discrets mais efficaces, les serviteurs s'affairaient pour que rien ne vienne à manquer.

Kahlan tira doucement Richard par la manche.

— Certaines domestiques portent les cheveux longs. C'est permis ?

— Bien sûr… Chacune adopte la coiffure qui lui chante. Regarde par là… (Il désigna discrètement un groupe d'invitées.) Ce sont des conseillères. Certaines ont les cheveux courts, d'autres les laissent pousser… C'est comme elles veulent ! (Il regarda Kahlan du coin de l'œil.) Quelqu'un t'a ordonné de couper les tiens ?

— Non. Personne ne me l'a jamais demandé. Mais chez moi, la longueur des cheveux d'une femme est un signe de reconnaissance sociale…

— Dois-je comprendre que tu es quelqu'un d'important ? lança Richard, un sourire amical adoucissant cette question indiscrète. Quand on voit la longueur de ta crinière, on s'interroge…

Kahlan lui rendit son sourire, mais il la vit se rembrunir.

— Certains me jugent importante… Mais après les événements d'aujourd'hui, j'espérais que tu aurais retenu la leçon : nous sommes seulement ce que nous sommes, rien de plus ou de moins !

— Compris ! Si je pose une question qu'un ami ne devrait pas poser, botte-moi les fesses !

Kahlan refit le sourire « lèvres serrées » qui évoquait pour lui un désir de partage.

Du baume sur son cœur !

Richard approcha de la table, repéra un de ses plats préférés – des travers de porc à la sauce forte – en remplit une assiette et la tendit à Kahlan.

— Goûte-moi ça ! J'en fais des folies…

La jeune femme tint l'assiette à bout de bras, comme si elle risquait de la mordre.

— C'est la viande de quel animal ?

— Du cochon…, répondit Richard, un peu surpris. Vas-y, c'est ce qu'il y a de meilleur sur cette table !

Kahlan se détendit, cessa de lorgner dubitativement l'assiette et commença à manger.

Richard dévora les travers avec elle puis leur prépara un assortiment de saucisses.

— Essaie ça aussi !

— Qu'y a-t-il dedans ?

— Du porc, du bœuf et des épices. Je ne sais pas lesquelles… Pourquoi ? Tu refuses de consommer certaines choses ?

— Certaines, oui, éluda Kahlan. (Mais elle se régala d'une saucisse.) Je peux avoir de la soupe aux épices ?

Richard lui en servit un petit bol.

Le récipient tenu à deux mains, elle goûta du bout des lèvres…

… et sourit.

— Très bonne, comme la mienne… Je crois que nos deux pays sont moins différents que tu ne le redoutes.

Quand elle eut fini sa soupe, Richard, de bien meilleure humeur qu'au début, prit une épaisse tranche de pain, la couvrit d'un morceau de blanc de poulet et la lui tendit en échange du bol vide.

Kahlan continua à manger en s'éloignant de la table. Après avoir remis le bol à sa place, Richard la suivit. Il serra quelques mains au passage sans s'offusquer des regards désapprobateurs que lui valait sa tenue.

Kahlan s'arrêta près d'une colonne, à l'écart de la foule.

— Tu m'apporterais du fromage ?

— Bien sûr ! Lequel ?

— Aucune importance...

Richard se fraya de nouveau un chemin jusqu'à la table, choisit deux parts de chèvre et en grignota une en retournant vers la colonne.

Kahlan prit le bout de fromage mais ne le porta pas à ses lèvres. Son bras glissa le long de son corps et elle le laissa tomber sur le sol.

— Tu as quelque chose contre le chèvre ?

— Je déteste tous les fromages..., souffla Kahlan, les yeux rivés sur un point, derrière Richard.

— Alors, pourquoi m'en as-tu demandé ?

— Continue de me regarder... Derrière toi, au fond de la salle, deux hommes nous observent depuis un moment. J'ai voulu savoir lequel de nous deux ils espionnaient. C'est toi qu'ils ont suivi des yeux. Moi, je ne les intéresse pas.

Richard tourna discrètement la tête.

— Ce sont deux assistants de Michael. Ils me connaissent bien... Ma tenue doit les surprendre. (Il baissa la voix.) Tout va bien, Kahlan. Détends-toi ! Les types de ce matin sont morts. Tu es en sécurité...

— D'autres tueurs viendront. Il faut que je m'éloigne de toi. Sinon, ta vie sera de nouveau en danger.

— Maintenant que tu es en ville, aucun *quatuor* ne pourra te traquer. C'est impossible !

Il en savait assez long sur l'art de pister une proie pour être sûr de ne pas se tromper.

Kahlan passa un doigt dans le col de sa robe et approcha du jeune homme. Pour la première fois, il lut de la colère dans ses yeux.

— Quand j'ai quitté mon pays, cinq sorciers ont jeté des sorts censés dissimuler mes traces. Ensuite, ils se sont suicidés pour ne pas risquer de parler sous la torture...

Les larmes aux yeux, les dents serrées, Kahlan tremblait de la tête aux pieds.

Des sorciers ! Richard se pétrifia. Au prix d'un violent effort, il se reprit, tira doucement la main de Kahlan hors de sa robe et la réchauffa entre les siennes.

— Excuse-moi..., souffla-t-il.

— Richard, je vis dans la peur ! Sans ton intervention, tu n'as pas idée de ce que j'aurais subi. Mourir aurait été le plus facile. Ces hommes sont capables des pires horreurs !

Elle tremblait comme une feuille, submergée par la terreur.

Richard la tira derrière la colonne, où personne ne pourrait les épier.

— Je suis désolé, Kahlan. Mais je ne comprends rien à tout ça ! Toi, tu sais certaines choses... Moi, j'avance dans le noir et j'ai aussi peur que toi. Ce matin, sur la corniche... La trouille de ma vie ! Et malgré ce que tu dis, je n'ai pas fait grand-chose pour nous sauver...

— C'était suffisant pour qu'on s'en sorte… Assez pour nous tirer d'affaire ! Si tu ne m'avais pas aidée… Mais je refuse que ma présence ici te mette en danger !

Richard serra plus fort la main délicate qu'il tenait entre les siennes.

— Pas de risque que ça arrive ! Un ami à moi appelé Zedd nous dira comment faire pour que tu sois en sécurité. Il est un peu excentrique, mais c'est l'homme le plus intelligent que je connaisse. Si quelqu'un est capable de nous aider, c'est lui. Puisqu'on peut te suivre partout où tu vas, fuir ne sert à rien, car tes ennemis te rattraperont toujours. Tu dois parler à Zedd ! Dès que Michael aura fini son discours, je t'emmènerai chez moi. Tu t'assiéras près du feu… Au matin, nous irons chez Zedd. (Il sourit et désigna quelque chose du menton.) Regarde plutôt par là !

Kahlan obéit et découvrit Chase, solidement campé devant une haute fenêtre. Il tourna la tête, leur sourit et reprit sa surveillance.

— Pour lui, un *quatuor* serait l'occasion de s'amuser un peu… Pendant qu'il s'occuperait de ces tueurs, j'aurais tout le temps de te parler des vrais problèmes ! Depuis qu'on lui a raconté notre combat sur la corniche, il joue les guetteurs pour ta sécurité.

Kahlan eut un pâle sourire qui s'effaça très vite.

— C'est très grave, Richard. Je pensais me mettre à l'abri en venant ici. Et ça aurait dû être le cas. Si j'ai pu traverser la frontière, c'est grâce à la sorcellerie. (Elle tremblait toujours, mais sembla se reprendre un peu, comme si elle puisait de la force chez son compagnon.) J'ignore comment ces hommes ont fait pour passer aussi. Ils n'auraient même pas dû savoir que j'étais partie ! Mais toutes les règles ont changé…

— On s'occupera de ça demain. Pour l'instant, tu ne risques rien. Si un autre *quatuor* doit venir, ce ne sera pas avant des jours. Ça nous laisse le temps d'imaginer un plan.

— Tu as raison… Merci, Richard Cypher, mon cher ami… Mais si je mets ta vie en danger, je partirai avant qu'il t'arrive malheur. (Elle dégagea sa main et se sécha les yeux.) Mon estomac n'est toujours pas plein ! Je peux avoir autre chose ?

— Bien sûr ! Qu'est-ce qui te tente ?

— Tes délicieux travers de porc…

Ils retournèrent près de la table et mangèrent en attendant Michael. Richard était satisfait d'avoir rassuré son amie et soulagé d'en savoir un peu plus long. D'une manière ou d'une autre, il trouverait une solution aux problèmes de Kahlan. Puis il découvrirait ce qui se passait sur la frontière. Même si les réponses à ses questions le terrifiaient, il les obtiendrait !

Des murmures coururent dans l'assistance. Toutes les têtes se tournèrent vers l'entrée de la salle.

Michael arrivait enfin.

Richard prit la main de Kahlan et approcha pour ne rien manquer du spectacle.

En voyant son frère monter sur une estrade, il comprit pourquoi Michael avait attendu si longtemps pour faire son entrée. Il guettait le moment où le soleil couchant illuminerait cet endroit précis, histoire d'apparaître dans toute sa gloire.

Plus petit que Richard – et plus enveloppé –, la tignasse en bataille, il arborait fièrement une magnifique moustache. Au-dessus de ses braies blanches, sa tunique aux manches bouffantes, également blanche, était serrée à la taille par une ceinture en or. Sous la lumière vespérale, devant une assistance plongée dans la pénombre, le nouveau Premier Conseiller irradiait la même lueur surnaturelle que les colonnes de marbre.

Richard agita une main pour signaler sa présence. Michael le repéra, lui sourit et le regarda un moment dans les yeux avant de parler.

— Mes dames et messires, aujourd'hui, j'ai accepté la charge de Premier Conseiller de Terre d'Ouest.

Des vivats montèrent de l'assistance. Michael leva les bras et attendit que le silence revienne.

— En ces temps difficiles, les conseillers de notre pays m'ont choisi parce que j'ai le courage et l'indépendance d'esprit nécessaires pour nous guider vers un nouvel âge. Mes amis, nous avons trop longtemps vécu le regard rivé sur le passé et non sur l'avenir. Il est temps de ne plus chasser les vieux fantômes et de s'attaquer aux défis de demain. Cessons d'écouter les appels aux armes ! Et prêtons enfin l'oreille aux voix qui veulent nous entraîner sur le chemin de la paix !

L'assistance hurla son assentiment. Sidéré, Richard se demanda de quoi parlait son frère. Quelle guerre ? Le pays n'avait pas d'ennemi...

Michael leva de nouveau les bras et continua sans attendre que la foule se taise :

— Je ne resterai pas inactif au moment où Terre d'Ouest est menacée par des traîtres !

Michael s'était empourpré, ivre de fureur. Son public se remit à hurler, certains hommes levant le poing.

— Michael ! Michael ! scandèrent-ils.

Interloqués, Kahlan et Richard se regardèrent...

— Des citoyens responsables sont venus me livrer les noms de ces lâches. À l'instant même, alors que nos cœurs battent à l'unisson pour un idéal commun, les gardes-frontière nous protègent et l'armée arrête les conspirateurs qui prétendaient renverser le gouvernement. Et il ne s'agit pas d'une bande de criminels, mais d'hommes respectés qui exercent les plus hautes fonctions !

Des murmures coururent dans l'assemblée. Bouleversé, Richard n'y comprenait plus rien. Une conspiration, vraiment ? Dans sa position, son frère devait savoir de quoi il parlait. Et si les coupables appartenaient aux hautes sphères, ça expliquait pourquoi Chase n'avait rien découvert...

Sous son rayon de soleil, Michael attendit que les murmures se taisent.

— Mais c'est de l'histoire ancienne ! Aujourd'hui, nous changeons de cap ! Si on m'a nommé Premier Conseiller, c'est aussi parce que je vis depuis toujours dans cette ville, à l'ombre de la frontière. Une ombre, mes amis, qui s'est abattue sur nos vies ! Mais dire cela, c'est encore tourner son regard vers le passé. Par bonheur, la lumière d'une nouvelle aube chasse toujours les ombres de la nuit. Ainsi, nous découvrons que les silhouettes qui nous terrifiaient étaient des fantômes nés de notre imagination.

» Nous devons penser au jour où la frontière n'existera plus, car rien ne survit éternellement. Quand ce moment viendra, il faudra savoir tendre une main amicale, pas une épée, comme certains le voudraient. Sinon, nous subirons les ravages d'une guerre absurde, avec son cortège de morts inutiles.

» Allons-nous gaspiller nos richesses à préparer un conflit contre un peuple dont nous avons si longtemps été séparés ? Un peuple, ne l'oubliez pas, dont étaient issus les ancêtres de beaucoup d'entre nous. Faut-il nuire à nos frères et à nos sœurs, simplement parce que nous ne les connaissons pas ? Quel gâchis ! Nos richesses, mes amis, doivent servir à éliminer la souffrance qui nous entoure. Quand le jour viendra – peut-être pas de notre vivant, mais il viendra, je vous l'assure – nous devrons être prêts à accueillir nos frères et sœurs depuis si longtemps perdus. Le but n'est pas d'unir deux pays, mais trois ! Tôt ou tard, comme celle qui nous sépare des Contrées du Milieu, la frontière entre Terre d'Ouest et D'Hara disparaîtra aussi. Alors, ces trois contrées n'en feront plus qu'une. Si notre détermination ne faiblit pas, nous connaîtrons la joie de la réunion. Et cette formidable liesse sera née aujourd'hui, au cœur de notre ville !

» Voilà pourquoi j'ai frappé ceux qui voudraient nous forcer à combattre quand les frontières tomberont. Bien sûr, cela ne signifie pas qu'avoir une armée est inutile. Qui sait quels obstacles se dressent sur le chemin de la paix ? Ou quelles menaces nous guettent ? Mais nous devons nous interdire d'en inventer !

Michael tendit un bras et le passa lentement au-dessus de la foule.

— Tous ceux qui sont ici incarnent l'avenir ! Conseillers de Terre d'Ouest, votre mission est de répandre la bonne parole dans tout le pays. Délivrez un message de paix aux hommes de bonne volonté. Ils liront dans vos yeux et dans vos cœurs que vous dites la vérité. Je vous en supplie, aidez-moi ! Il faut que nos enfants et nos petits-enfants cueillent les fruits des arbres que nous plantons aujourd'hui. Ainsi, les générations à venir nous seront reconnaissantes jusqu'à la fin des temps.

Auréolé par la lumière du couchant, Michael plaqua les poings sur sa poitrine et inclina la tête. Trop remuée, l'assistance n'émit plus un son. Richard vit des hommes aux yeux embués et des femmes en larmes. Tous les regards convergeaient sur le Premier Conseiller, aussi immobile qu'une statue.

Richard ne l'avait jamais entendu parler avec une éloquence et une conviction pareilles. Et son propos était pertinent. Après tout, Kahlan, désormais son amie, ne venait-elle pas de l'autre côté de la frontière ?

Mais quatre hommes des Contrées du Milieu avaient essayé de le tuer… Non, pas lui mais elle, corrigea-t-il. Il s'était seulement dressé sur leur chemin.

Ils lui avaient proposé de partir et c'était lui qui avait décidé de combattre. Depuis toujours, il se méfiait des gens qui vivaient de l'autre côté de la frontière. Aujourd'hui, Kahlan était son amie… Exactement ce que disait Michael !

Richard commença à voir son frère sous un nouveau jour. Pour émouvoir une foule à ce point, il fallait une force de caractère inouïe. Et Michael militait pour la paix et la fraternité ! Quel mal pouvait-il y avoir à ça ?

Aucun… Alors, pourquoi Richard était-il si troublé ?

— À présent, continua Michael, revenons à la souffrance qui nous entoure. Alors que nous tremblions à cause des frontières, d'où aucun danger n'est jamais venu, nos parents, nos amis et nos voisins ont connu la douleur ou sont morts. Des accidents absurdes et tragiques dus au feu. Oui, vous m'entendez bien : au feu !

Des murmures interloqués coururent dans la foule, soudain libérée de l'emprise hypnotique de Michael. Mais cette réaction ne parut pas le surprendre. Il dévisagea ses auditeurs les uns après les autres, laissant la confusion grandir. Puis, sans crier gare, il tendit une main, désignant…

… Richard !

— Regardez cet homme ! cria-t-il. (Toutes les têtes se tournèrent vers le compagnon de Kahlan.) Regardez mon frère adoré ! (Richard essaya en vain de se faire tout petit.) Ce frère chéri qui partage avec moi la douleur d'avoir perdu sa mère à cause du feu ! Les flammes nous l'ont arrachée quand nous étions très jeunes, et nous avons dû grandir sans son amour, ses soins et ses conseils. Ce n'est pas un ennemi imaginaire venu de la frontière qui nous l'a prise, mais le feu ! Quand nous étions en larmes, la nuit, elle ne pouvait plus nous consoler ! Le plus terrible, c'est que cela aurait dû être évité…

Des larmes ruisselèrent sur les joues de Michael.

— Je suis désolé, mes amis, veuillez me pardonner… (Il tira un mouchoir de sa manche et sécha ses yeux.) Mais ce matin, j'ai appris qu'un autre incendie avait tué un jeune couple de parents, laissant leur fille orpheline. Cela a réveillé mon chagrin et je n'ai pas pu me taire…

De nouveau corps et âme avec lui, les hommes et les femmes qui l'écoutaient sanglotaient sans retenue. Une vieille dame posa la main sur l'épaule de Richard, tétanisé, et lui souffla ses condoléances à l'oreille.

— Je me demande, continua Michael, combien d'entre vous ont connu le même drame que mon frère et moi. S'il vous plaît, tous ceux qui ont eu un parent ou un ami blessé ou tué par le feu, identifiez-vous !

Quelques mains se levèrent et on entendit des gémissements.

— Et voilà, mes amis, lança Michael en écartant les bras, la souffrance qui nous entoure ! Inutile de sortir de cette salle pour la trouver !

Richard serra les poings quand des souvenirs longtemps refoulés déferlèrent en lui.

Persuadé d'avoir été escroqué par George Cypher, un homme avait perdu son calme et brisé une lampe à huile sur la table de la maison familiale. Pendant que le type tirait George dehors, le rouant de coups, leur mère avait secouru Michael et Richard, endormis dans leur chambre. Après les avoir mis en sécurité, elle était retournée prendre quelque chose dans la maison (ils n'avaient jamais su quoi), où elle avait brûlé vive. Ramené à la raison par ses cris, l'homme avait essayé d'aider George à la tirer du brasier. En vain. Fou de culpabilité et d'horreur, le type avait éclaté en sanglots, criant à qui voulait l'entendre qu'il était désolé.

Voilà ce qui arrivait, lui avait répété mille fois son père, quand on perdait son calme. Si Michael négligeait la leçon, Richard s'y tenait au pied de la lettre. Terrifié par les conséquences possibles de sa colère, il l'étouffait dès qu'elle montrait le bout du nez.

Michael se trompait du tout au tout. Ce n'était pas le feu qui avait tué leur mère, mais la colère !

Bras le long du corps, tête inclinée, comme vidé de son énergie, Michael conclut d'une voix blanche :

— Que pouvons-nous faire pour protéger nos familles du feu ? (Il secoua tristement la tête.) Je n'en sais rien, mes amis… Mais je chargerai une commission de se pencher sur le problème, et toutes les suggestions des citoyens responsables seront bienvenues. Ma porte leur sera toujours ouverte. Ensemble, nous pouvons agir. Ensemble, nous réussirons !

» Et maintenant, mes amis, permettez-moi d'aller réconforter mon frère. Il a souffert que je parle de notre tragédie familiale et je dois lui demander pardon…

Il sauta de l'estrade. Quand la foule s'écarta devant lui, quelques mains se tendirent pour le toucher, mais il ne s'attarda pas.

Richard le regarda approcher.

L'assistance se dispersa et Kahlan seule resta près de lui, une main posée sur son bras.

Massés autour de la table, les convives se lancèrent dans des conversations animées et ne s'intéressèrent plus à eux.

Richard bomba le torse et étouffa sa colère.

Rayonnant, Michael lui tapota joyeusement l'épaule.

— Un grand discours ! se congratula-t-il. Qu'en penses-tu ?

Richard baissa les yeux sur la mosaïque du sol.

— Pourquoi as-tu parlé de sa mort ? Raconter ces horreurs à tout le monde… Utiliser notre mère comme ça !

Michael passa un bras autour des épaules de son frère.

— Je sais que ça t'a secoué et je m'excuse, mais c'était pour la bonne cause. Tu as vu les larmes dans leurs yeux ? Mon grand projet améliorera la vie de tous et Terre d'Ouest sera plus puissante que jamais. J'étais sincère : nous devons relever les défis de l'avenir avec enthousiasme, pas en tremblant de peur !

— Et que voulais-tu dire exactement à propos des frontières ?

— Les choses changent, Richard… Je dois nous ouvrir la route. (Le sourire de Michael s'effaça.) C'est le fond de ma pensée. Les frontières ne tiendront pas éternellement. Selon moi, elles n'ont pas été conçues pour ça. Il faut nous y préparer…

—Où en est l'enquête sur la mort de notre père ? demanda Richard, pressé de changer de sujet. Les pisteurs ont découvert quelque chose ?

Michael retira son bras des épaules de Richard.

—Quand grandiras-tu enfin ? George était un vieux fou qui passait son temps à s'approprier des choses qui ne lui appartenaient pas. Il est sûrement tombé sur un propriétaire mal luné armé d'un grand couteau.

—C'est faux et tu le sais ! cria Richard, qui détestait entendre Michael dire « George » sur ce ton. Il n'a jamais rien volé !

—Détrousser les vieux morts n'est pas plus permis que le reste ! Une tierce personne a dû vouloir faire justice et récupérer un bien quelconque.

—Et comment le sais-tu ? Qu'as-tu découvert ?

—Rien du tout ! Mais c'est évident. La maison était sens dessus dessous. Quelqu'un cherchait quelque chose et ne l'a pas trouvé. George ayant refusé de parler, on l'a tué. C'est tout ce qu'on peut dire. Les éclaireurs n'ont pas repéré de piste. Nous ne connaîtrons jamais le ou les coupables. Tu devrais t'y résigner…

La théorie se tenait : quelqu'un avait voulu récupérer un objet. Richard ne pouvait pas blâmer Michael de ne pas avoir découvert de qui il s'agissait. Mais comment expliquer l'absence de traces ?

—Désolé, tu as peut-être raison… Alors, ça n'était pas lié à la conspiration contre toi. Tes ennemis n'y sont pour rien ?

—Non, non… Aucun rapport… Ce problème est réglé ! Ne t'en fais pas pour moi. Je ne risque rien et tout va pour le mieux. (Michael se rembrunit.) Dis-moi, petit frère, pourquoi es-tu venu dans cette tenue ? Tu aurais pu faire un effort, cette fête est prévue depuis des semaines !

Kahlan répondit à la place de Richard, qui avait presque oublié sa présence.

—Veuillez pardonner votre frère, ce n'est pas sa faute. Il devait me servir de guide jusqu'à Hartland et je suis arrivée en retard à notre rendez-vous. Je vous implore de ne pas le juger mal à cause de moi.

Michael examina attentivement la jeune femme.

—Et à qui ai-je l'honneur ?

—Kahlan Amnell…

—Ainsi, fit le Premier Conseiller en la saluant de la tête, vous n'êtes pas sa cavalière, comme je le croyais. Et d'où veniez-vous ?

—Un petit village, loin d'ici. Je suis sûre que vous n'en avez jamais entendu parler.

Michael ne releva pas et se tourna vers son frère.

—Tu passes la nuit ici ?

—Non. Je dois aller voir Zedd. Il veut me parler.

—Hum… Richard, tu devrais mieux choisir tes amis. Tu perds ton temps avec ce vieil idiot ! (Il regarda Kahlan.) Et vous, ma chère, resterez-vous pour la nuit ?

— Désolée, mais j'ai d'autres engagements…

Michael tendit les bras, posa les mains sur la croupe de la jeune femme, l'attira vers lui et logea une jambe entre ses cuisses.

— Changez-en ! lança-t-il avec un sourire glacial.

— Retirez… vos… mains…, dit lentement Kahlan, menaçante.

Michael et elle se défièrent du regard.

— Michael, arrête ça ! cria Richard, qui n'en croyait pas ses yeux.

Son frère, se comporter comme un mufle de la pire espèce !

Ils l'ignorèrent, continuant leur duel silencieux.

Richard hésita, conscient qu'ils désiraient le voir rester en dehors de ça. Il se raidit néanmoins, prêt à passer outre…

— Un contact agréable…, souffla Michael. Je pourrais tomber amoureux de toi…

— Et tu n'as encore rien vu ! lança Kahlan. Maintenant, retire tes mains !

Voyant que Michael ne réagissait pas, elle posa doucement l'ongle de son pouce sur sa poitrine, juste sous la gorge. Leurs regards croisant toujours le fer, elle laissa sa main descendre lentement et entailla la chair. Un filet de sang perla de la blessure.

Michael tenta de ne pas bouger, mais Richard lut dans ses yeux que l'expérience était très douloureuse.

N'y tenant plus, son frère lâcha Kahlan et recula. Sans daigner lui jeter un coup d'œil, elle traversa la salle et sortit.

Richard foudroya Michael du regard, incapable d'étouffer vraiment sa colère.

Puis il suivit son amie.

Chapitre 4

Richard repéra Kahlan dans le jardin. Sa robe et ses longs cheveux voletaient derrière elle sous la lumière du couchant. Arrivée près d'un arbre, elle s'arrêta. En l'attendant, elle essuya pour la deuxième fois de la journée le sang qui maculait sa main. Quand il lui tapota l'épaule, elle se retourna, parfaitement impassible.

— Kahlan, je suis navré, et…

— Ne t'excuse pas ! Ton frère ne s'en prenait pas à moi, c'est toi qu'il visait.

— Que veux-tu dire ?

— Cet homme est jaloux. Il n'est pas idiot. Il a vu que j'étais avec toi, et ça l'a irrité.

Richard prit Kahlan par le bras et l'entraîna loin de la maison. Furieux contre Michael, il avait honte de sa réaction. Comme s'il avait trahi son père…

— Ça n'explique rien… Le Premier Conseiller peut avoir tout ce qu'il désire. J'aurais dû intervenir.

— Je ne voulais pas que tu t'en mêles… Richard, il convoite tout ce que tu possèdes. Si tu l'avais arrêté, il se sentirait obligé de me conquérir. Désormais, je ne l'intéresse plus. Ce qu'il a fait au sujet de votre mère était pire. Mais aurais-tu voulu que je parle à ta place ?

— Non, ce n'était pas à toi de t'en charger, concéda Richard, sa colère enfin étouffée.

Autour d'eux, les maisons, plus modestes, restaient coquettes et bien entretenues. Certains propriétaires profitaient de la clémence du temps pour faire des réparations avant l'arrivée de l'hiver. Sentant l'air vif et piquant, Richard devina que la nuit serait froide. Une soirée idéale pour un bon feu de cheminée qui embaumerait l'atmosphère.

À mesure qu'ils marchaient, les palissades blanches cédaient la place aux grands carrés de pelouse des manoirs érigés en retrait de la route. Sans s'arrêter, Richard arracha une feuille à la branche d'un chêne qui bordait le chemin.

— Tu sembles en savoir long sur les gens, dit-il. Leurs motivations ne t'échappent pas…

— Possible…

— C'est à cause de ça qu'on te poursuit ? demanda Richard en déchiquetant soigneusement sa feuille.

Kahlan tourna la tête vers lui et chercha son regard.

— Ces gens me traquent parce qu'ils ont peur de la vérité. Toi, elle ne t'effraie pas. C'est pour ça que je te fais confiance.

Il sourit du compliment, content de la réponse, même s'il n'était pas sûr de la comprendre.

— Alors, tu ne vas pas me botter les fesses ?

— Non, mais ça n'est pas passé loin ! (Elle se tut un instant, mélancolique.) Navrée, Richard, mais pour l'instant, il faut me croire aveuglément. Plus je t'en dirai, plus nous serons en danger tous les deux. Toujours amis ?

— Toujours amis ! confirma Richard en jetant les restes de la feuille. Un jour, tu me raconteras tout ?

— Si je peux, c'est promis…

— Parfait… Après tout, je suis un « sourcier en quête de vérité ».

Kahlan s'arrêta net, le prit par la manche et le força à se tourner vers elle.

— Pourquoi as-tu dit ça ?

— Quoi ? « Sourcier en quête de vérité » ? Zedd me donne ce surnom depuis mon enfance… Parce que je veux toujours aller au fond des choses, selon lui. Pourquoi cette réaction ?

— Oublie ça…, souffla Kahlan en reprenant son chemin.

Richard avait encore touché un point sensible. Mais cette fois, il tenait un début d'explication. Les ennemis de Kahlan la traquaient parce qu'ils redoutaient la vérité. En l'entendant annoncer qu'il était un « sourcier en quête de vérité », elle avait dû avoir peur qu'ils s'en prennent aussi à lui.

— Peux-tu au moins me dire qui sont les gens qui te poursuivent ?

Kahlan se rapprocha de lui sans cesser de surveiller la route.

— Ce sont les adeptes d'un homme maléfique appelé Darken Rahl. S'il te plaît, ne me pose plus de questions ! Je n'ai pas envie de penser à lui.

Darken Rahl. Au moins, maintenant, il connaissait le nom de leur adversaire…

Une fois le soleil disparu derrière les collines des bois de Hartland, l'air se rafraîchit sensiblement.

Richard et Kahlan marchaient en silence. Cela ne gênait pas le jeune homme, car il avait très mal à la main et se sentait un peu nauséeux. Un bon bain et un lit douillet, voilà ce qu'il lui fallait ! Non, rectifia-t-il. Il serait plus galant de laisser le lit à son amie. Il dormirait sur son fauteuil préféré, celui qui grinçait un peu. Un bon programme. La journée avait été longue et il n'était plus très vaillant.

Près d'un bosquet de bouleaux, il fit signe à Kahlan de s'engager sur le sentier qui conduisait à sa maison. Elle avança et brisa au passage des toiles d'araignée, chassant du dos de la main les fils qui se déposaient sur son visage et ses bras.

Richard avait hâte d'être chez lui. En plus du couteau et des autres choses utiles qu'il avait oublié d'emporter, il était pressé de retrouver un objet très important qu'il tenait de son père…

George avait fait de lui le gardien d'un secret et d'un grimoire tout aussi secret. Afin de prouver que l'ouvrage n'avait pas été volé, mais simplement mis à l'abri, il avait donné à son fils un moyen de démontrer sa bonne foi. Un croc triangulaire long de trois doigts… Richard y avait attaché une lanière de cuir pour le porter autour du cou. Mais comme son couteau et son sac à dos, il avait laissé le pendentif chez lui. Comment pouvait-on être aussi stupide ? Sans le croc, son père risquerait de passer pour un vulgaire voleur, ainsi que Michael l'avait insinué.

Plus haut sur le sentier, après une zone rocheuse à découvert, les chênes, les érables et les bouleaux cédaient la place à des épicéas. Le sol, jusque-là couvert de feuilles vertes, déroulait sous les pieds des promeneurs un tapis d'aiguilles marron. Soudain, Richard eut un mauvais pressentiment. Prenant délicatement la manche de Kahlan entre le pouce et l'index, il la tira en arrière.

— Je vais passer le premier, dit-il calmement.

Elle obéit sans poser de question. La demi-heure suivante, avançant plus lentement, il étudia le sol et examina toutes les branches qui pendaient au bord du chemin.

Puis il s'arrêta au pied de la dernière butte avant sa maison et fit signe à Kahlan de s'accroupir avec lui derrière un buisson de fougères.

— Un problème ? demanda la jeune femme.

— Je m'inquiète peut-être pour rien. Mais quelqu'un a emprunté ce chemin dans l'après-midi…

Il ramassa une pomme de pin écrasée et l'étudia avant de la reposer.

— Comment le sais-tu ?

— À cause des toiles d'araignée… (Il regarda vers le sommet de la butte.) Il n'y en a plus depuis un moment. Quelqu'un est passé et les a détruites. Les araignées n'ont pas eu le temps d'en tisser de nouvelles…

— Quelqu'un habite dans les environs ?

— Non. Il peut s'agir d'un voyageur, mais ce chemin n'est pas très fréquenté.

— Quand je marchais devant, il y avait des toiles d'araignée partout. Je les enlevais de mon visage tous les dix pas…

— C'est bien ce qui m'ennuie… Personne n'a suivi cette partie-là du chemin aujourd'hui. Mais depuis la zone à découvert, il n'y a plus de toiles.

— Comment est-ce possible ?

— Je n'en sais rien… Quelqu'un a peut-être traversé les bois jusqu'à la clairière, et rejoint le chemin à cet endroit. Mais c'est un itinéraire très accidenté. Ou alors, mon visiteur est tombé du ciel ! Ma maison est juste après cette butte. Restons vigilants…

Richard passa le premier. Kahlan le suivit, tous les sens en alerte, comme lui.

Le jeune homme aurait voulu faire demi-tour, mais il ne parvenait pas à s'y résoudre. Impossible de repartir sans le croc que son père lui avait remis en guise de sauf-conduit !

Au sommet de la butte, ils s'accroupirent derrière un grand pin et examinèrent la maison. La porte était ouverte, alors qu'il la fermait toujours, et les fenêtres avaient été cassées. Toutes ses possessions jonchaient le sol.

Richard se releva.

— Mise à sac, comme la maison de mon père !

Kahlan le saisit par la chemise et l'empêcha de courir.

— Richard ! souffla-t-elle, furieuse. Ton père est peut-être rentré chez lui exactement comme ça. Et s'il avait foncé tête baissée, comme tu t'apprêtais à le faire, alors que ses ennemis le guettaient à l'intérieur ?

Elle avait raison, bien entendu. Richard se passa une main dans les cheveux pour s'aider à réfléchir. Puis il regarda de nouveau sa demeure. La cloison arrière était adossée aux bois et la porte d'entrée donnait sur la clairière. Comme il n'y avait pas d'autre issue, toute personne cachée à l'intérieur s'attendrait à ce qu'il passe par là.

— D'accord…, murmura-t-il. Mais il y a chez moi un objet que je ne peux pas laisser. Dès que je l'aurai récupéré, on filera d'ici.

S'il aurait préféré y aller seul, abandonner Kahlan sur le chemin ne lui disait rien qui vaille. Ils s'enfoncèrent dans les bois et décrivirent un grand cercle pour contourner la maison. Quand ils atteignirent l'endroit d'où Richard pourrait approcher du bâtiment par l'arrière, il fit signe à son amie de l'attendre. Elle en fut contrariée, mais ce n'était pas négociable. Si quelqu'un avait tendu un piège, il ne voulait pas qu'elle tombe dedans avec lui.

Il la laissa sous un épicéa, avança lentement et fit un grand détour pour rester sur le tapis d'aiguilles et éviter les zones jonchées de feuilles. Quand il aperçut la fenêtre de derrière, il s'immobilisa. Pas un bruit. Plié en deux, le cœur battant à tout rompre, il reprit sa progression. Lorsqu'un serpent traversa son chemin, il le laissa passer sans esquisser un geste.

Arrivé devant la maison en rondins patinés par les intempéries, il posa doucement une main sur le rebord de la fenêtre et leva la tête pour jeter un regard à l'intérieur. Tous les carreaux étaient cassés et il ne restait rien d'intact dans sa chambre. Autour du lit éventré gisaient des livres précieux aux pages déchirées. La porte qui donnait sur l'autre pièce était entrebâillée, mais pas assez pour voir ce qu'il y avait derrière. Si on ne la calait pas avec un morceau de bois, c'était la position qu'elle adoptait naturellement…

Richard passa la tête par la fenêtre et baissa les yeux sur son lit. Son sac à dos et le pendentif étaient accrochés à la colonne du lit, à l'aplomb de la fenêtre, là où il les avait laissés. Il tendit lentement le bras…

Dans la pièce de devant retentit un grincement familier. Richard se pétrifia. Le craquement de son fauteuil, tellement lié à ce vieux meuble qu'il n'avait jamais pu se résoudre à le supprimer.

Richard recula sans un bruit. Quelqu'un l'attendait dans l'autre pièce, assis sur son cher fauteuil.

Il capta du coin de l'œil un mouvement qui le força à tourner la tête vers la droite. Perché sur une souche pourrie, un écureuil le regardait.

S'il te plaît, pensa Richard, *ne commence pas à babiller pour m'ordonner de quitter ton territoire*!

L'écureuil continua à l'observer un long moment, puis sauta sur un arbre, l'escalada et disparut.

Richard releva la tête pour regarder de nouveau par la fenêtre. La porte était toujours dans la même position. Sans la quitter des yeux, attentif au moindre bruit venant de l'autre pièce, le jeune homme tendit le bras et saisit son sac et son pendentif. Le couteau reposait sur une petite table, de l'autre côté du lit. Pas moyen de le prendre!

Il ramena lentement son bras et fit passer le sac par la fenêtre sans heurter les échardes de la vitre brisée.

Son butin dans les mains, il rebroussa chemin et résista de justesse à l'envie de courir. Un coup d'œil par-dessus son épaule lui apprit que personne ne le suivait. Passant la tête à travers la lanière de cuir, il fit glisser le croc sous sa chemise. Personne ne devait le voir, à part le gardien du grimoire secret.

Kahlan attendait là où il l'avait laissée. Quand elle le vit, elle se leva d'un bond, mais il posa un doigt sur ses lèvres pour lui indiquer de ne pas parler. Le sac sur son épaule gauche, il tapota gentiment le dos de son amie, qui se mit aussitôt en mouvement.

Pas question de revenir par le même chemin! Richard guida Kahlan à travers bois et ils rejoignirent le sentier, au-delà de la maison. Tous les deux soupirèrent de soulagement devant les magnifiques toiles d'araignée qui leur barraient le chemin sous les derniers rayons du soleil.

Ce sentier était plus difficile et très long, mais il les conduirait à destination. Chez Zedd!

La maison du vieil homme était trop loin pour qu'ils l'atteignent avant la nuit et s'aventurer dans le noir sur un terrain aussi accidenté aurait été dangereux. Mais Richard voulait mettre le plus de distance possible entre eux et l'ennemi qui attendait encore son retour à la maison. Tant qu'il y aurait un peu de lumière, ils continueraient.

Avec un détachement qui l'étonna, Richard se demanda si c'était l'assassin de son père qui le guettait. Sa maison était ravagée, comme celle de George. Lui avait-on tendu le même piège qu'à son fils? S'agissait-il du même tueur? Brûlant de l'affronter, ou au moins de voir son visage, le jeune homme avait pourtant cédé à la voix intérieure qui lui ordonnait de fuir…

Richard s'efforça de ne pas laisser son imagination s'emballer. Bien sûr que quelque chose, en lui, l'avait incité à fuir le danger! Aujourd'hui, il s'était sorti de justesse d'une situation désespérée. Se fier une fois à sa chance était déjà stupide. Rejouer à ce petit jeu aurait été d'une arrogance suicidaire. La fuite restait la meilleure solution…

Pourtant, il regrettait toujours d'ignorer s'il existait un lien entre la mort de son père et la mise à sac de sa propre maison. Il voulait savoir qui était le meurtrier de George. Il *brûlait* de le découvrir.

Même si on ne lui avait pas laissé voir le cadavre, il avait insisté pour savoir comment George était mort. Chase le lui avait dit en prenant mille précautions. Son père avait le ventre ouvert, ses entrailles éparpillées sur le sol. Comment pouvait-on faire une chose pareille ? Et pourquoi ? Y penser le rendait malade et menaçait de le rendre fou.

Il ravala péniblement la boule qui s'était formée dans sa gorge.

— Alors ? lança soudain Kahlan.

— Alors, quoi ?

— As-tu récupéré ce que tu cherchais ?

— Oui.

— Et je peux savoir ce que c'était ?

— Mon sac à dos. Il me le fallait…

Kahlan se retourna, les poings sur les hanches, l'air horripilé.

— Richard Cypher, tu veux me faire croire que tu as risqué ta vie pour un sac à dos !

— Mon amie, j'ai peur de devoir te botter les fesses…, fit Richard sans réussir à sourire.

Elle continua à le regarder de biais, la tête inclinée, mais la réplique avait douché sa fureur.

— Bien joué, mon ami, dit-elle. Très finement joué…

À l'évidence, Kahlan avait l'habitude d'obtenir des réponses à ses questions…

La pénombre venue, Richard réfléchit aux endroits où ils pourraient passer la nuit. Plusieurs pins-compagnons, sur leur chemin, pourraient les abriter. Il y en avait un au bord d'une clairière, pas très loin devant eux. On apercevait la cime des grands arbres sur le fond encore rosâtre du ciel.

Il se décida pour cette solution et fit signe à Kahlan de le suivre.

Le croc qui pendait à son cou le harcelait sans cesse, comme les secrets qui dormaient dans sa tête. Il aurait donné cher pour que son père n'ait pas fait de lui le gardien de ce grimoire…

Cette pensée avait traversé son esprit quand il était près de sa maison, mais il l'avait refoulée tout au fond de sa tête. Ses livres avaient été déchiquetés par quelqu'un que la colère aveuglait. Était-ce pour se venger de ne pas avoir trouvé le bon ouvrage ? Impossible ! À part son véritable propriétaire, personne ne connaissait l'existence du grimoire…

Plus son père… et lui… et la créature à qui appartenait le croc.

Mieux valait ne plus penser à tout ça ! Il fallait qu'il chasse cette méchante idée de sa tête. George n'avait pas voulu lui nuire. Il n'avait pas eu tort de lui confier le grimoire…

La peur éprouvée sur le mont Dentelé, puis près de sa propre maison, semblait avoir sapé ses forces. Ses pieds lui semblaient trop lourds pour continuer longtemps à se lever et s'abaisser sur le sol couvert de mousse.

Au moment où Richard sortait des broussailles pour pénétrer dans la clairière, il s'arrêta, histoire d'écraser la mouche qui s'attaquait à son cou.

Kahlan lui saisit le poignet au vol.

Son autre main se plaqua sur la bouche du jeune homme.

Richard s'immobilisa.

Kahlan hocha lentement la tête, lui lâcha le poignet, posa sa main libre à l'arrière du crâne de son compagnon et continua à presser l'autre sur sa bouche. À son expression, il comprit qu'elle mourait de peur à l'idée qu'il émette un son.

Elle le força à s'accroupir et il ne résista pas.

Ses yeux le tenaient sous une emprise aussi ferme que celle de ses mains. Sans cesser de croiser son regard, elle approcha son visage si près du sien qu'il sentit un souffle chaud sur sa joue.

— Écoute-moi bien…, murmura-t-elle si bas qu'il dut tendre l'oreille pour comprendre. Fais exactement ce que je dis. (Elle parlait avec une telle intensité qu'il n'osa même pas ciller.) Ne bouge pas ! Quoi qu'il arrive, ne bouge pas ! Sinon, nous sommes morts. Si la mouche te pique, laisse-la faire. Compris ? Tu peux hocher doucement la tête pour répondre…

Il s'exécuta.

Du regard, elle lui indiqua de tourner les yeux vers la clairière. Il obéit avec une lenteur infinie et ne vit rien. Puis il entendit un grognement, un peu comme le cri d'un sanglier.

Alors, Richard vit !

Il tressaillit involontairement. Kahlan appuya plus fort sur sa bouche.

Au fond de la clairière, la lumière mourante du crépuscule fit briller les deux yeux braqués dans leur direction. La créature marchait sur deux pattes, comme un homme. Elle faisait une bonne tête de plus que Richard et devait peser trois fois plus lourd.

D'autres mouches s'en prirent au cou du jeune homme, qui s'efforça de les ignorer.

Il regarda de nouveau Kahlan, qui n'avait pas tourné la tête vers la bête. Elle connaissait le monstre qui les guettait et continuait de surveiller son compagnon, craignant qu'une réaction incontrôlée les trahisse. Pour la rassurer, il osa de nouveau un infime hochement de tête.

Kahlan enleva la main de la bouche du jeune homme, lui prit le poignet et le tira vers le sol. Du sang ruisselait sur son cou tandis qu'elle gisait sur la mousse, immobile, laissant les mouches continuer à la torturer.

Richard sentit d'autres piqûres d'insectes mais ne broncha pas.

Dans la clairière, le monstre grogna. Richard et Kahlan tournèrent lentement la tête.

À une vitesse étonnante malgré sa démarche chaloupée, la bête gagna le centre de la clairière. Tandis que sa longue queue fouettait l'air, ses yeux verts sondèrent les buissons. La tête inclinée, elle pointa ses petites oreilles arrondies et écouta.

Le corps de la créature était couvert de fourrure, à l'exception de sa poitrine et de son ventre, tapissés d'une peau rose lisse et lustrée sous laquelle se tendaient des muscles noueux. Des mouches bourdonnaient autour d'une grosse tache, sur la peau presque diaphane.

La bête leva la gueule et émit un long sifflement. Richard vit l'air froid de la nuit se transformer en buée entre des crocs aussi longs et épais que ses doigts.

Pour ne pas hurler de terreur, il se concentra sur la douleur que lui infligeaient les mouches. Inutile de penser à fuir en rampant ou en courant. La bête était trop près et trop rapide.

Un cri monta du sol, droit devant eux, faisant tressaillir Richard. Aussitôt, la bête chargea de nouveau, vive comme l'éclair en dépit de son allure pataude. Kahlan enfonça ses ongles dans le poignet de son compagnon. À part cela, elle ne broncha pas.

Richard se tétanisa quand la bête bondit…

… sur un lapin aux oreilles noires de mouches qui tenta de fuir en criant de nouveau, mais fut inexorablement happé et déchiqueté en une fraction de seconde. Un coup de mâchoire suffit pour que la moitié avant de son corps disparaisse dans la gueule du monstre. Campé devant les deux jeunes gens, il déchira les entrailles du pauvre animal et se barbouilla la poitrine et l'estomac d'une infâme bouillie rouge. Les mouches, y compris celles qui harcelaient Kahlan et Richard, retournèrent vers la bête pour festoyer. Déchirés en deux, les pitoyables restes du lapin disparurent dans la gueule de la créature.

Qui déglutit, inclina de nouveau la tête et écouta.

Richard et Kahlan retinrent leur souffle.

De grandes ailes membraneuses si fines qu'on y voyait pulser des vaisseaux sanguins se déployèrent sur le dos de la bête. Elle regarda une dernière fois autour d'elle, décolla, plana au-dessus de la clairière, se redressa, prit de l'altitude et partit en direction de la frontière.

Toutes les mouches l'avaient suivie.

Kahlan et Richard se laissèrent tomber sur le dos, le souffle court et le corps engourdi à force de terreur. Le jeune homme repensa aux histoires de monstres volants qui dévoraient les gens. S'il n'y avait jamais cru, il était temps de changer d'avis !

Un objet, dans son sac, appuyait douloureusement contre son omoplate. Quand il ne peut plus supporter la souffrance, il roula sur le côté et se releva sur un coude. Trempé de sueur, il grelottait dans l'air mordant de la nuit. Kahlan reposait toujours sur le dos, les yeux fermés et la respiration saccadée. Quelques mèches de cheveux collaient à son front, mais la plus grande partie de sa superbe crinière formait comme une corolle autour de sa tête.

Elle aussi ruisselait d'une sueur teintée de rouge autour du cou.

Richard eut le cœur serré en pensant à la succession d'horreurs qu'était la vie de son amie. Dire qu'elle semblait tout connaître sur cette abominable créature. Que n'aurait-il pas donné pour qu'elle ne l'ait jamais croisée !

— Kahlan, c'était quoi ?

Elle s'assit et prit une profonde inspiration avant de regarder Richard. D'une main, elle ramena derrière ses oreilles les mèches qui la gênaient. Le reste de ses cheveux cascada sur ses épaules.

— Un garn à longue queue…

Elle passa les doigts sur son omoplate et en ramena, tenue par les ailes, une mouche qui avait dû se prendre dans les plis de sa robe et être écrasée quand elle s'était jetée sur le dos.

— C'est une mouche à sang… Les garns les utilisent pour la chasse. Elles débusquent le gibier et le monstre l'attrape. Puis il se barbouille d'un peu de sang et d'abats écrasés pour les nourrir. Nous avons eu de la chance… (Elle brandit l'insecte devant le nez de Richard.) Les garns à longue queue sont idiots. Avec un garn à queue courte, nous serions morts. Ils sont plus grands et beaucoup plus malins. (Elle marqua une pause pour s'assurer que Richard ouvrait en grand ses oreilles.) Avant de quitter un terrain de chasse, ils comptent leurs mouches !

Richard était mort de peur, épuisé, désorienté et il souffrait le martyre. Ce cauchemar ne finirait-il jamais ? Sans se soucier de l'objet qui le blessait, il se laissa retomber sur le dos avec un soupir rageur.

— Kahlan, après notre combat contre les tueurs, tu n'as rien voulu me dire, et j'ai respecté ton silence. (Il ferma les yeux, incapable de soutenir le regard intense de son amie.) À présent, on me traque aussi. Pour ce que j'en sais, c'est peut-être le meurtrier de mon père. Il ne s'agit plus seulement de toi ! Je ne peux plus rentrer chez moi… Dans ces conditions, j'ai le droit de savoir, au moins en partie, ce qui se passe. Je suis ton allié, pas ton adversaire.

Il marqua une courte pause.

— Quand j'étais enfant, j'ai failli mourir d'une terrible fièvre. Zedd m'a sauvé en dégottant je ne sais quelle racine. Jusque-là, c'était la seule occasion où j'ai frôlé la mort. Aujourd'hui, j'ai failli y passer trois fois. Qu'ai-je… ?

Kahlan lui toucha les lèvres du bout d'un doigt pour lui imposer le silence.

— Tu as raison. Je répondrai à tes questions. Sauf si elles me concernent directement. Pour l'instant, ça m'est impossible.

Il se rassit et la regarda. La pauvre tremblait de froid.

Richard enleva le sac à dos de ses épaules, l'ouvrit, en sortit une couverture et en enveloppa Kahlan.

— Tu m'as promis un bon feu, dit-elle. Tiendras-tu parole ?

Le jeune homme se leva en souriant.

— Bien sûr ! Il y a un pin-compagnon juste de l'autre côté de la clairière. Si tu préfères, on en trouvera d'autres un peu plus loin.

La jeune femme le regarda, le front plissé d'inquiétude.

— D'accord, nous irons plus loin !

— Richard, demanda Kahlan, c'est quoi, un pin-compagnon ?

Chapitre 5

Richard écarta les branches de l'arbre.

— Voilà, c'est ça, un pin-compagnon, dit-il. L'ami de tous les voyageurs…

Il faisait noir à l'intérieur de l'abri. Kahlan prit la relève de son ami, tenant les branches afin que les rayons de lune l'éclairent pendant qu'il utilisait son silex pour allumer un feu. Ayant souvent campé là quand il allait chez Zedd ou en revenait, Richard avait équipé le refuge d'un petit foyer en pierre. Kahlan remarqua une réserve de bois sec et, au fond, un tapis d'herbes séchées qui servait de couchette.

Privé de son couteau, Richard se félicita d'avoir pensé à entreposer des brindilles. Le feu prit rapidement et fournit aux deux voyageurs une lumière tremblotante.

Richard ne pouvait pas tenir debout sous les branches à l'endroit où elles jaillissaient du tronc. Couvertes d'aiguilles aux extrémités mais nues à la base, elles formaient une sorte de niche d'autant mieux abritée que les rameaux les plus bas s'incurvaient jusqu'au sol. À condition d'être prudent, l'arbre ne souffrait pas des flammes et la fumée s'évacuait en montant en spirale le long du tronc. Enfin, les aiguilles étaient si denses qu'on restait au sec même quand il pleuvait dru.

Richard adorait ces abris petits et confortables que la forêt de Hartland lui offrait un peu partout. Ce soir, il se réjouissait surtout que Kahlan et lui soient bien cachés. Avant sa rencontre avec le garn à longue queue, il éprouvait un grand respect pour certains animaux et certaines plantes de la forêt. Mais rien, dans la nature, ne lui avait jamais fait peur…

Kahlan s'assit en tailleur près du feu. Elle tremblait toujours malgré la couverture qu'elle serrait sur ses épaules.

— J'ignorais l'existence des pins-compagnons, avoua-t-elle. En voyage, je n'ai pas pour habitude de passer la nuit dans les bois. Mais il semble très agréable d'y dormir…

Richard remarqua qu'elle paraissait encore plus épuisée que lui.

— Depuis quand n'as-tu pas fermé l'œil ?

— Deux jours, je crois… Tout se mélange un peu.

Comment pouvait-elle garder les yeux ouverts ? Quand le *quatuor* les poursuivait, il avait presque eu du mal à avancer à son rythme. Mais la peur devait lui donner des ailes !

— Pourquoi as-tu veillé si longtemps ?

— Sur la frontière, dormir n'est pas une très bonne idée…

Kahlan contempla le feu et s'abandonna à son agréable chaleur. Alors que la lumière des flammes dansait sur son visage, elle sortit ses mains de sous la couverture pour les réchauffer.

Pensant à la frontière et à ce qui risquait d'arriver si on s'y endormait, Richard frissonna.

— Tu as faim ? demanda-t-il.

Kahlan fit oui de la tête.

Le jeune homme fouilla dans son sac à dos, trouva une casserole et sortit pour aller la remplir au ruisseau qu'ils avaient traversé en venant. Les bruits nocturnes résonnaient dans un air si glacial qu'il paraissait pouvoir se briser si on ne le traitait pas délicatement. Une nouvelle fois, Richard se maudit d'être parti de chez lui sans emporter son manteau – entre autres choses ! Penser à l'ennemi qui s'était tapi dans sa maison pour l'attendre le fit de nouveau frissonner.

Chaque fois qu'un insecte le frôlait, il craignait qu'il s'agisse d'une mouche à sang. Puis il soupirait de soulagement en reconnaissant un criquet blanc, un papillon de nuit ou un ailes-guipure.

Quand des nuages voilèrent la lune, des ombres inquiétantes se découpèrent devant lui. Contre sa volonté, Richard leva les yeux. Les étoiles, qui clignotaient comme des lucioles, apparaissaient et disparaissaient au rythme où les nuages traversaient le ciel.

L'un d'eux, cependant, ne bougeait pas…

Richard revint sur ses pas, entra dans le refuge et mit la casserole à chauffer, en équilibre sur trois pierres. S'asseyant d'abord loin de Kahlan, il changea d'avis et s'approcha d'elle – parce qu'il avait froid, tenta-t-il de se convaincre. Quand elle l'entendit claquer des dents, elle lui posa la moitié de sa couverture sur les épaules. Réchauffée par le corps de son amie, la laine enveloppa tendrement Richard. Il ne bougea plus et laissa la chaleur envahir peu à peu ses membres.

— Je n'ai jamais rien vu d'aussi dangereux qu'un garn. Les Contrées du Milieu doivent être terrifiantes…

— Le danger est partout, c'est vrai, concéda Kahlan avec un sourire nostalgique. Mais il y a aussi beaucoup de choses superbes, sans compter la magie. C'est un pays très beau. On y trouve une multitude de merveilles. Et les garns ne viennent pas de chez moi. Ils sont originaires de D'Hara.

— D'Hara ? Ils traversent aussi la deuxième frontière ?

Jusqu'au discours de son frère, le jour même, Richard n'avait jamais entendu personne prononcer à voix haute le nom de ce pays. Sauf pour le maudire !

—Richard, dit Kahlan sans cesser de regarder le feu, il n'y a plus de deuxième frontière. Celle qui séparait les Contrées du Milieu de D'Hara n'existe plus depuis le printemps…

Richard se raidit comme si D'Hara la Ténébreuse, au terme d'un bond de géant, venait d'atterrir… près de lui.

—Mon frère est peut-être un prophète qui s'ignore, souffla-t-il.

—Peut-être, répéta simplement Kahlan.

—Cela dit, il ne ferait pas fortune en prédisant des événements qui ont déjà eu lieu…

Richard jeta un regard en biais à sa compagne, qui ne put s'empêcher de sourire.

—Dès que je t'ai vu, dit-elle, j'ai eu l'impression que tu étais un garçon intelligent. (Des étincelles crépitèrent dans ses yeux verts.) Merci de me prouver que j'avais raison…

—Dans sa position, Michael détient des informations que les autres n'ont pas. Il essaie peut-être de préparer les gens, de les habituer à cette idée, pour qu'ils ne paniquent pas le moment venu…

Michael répétait sans cesse que les informations étaient la clé du pouvoir et qu'il ne fallait pas les utiliser à la légère. Depuis qu'il était conseiller, il encourageait les gens à l'informer au plus vite. Le moindre fermier qui lui racontait une histoire s'attirait toute son attention. Si le récit était vrai, il obtenait une faveur en échange…

L'eau commençant à bouillir, Richard se pencha, saisit son sac par une lanière et le tira vers lui. Après avoir remis la couverture en place sur ses épaules, il sortit du sac un sachet de légumes séchés et le vida dans la casserole. Puis il prit dans sa poche une serviette de table où étaient enveloppées quatre grosses saucisses qu'il débita en petits morceaux avant de les ajouter à la soupe.

—D'où sortent ces saucisses ? demanda Kahlan. Tu les as prises chez ton frère ? Voilà qui n'est pas très convenable…

—Un homme des bois avisé, répondit Richard en se léchant les doigts, veut toujours savoir d'où viendra son prochain repas.

—Michael ne serait pas très fier de tes manières…

—Je ne suis pas fier des siennes, avoua Richard, certain qu'elle ne le contredirait pas sur ce point. Kahlan, son comportement est injustifiable. Depuis la mort de notre mère, il est très difficile à vivre. Cela dit, il se soucie vraiment des gens. C'est obligatoire pour être un bon conseiller. Sa charge pèse sur ses épaules et je n'envie pas ses responsabilités. Mais il a toujours voulu être quelqu'un d'important. Obtenir le poste de Premier Conseiller était le rêve de sa vie. Au lieu de s'en réjouir, il est plus nerveux que jamais. Toujours débordé, sans cesse à brailler des ordres ! De mauvaise humeur du soir au matin… Peut-être s'est-il aperçu que ce qu'il désirait ne lui convenait pas. Mais j'aimerais tant qu'il redevienne comme avant.

—Au moins, lâcha Kahlan, tu as eu le bon goût de voler les meilleures saucisses…

Cette remarque allégeant à point nommé l'atmosphère, ils rirent de bon cœur.

— Kahlan, dit Richard quand il eut repris son sérieux, je ne comprends pas, au sujet de la frontière… D'ailleurs, je ne sais même pas ce qu'elle est, seulement qu'elle sert à séparer les pays pour préserver la paix. Et que quiconque s'y aventure n'en revient pas vivant. Chase et ses hommes s'assurent que les gens en restent loin. Pour leur propre bien…

— Chez toi, on ne raconte pas aux jeunes l'histoire des trois pays ?

— Non. J'ai toujours trouvé ça étrange, mais personne n'a jamais répondu à mes questions. Et on me juge mal parce que je cherche à savoir. Les vieux prétendent que ça fait trop longtemps pour qu'ils se souviennent – ou ils inventent d'autres prétextes… Mon père et Zedd m'ont dit qu'ils vivaient jadis dans les Contrées du Milieu. Ils sont venus en Terre d'Ouest quand la frontière n'existait pas et ils se sont connus longtemps avant ma naissance. D'après eux, lorsqu'il n'y avait pas de frontière, la vie était très dure et les gens se faisaient sans cesse la guerre. Mais à les en croire, c'était tout ce que j'avais besoin de savoir, parce qu'il valait mieux oublier tout ça. Zedd semblait encore plus amer que mon père à propos du passé…

Kahlan cassa du petit bois et le jeta dans le feu.

— C'est une très longue histoire. Si tu veux, je peux t'en raconter une partie…

Richard fit signe à son amie de continuer.

— Il y a très longtemps, avant la naissance de nos parents, D'Hara était composée de plusieurs royaumes, comme les Contrées du Milieu. Panis Rahl, un des dirigeants de D'Hara, se distinguait par sa cruauté et son avidité. Dès son accession au pouvoir, il tenta d'annexer tout le territoire – un royaume après l'autre – souvent avant que l'encre des traités de paix soit sèche. Très vite, il devint le maître absolu. Au lieu de profiter de sa puissance, il s'intéressa aussitôt à ce qu'on nomme aujourd'hui les Contrées du Milieu. Une confédération de pays qui restaient libres et indépendants tant qu'ils avaient la sagesse de vivre en paix les uns avec les autres…

» Ayant vu ce que Rahl avait fait chez lui, les peuples des Contrées du Milieu se méfiaient. Conscients que signer un traité de paix ne servait à rien, ils choisirent de rester libres et se dotèrent d'une défense commune chapeautée par le Conseil des Contrées du Milieu. Certains pays membres ne s'appréciaient pas beaucoup, mais la désunion, ils le savaient, aurait signifié leur perte.

» Panis Rahl envoya ses armées et la guerre dura des années…

Kahlan jeta de nouveau du bois dans le feu.

— Ses légions tenues en échec, il se tourna vers la sorcellerie. Elle était présente à D'Hara, pas seulement dans les Contrées du Milieu. À l'époque, on la trouvait partout. Pour elle, il n'existait pas de frontière… Bien entendu, Panis Rahl fut là aussi fidèle à sa réputation de cruauté.

— Quelle sorcellerie a-t-il utilisée ? Et qu'a-t-il fait ?

— Des illusions, des maladies, d'étranges fièvres... Mais les Ombres furent le pire !

— Les Ombres ?

— Des silhouettes qui flottaient dans l'air... Les Ombres n'avaient pas de forme solide ni de contours précis. Ces êtres n'étaient même pas vivants, selon notre définition de la vie. Des créatures de la magie. (Elle leva une main et la fit onduler dans l'air.) Elles volaient au-dessus d'un champ ou d'un bois et les armes ne pouvaient rien contre elles. Les épées et les flèches les traversaient comme si elles avaient été composées de fumée. Impossible de se cacher, les Ombres repéraient leur proie n'importe où ! Quand l'une d'elles touchait quelqu'un, le corps de la victime gonflait et finissait par exploser. Aucun malheureux frôlé par une Ombre n'a jamais survécu. Des bataillons entiers massacrés...

Kahlan glissa de nouveau sa main sous la couverture.

— Quand Panis Rahl a commencé à utiliser la magie de cette façon, un sorcier très puissant et très honorable s'est rallié à la cause des Contrées du Milieu.

— Et comment s'appelait-il ?

— Cela fait partie de l'histoire... Attends que j'en arrive là...

Richard ajouta des épices à la soupe et tendit l'oreille.

— Des milliers d'hommes avaient péri au combat. La magie en tua encore plus. Après une si longue guerre, il était atroce de perdre tant des nôtres à cause de la force maléfique invoquée par Rahl. Heureusement, le grand sorcier neutralisa sa magie noire et ses légions durent retourner chez elles.

— Et comment ton génial sorcier a-t-il vaincu les Ombres ?

— Il a fabriqué par magie des cornes de guerre... Quand nos soldats soufflaient dedans, les créatures se dispersaient comme de la fumée chassée par le vent. Le cours de la guerre en fut inversé...

» Après tant de ravages, nos chefs décidèrent qu'entrer en D'Hara pour détruire Rahl et ses troupes coûterait trop de vies humaines. Pourtant, il fallait empêcher Rahl de revenir un jour à l'assaut, ce qu'il ferait à coup sûr. Mais beaucoup de gens craignaient davantage la sorcellerie que les hordes de D'Hara. Ils ne voulaient plus jamais s'y frotter ! Leur ultime désir était de vivre dans un endroit d'où elle serait bannie. Terre d'Ouest fut fondée pour eux. Désormais, il existerait trois territoires délimités par des frontières. Mais ne t'y trompe pas : si elles furent créées avec l'aide de la magie, elles ne sont pas magiques...

Quand Richard voulut regarder son amie dans les yeux, elle détourna la tête.

— Dans ce cas, que sont-elles ?

Bien que Kahlan ne lui fît pas face, le jeune homme la vit baisser les paupières un bref instant.

Elle prit la cuiller qu'il avait sortie de son sac et goûta la soupe – qui ne pouvait pas être déjà cuite. Puis elle se tourna lentement vers lui, comme pour s'assurer qu'il voulait vraiment entendre la réponse.

Richard attendit, impassible.

—Les frontières appartiennent au pays d'en dessous, dit Kahlan en regardant fixement le feu. Le royaume des morts! Elles ont été transférées à la surface par magie, pour séparer les trois pays. Une sorte de rideau tiré au milieu de notre univers. Ou une déchirure dans la trame du monde des vivants…

—Si je comprends bien, entrer dans une zone frontière revient à tomber dans un autre monde, comme quand on passe à travers une crevasse? Donnent-elles accès au royaume des morts?

—Ce n'est pas si simple… Notre univers reste présent. Le royaume des morts est là aussi, au même endroit et au même moment. Il faut environ deux jours de marche pour traverser les terres où se dresse la frontière. Pendant ces deux jours, on est également dans le royaume des morts. Ce sont des contrées dévastées. Toute créature vivante qui touche le royaume des morts – ou qui est touchée par lui – meurt inéluctablement. Voilà pourquoi personne ne peut traverser. Quand on y entre, on s'aventure dans le royaume des morts. Et nul n'en est jamais revenu.

—Et pourtant, tu as réussi. Comment as-tu fait?

—Avec l'aide de la sorcellerie. La frontière ayant été transférée dans notre monde grâce à la magie, les sorciers ont supposé que je serais en sécurité si des sorts me protégeaient. Mais ils ont eu beaucoup de mal à les lancer. Ils se frottaient à des notions dangereuses qu'ils ne comprenaient pas entièrement. N'ayant pas invoqué eux-mêmes la frontière, ils n'étaient pas certains que ça marcherait. Bref, ils ignoraient ce qui se passerait… (La voix de Kahlan se fit étrangement lointaine.) Même si j'ai traversé la frontière, j'ai peur de ne jamais pouvoir en sortir complètement…

Comme envoûté, Richard ne put d'abord rien dire. Son amie avait cheminé dans le royaume des morts! Comment était-ce possible, même avec l'assistance de la magie? Et où avait-elle trouvé le courage de braver des dangers pareils?

Tout cela dépassait l'entendement!

Le regard de Kahlan croisa le sien. Il lut de la terreur dans ces yeux qui avaient vu ce qu'aucun être vivant n'avait jamais contemplé.

—Dis-moi ce que tu as découvert…, souffla-t-il enfin.

Soudain blême, Kahlan tourna de nouveau la tête vers le feu. Une petite branche de bouleau éclata, la faisant cligner des yeux. Sa lèvre inférieure tremblait et la lueur des flammes se reflétait dans les larmes qui perlaient à ses paupières.

Richard comprit qu'elle ne voyait plus le feu, mais… autre chose.

—Au début, dit-elle d'une voix distante, c'était comme marcher dans les étendues de feu glacé qu'on voit la nuit dans le ciel nordique. (Sa respiration s'accéléra.) À l'intérieur, l'obscurité est plus profonde que tout ce qu'on imagine. (Ses yeux s'arrondirent et des larmes coulèrent à flot; un gémissement s'échappa de ses lèvres.) Et il y avait… des gens… avec moi.

Elle se tourna vers Richard, troublée, comme si elle ne savait plus où elle était. Devant la douleur qu'exprimait son visage – à cause de ses maudites questions ! – le jeune homme eut le cœur serré.

Les joues sillonnées de larmes, Kahlan se posa une main sur la bouche mais ne put pas étouffer les sanglots qui montaient de sa gorge.

Richard sentit que ses bras tremblaient aussi.

— Ma mère…, gémit Kahlan. Je ne l'avais plus vue depuis tant d'années… Et Dennee, ma sœur… Je suis si seule… Et j'ai si peur !

Kahlan se tut, cherchant sa respiration comme si elle étouffait.

Richard était en train de la perdre ! Les spectres qu'elle avait rencontrés dans le royaume des morts la tiraient vers eux comme s'ils voulaient la noyer. Paniqué, Richard la prit par les épaules et la força à se tourner vers lui.

— Kahlan, regarde-moi ! Regarde-moi !

— Dennee…, souffla la jeune femme en essayant de se dégager.

— Kahlan !

— Je suis si seule… Et j'ai tellement peur !

— Kahlan, je suis avec toi ! Regarde-moi !

Elle continua à sangloter, les yeux fermés, le souffle de plus en plus court. Puis elle leva de nouveau les paupières. À l'évidence, elle ne voyait pas Richard, mais un lieu inconnu…

— Tu n'es pas seule ! Je suis là, et je ne t'abandonnerai pas !

— Je suis si seule…

Richard la secoua pour la forcer à l'écouter. La peau froide et mortellement pâle, elle ne respirait presque plus.

— Je suis là ! Tu n'es pas seule !

Désespéré, il la secoua de nouveau, mais rien n'y faisait. Elle allait mourir !

De plus en plus paniqué, Richard fit la seule chose qui lui vint à l'esprit. Chaque fois qu'il avait eu peur, il s'était montré capable de contrôler ce sentiment. Et une grande force naissait de ce processus. S'il essayait maintenant, peut-être communiquerait-il un peu de cette puissance à Kahlan.

Il ferma les yeux, bannit sa peur, étouffa sa panique et chercha à atteindre un calme intérieur total. Puis il se concentra sur la force qui l'habitait. Dans son esprit ainsi apaisé, il tordit le cou à ses angoisses et focalisa ses pensées sur la force que lui conférait sa quiétude.

Le royaume des morts ne s'emparerait pas de son amie !

— Kahlan, dit-il d'une voix égale, laisse-moi t'aider. Tu n'es pas seule. Je suis là et je peux te secourir. Prends ma force !

Il serra plus violemment les épaules de la jeune femme et la sentit trembler tandis qu'elle luttait pour respirer entre ses sanglots. Alors, il imagina qu'il lui communiquait sa force comme si elle coulait de ses mains, pénétrant dans son corps et dans son esprit pour l'arracher aux ténèbres. Dans cette obscurité plus noire que tout, il serait l'étincelle de vie et de lumière qui la ramènerait au monde des vivants.

— Kahlan, je suis là et je ne t'abandonnerai pas. Tu n'es pas seule. Fais-moi confiance! (Il lui serra encore les épaules.) Reviens vers moi, je t'en supplie!

Il pensa à une lumière chaude et vivante avec l'espoir que ça aiderait la jeune femme.

Je vous en prie, révérés fantômes, permettez-lui de la voir. La lumière la sauvera! Et laissez-la utiliser ma force…

— Richard? appela Kahlan comme si elle le cherchait dans la nuit.

— Je suis là, répéta-t-il. Je ne t'abandonnerai pas! Reviens vers moi!

Kahlan recommença à respirer et parut de nouveau le voir. Du soulagement s'afficha sur son visage quand elle le reconnut, et elle pleura d'une façon plus normale. Se laissant aller contre lui, elle s'accrocha à son corps comme s'il était un rocher dans une rivière déchaînée. Il la serra contre lui et la laissa sangloter en lui murmurant des paroles de réconfort. Après avoir eu aussi peur que le royaume des morts l'emporte, il ne la laisserait plus jamais s'éloigner de lui!

Il tendit une main, saisit la couverture et la tira de nouveau sur les épaules de Kahlan. Elle se réchauffait vite, un signe qu'elle ne risquait sans doute plus rien. Mais le royaume des morts avait sur elle une emprise inquiétante. Cela n'aurait pas dû arriver. Kahlan n'y était pas restée si longtemps que ça, après tout…

Richard ignorait comment il avait réussi à la tirer de là. Mais ça avait été de justesse!

À la lueur rougeâtre du feu, le pin-compagnon semblait de nouveau un refuge sûr. Hélas, c'était une illusion…

Richard garda longtemps Kahlan dans ses bras. Il lui caressa la tête et la berça comme une enfant. À la façon dont elle s'accrochait à lui, il comprit que personne ne l'avait réconfortée ainsi depuis très longtemps.

Même s'il ignorait tout des sorciers et de leur art, nul n'aurait chargé Kahlan de traverser la frontière sans une raison impérieuse. Qu'y avait-il d'assez important pour envoyer quelqu'un dans le royaume des morts?

Kahlan s'écarta de lui et se raidit, rose de confusion.

— Désolée… Je n'aurais pas dû te toucher ainsi… J'étais…

— Aucun problème… La première mission d'un ami est d'offrir une épaule pour pleurer…

Elle acquiesça, mais ne se détendit pas. Richard sentit qu'elle ne le quittait pas des yeux pendant qu'il retirait la soupe du feu, histoire qu'elle refroidisse un peu.

— Comment as-tu fait ça? demanda-t-elle pendant qu'il remettait du bois dans les flammes.

— Fait quoi? demanda-t-il.

— Poser des questions qui ont généré des images dans ma tête et m'ont contrainte à répondre alors que je n'en avais pas l'intention?

— Eh bien… Zedd me demande souvent la même chose… (Il haussa les épaules, mal à l'aise.) Je suis né comme ça, c'est tout… Parfois, je me dis que c'est une malédiction. (Il cessa d'alimenter le feu et se tourna vers elle.) Kahlan, je suis navré d'avoir voulu savoir ce que tu as vu. C'était stupide ! Parfois, mon bon sens est aveuglé par la curiosité. Désolé de t'avoir fait souffrir. Mais le royaume des morts te rappelait à lui… et ça n'aurait pas dû se produire. Je me trompe ?

— Non, tu as raison. On aurait dit que quelqu'un attendait de me capturer dès que j'y repenserais… Sans toi, j'aurais pu être perdue pour toujours. Mais j'ai vu une lueur dans l'obscurité. J'ignore comment tu es parvenu à me ramener…

— Tu t'en es peut-être sortie simplement parce que tu n'étais pas seule…, avança Richard en prenant la cuiller.

— Peut-être…, répéta Kahlan sans conviction.

— Je n'ai qu'un couvert, il faudra partager. (Il plongea la cuiller dans la soupe, la porta à sa bouche, souffla dessus et goûta.) J'ai déjà fait mieux, mais c'est toujours meilleur qu'un coup de pied dans l'arrière-train !

Sa plaisanterie eut l'effet recherché : Kahlan sourit.

Ravi, il lui tendit la cuiller.

— Si je dois t'aider à échapper au prochain *quatuor*, il me faut des réponses. Et je crains que nous n'ayons pas beaucoup de temps.

— C'est vrai… Ne t'en fais pas, je tiendrai le coup.

Richard la laissa manger un peu avant de continuer :

— Que s'est-il passé après l'apparition des frontières ? Et qu'est devenu le grand sorcier ?

Kahlan pêcha un morceau de saucisse dans la soupe avant de lui rendre la cuiller.

— Il est arrivé quelque chose un peu avant l'avènement des frontières. Alors que le sorcier était concentré sur le contrôle de la magie, Panis Rahl a trouvé un moyen de se venger. Il a envoyé un *quatuor* assassiner sa femme et sa fille.

— Et qu'a fait le sorcier ?

— Il a repoussé la magie de Rahl et l'a confinée en D'Hara pendant que la frontière se matérialisait. Au moment exact où elle apparaissait, il a envoyé une boule de feu à travers, pour qu'elle soit en contact avec la mort et acquière la puissance des deux mondes. Puis les frontières apparurent, infranchissables…

Si Richard n'avait jamais entendu parler de boules de feu, il imagina très bien ce que c'était.

— Quel fut le sort de Panis Rahl ?

— On ne peut pas le dire à cause des frontières… Mais je suis sûre que personne n'aimerait échanger son destin contre le sien.

Richard lui tendit la cuiller et la regarda manger en essayant d'imaginer ce que pouvait être le juste courroux d'un sorcier. Kahlan lui rendit le couvert et continua :

— Au début, tout allait bien, mais quand le Conseil des Contrées du Milieu a commencé à prendre des initiatives, le grand sorcier affirma qu'il était corrompu. Sa position avait un rapport avec la magie. Il a découvert que le Conseil n'avait pas respecté leurs accords sur la façon de la contrôler. Selon lui, le goût des richesses et les actes inconsidérés des conseillers risquaient de provoquer des horreurs pires que celles de la guerre. Ces hommes pensaient savoir mieux que lui comment gérer la magie. Pour des raisons politiques, ils ont nommé un de leurs sbires à un poste que seul un sorcier était habilité à affecter. Furieux, il leur a dit que c'était à lui de déterminer qui devait occuper cette position. Cette nomination le regardait ! Il avait formé d'autres sorciers, mais leur cupidité les poussa à prendre le parti du Conseil. Fou de rage, le grand sorcier déclara que sa femme et sa fille étaient mortes pour rien. Résolu à punir les conseillers, il prit la pire mesure possible : les abandonner et les laisser souffrir des conséquences de leurs actes.

Richard sourit. Tout à fait le genre de réaction qu'aurait eu son vieil ami Zedd !

— Puisqu'ils savaient si bien ce qu'il fallait faire, ajouta Kahlan, ils n'avaient pas besoin de lui. Un peu plus tard, il disparut dans la nature. Mais avant de s'en aller, il invoqua une Toile de Sorcier…

— Une quoi ? coupa Richard.

— C'est le nom d'un sort… Après son départ, personne dans les Contrées du Milieu ne se souvint plus de son nom ou de son apparence. Depuis, nul ne sait où il est ni comment il s'appelle.

Kahlan ajouta des brindilles dans le feu et se perdit dans ses pensées. Richard mangea en attendant qu'elle reprenne le fil de son histoire.

— Au début de l'hiver dernier, dit-elle après quelques minutes de réflexion, le Mouvement a commencé…

— Quel mouvement ? demanda Richard, la cuiller en suspension à quelques pouces de ses lèvres.

— Le Mouvement de Darken Rahl. Il semblait jaillir de nulle part. D'un seul coup, des milliers de gens, dans les grandes villes, se sont mis à scander son nom. Ils l'appelaient « Petit Père Rahl » et le tenaient pour le plus grand pacifiste qui eût jamais vécu. C'est le fils de Panis Rahl et il vit en D'Hara, de l'autre côté de la frontière. Comment ces gens ont-ils entendu parler de lui ?

Elle marqua une pause pour que Richard saisisse l'importance de cette question.

— Puis les garns ont traversé la frontière. Des dizaines de malheureux sont morts avant que la population décide de ne plus sortir la nuit.

— Comment ces monstres ont-ils traversé ?

— La frontière s'affaiblissait, mais personne ne le savait. Comme la partie supérieure s'est délitée la première, les monstres ont pu la survoler. Au printemps, il ne restait plus rien de la frontière. Alors, l'Armée du Peuple pour la Paix, la force de Darken Rahl, est entrée dans nos grandes villes. Au lieu de combattre le conquérant, les peuples des Contrées du Milieu ont jeté des fleurs sur son passage ! Ceux qui refusaient furent pendus…

— Par l'armée de Rahl ?

— Non, par leurs concitoyens… Ils les accusaient de menacer la paix. Donc, ils les exécutaient ! L'Armée du Peuple n'a pas levé le petit doigt. Les membres du Mouvement en ont profité pour claironner que Darken Rahl avait démontré sa volonté de vivre en paix. Après tout, son armée ne tuait pas les résistants. Mieux encore, elle finit par intervenir pour faire cesser les massacres ! Depuis, les réfractaires sont envoyés dans des camps où on les rééduque. Ils découvrent la grandeur du Petit Père Rahl et apprennent ce qu'est un véritable pacifiste.

— Bien entendu, on les incite aussi à le vénérer ?

— Les convertis comptent parmi les plus fanatiques. Beaucoup passent leurs journées à répéter son nom…

— Donc, les Contrées du Milieu ne se sont pas battues ?

— Darken Rahl a demandé au Conseil de se joindre à lui pour défendre la paix. Les conseillers dociles furent tenus pour des défenseurs de l'harmonie universelle. Ceux qui refusèrent, accusés de trahison, furent exécutés sur-le-champ par Darken Rahl en personne.

— De sa propre main ?

— Rahl porte une dague incurvée à sa ceinture, dit Kahlan en fermant les yeux. Et il adore s'en servir. Je t'en prie, Richard, ne me demande pas de décrire ce qu'il a fait à ces hommes. Mon estomac ne le supporterait pas.

— Je voudrais pourtant savoir comment ont réagi les sorciers !

— Ils ont enfin ouvert les yeux. Mais Rahl a proscrit l'usage de la magie. Tout contrevenant serait traité comme un rebelle. Chez moi, Richard, la magie est une composante naturelle de beaucoup d'êtres humains et de créatures. Cela revient à dire qu'on est un criminel parce qu'on a deux bras et deux jambes. Il faudrait donc se les couper ! Ensuite, Rahl a interdit le feu…

— Le feu ? Pourquoi ? demanda Richard.

— Le Petit Père ne donne jamais d'explication… Mais il faut savoir que les sorciers utilisent beaucoup le feu. Hélas, il ne les craint pas. Il a plus de pouvoirs que son père et tous les mages que je connais. Ses fidèles, en revanche, ne sont pas avares d'explications. Selon eux, ayant été utilisé contre le père de Darken, le feu est une offense à la Maison Rahl.

— C'est pour ça que tu voulais t'asseoir devant une bonne flambée ?

— Allumer du feu sans l'autorisation de Rahl ou de ses fidèles est puni de mort dans les Contrées du Milieu. (Kahlan dessina des arabesques dans la poussière avec une brindille.) En Terre d'Ouest, ce sera peut-être pareil. Ton frère aimerait interdire le feu. Et si…

— Notre mère est morte dans un incendie, coupa Richard, exaspéré. C'est pour ça que Michael se méfie du feu. Il n'y a pas d'autres raisons ! Et il n'a jamais parlé de l'interdire, seulement d'éviter que d'autres personnes soient blessées ou tuées. Il n'y a rien de mal à vouloir empêcher les gens de souffrir.

— Te faire souffrir ne semble pas le déranger…

Richard inspira à fond pour se calmer.

— C'est ce qu'on pourrait croire, mais tu ne le comprends pas. C'est sa façon d'être. Il ne veut pas vraiment me nuire. (Richard plia les jambes et passa les bras autour de ses genoux.) Après la mort de notre mère, Michael a surtout fréquenté ses amis. Puis il s'est lié avec tous les gens qu'il jugeait importants. Certains étaient prétentieux et arrogants. Notre père les détestait et il ne le cachait pas. Ils se sont souvent disputés à ce sujet.

» Un jour, père a rapporté à la maison un vase avec de petites silhouettes sculptées sur le col, comme si elles dansaient autour. Il était fier de sa découverte, une pièce très ancienne dont il espérait tirer une pièce d'or. Michael prétendit qu'il pouvait obtenir beaucoup plus que ça. Comme d'habitude, ils se querellèrent. Puis notre père céda et le laissa se charger de la vente. L'affaire conclue, il revint et jeta quatre pièces d'or sur la table. Père les contempla un long moment. Enfin, très calmement, il déclara que le vase ne valait pas ça. Qu'avait donc raconté Michael à ses clients ? Ce qu'ils avaient envie d'entendre, répondit mon frère.

» Quand père voulut ramasser les pièces, Michael posa une main dessus. Il en prit trois et lui en laissa une, puisque c'était ce qu'il s'attendait à recevoir. « Voilà ce que valent mes amis, George ! » lança-t-il en guise de conclusion.

» C'était la première fois qu'il l'appelait par son prénom… Père ne l'a jamais autorisé à vendre un autre objet. Mais sais-tu ce que Michael a fait de l'argent ? Dès que notre père repartit en voyage, il alla régler les dettes de la famille. Et il ne s'est rien acheté pour lui !

» Michael agit parfois brutalement, comme aujourd'hui, en parlant de notre mère en public, puis en me montrant du doigt. Mais je sais qu'il se soucie de l'intérêt général. Il refuse que des gens soient blessés par le feu. Rien de plus ! Parce qu'il veut le bien de tous, il espère empêcher d'autres personnes de vivre un drame comme le nôtre.

Kahlan continua à dessiner dans la poussière sans lever les yeux. Puis elle jeta sa brindille dans le feu.

— Désolée, Richard… Je ne devrais pas être si méfiante… Je sais que perdre sa mère est une terrible épreuve. Tu as raison au sujet de Michael. (Elle leva enfin les yeux.) Je suis pardonnée ?

— Bien sûr, dit Richard. Si j'avais subi ce que tu as subi, j'aurais tendance à voir le mal partout. Navré de m'être emporté. Si tu me pardonnes aussi, je te laisserai finir la soupe !

Kahlan approuva d'un sourire et accepta sa proposition.

Richard brûlait d'entendre la suite de son histoire. Il la regarda pourtant manger en silence avant de demander :

— Les forces de D'Hara occupent toutes les Contrées du Milieu ?

— Mon pays est très vaste… L'Armée du Peuple a seulement conquis quelques grandes villes. Dans beaucoup d'endroits, les gens ignorent tout de l'Alliance. Rahl ne s'en soucie guère. Pour lui, c'est un problème secondaire. Les sorciers ont découvert son véritable objectif : s'approprier la magie dévoyée par le Conseil. Celle qui mettait en fureur le grand sorcier. S'il la contrôle, Rahl régnera sur le monde sans avoir à se battre…

» Cinq sorciers se sont aperçus qu'ils avaient eu tort et que leur maître disait vrai. Pour se racheter à ses yeux, ils ont tenté de sauver les Contrées du Milieu – et ton pays – du désastre qui les guette si Rahl obtient ce qu'il veut. Ils se sont lancés à la recherche du grand sorcier. Mais Rahl le traque aussi...

— Cinq sorciers, as-tu dit ? Combien sont-ils en tout ?

— Ils étaient sept : le maître et ses six disciples. Le grand sorcier a disparu et un de ses élèves vend ses services à une reine. Un comportement déshonorant pour un membre de sa profession. (Kahlan réfléchit quelques instants.) Comme je te l'ai dit, les cinq autres sont morts. Avant de périr, ils ont fait fouiller de fond en comble les Contrées du Milieu. Mais leur maître n'y était plus...

— Ils en ont déduit qu'il était en Terre d'Ouest ?

Kahlan laissa tomber la cuiller dans le récipient vide.

— Oui. Et ils devaient avoir raison.

— Et ils croyaient que leur maître arrêterait Darken Rahl alors qu'ils ne le pouvaient pas ?

Quelque chose clochait dans cette histoire. Richard n'était plus très sûr de vouloir connaître la suite...

— Non, répondit Kahlan, le grand sorcier n'est pas assez puissant pour vaincre Rahl. Ce que voulaient ses disciples – et qui nous épargnera tout le mal à venir – c'était qu'il identifie la personne qu'il est le seul à pouvoir nommer au poste dont je parlais tout à l'heure.

Au soin que Kahlan mettait à choisir ses mots, Richard comprit qu'elle jonglait avec des secrets qu'il n'était pas censé connaître. Il n'insista pas et posa une question qui ne risquait pas de la mettre dans l'embarras.

— Pourquoi ne sont-ils pas venus eux-mêmes lui demander d'agir ?

— Parce qu'ils redoutaient un refus. Et qu'ils n'avaient pas le pouvoir de le contraindre...

— Cinq sorciers impuissants face à un seul ?

Kahlan eut un sourire sans joie.

— Ils étaient ses disciples. De simples mortels qui désiraient devenir des sorciers. Ils n'étaient pas nés avec le don. Leur maître, lui, avait deux sorciers pour parents. Le pouvoir coule dans son sang, pas seulement dans son esprit. Ses élèves n'auraient jamais pu l'égaler et encore moins le contraindre à quoi que ce fût.

Kahlan se tut.

— Alors..., souffla Richard.

Il n'ajouta rien. Une façon de lui laisser deviner sa question suivante... à laquelle il entendait avoir une réponse.

Qu'elle consentit à lui donner dans un murmure.

— Alors, ils m'ont envoyée parce que je peux le faire, contrairement à eux.

Tandis que le feu crépitait presque joyeusement, Richard sentit la tension de son amie et devina qu'elle n'en dirait pas plus sur ce sujet. Il ne la pressa pas de questions, désireux qu'elle se sente en sécurité.

Quand il posa une main sur son avant-bras, elle mit la sienne dessus…

— Et comment comptes-tu retrouver ce sorcier ?

— Je n'en sais rien… La seule certitude, c'est que je dois le dénicher très vite. Sinon, nous sommes tous perdus.

Richard réfléchit un court moment.

— Zedd nous aidera ! dit-il. Il lit dans les nuages. Retrouver une personne disparue entre dans ses attributions.

— Ton ami pratique la magie ? demanda Kahlan, soudain méfiante. En Terre d'Ouest, elle n'est pas censée exister ?

— Selon lui, ça n'a rien de magique et tout le monde peut apprendre. Il a essayé de m'enseigner son art et il se moque toujours de moi quand je lance un truc du genre : « Eh bien, on dirait qu'il va pleuvoir… » Puis il roule de gros yeux et s'écrie : « La magie ! Tu dois être un grand sorcier, mon garçon, pour regarder le ciel et prédire aussi bien l'avenir ! » Kahlan éclata de rire. Un son qui mit du baume sur le cœur de Richard.

Malgré toutes les questions restées sans réponse, il décida de la laisser tranquille. Elle était loin de lui avoir tout dit, mais il en savait quand même un peu plus. L'important, à présent, était de trouver le sorcier puis de se mettre à l'abri. Un autre *quatuor* arriverait bientôt. Il leur faudrait filer vers l'ouest pendant que le sorcier ferait le nécessaire – quoi que ça puisse être.

Kahlan ouvrit la bourse qu'elle portait à la ceinture et en sortit un sachet de toile huilée. Elle l'ouvrit et passa un index dans la substance brunâtre qu'il contenait.

— Cet onguent accélérera la guérison des piqûres de mouches. Tourne la tête !

Le baume soulagea aussitôt Richard, qui reconnut l'odeur de certaines plantes médicinales dont Zedd lui avait enseigné l'usage. Il savait fabriquer un onguent similaire – mais avec de la fleur d'aum – qui supprimait la douleur en cas de blessure.

Kahlan finit de le traiter et s'occupa de ses propres lésions.

Richard leva sa main rouge et gonflée.

— Mets-en un peu là-dessus, s'il te plaît…

— Que t'est-il arrivé ?

— Une épine m'a attaqué, ce matin.

Kahlan appliqua doucement l'onguent sur sa plaie.

— Je n'ai jamais vu une épine faire de pareils dégâts…

— Elle était très agressive ! J'irai mieux demain au réveil.

L'onguent ne lui fit pas autant de bien qu'il l'espérait. Mais il affirma le contraire pour ne pas inquiéter son amie. Comparée aux soucis de Kahlan, sa main blessée n'était rien !

Il la regarda refermer le sachet avec une lanière de cuir et le remettre dans sa bourse.

— Richard, demanda-t-elle, pensive, as-tu peur de la magie ?

Il prit le temps de réfléchir avant de répondre.

— Elle m'a toujours fasciné. Un art très excitant, à mes yeux. À présent, je sais aussi qu'elle peut être dangereuse. En somme, c'est comme les gens : on reste aussi loin que possible de certains, et on a beaucoup de chance de connaître les autres.

Kahlan sourit, satisfaite de sa réponse.

— Richard, avant de pouvoir dormir, je dois faire quelque chose... Invoquer une créature magique, pour être précise. Si tu promets de ne pas avoir peur, je te laisserai la voir. Une chance qui ne se présentera pas souvent à toi. Peu de gens ont vu cette créature, et bien peu la verront à l'avenir. Mais tu dois jurer de sortir et d'aller faire un tour dehors quand je te le demanderai. À ton retour, tu ne devras pas me poser de questions. Je suis épuisée et il faut que je dorme...

— Promis, dit Richard, flatté par l'honneur qu'elle lui faisait.

Kahlan rouvrit sa bourse et en sortit une fiole fermée par un bouchon. Des lignes bleu et argent s'entrecroisaient sur le verre et une lumière brillait à l'intérieur de l'étrange réceptacle.

Les yeux de Kahlan se plantèrent dans ceux du jeune homme.

— Cette créature, une flamme-nuit, se nomme Shar. Il est impossible de la voir pendant la journée... Shar fait partie de la magie qui m'a aidée à traverser la frontière. Elle fut mon guide. Sans elle, je me serais perdue à jamais...

Des larmes perlèrent aux paupières de Kahlan. Mais sa voix ne trembla pas.

— Ce soir, elle va mourir. Shar ne peut pas vivre si loin de ses semblables, et elle n'a pas la force de retraverser la frontière. Elle s'est sacrifiée pour moi parce que son peuple, comme beaucoup d'autres, périra si Darken Rahl arrive à ses fins.

Kahlan retira le bouchon et posa la fiole sur le plat de sa main.

Une volute de lumière s'échappa du petit récipient. Flottant dans l'air, elle conféra une vive lueur argentée à tout ce qui se trouvait dans le refuge végétal. Quand elle s'immobilisa entre les deux jeunes gens, la lumière s'adoucit.

Bouche bée, Richard regarda la fragile entité et n'en crut pas ses oreilles quand elle parla d'une toute petite voix.

— Bonsoir, Richard Cypher...

— Bonsoir à toi, Shar, souffla le jeune homme.

— Merci d'avoir aidé Kahlan, ce matin. En agissant ainsi, tu as également servi mon peuple. Si tu as un jour besoin de mes semblables, pour qu'ils accourent, il suffira que tu dises mon nom. Car aucun ennemi ne peut le connaître...

— Merci, Shar, mais je doute d'aller un jour dans les Contrées du Milieu. Dès que nous aurons trouvé le sorcier, nous filerons vers l'ouest pour échapper aux hommes qui veulent nous tuer.

La flamme-nuit tourna lentement dans l'air, comme si elle réfléchissait. Sa lumière argentée douce et tiède caressa le visage de Richard.

— Si c'est ce que tu veux, fit-elle, il doit en être ainsi.

Richard fut soulagé de l'entendre dire cela.

Shar recommença à tourner sur elle-même. Puis elle s'arrêta net.

— Mais sois prévenu : Darken Rahl vous traque tous les deux et il ne renoncera pas. Si vous fuyez, il vous poursuivra. C'est une certitude ! Et contre lui, vous serez impuissants. Il vous abattra très bientôt !

La bouche sèche, Richard parvint à peine à déglutir. Si c'était pour en arriver là, le garn les aurait tués vite, et tout aurait déjà été fini !

— Shar, n'avons-nous aucun moyen de nous en sortir ?

La créature s'immobilisa de nouveau.

— Si tu lui tournes le dos, tes yeux ne le verront pas. Il te piégera. La chasse est son plus grand plaisir.

— N'y a-t-il rien à faire ?

Shar tourbillonna de nouveau. Cette fois, avant de s'immobiliser, elle approcha de Richard.

— Une bien meilleure question, Richard Cypher ! La réponse est enfouie au plus profond de toi-même. Il faut la chercher. Sinon, il vous abattra tous les deux. Bientôt !

— Dans combien de temps ? demanda Richard avec une agressivité qu'il ne parvint pas à contrôler.

Shar recula un peu.

Richard fit un pas en avant, résolu à ne pas laisser passer cette occasion d'apprendre quelque chose d'utile.

Shar s'immobilisa.

— Le premier jour de l'hiver, Richard Cypher, quand le soleil brillera dans le ciel… Si Darken Rahl ne vous a pas tués avant – et s'il n'est pas vaincu – mes semblables mourront à ce moment-là. Et vous aussi. Rahl aimera beaucoup ça !

Richard se tut un instant, perplexe. Quelle était la meilleure façon d'interroger un point lumineux tourbillonnant ?

— Shar, Kahlan essaie de sauver tes semblables. Et moi, je tente de l'aider. Tu as sacrifié ta vie pour cela. Si nous échouons, tout le monde mourra, comme tu viens de le dire. Si tu sais quelque chose qui nous permettra de vaincre Rahl, je te supplie de me le révéler !

Sans cesser de tourner sur elle-même, la créature de lumière décrivit un cercle dans le refuge. Après avoir illuminé tous les coins où elle passait, elle s'arrêta devant lui.

— Je t'ai déjà donné la solution. Elle est en toi. Trouve-la, ou meurs ! Désolée, Richard Cypher, j'aurais aimé en faire plus. Mais je ne sais rien de la réponse, à part qu'elle est en toi…

Richard acquiesça et se passa une main dans les cheveux. Qui était le plus frustré ? Lui ou Shar ? Il tourna la tête et vit que Kahlan était assise, très calme, les yeux rivés sur la petite créature.

La flamme-nuit attendit en tournant sur elle-même.

— Très bien… Peux-tu au moins me dire pourquoi Rahl veut me tuer ? Seulement parce que j'ai aidé Kahlan, ou y a-t-il une autre raison ?

Shar s'approcha.

— Il y a une autre raison. Mais elle est secrète !

— Quoi ! s'exclama Richard en se levant d'un bond.

La créature suivit son mouvement.

— Je ne sais rien de plus... Désolée... Mais il veut ta mort, c'est certain.

— Comment s'appelle le grand sorcier ?

— Une très bonne question, Richard Cypher. Hélas, je l'ignore.

Le jeune homme se rassit et se prit la tête entre les mains. Shar tourbillonna de plus belle, projetant des colonnes de lumière, et décrivit des cercles autour de sa tête. Il comprit qu'elle essayait de le réconforter. À l'agonie, cette créature se souciait quand même de lui ! Il ravala la boule qui se formait dans sa gorge.

— Shar, merci d'avoir aidé Kahlan... Aussi courte qu'elle semble devoir être, ma vie a été prolongée parce que Kahlan m'a empêché de commettre une folie, aujourd'hui. Et la connaître est pour moi un grand bonheur ! Sois bénie d'avoir aidé mon amie à traverser la frontière.

Il sentit ses yeux s'embuer de larmes.

Shar s'approcha encore et lui caressa le front. Soudain, il lui sembla entendre sa voix résonner dans sa tête plutôt qu'à ses oreilles.

— Richard Cypher, je pleure de ne pas connaître les réponses qui pourraient te sauver. Si je les détenais, sois certain que je te les livrerais de bon cœur. Mais je sais qu'il n'y a que du bon en toi et je te fais confiance. Tu as ce qu'il faut pour réussir. Quand viendra le temps où tu douteras de toi-même, ne renonce pas. Souviens-toi que je croyais en toi et en tes chances de succès. Tu es un être d'exception, Richard Cypher. Aie confiance en toi et protège Kahlan !

Richard s'aperçut que des larmes jaillissaient à flot de ses paupières pourtant closes. Dans sa gorge, la boule l'empêchait de respirer.

— Aucun garn ne rôde dans les environs..., dit Shar. S'il te plaît, laisse-moi seule avec Kahlan. Mon heure a sonné.

— Adieu, Shar. Te rencontrer fut un honneur.

Richard sortit sans un regard en arrière.

Quand il fut parti, Shar vint léviter devant Kahlan et s'adressa à elle selon le protocole requis.

— Mère Inquisitrice, il ne me reste plus beaucoup de temps. Pourquoi ne lui as-tu pas révélé qui tu es ?

Les épaules voûtées et les mains sur son giron, Kahlan ne détourna pas son regard du feu.

— Shar, je ne pouvais pas. C'est trop tôt...

— Inquisitrice Kahlan, ce n'est pas loyal. Richard Cypher est ton ami.

— Ne comprends-tu pas ? cria Kahlan, en larmes. C'est pour ça que je ne peux pas lui dire ! S'il savait la vérité, il me retirerait son amitié et se détournerait de moi. Tous les gens ont peur des Inquisitrices ! Mais lui, il me regarde dans les yeux… Personne d'autre n'en a le courage ! Et nul être vivant ne lit en moi comme lui ! Ses yeux me rassurent. Être à ses côtés fait sourire mon cœur…

— Et si quelqu'un d'autre lui révèle la vérité avant toi ? Ce serait pire…

Kahlan regarda la flamme-nuit, les yeux pleins de larmes.

— Je lui dirai tout avant que ça arrive.

— Inquisitrice Kahlan, tu joues avec le feu. S'il tombe amoureux de toi, tes révélations lui briseront le cœur.

— Non, ça ne se passera pas comme ça !

— Tu le choisiras ?

— Jamais ! cria Kahlan, horrifiée.

Shar recula, comme effrayée, puis revint flotter devant le visage de la jeune femme.

— Inquisitrice Kahlan, tu es la dernière de tes semblables. Darken Rahl a tué toutes les autres. Même ta sœur Dennee. La Mère Inquisitrice doit se choisir un compagnon !

— Je ne ferai pas ça à un homme que j'apprécie. Aucune Inquisitrice ne s'abaisserait à cela !

— Désolée, Mère Inquisitrice, mais tu devras choisir…

Kahlan releva les jambes, les entoura de ses bras et posa la tête sur ses genoux. Les épaules secouées de sanglots, elle s'abandonna à son chagrin, ses cheveux ondulant autour de son visage. Pour la réconforter, Shar décrivit des cercles autour de sa tête et l'inonda de colonnes de lumière argentée.

Elle continua jusqu'à ce que Kahlan cesse de pleurer, puis s'immobilisa de nouveau devant son visage.

— Il n'est pas facile d'être une Mère Inquisitrice… Désolée, Kahlan.

— Pas facile…, répéta la jeune femme.

— Oui. Un grand poids pèse sur tes épaules.

— Un grand poids, oui…

Shar se posa sur le bras de son amie et ne bougea plus, la laissant contempler en paix la lente agonie du feu de camp.

Puis elle s'envola et reprit sa position devant les yeux de Kahlan.

— J'aurais aimé rester plus longtemps avec toi… Et avec Richard Cypher. Il pose de très bonnes questions. Mais je n'ai plus la force de tenir. Pardonne-moi de devoir mourir…

— Shar, je jure de me sacrifier, s'il le faut, afin d'arrêter Darken Rahl. Oui, pour sauver ton peuple et tous les autres !

— J'ai confiance en toi, Inquisitrice Kahlan. Aide Richard ! (Shar approcha encore.) S'il te plaît, avant que je meure, veux-tu me toucher ?

Kahlan recula jusqu'à ce que son dos heurte le tronc de l'arbre.

— Non… Je t'en supplie, ne me demande pas ça !

L'Inquisitrice plaqua ses doigts tremblants sur sa bouche pour étouffer ses sanglots.

Shar avança encore.

— Je t'en prie, Mère Inquisitrice ! Si loin des miens, je souffre tant de la solitude. Et je ne les reverrai jamais ! Cela fait si mal. La vie me quitte, Inquisitrice Kahlan. Par pitié, utilise ton pouvoir ! Touche-moi et adoucis mon agonie. Permets-moi de mourir emportée par une rivière d'amour. J'ai sacrifié ma vie pour toi sans rien te demander. Alors, s'il te plaît, à présent que je m'en vais…

Shar n'émettait plus qu'une lueur diffuse qui diminuait à chaque seconde. En larmes, Kahlan garda sa main gauche sur sa bouche. Mais elle tendit la droite et le bout de ses doigts entra en contact avec la flamme-nuit.

Il y eut comme un coup de tonnerre silencieux. L'onde de choc fit vibrer le refuge. Des aiguilles mortes tombèrent en pluie. Certaines s'embrasèrent dès qu'elles touchèrent les flammes du feu de camp.

La lumière de Shar passa de l'argenté au rose et devint presque aveuglante.

— Merci, Kahlan, souffla la flamme-nuit. Et adieu, ma tant aimée…

L'étincelle de lumière et de vie s'éteignit à tout jamais.

Après le coup de tonnerre silencieux, Richard attendit un peu avant de retourner dans leur refuge. Il trouva Kahlan assise devant le feu, les bras autour de ses jambes et la tête sur ses genoux.

— Shar ? demanda-t-il.

— Elle est partie, répondit Kahlan d'une voix lointaine.

Sans un mot, Richard la prit par le bras, la tira jusqu'au matelas d'herbes sèches et la força à s'allonger. Elle se laissa faire sans résister.

Il posa la couverture sur elle et mit une couche d'herbes dessus pour l'isoler de l'air plus frais de la nuit. Enfin, il se glissa dans ce lit de fortune.

Kahlan se tourna sur le côté et plaqua ses épaules contre lui, comme un enfant qui se blottit près de ses parents quand le danger approche.

Le jeune homme le sentait aussi. Une menace mortelle fondait sur eux.

Kahlan s'endormit comme une masse. Richard s'étonna de ne pas avoir froid. Pourtant, il aurait dû…

Sa main le faisait atrocement souffrir.

Il resta étendu les yeux ouverts et pensa à l'étrange roulement de tonnerre silencieux. Kahlan était puissante… Que ferait-elle pour contraindre le grand sorcier à lui obéir ?

Cette question et ses implications le terrifièrent. Par bonheur, il s'endormit assez vite pour ne pas se torturer davantage…

Chapitre 6

Le lendemain, au réveil, Richard comprit que sa blessure à la main n'était pas bénigne. La fièvre le menaçait. Le front brûlant à certains moments – et les vêtements imbibés de sueur – il tremblait de froid l'instant d'après. La douleur, dans son crâne, finissait par lui donner la nausée, et l'idée de manger le rendait malade. Il ne pouvait rien contre ces symptômes, sinon espérer que Zedd l'aiderait. Comme ils étaient presque arrivés, il décida de ne pas alarmer Kahlan.

Son sommeil avait été hanté de cauchemars, mais il n'aurait su dire si c'était à cause de la fièvre ou de ce qu'il avait appris. Les propos de Shar le troublaient plus que tout : trouver la vérité ou mourir ! Rien de très enthousiasmant…

Le ciel légèrement couvert et la lumière grisâtre annonçaient la venue prochaine de l'hiver. Par bonheur, les grands arbres qui flanquaient la piste, serrés les uns contre les autres, faisaient rempart à la bise. Dans ce sanctuaire rempli du parfum des sapins baumiers, les voyageurs étaient à l'abri du souffle glacé de la nature.

Kahlan et Richard traversèrent un ruisseau, près d'un barrage érigé par des castors, et découvrirent une étendue de fleurs sauvages dont les corolles jaune et bleu pâle couvraient le sol d'un ravin chichement boisé.

Kahlan s'arrêta pour cueillir quelques fleurs. Avisant un morceau de bois mort en forme de conque, elle entreprit de disposer les fleurs dans sa partie creuse.

Richard pensa que sa compagne devait mourir de faim. Sachant qu'il trouverait un pommier non loin de là, il alla faire sa cueillette pendant qu'elle continuait à s'occuper des fleurs. Quand on rendait visite à Zedd, apporter de la nourriture était toujours une bonne idée.

Il termina le premier et attendit, adossé à un tronc, curieux de voir où Kahlan voulait en venir. Quand elle fut satisfaite de son travail, elle souleva l'ourlet de sa robe, s'agenouilla près du ruisseau et mit le morceau de bois à l'eau. Accroupie, les bras croisés, elle regarda un moment le petit radeau chargé de fleurs dériver sur l'onde paisible. Puis elle se retourna, aperçut Richard et s'approcha de lui.

— Une offrande à la mémoire de nos mères, dit-elle. Pour leur demander de nous protéger et de nous aider à trouver le grand sorcier. (Elle se tut, le dévisagea et se rembrunit.) Richard, quelque chose ne va pas ?

Il lui tendit une pomme.

— Pas de problème… Tiens, mange ça…

Elle écarta son bras d'une main et, de l'autre, le prit à la gorge, soudain transformée en furie.

— Pourquoi me fais-tu ça ? cria-t-elle.

Décontenancé, Richard se raidit. Une petite voix lui souffla qu'il ferait mieux de ne pas bouger.

— Tu n'aimes pas les pommes ? Navré, mon amie… Mais je te trouverai autre chose à manger !

— Comment as-tu appelé ces fruits ? demanda Kahlan, visiblement troublée.

— Des pommes, répéta Richard, toujours immobile. Tu ne sais pas ce que c'est ? Elles sont délicieuses, crois-moi. Tu pensais qu'il s'agissait de quoi ?

Kahlan relâcha un peu sa prise.

— Tu consommes ces… pommes ?

— Oui. Tant que j'en trouve…

Embarrassée, et plus du tout en colère, Kahlan le lâcha et mit une main devant sa bouche, les yeux écarquillés.

— Richard, pardonne-moi. J'ignorais que tu pouvais manger ces… choses. Dans les Contrées du Milieu, tous les fruits à la peau rouge sont empoisonnés. J'ai cru que tu voulais me tuer…

La tension se dissipa d'un coup quand le jeune homme éclata de rire. Kahlan l'imita, même si elle tenta de dire que ce n'était pas drôle du tout. Il mordit dans le fruit pour lui montrer qu'il n'y avait aucun danger, puis lui en tendit un autre. Elle l'accepta, mais le regarda longtemps, méfiante, avant de goûter.

— Mais c'est très bon ! (Elle fronça soudain les sourcils et posa une main sur le front de son ami.) Je savais bien que quelque chose n'allait pas. Tu es brûlant de fièvre.

— Je sais, mais nous ne pourrons rien faire avant d'être chez Zedd. Par bonheur, nous arriverons bientôt…

Un peu plus loin sur la piste, ils aperçurent la petite maison de Zedd. Appuyée contre le toit couvert de gazon, une planche servait de rampe d'accès au chat du vieil ami de Richard. L'animal, très âgé, était plus doué pour monter que pour descendre…

Des rideaux blancs en dentelle pendaient aux fenêtres. Sur leurs rebords, des pots de fleurs ajoutaient une note champêtre, même si les végétaux, à ce moment de l'année, avaient séché et s'étaient ratatinés. Les murs en rondins, patinés par l'âge, flanquaient une porte peinte en bleu vif qui semblait souhaiter la bienvenue aux visiteurs. À ce détail près, la demeure se fondait dans le paysage environnant, comme si elle avait tenté de passer inaperçue. Aussi modeste qu'elle fût, cette résidence était dotée d'un porche qui courait tout au long de sa façade.

La chaise de Zedd, surnommée « raison », était vide. Elle devait son sobriquet à une des habitudes étranges du vieil homme. Dès que quelque chose éveillait sa curiosité, il s'asseyait pour réfléchir à la raison profonde du phénomène. Une fois, il y était resté assis trois jours durant à se demander pourquoi les gens polémiquaient sans fin sur le nombre d'étoiles qui brillaient dans le ciel. Lui même s'en fichait, jugeant la question ridicule. Mais pourquoi ses contemporains y voyaient-ils un sujet de débats passionnés ? Au terme de sa méditation, il avait livré son verdict : sur une question pareille, tout le monde pouvait avoir une opinion sans craindre d'être contredit, puisqu'il était impossible de connaître la réponse. Un bon moyen, selon lui, de passer pour un érudit à peu de frais. Ce problème résolu, il était entré dans la maison et avait consacré trois heures à s'empiffrer.

Richard appela mais n'obtint pas de réponse.

— Je sais où il est ! dit-il à Kahlan. Sur son rocher-nuage, en train de sonder les cieux !

— Son rocher-nuage ?

— L'endroit d'où il adore regarder les nuages. Ne me demande pas pourquoi… Depuis que je le connais, dès qu'il voit un nuage intéressant, il se précipite sur ce rocher pour l'étudier.

Richard avait grandi avec le fameux rocher. Pour lui, ce comportement n'avait rien d'excentrique. Le vieil homme était comme ça, voilà tout…

Ils traversèrent l'étendue d'herbes folles qui entourait la maison et gravirent la colline quasiment chauve où se dressait le rocher-nuage. Leur tournant le dos, Zedd était perché sur la grosse pierre plate, ses bras chétifs écartés tandis que le vent faisait voleter ses cheveux blancs.

Incidemment, le vieil homme était nu comme un ver.

Richard écarquilla les yeux et Kahlan détourna les siens. Les replis de peau blême qui tombaient mollement sur ses articulations donnaient à Zedd des allures de vieux bâton desséché d'une extrême fragilité. Une illusion d'optique, car le vieillard, Richard le savait, n'avait rien de fragile.

Sur ses fesses dépourvues de tout rembourrage de graisse, la peau flasque pendait misérablement…

Il leva un doigt décharné vers le ciel et lança d'une voix chevrotante :

— Je savais que tu allais venir, Richard !

Sa longue tunique unie gisait en boule derrière lui. Richard la ramassa pendant que Kahlan, tout sourires, se détournait pour préserver sa pudeur féminine.

— Zedd, nous avons de la compagnie. Rhabille-toi !

— Tu sais comment j'ai deviné que tu allais venir ? demanda le vieil homme sans esquisser un mouvement.

— Ça doit avoir un rapport avec le nuage qui me suit depuis quelques jours… Maintenant, laisse-moi t'aider à remettre tes frusques !

Zedd se retourna et battit des bras tant il était nerveux.

— Des jours, dis-tu ? Foutaises ! Richard, voilà trois semaines que ce nuage te piste ! Depuis que ton père a été assassiné ! Au fait, je ne t'ai pas vu depuis la mort de George. Où étais-tu ? Je t'ai cherché partout. Mais quand tu décides d'être introuvable, il est plus facile de repérer une aiguille dans une meule de foin !

— J'avais à faire… Lève les bras que je puisse t'habiller…

Richard passa la tunique sur les bras de Zedd, qui se tortilla pour qu'elle tombe plus ou moins élégamment le long de son corps malingre.

— Tu avais à faire ? Étais-tu trop occupé pour lever les yeux au ciel de temps en temps ? Fichtre et foutre, Richard, sais-tu d'où vient ce maudit nuage ?

Le front plissé, Zedd semblait sincèrement inquiet.

— Arrête de jurer comme un charretier ! D'après moi, ce nuage arrive de D'Hara.

Zedd recommença à battre des bras.

— D'Hara ! Bien vu, mon garçon ! Dis-moi, comment as-tu trouvé ça ? À cause de sa densité ? De sa texture ?

De plus en plus excité, Zedd gigotait comme un ver, car il n'était pas satisfait des plis de sa tunique.

— Ni l'un ni l'autre. C'est une supposition fondée sur des informations sans lien direct avec le nuage. Zedd, comme je te l'ai déjà précisé, nous avons de la compagnie…

— Oui, oui, j'avais entendu… (Il éluda la question d'un vague geste de la main.) Des informations sans lien direct, dis-tu ? Voilà qui est très bien… Vraiment bien ! As-tu également appris que c'est très inquiétant, tout ça ? Bien sûr que oui ! (Zedd adorait jouer seul au jeu des questions et des réponses.) Mais pourquoi transpires-tu comme ça ? (Il posa sa main décharnée sur le front de Richard.) Tu as de la fièvre ! M'as-tu apporté à manger ?

Richard avait déjà sorti une pomme de son sac. Deviner que son vieil ami aurait faim n'avait rien d'un exploit. Zedd était affamé en permanence.

Il mordit voracement dans la pomme.

— Zedd, s'il te plaît, écoute-moi… J'ai des ennuis et il me faut ton aide.

Le vieil homme posa les doigts sur le front de Richard. Sans cesser de mâcher, il lui souleva une paupière du bout du pouce. Penché en avant, il approcha son visage au nez crochu de celui du jeune homme, étudia son œil et recommença la même procédure avec l'autre.

— Je t'écoute toujours, Richard…

Il prit son protégé par le poignet et chercha son pouls.

— Et je suis tout à fait d'accord avec toi, tu as des ennuis… Dans trois heures, peut-être quatre, mais pas plus, tu sombreras dans l'inconscience.

Richard sursauta et Kahlan ne cacha pas son inquiétude.

Zedd était un expert en maladie – entre autres choses – et il ne s'était jamais trompé sur ce type de pronostics. Depuis son réveil, Richard avait les jambes flageolantes et ça ne s'arrangeait pas davantage que ses frissons.

— Tu peux faire quelque chose ?

— Sans doute, mais ça dépend de la cause de tes symptômes. À présent, cesse de jouer les goujats et présente-moi ta petite amie !

— Zedd, voilà mon *amie*, Kahlan Amnell…

Le vieil homme plongea son regard dans celui de Richard.

— Je me suis donc trompé ? C'est vrai, elle n'est pas si petite que ça… (Il rit de sa plaisanterie, fit une révérence caricaturale à Kahlan, lui prit la main et y déposa un baiser.) Zeddicus Zu'l Zorander, pour vous servir, noble jeune dame.

Il se redressa pour mieux l'étudier. Quand leurs regards se croisèrent, son sourire s'évanouit et ses yeux s'arrondirent. L'air furieux, il lâcha la main de la jeune femme comme si c'était un serpent venimeux et se tourna vers Richard.

— Que fais-tu donc avec cette créature ?

Si Kahlan ne broncha pas, Richard n'en crut pas ses oreilles.

— Zedd…

— Elle t'a touché ?

— Eh bien…, commença Richard, tentant de se rappeler quand Kahlan l'avait touché.

— Non, bien sûr que non, coupa Zedd. Je vois bien que non… Mon garçon, tu sais qui elle est ? (Il regarda Kahlan.) C'est une…

La jeune femme le foudroya du regard. Zedd se pétrifia.

— Oui, je le sais, dit Richard, la voix calme mais ferme. C'est mon amie. Hier, grâce à elle, je n'ai pas été assassiné comme le fut mon père, et j'ai échappé aux griffes d'un garn. Un monstre terrible, si tu veux le savoir… (Kahlan se détendit un peu. Le vieil homme la dévisagea un moment avant de se tourner vers Richard.) Zedd, c'est mon amie. Nous avons tous les deux des problèmes et nous devons nous entraider.

— Des problèmes, c'est ça, oui…

— Zedd, je t'en prie, nous avons besoin de toi ! (Kahlan vint se placer près de Richard.) Et le temps presse !

Le vieil homme semblait décidé à ne pas s'impliquer dans cette affaire. Mais Richard n'était pas du genre à baisser les bras si vite.

— Hier, après notre rencontre, un *quatuor* l'a attaquée. Un autre arrivera bientôt.

Dans les yeux du vieillard, Richard vit enfin ce qu'il attendait : la haine disparut, remplacée par un début de compassion.

Zedd dévisagea Kahlan comme s'il la voyait pour la première fois. Ils se défièrent du regard un long moment.

En entendant le mot *quatuor*, la jeune femme avait blêmi. Zedd avança, l'enlaça et attira sa tête contre son épaule. Elle lui rendit son étreinte, visage enfoui dans sa tunique pour cacher ses larmes.

— Tout va bien, chère enfant. Allons chez moi, tu y seras en sécurité. Vous me parlerez de vos ennuis et nous nous occuperons de la fièvre de Richard.

Kahlan hocha la tête et s'écarta de lui.

— Zeddicus Zu'l Zorander… Je n'ai jamais entendu ce nom…

Le vieil homme sourit fièrement, les joues plissées comme du parchemin.

— Ça ne m'étonne pas, mon enfant… Ça ne m'étonne pas du tout ! Au fait, tu sais cuisiner ? (Il passa un bras autour des épaules de Kahlan et la serra contre lui alors qu'ils commençaient à descendre la colline.) Je meurs de faim et je n'ai plus goûté de bonne cuisine depuis des années. (Il regarda par-dessus son épaule.) Suis-nous, Richard, tant que tu le peux encore…

— Si vous guérissez mon ami, dit Kahlan, je vous ferai de la soupe aux épices… Un plein chaudron !

— De la soupe aux épices ! s'extasia Zedd. Voilà des lustres que je n'en ai pas eu ! Celle de mon jeune ami est fade comme un ciel sans nuage…

Richard suivait à distance, car les derniers événements l'avaient vidé de ce qui lui restait de force. La désinvolture de Zedd, au sujet de sa fièvre, le terrorisait. Connaissant son ami, il savait que c'était une façon de ne pas l'alarmer. Il était donc gravement atteint, comme la douleur, dans sa main blessée, le lui rappelait à chaque instant.

Le vieil homme étant originaire des Contrées du Milieu, il avait pensé l'amadouer en mentionnant les *quatuors*. Le résultat dépassait ses espérances, puisque Zedd et Kahlan semblaient soudain s'entendre à merveille… Un peu bizarre, mais très réconfortant…

En marchant, pour se rassurer, il toucha le croc qui pendait à son cou. Cela n'eut pas grand effet, car tout ce qu'il avait appris l'inquiétait à juste titre.

À un angle de la maison, Zedd avait installé une table où il aimait prendre ses repas en plein air quand le temps le permettait. Un moyen de continuer à scruter les nuages tout en se restaurant…

Il les invita à s'asseoir sur un banc, puis entra dans la maison. Quelques minutes après, il ressortit et posa sur la table au bois usé par les ans et les éléments une cargaison de carottes, de baies, de fromages et de jus de pomme. Satisfait, il s'assit en face des deux jeunes gens, tendit à Richard une chope pleine d'un épais liquide marron aux effluves d'amande et lui ordonna de le boire lentement.

— Parle-moi de vos ennuis, dit-il ensuite au jeune homme.

Richard lui raconta sa mésaventure avec la liane. Puis il évoqua le monstre qu'il avait vu dans le ciel et sa rencontre avec Kahlan, poursuivie par quatre hommes. Il n'omit aucun détail. Zedd en raffolait, même s'ils n'avaient aucune importance. De temps en temps, il s'interrompait pour boire une gorgée de sa potion.

Kahlan croqua deux ou trois carottes, se régala avec les baies et but du jus de pommes. En revanche, elle ne toucha pas au fromage.

Elle acquiesçait aux propos de Richard et volait à son secours quand il ne parvenait pas à se souvenir d'un détail précis.

Il décida de ne pas mentionner ce qu'elle lui avait confié sur l'histoire des trois pays et sur la récente conquête des Contrées du Milieu par Darken Rahl. Il vaudrait mieux qu'elle en parle elle-même, avec ses propres mots.

Zedd lui demanda de revenir au début de son histoire. Que fichait-il dans la forêt de Ven, pour commencer ?

— Chez mon père, après sa mort, le vase bleu était un des rares objets intacts. Dedans, il y avait un fragment de liane. Depuis trois semaines, je cherchais la plante pour découvrir le sens du dernier message de papa. Quand je l'ai trouvée, elle m'a attaqué...

En avoir fini le soulagea, car il avait la gorge sèche et la langue pâteuse.

— À quoi ressemblait cette liane ? demanda Zedd en mordant dans une carotte.

— Eh bien... J'ai encore le fragment dans ma poche !

Richard sortit le morceau de végétal et le posa sur la table.

— Fichtre et foutre ! jura Zedd. Une liane-serpent !

Un frisson glacé courut le long de l'échine de Richard. Il connaissait ce nom parce qu'il figurait dans le grimoire secret. Contre toute logique, il espéra que ça ne signifiait pas ce que... ça voulait sans doute dire !

— Bon, marmonna Zedd, le point positif, c'est que je sais à présent quelle racine utiliser pour te soigner. L'ennui, c'est qu'il faudra la dénicher... (Il se tourna vers Kahlan.) Ma chère enfant, j'aimerais aussi entendre ton histoire. Mais sois brève, parce que j'ai du pain sur la planche !

Au souvenir de ce qu'elle lui avait raconté la veille, Richard se demanda comment Kahlan pourrait faire court.

— Darken Rahl, le fils de Panis Rahl, a mis dans le jeu les trois boîtes d'Orden, dit-elle simplement. Je suis là pour chercher le grand sorcier...

Richard crut que la foudre venait de le frapper.

Dans le *Grimoire des Ombres Recensées*, l'ouvrage que son père lui avait fait mémoriser avant qu'ils le détruisent, figurait une phrase qui lui revint aussitôt à l'esprit : « Quand les trois boîtes d'Orden seront mises dans le jeu, la liane-serpent croîtra et se multipliera. » Les pires cauchemars de Richard – et de tous les êtres vivants – menaçaient de prendre chair !

Chapitre 7

Terrassé par la fièvre et la douleur, Richard s'aperçut à peine qu'il s'était affaissé, la tête reposant sur la table. Il gémit pendant que son esprit embrumé mesurait les implications de ce que Kahlan venait de dire à Zedd. Les prophéties du *Grimoire des Ombres Recensées* allaient se réaliser !

Il sentit que son vieil ami approchait de lui. Puis il l'entendit dire à Kahlan de l'aider à le porter dans la maison. Alors qu'il marchait avec leur soutien, le sol sembla glisser de droite à gauche, comme s'il voulait se dérober sous ses pieds. Enfin, on l'étendit sur un lit, sous une épaisse couverture. Ses amis continuaient à parler, mais leurs mots n'avaient plus de sens pour lui, comme s'ils avaient seulement prononcé la moitié de leurs syllabes.

Son esprit sombra dans l'obscurité. Puis il vit de la lumière. Mais il remonta à la surface pour mieux se noyer de nouveau.

Qui était-il ? Que lui arrivait-il ?

Le temps passa. La pièce tanguait et roulait autour de lui comme un bateau dans une tempête. Il s'accrocha au lit pour ne pas être emporté… À certains moments, conscient de l'endroit où il était, il essayait de s'ancrer à tout ce qu'il savait comme un navire s'arrime au port. Mais le néant l'aspirait de nouveau.

Enfin, il se réveilla et s'aperçut que son « absence » avait été longue. Mais de quelle durée, exactement ? Des heures ? Des jours ? Davantage ? Il n'aurait su le dire…

Faisait-il nuit dehors ou avait-on simplement tiré les rideaux ? Quelqu'un, s'avisa-t-il, lui passait un linge humide et frais sur le front. Sa mère lui caressait les cheveux ! Ce contact était si réconfortant… Il parvint presque à voir son visage. Elle avait toujours pris soin de lui avec tant de tendresse…

Jusqu'au jour de sa mort ! Richard eut envie de pleurer. Elle n'était plus et pourtant, elle lui caressait les cheveux. Comme c'était impossible, il devait s'agir de quelqu'un d'autre. Mais qui ?

Kahlan, se souvint-il. Il murmura son nom…

C'était elle qui lui caressait les cheveux.

— Oui, Richard, je suis là…

Tout lui revint d'un coup : l'assassinat de son père, la liane qui l'avait blessé, Kahlan, les quatre tueurs sur la corniche, le discours de son frère…

D'autres choses encore : quelqu'un l'attendant dans sa maison, le garn, la flamme-nuit lui ordonnant de découvrir la vérité ou de mourir. Enfin, ce que Kahlan avait dit au sujet des trois boîtes d'Orden – une phrase qui faisait écho au *Grimoire des Ombres Recensées.*

Alors, il se souvint…

Son père l'avait conduit dans un endroit secret, au cœur de la forêt. Là, il lui avait raconté comment il était parvenu à sauver le grimoire du danger qu'il courait – à l'insu de la bête chargée de veiller sur lui jusqu'à ce que son maître revienne.

George Cypher avait ramené l'ouvrage en Terre d'Ouest pour le soustraire à des mains avides dont le gardien du grimoire lui-même ignorait à quel point elles étaient menaçantes. Tant que le grimoire existerait, le péril subsisterait. Pourtant, il n'était pas question de détruire le savoir que renfermaient ses pages. Propriété du gardien, le grimoire devait être préservé jusqu'à ce qu'on puisse le lui restituer. Le seul moyen de réussir était de mémoriser son contenu puis de le livrer aux flammes. Ainsi, le savoir serait conservé mais pas volé, un drame qui se produirait sûrement sinon…

George avait choisi Richard et pas Michael pour des raisons qu'il était seul à connaître. Nul ne devait être informé de l'existence du grimoire. Même pas le frère de Richard ! Seul le gardien avait le droit de savoir. Oui, lui à l'exclusion de tout autre…

Si Richard ne le trouvait jamais, il devrait transmettre son savoir à un de ses enfants, qui l'imiterait un jour, le processus se répétant aussi longtemps que nécessaire. George ne pouvait pas lui révéler qui était le gardien, car il ne le savait pas. Quand Richard demanda comment il le reconnaîtrait, la réponse ne l'avança pas beaucoup : il devrait trouver la solution seul et ne jamais en parler à personne ! Même pas à Zedd…

Richard avait juré sur sa vie qu'il garderait le silence.

Jusqu'à la fin, son père n'avait jamais posé les yeux sur le grimoire. Seul Richard en avait le droit. Jour après jour, semaine après semaine, sauf quand il voyageait, George l'emmenait dans la cachette et le regardait apprendre le texte par cœur. Michael préférant la compagnie de ses amis aux beautés de la nature, il ne s'était jamais aperçu de rien. Habitué à ne pas beaucoup voir Richard quand George était là, Zedd lui-même n'eut pas de soupçons.

Pour mieux mémoriser, Richard écrivait ce qu'il lisait puis comparait avec le texte original. Ensuite, son père brûlait les feuilles et lui demandait de recommencer, s'excusant souvent d'avoir placé un tel fardeau sur ses épaules. À la fin de chaque journée passée dans la forêt, il implorait même son pardon…

Richard ne lui en voulait pas, car la confiance qu'il lui témoignait était à ses yeux un honneur.

Acharné, il recopia le texte une centaine de fois pour être sûr de ne jamais en oublier un mot. Au fil de sa lecture, il avait appris que la moindre omission, ou le plus infime ajout, provoquerait une catastrophe.

Lorsqu'il annonça enfin à son père qu'il avait terminé, ils remirent le grimoire dans sa cachette et l'y laissèrent pendant trois ans. Ce délai passé, peu après le quinzième anniversaire de Richard, ils retournèrent dans l'endroit secret par une belle journée d'automne. Si Richard se montrait capable de restituer le texte sans commettre d'erreur, George et lui pourraient enfin brûler l'ouvrage.

Richard écrivit d'une main sûre. Quand il compara avec l'original, il ne trouva pas une virgule d'écart.

Ils allumèrent un feu et l'alimentèrent jusqu'à ce que la chaleur les fasse reculer. George tendit le grimoire à Richard. S'il était sûr d'avoir tout retenu, l'adolescent pouvait le jeter dans les flammes.

Richard posa l'ouvrage dans le creux de son bras et caressa la reliure en cuir. La confiance que lui faisait son père – et par extension, l'univers entier – pesait lourdement sur ses épaules. Au moment où il livra le volume au feu, il cessa définitivement d'être un enfant.

Les flammes enveloppèrent le grimoire, le caressant et le consumant. Des silhouettes et des taches de couleurs dansèrent devant leurs yeux et un rugissement retentit. Des rayons lumineux jaillirent en direction des cieux. Le vent fit claquer les manteaux des deux hommes tandis que le brasier aspirait des feuilles et des branches mortes. Des spectres apparurent et écartèrent les bras comme s'ils se nourrissaient des flammes, leurs voix caverneuses aussitôt emportées par la bourrasque.

Comme pétrifiés, Richard et son père n'esquissèrent pas un geste, incapables de détourner le regard de ce spectacle. La chaleur se transforma en une bise plus froide qu'une tempête nocturne qui leur coupa le souffle et les glaça jusqu'à la moelle des os. Puis ces frimas se dissipèrent et les flammes devinrent une colonne de lumière blanche si brillante qu'elle oblitéra tout, comme s'ils avaient été précipités au cœur même du soleil.

Elle aussi disparut pour céder la place à un profond silence. Le feu était éteint et des volutes de fumée s'élevaient lentement dans le ciel d'automne.

Le grimoire avait disparu.

Le fils de George Cypher comprit qu'il avait vu la magie dans ses œuvres !

Richard sentit une main se poser sur son épaule. Ouvrant les yeux, il reconnut Kahlan. Grâce à la lumière d'un feu qui filtrait par la porte entrouverte, il vit qu'elle était assise sur une chaise placée à côté de son lit. Le gros matou noir de Zedd ronronnait sur ses genoux.

— Où est Zedd ? demanda Richard, encore vaseux.

— Il est allé chercher la racine qui te guérira, répondit Kahlan. Il fait nuit depuis des heures. Selon lui, nous ne devons pas nous inquiéter s'il met du temps à revenir. Jusqu'à son retour, tu risques de sombrer plusieurs fois dans l'inconscience, mais il ne t'arrivera rien de grave. La potion qu'il t'a donnée te permettra de l'attendre en toute sécurité.

Pour la première fois, Richard s'avisa que Kahlan était la plus belle femme qu'il ait vue de sa vie. Ses cheveux tombaient librement autour de son visage et sur ses épaules. Il aurait voulu les toucher, mais n'en fit rien. Sentir sa main sur son épaule lui suffisait. Elle était près de lui et ne l'abandonnerait pas…

— Comment te sens-tu ? demanda-t-elle d'une voix si douce qu'il s'étonna que Zedd ait pu avoir peur d'elle quand il la lui avait présentée.

— Je préférerais affronter un autre *quatuor* plutôt que de me frotter à une liane-serpent…

Elle lui fit un sourire complice – cette complicité qui semblait naturelle entre eux – et lui essuya le front avec un linge humide. Quand Richard lui saisit le poignet au vol, elle s'immobilisa et plongea son regard dans le sien.

— Kahlan, Zedd est mon ami depuis tant d'années… Pour moi, il est comme un second père. Jure que tu ne lui feras pas de mal. Je ne pourrais pas le supporter…

— Je l'aime beaucoup, rassure-toi. C'est un homme de bien, comme tu me le disais. Lui nuire n'est pas dans mes intentions… Je veux seulement qu'il nous aide à trouver le grand sorcier.

— Promets-moi ! insista Richard en lui serrant plus fort le poignet.

— Tout va bien se passer… Il nous aidera.

Richard se souvint de la façon dont elle l'avait pris à la gorge, folle de rage, quand il lui avait offert une pomme qu'elle pensait empoisonnée.

— Promets-moi ! répéta-t-il.

— Je me suis déjà engagée auprès d'autres personnes, dont certaines ont sacrifié leur vie. Beaucoup de gens dépendent de moi. C'est plus important que…

— Promets-moi !

Elle lui posa sa main libre sur la joue.

— Désolée, Richard, je ne peux pas…

Il lui lâcha le poignet, se tourna sur le côté et sentit qu'elle retirait la main de sa joue. Pensant au grimoire et à tout ce qu'il signifiait, il comprit que sa requête était égoïste. S'il la forçait à jurer qu'elle épargnerait Zedd, le vieil homme mourrait avec eux. Devait-il condamner des peuples à l'esclavage ou à la disparition pour qu'il vive quelques mois de plus ? Et fallait-il, du même coup, signer l'arrêt de mort de Kahlan ? Pour rien ?

Richard eut honte de sa propre stupidité. Il n'avait aucun droit de lui demander ça. Et si elle lui avait cédé, c'eût été une erreur. Pour l'heure, il devait plutôt se réjouir qu'elle ne lui ait pas menti. Mais il savait que Zedd, même s'il s'était enquis de leurs ennuis, risquait de refuser de s'impliquer dans une affaire qui concernait les Contrées du Milieu.

— Kahlan, la fièvre me rend idiot. Pardonne-moi, je t'en prie… Je n'ai jamais rencontré quelqu'un d'aussi courageux que toi. Tu essaies de nous sauver tous, je le sais. Zedd nous aidera, je m'en assurerai. Promets-moi simplement d'attendre que j'aille mieux. Laisse-moi une chance de le convaincre.

— Cette promesse-là, je peux la faire… Tu t'inquiètes pour ton ami. Si ce n'était pas le cas, c'est moi qui m'inquiéterais ! Ce n'est pas du tout idiot… À présent, repose-toi.

Richard essaya de ne pas fermer les yeux, car le monde se mettait à tourner dès qu'il baissait les paupières. Mais cette conversation l'avait épuisé et il ne put résister longtemps à l'attraction des ténèbres.

De nouveau aspiré dans le vide, il erra sans fin dans des rêves confus, parfois plongé dans des endroits si déserts qu'on n'y rencontrait même pas des illusions…

Le chat se réveilla et pointa les oreilles. Richard dormait. Ayant capté des bruits que seul un félin pouvait entendre, l'animal sauta des genoux de Kahlan, trottina jusqu'à la porte, s'assit sur son séant et attendit.

Le voyant aussi paisible, la jeune femme resta assise près du lit.

— Minou ! Minou ! lança une voix chevrotante. Où t'es-tu encore caché ? Bon, si tu veux rester dehors… (La porte s'ouvrit.) Ah, tu es là… (Le chat sortit à la course.) D'accord, fais comme tu veux ! Chère enfant, comment va Richard ?

— Il s'est réveillé plusieurs fois, répondit Kahlan pendant que Zedd entrait dans la chambre. À présent, il dort. Vous avez trouvé la racine ?

— Bien sûr que oui ! Sinon, je ne serais pas revenu. A-t-il dit quelque chose quand il était conscient ?

— Simplement qu'il s'inquiétait pour vous…

Zedd fit volte-face et retourna dans le salon en grommelant :

— Et il a de sacrément bonnes raisons…

S'asseyant à la table, il pela les racines, les émin̨ça, remplit une casserole d'eau, jeta les morceaux dedans et suspendit le tout au-dessus de la cheminée. Puis il alimenta le feu avec les pelures et un peu de bois sec. Approchant d'une armoire, il en sortit une collection de fioles de différentes tailles. Sans hésitation, il en ouvrit une et versa dans un mortier en pierre noire une petite quantité de poudre bleue. Il recommença l'opération avec les autres fioles, saisit un pilon blanc et écrasa les divers composants – un arc-en-ciel de bleu, de vert, de marron et de jaune – jusqu'à obtenir une pâte de la couleur de la boue séchée. Après avoir humidifié la pointe de son index, il le trempa dans le mélange pour prélever un échantillon et le goûter. D'abord dubitatif, il finit par sourire, apparemment satisfait.

Il décrocha une cuiller pendue à un clou près de la cheminée, versa la préparation dans la casserole et remua lentement en regardant bouillir sa décoction. Quand il jugea que c'était prêt, il retira la casserole du feu et la posa sur la table pour la laisser refroidir.

Il prit un bol et un morceau de tissu et fit signe à Kahlan de venir l'aider. Elle le rejoignit et l'écouta lui expliquer comment elle devait tenir le tissu au-dessus du bol pendant qu'il versait la mixture.

Quand ce fut fait, il leva un index professoral.

— À présent, tords le tissu pour extraire le liquide. Quand il n'en coulera plus, jette le filtre et son contenu dans le feu. (Devant l'étonnement de son assistante, il fronça les sourcils.) Ce qui reste dedans est du poison… Richard devrait se réveiller bientôt. Nous lui ferons boire la potion. Continue à tordre, je vais voir où il en est.

Zedd alla dans la chambre, se pencha sur Richard et constata qu'il était inconscient. Après avoir vérifié que Kahlan lui tournait le dos, absorbée par sa tâche, il posa un doigt sur le front du malade, qui ouvrit aussitôt les yeux.

— Chère enfant, lança Zedd, nous avons de la chance, il vient juste de se réveiller. Apporte-moi le bol.

— Zedd, dit Richard en clignant des yeux, tu vas bien ? Il n'y a pas de problèmes ?

— Tout baigne dans l'huile, mon garçon…

Kahlan entra à pas prudents pour ne pas renverser la potion. Zedd aida Richard à s'asseoir et le fit boire. Quand il eut fini, le jeune homme se rallongea.

— La décoction te fera dormir et combattra la fièvre. À ton prochain réveil, tu te sentiras bien, c'est promis. Alors, cesse de t'inquiéter dans ton sommeil.

— Merci, Zedd, murmura Richard avant de s'endormir comme une masse.

Zedd sortit, revint avec un plateau en étain et fit signe à Kahlan de s'asseoir sur la chaise.

— L'épine ne supportera pas la présence de la racine, expliqua-t-il. Elle sera forcée de quitter son corps.

Il glissa le plateau sous la main de Richard et s'assit au bord du lit. Ils attendirent en écoutant la respiration du jeune homme et le crépitement du feu, dans l'autre pièce. Les seuls bruits qui résonnaient dans la maison.

Puis Zedd brisa le silence.

— Pour une Inquisitrice, il est dangereux de voyager seule, chère enfant. Où est ton sorcier ?

— Il a préféré vendre ses services à une reine…

— Il s'est détourné de ses responsabilités envers les Inquisitrices ? grogna Zedd, désapprobateur. Comment s'appelait-il ?

— Giller.

— Giller…, répéta le vieil homme, toujours grognon. Pourquoi un autre sorcier ne t'a-t-il pas accompagnée ?

— Parce que tous se sont suicidés. Avant de mourir, ils ont lancé un sort pour que je puisse traverser la frontière, guidée par une flamme-nuit.

Zedd se leva et se frotta le menton, l'air sinistre.

— Vous connaissiez ces sorciers ? demanda Kahlan.

— Oui… J'ai longtemps vécu dans les Contrées du Milieu.

— Et le grand sorcier, vous le connaissiez aussi ?

Le vieil homme se rassit, arrangea les plis de sa tunique et sourit.

— Mon enfant, tu as de la suite dans les idées ! J'ai rencontré ce personnage, jadis. Même si tu le trouves, je doute qu'il veuille se mêler de ton histoire. Aider les Contrées du Milieu ne l'enthousiasmera pas…

Kahlan se pencha et prit entre les siennes les mains du vieil homme.

— Zedd, beaucoup de gens désapprouvent la cupidité du Conseil des Contrées du Milieu. Ils voudraient que les choses soient différentes, mais ils n'ont pas leur mot à dire, car ils n'appartiennent pas à l'élite. Ces hommes et ces femmes désirent vivre en paix. Darken Rahl a réquisitionné pour son armée les vivres stockés en prévision de l'hiver. Les soldats les gaspillent, les laissent pourrir ou les revendent dix fois plus cher à leurs légitimes propriétaires ! La famine menace. Cet hiver, des malheureux mourront de faim. Comme le feu est interdit, d'autres crèveront de froid…

» Rahl prétend que tout ça est la faute du grand sorcier, parce qu'il refuse de venir et d'être jugé comme tout ennemi du peuple doit l'être. Le sorcier a attiré le malheur sur la tête de ces gens, et il est le seul à blâmer. Rahl ne donne aucune explication convaincante. Pourtant, les foules le croient. Trop de gens gobent ses mensonges, même si ce qu'ils voient chaque jour devrait leur dessiller les yeux.

» Les sorciers vivaient dans la peur et on leur avait interdit d'exercer leur art. Un jour ou l'autre, ils le savaient, on les contraindrait à agir contre le peuple. Je sais qu'ils ont commis des erreurs dans le passé – et cruellement déçu leur maître. Mais ils n'ont jamais oublié le point essentiel de son enseignement : protéger le peuple et ne lui nuire sous aucun prétexte. En gage d'amour pour leurs semblables, ils se sont sacrifiés afin d'arrêter Darken Rahl. Leur maître serait fier d'eux, s'il savait…

» Mais cela ne concerne pas que les Contrées du Milieu. La frontière qui les sépare de D'Hara est tombée. Celle qui protège Terre d'Ouest faiblit déjà. Bientôt, elle n'existera plus. Le peuple de votre terre d'accueil sera alors la proie de ce qu'il redoute le plus : la sorcellerie ! Une force plus terrible et effrayante que ce qu'il a jamais imaginé.

Zedd ne trahit aucune émotion, ne fit aucun commentaire et n'émit pas l'ombre d'une objection. Il continua à écouter sans retirer ses mains de celles de Kahlan.

— Le grand sorcier pourrait se moquer de tout ce que j'ai dit, mais Darken Rahl a mis dans le jeu les trois boîtes d'Orden, et cela change tout. S'il réussit, le premier jour de l'hiver, il sera trop tard pour tout le monde. Y compris le grand sorcier ! Rahl le cherche déjà pour se venger de lui. Beaucoup d'innocents sont morts parce qu'ils ne pouvaient pas lui dire son nom. Mais quand Rahl ouvrira la bonne boîte, il aura un pouvoir absolu sur toutes les créatures vivantes, et le sorcier ne pourra plus lui échapper. Il peut se cacher tant qu'il veut en Terre d'Ouest. Le premier jour de l'hiver, ce sera fini, et Darken Rahl le capturera.

Une grande amertume passa dans le regard de Kahlan.

— Zedd, les *quatuors* de Rahl ont tué toutes les autres Inquisitrices. J'ai recueilli le dernier soupir de ma sœur après qu'ils se furent occupés d'elle. À présent, il ne reste que moi. Les sorciers savaient que leur ancien maître ne voudrait pas s'en mêler, c'est pour ça qu'ils m'ont envoyée. Je suis le dernier espoir du monde. S'il est trop borné pour comprendre que nous aider revient à se sauver lui-même, je devrai utiliser mon pouvoir pour le contraindre à agir.

— Et que fera un vieux sorcier rabougri contre Darken Rahl? demanda Zedd.

Désormais, c'était lui qui tenait les mains de Kahlan entre les siennes.

— Il désignera un Sourcier.

— Quoi ? s'étrangla Zedd en bondissant sur ses pieds. Chère enfant, tu parles de choses dont tu ignores tout!

Troublée, Kahlan s'adossa au dossier de son siège.

— Que voulez-vous dire?

— Les Sourciers se désignent tout seuls... Le sorcier les reconnaît, pourrait-on dire, et officialise les choses.

— Je ne comprends pas... Le sorcier ne choisit donc pas le bon candidat?

Zedd se rassit.

— Eh bien, oui, en un sens, mais après coup... Un véritable Sourcier, celui qui peut changer les choses, doit montrer de lui-même qu'il est digne du titre. Le sorcier ne désigne pas quelqu'un du doigt en disant: « Voilà l'Épée de Vérité, tu seras le Sourcier. » Le choix ne lui revient pas, comprends-tu. On ne peut pas former un être pour qu'il devienne un Sourcier. Il est ce qu'il est et se révèle par ses actes! Pour être sûr, le sorcier doit observer un individu pendant des années. Le bon candidat n'a pas besoin d'être un génie, mais il doit avoir les qualités requises. Être fait pour ça, si tu veux. Et on ne trouve pas facilement de tels individus.

» Le Sourcier assure l'équilibre du pouvoir. Mais le Conseil utilise sa nomination comme un os qu'il jette à un des chiens qui glapissent à ses pieds. À cause de la puissance du Sourcier, c'est une fonction très recherchée. Le Conseil n'a rien compris! Ce n'est pas la fonction qui donne de la force à son titulaire. C'est l'individu qui apporte la sienne à la fonction!

Il se pencha vers Kahlan.

— Ma chère enfant, tu es née après que le Conseil se fut arrogé le droit de désigner le Sourcier... Peut-être as-tu vu un Sourcier quand tu étais petite, mais ils étaient déjà tous des imposteurs. (Zedd se laissa emporter par son sujet, la voix vibrante de passion.) J'ai vu un vrai Sourcier faire trembler un roi de peur en lui posant une simple question. Et quand un authentique Sourcier dégaine l'Épée de Vérité... (Il leva les bras, survolté.) Son juste courroux est un spectacle fascinant! (Kahlan sourit de voir le vieil homme s'animer avec tant d'enthousiasme.) Les dieux s'en pâment de joie et les méchants pâlissent de terreur! Mais les gens croient rarement à la vérité, même quand elle se dresse devant eux – surtout quand ils refusent de la reconnaître! Ainsi, la position de

Sourcier est une des plus dangereuses qui soient. Pour ceux qui veulent usurper le pouvoir, il est un obstacle. Alors, il s'attire les foudres de bien des puissants. Le plus souvent, il est seul et ne vit pas très vieux…

— Je connais bien ça…, dit Kahlan avec un pauvre sourire.

Zedd se pencha un peu plus vers elle.

— Contre Darken Rahl, même un authentique Sourcier ne résisterait pas longtemps. Que se passerait-il après ?

Kahlan reprit les mains de son compagnon.

— Zedd, nous devons essayer. C'est notre seule chance. Si nous ne jouons pas cette partie-là, nous ne pourrons rien faire.

Le vieil homme se redressa et s'éloigna de la jeune femme.

— Si le sorcier désigne quelqu'un ici, l'élu ne connaîtra pas les Contrées du Milieu et il n'aura aucune chance de s'en sortir. Cela reviendrait à prononcer une sentence de mort.

— C'est aussi pour ça qu'on m'a envoyée ! Je devrai guider le Sourcier, rester à ses côtés et le protéger, fût-ce au prix de ma vie. Les Inquisitrices passent leur existence à arpenter le pays. J'ai été presque partout dans les Contrées du Milieu. Et depuis ma naissance, on m'a entraînée à parler plusieurs langues. C'est une obligation, car une Inquisitrice peut être appelée n'importe où. Je parle toutes les langues majeures et la plus grande partie des dialectes. Et si les membres de ma profession s'attirent les foudres de certains, la loyauté de bien des gens leur est acquise. Si nous étions des cibles faciles, Rahl n'aurait pas besoin de lancer des *quatuors* à nos trousses. Beaucoup de ses tueurs ont péri en accomplissant leur mission. Zedd, je peux protéger le Sourcier, et tant pis si je dois y laisser la vie.

— Ce que tu proposes fera courir un terrible danger au Sourcier, ma chère enfant. Et à toi-même…

— Une meute est déjà à mes trousses. Si vous avez une meilleure idée, n'hésitez pas à l'exposer…

Avant que Zedd puisse répondre, Richard gémit. Le vieil homme se leva.

— Nous y voilà…

Kahlan se leva aussi et le regarda prendre le bras blessé de Richard par le poignet et placer sa main au-dessus du plateau. Du sang coula sur l'étain – quelques gouttelettes –, puis l'épine suivit le même chemin. Kahlan tendit les doigts pour la ramasser.

Zedd lui saisit le poignet.

— Ne la touche pas, chère enfant. Maintenant que son « hôte » l'a expulsée, elle voudra s'en trouver un nouveau. Regarde !

Kahlan dégagea sa main. Zedd posa un index sur le plateau, à quelques pouces de l'épine, qui rampa aussitôt vers sa cible en laissant une minuscule traînée de sang dans son sillage.

Zedd retira vivement son doigt. Il prit le plateau et le tendit à Kahlan.

— Tiens-le par en dessous et va le poser sur le feu, à l'envers. Et n'y touche plus !

La jeune femme suivit ces instructions à la lettre.

Zedd nettoya la plaie de Richard et la badigeonna d'onguent. Puis il se tourna vers Kahlan, revenue dans la chambre.

— Pourquoi ne lui as-tu pas dit que tu étais une Inquisitrice ? demanda-t-il agressivement.

— À cause de la façon dont vous avez réagi en m'identifiant ! riposta Kahlan sur le même ton. (Mais sa colère retomba aussitôt.) Richard et moi sommes devenus amis… Je n'ai aucune expérience de ce genre de relation, mais je sais ce que subit une Inquisitrice. Toute ma vie, j'ai vu des gens se comporter comme vous. Quand je partirai avec le Sourcier, je lui dirai la vérité. Jusque-là, je voudrais garder l'amitié de Richard. Est-ce trop demander ? N'ai-je pas droit à un plaisir que tous les humains connaissent – avoir un ami ? Quand il saura, tout sera terminé…

Zedd glissa un doigt sous le menton de la jeune femme et la força à relever la tête pour qu'elle découvre son sourire bienveillant.

— Quand j'ai compris qui tu étais, j'ai réagi comme un imbécile ! J'étais surpris, car je pensais ne jamais revoir une Inquisitrice. J'ai quitté les Contrées du Milieu pour fuir la sorcellerie, et voilà que tu brisais mon isolement ! Je m'excuse de t'avoir donné le sentiment de n'être pas la bienvenue. Sache que je respecte les Inquisitrices à un point que tu ne connaîtras peut-être jamais. Tu es une femme de qualité et ma maison t'est ouverte de bon cœur !

— Merci, Zeddicus Zu'l Zorander…

Soudain, l'expression de Zedd se durcit. Kahlan n'osa pas bouger, le doigt du vieil homme toujours sous son menton, histoire de l'empêcher de détourner le regard.

— Encore une chose, Mère Inquisitrice…, souffla Zedd, menaçant. Ce garçon est mon ami depuis longtemps. Si tu le touches avec ton pouvoir, ou si tu le *choisis*, tu devras m'en répondre ! Et tu n'aimeras pas ma réaction. C'est compris ?

— Oui…, murmura Kahlan.

— Parfait !

De nouveau bienveillant, Zedd retira son doigt de sous le menton de la jeune femme et se tourna vers Richard.

Refusant de se laisser intimider, Kahlan le prit par le bras et le força à se retourner.

— Zedd, je ne lui ferai rien… Pas à cause de vos menaces, mais parce que je l'aime bien. Je veux que vous le sachiez !

Ils se défièrent du regard un long moment. Puis Zedd la gratifia d'un des sourires malicieux – et désarmants – dont il avait le secret.

— Si j'ai le choix, chère enfant, je préfère de loin cette option…

Kahlan se détendit, contente de s'être bien fait comprendre, et le serra brièvement dans ses bras.

Zedd lui rendit son étreinte de bonne grâce.

— Un sujet reste ouvert..., dit-il. Tu ne m'as pas demandé de t'aider à trouver le grand sorcier...

— Non, et je ne le ferai pas... Richard craint que vous refusiez. Je lui ai promis de le laisser aborder la question. Une parole d'honneur !

— Fascinant..., fit Zedd en se grattant le menton. (Sautant du coq à l'âne, il posa une main sur l'épaule de Kahlan, et lança :) Chère enfant, tu sais que tu ferais une très bonne Sourcière ?

— Une femme peut être désignée ?

— Évidemment... Quelques-uns des meilleurs Sourciers en étaient...

— Merci bien ! J'ai déjà un métier impossible... Un deuxième ne me dit rien !

— Tu as sans doute raison, admit Zedd, plus malicieux que jamais. Chère enfant, il est affreusement tard. Prends mon lit, dans la chambre d'à côté, et accorde-toi un repos bien mérité. Je veillerai sur Richard.

— Non ! (Kahlan se rassit sur la chaise.) Je ne veux pas le laisser !

— Comme tu voudras... (Zedd se plaça derrière elle et lui tapota gentiment l'épaule.) Comme tu voudras... (Il lui posa les doigts sur les tempes et la massa doucement.) Endors-toi, ma petite... (Kahlan soupira et ferma les yeux.) Endors-toi...

La jeune femme croisa les bras sur le bord du lit et y laissa tomber sa tête. Après avoir étendu une couverture sur elle, Zedd gagna la porte d'entrée, l'ouvrit et sonda l'obscurité.

— Le chat, amène-toi, j'ai besoin de toi !

L'animal accourut et se frotta contre les jambes de son maître, la queue fièrement dressée.

— Va dormir sur les genoux de notre invitée, dit Zedd en le caressant derrière les oreilles. Tiens-lui chaud !

Le matou se précipita dans la chambre et laissa le vieil homme s'offrir une petite promenade solitaire sous le ciel étoilé.

Sur l'étroit sentier qui serpentait entre les herbes folles, le vent faisait claquer la tunique de Zedd. Dans le ciel zébré de filaments de nuages, la lune fournissait une lumière suffisante pour s'orienter. Ayant suivi ce chemin des milliers de fois, Zedd n'aurait pas été plus gêné par une nuit d'encre...

— Rien n'est jamais facile..., marmonna-t-il en marchant.

Près d'un bouquet d'arbres, il s'arrêta, pivota lentement sur lui-même, sonda l'obscurité et tendit l'oreille. Alors que les branches ondulaient sous le vent, il huma l'air à la recherche d'un mouvement inhabituel.

Un insecte lui piqua le cou. Il l'écrasa sans pitié, le prit entre le pouce et l'index et l'examina attentivement.

— Une mouche à sang... Fichtre et foutre ! Il ne manquait plus que ça...

Une créature jaillit d'un gros buisson, à quelques pas de lui. Une montagne d'ailes, de fourrure et de crocs l'attaquait ! Les poings sur les hanches, Zedd attendit. Juste avant que le monstre soit sur lui, il leva un bras, forçant le garn à queue courte à s'arrêter net. La bête, arrivée à l'âge adulte, le dépassait de trois bons pieds et elle était deux fois plus féroce qu'un de ses congénères à longue queue. Elle grogna et cligna des yeux, tous ses muscles bandés pour lutter contre la force invisible qui l'empêchait d'avancer vers une proie qu'elle était furieuse de n'avoir pas encore tuée.

L'index plié, Zedd obligea le garn à s'approcher de lui. Écumant de rage, le monstre se pencha en avant.

Le vieil homme lui enfonça son doigt sous le menton.

— Comment t'appelles-tu ? demanda-t-il, menaçant.

Le garn émit un son de gorge rauque.

— Très bien… Je ne l'oublierai pas, tu peux me croire ! Maintenant, réponds à une question : veux-tu vivre ou mourir ? (La bête tenta en vain de reculer.) Bien, je vois que tu tiens à ta peau. Donc, tu m'obéiras au doigt et à l'œil. Écoute attentivement… Entre ici et D'Hara, un *quatuor* se dirige vers moi. Je veux que tu traques ces hommes et que tu les tues. Ensuite, retourne chez toi, en D'Hara. Si tu exécutes mes ordres, je te laisserai vivre. Mais n'oublie pas que je connais ton nom. Si tu épargnes les tueurs, ou si tu reviens dans mon pays après avoir accompli ta mission, je te tuerai et je livrerai ta carcasse à tes maudites mouches ! Marché conclu ? (Le garn grogna son accord.) Parfait ! À présent, fiche le camp !

Zedd retira son index de sous le menton du monstre.

Pressé de fuir, le garn battit frénétiquement des ailes et piétina l'herbe en prenant son envol. Zedd le regarda décoller et décrire dans l'air des cercles de plus en plus larges. Lancé à la recherche du *quatuor*, en direction de l'est, le monstre disparut de la vue du vieil homme.

Alors, il entreprit de gravir la colline.

Arrivé au sommet, il approcha de son rocher-nuage, pointa un index dessus et le fit lentement pivoter sur son axe, comme s'il remuait un ragoût. L'énorme bloc de pierre vibra. On eût dit qu'il essayait de tourner en rythme avec le doigt de Zedd. Sous cet effort, la pierre finit par se craqueler, comme si elle résistait en vain à la force résolue à la mettre en mouvement. Puis sa surface granuleuse se modifia. Incapable de maintenir plus longtemps son intégrité, la structure même du rocher se liquéfia assez pour que son imposante masse obéisse au doigt de Zedd et tourne sur elle-même. Le vieil homme accéléra le rythme jusqu'à ce qu'un rayon de lumière jaillisse de la roche en fusion.

Le vieil homme accéléra encore son mouvement. La lueur augmenta d'intensité, des étincelles et des taches de couleur tourbillonnant en son centre. Alors, des formes et des silhouettes apparurent et disparurent au sein de ce vortex tumultueux.

La lumière menaçait d'embraser l'air autour de Zedd. Un sifflement semblable à celui du vent qui s'engouffre dans une fissure retentit. Les odeurs de l'automne devinrent soudain les parfums de l'hiver, puis ceux de la terre fraîchement labourée au printemps et enfin ceux des floraisons estivales.

Quand les senteurs de l'automne revinrent, une clarté saine et pure chassa les étincelles et les flocons de couleur.

Le rocher se solidifia de nouveau. Zedd sauta dessus et s'immergea dans la lumière. Peu à peu, celle-ci perdit de sa splendeur pour devenir une pâle lueur dont les spirales évoquaient des volutes de fumées.

Deux silhouettes se formèrent devant le vieil homme. Malgré leurs contours flous comme si elles étaient constituées de lambeaux de souvenirs, elles restaient reconnaissables.

Le vieux cœur de Zedd battit la chamade quand la voix spectrale de sa mère vint caresser ses oreilles.

— Qu'est-ce qui te tourmente, mon fils ? Pourquoi nous as-tu invoqués après tant d'années ?

Elle tendit les bras vers le vieil homme.

Il l'imita mais ne put pas la toucher.

— Ce que m'a raconté la Mère Inquisitrice m'a troublé...

— Elle disait la vérité...

Zedd ferma les yeux et ses bras se baissèrent en même temps que ceux de sa mère.

— Alors, tous mes disciples sont morts. À part Giller...

— Toi seul peux encore protéger la Mère Inquisitrice. (Elle flotta dans les airs pour se rapprocher de lui.) Tu dois désigner le Sourcier.

— Le Conseil récolte ce qu'il a semé ! Et tu voudrais que j'aide ces gens ? Ils n'ont pas tenu compte de mon avis. Qu'ils crèvent étouffés par leur propre cupidité !

Le père de Zedd approcha à son tour.

— Mon fils, pourquoi étais-tu furieux contre tes disciples ?

— Parce qu'ils ont pensé à eux au lieu de faire leur devoir et de protéger les gens...

— Je vois... En quoi est-ce différent de ta réaction d'aujourd'hui ?

L'écho de ses paroles plana un long moment dans l'air.

— J'ai proposé mon aide et on me l'a renvoyée à la figure ! grogna Zedd, les poings serrés.

— Ceux qui t'ont rejeté n'étaient-ils pas aveugles, stupides et rongés par la cupidité ? Veux-tu qu'ils aient triomphé de toi si aisément ? Les laisseras-tu t'empêcher d'aider ceux qui le méritent ? Tu abandonnes les gens, mon fils. Si ta raison d'agir ainsi te semble plus juste que celle de tes disciples, le résultat est le même. À la fin, ils ont su reconnaître leur erreur et faire ce qui s'imposait. Comme tu le leur avais enseigné ! Il est temps d'apprendre de tes élèves, professeur !

— Zeddicus, ajouta sa mère, permettras-tu la mort de Richard et de tant d'autres innocents ? Désigne le Sourcier !

— Il est trop jeune...

— Si tu ne te décides pas, il n'aura pas l'occasion de vieillir...

— Et il n'a pas passé mon épreuve finale !

— Darken Rahl traque Richard. C'est lui qui a envoyé le nuage qui le suit comme une ombre. C'est lui aussi qui a mis le fragment de liane dans le vase, afin que Richard trouve la plante et qu'elle le blesse. L'épine ne l'aurait pas tué, mais la fièvre l'aurait gardé inconscient jusqu'à ce que Rahl le capture. (La mère de Zedd approcha encore, la voix soudain pleine d'amour.) Au fond de ton cœur, depuis que tu l'observes, tu espères qu'il sera celui que tu attends.

— Même si c'est vrai, pourquoi le désigner ? (Le vieil homme ferma les yeux et baissa la tête.) Darken Rahl détient les trois boîtes d'Orden !

— Non, dit le spectre masculin. Il en a deux et il cherche la troisième.

— Quoi ? s'écria Zedd en relevant la tête, les yeux grands ouverts. Il ne les possède pas toutes ?

— Non, confirma sa mère. Mais ce sera bientôt fait.

— Et le *Grimoire des Ombres Recensées* ? Il est sûrement entre ses mains ?

— Non. Il le cherche aussi.

— Alors, il reste une chance, murmura Zedd, pensif. Mais quel crétin mettrait dans le jeu les boîtes d'Orden avant de les avoir toutes et de s'être approprié le grimoire ?

— Un « crétin » très dangereux, répondit sa mère. Darken Rahl voyage dans le royaume des morts. (Zedd en eut le souffle coupé. Le regard de sa mère sembla le transpercer comme une lance.) C'est en passant par là qu'il a pu traverser la frontière et récupérer la première boîte. Dans le monde d'en dessous, il a su se gagner des partisans. Leur nombre grandit à chacune de ses visites… Si tu décides d'agir, sache que tu ne devras pas traverser la frontière ni en charger le Sourcier. C'est ce qu'attend Rahl. Si tu le fais, il t'aura ! La Mère Inquisitrice a réussi à passer parce qu'il n'avait pas prévu qu'elle essaierait. Mais il ne commettra pas deux fois la même erreur.

— Si je ne peux pas aller dans les Contrées du Milieu avec le Sourcier, dit Zedd, comment aider leur peuple ?

— Je suis désolée, mais nous n'en savons rien. Il existe sûrement un moyen. Hélas, nous ne le connaissons pas… Voilà pourquoi tu dois désigner le Sourcier. Si c'est le bon, il trouvera une solution.

Les deux silhouettes commencèrent à s'estomper.

— Attendez ! Il me faut des réponses ! Ne m'abandonnez pas !

— On nous rappelle derrière le voile, mon fils… Nous devons partir, même si nous aimerions rester.

— Pourquoi Rahl traque-t-il Richard ? Je vous en prie, aidez-moi !

— Nous l'ignorons, dit le père de Zedd, sa voix devenue distante et faible. Tu devras trouver seul la solution. Mais nous t'avons bien formé et tu es plus doué que nous. Sers-toi de ce que nous t'avons enseigné et fie-toi à ton instinct. Nous t'aimons, mon fils. Mais tant que tout cela ne sera pas terminé, d'une manière ou d'une autre, nous ne nous reverrons plus. Les boîtes d'Orden mises dans le jeu, revenir vers toi risquerait de déchirer le voile…

La mère de Zedd lui embrassa la main et lui tendit la sienne pour qu'il y pose un baiser.

Puis les spectres disparurent.

Zeddicus Zu'l Zorander, le grand et très honorable sorcier, resta seul sur le rocher-nuage que son père lui avait donné. Sondant la nuit, il retourna dans sa tête de profondes pensées de très profond sorcier.

— Rien n'est jamais facile…, murmura-t-il quand il eut fini de méditer.

Chapitre 8

Richard se réveilla en sursaut. La chaude lumière de midi pénétrait dans la pièce et une délicieuse odeur de soupe aux épices lui chatouilla les narines. Il était dans sa chambre, chez Zedd. Dès qu'il regarda les nœuds si familiers, dans les murs de bois, ils se transformèrent en visages et en silhouettes. C'était comme ça depuis toujours, et il adorait s'abandonner aux caprices de son imagination.

La porte du salon était fermée. Près du lit, Richard remarqua une chaise vide. Il s'assit, repoussa les couvertures et s'aperçut qu'il portait encore ses vêtements crottés. Cherchant le croc, sous sa chemise, il le trouva et soupira de soulagement. Un petit bâton gardait la fenêtre entrebâillée pour laisser entrer de l'air frais et filtrer l'écho du rire de Kahlan. Zedd devait la régaler d'histoires drôles...

Richard regarda sa main gauche enveloppée d'un bandage. Quand il fléchit les doigts, aucune douleur ne le fit grimacer. Sa tête ne lui faisait plus mal. Bref, il était guéri ! Affamé, certes, mais en pleine forme ! Sale comme un peigne, attifé comme un vagabond, mort de faim et pourtant rétabli !

Un grand bac d'eau, du savon et des serviettes trônaient au centre de la pièce. Sur le dossier de la chaise, des vêtements de forestier propres et soigneusement pliés attendaient le bon vouloir de leur propriétaire. L'idée de prendre un bain ravissait Richard. Quand il y plongea les mains, il constata que l'eau était à la température idéale. Zedd savait à quel moment il se réveillerait. Une prescience qui n'avait rien d'étonnant, pour qui le connaissait.

Richard se dévêtit et entra dans l'eau. L'odeur du savon lui parut presque aussi exquise que celle de la soupe. Il aurait volontiers fait trempette un long moment, mais il était trop éveillé pour lézarder, et il avait hâte d'aller rejoindre les autres.

Il retira le bandage de sa main et fut surpris par la rapidité de sa guérison.

Quand il sortit, Kahlan et Zedd l'attendaient, assis autour de la table. La robe de la jeune femme avait été lavée et elle devait également avoir pris un bain. Scintillants de propreté, ses cheveux reflétaient la lumière du soleil.

Kahlan tourna vers lui ses yeux verts. À sa gauche, un bol de soupe fumait sur la table près d'une assiette de fromage et d'une miche de pain.

— Je n'aurais pas cru dormir jusqu'à midi ! lança Richard en prenant place sur le banc.

Quand ses deux amis éclatèrent de rire, il les dévisagea, soupçonneux.

— Tu as dormi plus de quarante-huit heures, Richard, l'informa Kahlan.

— Une vraie marmotte ! renchérit Zedd. Comment te sens-tu, mon garçon ? Et ta main ?

— Je vais très bien. Merci de ton aide, Zedd. Merci à vous deux !

Il plia et déplia les doigts pour leur montrer qu'il ne souffrait plus.

— Ma main est quasiment guérie, mais qu'est-ce qu'elle démange !

— Comme disait toujours ma mère, fit Kahlan, c'est un signe d'amélioration.

— La mienne prétendait la même chose, dit Richard.

Il prit sa cuiller, la plongea dans le bol, ramena un morceau de pomme de terre et un champignon et goûta avec une intense concentration.

— Ta soupe est aussi bonne que la mienne, déclara-t-il, parfaitement sincère.

Kahlan s'assit à califourchon sur le banc pour lui faire face. Un coude appuyé à la table, elle posa le menton sur la paume de sa main.

— Zedd a un avis différent ! lança-t-elle.

Richard foudroya du regard le vieil homme, qui leva vivement les yeux au ciel.

— Tant mieux pour lui ! Mais je lui rappellerai cette offense la prochaine fois qu'il me suppliera de me mettre aux fourneaux.

— Pour être honnête, souffla Kahlan, pas assez doucement pour que Zedd ne l'entende pas, je crois qu'il mangerait de la poussière si quelqu'un la cuisinait à sa place.

— Je vois que tu commences à le connaître…

— Crois-en un expert, Richard, dit Zedd en agitant un index sentencieux, cette jeune dame rendrait la poussière comestible. Tu ferais bien de prendre des leçons…

Richard se coupa un morceau de pain et le trempa dans la soupe. Ces plaisanteries, il le savait, étaient une manière de dissiper sa tension. Et une agréable façon de passer le temps en attendant qu'il ait fini de manger.

Kahlan lui avait promis de ne rien entreprendre avant qu'il ait demandé à Zedd de les aider. À l'évidence, elle avait tenu parole. Le vieil homme, lui, adorait jouer les innocents pour forcer ses interlocuteurs à lui « révéler » ce qu'il savait déjà. Mais ces jeux, aujourd'hui, paraissaient puérils. Car désormais, tout était différent…

— Mais je me méfie d'elle à cause d'un terrible défaut de caractère, dit Zedd, soudain menaçant.

Richard en oublia de mâcher. Il avala tout rond, sans oser regarder ses amis, angoissé par ce qui allait suivre.

— Elle n'aime pas le fromage ! s'exclama Zedd. Je ne vois pas comment faire confiance à quelqu'un qui déteste ce don du ciel ! Ce n'est pas un comportement normal…

Richard se détendit. Zedd se livrait à un de ses exercices favoris, qu'il appelait « manipulation pour rire ». Avec son jeune ami, ça marchait à tous les coups, et il adorait ça. Jetant un regard discret au vieil homme, Richard vit qu'il affichait un sourire innocent du plus bel effet. Malgré lui, il ne put s'empêcher de l'imiter…

Pendant qu'il finissait sa soupe, Zedd grignota un morceau de fromage pour illustrer ses positions gastronomiques. Campant sur les siennes, Kahlan se régala d'un bout de pain. Il était délicieux et la jeune femme jubila quand Richard le dit à haute et intelligible voix.

Lorsque son bol fut presque vide, il décida qu'il était temps de passer aux choses sérieuses.

— Le *quatuor* suivant s'est-il manifesté ?

— Non, répondit Kahlan. Je m'inquiétais, mais Zedd a lu dans les nuages que les tueurs ont dû avoir des ennuis, puisqu'ils ne se sont pas montrés.

— C'est vrai, cette histoire ? demanda Richard au vieil homme.

— Vrai, comme verrue de verrat, mon garçon…

Zedd utilisait cette expression depuis qu'il le connaissait. Une façon amusante d'assurer qu'il ne lui mentirait jamais.

Mais quelle sorte d'ennuis pouvait avoir un *quatuor* ?

Quoi qu'il en soit, sa question avait marqué la fin de la récréation. Kahlan était impatiente qu'il continue sur le sujet et Zedd semblait partager ce sentiment.

La jeune femme se rassit normalement, les mains sur les genoux. S'il ne s'en sortait pas bien, comprit Richard, elle ferait ce qu'elle était venue faire, et il n'aurait aucun moyen de l'en empêcher.

Il finit sa soupe, repoussa le bol et chercha le regard de Zedd, qui n'était plus d'humeur à plaisanter. À part ça, impossible de deviner ce qu'il pensait. Il attendait, apparemment impassible.

Richard devait se lancer. Une fois qu'il aurait commencé, plus question de rebrousser chemin !

— Zedd, mon cher ami, il faut que tu nous aides à neutraliser Darken Rahl.

— Je sais… Tu veux que je déniche le grand sorcier…

— Ce ne sera pas nécessaire, parce que je l'ai déjà trouvé ! (Kahlan se tourna vers Richard et l'interrogea du regard, mais il l'ignora.) Tu es le grand sorcier !

Kahlan voulut se lever. Sans quitter Zedd des yeux, Richard tendit une main sous la table, lui saisit l'avant-bras et la força à se rasseoir.

— Qu'est-ce qui te fait penser ça, mon garçon ? demanda Zedd, toujours aussi impassible.

Richard prit une grande inspiration, croisa les mains sur la table et les contempla tout en parlant.

—Quand Kahlan m'a raconté l'histoire des trois pays, elle m'a dit que le grand sorcier, révolté par les mauvaises actions du Conseil, a pensé que sa femme et sa fille étaient mortes pour rien. En guise de punition, il a pris une mesure radicale : laisser ces gens assumer les conséquences de leur comportement !

» Tout à fait la réaction que tu aurais dans des circonstances similaires... Je l'ai pensé tout de suite, mais il me fallait des preuves. Quand je t'ai présenté Kahlan, et que tu as réagi si agressivement, j'ai précisé qu'elle avait été attaquée par un *quatuor*. La compassion que j'ai lue dans tes yeux m'a convaincu que je ne me trompais pas. Pour éprouver cela, il fallait avoir souffert dans sa chair des exactions de ces tueurs. Ton changement d'attitude s'expliquait parfaitement si tu étais l'homme dont la femme et la fille étaient tombées sous les coups de ces assassins. Sinon, ta soudaine sollicitude pour Kahlan n'aurait eu aucun sens. Mais à ce moment-là, je ne me suis pas fié à mon instinct, et je n'ai rien dit...

Il leva les yeux et les plongea dans ceux de Zedd.

—Tout de suite après, tu as commis ta plus grossière erreur en disant à Kahlan qu'elle serait en sécurité chez toi. Je savais que tu n'aurais pas menti sur un sujet aussi grave. Pourtant, tu n'ignorais pas à quel point les *quatuors* sont dangereux. Comment un vieil ermite pouvait-il nous protéger... sans le secours de la magie ? Mais le grand sorcier, lui, n'avait rien à craindre ! À présent, tu prétends que la deuxième équipe de tueurs a disparu parce qu'elle a eu des « ennuis ». Si tu veux mon avis, ce n'est pas sans rapport avec ta magie. Comme toujours, tu n'as pas parlé à la légère, et tu as fait ce qui s'imposait...

Richard adressa un sourire complice à Zedd.

—À cause d'une multitude de petits détails, j'ai toujours su, au fond de moi, que tu étais bien plus que ce que tu prétendais être. Une personne d'exception, pour tout te dire ! Et je me rengorgeais que tu me témoignes de l'amitié. Si ma vie était en danger, tu ferais n'importe quoi pour me sauver. Et tu sais que c'est réciproque. Zedd, j'ai en toi une confiance aveugle, et mon destin est désormais entre tes mains.

Richard détestait ce type de chantage, mais leurs vies à tous étaient en jeu.

Zedd posa les mains à plat sur la table et se pencha en avant.

—Je n'ai jamais été aussi fier de toi, Richard. Tu as tout compris ! (Il se leva et fit le tour de la table ; Richard l'imita et ils se donnèrent l'accolade.) Et je n'ai jamais été aussi triste pour toi. (À contrecœur, il s'écarta du jeune homme.) Rassieds-toi... Je vais revenir très vite. J'ai quelque chose pour vous deux... Attendez-moi un instant.

Zedd débarrassa la table. Les assiettes et les bols dans les mains, il entra dans la maison.

Kahlan le regarda s'éloigner sans dissimuler son inquiétude. Richard s'en étonna. Loin d'être heureuse d'avoir trouvé le grand sorcier, elle semblait effrayée. Les choses ne se passaient pas comme il l'avait cru.

Quand Zedd revint, un objet étroit et long calé sous le bras, Kahlan se leva d'un bond.

Richard reconnut le fourreau d'une épée.

Son amie se plaça devant lui comme pour le protéger.

— Ne faites pas ça, Zedd ! implora-t-elle.

— Ce choix ne m'appartient pas...

— Zedd, je vous en prie, désignez quelqu'un d'autre ! Pas Richard...

— Kahlan, nous avons déjà parlé de ça ! Il s'est choisi lui-même. Si je ne désigne pas celui qui est fait pour cette mission, nous mourrons tous. Mais si tu vois un autre moyen, je t'écoute...

Le grand sorcier écarta Kahlan de son chemin et posa sans douceur le fourreau sur la table, juste devant Richard, qui sursauta, regarda l'arme puis chercha à sonder les yeux brillants de fureur de son ami.

— Cette épée t'appartient, dit Zedd.

Kahlan se détourna des deux hommes.

Richard regarda de nouveau le fourreau d'argent ornementé de torsades d'or qui ressemblaient à des vagues. Les quillons d'acier de la garde lui rappelèrent des crocs. Sur la poignée entourée de fils d'argent, d'autres torsades d'or dessinaient le mot « Vérité ».

C'est la lame d'un roi..., pensa Richard. *La plus belle pièce d'armurerie que j'aie jamais vue.*

Il se leva lentement. Zedd prit le fourreau par la pointe et présenta la poignée à son protégé.

— Dégaine-la !

Comme en transe, Richard saisit la poignée et libéra la lame, dont le tintement métallique resta longtemps suspendu dans les airs comme une note de musique. De sa vie, le jeune homme n'avait jamais entendu une épée produire un tel son...

Serrant l'arme plus fort, il sentit sous sa paume et sous ses doigts la minuscule douleur des torsades d'or qui composaient le mot « Vérité » de chaque côté de la poignée. Inexplicablement, cette sensation lui parut... normale. Le poids et l'équilibre de l'épée lui convenaient à merveille. Et pour la première fois de son existence, il eut l'impression d'être *complet*.

Au plus profond de lui-même, sa colère s'éveilla, prête à se chercher des cibles. Avec une étrange intensité, il sentit le contact du croc contre sa peau, sous sa chemise.

Alors que sa colère se transformait en rage, un pouvoir récemment activé circula dans son corps. Il lui était envoyé par l'épée, fidèle reflet de son propre courroux. Jusque-là, ses sentiments lui avaient toujours semblé être des entités indépendantes et entières. Là, on eût dit qu'une image, dans un miroir, s'éveillait à la vie.

Un fantôme terrifiant !

Et tandis que sa rage se nourrissait du pouvoir de l'épée, la colère de l'arme se nourrissait de sa colère. Deux tempêtes jumelles se déchaînaient en lui. Comme un spectateur impuissant, il fut emporté dans la tourmente. L'expérience était effrayante. Pas très éloignée d'un viol mental, elle n'était pourtant pas dépourvue de séduction. Des aperçus terrifiants de sa propre colère se mêlaient à des promesses irrésistibles. Ces émotions ensorcelantes se communiquaient à tout son corps, s'emparant de sa colère et montant en puissance avec elle.

Au bord de la panique – ou d'un irréversible abandon – Richard lutta pour se contrôler.

Zeddicus Zu'l Zorander leva les yeux au ciel, écarta les bras et cria :

— Que les vivants et les morts en soient avertis en toute loyauté ! Le Sourcier est désigné !

Un roulement de tonnerre fit trembler le sol et se répercuta en direction de la frontière.

Tête baissée, les mains dans le dos, Kahlan se jeta à genoux devant Richard.

— Je jure de défendre le Sourcier au péril de ma vie !

Zedd s'agenouilla près d'elle, la tête également baissée.

— Je jure de défendre le Sourcier au péril de ma vie ! répéta-t-il.

L'Épée de Vérité à la main, Richard écarquilla les yeux, plus stupéfait que jamais.

— Zedd, souffla-t-il, pour l'amour de tout ce qui est bon en ce monde, dis-moi ce qu'est un Sourcier !

Chapitre 9

Zedd se releva péniblement, réajusta les plis de sa tunique autour de son corps décharné et tendit un bras à Kahlan, toujours prostrée, les yeux rivés sur le sol.

— Ce qu'est un Sourcier ? Venant de quelqu'un qui vient d'être désigné, voilà une question judicieuse ! Mais il faut du temps pour y répondre…

Richard regarda l'épée qui brillait dans sa main, incertain de vouloir avoir le moindre rapport avec elle. Il la remit dans le fourreau, ravi d'être débarrassé des sentiments qu'elle éveillait en lui, et la tendit à Zedd.

— Je ne l'avais jamais vue ici… Où la cachais-tu ?

— Dans mon armoire…, répondit le grand sorcier, assez fier de son effet.

— Il n'y a que des assiettes et des poêles dans ton armoire. Plus quelques fioles de poudre…

— Je ne parle pas de cette armoire-là, dit Zedd, baissant la voix comme si des oreilles ennemies pouvaient l'entendre. Elle était dans mon armoire de sorcier !

— Il n'y a qu'une armoire chez toi…

— Fichtre et foutre, Richard ! Tu n'étais pas censé la voir ! Une armoire de sorcier est par définition invisible !

— Et depuis combien de temps as-tu cette arme ? demanda le jeune homme avec l'impression d'être devenu parfaitement idiot.

— Je n'en sais trop rien… Peut-être une dizaine d'années… Quelle importance ?

— Et comment es-tu entré en sa possession ?

— Désigner le Sourcier est le privilège d'un sorcier, répondit Zedd, soudain agressif. Le Conseil a voulu s'arroger ce droit. Bien entendu, les conseillers se fichaient de trouver la bonne personne. Ils désignaient des gens qui leur seraient utiles ou qui leur offraient beaucoup d'argent. L'épée appartient au Sourcier tant qu'il est de ce monde et ne décide pas de renoncer à son titre. Pendant qu'on cherche un nouveau postulant, elle est confiée aux sorciers. Enfin, à un sorcier : moi, puisque nommer le Sourcier est *mon* privilège. Le dernier individu qui détenait l'arme s'est… (Il leva les yeux au ciel, comme s'il cherchait ses mots)… hum… intimement lié à une voyante. Pendant qu'il était occupé à autre chose, je suis allé dans les Contrées du Milieu et j'ai récupéré mon bien. À présent, c'est *ton* bien!

Richard comprit qu'il était entraîné contre son gré dans une histoire très compliquée. Il se tourna vers Kahlan. Libérée de son angoisse, elle affichait son impassibilité coutumière…

— C'est pour ça que tu es venue? Tu voulais que le grand sorcier me désigne?

— Richard, je désirais qu'il nomme un Sourcier, mais j'ignorais que ce serait toi…

Se sentant piégé, le jeune homme regarda tour à tour ses deux amis.

— Vous pensez que je peux nous sauver? Bon sang, je vois ce que vous avez dans la tête: « Richard mettra fin aux agissements de Darken Rahl. » Un sorcier en est incapable, mais je suis censé essayer?

Terrorisé, il crut que son cœur allait exploser.

Zedd avança et lui posa sur l'épaule une main rassurante.

— Mon garçon, regarde le ciel et dis-moi ce que tu vois…

Richard leva les yeux, aperçut le nuage qui ressemblait à un serpent et ne jugea pas utile de répondre à la question.

— Viens t'asseoir, fit Zedd en lui enfonçant ses doigts osseux dans la chair. Je vais te dire tout ce que tu dois savoir. Ensuite, tu décideras ce que tu veux faire.

Il posa son autre main sur l'épaule de Kahlan et poussa les jeunes gens jusqu'au banc. Puis il s'assit en face d'eux…

Richard laissa l'épée sur la table, entre Zedd et lui, histoire de signifier que la matière restait sujette à discussion.

Zedd retroussa légèrement ses manches.

— Il existe une magie puissante, très ancienne et très dangereuse… Elle prend sa source dans la terre et la vie elle-même. Contenue dans trois calices appelés les « boîtes d'Orden », elle reste endormie tant que celles-ci ne sont pas mises dans le jeu. En passant, sachez que c'est l'expression consacrée… Bien entendu, ce n'est pas un… jeu… d'enfant! Seule une personne dotée de grands pouvoirs peut réussir – à condition d'avoir fait de très longues études. Dès qu'on détient au moins une boîte, la magie d'Orden peut être éveillée. À partir du moment où il se la procure, notre hypothétique candidat a un an devant lui pour ouvrir une boîte. Mais attention, il doit être en possession des trois avant d'essayer, car elles fonctionnent ensemble! Pas question de n'en avoir qu'une et de l'ouvrir! Si l'individu qui les met dans le jeu ne se les approprie pas toutes, et s'il laisse passer le délai d'un an, sa vie appartiendra à la magie. Impossible de revenir en arrière! Darken Rahl doit ouvrir une des boîtes… ou mourir. Le premier jour de l'hiver, l'année dont il disposait sera écoulée…

Le visage plissé comme un vieux parchemin à force de détermination, Zedd se pencha un peu plus en avant.

— Chaque boîte contient un pouvoir différent qui est libéré au moment de son ouverture. Si Rahl choisit la bonne, il détiendra la magie d'Orden. Celle de la vie même, mes chers enfants ! Il deviendra le maître de tous les êtres vivants. Qu'il n'aime pas une personne, et il pourra la tuer d'une seule pensée, de la manière qu'il voudra ! L'identité de la victime n'a aucune importance. Et la distance non plus...

— Une magie qui me paraît rudement maléfique..., dit Richard.

Zedd se pencha en arrière et retira ses mains de la table.

— Pas vraiment, mon garçon... La magie d'Orden est tout simplement celle de la vie. Comme tous les pouvoirs, elle existe, voilà tout. Son utilisateur la rend maléfique ou bénéfique. Elle peut aussi servir à faire pousser le blé, à guérir les malades ou à mettre fin à une guerre. Encore une fois, c'est l'utilisateur qui décide. Un pouvoir, quel qu'il soit, n'est jamais bon ou mauvais. Hélas, je crains que nous sachions déjà comment Darken Rahl entend l'utiliser...

Zedd se tut. Un vieux truc à lui pour laisser Richard digérer les informations qu'il venait de lui livrer. Aujourd'hui, ses attentes se lisaient sur son visage. Et l'expression de Kahlan indiquait qu'elle aussi espérait que le jeune homme comprendrait chaque mot qu'il avait entendu.

Richard n'avait rien à « digérer », puisqu'il avait déjà appris tout ça dans le *Grimoire des Ombres Recensées*. Le texte était explicite. L'exposé de Zedd passait pour une bluette quand on connaissait l'importance du cataclysme qui s'abattrait sur le monde si Darken Rahl ouvrait la bonne boîte.

Richard savait également ce qui se passerait s'il ouvrait une des deux autres. Étant tenu de ne rien dire, il posa une autre question dont il connaissait la réponse.

— Et s'il ouvre une des deux autres ?

Zedd se pencha de nouveau en avant. À l'évidence, il s'était préparé à répondre à ça.

— S'il ouvre la première des deux mauvaises boîtes, la magie prendra possession de lui et il mourra. (Il claqua des doigts.) Aussi simplement que ça. Alors, la menace sera écartée et nous vivrons en paix. (Il se pencha davantage, fronça les sourcils et foudroya Richard du regard.) S'il ouvre la deuxième, tout ce qui existe – les insectes, les brins d'herbes, les arbres, les animaux et les êtres humains – retournera au néant. Ce sera la fin de tout, mon garçon ! La magie d'Orden est la sœur jumelle de celle de la vie. Et tu sais, n'est-ce pas, que la mort est son inséparable sœur. En toute logique, la magie d'Orden est intimement liée aux deux...

Zedd se pencha en arrière, comme épuisé par cette énumération de catastrophes. Bien qu'il eût déjà su tout cela, Richard blêmit de l'entendre prononcer à haute voix. La vérité, ainsi exprimée, devenait soudain plus réelle. En apprenant le grimoire par cœur, il n'avait jamais imaginé que ces événements, hautement hypothétiques, puissent un jour se produire. Son seul souci avait été de préserver la connaissance pour la restituer au gardien.

Il aurait voulu tout révéler à Zedd, mais le serment fait à son père le lui interdisait. Une situation pénible qui l'obligeait à poser des questions auxquelles il aurait pu répondre aussi bien que son vieil ami.

— Comment Rahl saura-t-il choisir entre les boîtes ?

Zedd déroula les manches de sa tunique et parla sans lever les yeux de ses mains.

— Mettre les boîtes dans le jeu permet d'accéder à certaines informations… privilégiées… qui seront d'un grand secours à Rahl…

Ça se tenait. Personne ne connaissait l'existence du grimoire, à part son gardien et, semblait-il, l'homme qui mettait les boîtes dans le jeu. L'ouvrage ne mentionnait pas ce détail, mais il paraissait logique…

D'un coup, toutes les pièces du puzzle trouvèrent leur place. Darken Rahl le traquait parce qu'il voulait le grimoire ! Bouleversé, Richard faillit ne pas remarquer que Zedd avait repris la parole.

— Rahl n'a pas respecté les règles, ce qui n'a rien d'étonnant, venant de lui. Il a mis les boîtes dans le jeu avant de les avoir toutes…

— Il doit être stupide, dit Richard. Ou avoir sacrément confiance en lui !

— La seconde hypothèse est la bonne…, fit Zedd. J'ai quitté les Contrées du Milieu pour deux raisons. *Primo*, parce que le Conseil s'était arrogé le droit de nommer le Sourcier. *Secundo*, parce qu'il s'est trompé au sujet des boîtes d'Orden. Les conseillers pensaient qu'il s'agissait d'une légende, et ils m'ont pris pour un vieux fou quand j'ai affirmé le contraire. J'ai voulu les avertir, et ils m'ont ri au nez !

Il frappa du poing sur la table, faisant sursauter Kahlan.

— Ils se sont fichus de moi ! (Sous ses cheveux blancs, son visage rouge de colère brillait comme un lampion.) Je voulais que les boîtes soient séparées les unes des autres. Et avec l'aide de la magie, qu'on les cache afin que nul ne puisse jamais les retrouver ! Les crétins du Conseil les ont données à des gens importants, comme s'il s'agissait de trophées ! Un paiement pour des faveurs ou des promesses ! Le meilleur moyen de les laisser à portée de main des ambitieux ! J'ignore ce qu'il est advenu d'elles depuis mon départ. Mais Rahl en détient au moins une. Probablement deux, et il aura bientôt la troisième. Comprends-tu ce que ça signifie, Richard ? Nous ne sommes pas obligés d'affronter Darken Rahl. Il suffira de trouver une des boîtes avant lui !

— Et l'empêcher de nous la prendre, ce qui sera encore plus difficile que de la trouver… (Richard marqua une pause, frappé par une idée.) Zedd, est-il possible qu'une des boîtes soit en Terre d'Ouest ?

— J'en doute…

— Pourquoi ?

— Richard, je ne t'ai jamais dit que je suis un sorcier. Comme tu ne me l'as pas demandé, ce n'était pas vraiment un mensonge… Pourtant, je t'ai caché la vérité sur un point. J'ai prétendu être venu ici avant l'apparition de la frontière, mais ce n'est pas vrai. En fait, je n'aurais pas pu… Pour que Terre d'Ouest soit un pays épargné par la magie, il ne devait pas y en avoir *avant* l'érection de la frontière. Après, ça n'avait pas d'importance. Avant, c'eût été catastrophique. Ma présence aurait empêché la naissance de la frontière. Je suis resté dans les Contrées du Milieu et j'ai traversé *après*...

— Tout le monde a ses petits secrets, et je peux bien te concéder les tiens... Mais où veux-tu en venir ?

— À ça : si une des boîtes avait été ici avant l'avènement de la frontière, elle ne serait jamais apparue ! Sachant qu'elles étaient toutes dans les Contrées du Milieu, et que je n'en ai pas apporté une avec moi, les boîtes doivent toujours y être.

Richard réfléchit quelques instants et dut convenir que le raisonnement se tenait. Encore un espoir réduit à néant !

Il revint à des préoccupations plus immédiates.

— Tu ne m'as toujours pas dit ce qu'est un Sourcier. Ni ce que je viens faire là-dedans...

— Un Sourcier est un homme – parfois une femme – qui n'a de comptes à rendre qu'à lui-même. Sa seule loi, c'est ce qu'il pense. L'Épée de Vérité lui revient et elle fera tout ce qu'il lui demande. Dans les limites de sa propre force, il peut contraindre n'importe qui à répondre à ses questions. (Zedd leva une main pour couper court aux objections de son jeune ami.) Je sais, c'est une définition très vague... Le problème, c'est que ce pouvoir-là est comme tous les autres : il dépend de son utilisateur ! Mais nous en avons déjà parlé... Voilà pourquoi il est si important de trouver l'individu qui en fera un usage avisé et bienfaisant. Richard, un Sourcier fait exactement ce que son nom indique : il cherche les sources. En quête de réponses, il choisit les sujets qui l'intéressent. Quand c'est le bon candidat, il aspire aux solutions qui aideront les autres et pas seulement lui-même. La raison d'être d'un Sourcier, c'est la liberté de chercher ce qu'il veut, d'aller là où il l'entend, de demander ce qu'il a envie de demander et d'apprendre ce qu'il désire apprendre. Il obtient des réponses et, quand ça s'impose, prend les mesures qu'elles rendent indispensables. Même les plus radicales !

— Dois-je comprendre qu'un Sourcier est un assassin ?

— Je ne te mentirai pas, mon garçon. Cela fut parfois le cas. Et c'était inévitable !

— Je ne serai jamais un tueur ! explosa Richard.

— À ton aise..., fit Zedd en haussant les épaules. Comme je te l'ai dit, un Sourcier est ce qu'il a envie d'être. Idéalement, il porte haut l'étendard de la justice. Impossible d'être plus précis, parce que je n'ai jamais détenu ce titre. Mais si j'ignore ce qui se passe dans la tête d'un Sourcier, je peux reconnaître les bons candidats...

Le vieil homme retroussa de nouveau ses manches.

— Mais ne va pas croire que je fabrique les Sourciers, Richard. Ils se fabriquent tout seuls et je me contente de les désigner. Voilà des années que tu es un Sourcier sans le savoir. Je t'ai observé, donc j'en suis sûr. Tu es sans cesse en quête de la vérité. Par exemple, que faisais-tu dans la forêt de Ven ?

Tu voulais retrouver la liane et élucider le meurtre de ton père. Pourtant, tu aurais pu laisser agir des gens plus qualifiés. Tu aurais peut-être fini par t'y résoudre, mais en allant contre ta nature. Celle d'un Sourcier ! Une personne qui ne s'en remet jamais aux autres parce qu'elle veut apprendre par elle-même ! Et quand Kahlan t'a dit qu'elle cherchait un sorcier disparu depuis des lustres, tu as voulu savoir qui c'était, et tu as fini par le débusquer…

— Mais c'est seulement parce que…

— Pas d'arguties, mon garçon ! Une seule chose compte : tes actes. Je t'ai sauvé grâce à une racine. Est-il important que je n'aie eu aucun mal à la dénicher ? Non ! Serais-tu plus vivant si ça m'avait coûté d'énormes efforts ? Encore une fois, non ! J'ai rapporté la racine et tu es guéri. C'est tout ce qui nous intéresse. Pour le Sourcier, c'est pareil. On se fiche de la façon dont il obtient des réponses, pourvu qu'il les obtienne ! Enfonce-toi dans le crâne qu'il n'y a pas de règles. À présent, tu dois trouver certaines réponses. Je me moque de la façon dont tu t'y prendras, à condition que tu te mettes au travail. Et si c'est facile pour toi, je me réjouirai, parce que nous n'avons pas beaucoup de temps !

— De quelles réponses parles-tu ? demanda Richard, sur la défensive.

— J'ai un plan, dit Zedd, mystérieux, mais tu dois d'abord découvrir comment nous faire passer de l'autre côté de la frontière.

— Plaît-il ? s'exclama Richard, indigné. Tu es un sorcier et je parie que tu n'as pas été pour rien dans l'apparition des frontières. De plus, tu as reconnu avoir traversé pour récupérer l'épée. Enfin, Kahlan aussi est passée et des sorciers l'ont aidée. Moi, je ne connais rien sur la frontière ! Tu veux que je trouve une réponse… Eh bien, la voilà ! Zedd, puisque tu es un sorcier, fais-nous traverser !

— Tu ne m'as pas écouté… J'ai dit « passer de l'autre côté », pas « traverser ». Je saurais comment faire, mais nous ne pouvons pas… Rahl pense que nous essaierons. Et dans ce cas, il nous tuera. Ou pire ! Il faut passer de l'autre côté sans traverser ! La distinction est essentielle !

— Zedd, je suis navré, mais c'est impossible. Je ne vois pas comment passer de l'autre côté sans traverser. La frontière est le royaume des morts. Si nous ne la franchissons pas, nous serons coincés à l'intérieur. Et n'oublie pas : la frontière est justement là pour empêcher les gens de faire ce que tu me demandes.

Richard soupira de frustration. Ses amis avaient besoin de lui et il ne pouvait rien pour eux…

— Richard, dit gentiment Zedd, tu te sous-estimes… Tu te souviens de ce que tu répondais quand je te demandais comment on doit résoudre un problème difficile ?

Richard savait à quoi le vieil homme faisait allusion, mais il n'avait pas envie de s'enfoncer davantage…

Un sourcil levé, Zedd attendit.

— Il faut penser à la solution, pas au problème…, dit enfin Richard.

— Pour le moment, tu t'y prends à l'envers. Au lieu de penser à la solution, tu cherches à comprendre pourquoi le problème n'en a pas !

Richard dut admettre que son ami avait raison. Mais les choses étaient encore plus compliquées que ça…

— Zedd, je ne suis pas qualifié pour être le Sourcier. Je ne sais rien des Contrées du Milieu !

— Parfois, il est plus facile de prendre une décision quand on n'est pas encombré de connaissances historiques, répondit le sorcier, énigmatique à souhait.

— Ce pays m'est étranger… Je m'y perdrais…

Jusque-là silencieuse, Kahlan lui posa une main sur le bras.

— Aucun risque ! Je connais les Contrées du Milieu mieux que quiconque ! Les endroits dangereux et ceux où on est en sécurité… Avec moi pour guide, tu ne te perdras pas, je te le jure !

Richard détourna la tête et s'abîma dans la contemplation du bois noueux de la table. L'idée de décevoir son amie le désespérait. Mais sa confiance et celle de Zedd n'étaient pas bien placées. Il ne connaissait rien à la magie et aux Contrées du Milieu. Quant à savoir comment trouver les boîtes ou arrêter Darken Rahl, cela le dépassait. Oui, il n'avait pas la première idée de la marche à suivre ! Et il aurait dû commencer par les faire passer de l'autre côté de la frontière ?

— Richard, dit Zedd, tu crois que je t'accable de responsabilités et que j'ai tort. Mais ce n'est pas moi qui t'ai choisi ! Tu t'es révélé être le Sourcier, et j'en ai simplement pris acte. Voilà bien longtemps que je suis un sorcier. Même si tu ignores ce que ça implique, fais-moi confiance quand j'affirme savoir reconnaître le bon candidat. (Tendant le bras au-dessus de la table, et de l'épée, le vieil homme posa une main sur celle de Richard.) Darken Rahl est sur ta piste. Il ne peut y avoir qu'une raison : grâce à la magie d'Orden, il sait également que tu es l'élu, et il veut éliminer une menace.

Richard en sursauta de surprise. Zedd avait peut-être raison. Dans ce cas…

Ou peut-être pas ! Le vieux sorcier ne savait rien au sujet du grimoire. Donc…

Son esprit menaçant d'exploser, Richard ne put plus supporter d'être assis. Il se leva et fit les cent pas en réfléchissant.

Zedd croisa les bras et Kahlan posa un coude sur la table. Sans un mot, ils le regardèrent marcher.

Shar lui avait dit de trouver la réponse… ou de mourir. Mais elle n'avait pas parlé de cette fichue histoire de Sourcier ! Ne pouvait-il pas découvrir la solution à sa manière, comme il l'avait toujours fait ? Après tout, il n'avait pas eu besoin de l'épée pour découvrir qui était le grand sorcier. Mais ça n'avait pas été si compliqué…

Alors, pourquoi refuser l'arme ? Quel mal y avait-il à accepter son aide ? Dans sa situation, se priver d'une assistance, de quelque nature qu'elle fût, serait stupide. S'il avait bien compris, l'épée pouvait rendre tous les services que son propriétaire désirait. Alors, pourquoi ne pas en profiter ? Il s'en servirait pour aider ses amis, et voilà tout ! Ça n'impliquait pas de devenir un assassin, ni les dieux savaient quoi. Tout ce qu'il lui fallait, c'était un peu de soutien, rien de plus…

Ces arguments pourtant solides ne le convainquirent pas. Il ne voulait rien avoir à faire avec l'épée parce qu'il détestait ce qui était arrivé quand il l'avait dégainée. Il avait éprouvé une sensation agréable et ça l'inquiétait. Puis sa colère s'était manifestée d'une manière étrange, le plongeant dans un état de conscience inédit.

Le pire, c'était qu'il avait trouvé ça… juste. Mais penser cela de la colère n'était pas bien, et il repoussait de toutes ses forces l'idée de ne plus être à même de la contrôler. Comme son père le lui disait, la colère était maléfique. C'était elle qui avait tué sa mère… Depuis, il la gardait enfermée derrière une porte qu'il ne voulait pas ouvrir.

Très bien, il ferait ça à sa manière, sans l'épée. Il n'avait pas besoin d'elle, et encore moins des tourments qu'elle lui infligeait.

Richard se tourna vers Zedd, toujours assis les bras croisés, les rayons du soleil jouant sur son visage buriné. Ses traits pourtant familiers semblaient différents. Il avait l'air lugubre et déterminé – tout ce qu'on pouvait attendre d'un sorcier ! Quand leurs regards se croisèrent, le jeune homme ne baissa pas les yeux…

Sa décision était prise. Et la réponse serait négative ! Il aiderait ses amis et resterait à leurs côtés, car sa vie aussi était en jeu. Mais il n'accepterait pas d'être le Sourcier !

Avant qu'il puisse le dire à voix haute, Zedd lança :

— Kahlan, raconte donc à Richard comment Darken Rahl interroge les gens…

Il n'avait pas regardé la jeune femme, son regard toujours rivé à celui de son protégé.

— Zedd, je vous en prie…, souffla Kahlan.

— Dis-le-lui ! ordonna le sorcier. Décris ce que fait Rahl avec la lame incurvée qu'il porte à la ceinture.

Richard abandonna son duel visuel avec le sorcier et regarda la jeune femme, qui tendit un bras et lui fit signe d'approcher. Il hésita un moment, puis obéit et lui prit la main.

Kahlan le força à s'asseoir en face d'elle. Posant son autre main sur la sienne, elle caressa tendrement sa paume du bout des doigts. Entre deux mains minuscules, celle de Richard semblait incroyablement grosse.

Kahlan parla sans le regarder.

— Darken Rahl pratique une très ancienne forme de magie divinatoire appelée anthropomancie… Il trouve les réponses à ses questions dans les entrailles humaines…

Au fond du cœur de Richard, la colère s'embrasa.

— Ce n'est pas très efficace… Au mieux il obtient un oui ou un non, et parfois une identité. Pourtant, il continue de recourir à cet art ignoble. Je suis désolée, Richard. Pardonne-moi de te dire de telles horreurs.

Des souvenirs de son père remontèrent à la mémoire de Richard. Sa gentillesse, son rire, son amour, leur profonde complicité, les heures passées ensemble avec le grimoire secret… Des milliers de moments à l'inappréciable valeur…

Ces images et ces sons se brouillèrent dans l'esprit de Richard, remplacés par le souvenir de la tache de sang, sur le sol, et des visages blêmes des témoins. Son père avait souffert. Il avait eu peur, il…

Les propos de Chase résonnèrent de nouveau à ses oreilles. Loin de les bannir, il les accueillit, les laissant retentir en boucle dans son esprit. Il s'immergea dans ces détails affreux, acceptant sans réserve des tourments qui auraient dû être au-delà de la compréhension d'un cerveau humain.

Le chagrin jaillit d'un puits creusé dans le terreau même de son âme. Involontairement réveillé, il criait si fort dans sa tête que ses os menaçaient de se fissurer.

Alors, Richard ajouta à la scène la silhouette indistincte de Darken Rahl. Penché sur le corps de son père, une lame au poing et du sang sur les mains…

Cette vision, il la grava dans son esprit, puis la sonda, la retourna dans tous les sens, l'imprima jusque dans son âme…

Tout était clair, désormais. Il savait ce qui s'était passé, et comment son père avait péri. Les seules réponses qu'il eût vraiment cherchées dans sa vie, c'étaient celles-là. Sa seule et authentique quête…

En un éclair, tout se transforma en lui.

La porte qui protégeait sa colère et le mur de raison qui emprisonnait son impulsivité s'embrasèrent, consumés par une brusque flambée de vitalité animale. Une vie entière de logique prudente fut dissoute par sa rage comme par un acide. Sa lucidité n'était plus qu'un dérisoire résidu dans un tourbillon de pulsions.

Richard saisit le fourreau de l'Épée de Vérité et le serra si fort que ses jointures blanchirent. Les muscles de sa mâchoire tétanisés, sa respiration s'accéléra. Ne voyant rien du monde extérieur, à part l'épée, il sentit que l'onde de colère venait de l'arme, invoquée par le Sourcier et non par la volonté d'un mortel appelé Richard Cypher.

Le chagrin lui déchirait les entrailles, maintenant qu'il savait comment était mort son père. Des pensées qu'il ne s'était jamais autorisé à avoir devinrent son unique obsession. La prudence et la raison furent emportées par la déferlante d'une soif de vengeance dévorante.

À cet instant, son seul projet, sa seule faim, son unique aspiration était de tuer Darken Rahl. Plus rien d'autre n'avait de sens.

De l'autre main, il saisit la garde de l'épée et la dégaina.

Zedd lui prit le poignet.

Fou de colère, Richard foudroya du regard le vieil homme qui osait s'interposer entre sa fureur et lui.

— Richard, calme-toi…

Le Sourcier, tous les muscles bandés, plongea ses yeux de fou dans ceux du vieillard.

Une part de lui, très loin dans sa conscience, l'implora de reprendre son contrôle. Ignorant les avertissements qu'elle lui criait, il se pencha vers le vieil homme, par-dessus la table, et lâcha, les dents serrées :

— J'accepte de devenir le Sourcier…

— Richard, répéta Zedd, détends-toi, tout va bien… Allons, assieds-toi…

Le monde réel lui réapparaissant, Richard ravala ses envies de meurtre, mais n'étouffa pas sa colère. La porte et la cloison qui la retenaient avaient à jamais été pulvérisées. Et si le monde était de nouveau présent, il le regardait avec des yeux différents. Des yeux qu'il avait depuis toujours sans oser les ouvrir. Ceux d'un Sourcier !

Richard s'aperçut qu'il était debout mais ne se souvint pas de s'être levé…

Il se rassit près de Kahlan et lâcha l'épée. Alors, quelque chose en lui reprit le contrôle de sa colère. Mais ce n'était plus le même processus qu'avant, car il ne l'étouffa pas et ne l'enferma pas derrière une porte. Il la mit simplement à l'arrière-plan, sans craindre de la ramener sur le devant de la scène quand il en aurait besoin.

Une partie de son moi ancien réinvestit son esprit, le calma, ralentit sa respiration et le raisonna. Il se sentait libéré, sans crainte et, pour la première fois de sa vie, il n'avait plus honte de son impétuosité. Les muscles moins tendus, il s'autorisa à s'asseoir…

Puis il leva les yeux vers le visage impassible de Zedd. Sur les traits taillés à la serpe de son ami aux cheveux si blancs, un sourire flotta fugitivement.

— Félicitations, dit-il. Tu as passé avec succès ma dernière épreuve… Te voilà un Sourcier !

— Que… que racontes-tu là ? Tu m'avais déjà désigné…

Zedd secoua la tête.

— Je te l'ai dit et redit… Tu es sourd, ou quoi ? Un Sourcier se désigne lui-même. Avant d'en devenir un, tu devais surmonter une épreuve décisive. Il fallait me montrer que tu pouvais utiliser *tout* ton esprit ! Pendant des années, Richard, tu as gardé ta colère prisonnière. Alors, je voulais être sûr que tu saurais la libérer et l'invoquer. Je t'ai déjà vu furieux, mais tu refusais de le reconnaître, même dans le secret de ton cœur. Un Sourcier incapable d'utiliser sa colère serait plus faible qu'un nourrisson. C'est elle qui permet à l'instinct de prendre le dessus. Sans elle, tu aurais refusé l'épée, et je ne m'y serais pas opposé, car tu n'aurais pas été le bon candidat. Mais tout ça ne compte plus ! Désormais, nous savons que la peur de ta propre colère ne te limite plus. Cependant, ne perds pas toute prudence. S'il est important d'utiliser ta fureur, il est tout aussi essentiel de savoir la contenir. Tu en as toujours été capable, ne cesse pas maintenant ! Mais je te crois assez sage pour savoir quel chemin choisir. Parfois, laisser libre cours à sa colère est une erreur plus grave que de la retenir…

Richard acquiesça solennellement. Il repensa à ce qu'il avait éprouvé en tenant l'épée et à la manière dont il avait absorbé son pouvoir. Cette grisante sensation de s'abandonner à une pulsion primale venue du fond de son être et de l'arme.

— Cette épée est magique, dit-il. Je l'ai senti…

— Tu as raison…, fit Zedd. Mais la magie est un outil comme les autres. Quand tu te sers d'une pierre à aiguiser pour affûter un couteau, tu aides simplement la lame à mieux remplir la tâche pour laquelle elle est conçue. C'est pareil avec la magie… Tout est dans l'intention !

» Certaines personnes craignent plus de mourir à cause de la magie que transpercées par une lame… Comme si on était moins mort frappé par de l'acier que foudroyé par l'invisible ! Écoute-moi bien, mon garçon. La mort est la mort, un point c'est tout ! Mais la peur qu'inspire la magie peut être une arme puissante. Ne l'oublie jamais !

Richard hocha de nouveau la tête. Le soleil de la fin d'après-midi lui caressait le visage. Du coin de l'œil, il aperçut le nuage en forme de serpent.

Rahl le voyait sans doute aussi…

Il se souvint du regard du tueur, sur la corniche, qui avait passé sa lame sur son bras pour faire couler le sang. À ce moment-là, il n'avait pas compris le comportement de cet homme. Maintenant, il le comprenait. Lui aussi avait soif de bataille !

Les feuilles des arbres environnants, déjà mouchetées de jaune et de rouge, tremblaient sous le souffle du vent d'automne. L'hiver approchait. Son premier jour était pour bientôt…

Richard repensa à l'énoncé du problème : passer de l'autre côté de la frontière sans la traverser.

Ils devaient trouver une des boîtes d'Orden. Et s'ils réussissaient, Darken Rahl ne serait pas loin.

— Zedd, assez d'épreuves et de jeux ! Je suis le Sourcier, maintenant, pas vrai ?

— C'est la vérité vraie, comme verrue de verrat !

— Alors, nous perdons notre temps ! Et je suis sûr que Darken Rahl ne gaspille pas le sien. (Richard se tourna vers Kahlan.) Je prends au mot ton serment de me guider quand nous serons dans les Contrées du Milieu.

La jeune femme sourit de son impatience et lui fit une révérence.

Richard regarda Zedd.

— Sorcier, montre-moi comment fonctionne la magie !

Chapitre 10

Un sourire espiègle sur les lèvres, Zedd tendit à Richard le baudrier au cuir finement travaillé et assoupli par le passage des ans. La boucle en argent et en or était assortie au fourreau. Son précédent utilisateur étant plus petit que Richard, le réglage ne convenait pas. Zedd le modifia pendant que son protégé passait le baudrier sur son épaule droite et y accrochait l'Épée de Vérité.

Le sorcier conduisit les deux jeunes gens à la lisière des herbes folles, puis il les fit avancer dans les ombres projetées par les arbres jusqu'à un endroit où poussaient deux petits érables. Le premier tronc avait le diamètre du poignet de Richard. Le second faisait environ la taille de celui de Kahlan.

— Dégaine l'épée, dit Zedd au Sourcier. (L'incroyable note métallique retentit quand il obéit.) Bien... Je vais te montrer quelque chose de capital au sujet de cette arme. Pour ça, il faut que tu renonces provisoirement au poste de Sourcier, et que tu m'autorises à désigner Kahlan.

— Je ne veux pas de ce titre, marmonna la jeune femme.

— C'est juste dans l'intérêt de ma démonstration, chère enfant.

Il fit signe à Richard de donner l'épée à Kahlan. Elle hésita puis la prit à deux mains. Gênée par son poids, elle baissa la pointe jusqu'à ce qu'elle repose sur le sol.

Théâtral, Zedd passa les mains au-dessus de la tête de la jeune femme.

— Kahlan Amnell, je te nomme Sourcière...

Kahlan lui jeta un regard soupçonneux. Glissant un index sous son menton, il la força à relever la tête. Les yeux brillants, il approcha la bouche de son oreille et murmura :

— Quand j'ai quitté les Contrées du Milieu, Darken Rahl s'est servi de sa magie pour planter ici le plus gros de ces deux arbres. Un repère, histoire de pouvoir me retrouver quand ça lui chanterait. Pour me tuer, bien sûr ! Souviens-toi que c'est lui qui a assassiné Dennee... (L'expression de Kahlan se durcit.) Et il te traque pour t'abattre, comme il a exécuté ta sœur !

Les yeux de Kahlan brûlèrent soudain de haine. Les muscles de ses mâchoires se contractèrent, ses bras se raidirent et la pointe de l'Épée de Vérité se releva.

— Cet arbre est son allié, Kahlan ! Et tu as mission de le vaincre !

La lame vola dans l'air avec une vitesse et une force telles que Richard n'en crut pas ses yeux. Quand elle percuta le tronc, un bruit terrible retentit, comme si des milliers de branches se brisaient en même temps, et des éclats de bois volèrent de tous les côtés.

L'arbre resta suspendu dans l'air un moment puis bascula de sa souche et s'abattit sur le sol. Pour obtenir ce résultat, Richard aurait dû taper une bonne dizaine de fois avec une hache parfaitement affûtée.

Zedd arracha l'épée à Kahlan, qui s'accroupit, s'assit sur les talons, se prit le visage à deux mains et poussa un gémissement de bête blessée. Richard s'agenouilla près d'elle et tenta de la calmer.

— Kahlan, ça ne va pas ?

— Non… Non… Pas de problème…

Elle posa une main sur son épaule et il l'aida à se relever.

— Mais je démissionne de mon poste de Sourcière…, ajouta-t-elle avec un pauvre sourire.

Richard foudroya Zedd du regard.

— Que signifie ce tissu d'âneries ? grogna-t-il. Cet arbre n'a aucun rapport avec Darken Rahl. Tu l'as fait pousser avec amour, comme son compagnon. Un couteau sous la gorge, je jurerais qu'ils étaient une sorte de monument à la mémoire de ta femme et de ta fille.

— Très bonne déduction, Richard, admit le sorcier avec l'ombre d'un sourire. Reprends ton épée ! Te voilà redevenu le Sourcier en titre ! Maintenant, coupe le petit arbre et je t'expliquerai tout…

Richard prit l'épée à deux mains et sentit la colère monter en lui. Bandant ses muscles, il frappa l'arbre survivant de toutes ses forces. La lame décrivit un arc de cercle en sifflant… et s'immobilisa juste avant de toucher l'écorce, comme si l'air était devenu trop épais pour qu'elle puisse le traverser.

Ébahi, Richard regarda l'arme, essaya de nouveau et obtint le même résultat. L'arbre le narguait, absolument intact !

Zedd contemplait la scène, les bras croisés et l'air satisfait.

— Bon, assez joué, explique-toi ! dit Richard en rengainant l'épée.

— Tu as vu avec quelle facilité Kahlan a abattu le plus gros de ces érables ? demanda le vieux sorcier, vivante image de l'innocence. De fait, il aurait tout aussi bien pu être en acier ! La lame l'aurait proprement coupé en deux ! Et toi qui es tellement plus fort que cette frêle enfant, tu n'as même pas pu entamer cet arbrisseau !

— J'ai remarqué, Zedd, inutile d'insister lourdement !

— Et que penses-tu du phénomène ?

L'irritation de Richard fondit comme neige au soleil. C'était la méthode pédagogique favorite de Zedd : l'amener à trouver les réponses par lui-même…

— Je suppose que ça a un rapport avec la motivation. Kahlan pensait que son arbre était un agent du mal. Moi, je n'avais rien contre le mien.

— Excellent, mon garçon !

— Zedd, dit Kahlan en se tordant nerveusement les doigts, je ne comprends pas. J'ai abattu l'arbre parce que je le croyais maléfique. Mais ce n'était pas vrai.

— Ma chère enfant, c'était l'objet de ma démonstration ! La réalité ne joue aucun rôle… Tout est dans la *perception et l'intention* ! Si tu penses avoir affaire à un ennemi, tu peux le détruire, que ce soit vrai ou non. La magie perçoit uniquement ce que *tu* perçois. Elle ne te permettra pas de faire du mal à quelqu'un que tu juges innocent, mais dans certaines limites, elle détruira tout être que tu estimes hostile. Ce qui compte, c'est ta conviction, pas sa véracité…

— Du coup, on n'a guère le droit à l'erreur, dit Richard, un peu accablé. Et dans les cas où on n'est pas sûr ?

— Tu devras l'être, mon garçon, sinon tu t'attireras beaucoup d'ennuis… La magie peut lire dans ton esprit des choses dont tu n'es pas conscient. Tout est possible, tuer un ami ou épargner à tort un ennemi…

Richard réfléchit en pianotant sur la poignée de l'épée. À l'ouest, le soleil couchant illuminait les arbres de ses derniers rayons. Au-dessus de lui, une moitié du nuage-serpent était rouge vermillon et l'autre tournait au violet.

Tout ça n'avait aucune importance, décida-t-il. Il connaissait sa mission, et il n'y avait aucun doute dans son esprit sur l'identité de l'ennemi…

— Encore une chose très importante, dit Zedd. Quand on utilise l'épée contre un adversaire, il y a un prix à payer. N'est-ce pas, chère enfant ?

Kahlan hocha la tête puis baissa les yeux.

— Plus l'ennemi est puissant, continua Zedd, et plus ce tribut est élevé. Je suis désolé de t'avoir infligé ça, Kahlan, mais il fallait que Richard apprenne cette leçon…

La jeune femme sourit au sorcier, indiquant qu'elle comprenait.

Zedd revint à Richard.

— Nous savons tous les deux que tuer est parfois la seule solution et devient la bonne chose à faire. Je te connais assez pour n'avoir pas besoin d'insister sur le point suivant : chaque fois qu'on doit tuer, c'est une affreuse expérience ! Il faut vivre avec cet acte sur la conscience, et il est impossible de revenir en arrière. Le prix est le plus intime qui soit : on se sent diminué d'avoir fait ça…

Richard n'avait pas besoin d'être convaincu. Avoir dû tuer un homme sur la corniche le mettait toujours très mal à l'aise. Il ne regrettait pas son acte, puisqu'il n'avait pas eu le choix, mais il ne cessait de revoir le visage du type quand il avait basculé dans le vide.

— C'est différent quand on tue avec l'Épée de Vérité, à cause de la magie. Elle a exécuté ta volonté et elle se paie sur ta bête ! Le bien et le mal purs n'existent pas chez les êtres humains. Les meilleurs d'entre nous ont des pensées perverses et font des choses condamnables. Inversement, il y a un peu de vertu dans la pire vermine ! Un ennemi ne fait pas le mal parce que ça l'amuse. Pour lui, il y a toujours une justification à ses actes. Mon chat mange des souris. Est-il maléfique pour autant ? Ce n'est pas mon avis, ni celui du matou, mais je parie que les souris ne partagent pas cette opinion. Tous les meurtriers pensent que leur victime méritait la mort…

» Je sais que ça te révoltera, Richard, mais tu dois écouter la suite… Darken Rahl juge ses actions justifiées, exactement comme toi ! Vos manières de penser sont très semblables. Tu veux te venger de lui parce qu'il a tué ton père, et il entend se venger de moi parce que j'ai tué le sien. À tes yeux, c'est un démon, mais aux siens, c'est toi, l'être maléfique. Encore une affaire de *perception* ! Le vainqueur pense qu'il était dans son droit, et le vaincu est persuadé d'avoir été injustement traité. Il en va de même avec la magie d'Orden. Le pouvoir existe simplement, et une manière de l'utiliser l'emporte sur l'autre…

— Rahl et moi, des semblables ? As-tu perdu l'esprit ? Qu'avons-nous en commun ? Il a soif de pouvoir et il est prêt à détruire le monde pour l'obtenir. Moi, je voudrais vivre en paix, c'est tout ! Mais il a étripé mon père ! Et il veut notre mort à tous. Comment peux-tu affirmer que nous nous ressemblons ? À t'entendre, on dirait qu'il n'est pas dangereux.

— As-tu vraiment écouté ce que je viens de dire ? Mon garçon, vous vous ressemblez parce que vous pensez tous les deux avoir raison ! Et ça le rend plus dangereux encore, car sur tous les autres points, vous êtes aussi dissemblables qu'il est possible. Darken Rahl se délecte de saigner les gens à blanc. Leur douleur est un nectar pour lui. Ta certitude d'être dans ton droit a des limites. Pas la sienne ! Le désir de torturer ses adversaires le consume, et il tient pour un opposant tout individu qui ne se prosterne pas devant lui. Sa conscience ne le tourmentait pas quand il a arraché les entrailles de ton père alors qu'il respirait encore. Il a pris plaisir à cette horreur parce que le sentiment d'avoir raison lui donne tous les droits. En cela, il est différent de toi. Et plus dangereux que quiconque ! (Zedd désigna Kahlan.) As-tu vu ce qu'elle a pu faire avec l'épée ? Tu sais très bien que tu n'aurais pas accompli cet exploit…

— Une affaire de perception, souffla Richard. Elle a réussi parce qu'elle croyait être dans son droit…

Zedd brandit un index triomphant.

— Oui, c'est ça ! Cette affaire de perception rend la menace encore plus dangereuse. (Son index s'enfonça plusieurs fois dans la poitrine de Richard pour ponctuer chacun de ses mots.) Exactement… comme… avec… l'épée !

Richard glissa un pouce sous son baudrier et lâcha un profond soupir. Bien qu'ayant le sentiment d'avancer en terrain glissant, il connaissait Zedd depuis trop longtemps pour rejeter ses propos sous prétexte qu'ils étaient difficiles à digérer.

Mais il jugea que simplifier un peu les choses ne ferait pas de mal.

— Bref, selon toi, Rahl est redoutable parce qu'il est convaincu d'avoir raison…

— Essayons de formuler les choses différemment, dit Zedd. De qui aurais-tu le plus peur ? D'un homme de deux cents livres qui veut te voler une miche de pain en sachant que c'est mal ? Ou d'une femme de cent livres persuadée, à tort mais de toute son âme, que tu lui as pris son enfant ?

— Je fuirais le plus loin possible de la femme, parce qu'elle n'abandonnerait à aucun prix. Inaccessible à la logique, elle serait prête à tout…

— C'est le cas de Darken Rahl ! Croire qu'il a raison le rend plus dangereux !

— Mais c'est moi qui ai raison, dit Richard.

— Mon garçon, les souris pensent comme toi et ça n'empêche pas mon chat de les dévorer. J'essaie de t'apprendre quelque chose, Richard. Pour que tu ne tombes pas entre les griffes de Rahl.

— Je déteste ça, mais je comprends… Comme je te l'ai souvent entendu dire, rien n'est jamais facile. Mais même si tout ça est très intéressant, ça ne m'empêchera pas de faire ce que je juge bon. Donc, passons aux détails pratiques. Que signifie cette histoire de prix, quand on utilise l'Épée de Vérité ?

De l'index, Zedd désigna la poitrine de Richard.

— Le prix, c'est la souffrance de voir ce qu'il y a de mauvais en toi, tous tes défauts, bref, ces choses dont nous refusons de reconnaître la présence, parce qu'elles nous déplaisent. En plus, tu auras conscience de ce qu'il y avait de bon chez ta victime, et la culpabilité te torturera… (Zedd secoua tristement la tête.) Crois-moi, Richard, la douleur ne viendra pas seulement de toi-même, mais surtout de la magie. Et à magie puissante, souffrance puissante ! Ne sous-estime pas ce phénomène. La douleur est réelle, et elle punit ton corps autant que ton âme. Tu as vu ce qu'a enduré Kahlan après avoir abattu un arbre ? Si elle avait tué un homme, ç'aurait été bien pire. Voilà pourquoi la colère est si importante. Ce sera ta seule armure contre la souffrance. Ton unique protection. Et n'oublie pas : plus l'adversaire est fort, plus la douleur est dévastatrice ! Mais il y a une autre équation : plus la colère est puissante, plus le bouclier résiste ! Grâce à elle, tu t'interrogeras moins sur le bien-fondé de tes actes. Dans certains cas, ce sera suffisant pour ne pas souffrir. Voilà pourquoi j'ai dit à Kahlan des choses qui l'ont blessée et l'ont rendue folle de rage. Je voulais la protéger, puisqu'elle allait utiliser l'épée. Comprends-tu maintenant pourquoi je ne t'aurais pas désigné si tu avais été incapable de libérer ta colère ? Sans elle, tu aurais été désarmé face à la magie et elle t'aurait réduit en bouillie !

Richard était effrayé par ce discours, et par ce qu'il avait lu dans les yeux de Kahlan après qu'elle eut frappé l'arbre, mais ça ne l'incita pas à renoncer. Il regarda les montagnes, en direction de la frontière. Derrière ces pics baignés d'une lumière rose pâle par le soleil couchant, les ténèbres approchaient, montant de l'est. Et elles venaient pour eux ! Il devait trouver un moyen de passer de l'autre côté de la frontière pour affronter la menace. L'épée l'aiderait. Au fond, avec un tel enjeu, c'était tout ce qui importait. Dans la vie, tout avait un prix, et il s'acquitterait de celui-là.

Son vieil ami lui mit les mains sur les épaules et le regarda dans les yeux.

— Prépare-toi à entendre une autre chose que tu n'aimeras pas... (Ses doigts s'enfoncèrent presque douloureusement dans la chair de Richard.) Tu ne pourras pas utiliser l'Épée de Vérité contre Darken Rahl.

— Quoi !

Zedd secoua sans douceur le jeune homme.

— Il est trop puissant ! Pendant l'année qui lui est allouée, la magie d'Orden le protège. Si tu lèves l'épée contre lui, tu seras mort avant qu'elle le touche.

— C'est du délire ! Tu veux que je sois le Sourcier et que je prenne l'épée, puis tu me dis qu'elle ne me servira à rien !

Furieux, Richard se sentit trahi.

— Contre Rahl, et seulement contre lui ! Mon garçon, je n'ai pas inventé la magie, je sais seulement comment elle fonctionne. Darken Rahl aussi, hélas. Conscient que ça te tuera, il essaiera de te contraindre à brandir l'épée face à lui. Si tu cèdes à ta colère, il sera victorieux. Après ta mort, se procurer les boîtes d'Orden ne lui posera aucun problème...

— Zedd, intervint Kahlan, je pense comme Richard. S'il ne peut pas faire valoir son arme la plus puissante, vaincre sera impossible...

— Non ! coupa Zedd.

Le poing fermé, il tapota le crâne de Richard.

— Voilà l'arme la plus puissante d'un Sourcier ! Son esprit. (Il pointa un index sur la poitrine de son protégé.) Et son cœur !

Les deux jeunes gens n'émirent pas de commentaire.

— L'arme, c'est le Sourcier lui-même ! insista Zedd. L'épée est un outil. Richard trouvera un autre moyen. Il le faut !

Le jeune homme s'avisa qu'il aurait dû être bouleversé, furieux, frustré et découragé. Mais il n'en était rien. Le lourd rideau de ses diverses options s'était levé, lui permettant de voir au-delà avec un calme et une détermination des plus étranges.

— Je suis navré, mon garçon... J'aimerais pouvoir changer la magie, mais...

— Ne te désole pas, mon vieil ami. Tu as raison, il faut arrêter Darken Rahl. C'est tout ce qui compte ! Pour réussir, je devais connaître la vérité, et tu me l'as dite franchement. À présent, à moi d'en faire bon usage ! Si nous récupérons une des boîtes, Darken Rahl aura le châtiment qu'il mérite. Inutile que j'y assiste, l'essentiel est de savoir que ça aura lieu. J'ai affirmé que je ne voulais pas devenir un assassin et je le maintiens. L'épée est un bien précieux, j'en ai conscience, mais ce n'est qu'un outil, comme tu l'as dit, et c'est ainsi que je la considérerai. Sa magie n'est pas une fin en soi. Si je fais l'erreur de le croire, je ne serai pas un Sourcier, mais un usurpateur.

À la lumière mourante du crépuscule, Zedd tapota tendrement l'épaule de son jeune ami.

— Tu as tout compris, mon garçon... (Il sourit de toutes ses dents.) J'ai bien choisi le Sourcier et je suis fier de moi !

L'autosatisfaction de Zedd amusa beaucoup ses deux compagnons.

Mais Kahlan se rembrunit vite.

—Zedd, j'ai abattu l'arbre que vous aviez planté en mémoire de votre femme. J'en suis vraiment déso…

—Ne vous tourmentez pas, chère enfant ! Ainsi, mon épouse adorée nous a aidés, puisque le Sourcier a compris la vérité grâce à elle. C'est le meilleur hommage que nous pouvions lui rendre…

Richard n'écoutait plus ses amis. Il regardait vers l'est, étudiant la muraille de montagnes en quête d'une solution. Passer de l'autre côté de la frontière sans la traverser ? Mais comment ? Et si c'était impossible ? Seraient-ils coincés en Terre d'Ouest pendant que Rahl chercherait les boîtes ? Allaient-ils mourir sans pouvoir se défendre ?

Combien il aurait donné pour avoir plus de temps et moins de contraintes !

Et combien il se maudit de perdre son énergie à souhaiter l'impossible !

S'il avait eu la certitude que passer de l'autre côté était faisable, il aurait trouvé un moyen ! Mais…

Au plus profond de son esprit, une petite voix le narguait, soufflant que c'était réalisable et qu'il savait comment s'y prendre. Il devait y avoir une solution ! Mais pour l'appréhender, il lui fallait *croire* que c'était possible…

Autour d'eux, la nuit tombée, la nature fourmillait de sons. Dans les mares, les crapauds coassaient, faisant écho aux cris des oiseaux nocturnes et au bourdonnement des insectes.

Des lointaines collines montaient les hurlements des loups, plainte désespérée qui se répercutait contre les parois rocheuses des montagnes. D'une façon ou d'une autre, ils devaient passer de l'autre côté de ces pics pour s'enfoncer dans l'inconnu.

Les montagnes étaient un peu comme la frontière, pensa soudain Richard. Impossible à traverser, certes – mais on pouvait accéder à l'autre côté. Pour cela, il suffisait de trouver un défilé…

Un défilé ? Était-ce la solution ? En existait-il un ?

Richard eut l'impression que la foudre venait de le frapper.

Le grimoire !

Le jeune homme sauta d'un pied sur l'autre, gagné par l'excitation. Très surpris, il s'aperçut que Zedd et Kahlan le regardaient calmement, attendant son verdict.

—Zedd, as-tu aidé quelqu'un à traverser la frontière ? À part toi, je veux dire…

—Qui ?

—N'importe qui ! Réponds, bon sang !

—Non, ça ne m'est jamais arrivé…

—Faut-il être un sorcier pour faire passer la frontière à quelqu'un ?

—Oui. Seul un sorcier en est capable. Et Darken Rahl, bien entendu…

Richard foudroya le vieil homme du regard.

— Zedd, nos vies vont dépendre de ta réponse… Jures-tu n'avoir jamais fait traverser la frontière à personne ? Le jures-tu !

— C'est vrai comme verrue de verrat ! Mais où veux-tu en venir ? Tu as trouvé un moyen ?

Richard ignora la question, trop plongé dans sa réflexion pour prendre le temps de répondre. Il se tourna vers les montagnes et comprit qu'il avait raison. Un défilé permettait de passer de l'autre côté de la frontière ! Son père l'avait découvert et emprunté. Sinon, le *Grimoire des Ombres Recensées* n'aurait jamais pu être en Terre d'Ouest ! George Cypher ne l'avait pas apporté avant l'érection de la frontière ni trouvé en Terre d'Ouest. Pourquoi ? Il y avait une seule réponse à ces deux questions : parce que le grimoire avait un pouvoir magique ! S'il avait été en Terre d'Ouest, la frontière ne serait pas apparue. Comme Zedd le lui avait dit, la magie ne pouvait pénétrer dans le pays qu'*après* la naissance de la frontière.

Son père avait découvert un défilé, il était allé dans les Contrées du Milieu et il en avait rapporté le grimoire.

Richard oscillait entre l'excitation et la confusion. George Cypher avait réussi cet exploit ! Une raison de plus pour l'admirer… Et maintenant qu'il savait la chose faisable, le Sourcier ne doutait plus d'y arriver. Il n'avait toujours pas trouvé le « défilé », mais ça ne comptait pas. L'essentiel était de savoir qu'il en existait un !

— Nous devrions aller dîner, dit Richard à ses deux amis.

— J'ai mis un ragoût à mijoter avant ton réveil, répondit Kahlan, et il y a du pain frais.

— Fichtre et foutre ! s'écria Zedd, les bras au ciel. Il était temps que quelqu'un pense à nos estomacs !

— Après avoir mangé, dit Richard, nous préparerons le voyage. Il faut choisir ce que nous emporterons, rassembler des provisions et faire nos bagages. Ensuite, nous nous offrirons une bonne nuit de sommeil. Le départ est prévu pour les premières lueurs de l'aube…

Il prit le chemin de la maison. La lumière du feu de bois, qu'il apercevait à travers les fenêtres, leur promettait une orgie de chaleur et de paix.

Zedd le retint par un bras.

— Et où irons-nous demain à l'aube, mon garçon ?

— Dans les Contrées du Milieu, répondit Richard sans se retourner.

Zedd en était à la moitié de sa seconde assiette de ragoût quand il parvint à s'arrêter assez longtemps de manger pour poser une question.

— Alors, Richard, qu'as-tu trouvé ? Il y aurait un moyen de passer de l'autre côté de la frontière ?

— Exactement !

— Tu en es sûr ? Comment faire ça sans la traverser ?

— Il n'est pas obligatoire de se mouiller pour franchir une rivière, répondit le jeune homme en remuant son ragoût.

La lueur vacillante de la lampe à huile se refléta sur les visages perplexes de Zedd et de Kahlan. Histoire de se donner une contenance, la jeune femme lança un petit morceau de viande au chat du sorcier, assis sur son séant près de la table, juste au cas où… Zedd avala une énorme bouchée de pain avant de poser sa question suivante.

— Et comment sais-tu qu'il y a un moyen de passer ?

— Il y en a un… C'est tout ce qui compte.

— Richard, fit Zedd, l'air aussi innocent que l'enfant qui vient de naître, nous sommes tes amis. (Il engloutit à la file deux fabuleuses cuillerées de ragoût.) Il n'y a pas de secret entre nous… Tu dois tout nous dire !

Le Sourcier regarda le vieil homme, puis Kahlan, et éclata de rire.

— J'ai rencontré de parfaits inconnus qui m'ont davantage parlé d'eux-mêmes que vous…

Ses compagnons frémirent sous la rebuffade, mais ils n'osèrent pas insister.

Après cet incident, la conversation roula sur ce qu'ils devraient emporter, sur les préparatifs qu'ils pouvaient se permettre dans un si court délai et sur les points à traiter en priorité. Puis ils firent une liste de tous les objets auxquels ils pensèrent…

Il y avait tellement à faire, et si peu de temps !

— Kahlan, dit Richard entre deux bouchées, il paraît que tu as beaucoup voyagé dans les Contrées du Milieu. Portais-tu cette robe ?

— Oui… C'est grâce à elle que les gens me reconnaissent. Tu sais, je ne campe pas dans les bois ! Partout où je vais, on m'offre le gîte et le couvert, plus tout ce que je demande…

Richard sentit la gêne de son amie. Il n'insista pas, mais il lui parut évident que la robe était bien davantage qu'un banal vêtement acheté dans une boutique.

— Hum… Puisque nous sommes tous les trois recherchés, il vaudrait mieux qu'on ne te reconnaisse pas… Nous devrons rester à l'écart des gens et voyager dans la forêt autant que possible. (La jeune femme et le sorcier approuvèrent du chef.) Il te faut des vêtements adaptés, mais nous n'avons rien ici qui te conviendrait… On devra s'en procurer en chemin. En attendant, je peux te prêter un manteau à capuche qui te tiendra chaud…

— Ce ne sera pas de refus, dit Kahlan. J'en ai assez d'avoir froid, et, crois-moi, se promener en robe dans la nature n'a rien d'agréable !

Elle s'arrêta de manger avant les deux hommes et posa son assiette à demi pleine au pied de sa chaise. Le chat se précipita. Doté du même appétit que son maître, il fit un sort au ragoût en un temps record.

Ils débattirent de chaque objet qu'ils emporteraient et réfléchirent aux moyens de se passer de ceux qu'ils laisseraient. Aucun d'eux n'aurait pu dire combien durerait leur absence. Mais si Terre d'Ouest était un grand pays, les Contrées du Milieu s'étendaient sur un territoire encore plus vaste.

Richard regretta qu'ils ne puissent pas passer par chez lui. Habitué aux longues randonnées, il y gardait tous les vivres et les fournitures nécessaires.

Mais ç'aurait été un trop grand risque. Il valait cent fois mieux s'approvisionner ailleurs, ou s'accommoder du manque, que d'affronter ce qui les attendait dans sa maison.

Il ne savait toujours pas où il trouverait son « défilé » et ça ne l'inquiétait pas. Après tout, la nuit portait conseil, disait-on. Pour le moment, il se satisfaisait de savoir qu'un passage existait.

Le chat releva la tête, courut vers la porte et s'arrêta à mi-chemin, tous les poils hérissés. Les trois humains se turent aussitôt. La lueur d'un feu se reflétait sur la vitre de la fenêtre de devant. Elle ne venait pas de la cheminée, mais de dehors…

— Ça sent la poix qui brûle, dit Kahlan.

Tous les trois se levèrent d'un bond. Richard saisit au passage l'épée accrochée au dossier de sa chaise.

Il voulut regarder par la fenêtre, mais Zedd, soucieux de ne pas perdre de temps, se précipita dehors, Kahlan sur les talons. Captant du coin de l'œil la lueur de plusieurs torches, Richard leur emboîta le pas.

Une cinquantaine d'hommes avaient investi le terrain, devant la maison. Si certains portaient des torches, la majorité brandissaient des armes de fortune : des haches de bûcheron, des fourches, des faux ou des manches de pioche. Tous étaient vêtus de leurs habits de travail. Richard reconnut bon nombre de visages : des pères de famille honnêtes et durs au labeur. Mais ce soir, ils ne ressemblaient plus à de braves gens. Fous de colère, ils évoquaient plutôt une meute de prédateurs.

Zedd s'était campé au milieu du porche, les poings sur ses hanches osseuses. Il souriait sous sa masse de cheveux blancs colorés de rose par la lueur des torches.

— Que se passe-t-il, les amis ? demanda-t-il.

Des murmures coururent dans les rangs et plusieurs costauds firent un pas en avant.

Richard reconnut leur porte-parole, un type appelé Jehan.

— La magie, dit-il. La magie sème le trouble dans la région. Et tu es l'œil du cyclone, vieil homme ! Ou devrais-je dire, vieux sorcier ?

— Un sorcier, moi ? répéta Zedd, vivante incarnation de la stupéfaction.

— C'est bien ce que j'ai dit ! (Les yeux brillants de rage de Jehan se posèrent sur Richard puis sur Kahlan.) Nous n'avons rien contre vous… Seul le vieillard est concerné. Mais fichez le camp, ou vous partagerez son sort.

Richard frémit intérieurement. Comment un homme qu'il connaissait si bien pouvait-il tenir de pareils propos ? Et être soutenu par les autres ?

Kahlan vint se placer devant Zedd. Quand elle s'immobilisa, les plis de sa robe voletèrent gracieusement autour de ses jambes.

— Partez, dit-elle, avant de regretter amèrement d'être venus…

— Eh bien, quelle surprise ! ricana Jehan. Deux sorciers pour le prix d'un !

Ses compagnons braillèrent des insultes en brandissant leurs armes.

Richard avança, dépassa Zedd et Kahlan et tendit un bras derrière lui pour les empêcher d'avancer.

— Jehan, comment va Sara? demanda-t-il, aussi amical que de coutume. Voilà un moment que je ne vous ai pas vus, tous les deux… (Jehan ne répondant pas, Richard regarda les hommes qui se massaient derrière lui.) Mes amis, je vous connais presque tous, et je sais que vous êtes de braves gens. Vous regretteriez vos actes demain matin… Jehan, tes hommes et toi, allez retrouver vos familles. Je t'en prie, écoute-moi!

Jehan pointa son manche de pioche sur Zedd.

— Ce vieillard est un sorcier! Nous allons en finir avec lui! (Il désigna Kahlan.) Et avec elle! Si tu ne veux pas crever avec eux, Richard, va-t'en d'ici!

Dans l'air chargé de relents de poix calcinée et d'effluves de transpiration, les hommes grognèrent leur approbation. Quand ils comprirent que Richard ne fuirait pas, ceux du deuxième rang avancèrent, poussant ceux du premier…

Richard dégaina l'épée. Lorsque sa curieuse note métallique retentit, les agresseurs reculèrent, marmonnant que le jeune homme était passé du côté des suppôts de la sorcellerie.

Loin de reculer, Jehan chargea en brandissant son manche de pioche. La lame de Richard fendit l'air, décapitant l'arme improvisée à moins de dix pouces au-dessus des phalanges de Jehan. La partie proprement coupée vola dans les airs et atterrit dans des buissons avec un bruit sourd.

Jehan se pétrifia, un pied sur la première marche, l'autre encore sur le sol. La pointe de l'épée taquinait sa pomme d'Adam.

Résistant à l'envie d'enfoncer l'acier dans la gorge de son adversaire, Richard se pencha en avant et joua de la pointe de son arme pour obliger Jehan à lever la tête et à le regarder dans les yeux.

— Un pas de plus, souffla Richard d'une voix si froide qu'elle coupa le souffle de Jehan, et ta tête prendra le même chemin. Maintenant, recule!

Jehan obéit. Mais dès qu'il fut revenu près de ses compagnons, il reprit du poil de la bête.

— Tu ne nous arrêteras pas, Richard! Nous sommes là pour sauver nos familles!

— De quelle menace? cria Richard. (Du bout de son arme, il désigna un autre homme.) Franck, quand ta femme était malade, n'est-ce pas Zedd qui l'a guérie avec une de ses potions? (Il pointa l'épée sur un autre paysan.) Wilheim, n'es-tu pas venu voir Zedd pour savoir quand il pleuvrait, histoire de faire ta récolte avant? (La lame revint sous le menton de Jehan.) Quand ta fille était perdue dans la forêt, n'est-ce pas Zedd qui a sondé les nuages toute la nuit, puis qui est allé à sa recherche et l'a ramenée chez toi? (Jehan et quelques hommes baissèrent les yeux. Richard rengaina son épée d'un geste rageur.) Zedd vous a aidés. Il vous a guéris, il a retrouvé vos enfants et il a partagé avec vous tout ce qu'il avait…

— Seul un sorcier peut faire ce genre de choses ! cria une voix, au dernier rang.

— A-t-il jamais essayé de vous nuire ? demanda Richard en marchant de long en large sur le porche, histoire que son regard pèse sur tous les agresseurs. Il ne vous a pas fait le moindre mal ! Et c'est votre bienfaiteur ! Pourquoi voulez-vous molester un ami ?

Les paysans murmurèrent entre eux, ne sachant plus où ils en étaient. Mais leur confusion ne dura pas.

— Il a utilisé la magie ! beugla Jehan. La sorcellerie, même ! Tant qu'il sera dans les environs, nos familles risqueront le pire !

Avant que Richard puisse répondre, Zedd le tira en arrière. Tournant la tête, il aperçut le visage du vieil homme, qui ne semblait pas le moins du monde inquiet. Au contraire, il paraissait s'amuser comme un petit fou.

— Vous avez été très impressionnants, dit-il à ses jeunes amis. Bravo ! Mais il est temps de me laisser prendre les choses en main. (Il fit face aux paysans en colère.) Bonsoir, mes nobles sires… Je me réjouis de votre visite. (Certains hommes le saluèrent de la tête et d'autres, machinalement, relevèrent leur chapeau.) Auriez-vous la gentillesse, avant de me mettre en pièces, de me laisser parler un peu avec mes deux compagnons ?

Tous les hommes hochèrent la tête ou grognèrent leur assentiment. Zedd tira Richard et Kahlan sous le porche et baissa le ton.

— Une petite leçon de dosage du pouvoir, mes enfants ! (Il titilla du bout de l'index le nez de Kahlan.) Pas assez, ma petite… (Il passa au nez de Richard.) Beaucoup trop, mon garçon. (Tapotant son propre appendice nasal, il battit des paupières et déclara :) Exactement ce qu'il faut ! (Il saisit le menton de Kahlan.) Si je t'avais laissée faire, il aurait fallu creuser des tombes cette nuit, et les nôtres auraient été du nombre. Cela dit, merci pour ta noblesse d'esprit. Et je te remercie de te soucier autant de moi. (Il posa une main sur l'épaule de Richard.) Et si je m'étais reposé sur toi, il y aurait eu encore plus de sépultures et nous serions restés seuls pour les creuser. À mon âge, c'est un exercice contre-indiqué, et nous avons plus important à faire. Mais question noblesse, tu as été parfait aussi.

Il prit également Richard par le menton.

— À présent, fin de la récréation ! Le cœur du problème, ce n'est pas ce que vous avez dit à ces hommes, mais leur volonté de ne pas entendre. Pour qu'ils écoutent, il faut d'abord retenir leur attention… (Il fit un clin d'œil aux deux jeunes gens.) Regardez et prenez-en de la graine. Écoutez mes paroles, même si je sais qu'elles n'auront aucun effet sur vous.

Il lâcha le menton de ses amis et se tourna vers Jehan, tout sourire.

— Au fait, comment va ta fille ?

— Très bien… Mais une de mes vaches a accouché d'un veau à deux têtes.

— Vraiment ? Et pourquoi est-ce arrivé, selon toi ?

— Parce que tu es un sorcier !

— Nous y revoilà... Quel fichu problème ! Chers amis, voulez-vous m'étriper sur la base d'une accusation si vague ? Moi, je m'inquiéterais d'avoir commis un meurtre aussi peu précis sémantiquement...

— Sémanti-quoi ? lança un grand type, dépassé.

— Eh bien, c'est très simple, si j'ose dire... Sorcier est un mot passe-partout, n'est-ce pas ? Par exemple, quand on veut dire qu'une chose est facile, on emploie souvent l'expression : « Ce n'est pas sorcier... » Du coup, vous me tueriez parce que je suis difficile ? Voilà qui paraît un peu court ! Heureusement, je peux vous aider ! Il suffit de choisir une accusation explicite. Alors, écoutez bien, et décidez ce que je suis vraiment...

Il prit une profonde inspiration, comme un plongeur décidé à rester longtemps sous l'eau.

— Un alchimiste ? Un archimage ? Un devin ? Un enchanteur ? Un envoûteur ? Un jeteur de sorts ? Un astrologue ? Un ensorceleur ? Un magicien ? Un nécromancien ? Un thaumaturge ? Un voyant ? Un prestidigitateur ? Un anthropomancien ?

— Nous pensons que tu es tout ça à la fois, coupa Jehan, et nous voulons avoir ta peau pour ça !

— Fichtre et foutre..., murmura Zedd en se grattant le menton, j'ignorais que vous étiez si courageux. De sacrés héros, même !

— Et pourquoi ça ? demanda Jehan.

— Vous savez de quoi est capable un homme, même vieux comme moi, qui a tous ces pouvoirs ?

Les paysans se concertèrent puis entreprirent de dresser une liste à voix haute.

Faire naître des veaux à deux têtes. Prévoir le temps. Retrouver les gens qui se sont perdus. Tuer les bébés dans le ventre de leurs mères. Rendre les hommes impuissants et inciter leurs épouses à les quitter...

Comme si ce n'était pas suffisant, d'autres propositions furent avancées.

Faire bouillir l'eau. Rendre les gens infirmes. Les transformer en crapauds. Les tuer d'un seul regard. Invoquer des démons...

Zedd attendit que ses vis-à-vis soient à court d'imagination.

— Vous comprenez mieux pourquoi je vous trouve courageux, à présent ? Il faut être des monstres de bravoure pour affronter de tels périls avec pour seules armes des fourches et des haches ! Qu'est-ce que je vous admire !

Zedd se tut et secoua la tête, imitant à merveille une incrédulité mêlée de respect...

Voyant que ses interlocuteurs n'en menaient pas large, il en rajouta et décrivit par le menu toutes sortes de manifestations de la magie, des plus ludiques aux plus terrifiantes. Pendant plus d'une demi-heure, ses meurtriers en puissance l'écoutèrent, fascinés. Richard et Kahlan crurent qu'ils allaient mourir d'ennui, mais ils durent reconnaître que la manœuvre était efficace. Dans la foule, plus rien ne bougeait à part les flammes vacillantes des torches.

La colère avait cédé la place à la peur. Au fil de son discours, Zedd avait durci le ton, passant de l'onctuosité à la franche menace.

— Et maintenant, conclut-il, une dernière question : selon vous, que devrions-nous faire ?

— Et si vous nous laissiez partir sans nous blesser ? lança un des hommes.

Les autres approuvèrent chaleureusement.

Zedd agita un index vengeur devant son nez.

— Désolé, mais ça ne me va pas... Si j'ai bien compris, vous comptiez me tuer. Ma vie est mon bien le plus précieux et vous songiez à m'en déposséder. Ne pas vous punir serait de la faiblesse. (Zedd fit un pas en avant. Ses « bourreaux » reculèrent, terrorisés.) Pour vous châtier d'avoir voulu m'occire, je vais vous retirer à tous quelque chose. Pas vos vies, mais ce que vous avez de plus précieux. Oui, ce que vous chérissez le plus ! (Il fit des arabesques dans l'air au-dessus des têtes de ses... victimes.) Voilà, c'est fait...

Les hommes crièrent comme si on leur avait arraché les yeux. Richard et Kahlan, presque assoupis contre la façade, s'ébrouèrent en sursaut.

Un long moment, personne ne broncha. Puis un grand type, au milieu de la foule, fourra une main dans sa poche et s'écria :

— Mon or, il n'est plus là !

— Non, non, ce n'est pas ça..., dit Zedd en roulant de gros yeux. J'ai parlé de ce qui vous est le plus précieux. La source de votre fierté.

Sur le coup, personne ne comprit. Ensuite, quelques fronts se plissèrent d'inquiétude. Un autre homme glissa une main dans sa poche et tâtonna, les yeux écarquillés de terreur. Puis il gémit et tourna de l'œil. Ses compagnons s'écartèrent de lui...

Bientôt, tous eurent une main dans la poche, à la recherche de la « source de leur fierté ». Saisissant leur entrejambe à pleine main, certains gémirent et d'autres pleurnichèrent.

Zedd sourit, satisfait comme un gros chat.

Enfin, ce fut la panique parmi les agresseurs. Ils sautaient sur place, pleuraient à chaudes larmes, s'accrochaient les uns aux autres, couraient en rond, appelaient au secours, se laissaient tomber sur le sol pour sangloter comme des enfants...

— Fichez le camp d'ici ! cria Zedd.

Il se tourna vers Kahlan et Richard et les gratifia de son fameux sourire espiègle.

— Pitié, Zedd ! crièrent quelques hommes. Ne nous laisse pas dans cet état ! Aide-nous !

Un concert de suppliques s'éleva. Zedd s'accorda un délai raisonnable avant de se retourner.

— Dois-je comprendre que vous me trouvez trop dur avec vous ? demanda-t-il, jouant à merveille la surprise et la sincérité. (Tous les malheureux hochèrent la tête.) Et comment arrivez-vous à cette conclusion ? Auriez-vous appris quelque chose ?

— Oui ! cria Jehan. Nous savons désormais que Richard avait raison. Zedd, tu es notre ami et tu ne nous as jamais fait de mal. (Des hochements de tête frénétiques saluèrent cette déclaration.) Tu nous aides depuis des années… et nous nous sommes conduits comme des idiots. Pardonne-nous ! Nous nous trompions : utiliser la magie ne fait pas de toi un être maléfique. Zedd, ne te détourne pas de nous ! Et ne nous laisse pas ainsi…

Le sorcier se tapota pensivement les lèvres.

— Eh bien, je dois pouvoir tout remettre en ordre… (Les hommes approchèrent.) Mais il faut que vous soyez d'accord avec mes conditions, au demeurant très équitables. (Jehan et ses compagnons hochèrent la tête, prêts à tout accepter s'il le fallait.) Je vous aiderai si vous jurez de dire, dès qu'on critiquera les sorciers, que la magie ne rend pas ses utilisateurs méchants. Ce sont les actes qui comptent, pas les outils… De plus, vous devrez raconter à vos familles que vous avez failli commettre une affreuse erreur, ce soir. Et surtout, rentrez dans les détails ! Si vous le faites, je vous rendrai votre bien le plus précieux. Marché conclu ?

Des « oui » enthousiastes montèrent de toute part.

— C'est vraiment très équitable, Zedd, dit Jehan. Merci !

Ses compagnons et lui tournèrent les talons, pressés de se défiler.

— Mes amis, dit Zedd, encore une chose… (Tous se pétrifièrent.) Pourriez-vous ramasser vos outils avant de prendre congé ? À mon âge, et avec ma mauvaise vue, je pourrais trébucher dessus et me blesser…

Surveillant le sorcier du coin de l'œil, les hommes s'exécutèrent puis détalèrent sans demander leur reste.

Richard et Kahlan, chacun d'un côté de Zedd, savourèrent cette piteuse retraite.

— Quels idiots…, marmonna le sorcier.

En pleine nuit, avec pour seule lumière la lueur du feu, derrière la fenêtre, Richard avait du mal à distinguer le visage de son ami. Mais il vit quand même qu'il souriait de toutes ses dents.

— Mes enfants, dit-il, voilà un ragoût qui nous a été servi par une main invisible…

— Zedd, demanda Kahlan, avez-vous vraiment… hum… fait disparaître leurs attributs virils ?

— Ce serait une sacrée magie… Hélas, ça dépasse mes pouvoirs ! Chère enfant, je les ai simplement convaincus de le croire ! Dès lors, leur imagination a fait tout le travail !

— Alors, dit Richard, bizarrement déçu, ce n'était qu'un truc ? Moi qui croyais que tu avais jeté un véritable sort…

— Parfois, un truc bien fait est plus efficace que la magie. J'irais même jusqu'à dire qu'un bon truc est déjà de la magie !

— Mais ça n'était qu'une illusion ?

Zedd brandit de nouveau son index.

— Mon garçon, c'est le résultat qui compte ! Avec ta méthode, ces hommes auraient perdu leurs têtes…

— Eh bien, dit Richard, amusé, je crois que certains auraient préféré ça au tour que tu leur as joué. C'est ce que tu voulais nous apprendre ? Une illusion peut aussi bien marcher que la véritable magie ?

— Oui… et plus important : la main invisible dont je parlais est celle de Darken Rahl. Mais ce soir, il a commis une erreur : recourir à des forces insuffisantes pour accomplir une mission. Une mauvaise stratégie de ce type donne une seconde chance à l'adversaire. C'est ça, la leçon que tu dois retenir. Ne l'oublie jamais, car tu risques de ne pas avoir de seconde chance quand ton tour viendra…

— Pourquoi Rahl a-t-il commis cette erreur ?

— Je n'en sais rien, avoua Zedd. Peut-être parce qu'il n'a pas encore assez de pouvoir dans ce pays. Mais ça reste une idiotie, parce que nous voilà sur nos gardes, maintenant…

Ils se tournèrent vers la porte, pressés de rentrer. Il leur restait beaucoup à faire avant de dormir. Richard révisait mentalement la liste de leurs tâches quand une sensation étrange le força à s'immobiliser.

Soudain, une idée explosa dans sa tête. Le souffle court, il se retourna et saisit Zedd par sa tunique.

— Nous devons partir d'ici ! Tout de suite !

— Pardon ?

— Zedd, Darken Rahl n'est pas idiot ! Il veut que nous nous sentions en sécurité. Et que nous péchions par excès de confiance. Il sait que nous sommes assez malins pour venir à bout d'une bande de paysans. Son but, c'est que nous passions un long moment à nous congratuler, histoire qu'il ait le temps de nous tomber dessus en personne. Il n'a pas peur de toi – puisque tu l'estimes plus fort qu'un sorcier –, il ne redoute pas l'épée et Kahlan ne peut rien contre lui. En ce moment même, il approche de nous. Il prévoit de nous avoir tous les trois en même temps, cette nuit ! Ce n'était pas une erreur, mais une ruse ! Comme tu viens de le dire, un truc marche parfois mieux que la magie. Il a endormi notre méfiance !

— Zedd, Richard a raison, dit Kahlan, très pâle. C'est le mode de pensée de Rahl. Sa marque de fabrique. Il adore prendre ses ennemis à contre-pied. Il faut filer tout de suite !

— Fichtre et foutre ! Quel vieux crétin je suis ! Vous avez raison, nous devons partir, mais je ne peux pas abandonner mon rocher.

Il s'éloigna au pas de course.

— Zedd, nous n'avons pas le temps !

Le sorcier gravissait déjà la colline, sa tunique et ses cheveux volant au vent.

Kahlan suivit Richard dans la maison.

Le Sourcier bouillait de rage. Leur ennemi les avait poussés à s'endormir sur leurs lauriers. Comment avait-il pu être assez idiot pour sous-estimer Darken Rahl ?

Richard glissa une main sous sa chemise et constata que le croc était toujours là. Rassuré, il ramassa son sac à dos, près de la cheminée, courut dans sa chambre et en ressortit avec son manteau de forestier, qu'il posa sur les épaules de Kahlan.

Il jeta un coup d'œil autour de lui pour voir s'il pouvait emporter autre chose, mais il ne vit rien qui vaille la peine de mettre leurs vies en danger. Prenant Kahlan par le bras, il sortit avec elle de la maison.

Zedd était déjà de retour, essoufflé mais ravi.

— Et le rocher ? demanda Richard.

Le vieil homme n'avait pas pu le soulever et encore moins le transporter.

— Dans ma poche, répondit-il, souriant.

Richard ne prit pas le temps de s'émerveiller du prodige. Le chat apparut soudain, comme conscient du danger, et se frotta frénétiquement contre leurs jambes.

— Impossible de te laisser ici, dit Zedd en le ramassant. Ça sentira bientôt le roussi…

Il souleva le rabat du sac de Richard et fourra l'animal à l'intérieur.

Averti par le frisson qui courut le long de son échine, Richard sonda les ténèbres, autour de lui, à la recherche d'un détail inhabituel ou d'un ennemi tapi dans l'ombre. Il ne vit rien, mais sentit qu'on les espionnait.

— Que se passe-t-il ? demanda Kahlan, qui avait remarqué son manège.

Il ne voyait rien. Pourtant, il aurait juré qu'on les observait. Mais ce devait être un effet de son imagination.

— Rien…, répondit-il. Allons-y !

Il guida ses compagnons à travers une zone peu boisée qu'il connaissait assez bien pour s'orienter les yeux fermés. Quand ils arrivèrent sur la piste, ils prirent vers le sud et marchèrent en silence.

Enfin, presque, car Zedd ne put pas s'empêcher de marmonner au sujet de sa stupidité. Au bout d'un moment, Kahlan lui dit qu'il était trop dur avec lui-même. Ils avaient tous été idiots et méritaient de partager le blâme. Mais ils avaient réussi à fuir à temps, et cela seul importait.

Sur cette piste très praticable – presque une route –, ils purent marcher de front, Richard au milieu, Zedd sur sa gauche et Kahlan sur sa droite. Le chat sortit la tête du sac et contempla le paysage. Depuis qu'il était chaton, il adorait voyager de cette manière.

À la lueur de la lune, Richard aperçut la haute silhouette de quelques pins-compagnons, mais il ne pensa pas un instant à s'y réfugier. Ils devaient s'éloigner au plus vite. La nuit était plutôt fraîche, mais en progressant à ce rythme, ils n'auraient pas froid. De toute façon, Kahlan avait le manteau…

Après environ une demi-heure de marche forcée, Zedd ordonna une pause. Puis il plongea une main dans sa poche et en sortit une poignée de poudre qu'il jeta sur le chemin, derrière eux. Les particules d'argent s'envolèrent, s'enfoncèrent dans l'obscurité et disparurent à un tournant.

— C'était quoi ? demanda Richard.

— Un peu de poussière magique… Elle couvrira nos traces pour que Rahl ne puisse pas nous suivre.

— Ça n'abusera pas son nuage…

— Exact. Mais il lui donnera seulement une idée générale de notre position. Si nous nous déplaçons sans cesse, ça ne lui sera pas très utile. C'est seulement quand tu t'arrêtes, comme chez moi, que Rahl peut te tomber dessus.

Ils continuèrent vers le sud, sur la piste bordée de pins qui serpentait dans les collines. Au sommet d'une butte, un bruit formidable les força à se retourner. Dans le lointain, une colonne de flammes et de fumée déchirait les ténèbres.

— Ma maison brûle…, lâcha Zedd. Darken Rahl est arrivé et il n'est pas content du tout !

— Zedd, dit Kahlan, je suis navrée.

— Il n'y a pas de quoi, mon enfant. C'était une vieille bicoque. Mieux vaut elle que nous !

— Richard, demanda la jeune femme alors qu'ils se remettaient en route, sais-tu au moins où nous allons ?

— Oui, répondit le Sourcier, tout étonné et fier de constater que c'était vrai.

Ils continuèrent à s'enfoncer dans la nuit.

Dans le ciel, les deux énormes bêtes ailées qui les espionnaient, leurs yeux verts brillant de voracité, piquèrent soudain en silence. Les ailes le long du corps pour gagner de la vitesse, elles se lancèrent sur la piste de leurs proies.

Chapitre 11

Ce fut le chat qui sauva Richard. Effrayé, il émit un miaulement désespéré, sauta sur la tête du Sourcier et le força à se baisser. Pas assez pour que le garn le manque, mais suffisamment pour ne pas encaisser l'impact de plein fouet. Les griffes du monstre lui raclèrent pourtant les omoplates et il s'étala à plat ventre dans la poussière, le souffle coupé. Avant qu'il puisse reprendre une inspiration, la bête lui sauta sur le dos, son poids l'empêchant de respirer et de dégainer son épée. Du coin de l'œil, il vit Zedd être projeté dans un bosquet par un deuxième garn.

Richard se prépara aux coups de griffes qui allaient inévitablement suivre. Mais avant que le monstre le déchiquette, Kahlan, toujours debout sur le chemin, lui lança au museau des pierres qui rebondirent sans lui faire de mal mais le déconcentrèrent. Le garn rugit, la gueule grande ouverte. Son cri déchirant la nuit, il ne lâcha pas Richard, piégé comme une souris sous la patte d'un chat. Les poumons en feu, il lutta pour se soulever tandis que des mouches à sang lui piquaient le cou.

Il lança une main en arrière, saisit une pleine poignée de fourrure et tira pour écarter l'énorme bras de son dos. À la taille du membre, il comprit qu'il avait affaire à un garn à queue courte. L'animal était beaucoup plus gros et dangereux que son congénère à longue queue qu'ils avaient vu dans la clairière.

L'épée était coincée sous son ventre et la garde s'enfonçait douloureusement dans son estomac. Il ne pouvait pas l'atteindre. Les veines de son cou brûlaient comme si de l'acide avait remplacé son sang.

Richard sentit qu'il allait perdre connaissance. Bien qu'il se débattît toujours, les grognements du monstre lui semblaient de moins en moins forts et de plus en plus lointains. Emportée par sa frénésie, Kahlan approcha trop du garn, qui tendit un bras avec une rapidité terrifiante et l'attrapa par les cheveux. Ce faisant, il se déplaça assez pour laisser Richard se remplir les poumons d'air. Hélas, il ne pouvait toujours pas bouger.

Kahlan hurla de douleur.

Jailli de nulle part, le chat, toutes griffes dehors, sauta au visage du monstre et s'attaqua à ses yeux. Pour s'en débarrasser, le garn dut lever le bras qui ne tenait pas Kahlan.

Saisissant l'occasion, Richard roula sur le côté, se releva dans le même mouvement, dégaina son épée et l'abattit sur le bras du monstre qui emprisonnait son amie. Le membre tranché net, Kahlan tituba en arrière, de nouveau libre.

Avec un rugissement furieux, la créature frappa son adversaire d'un revers de son bras indemne et l'empêcha de lever de nouveau son épée. Richard vola dans les airs puis atterrit sur le dos.

Il s'assit lentement, à demi sonné. Arrachée à sa main par la violence du choc, l'épée n'était plus en vue. À coup sûr, elle était tombée quelque part dans les broussailles…

Au milieu du chemin, alors que du sang coulait à gros bouillons de son moignon, le garn hurlait de douleur. Mais ses yeux verts cherchaient déjà l'objet de sa haine. Très vite, ils se rivèrent sur Richard.

Kahlan n'était plus dans le champ de vision du Sourcier…

Sur sa droite, entre les arbres, un éclair inonda la scène d'une aveuglante lumière blanche. L'explosion qui suivit manqua percer les tympans de Richard. L'onde de choc le projeta contre un arbre et parvint à faire basculer le garn en arrière. Des flammes jaillirent entre les troncs, suivies par des éclats de bois et d'autres débris volants, puis par d'épaisses volutes de fumée.

Pendant que le garn se relevait, Richard se lança à la recherche de son épée. À demi aveuglé par la lueur de l'explosion, il dut se contenter de tâtonner au hasard. Mais il y voyait encore assez pour remarquer que le monstre repassait à l'assaut.

Une incroyable colère monta en lui. Il sentit qu'elle bouillonnait aussi dans l'épée. La magie de l'arme, invoquée par son maître, se manifesta à lui. Le Sourcier appela son épée, la *convoqua*, l'implora de lui revenir…

L'arme gisait devant lui, sur le chemin. Il en était aussi sûr que s'il connaissait sa position exacte, comme s'il lui avait suffi de tendre la main pour la toucher.

Il avança, les jambes en coton…

Près de l'endroit où le garn l'avait si durement frappé, il vit des silhouettes passer devant lui sans parvenir à les identifier. Tout ce qu'il savait, à cet instant, c'était que chaque inspiration déchirait son flanc gauche. Des mouches à sang s'écrasant sur son visage, il ne sut bientôt plus où il était ni où se trouvait le chemin. Mais il savait toujours où l'attendait l'Épée de Vérité.

Il se pencha pour la ramasser.

Un instant, ses doigts touchèrent la lame et il crut apercevoir Zedd. Puis le garn le tira par le bras droit, l'entoura de ses ailes poisseuses, le serra contre lui et le souleva du sol.

Quand une vague de douleur déferla dans son flanc gauche, Richard ne put s'empêcher de crier. Il se tut lorsque des yeux verts se rivèrent dans les siens, la gueule béante du monstre ne laissant aucun doute sur ce qui allait suivre.

Une haleine fétide agressa les narines du Sourcier quand le garn l'attira vers ses crocs poisseux de bave.

De toutes ses forces, Richard assena un coup violent qui atteignit sa cible : le moignon de bras de la bête !

Le garn rugit de douleur et le lâcha. Une dizaine de pas derrière eux, Zedd sortit du couvert des arbres.

Tombé à genoux, le Sourcier saisit son épée.

Zedd tendit les mains, doigts écartés. Des flammes magiques jaillirent et volèrent vers leur cible en sifflant comme des serpents. Elles illuminèrent tout sur leur passage, grandirent et s'unirent pour former une boule de feu en constante expansion qui évoquait une créature vivante. Le fabuleux projectile percuta le dos de la bête avec un bruit mat. En un clin d'œil, des flammes bleues et jaunes enveloppèrent le garn et commencèrent à le consumer. Les mouches à sang explosèrent pendant que le feu magique dévorait le monstre.

Le garn disparut dans la fournaise, qui se volatilisa quelques instants plus tard. Dans l'air de la nuit, redevenue paisible, il ne flottait plus qu'une odeur de fourrure brûlée et de fumée.

Richard s'effondra, épuisé et perclus de douleur. Dans son dos, les plaies souillées de poussière et couvertes de gravillons lui faisaient un mal de chien. À chaque inspiration, son flanc gauche semblait vouloir se déchirer.

Rester étendu là, voilà tout ce qu'il désirait. Sentant qu'il tenait encore l'épée, il laissa le pouvoir l'envahir. La colère de l'arme l'aiderait à ignorer sa souffrance !

Le chat s'approcha, lui passa sa langue râpeuse sur les joues et lui flanqua de gentils coups de tête.

— Merci, matou…, souffla le Sourcier.

Zedd et Kahlan accoururent, se penchèrent sur lui et voulurent le prendre par les bras pour l'aider à se relever.

— Non ! Vous allez me faire mal ! Laissez-moi me redresser tout seul.

— Un problème ? demanda Zedd.

— Le garn m'a frappé au côté gauche. C'est très douloureux…

— Voyons un peu ça…

Le vieil homme palpa délicatement les côtes de Richard, qui grimaça de douleur.

— Aucun os ne perce la peau… Ce ne doit pas être si grave que ça !

Richard se retint de ricaner, certain que ça lui ferait encore plus mal.

— Zedd, cette fois, tu n'as pas eu recours à un truc, mais à la magie !

— À la magie, oui, confirma le sorcier. Et s'il nous épiait, Darken Rahl a dû s'en apercevoir aussi. Il ne faut pas traîner ici ! Voyons si je peux t'aider.

Kahlan s'agenouilla de l'autre côté de Richard et posa doucement les doigts sur la main qui tenait l'épée – et la magie. À ce contact, le Sourcier sentit jaillir de l'arme une décharge d'énergie qui manqua lui couper de nouveau le souffle. L'épée, comprit-il, essayait de l'avertir et de le protéger.

Kahlan lui sourit. Elle ne s'était aperçue de rien.

Zedd plaqua une main sur les côtes de son jeune ami, lui mit un index sous le menton et parla d'une voix calme et rassurante. En l'écoutant, Richard tenta de se convaincre que l'épée n'avait pas réagi au contact des doigts de Kahlan sur sa peau…

Zedd l'informa qu'il avait trois côtes cassées. Un peu de magie, précisa-t-il, les renforcerait et les protégerait jusqu'à ce qu'elles soient guéries. Sur un ton très étrange, il ajouta que la douleur diminuerait mais ne disparaîtrait pas avant que tout soit ressoudé. Il continua à parler, mais ses mots perdirent toute signification pour son patient…

Quand ce fut fini, Richard eut le sentiment de se réveiller d'une bonne nuit de sommeil.

Il s'assit et constata que la souffrance était supportable. Avant de se lever, il prit soin de remercier le vieil homme. Puis il posa son épée et témoigna de nouveau sa reconnaissance au chat. Confiant l'animal à Kahlan, il se mit à la recherche de son sac et le trouva au milieu du chemin, où il était tombé pendant la bataille. Les plaies, dans son dos, restaient douloureuses, mais il s'en inquiéterait quand ils seraient arrivés à destination. S'assurant que les deux autres ne regardaient pas, il enleva le croc de son cou et le glissa dans sa poche.

Ensuite, il demanda à ses amis s'ils étaient blessés. Vexé par cette question, Zedd déclara qu'il n'était pas aussi fragile qu'il le paraissait. Plus sobre, Kahlan annonça qu'elle allait bien – grâce à lui. Quand Richard précisa qu'il espérait ne jamais participer à un concours de lancer de pierres où elle serait inscrite, elle sourit d'aise tout en remettant le chat dans le sac à dos.

Richard la regarda ramasser son manteau et l'enfiler. Il était toujours perplexe au souvenir de la réaction de l'épée, au moment où elle l'avait touché.

— Il faut filer…, leur rappela Zedd.

Après environ un quart de lieue, plusieurs petits chemins vinrent croiser le leur. Richard s'engagea sur celui qui l'intéressait pendant que Zedd semait de nouveau sa poudre magique pour couvrir leurs traces.

Le sentier s'étrécissant, ils marchèrent en file indienne, Richard en tête, Kahlan derrière lui et Zedd fermant la marche. Ils gardèrent constamment un œil sur le ciel et Richard ne lâcha pas un instant la garde de son épée…

Projetées par le clair de lune, les ombres des branches agitées par le vent passaient et repassaient sur la solide porte de chêne aux énormes gonds en fer. Kahlan et Zedd ayant refusé d'escalader la clôture hérissée de piques du jardin, Richard s'était approché seul de la maison. Il allait frapper à la porte quand une main puissante le saisit par les cheveux. La lame d'un couteau se plaqua simultanément sur sa gorge.

— Chase…, souffla-t-il, pétrifié.

— Richard ! s'exclama son ami avant de lui lâcher les cheveux. Que fiches-tu ici en plein milieu de la nuit ? Tu sais, il faut être idiot pour essayer d'entrer chez moi par effraction !

— Qui parle d'effraction ? Je ne voulais pas réveiller toute la maison…

— Tu es couvert de sang… Le tien, ou celui de quelqu'un d'autre ?

— Surtout le mien, j'en ai peur… Chase, va ouvrir ton portail. Kahlan et Zedd attendent dehors. Nous avons besoin de toi…

Jurant comme un charretier chaque fois qu'il marchait sur des brindilles ou des cailloux – une expérience déplaisante quand on est pieds nus –, Chase alla chercher les amis de Richard et les invita à entrer.

Emma Brandstone, son épouse, était une femme adorable qui ne cessait jamais de sourire. Bref, l'opposé de son mari. Si elle avait intimidé quelqu'un, elle aurait eu des remords pendant des jours. Ce bon vieux Chase, lui, n'arrivait pas à fermer l'œil quand il n'avait pas fichu la frousse à un de ses contemporains. Mais ils se ressemblaient sur un point : rien ne paraissait jamais surprendre ou inquiéter Emma. À cette heure tardive, dans sa longue chemise de nuit blanche, ses cheveux grisonnant en chignon, elle affichait le même calme que d'habitude. Imperturbable, elle entreprit de faire du thé à ses invités, comme s'il était normal de voir débarquer en pleine nuit trois olibrius couverts de sang.

Cela dit, avec un mari comme Chase, c'était peut-être son pain quotidien…

Richard pendit son sac au dossier de sa chaise, en sortit le chat et le donna à Kahlan. Elle le posa sur ses genoux, lui gratta le dos et déclencha un concert de ronronnements.

Zedd prit place de l'autre côté de Richard.

Après avoir enfilé une chemise, Chase alluma les lampes accrochées aux grosses poutres de chêne. Il avait abattu les arbres lui-même, se chargeant d'élaguer les troncs et de les mettre en place. Les noms de ses enfants étaient gravés sur une des poutres.

Derrière sa chaise, Richard vit la cheminée construite avec les pierres dénichées par Chase au cours de ses voyages. Chacune avait une couleur, une forme et une texture uniques. Un des grands plaisirs de Chase, quand il trouvait un auditoire complaisant, consistait à préciser d'où elles venaient – et de s'étendre sur les périls qu'il avait bravés pour les récupérer.

Sur la table, un saladier de bois rempli de pommes attendait le bon vouloir des invités.

Personne n'y touchant, Emma l'enleva et posa à sa place une théière fumante et un pot de miel. Après avoir distribué des tasses, elle dit à Richard d'enlever sa chemise et de déplacer un peu sa chaise, pour qu'elle nettoie ses blessures. Une tâche, à l'évidence, dont elle avait l'habitude. Avec une brosse et de l'eau savonneuse, elle lui frotta les omoplates comme elle l'eût fait avec une casserole sale.

Richard se mordit les lèvres, retint une ou deux fois son souffle et plissa le front de douleur. Emma s'excusa de le torturer ainsi. Mais si elle n'enlevait pas tout maintenant, il le regretterait plus tard. Quand elle eut fini, elle lui sécha le dos avec une serviette et appliqua un baume apaisant sur les plaies.

Chase s'éclipsa et rapporta une chemise propre que Richard enfila avec reconnaissance, puisqu'elle lui fournissait une protection – au moins symbolique – contre les « soins » de son hôtesse.

— Quelqu'un a faim ? demanda Emma avec un grand sourire.

— Eh bien, fit Zedd en levant la main, je n'aurais rien contre… (Richard et Kahlan le foudroyant du regard, il se ravisa.) Non, rien pour nous, merci…

Emma alla se placer derrière Chase et lui passa une main dans les cheveux. Il se tortilla comme une anguille, embarrassé par cette manifestation publique d'affection. N'y tenant plus, il se dégagea sous prétexte de servir le thé.

Le front plissé, il poussa le pot de miel au centre de la table.

— Richard, depuis que je te connais, tu as un talent fou pour éviter les ennuis. Mais ces derniers temps, tu sembles avoir perdu la main !

Avant que le jeune homme puisse répondre, Lee, une des filles du couple, sortit de sa chambre en se frottant les yeux. Quand Chase lui fit une grimace, elle lui rendit bravement la pareille.

— Oh, dit son père, quelle vilaine petite fille ! Je crois n'en avoir jamais vu d'aussi laide !

Lee sourit, courut vers Chase, entoura son énorme jambe avec ses petits bras et posa la tête sur ses genoux.

Ravi, il lui ébouriffa les cheveux.

— Il faut retourner au lit, ma chérie…

— Un instant ! dit Zedd. Lee, viens donc ici ! (La fillette fit le tour de la table.) Mon vieux chat se plaint de n'avoir jamais d'enfants avec qui jouer. (Lee jeta un coup d'œil furtif à l'animal.) Tu ne saurais pas chez quels gamins il pourrait faire un petit séjour ?

— Zedd, et s'il restait ici ? Avec nous, il s'amuserait bien !

— Affaire conclue, dit Emma. Lee, il est temps de retourner te coucher.

— Emma, fit Richard, je peux te demander un service ? Tu prêterais des vêtements de voyage à Kahlan ?

— Elle a les épaules trop larges et les jambes trop longues pour mes tenues, mais celles d'une de mes aînées devraient convenir. (Emma sourit à Kahlan et lui tendit la main.) Venez, mon amie, allons voir ça…

Kahlan confia le chat à Lee et se leva.

— J'espère qu'il ne t'ennuiera pas… Mais je crains qu'il tienne absolument à dormir avec toi…

— Vraiment ! s'exclama l'enfant. Ce sera très bien !

Elles sortirent toutes les trois. Emma prit soin de fermer la porte derrière elles.

— Alors ? demanda Chase avant de boire une gorgée de thé.

— Tu te souviens de la conspiration dont parlait mon frère ? Elle est pire que ce qu'il pense…

— Vraiment…

Richard tira l'Épée de Vérité de son fourreau et la posa sur la table. La lame polie brillait de mille feux. Chase se pencha en avant et souleva l'arme du bout des doigts. Il la fit glisser sur ses paumes, l'étudia longuement et passa l'index le long du mot « Vérité » gravé sur la garde. Après avoir éprouvé du pouce le tranchant de l'acier, il afficha une curiosité de bon aloi, rien de plus.

— Beaucoup d'épées ont un nom… En général, il est sur la lame. C'est la première fois que j'en vois un sur la garde.

Visiblement, il attendait qu'on daigne lui en dire plus.

— Chase, tu as déjà vu cette arme ! le tança Richard. Tu sais de quoi il retourne.

— Exact, mais je ne l'avais jamais contemplée de si près. (Il releva les yeux, soudain tendu.) Richard, que fiches-tu avec cette épée ?

Le Sourcier soutint sans ciller le regard de son ami.

— Elle m'a été donnée par un grand et noble sorcier…

Chase fronça les sourcils et regarda Zedd.

— Quel est ton rôle dans cette histoire ?

— C'est moi, le grand et noble sorcier…

— Que les esprits soient loués ! souffla Chase. Un authentique Sourcier. Enfin !

— Nous n'avons pas beaucoup de temps, dit Richard. Et j'ai des questions à te poser sur la frontière.

Chase soupira, se leva et approcha de la cheminée. Un bras posé sur le manteau, il regarda longuement les flammes, comme s'il y cherchait l'inspiration.

— Richard, sais-tu en quoi consiste mon travail ?

— Tu tiens les gens éloignés de la frontière. Pour leur propre bien.

— Et sais-tu comment on se débarrasse des loups ?

— En les tuant, je suppose…

— Non… La chasse en élimine quelques-uns, mais d'autres naissent et on se retrouve vite à son point de départ. Pour avoir moins de loups, c'est leurs proies qu'on doit chasser. Il faut piéger les lapins, en somme. Quand les loups n'ont rien à manger, ils font moins de petits. Au bout du compte, on est gagnant. C'est ça, mon travail : piéger les lapins !

Richard frissonna… et ce n'était pas de froid.

— La plupart des gens ne comprennent rien à la frontière et encore moins à notre mission. Ils pensent que nous faisons respecter une loi stupide. Les plus vieux ont peur de la frontière. D'autres croient en savoir plus long que nous et viennent dans le coin pour braconner. Ceux-là ne redoutent pas la frontière. Alors, nous nous arrangeons pour qu'ils aient peur des *gardes-*frontière… Nous sommes une menace bien réelle à leurs yeux, et on s'arrange pour le rester. Ils détestent ça, mais à cause de nous, ils n'osent plus s'approcher. Quelques fous continuent pourtant à jouer au chat et à la souris avec nous. On n'espère pas les coincer tous, et on s'en fiche ! L'essentiel est d'en dissuader un nombre suffisant pour que les loups de la frontière n'attrapent pas assez de lapins pour devenir plus forts.

» Richard, nous protégeons les autres, mais pas en les empêchant de s'aventurer sur la frontière. Ceux qui sont assez stupides pour essayer… On ne peut rien pour eux ! Notre travail est de tenir la *majorité* des gens loin de la frontière, afin que certaines créatures ne deviennent pas assez puissantes pour en sortir et dévorer tout le monde. Les gardes ont tous vu des monstres en liberté… Nous, nous comprenons. Pas les autres ! Ces derniers temps, de plus en plus de créatures sont venues chez nous. Le gouvernement de ton frère nous paie, mais il ne comprend rien non plus ! Notre loyauté ne va pas à un pouvoir et encore moins à des lois. Notre seul devoir est de protéger les innocents des monstres qui surgissent des ténèbres. Au fond, nous sommes entièrement autonomes, et nous obéissons aux ordres quand ils ne nous détournent pas de notre tâche. Si ça s'impose un jour, nous lutterons pour notre compte et nous suivrons nos propres consignes.

Il vint se rasseoir et posa les coudes sur la table.

— Le seul à qui nous obéirons toujours, parce que notre cause est une composante de la sienne, c'est le Sourcier. Un vrai Sourcier ! (Il ramassa l'épée et la tendit à Richard.) Je fais serment d'allégeance au Sourcier !

— Merci, Chase, dit Richard, très ému. (Il regarda Zedd puis se tourna de nouveau vers le garde-frontière.) À présent, nous allons te dire ce qui se passe et ce que nous te voulons…

Richard et Zedd se partagèrent le récit des derniers événements. Le jeune homme s'assura que Chase comprenne que l'heure n'était plus aux demi-mesures. Ce serait la victoire ou la mort, telles étaient les règles du jeu dictées par Darken Rahl ! Le garde-frontière écouta attentivement et mesura la gravité de la situation. Soudain sinistre quand Zedd mentionna la magie d'Orden, il n'eut pas besoin de longs discours pour être convaincu. Dans son métier, il avait vu plus de choses que ses deux interlocuteurs réunis n'en verraient jamais. Une excellente raison pour poser peu de questions – mais toujours les bonnes !

La manière dont Zedd avait manipulé la foule de lyncheurs lui plut tellement qu'il en rit aux larmes…

Puis la porte se rouvrit sur Emma et Kahlan, désormais équipée comme une forestière aguerrie : un pantalon vert foncé, une ceinture de cuir, une chemise ocre, un manteau noir et un sac digne de ce nom. Même si elle avait gardé ses bottes et sa bourse, elle semblait prête à la vie sauvage. Mais sa coiffure, son visage, sa silhouette et surtout son maintien indiquaient qu'elle était née pour une plus haute destinée.

— Mon guide…, dit Richard à Chase.

Qui leva un sourcil dubitatif…

Dès qu'Emma vit l'épée, son expression indiqua au Sourcier qu'elle avait tout compris. Elle se plaça de nouveau derrière son mari, sans lui toucher les cheveux, mais lui posa une main sur l'épaule, consciente que les choses allaient très mal.

Richard remit son arme au fourreau. Pendant qu'il racontait les derniers événements de la nuit, Kahlan vint s'asseoir près de lui.

Quand il en eut fini, un long silence régna dans la pièce.

— Comment puis-je t'aider, Richard ? demanda enfin Chase.

— Dis-moi où est le défilé.

— Quel défilé ? lâcha Chase, immédiatement sur la défensive.

— Celui qui permet de passer de l'autre côté de la frontière. Je sais qu'il existe, mais je ne connais pas sa position et je n'ai pas le temps de le chercher.

— Qui t'en a parlé ?

Peu enclin à finasser, Richard sentit qu'il allait perdre patience.

— Chase, réponds à ma question !

— À une condition... C'est moi qui t'y conduirai.

Richard pensa à la petite famille de son ami. Chase prenait constamment des risques, mais là, c'était différent.

— Ce n'est pas nécessaire.

— Pour moi, oui ! L'endroit est dangereux. Vous ne savez pas où vous allez mettre les pieds. Je ne vous laisserai pas partir seuls. La frontière est sous ma responsabilité. Si tu veux avoir cette information, il faudra me permettre de venir.

Richard réfléchit quelques instants. Chase n'en démordrait pas et le temps leur manquait. La réponse s'imposait.

— Mon ami, nous serons très honorés que tu nous accompagnes.

— Parfait ! fit Chase en tapant du poing sur la table. Ton « défilé » s'appelle le Passage du Roi. C'est près de Havre du Sud, une ville pourrie. Par la piste des Fauconniers, il faut quatre ou cinq jours de cheval. Puisque tu es pressé, c'est ce que nous ferons. Maintenant, vous devez dormir un peu. Emma et moi nous chargerons des préparatifs du voyage.

Chapitre 12

Richard aurait juré qu'il venait de s'endormir quand Emma le réveilla. Si le soleil n'était pas encore levé – comme les autres occupants de la maison – les coqs saluaient déjà les premières lueurs de l'aube. Une bonne odeur de cuisine fit gargouiller l'estomac du Sourcier. Toujours souriante, mais moins épanouie que la veille, Emma disposa sur la table un somptueux petit déjeuner. Chase, annonça-t-elle, avait déjà mangé et s'occupait de charger les chevaux.

Richard avait toujours trouvé Kahlan superbe dans son étrange robe. Sa nouvelle tenue, décida-t-il, n'enlevait rien à son charme. Pendant qu'elle parlait des enfants avec Emma, Zedd se répandant en compliments sur la nourriture, il pensa à ce qui les attendait.

Chase se campa sur le seuil de la porte et son imposante silhouette occulta les premiers rayons du soleil. Kahlan sursauta à la vue de son accoutrement. Une cotte de mailles passée sur sa tunique de cuir ocre, il portait un épais pantalon noir, des bottes montantes et un manteau. Des gants noirs étaient glissés à sa ceinture, également noire et fermée par une boucle d'argent ornée de l'insigne des gardes-frontière. Quant aux armes, il en avait assez, accrochées un peu partout, pour équiper une petite armée. Sur un gaillard ordinaire, cela aurait prêté à rire. Avec lui, c'était effrayant. Le danger fait homme, capable de tuer avec chacune de ses armes. Le répertoire d'expressions du garde-frontière, très limité, comptait deux grands classiques : l'indifférence feinte et la rage meurtrière. Aujourd'hui, il avait choisi la deuxième option.

Au moment où ils sortirent, Emma donna à Zedd un petit paquet.

— Du poulet rôti…, dit-elle.

Le grand et noble sorcier lui adressa un sourire radieux et l'embrassa sur le front. Kahlan la serra dans ses bras et promit de faire son possible pour qu'elle récupère bientôt les vêtements de sa fille.

— Sois prudent…, chuchota Emma à Richard quand il l'étreignit à son tour.

Puis elle posa sur la joue de son mari un baiser qu'il accepta de bon cœur.

Chase remit à Kahlan un coutelas glissé dans un fourreau et lui conseilla de ne jamais s'en séparer. Quand Richard demanda s'il pouvait aussi emprunter un couteau, puisqu'il avait laissé le sien chez lui, le garde-frontière défit un des harnais croisés sur sa poitrine et tendit une lame à son ami.

— Vous pensez avoir besoin de cette… armurerie ambulante? demanda Kahlan.

— Si je n'emportais pas cette ferraille, répondit Chase, je parie ma chemise que nous le regretterions!

Par ce beau matin d'automne, dans l'air piquant, la petite colonne – Chase en tête, suivi par Zedd, Kahlan et Richard – traversa au trot les bois de Hartland. Un faucon dessinait de grands cercles au-dessus des cavaliers – un avertissement sans équivoque, au début d'une journée.

Mais parfaitement inutile aujourd'hui, pensa Richard.

Au milieu de la matinée, ils quittèrent la vallée de Hartland et s'engagèrent sur les hauts plateaux de la forêt de Ven. Près du lac Trunt, ils rejoignirent la piste des Fauconniers et prirent la direction du sud. Le nuage en forme de serpent les suivait comme leur ombre. Richard se réjouit d'entraîner l'espion le plus loin possible des enfants et d'Emma… Devoir s'enfoncer autant au sud pour passer de l'autre côté de la frontière l'ennuyait, car le temps leur était compté, mais Chase ne connaissait aucun autre passage.

À mesure qu'ils avançaient, les arbres à feuillage cédèrent la place à de vénérables conifères si imposants qu'on se serait cru en train de traverser un canyon. Les troncs atteignaient des hauteurs vertigineuses avant que pointent les premières branches. À l'ombre de ces végétaux centenaires, Richard se sentit soudain tout petit.

Depuis toujours, il adorait voyager et ne s'en privait pas. Pour un peu, il se serait cru lancé dans une de ses randonnées habituelles. Mais la destination, aujourd'hui, lui était inconnue. Et le danger les guettait. Très inquiet, Chase leur avait répété ses mises en garde. De la part d'un homme que rien n'impressionnait, c'était suffisant pour doucher l'enthousiasme du Sourcier.

Il regarda ses compagnons.

Chase, un spectre noir armé jusqu'aux dents, autant redouté par ceux qu'il protégeait que par ceux qu'il traquait, mais qui n'inspirait aucune crainte aux enfants.

Zedd, une silhouette décharnée aux cheveux blancs vêtue d'une simple tunique. Volontiers souriant, faussement immodeste et ravi comme un gosse d'avoir pour tout bagage du poulet rôti dans un sac. Toutefois, il maîtrisait le feu magique et les dieux savaient quoi d'autre!

Kahlan, courageuse, déterminée et détentrice d'un pouvoir secret… Une jeune femme envoyée en Terre d'Ouest pour obliger le grand et noble Zedd à nommer le Sourcier.

Ils étaient tous ses amis. Pourtant, chacun à sa façon, ils le mettaient mal à l'aise. Lequel était le plus dangereux? S'ils le suivaient sans poser de questions, c'étaient eux, d'une certaine manière, qui lui montraient le chemin. Tous avaient juré de protéger le Sourcier au péril de leur vie. Mais séparément ou ensemble, ils ne faisaient pas le poids contre Darken Rahl et leur mission semblait sans espoir.

Zedd s'était déjà attaqué au poulet ; des os méticuleusement rongés volaient de temps en temps par-dessus son épaule. Au bout d'un moment, il pensa à partager son festin avec les autres. Occupé à scruter le paysage, surtout sur le côté gauche du chemin, celui de la frontière, Chase déclina sa proposition. Kahlan et Richard acceptèrent, étonnés que leur ami n'ait pas déjà fait un sort à la malheureuse volaille.

Quand la piste s'élargit, Richard vint chevaucher près de son amie. Sentant que l'air se réchauffait, elle enleva son manteau et fit au Sourcier le sourire très spécial qui semblait lui être réservé.

— Zedd, lança soudain Richard, un grand sorcier comme toi ne peut rien contre ce fichu nuage ?

Le vieil homme leva les yeux au ciel puis les baissa sur son jeune ami.

— Figure-toi que j'y ai déjà pensé ! Je dois pouvoir agir, mais j'attendrai encore un peu, pour ne pas attirer l'attention de nos ennemis sur la famille de Chase.

En fin d'après-midi, ils croisèrent un vieux couple de forestiers que Chase connaissait bien. Impassible sur sa monture, il écouta de nouveaux récits sur les créatures qui jaillissaient de la frontière. Ces rumeurs, comme Richard le savait désormais… n'en étaient pas !

Chase témoigna un grand respect aux deux vieilles personnes, comme il le faisait avec presque tout le monde. Le couple tremblait pourtant de peur devant lui.

— J'enquêterai sur ces affaires, conclut-il. En attendant, évitez de sortir après le coucher du soleil.

Ils continuèrent longtemps après la tombée de la nuit, campèrent dans un bosquet de pins et repartirent dès que les premières lueurs de l'aube apparurent dans le ciel derrière les montagnes qui matérialisaient la frontière. Encore fatigués, Richard et Kahlan firent un concours de bâillements tout en chevauchant.

La forêt, moins dense, était désormais semée de prairies verdoyantes aux senteurs enchanteresses. La piste, qui serpentait toujours vers le sud, les éloigna temporairement de la frontière. Chaque fois qu'ils passèrent devant des fermes, leurs propriétaires s'éclipsaient dès qu'ils apercevaient Chase.

Le paysage devint de moins en moins familier à Richard, qui s'aventurait rarement si loin dans la partie méridionale du pays. Il ouvrit grand les yeux et enregistra mentalement tous les points de repère qui pourraient se révéler utiles. Après un repas froid, vers midi, ils se remirent en route et s'approchèrent de nouveau des montagnes. En fin d'après-midi, longeant quasiment la frontière, ils aperçurent les squelettes décharnés des arbres tués par la liane-serpent. Alors que la lumière du soleil couchant parvenait à peine à percer les frondaisons, Chase changea de comportement. Lointain, le visage dur, il regardait sans cesse autour de lui et mit plusieurs fois pied à terre pour étudier le sol.

Quand ils croisèrent un ruisseau aux eaux glacées et boueuses qui descendaient des montagnes, Chase s'arrêta pour scruter les ombres. Ses amis attendirent, les yeux tournés vers la frontière. Dans l'air, Richard sentit l'odeur de putréfaction de la liane tueuse.

Chase les conduisit un peu plus loin, sauta de son cheval, s'agenouilla et examina de nouveau le sol. Puis il se releva et tendit les rênes de sa monture à Zedd.

— Attendez ici..., dit-il simplement.

Ses compagnons le regardèrent s'enfoncer dans la forêt.

Pour brouter en paix, le grand cheval de Kahlan dut chasser à grands coups de museau les mouches qui lui tournaient autour.

Chase revint, mit ses gants noirs et reprit à Zedd les rênes de sa monture.

— Je veux que vous repartiez. Ne m'attendez pas et ne vous arrêtez sous aucun prétexte. Surtout, ne vous éloignez pas de la piste.

— Que se passe-t-il ? demanda Richard. Qu'as-tu découvert ?

— Les loups se sont nourris, mon ami... Je vais enterrer ce qui reste de leur proie, puis je chevaucherai hors de la piste, entre la frontière et vous. Il faut que je vérifie quelque chose... N'oubliez pas mes ordres : ne vous arrêtez pas ! N'épuisez pas vos chevaux, mais avancez à un bon rythme. Et gardez les yeux ouverts. Si vous trouvez que mon absence dure trop longtemps, ne rebroussez pas chemin pour venir me chercher. Je sais ce que je fais... et vous n'auriez pas une chance de me trouver. Je vous rejoindrai dès que je le pourrai. Jusque-là, continuez d'avancer et ne quittez pas la piste !

Il sauta en selle et partit au galop.

— Ne vous arrêtez pas ! cria-t-il encore par-dessus son épaule.

Alors qu'il s'enfonçait dans la forêt, Richard le vit dégainer l'épée courte qu'il portait dans le dos.

Chase leur avait menti ! À coup sûr, il n'allait pas seulement enterrer une dépouille. Richard détestait le laisser seul face au danger, mais la frontière était son territoire et il savait mieux que quiconque comment protéger ses compagnons.

— Vous l'avez entendu, dit-il. Allons-y !

Dressés sur la piste qui longeait la frontière, de gros rochers les contraignirent plusieurs fois à faire un détour. Sous la frondaison de plus en plus épaisse, ils eurent vite le sentiment de cheminer dans un tunnel obscur. Se sentant oppressés, Richard et ses compagnons quittaient rarement du regard la forêt sombre qui s'étendait sur leur gauche. En chemin, des branches tendues en travers de la route les obligèrent plus d'une fois à se baisser vivement. Comment Chase pouvait-il se déplacer aussi vite dans une forêt si dense ?

Quand la piste redevint assez large, Richard chevaucha à côté de Kahlan de façon à la protéger de la frontière. Prêt à dégainer son épée à tout moment, il tenait les rênes de son cheval de la main gauche. Sous son manteau, sa compagne gardait les doigts près de la poignée de son coutelas.

Sur leur gauche, dans le lointain, montèrent des hurlements évoquant ceux d'une meute de loups. Mais ce n'étaient pas des loups.

Des créatures de la frontière!

Ils tendirent l'oreille. Terrifiés, les chevaux voulurent se lancer au galop. Ils durent les retenir, mais en leur laissant assez de mou pour qu'ils continuent à trotter. Richard comprenait la réaction des bêtes et il ne s'y serait pas opposé si Chase ne leur avait pas ordonné de ne jamais chevaucher à bride abattue. Le garde-frontière avait sûrement une bonne raison...

Quand les hurlements furent ponctués par des cris affreux qui firent se hérisser la nuque de Richard, il eut plus de mal encore à empêcher les chevaux de détaler. Une heure durant, ces sons angoissants parurent les accompagner. Résignés, ils continuèrent au trot, les tympans agressés par les rugissements des monstres.

N'y tenant plus, Richard tira sur les rênes de son cheval et se tourna sur sa selle pour faire face à la forêt. Chase luttait seul contre des abominations et il devait retourner l'aider!

—Richard, il faut continuer, lui rappela Zedd.

—On ne peut pas l'abandonner... S'il est en mauvaise posture...

—C'est son travail, laisse-le s'en charger!

—Aujourd'hui, il n'est pas là pour jouer les gardes-frontière, mais pour nous guider jusqu'au défilé!

—C'est exactement ce qu'il fait, Richard! Il a juré de te protéger au péril de sa vie. Il tient parole pour te permettre d'arriver à destination. Fourre-toi enfin dans le crâne que ta mission est plus importante que la vie d'un homme. Chase le sait. C'est pour ça qu'il ne veut pas qu'on revienne le chercher.

—Tu attends de moi que je laisse mourir un ami sans rien faire?

Dans la forêt, les hurlements parurent soudain plus proches.

—Non, j'attends de toi que tu ne le laisses pas mourir pour rien!

—Mais nous pouvons le sauver!

—Ou mourir avec lui..., fit Zedd.

—Il a raison, intervint Kahlan. Le vrai courage n'est pas de voler au secours de Chase mais de continuer notre chemin!

Conscient que c'était vrai, mais rechignant à l'admettre, Richard foudroya la jeune femme du regard.

—Un jour, tu seras peut-être dans la situation de Chase. Qu'aimerais-tu que je fasse?

—Que tu n'ailles pas vers moi! répondit Kahlan sans détourner les yeux.

Il la dévisagea, ne sachant que dire. Quand les cris se rapprochèrent encore, elle ne trahit aucune émotion.

—Richard, insista Zedd, Chase a l'habitude et il s'en sortira. Je ne serais pas surpris qu'il s'amuse comme un petit fou. Ça lui fera une histoire de plus à raconter au coin du feu. Tu le connais, non ? Certains de ses récits doivent même être vrais !

Furieux contre ses amis et contre lui-même, Richard talonna son cheval sans dire un mot. Kahlan et Zedd le suivirent en silence, le laissant à ses sombres pensées.

Comment Kahlan pouvait-elle croire qu'il l'abandonnerait ainsi ? Bon sang, elle n'était pas une garde-frontière ! Et si sa fichue mission était de sauver ses amis, les laisser mourir n'avait aucun sens.

N'est-ce pas ?

Richard essaya d'ignorer les hurlements des monstres. Au bout d'un moment, ce fut moins difficile, car ils redevinrent plus lointains.

La vie semblait absente de ce secteur de la forêt : pas d'oiseaux, de lapins ni même de petits rongeurs. Juste des arbres distordus, des ronces et des ombres… Richard tendit l'oreille pour s'assurer que les deux autres suivaient toujours. Pas question de se retourner et de les regarder en face !

Soudain, il s'avisa que les hurlements avaient cessé. Un bon ou un mauvais signe ?

Désireux de dire à Zedd et à Kahlan qu'il était navré de les avoir rudoyés – parce qu'il s'inquiétait pour un ami –, Richard n'en trouva pas le courage. Pour se consoler, il se répéta cent fois que Chase s'en sortirait. C'était le chef des gardes-frontière, après tout, pas le dernier des imbéciles, et il n'aurait pas pris de risques inconsidérés. D'ailleurs, quel ennemi pouvait avoir raison d'un homme comme lui ?

Certes… Mais comment l'annoncer à Emma, s'il devait quand même lui arriver malheur ?

Bon sang, il ne devait pas lâcher la bride à son imagination ! Chase se portait comme un charme et il lui en voudrait à mort d'avoir pensé des idioties pareilles !

Reviendrait-il avant le crépuscule ? Dans le cas contraire, devraient-ils camper ? Non ! Il leur avait interdit de s'arrêter avant qu'il les ait rejoints ! Donc, ils chevaucheraient toute la nuit, s'il le fallait.

Richard frissonna, angoissé comme si les montagnes, qui semblaient se pencher vers eux, s'apprêtaient à les attaquer. Il n'avait jamais été aussi près de la frontière…

Sa colère retombée malgré son inquiétude pour Chase, il tourna la tête vers Kahlan, qui lui sourit. Il fit de même et se sentit aussitôt un peu mieux. De meilleure humeur, il tenta d'imaginer à quoi ressemblait cette forêt avant que tant d'arbres soient assassinés. Ce devait être un lieu magnifique, verdoyant, amical et paisible. Son père y était peut-être passé en revenant de la frontière avec le grimoire…

Près de l'autre frontière, y avait-il aussi des arbres morts ? Pour traverser, ne pouvaient-ils pas simplement attendre que cette frontière-là disparaisse également ? Devaient-ils vraiment faire un détour jusqu'au Passage du Roi ?

Mais pourquoi penser que voyager vers le sud était un détour ? Puisqu'il ne savait pas où aller dans les Contrées du Milieu, cet endroit en valait bien un autre. La boîte qu'ils cherchaient pouvait être n'importe où…

Richard n'avait plus vu le soleil depuis deux heures, mais il aurait pourtant juré qu'il se coucherait bientôt. L'idée de chevaucher de nuit dans ces bois lui déplaisait. Cela dit, la perspective d'y dormir semblait encore pire. Une deuxième fois, il se retourna pour voir si ses compagnons le suivaient.

Le bruit caractéristique d'un cours d'eau attira son attention. Quelques minutes plus tard, ils arrivèrent devant une petite rivière qu'enjambait un pont en bois.

Richard tira sur les rênes de son cheval. Sans savoir pourquoi, il se méfiait de ce passage. Quelque chose clochait… et on n'était jamais trop prudent.

Il approcha de la berge et examina le pont, dont les piliers étaient fixés à des anneaux de fer enchâssés dans des blocs de granit. Mais les goujons brillaient par leur absence.

— Quelqu'un a piégé le pont, annonça Richard. Il résistera au poids d'un homme, mais pas d'un cheval. Je crois qu'on va devoir se mouiller !

— Pas question ! s'écria Zedd. Je déteste ça !

— Tu as une meilleure idée ?

Le vieil homme se prit le menton entre le pouce et l'index et fit mine de réfléchir.

— Oui. Vous traverserez et je tiendrai le pont. (Richard le regarda comme s'il avait perdu l'esprit.) Allez-y, tout se passera bien.

Zedd se redressa sur sa selle, mit les bras en croix, paumes vers le ciel, inclina la tête et prit une grande inspiration, les yeux fermés. Sans grand enthousiasme, ses deux compagnons traversèrent lentement le pont. Arrivés sur l'autre berge, ils se retournèrent et regardèrent le cheval du sorcier les suivre paisiblement. Son cavalier garda les bras tendus, la tête inclinée et les yeux fermés. Quand il les eut rejoints, il baissa les bras, rouvrit les yeux et regarda triomphalement ses amis.

— J'ai dû me tromper, dit Richard. Le pont aurait supporté le poids…

— Possible, fit Zedd, tout sourire.

Sans se retourner, il claqua des doigts. Aussitôt, le pont s'écroula, ses piliers immédiatement emportés et fracassés par le courant.

— Et possible que non…, ajouta Zedd. Je ne pouvais pas le laisser comme ça. Quelqu'un se serait blessé en essayant de traverser.

— Un jour, mon vieil ami, dit Richard, il faudra que nous ayons une longue conversation au coin du feu…

Le Sourcier talonna son cheval. Haussant les épaules, Zedd regarda Kahlan, qui le gratifia d'un sourire ponctué d'un clin d'œil.

Ils continuèrent à suivre la piste sans cesser de surveiller les bois. Laissant son cheval trouver seul son chemin dans l'obscurité, Richard se demanda de quels autres prodiges Zedd était capable. Puis il passa à des préoccupations plus terre à terre. Combien de temps encore devraient-ils traverser ce cimetière végétal ? La piste allait-elle bientôt les en éloigner ? La nuit, la vie reprenait ses droits, bruissant de cris étouffés et de sons furtifs. Quand son cheval hennit, effrayé par un mouvement dans l'ombre, le Sourcier lui tapota gentiment la tête. Puis il leva les yeux pour repérer un éventuel vol de garns. Peine perdue ! Dans cette forêt, on ne pouvait pas voir le ciel. Mais si des monstres volants les attaquaient, l'épaisseur des frondaisons et les entrelacs de branches les priveraient de l'élément de surprise, puisqu'ils feraient un boucan infernal. Au fond, les créatures qui vivaient dans les arbres étaient peut-être – pour l'heure – plus dangereuses que les garns. Richard ne savait rien d'elle et il ne brûlait pas de combler cette lacune…

Une heure plus tard, sur sa gauche, il entendit craquer des branches dans les broussailles. Quelqu'un ou quelque chose approchait !

Richard lança sa monture au petit galop et tourna la tête pour s'assurer que Kahlan et Zedd le suivaient. Leur ennemi invisible ne se laissa pas distancer. Tôt ou tard, il leur fondrait dessus. Bien entendu, il pouvait s'agir de Chase. Mais ça n'était pas sûr du tout…

Richard dégaina l'Épée de Vérité et talonna sa monture, qui passa au grand galop. Cette fois, il ne se soucia pas de savoir si Zedd et Kahlan le suivaient. Tout ce qui comptait, c'était de sonder les ténèbres pour identifier un éventuel ennemi. La colère, de nouveau libérée, monta en lui et l'emplit de chaleur et de vitalité. Les mâchoires serrées, il chargea, emporté par la rage de tuer. Le fracas des sabots de sa monture couvrait l'approche de son adversaire, mais il savait qu'il arrivait.

Une silhouette noire sortit du couvert des arbres pour se camper sur la piste, une dizaine de pas devant lui. Il leva son épée, imagina la façon dont il abattrait cet homme, et continua sa charge.

La silhouette ne broncha pas. Au dernier moment, Richard reconnut Chase. Une masse d'armes au poing, il la leva pour signaler à son ami de s'arrêter.

— Ravi de voir que tu es vigilant ! dit-il.

— Chase ! Tu as failli me faire mourir de peur !

— Tu m'as un peu inquiété aussi, mon garçon, admit le garde-frontière tandis que Zedd et Kahlan les rejoignaient. Chevauchez derrière moi et restez près les uns des autres. Richard, ferme la marche et ne rengaine pas ton épée.

Chase partit au galop. Ses amis le suivirent sans discuter.

Richard se demanda s'ils étaient traqués. Chase ne s'était pas comporté comme si un combat devait être imminent, mais il lui avait quand même dit de ne pas rengainer l'épée. Une bonne raison de ne pas relâcher son attention !

Ils chevauchèrent la tête rentrée dans les épaules, au cas où des branches basses se dresseraient sur leur chemin. Galoper à bride abattue en pleine nuit était risqué. Mais Chase savait ce qu'il faisait…

Ils atteignirent une bifurcation, la première de la journée, où Chase, sans hésiter, s'engagea sur le chemin de droite, qui s'éloignait de la frontière. En quelques minutes, ils sortirent de la forêt et découvrirent, au clair de lune, un paysage vallonné où se dressaient de rares arbres.

Chase ralentit enfin l'allure. Richard rengaina son épée et rattrapa ses amis.

— Que s'est-il passé ?

— Les créatures de la frontière étaient à nos trousses, répondit Chase en raccrochant la masse d'armes à sa ceinture. Quand elles ont déboulé pour vous traquer, je me suis chargé de leur couper l'appétit. Certaines ont battu en retraite. Les autres ont continué à vous pister sans sortir de la frontière, histoire que je ne puisse pas les combattre. C'est pour ça que je ne voulais pas que vous alliez trop vite. Dans les bois, je n'aurais pas pu suivre le rythme. En cas d'attaque loin devant moi, j'aurais été impuissant. À présent, nous nous éloignons de la frontière pour que les monstres ne sentent plus notre odeur. La nuit, suivre la piste principale est un suicide ! Nous camperons au sommet de la prochaine colline. (Il tourna la tête vers Richard.) Pourquoi t'es-tu arrêté alors que je te l'avais interdit ?

— À cause des hurlements, j'étais inquiet pour toi. Je voulais aller à ton secours. Kahlan et Zedd m'en ont empêché.

Richard s'attendait à de sérieuses remontrances, mais il se trompait.

— Merci de l'intention. Cela dit, ne refais plus jamais ça ! Pendant que vous polémiquiez, les créatures ont failli vous avoir. Kahlan et Zedd avaient raison. La prochaine fois, ne discutaille pas !

Richard sentit le rouge lui monter aux joues. Bien sûr que ses compagnons avaient eu raison ! Mais abandonner un ami n'en devenait pas plus facile.

— Chase, intervint Kahlan, en partant, vous avez dit que les loups s'étaient nourris. Vous ne mentiez pas ?

— Un de mes hommes est tombé… Avec ce qu'il en restait, je ne sais pas lequel.

Visage fermé, le garde-frontière continua en silence.

Ils campèrent au sommet de la colline, un point d'observation idéal. Chase et Zedd s'occupèrent des chevaux pendant que Richard et Kahlan allumaient un feu puis préparaient le repas. La jeune femme aida son compagnon à ramasser du bois mort. Quand il lui dit qu'ils faisaient une bonne équipe, elle eut l'ombre d'un sourire et se détourna. Mais il la prit par le bras et la força à le regarder.

— Kahlan, pour toi, je serais revenu sur mes pas, déclara-t-il, les mots ne suffisant pas à exprimer tout ce qu'il pensait.

— Richard, ne dis pas ça, je t'en prie… Il ne faudrait pas que tu ailles vers moi !

Kahlan se dégagea et regagna leur camp.

Quand Zedd et Chase approchèrent du feu, Richard vit que le fourreau fixé dans le dos du garde-frontière était vide. Il avait perdu son épée courte, plus une de ses haches de guerre et quelques couteaux. Cela dit, il restait loin d'être sans ressources !

La masse d'armes accrochée à sa ceinture était couverte de sang, comme ses gants, et des taches rouges constellaient ses vêtements. Sans un mot, il dégaina un couteau, dégagea un croc jaunâtre planté dans le bois de la masse, entre deux pointes, et le jeta négligemment par-dessus son épaule. Après avoir essuyé le sang sur ses mains et son visage, il s'assit avec les autres autour du feu.

— Chase, dit Richard en jetant un morceau de bois mort dans les flammes, par quelles créatures étions-nous poursuivis ? Et comment peuvent-elles sortir de la frontière ?

Chase prit une miche de pain et, à mains nues, s'en coupa un bon tiers.

— On appelle ces monstres des chiens à cœur. Deux fois la taille d'un loup, des poitrails énormes, des crânes plats et des gueules garnies de crocs… Très féroces ! Je ne peux pas te dire grand-chose sur leur couleur, parce qu'ils ne chassaient que la nuit… jusqu'à aujourd'hui. Mais dans les bois, il faisait trop noir pour que je les distingue bien. Et j'étais un tantinet trop occupé ! C'est la première fois que j'en vois autant ensemble…

— Et pourquoi les a-t-on appelés comme ça ?

— Les opinions divergent… Les chiens à cœur ont de grosses oreilles rondes et ils entendent très bien. Certains disent qu'ils repèrent un homme aux battements de son cœur… (Richard écarquilla les yeux, laissant Chase mâcher son pain pendant quelques secondes.) D'autres prétendent qu'ils doivent ce nom à leur façon de tuer. La plupart des prédateurs sautent à la gorge de leur proie. Pas ces chiens-là. Ils t'ouvrent la poitrine et t'arrachent le cœur ! Crois-moi, ils ont les crocs qu'il faut pour ça ! C'est ce qu'ils mangent en premier. En meute, ils se battent pour ce morceau de choix.

Zedd se servit un bol de ragoût et passa la louche à Kahlan.

— Et quelle est ton opinion ? demanda Richard, l'appétit coupé.

— Je ne me suis jamais assis tranquillement près de la frontière pour savoir s'ils entendraient battre mon cœur…

Il prit un autre morceau de pain et le mastiqua en regardant sa poitrine. Puis il retira sa cotte de mailles et exposa les longues zébrures qui couraient sur les chaînes d'acier. Des éclats de crocs étaient fichés entre les maillons. Et sa tunique de cuir dégoulinait de sang.

— Le chien à cœur qui m'a fait ça avait dans la poitrine la lame brisée de mon épée courte… Et j'étais encore sur mon cheval, à ce moment-là. (Il regarda Richard, le front plissé.) Ça répond à ta question ?

— Oui, mais pas à l'autre ! Comment font-ils pour sortir de la frontière ? Et pour y retourner ?

Chase prit le bol de ragoût que lui tendait Kahlan.

— Ils sont liés à la magie de la frontière, puisqu'ils ont été créés en même temps qu'elle. En somme, ils sont ses chiens de garde. Ils peuvent entrer et sortir librement. Mais leur autonomie est limitée, parce qu'ils ont un lien avec la frontière. Depuis qu'elle faiblit, leur champ d'action a augmenté. Désormais, la piste des Fauconniers est dangereuse, mais tout autre itinéraire aurait allongé le voyage d'une semaine. Jusqu'à Havre du Sud, le chemin latéral que nous avons pris est le seul qui s'éloigne de la frontière. Je devais vous rejoindre avant la bifurcation. Sinon, nous aurions dû passer la nuit dans la forêt, avec les monstres. Demain, en plein jour, quand ce sera moins risqué, je te montrerai comment la frontière s'affaiblit.

Richard hocha la tête. Un moment, tous se murèrent dans leurs – noires – pensées.

— Ils sont roux…, souffla soudain Kahlan.

Ses trois amis la regardèrent, stupéfaits.

— Les chiens à cœur sont roux et ils ont le poil court, comme sur le dos d'un daim. Dans les Contrées du Milieu, on en voit partout, parce qu'ils ont été libérés au moment où l'autre frontière a disparu. Comme ne plus avoir de mission les a rendus fous, ils se montrent même en plein jour…

Les trois hommes assimilèrent ces révélations dans un lourd silence. Zedd en cessa même de manger.

— De mieux en mieux…, souffla Richard. Et quelles autres horreurs nous réservent les Contrées du Milieu ?

Ce n'était pas une question, plutôt l'expression de sa frustration.

Kahlan répondit quand même.

— Darken Rahl, lâcha-t-elle, le regard lointain.

Chapitre 13

Richard s'assit à l'écart du camp, le dos contre un rocher glacé. Enveloppé dans son manteau, il regardait fixement les montagnes, les joues cinglées par une bise mordante. Chase lui avait affecté le premier tour de garde. Zedd aurait le deuxième et le garde-frontière se chargerait du troisième. Après quelques protestations, Kahlan avait fini par accepter d'être exemptée de la rotation.

Le clair de lune illuminait le terrain découvert qui s'étendait entre Richard et la frontière. De petites collines, quelques cours d'eau et une végétation éparse : un paysage charmant, surtout à proximité des sinistres bois de la frontière – sans nul doute plaisants eux aussi, avant que Darken Rahl, en mettant dans le jeu les boîtes d'Orden, ait entrepris de le détruire. Selon Chase, les chiens à cœur ne pouvaient pas s'aventurer aussi loin. S'il se trompait, Richard comptait bien les voir venir à temps !

Il passa une main sur la garde de son épée et, pour se rassurer, suivit du bout de l'index les contours du mot « Vérité ». Puis il leva les yeux, car il n'était pas question non plus de se laisser de nouveau surprendre par des garns. Fatigué mais trop énervé pour s'endormir, il était ravi d'avoir hérité du premier tour de garde. Pourtant, il bâillait à s'en décrocher les mâchoires.

Derrière la cime des arbres, les montagnes – une composante de la frontière – se découpaient dans l'obscurité, évoquant l'épine dorsale d'un monstre trop gros pour se dissimuler entièrement. Quelles créatures observaient Richard, tapies contre le flanc de ces pics ? D'après Chase, ils étaient de moins en moins hauts à mesure qu'on avançait vers le sud. Dans le Passage du Roi, il n'y en aurait plus du tout…

Également enveloppée dans son manteau, Kahlan approcha en silence de Richard, s'assit près de lui et se serra contre son flanc pour se réchauffer. Elle ne dit rien et ne bougea pas, ses cheveux agités par la bise qui glaçait les joues du Sourcier.

Le manche du coutelas de la jeune femme entrait dans les côtes de Richard. Il ne le mentionna pas de peur qu'elle ne s'écarte de lui, ce qu'il ne voulait à aucun prix !

— Les autres se reposent ? demanda-t-il. (Kahlan fit oui de la tête.) Comment peux-tu le savoir ? Zedd dort les yeux ouverts !

— Comme tous les sorciers...

— Vraiment ? Je pensais que c'était un truc bien à lui...

Alors qu'il sondait la vallée, Richard sentit le regard de Kahlan peser sur sa nuque.

— Tu n'as pas sommeil ? demanda-t-il en se tournant vers elle.

Ils étaient si près l'un de l'autre qu'il lui suffisait de chuchoter pour se faire entendre.

Kahlan haussa les épaules puis écarta d'une main légère la mèche que le vent avait rabattue sur ses yeux.

— Richard, je voulais te dire... je suis désolée.

Il espéra qu'elle pose la tête sur son épaule. En vain.

— De quoi ?

— D'avoir dit que je ne voudrais pas que tu ailles vers moi. Ne crois surtout pas que ton amitié ne compte pas à mes yeux. Mais notre mission est beaucoup plus importante que nos personnes...

Il comprit que ces mots, comme pour lui un peu plus tôt, n'exprimaient pas tout ce qu'elle pensait.

— Kahlan, demanda-t-il alors que le souffle de la jeune femme lui taquinait la joue, est-ce que... tu as quelqu'un ? (Il fallait qu'il pose cette question, même si la réponse, comme une flèche, risquait de lui transpercer le cœur.) Quelqu'un qui t'attend chez toi, je veux dire... Un amoureux ?

Il soutint le regard de son amie un long moment. Elle ne détourna pas la tête, mais ses yeux se remplirent de larmes. Comme il aurait aimé lui passer un bras autour des épaules et l'embrasser !

Elle tendit une main et lui caressa le visage du bout des doigts.

— Ce n'est pas si simple, Richard...

— Bien sûr que si ! Tu as quelqu'un... ou tu n'as personne !

— Disons que j'ai des obligations.

Un instant, elle sembla sur le point de lui révéler son grand secret. Au clair de lune, elle était belle à se damner. Mais son apparence n'était pas tout. Ce qu'il y avait en elle comptait beaucoup plus – de son courage à son intelligence en passant par sa détermination. Sans oublier le sourire qu'elle ne réservait qu'à lui. Pour le voir naître sur ses lèvres, il aurait tué un dragon à mains nues. Aussi longtemps qu'il vivrait, comprit-il, il ne voudrait aucune autre femme qu'elle. Et si elle se dérobait à lui, il resterait seul jusqu'à la fin de ses jours. Car il n'y aurait jamais personne d'autre...

Il brûlait du désir de la serrer contre lui et de poser ses lèvres sur les siennes. Mais comme devant le pont, dans la journée, un étrange sentiment l'envahit. Un avertissement, plus fort que son envie de l'embrasser. S'il le faisait, lui semblait-il, il aurait traversé un pont de trop. La magie ne l'avait-elle pas averti quand Kahlan l'avait touché, alors qu'il tenait son épée ? Ayant eu raison au sujet du vieux pont de bois, il se retint d'attirer Kahlan contre lui.

Elle baissa les yeux, rompant leur contact visuel.

— Chase dit que les deux prochains jours seront très durs... Je devrais aller me reposer.

Quel que soit son problème, Richard ne pouvait rien faire. Si elle ne se décidait pas à parler, il n'était pas en mesure de l'y forcer.

— Tu as aussi des obligations envers moi, dit-il. (Elle leva les yeux, le front plissé.) Tu as promis d'être mon guide. Et j'entends que tu tiennes parole !

Elle sourit et dut se contenter de hocher la tête, trop près des larmes pour parler. Embrassant le bout de ses doigts, elle les posa sur la joue de Richard avant de se lever et de s'éloigner.

Le Sourcier resta assis au clair de lune, un étrange nœud dans la gorge. Longtemps après son départ, il sentait encore sur sa joue le contact de ses doigts – non, de son baiser !

La nuit était si tranquille qu'il aurait pu être la seule créature au monde qui ne dormait pas. Dans le ciel, au-delà de la lune, les étoiles scintillantes ressemblaient à la poudre magique de Zedd – si elle était à jamais restée suspendue dans les airs. Ce soir, même les loups ne hurlaient pas. La solitude pesait sur les épaules de Richard, menaçant de l'écraser.

Il se surprit à souhaiter qu'on l'attaque, juste pour pouvoir penser à autre chose. Histoire de s'occuper, il dégaina son épée et polit la lame déjà étincelante avec un pan de son manteau. Cette arme lui appartenait, avait dit Zedd, et il était seul juge de son utilisation. Que cela plaise ou non à Kahlan, il s'en servirait pour la défendre. Ceux qui la traquaient devraient affronter sa lame avant de l'atteindre.

Penser aux ennemis de Kahlan, aux *quatuors* et à Darken Rahl, raviva sa colère. Qu'ils viennent donc ce soir, qu'on en finisse ! Avide d'en découdre, il serra les mâchoires, le cœur battant la chamade.

Puis il comprit que la fureur de l'arme s'était communiquée à lui. Dès qu'il la sortait du fourreau, l'idée qu'on menace Kahlan enrageait l'Épée de Vérité – qui le rendait fou furieux. Il s'étonna de la manière si paisible, discrète et... séduisante... dont la colère de la lame s'était infiltrée en lui. Une simple question de perception, avait dit Zedd. Mais la magie de l'épée, que percevait-elle en lui ?

Richard rengaina son arme, ravala sa rage et sentit sa mélancolie revenir au galop alors qu'il recommençait à sonder la plaine et le ciel. Désespéré, il se leva pour se dégourdir un peu les jambes, puis se rassit contre son rocher.

Une heure avant la fin de son tour de garde, Zedd le rejoignit. Un morceau de fromage dans chaque main, il ne portait pas son manteau et semblait ne pas avoir froid dans sa tunique toute simple.

— Que fais-tu là ? Ce n'est pas encore l'heure de me remplacer.

— Je me suis dit que tu apprécierais la compagnie d'un ami. Et je t'ai apporté du fromage…

— Merci, mais je n'en veux pas. Je parlais du fromage, bien sûr. Parler avec un ami, c'est autre chose…

Zedd s'assit près de Richard, replia ses genoux rachitiques sur sa poitrine et tira sa tunique dessus, de façon à être au centre d'une sorte de tente miniature.

— Et de quel problème veux-tu parler ?

— De Kahlan…

Zedd ne fit aucun commentaire.

— C'est vers elle que va ma première pensée, au réveil, et que vole la dernière quand je m'endors. Zedd, ça ne m'était jamais arrivé. Et je ne me suis jamais senti aussi seul.

— Je vois…, fit le vieil homme en posant les morceaux de fromage sur un rocher.

— Je sais qu'elle m'aime bien, mais j'ai l'impression qu'elle me tient à distance. Ce soir, je lui ai dit que j'aurais volé à son secours si elle avait été dans la situation de Chase. Elle m'a répondu qu'il ne faudrait pas que j'aille vers elle en cas de danger. À mon avis, il faut comprendre qu'elle ne veut pas que j'aille vers elle – un point c'est tout !

— La brave petite…

— Pardon ?

— C'est une brave petite, je l'ai dit et je le maintiens. Nous l'aimons tous beaucoup. Mais elle est aussi… autre chose. Et elle a des responsabilités.

— Cette… autre chose… Zedd, de quoi s'agit-il ?

— Il ne m'appartient pas de le dire. C'est à elle de te répondre. Mais je pensais qu'elle se déciderait plus vite que ça… (Zedd passa un bras autour des épaules de Richard.) Si ça peut te consoler, sache qu'elle ne t'a pas encore parlé parce qu'elle tient à toi plus qu'elle ne le devrait. Elle a peur de perdre ton amitié.

— Tu sais tout d'elle, et Chase aussi, je le vois dans ses yeux. Tout le monde est au courant, à part moi ! Ce soir, elle a essayé de se confier, mais elle n'a pas pu. Elle ne devrait pas avoir peur de perdre mon amitié, car ça n'arrivera jamais.

— Richard, c'est une femme merveilleuse, mais elle n'est pas pour toi. C'est impossible !

— Pourquoi ?

Zedd chassa quelque chose de sa manche, peut-être un grain de poussière, et évita de croiser le regard de Richard.

— J'ai promis de la laisser te dire la vérité elle-même, mon garçon. Alors, tu dois me croire sur parole : elle ne peut pas être ce que tu voudrais qu'elle soit. Trouve une autre femme, ce n'est pas ce qui manque ! La moitié de la population est féminine ! Tu dénicheras celle qu'il te faut. Mais oublie Kahlan !

Richard plia les jambes et mit les bras autour de ses genoux.

— Très bien…

Zedd releva les yeux, surpris, puis sourit et tapa gentiment dans le dos de son ami.

—Mais il y a une condition, ajouta Richard. Je vais te poser une question, et tu y répondras avec une honnêteté absolue. Si tu peux me dire « oui », je ferai ce que tu me demandes.

—Une seule question ? demanda Zedd, méfiant.

—Une seule...

—Marché conclu !

Richard riva son regard dans celui du sorcier.

—Avant que tu épouses ta femme, si quelqu'un – un ami que tu aimais comme un père, par exemple, ce qui devrait te faciliter les choses – t'avait dit d'en choisir une autre, lui aurais-tu obéi ?

Zedd détourna les yeux et prit une profonde inspiration.

—Misère... À mon âge, on devrait savoir qu'il ne faut jamais se laisser poser une question par un Sourcier !

Pour se donner une contenance, il prit un morceau de fromage et le mordit du bout des lèvres.

—Voilà la réponse que j'espérais !

—Ça ne change rien aux faits, Richard ! fit le vieil homme en jetant au loin sa part de fromage. Entre vous, ça ne marchera pas. Et je ne dis pas ça pour te blesser, puisque je t'aime comme un fils. Crois-moi, si je pouvais changer le monde, je ne m'en priverais pas ! J'aimerais que ce soit différent, pour ton bonheur, mais ça n'a pas une chance de fonctionner ! Kahlan le sait. Si tu insistes, elle souffrira en vain. Tu ne veux pas ça, pas vrai ?

—Zedd, comme tu l'as dit toi-même, je suis le Sourcier. Il existe une solution, et je la trouverai.

—Je voudrais que tu aies raison, mon petit, mais tu te trompes...

—Alors, que dois-je faire ? demanda Richard, la voix brisée.

Zedd lui passa un bras autour des épaules et le serra contre lui.

—Contente-toi d'être son ami. C'est ce qu'il lui faut ! Et tu ne pourras rien être de plus pour elle !

Richard hocha mélancoliquement la tête.

Un peu plus tard, l'air soudain méfiant, il s'écarta du sorcier et le poussa loin de lui.

—Pourquoi es-tu venu me rejoindre ?

—Pour parler à un ami...

—Non ! C'est le sorcier, pas l'ami, qui a arrangé ce tête-à-tête pour conseiller le Sourcier. Alors, maintenant, passons aux choses sérieuses !

—Très bien... Tu as raison, je suis venu dire au Sourcier qu'il a failli commettre une grave erreur aujourd'hui.

Richard continua à soutenir le regard du vieil homme.

—Je sais... Un Sourcier ne doit pas mettre sa vie en danger, car il fait ainsi courir des risques à tous les humains.

—Tu voulais quand même voler au secours de Chase !

— En me désignant, tu as pris mes mauvais côtés comme les bons. Mes nouvelles responsabilités me dépassent encore. Abandonner un ami en danger ne m'est pas naturel. Je sais que je ne peux plus m'offrir ce luxe. Et je prends note que tu m'as passé un savon.

— Eh bien, je craignais que ce soit plus difficile… (Zedd sourit, puis se rembrunit aussitôt.) Richard, ça ne se limite pas à ce qui s'est passé aujourd'hui. Tu dois comprendre qu'un Sourcier peut provoquer la mort de beaucoup d'innocents. Pour arrêter Darken Rahl, il faudra peut-être que tu sacrifies des gens que tu aurais pu sauver. Tout soldat le sait : sur le champ de bataille, quand il se penche sur un camarade blessé, il risque de recevoir un coup d'épée dans le dos. Alors, s'il veut vaincre, il doit se battre et ignorer les appels au secours de ses frères d'armes. Il faut que tu te prépares à en faire autant, car ce sera peut-être le seul moyen de triompher. Richard, endurcis-toi ! Tu vas livrer un combat pour la survie, et ceux qui appelleront au secours ne seront pas des soldats, mais probablement de malheureuses victimes. Darken Rahl est prêt à tuer n'importe qui pour gagner. Ses partisans aussi. Tu devras peut-être agir comme eux. Que ça te plaise ou non, c'est l'agresseur qui dicte les règles du jeu. Si tu ne les respectes pas, tu mourras !

— Comment Rahl peut-il avoir des partisans ? Son but est de dominer le monde entier. Qui se battrait pour sa cause ?

Le sorcier s'appuya contre le rocher et regarda au-delà des collines, comme s'il voyait des choses que lui seul pouvait distinguer.

— Parce que beaucoup de gens, mon garçon, ont besoin d'être dominés pour se sentir bien. À cause de leur cupidité et de leur égoïsme, ils pensent que les hommes libres sont leurs oppresseurs. Ces misérables pousses ont besoin d'un chef qui coupera les plantes plus hautes qu'eux, afin que le soleil les atteigne. Pour eux, aucune plante ne doit pousser davantage que la plus petite de toutes. Plutôt que d'allumer eux-mêmes une bougie, ils préfèrent qu'on leur fournisse la lumière qui les guidera – sans se soucier du combustible !

» Certains imaginent que Darken Rahl, s'il gagne, leur sourira et les récompensera. Alors, ils se montrent aussi cruels que lui pour entrer dans ses bonnes grâces. D'autres sont simplement incapables d'entendre la vérité et ils se battent au nom des mensonges qu'ils gobent. Enfin, la majorité, une fois allumée la lumière qui la guide, s'aperçoit qu'elle porte des chaînes et qu'il est trop tard pour revenir en arrière. (En soupirant, Zedd lissa les manches de sa tunique.) Il y a des guerres depuis le commencement des temps, Richard. Chacune oppose des adversaires qui se massacrent sans pitié. Mais dans l'histoire, aucune armée ne s'est jamais lancée à l'assaut en pensant que le Créateur était du côté de ses ennemis.

— C'est absurde ! dit Richard.

— Je suis sûr que les partisans de Rahl nous prennent pour des monstres sanguinaires qui ne reculent devant aucune infamie. Chaque jour, on leur parle de nos crimes et de nos exactions ! Et aucun d'eux ne sait sur Darken Rahl autre chose que ce qu'il a appris de sa bouche. Tu peux trouver ça absurde, ce n'en est pas moins dangereux pour autant. Les partisans de Rahl veulent nous écraser et tout le reste ne les intéresse pas. Mais toi, si tu entends vaincre, tu dois savoir te servir de ta tête !

— Pour résumer, je suis pris entre deux feux. Je devrais laisser mourir des innocents, mais je n'ai pas le droit de tuer Darken Rahl.

— Erreur ! fit Zedd. Je n'ai jamais dit que tu ne devais pas le tuer. Simplement qu'il ne faut pas utiliser ton épée contre lui.

À la lumière des rayons de lune, Richard dévisagea longuement son vieil ami. Malgré sa mélancolie, l'esprit du Sourcier était toujours en éveil. Et une idée venait de le frapper.

— Zedd, demanda-t-il, as-tu un jour été obligé de laisser mourir des innocents ?

— Lors de la dernière guerre, oui… Et ça continue au moment même où nous parlons. Kahlan m'a raconté que Rahl torture et tue des gens pour qu'ils lui disent mon nom. Personne ne le connaît, mais il s'acharne, au cas où il finirait par obtenir un résultat. Je pourrais me livrer à lui pour que cela cesse. Dans ce cas, il me serait impossible de t'aider à le vaincre, et bien plus d'innocents encore perdraient la vie. Un choix douloureux : condamner quelques individus à une mort atroce, ou laisser périr une multitude – tout aussi horriblement !

— Je suis navré, mon ami, dit Richard en frissonnant à cause de la bise et du froid qui montait de l'intérieur de son corps. (Il regarda la plaine, toujours paisible, puis se tourna vers Zedd.) J'ai rencontré Shar, une flamme-nuit, juste avant qu'elle meure. Elle s'est sacrifiée pour que Kahlan puisse venir ici et sauver des innocents. Notre amie porte le même fardeau que nous. Elle aussi doit laisser mourir des frères d'armes…

— Tu as raison… Richard, j'ai le cœur brisé quand je pense à tout ce que cette enfant a vu. Et à ce que tu devras peut-être voir.

— Mes problèmes de cœur sont peu de chose, comparés à tout ça…

— Mais ça ne les rend pas moins douloureux, compatit le vieil homme.

— Zedd, ajouta Richard, j'ai encore une chose à te dire. Avant que nous arrivions chez toi, j'ai offert une pomme à Kahlan…

— Tu as proposé un fruit à la peau rouge à une native des Contrées du Milieu ? C'est l'équivalent d'une menace de mort, mon garçon. Là-bas, tous les fruits rouges sont empoisonnés.

— Je le sais, à présent…

— Et qu'a-t-elle dit ? demanda le sorcier.

— Ce n'est pas tant ce qu'elle a dit, mais plutôt ce qu'elle a fait… Elle m'a saisi à la gorge, et j'ai bien cru qu'elle allait me tuer. Je ne sais pas comment elle s'y serait prise, mais elle aurait réussi, j'en suis sûr. Heureusement, elle a hésité assez longtemps pour que je m'explique. Mais tu veux savoir ce qui me tracasse ? C'est mon amie, et elle m'a sauvé la vie plusieurs fois. Pourtant, elle m'aurait tué… (Richard se tut un instant.) Ça a un rapport avec tout ce que tu viens de dire, non ?

— Et comment ! Richard, si tu me soupçonnais d'être un traître, sans aucune certitude, mais en sachant que notre cause, si tu as raison, serait condamnée, pourrais-tu m'ôter la vie ? Imagine que tu n'aies pas le temps et les moyens de découvrir la vérité. Intimement convaincu de ma trahison, m'abattrais-tu sur-le-champ ? Viendrais-tu me voir, moi ton vieil ami, en préméditant ma mort ? Pourrais-tu être assez violent pour mettre ton projet à exécution ?

— Je… je ne sais pas…, souffla Richard avec le sentiment que le regard de Zedd lui brûlait la peau.

— Eh bien, j'espère que tu sauras bientôt, et que tu répondras par l'affirmative. Sinon, inutile de te lancer aux trousses de Rahl, car tu manqueras de volonté de vivre… et de vaincre. Lors de ce combat, tu devras prendre ce genre de décision – condamner un homme ou une femme à mort – en quelques secondes. Kahlan le sait et elle n'ignore rien des conséquences d'un mauvais choix. Elle a la détermination indispensable…

— Mais elle a hésité…, rappela Richard. À t'en croire, c'était une erreur. J'aurais pu être plus fort qu'elle. Donc, elle aurait dû me tuer avant que j'aie une occasion de l'attaquer. Et elle aurait fait le mauvais choix !

— Ne te surestime pas, Richard, dit Zedd. Elle te tenait à la gorge. Rien de ce que tu aurais pu tenter n'aurait réussi. Une simple pensée de Kahlan aurait suffi ! Dans cette position, elle pouvait te laisser une chance de te justifier. Elle n'a pas commis d'erreur.

Ébranlé, Richard refusa de capituler si vite.

— Tout ça n'a pas de sens ! Tu ne nous trahirais jamais et je suis incapable de faire du mal à Kahlan…

— C'est toi qui dis des idioties ! coupa Zedd. Si je trahissais un jour, il faudrait que tu sois préparé à agir. Le cas échéant, tu devras avoir la force de me tuer. Comprends-moi bien : même si Kahlan savait que tu étais son ami, et que tu ne lui ferais jamais de mal, quand tu lui as paru menaçant, elle était prête à agir ! Et si tu ne l'avais pas convaincue, tu ne serais plus de ce monde !

Richard dévisagea longuement son ami avant de poser la question qui lui brûlait les lèvres.

— Zedd, si nous étions dans la situation inverse… Je veux dire… Si tu jugeais que je mets en danger notre cause, pourrais-tu me… hum…

— En un éclair ! répondit le sorcier, sans paraître le moins du monde perturbé par cette idée.

Cette réponse révulsa Richard. Mais il comprenait ce que voulait lui dire son ami, même si le scénario semblait quelque peu extrême. Si leur engagement n'était pas total, ils échoueraient. Et en cas de défaillance de leur part, Darken Rahl serait impitoyable. La victoire ou la mort. C'était aussi simple que ça.

— Toujours d'accord pour être le Sourcier ? demanda Zedd.

— Oui, répondit Richard, le regard dans le vide.

— Tu as peur ?

— Je meurs de trouille !

— Parfait ! (Zedd tapota le genou de son protégé.) Moi aussi. Et je m'inquiéterais si tu prétendais le contraire.

Le Sourcier foudroya soudain le vieil homme du regard.

— Mais j'ai l'intention de ficher aussi la trouille à Darken Rahl !

— Mon garçon, tu vas être un très bon Sourcier ! jubila Zedd. Ne perds pas la foi.

À l'idée que Kahlan aurait pu le tuer parce qu'il lui avait offert une pomme, Richard ne put s'empêcher de hausser mentalement les épaules. Puis une idée le frappa.

— Zedd, pourquoi tous les fruits rouges des Contrées du Milieu sont-ils empoisonnés ? Je suppose que ce n'est pas naturel…

— Eh bien, mon garçon, c'est parce que les enfants sont attirés par les fruits rouges.

— Je ne comprends pas !

— C'était pendant la dernière guerre, dit tristement Zedd, à peu près à cette époque de l'année. Celle des récoltes… J'ai découvert un artefact magique fabriqué par des sorciers de l'ancien temps. Un peu comme les boîtes d'Orden. Ce sort maléfique visait les couleurs et il ne pouvait être jeté qu'une fois. Je ne savais pas très bien comment il fonctionnait, mais je me doutais qu'il était dangereux. (Le vieil homme soupira.) Hélas, Panis Rahl se l'est approprié et il a trouvé le moyen de s'en servir. Comme tout le monde, il savait que les enfants aiment les fruits. Résolu à nous frapper au cœur, il a empoisonné tous les fruits rouges. Ça agissait comme la toxine de la liane-serpent. Très lentement, au début ! Il nous a fallu du temps pour comprendre d'où venait cette fièvre mortelle. Panis Rahl avait délibérément choisi un aliment qui plaisait aux enfants encore plus qu'aux adultes. (Sa voix mourut, presque inaudible.) Il y a eu beaucoup de morts. Énormément de gosses…

— Mais si tu avais découvert l'artefact, dit Richard, comment est-il tombé entre les mains de Rahl ?

Zedd leva vers le Sourcier des yeux devenus de glace.

— J'avais un jeune élève… Un jour, je l'ai surpris à manipuler quelque chose qu'il n'aurait pas dû toucher. J'ai eu un étrange pressentiment, comme si un détail clochait… Mais je l'appréciais tellement que je me suis laissé la nuit pour réfléchir avant d'agir. Le lendemain, j'ai constaté qu'il avait filé en emportant l'artefact. C'était un espion de Panis Rahl ! Si je n'avais pas tergiversé, je l'aurais abattu et des centaines d'innocents – tous ces enfants ! – auraient été épargnés.

— Zedd, tu ne pouvais pas savoir ! s'écria Richard.

Il pensa que le sorcier allait hurler ou exploser de rage, mais il se contenta de hausser les épaules.

— Tire la leçon de mon erreur, Richard. Si tu y arrives, ces vies n'auront pas été perdues en vain. Mon histoire te servira peut-être à éviter à l'humanité le sort qu'elle connaîtra si Darken Rahl triomphe.

— Pourquoi les fruits rouges ne sont-ils pas empoisonnés chez nous ? insista Richard en se frottant les bras pour les réchauffer.

— La magie, même noire, a des limites. Dans ce cas, c'est une affaire de distance – à partir de l'endroit où on l'utilise. Celle-là s'est étendue jusqu'à la zone où se dresse actuellement la frontière entre les Contrées du Milieu et Terre d'Ouest. Il était obligatoire de l'ériger en un lieu où le sort d'empoisonnement n'agissait pas. Sinon, notre pays n'aurait pas été épargné par la magie.

Richard réfléchit un moment dans la nuit silencieuse et glacée.

— Y a-t-il un moyen d'en finir avec ça ? Je veux dire, de rendre les fruits rouges de nouveau comestibles ?

Zedd sourit de toutes ses dents. Richard trouva ça un peu étrange, mais il en fut ravi.

— Tu penses comme un sorcier, mon garçon. Inverser les sortilèges, voilà une grande question… (Pensif, le vieil homme sonda un moment l'obscurité.) Ce dont tu parles est peut-être faisable. J'étudierai le problème. Si nous vainquons Darken Rahl, ce sera une de mes priorités.

— Très bien ! (Richard resserra encore les pans de son manteau.) Tous les gens devraient pouvoir manger une pomme quand ils en ont envie. Surtout les enfants ! Zedd, je promets de retenir la leçon. Je ne te décevrai pas et je ne laisserai pas sombrer dans l'oubli tous les malheureux qui sont morts…

Zedd lui passa une main amicale dans le dos.

Ils se turent un long moment, partageant la quiétude de la nuit, ravis de si bien se comprendre. Hélas, ils pensèrent aussi à ce qu'ils ne pouvaient pas connaître : l'avenir qui les attendait.

Richard se posa des questions sur Panis et Darken Rahl et arriva à la conclusion que tout espoir semblait perdu. Puis il se souvint qu'il était le Sourcier et devait se préoccuper des solutions, pas des problèmes.

— Sorcier, il faut que tu agisses ! Je crois qu'il est temps de nous *volatiliser*. Tu peux faire quelque chose contre ce nuage ?

— Mon garçon, tu parles d'or. Si je savais de quelle manière il est lié à toi, je briserais la connexion. L'ennui, c'est que je n'en ai pas la moindre idée ! Donc, il va falloir que je m'y prenne autrement. A-t-il plu, ou le ciel a-t-il été couvert, depuis qu'il te suit ?

Richard essaya de se souvenir. Mais depuis la mort de son père, tout se brouillait dans son esprit. Cela semblait si loin…

— La nuit avant que je découvre la liane-serpent, il a plu dans la forêt de Ven. Mais quand j'y suis arrivé, le ciel s'est éclairci. Non, à la réflexion, depuis l'assassinat de mon père, il n'y a pas eu de pluie et le ciel est resté dégagé, à part quelques filaments de nuages, très haut… Comment interprètes-tu ça ?

— Mon garçon, ça doit vouloir dire que je peux neutraliser ce nuage, même s'il m'est impossible de briser le sort qui le lie à toi. Rahl est probablement à l'origine du beau ciel bleu que tu me décris. Il a chassé les autres nuages pour pouvoir repérer facilement le sien. Très simple, mais hautement efficace.

— Chasser les autres nuages ?

— Il a ensorcelé le sien pour qu'il te soit lié et qu'il force ses congénères à le fuir...

— Tu devrais jeter un sort plus puissant sur ce nuage, histoire qu'il attire les autres ! Le temps que Rahl s'en aperçoive, son espion sera noyé dans la masse et il ne pourra pas le retrouver pour le libérer de ta magie. Et s'il mobilise ses pouvoirs pour éloigner les autres nuages, comme il ignorera ce que tu as fait, le sort plus puissant qu'il lancera rompra le lien entre son agent et moi.

Zedd dévisagea le jeune homme, les yeux ronds comme des billes.

— Fichtre et foutre, Richard, c'est exactement ça ! Fiston, tu ferais un excellent sorcier.

— Merci, mais j'ai déjà un métier pourri...

Zedd recula un peu, le front plissé, et n'émit pas de commentaires. Il glissa une main dans sa poche pour en tirer un petit caillou qu'il jeta devant eux. L'index tendu, il décrivit des arabesques au-dessus de la pierre jusqu'à ce qu'elle se transforme en un gros bloc plat.

— Zedd, c'est ton rocher-nuage ! s'exclama Richard.

— Un rocher de sorcier, de son vrai nom. Mon père me l'a donné il y a très longtemps.

L'index du vieil homme tournait de plus en plus vite. Une lumière jaillit, des couleurs et des étincelles tourbillonnant à l'intérieur. Zedd continua à « remuer » pour bien mélanger ce vortex. Dans un silence absolu, Richard sentit l'agréable odeur d'une pluie printanière.

Le sorcier s'arrêta, l'air satisfait.

— Monte sur le rocher, mon garçon.

Peu rassuré, Richard obéit et entra dans la lumière. Sa peau picota et se réchauffa, comme quand on s'étend nu au soleil, en plein été, après s'être baigné.

Le Sourcier s'abandonna à cette délicieuse sensation. Ses bras se soulevèrent tout seuls, flottant le long de ses flancs jusqu'à se trouver à l'horizontale. Il inclina la tête, prit une profonde inspiration et ferma les yeux. Il se sentait merveilleusement bien, comme s'il dérivait dans une onde pure et fraîche, à cela près qu'il était immergé dans... de la lumière. Bientôt, une étrange exaltation le submergea, son esprit soudain uni à tout ce qui se trouvait autour de lui par un lien intangible et intemporel. Il ne faisait plus qu'un avec les arbres, l'herbe, les insectes et les animaux. Sans oublier l'air et l'eau... Il n'était plus un être isolé, mais une part harmonieuse d'un tout. La connexion qui existait entre les êtres et les choses lui apparut sous un jour nouveau, sa propre personne lui semblant à la fois insignifiante et omnipotente.

Voir le monde à travers les yeux de toutes les créatures qui l'entouraient était déconcertant, mais merveilleux. Il accompagna quelques instants l'oiseau qui volait au-dessus de sa tête et regarda le sol qui défilait sous ses ailes. Il chassa avec son nouvel ami, éprouva son désir de capturer une souris et survola avec lui le campement où dormaient ses compagnons.

Richard laissa son identité – ce « moi » qu'il tenait pour si précieux – s'éparpiller au gré des vents. Il perdit sa personnalité et devint… toutes les créatures à la fois. Il sentit la brûlure de leurs besoins, partagea leurs peurs, savoura leurs joies, comprit leurs désirs et permit à tout cela de se fondre dans le néant jusqu'à ce qu'il se dresse dans le vide, seul être vivant de l'univers – et même unique objet qui existait. Alors, il laissa déferler en lui la lumière qui ramena avec elle tous les êtres qui s'étaient tenus sur ce rocher : Zedd, son père et les générations de sorciers qui les avaient précédés depuis des milliers d'années. Leur essence coula en lui, devenant une part de son être tandis que des larmes d'émerveillement ruisselaient sur ses joues.

Zedd tendit les mains : de la poussière magique en tomba. Elle vola vers Richard, tourbillonna autour de son corps et fit de lui le centre d'un vortex. Les étincelles décrivirent des boucles plus serrées et se concentrèrent autour de sa poitrine. Avec un son cristallin semblable à celui d'un lustre agité par le vent, la poussière magique monta dans le ciel comme si elle suivait la corde d'un cerf-volant. Elle emporta le son avec elle, alla de plus en plus haut et percuta le nuage-serpent, qui l'absorba et fut illuminé de l'intérieur par un kaléidoscope de couleurs. Partout à l'horizon, des éclairs jaillirent et zébrèrent le ciel, rageurs comme s'ils attendaient désespérément quelque chose.

Soudain, les éclairs moururent, le nuage ne fut plus éclairé et la lumière qui montait du rocher de Zedd se ramassa sur elle-même jusqu'à s'éteindre. Dans un silence total, Richard redevint lui-même, perché sur un rocher des plus ordinaires.

Les yeux écarquillés, il dévisagea Zedd, qui souriait comme un enfant.

— Zedd, souffla-t-il, maintenant, je comprends pourquoi tu passes ton temps sur ce rocher. Je n'ai jamais rien éprouvé de tel. Et j'ignorais que c'était possible.

— Mon garçon, tu es naturellement doué, dit le sorcier. Tu tiens tes bras de la bonne façon, ta tête est inclinée comme il convient et même la position de ton dos est irréprochable. Pour tout dire, tu t'adaptes à la magie comme un caneton à une mare ! Bref, de la graine de grand sorcier ! (Il se pencha en avant, rayonnant.) À présent, imagine ce que ça fait quand on est tout nu !

— Ça change quelque chose ? demanda Richard, étonné.

— Bien entendu ! Les vêtements sont un obstacle à l'expérience… (Zedd passa un bras autour des épaules de son jeune ami.) Un de ces quatre, je te laisserai essayer…

— Zedd, pourquoi m'as-tu demandé de monter sur le rocher ? Ce n'était pas nécessaire. Et tu aurais pu t'en charger toi-même.

— Comment te sens-tu ?

— Je ne sais pas trop… Différent, détendu et plus lucide. En tout cas, moins déprimé et accablé…

— C'est pour ça que je t'ai laissé faire, mon garçon. Parce que tu en avais besoin ! Tu étais au plus mal, ce soir. Si je ne peux pas résoudre nos problèmes, t'aider à te sentir mieux est encore dans mes cordes.

— Merci, Zedd.

— Va dormir, c'est l'heure de mon tour de garde. (Il fit un clin d'œil à son ami.) Si tu changes d'avis, à propos de devenir un sorcier, je serai ravi de t'accueillir dans la confrérie !

Zedd tendit une main. Le morceau de fromage qu'il avait jeté décolla du sol et vola jusqu'à lui.

Chapitre 14

Chase fit faire demi-tour à son cheval.

— Ici, ce sera un très bon endroit !

Il guida ses compagnons hors de la piste à travers un grand bosquet d'épicéas morts depuis longtemps. Sur leurs troncs squelettiques, il ne restait plus que quelques branches ratatinées et des plaques éparses de mousse verte. Les restes d'autres antiques rois de la forêt pourrissaient sur le sol. Un chêne des marais gisait sur le flanc. Éparpillées autour de lui par une ancienne tempête, ses larges feuilles plates évoquaient un immense cimetière de serpents enlacés dans la mort.

Les chevaux se frayèrent prudemment un passage dans ce paysage désolé où l'air chaud et humide charriait l'odeur atroce de la décomposition. Un nuage de moustiques les suivit – les seules créatures encore vivantes que Richard remarqua. Bien que le terrain fût à découvert, les rayons du soleil parvenaient à peine à l'éclairer à cause de l'épaisse couverture nuageuse qui pesait comme une chape de plomb sur les voyageurs. Des volutes de brume s'accrochaient aux cimes des arbres encore debout, leur bois gorgé d'humidité brillant dans la pénombre.

Chase ouvrait la marche devant Zedd et Kahlan. En queue de colonne, Richard tentait de regarder par-dessus leurs têtes pour avoir une idée de ce qui les attendait. Mais la visibilité était réduite à quelques dizaines de pas. Même si Chase ne semblait pas s'en inquiéter, Richard restait vigilant pour deux. Dans des conditions pareilles, n'importe quel ennemi pouvait leur tomber dessus sans qu'ils le repèrent à temps…

Les quatre cavaliers flanquaient de grandes claques dans l'air pour se débarrasser des moustiques. À part Zedd, tous s'étaient emmitouflés dans leur manteau. Le sorcier, qui évitait autant que possible d'en porter un, finissait les restes du déjeuner, presque aussi décontracté que s'il avait participé à une randonnée entre amis.

Doté d'un très excellent sens de l'orientation, Richard se félicitait quand même que Chase se charge de les guider. Dans ce genre de marécage, tout se ressemblait, et rien n'était plus facile que s'y perdre…

Depuis qu'il était monté sur le rocher de Zedd, la veille, le Sourcier se sentait moins écrasé par ses responsabilités et s'enorgueillissait de pouvoir lutter pour une juste cause. Il ne sous-estimait pas le danger, mais éprouvait avec une plus grande intensité le désir de compter parmi ceux qui vaincraient Darken Rahl. Être impliqué dans ce combat lui offrait la possibilité d'aider des gens qui n'avaient aucune chance face à Rahl. Et à présent, il savait que faire marche arrière serait impossible. Cela aurait signé son arrêt de mort et celui d'une multitude d'innocents.

Il regarda le corps délicat de Kahlan épouser avec grâce les mouvements de sa monture. Comme il aurait aimé lui montrer les endroits merveilleux qu'il avait découverts dans les bois de Hartland ! Ces lieux pleins de paix et de beauté, au cœur des montagnes, où ils seraient si bien ensemble. Derrière une cascade, il avait trouvé une grotte idéale pour se reposer. Et que dire d'un dîner en tête à tête au bord de l'étang qu'il aimait tellement ?

Il pourrait aussi l'emmener en ville, lui acheter de jolis vêtements… Oui, l'emmener quelque part, n'importe où, pourvu qu'elle soit en sécurité ! Il voulait qu'elle soit libre de sourire sans se demander à chaque instant si ses ennemis se rapprochaient ! Mais depuis leur conversation de la veille, il savait que son désir d'être avec elle resterait à jamais un fantasme irréalisable.

Chase leva une main pour arrêter la petite colonne.

— Nous y voilà !

Richard regarda autour de lui et constata qu'ils étaient toujours au cœur du marécage quasiment asséché. Pas de frontière en vue ! Dans toutes les directions, le paysage était tristement identique.

Ils attachèrent leurs chevaux à un tronc d'arbre mort et suivirent Chase à pied jusqu'à ce qu'il s'immobilise, un bras tendu comme pour présenter quelqu'un.

— La frontière, dit-il simplement.

— Je ne vois rien, souffla Richard.

— Regarde bien, fit Chase avec un petit sourire.

Il avança lentement et une lueur verte apparut autour de lui. D'abord à peine visible, elle gagna en intensité et finit, quand il eut fait vingt pas de plus, par devenir un rideau de lumière émeraude qui semblait vouloir lui barrer le chemin. Très brillante autour du garde-frontière, cette toile disparaissait presque après une dizaine de pas sur sa gauche et sa droite et une trentaine de pieds au-dessus de sa tête. On eût dit du verre couleur océan qui s'épaississait à mesure que Chase avançait. À travers cet étrange matériau, Richard distingua les formes distordues et floues d'autres arbres morts.

Chase s'arrêta et fit demi-tour. Le rideau de verre et la lueur disparurent quand il s'en fut assez éloigné.

— Ce… c'était… quoi ? balbutia Richard.

Depuis toujours, il pensait à la frontière comme à une sorte de mur. Une structure bien visible, en tout cas…

— Tu n'en as pas vu assez ? lança Chase. Alors, ouvre grand les yeux !

Il se baissa, ramassa plusieurs branches mortes et éprouva leur solidité. La plupart, à moitié pourries, se cassèrent très facilement. Il trouva quand même ce qu'il cherchait : une branche de dix pieds de long assez résistante pour ce qu'il avait à l'esprit.

Ainsi armé, il avança de nouveau, fut auréolé de vert puis se trouva face au mur. La branche tenue par sa plus grosse extrémité, il enfonça l'autre dans le rideau de lumière. Poussant de toutes ses forces, il eut bientôt fait passer de l'autre côté la moitié de sa perche improvisée.

Richard n'y comprenait plus rien. Il voyait à travers le mur de verre, mais pas moyen de repérer l'autre bout de la branche. Comment était-ce possible ?

Entre les mains de Chase, le morceau de bois vibra violemment. Richard n'entendit aucun bruit. Pourtant, quand le garde-frontière revint vers ses amis, il ne brandissait plus qu'une branche de cinq pieds de long. L'endroit de la cassure était couvert d'une bave jaunâtre.

— Les chiens à cœur, dit Chase avec un grand sourire.

Zedd semblait s'ennuyer ferme et Kahlan, à l'évidence, ne trouvait pas ça drôle. Richard, lui, ne dissimula pas sa surprise. Comprenant que le jeune homme serait son seul public, Chase le saisit par un bras et le tira vers lui.

— Viens, je vais te montrer ce que ça fait…

Le garde-frontière passa son bras gauche sous l'épaule droite de Richard et continua à avancer.

— Marche doucement… Je te dirai quand il faudra nous arrêter. Ne lâche surtout pas mon bras !

La lueur verte apparut et augmenta d'intensité à chaque pas que faisaient les deux hommes. Mais le phénomène était différent, à présent que Chase n'avançait plus seul. Avec lui, la lueur s'était diffusée sur ses flancs et au-dessus de sa tête. À présent, elle était partout. Et un bourdonnement leur emplissait les oreilles, comme si un millier d'abeilles volaient autour d'eux. À mesure qu'ils progressaient, ce son devenait plus profond – mais pas plus fort. Quand la lumière verte s'assombrit, le paysage environnant sombra dans la pénombre comme si la nuit était tombée. Lorsque le rideau de verre se matérialisa devant eux, jailli de nulle part, la lueur aveugla Richard. Tournant la tête, il ne parvint pas à distinguer Kahlan et Zedd.

— Doucement…, dit Chase.

Ils avancèrent encore et s'enfoncèrent dans l'obstacle. Richard sentit une pression s'exercer sur son corps.

Puis tout devint noir – comme s'il était dans une grotte – à l'exception de la lumière verte qui les auréolait.

Richard serra plus fort le bras de Chase. Le bourdonnement était si fort qu'il faisait vibrer ses côtes.

Encore un pas et le rideau se transforma.

— On s'arrête là, dit Chase, sa voix résonnant comme un écho dans les montagnes.

Le rideau était devenu à la fois sombre et transparent, comme si Richard, dans une forêt obscure, était penché sur les eaux d'un étang très profond.

Chase ne bougeait pas, les yeux rivés sur son compagnon.

Des silhouettes se découpaient de l'autre côté de l'obstacle, formes noires à peine visibles dans l'obscurité. Des spectres flottaient au cœur de profondeurs insondables...

Les morts, dans leur antre !

Des silhouettes moins éthérées approchèrent du rideau.

— Les chiens..., souffla Chase.

Richard éprouva soudain une étrange sensation de manque. Il désirait plus que tout s'immerger dans cette obscurité. Le bourdonnement, comprit-il, n'était pas un son produit par des animaux, mais par des voix !

Des voix qui murmuraient son nom !

Des milliers de voix lointaines l'appelaient. Les spectres se rassemblaient, tendaient les bras vers lui, l'imploraient de venir à eux.

Richard eut le cœur brisé par un soudain sentiment de solitude. La sienne et celle de toutes les créatures vivantes. Pourquoi supporter cette souffrance alors que ces fantômes noirs brûlaient de l'accueillir en leur sein ? Ah, n'être plus jamais seul pour les siècles des siècles !

Les spectres approchèrent, leurs appels de plus en plus impérieux. Il distingua enfin leurs visages, comme on aperçoit celui d'un noyé à travers une eau boueuse. Il voulait avancer encore. Être là-bas avec les siens...

Alors, il vit son père.

Un long cri mélancolique jaillissant de sa gorge, George Cypher tendait les bras pour essayer d'étreindre son fils. Et il était juste de l'autre côté du rideau obscur.

Richard crut que son cœur allait exploser. Cela faisait si longtemps qu'il n'avait pas vu son père ! S'il le rejoignait – la chose au monde qu'il désirait le plus – il ne connaîtrait plus jamais la peur. Près de lui, il serait en sécurité. Pour toujours !

Richard tenta de toucher son père, de le retrouver... de traverser le mur qui n'en était pas un. Mais on le retenait par un bras. Agacé, il essaya de se dégager. Qui osait l'empêcher d'aller vers l'homme qu'il aimait le plus au monde ? Quand il cria qu'il voulait être libre d'avancer, sa voix lui sembla déjà venir d'outre-tombe.

À cet instant, on le tira en arrière, loin de son père.

Fou de rage, il saisit la garde de son épée. Une main énorme se posa sur la sienne, l'emprisonnant dans un étau. Il cria, lutta pour dégainer sa lame, mais rien n'y fit. La main tint bon et une force irrésistible le tira loin de l'homme qui lui avait donné la vie et qui l'appelait.

Le rideau vert remplaça l'eau noire verticale.

Chase le tira encore, loin de l'obstacle, à travers la lueur verte. En un éclair, le monde réapparut : un marécage désolé qui empestait la mort !

Sa lucidité retrouvée, Richard fut dégoûté par ce qu'il avait failli faire. Quand Chase lui lâcha la main droite, épuisé, il la posa sur l'épaule du colosse pour ne pas s'écrouler. Le souffle court, il sortit de la lumière en compagnie de son ami et éprouva un soulagement comme il n'en avait jamais connu.

— Ça va ? demanda Chase, la tête baissée pour le regarder dans les yeux.

Richard acquiesça, trop bouleversé pour parler. Avoir revu son père avait avivé son chagrin. Une authentique torture ! Il devait faire un gros effort pour respirer et pour tenir debout. Sa gorge était en feu. Il avait manqué s'étouffer… sans même s'en apercevoir.

Il frissonna de terreur en comprenant qu'il avait failli traverser le mur noir pour se perdre dans le royaume des morts. Si Chase ne l'avait pas retenu, il n'aurait plus été de ce monde. Bon sang, il avait voulu se livrer aux morts ! Comment était-ce possible ? Cela ne lui ressemblait pas ! À moins que… Était-il faible à ce point ? Aussi fragile ?

Le chagrin lui faisait tourner la tête et l'image de son père restait gravée dans son esprit. Il le revoyait se languir de lui, l'appeler, l'implorer de venir… Comme il avait eu envie de le rejoindre ! Et ç'aurait été si facile…

Ces visions refusaient de disparaître. D'ailleurs, il ne voulait pas qu'elles s'effacent. Son seul désir était de retourner *là-bas*. Même s'il résistait, il se sentait attiré par cet univers de ténèbres.

Kahlan attendait les deux hommes à la lisière de la lueur verte. Dès qu'ils en sortirent, elle passa un bras protecteur autour de la taille de Richard et le tira loin de Chase. Puis elle lui prit le menton, lui releva la tête et le força à la regarder dans les yeux.

— Richard, écoute-moi ! Pense à autre chose ! N'importe quoi ! Tiens, essaie de te souvenir de toutes les intersections des chemins de la forêt de Hartland. Essaie pour moi, je t'en prie ! Pour moi, Richard !

Il obéit, le front plissé de concentration.

Furieuse, Kahlan se tourna vers Chase et lui flanqua une formidable gifle.

— Espèce de fumier ! cria-t-elle. Pourquoi lui avez-vous fait ça !

De toutes ses forces, elle frappa de nouveau.

Chase se laissa souffleter sans broncher.

— Vous l'avez fait exprès ! Comment peut-on être aussi monstrueux !

Elle arma son bras pour une troisième gifle. Cette fois, Chase lui saisit le poignet au vol.

— Vous voulez entendre la réponse, ou continuer à me tabasser ?

Kahlan dégagea sa main, dévisagea le garde-frontière et recula un peu, une mèche de cheveux collée sur sa joue par la sueur.

— La traversée par le Passage du Roi est dangereuse. Le chemin n'est pas droit, loin de là ! À certains moments, il est si étroit que les deux murs de la frontière se touchent presque. Un faux pas d'un côté ou de l'autre, et c'est la catastrophe ! Kahlan, Zedd et vous avez traversé la frontière. Vous savez ce que c'est. On ne la voit pas avant d'être dedans, quand il est trop tard. Moi, je peux la repérer, après avoir passé ma vie à la longer. Aujourd'hui, elle est plus dangereuse que jamais parce qu'elle faiblit et qu'il devient de plus en plus facile de traverser. Si je n'avais pas fait ça, une fois engagé dans le « défilé », Richard aurait risqué de s'aventurer dans le royaume des morts sans s'en apercevoir.

— Foutaises ! Vous auriez pu le prévenir, ça aurait eu le même résultat !

— Aucun de mes enfants n'a eu peur du feu comme il convient avant de s'être brûlé les doigts ! Les avertissements ne remplacent pas l'expérience ! Si Richard n'avait pas vécu celle-là avant de traverser le Passage du Roi, il n'aurait jamais atteint l'autre côté. C'est vrai, je l'ai amené ici exprès. Pour lui montrer… et lui sauver la vie.

— Vous auriez pu lui parler…

— Non, coupa Chase. Il fallait qu'il *voie* !

— Ça suffit ! cria Richard, de nouveau parfaitement lucide. (Tous se tournèrent vers lui.) Tous les trois, vous passez votre temps à me faire mourir de peur ! Mais je sais que c'est pour mon bien… Alors, revenons-en à des choses beaucoup plus graves ! Chase, comment sais-tu que la frontière faiblit ? Quelle est la différence ?

— Le mur menace de s'écrouler… Avant, on ne pouvait pas voir l'obscurité derrière le rideau vert. On n'apercevait rien de ce qu'il y a de l'autre côté.

— Chase a raison, dit Zedd. On distinguait les silhouettes d'ici…

— Combien de temps avant que la frontière disparaisse ? demanda Richard au sorcier.

— C'est très difficile à dire…

— Essaie quand même. Donne-moi une idée aussi précise que possible.

— La frontière résistera encore un minimum de deux semaines. Mais pas plus de six ou sept…

— Peux-tu la renforcer avec ta magie ?

— Je n'ai pas ce genre de pouvoir…

— Chase, tu crois que Rahl est au courant, pour le Passage du Roi ?

— Comment le saurais-je ?

— Quelqu'un a-t-il récemment traversé le défilé ?

— Non… Pas à ma connaissance, en tout cas.

— J'en doute fort, renchérit Zedd. Rahl peut voyager dans le royaume des morts, donc il n'a pas besoin du défilé. Et comme il entend détruire la frontière, il ne doit pas s'inquiéter d'un si petit passage.

— S'en inquiéter est une chose. Connaître son existence en est une autre. Je crois que nous ne devrions pas traîner ici. Et j'ai peur que Rahl sache où nous allons.

— Que veux-tu dire ? demanda Kahlan en écartant enfin la mèche collée à sa joue.

— Quand tu traversais la frontière, crois-tu avoir vraiment vu ta mère et ta sœur ?

— Je pense, oui… Tu as une autre interprétation ?

— Pour moi, ce n'était pas mon père… (Il se tourna vers Zedd.) Ton opinion ?

— Je n'en ai pas. Personne ne sait ce qu'il y a dans le royaume des morts.

— Faux ! Darken Rahl n'en ignore rien ! Mon père ne voudrait pas m'attirer ainsi dans les ténèbres. Mais Rahl, oui ! Alors, malgré ce que me disent mes yeux, je crois qu'un de ses disciples a essayé de m'avoir ! Zedd, tu as affirmé que nous ne devions pas traverser la frontière parce que nos ennemis n'attendaient que ça pour nous capturer. Ce que j'ai vu dans le royaume des morts, ce sont les fidèles de Rahl ! Et ils savaient où j'allais entrer en contact avec le mur. Si j'ai raison, Darken Rahl sera bientôt informé de notre position. Et je n'ai aucune intention de traîner ici pour vérifier ma théorie !

— Richard a raison, dit Chase. En plus, nous devons atteindre le marais de Skow avant la nuit, quand les chiens à cœur ressortiront de leur antre. C'est le seul endroit sûr entre ici et Havre du Sud. Nous arriverons en ville en fin d'après-midi, demain, et nous ne craindrons plus rien de ces créatures. Le lendemain matin, nous irons voir une amie à moi. Adie, la dame des ossements. Elle vit près du défilé et nous aurons besoin de ses lumières pour traverser. Mais ce soir, le marais est notre seule chance !

Richard allait demander ce qu'était une dame des ossements, et pourquoi ils devraient recourir à elle, quand une silhouette noire jaillit dans les airs et percuta Chase avec une telle violence qu'il alla s'écraser sur des troncs d'arbres abattus, près de dix pas plus loin. À la vitesse de l'éclair, la silhouette noire s'enroula autour des jambes de Kahlan comme la lanière d'un fouet et la fit tomber. La jeune femme cria le nom de Richard quand il se pencha pour la relever. Chacun tenant les poignets de l'autre, ils sentirent qu'on les tirait sur le sol, en direction de la frontière.

Du feu magique fusa des doigts de Zedd et passa au-dessus de leurs têtes. Une autre créature noire fondit sur le sorcier et l'envoya valser dans les airs.

Richard réussit à accrocher du bout du pied une branche, sur un tronc abattu, qui aurait pu les retenir. Mais elle était pourrie et ne résista pas. Le Sourcier tenta alors d'enfoncer ses talons dans la terre, mais ses bottes glissèrent sur la boue. Il réussit pourtant à s'y arrimer un peu. Pas assez, cependant, pour arrêter leur course vers la mort. Il avait besoin de ses mains !

— Passe les bras autour de ma taille ! cria-t-il à Kahlan.

La jeune femme obéit, un bras après l'autre, et le serra aussi fort qu'elle le pouvait. La créature vaguement reptilienne enroulée autour de ses jambes raffermit sa prise, arrachant un cri à sa victime.

Richard dégaina l'épée, et son étrange musique résonna dans l'air.

Autour d'eux, la lueur verte brillait déjà.

La colère charriée comme un acide par ses veines, Richard comprit que sa pire angoisse risquait de devenir réalité : on essayait de lui prendre Kahlan !

La lueur était de plus en plus vive. Dans sa position, Richard ne pouvait pas atteindre la créature qui les tirait. Kahlan le tenait par la taille. Ses jambes étaient loin de lui, et la créature encore plus.

— Kahlan, lâche-moi !

Trop effrayée pour obéir, la jeune femme le serra plus fort, comme un noyé accroché à un morceau de bois flotté. Le rideau vert se matérialisa devant eux et le bourdonnement de voix leur emplit les oreilles.

— Lâche-moi ! cria Richard.

Il essaya de décrocher les mains de Kahlan de sa taille. Autour d'eux, les contours du marécage se dissolvaient. Richard sentit la résistance du mur de la frontière.

Comment Kahlan pouvait-elle le tenir si fort ? Il essaya de la saisir par les poignets pour la forcer à écarter les bras. En vain. C'était pourtant la seule chance de s'en sortir !

— Kahlan, lâche-moi, ou nous mourrons tous les deux ! Je ne t'abandonnerai pas ! Fais-moi confiance !

Richard ignorait s'il disait la vérité à son amie – mais il était sûr que rien d'autre ne les sauverait.

Kahlan avait la tête plaquée contre l'estomac du Sourcier. Au prix d'un effort surhumain, elle leva les yeux sur lui, les traits tordus par la douleur. L'étreinte du monstre noir devait être une torture !

La jeune femme cria puis lâcha son compagnon.

Richard se releva en un éclair. À cet instant, le mur noir apparut en face de lui et il vit son père tendre la main. Fou de rage, il abattit son épée. Elle traversa l'obstacle et percuta la créature qui n'était pas George Cypher.

L'imposteur gémit puis explosa.

Les pieds de Kahlan avaient presque atteint le mur et le serpent noir lui emprisonnait toujours les jambes. Assoiffé de sang, Richard leva de nouveau son épée.

— Non ! cria Kahlan. C'est ma sœur !

Le Sourcier savait qu'il n'en était rien, comme pour son père. Il s'abandonna à sa violence et abattit l'épée aussi fort qu'il le put. Elle traversa de nouveau l'obstacle et coupa en deux l'horrible créature qui voulait lui enlever Kahlan. Dans un vortex d'éclairs, il entendit des cris et des gémissements inhumains. Les jambes enfin libérées, Kahlan resta étendue sur le sol, à plat ventre.

Sans chercher à voir ce qui se passait autour de lui, Richard glissa un bras sous la taille de son amie et la souleva sans effort. La serrant contre lui, il recula, épée brandie en direction de la frontière. Pendant sa retraite, il resta attentif à tout mouvement suspect, à l'affût d'une nouvelle attaque.

Ils sortirent enfin de la lumière verte.

Richard continua à reculer et dépassa l'endroit où ils avaient laissé les chevaux. Là, il s'arrêta et lâcha Kahlan, qui l'enlaça aussitôt, tremblant comme une feuille.

Le Sourcier lutta pour maîtriser la fureur qui le poussait à repartir à l'assaut. Rengainer l'épée était le seul moyen de se calmer pour de bon, mais il n'osait pas.

— Où sont les autres ? demanda Kahlan, paniquée. Nous devons les trouver !

Elle se dégagea et voulut courir vers la frontière. Richard l'attrapa par le poignet, si fort qu'il manqua la faire tomber.

— Reste ici ! cria-t-il plus rudement qu'il n'aurait été nécessaire.

Il la poussa et elle s'étala de tout son long.

Puis il repéra Zedd étendu sur le sol, inconscient. Au moment où il se penchait sur le vieil homme, quelque chose passa au-dessus de sa tête. Lâchant la bonde à sa fureur, il fit décrire un arc de cercle à sa lame, qui coupa en deux la créature. La moitié avant alla se réfugier dans la frontière en hurlant. L'autre se désintégra en plein vol. De son bras libre, Richard souleva Zedd et le jeta sur son épaule comme un vulgaire sac de farine. Il retourna près de Kahlan et posa délicatement le vieil homme près d'elle. La tête du sorcier sur les genoux, la jeune femme chercha à voir s'il était blessé.

Richard revint sur ses pas, plié en deux pour faire une cible moins facile. Mais aucune créature ne l'attaqua. Il le regretta, car il bouillait d'en découdre encore.

Chase était à demi coincé sous un tronc d'arbre. Richard le tira par sa cotte de mailles et constata qu'il avait à la tête une blessure constellée d'échardes de bois.

Que faire maintenant ? Le Sourcier, pas assez fort pour porter Chase d'un seul bras, n'osait toujours pas rengainer son épée. Et il n'était pas question d'appeler Kahlan au secours, puisqu'il voulait qu'elle reste en sécurité.

Saisissant le garde-frontière par sa tunique, il entreprit de le tirer vers le salut. Si la boue glissante lui facilita un peu la tâche, slalomer entre les troncs d'arbre ne fut pas un jeu d'enfant. Étrangement, il n'y eut pas d'autre attaque. Avait-il tué tous ses ennemis ?

Au fait, était-il possible d'ôter la vie à des créatures mortes ? Avec la magie de l'épée, qui pouvait le dire ? D'autant plus qu'il n'était pas certain que les créatures en question soient vraiment mortes !

Parvenu près de Zedd et Kahlan, Richard lâcha Chase.

— Qu'allons-nous faire ? demanda la jeune femme.

— On ne peut pas rester ici, et il est hors de question de les abandonner… Mettons-les sur leurs chevaux puis fichons le camp ! Dès qu'on sera assez loin, on essaiera de les soigner.

Les nuages s'étaient épaissis ; la brume empêchait d'y voir à dix pas. Richard rengaina son épée et hissa sans difficulté le vieux sorcier en travers de sa selle. Avec Chase, ce fut plus difficile. Le colosse pesait son poids et la ferraille qu'il trimballait n'arrangeait rien. Du sang coulait toujours de sa blessure. L'hémorragie s'aggrava quand Richard eut réussi à le hisser en travers du dos de sa monture, la tête pendante. Il fallait agir ! Le Sourcier sortit de son sac une feuille d'aum et un morceau de tissu. Il pressa le végétal pour faire couler sa sève bienfaisante, puis le posa sur la plaie de Chase. Kahlan se chargea d'enrouler autour de son crâne le morceau de tissu qui s'imbiba immédiatement de sang. Mais la feuille d'aum enraierait vite l'hémorragie…

Richard aida Kahlan à monter en selle et constata que ses jambes la faisaient plus souffrir qu'elle ne voulait bien le dire. Il lui tendit les rênes du cheval de Zedd, enfourcha sa monture et se chargea de tenir par la bride celle de Chase. Ils partirent au pas, conscients que retrouver la piste, avec une si mauvaise visibilité, ne serait pas facile. Dans cette purée de pois, on eût dit que des fantômes tapis partout dans les ombres les épiaient.

Ne sachant pas s'il devait passer le premier ou suivre Kahlan pour mieux la protéger, Richard chevaucha à côté d'elle. Comme Zedd et Chase n'étaient pas attachés sur leur selle, accélérer aurait été catastrophique. Autour d'eux, les arbres morts se ressemblaient tous. À cause des troncs abattus, ils ne pouvaient même pas s'offrir le luxe d'avancer en ligne droite.

Comme à l'aller, Richard dut souvent recracher les moustiques qui s'étaient aventurés dans sa bouche.

Sous un ciel uniformément couvert, repérer le soleil se révéla impossible. N'ayant rien pour s'orienter, le jeune homme se demanda s'ils n'étaient pas partis dans la mauvaise direction. N'auraient-ils pas déjà dû avoir rejoint la piste ?

Richard recourut à un vieux truc de forestier. Pour être sûr de ne pas tourner en rond, il prenait un arbre pour repère et, dès qu'ils l'atteignaient, en choisissait un nouveau. Idéalement, cette méthode exigeait qu'on voie au moins trois cimes alignées. Avec le brouillard, c'était impossible. Donc, le risque de tourner en rond demeurait. Quant à la direction, il n'y avait aucun moyen de savoir si c'était la bonne.

— Tu es sûr qu'on ne se trompe pas de chemin ? demanda Kahlan. Tout se ressemble…

— Je ne suis sûr de rien, sauf qu'on ne retourne pas vers le danger.

— On devrait peut-être s'arrêter et soigner nos amis ?

— C'est trop risqué. Pour ce que j'en sais, nous sommes peut-être encore à dix pas de la frontière.

Kahlan regarda autour d'elle sans chercher à dissimuler son inquiétude. Richard envisagea de partir en éclaireur en la laissant attendre avec les deux blessés. Il y renonça, car il n'était pas sûr de pouvoir la retrouver. Ils devaient rester ensemble. Mais que se passerait-il s'ils ne parvenaient pas à sortir du marécage avant la nuit ? Même avec son épée, il ne réussirait pas, seul, à repousser une meute de chiens à cœur. Selon Chase, il leur fallait à tout prix atteindre le marais de Skow avant la nuit. Il n'avait pas dit pourquoi, ni précisé comment cet endroit les protégerait. Et le marécage s'étendait à l'infini autour d'eux…

Par bonheur, ce n'était qu'une impression, puisqu'ils aperçurent bientôt un chêne sur leur gauche, puis d'autres, leurs feuilles vert sombre gorgées d'humidité par le brouillard. Si ce n'était pas le chemin qu'ils avaient pris en venant, ça paraissait encourageant. Richard tourna sur la droite et longea la lisière du marécage – une bonne chance de retrouver la piste !

Dans le feuillage des chênes, des ombres semblaient les épier. Richard essaya de se convaincre que son imagination lui faisait voir des yeux là où il n'y avait rien. Dans un silence absolu, il se morigéna intérieurement de s'être perdu. Même si c'était facile dans cet environnement, un guide n'avait pas le droit de s'égarer !

Il soupira de soulagement quand il vit enfin la piste. Kahlan et lui descendirent de cheval et examinèrent leurs amis. Zedd était toujours dans le même état. En revanche, la blessure de Chase avait cessé de saigner. Mais que faire pour les deux hommes ? Étaient-ils simplement assommés, ou victimes de la magie de la frontière ? Richard et Kahlan n'en savaient rien…

— Tu as une idée de la suite des événements ? demanda la jeune femme.

— Chase a dit que nous devions gagner le marais, sinon les chiens nous auront, répondit Richard en essayant de cacher son inquiétude. S'occuper de nos amis ici, ou attendre simplement qu'ils se réveillent, serait trop dangereux. Il y a deux solutions : les abandonner ou les emmener avec nous. Tu devines celle que je choisis ? Attachons-les sur leurs chevaux pour qu'ils ne tombent pas et continuons !

Pendant que Kahlan s'occupait de saucissonner Zedd, Richard nettoya la plaie de Chase et changea le bandage. Constatant que la brume se transformait en bruine, il sortit deux couvertures de leurs sacs, retira la toile goudronnée qui les protégeait et demanda à Kahlan de l'aider à envelopper leurs amis dedans. Puis ils les recouvrirent avec la toile et se servirent des cordes pour fixer le tout.

Quand ils eurent fini, Kahlan enlaça Richard sans crier gare, le serra très fort et se dégagea avant qu'il ait pu lui rendre son étreinte.

— Merci de m'avoir sauvée, dit-elle. La frontière me terrifie. (Elle le regarda, l'air penaud.) Et si tu me rappelles que je t'ai demandé de ne pas aller vers moi en cas de danger, je te botte les fesses !

Elle sourit sous ses sourcils froncés.

— Je n'y ferai pas allusion. Promis juré !

Un peu détendu, Richard remonta le capuchon du manteau de Kahlan et s'assura qu'aucune mèche de cheveux n'en dépassait. Après qu'il eut relevé le sien, ils montèrent en selle et repartirent.

Dans la forêt toujours aussi déserte, la pluie dégoulinait de la frondaison. Des deux côtés de la piste, des branches se tendaient comme des serres avides de capturer les chevaux et leurs cavaliers. D'instinct, les bêtes avancèrent au milieu du chemin, les oreilles tendues comme si elles aussi étaient à l'écoute des ombres. Avec la densité des bosquets, tout autour d'eux, il ne serait pas question, en cas d'attaque, d'essayer de s'enfoncer entre les arbres…

Kahlan resserra autour d'elle les pans de son manteau. Avancer ou reculer, voilà tout ce qui s'offrait à eux ! Et reculer les conduirait à la mort…

Ils chevauchèrent en silence jusqu'au crépuscule.

À la lumière mourante du jour, ils durent se rendre à l'évidence : ils n'avaient pas atteint le marais dans les délais ! Et rien n'indiquait s'ils en étaient loin ou non.

Des bosquets obscurs montèrent des hurlements. Kahlan et Richard se raidirent, le souffle court.

Les chiens approchaient !

Chapitre 15

Les chevaux n'eurent pas besoin d'encouragements pour détaler. Stimulés par les aboiements des chiens à cœur, ils partirent au grand galop et leurs cavaliers ne firent rien pour les forcer à ralentir. Leurs sabots soulevaient des gerbes d'eau et de boue et la pluie ruisselait le long de leurs flancs. Ce fut la boue qui gagna : leurs jambes et leurs poitrails en furent vite maculés. À chaque hurlement des chiens, les pauvres équidés répondaient par des hennissements terrifiés.

Décidé à rester entre leurs poursuivants et elle, Richard laissa Kahlan le devancer. À l'oreille, il détermina que les chiens étaient encore à l'intérieur de la frontière. Mais à la manière dont les sons se déplaçaient vers la gauche, il comprit qu'ils ne tarderaient pas à les rattraper. En tournant à droite pour s'éloigner de la frontière, Richard et Kahlan auraient eu une chance de les semer. Hélas, les bois, toujours aussi denses, semblaient impénétrables. Et s'ils ralentissaient pour tenter de trouver un passage, cela signerait leur arrêt de mort. Leur seule chance était de rester sur la piste et d'atteindre le marais avant d'être rejoints. Richard ignorait à quelle distance ils en étaient – et ce qu'ils feraient une fois arrivés –, mais c'était leur unique choix.

L'approche de la nuit privait le paysage de ses rares couleurs. La pluie glacée martelait le visage du Sourcier et coulait dans son cou, mêlée à sa sueur, qui la réchauffait un peu.

Richard jeta un coup d'œil à ses deux amis attachés sur leurs chevaux. Pourvu que les cordes tiennent ! Pourvu que Zedd et Chase ne soient pas trop gravement blessés ! Pourvu qu'ils reviennent bientôt à eux…

Dans leur état, cette cavalcade ne leur ferait aucun bien. Plus réaliste que son ami, Kahlan ne tournait pas la tête et ne jetait pas un regard en arrière. Penchée sur l'encolure de son cheval, elle se concentrait sur leur fuite.

La piste serpentait entre des chênes aux silhouettes torturées et de gros rochers. Ici, il y avait beaucoup moins d'arbres abattus. Les branches des chênes, des frênes et des érables dissimulaient le ciel aux cavaliers, les privant de la chiche lumière du crépuscule. Les chiens avaient gagné du terrain quand la route descendit soudain et s'enfonça dans un bois de cèdres. Un excellent signe, aux yeux de Richard, car ces arbres poussaient le plus souvent sur un sol très humide.

Kahlan disparut derrière une butte. Quand il eut à son tour gravi la pente raide, Richard la vit descendre dans une ravine. Des cimes d'arbres s'étendaient aussi loin qu'on pouvait y voir avec cette lumière rasante. À l'évidence, ils venaient d'atteindre le marais de Skow.

Richard talonna sa monture et suivit son amie tandis qu'une odeur de moisissure montait à ses narines. La végétation luxuriante et dense bruissait de vie. Derrière eux, les hurlements des chiens se faisaient plus pressants…

Dans cette petite jungle, des lianes pendaient aux branches malingres d'arbres dressés sur des racines aux allures de serres. De plus petites lianes s'enroulaient autour des végétaux assez résistants pour les soutenir. Tout ce qui poussait ici s'accrochait à une autre plante, luttant pour prendre l'avantage et s'approprier un peu d'espace. Une eau noire que ne ridait aucun remous s'insinuait entre les buissons ou au pied d'arbres incroyablement ventrus à la base du tronc. Par endroits, de véritables tapis de lentilles d'eau couvraient ces minuscules mares.

La végétation étouffant le bruit des sabots de leurs chevaux, les cavaliers entendaient uniquement les cris et les appels des résidents du marais.

La piste devint un étroit sentier de plus en plus souvent à demi immergé. Richard et Kahlan durent faire ralentir leurs montures pour qu'elles ne risquent pas de se casser une jambe en glissant sur une racine. Dans l'eau, tout autour d'eux, des créatures invisibles se faufilaient en silence, à peine repérables aux ondulations qu'elles généraient.

Les chiens hurlaient toujours. Richard estima qu'ils devaient avoir atteint la lisière de la ravine. S'ils restaient sur la piste, ils les auraient bientôt sur les talons.

Le Sourcier dégaina son arme et entendit la note caractéristique résonner dans l'air humide. Kahlan s'arrêta et se retourna sur sa selle.

— Là, dit-il en désignant du bout de sa lame un point sur sa droite. Cet îlot de terre. Il émerge assez de l'eau pour être au sec. Et les chiens ne savent peut-être pas nager…

Un bien mince espoir, mais il ne semblait pas y en avoir d'autres. Si Chase avait assuré qu'ils seraient en sécurité dans le marécage, il avait omis de leur dire comment. Et c'était la seule idée qui venait à l'esprit du Sourcier.

Sans hésiter, Kahlan se dirigea vers l'îlot, le cheval de Zedd à la traîne. Richard la suivit avec la monture de Chase. Chaque fois qu'il se retournait, il apercevait des mouvements furtifs entre les arbres.

Dans l'eau assez peu profonde – environ trois pieds – des nénuphars arrachés de leurs tiges par les jambes des chevaux partaient lentement à la dérive.

Entre eux nageaient des serpents.

Juste sous la surface, des centaines de reptiles convergeaient vers les cavaliers, attirés par des proies alléchantes. Certains sortirent la tête de l'eau, et une langue rouge jaillit entre leurs crocs comme pour goûter l'air. Leurs corps marron foncé tachetés, presque invisibles dans ces eaux sombres, faisaient à peine onduler l'eau alors qu'ils la fendaient en silence. Richard n'avait jamais vu de serpents aussi gros. Concentrée sur son objectif, Kahlan ne les avait pas remarqués. Mais l'îlot était encore beaucoup trop loin. Ils ne l'atteindraient pas avant d'être cernés par les reptiles.

Richard se retourna pour évaluer si rebrousser chemin était une meilleure option. Mais sur la piste qu'ils venaient de quitter se pressait déjà une meute de chiens. La tête basse, piaffant de fureur, ils hurlaient à la mort sans oser se risquer dans l'eau.

Le Sourcier baissa son épée, la pointe fendant la vase, prêt à frapper le premier reptile qui approcherait. Alors, une chose incroyable se produisit. Dès que la lame entra en contact avec l'eau, les serpents firent demi-tour et fuirent. La magie de l'arme les avait effrayés ! Richard n'aurait su dire pourquoi, mais il n'avait aucune intention de s'en plaindre !

Ils contournèrent les gros troncs d'arbres qui flottaient dans la mare et se frayèrent un passage entre des entrelacs de lianes et d'algues. L'eau étant moins profonde, la lame cessa de la toucher. Aussitôt, les serpents revinrent à la charge. Richard se pencha pour replonger dans l'onde saumâtre la pointe de l'épée. Les reptiles battirent de nouveau en retraite comme s'ils avaient l'enfer aux trousses. Mais que se passerait-il quand les cavaliers seraient sur l'îlot ? La magie de l'arme continuerait-elle à les tenir en respect ? Ou pourraient-ils se hisser sur la terre sèche ? Vu leur taille, ces serpents étaient au moins aussi dangereux que les chiens...

Le cheval de Kahlan grimpa péniblement sur l'îlot. Quelques peupliers se dressaient au centre de la bande de terre. Derrière, sur l'autre berge, Richard aperçut des cèdres. À part ça, la végétation se réduisait à des parterres d'iris et de roseaux.

Pour voir ce qui se passerait, Richard retira la lame de l'eau avant d'y être obligé. Les serpents convergèrent immédiatement vers lui. Quand il monta à son tour sur l'îlot, certains rebroussèrent chemin et d'autres restèrent près de la berge, mais aucun ne le suivit.

Dans la pénombre, Richard étendit Chase et Zedd entre les peupliers. Sortant une bâche goudronnée de leur paquetage, il la tendit entre les arbres pour improviser un petit abri. En l'absence de vent, la structure, aussi précaire fût-elle, protégerait ses amis de la pluie. C'était mieux que rien, sachant qu'il était inutile d'espérer faire du feu avec le bois détrempé à leur disposition. Au moins, la nuit ne serait pas très froide.

Alors qu'un concert de coassements saluait la tombée de l'obscurité, Richard posa deux bougies sur un morceau de bois, histoire d'avoir un peu de lumière.

Kahlan et lui examinèrent Zedd. Il n'avait aucune blessure visible. Pourtant, il restait inconscient. Et Chase aussi.

— Pour un sorcier, dit Kahlan, avoir les yeux fermés n'est pas bon signe. Je ne sais vraiment pas que faire pour nos amis.

— Moi non plus, avoua Richard. Encore heureux qu'ils n'aient pas de fièvre ! Et à Havre du Sud, nous trouverons peut-être un guérisseur. Je vais fabriquer des civières que les chevaux pourront tirer. Pour des blessés, ce sera une meilleure manière de voyager.

Kahlan sortit du paquetage deux couvertures de plus pour tenir leurs amis au chaud. Puis Richard et elle s'assirent près des bougies et écoutèrent la pluie marteler la bâche. Sur la piste, des yeux jaunes brillants voletaient dans les airs comme des feux follets. Les chiens faisaient les cent pas, lâchant parfois un couinement de frustration.

— Pourquoi ne nous ont-ils pas suivis ? demanda Kahlan.

— Parce qu'ils ont peur des serpents…

La jeune femme se leva d'un bond, sa tête heurtant la bâche, et regarda autour d'elle.

— Les serpents ? Quels serpents ? Je déteste ces animaux !

— Des gros reptiles aquatiques… Ils se sont éloignés quand j'ai trempé dans l'eau la pointe de mon épée. Nous n'avons rien à craindre, puisqu'ils ne semblent pas vouloir s'aventurer sur la terre ferme.

— Tu aurais pu m'en parler plus tôt… grommela Kahlan en se rasseyant.

— J'ignorais leur existence jusqu'à ce que je les repère, et les chiens nous talonnaient. En plus, je ne voulais pas t'effrayer.

Kahlan ne fit aucun commentaire. Richard sortit du sac de provisions une saucisse et une miche de pain dur – leur dernière. Il partagea ces vivres entre Kahlan et lui. Puis chacun tendit un gobelet pour récupérer l'eau qui ruisselait des bords de la bâche. Ils mangèrent en silence sans relâcher leur vigilance, au cas où un nouveau danger se profilerait.

— Richard, demanda enfin Kahlan, as-tu vu ma sœur, sur la frontière ?

— Non. La créature qui t'emprisonnait ne ressemblait pas à un être humain. Celle que j'ai frappée en premier – l'image de mon père – avait-elle l'air d'un homme à tes yeux ? (Kahlan fit non de la tête.) Je crois que ces monstres prennent l'apparence des disparus que nous languissons de revoir. Pour nous piéger !

— Tu dois avoir raison… Et ça me rassure. Ainsi, ce n'est pas nos morts que nous sommes obligés de combattre.

Richard dévisagea sa compagne. Ses cheveux étaient trempés, des mèches plaquées sur ses tempes.

— Mais il y a autre chose… C'est très étrange, selon moi. Quand la créature noire a attaqué Chase, elle l'a assommé pour le compte à une vitesse incroyable. Puis elle t'a capturée sans aucune difficulté. Avant, elle s'était aisément débarrassée de Zedd. Mais quand je suis venu rechercher nos amis, elle s'en est prise à moi et a raté son coup. Ensuite, elle a renoncé.

— J'ai vu ça…, dit Kahlan. Elle t'a manqué de beaucoup, comme si elle ignorait où tu étais. Nous, elle nous a localisés sans mal, mais pas toi…

— C'est peut-être à cause de l'épée…

— Je n'en sais rien. En tout cas, c'était une chance !

Richard n'aurait pas juré que l'arme y était pour quelque chose. Les serpents en avaient eu peur et s'étaient enfuis. Mais la créature de la frontière n'avait pas manifesté de crainte. Elle paraissait seulement dans l'incapacité de voir où il était.

Une autre chose le tracassait. En frappant son « père », il n'avait pas éprouvé de douleur. Pourtant, selon Zedd, tuer avec l'épée avait un prix : sentir la souffrance liée à chaque meurtre. Était-ce différent dans le cas d'une créature déjà morte ? Ou s'était-il seulement agi d'une illusion ?

Impossible ! Ces monstres étaient assez substantiels pour avoir blessé Chase et Zedd. Alors, pouvait-il vraiment affirmer qu'il n'avait pas eu son père en face de lui ?

Ils finirent de manger en silence, Richard se demandant ce qu'il pouvait faire pour ses amis. La réponse était simple : absolument rien ! Zedd avait emporté des potions, mais lui seul savait à quoi elles servaient. Et si la magie de la frontière était en cause, une fois encore, seul Zedd avait le pouvoir de s'y opposer.

Richard prit une pomme, la coupa en deux, retira les pépins et tendit une moitié à Kahlan. Elle approcha de lui, posa la tête contre son bras et mordit le fruit à belles dents.

— Fatiguée ? demanda le Sourcier.

— Et comment ! En plus, j'ai mal à des endroits que je préfère ne pas nommer… Richard, que sais-tu de Havre du Sud ?

— J'ai entendu d'autres guides en parler… À les en croire, c'est le refuge des voleurs et des misérables de tout poil.

— Pas le genre d'endroit où on trouve un guérisseur…, souffla Kahlan. S'il n'y en a pas, que ferons-nous ?

— Je n'en sais rien. Mais Zedd et Chase vont se rétablir, j'en suis sûr !

— Et si tu te trompes ?

— Kahlan, où veux-tu en venir ?

— Il faut envisager de les laisser en arrière et de continuer sans eux !

— C'est impossible ! Leur aide nous est trop précieuse. Tu te souviens, quand Zedd m'a donné l'épée ? Il a dit que je devais nous faire passer la frontière, parce qu'il avait un plan. Mais il ne m'a jamais révélé lequel ! (Richard regarda l'autre rive, où les chiens se massaient toujours.) Nous avons besoin d'eux…

— Et s'ils meurent cette nuit ? Que ferons-nous ? Il faudra bien continuer.

Richard devina qu'elle le regardait, mais il ne tourna pas la tête vers elle. Il partageait son désir d'arrêter Rahl. Aussi déterminé qu'elle, il ne se laisserait pas détourner de sa mission. S'il fallait abandonner ses amis, il le ferait. Mais il n'en était pas encore arrivé là. Kahlan essayait simplement de se rassurer. De savoir qu'il était aussi résolu qu'elle. Rahl lui avait pris tant de choses, et elle avait consenti tellement de sacrifices pour s'opposer à lui… À ses yeux, il était essentiel que Richard soit prêt à aller jusqu'au bout, comme un vrai chef, quel qu'en fût le prix…

Quand il la regarda enfin, à la lueur des bougies, il vit leurs flammes danser dans ses yeux et comprit qu'elle détestait devoir lui dire des choses pareilles.

— Kahlan, je suis le Sourcier et j'ai conscience de mes responsabilités. Je ferai tout pour vaincre Darken Rahl. Ne doute jamais de moi sur ce point. Mais je ne sacrifierai pas mes amis tant que je pourrai l'éviter. Pour le moment, nous avons d'autres soucis. Inutile d'en inventer !

Le bruit sourd des gouttes de pluie qui dégoulinaient le long des arbres pour tomber dans l'eau évoquait un lointain roulement de tambour. Kahlan posa une main sur le bras de Richard, comme pour s'excuser. Mais il ne lui reprochait rien. Elle s'efforçait de regarder la vérité en face et ça n'était pas critiquable.

— S'ils ne se remettent pas, dit-il en la regardant dans les yeux, et si nous trouvons un endroit sûr où les laisser, entre les mains d'une personne de confiance, nous le ferons et nous continuerons sans eux.

— Je n'ai jamais rien eu d'autre à l'esprit…

— Je sais. Si tu dormais un peu, maintenant ? Je monterai la garde.

— Avec des chiens et des serpents tout autour, je ne pourrai pas fermer l'œil.

— Bon… Alors, si tu m'aidais à fabriquer les civières ? Comme ça, demain matin, nous partirons dès que les chiens auront fichu le camp !

Kahlan sourit et se leva. Richard récupéra une des haches de guerre de Chase et constata vite qu'elle coupait le bois aussi bien que la chair et les os. Cela dit, le garde-frontière aurait été furieux qu'on utilise ainsi une de ses précieuses armes. Richard sourit à l'idée de la tête qu'il tirerait quand il lui raconterait ça. Bien entendu, l'histoire prendrait des proportions de plus en plus épiques chaque fois qu'il la raconterait à son tour. Pour lui, un récit privé d'« améliorations dramatiques » était aussi sec et fade qu'un morceau de viande sans sauce.

Ils travaillèrent trois heures d'affilée. Peu rassurée à cause des chiens et surtout des serpents, Kahlan resta aussi près de Richard que possible.

Le Sourcier envisagea de se servir de l'arbalète de Chase pour abattre quelques chiens. Une idée séduisante mais stupide ! Son ami serait furieux qu'il ait gaspillé ainsi des carreaux. Les monstres ne pouvaient rien leur faire et ils seraient partis dès le lever du soleil.

Quand ils eurent fini, ils examinèrent de nouveau les blessés puis se rassirent près des bougies. Kahlan était épuisée – les yeux de Richard se fermaient tout seuls ! – mais elle refusait toujours de dormir. Finalement, il la convainquit de s'allonger près de lui et elle sombra aussitôt dans un sommeil agité. Quand elle gémit et se débattit, il la réveilla. Le souffle heurté, elle était en larmes.

— Des cauchemars ? demanda Richard en lui caressant les cheveux pour la rassurer.

— En rêve, j'ai vu le monstre de la frontière qui s'est enroulé autour de mes jambes. Et c'était un énorme serpent !

Richard lui passa un bras autour des épaules et la serra contre lui. Elle ne tenta pas de se dégager, mais plia les jambes et mit les bras autour de ses genoux. Entendait-elle le cœur de son compagnon battre la chamade ? Si oui, elle décida de ne rien dire et se rendormit très vite.

Richard l'écouta respirer. Malgré le coassement des crapauds et le martèlement de la pluie, il constata qu'elle dormait paisiblement.

Il passa une main sous sa tunique et serra brièvement le croc. Puis il observa les chiens à cœur, qui l'observèrent en retour...

Kahlan se réveilla peu avant l'aube. Au bord de l'épuisement, Richard luttait depuis quelque temps contre une atroce migraine. Son amie insista pour qu'il s'allonge et dorme un peu. Il tenta de protester, car il voulait continuer à la tenir dans ses bras et à veiller sur elle, mais la fatigue le terrassa.

Quand elle le secoua doucement, le jour était levé, sa lumière grise filtrant à travers les frondaisons du marais et le brouillard qui enveloppait tout. Autour d'eux, sous l'eau couverte de lianes et d'algues pourrissantes, des créatures invisibles tournaient inlassablement en rond. Parfois, des yeux noirs sans paupières apparaissaient entre deux entrelacs d'algues.

— Les chiens sont partis, annonça Kahlan.

Richard la regarda et fut ravi de voir que ses cheveux et ses vêtements avaient séché.

— Depuis quand ? demanda-t-il en étirant ses bras et ses jambes raides.

— Environ une demi-heure... Dès qu'il a fait jour, ils ont filé sans demander leur reste.

Quand son amie lui tendit une tasse de thé, Richard lui jeta un regard interloqué.

— Je l'ai fait chauffer en tenant le gobelet au-dessus des bougies...

Décidément, elle n'était jamais à court d'idées !

Pendant qu'ils mangeaient quelques fruits secs, Richard remarqua que la hache de guerre reposait contre la jambe de son amie. Elle savait aussi ce que « monter la garde » voulait dire.

Il pleuvait toujours, mais beaucoup moins fort. D'un bout à l'autre du marais, d'étranges oiseaux communiquaient à grand renfort de cris aigus. Des insectes rasaient la surface de l'eau croupie. De temps en temps, un « plouf » sonore retentissait.

— Du nouveau pour Zedd et Chase ? demanda Richard.

— La respiration de Zedd faiblit...

Le Sourcier se leva et alla voir par lui-même. Le teint grisâtre, le vieil homme semblait plus mort que vivant. Son pouls semblait normal, mais sa respiration faiblissait effectivement et sa peau était froide et moite.

— Je crois que nous n'avons plus rien à craindre des chiens, dit Richard. Il est temps de partir. On trouvera peut-être de l'aide à Havre du Sud...

Bien qu'effrayée par les serpents – Richard l'était aussi et ne l'avait pas caché – Kahlan fit ce qu'elle devait. Convaincue que les reptiles n'approcheraient pas de l'épée, elle traversa l'eau sans hésitation et ne protesta pas quand ils durent recommencer pour récupérer les civières – uniquement utilisables sur un terrain à peu près sec.

Ils les fixèrent aux chevaux mais durent attendre, pour y installer leurs amis, d'avoir gagné un terrain moins accidenté. Sinon, les cahots dus aux racines qui affleuraient et aux branches mortes du marais auraient été un remède pire que le mal…

Au milieu de la matinée, revenus sur une piste praticable, ils s'arrêtèrent pour placer les deux blessés sur les civières après les avoir enveloppés dans des couvertures. Pour les tenir plus au chaud, ils recoururent de nouveau à la toile goudronnée.

Richard fut ravi de voir que son système de fixation fonctionnait à merveille. Les civières ne les ralentissaient pas et le sol, toujours boueux, les aidait à glisser plus aisément.

Kahlan et lui mangèrent en chevauchant côte à côte, histoire de partager plus facilement leurs vivres. Toujours sous la pluie, ils continuèrent leur chemin, s'arrêtant de temps en temps pour voir comment allaient Zedd et Chase.

Ils atteignirent Havre du Sud avant la tombée de la nuit. En guise de ville, ils découvrirent une étendue éparse de bâtiments de fortune nichés entre les chênes et les hêtres, assez loin de la route, comme si leur principal souci était de se dérober aux regards indésirables. Les façades, en bois, semblaient n'avoir jamais vu de peinture. Certaines étaient rafistolées avec des plaques de fer-blanc que le martèlement de la pluie faisait résonner comme des tambours. Une sorte d'épicerie se dressait au centre supposé de la cité, près d'un bâtiment à deux étages qu'une enseigne grossière présentait comme une auberge – sans mentionner de nom. La lumière jaune des lampes qui filtrait des fenêtres du rez-de-chaussée était la seule tache de couleur rompant la grisaille de la journée et de l'architecture. Sur le côté de l'auberge, des monceaux de détritus composaient une sorte de colonne penchée, contrepoint harmonieux à la maison bancale voisine.

— Reste près de moi, dit Richard à Kahlan alors qu'ils mettaient pied à terre. Les types qui vivent ici sont dangereux…

— J'ai l'habitude des gens comme eux, souffla la jeune femme avec un étrange demi-sourire.

Richard se demanda ce qu'elle voulait dire. Mais il décida de lui poser la question plus tard.

Quand ils entrèrent, les conversations moururent et toutes les têtes se tournèrent vers eux. La salle commune ressemblait à ce qu'attendait Richard : une pièce miteuse enfumée et chichement éclairée par des lampes à huile. Disposées à la va-comme-je-te-pousse, les tables n'étaient guère mieux que des planches vermoulues soutenues par des tréteaux. Bien entendu, il n'y avait pas de chaises, mais des bancs qui semblaient tenir debout par miracle. À gauche, une porte fermée devait donner sur la cuisine. À droite, dans les ombres, un escalier sans rampe conduisait sûrement aux chambres. Sur le plancher jonché d'immondices, les clients précédents s'étaient frayé des chemins à peu près praticables.

Les clients en question composaient une belle brochette de trappeurs, de vagabonds et de fauteurs de trouble. Des costauds, pour la plupart, avec des barbes et des cheveux en broussaille.

Comme il se doit, l'air empestait la bière, la fumée de pipe et la sueur.

Kahlan se campa près de son compagnon, montrant qu'elle n'était pas une femme facile à intimider. Richard se demanda si elle n'aurait pas dû faire preuve de plus de réserve. Dans ce bouge, elle avait l'air aussi déplacée qu'une bague en or au doigt d'un mendiant.

Quand elle rabattit la capuche de son manteau, des sourires édentés naquirent sur tous les visages. Mais le désir bestial qui brillait dans les yeux des types n'incitait pas à la décontraction. Richard aurait donné cher pour que Chase soit à ses côtés. Parce qu'ils allaient vers les ennuis, c'était couru !

Un énorme gaillard traversa la salle et s'arrêta devant les deux nouveaux clients. Vêtu d'une chemise sans manche, il portait un tablier qui avait dû être blanc dans une vie antérieure. La lumière des lampes se reflétait sur son crâne rasé et les poils noirs, sur ses bras, semblaient au moins aussi touffus que sa barbe.

— Je peux quelque chose pour vous ? demanda-t-il en faisant tourner un cure-dent dans sa bouche.

— Y a-t-il un guérisseur ici ? lança Richard sur un ton indiquant qu'il ne se laisserait pas marcher sur les pieds.

L'aubergiste dévisagea Kahlan, puis se tourna de nouveau vers le Sourcier.

— Non.

À l'inverse des autres types, celui-là, quand il regardait Kahlan, ne laissait pas traîner ses yeux là où il ne le fallait pas. Une indication précieuse que le Sourcier enregistra.

— Alors, nous allons prendre une chambre. (Richard baissa le ton.) Dehors, nous avons deux amis blessés…

— Je déteste les problèmes, grogna l'aubergiste.

Il retira le cure-dent de sa bouche et croisa lentement les bras.

— Moi aussi, fit Richard, pas commode pour un sou.

Le chauve le détailla de pied en cap, son regard s'arrêtant un moment sur l'épée. Les bras toujours croisés, il défia Richard du regard.

— Combien de chambres ? Je suis presque plein…

— Une suffira.

Au centre de la salle, un colosse se leva de sa table. Sous sa masse de cheveux roux crasseux, ses yeux trop petits et trop rapprochés évoquaient ceux d'une fouine. La barbe humide de mousse de bière, une peau de loup sur l'épaule, il posa une main sur le manche du grand couteau glissé à sa ceinture.

— Une catin de luxe que tu as là, mon gars ! lâcha-t-il. Tu ne verras pas d'inconvénient à ce que je fasse un tour dans votre chambre, histoire de m'amuser un peu avec elle ?

Richard soutint le regard du type. Ce genre de querelle, il le savait, finissait toujours dans le sang. Si ses yeux ne bougèrent pas, sa main glissa vers la garde de son épée. Sa colère explosa, éveillée avant même qu'il touche l'arme.

Aujourd'hui, il allait tuer des hommes.

Beaucoup d'hommes !

Il serra la poignée de son arme à s'en faire blanchir les phalanges. Mais Kahlan lui tira doucement sur la manche. Puis elle murmura son nom en haussant le ton sur la dernière syllabe, comme sa mère quand elle voulait qu'il ne se mêle pas de quelque chose. Richard la regarda du coin de l'œil et la vit lancer un sourire aguichant au rouquin.

— Désolée, messire, mais vous vous trompez, dit-elle de sa meilleure voix de gorge. C'est mon jour de repos, et c'est moi qui ai loué ce bel étalon pour la nuit. (Elle flanqua une claque sur les fesses de Richard, tellement surpris qu'il ne réagit pas.) Mais si je n'en ai pas pour mon argent, ajouta-t-elle en se passant la langue sur la lèvre supérieure, c'est toi, le beau roux, que j'engagerai pour combler ses lacunes.

Dans le silence qui suivit, Richard dut prendre sur lui pour ne pas dégainer son épée. Retenant son souffle, il attendit de voir comment allaient tourner les choses. Kahlan, constata-t-il, souriait toujours au type avec une insolence qui finirait, tôt ou tard, par le rendre fou de rage.

Au fond des yeux du rouquin, la vie et la mort se livrèrent un combat sans merci. En l'attente de sa décision, personne ne bronchait. Puis un grand sourire lui fendit le visage et il éclata de rire. Toute la salle, soulagée, s'empressa de l'imiter.

Le grand roux se rassit. Les conversations reprirent comme si de rien n'était. Plus personne n'accordait d'attention à Richard et à son amie. Le jeune homme en soupira de soulagement.

— Merci beaucoup, ma dame, dit l'aubergiste, soudain radouci. Je suis ravi que votre cerveau soit plus vif que la main de votre compagnon. Cet établissement ne doit pas vous sembler bien reluisant, mais j'y tiens et, grâce à vous, il ne sera pas démoli ce soir.

— Tout le plaisir était pour moi, répondit Kahlan. Alors, vous avez une chambre pour nous ?

Le type remit le cure-dent au coin de sa bouche.

— Il m'en reste une, à l'étage, au fond du couloir. Celle de droite, avec un simple verrou à la porte.

— Il y a nos deux amis, dehors..., rappela Richard. Si on me proposait un peu d'aide pour les monter là-haut, je ne cracherais pas dessus.

L'aubergiste désigna les clients d'un bref signe de la tête.

— Si ces types voient que vous êtes encombrés de deux blessés, ça risque de leur donner des idées... Allez dans votre chambre, comme ils s'y attendent. Mon fils est dans la cuisine. Nous nous occuperons de vos amis – en passant par l'escalier de service, pour plus de discrétion. (Richard fit la moue, indiquant il n'aimait pas cette idée.) Faites-moi confiance, mon garçon, ou vous pourriez attirer le malheur sur vos compagnons. Au fait, je m'appelle William.

Richard regarda Kahlan, qui resta impassible. Il se tourna de nouveau vers l'aubergiste. L'homme était un vrai dur, mais il ne semblait pas du genre sournois. Cela dit, les vies de Chase et de Zedd étaient en jeu...

— D'accord, William, nous allons faire comme vous dites, conclut Richard sur un ton plus menaçant qu'il ne l'aurait voulu.

L'aubergiste eut un petit sourire qui fit passer le cure-dent de l'autre côté de sa bouche.

Richard et Kahlan montèrent dans la chambre et attendirent. Le plafond était désagréablement bas et le mur où s'adossait l'unique lit portait les stigmates de milliers de crachats. En face se dressaient une table bancale et un petit banc. La pièce sans fenêtre était éclairée par une unique lampe à huile. L'air sentait le rance et la rareté du mobilier donnait une détestable impression de nudité.

Richard marcha de long en large sous l'œil de Kahlan, assise sur le lit. La jeune femme semblait vaguement mal à l'aise.

— Ce que tu as fait tout à l'heure..., dit le Sourcier en se tournant vers elle. Je n'en crois toujours pas mes yeux et mes oreilles !

— Seul le résultat compte, fit Kahlan en se levant. Si je t'avais laissé agir, tu aurais risqué ta vie pour rien.

— Mais ces types pensent...

— Tu te soucies de leur opinion ?

— Non... mais..., balbutia Richard en s'empourprant.

— J'ai juré de protéger le Sourcier au péril de ma vie. Je ne reculerai devant rien pour tenir parole. Devant rien, entends-tu !

Troublé, Richard essaya de trouver les mots justes pour exprimer combien il était furieux – sans qu'elle imagine que c'était contre elle. Il avait failli s'engager dans un combat mortel. Il aurait suffi d'un mot pour que ça éclate. Revenir en arrière était atrocement difficile. La rage de tuer faisait encore bouillir son sang. Ayant du mal à comprendre la façon dont la colère balayait sa lucidité, il ne se sentait pas en mesure de l'expliquer à Kahlan. Mais plonger son regard dans ses yeux verts l'apaisait un peu...

— Richard, tu dois rester concentré sur ce qui importe.

— À savoir ?

— Darken Rahl ! C'est ça qui doit compter pour toi. Ces hommes, en bas, n'ont aucun intérêt. Le hasard les a mis sur notre chemin, voilà tout. Ne gaspille pas ton énergie à te soucier d'eux. Ta mission passe avant tout !

— Tu as raison... Désolé. Même si j'ai détesté ça, tu t'es montrée très courageuse, ce soir.

Kahlan l'enlaça, se blottit contre sa poitrine et le serra tendrement dans ses bras.

À cet instant, on frappa à la porte. Après s'être assuré qu'il s'agissait bien de William, Richard ouvrit. L'aubergiste et son fils entrèrent, portant Chase, et l'allongèrent délicatement sur le sol. Quand le jeune garçon, un adolescent dégingandé, posa les yeux sur Kahlan, il en tomba instantanément amoureux. S'il comprit cette réaction, Richard l'apprécia très modérément.

— Mon fils, Randy, annonça William.

Les yeux rivés sur Kahlan, le pauvre Randy semblait hypnotisé.

William essuya son crâne rasé luisant de pluie avec le chiffon qu'il portait sur l'épaule. Richard remarqua qu'il mâchouillait toujours son cure-dent.

— Mon garçon, tu ne m'avais pas dit qu'un de tes amis était Dell Brandstone.

— Où est le problème ?

— Il n'y en a aucun en ce qui me concerne. Chase et moi ne sommes pas d'accord sur tout, mais c'est un type bien et il ne m'a jamais fait d'ennuis. Quand il est en mission dans le coin, il lui arrive de descendre ici. Mais les clients, en bas, s'ils savaient qu'il est là, se feraient une joie de le tailler en pièces.

— Enfin, d'essayer…, corrigea Richard.

— Bon, allons chercher l'autre, dit William avec un petit sourire.

Dès qu'ils furent partis, Richard tendit deux pièces d'argent à Kahlan.

— Quand ils reviendront, donne une pièce au garçon pour qu'il conduise nos chevaux à l'écurie. S'il accepte de veiller sur eux toute la nuit, et de les préparer à partir dès l'aube, dis-lui qu'il aura la deuxième.

— Et tu crois qu'il acceptera ?

— Ne t'en fais pas, il te suffira de demander ! Et de sourire…

William revint, lesté de Zedd. Randy le suivait, portant l'essentiel du paquetage de Richard et Kahlan. Son père posa le vieil homme près de Chase, jeta un regard à Richard et se tourna vers son fils.

— Randy, va chercher une cuvette et un broc d'eau. Et une serviette. Propre, s'il te plaît ! Cette jeune dame aimerait sans doute se rafraîchir.

Randy sortit en trombe de la chambre, tout heureux d'être utile à l'élue de son cœur. William retira le cure-dent de sa bouche et regarda Richard.

— Tes deux amis sont dans un sale état… Je ne chercherai pas à savoir ce qui leur est arrivé. C'est le genre de question qu'un type malin élude, et tu ne m'as pas l'air d'un crétin. Il n'y a pas de guérisseur dans le coin, mais je connais une femme qui pourrait vous aider. Elle s'appelle Adie et on la surnomme la dame des ossements. Beaucoup de gens ont peur d'elle. Les types d'en bas ne s'approcheraient pour rien au monde de sa maison.

— Pourquoi ? demanda Richard, se souvenant que Chase lui avait parlé d'Adie comme d'une amie.

— Parce qu'ils sont superstitieux. Ils pensent qu'Adie porte malheur. De plus, elle vit près de la frontière. Selon ces hommes, les gens qu'elle n'aime pas ont la fâcheuse habitude de tomber raides morts. Attention, je ne dis pas que c'est vrai ! En fait, je n'en crois pas un mot. Pour moi, tout se passe dans l'imagination de ces idiots. Adie n'est pas une guérisseuse, mais elle a aidé des gens de ma connaissance. Qui sait, elle pourra peut-être quelque chose pour tes amis. Il y a intérêt, parce qu'ils ne résisteront plus longtemps si on les laisse comme ça.

— Et comment trouver cette dame des ossements ? demanda Richard en se passant une main dans les cheveux.

— Devant l'écurie, il faut suivre la piste qui part sur la gauche. Il y en a à peu près pour quatre heures de cheval.

—Et pourquoi vous donnez-vous tant de mal pour nous ? lança Richard, méfiant.

—Disons que j'aide le garde-frontière, répondit William en croisant les bras. Grâce à lui, les clients indésirables ne se montrent plus chez moi. En outre, ses hommes et lui dépensent pas mal d'argent ici et dans mon épicerie. S'il s'en sort, dites-lui bien que j'ai contribué à lui sauver la vie. Il sera vexé comme un pou !

Richard sourit, car il comprenait le raisonnement de l'aubergiste. Chase détestait qu'on l'aide ! Décidément, William le connaissait bien.

—Je m'assurerai qu'il le sache, n'ayez crainte. (William s'épanouit.) À présent, passons à la dame des ossements. Si elle vit seule près de la frontière, elle appréciera sûrement que je lui propose quelque chose en échange de son soutien. Pourriez-vous me préparer un assortiment de vivres pour elle ?

—Bien sûr… Je suis un fournisseur officiel, rémunéré par les gens de Hartland. Bien entendu, le Conseil, une association de voleurs, me reprend presque tout en impôts. Si tu travailles pour le gouvernement, j'inscrirai ça sur mon livre de comptes, et tu n'auras rien à payer.

—Je travaille pour le gouvernement…

Randy revint avec une cuvette, un broc et une cargaison de serviettes. Kahlan lui donna une pièce d'argent et lui demanda de s'occuper des chevaux. Après avoir consulté son père du regard, le garçon accepta.

—Dites-moi lequel est le vôtre, fit-il avec un grand sourire, et il aura droit à des soins spéciaux.

—Ils sont tous à moi, répondit Kahlan. Traite-les bien, car ma vie dépend d'eux.

—Comptez sur moi ! lança Randy, soudain très sérieux. (Ne sachant que faire de ses mains, il décida de les fourrer dans ses poches.) Je ne laisserai personne les approcher… (Il recula vers la porte et ajouta, juste avant de sortir :) Ma dame, je ne crois pas un mot de ce que ces types, en bas, racontent sur vous. Et sachez que je le leur ai dit !

—Merci, fit Kahlan sans pouvoir s'empêcher de sourire. Mais je ne veux pas que tu prennes des risques à cause de moi. Tiens-toi à l'écart de ces hommes, je t'en prie. Et ne leur raconte pas que tu m'as parlé, ça les inciterait à s'enhardir.

Randy hocha la tête et s'en fut sur un dernier sourire. William le regarda partir avec de grands yeux indulgents.

—Rester ici et épouser mon fils ne vous tente pas, je suppose ? dit-il en se tournant vers Kahlan. Avoir une femme lui ferait sacrément du bien !

Un éclair de panique et de chagrin passant dans ses yeux, Kahlan s'assit sur le lit et baissa la tête.

—Je plaisantais, s'excusa William. (Il regarda Richard.) Je vais vous monter un dîner. Des pommes de terre et de la viande…

—De la viande ? répéta Richard, méfiant.

—Ne t'inquiète pas, je ne prendrais pas le risque de servir de la barbaque à ces hommes. Ils seraient capables de me pendre haut et court !

L'aubergiste s'éclipsa. Il revint quelques minutes plus tard et posa deux assiettes fumantes sur la table.

—Merci de votre aide, dit Richard.

—De rien, mon garçon. Tout sera noté dans mon livre de comptes. Demain matin, je te l'apporterai pour que tu le signes. À Hartland, quelqu'un reconnaîtra-t-il ton paraphe?

—Sans aucun doute! Je m'appelle Richard Cypher. Mon frère est le Premier Conseiller.

William blêmit.

—Je suis navré! Pas que ton... votre... frère soit le Premier Conseiller, bien sûr. Mais si j'avais su, je vous aurais mieux accueillis... Voulez-vous dormir chez moi? La maison n'est pas terrible, mais ce sera toujours mieux qu'ici. Je vais y transporter vos affaires...

—William, ça ira très bien comme ça. (Richard approcha de l'aubergiste, qui n'en menait pas large, et lui posa une main sur l'épaule.) C'est mon frère le Premier Conseiller, pas moi... La chambre est très bien. Tout me convient.

—C'est vrai? Sans blague? Vous n'allez pas m'envoyer l'armée, hein?

—Votre aide nous a été précieuse, William. Et je n'ai rien à voir avec l'armée.

—Ça m'étonnerait, pour quelqu'un qui voyage avec le chef des gardes-frontière.

—C'est un ami à moi. Depuis des années... Le vieil homme aussi. Des amis, et rien de plus!

—Alors, si j'ajoutais deux chambres de plus sur mon livre de comptes? Après tout, personne ne peut savoir que vous avez tous séjourné dans la même.

Richard tapota le dos de l'aubergiste et ne cessa pas de sourire.

—Ce serait malhonnête. Je ne signerais pas une chose pareille.

William soupira puis sourit.

—Vous êtes bien un ami de Chase! À présent, je n'ai plus de doutes. Depuis que je le connais, je n'ai jamais réussi à le convaincre de trafiquer un peu les comptes!

Richard glissa quelques pièces d'argent dans la main de l'aubergiste.

—Mais ça, vous l'avez bien gagné... J'apprécie ce que vous faites pour nous. À ce propos, j'aimerais que vous coupiez votre bière avec de l'eau, ce soir. Les hommes saouls ont tendance à mourir trop facilement... (William acquiesça.) Vous avez des clients dangereux, mon ami...

L'aubergiste étudia Richard, jeta un coup d'œil à Kahlan, puis s'intéressa de nouveau au Sourcier.

—Cette nuit, surtout..., souffla-t-il.

—Si quelqu'un essaie de passer cette porte, je le tuerai sans sommation! dit Richard.

—Je vais voir ce que je peux faire pour que ça n'arrive pas... Et tant pis si je dois cogner quelques têtes les unes contre les autres! Mangez avant que ça refroidisse. Et Richard Cypher, protégez bien votre compagne. La tête qu'elle porte sur ses épaules est rudement bien remplie. (Il fit un clin d'œil à Kahlan.) Et sacrément jolie, aussi !

— William, encore une chose..., dit Richard. La frontière faiblit. Elle disparaîtra dans quelques semaines. Soyez très prudent.

La main sur la poignée de la porte, l'aubergiste prit une grande inspiration qui fit saillir les muscles de sa poitrine.

— Je crois que le Conseil a choisi pour chef le mauvais frère. Mais ces gens-là ne cherchent pas le pouvoir pour agir intelligemment. Je viendrai vous réveiller demain matin, dès l'aube, quand il n'y aura plus de danger.

William parti, Richard et Kahlan s'assirent sur le petit banc et mangèrent en silence. Leur chambre était au fond du bâtiment, loin de la salle commune, et on n'y entendait presque pas de bruit, à part un murmure lointain. La nourriture se révéla meilleure que prévu. Ou Richard était-il affamé au point de ne plus faire la différence ?

Le lit l'attirait irrésistiblement et Kahlan s'en aperçut.

— Tu as dormi moins de deux heures hier, dit-elle. Je prendrai le premier tour de garde. Si les brutes d'en bas décident de monter, ce sera au milieu de la nuit, car il leur faudra bien ça pour se donner du cœur au ventre. Si ces types viennent, il vaudra mieux que tu sois reposé.

— Tu crois plus facile de tuer des gens après avoir dormi ?

Richard fut immédiatement navré de sa remarque agressive. Penaud, il s'avisa qu'il brandissait sa fourchette comme si c'était une épée.

— Je ne voulais pas dire ça... Si tu es fatigué, tu risques de te défendre mal et d'être blessé. J'ai peur pour toi...

Du bout de sa fourchette, Kahlan poussa une pomme de terre au milieu de son assiette.

— Richard, continua-t-elle dans un murmure, je suis désolée que tu sois impliqué dans tout ça. Je voudrais tellement que tu ne sois pas obligé de tuer... Comme ces hommes, en bas... J'ai agi pour te protéger, tout à l'heure, mais aussi pour que tu ne sois pas contraint de verser le sang.

Le Sourcier fut bouleversé de voir son amie si triste.

— Je n'aurais manqué ce voyage pour rien au monde, dit-il en lui flanquant un petit coup d'épaule amical. Une sacrée bonne occasion d'être avec mes amis !

Kahlan sourit et posa un instant la tête contre son épaule avant de manger sa pomme de terre.

— Richard, pourquoi m'as-tu chargée de demander à Randy de s'occuper des chevaux ?

— L'efficacité ! Tu dis que seul le résultat compte. Ce pauvre garçon se meurt d'amour pour toi, ça crève les yeux. Comme c'est toi qui le lui as demandé, il veillera bien mieux sur nos montures. (Kahlan le regarda, incrédule.) Tu fais cet effet aux hommes, crois-moi sur parole !

Le sourire de Kahlan perdit de son éclat et une étrange mélancolie passa dans son regard. Conscient d'approcher ses secrets de trop près, Richard n'insista pas.

Quand ils eurent fini de manger, Kahlan se leva, approcha de la cuvette, y trempa une serviette et alla s'agenouiller près de Zedd. Après lui avoir tendrement lavé le visage, elle leva les yeux sur Richard.

— Son état est stationnaire… Laisse-moi monter la garde et repose-toi !

Le Sourcier capitula. Il s'allongea sur le lit et s'endormit comme une masse.

Au milieu de la nuit, Kahlan le réveilla pour qu'il prenne le relais. Alors qu'elle s'assoupissait, il s'aspergea le front d'eau froide pour s'éclaircir les idées. Puis il s'assit sur le banc, tous les sens en alerte.

Pour chasser un mauvais goût, dans sa bouche, il mastiqua un petit morceau de fruit sec.

Une heure avant le lever du soleil, on frappa à la porte.

— Richard, appela une voix étouffée. C'est William. Ouvrez-moi. Nous avons un problème !

Chapitre 16

Pendant que Richard déverrouillait la porte, Kahlan se leva d'un bond en frottant ses yeux encore lourds de sommeil. Puis elle dégaina son couteau.

Le souffle court, William entra et referma aussitôt. De la sueur ruisselait sur son front.

— Que se passe-t-il ? demanda Richard.

— Tout était tranquille…, haleta l'aubergiste. Mais il y a quelques minutes, ces deux gars sont arrivés… On aurait dit qu'ils jaillissaient de nulle part ! Des grands types blonds avec des cous de taureau. De splendides gaillards armés jusqu'aux dents ! Le genre d'hommes dont on évite le regard !

Richard se tourna vers Kahlan. Comme lui, elle n'avait aucun doute sur l'identité des deux types. À l'évidence, les ennuis que Zedd avait envoyés au deuxième *quatuor* n'avaient pas suffi.

— Deux hommes ? répéta Richard. Vous êtes sûr qu'il n'y en avait pas plus ?

— Je n'en ai vu que deux, et ça m'a largement suffi. L'un d'eux était dans un sale état. Un bras en écharpe et l'autre couvert de marques de griffes. Mais ça ne semblait pas le déranger outre mesure. Bon, ils sont arrivés, et ils ont posé des questions sur une femme qui ressemble beaucoup à votre compagne, maître Richard. Sauf qu'elle ne porte pas la robe blanche qu'ils m'ont décrite. Ils se sont engagés dans l'escalier, mais une querelle a éclaté dans la salle au sujet de qui allait faire quoi avec votre jeune dame. Notre ami le rouquin a proprement égorgé le type au bras en écharpe. Alors, l'autre a étripé en un clin d'œil un tas de mes chers clients. Je n'ai jamais vu un truc pareil ! Ensuite, il s'est volatilisé, juste comme ça ! En bas, il y a du sang partout.

» Les clients survivants se disputent pour savoir qui sera le premier à… (Il regarda Kahlan et n'acheva pas sa phrase.) Randy va amener vos chevaux derrière l'auberge. Vous devez partir sur-le-champ ! Allez chez Adie. Le soleil se lèvera dans une heure, donc vous ne risquez rien des chiens. Mais il faut vous dépêcher !

Richard se chargea des jambes de Chase et William le prit par les épaules. Ils passèrent par l'escalier de service et débouchèrent dans une ruelle obscure. Sous la pluie, la lumière des lampes, filtrant des fenêtres, conférait une aura jaunâtre aux silhouettes noires des chevaux. Randy les attendait, l'air inquiet. Ils déposèrent Chase sur une civière et remontèrent aussi vite que possible. William souleva Zedd du sol pendant que Richard et Kahlan enfilaient leurs manteaux et récupéraient leur paquetage. William en tête, ils dévalèrent les marches.

La porte franchie, ils faillirent trébucher sur Randy, assommé pour le compte. Richard leva les yeux juste à temps pour voir le rouquin lui bondir dessus. Il recula, la lame d'un couteau frôlant son visage, et l'agresseur, emporté par son élan, s'étala tête la première dans la boue. Il se releva à une vitesse étonnante, puis se pétrifia, la pointe de l'Épée de Vérité à un pouce de la gorge.

Le duel s'engagea. Après quelques passes d'armes, Richard fit tourner la poignée de son épée dans sa main et, du plat de la lame, frappa son adversaire à la tempe. Le rouquin retomba dans la boue et y resta.

Pendant que William installait Zedd sur la civière libre, Kahlan retourna Randy sur le dos. Un œil au beurre noir, le garçon grogna quand il sentit les gouttes de pluie s'écraser sur son visage. Puis il reconnut la jeune femme – de son bon œil – et lui sourit. Soulagée qu'il ne soit pas gravement blessé, elle le serra dans ses bras et l'aida à se relever.

— Il m'a pris par surprise, dit Randy. Désolé…

— Tu es un garçon très courageux, fit Kahlan, inutile de t'excuser. Et merci de nous avoir aidés. Vous aussi, William.

L'aubergiste accueillit le compliment d'un sourire.

Ils étendirent des couvertures sur Chase et Zedd, puis ajoutèrent la toile goudronnée. Les vivres pour Adie, annonça William, étaient déjà sur le cheval de Chase. Richard et Kahlan montèrent en selle.

— Paiement à la livraison, comme promis ! dit la jeune femme en lançant une pièce d'argent à Randy.

Il l'attrapa au vol et sourit.

Richard se pencha, tapa dans la main du garçon, le remercia, et se tourna vers son père, l'air pas commode du tout.

— William, je veux que vous notiez tout dans votre livre de comptes. Y compris les dégâts, le temps que vous nous avez consacré et même les pierres tombales de vos clients ! Ajoutez une somme rondelette pour nous avoir sauvé la vie ! Si le Conseil joue les grigous, rappelez-lui que le frère du Premier Conseiller vous doit une fière chandelle. Si ça ne suffit pas, dites que Richard Cypher en personne aura la tête du mauvais payeur et qu'il la plantera sur une pique au milieu de la pelouse de son frère !

William éclata d'un rire tonitruant qui couvrit le bruit de la pluie. Richard tira sur les rênes de son cheval, impatient, et désigna le rouquin évanoui dans la boue.

—Je n'ai pas tué ce salopard parce qu'il a involontairement sauvé Kahlan en égorgeant une canaille encore pire que lui. Mais il reste coupable de meurtre et de tentative de viol. À votre place, je le pendrais avant qu'il se réveille.

—À vos ordres ! lança William.

—N'oubliez pas ce que j'ai dit à propos de la frontière. Il y aura du danger. Soyez prudent.

William soutint le regard de Richard.

—Nous n'oublierons pas, dit-il en posant une main sur l'épaule de son fils. (Un sourire flotta sur ses lèvres.) Longue vie au Sourcier !

Richard sursauta, surpris, puis sourit à son tour, sa fureur un peu apaisée.

—Hier soir, dit-il, j'ai pensé que vous n'étiez pas du genre sournois. Je vois que je me trompais !

Le Sourcier et sa compagne relevèrent leurs capuches et partirent aussi vite que le leur permettaient les civières.

La pluie noya rapidement les lumières de Havre du Sud, laissant les voyageurs se frayer un chemin dans les ténèbres. Entraînés par Chase, les chevaux n'avaient aucun problème à s'adapter à ces conditions difficiles. L'aube mit une éternité à se lever, la lumière du soleil ne dissipant pas tout à fait l'obscurité. Une matinée entre chien et loup, très adaptée à l'humeur morose de Richard. Par bonheur, la pluie avait un peu douché sa rage.

Les deux jeunes gens savaient que le dernier survivant du *quatuor* rôdait dans le coin. Tôt ou tard, il repasserait à l'attaque. Ignorer quand les minait !

Richard pensait aussi sans cesse au diagnostic de William sur Chase et Zedd. *« Ils ne résisteront plus longtemps... »* Si Adie ne pouvait rien pour eux, que devrait-il faire ? Sans soins, ses deux amis étaient condamnés. Mais comment imaginer un monde sans Zedd ? Privé de ses « trucs », de son aide et de son réconfort, l'univers n'aurait plus aucun intérêt. À cette seule idée, Richard sentait une boule se former dans sa gorge. Mais Zedd lui aurait dit de ne pas s'inquiéter de ce qui risquait de se passer. Seul comptait ce qui était déjà arrivé !

Hélas, ça ne valait guère mieux. Le père de Richard était mort et Darken Rahl aurait bientôt les trois boîtes en sa possession. Les deux meilleurs amis du Sourcier agonisaient, et il voyageait en compagnie d'une femme qui faisait battre son cœur mais qu'il n'avait pas le droit d'aimer. De plus, elle ne semblait toujours pas disposée à lui révéler ses secrets.

Kahlan livrait un incessant combat intérieur à ce sujet. Chaque fois qu'il se sentait plus proche d'elle, il lisait du chagrin et de la peur dans ses yeux. Bientôt, ils arriveraient dans les Contrées du Milieu, où les gens savaient tout sur elle. Mais il voulait apprendre la vérité de sa bouche, pas de celle d'un étranger. Si elle ne se décidait pas à parler, il devrait la harceler de questions. Que ce soit ou non dans sa nature, il n'aurait pas le choix.

Perdu dans ses pensées, Richard ne s'aperçut pas qu'ils chevauchaient depuis près de quatre heures.

La forêt était gorgée de pluie et les arbres, dans le brouillard, ressemblaient à des silhouettes noires menaçantes. Sur leurs troncs, la mousse prospérait sans vergogne. Elle envahissait l'écorce des végétaux et formait à leurs pieds de grands cercles verts et spongieux. Sur les rochers, le lichen était d'un jaune brillant. Ailleurs, il tirait sur le marron…

Par endroits, de l'eau transformait pour un temps la piste en ruisseau où la civière de Zedd s'enfonçait un peu. Les grosses pierres et les racines, sur les passages les plus accidentés, provoquaient des cahots qui envoyaient valser de gauche à droite la tête du vieil homme.

Richard sentit soudain la délicieuse odeur du bois en train de brûler. Du bouleau, sans aucun doute…

Autour d'eux, le paysage avait insensiblement changé. Il paraissait identique. Pourtant, il était subtilement différent. Désormais, la pluie semblait tomber sur la forêt avec une sorte de… révérence. Dans ces lieux à l'atmosphère étrangement sacrée, Richard se sentait comme un intrus qui ose troubler une antique quiétude. Il aurait voulu s'en ouvrir à Kahlan, mais parler lui paraissait un sacrilège. À présent, il comprenait pourquoi les brutes de l'auberge ne s'aventuraient pas ici. Leur grossièreté d'âme et d'esprit aurait été une sorte de blasphème.

Ils arrivèrent devant une maison si bien intégrée dans le paysage qu'on la distinguait à peine. Une colonne de fumée – le bois de bouleau ! – sortait de sa cheminée pour se mêler au brouillard environnant. De la même couleur que les arbres, les rondins battus par les intempéries qui la composaient ne gâchaient en rien le paysage. C'était à peine s'ils semblaient peser sur le sol ! Entourée d'arbres qui la protégeaient, la maison paraissait avoir poussé dans la forêt plus qu'y avoir été bâtie. Cela valait aussi pour le toit, simplement couvert de fougères. Quant au porche, abrité par la pente de la toiture, il permettait tout juste à deux ou trois personnes de s'y tenir en même temps. Richard aperçut deux fenêtres carrées – une sur la façade et l'autre sur le côté droit de la maison – et aucune n'avait de rideau.

Devant la vieille maison, des fougères s'inclinaient au rythme des gouttes de pluie qui tombaient des arbres. Avec l'humidité et le brouillard, leur couleur vert pâle caractéristique brillait d'une étonnante manière. Un petit chemin serpentait dans cette végétation.

Une vieille femme était campée devant la maison. Plus grande que Kahlan, elle n'atteignait cependant pas la taille de Richard. Sa robe ocre à la coupe toute simple était imprimée de motifs rouge et jaune et portait au col de discrets ornements. Ses cheveux poivre et sel, fins et droits, la raie au milieu, étaient coupés au carré au niveau de ses mâchoires puissantes. Sur son visage buriné, l'âge n'était pas parvenu à effacer son incontestable beauté. Elle s'appuyait sur une béquille, car il lui manquait un pied.

Parvenu devant elle, Richard tira sur les rênes de son cheval.

Il s'aperçut que les yeux de la femme étaient uniformément blancs.

— Je suis Adie. Qui êtes-vous ?

La voix de gorge de la vieille femme, dure et râpeuse, fit courir un frisson le long de l'échine de Richard.

— Quatre amis, répondit-il avec un respect marqué – en forçant le ton pour couvrir le crépitement de la pluie.

Adie plissa le front puis retira la béquille de sous son bras et posa les deux mains dessus, s'y appuyant de tout son poids. Ses lèvres fines dessinèrent l'ombre d'un sourire.

— Un ami, croassa-t-elle, et trois personnes très dangereuses. Adie décidera si ce sont aussi des amis…

Elle hocha la tête, comme si elle acquiesçait à ses propres paroles.

Richard et Kahlan se regardèrent du coin de l'œil. Le jeune homme se sentit soudain mal à l'aise d'être perché sur son cheval, comme si regarder Adie de haut suggérait qu'il ne la respectait pas. Il mit pied à terre et Kahlan fit de même. Tenant toujours les rênes de sa monture, il vint se placer devant le poitrail de la bête, Kahlan à ses côtés.

— Je m'appelle Richard Cypher. Et voilà mon amie, Kahlan Amnell.

La vieille femme le dévisagea longuement de ses yeux blancs. Pouvait-elle voir ? Peut-être, mais le Sourcier aurait été bien en peine de dire comment c'était possible.

Adie se tourna vers Kahlan et croassa quelques mots dans un langage inconnu de Richard. La jeune femme soutint le regard de son interlocutrice et inclina imperceptiblement la tête.

Adie venait de la saluer ! Et avec une grande révérence, qui plus est. N'ayant pas reconnu les mots *Kahlan* ou *Amnell*, Richard comprit, non sans un frisson, qu'Adie s'était adressée à son amie en utilisant un titre honorifique.

Il connaissait Kahlan depuis assez longtemps pour déterminer, à sa posture – le dos bien droit et la tête levée – qu'elle était sur ses gardes. Et pas qu'un peu ! À sa place, un chat aurait eu le dos rond et tous les poils hérissés ! Les deux femmes se toisèrent un long moment, ayant pour un temps oublié les barrières de l'âge. Elles s'évaluaient selon des critères qui échappaient à Richard. Mais une chose était claire à ses yeux : Adie pouvait leur nuire et l'épée ne lui serait d'aucun secours contre elle.

La dame des ossements se tourna enfin vers lui.

— Dis à voix haute ce que tu me veux, Richard Cypher.

— Nous avons besoin de votre aide.

— C'est la vérité, fit Adie en hochant la tête.

— Nos deux amis sont blessés. Le plus jeune, Dell Brandstone, m'a raconté qu'il était votre ami.

— C'est la vérité, répéta Adie.

— Un autre homme, à Havre du Sud, nous a dit que vous pourriez nous aider. En remerciement, nous vous avons apporté des vivres. Il nous semblait normal de vous offrir quelque chose…

— Un mensonge ! cria Adie en martelant le sol avec sa béquille.

Richard et Kahlan reculèrent un peu.

— C'est la vérité, fit le Sourcier, désorienté. Les vivres sont là. (Il désigna le cheval de Chase.) Nous jugions normal de…

— Un mensonge ! coupa Adie.

Richard croisa les bras, à bout de patience. Pendant que ses amis agonisaient, il jouait à de stupides charades avec une vieille folle !

— Qu'est-ce qui est un mensonge ?

— Le « nous ». (Elle tapa de nouveau avec sa béquille.) C'est toi qui as eu l'idée de m'offrir des vivres. Toi, et encore toi, qui jugeais ça normal. Pas toi et Kahlan. « Nous » est un mensonge. « Je » est la vérité.

Richard décroisa les bras et les laissa tomber le long de ses flancs.

— Quelle importance ? « Je », « nous », c'est du pareil au même.

— L'un est un mensonge, et l'autre la vérité. Peut-il exister une plus grande différence ?

Richard croisa de nouveau les bras.

— Quand Chase vous raconte ses aventures, il doit passer un fichu mauvais quart d'heure !

— C'est la vérité, admit Adie avec un sourire. (Elle se pencha en avant et agita la main.) Fais entrer tes amis.

Elle se retourna, glissa la béquille sous son bras et se dirigea vers la maison. Richard et Kahlan commencèrent par Chase. Ils enlevèrent les couvertures, puis elle le prit par les pieds et lui se chargea de la moitié la plus lourde.

Dès qu'ils eurent passé la porte, Richard comprit d'où venait le surnom d'Adie.

Les murs sombres étaient couverts d'ossements ! L'un d'eux était entièrement occupé par des étagères chargées de crânes d'animaux que Richard ne reconnut pas. Mais la plupart étaient effrayants, avec de longues défenses incurvées. Au moins, pensa-t-il, il n'y avait pas de têtes humaines.

Certains os formaient des colliers. D'autres étaient recyclés en objets utilitaires décorés de plumes ou de perles et entourés de grands ronds à la craie dessinés sur les murs. Dans les coins de la pièce, de petites montagnes d'os s'entassaient négligemment. Ceux qui avaient droit aux murs étaient soigneusement exposés, avec assez d'espace entre eux pour mettre chacun en valeur. Sur le manteau de la cheminée trônait une côte aussi grosse que son bras. Longue d'environ six pieds, elle était couverte d'inscriptions que le jeune homme n'identifia pas. Avec autant d'os alentour, il eut vite le sentiment d'être dans le ventre d'une énorme bête morte…

Tandis que Richard regardait autour de lui, ils posèrent délicatement Chase sur le sol.

Les deux jeunes gens étaient trempés comme des soupes. Quand Adie se campa au-dessus de Chase, elle se révéla aussi sèche que les os de sa collection. Après être restée sous la pluie, cette fichue bonne femme n'avait pas un poil de mouillé ! Richard se demanda s'il avait eu raison de venir ici. Si Chase ne lui avait pas assuré qu'Adie était son amie, il aurait volontiers levé le camp.

— Je vais chercher Zedd, dit-il à Kahlan.

Mais c'était davantage une question qu'une affirmation.

— Je porterai nos affaires et les cadeaux, répondit la jeune femme avec un regard soupçonneux pour Adie.

Quelques minutes plus tard, Richard étendit son vieil ami à côté de Chase. Puis Kahlan et lui disposèrent les cadeaux sur la table. Ensuite, ils se tinrent immobiles près des deux blessés, sans pouvoir s'empêcher de regarder les ossements, derrière Adie.

— Qui est celui-là ? demanda-t-elle en désignant Zedd.

— Zeddicus Zu'l Zorander, mon ami, répondit Richard.

— Un sorcier ! cria Adie.

— Mon ami ! répéta Richard, furieux.

Adie riva ses yeux blancs dans ceux du Sourcier. Sans soins, Zedd allait mourir, et Richard n'entendait pas qu'une horreur pareille se produise.

Adie se pencha en avant et posa sa main ridée sur le ventre du jeune homme. Bien que surpris, il ne broncha pas quand elle décrivit de petits cercles avec sa paume, comme si elle cherchait quelque chose. Puis elle retira sa main et la plaça sur celle qui tenait la béquille.

— La juste colère d'un Sourcier, dit-elle avec un petit sourire. (Elle tourna la tête vers Kahlan.) Tu n'as rien à craindre de lui, mon enfant. C'est la colère de la vérité. Celle des dents ! Les gens de bien n'ont aucune raison de la redouter.

Prenant appui sur sa béquille, elle approcha de Kahlan et répéta la procédure sur elle. Quand ce fut terminé, elle regarda Richard.

— Elle a la flamme ! Et la colère brûle aussi en elle. Mais c'est celle de la langue. Il faut t'en méfier. Tout le monde doit prendre garde. Si elle l'extériorise, ce sera très dangereux.

— Je déteste les énigmes, dit Richard avec un regard noir pour la vieille femme. Elles laissent trop de place aux mauvaises interprétations. Si vous voulez me dire quelque chose, n'y allez pas par quatre chemins.

— Une question, alors ? fit Adie, malicieuse. Qu'est-ce qui est le plus fort, les dents ou la langue ?

— La réponse évidente, c'est les dents. Donc, je choisis la langue.

— Parfois, la tienne bouge alors qu'elle ne devrait pas, le réprimanda Adie. Assure-toi qu'elle reste tranquille !

Embarrassé, Richard ne dit rien.

— Tu saisis, maintenant ?

— Non.

— La colère des dents est celle du contact. La violence physique. Le combat. La magie de l'Épée est celle des dents. Elle déchire. Elle éventre. La colère de la langue n'a pas besoin de contact, mais sa force est exactement la même. Et elle tranche aussi rapidement !

— Je ne suis pas sûr de comprendre, avoua Richard.

Adie tendit une main vers lui, ses longs doigts se posant sur son épaule. Alors, des images explosèrent dans sa tête. Une vision, ou plutôt un souvenir de la nuit précédente.

Il revit le rouquin, à l'auberge. Lui-même était près de Kahlan et tous ces types attendaient une occasion d'attaquer. La main sur la garde de son épée, Richard était prêt à déchaîner assez de violence pour les arrêter, certain que seul le sang résoudrait la crise. Puis il revit Kahlan parler à la brute et calmer aussi les autres, les empêchant de passer à l'action par la seule force de ses paroles. Enfin, il la vit passer sa langue sur ses lèvres, s'exprimant encore, bien que muettement.

Elle avait vidé ces hommes de leur flamme. Désarmé une bande de débauchés sans même les toucher. Tout ce que l'épée était incapable de faire !

Alors, il commença à comprendre ce que voulait dire Adie.

Kahlan saisit le poignet de la vieille femme et écarta ses doigts de l'épaule du Sourcier. Ses yeux brillaient de colère, et Adie ne fut pas la dernière à le remarquer.

— J'ai juré de protéger le Sourcier, dit Kahlan. Et je ne sais pas ce que vous étiez en train de faire… Pardonnez-moi si ma réaction est excessive. Je ne voulais pas vous offenser, mais si je n'accomplis pas ma mission, je ne pourrai plus jamais me regarder en face. L'enjeu est si élevé !

Adie baissa les yeux sur la main qui serrait toujours son poignet.

— Je comprends, mon enfant. Pardonne-moi de t'avoir causé de l'inquiétude pour rien…

Kahlan ne lâcha pas tout de suite le poignet d'Adie, histoire de bien se faire comprendre.

Quand sa main fut libérée, la vieille femme la posa sur sa béquille et se tourna vers Richard.

— La langue et les dents travaillent ensemble. C'est pareil pour la magie. Tu contrôles la magie de l'épée – celle des dents. Mais ça te confère aussi la magie de la langue. Qui fonctionne parce que tu la soutiens avec ton épée ! (Elle tourna lentement la tête vers Kahlan.) Tu as les deux, mon enfant. Les dents et la langue. Tu les utilises ensemble, l'une soutenant l'autre.

— Et la magie d'un sorcier, c'est quoi, exactement ? demanda Richard.

Adie réfléchit un peu.

— Il y a beaucoup de formes de magie, en plus des dents et de la langue. Les sorciers les maîtrisent toutes, à part celle du royaume des morts. Et ils n'hésitent jamais à les utiliser. (Elle regarda Zedd.) C'est un gaillard très dangereux…

— Avec moi, il a toujours été gentil et compréhensif. Un homme de bien.

— Oui. Mais il est également très dangereux.

Richard préféra changer de sujet.

— Et Darken Rahl, le connaissez-vous ? Quelle forme de magie peut-il utiliser ?

— Oh, oui, je le connais ! croassa Adie. Il dispose de toutes les formes de magie accessibles à un sorcier, et de celles qui sont hors de sa portée. Darken Rahl peut recourir à la magie du royaume des morts !

Richard frissonna. Il aurait voulu demander à Adie quelle magie elle contrôlait, mais quelque chose lui souffla qu'il valait mieux s'en abstenir.

La dame des ossements se tourna de nouveau vers Kahlan.

— Sache-le, mon enfant, tu maîtrises le vrai pouvoir de la langue. Tu ne le connais pas, mais si tu le laissais se déchaîner, ce serait terrible.

— Je ne comprends rien à ce que vous dites, souffla Kahlan, tendue à craquer.

— C'est la vérité... (Adie posa une main sur l'épaule de Kahlan et l'attira vers elle.) Ta mère est morte avant que tu sois devenue une femme. Elle n'a pas pu t'enseigner cela.

— Et vous, que pouvez-vous m'apprendre ?

— Rien. Désolée, mais j'ignore comment ça fonctionne. Seule ta mère aurait pu te l'enseigner au moment où tu as atteint l'âge d'être une femme. Et ce savoir est perdu. Mais le pouvoir est toujours là. Prends garde ! Ton absence de formation ne l'empêchera pas de se manifester !

— Vous connaissiez ma mère ? demanda Kahlan d'une voix tremblante.

L'expression d'Adie s'adoucit.

— Je me souviens de votre nom de famille. Et de ses yeux verts, du genre qu'on n'oublie pas facilement. Tu as les mêmes. Lorsqu'elle te portait dans son ventre, je l'ai rencontrée.

— Elle avait une amulette, avec un petit os..., souffla Kahlan. Elle me l'a offerte quand j'étais enfant, et je l'ai gardée à mon cou jusqu'à... Dennee, celle que j'appelais ma sœur... À sa mort, j'ai enterré l'amulette avec elle. C'était son bijou préféré ! Et c'est vous, n'est-ce pas, qui l'aviez donné à ma mère ?

— Oui, mon enfant. Il devait protéger sa fille encore à naître, veiller sur son enfance, et l'aider à devenir forte, comme sa mère. Je vois que ce fut une réussite.

Kahlan enlaça Adie.

— Merci d'avoir aidé ma mère.

La vieille femme lâcha sa béquille d'une main et caressa le dos de Kahlan avec une réelle tendresse. Puis les deux femmes s'écartèrent l'une de l'autre.

Richard sauta sur l'ouverture qu'il attendait depuis un bon moment.

— Adie, dit-il, vous avez aidé Kahlan avant sa naissance. Continuez aujourd'hui ! Sa vie et celles d'une multitude d'innocents sont en jeu. Darken Rahl nous traque. Nous avons besoin de Chase et de Zedd. Je vous en prie, faites quelque chose pour eux. Et pour Kahlan.

Avec un petit sourire, Adie hocha la tête en écho à une pensée qu'elle ne jugea pas utile de formuler à voix haute.

— Zeddicus Zu'l Zorander a bien choisi son Sourcier. Heureusement pour toi, la patience ne compte pas parmi les qualités requises. Ne t'inquiète pas, mon garçon. Si je n'avais pas voulu les aider, je ne les aurais pas laissés entrer ici.

— Ça ne vous frappe peut-être pas, mais Zedd va très mal. Il respire à peine...

Les yeux blancs d'Adie le fixèrent avec une indulgence mêlée d'irritation.

— Dis-moi, mon garçon, connais-tu le secret de Kahlan, celui qu'elle fait tout pour te cacher ?

Richard ne répondit rien et tenta de rester impassible.

Adie se tourna vers Kahlan.

— Mon enfant, connais-tu le secret qu'il te cache ? (Kahlan ne desserra pas les lèvres. Adie regarda de nouveau Richard.) Le sorcier se doute-t-il que tu lui dissimules quelque chose ? Non, bien sûr ! Et toi, que sais-tu de ses secrets ? Rien ! Trois aveugles… Hum, on dirait que j'ai une meilleure vue que vous.

Richard se demanda ce que Zedd pouvait lui cacher.

— Et lesquels de ces secrets connaissez-vous, Adie ? demanda-t-il.

— Seulement le sien, répondit la vieille femme en désignant Kahlan.

Richard dissimula son soulagement. Il avait été au bord de la panique.

— Tout le monde a des secrets, ma dame, dit-il, et le droit de les garder quand c'est nécessaire.

— C'est la vérité, Richard Cypher !

— À présent, à propos de mes amis ?

— Sais-tu comment les soigner ?

— Non. Sinon, je l'aurais déjà fait !

— Ton impatience te sera pardonnée, car il est légitime de s'inquiéter pour ceux qu'on aime. Donc, je ne te blâmerai pas. Mais rassure-toi, dès le moment où tu les as amenés ici, ils ont reçu de l'aide.

— Vraiment ? fit Richard, pris au dépourvu.

— Vraiment… Ils ont été assommés par des créatures du royaume des morts et il leur faudra du temps pour revenir à eux. Des jours, sans doute. Ne me demande pas combien, car je l'ignore. Mais ils sont déshydratés. Le manque d'eau risque de les tuer. Il faut les ranimer assez pour qu'ils boivent. Sache que ce n'est pas parce qu'il va plus mal que le sorcier respire ainsi. Tous ses collègues ont recours à cette méthode pour économiser des forces dans les moments difficiles. Ils se plongent dans un sommeil plus profond. À présent, je vais réveiller tes amis pour leur donner de l'eau. Tu ne pourras pas leur parler et ils ne te reconnaîtront pas, mais ça n'aura rien d'inquiétant. Va chercher le seau, dans le coin, là-bas !

Richard obéit puis aida Adie à s'asseoir en tailleur près de Zedd et de Chase. Sur un signe de la vieille femme, Kahlan prit place à côté d'elle. Richard fut ensuite chargé d'aller chercher un artefact sur une étagère.

Le « manche » de l'objet ressemblait fort à un fémur humain. D'une patine marron foncé, l'étrange instrument paraissait très ancien. Tout au long de l'os couraient des symboles inconnus de Richard. Au bout, de chaque côté de la partie ronde, étaient fixées deux calottes crâniennes très proprement découpées et couvertes de peau séchée. Au centre de chaque enveloppe de peau, un nœud évoquait vaguement un ombilic. À l'endroit où les bourses touchaient le bord de l'os pendaient des touffes de cheveux noirs épais tenues par des lacets semblables à ceux qui fermaient le col de la robe d'Adie. Les calottes crâniennes pouvaient être humaines. À l'intérieur, quelque chose émettait une sorte de cliquetis.

— Qu'est-ce qui produit ce bruit? demanda Richard en tendant respectueusement l'artefact à la dame des ossements.

— Des yeux séchés, répondit Adie sans se tourner vers lui.

En incantant dans la langue qu'elle avait utilisée pour parler à Kahlan, Adie secoua doucement son gri-gri au-dessus des têtes de Zedd et de Chase. Kahlan baissa les yeux et se recueillit. Richard recula pour observer la scène.

Après une quinzaine de minutes, Adie lui fit signe d'approcher. Au même instant, Zedd s'assit en sursaut et ouvrit les yeux. Richard comprit que la dame des ossements voulait qu'il lui donne à boire. Quand il plaça la louche devant les lèvres de son ami, elle continua à psalmodier.

Richard fut ébahi de voir le vieil homme revenir à lui, même s'il ne pouvait pas parler et ignorait sûrement où il était.

Zedd but un demi-seau. Puis il se rallongea et ferma les yeux. Alors, Chase s'assit à son tour et engloutit l'autre moitié de l'eau.

Adie tendit l'artefact à Richard et lui demanda de le remettre à sa place. Puis elle lui ordonna d'aller chercher la pile d'os, dans le coin, et de la disposer moitié-moitié sur les corps de ses amis. Elle lui montra où placer chaque os selon une géométrie qu'elle seule comprenait. Quand il eut fini, Richard s'aperçut qu'elle lui avait fait dessiner sur la poitrine des deux hommes une sorte de roue de chariot dont le moyeu était centré sur leur cœur.

Adie le félicita d'avoir si bien travaillé. Comme elle avait sans cesse guidé sa main, il n'en éprouva guère de fierté.

— Tu sais cuisiner? lui demanda-t-elle ensuite.

Richard se souvint de ce que Kahlan lui avait dit: sa soupe aux épices ressemblait beaucoup à la sienne, une preuve que leurs pays n'étaient pas si différents. Originaire des Contrées du Milieu, Adie apprécierait un plat qui lui rappellerait sa patrie.

— Faire une soupe aux épices pour vous serait un honneur... répondit le Sourcier.

— Formidable! s'exclama la vieille femme, extatique. Je n'en ai plus mangé de convenable depuis des années!

Richard alla s'asseoir à la table et entreprit de couper les légumes et de mélanger les épices. Une heure durant, tout en travaillant, il écouta les deux femmes se parler dans leur curieux langage. Des vieilles amies qui échangeaient des nouvelles de la maison, pensa-t-il, attendri et ravi.

Son humeur revenait au beau fixe. Quelqu'un de compétent s'était enfin occupé de Zedd et de Chase. Quel soulagement!

Quand il eut mis la soupe à cuire, soucieux de ne pas déranger les deux femmes – qui paraissaient s'amuser beaucoup – il proposa à Adie d'aller couper un peu de bois. L'idée parut excellente à la dame des ossements...

Richard sortit, enleva le croc de son cou, le glissa dans sa poche et retira sa chemise pour ne pas la tremper de sueur. Puis il fit le tour de la maison – en emportant son épée – et passa derrière, où étaient stockées les réserves de bois. Délaissant les branches de bouleau, facile à débiter, même pour une vieille femme, il sélectionna des rameaux d'érable – un excellent combustible, mais très dur sous la scie – et commença à les couper.

Autour de lui, la forêt était obscure mais ne semblait pas menaçante. Elle accueillait ses visiteurs, les enveloppant d'une tendresse protectrice. Pourtant, le dernier membre du *quatuor* ne devait pas être loin, lancé sur la piste de Kahlan.

Richard pensa à Michael et espéra qu'il allait bien. Son frère aîné ne savait rien de ce qu'il faisait et il s'inquiétait sans doute de son absence. Il aurait voulu passer le voir après leur visite chez Zedd, mais les événements en avaient décidé autrement. Rahl avait failli les capturer ! Mais n'avoir pas pu prévenir Michael le torturait. Quand la frontière disparaîtrait, même le Premier Conseiller ne serait pas à l'abri du danger.

Fatigué de scier, Richard prit une hache et débita les bûches. Utiliser ses muscles, sentir la sueur ruisseler dans son dos… Faire quelque chose qui lui vidait l'esprit le ravissait ! Et la pluie froide, sur sa peau brûlante, lui facilitait encore le travail. Pour s'amuser, il imagina la tête de Darken Rahl à la place d'une bûche et abattit sa hache avec une énergie renouvelée. Histoire de varier les plaisirs, il décida que la suivante était un garn. Et quand il tombait sur du bois particulièrement résistant, il évoquait la tête très antipathique du rouquin de l'auberge !

Kahlan sortit de la maison et lui demanda s'il voulait venir dîner. Surpris que le temps ait passé si vite, Richard alla tirer un seau d'eau au puits et se le vida dessus pour éliminer sa sueur. Puis il se sécha, remit sa chemise, passa le croc autour de son cou et rentra.

Kahlan et Adie étaient déjà assises à la table. En l'absence d'une troisième chaise, il alla chercher une grosse souche et prit place dessus.

Kahlan posa un bol de soupe devant lui et lui tendit une cuiller.

— Richard, dit Adie, tu viens de me faire un merveilleux cadeau.

— Lequel ? demanda le Sourcier en attaquant joyeusement sa soupe.

— Sans t'en offusquer, tu m'as laissé le temps de parler avec Kahlan dans notre langue maternelle. Sais-tu quelle joie ce fut pour moi, après tant d'années ? Tu es un homme très sensible. Un authentique Sourcier !

— Vous m'avez également fait un merveilleux cadeau, ma dame. La vie de mes amis ! Merci beaucoup…

— À propos, ta soupe est une merveille ! ajouta la dame des ossements.

— Oui, renchérit Kahlan avec un clin d'œil pour Richard. Aussi bonne que la mienne !

— Kahlan m'a tout raconté au sujet de Darken Rahl, dit Adie, et de la prochaine disparition de la frontière. Avec ces informations, beaucoup de choses me semblent moins obscures. Elle m'a aussi précisé que tu étais au courant, pour le Passage du Roi, et que tu voulais aller dans les Contrées du Milieu. À présent, tu as une décision à prendre.

La vieille femme avala une cuillerée de soupe.

— Que voulez-vous dire ? demanda Richard.

— Tes amis doivent être régulièrement ranimés pour boire, et il faut leur faire manger un gruau. Ils dormiront pendant cinq jours au moins, et une dizaine au plus. C'est au Sourcier de décider s'il les attend ou s'il part sans eux. Kahlan et moi ne pouvons pas t'aider. Le choix te revient !

— Vous occuper d'eux seule sera un sacré travail !

— C'est la vérité… Mais chercher les boîtes et tenter d'arrêter Darken Rahl est une mission autrement plus difficile !

Adie mangea un peu de soupe sans quitter Richard des yeux.

Le Sourcier remua longuement son bol, l'air absent. Il interrogea Kahlan du regard, mais elle ne trahit rien de ses pensées. Comprenant qu'elle ne voulait pas peser sur sa décision, il baissa de nouveau les yeux sur sa cuiller.

— Chaque jour, dit enfin Richard, Darken Rahl s'approche un peu plus de la dernière boîte. Zedd affirmait avoir un plan. Mais qui nous dit que c'était un *bon* plan ? Et quand il se réveillera, il sera peut-être trop tard pour le mettre en œuvre. Nous risquons d'avoir perdu avant même d'engager le combat. Kahlan, on ne peut pas attendre ! Ce serait trop dangereux. Il faut partir sans Zedd ! (Kahlan sourit, signifiant qu'elle était arrivée à la même conclusion.) De toute façon, j'aurais interdit à Chase de venir. Pour lui, j'ai une mission plus importante.

Adie tendit une main tavelée en travers de la table et la posa sur celle de Richard.

— Un choix difficile… Mais c'est le destin du Sourcier. Ce qui vous attend sera pire que vos plus terribles angoisses.

— Au moins, je n'ai pas perdu mon guide ! dit Richard avec un sourire un peu forcé.

Ils se turent un moment, plongés dans leurs pensées.

— Ce soir, il faudra dormir à poings fermés, mes enfants, dit enfin Adie. Une bonne nuit de repos ne sera pas du luxe ! Après le dîner, je vous révélerai tout ce que vous devez savoir pour traverser le passage. Et je vous raconterai comment j'ai perdu mon pied…

Chapitre 17

Richard posa la lampe au coin de la table, près du mur, et l'alluma avec un brandon récupéré dans la cheminée. Filtrant par la fenêtre, le clapotis régulier de la pluie et les échos de l'activité nocturne des animaux faisaient un fond sonore agréable. Familier de ces sons, Richard éprouva le sentiment réconfortant d'être chez lui. Sa maison. Sa forêt. Son pays. Ce serait sa dernière nuit en Terre d'Ouest. Ensuite, il s'aventurerait dans les Contrées du Milieu, comme son père l'avait fait avant lui. Quel étrange paradoxe ! George Cypher en avait rapporté le grimoire et lui allait l'y ramener.

Il s'assit sur sa souche, en face de Kahlan et d'Adie.

— Alors, que devrons-nous faire pour trouver le passage ?

Adie s'adossa à sa chaise et fit un vague geste de la main.

— Vous l'avez déjà trouvé. Vous êtes dedans ! En tout cas, à l'entrée.

— Et que faut-il savoir pour le traverser ?

— Le passage est une sorte de vide au cœur du royaume des morts. Mais c'est quand même le domaine de la non-vie, et vous êtes bien vivants. Les bêtes chassent les créatures vivantes, surtout si elles sont assez grosses pour justifier leurs efforts.

Richard regarda Kahlan, qui n'avait pas bronché, puis se tourna de nouveau vers Adie.

— Quelles bêtes ?

— Ce sont leurs os qui tapissent ces murs..., répondit Adie. Vos amis ont été frappés par des créatures du royaume des morts. Les ossements contrarient leur pouvoir. Voilà pourquoi Chase et le sorcier ont reçu de l'aide dès que tu les as amenés ici. Mes os forcent le poison magique à quitter leurs corps et les libèrent du sommeil de la mort. Ils tiennent le mal éloigné de ma maison. Les bêtes ne peuvent pas me repérer parce que le pouvoir maléfique des os les abuse. Elles pensent que je suis des leurs...

— Si nous emportons des ossements, dit Richard, nous protégeront-ils ?

Adie sourit et plissa les yeux.

— Excellent ! C'est exactement ce que vous devrez faire ! La magie de ces os contribuera à vous protéger. Mais ce n'est pas aussi simple, alors, écoutez bien ce que je vais vous dire.

Richard croisa les mains et se concentra.

— Vous devrez laisser les chevaux ici, car la piste est trop étroite pour eux. À certains endroits, ils ne passeraient pas. Et il ne faudra pas vous écarter du chemin. C'est terriblement dangereux ! Enfin, interdiction de vous arrêter pour dormir. La traversée durera un jour entier, une nuit et quasiment un autre jour.

— Et pourquoi ne pourrons-nous pas dormir ? demanda Richard.

— En plus des bêtes, il y a d'autres créatures dans le passage. Si vous vous arrêtez trop longtemps, elles vous auront.

— Des créatures ? répéta Kahlan.

— Oui... Je vais souvent dans le passage. Quand on est prudent, ce n'est pas très risqué. Quand on ne l'est pas, les créatures ne ratent pas l'occasion. (Elle baissa le ton.) J'ai péché par excès de confiance. Un jour, après une longue marche, je me suis sentie épuisée. Certaine de maîtriser le danger, je m'étais assise au pied d'un arbre pour faire un petit somme. Oh, quelques minutes seulement ! (Elle posa une main sur sa jambe infirme et la massa lentement.) Pendant que je dormais, un piège-à-loup s'est refermé sur ma cheville.

— Un quoi ? s'exclama Kahlan.

— Un piège-à-loup... C'est le nom d'un animal qui a une sorte d'armure sur le dos, avec des épines sur le bord inférieur. Dessous, il a une multitude de pattes, toutes terminées par une espèce de serre. Sa gueule ressemble à celle d'une sangsue, à cela près qu'elle est garnie de crocs. Le piège-à-loup s'enroule autour de sa proie, exposant uniquement son armure. Ses serres s'enfoncent dans la chair pour qu'on ne puisse pas l'arracher, et sa gueule vous vide de votre sang. Pendant qu'il boit, son étreinte se resserre régulièrement...

Bouleversée, Kahlan posa une main sur le bras de la vieille dame. À la lueur de la lampe, ses yeux blancs prenaient des reflets orange.

Richard ne bougea pas, tendu à craquer.

— J'avais emporté ma hache... (Kahlan baissa la tête. Adie continua son récit :) J'ai essayé de tuer le monstre, ou au moins de m'en débarrasser. Car je savais qu'il ne me lâcherait pas avant que je sois exsangue. Mais son armure était plus dure que le tranchant de ma hache. Et j'étais furieuse contre moi ! Si les pièges-à-loup comptent parmi les créatures les plus lentes du passage, ils sont quand même plus vifs qu'une vieille imbécile endormie ! (Adie chercha le regard de Richard.) Je n'avais qu'une solution, si je voulais survivre. Et la douleur devenait insupportable, parce que les serres commençaient à traverser l'os... Après avoir noué un garrot autour de ma cuisse, j'ai posé ma jambe sur une souche. Puis je me suis servie de la hache pour couper mon pied et ma cheville.

Dans le silence qui suivit, Richard regarda Kahlan et vit sur son visage le reflet de sa propre compassion pour Adie. Comment pouvait-on trouver le courage de se trancher un pied ? Cette seule idée lui donnait la nausée.

Adie eut un pâle sourire. Elle tendit une main pour prendre celle de Richard et fit de même avec Kahlan.

— Je ne vous ai pas raconté ça pour que vous me preniez en pitié… Mes enfants, n'oubliez pas cette histoire, et vous ne risquerez pas de devenir des proies pour les monstres du passage. La confiance en soi est un sentiment dangereux. Parfois, la peur est meilleure conseillère.

— Dans ce cas, je crois que nous serons en parfaite sécurité ! dit Richard.

— Très bien ! Encore une chose… Environ à mi-parcours, les deux murs de la frontière se rapprochent au point de quasiment se toucher. On appelle cet endroit le Chas de l'Aiguille. Quand vous arriverez devant un rocher de la taille de cette maison, et fendu au milieu, vous y serez. Traversez ce rocher, mais surtout, ne le contournez pas, même si l'envie vous en prend. Ce serait la mort à coup sûr ! Au-delà, vous marcherez entre les deux murs de la frontière. C'est le moment le plus dangereux du voyage. (Elle serra plus fort les mains des deux jeunes gens.) Ceux de la frontière vous appelleront. Ils voudront que vous veniez à eux.

— Qui, « ils » ? demanda Kahlan.

— Les morts. N'importe quel défunt que tu chéris. Peut-être ta mère…

— Ce sont vraiment des spectres ? souffla Kahlan en se mordillant les lèvres.

— Je n'en sais rien, mon enfant. Mais je ne le crois pas…

— Moi non plus, dit Richard – plus pour se rassurer que par conviction.

— C'est très bien, approuva Adie. Accrochez-vous à cette idée, qui vous aidera à résister. Car vous serez tentés de rejoindre les morts. Si vous le faites, ce sera la fin ! Et n'oubliez pas : dans le Chas de l'Aiguille, s'écarter de la piste est exclu. Un pas ou deux dans la mauvaise direction, et c'est la catastrophe ! Les murs de la frontière sont très près, et vous ne pourriez plus revenir en arrière.

— Adie, intervint Richard, la frontière faiblit. Avant d'être assommé par le monstre, Zedd m'a dit qu'il mesurait nettement la différence. D'après Chase, on ne pouvait pas voir à travers le mur, avant, et il m'a appris que des créatures étaient à présent en mesure de passer. Traverser le Chas de l'Aiguille sera-t-il vraiment sans danger ?

— Sans danger ? Quand ai-je affirmé que ce serait sans danger ? S'y aventurer est toujours risqué. Bien des gens poussés par la cupidité, mais à la volonté trop mal trempée, ont essayé de traverser et ne sont jamais arrivés de l'autre côté. Alors, restez sur la piste ! Ne relâchez jamais votre vigilance, et aidez-vous l'un l'autre s'il le faut. Ainsi, vous réussirez !

Se détournant d'Adie, Richard chercha le regard de Kahlan et se demanda s'ils seraient assez forts pour résister à l'appel de la frontière. Il se souvenait du désir impérieux qu'il avait éprouvé. L'envie de rejoindre les morts… Dans le Chas de l'Aiguille, la tentation serait double. Un mur de chaque côté ! Kahlan était effrayée par le monde des morts, et elle avait de bonnes raisons, puisqu'elle y avait voyagé. Richard n'était pas pressé de l'imiter !

— Le Chas de l'Aiguille est à mi-parcours, avez-vous dit. Donc, il fera nuit. Comment y voir assez pour rester sur le chemin ?

Adie s'appuya sur l'épaule de Kahlan et se leva.

— Suivez-moi, dit-elle en glissant la béquille sous son bras.

Elle avança lentement vers une étagère, saisit une bourse en cuir, l'ouvrit et fit tomber quelque chose dans sa paume ouverte.

— Tends la main, Richard.

Il obéit. Quand Adie posa sa paume sur la sienne, il sentit un petit objet peser sur sa peau. Repassant à sa langue maternelle, la dame des ossements murmura quelques mots.

— J'ai dit que je te donnais cet objet de ma propre volonté, traduisit-elle.

Quand elle retira sa main, Richard découvrit dans la sienne une pierre grosse comme un œuf de perdrix. Parfaitement polie, elle était si noire qu'elle semblait pouvoir drainer toute la lumière de la pièce. En y regardant de plus près, on ne distinguait pas vraiment sa surface, mais plutôt une fine couche lustrée qui paraissait contenir un vortex de ténèbres.

— C'est une pierre de nuit, dit Adie, la voix un peu moins râpeuse qu'à l'accoutumée.

— Et comment devrai-je m'en servir ?

La dame des ossements hésita. Soudain inquiète, elle jeta un coup d'œil vers la fenêtre.

— Quand il fera assez noir pour que ce soit indispensable, sors la pierre de ta poche et elle te donnera assez de lumière pour trouver ton chemin. Elle fonctionne seulement pour son propriétaire, à condition que le précédent la lui ait offerte de son plein gré. Je dirai au sorcier qu'elle est en ta possession. Sa magie lui permettra de la retrouver, donc de te rejoindre…

— Adie, c'est un objet très précieux. Je ne peux pas l'accepter…

— Tout est précieux en fonction des circonstances. Pour un homme qui meurt de soif, l'eau a plus de valeur que l'or. Quand quelqu'un se noie, elle ne vaut rien et devient même une calamité ! En ce moment, tu es assoiffé, et mon plus grand désir est que Darken Rahl soit vaincu. Prends la pierre de nuit ! Et si tu t'y sens obligé, rapporte-la-moi un jour…

Richard capitula. Il remit la pierre dans la bourse, qu'il glissa dans sa poche.

Adie se retourna vers l'étagère, saisit un pendentif et le montra à Kahlan, qui regarda osciller devant ses yeux un petit os rond orné d'une perle rouge et d'une jaune.

— La réplique exacte de l'amulette de ma mère ! s'exclama la jeune femme, ravie.

Elle releva ses cheveux et Adie lui passa le bijou autour du cou. Kahlan baissa les yeux sur l'amulette et la prit délicatement entre le pouce et l'index.

— Pour l'instant, elle te dissimulera aux yeux des bêtes du passage. Un jour, quand tu porteras une fille, elle la protégera et l'aidera à devenir aussi forte que toi.

Kahlan enlaça la dame des ossements et la serra longuement dans ses bras. Quand elles s'écartèrent l'une de l'autre, la jeune femme, l'air mélancolique, murmura quelques mots dans sa langue maternelle. Adie se contenta de sourire et lui tapota gentiment l'épaule.

—Vous devez aller dormir, les enfants…

—Et moi ? demanda Richard. Ne devrais-je pas porter un os pour que les bêtes ne me voient pas ?

Adie le dévisagea, puis baissa les yeux sur sa poitrine. Tendant une main, elle posa le bout des doigts sur la chemise du Sourcier et toucha le croc qu'il portait dessous.

Elle retira sa main et regarda Richard dans les yeux.

Comment avait-elle deviné ? se demanda-t-il.

—Tu n'as pas besoin d'un os, homme de Hartland. Les bêtes ne pourront pas te voir…

Son père lui avait dit que le gardien du grimoire était une bête maléfique. Le croc, comprit-il, expliquait pourquoi la créature noire de la frontière ne l'avait pas vu, contrairement à ses amis. Sans cette protection, il aurait subi le même sort que Zedd et Chase, et Kahlan serait prisonnière du royaume des morts.

Richard tenta de rester impassible. Adie comprit le message et ne fit aucun commentaire. Troublée, Kahlan ne posa cependant pas de question.

—Vous devez dormir, maintenant…, souffla Adie.

Kahlan ayant refusé que la dame des ossements lui laisse son lit, les deux jeunes gens déroulèrent leurs couvertures près de la cheminée. Quand Adie eut regagné sa chambre, Richard remit du bois dans le feu, certain de faire plaisir à son amie, qui lui avait avoué se languir d'une bonne flambée. Puis il s'assit près de Chase et de Zedd, lissa les cheveux du vieil homme et l'écouta respirer. Laisser ses amis derrière lui ne lui plaisait pas et il redoutait les jours à venir. Zedd avait-il une idée de l'endroit où était la boîte manquante ? Et son fameux plan ? Un truc de sorcier qui aurait pu marcher sur Darken Rahl ?

Kahlan s'assit en tailleur près du feu et regarda le Sourcier. Quand il vint s'allonger, elle fit de même et savoura la quiétude de la maison. Dehors, il pleuvait toujours. Comme il était bon de sentir la chaleur des flammes !

Richard se dressa sur un coude, le menton posé sur la main. Il tourna la tête vers Kahlan, qui contemplait le plafond en caressant son amulette du bout des doigts, et s'attarda sur les mouvements réguliers de sa poitrine, rythmés par sa respiration.

—Richard, murmura-t-elle sans cesser d'admirer le plafond, je suis désolée que nous devions les laisser ici.

—Je sais… Moi aussi.

—J'espère que tu n'as pas été influencé par ce que j'ai dit dans le marais ?

—Non. C'était la bonne décision. L'hiver approche. Attendre qu'ils se réveillent donnerait le temps à Rahl de s'approprier la dernière boîte. Et nous serions tous morts ! La vérité est la vérité. Tu l'as dite à voix haute et je ne peux pas t'en vouloir…

Richard écouta le feu crépiter et contempla longuement le beau visage de Kahlan entouré d'une auréole de cheveux noirs. Sur son cou, une artère battait en harmonie avec les pulsations de son cœur. De sa vie, il n'avait jamais vu une gorge aussi délicate. Parfois, elle paraissait si belle qu'il avait du mal à supporter cette vision. Pourtant, il ne détournait pas les yeux.

Il remarqua qu'elle n'avait pas lâché l'amulette.

— Kahlan ? Quand la dame des ossements t'a dit que le pendentif vous protégerait, toi et ton enfant, que lui as-tu répondu ?

— Que je la remerciais. Mais que je doutais de vivre assez longtemps pour avoir un enfant.

— Pourquoi as-tu dit ça ?

Kahlan tourna la tête vers son ami et le dévisagea comme si elle voulait graver ses traits dans sa mémoire.

— Mon pays est livré à une folie que tu ne peux même pas imaginer. Je suis seule et mes ennemis sont légion ! Des hommes et des femmes meilleurs que moi ont perdu la vie en les affrontant. Je ne dis pas que nous échouerons, mais je doute de voir le jour de notre victoire.

Même si elle ne le précisa pas, Richard comprit qu'elle doutait aussi que le Sourcier survive. Elle le cachait pour ne pas l'effrayer, mais c'était évident. Et ça expliquait pourquoi elle avait imploré Zedd de ne pas lui donner l'Épée de Vérité. Elle pensait les conduire à leur fin !

Et elle avait peut-être raison, se dit Richard, le cœur serré. Après tout, elle en savait beaucoup plus long que lui sur leurs ennemis. Retourner dans les Contrées du Milieu devait la terroriser. Mais il n'existait pas d'endroit où se cacher. Et Shar avait affirmé que fuir leur coûterait la vie…

Richard embrassa le bout de ses doigts, tendit la main et effleura l'amulette.

— Je jure de te protéger aussi, dit-il, tout comme l'enfant que tu auras un jour. Et je n'échangerais pas un seul moment passé avec toi contre une vie entière d'esclavage douillet. Kahlan, j'ai accepté d'être le Sourcier en connaissance de cause. Si Darken Rahl entraîne le monde dans sa folie, nous mourrons une épée à la main, pas avec des chaînes aux poignets. Et pour nous éliminer, il devra payer le prix ! Nous nous battrons jusqu'à notre dernier souffle. En succombant, nous lui infligerons une blessure qui s'infectera et le tuera lentement.

— Si Darken Rahl te connaissait comme je te connais, fit Kahlan avec un grand sourire, il en perdrait le sommeil ! Je remercie le ciel que le Sourcier n'ait aucune querelle contre moi. Tu as l'étrange pouvoir de me réconforter, Richard Cypher, même quand tu parles de ma mort.

— C'est à ça que servent les amis, non ?

Kahlan ferma les yeux et se laissa emporter par le sommeil. Richard la regarda un long moment. Quand il céda à son tour à la fatigue, sa dernière pensée fut pour elle…

L'aube était morne et humide, même si la pluie avait cessé. Lorsque Kahlan l'eut serrée dans ses bras pour lui dire adieu, Richard se campa face à Adie et la regarda dans les yeux.

— J'ai une mission importante à vous confier. Quand Chase se réveillera, transmettez-lui un message du Sourcier. Dites-lui de retourner à Hartland pour prévenir le Premier Conseiller que la frontière disparaîtra bientôt. Qu'il incite Michael à lever une armée pour défendre Terre d'Ouest contre les hordes de Darken Rahl. Ces troupes devront être prêtes à repousser toute forme d'invasion. Notre pays ne doit pas tomber comme sont tombées les Contrées du Milieu. Pour cela, il faudra tenir pour une menace toute force qui traversera l'ancienne frontière. Chase devra révéler à Michael que Rahl est l'assassin de notre père. Qu'il insiste sur un point : ceux qui viendront n'auront pas d'intentions pacifiques. Nous sommes en guerre, et j'ai déjà rejoint le champ de bataille. Si mon frère ou les militaires refusent d'écouter, Chase devra abandonner le service du gouvernement et réunir les gardes-frontière pour les opposer aux légions de Rahl. Ses soldats ont cueilli les Contrées du Milieu comme un fruit trop mûr. S'ils doivent verser leur sang pour s'emparer de Terre d'Ouest, ils perdront peut-être de leur combativité. Recommandez à Chase d'être impitoyable et de ne pas faire de prisonniers. Donner ces ordres me déplaît, mais c'est la façon de combattre de Rahl. Si nous ne jouons pas selon ses règles, nous mourrons selon elles. Si Terre d'Ouest devait être prise, j'ordonne que les gardes-frontière vendent chèrement leur peau. Quand Chase aura organisé l'armée, ou ses hommes, il sera libre de venir m'aider s'il le désire, car empêcher Rahl d'obtenir les trois boîtes reste notre priorité. (Richard baissa les yeux.) Qu'il dise à mon frère que je l'aime et qu'il me manque. (Il releva la tête et dévisagea Adie.) Vous vous souviendrez de tout ça ?

— J'aurais du mal à oublier, même si je le voulais. Je répéterai vos paroles au garde-frontière. Et que devrai-je dire au sorcier ?

— Que je regrette de partir sans lui, mais que je suis sûr qu'il comprendra. Quand il sera en forme, il nous trouvera grâce à la pierre de nuit. J'espère que nous aurons déjà récupéré une des boîtes.

— La force suive le Sourcier ! lança Adie. Et qu'elle t'accompagne aussi, mon enfant. Car des heures bien sombres nous attendent…

Chapitre 18

Au début du voyage, le chemin se révéla assez large pour que Richard et Kahlan marchent côte à côte. Sous un ciel lourd de nuages – bien qu'il ne plût toujours pas – les deux jeunes gens avaient resserré autour d'eux les plis de leurs manteaux. Le sol boueux était tapissé d'aiguilles de pin luisantes d'humidité. Des trouées, entre les arbres, permettaient d'apercevoir le terrain qui s'étendait sur leur droite et leur gauche. Parmi les fougères, des arbres morts gisaient comme des dormeurs entre leurs draps. Des écureuils intrépides invectivaient sans relâche les deux voyageurs, couvrant parfois le chant monotone des oiseaux.

Au passage, Richard, qui improvisa une pince avec son pouce et son index, s'amusa à faire une cueillette d'aiguilles sur les branches des petits sapins baumiers.

— Adie cache rudement bien son jeu, dit-il soudain.

— C'est une magicienne, répondit Kahlan en levant les yeux vers lui.

— Vraiment ? À ma courte honte, je ne sais pas exactement ce que ce mot veut dire…

— Eh bien, elle est plus puissante que nous, mais moins qu'un sorcier.

Richard porta les aiguilles de sapin baumier à ses narines, savoura leur délicieuse odeur, puis les jeta sur le chemin.

Adie était peut-être plus puissante que lui, se dit-il, mais il doutait qu'il en aille de même avec sa compagne. Il en tenait pour preuve l'expression de la dame des ossements, quand Kahlan lui avait pris le poignet. De la peur, tout simplement ! Et Zedd n'en avait pas mené plus large lors de sa rencontre avec la jeune femme. Quel pouvoir détenait-elle, pour effrayer à ce point une magicienne et un sorcier ? Il se souvint aussi du tonnerre silencieux. Il l'avait vue faire ça deux fois : sur la corniche, contre le *quatuor*, et plus tard, avec Shar. Richard se souvint de sa douleur, à ces instants-là. Adie, une plus grande magicienne que Kahlan ? Voilà qui restait à prouver…

— Pourquoi vit-elle seule à l'entrée du passage ? demanda-t-il.

— Adie en a eu assez que les gens viennent sans cesse lui demander des sorts et des potions. Elle voulait être tranquille pour étudier les choses qui intéressent les magiciennes. Une « mission supérieure », comme elle dit…

— Quand la frontière disparaîtra, tu crois qu'elle sera encore en sécurité ?

— J'espère, parce que je l'aime bien.

— Moi aussi.

Le chemin commença à monter, puis serpenta autour d'une série de murailles de pierre et de gros rochers. Lorsqu'ils furent obligés de marcher en file indienne, Richard laissa Kahlan passer la première, histoire de garder un œil sur elle et de s'assurer qu'elle ne s'écartait pas de la piste. Parfois, il dut lui indiquer la route à suivre. Pour un guide expérimenté, la repérer était un jeu d'enfant, mais Kahlan n'avait pas son entraînement. À d'autres endroits, s'égarer était impossible, tant on se serait cru sur un chemin balisé.

La forêt devenait de plus en plus dense, la frondaison occultait presque la lumière grisâtre du soleil, et des volutes de brume s'accrochaient aux troncs des arbres qui poussaient entre les roches. Les racines qui saillaient des fissures se révélèrent des prises commodes quand l'ascension devint plus ardue. À gravir et descendre sans cesse des buttes, Richard finit par avoir mal aux jambes.

Des questions tournaient dans sa tête. Que se passerait-il quand ils seraient dans les Contrées du Milieu ? Zedd voulait lui révéler son plan une fois qu'ils auraient traversé la frontière. À présent, le sorcier brillait par son absence… et le plan aussi ! Ce voyage vers les Contrées du Milieu n'était-il pas absurde ? Que ferait le Sourcier, une fois à destination ? Devrait-il rester planté là, regarder autour de lui, et deviner où se cachait la boîte histoire de pouvoir partir à sa recherche ?

Un plan idiot s'il en était ! Ils n'avaient pas le temps d'errer au hasard en espérant tomber sur un indice. Mais personne ne les attendrait pour leur dire où aller…

Les deux jeunes gens atteignirent une zone semée de gros rochers. La piste passait tout droit par ces obstacles. Faire un détour eût été plus facile qu'une escalade, mais l'avertissement d'Adie lui revint à l'esprit : ne jamais s'écarter du chemin.

Il passa le premier et tendit une main à Kahlan pour l'aider.

Puis il se replongea dans ses pensées.

Si Rahl n'avait pas la troisième boîte, c'était sans doute que quelqu'un l'avait cachée. Très bien… Mais si son ennemi n'avait pas réussi à la trouver, comment y parviendrait-il ? Il n'avait aucun contact dans les Contrées du Milieu. À vrai dire, il ne savait même pas où commencer à chercher ! Cela précisé, quelqu'un connaissait la cachette de la boîte. La solution était là ! Ils devaient trouver la personne susceptible de les renseigner. Un être humain, pas un objet, voilà ce qu'ils auraient à dénicher.

La magie ! pensa-t-il soudain. Dans les Contrées du Milieu, elle n'était pas bannie. Un homme ou une femme doté de pouvoirs saurait sans doute leur dire où était la boîte. Encore fallait-il dénicher quelqu'un qui maîtrise la bonne forme de magie. Alors qu'elle ne l'avait jamais vu, Adie avait deviné beaucoup de choses sur lui. Il devait exister un mage – ou quel que fût son titre – capable de repérer un objet, même s'il ne l'avait jamais vu non plus. Le hic, évidemment, serait de le convaincre de parler. Mais si une personne avait dissimulé cette information à Darken Rahl, elle serait sans doute ravie de les aider à le combattre...

Cela faisait beaucoup de « si » et de « peut-être ». Bien trop au goût de Richard !

Pourtant, il avait une certitude : même si Rahl se procurait les trois boîtes, sans le grimoire, il ne pourrait pas les distinguer les unes des autres ! En chemin, Richard se récita le *Grimoire des Ombres Recensées* pour trouver un moyen de saboter les plans de Rahl.

L'ouvrage expliquait comment utiliser les boîtes. En toute logique, on aurait dû y glaner des indications visant à empêcher quelqu'un de s'en servir à mauvais escient. Mais il n'y avait pas un mot sur le sujet. Les instructions spécifiques – la fonction de chaque boîte, la manière de déterminer leur nature respective, la marche à suivre pour en ouvrir une – étaient regroupées dans une partie relativement courte, à la fin du texte. Richard n'avait eu aucun mal à la comprendre, car elle se distinguait par sa clarté et sa précision. Mais le gros du grimoire, en revanche, consistait en une longue suite de directives sur l'art de parer à toutes les éventualités, mêmes les plus improbables, et de surmonter les obstacles susceptibles d'empêcher le détenteur des boîtes de réussir. L'introduction donnait même des conseils sur la façon de... vérifier la véracité des informations !

Si Richard pouvait générer un de ces obstacles, Rahl serait battu à plate couture, puisqu'il n'aurait pas le grimoire pour l'assister. Mais comment provoquer, le jour de l'ouverture de la boîte, une mauvaise inclinaison des rayons du soleil ou une configuration négative des nuages ? Sans parler d'autres catastrophes, théoriquement imparables, mais auxquelles il ne comprenait rien ? Car le grimoire parlait souvent de choses qui lui étaient inconnues...

Richard décida de cesser de penser au problème pour s'intéresser à sa solution. Il se vida l'esprit et entreprit de réciter de nouveau le texte, depuis la première ligne.

La véracité des phrases du Grimoire des Ombres Recensées, *quand elles sont prononcées par une autre personne que le détenteur des boîtes d'Orden – et non lues par celui-ci – exige le recours à une Inquisitrice...*

En fin d'après-midi, couverts de sueur à force de marcher et d'escalader, Richard et Kahlan s'arrêtèrent au bord d'un ruisseau. La jeune femme plongea son mouchoir dans l'eau et se nettoya le visage. Jugeant l'idée excellente, Richard fit de même quand ils arrivèrent devant le cours d'eau suivant.

En équilibre sur un rocher plat, il se pencha et trempa son propre mouchoir dans l'eau claire peu profonde qui coulait sur un lit de galets.

En se relevant, il aperçut l'ombre et se pétrifia.

Dans les bois, quelque chose se dissimulait à moitié derrière un arbre. Ce n'était pas un être humain, même si la taille correspondait. Sans forme définie, la créature ressemblait à l'ombre d'un homme suspendue dans les airs au lieu de s'étendre sur le sol. Elle ne bougeait pas… pour le moment.

Richard battit des paupières et plissa les yeux pour s'assurer qu'il n'avait pas la berlue. Un jeu de lumière ou l'ombre d'un arbre avait pu enflammer son imagination.

Kahlan avait continué son chemin. Richard la rattrapa en quelques enjambées et lui posa une main au creux des reins, sous son sac à dos, pour lui indiquer de ne pas s'arrêter. Puis il se pencha par-dessus son épaule et lui souffla à l'oreille :

— Regarde sur la gauche, entre les arbres, et dis-moi ce que tu vois.

Il laissa sa main où elle était pour l'inciter à continuer à marcher. Écartant des mèches de ses yeux, elle plissa le front… et vit la créature.

— Qu'est-ce c'est ? murmura-t-elle.

— Je n'en sais rien, fit Richard, surpris. J'espérais que tu pourrais me le dire.

Kahlan secoua la tête, impuissante.

L'ombre ne bougeait toujours pas. Une illusion d'optique ? Un simple jeu de lumière ?

Richard savait qu'il n'en était rien.

— C'est sans doute une bête, avança-t-il. Selon Adie, ces monstres ne peuvent pas nous voir.

— Les bêtes ont un squelette, lui rappela Kahlan.

Elle avait raison, bien entendu, mais Richard fut quand même déçu qu'elle ne confirme pas sa théorie.

Ils accélérèrent le pas. La créature restant où elle était, ils furent bientôt hors de sa vue. Le Sourcier respira un peu mieux. Apparemment, le pendentif de Kahlan et son croc les avaient efficacement dissimulés.

Presque sans ralentir le pas, ils firent un repas composé de pain, de viande séchée et de carottes. Aucun des deux n'apprécia la nourriture, car ils ne cessèrent pas un instant de sonder les profondeurs de la forêt. Même s'il n'avait pas plu de la journée, tout était encore humide et de l'eau tombait de temps en temps des feuillages. Par endroits, les rochers couverts de vase devenaient glissants comme de la glace et il fallait redoubler de prudence. Un exercice plutôt compliqué quand on est déjà obligé de scruter les alentours…

Jusqu'à présent, ils n'avaient rien vu. Et ça commençait à inquiéter Richard. Pas d'écureuils, de tamias, d'oiseaux ou d'autres animaux. Tout était bien trop tranquille. La lumière du jour faiblissait, donc ils arriveraient bientôt au Chas de l'Aiguille. Richard appréhendait ce moment, terrifié à l'idée de revoir les monstres de la frontière – et peut-être aussi son père. Selon Adie, les morts les appelleraient, et il n'avait pas oublié combien leurs voix étaient séduisantes… Il devait se préparer à résister. S'endurcir le cœur. Le soir de leur rencontre, dans leur refuge, Kahlan avait failli être ramenée de force dans le royaume des morts. Et quand ils étaient avec Zedd et Chase, la créature noire avait tenté de l'y entraîner. Mais alors qu'ils se tenaient si près l'un de l'autre, pourquoi le croc n'avait-il pas protégé son amie ?

La piste devint plus plate et s'élargit, ce qui leur permit de marcher côte à côte. Richard était déjà épuisé… Il leur restait une nuit et presque une journée de marche avant de pouvoir se reposer. Traverser le Chas de l'Aiguille de nuit, dans cet état de fatigue, semblait une très mauvaise idée. Mais Adie leur avait interdit de s'arrêter. Pas question de douter de quelqu'un qui connaissait aussi bien le passage. Et se remémorer l'histoire du piège-à-loup suffirait à le tenir éveillé !

Kahlan tourna la tête pour regarder derrière eux. S'arrêtant net, elle prit le bras de Richard et le serra très fort. À moins de dix pas dans leur dos, une ombre se dressait sur le chemin.

Comme la précédente, elle ne bougeait pas. Richard constata qu'il pouvait voir les arbres à travers son « corps », comme s'il avait été constitué de fumée. Les jeunes gens pressèrent le pas, passèrent un lacet du chemin et ne virent plus la créature.

— Kahlan, tu m'as parlé des Ombres que Panis Rahl avait utilisées au combat. Tu crois que ces deux silhouettes en sont ?

— Je l'ignore, parce que je n'en ai jamais vu. Elles ont participé à la dernière guerre, longtemps avant ma naissance. Mais d'après les témoins, elles flottaient dans l'air. Elles n'étaient pas immobiles comme des statues…

— C'est peut-être à cause de nos talismans. Elles savent que nous sommes là sans pouvoir nous localiser. Alors elles restent à l'affût…

Effrayée par cette idée, Kahlan resserra autour d'elle les pans de son manteau et ne fit pas de commentaire. Dans la pénombre, ils continuèrent à marcher, aussi près l'un de l'autre que possible, des idées noires plein la tête.

Une nouvelle ombre se tenait au bord du chemin. Kahlan accrochée au bras de Richard, ils passèrent lentement devant la créature, sans la quitter des yeux. Au bord de la panique, le Sourcier parvint à se contrôler. Ils ne devaient pas fuir aveuglément, mais rester sur la piste et garder la tête froide. Si les silhouettes noires voulaient les pousser à s'écarter du chemin pour s'aventurer dans le royaume des morts – une tactique intelligente –, il ne fallait pas entrer dans leur jeu.

En s'éloignant, ils regardèrent derrière eux. Alors qu'elle avait la tête tournée, Kahlan percuta une branche. Surprise, elle fit un brusque écart dont elle s'excusa d'un regard penaud. Richard lui sourit pour signifier que l'incident n'était pas grave.

Les aiguilles de pin étant imbibées de pluie et de rosée, de l'eau tombait des arbres chaque fois que le vent agitait leurs branches. Dans l'obscurité, les jeunes gens avaient désormais du mal à voir si des silhouettes grises se dressaient sur leur chemin. Mais par deux fois, ils n'eurent pas le moindre doute : les ombres étaient campées au bord de la piste, toujours aussi immobiles. Comme les précédentes, elles ne les suivirent pas.

— Que ferons-nous si elles attaquent ? demanda Kahlan.

Elle serrait toujours le bras de Richard, les ongles enfoncés dans sa chair. N'y tenant plus, il lui ouvrit les doigts, se dégagea et lui prit la main.

— Désolée, dit la jeune femme avec un sourire embarrassé.

— Si elles se frottent à nous, répondit Richard, l'épée les mettra en fuite.

— Comment peux-tu en être sûr ?

— Mon arme a vaincu les créatures de la frontière…

Kahlan sembla satisfaite de cette réponse. Richard aurait aimé pouvoir en dire autant !

La forêt était silencieuse à l'exception d'un étrange grincement que le Sourcier ne parvint pas à identifier. Les bruits familiers de la nuit auraient été si rassurants, pensa-t-il, le cœur battant chaque fois que le vent faisait siffler près de lui une grosse branche.

— Richard, dit Kahlan, ne les laisse pas te toucher ! Si ce sont des Ombres, leur contact est mortel. Et s'il s'agit d'autres créatures, nous ne savons pas ce qui arriverait… Il ne faut pas qu'elles nous touchent !

Le Sourcier serra la main de son amie en guise de réconfort.

Il brûlait de dégainer son épée, mais les ennemis seraient peut-être trop nombreux pour l'arme – à supposer que sa magie soit efficace contre des créatures sans substance. S'il n'avait pas le choix, il utiliserait sa lame. Pour l'heure, son instinct lui soufflait de n'en rien faire.

Par cette nuit d'encre, les troncs d'arbres ressemblaient à des piliers noirs géants. Richard aurait juré que des milliers d'yeux les épiaient. La piste serpentait à flanc de coteau, de grands rochers encore lustrés de pluie se dressant sur leur gauche. Dans le silence nocturne, Richard entendit le clapotis de l'eau qui coulait sur la pierre.

Puis le chemin descendit assez abruptement sur la droite. Quand les deux jeunes gens jetèrent un coup d'œil par-dessus leurs épaules, trois ombres, à peine visibles, les observaient à moins de vingt pas en arrière. Ils accélérèrent. Richard capta de nouveau le grincement, qui montait des deux côtés de la forêt. De sa vie, jamais il n'avait entendu un bruit pareil. Mais il sentait, plus qu'il ne voyait, les ombres massées derrière eux et le long de la piste. Certaines étaient si près qu'ils auraient pu les toucher en tendant la main. Le seul terrain encore dégagé se trouvait devant eux.

— Richard, souffla Kahlan, tu devrais sortir ta pierre de nuit. Je ne vois presque plus le chemin.

— Le moment n'est pas venu, répondit le Sourcier. J'attends d'y être obligé, car j'ai peur de ce qui risque de se passer.

— Que veux-tu dire ?

— Les ombres n'ont pas encore attaqué. Sans doute parce qu'elles ne nous voient pas. Mais imagine qu'elles puissent distinguer la lumière de la pierre ?

Anxieuse, Kahlan se mordit la lèvre inférieure et se concentra, comme Richard, pour repérer le chemin qui serpentait entre les arbres, les racines et les rochers. Le grincement s'accentua, montant de partout. Soudain, Richard sut à quoi il le faisait penser : le crissement de griffes sur de la pierre…

Deux ombres attendaient sur le chemin, juste devant eux. Kahlan se serra contre son compagnon et retint son souffle quand ils passèrent entre elles. Lorsqu'ils en furent à quelques pas, la jeune femme posa sa tête sur l'épaule du Sourcier, qui lui passa un bras autour des épaules. Il comprenait sa réaction. Mieux, il la partageait : le cœur affolé, il n'était plus que peur et angoisse. À chaque pas, semblait-il, ils s'enfonçaient de plus en plus profondément dans la terreur. Richard regarda derrière lui, mais il n'y avait pas assez de lumière pour voir si ces ombres-là aussi n'avaient pas bougé.

Soudain, une énorme masse noire leur barra le chemin. Un gros rocher, fendu au milieu…

Le Chas de l'Aiguille !

Ils se placèrent dos à la pierre, à l'endroit de l'ouverture. À présent, il faisait trop noir pour voir encore la piste et distinguer les silhouettes sombres. Traverser le Chas de l'Aiguille sans lumière était hors de question ! Un seul faux pas et c'en serait fini d'eux. Le grincement semblait plus proche et les enveloppait presque.

Richard mit une main dans sa poche, en sortit la bourse en cuir, l'ouvrit et fit tomber la pierre sur sa paume.

Une vive lumière déchira la nuit. Elle illumina la forêt et projeta partout des ombres menaçantes. Le Sourcier leva la pierre pour mieux y voir.

Kahlan ne put s'empêcher de crier.

Des centaines de créatures noires, au coude à coude, formaient un demi-cercle à moins de vingt pas d'eux. Sur le sol, de grosses formes rondes évoquaient vaguement des cafards.

Des pierres ?

Non ! Les plaques d'armure, sur leurs dos, et les épines, sur le bord inférieur, ne laissaient pas de doute.

Des pièges-à-loup !

Le grincement était bien celui que des griffes produisent sur le sol. Les monstres avançaient lentement, leurs corps tanguant sans cesse de droite à gauche. Lentement, mais régulièrement. Et certains n'étaient plus qu'à quelques pas de leurs proies.

Les ombres bougèrent pour la première fois. Elles flottaient dans l'air pour resserrer leur demi-cercle mortel.

Les yeux écarquillés, Kahlan s'était pétrifiée, dos au rocher. Richard s'engagea dans l'ouverture, saisit son amie par sa chemise et la tira à sa suite.

Les parois du passage étaient humides et gluantes. Dès qu'il fut à l'intérieur, Richard eut la nausée, car il détestait les endroits exigus. Ils avancèrent à reculons, tournant de temps en temps la tête pour s'assurer qu'ils ne déviaient pas du chemin. Richard brandissait toujours sa pierre, qui illuminait les ombres volantes. Les pièges-à-loup avaient aussi investi le passage.

Dans cet espace confiné, la respiration haletante de Kahlan résonnait comme un soufflet de forge. Ils continuèrent à reculons, leurs épaules pressées contre les parois de pierre. Une eau glaciale sourdait de la voûte et détrempait leurs chemises.

Quand la faille rétrécit, les parois se touchant presque, les deux jeunes gens durent se pencher et se mettre de profil pour passer. Sur le sol boueux, des végétaux tombés dans la crevasse se décomposaient et une odeur de pourriture planait dans l'air.

Toujours de profil, ils atteignirent enfin le bout du passage. Arrêtées devant le rocher, les ombres n'avaient pas osé s'engager dans l'ouverture. Les pièges-à-loup ne semblaient pas avoir ce genre d'angoisse.

Richard flanqua un coup de pied à un des monstres, trop audacieux à son goût. Le piège-à-loup vola dans les airs et atterrit sur le dos. Ses griffes déchirant le vide, il se débattit frénétiquement et parvint à se rétablir. Furieux, il lâcha un cri aigu et revint à la charge.

Richard et Kahlan se placèrent face à la piste et détalèrent, guidés par la lumière de la pierre.

Ils n'allèrent pas bien loin. Devant eux, là où le chemin aurait dû continuer à longer le coteau, s'étendait à perte de vue un amas de rochers, de troncs d'arbres, de branches brisées et de terre retournée. Le résultat d'un récent glissement de terrain.

La piste appelée le Chas de l'Aiguille n'existait plus.

Kahlan et Richard firent un pas en avant pour mesurer l'étendue des dégâts. La lumière verte de la frontière apparut et les força à reculer.

— Richard, souffla Kahlan en tirant sur la manche de son ami.

Les pièges-à-loup approchaient. Et les ombres s'étaient décidées à s'engager dans l'ouverture.

Chapitre 19

Sur leurs supports parés d'or fin, les torches projetaient une lumière vacillante le long des parois et de la voûte en granit rose de la grande crypte. Dans l'air immobile, l'odeur de la fumée se mêlait au parfum des roses blanches. Renouvelées chaque matin depuis ces trente dernières années, les fleurs remplissaient les cinquante-sept vases fixés au mur sous les cinquante-sept torches qui symbolisaient chaque année de la vie du défunt. Le sol était en marbre blanc, afin qu'aucun pétale tombé des bouquets ne puisse attirer l'œil. Une armée de serviteurs s'assuraient qu'aucune torche ne reste éteinte trop longtemps et que les pétales soient promptement enlevés. Une mission qu'ils prenaient terriblement au sérieux, car la moindre inattention leur valait de goûter à la hache du bourreau. Jour et nuit, des gardes vérifiaient que toutes les torches brûlaient, qu'on avait bien changé les fleurs et qu'aucun pétale ne restait plus de quelques minutes sur le marbre.

Les serviteurs venaient des communautés paysannes de cette région de D'Hara. Un poste dans la crypte, selon la loi, était un honneur. En cas d'exécution, suprême récompense, les condamnés bénéficiaient d'une mort rapide. Dans un pays où les agonies interminables étaient fréquentes – et universellement redoutées –, ça valait de l'or. Pour éviter qu'ils médisent du roi défunt pendant qu'ils travaillaient dans la crypte, on coupait la langue aux serviteurs le jour de leur prise de fonction.

Les soirs où il résidait chez lui, dans le Palais du Peuple, le Maître venait immanquablement dans la tombe. Au cours de ses visites, les domestiques et les gardes étaient interdits d'accès. Les serviteurs ayant passé l'après-midi à remplacer les torches défaillantes et à secouer délicatement des centaines de roses – afin de vérifier que leurs pétales tenaient bien –, toute lumière qui s'éteignait en présence du Maître, ou tout pétale aperçu sur le sol, avait pour résultat une exécution.

Au centre de l'immense salle, le catafalque reposait sur un pilier tronqué, et le jeu de couleur – blanc sur blanc – donnait l'impression qu'il flottait dans les airs. Revêtu d'or, il brillait comme un soleil sous la lumière des torches. Ses flancs étaient couverts d'inscriptions, comme les parois de la crypte, entre chaque ensemble composé d'une torche et d'un vase. Dans un antique langage, elles recensaient toutes les instructions qu'un père avait laissées à son fils. Accessibles à une poignée d'individus – à part le fils en question, ils ne vivaient pas en D'Hara – elles expliquaient comment pénétrer dans le royaume des morts… et en ressortir. Tous ceux qui les comprenaient et avaient eu le malheur de résider en D'Hara pourrissaient depuis longtemps dans leurs tombes. Bientôt, les autres suivraient le même chemin…

Dans la crypte abandonnée par les serviteurs et les soldats, le Maître se recueillait devant le tombeau de son père. Deux de ses gardes du corps personnels flanquaient la lourde porte en bronze poli et sculpté. Leurs tuniques de cuir et leurs cottes de mailles sans manche soulignaient la puissance de leur musculature. Sur leurs bras nus, juste au-dessus du coude, des cercles de fer hérissés de piques brillaient de tous leurs feux. Au corps à corps, ces armes pouvaient éventrer un adversaire…

Darken Rahl laissa courir ses doigts fins sur les inscriptions du catafalque. Sa silhouette élancée couverte d'une longue robe blanche immaculée – n'étaient des broderies en fil d'or autour du cou et sur la poitrine – il ne portait aucun bijou, à part un couteau à lame incurvée glissé dans un fourreau en or couvert de runes qui éloignaient les esprits de lui. La ceinture où pendait l'arme était un superbe tissage de fils d'or presque aussi somptueux que les cheveux blonds qui cascadaient jusqu'à ses épaules. Comme ses yeux – d'une nuance de bleu douloureuse à force d'être belle –, ses traits touchaient à la perfection.

Beaucoup de femmes avaient connu les honneurs de son lit. À cause de sa beauté, et de son pouvoir, certaines y étaient venues de leur plein gré. D'autres, que sa splendeur n'émouvait pas, avaient simplement dû se plier à sa volonté. Mais qu'elles fussent consentantes ou non ne l'intéressait pas. Et celles qui se montraient assez folles pour tressaillir en découvrant ses cicatrices le divertissaient d'une manière qu'elles n'avaient pas prévue…

Comme son père, Darken Rahl considérait les femmes comme les réceptacles de la semence de l'homme. La terre où poussait la graine, indigne de considération. À l'instar de son géniteur, il n'avait pas d'épouse. Quant à sa mère, la première qui eût reçu le sperme sacré de Panis, elle avait été renvoyée à l'oubli après sa naissance, ainsi qu'il convenait. S'il avait des frères et sœurs, il l'ignorait et s'en souciait comme d'une guigne. Le premier fils avait tout et les autres ne valaient rien ! Lui seul était né avec le don et avait reçu en héritage le savoir de son père. Ses demi-frères et sœurs, pour autant qu'il en eût ? De la mauvaise herbe, tout juste bonne à être arrachée si elle lui tombait un jour sous la main !

Alors que ses doigts couraient sur les inscriptions, Darken Rahl se répéta mentalement les consignes de son père. Bien qu'il fût vital de les suivre à la lettre, il ne redoutait pas de se tromper, car chaque mot était gravé dans sa mémoire. Mais il adorait l'excitation de ce moment – le *passage* – où il oscillait entre la vie et la mort. S'aventurer dans le royaume des spectres et leur commander était un de ses grands plaisirs. Il lui tardait d'entreprendre le prochain voyage…

Il entendit des bruits de pas… Quelqu'un approchait. Si Darken Rahl ne broncha pas, ses gardes tirèrent aussitôt leurs épées. Nul n'avait le droit d'être dans la crypte avec le Maître. À part Demmin Nass.

Et c'était lui qui venait d'entrer.

Bras droit de Rahl et chantre assermenté de ses noires pensées, Nass était au moins aussi costaud que les hommes qu'il dirigeait. Il passa entre les gardes, les ignorant superbement, ses muscles de colosse découpés par la lumière des torches. Mais la peau de sa poitrine semblait aussi douce que celle des petits garçons dont il raffolait. Contraste saisissant, son visage était constellé de stigmates de la petite vérole. Sous sa brosse blonde, une bande de cheveux noirs partait du milieu de son sourcil droit, remontait le long de son front et venait mourir sur sa nuque. Un signe particulier qui permettait de le reconnaître de loin – et une aubaine pour tous ceux qui avaient de bonnes raisons de l'éviter !

Concentré sur les runes, Darken Rahl ne tourna pas la tête quand ses gardes tirèrent leurs épées. Lorsqu'ils les rengainèrent, il afficha la même indifférence. Aussi efficaces fussent-ils, ces hommes – de simples attributs de sa position – ne lui servaient à rien. Car il avait assez de pouvoir pour neutraliser toutes les menaces.

Demmin Nass se mit au repos et attendit que le Maître en ait terminé. Quand Darken Rahl se retourna dans un grand envol de robe et de cheveux, il s'inclina respectueusement.

— Seigneur Rahl…, dit-il, la tête toujours baissée.

— Demmin, mon vieil ami, comme je suis content de te revoir ! s'exclama Rahl, sa voix pure comme le cristal.

— Seigneur, fit Demmin en se redressant, l'air agacé, la reine Milena nous a communiqué sa liste d'exigences.

Le regard de Darken Rahl traversa le commandant comme s'il avait été transparent. Puis, du bout de la langue, il humidifia les trois premiers doigts de sa main droite avant de les passer sur ses lèvres et sur ses sourcils.

— Tu m'as amené un petit garçon ? demanda-t-il.

— Oui. Seigneur, il vous attend dans le Jardin de la Vie.

— Parfait ! Parfait… Dis-moi, il n'est pas trop vieux ? C'est encore un vrai petit garçon ?

— Oui, seigneur. C'est toujours un petit garçon.

Ne tenant pas à croiser le regard de son maître, Demmin Nass baissa les yeux.

— Tu es sûr, Demmin ? Lui as-tu baissé le pantalon pour vérifier ?

— Oui, seigneur…

Rahl chercha à croiser le regard de son second.

— Et tu ne l'as pas touché, n'est-ce pas ? Tu sais qu'il doit être pur.

Demmin releva les yeux.

— Non, seigneur ! Je n'oserais pas souiller votre guide spirituel. Vous me l'avez interdit !

Darken Rahl humidifia de nouveau ses doigts et se lissa les sourcils.

— Je sais que tu en mourais d'envie, Demmin, dit-il en avançant d'un pas. Était-ce pénible ? Regarder mais ne pas toucher… (Il eut un sourire moqueur – très fugace.) Ta petite… faiblesse… m'a déjà valu des ennuis.

— J'ai tout arrangé ! Brophy, un marchand, a été arrêté pour le meurtre de ce petit garçon…

— Exact ! coupa Rahl. Mais il s'en est remis à une Inquisitrice afin de prouver son innocence !

— Comment aurais-je pu le prévoir ? Quel homme s'y résoudrait volontairement ?

Rahl leva une main, imposant le silence au commandant.

— Tu aurais dû être plus prudent et ne pas oublier l'existence des Inquisitrices. Au fait, en avons-nous fini avec elles ?

— Presque… Le *quatuor* que j'ai lancé aux trousses de Kahlan, la Mère Inquisitrice, a échoué. J'ai dû en envoyer un autre.

— Si je ne me trompe pas, c'est elle qui s'est occupée de Brophy et qui a découvert son innocence ?

— C'est bien elle… Quelqu'un a dû l'aider, sinon, elle n'aurait pas échappé au *quatuor.*

Rahl ne dit rien, se contentant de dévisager Demmin, qui craqua le premier.

— Mais ce sont des affaires mineures, seigneur ! Vous ne devriez pas perdre votre temps avec ça !

— C'est à moi d'en juger, dit Rahl d'une voix presque amicale.

— Bien sûr, seigneur. Je vous prie de me pardonner…

Pour s'apercevoir qu'il s'aventurait sur un terrain dangereux, Demmin n'avait pas besoin que son maître hausse le ton.

Rahl s'humidifia de nouveau les doigts et les passa sur ses lèvres.

— Demmin, si tu as touché le petit garçon, je le saurai.

— Seigneur Rahl, se défendit Nass, de la sueur ruisselant sur son front, je donnerais avec joie ma vie pour vous. Et je jure que je ne souillerais jamais votre guide spirituel !

— Si tu l'as fait, ça ne m'échappera pas… Inutile de te rappeler le sort qui attend ceux qui me mentent. Je déteste qu'on ne me dise pas la vérité. C'est très mal !

— Seigneur, fit Demmin, pressé de changer de sujet, que dois-je répondre à la reine Milena ?

— Dis-lui que je me plierai à ses exigences en échange de la boîte.

— Mais… Seigneur, vous n'avez même pas consulté la liste.

— Eh bien, ce sujet-là ne mérite pas que je perde mon temps à y penser…

Demmin sauta d'un pied sur l'autre, mal à l'aise.

— Seigneur, je ne comprends pas pourquoi vous jouez ce jeu avec la reine. Recevoir une liste d'exigences est très humiliant. Nous pourrions l'écraser sans problème, comme l'énorme grenouille bornée qu'elle est ! Donnez-moi l'ordre que j'attends, et permettez-moi de lui transmettre, en votre nom, ma propre liste d'exigences. Elle regrettera de ne pas avoir plié l'échine devant vous comme elle l'aurait dû !

Rahl eut un sourire énigmatique – sans doute l'écho d'une pensée secrète – en dévisageant son loyal serviteur.

— Elle a un sorcier avec elle, Demmin, rappela-t-il.

— Je sais, fit le commandant en serrant les poings. Giller ! Un mot de vous, seigneur, et je rapporterai sa tête au palais !

— Selon toi, mon cher, pourquoi Milena a-t-elle engagé un sorcier ? (Nass haussant les épaules, Rahl répondit à sa propre question.) Pour protéger la boîte, bien sûr ! Et elle avec, pense-t-elle. Si nous la tuons, ou si nous éliminons le sorcier, nous risquons de découvrir qu'il a utilisé sa magie pour cacher la boîte. Alors, il nous faudra beaucoup de temps pour la trouver. N'agissons pas impulsivement, Demmin ! Pour l'instant, le plus facile est d'entrer dans son jeu. Si elle me met des bâtons dans les roues, nous nous occuperons d'elle. Et de son sorcier !

Sans quitter Nass du regard, Rahl fit lentement le tour du catafalque, ses doigts caressant toujours les inscriptions.

— De plus, quand j'aurai la troisième boîte, les exigences de Milena ne vaudront pas un pet de lapin. (Il revint se camper devant son second.) Mais il y a une autre raison, mon ami.

— Une autre, seigneur ?

Darken Rahl s'approcha encore et baissa la voix.

— Demmin, ce fameux petit garçon, l'as-tu tué avant… ou après ?

Demmin recula un peu, glissa un pouce dans sa ceinture et s'éclaircit la gorge.

— Après.

— Pourquoi pas avant ?

Demmin baissa les yeux et dansa de nouveau d'un pied sur l'autre. Darken Rahl ne le lâcha pas du regard, comme un prédateur.

— Parce que j'aime qu'ils se débattent, souffla Demmin pour que les gardes du corps ne l'entendent pas.

— Voilà mon autre raison ! jubila Darken Rahl. Moi aussi, j'aime que mes proies se débattent – symboliquement parlant. Avant de la tuer, je veux voir Milena se tortiller comme une anguille.

Il s'humidifia de nouveau les doigts et les passa sur ses lèvres.

— Je dirai à la reine que le Petit Père Rahl accepte ses conditions, fit Demmin avec un sourire entendu.

— Excellent, mon ami, dit Rahl en posant une main sur l'épaule musclée du commandant. À présent, montre-moi le petit garçon que tu m'as amené…

Souriant, les deux hommes approchèrent de la porte. Mais Rahl s'arrêta soudain et fit volte-face.

— Ce bruit, c'était quoi ? demanda-t-il.

À part le sifflement des torches, la crypte était aussi silencieuse que le monarque défunt. Demmin et les gardes, perplexes, regardèrent autour d'eux.

— Là ! cria Rahl en tendant l'index.

Ses trois compagnons tournèrent la tête et découvrirent un pétale de rose, sur le sol. Darken Rahl s'empourpra, les yeux brillants de fureur. Les poings serrés, tremblant de tous ses membres, des larmes de rage aux paupières, il ne pouvait plus parler… Se reprenant un peu, il tendit le bras vers le pétale. Soulevé par un vent invisible, celui-ci vola dans les airs et vint se poser dans sa paume. Il lui donna un coup de langue, se tourna vers un des gardes et le lui colla sur le front.

L'homme ne broncha pas. Sachant ce que voulait le Maître, il hocha la tête, se détourna et sortit en dégainant son épée.

Darken Rahl se redressa de toute sa hauteur et lissa du plat de la main ses cheveux puis sa robe. Il expira à fond pour expulser sa colère avec l'air que contenaient ses poumons. Enfin, il se tourna vers Demmin, toujours impassible.

— Je ne demande que ça à ces gens : s'occuper de la tombe de mon père. Ils sont bien traités, nourris comme des rois et vêtus comme des princes. La mission est pourtant simple… (Il prit l'air chagriné.) Pourquoi se fichent-ils de moi en traitant leur travail par-dessus la jambe ? (Il regarda le cercueil de son père, puis dévisagea de nouveau Demmin.) Mon ami, crois-tu que je suis trop dur avec eux ?

— Au contraire, seigneur ! Si vous étiez moins indulgent, par exemple en ne leur accordant pas une mort rapide, ils seraient beaucoup plus attentifs à vos désirs. À votre place, je ne me montrerais pas si clément.

Le regard dans le vide, Rahl hocha distraitement la tête. Puis il prit une grande inspiration et avança vers la porte. Demmin marcha à ses côtés. Le garde les suivant à une distance respectueuse, ils traversèrent de longs couloirs aux murs de granit éclairés par des torches, gravirent des escaliers en spirale aux marches de pierre blanche et s'engagèrent dans d'autres couloirs, munis de fenêtres, ceux-là. La pierre diffusait une odeur de moisissure et d'écurie. À mesure qu'ils montaient, l'atmosphère devint plus salubre. Sur les petites tables placées à intervalles réguliers dans les couloirs, les bouquets de fleurs fraîches, dans leurs vases précieux, embaumaient l'air de senteurs végétales.

Sa mission accomplie, le deuxième garde du corps les rejoignit devant une double porte aux battants sculptés en relief – des scènes champêtres frappantes de réalisme. Demmin tira sur l'anneau de fer. La lourde porte s'ouvrit sans le moindre grincement sur une pièce aux murs lambrissés de chêne noir vernis qui brillaient à la lueur des lampes et des bougies disposées sur les tables en bois massif. Des étagères chargées de livres couvraient entièrement deux murs. Au fond, une immense cheminée chauffait la salle à deux niveaux. Rahl s'arrêta un court moment pour consulter un ouvrage relié en cuir posé sur un pupitre. Puis Demmin et lui traversèrent un labyrinthe de pièces aux murs également lambrissés. Mais quelques-uns, en plâtre, étaient couverts de peintures bucoliques : la campagne de D'Hara, des forêts et des champs, des enfants occupés à jouer.

Ombres fidèles de leur maître, les gardes du corps le suivaient, perpétuellement aux aguets.

Au fond d'une des plus petites pièces qu'ils traversèrent, un bon feu crépitait dans une cheminée en briques. Ici, les murs étaient ornés de trophées de chasse. Des têtes d'animaux, leurs andouillers saillant comme des lances à la lumière dansante des flammes. Darken Rahl s'immobilisa abruptement et sa robe prit une teinte rose à cause de cette illumination très spéciale.

— Encore..., murmura-t-il.

Demmin, qui s'était arrêté en même temps que son maître, l'interrogea du regard.

— *Elle* est revenue vers la frontière. Le royaume des morts...

Il s'humidifia une nouvelle fois les doigts et les passa sur ses lèvres et ses sourcils, le regard vide.

— Qui ? demanda Demmin.

— La Mère Inquisitrice. Kahlan. Un sorcier l'aide...

— Giller est avec la reine, rappela Nass. Pas au côté de la Mère Inquisitrice.

— Je ne parle pas de lui, dit Rahl, mais du Vieux. Celui qui a tué mon père. L'homme que je cherche. Kahlan l'a trouvé.

Demmin en sursauta de surprise. Rahl approcha d'une haute fenêtre, au fond de la pièce. Les mains croisées dans le dos, le Petit Père contempla longuement le paysage obscur à travers les carreaux et y vit des choses que lui seul pouvait distinguer. Puis il se tourna vers Demmin, ses cheveux blonds ondulant sur ses épaules.

— C'est pour ça qu'elle est allée en Terre d'Ouest, dit-il. Pas pour fuir ton *quatuor*, comme tu le croyais, mais pour trouver le grand sorcier. En le débusquant, elle m'a rendu service, mon ami. Félicitons-nous qu'elle ait pu échapper aux entités de la frontière. Décidément, le destin est dans notre camp. Comprends-tu pourquoi je te répète sans cesse de ne pas t'inquiéter ? La victoire m'est promise et tout conspire à me l'assurer...

— Un *quatuor* a échoué, c'est vrai, admit Demmin, mais ça ne signifie pas qu'elle ait trouvé le sorcier. Il est déjà arrivé que nos... spécialistes... laissent échapper leur proie.

Rahl se lécha une fois de plus le bout des doigts et approcha du colosse.

— Le Vieux a désigné un Sourcier, murmura-t-il.

— Vous en êtes sûr, seigneur ?

— Il s'était juré de ne plus aider les gens et personne ne l'avait vu depuis des années. Aucun prisonnier n'a pu me révéler son nom, même pour avoir la vie sauve. À présent, l'Inquisitrice est passée en Terre d'Ouest, un *quatuor* manque à l'appel, et il y a un nouveau Sourcier. (Rahl se rembrunit et serra les poings.) J'ai failli les avoir tous les trois, mais j'ai été distrait par d'autres problèmes, et ils ont pu fuir. Pour l'instant… (Il réfléchit quelques secondes puis déclara :) Le deuxième *quatuor* échouera aussi. Tes hommes ne s'attendront pas à affronter un sorcier.

— J'enverrai une troisième équipe. Et cette fois, elle sera prévenue.

— Non ! Pas encore ! Attendons de voir ce qui se passe. Kahlan va peut-être encore m'aider – involontairement, bien sûr. Au fait, elle est jolie ?

— Je ne l'ai jamais vue, seigneur. Mais certains de mes hommes la connaissaient. Ils se sont battus pour faire partie de l'équipe qui s'amuserait un peu avec elle avant de la tuer.

— N'envoie personne pour le moment, dit Rahl. Il est grand temps que j'aie une descendance. C'est moi qui m'amuserai avec elle !

— Si elle tente de traverser la frontière, elle sera perdue pour tout le monde, rappela Demmin.

— Kahlan sera peut-être plus maligne que ça. Elle a déjà fait montre d'intelligence. D'une façon ou d'une autre, je l'aurai, et elle se débattra pour mon plaisir.

— Le sorcier et l'Inquisitrice sont dangereux, seigneur. Ils peuvent nous gêner beaucoup. Souvenez-vous que les Inquisitrices ont mis en doute vos paroles sacrées. De vraies enquiquineuses, celles-là ! Tenons-nous-en au plan et faisons-la tuer.

— Toujours tes inquiétudes, Demmin ! Comme tu l'as dit, les Inquisitrices sont des enquiquineuses, rien de plus. Si elle m'ennuie, je l'exécuterai de mes propres mains. Mais pas avant qu'elle m'ait donné un fils. L'enfant d'une Inquisitrice ! Même s'il a détruit mon père, le sorcier ne peut rien contre moi. Je le regarderai se tortiller comme une anguille avant de le tuer lentement.

— Et le Sourcier ? demanda Demmin, sans cacher son angoisse.

— Lui, c'est encore moins qu'un enquiquineur…

— Seigneur, inutile de vous rappeler que l'hiver approche.

Rahl leva un sourcil. La lumière des flammes dansa dans ses yeux.

— La reine détient la boîte qui me manque et elle me la remettra à temps. Tout ira bien.

— Et le grimoire, seigneur ?

— Après mon voyage dans le royaume des morts, je recommencerai à chercher le jeune Cypher. Cesse de te ronger les sangs, mon ami. Le destin est de notre côté !

Rahl fit volte-face et s'éloigna à grandes enjambées. Demmin le suivit, les gardes sur les talons.

Le Jardin de la Vie était une salle aux allures de caverne située au centre du Palais du Peuple. Des fenêtres aux minuscules carreaux, très en hauteur, laissaient entrer la lumière indispensable à la luxuriante végétation. Ce soir, ils laissaient plutôt entrer à flots les rayons de la lune. Devant la muraille circulaire couverte de plantes grimpantes, de petits arbres montaient la garde en rangs serrés. À leurs pieds s'étendaient des parterres de fleurs et des haies bien taillées entre lesquelles serpentaient des sentiers semés de gravillons. N'étaient les fenêtres, on se serait cru dans un jardin intérieur. Un lieu consacré à la beauté et à la paix.

Au centre de cette superbe et coûteuse folie, sur une pelouse quasiment ronde, au-dessus d'une zone en pierre blanche, trônait un bloc de granit. Lisse à l'exception des cannelures creusées à son sommet, près des bords, et qui convergeaient toutes vers un petit puits, dans un coin, il était soutenu par deux piédestaux également cannelés. Derrière, sur un bloc de pierre polie placé près d'un brasero, une antique coupe de fer reposait sur des pieds qui représentaient chacun un animal différent. Sur le couvercle, en guise de poignée, trônait une bête du royaume des morts : une shinga dressée sur ses pattes de derrière.

Au centre de la pelouse, dans un cercle de sable blanc de sorcier couvert de symboles géométriques et entouré de torches, le petit garçon que Rahl venait voir était enterré debout. Seuls sa tête et son cou restaient visibles.

Darken Rahl approcha lentement, les mains dans le dos. Demmin alla se placer près des arbres, au-delà de la pelouse.

Rahl s'arrêta à quelques pas du cercle de sable et regarda l'enfant en souriant.

— Comment t'appelles-tu, mon petit ?

Le garçonnet leva les yeux. Ses lèvres tremblèrent quand il découvrit Rahl. Puis il regarda le colosse, debout près des arbres, et son visage se décomposa. Il mourait de peur.

— Demmin, dit Rahl, laisse-nous ! Emmène mes gardes du corps avec toi. Je ne veux pas être dérangé !

Demmin s'exécuta et les gardes le suivirent. Darken Rahl dévisagea de nouveau l'enfant, puis se baissa pour s'asseoir dans l'herbe. Après avoir arrangé les plis de sa robe autour de ses chevilles, il sourit de nouveau au gamin.

— Tu aimes mieux comme ça ?

L'enfant hocha la tête. Mais ses lèvres tremblaient toujours.

— Tu as peur de cet homme ? (Un autre hochement de tête.) Il t'a fait mal ? Il t'a touché à un endroit interdit ?

Ses yeux où brûlait un mélange d'angoisse et de colère toujours rivés sur Rahl, le petit garçon secoua la tête. Une fourmi traversa le sable et vint ramper sur son cou.

— Comment t'appelles-tu ? répéta Darken Rahl.

N'obtenant pas de réponse, il fixa plus intensément les yeux marron de l'enfant.

— Tu sais qui je suis ?

— Darken Rahl…

— Petit Père Rahl, corrigea le Maître avec un sourire indulgent.

— Je veux rentrer chez moi…, gémit le garçon tandis que la fourmi se lançait à la découverte de son menton.

— C'est tout à fait normal, compatit Rahl. S'il te plaît, crois-moi quand je jure que je ne te ferai pas de mal. Tu es là pour m'assister lors d'une très importante cérémonie. Un invité respecté qui incarne l'innocence et la force de la jeunesse… Sais-tu pourquoi je t'ai choisi ? Parce que tout le monde m'a dit du bien de toi ! Les gens m'ont assuré que tu étais intelligent et fort. M'auraient-ils menti ?

Intimidé, l'enfant détourna le regard.

— Non, je crois que non… (Le gamin leva de nouveau les yeux sur Rahl.) Mais ma mère me manque et je veux rentrer à la maison.

À présent, la fourmi décrivait de petits cercles sur sa joue droite.

— Je te comprends…, dit Rahl, de la mélancolie au fond des prunelles. Tu sais, ma mère me manque aussi. C'était une femme formidable et je l'adorais ! Elle s'occupait si bien de moi… Quand je l'aidais dans la maison, pour me récompenser, elle me préparait le plat que je voulais. Tu te rends compte ?

— Ma mère le fait aussi, dit l'enfant, les yeux écarquillés de surprise.

— Mes parents et moi, nous étions très heureux. On s'aimait beaucoup et on s'amusait tout le temps. Ma mère avait un rire merveilleux. Quand papa lui racontait une de ses histoires à dormir debout – il adorait fanfaronner –, elle se moquait de lui et on rigolait tous les trois jusqu'à en avoir les larmes aux yeux.

— Pourquoi vous manque-t-elle ? demanda l'enfant avec un début de sourire. Elle est partie ?

— Non. Mon père et ma mère sont morts il y a quelques années. Très âgés, après une longue et heureuse vie commune. Mais ils me manquent quand même. Alors, je comprends que tu aies hâte de revoir tes parents.

L'enfant hocha imperceptiblement la tête. Ses lèvres ne tremblaient plus. Quand la fourmi s'aventura sur son nez, il le plissa comiquement pour essayer de s'en débarrasser.

— Tu sais ce que je te propose ? Passons ensemble un aussi bon moment que possible. Ensuite, tu iras les retrouver et tu n'auras même pas vu le temps s'écouler !

— Je m'appelle Carl, dit enfin l'enfant.

— Enchanté de faire ta connaissance.

Rahl tendit une main, saisit délicatement la fourmi et la retira du visage de Carl.

— Merci…, fit le petit garçon, soulagé.

— C'est pour ça que je suis là. Je veux être ton ami et combler tous tes désirs…

— Alors, vous pourriez me déterrer et me ramener chez moi ?

— Ne t'impatiente pas, fiston, c'est pour bientôt. J'aimerais te libérer tout de suite, mais les gens demandent que je les défende contre les méchants. Je dois agir, tu comprends, et tu peux m'aider. Carl, tu joueras un rôle important dans la cérémonie qui protégera tes parents de nos ennemis. Tu as envie de défendre ta mère, n'est-ce pas ?

L'enfant réfléchit quelques secondes.

— Eh bien, oui… Mais je veux rentrer chez moi.

Ses lèvres recommencèrent à trembler.

Rahl tendit de nouveau la main, lui ébouriffa gentiment les cheveux, puis les lissa en arrière.

— Je sais, mais tu dois être courageux. On ne te fera de mal, c'est promis. Je m'en assurerai. Au fait, tu as faim ?

Carl fit non de la tête.

— Tant pis… Il est tard, alors je vais te laisser dormir…

Rahl se leva et épousseta sa robe.

— Petit Père Rahl ?

— Oui, Carl…

— J'ai peur quand je suis seul ici. Tu voudrais rester avec moi ?

Une grosse larme roula sur la joue du gamin.

— Bien entendu, mon enfant. (Rahl se rassit dans l'herbe.) Aussi longtemps que tu désireras. Toute la nuit, même, si ça te fait plaisir.

Chapitre 20

La lumière verte brillait autour d'eux tandis qu'ils avançaient péniblement au milieu de l'éboulis, souvent contraints de passer dessus – ou dessous – les troncs d'arbres et d'écarter leurs branches mortes à grand renfort de coups de pied. Les murs iridescents de la frontière se dressaient sur leur droite et sur leur gauche. Partout ailleurs, la nuit était d'encre. La lumière phosphorescente leur donnait l'impression d'être au fin fond d'une caverne.

Richard et Kahlan étaient arrivés en même temps à des conclusions similaires. Puisqu'ils ne pouvaient ni reculer ni rester sur place à cause des ombres et des pièges-à-loup, avancer dans le Chas de l'Aiguille était la seule solution.

Sans la glisser dans la bourse, histoire de la garder plus disponible en cas d'urgence, Richard avait remis dans sa poche la pierre de nuit. Sa lumière ne pouvait pas leur servir à repérer la piste, puisqu'il n'y en avait plus. En revanche, elle risquait de les empêcher de voir où la lumière verte cédait la place au mur à la fois sombre et transparent.

— Les limites de la frontière nous serviront de points de repère, avait dit Richard à Kahlan. Avance lentement. Si un mur devient noir, déporte-toi un peu de l'autre côté. À condition de rester entre les limites de la frontière, on réussira à passer…

La jeune femme n'avait pas hésité, certaine que les pièges-à-loup ou les ombres les tueraient s'ils tergiversaient. Prenant la main de Richard, elle avait avancé avec lui, épaule contre épaule, entre les murs verts de la frontière.

Le cœur de Richard battait la chamade. Ce qu'ils tentaient était de la folie ! Pourtant, ils gardaient un petit avantage, car le jeune homme savait à quoi s'attendre grâce à Chase… et à la créature qui avait voulu entraîner Kahlan dans le royaume des morts. S'ils s'enfonçaient dans un mur sombre, c'était fini. En ne dépassant pas la lueur verte, il leur restait une chance.

Kahlan s'arrêta et le poussa vers la droite. Il comprit qu'elle s'était aventurée trop près du mur. Quand le deuxième apparut, à la dextre du Sourcier, ils se recentrèrent prudemment et continuèrent à marcher. S'ils ne se précipitaient pas, en procédant ainsi, ils avanceraient le long de la fragile ligne de vie tracée entre deux étendues infinies de mort.

Conscient que son expérience de forestier ne lui servirait à rien, Richard renonça à tenter de reconstituer la piste et s'en remit, pour se guider, à la pression qu'exerçaient sur ses épaules l'un ou l'autre mur quand il approchait trop.

Leur progression était d'une lenteur désespérante. Sans voir le flanc du coteau, sur un côté, ni les limites du chemin, devant eux, il ne leur restait plus, en guise d'espoir, qu'une longue et étroite bande de lumière, dérisoire bulle de vie à la dérive dans un océan de ténèbres et de mort.

La boue s'accrochait aux bottes de Richard et la peur ne lâchait plus son esprit. Chaque obstacle qu'ils rencontraient devait être traversé. Pas question de le contourner, car les murs de la frontière leur imposaient la direction à suivre. Ils négocièrent donc les troncs d'arbres abattus, les rochers, les buttes de terre où il fallait utiliser des racines qui affleuraient pour se hisser jusqu'au sommet…

Les deux jeunes gens collaboraient en silence, une simple pression de la main en guise d'encouragement. Un seul faux pas les conduisait immanquablement à voir apparaître un mur sombre. Il en allait de même chaque fois que la piste tournait, parfois très abruptement, avant qu'ils puissent se réorienter. Quand un mur se matérialisait, ils reculaient le plus vite possible, glacés d'angoisse.

Les épaules de Richard, sans cesse sous tension, lui faisaient un mal de chien. Pour se détendre, il s'emplit les poumons d'air, laissa retomber les bras le long de son torse et plia plusieurs fois les poignets. Puis il reprit la main de Kahlan et lui sourit. Elle fit de même, mais il vit passer dans ses yeux, grâce à la lueur verte, la terreur qu'elle s'efforçait de contrôler. Au moins, pensa-t-il, le croc et le pendentif d'Adie tenaient à distance les ombres et les bêtes de la frontière. Quand ils se retrouvaient par erreur devant un mur sombre, aucun spectre ne se manifestait derrière.

Mais Richard sentait son instinct de survie l'abandonner un peu plus à chaque pas. Pour eux, la notion de temps n'existait plus. Étaient-ils dans le Chas de l'Aiguille depuis des heures ou des jours ? Le Sourcier n'aurait su le dire. Son seul désir était de sortir de ce piège. Retrouver la paix ! Se sentir de nouveau en sécurité ! Parfois, les efforts que lui coûtait chaque enjambée parvenaient à lui faire oublier sa peur.

Il capta un mouvement du coin de l'œil et se retourna. Auréolées de lumière verte, des ombres flottaient en file indienne dans leurs dos. Elles volaient à ras du sol et prenaient un peu de hauteur chaque fois qu'un tronc d'arbre mort leur barrait le chemin. Richard et Kahlan s'arrêtèrent et observèrent, pétrifiés. Mais les ombres continuèrent leur chemin.

— Passe la première et ne me lâche pas la main. Je garderai un œil sur les créatures…

Dans une nuit pourtant froide, la chemise de Kahlan, comme celle de Richard, était trempée de sueur. Sur un hochement de tête, la jeune femme recommença à marcher. Il la suivit à reculons, le dos collé au sien, le regard rivé sur les ombres… et l'esprit au bord de la panique. Kahlan avançait aussi vite que possible, mais elle devait sans cesse s'arrêter et changer de direction. Dès qu'elle s'était orientée, elle tirait son compagnon par la main.

Elle marqua une pause quand le chemin invisible descendit abruptement. Négocier une pente à reculons n'étant pas facile, Richard se concentra pour ne pas trébucher. Les ombres les suivaient toujours, flottant au gré des lacets de la « piste ». Richard résista à l'envie d'inciter Kahlan à presser le pas – le meilleur moyen de commettre une erreur ! –, mais les créatures se rapprochaient régulièrement. Dans quelques minutes, leur avance aurait complètement fondu…

Richard posa la main sur la garde de son épée. Devait-il la dégainer ? L'arme les aiderait-elle, ou les mettrait-elle davantage en danger ? Et même si elle était efficace, un combat dans le Chas de l'Aiguille serait une forme de suicide. Pourtant, si les choses en arrivaient là, il devrait se résoudre à tirer sa lame au clair.

À présent, les ombres semblaient avoir des visages. Richard essaya de se rappeler s'il en était de même avant, mais il en fut incapable. Il serra plus fort la poignée de son arme, la paume de Kahlan chaude et vivante dans son autre main.

Les « traits » des ombres, sous la lumière verte, paraissaient mélancoliques et amicaux. Ils semblaient implorer le Sourcier avec une sorte de calme résigné. Les lettres du mot « Vérité » gravées sur la garde de l'épée s'enfonçaient de plus en plus douloureusement dans les chairs de Richard. La colère de l'arme s'insinuait dans son esprit, désireuse d'éveiller la sienne. Comme elle rencontrait uniquement de la peur et de la confusion, elle n'insista pas longtemps.

Les ombres ne cherchaient plus à rattraper Richard. À présent, marchant à ses côtés, elles apaisaient curieusement son angoisse et sa tension. Leurs murmures le calmaient !

L'oreille tendue pour tenter de reconnaître des mots dans ce bourdonnement, il serra moins fort la garde de l'épée. Les sourires des créatures le rassuraient, désarmaient sa vigilance et exacerbaient son désir de comprendre ce qu'elles disaient. La lumière verte qui auréolait les ombres lui paraissait à présent réconfortante. Il brûlait d'envie de se reposer, d'être en paix, de s'attarder avec ces nouvelles compagnes. Comme elles, son esprit flottait à la dérive. Richard pensa à son père et mesura combien il lui manquait. Il se souvint des temps heureux où, près de George Cypher, rien ne le menaçait ni ne l'effrayait. Comme il aurait voulu être de nouveau aimé et protégé de cette façon ! Soudain, il comprit le sens des murmures : les ombres l'assuraient qu'il pouvait connaître de nouveau ces temps bénis. Elles voulaient l'aider à réaliser ce rêve, c'était tout…

De timides avertissements résonnaient parfois dans sa tête, mais ils mouraient aussitôt.

Il lâcha l'épée.

Il se trompait depuis le début – un aveugle ! – et il s'en apercevait si tard. Les ombres n'étaient pas là pour lui nuire, mais pour lui apporter la paix qu'il désirait tant. Elles lui offraient ce qu'il voulait, sans rien demander pour elles-mêmes. L'arracher à sa solitude était leur unique ambition ! Un sourire mélancolique se dessina sur ses lèvres. Comment avait-il pu être si borné ? Si bête ? Telle une douce musique, les murmures dissipaient ses angoisses et illuminaient les coins les plus sombres de son esprit. Il s'arrêta de marcher pour ne pas cesser d'être bercé par cette chanson douce.

Une main froide tirait sur la sienne pour le faire avancer. Il ne résista pas, histoire qu'elle cesse de l'ennuyer.

Les ombres s'approchèrent. Richard brûlait de contempler leurs visages amicaux et de mieux entendre leurs murmures. Quand elles chuchotèrent son nom, il en frissonna de plaisir et fut plus heureux encore lorsqu'elles l'entourèrent, leurs mains tendues vers lui, désireuses de le caresser, de le cajoler…

Il croisa le regard des êtres qui entendaient le sauver, et reçut de chacun, dans un souffle, des promesses de merveilles indescriptibles.

Une main frôla sa joue. Il eut l'impression d'avoir très mal, mais ce n'était peut-être qu'une illusion. L'ombre lui jura qu'il ne connaîtrait plus jamais la souffrance s'il se joignait à elle et à ses sœurs. Qu'il s'abandonne à leur sollicitude, et tout irait bien !

Il s'offrit à elles, avide qu'elles l'acceptent. En tournant sur lui-même, il aperçut Kahlan et eut envie de l'emmener avec lui pour qu'ils partagent cette merveilleuse paix. Des souvenirs liés à la jeune femme détournèrent son attention des ombres, qui lui murmuraient pourtant de les ignorer. Il sonda le flanc du coteau, puis son regard balaya l'éboulis. À l'est, les premières lueurs de l'aube apparaissaient. La silhouette noire des arbres se découpait contre le ciel coloré de rose. Bientôt, il atteindrait la fin de l'éboulis.

Il ne voyait plus Kahlan ! Alors que les ombres répétaient son nom, l'image de la jeune femme explosa dans son esprit. Une angoisse plus dévastatrice qu'un incendie réduisit en cendres les murmures qui résonnaient dans sa tête.

— Kahlan ! cria-t-il.

Il n'y eut aucune réponse.

Des mains noires et mortes se tendirent vers lui. Les visages des ombres se volatilisèrent dans des volutes de fumée aux âcres relents de soufre. Des voix étranglées crièrent son nom. Il fit un pas en arrière, désorienté…

— Kahlan ! cria-t-il encore.

Alors, sa colère se déchaîna.

La rage de la magie se déversa dans son sang quand il dégaina l'épée et frappa les ombres. La lame brillante dessina un cercle de haine autour de lui. Les créatures qu'elle toucha se désintégrèrent ; la fumée qui les composait tourbillonna comme si elle était prise dans un cyclone. Au moment où elle se dissipait, un cri inhumain retentissait.

D'autres créatures approchèrent. Il les renvoya au néant, mais elles furent aussitôt remplacées, comme si leur nombre était infini. Pendant qu'il éliminait celles qui se tenaient sur sa droite, celles de gauche en profitaient pour approcher, la douleur du contact imminent le forçant à se retourner pour les combattre. Dans sa fureur, Richard se demanda ce qui arriverait si elles finissaient par le toucher. Souffrirait-il ou mourrait-il à la seconde même ? Il s'écarta d'un mur sombre sans cesser d'abattre sa lame. Puis il avança et l'épée continua à faucher les créatures.

Richard s'immobilisa, enfonça ses talons dans la terre et affronta un raz de marée d'ombres. Ses bras lui faisaient mal, son dos menaçait de se déchirer, de la sueur ruisselait sur son front et son cœur s'affolait. Au bord de l'épuisement, sans nulle part où fuir, il tenait son terrain pouce par pouce, conscient qu'il ne résisterait pas indéfiniment. Alors que les créatures semblaient se précipiter volontairement sur son épée, des cris déchiraient la pénombre. Une attaque plus violente que les autres le força à reculer et il sentit un mur se matérialiser dans son dos. Des silhouettes noires, de l'autre côté, tendirent les bras vers lui en poussant d'atroces cris de souffrance. Acculé par les ombres, Richard ne pouvait plus s'écarter du mur. Pour ne pas succomber, il devait rester là où il était et supporter la douleur que lui infligeaient les mains des ombres, de plus en plus proches. Si la prochaine vague était assez violente et rapide, elle le pousserait contre le mur et le contraindrait à passer dans le royaume des morts. Il continua de se battre, même s'il ne sentait presque plus ses bras...

La colère céda la place à la panique. La tactique des créatures, très simple, consistait à l'affaiblir en jouant de leur nombre. Il comprit qu'il avait eu raison de ne pas vouloir utiliser son arme, car cela ne lui valait rien de bon. Mais il n'avait pas eu le choix, contraint de la dégainer pour sauver son amie et se protéger lui-même.

Son amie ? Kahlan avait disparu et il était seul. En abattant inlassablement son épée, il se demanda si les ombres, comme lui, l'avaient séduite avec leurs murmures avant de la pousser vers le mur. Et elle n'avait pas d'épée pour se défendre ! Mais n'avait-il pas juré de s'en charger ?

La colère revint. L'idée que Kahlan soit prisonnière du royaume des morts réveilla sa rage et la magie de l'Épée de Vérité répondit à son appel. Richard tailla les ombres en pièces avec une haine renouvelée. Fou furieux à l'idée de ce qu'elles avaient fait à Kahlan, il avança vers elles, son épée plus vive que l'éclair et sa soif de tuer poussée à un paroxysme jamais atteint.

Sans qu'il s'en aperçoive immédiatement, les ombres avaient cessé de bouger, suspendues dans l'air tandis qu'il avançait sur le chemin, entre les murs sombres, et semait le néant dans leurs rangs. Un moment, elles ne firent aucun effort pour éviter sa lame, comme si elles s'offraient en sacrifice. Puis elles flottèrent vers les murs de la frontière et les traversèrent pour redevenir, en passant de l'autre côté, des spectres aux contours bien trop familiers pour Richard.

Le Sourcier baissa son épée, le souffle court et les bras en feu.

Ainsi, il ne s'agissait pas exactement des Ombres dont Kahlan lui avait parlé, mais des fantômes de la frontière. Ceux qui la franchissaient pour capturer des gens.

Des innocents comme Kahlan!

Des larmes montèrent aux yeux du Sourcier.

— Kahlan…, gémit-il.

Son cœur allait exploser à force de douleur. Kahlan était perdue à jamais! Par sa faute! Il avait baissé sa garde et oublié de la protéger. Comment cela avait-il pu arriver si vite? Adie l'avait pourtant prévenu qu'il serait exposé à la tentation. Pourquoi n'avait-il pas été plus prudent? Au nom de quel absurde orgueil avait-il négligé les avertissements de la dame des ossements?

Il imagina la terreur de Kahlan, son angoisse quand elle s'était aperçue qu'il ne la protégeait pas, et les cris qu'elle avait dû pousser pour l'appeler au secours.

Puis elle avait souffert. Et elle était morte. Secoué de sanglots, Richard pria pour que le cours du temps s'inverse. S'il avait pu tout recommencer, ignorer les voix, ne pas lâcher la main de Kahlan, l'arracher au néant… Des larmes plein les yeux, l'épée pendant au bout du bras parce qu'il n'avait plus la force de la rengainer, le Sourcier avança comme un automate. Devant lui, le paysage avait changé. Au-delà de l'éboulis, il traversa un bosquet, laissant la lumière verte dans son sillage, et retrouva le chemin.

Mais une voix d'homme murmura son nom.

Il se retourna et vit son père, debout dans l'aura de la frontière.

— Mon fils, laisse-moi t'aider…

À la lueur grisâtre de l'aube, avec pour seule tache de couleur la lumière verte qui auréolait son père, Richard ne bougea pas un cil.

— Tu ne peux pas m'aider, dit-il.

— Tu te trompes. *Elle* est avec nous. En sécurité.

Richard fit quelques pas en avant.

— En sécurité?

— Oui! Viens, et je te conduirai à elle…

Richard avança encore, l'épée traînant sur le sol derrière lui.

— Tu peux vraiment me conduire à elle? demanda-t-il, des larmes aux yeux et la poitrine prise dans un étau.

— Oui, mon petit… Suis-moi. Elle t'attend.

— Et je pourrai être à ses côtés pour toujours?

— Pour toujours…

Richard pénétra dans la lumière et approcha de son père, qui lui sourit avec sa chaleur coutumière.

Alors, le Sourcier leva son épée et la plongea dans le cœur de l'homme à qui il devait la vie. Stupéfait, le fantôme ne le quitta pas du regard.

— Combien de fois, cher père, devrai-je passer ton ombre au fil de mon épée? demanda Richard, les dents serrées et la gorge nouée.

Les contours du spectre se brouillèrent et il disparut.

Une amère satisfaction remplaça la colère du Sourcier. Puis ce sentiment-là se dissipa aussi quand il reprit son chemin. D'un revers de la manche, il essuya les larmes qui ruisselaient sur ses joues crasseuses et ravala le nœud qui lui obstruait la gorge.

Sur la piste, la forêt l'enveloppa de son éternelle indifférence aux affaires des hommes.

Non sans peine, Richard remit au fourreau l'Épée de Vérité. À cause de ce mouvement, il remarqua que la pierre de nuit, à la pâle lumière de l'aube, brillait encore faiblement dans sa poche. Il la prit et la remit dans la bourse de cuir pour étouffer sa chiche lueur jaune.

Richard repartit en vacillant, une détermination nouvelle sur son visage ravagé. Quand il glissa une main sous sa chemise pour toucher le croc, il éprouva un sentiment de solitude comme il n'en avait jamais connu. Tous ses amis lui avaient été arrachés. Mais il avait compris que sa vie ne lui appartenait pas. Seul son devoir comptait. Il était le Sourcier, rien de plus et rien de moins. Pas un homme, mais un pion dans une terrifiante partie d'échecs. Un outil, comme son épée, pour aider les autres à connaître le bonheur qu'il avait seulement entrevu.

Il n'était pas différent des spectres de la frontière. Un messager de la mort.

Et il savait à qui délivrer son message!

Le Maître s'assit en tailleur dans l'herbe, le dos bien droit, et regarda brièvement l'enfant endormi. Les mains sur les genoux, paumes vers le haut, un sourire flotta sur ses lèvres quand il pensa à ce qui était arrivé à l'Inquisitrice Kahlan près de la frontière. La lumière du matin, qui pénétrait à flots par les fenêtres, faisait briller de toute leur splendeur les fleurs du jardin. Très lentement, Rahl porta une main à sa bouche, s'humidifia les doigts, se lissa les sourcils et laissa son bras retomber avec une grâce majestueuse. À l'idée de ce qu'il ferait bientôt à l'Inquisitrice, sa respiration s'accéléra un peu. Il se força à penser à des affaires plus urgentes et se calma très vite. Quand il agita langoureusement les doigts, le petit Carl ouvrit aussitôt les yeux.

— Bonjour, mon garçon, dit Rahl de sa voix la plus amicale. Je suis ravi de te retrouver.

Un sourire flottait toujours sur ses lèvres. Mais pour une raison bien différente…

Carl battit des paupières à cause de la lumière du soleil.

— Bonjour, dit-il en bâillant. (Puis il leva les yeux et pensa à ajouter :) Petit Père Rahl…

— Tu as très bien dormi, dit le Maître.

— Vous êtes resté toute la nuit ?

— Comme promis. Tu sais que je ne te mentirais pour rien au monde, Carl.

— Merci… (L'enfant baissa timidement la tête.) Je crois que j'ai été stupide d'avoir aussi peur.

— Non, non, ce n'était pas stupide. Je suis content d'avoir été là pour te rassurer…

— Quand j'ai peur du noir, mon père dit que je suis idiot !

— Dans la nuit rôdent des créatures qui risquent de t'attraper, dit Rahl, très sérieux. C'est très intelligent de ta part de le savoir, et tu as raison de t'en méfier. Ton père ferait bien de t'écouter et de retenir la leçon.

— Vraiment ! s'exclama Carl. (Rahl acquiesça.) C'est ce que je me disais…

— Quand on aime quelqu'un, il faut l'écouter.

— Mon père m'ordonne toujours de me taire.

— Je suis très surpris d'entendre ça. Je croyais que tes parents t'aimaient beaucoup.

— Oh, ils m'adorent ! La plupart du temps, en tout cas.

Le Maître attendit la suite, ses longs cheveux blonds brillant à la lumière du soleil et sa robe plus blanche que jamais sous cette clarté. Il y eut un long moment de silence.

— Mais j'en ai assez qu'ils me disent toujours ce que je dois faire, avoua enfin Carl.

— Il me semble, fit Rahl, le front plissé, que tu es en âge de réfléchir et de décider tout seul. Un garçon intelligent comme toi, presque un homme, et ils te donnent encore des ordres ! (Il secoua la tête, comme s'il ne parvenait pas à en croire ses oreilles.) Tu veux dire qu'ils te traitent comme un bébé ?

Carl approuva du chef puis tenta d'affiner sa description.

— Le plus souvent, ils sont quand même très gentils avec moi.

— Je suis ravi de l'entendre, soupira Rahl, l'air pas très convaincu. Voilà qui me soulage !

Carl leva les yeux vers les fenêtres inondées de soleil.

— Mais ils vont être furieux que je sois resté absent si longtemps.

— Ils seront en colère contre toi quand tu rentreras ?

— Ça, c'est sûr ! Un jour, je jouais avec un ami et je suis revenu chez moi très tard. Ma mère était folle de rage. Mon père m'a flanqué des coups de ceinture pour me punir de les avoir fait se ronger les sangs.

— De ceinture ? Ton père t'a frappé ? (Rahl secoua encore la tête, se leva et tourna le dos à l'enfant.) Désolé, Carl, je ne savais pas que ces gens étaient comme ça…

— C'est parce qu'ils m'aiment, s'empressa d'ajouter Carl. Ils me l'ont dit : ils m'aiment, et à cause de moi, ils se font beaucoup de souci. (Rahl ne se retourna pas.) Vous ne croyez pas que c'est une preuve d'amour ?

Rahl s'humecta les doigts et les passa sur ses lèvres et sur ses sourcils. Puis il fit volte-face et se rassit près du gamin.

— Carl, souffla-t-il si bas que le petit garçon dut tendre l'oreille, tu as un chien ?

— Oui ! C'est une chienne, et elle s'appelle Polissonne. Quand je l'ai eue, c'était un tout petit chiot.

— Polissonne ? répéta Rahl, amusé. Il lui est déjà arrivé de se perdre ou de s'échapper ?

— Eh bien… Oui, une ou deux fois, quand elle était encore très jeune. Mais elle est toujours revenue le lendemain.

— Quand elle était absente, tu t'inquiétais ?

— Évidemment…

— Pourquoi ?

— Parce que je l'aime !

— Je vois… Et quand elle rentrait, que faisais-tu ?

— Je la prenais dans mes bras et je la serrais longtemps contre moi…

— Tu ne la frappais pas avec ta ceinture ?

— Non !

— Pourquoi ?

— Parce que je l'aime !

— Mais tu te faisais du souci quand même ?

— Oui.

— Résumons-nous : quand elle rentrait, tu serrais Polissonne dans tes bras parce que tu l'aimes et que tu t'étais inquiété ?

— Oui.

Rahl se pencha un peu vers l'enfant.

— Très bien… Si tu l'avais frappée avec ta ceinture, qu'aurait-elle fait, d'après toi ?

— Elle ne serait peut-être pas revenue, la fois d'après… Pourquoi retourner chez quelqu'un qui vous frappe ? Elle serait allée ailleurs, chez des gens qui l'aiment.

— Très bien raisonné, fit Rahl, pensif.

Des larmes aux yeux, Carl détourna la tête de Rahl et laissa libre cours à son chagrin. Le Maître attendit un peu puis lui caressa les cheveux.

— Carl, je ne voulais pas te faire de la peine… Mais tu dois savoir une chose : quand tout sera fini, et que tu retourneras chez toi, si tu as un jour besoin d'une autre maison, celle-là te sera toujours ouverte. Tu es un enfant formidable – un jeune homme formidable ! – et je serais fier que tu restes avec moi. Avec Polissonne, si tu veux. Je crois que tu es assez grand pour décider de ta vie. Tu pourras venir chez moi et en partir à ta guise.

— Merci, Petit Père Rahl.

— Et maintenant, que dirais-tu de manger un peu ?

— Oh, oui, je meurs de faim !

— Qu'est-ce qui te fait envie ? Tu peux avoir tout ce que tu veux !

— J'adore la tarte aux myrtilles, dit Carl après une courte réflexion. (Il baissa les yeux, attristé.) Mais je n'ai pas le droit d'en manger au petit déjeuner.

Rahl se leva d'un bond.

— De la tarte aux myrtilles ! Je cours t'en chercher !

Le Maître traversa le jardin pour gagner une petite porte latérale couverte de lierre. Le battant s'ouvrit à son approche et le bras musclé de

Demmin Nass le retint pendant que Rahl franchissait le seuil. Un gruau à l'odeur nauséabonde cuisait dans un chaudron pendu sur les flammes d'une petite forge. Adossés à un mur, les deux gardes du corps, le front ruisselant de sueur, attendaient en silence.

— Seigneur Rahl, dit Demmin en inclinant la tête, j'espère que le petit garçon vous convient…

Rahl s'humecta les doigts et se lissa les sourcils.

— Il fera très bien l'affaire… Demmin, sers un bol de cette infâme bouillie, qu'elle refroidisse un peu.

Nass prit une louche et entreprit de remplir le bol.

— Si tout se passe bien, dit-il avec un sourire malsain, je vais vous quitter pour aller présenter vos respects à la reine Milena.

— Excellente idée. En chemin, va voir la femelle dragon et dis-lui que j'ai besoin d'elle.

— Elle ne m'aime pas, dit Nass en cessant soudain son travail.

— Elle n'aime personne ! Mais n'aie crainte, elle ne te dévorera pas. Elle sait qu'il ne faut pas abuser de ma patience.

— Elle voudra savoir quand vous aurez besoin d'elle, dit Nass en recommençant à jouer de la louche.

— Ça ne la regarde pas pour le moment. Répète-le-lui, tout simplement. Ajoute qu'elle devra venir quand je l'appellerai. En attendant, qu'elle se tienne prête. (Par une petite fente dans le mur, invisible grâce au lierre, il regarda ce que faisait l'enfant.) Mais tu devras être de retour dans deux semaines.

— C'est compris. (Demmin posa le bol de gruau sur une table.) Aurez-vous besoin de si longtemps, avec l'enfant ?

— Oui, si je veux pouvoir revenir du royaume des morts, répondit Rahl sans cesser de regarder par la fente. Il me faudra peut-être plus de temps. On ne mégote pas avec ça. Je dois obtenir sa confiance et entendre de sa bouche un serment de loyauté librement consenti.

— Nous avons un autre problème, dit Demmin en passant un pouce dans sa ceinture.

Rahl se retourna.

— C'est ta principale occupation, Demmin ? Chercher les problèmes avec une lanterne ?

— C'est comme ça que je garde la tête solidement attachée à mes épaules.

— Eh bien, espérons que ça durera, mon ami. Allez, je t'écoute…

Nass sauta d'un pied sur l'autre, un signe de grande nervosité.

— Hier soir, j'ai reçu un rapport sur le nuage-espion. Il a… hum… disparu.

— Comment ça, disparu ?

— En réalité, il a plutôt été… occulté. Absorbé par d'autres nuages, si j'ai bien compris.

Au grand dam de son second, Darken Rahl éclata de rire.

— Notre ami, le vieux sorcier… On dirait qu'il a repéré le nuage et recouru à un de ses trucs pour m'agacer. Il fallait s'y attendre. Ce n'est pas grave, mon cher. Un contretemps sans importance.

— Maître, c'était un moyen de trouver le grimoire. À part la dernière boîte, rien n'est plus vital !

— M'as-tu entendu dire que le grimoire n'avait pas d'importance ? Je parlais du nuage, bien sûr. Le livre est si crucial que je n'aurais pas tout misé sur un fichu nuage. D'après toi, comment l'ai-je attaché aux basques de Richard Cypher ?

— Le nuage ? Je n'en sais rien, maître. Mes talents n'ont rien à voir avec la magie…

— Ça, tu peux le dire ! (Rahl s'humecta de nouveau les doigts.) Il y a des années, avant d'être assassiné par ce maudit sorcier, mon père m'a parlé des boîtes d'Orden et du grimoire. Il a essayé de les retrouver, mais il n'était pas assez formé pour ça. C'était surtout un homme d'action, jamais aussi heureux que sur un champ de bataille. (Il chercha le regard de Nass.) Comme toi, mon colossal ami ! Il lui manquait les connaissances requises. Mais il était assez sage pour m'apprendre la supériorité du cerveau sur l'épée. En utilisant sa tête, on peut toujours vaincre ses ennemis, aussi nombreux soient-ils. Les meilleurs professeurs se sont chargés de mon éducation. Puis il a été assassiné ! (Rahl frappa du poing sur la table et s'empourpra de colère. Mais il se ressaisit vite.) Alors, j'ai étudié encore plus dur, pour réussir là où il avait échoué, et mettre la Maison Rahl à la place qui lui revient de droit : à la tête de tous les pays !

— Seigneur, vous avez réussi au-delà des espoirs les plus fous de votre père !

Rahl sourit et jeta un coup d'œil par la fente avant de continuer.

— Lors de mes études, j'ai découvert où était caché le *Grimoire des Ombres Recensées* : dans les Contrées du Milieu, de l'autre côté de la frontière. Mais je n'étais pas encore capable de traverser le royaume des morts pour aller le chercher. Alors, j'ai envoyé une bête le surveiller jusqu'au jour où je pourrais venir en prendre possession.

Il se redressa de toute sa taille et se retourna vers Demmin, l'air sinistre.

— Avant que j'aie pu le faire, un homme, George Cypher, a tué ma gardienne et volé le grimoire. Mon grimoire ! En guise de trophée, il a emporté un croc de la bête. Une erreur grossière, car la gardienne avait été envoyée là par magie. Ma magie, Demmin ! Et je peux la repérer facilement !

— C'est comme ça que vous avez su que Richard Cypher détenait le grimoire ?

— Oui. Le fils de George a l'ouvrage, et il porte en permanence le croc. Voilà comment je lui ai accroché le nuage aux basques. En le verrouillant sur le croc imprégné de ma magie ! Je pourrais déjà avoir récupéré le grimoire, mais j'ai dû m'occuper de choses plus urgentes. Le nuage m'a servi à ne pas perdre la trace de Richard Cypher. C'était très commode. Cela dit, l'affaire est de toute façon dans le sac : j'aurai le grimoire dès que je le déciderai. Sans le nuage, il me reste toujours le croc…

Rahl prit le bol de gruau et le tendit à Demmin.

— Goûte, pour voir si c'est assez froid. Je ne voudrais pas brûler le gosier du gamin.

Nass renifla le gruau et fit une moue écœurée. Il préféra le passer à un garde du corps, qui le goûta sans broncher puis hocha la tête.

— Cypher pourrait perdre le croc ou s'en débarrasser, dit Demmin. Alors, comment le retrouver ? Et le grimoire ? Pardonnez mon audace, seigneur, mais vous semblez vous fier un peu trop à la chance.

— Il m'arrive de laisser faire le destin, mon ami. Jamais la chance ! J'ai d'autres moyens de débusquer Richard Cypher.

— À présent, fit Demmin, soulagé, je comprends pourquoi vous ne vous inquiétez pas. Mais je ne savais rien de tout ça.

— Nous avons seulement effleuré la surface de l'océan des choses que tu ignores, Demmin. C'est pour ça que tu es à mon service et pas l'inverse. Mais depuis notre enfance, tu es un ami fidèle, et tu mérites d'être rassuré. Beaucoup de questions urgentes me prennent mon temps. Et la magie ne peut pas attendre ! (Il désigna l'endroit où était l'enfant, derrière le mur.) Mais n'oublie pas : je sais où est le grimoire et j'ai fait ce qu'il fallait pour le récupérer quand ça me chantera. Pour l'instant, disons que Richard Cypher le garde en sécurité dans mon intérêt. Tu es content ?

— Oui, seigneur Rahl, dit Nass en baissant un instant les yeux. Mais sachez que j'ai osé vous parler parce que je veux vous voir réussir. Vous êtes de droit le maître de tous les pays ! Nous avons besoin que vous nous guidiez. Mon seul désir est de contribuer à votre victoire. Et je n'ai qu'une angoisse : vous décevoir !

Darken Rahl mit un bras autour des épaules de Nass et étudia son visage grêlé de petite vérole.

— Si seulement j'avais plus d'amis comme toi ! (Il lâcha le colosse et ramassa le bol.) Va, à présent, et annonce à la reine Milena que ses conditions sont acceptées. Et n'oublie pas de prévenir la femelle dragon ! (Un demi-sourire flotta sur les lèvres de Rahl.) Surtout, que tes petites… hum… faiblesses… ne retardent pas ton retour !

Nass fit une révérence.

— Seigneur Rahl, merci de m'accorder l'honneur de vous servir.

Le colosse sortit par la porte de derrière. Darken Rahl retourna dans le jardin, laissant ses gardes du corps crever de chaud dans la pièce de la forge.

Il prit sa corne à gaver et approcha du petit garçon.

Long tube en laiton étroit à un bout et évasé à l'autre, la corne était équipée de deux pieds qui la tenaient en hauteur, afin que le gruau glisse plus facilement. Rahl la posa devant l'enfant, la partie étroite devant sa bouche.

— Qu'est-ce que c'est ? demanda Carl. Une corne ?

— Oui, c'est ça. Très bien vu, Carl ! Elle sert à nourrir et jouera un rôle très important dans notre cérémonie. Les autres braves garçons qui ont aidé les gens, avant toi, ont trouvé que c'était une façon amusante de manger. Tu prends la partie étroite dans ta bouche, et moi, je verse la nourriture en haut.

— Et ça marche ? demanda Carl, sceptique.

— Très bien, tu verras ! En plus, je t'ai trouvé une tarte aux myrtilles qui venait de sortir du four !

— Formidable ! s'écria Carl avant de prendre l'embout entre ses lèvres.

Rahl passa trois fois la main au-dessus du gruau pour modifier son goût, puis il baissa les yeux sur l'enfant.

— J'ai dû l'écraser pour qu'elle passe à travers la corne. J'espère que ça ira ?

— Je fais toujours ça avec ma fourchette, dit Carl, tout content, avant de remettre les lèvres sur la corne.

Rahl versa un peu de gruau dans la partie évasée. Quand la bouillie arriva dans sa bouche, le gamin la mâchouilla avec enthousiasme.

— C'est délicieux ! La meilleure tarte que j'aie jamais mangée !

— J'en suis ravi, dit Rahl avec un sourire modeste. C'est une recette à moi. Je craignais qu'elle ne soit pas aussi bonne que celle de ta mère.

— Elle est meilleure ! Je peux en avoir encore ?

— Bien sûr, fiston. Avec le Petit Père Rahl, on en a toujours encore…

Chapitre 21

Au pied de la pente, Richard, épuisé, sonda le sol à l'endroit où la piste continuait, même s'il ne lui restait plus beaucoup d'espoir. Très bas dans le ciel, des nuages noirs s'accumulaient. De grosses gouttes s'écrasaient sur le crâne du Sourcier, trop concentré sur sa quête pour s'en irriter.

Pensant que Kahlan avait peut-être simplement continué son chemin et traversé le Chas de l'Aiguille, il essayait de la rattraper. Après tout, elle avait l'os donné par Adie, et il était censé la protéger. Il restait donc une chance qu'elle soit passée. Cela dit, il avait son croc, et, selon Adie, les créatures de la frontière n'auraient pas dû le voir. Pourtant, les ombres les avaient attaqués. Étrangement, elles n'avaient pas bougé jusqu'à ce qu'il fasse nuit, devant le rocher fendu. Pourquoi n'avaient-elles pas agi avant ?

Sur le sol, il ne vit pas de traces. Personne n'était sorti du Chas de l'Aiguille depuis très longtemps. Alors qu'un vent glacial faisait voler les pans de son manteau, comme s'il le poussait à s'éloigner au plus vite, il sentit la fatigue et le désespoir le terrasser. Le cœur brisé, il avança de nouveau en direction des Contrées du Milieu.

Il s'arrêta après quelques pas, frappé par une idée.

Si Kahlan, une fois séparée de lui, avait cru qu'il était prisonnier à jamais du royaume des morts, aurait-elle continué à marcher vers les Contrées du Milieu ?

Non !

Il se retourna vers le Chas de l'Aiguille. Non ! Elle aurait rebroussé chemin pour rejoindre le grand sorcier !

Aller seule dans les Contrées du Milieu ne lui aurait servi à rien. Elle était venue en Terre d'Ouest pour trouver de l'aide. Une fois le Sourcier perdu, seul Zedd pouvait lui être d'une quelconque assistance.

Même s'il n'était pas entièrement sûr de ce raisonnement, Richard ne pouvait pas continuer son chemin sans avoir vérifié. N'étant pas très loin de l'endroit où il avait combattu les ombres – et perdu Kahlan – il fit demi-tour et s'engagea de nouveau dans le Chas de l'Aiguille.

La lumière verte salua son retour! Revenu sur ses pas, il retrouva rapidement le lieu de son affrontement contre les spectres. Devant ses propres empreintes, il fut surpris d'avoir parcouru autant de terrain pendant cet affrontement. Il ne se souvenait plus d'avoir tellement tourné en rond et piétiné. Mais il ne se rappelait pas grand-chose de la bataille, à part la fin…

Soudain, il vit ce qu'il était venu chercher: leurs traces, à Kahlan et à lui, puis celles de la jeune femme, seule… Il les suivit avec l'espoir qu'elles ne le conduiraient pas vers le mur de la frontière. Puis il s'accroupit pour les étudier de plus près. Kahlan avait erré un moment, désorientée, avant de s'arrêter… et de rebrousser chemin!

Richard se releva d'un bond, le cœur battant à tout rompre. Autour de lui, la lumière verte, omniprésente, lui tapait sur les nerfs. Où pouvait être Kahlan, à présent? Il leur avait fallu presque toute la nuit pour traverser le Chas de l'Aiguille. Mais alors, ils ignoraient où était le chemin. Pour revenir en arrière, il suffisait de remonter leurs traces précédentes.

Il allait devoir marcher vite. S'il voulait rattraper Kahlan, pas question d'être trop prudent! À point nommé, il se souvint de ce que Zedd avait dit en lui donnant l'Épée de Vérité: la colère, justement, faisait parfois oublier toute prudence.

Quand le Sourcier dégaina son arme, la note métallique unique emplit l'air de la matinée grisâtre. Aussitôt, la colère coula dans ses veines. Sans plus réfléchir, il remonta la piste, les yeux rivés sur les empreintes de pas. Tout à sa fureur, il ignora les coups de boutoir que lui expédiaient les murs chaque fois qu'il les frôlait. Lorsque les empreintes tournaient ou faisaient des écarts, il ne s'arrêtait pas, parfois contraint d'accomplir de petits prodiges pour parvenir à conserver son équilibre.

À ce rythme, rapide mais soutenable pour un homme entraîné, il atteignit le rocher fendu un peu avant le milieu de la matinée. Par deux fois, une ombre s'était dressée sur son chemin, immobile, ne paraissant pas le voir. Richard avait chargé tête baissée, épée brandie. Même si elles semblaient ne plus avoir de visage, les entités lui avaient paru comme… étonnées… avant de se désintégrer en hurlant.

Sans ralentir, il traversa le rocher fendu et flanqua au passage un fabuleux coup de pied à un piège-à-loup pour l'écarter de son chemin. De l'autre côté de l'arche, il s'arrêta pour reprendre son souffle et constata, soulagé, que les empreintes de Kahlan étaient toujours visibles. Sur la piste forestière, il aurait plus de mal à les repérer, mais ça n'avait aucune importance, car il savait où allait son amie. Elle avait survécu au Chas de l'Aiguille: il en aurait volontiers versé des larmes de joie.

Et il gagnait du terrain sur elle, comme le prouvaient les empreintes, de plus en plus fraîches. Mais à la lumière de l'aube, elle avait dû remonter leur piste au lieu de se fier aux murs de la frontière pour se guider. Sinon, il l'aurait déjà rattrapée… Comme il s'y attendait, Kahlan avait su utiliser sa tête. Si on leur en laissait le temps, il ferait d'elle une formidable forestière!

Richard repartit d'un bon pas, l'épée au poing et la colère au cœur. Il ne perdit pas de temps à vouloir suivre la piste de Kahlan, mais se contenta de vérifier, chaque fois qu'il passait près d'une flaque de boue, qu'elle continuait bien. Parvenu sur une partie du chemin où les traces se voyaient sans difficulté, il jeta un regard circulaire autour de lui et se pétrifia, les yeux écarquillés.

À cheval sur les empreintes de Kahlan, il venait de remarquer celles de bottes d'hommes, près de trois fois plus grandes. Deviner à qui elles appartenaient n'était pas difficile : le dernier survivant du *quatuor!*

Richard repartit à la course, les arbres et les rochers défilant si vite devant ses yeux qu'ils en devinrent flous. Dans sa course, il n'avait qu'un seul souci : éviter de se précipiter contre les murs de la frontière. Pas pour préserver sa propre vie, mais parce qu'il ne pourrait plus aider Kahlan s'il se faisait tuer. À bout de souffle, les poumons en feu, il en appela à la rage pour surmonter son épuisement.

Au sommet d'une butte rocheuse, il aperçut enfin Kahlan, sur sa gauche, une dizaine de pas devant lui. Plaquée contre une paroi de pierre, à demi accroupie, elle faisait face au dernier tueur. La cuirasse de l'homme luisait d'humidité et quelques mèches de cheveux blonds dépassaient du capuchon de sa cotte de mailles. Levant à deux mains une gigantesque épée, il poussa un cri de guerre.

Il allait la tuer !

Une fraction de seconde, Richard se pétrifia, une vague de panique occultant jusqu'à sa colère. Puis la fureur reprit le dessus. Avec un « non ! » où s'exprimait toute la rage meurtrière de l'univers, il sauta de la butte et, en plein vol, brandit à deux mains l'Épée de Vérité, les bras armés comme s'ils tenaient une hache. Quand il reprit contact avec le sol, il fit décrire à la lame un grand arc de cercle.

L'acier fendit l'air en sifflant. Le tueur, qui s'était retourné, vit l'arme de Richard venir sur lui et, vif comme l'éclair, leva la sienne pour se défendre. Il avait réagi si vite et si violemment que les tendons de son poignet et de sa main émirent un claquement sec.

Comme dans un rêve, Richard suivit au ralenti la trajectoire de son épée. Il avait mobilisé toute sa force pour que le vol de la lame soit rapide, franc et meurtrier. Et la magie faisait écho à son désir.

Derrière l'arme du tueur, il vit briller son regard bleu aux reflets d'acier. Alors que son cri n'était pas encore mort dans sa gorge, le Sourcier prit pour cible ces deux yeux inhumains de froideur.

L'homme tenait son épée à la verticale, prêt à bloquer le coup.

Tout ce qui n'était pas son adversaire disparut de la vue de Richard. Sa colère – et la magie – se déchaînèrent comme elles ne l'avaient jamais fait. Rien au monde ne l'empêcherait de prendre la vie de cet homme. Son sang était à lui ! Au-delà de la raison, de tout autre désir et même de la vie, il n'était plus que la mort incarnée.

Dans ce coup d'épée, il avait mis toute la haine qu'il était capable d'éprouver.

Alors que son cœur battait si fort qu'il sentait l'onde de choc jusque dans les muscles tendus à craquer de son cou, Richard soutint le regard de son adversaire avec une excitation proche de l'extase, et, du coin de l'œil, vit sa lame parcourir la distance qui la séparait encore de l'autre et la percuter dans un roulement de tonnerre. Toujours au ralenti, dans une gerbe d'étincelles et d'éclats d'acier, il regarda l'épée adverse se briser net. La partie sectionnée vola dans les airs et tourna sur elle-même. Il compta le nombre de révolutions – trois, en reflétant chaque fois la lumière du soleil – qu'elle fit avant que sa propre lame, avec toute la puissance de sa rage et de la magie qui la soutenait, atteigne la tête de l'homme et percute les maillons de son capuchon de mailles. Le crâne du tueur, sous l'impact, partit sur le côté. Puis l'Épée de Vérité traversa les maillons comme du beurre, au niveau des yeux tant détestés. Dans une gerbe de minuscules éclats métalliques, elle continua son chemin à travers la peau et l'os.

Richard explosa d'allégresse quand une petite nappe de brouillard rouge jaillit pour se mêler à la brume matinale. Des mèches de cheveux blonds, des éclats d'os et des lambeaux de matière cervicale tourbillonnèrent dans l'air tandis que la lame tronçonnait impitoyablement la calotte crânienne du tueur. Son corps, désormais surmonté d'un cou, d'une mâchoire et d'une immonde bouillie rouge, s'écroula comme si tous ses os avaient fondu et percuta le sol avec un bruit sourd. Du sang jaillit en longs filaments à la trajectoire incurvée, puis retomba en pluie autour du Sourcier et sur lui. Ce geyser, quand quelques gouttes giclèrent dans sa bouche toujours ouverte sur son cri de rage, donna au vainqueur la satisfaction de connaître le goût du fluide vital du vaincu.

Un flot plus noir et plus dense arrosa la poussière alors que les fragments d'acier de la cotte de mailles et de l'épée brisée s'écrasaient enfin sur un rocher, derrière Richard. Les derniers fragments d'os et de tissu cérébral retombèrent sur le sol dans une averse de sang qui colora tout en rouge vif.

Le messager de la mort se campa victorieusement au-dessus de l'objet de sa haine et de sa colère. Inondé de sang, il s'abandonna à une joie sauvage qu'il n'aurait jamais cru pouvoir connaître. Le souffle court à force d'excitation, il pointa de nouveau son épée, à l'affût d'une autre menace.

Qui ne vint pas.

Alors, le monde extérieur s'imposa de nouveau à lui.

Juste avant de tomber à genoux, terrassé par la douleur qui lui déchirait les entrailles, il aperçut les yeux écarquillés de Kahlan. Puis l'Épée de Vérité glissa de ses mains.

Comme une lame lui fouaillant les chairs, la conscience de son acte balaya toutes ses sensations. Il avait tué ! Pire, il avait abattu un être humain qu'il désirait ardemment tuer. Et il s'en était réjoui. Rien ni personne n'aurait pu le priver de ce meurtre !

L'image de sa lame fendant le crâne de sa victime repassait en boucle dans son esprit. Impossible de l'arrêter.

À la torture, il se prit le ventre à deux mains. De sa bouche ouverte, aucun son ne sortait. Il tenta de perdre conscience pour ne plus sentir la douleur, mais cette miséricorde lui fut refusée. Rien n'existait plus pour lui que la souffrance – comme un instant plus tôt, quand la rage de tuer emplissait son esprit.

Aveuglé par la douleur, il sentit du feu liquide couler dans ses muscles, ses os et tous ses organes. Consumé de l'intérieur, les poumons bloqués, il crut qu'il allait s'étouffer. Enfin, il bascula sur le flanc, les genoux repliés sur la poitrine, et poussa un cri de douleur, écho fidèle du hurlement de rage qui avait ponctué sa victoire. Sa force le fuyant par tous les pores de sa peau, malgré la stupeur due à l'angoisse et à la souffrance, il comprit qu'il ne conserverait pas longtemps sa raison – voire sa vie – si ce calvaire se prolongeait. La magie l'écrasait comme un vulgaire insecte ! Un pareil niveau de douleur lui aurait paru inimaginable quelques heures plus tôt. À présent, il doutait que cela ne finisse jamais. Sentant que sa raison lui était inexorablement arrachée, il implora la mort de mettre un terme à son supplice. De toute manière, si ça continuait, elle serait l'unique issue possible.

Dans le brouillard de ce qu'il prenait pour son agonie, une idée s'imposa à lui : il connaissait cette douleur. C'était la sœur jumelle de sa colère ! Elle envahissait son corps de la même manière que la rage communiquée par l'épée. Et leur source à toutes les deux, désormais familière, était la magie. Ayant identifié le mal, il s'efforça de le contrôler, comme il avait appris à maîtriser sa colère. Mais cette fois, il devait réussir… ou périr.

Il se convainquit que son acte, aussi horrible qu'il fût, avait été nécessaire. Le tueur blond, ivre de sang lui-même, avait signé son propre arrêt de mort…

Le Sourcier parvint à chasser sa douleur comme il avait réussi à bannir sa colère. Infiniment soulagé, il comprit qu'il avait gagné les deux batailles ! La souffrance le quitta aussi soudainement qu'elle l'avait frappé.

Étendu sur le dos, haletant, il reprit conscience du monde extérieur. Agenouillée près de lui, Kahlan lui passait un morceau de tissu humide sur le visage. Elle nettoyait le sang et des larmes ruisselaient sur ses joues elles-mêmes constellées de taches rouges.

Richard se redressa, s'agenouilla et lui prit le tissu pour la nettoyer à son tour, comme s'il pouvait ainsi effacer de son esprit l'acte qu'il venait de commettre. Mais elle ne le laissa pas faire, l'enlaçant et le serrant dans ses bras avec une intensité dont il ne l'aurait pas crue capable. Alors qu'il lui rendait son étreinte, Kahlan lui posa une main sur la nuque et attira sa tête contre la sienne.

L'avoir retrouvée était si merveilleux ! Il ne voulait plus jamais être séparé d'elle.

— Richard, j'ai tellement honte…

— De quoi ?

— Que tu aies dû tuer un homme pour moi.

— Ne t'en fais pas… tout va bien.

Il la sentit secouer la tête contre sa joue.

— Je savais que la magie te ferait atrocement souffrir. Voilà pourquoi je t'ai empêché de combattre ces brutes, à l'auberge.

—Zedd a pourtant dit que la colère me protégerait de la douleur. Kahlan, je n'y comprends rien. Je n'ai jamais été aussi furieux de ma vie !

Kahlan s'écarta de lui, les mains serrées sur ses bras comme pour s'assurer qu'il était bien réel.

—Zedd m'a demandé de veiller sur toi si tu devais tuer un homme avec l'épée. D'après lui, il est vrai que la colère est un bouclier contre la souffrance, mais pas la première fois... La magie met le Sourcier à l'épreuve en le torturant et il doit s'en sortir seul. Il ne te l'a pas révélé, parce que cela t'aurait rendu plus réticent à te servir de l'arme. Le remède aurait alors risqué d'être pire que le mal ! La magie, a-t-il dit, doit s'unir au Sourcier quand il recourt à elle pour la première fois, afin d'affermir sa volonté de tuer. Elle peut faire d'horribles choses au Sourcier. La souffrance est un test, pour voir lequel des deux est le maître...

Richard s'assit sur les talons, comme assommé de stupéfaction. Adie avait affirmé que le sorcier lui dissimulait un secret – ce devait être celui-là. Le pauvre Zedd avait dû être terriblement inquiet pour lui...

Alors, Richard comprit vraiment ce qu'était un Sourcier. Personne, à part celui qui détenait le titre, ne pouvait le savoir de cette manière-là. Le messager de la mort ! Il saisissait, maintenant. Le fonctionnement de la magie : comment il l'utilisait et comment elle se servait de lui ! Désormais, ils seraient unis. Pour le meilleur ou pour le pire, Richard Cypher ne serait plus jamais le même homme. Ses plus noirs désirs ayant été exaucés, il ne pourrait plus revenir en arrière.

Richard leva la main et, avec son morceau de tissu, nettoya le visage de Kahlan.

—Zedd a fait ce qu'il fallait, et tu as eu raison de ne pas m'en parler. (Il caressa la joue de son amie.) J'ai eu si peur que tu sois morte...

—Moi, j'ai cru que tu l'étais. Je te tenais la main, et soudain, tu as disparu. (Les yeux de Kahlan s'emplirent de nouveau de larmes.) Je t'ai cherché en vain. Persuadée que tu étais perdu dans le royaume des morts, je n'avais plus qu'une idée : rejoindre Zedd et attendre qu'il se réveille.

—Je t'ai crue perdue aussi... J'ai failli continuer seul, mais il semble que retourner sur mes pas pour toi est mon destin !

Elle sourit pour la première fois depuis qu'il l'avait retrouvée et l'enlaça de nouveau. Mais elle s'écarta très vite.

—Richard, il faut partir. Les bêtes rôdent toujours et le cadavre les attirera. Il vaut mieux ne plus être là à leur arrivée.

Richard ramassa son épée, se leva et prit Kahlan par la main pour l'aider à se redresser.

La colère de la magie explosa – un avertissement adressé à son maître.

Comme la dernière fois, quand Kahlan lui avait touché la main alors qu'il tenait l'arme. Mais c'était plus fort et il eut du mal à contrôler cette rage-là.

Kahlan ne s'était aperçue de rien. De son bras libre, elle l'attira vers lui et l'étreignit brièvement.

— Je n'arrive pas à croire que tu es vivant ! J'étais si sûre de t'avoir perdu…

— Comment as-tu réussi à te débarrasser des ombres ?

— Je n'en sais rien. Elles nous suivaient, mais quand nous avons été séparés, et que j'ai rebroussé chemin, je n'en ai plus vu. Et toi ?

— J'en ai croisé deux. Et mon père m'est de nouveau apparu pour m'attirer dans la frontière.

— Pourquoi toi et pas nous deux ?

— Cette nuit, c'était moi que les ombres traquaient, pas toi, parce que ton pendentif te protégeait.

— La dernière fois, avec Chase et Zedd, elles ont attaqué tout le monde sauf toi. Qu'y a-t-il de différent ?

— Je n'en ai aucune idée… Mais il faut finir le voyage. Nous sommes trop fatigués pour passer une autre nuit à combattre les ombres et les pièges-à-loup. On devra être dans les Contrées du Milieu avant ce soir. Et cette fois, je promets de ne pas te lâcher la main.

— Compte sur moi pour ne pas lâcher la tienne !

— Prête à repasser par le Chas de l'Aiguille ?

Kahlan acquiesça. Ils partirent au pas de course, mais à un rythme raisonnable que la jeune femme n'aurait aucun mal à soutenir. Bien que plusieurs soient campées au milieu du chemin, aucune ombre ne les suivit. Comme un peu plus tôt, Richard les passa au fil de son épée sans se demander ce qu'elles voulaient. Leurs cris d'agonie firent frissonner Kahlan, qui serra plus fort la main de son compagnon.

Richard la guida hors du Chas de l'Aiguille. Ils traversèrent ensuite l'éboulis et atteignirent le chemin forestier. À partir de là, ils recommencèrent à marcher normalement, histoire de reprendre leur souffle.

La joie d'avoir retrouvé Kahlan fit presque oublier à Richard les difficultés qui les attendaient. En chemin, ils mangèrent du pain et des fruits. Bien que son estomac le torturât, le Sourcier refusa de s'arrêter pour faire un repas un peu plus consistant.

Il s'étonnait toujours de la réaction de la magie, quand son amie lui avait pris la main. Sentait-elle quelque chose en Kahlan, ou dans l'esprit de son nouveau maître ? Était-ce seulement parce qu'il avait peur du secret de la jeune femme ? Ou la magie détectait-elle autre chose ? Ah, si Zedd avait été là, pour qu'il puisse lui poser la question ! Mais le sorcier était présent, la première fois, et il ne lui avait rien demandé. Avait-il si peur de la réponse ?

Après un chiche repas, vers la fin de l'après-midi, ils entendirent des hurlements dans les bois. Kahlan affirmant que c'étaient ceux des bêtes, ils décidèrent de recommencer à courir, afin de sortir du passage au plus vite.

Pour Richard, au-delà de l'épuisement, cette dernière ligne droite – assez longue – eut des allures de cauchemar éveillé et il s'aperçut à peine qu'il avait recommencé à pleuvoir.

Un peu avant la nuit, ils arrivèrent au bord d'une crête. Le chemin continuait à serpenter le long de la pente. De cette position, entre les arbres, comme s'ils sortaient d'une grotte, ils regardèrent un moment la pluie tomber sur une plaine verdoyante.

— Je connais cet endroit, souffla Kahlan, tendue.

— Il a un nom ?

— Le Pays Sauvage. Nous sommes dans les Contrées du Milieu. Et me voilà de retour chez moi !

— Je ne vois rien de sauvage dans ce panorama…

— Le nom ne se réfère pas au paysage, mais à ceux qui y vivent.

Quand ils furent au pied de la crête, Richard dénicha un refuge relatif, sous une saillie rocheuse. Pour les protéger de la pluie, il coupa des branches de pin et les disposa autour d'eux afin qu'ils passent une nuit quasiment au sec. Quand Kahlan se fut glissée dans cette niche, il la suivit, tira des branches derrière lui et s'assit près de son amie, aussi trempé et fatigué qu'elle.

La jeune femme retira son manteau et l'essora tant bien que mal.

— Je n'ai jamais vu un ciel aussi couvert et une pluie si insistante. À quoi ressemble donc le soleil ? Je commence à en avoir assez !

— Pas moi, dit Richard. (Sa compagne l'interrogeant du regard, il précisa :) Tu te souviens du nuage-serpent, l'espion de Rahl ? Zedd a invoqué une Toile de Sorcier pour que d'autres nuages l'absorbent. Tant que le ciel sera couvert, nous ne verrons pas le nuage-serpent… et Rahl non plus. À mes yeux, ça vaut bien un déluge !

— Je ne dirai plus rien contre les nuages, c'est juré ! La prochaine fois, tu pourras demander un peu moins d'eau à Zedd ? (Richard sourit et hocha la tête.) Tu as faim ?

— Non, j'ai seulement envie de dormir. Nous sommes en sécurité, ici ?

— Oui. Personne ne vit aussi près de la frontière. Adie a assuré que nous sommes protégés des bêtes. Donc, les chiens à cœur ne nous ennuieront pas.

Le martèlement régulier de la pluie berçait Richard, qui ferma les yeux. Morts de froid, les deux jeunes gens s'enveloppèrent dans leurs couvertures.

Dans la pénombre, Richard distinguait à peine le visage de Kahlan, adossée près de lui à la paroi rocheuse. À supposer qu'il trouve du bois sec, l'abri était trop petit pour y faire du feu…

Richard glissa une main dans sa poche, tenté de sortir la pierre de nuit. Mais il décida que ce ne serait pas prudent.

— Bienvenue dans les Contrées du Milieu ! dit Kahlan. Tu as tenu ta promesse de nous y conduire. À présent, le plus dur commence. Qu'allons-nous faire ?

Malgré la migraine qui battait à ses tempes, Richard se pencha vers son amie.

— Nous devons trouver quelqu'un qui nous dira où est la dernière boîte. Ou, au moins, où la chercher. Impossible de sillonner le pays au hasard ! Il faut qu'une personne dotée de pouvoirs magiques nous mette sur la bonne voie. Tu as quelqu'un comme ça dans tes connaissances ?

— Nous sommes très loin des gens qui pourraient vouloir nous aider…

À l'évidence, Kahlan éludait la question.

— Je n'ai pas parlé de *vouloir* nous aider, rugit Richard, furieux, juste de le *pouvoir* ! Conduis-moi à quelqu'un qui corresponde à cette définition, et je me chargerai du reste !

Honteux de son éclat, Richard étouffa aussitôt sa colère.

— Désolé, Kahlan… Mais j'ai eu une journée de chien ! En plus de tuer un homme, j'ai encore dû passer mon père au fil de l'épée. Le pire fut de te croire perdue dans le royaume des morts. Je veux arrêter Rahl, pour en finir avec ce cauchemar.

Il se tourna vers son amie et eut droit à son sourire « spécial Richard Cypher ».

— Être un Sourcier n'est pas facile, dit Kahlan après l'avoir longuement regardé dans les yeux.

— Pas facile, non…

— Le Peuple d'Adobe… Richard, ces gens pourront peut-être nous dire où chercher, mais rien ne garantit qu'ils accepteront de collaborer. Le Pays Sauvage est une région très reculée des Contrées. Le Peuple d'Adobe n'a pas l'habitude des étrangers. De plus, il a des coutumes bizarres et se moque des problèmes d'autrui. Il veut seulement qu'on lui fiche la paix.

— S'il triomphe, Darken Rahl ne le laissera pas tranquille.

— Richard, ces gens peuvent être dangereux !

— Tu as déjà eu affaire à eux ?

— Deux ou trois fois, oui… Ils ne parlent pas notre langue, mais je maîtrise la leur.

— Et ils te font confiance ?

Kahlan détourna le regard.

— Je crois… Mais ils ont aussi peur de moi. Avec eux, ça peut être plus fort que la confiance.

Richard dut se mordre les lèvres pour ne pas poser la question évidente : pourquoi ces gens avaient-ils peur d'elle ?

— Ils vivent loin d'ici ?

— Je ne sais pas exactement où nous sommes dans le Pays Sauvage. Il faudra me repérer mieux demain. Mais au maximum, nous en aurons pour une semaine de marche en direction du nord-est.

— C'est acceptable… Demain, en route pour le nord-est !

— Quand nous rencontrerons le Peuple d'Adobe, tu devras m'obéir au doigt et à l'œil. Et il faudra convaincre ces hommes de nous aider. Épée ou non, tu ne parviendras pas à les y contraindre. (Kahlan sortit une main de sous sa couverture et la posa sur le bras de son ami.) Richard, merci d'être allé vers moi. Et pardon pour ce que ça t'a coûté…

— Je n'avais pas le choix ! Sans mon guide, qu'aurais-je fait dans les Contrées du Milieu ?

— J'essaierai de me montrer à la hauteur de tes attentes, promit Kahlan en souriant.

Richard lui serra gentiment la main, puis ils s'allongèrent. Le sommeil le terrassa au moment où il remerciait les esprits du bien d'avoir protégé son amie.

Chapitre 22

Zedd ouvrit les yeux et remarqua aussitôt qu'une délicieuse odeur de soupe aux épices flottait dans l'air.

Sans bouger la tête, il regarda prudemment autour de lui. Chase gisait à ses côtés, tous les murs portaient des ossements en guise de décoration et le fragment de ciel qu'il voyait à travers une fenêtre était noir. Regardant sa poitrine, il découvrit qu'elle aussi était couverte d'os. Toujours sans remuer, il les fit léviter puis flotter loin de lui et se poser en douceur sur le sol. Ensuite, silencieux comme une ombre, le vieux sorcier se leva.

Il y avait des os d'animaux dans toute la maison !

Zedd se retourna et sursauta quand il se retrouva face à une femme qui venait également de pivoter sur elle-même.

Terrorisés, ils crièrent tous les deux en levant au ciel leurs bras décharnés.

— Qui êtes-vous ? demanda Zedd, son regard rivé dans les yeux blancs de la femme.

— Je suis Adie, répondit-elle d'une voix rauque. Vous m'avez fichu une de ces trouilles ! Normalement, vous n'auriez pas dû vous réveiller si vite.

— Combien de repas ai-je manqué ? demanda le sorcier en lissant sa robe.

Le front plissé, Adie l'étudia de pied en cap.

— Beaucoup trop, à voir les os qui pointent sous votre peau !

Souriant, Zedd étudia à son tour la dame des ossements.

— Vous êtes très agréable à regarder, dit-il. (Il s'inclina, fit un baisemain à Adie, se redressa, le torse bombé, et leva un index squelettique.) Zeddicus Zu'l Zorander, pour vous servir, noble dame ! (Il baissa les yeux.) Qu'est-il arrivé à votre jambe ?

— Rien. Elle est parfaite.

— Pas celle-là, l'autre ! insista Zedd.

Adie regarda son moignon de pied.

— Ah, oui… Elle ne va pas jusqu'au sol, c'est tout. Mais pourquoi me faites-vous ces yeux-là ?

— Eh bien, j'espère que la leçon – dont j'ignore tout – vous profitera, car il ne vous reste plus qu'un pied. Quant à mes yeux, après avoir été affamés, ils ont droit à un véritable festin !

— Sorcier, voulez-vous un bol de soupe ? demanda Adie avec un petit sourire.

— Je me demandais quand vous poseriez cette question, magicienne !

Il la suivit jusqu'au chaudron qui pendait dans la cheminée. Quand elle eut servi deux bols de soupe, il les porta jusqu'à la table et s'assit. Après avoir posé sa béquille contre un mur, Adie prit place en face de son invité, coupa deux grosses tranches de pain et les poussa vers lui.

Zedd attaqua férocement sa soupe. Mais il s'immobilisa après avoir englouti sa première cuillerée et leva les yeux.

— C'est Richard qui a cuisiné ça, dit-il, la deuxième cuillerée immobile à mi-chemin entre le bol et ses lèvres.

Adie se coupa du pain et le trempa dans sa soupe.

— Exact. Vous avez de la chance, la mienne est moins bonne.

Zedd reposa sa cuiller.

— Et où est notre maître queux ?

Adie goba le morceau de pain et le mâcha soigneusement avant de répondre :

— La Mère Inquisitrice et lui ont emprunté le passage qui conduit aux Contrées du Milieu. Votre ami la connaît seulement sous le nom de Kahlan. Il ignore sa véritable identité…

Elle lui raconta comment les deux jeunes gens avaient déboulé chez elle, réclamant de l'aide pour leurs amis inconscients.

Zedd se régala de pain et de fromage sans perdre une miette du récit d'Adie. Quand elle précisa l'avoir maintenu en vie avec du gruau, il ne put s'empêcher de faire la grimace.

— Le Sourcier m'a chargé d'un message pour vous : il ne pouvait pas attendre votre réveil, mais il sait que vous comprendrez. Il m'a aussi chargée de dire à Chase de retourner à Hartland et de préparer des défenses contre l'armée de Rahl. Richard était ennuyé de ne pas connaître votre plan, mais l'urgence l'a forcé à partir.

— C'est aussi bien…, souffla Zedd. Il n'y avait pas de place pour lui dans mon plan…

Sur ces mots, le vieil homme s'attaqua sérieusement au dîner. Une fois son premier bol fini, il alla s'en servir un deuxième. Il proposa de remplir aussi celui d'Adie, mais elle n'avait pas fini le sien, plus occupée à dévisager son invité qu'à manger. Quand Zedd se rassit, elle poussa vers lui d'autres tranches de pain et de fromage.

— Richard vous cache quelque chose, dit-elle abruptement. S'il n'y avait pas cette histoire, avec Rahl, je n'en aurais pas parlé. Mais là, il me semble que vous devez le savoir.

À la lumière de la lampe à huile, le visage encadré de cheveux blancs de Zedd ne semblait plus si émacié, et il en émanait une grande force. Il reprit sa cuiller, regarda pensivement la soupe, puis releva les yeux vers Adie.

— Comme vous le savez, nous avons tous des secrets, et les sorciers encore plus que les autres. Si nous connaissions tout sur nos contemporains, le monde deviendrait invivable… Et il n'y aurait plus aucun plaisir à révéler nos pensées intimes à autrui. Les cachotteries d'une personne en qui j'ai confiance ne m'inquiètent pas. Et Richard n'a rien à redouter des miennes. C'est ça, l'amitié…

— Pour son salut, dit Adie, espérons que vous n'avez pas accordé à tort votre confiance. Je détesterais éveiller la colère d'un sorcier.

— Pour un membre de ma confrérie, je suis du genre inoffensif.

— Un mensonge, souffla Adie.

Zedd se racla la gorge et changea promptement de sujet.

— Je vous remercie de vous être occupée de moi, noble dame, dit-il.

— Ça, c'est la vérité !

— Et d'avoir aidé mes jeunes amis, ainsi que le garde-frontière. Je vous suis redevable…

— Un jour, peut-être pourrez-vous me rendre la pareille…

Zedd remonta les manches de sa robe et continua à manger sa soupe – moins voracement qu'avant, toutefois. La magicienne et lui ne se quittèrent pas du regard. Le feu crépitait dans la cheminée ; dehors, des insectes nocturnes bourdonnaient. Chase continuait à dormir.

— Depuis quand sont-ils partis ? demanda Zedd.

— Voilà une semaine qu'ils vous ont laissés à ma garde, Chase et vous…

Zedd finit son repas et poussa le bol loin de lui. Les mains croisées sur la table, il regarda ses deux pouces se percuter en rythme. Sur sa crinière blanche, les reflets de la lampe dansaient une étrange farandole.

— Richard a-t-il dit comment j'étais censé le retrouver ?

Adie ne répondit pas tout de suite. Le sorcier attendit, continuant son manège avec ses pouces.

— Je lui ai donné une pierre de nuit, dit enfin la dame des ossements.

Zedd se leva d'un bond.

— Quoi ?

— Vous auriez voulu que je l'envoie dans le passage sans rien pour s'éclairer ?

Le vieil homme posa ses poings sur la table et s'appuya dessus pour se pencher vers Adie.

— L'avez-vous prévenu ?

— Bien sûr…

— Comment ? Avec une de vos énigmes à la noix ?

Adie prit deux pommes et en lança une à Zedd, qu'il immobilisa dans les airs – un sort élémentaire pour lui. Le fruit en suspension tournait lentement sur lui-même.

— Asseyez-vous, sorcier, dit Adie, et assez de frime ! (Pendant que Zedd obéissait, la dame des ossements mordit à belles dents dans sa pomme.) Je n'ai pas voulu l'effrayer davantage. Je l'ai averti avec une énigme qu'il comprendra plus tard, quand il aura traversé le passage.

Les doigts malingres de Zedd se refermèrent sur la pomme flottante.

— Fichtre et foutre, Adie, vous ne comprenez pas ! Richard a toujours détesté les énigmes. Il les tient pour un affront à l'honnêteté. Par principe, il ne les résout pas, il les ignore !

La pomme émit un étrange grincement quand il la mordit.

— Le Sourcier est là pour débrouiller les énigmes, rappela Adie. C'est son travail !

— Les énigmes de la vie, pas les charades, dit Zedd. Il y a une grande différence.

— Zedd, j'ai essayé d'aider ce gamin. Je veux qu'il réussisse ! Jadis, j'ai perdu mon pied dans le passage. À ma place, il n'aurait pas survécu. Si le Sourcier succombe, nous serons tous perdus. Croyez-moi, je ne lui veux aucun mal.

— Je sais, Adie… Je n'ai jamais dit que vous vouliez lui nuire. (Il prit la main de la dame des ossements.) Tout ira bien, vous verrez…

— J'ai été idiote, gémit Adie. Richard m'a dit qu'il détestait les énigmes, mais je n'y ai pas prêté attention. Zedd, vous devriez tenter de le repérer par l'intermédiaire de la pierre de nuit. Ainsi, nous saurons s'il a réussi.

Le sorcier ferma les yeux, posa le menton sur sa poitrine et prit trois grandes inspirations. Puis il cessa de respirer un long moment. Autour d'eux résonna l'écho d'un vent qui balayait une plaine déserte. Un son sinistre et obsédant. Quand le phénomène cessa, la poitrine du sorcier recommença à se soulever. Il releva la tête et rouvrit les yeux.

— Richard a traversé le passage, dit-il. Il est dans les Contrées du Milieu.

— Je vous donnerai un os, fit Adie, visiblement soulagée, pour que vous puissiez le rejoindre sans courir de risque. Partez-vous sur-le-champ à sa recherche ?

Zedd contempla la table, histoire de ne pas croiser le regard de la dame des ossements.

— Non, répondit-il. Il devra se débrouiller seul. Après tout, c'est lui le Sourcier. Si nous voulons arrêter Rahl, une mission capitale m'attend… ailleurs. Espérons que Richard saura éviter les ennuis jusque-là…

— Encore des secrets ? demanda Adie.

— Oui. Il faut que j'y aille…

Adie tendit une main et caressa la joue parcheminée du vieil homme.

— Il fait nuit, dehors…

— C'est vrai…

— Pourquoi ne restez-vous pas jusqu'au matin ?

— Vous voulez que je dorme ici ?

— Je me sens parfois si seule…

—Eh bien, fit Zedd, rayonnant, partir à l'aube semble en effet plus raisonnable. (Il fronça soudain les sourcils.) Ce n'est pas une de vos énigmes ?

Adie secoua la tête.

—J'ai mon rocher-nuage avec moi… Si je vous invitais ?

La dame des ossements eut un sourire timide.

—J'adorerais ça…

Zedd s'assit, prit la pomme délaissée par sa nouvelle amie et la mordit à belles dents.

—Nue ? demanda-t-il, plein d'espoir.

Le vent et la pluie faisaient onduler les herbes hautes de la plaine où se dressaient de rares arbres – surtout des bouleaux et des aulnes. Kahlan étudia la végétation et conclut qu'ils approchaient du territoire du Peuple d'Adobe. Derrière elle, Richard marchait en silence sans la quitter des yeux, protecteur comme à son habitude.

Elle n'était pas ravie de le conduire chez le Peuple d'Adobe, mais il avait raison : ils devaient savoir où chercher la boîte, et personne d'autre, dans les environs, ne pouvait les mettre sur la bonne voie. L'automne avançait et le temps pressait. Mais si le Peuple refusait de les aider, ils auraient perdu de précieuses journées…

Il y avait pire. Si elle doutait que ces gens osent tuer une Inquisitrice, même sans un sorcier pour la protéger, elle ignorait s'ils auraient autant de scrupules face à un Sourcier.

Kahlan n'avait jamais voyagé dans les Contrées du Milieu sans sorcier à ses côtés. Aucune Inquisitrice ne s'y serait risquée, car c'était trop dangereux. Bien sûr, Richard était un meilleur protecteur que Giller, le dernier homme de l'Art qu'on lui avait affecté. Hélas, il y avait un problème. C'était elle qui devait le défendre, pas l'inverse ! Elle ne pouvait pas l'autoriser à risquer sa vie pour elle. Dans le combat contre Rahl, il était beaucoup plus important qu'elle… Kahlan avait juré de défendre le Sourcier – Richard ! – au péril de son existence. Jamais elle n'avait été plus sincère. S'il fallait un jour choisir, c'était elle qui devrait mourir…

De chaque côté du chemin, devant eux, se dressaient deux poteaux couverts de peau séchée zébrée de traits de peinture rouge. Richard s'arrêta et regarda les crânes posés sur ces totems.

—Un avertissement ? demanda-t-il en tapotant celui de gauche.

—Non. Ce sont les crânes d'ancêtres très honorés. Ils surveillent le pays du Peuple d'Adobe. Il faut être très respecté pour recevoir ce traitement après sa mort.

—Voilà qui ne semble pas menaçant… Ces gens seront peut-être contents de nous voir, tout compte fait !

—Pour être respecté à ce point, précisa Kahlan, tuer des étrangers est un très bon moyen. (Elle regarda attentivement les crânes.) Mais ça n'est pas une menace, plutôt un code d'honneur spécifique du Peuple d'Adobe…

Richard retira vivement sa main du poteau.

— Voyons s'ils veulent nous aider, dit-il. Comme ça, ils pourront continuer à vénérer leurs ancêtres et à chasser les étrangers.

— N'oublie pas qu'ils refuseront peut-être de s'en mêler. Si c'est leur décision, tu devras la respecter. Ils font partie des innocents que je veux sauver. Je t'interdirai de leur nuire.

— Kahlan, je n'en ai ni l'envie ni l'intention. Mais ne t'inquiète pas, ils coopéreront. C'est dans leur intérêt.

— Ils ne verront peut-être pas les choses comme ça, insista Kahlan. (La pluie avait cessé, remplacée par un brouillard glacial. La jeune femme releva sa capuche.) Richard, jure que tu ne leur nuiras pas !

Le Sourcier releva aussi sa capuche, plaqua les mains sur ses hanches et eut un demi-sourire.

— Maintenant, je sais ce qu'on éprouve…

— Quand ? demanda Kahlan, méfiante.

— J'avais la fièvre à cause de la liane-serpent et je t'ai demandé de ne pas t'en prendre à Zedd. À présent, je sais ce que tu as ressenti quand tu n'as pas pu le promettre.

Kahlan sonda les yeux gris de Richard et pensa qu'arrêter Rahl comptait plus que tout au monde. Elle songea aussi à toutes les victimes innocentes qu'il avait déjà sur la conscience…

— Et moi, dit-elle, je sais enfin ce que tu as éprouvé quand j'ai refusé de promettre. T'es-tu aussi senti idiot d'avoir demandé ?

— Quand j'ai mesuré les enjeux, oui. Et surtout en comprenant que tu n'étais pas le genre de personne qui maltraite les autres gratuitement. Alors, je me suis trouvé stupide d'avoir douté de toi.

Kahlan se reprochait aussi de ne pas avoir fait confiance à son compagnon. Mais elle savait qu'il se fiait beaucoup trop à elle.

— Désolée… Je devrais te connaître mieux que ça.

— Pour les convaincre de nous aider, tu as une idée ?

Kahlan avait rendu plusieurs visites au Peuple d'Adobe – jamais sur invitation. Ces hommes n'auraient à aucun prix demandé l'intervention d'une Inquisitrice. Mais la jeune femme et ses collègues tenaient à rencontrer régulièrement tous les peuples des Contrées. Avec elle, les Hommes d'Adobe s'étaient montrés polis et pas du tout effrayés. Mais ils lui avaient fait comprendre qu'ils entendaient s'occuper seuls de leurs affaires et n'accepteraient aucune intervention extérieure. Sur eux, des menaces n'auraient pas d'effet.

— Le Peuple d'Adobe convoque de temps en temps le conseil des devins. Je n'ai jamais pu y assister. Parce que je suis une étrangère, peut-être. Ou à cause de mon sexe. Ce groupe, comme son nom l'indique, devine les solutions aux problèmes qui frappent le village. Mais le conseil ne se réunira pas sous la menace. Tu devras être très convaincant, Richard.

— Avec ton aide, je réussirai. Il le faut !

Kahlan recommença à marcher. Une interminable procession de nuages noirs torturés survolait la plaine. Au-delà, le ciel était plus dégagé. Ce voile sombre omniprésent pesait comme une chape de plomb sur le paysage monotone – et sur les épaules des voyageurs.

Ils arrivèrent devant une rivière gonflée par la pluie dont les eaux boueuses venaient se fracasser en rugissant contre les deux troncs d'arbres qui faisaient office de pont. En traversant, Kahlan sentit la puissance des flots qui faisait vibrer les troncs sous ses bottes. Elle avança prudemment, car le bois mouillé était glissant et l'absence de main courante – une simple corde aurait fait l'affaire – ne lui facilitait pas la tâche. Quand Richard lui tendit la main pour l'aider, elle s'empressa de profiter de cette occasion de sentir sa paume contre la sienne.

Ensuite, elle accueillit chaque cours d'eau à traverser comme une petite fête, et guetta le suivant avec impatience. Mais aussi douloureux que ce fût, elle ne pouvait pas encourager les sentiments que Richard éprouvait pour elle. Être une femme comme les autres aurait été si merveilleux ! Hélas, ce n'était pas le cas. Kahlan restait une Inquisitrice. Pourtant, de temps en temps, elle pouvait l'oublier... et faire semblant.

Elle aurait préféré que Richard marche près d'elle. Mais il restait derrière pour la protéger et sonder inlassablement les environs. En terrain inconnu, il ne tenait rien pour acquis et se méfiait de tout. En Terre d'Ouest, Kahlan avait réagi comme lui. Raison de plus pour le comprendre !

Richard risquait sa vie pour combattre Rahl. Confronté à des périls mystérieux, il avait raison de se méfier. Dans les Contrées, les gens prudents ne survivaient déjà pas très longtemps. Les téméraires, eux, tombaient comme des mouches.

Après qu'ils eurent traversé un nouveau ruisseau, alors qu'ils s'engageaient dans les herbes hautes, huit hommes leur barrèrent la route. Kahlan et Richard s'arrêtèrent net.

Le corps presque entièrement couvert de fourrures, les huit costauds portaient sur le visage et sur les autres parties dénudées de la peau une espèce de boue gluante que la pluie ne parvenait pas à laver. Cette étrange matière couvrait aussi leurs cheveux, ainsi plaqués sur leurs crânes. Avec les broussailles fixées à leurs vêtements – et glissées sur toute la circonférence de leur serre-tête – ils devenaient invisibles dès qu'ils s'accroupissaient.

L'air sinistre, ils regardèrent les deux intrus sans dire un mot. Kahlan reconnut plusieurs membres de ce groupe de chasseurs...

Le plus âgé, Savidlin, un gaillard noueux et puissant, approcha de Kahlan. Ses compagnons attendirent, leurs lances et leurs arcs au repos, mais prêts à servir si nécessaire. Sans se retourner, la jeune femme souffla à son compagnon de rester calme et de lui obéir aveuglément.

— *Que la force accompagne l'Inquisitrice Kahlan*, dit l'homme en s'arrêtant devant elle.

— *Qu'elle accompagne aussi Savidlin et son peuple*, répondit Kahlan dans le langage du Peuple d'Adobe.

Savidlin la gifla de toutes ses forces. Sans se démonter, elle riposta par une claque aussi magistrale.

La note métallique de l'Épée de Vérité retentit aussitôt. Kahlan fit volte-face à la vitesse de l'éclair.

— Richard, non ! cria-t-elle. (Elle saisit les poignets du Sourcier pour le forcer à baisser son arme.) Je t'ai dit de ne pas t'énerver et de m'obéir !

Richard cessa de fixer Savidlin et chercha le regard de Kahlan. Dans ses yeux, elle vit une colère primale : celle de la magie prête à tuer. Il serra si fort les dents que les muscles de ses mâchoires saillirent.

— Et s'ils te coupent la gorge, devrai-je leur tendre la mienne ?

— C'est leur façon de se saluer. Une manière de montrer qu'on respecte la force de quelqu'un…

Richard ne sembla pas tout à fait convaincu.

— Excuse-moi de ne pas t'avoir averti. Richard, rengaine ton épée !

Avec un grognement haineux, le Sourcier obéit. Soulagée, Kahlan se retourna vers Savidlin – et sentit son compagnon se placer aussitôt à ses côtés.

Les huit hommes avaient regardé la scène sans broncher. Si les mots leur étaient inconnus, nul doute qu'ils avaient compris ce qui se passait.

— *Qui est l'homme au sang chaud ?* demanda Savidlin dans son dialecte.

— Il s'appelle Richard. C'est le Sourcier de Vérité.

Des murmures coururent dans les rangs des chasseurs.

— *La force accompagne Richard le Sourcier !*

Quand Kahlan eut traduit ses paroles, Savidlin se campa devant Richard et lui flanqua un formidable coup de poing. La riposte du Sourcier envoya le chasseur voler dans les airs. Il atterrit sur le dos et ne bougea plus.

Les lances et les arcs se levèrent. Richard foudroya les chasseurs du regard pour les dissuader d'aller plus loin.

Savidlin se redressa sur une main et se massa le menton de l'autre.

— *Personne n'a jamais montré autant de respect pour ma force ! Voilà un vrai sage !* dit-il en souriant.

Ses compagnons éclatèrent de rire. Kahlan mit une main devant sa bouche pour dissimuler son hilarité.

La tension se dissipa.

— Qu'a-t-il dit ? demanda Richard.

— Que tu le respectes beaucoup et que tu es un vrai sage. Je crois que tu viens de te faire un ami !

Savidlin tendit une main à Richard pour qu'il l'aide à se relever. Non sans méfiance, le Sourcier se plia à ce petit jeu. Une fois debout, Savidlin lui flanqua une claque dans le dos et lui passa un bras autour des épaules.

— *Je suis ravi que tu admires ma force, mais j'espère que tu ne la respecteras jamais davantage !* (Les chasseurs s'esclaffèrent de plus belle.) *Désormais, pour le Peuple d'Adobe, tu seras Richard Au Sang Chaud !*

Kahlan essaya de traduire sans s'étouffer de rire. Ses hommes continuant à ricaner, Savidlin se tourna vers eux.

— *Vous aimeriez peut-être saluer mon nouvel ami, et savoir à quel point il respecte votre force ?*

Tous tendirent les bras et secouèrent vigoureusement la tête.

— *Non*, dit l'un d'eux, *il t'a montré assez de respect pour nous satisfaire tous !*

Savidlin se tourna vers Kahlan.

— *Comme toujours, l'Inquisitrice Kahlan est la bienvenue parmi nous.* (Il désigna Richard d'un signe de tête.) *C'est ton compagnon ?*

— *Non !* s'écria Kahlan.

— *Alors*, fit Savidlin, soudain tendu, *es-tu venue pour en choisir un parmi nos hommes ?*

— *Non*, répéta Kahlan.

Savidlin ne cacha pas son soulagement.

— *Tu voyages avec des gens dangereux, Inquisitrice…*

— *Pas pour moi, Savidlin. Seulement pour ceux qui voudraient me faire du mal…*

Savidlin sourit puis inspecta Kahlan des pieds à la tête.

— *Tu portes des habits étranges… Ce ne sont pas les mêmes que la dernière fois…*

— *Dessous, je ne suis pas différente*, dit Kahlan en approchant un peu du chasseur pour souligner son propos. *C'est tout ce que tu as besoin de savoir !*

Savidlin recula d'un pas et plissa les yeux.

— *Et que viens-tu faire chez nous ?*

— *Vous apporter de l'aide et vous en demander. Un homme prétend imposer son joug au Peuple d'Adobe. Le Sourcier et moi voulons qu'il continue à être libre. Nous avons besoin de la sagesse et de la force de ton peuple pour mieux combattre.*

— *Le Petit Père Rahl !* lança triomphalement Savidlin.

— *Tu le connais ?*

— *Un homme est venu chez nous. Il disait être un « missionnaire » et il voulait nous éclairer sur la sainteté du Petit Père Rahl. Nous l'avons écouté pendant trois jours… avant d'être fatigués de l'entendre.*

Kahlan se raidit et regarda les autres chasseurs, réjouis par l'évocation du missionnaire.

— *Que lui est-il arrivé après ces trois jours ?* demanda-t-elle à Savidlin.

— *C'était un homme bon. Très bon, même…*

— Que raconte-t-il ? souffla Richard à l'oreille de Kahlan.

— Ils veulent savoir pourquoi nous sommes là. Et ils ont entendu parler de Darken Rahl…

— Dis-leur que je veux une réunion du conseil des devins !

— J'allais y venir… Adie ne se trompait pas : tu n'es pas du genre patient !

— Non, elle avait tort, assura Richard. Je suis très patient, mais pas franchement tolérant. Il y a une différence…

— Alors, je t'en prie, fit Kahlan tout en souriant à Savidlin, ravale ton intolérance pour le moment, et ne montre plus ton respect à personne !

Je sais ce que je fais, et ça se passe très bien. Alors, ne me mets pas de bâtons dans les roues !

Le Sourcier capitula, mais il croisa les bras pour témoigner de sa frustration.

Quand Kahlan se retourna vers le chef des chasseurs, il la dévisagea intensément et posa une question qui la prit au dépourvu.

— *Richard Au Sang Chaud nous a-t-il apporté la pluie ?*

— *Eh bien, on peut présenter les choses comme ça…* (Ne sachant que dire, Kahlan opta pour la vérité.) *Les nuages le suivent.*

Savidlin hocha la tête sans la quitter des yeux. Mal à l'aise sous ce regard, la jeune femme réorienta la conversation sur l'objet de leur visite.

— *Savidlin, c'est sur mon conseil que le Sourcier vient chez vous. Il n'est pas là pour nuire à ton peuple ou se mêler de ses affaires. Tu me connais. J'ai séjourné ici, et j'ai toujours fait montre d'un grand respect pour le Peuple d'Adobe. À part pour une raison impérieuse, je n'aurais pas amené un étranger ici. Mon ami, le temps nous manque…*

— *Comme je l'ai déjà dit*, déclara Savidlin après une courte réflexion, *tu es la bienvenue chez nous. Et Richard Au Sang Chaud aussi !*

Les autres hommes approuvèrent cette décision, car ils semblaient apprécier Richard.

Ils rassemblèrent leurs affaires, puis récupérèrent dans les hautes herbes les deux daims et le sanglier qu'ils avaient abattus et attachés à des gros bâtons pour les transporter.

Sur le chemin du village, les chasseurs, massés autour de Richard, le touchèrent prudemment et le bombardèrent de questions qu'il ne comprit pas.

Savidlin lui tapa plusieurs fois sur les épaules, pressé de montrer son puissant ami aux villageois.

Ignorée de tous, Kahlan marcha près du Sourcier, ravie de son immédiate popularité. Même si elle comprenait la réaction des hommes – ne pas aimer Richard était difficile – elle sentait pourtant qu'il y avait à cet enthousiasme une raison dont elle ne savait rien et qui l'inquiétait un peu.

— Je t'avais dit que je réussirais ! triompha le jeune homme, entouré de ses nouveaux amis. Mais je n'aurais pas cru qu'il suffirait d'en étendre un pour le compte !

Chapitre 23

Des poules et des coqs s'égaillèrent en tous sens pour laisser passer la petite colonne qui escortait Kahlan et Richard dans le village du Peuple d'Adobe. Installé sur une des petites buttes qui tenaient lieu de collines dans le Pays Sauvage, le hameau était composé de bâtiments aux épaisses cloisons en briques d'adobe couvertes d'une couche d'argile ocre. Les toits de chaume fuyaient dès qu'ils séchaient et devaient être constamment remplacés pour empêcher la pluie de passer. Richard remarqua qu'il y avait de solides portes en bois et des fenêtres sans vitres. En guise d'isolation, certaines étaient protégées par des rideaux grossiers.

Disposées en cercle autour d'une place centrale, les habitations occupaient la partie sud du terrain et elles semblaient juste assez grandes pour abriter une seule famille. Étroitement serrées les unes contre les autres, la plupart avaient un mur mitoyen. De-ci, de-là, des passages étroits serpentaient entre ces résidences. Les bâtiments communs étaient groupés au nord de la zone. Les structures qui se dressaient à intervalles irréguliers à l'est et à l'ouest séparaient ces deux blocs principaux. Richard vit de simples carrés de bois surélevés délimités par quatre poteaux et munis de toits de chaume – probablement les endroits où on dînait, travaillait le fer et l'argile et faisait la cuisine. Quand il ne pleuvait pas, une nappe de brouillard mêlée de poussière enveloppait le village, agressant les yeux, les narines et la gorge de ses habitants. Pour l'heure, tout avait été lavé par les averses et les milliers d'empreintes de pas, dans le sol, composaient autant de minuscules flaques d'eau où se reflétaient les bâtiments grisâtres.

Dans les aires de travail, des femmes vêtues de robes aux couleurs vives concassaient les racines de tava dont elles tiraient le pain plat qui constituait la base de l'alimentation du Peuple d'Adobe. Une fumée aux senteurs appétissantes s'élevait des feux de cuisson. Des adolescentes aux cheveux courts bouclés enduits d'une boue épaisse aidaient leurs mères ou leurs sœurs aînées.

Kahlan remarqua que les jeunes filles la regardaient à la dérobée. C'était pareil à chacune de ses visites. Pour ces gamines, une voyageuse comme elle, qui avait vu tant de pays et de choses étranges, était un objet de curiosité. De plus, les hommes du village la respectaient ! Compréhensives, les femmes plus âgées toléraient de bon cœur ces instants de dissipation…

Des enfants accouraient de tous les coins du village pour découvrir les étrangers que Savidlin et ses compagnons avaient ramenés. Ils se massèrent autour des chasseurs, si excités que leurs pieds nus martelaient la boue, éclaboussant copieusement les hommes. D'ordinaire, ils s'intéressaient aux proies qu'ils rapportaient. Mais là, les visiteurs passaient avant tout le reste. Les chasseurs supportèrent ces assauts de curiosité avec une patience surprenante. Ici, on ne réprimandait presque jamais les enfants. Plus grands, ils subiraient un entraînement rigoureux qui leur inculquerait les éléments fondamentaux de la culture du Peuple d'Adobe : l'art de chasser et de trouver de la nourriture, sans oublier la manière d'honorer les esprits. Pour l'instant, on leur laissait la bride sur le cou, libres de jouer autant qu'ils le voulaient et quasiment sans contraintes.

Les enfants proposèrent aux chasseurs quelques miettes de nourriture en échange de potins sur les étrangers. Les hommes éclatèrent de rire et refusèrent ce marché, car ils devaient réserver la primeur de leurs informations aux Anciens. À peine déçus, les garnements continuèrent à leur tourner autour. L'arrivée de Kahlan et Richard était l'événement le plus excitant de leurs jeunes vies. Quelque chose qui sortait de l'ordinaire, avec un délicieux parfum d'aventure et de danger…

Sous le toit fort peu étanche d'une des aires délimitées par des poteaux, six Anciens attendaient que Savidlin leur amène les étrangers. Vêtus de pantalon en cuir de daim, tous avaient le torse nu, mais une peau de coyote posée sur les épaules. Malgré leurs expressions sévères, Kahlan les savait beaucoup plus amicaux qu'ils ne le paraissaient. De peur qu'on leur vole leur âme, les Hommes d'Adobe ne souriaient jamais aux inconnus avant que les présentations soient faites.

Les enfants restèrent à l'écart de la structure ouverte et s'assirent dans la boue pour ne pas perdre une miette du spectacle. Dans les « cuisines », les femmes cessèrent de travailler et les hommes qui s'affairaient sur les forges et les tours de potier les imitèrent. Tout le monde se tut en même temps. Apparemment, chez le Peuple d'Adobe, toutes les affaires se traitaient en public.

Kahlan avança vers les six Anciens, Richard à sa droite, mais un pas derrière elle, et Savidlin à ses côtés.

— *La force accompagne l'Inquisitrice Kahlan*, dit le doyen des Anciens.

— *Qu'elle accompagne aussi Toffalar*, répondit Kahlan.

L'Ancien la gifla doucement – presque une caresse. Selon la coutume, à l'intérieur du village, on se contentait de ces petites tapes. Les autres, comme celle que Savidlin avait flanquée à Richard, étaient réservées aux rencontres imprévues, dans les plaines. Cet usage judicieux contribuait à préserver l'ordre… et à protéger les dents !

Les autres Anciens – Surin, Caldus, Arbrin, Bringinderin et Hajanlet – sacrifièrent les uns après les autres à ce rituel. Kahlan leur rendit leurs salutations et leurs petites claques.

Quand ils regardèrent Richard, Savidlin avança en tirant son nouvel ami. Très fier, il désigna ses lèvres tuméfiées.

— Richard, souffla Kahlan, ce sont des hommes très importants. Essaie de ne pas leur casser les dents !

Le Sourcier hocha la tête avec un petit sourire.

— *Je vous présente le Sourcier, Richard Au Sang Chaud,* dit Savidlin, gonflé de fierté. (Il se pencha vers les Anciens et prit un ton théâtral.) *L'Inquisitrice Kahlan nous l'a amené. C'est l'homme dont vous nous avez parlé, celui qui apporte la pluie. Elle me l'a dit.*

Kahlan s'inquiéta, car elle ignorait à quoi le chasseur faisait allusion. Aucun des Anciens ne broncha, à part Toffalar, qui fronça les sourcils.

— *La force accompagne Richard Au Sang Chaud*, dit-il avant de gifler gentiment son invité.

— La force accompagne Toffalar, répondit Richard, qui avait reconnu son nom, avant de rendre – en douceur – sa claque au vénérable vieillard.

Kahlan soupira de soulagement en constatant que le vieil homme avait encore toutes ses dents. Rayonnant, Savidlin désigna de nouveau ses lèvres tuméfiées.

Toffalar sourit. Quand les présentations furent faites, et les gifles distribuées, ses cinq collègues l'imitèrent.

Puis ils firent quelque chose de très étrange.

Les six Anciens et Savidlin s'agenouillèrent devant Richard et inclinèrent la tête. Aussitôt, Kahlan se tendit.

— Que se passe-t-il ? souffla Richard, alarmé par la réaction de son amie.

— Je n'en sais rien, répondit-elle à voix basse. C'est peut-être leur façon d'accueillir le Sourcier. Je ne les ai jamais vus se comporter comme ça…

Les sept hommes se redressèrent, un sourire aux lèvres. Toffalar leva un bras et fit signe aux femmes par-dessus les têtes de ses hôtes.

— *Je vous en prie*, dit-il à Richard et Kahlan, *prenez place avec nous. Nous en serons honorés…*

Kahlan tira Richard par la manche pour qu'il s'asseye en tailleur près d'elle sur le plancher de bois humide. Les Anciens attendirent qu'ils aient fini pour s'installer à leur tour. S'ils remarquèrent que Richard gardait la main près de la poignée de son arme, ils ne le montrèrent pas.

Les femmes apportèrent des paniers d'osier remplis de pain de tava et de divers aliments. Sans quitter Richard des yeux, ni cesser de lui sourire, elles en proposèrent d'abord à Toffalar, puis aux autres Anciens. Elles ignorèrent superbement Kahlan, qui les entendit murmurer au sujet de la grande taille de Richard Au Sang Chaud et de ses étranges vêtements.

Les femmes des Contrées du Milieu se méfiaient des Inquisitrices, qui risquaient de leur prendre leurs maris et menaçaient leur mode de vie avec leur étrange façon d'être indépendantes. Kahlan ne se formalisa pas de leurs regards hostiles. Depuis le temps, elle avait l'habitude !

Toffalar coupa son pain en trois et en offrit un bout à Richard, puis à Kahlan. En souriant, une femme tendit à chaque invité une assiette de poivrons frits. Imitant les Anciens, les deux jeunes gens en posèrent sur leur morceau de pain et en firent un rouleau. La jeune femme s'aperçut à temps que son compagnon, la main droite près de son arme, allait manger avec la gauche.

— Richard ! souffla-t-elle. Ne te sers pas de ta main gauche pour porter la nourriture à ta bouche.

— Pourquoi ?

— Ces gens croient que les mauvais esprits mangent avec la main gauche.

— Quelle idiotie ! grogna le Sourcier.

— Richard, s'il te plaît ! Ils sont plus nombreux que nous et les pointes de leurs armes ont été trempées dans du poison. Ce n'est pas le moment de se disputer sur la théologie…

Alors qu'elle souriait aux Anciens, Kahlan sentit le regard du jeune homme peser sur elle. Mais du coin de l'œil, elle vit qu'il avait transféré le rouleau de pain dans sa main droite.

— *Veuillez pardonner cette nourriture frugale*, dit Toffalar. *Ce soir, nous organiserons un banquet…*

— *Non !* s'écria Kahlan. *Enfin, je veux dire… hum… nous ne voulons pas nous imposer… et…*

— *Si c'est ce que vous préférez…*, dit l'Ancien, un peu déçu.

— *Nous sommes là parce que le Peuple d'Adobe, comme bien d'autres, est en danger.*

Tous les Anciens hochèrent la tête en souriant.

— *C'est vrai*, dit Surin. *Mais maintenant que vous nous avez amené Richard Au Sang Chaud, tout ira bien. Merci de tout cœur, Inquisitrice. Nous n'oublierons jamais ce que vous avez fait pour nous…*

Tous souriaient, quasiment extatiques. Déconcertée par la tournure inattendue des événements, Kahlan mordit dans son rouleau de pain pour se laisser le temps de réfléchir.

— Qu'ont-ils dit ? demanda Richard.

— Pour des raisons que j'ignore, ils sont ravis que je t'aie amené ici.

— Demande-leur pourquoi !

Kahlan se tourna vers Toffalar.

— *Très honorable Ancien, j'ai peur de ne pas tout comprendre au sujet de Richard Au Sang Chaud… Pourquoi cette réaction de votre part ?*

— *Désolé, chère enfant, j'ai oublié que vous n'étiez pas là quand nous avons convoqué le conseil des devins… Avec la sécheresse, toutes nos cultures mouraient et la famine nous menaçait. Alors, nous avons demandé de l'aide aux esprits. Ils nous ont annoncé qu'un homme viendrait et apporterait la pluie avec lui. Il a plu et Richard Au Sang Chaud est arrivé, exactement comme on nous l'avait promis.*

— *Donc, vous êtes heureux qu'il soit ici à cause d'un présage…*

—*Non!* s'exclama Toffalar, soudain très excité. *Nous nous réjouissons que l'esprit d'un de nos ancêtres nous rende visite.* (Il désigna Richard.) *C'est un homme-esprit!*

Kahlan faillit en laisser tomber son pain.

—Quoi encore? grogna Richard.

—Ils ont invoqué les esprits pour qu'il pleuve. On leur a dit qu'un homme viendrait et leur apporterait des averses. Richard, ils pensent que tu es un de leurs ancêtres. Un homme-esprit!

—Eh bien, ils se trompent...

—Mais ils le croient, et ils feraient n'importe quoi pour un esprit! Y compris convoquer un conseil des devins, si tu le demandes!

Kahlan détestait se comporter ainsi. Abuser les Hommes d'Adobe lui répugnait, mais ils devaient apprendre où était la dernière boîte.

—Pas question! répondit le Sourcier après une courte réflexion.

—Richard, notre mission est capitale. Si leurs croyances peuvent nous servir, pourquoi nous en priver?

—Parce que ce serait un mensonge. Je ne ferai pas ça...

—Tu préfères laisser gagner Darken Rahl?

—*Primo*, je ne le ferai pas parce qu'il serait ignoble de tromper ces gens sur un sujet qui leur tient tant à cœur. *Secundo*, ces hommes ont un pouvoir, et c'est pour ça que nous sommes là. La preuve, à mes yeux, c'est qu'ils savaient qu'un étranger viendrait en même temps que la pluie. Cette partie de la prédiction est vraie. Mais ils ont sauté à une conclusion qui ne l'est pas. Les esprits ont-ils dit que le visiteur serait un esprit? (Kahlan secoua la tête.) Parfois, les gens croient des choses simplement parce qu'ils ont envie qu'elles se produisent.

—Si c'est à notre avantage, et au leur, où est le mal?

—Le problème, c'est leur pouvoir! Imagine qu'ils convoquent un conseil des devins et qu'ils découvrent que je ne suis pas un esprit? Ils nous tueront et Rahl aura gagné!

Kahlan prit une grande inspiration. Décidément, Zedd avait bien choisi son Sourcier.

—*L'homme-esprit est-il en colère contre nous?* demanda Toffalar, visiblement inquiet.

—Richard, il veut savoir pourquoi tu es furieux... Que dois-je leur dire?

—Je m'en charge! Contente-toi de traduire!

—D'accord...

—Les Hommes d'Adobe sont très sages et très forts. Voilà pourquoi je suis venu. Les esprits de vos ancêtres avaient raison de prédire que j'apporterais la pluie.

Les Anciens parurent ravis par ce que traduisait Kahlan. Tous les autres villageois écoutaient dans un silence religieux.

—Mais ils ne vous ont pas tout dit, continua Richard. Comme vous le savez, il en va souvent ainsi avec les esprits. (Les Anciens hochèrent gravement la tête.) Ils ont pensé que votre sagesse vous permettrait de découvrir la vérité. Ainsi, vous resterez forts, comme vos enfants, qui le deviennent parce que vous les guidez, pas parce que vous leur mâchez tout le travail. Tous les parents espèrent que leurs petits seront forts, sages et capables de penser par eux-mêmes.

Il y eut quelques hochements de tête approbateurs, mais assez rares.

— *Que veux-tu dire exactement, grand esprit?* demanda Arbrin.

Quand Kahlan lui eut traduit la question, Richard, pensif, se passa une main dans les cheveux.

— Voilà ce que je crois : il est vrai que j'ai apporté la pluie, mais il y a plus important. Les esprits ont peut-être vu pour vous un danger pire que la sécheresse, et c'est pour ça que je suis là. Un homme redoutable veut vous réduire en esclavage. Il se nomme Darken Rahl.

Les Anciens ricanèrent.

— *S'ils nous envoient des crétins comme ce missionnaire pour qu'ils deviennent nos maîtres, nous n'avons rien à craindre!*

Quand Richard foudroya les six hommes du regard, les rires moururent aussitôt.

— Inciter les gens à être trop confiants est une de ses tactiques. Ne vous y laissez pas prendre. Il a utilisé ses pouvoirs et sa magie pour soumettre des peuples bien plus forts que vous – par le nombre, évidemment. Au moment où ça lui conviendra, il vous écrasera. La pluie est venue parce que les nuages sont chargés de m'espionner. Il veut savoir où je suis pour m'abattre quand il le décidera. Je ne suis pas un esprit, mais simplement le Sourcier. Un homme comme vous qui veut arrêter Darken Rahl pour que votre peuple et les autres vivent librement...

— *Si ce que tu racontes est vrai*, dit Toffalar, *c'est Darken Rahl qui a envoyé la pluie et qui nous a sauvés. Le missionnaire affirmait que son maître voulait nous aider!*

— C'est faux! Rahl s'est servi des nuages pour m'espionner, pas pour vous secourir. J'ai choisi de venir ici, comme les esprits de vos ancêtres vous l'avaient prédit. Mais ils n'ont jamais prétendu qu'un esprit vous rendrait visite.

En traduisant, Kahlan remarqua que les Anciens se rembrunissaient à vue d'œil. Elle espéra qu'ils n'en viendraient pas à la violence.

— *Alors*, dit Surin, *le message de nos esprits était peut-être un avertissement contre toi!*

— Ou contre Rahl, riposta Richard. Je ne mens pas. Si votre sagesse ne vous permet pas de le comprendre, ce peuple mourra. Moi, je vous donne une chance de le sauver.

Les Anciens réfléchirent en silence.

— *Tes paroles ressemblent à la vérité, Richard Au Sang Chaud*, dit Toffalar. *Mais le doute demeure... Que veux-tu de nous?*

Les Anciens ne bronchaient pas, toute leur bonne humeur envolée. Les villageois attendaient dans un silence inquiet. Richard dévisagea les six sages avant de reprendre la parole.

—Darken Rahl veut s'approprier une magie qui le fera régner sur tous les peuples, y compris le vôtre. Mon but est de l'empêcher d'acquérir ce pouvoir. Je veux que vous convoquiez un conseil des devins, pour qu'il me dise où trouver cette magie avant qu'il soit trop tard. Battre Rahl de vitesse, voilà mon objectif!

—*Nous ne convoquons pas le conseil des devins pour les étrangers!* cracha Toffalar, le regard dur.

Kahlan vit que Richard perdait son calme et luttait pour se contrôler. Elle ne bougea pas la tête, mais balaya la foule du regard afin de repérer les hommes armés, au cas où ils devraient se battre pour fuir le village. Leurs chances n'étaient pas très bonnes, constata-t-elle. Avait-elle eu raison de venir ici avec Richard?

Les yeux brûlant de colère, le Sourcier regarda les villageois. Puis il se tourna de nouveau vers les Anciens.

—Pour me remercier d'avoir apporté la pluie, je vous demande seulement de ne pas prendre tout de suite une décision. Attendez de savoir un peu mieux quel homme je suis. (Sa voix restait égale, mais nul n'aurait pu se méprendre sur le poids de ses paroles.) Réfléchissez bien. Beaucoup de vies sont dans la balance. La mienne, celle de Kahlan et les vôtres…

Alors que Kahlan traduisait, elle eut soudain le sentiment terrifiant que Richard ne s'adressait pas aux Anciens. Il parlait à quelqu'un d'autre. Une personne dont le regard pesait sur elle. Sondant la foule, elle constata que tous les yeux étaient braqués sur les deux hommes. De qui sentait-elle toujours le poids du regard?

—*J'accepte ta proposition,* dit enfin Toffalar. *Pendant que nous réfléchissons, Kahlan et toi serez nos invités. Faites comme chez vous, nos maisons et nos vivres sont les vôtres…*

Les Anciens se levèrent et se dirigèrent vers les bâtiments communs sans se soucier de la bruine. Les villageois retournèrent à leurs occupations. Au passage, ils firent s'éparpiller les enfants. Savidlin fut le dernier à s'en aller. Avec un beau sourire, il assura à Kahlan qu'il était prêt à accourir si elle avait besoin de quelque chose. Elle l'en remercia pendant qu'il s'éloignait déjà.

Les deux jeunes gens restèrent assis sur le sol humide, se balançant de droite à gauche pour esquiver les grosses gouttes qui tombaient du toit. Le panier de pain et les assiettes de poivrons avaient été abandonnés là. Kahlan se pencha, fourra un morceau de pain et en fit un rouleau qu'elle tendit à Richard. Puis elle en prépara un pour elle.

—Tu es en colère contre moi? demanda le Sourcier.

—Non, je suis fière de toi, au contraire.

Un sourire de petit garçon sur les lèvres, Richard commença à manger – avec la main droite – et dévora à belles dents.

—Regarde derrière mon épaule droite, dit-il quand il eut fini. Un homme est adossé contre un mur. De longs cheveux gris, les bras croisés… Tu sais qui c'est?

Kahlan prit une bouchée de sa préparation et jeta un coup d'œil discret.

— On l'appelle l'Homme Oiseau. Je ne sais rien de plus, sauf qu'il peut faire venir tous les oiseaux à lui.

Richard fourra un autre morceau de pain.

— Je crois que nous devons avoir une petite conversation avec lui...

— Pourquoi ?

— Parce que c'est le chef, ici.

— Non, les Anciens commandent.

— Mon frère dit toujours que le véritable pouvoir ne se montre jamais en public. Les Anciens sont là pour la galerie ! Parce qu'on les respecte, ils servent de façade. Comme les crânes, sur les poteaux ! Sauf qu'on leur a laissé la peau sur les os ! Ils incarnent l'autorité parce qu'on les vénère, mais ils ne dirigent rien. (Richard jeta un coup d'œil à l'Homme Oiseau.) C'est lui le chef !

— Alors, pourquoi ne s'est-il pas manifesté ?

— Pour voir si nous sommes malins !

Richard se leva et tendit une main à sa compagne. Elle finit son morceau de pain, s'essuya les mains sur son pantalon et accepta qu'il l'aide à se remettre debout. Pendant qu'il la redressait, elle pensa à la joie qu'elle éprouvait chaque fois qu'il lui offrait sa main de cette manière. Personne n'avait jamais osé le faire. Entre autres raisons, c'était pour ça qu'elle se sentait si bien avec lui.

Ils marchèrent sous la pluie glaciale, pataugeant dans la boue pour approcher de l'Homme Oiseau. Toujours adossé à son mur, il les regarda avancer vers lui. Ses longs cheveux gris argent tombaient sur ses épaules et couvraient en partie la tunique en peau de daim assortie à son pantalon. Ses vêtements étaient dépourvus d'ornements, mais un os sculpté accroché à une lanière en cuir pendait à son cou. D'un âge indéfinissable, portant encore beau, il était à peu près de la taille de Kahlan. La peau de son visage semblait aussi rêche au toucher que le cuir tanné qui composait sa tenue.

Quand ils s'arrêtèrent devant lui, il ne changea pas de position. Son genou droit pointa un peu lorsqu'il appuya son pied contre le mur de boue séchée. Il étudia les deux jeunes gens sans décroiser les bras.

Richard croisa également les siens.

— J'aimerais vous parler, si vous ne craignez pas que je sois un esprit...

L'Homme Oiseau regarda Kahlan pendant qu'elle traduisait, puis il riva les yeux sur Richard.

— *J'ai déjà vu des esprits et ils ne portaient pas d'épée...*

Quand Kahlan eut traduit, le Sourcier s'esclaffa. La jeune femme aimait tant sa façon de rire !

— J'en ai vu aussi, et vous avez raison : ils ne portaient pas d'épée.

Avec un petit sourire, l'Homme Oiseau décroisa les bras et s'écarta du mur.

— La force accompagne le Sourcier, dit-il en flanquant une gifle symbolique au jeune homme.

Qui lui rendit son salut et sa claque.

L'homme saisit l'os qui pendait à son cou et le porta à ses lèvres. Kahlan comprit enfin qu'il s'agissait d'un sifflet. Ses joues se gonflèrent quand il souffla dedans, mais aucun son n'en sortit. Laissant retomber le petit instrument, il tendit un bras sans quitter Richard du regard. Un faucon fendit le ciel grisâtre et vint se poser sur son avant-bras. Il battit des ailes pour en chasser les gouttes de pluie puis les replia. Sa petite tête oscillant de droite à gauche, il dévisagea les deux visiteurs de ses yeux noirs.

— *Venez*, dit l'Homme Oiseau, *nous allons parler...*

Il les guida jusqu'aux bâtiments communs et se dirigea vers le moins grand du lot, un peu à l'écart des autres. Même si elle n'y était jamais entrée, Kahlan savait qu'il s'agissait de la maison des esprits, une hutte sans fenêtres où se réunissait le conseil des devins.

Quand l'Homme Oiseau poussa la porte et les invita à entrer, le faucon resta sur son bras sans broncher.

Le petit feu d'un brasero éclairait la salle obscure. Un trou pratiqué dans le toit servait à évacuer la fumée. Mais le système fonctionnait mal et l'atmosphère était embrumée. Sur le plancher, vestiges d'anciens repas, reposaient des coupes en poterie. Le long d'un mur, une étagère supportait une bonne vingtaine de crânes polis par le temps. À part ça, la salle était vide.

L'Homme Oiseau choisit un endroit où le toit ne fuyait pas et s'assit à même le sol. Kahlan et Richard prirent place en face de lui sous l'œil intéressé du faucon.

L'homme planta son regard dans celui de la jeune femme. À l'évidence, il avait l'habitude que les gens aient peur quand il les dévisageait, même s'il n'y avait aucune raison à cela. Kahlan le comprit parce qu'il en allait de même avec elle.

Cette fois, il ne lut aucune angoisse dans les yeux de l'Inquisitrice.

— *Mère Inquisitrice, vous n'avez pas encore choisi de compagnon...* dit-il en caressant la tête du faucon.

Kahlan n'aima pas son ton et comprit qu'il la mettait à l'épreuve.

— *C'est exact... Seriez-vous candidat?*

— *Non... Veuillez m'excuser, je ne voulais pas vous offenser. Pourquoi n'y a-t-il pas de sorcier avec vous?*

— *Presque tous ont péri. Il n'en reste que deux. Le premier vend ses services à une reine et le second a été frappé par une créature du royaume des morts. Il n'est pas sorti d'un profond sommeil... Il n'y a donc plus personne pour me protéger. Les autres Inquisitrices ont été assassinées. Nous vivons des temps bien sombres.*

Le regard de l'Homme Oiseau exprima une sincère sympathie démentie par le timbre de sa voix.

— *Pour une Inquisitrice, il est dangereux de voyager seule.*

— *C'est vrai... Il est tout aussi périlleux pour un homme d'être en face d'une Inquisitrice qui désire ardemment quelque chose. De mon point de vue, vous courez plus de risques que moi.*

— *C'est possible...*, dit l'Homme Oiseau sans cesser de caresser la tête du faucon. *Cet homme est-il un véritable Sourcier ? A-t-il été nommé par un sorcier ?*

— *Oui.*

— *Voilà des années que je n'avais pas vu un authentique Sourcier. Un imposteur est venu jadis au village. Il a tué plusieurs membres de mon peuple parce qu'ils refusaient de lui donner ce qu'il voulait.*

— *Je suis désolée pour ces malheureux...*

— *C'est inutile, car ils sont morts vite. Mais vous pouvez vous lamenter sur le Sourcier, parce que son agonie fut longue.*

Le faucon regarda Kahlan d'une étrange façon...

— *Je n'ai jamais rencontré de faux Sourcier, mais j'ai vu celui-là devenir furieux. Croyez-moi, vous auriez tort de lui donner une raison de dégainer son épée. Il sait utiliser sa magie, et j'étais là quand il a vaincu des esprits maléfiques...*

L'Homme Oiseau sonda les prunelles de Kahlan comme pour évaluer sa sincérité.

— *Merci de cet avertissement. Je ne l'oublierai pas...*

— Vous aurez bientôt fini d'échanger des menaces ? explosa soudain Richard.

— Je croyais que tu ne comprenais pas leur langue ? s'exclama Kahlan.

— C'est exact, mais je sais lire dans un regard. Si les yeux lançaient des étincelles, cette salle serait en feu !

Kahlan se tourna de nouveau vers l'Homme Oiseau.

— *Le Sourcier demande si nous allons arrêter de nous lancer des menaces à la tête.*

— *Il est bien impatient, il me semble !*

— *Je le lui ai déjà dit, mais il ne me croit pas.*

— *Voyager avec lui doit être pénible.*

— *Pas du tout !* affirma Kahlan avec un grand sourire que son interlocuteur lui rendit.

Puis il se tourna vers Richard.

— *Si nous décidons de ne pas aider Darken Rahl, combien d'entre nous tuera-t-il ?*

— Tôt ou tard, beaucoup des vôtres mourront.

L'Homme Oiseau cessa de caresser le faucon.

— *C'est un argument qui nous inciterait à soutenir Rahl, dirait-on...*

— Si vous refusez de m'assister, fit Richard avec un grand sourire, et si vous restez neutres, aussi stupide que ce soit, je considérerai que c'est votre droit. Donc, je ne vous ferai pas de mal. Mais Rahl, lui, n'aura pas mes scrupules. Voilà pourquoi je continuerai à le combattre jusqu'à mon dernier souffle, s'il le faut.

Son sourire envolé, Richard se pencha vers l'Homme Oiseau.

— Mais si vous vous rangez dans le camp de Rahl, et que je finisse par gagner, je reviendrai, et...

Il se passa un doigt sous la gorge. Un geste qui n'avait pas besoin de traduction.

L'Homme Oiseau resta de marbre mais ne trouva pas de repartie cinglante.

— *Nous voulons seulement qu'on nous laisse en paix…*, finit-il par dire.

— Je peux comprendre ça…, fit Richard en haussant les épaules. C'est ce que j'aurais désiré aussi… Mais Rahl a tué mon père et il m'a envoyé des créatures qui ont pris son apparence pour mieux me tromper. Il a aussi lancé des tueurs aux trousses de Kahlan. En ce moment, il affaiblit la frontière pour envahir mon pays. Mes deux meilleurs amis, attaqués par ses monstres, dorment d'un sommeil proche de la mort. Ils survivront, mais qu'arrivera-t-il la prochaine fois que Rahl les frappera ? Kahlan m'a parlé de ses victimes. Il s'en prend aussi aux enfants. Certaines histoires vous feraient vomir ! (Il baissa le ton.) Oui, mon ami, j'aurais moi aussi aimé qu'on me fiche la paix. Le premier jour de l'hiver, si Rahl s'est approprié la magie qu'il convoite, il détiendra un pouvoir que nul ne pourra combattre. Alors, il sera trop tard. (Quand la main droite de Richard se posa sur son arme, Kahlan écarquilla les yeux.) S'il était ici à ma place, il dégainerait cette épée et il obtiendrait votre soutien… ou votre tête. (Il éloigna sa main de l'arme.) Et voilà pourquoi, mon ami, je ne vous ferai rien si vous me tournez le dos.

L'Homme Oiseau resta un long moment silencieux.

— *À présent, je sais pourquoi je ne voudrais pas avoir Darken Rahl pour ennemi. Ou vous…* (Il se leva, gagna la porte, poussa le faucon à s'envoler et revint s'asseoir.) *Vous semblez dire la vérité, mais je n'en suis pas encore sûr. De plus, si vous nous demandez de l'aide, il semble aussi que vous désiriez nous aider. Et sur ce point, je vous crois sincère. Un sage cherche du soutien en proposant le sien, pas en usant de menaces ou de ruse…*

— Si j'avais voulu ruser, je vous aurais laissé croire que je suis un esprit.

L'Homme Oiseau eut un sourire matois.

— *Le conseil des devins aurait découvert que c'était faux. Un sage s'en serait douté… Alors, pourquoi avoir dit la vérité ? Pour ne pas nous abuser, ou à cause du risque d'être démasqué ?*

— En toute franchise ? Pour les deux raisons…

— *Merci de votre sincérité.*

Richard se rassit bien droit et prit une grande inspiration.

— Homme Oiseau, j'ai dit ce que j'avais à dire. À vous de juger. Mais le temps m'est compté. M'aiderez-vous ?

— *Ce n'est pas si simple. Mon peuple se fie à moi. Si vous demandiez de la nourriture, je dirais : « donnez-lui à manger », et on m'obéirait. Mais vous voulez réunir le conseil des devins. Il est composé des six Anciens et de ma modeste personne. Ces hommes sont âgés et très attachés aux traditions. Jusque-là, aucun visiteur n'a eu le droit de déranger les esprits de nos ancêtres. Ces vieillards iront bientôt dans l'autre monde, et ils détesteraient savoir qu'un étranger risque plus tard de les appeler. S'ils rompent avec la coutume, ce fardeau pèsera à jamais sur eux. Je ne peux pas leur ordonner de le faire.*

—*Il ne s'agit pas seulement des besoins d'un étranger*, intervint Kahlan. *Nous aider revient à vous aider vous-mêmes.*

—*Au bout du chemin, peut-être...*, convint l'Homme Oiseau. *Mais pas au début.*

—Et si j'appartenais à votre peuple ? demanda soudain Richard.

Kahlan traduisit sans dissimuler sa surprise.

—*Alors, les Anciens convoqueraient le conseil pour vous sans violer nos traditions.*

—Pouvez-vous faire de moi un Homme d'Adobe ?

—*Si vous accomplissiez d'abord quelque chose pour mon peuple sans en tirer d'avantage, pour prouver vos bonnes intentions – et sans promesse de notre part – ce serait possible. À condition que les Anciens soient d'accord.*

—Une fois que je serais des vôtres, je pourrais demander qu'on réunisse le conseil ?

—*Si vous apparteniez à mon peuple, les Anciens sauraient que vous avez notre intérêt à cœur, et ils tenteraient tout pour vous aider.*

—Le conseil pourra-t-il me dire où est l'objet que je cherche ?

—*Je l'ignore... Parfois, les esprits refusent de nous répondre. Il arrive aussi qu'ils en soient incapables. Même si nous convoquons le conseil, rien ne garantit que nous pourrons vous aider. Mais nous ferons de notre mieux, je m'y engage...*

Richard baissa les yeux. En réfléchissant, il poussa du bout du doigt un peu de poussière dans une minuscule flaque d'eau.

—Kahlan, demanda-t-il, connais-tu quelqu'un d'autre qui pourrait nous révéler où est la boîte ?

La jeune femme n'avait pas cessé de ressasser cette question.

—Oui. Mais parmi eux, aucun ne serait plus disposé à nous aider que le Peuple d'Adobe. Certains de ces gens nous tueraient pour avoir osé demander !

—À quelle distance sont ceux qui ne nous abattraient pas au premier mot ?

—Il faudrait trois semaines de marche vers le nord, à travers une région très dangereuse contrôlée par Darken Rahl.

—Trois semaines..., répéta le Sourcier, accablé.

—Richard, l'Homme Oiseau ne s'est pas montré très encourageant. Si tu trouves un moyen de les aider, si ça plaît aux Anciens, s'ils acceptent que tu deviennes un des leurs, si le conseil des devins obtient une réponse, si les esprits la connaissent... Ça fait beaucoup de *si*, et une multitude d'occasions d'échouer !

—Ne m'as-tu pas dit que je devrais les convaincre ?

—C'est vrai...

—Alors, qu'en penses-tu ? On essaie ici, ou on va chercher ailleurs nos réponses ?

—Tu es le Sourcier. À toi de décider !

—Mais ton avis pourrait m'être utile...

—Je ne sais pas que dire... Ma vie dépend aussi de la décision que tu prendras, et je suis sûre que tu feras le bon choix.

— Et si je me trompe, me détesteras-tu ?

Elle regarda le jeune homme dans les yeux.

Ces yeux qui lisaient en elle et lui faisaient éprouver des sentiments qui l'affaiblissaient dangereusement.

— Même si tu as tort, et si ça finit par me coûter la vie, je ne pourrai jamais te détester.

Richard baissa la tête un moment, sonda la poussière, puis regarda l'Homme Oiseau.

— Votre peuple aime avoir des toits qui fuient ? demanda-t-il.

— *Seriez-vous content que de l'eau s'écrase sur votre visage pendant que vous dormez ?*

— Je vois… Alors, pourquoi fabriquez-vous des toits qui ne sont pas étanches ?

— *Parce que nous n'avons aucun matériau valable à notre disposition. Les briques d'adobe seraient trop lourdes et nous tomberaient sur la tête. Le bois est rare, il faudrait aller en chercher beaucoup trop loin d'ici. Nous n'avons que du chaume et ça fuit.*

Richard prit une des coupes et la plaça, renversée, sous un des trous où gouttait de l'eau.

— Et l'argile qui vous sert pour les poteries ?

— *Nos fours sont trop petits. Impossible d'y cuire quelque chose d'assez grand. De plus, ça se craquellerait, et il y aurait aussi des fuites. Non, il n'y a pas de solution…*

— C'est une grave erreur d'affirmer qu'une chose est impossible simplement parce qu'on ne sait pas la faire. Si j'avais cru ça, je ne serais pas ici… (Richard ne mit ni agressivité ni ironie dans ses propos.) Votre peuple est fort et sage. Je serais honoré que son Homme Oiseau m'autorise à lui apprendre comment fabriquer des toits qui ne fuient pas. Et qui permettent en même temps de bien évacuer la fumée !

Impassible, l'Homme Oiseau réfléchit quelques instants.

— *Si vous réussissez, ce serait très bon pour mon peuple et il vous en serait reconnaissant. Je ne peux rien promettre de plus…*

— Je ne vous le demande pas.

— *La réponse sera peut-être négative quand même. Vous devrez l'accepter et ne pas attaquer les miens.*

— Je m'efforcerai de les aider. En échange, je veux qu'ils me jugent équitablement. Rien de plus.

— *Alors, je vous autorise à essayer. Mais je ne vois pas comment fabriquer un toit en argile qui ne se craquelle pas et n'a pas de fuites.*

— Pour la maison des esprits, j'en ferai un qui aura mille craquelures mais ne fuira pas. Ensuite, je vous montrerai comment en faire d'autres.

L'Homme Oiseau sourit et hocha gravement la tête.

Chapitre 24

— Je déteste ma mère !

Assis en tailleur sur l'herbe, Darken Rahl étudia un moment l'expression amère du petit garçon avant de répondre.

— Carl, ce n'est pas rien, ce que tu viens de dire ! Je ne voudrais pas que tu le regrettes après y avoir réfléchi.

— J'y ai assez réfléchi ! cria l'enfant. Nous en avons beaucoup parlé. Je sais maintenant que mes parents m'ont toujours menti. Ce sont des égoïstes ! Et des ennemis du peuple !

Par la fenêtre, Rahl contempla les derniers rayons du soleil couchant qui teintaient de pourpre et d'or les nuages lointains. Ce soir ! Oui, ce soir, il retournerait dans le royaume des morts.

Des jours et des nuits durant, il avait tenu l'enfant éveillé grâce à son gruau spécial, lui autorisant seulement de petites plages de sommeil. Un long travail pour vider son esprit et le rendre influençable à loisir. Interminablement, il lui avait parlé pour le convaincre que les autres se servaient de lui, abusaient de lui et lui mentaient. De temps en temps, il l'avait laissé seul pour qu'il assimile tout ça. Un répit qu'il mettait à profit pour aller dans la tombe de son père lire de nouveau les inscriptions sacrées. Ou pour se reposer…

La nuit précédente, il avait pris cette fille dans son lit, histoire de se détendre un peu. Une agréable distraction, pensait-il. Sentir la peau douce d'une femme contre la sienne afin de soulager un peu sa tension. Elle aurait dû être flattée, surtout après qu'il se fut montré si tendre et si charmant avec elle. D'ailleurs, ne brûlait-elle pas d'envie de partager sa couche ?

Et qu'avait-elle fait ? Devant ses cicatrices, elle avait éclaté de rire !

En y repensant, Rahl dut lutter pour maîtriser sa colère et montrer à l'enfant un visage avenant. Il fallait pourtant qu'il dissimule à quel point il avait envie d'en finir avec tout ça ! Quand il revit sa réaction face à cette garce – toute sa violence déchaînée – et entendit de nouveau ses cris de douleur, sourire devint plus facile. Cette chienne ne se moquerait plus jamais de lui !

— Pourquoi souris-tu ? demanda Carl.

— Parce que je suis très fier de toi, mon enfant.

Le sourire de Rahl s'élargit encore quand il pensa aux flots de sang qui jaillissaient des entrailles de la fille pendant qu'elle hurlait. Où était son rire débile, à présent ?

— De moi ? demanda timidement Carl.

— Oui, de toi... Peu de garçons de ton âge sont assez intelligents pour voir le monde tel qu'il est. Et dépasser leur petite existence pour s'intéresser aux dangers et aux merveilles de l'univers. Et surtout, pour comprendre que je m'échine à apporter la paix et la sécurité aux gens. (Il secoua tristement la tête.) Parfois, j'ai le cœur brisé de voir les êtres au nom desquels je m'épuise à lutter me tourner le dos et nier mes efforts. Ou pire, se joindre aux ennemis du peuple. Carl, je ne voudrais pas que tu t'inquiètes pour moi – un fardeau bien trop lourd pour de jeunes épaules –, mais à l'instant où je te parle, des fourbes complotent de nous conquérir et de nous écraser. Ils ont fait disparaître la frontière qui protège D'Hara et ils s'attaquent à la deuxième. À mon avis, ils préparent une invasion. J'ai tenté d'avertir les gens que le danger viendrait de Terre d'Ouest, afin qu'ils prennent des mesures pour se protéger. Mais ce sont des êtres simples et démunis, alors, ils se tournent vers moi et demandent que je les couvre de mon aile.

— Petit Père Rahl, es-tu en danger ? lança Carl, les yeux écarquillés.

— Ce n'est pas pour moi que je m'inquiète, répondit le Maître avec un geste presque nonchalant, mais pour le peuple. Si je meurs, qui le défendra ?

— Mourir, toi ? dit l'enfant, les larmes aux yeux. Petit Père Rahl, nous avons besoin de toi ! Ne laisse pas triompher tes ennemis ! S'il te plaît, je veux combattre à tes côtés. Te protéger. L'idée qu'on te fasse du mal me rend fou.

Rahl sentit que son cœur battait plus vite. Le moment approchait. Ce ne serait plus long, maintenant. Au souvenir des cris de la fille, il sourit chaleureusement à son prisonnier.

— C'est moi qui ne peux pas supporter l'idée que tu sois en danger, Carl. Ces derniers jours, j'ai appris à mieux te connaître, et tu es beaucoup plus à mes yeux qu'un garçon qui a choisi de m'aider à conduire une cérémonie. Tu es devenu mon ami, sais-tu ? Je t'ai confié mes angoisses, mes espoirs et mes rêves. Cela ne m'arrive pas souvent. Et savoir que tu te soucies de moi est largement suffisant.

— Petit Père Rahl..., dit Carl entre deux sanglots, je ferai n'importe quoi pour toi. Me laisseras-tu rester à tes côtés après la cérémonie ? Si je peux être avec toi, je jure de te servir fidèlement.

— Carl, cette gentillesse, c'est si touchant... Mais tu as ta vie, tes parents et tes amis. Et Polissonne, ta chienne, il ne faut pas l'oublier ! Bientôt, tu auras envie de retrouver tout ça.

Sans quitter Rahl des yeux, Carl secoua lentement la tête.

— Non, tout ce que je veux, c'est être avec toi. Petit Père Rahl, je t'aime et je désire te servir !

La mine grave, Rahl fit semblant de réfléchir aux paroles de l'enfant.

— Rester avec moi serait dangereux, dit-il, le cœur battant la chamade.

— Je m'en fiche ! Je veux être ton serviteur. Et tant pis si je dois être tué. Mon seul rêve est de te servir. De consacrer ma vie à t'aider à combattre tes ennemis ! Petit Père Rahl, si je meurs pour toi, ce sera une bonne mort. Laisse-moi rester. Je ferai tout ce que tu me demanderas. Pour toujours !

Rahl prit une grande inspiration et la relâcha lentement.

— Es-tu sûr de ce que tu dis ? Le penses-tu vraiment ? Donnerais-tu ta vie pour moi ?

— Je le jure ! Je veux bien mourir pour toi. Ma vie t'appartient, si tu la veux !

Rahl se pencha un peu en arrière, mit les mains sur ses genoux et hocha la tête, les yeux rivés sur le petit garçon.

— Oui, Carl, je la veux...

L'enfant ne sourit pas, mais il tremblait d'excitation d'être ainsi accepté.

— Et la cérémonie, quand aura-t-elle lieu ? J'ai tellement hâte de t'aider ! Et de secourir le peuple...

— C'est pour bientôt, souffla Rahl, les pupilles dilatées. Ce soir, quand je t'aurai nourri. Es-tu prêt à commencer ?

— Oui.

Rahl se leva. Le sang coulait à flots dans ses veines, mais il maîtrisa son excitation. Dehors, il faisait nuit. La lumière vacillante des torches dansait dans ses yeux bleus, se reflétait sur ses longs cheveux blonds, et on aurait juré que ses robes blanches brillaient. Avant d'entrer dans la pièce de la forge, il positionna près de la bouche de Carl l'embout de la corne à gaver.

Dans la salle obscure, les gardes attendaient, les bras croisés et le dos bien droit. Sur leur peau couverte d'une fine pellicule de suie, la sueur traçait de petits sillons. Un creuset reposait dans les flammes de la forge et une fumée âcre s'élevait de la mixture qui y bouillonnait.

— Demmin est de retour ? demanda Rahl, les yeux fous.

— Depuis des jours, maître.

— Dites-lui de venir ! ordonna Rahl, si énervé qu'il parvenait à peine à murmurer. À partir de maintenant, je veux que vous me laissiez seul, tous les deux...

Les gardes s'inclinèrent respectueusement et sortirent par la porte de derrière. Le Petit Père passa une main sur le creuset. Aussitôt, l'horrible odeur devint un fumet appétissant.

Rahl ferma les yeux et adressa une prière muette à son père. Trop exalté pour contrôler encore sa respiration, il haletait quand il porta ses doigts tremblants à sa bouche, les humecta et les passa sur ses lèvres.

Après avoir fixé des poignées en bois au creuset pour ne pas se brûler, il utilisa sa magie afin de modifier le poids de l'ensemble, désormais beaucoup plus facile à soulever, et sortit avec son fardeau. Les torches illuminaient toute la zone autour du petit garçon : le sable blanc sillonné de symboles, le cercle d'herbe et l'autel dressé sur le carré de pierre blanche. Elles éclairaient aussi l'autre bloc de pierre, où reposait la coupe de fer avec une shinga sur le couvercle.

Rahl s'arrêta devant l'enfant, près de l'extrémité évasée de la corne à gaver. Ses yeux brillèrent quand il croisa le regard de sa victime.

— Tu es sûr de toi, Carl ? Puis-je mettre ma vie entre tes mains ?

— Je jure de t'être loyal à jamais, Petit Père.

Rahl prit une inspiration rapide et ferma les yeux. La sueur ruisselait de son front et imprégnait ses robes, qui lui collaient à la peau. Les vagues de chaleur montant du creuset lui roussissaient presque les sourcils. Il y ajouta le feu de sa magie, pour que le liquide continue à bouillonner.

Puis il psalmodia les incantations sacrées dans l'antique langage qu'il était un des seuls à connaître. La mélopée sifflante des sortilèges parut emplir l'air. Rahl cambra le dos quand il sentit le pouvoir déferler dans son corps comme une lave brûlante. Tremblant, il continua à incanter, chacun de ses mots adressé à l'esprit du petit garçon.

Il entrouvrit ses yeux, où brillait une passion d'une infinie lubricité. Le souffle court, il baissa la tête vers l'enfant.

— Carl, souffla-t-il, je t'aime !

— Moi aussi, Petit Père Rahl.

— Prends l'embout de la corne dans ta bouche, mon enfant, et serre-le très fort.

Pendant que Carl obéissait, Rahl psalmodia le dernier sortilège. Son cœur battait si fort qu'il entendit à peine les sifflements et les crépitements des torches se mêler à ses paroles.

Le Petit Père vida le creuset dans la corne.

Les yeux écarquillés, Carl inhala et avala simultanément le plomb en fusion qui dévasta aussitôt son corps.

Darken Rahl tremblait tant d'excitation qu'il laissa tomber le creuset vide et passa aussitôt à l'étape suivante de l'incantation : envoyer l'esprit du garçonnet dans le royaume des morts. Il prononça les mots dans l'ordre idoine pour que s'ouvrent les portes du royaume maudit où régnaient le vide et l'obscurité.

Quand il leva les bras, des formes noires tourbillonnèrent autour de lui et des cris de terreur déchirèrent la nuit.

Rahl approcha de l'autel de pierre froide, s'agenouilla devant, l'entoura de ses bras et pressa son visage dessus. Alors, il chuchota les mots de l'antique langue qui lieraient l'esprit de l'enfant au sien. Lorsqu'il eut fini, il se leva, les poings sur les hanches et les joues rouges comme des braises.

Demmin Nass sortit alors des ombres.

— Demmin, murmura Rahl quand ses yeux se posèrent sur son ami.

— Maître Rahl, dit l'homme en inclinant la tête.

Le Petit Père approcha de son complice.

— Retire le cadavre du sable et étends-le sur l'autel. Sers-toi du seau d'eau pour le nettoyer. (Il baissa les yeux sur l'épée courte que Nass portait à la ceinture.) Ensuite, fends-lui le crâne avec ton arme. C'est tout ce que je te demande. Après, tu pourras retourner dans les ombres et attendre.

Il passa les mains autour de la tête de Demmin, et l'air sembla... onduler.

— Ce sortilège te protégera. Attends ici jusqu'à mon retour, un peu avant l'aube. J'aurai besoin de toi...

Rahl se détourna, absorbé par ses pensées.

Demmin fit le sale travail pendant que son maître continuait à incanter en se balançant d'avant en arrière, plongé dans une transe inquiétante.

Quand il eut fini, Demmin essuya sa lame sur son avant-bras et la remit au fourreau.

— Je déteste cette partie de la cérémonie..., marmonna-t-il en jetant un dernier coup d'œil à Rahl.

Puis il retourna se poster à l'ombre des arbres.

Darken Rahl se plaça derrière l'autel. Soudain, il baissa les mains sur le brasero, dont les flammes rugissantes se dressèrent tels des serpents. Puis il tendit les bras, les doigts tordus comme des serres, et la coupe de fer s'éleva dans les airs pour venir se poser dans le feu. Rahl sortit son couteau à lame incurvée et le posa sur le ventre encore mouillé du cadavre. Dégrafant ses robes à l'épaule, il les laissa glisser lentement jusqu'au sol puis les éloigna de lui d'un coup de pied. De la sueur ruisselait le long de son corps élancé...

Sur ses muscles fins mais puissants, la peau était lisse et tendue, sauf sur la zone supérieure de sa cuisse gauche, sur une partie de ses hanches et sur le côté gauche de son pénis en érection. C'était là que couraient les cicatrices laissées par les flammes qui avaient consumé son père alors qu'il se tenait à sa droite. Le feu du maudit sorcier l'avait aussi atteint, lui valant des douleurs inimaginables.

Ce n'étaient pas des flammes comme les autres... Telles des créatures vivantes, elles s'étaient collées à lui, le marquant au fer rouge tandis qu'il hurlait jusqu'à s'en casser les cordes vocales.

Darken Rahl s'humecta le bout des doigts et les passa lentement sur ses chairs à jamais desséchées. Un geste qu'il aurait voulu pouvoir faire tant de fois, après l'attaque, pour apaiser aussi peu que ce fût l'abominable douleur. Mais les guérisseurs lui avaient interdit de toucher les brûlures. Afin de l'en empêcher, ils lui avaient lié les poignets de manière à ce qu'il ne puisse pas baisser les bras. Tremblant de souffrance, il s'était humecté les doigts pour les passer sur ses lèvres, avec l'espoir d'arrêter de pleurer, et sur ses yeux pour tenter de chasser l'horrible vision de son père consumé par les flammes. Des mois durant, il avait supplié en vain qu'on le laisse toucher ses stigmates...

Comme il haïssait le sorcier ! Et combien il aurait aimé enfoncer une main dans sa poitrine pour arracher son cœur encore palpitant sans cesser de le regarder dans les yeux.

Darken Rahl éloigna les doigts de ses cicatrices. Prenant son couteau, il chassa de son esprit les souvenirs de ces temps atroces. À présent, il était un homme. Le Maître... Et il avait un travail à faire !

Après avoir psalmodié le sortilège requis, il plongea le couteau dans la poitrine de l'enfant.

Avec soin, il retira d'abord le cœur et le plongea dans la coupe de fer où bouillonnait de l'eau. Puis il préleva le cerveau et l'ajouta à sa préparation. Enfin, il coupa les testicules et leur fit subir le même sort. Quand il posa le couteau, le sang mêlé à sa sueur dégoulina avec elle sur le sol.

Il tendit les mains au-dessus du cadavre et fit une prière destinée aux esprits. Les yeux fermés, il leva la tête vers la fenêtre obscure et continua à incanter sans avoir besoin de réfléchir aux paroles qu'il prononçait.

Une heure durant, il murmura le texte sacré de la cérémonie et se barbouilla la poitrine de sang au moment exact où il le fallait.

Quand il eut fini de réciter les runes apprises dans la tombe de son père, il revint dans le carré de sable où Carl avait été enterré pendant sa mise à l'épreuve et le lissa soigneusement. Une fine couche de grains blancs adhéra au sang à demi séché sur sa peau.

Le front plissé, Rahl dessina lentement un entrelacs de symboles interconnectés. Pour maîtriser leur configuration complexe, il lui avait fallu des années d'études. Encore aujourd'hui, cela exigeait une concentration sans faille, car l'oubli d'une ligne droite ou d'une courbe suffirait à lui coûter la vie sur-le-champ.

Sa tâche achevée, il alla inspecter la coupe sacrée et constata avec satisfaction que presque toute l'eau s'était évaporée. Il devait en être ainsi pour que la cérémonie réussisse. Utilisant de nouveau sa magie, il fit ensuite léviter la coupe jusqu'au bloc de pierre polie et l'y déposa en douceur. Après avoir laissé refroidir un peu la préparation, il s'empara d'un pilon en pierre et entreprit de broyer les organes. Il s'acharna, ruisselant de sueur, jusqu'à ce que le cœur, le cerveau et les testicules forment une pâte où il ajouta diverses poudres magiques récupérées dans les poches de ses robes toujours en tas sur le sol.

Debout devant l'autel, il leva la coupe et lança le sortilège d'invocation. Ensuite, il baissa les bras et promena longuement son regard sur les splendeurs du Jardin de la Vie. Avant d'entrer dans le royaume des morts, il adorait voir de belles choses…

Il commença à manger la pâte avec les doigts. Le goût de la viande lui donnant envie de vomir, il se nourrissait en général de légumes. Mais là, la magie ne lui laissait pas le choix. Pour aller dans le royaume des morts, il devait ingurgiter cette horreur. Pour s'aider un peu, il pensa très fort à une purée de carottes…

Rahl avala la dernière bouchée, posa la coupe et alla s'asseoir en tailleur sur l'herbe, devant l'étendue de sable blanc. Les cheveux poisseux de sang, il posa les mains sur ses genoux, paumes vers le haut, ferma les yeux et se prépara à sa rencontre avec l'esprit de l'enfant.

Quand il fut prêt, le Petit Père rouvrit les yeux.

— Viens à moi, Carl ! murmura-t-il dans l'antique langage.

Après un long moment de silence, un rugissement retentit et la terre trembla.

Au centre du sable, le point focal du sortilège, l'esprit du petit garçon se matérialisa sous la forme d'une shinga.

D'abord transparente comme de la fumée, la bête sortit lentement du sable en tournant sur elle-même, comme si elle était irrésistiblement attirée par les symboles qu'avait dessinés Rahl. Sa tête se dressa tandis qu'elle rampait dans l'entrelacs de lignes droites et de courbes et une vapeur méphitique sortit de ses naseaux. Sans broncher, Rahl regarda le monstre se relever et, devenu solide, éventrer la masse de sable pour en extirper ses énormes pattes arrière. Alors que le sable blanc retombait dans le trou obscur dont elle venait d'émerger, la shinga s'éleva dans les airs et ses yeux marron perçants se posèrent sur Rahl.

— Merci d'être venu, Carl…

La créature blottit son museau contre la poitrine nue du Petit Père, qui se leva et lui caressa la tête pendant qu'elle ruait, impatiente de partir. Quand elle fut un peu calmée, il sauta sur son dos et noua les bras autour de son cou.

Dans un éclair aveuglant, la shinga et son cavalier s'engouffrèrent dans le trou béant, la bête tournant sur elle-même comme la tige d'un tire-bouchon.

La terre trembla de nouveau et le trou se referma avec un grincement à percer les tympans. Puis le silence de la nuit retomba sur le Jardin de la Vie.

Demmin Nass sortit de l'ombre des arbres, le front lustré de sueur.

— Bon voyage, mon ami…, murmura-t-il. Bon voyage…

Chapitre 25

Il ne pleuvait plus, mais le ciel restait couvert, comme depuis tant de jours. Assise seule sur un banc, adossée au mur d'un bâtiment, Kahlan souriait en regardant Richard assembler le nouveau toit de la maison des esprits. De la sueur ruisselait sur son dos nu aux muscles saillants où apparaissaient toujours les cicatrices laissées par les griffes du garn.

Richard travaillait avec Savidlin et quelques hommes, leur enseignant ses méthodes. Le travail manuel était selon lui universel. En conséquence, il jugeait ne pas avoir besoin d'une traductrice. De plus, si ses élèves découvraient certaines choses seuls, ils comprendraient l'opération et tireraient une plus grande fierté de leur ouvrage.

Savidlin bombardait le pauvre Sourcier de questions qu'il ne saisissait pas. Souriant, il répondait avec des mots tout aussi mystérieux pour ses compagnons, puis recourait à un langage par gestes inventé pour l'occasion. Parfois, les Hommes d'Adobe trouvaient ses arabesques hilarantes et tout le monde éclatait de rire. Pour des gens que séparait la barrière des langues, ils avaient réussi beaucoup en peu de temps…

Au début, Richard avait joué les mystérieux avec son amie, lui disant d'attendre pour connaître l'idée qu'il avait derrière la tête. Il commença par former des blocs d'argile d'environ un pied sur deux et les modela pour qu'ils aient une partie bossue prolongée par une sorte de rigole. Après avoir complètement évidé les pièces, il les avait confiées aux femmes qui s'occupaient de la poterie pour qu'elles les passent au four.

Ensuite, il fixa deux bâtons bien droits aux deux extrémités d'une planche plate et plaça une grosse motte d'argile au centre. Avec un rouleau, il aplatit l'argile, les deux bâtons servant de niveaux pour déterminer l'épaisseur. Éliminant la matière excédentaire qui dépassait de la planche, il obtint des plaques d'argile de taille et d'épaisseur identiques, les posa sur les moules que les femmes avaient fait cuire et lissa soigneusement le tout. Enfin, il se servit d'un bâton pointu pour percer un trou dans les deux angles supérieurs.

Quand il s'avisa que les villageoises le suivaient partout et inspectaient d'un œil critique son travail, il les enrôla dans son équipe. Bientôt, une petite ruche d'ouvrières souriantes et volubiles entreprit de fabriquer les plaques et lui montra comment améliorer sa technique. Une fois sèches et retirées des moules, les premières plaques pouvaient passer au four. Pleines d'énergie, les femmes entreprirent d'en préparer d'autres. Richard les encouragea à continuer inlassablement, puis il les abandonna et alla dans la salle des esprits où il construisit une cheminée avec les briques que le Peuple d'Adobe utilisait pour monter ses murs. Savidlin le suivit, essayant de comprendre ce qu'il faisait.

Un peu plus tôt, Kahlan était allé voir son ami.

— Tu fabriques des tuiles en argile, si j'ai bien compris…

— Exactement !

— Richard, j'ai vu des toits de chaume qui ne fuyaient pas !

— Moi aussi.

— Alors, pourquoi ne pas simplement améliorer les leurs pour que la pluie ne les traverse plus ?

— Tu sais comment faire ?

— Non.

— Moi non plus. En revanche, je suis un expert en toits de tuiles. Donc, c'est la solution que j'ai choisie.

Pendant qu'il montait la cheminée sous le regard avide d'apprendre de Savidlin, d'autres hommes dépouillèrent le toit de son chaume, laissant à nu une charpente de solives qui servirait de support aux futures tuiles.

Richard disposa chaque tuile en équilibre sur deux solives, la partie inférieure reposant sur la première, et la supérieure sur la deuxième. Les trous lui servirent à les attacher solidement à leur support. Puis il plaça la deuxième rangée de tuiles de manière à ce que leur base chevauche la partie supérieure des précédentes et obstrue les orifices de fixation. Grâce à leur forme ondulée, les pièces s'emboîtèrent parfaitement. Conscient que les tuiles étaient plus lourdes que le chaume, Richard avait étayé la structure par en dessous avec des poutres renforcées d'entretoises.

Une bonne moitié du village participait au chantier. De temps en temps, l'Homme Oiseau venait y jeter un coup d'œil, et ce qu'il voyait semblait le satisfaire. Deux ou trois fois, il s'assit près de Kahlan sans engager la conversation, mais en lui posant à intervalles irréguliers une ou deux questions sur le caractère du Sourcier.

La plupart du temps, la jeune femme restait seule. Les villageoises avaient décliné ses propositions d'assistance, les hommes gardaient leurs distances – non sans la surveiller du coin de l'œil – et les adolescentes étaient trop timides pour oser s'approcher d'elle. Mais elles la regardaient souvent de loin en murmurant. Quand Kahlan leur demandait leurs noms, elles s'éparpillaient comme une volée de moineaux après l'avoir gratifiée de quelques demi-sourires. Les enfants, eux, auraient bien fraternisé avec l'étrangère. Mais leurs mères les en empêchaient. Et chaque fois que Kahlan proposait de les aider – même à cuisiner – elles lui opposaient un refus poli, arguant qu'elle était une « honorable invitée ».

Kahlan n'en crut pas un mot. Ces femmes avaient peur de l'Inquisitrice !

Ce n'était pas nouveau pour elle, pas plus que les regards à la dérobée et les murmures. Plus jeune, elle s'en était désolée. Aujourd'hui, elle ne s'en souciait plus. Mélancolique, elle se souvint de ce que sa mère lui disait avec un gentil sourire : les gens étaient comme ça, on n'y pouvait rien, et il ne fallait pas en concevoir d'amertume. Un jour, tout ça lui passerait bien au-dessus de la tête…

De fait, Kahlan avait fini par se résigner. Persuadée de n'avoir pas besoin de l'affection des autres, elle s'était résignée à sa condition – et à sa vie telle qu'elle était –, certaine qu'elle n'aurait jamais droit à une existence normale et que c'était très bien comme ça.

C'était avant de rencontrer Richard. Lui, il l'avait acceptée. Devenu son ami, il s'adressait à elle sans crainte et la traitait comme une personne normale. Et il se souciait de son bien-être !

Mais bien entendu, il ignorait qui elle était…

Savidlin aussi avait été gentil avec elle. En compagnie de Richard, il l'avait invitée dans sa modeste maison, où il vivait avec sa femme Weselan et leur jeune fils Siddin, leur offrant un endroit où dormir à même le sol. Même si c'était sur l'insistance de son mari, Weselan avait su se montrer hospitalière et elle ne devenait pas hostile dès que Savidlin avait le dos tourné. Le soir, après le travail, Siddin s'asseyait avec Kahlan et écoutait, les yeux ronds, ses fabuleuses histoires de rois, de châteaux forts, de terres lointaines et de monstres féroces. Souvent, il venait se blottir sur ses genoux et la cajolait pour qu'elle continue. Sa mère le laissait faire, assez délicate pour ne pas montrer sa peur. En y repensant, Kahlan en eut les larmes aux yeux. Et il y avait mieux encore ! L'enfant couché, Savidlin et son épouse restaient avec les deux jeunes gens pour qu'ils leur parlent du long voyage depuis Terre d'Ouest. Pétri de respect pour les êtres courageux qui ne renonçaient jamais, le père de famille écoutait avec des yeux presque aussi ronds que ceux de son fils.

L'Homme Oiseau semblait content du nouveau toit. Dès qu'il avait commencé à comprendre où Richard voulait en venir, il avait souri en hochant la tête. Les six Anciens étaient plus difficiles à impressionner. À leurs yeux, recevoir quelques gouttes de pluie sur le crâne de temps en temps n'était pas un souci majeur. D'ailleurs, ils se faisaient arroser ainsi depuis leur plus tendre enfance, et ils n'aimaient pas qu'un étranger vienne pointer du doigt leur atavique stupidité. Dès qu'un des six décéderait, Savidlin prendrait sa place. Kahlan regrettait qu'il ne fasse pas déjà partie du cercle, car un allié tel que lui leur aurait été des plus utiles.

Qu'arriverait-il, le toit terminé, si les Anciens refusaient d'accepter Richard au sein du Peuple d'Adobe ? Le Sourcier n'avait pas vraiment promis de ne pas attaquer ces gens. Même s'il n'était pas le type d'homme à torturer des innocents, sa fonction pouvait le pousser à des extrémités regrettables. Il y avait beaucoup plus en jeu que la vie d'une poignée de villageois. Le Sourcier ne devait jamais perdre cette réalité de vue. Et Kahlan non plus…

Elle ignorait si avoir tué le dernier membre du *quatuor* l'avait rendu plus dur. Prendre une vie modifiait le jugement d'une personne, et récidiver devenait plus facile. Un processus qu'elle connaissait hélas bien…

Kahlan aurait donné cher pour qu'il n'ait pas couru à son secours, près du Chas de l'Aiguille, évitant ainsi d'avoir une mort sur la conscience. Jusque-là, elle n'avait pas eu le cœur de lui dire qu'elle aurait pu s'en sortir sans son aide. Face à elle, un homme seul ne pouvait pas grand-chose. Parce qu'il le savait, Rahl envoyait toujours quatre tueurs à une Inquisitrice. Le premier servait de cible à son pouvoir et les trois autres se chargeaient d'éliminer le « traître » en même temps que leur victime désignée. Parfois, il n'en restait qu'un, mais c'était suffisant si l'Inquisitrice avait épuisé son pouvoir. Dans le cas contraire, un assassin seul n'avait pas une chance. Le tueur aurait abattu son épée, mais elle aurait esquivé sans peine. Ensuite, avant qu'il attaque de nouveau, elle l'aurait touché avec son pouvoir et il serait devenu sa marionnette.

Mais comment avouer à Richard qu'il n'aurait pas eu besoin de tuer cet homme avec l'Épée de Vérité ? Il pensait l'avoir sauvée, et cela soulageait sa conscience. Si elle lui révélait tout, son univers volerait en éclats.

Un autre *quatuor* était sans nul doute à ses trousses. Ces hommes ne renonçaient jamais. Celui qui l'avait attaquée seul, près de la frontière, savait qu'il allait mourir et il n'avait pas reculé pour autant. Ces tueurs ne pensaient à rien d'autre que leur mission. L'idée de battre en retraite ne leur traversait même pas l'esprit.

Et ils adoraient s'en prendre aux Inquisitrices.

La jeune femme ne put s'empêcher de repenser à Dennee. Dès qu'elle évoquait les *quatuors*, ce qu'ils avaient fait à sa sœur adoptive lui revenait à l'esprit…

Avant que Kahlan eût atteint l'âge adulte, sa mère avait été frappée par une maladie qu'aucun guérisseur ne savait combattre. Elle avait succombé très vite, rongée de l'intérieur par cet atroce fléau. Les Inquisitrices étant très proches les unes des autres, le mal qui frappait l'une d'elles les concernait toutes. La mère de Dennee avait recueilli Kahlan et pris soin d'elle. Les deux jeunes filles, déjà de très proches amies, avaient été ravies de devenir des sœurs. Elles se présentèrent désormais ainsi, et cela adoucit beaucoup le chagrin de Kahlan.

Comme sa mère, Dennee était d'une nature fragile. Dotée d'un pouvoir bien moins puissant que celui de sa sœur, elle avait souvent eu besoin de sa protection dans les situations qui exigeaient plus de force qu'elle ne pouvait en puiser dans les tréfonds de son être. Après y avoir recouru, Kahlan régénérait son pouvoir en une heure ou deux. À Dennee, il fallait plusieurs jours…

Ce matin maudit, Kahlan s'était absentée pour recueillir la confession d'un meurtrier sur le point d'être pendu. Normalement, Dennee aurait dû s'en charger, mais elle avait voulu lui éviter une mission pénible.

Dennee détestait les confessions et le regard des malheureux qui s'y soumettaient. Souvent, elle pleurait des jours entiers après en avoir recueilli une. Si elle n'avait pas demandé à sa sœur de la remplacer, le soulagement affiché sur son visage parlait de lui-même. Kahlan aussi détestait les confessions. Mais elle était plus forte, plus sage et plus mûre que sa sœur. Depuis longtemps, elle avait accepté d'être une Inquisitrice. C'était son destin – et son pouvoir – et elle en souffrait beaucoup moins que Dennee. Capable de faire passer sa tête avant son cœur, elle déchargeait volontiers sa sœur du sale travail.

Sur le chemin du retour, ce jour-là, elle entendit des gémissements monter des buissons, sur le côté de la route.

Dennee gisait dans les broussailles comme un os jeté à un chien.

— Kahlan… je venais à ta rencontre… pour faire un bout de chemin avec toi… Un *quatuor* m'a attaquée… Mais j'en ai eu un, Kahlan ! Je l'ai touché avec mon pouvoir… Tu aurais été fière de moi…

Bouleversée, la tête de sa sœur sur les genoux, Kahlan lui avait assuré que tout s'arrangerait.

— S'il te plaît, Kahlan, tu veux bien tirer ma robe sur mes jambes ? Mes bras ne peuvent plus bouger…

Après un moment de panique aggravé par la voix lointaine et faible de sa sœur, Kahlan comprit ce qui s'était passé. Les tueurs avaient brisé les bras de Dennee et ils reposaient, inertes, le long de ses flancs, pliés à des endroits où il n'y avait pas d'articulation.

Plus grave encore, du sang coulait d'une oreille de la pauvre enfant.

Kahlan tira ce qui restait de la belle robe brodée sur le corps supplicié de sa sœur. Le tissu était poisseux de sang…

Horrifiée par la brutalité et la perversité de ces hommes, elle en perdit un moment la parole et dut lutter pour ne pas hurler. Dennee en aurait été encore plus effrayée, et elle devait être forte pour elle… une dernière fois…

— Kahlan…, souffla la moribonde… c'est Darken Rahl qui m'a fait ça. Il n'était pas présent, mais c'est lui le vrai coupable…

— Je sais, ma toute petite chérie… Ne t'agite pas, tout s'arrangera. Je vais te ramener à la maison, et tu iras très bien… Tu verras…

Des mensonges. Pour Dennee, rien ne s'arrangerait plus.

— S'il te plaît, Kahlan, tue-le ! Il faut arrêter cette folie ! J'aimerais être assez forte… Mais tu devras agir à ma place…

Submergée par la colère, pour la première fois de sa vie, Kahlan eut envie d'utiliser son pouvoir afin de faire du mal à quelqu'un. Pour le tuer ! À cet instant, elle éprouva un sentiment nouveau : une rage venue du plus profond d'elle-même, comme si la vengeance était un droit de naissance !

D'une main tremblante, elle caressa les cheveux poisseux de sang de Dennee.

— Je le tuerai, c'est promis !

Dennee se détendit un peu dans ses bras. Kahlan enleva son pendentif et le lui passa au cou.

— Je te l'offre… Il te protégera, mon petit cœur…

— Merci, Kahlan… (Dennee sourit tandis que des larmes coulaient sur ses joues déjà couleur de cire.) Mais plus rien ne me protégera, désormais… Pense à toi ! Ne les laisse pas te torturer. Ils aiment ça, Kahlan ! J'ai tant souffert, et ça les amusait tellement qu'ils en riaient aux éclats…

Kahlan ferma les yeux pour ne plus voir le visage ravagé de sa sœur. La berçant comme un nouveau-né, elle lui embrassa doucement le front…

— *Des mauvais souvenirs ?* lança soudain une voix.

Kahlan sursauta, arrachée à ses pensées. L'Homme Oiseau était debout près d'elle et elle ne l'avait pas entendu arriver.

Elle hocha la tête, évitant de croiser le regard de l'Homme d'Adobe.

— *Veuillez me pardonner d'avoir fait montre de faiblesse…*, dit-elle d'une voix rauque en essuyant d'un revers de la main les larmes qui coulaient sur ses joues.

L'Homme Oiseau s'assit doucement près d'elle.

— *Mon enfant, être une victime n'est pas une faiblesse.*

Kahlan ravala les sanglots qui menaçaient de lui nouer la gorge. Dennee lui manquait tellement et elle se sentait si seule !

L'Homme Oiseau lui passa un bras autour des épaules et la serra contre lui. Une brève étreinte paternelle…

— *Je pensais à ma sœur Dennee, assassinée sur ordre de Darken Rahl. C'est moi qui l'ai trouvée et elle est morte dans mes bras… Ils l'ont tellement fait souffrir ! Rahl ne se satisfait pas de tuer ses ennemis. Il veut que leur agonie soit atroce.*

— *Nous sommes différents,* dit l'Homme Oiseau, *mais nous souffrons de la même manière…* (Il écrasa du bout du pouce une larme qui coulait sur la joue de Kahlan, puis chercha quelque chose dans sa poche.) *Donnez-moi votre main…*

Kahlan obéit. L'Homme d'Adobe laissa tomber quelques graines dans sa paume. Les yeux levés vers le ciel, il souffla dans son étrange sifflet qui ne produisait aucun son. Un petit oiseau jaune vif vint presque aussitôt se poser sur sa main. Lentement, il la plaça près de celle de la jeune femme. L'oiseau sauta d'une paume à l'autre et entreprit de picorer les graines. Kahlan sentit ses minuscules pattes agripper ses doigts pendant qu'il se régalait. Le volatile était si petit et si mignon qu'elle ne put s'empêcher de sourire. L'Homme Oiseau sourit aussi. Quand il eut fini son festin, l'oiseau s'ébroua, ravi et confiant.

— *J'ai pensé que vous aimeriez voir un peu de beauté au milieu de toutes ces horreurs.*

— *Merci…*

Kahlan admira encore un peu l'oiseau, avec ses plumes jaunes et son adorable façon de secouer la tête de droite à gauche, puis elle le poussa à reprendre son envol.

— *Je n'ai aucun droit sur lui,* dit-elle en le regardant filer à tire-d'aile. *Il doit être libre.*

L'Homme Oiseau sourit en approuvant du chef. Il se pencha en avant, les mains sur ses genoux, et étudia la maison des esprits. Le travail était presque terminé. Encore un jour, et tout serait prêt. Les longs cheveux gris qui tombaient sur ses épaules et le long de son visage empêchèrent Kahlan de voir l'expression de son compagnon. Elle se radossa au mur et regarda Richard travailler sur le toit. S'il avait pu en descendre et venir la serrer dans ses bras! Hélas, même s'il l'avait fait, elle aurait dû le repousser...

— *Vous voulez tuer Darken Rahl, n'est-ce pas?* demanda l'Homme Oiseau sans se tourner vers elle.

— *C'est mon plus cher désir...*

— *Votre pouvoir suffirait?*

— *Non*, admit Kahlan.

— *Et l'épée du Sourcier, est-elle assez puissante?*

— *Non plus. Pourquoi cette question?*

Avec l'approche du crépuscule, le ciel se chargeait de plus en plus. Dans la pénombre naissante, il recommença à pleuvoir.

— *Comme vous l'avez dit, il est dangereux pour un homme d'être face à une Inquisitrice qui désire ardemment quelque chose. Je crois que c'est vrai aussi pour le Sourcier. Peut-être encore davantage...*

— *Je ne vous raconterai pas ce que Darken Rahl a fait au père de Richard, car vous auriez encore plus peur du Sourcier. Mais sachez que lui aussi aurait laissé repartir l'oiseau.*

— *Mon enfant, nous sommes tous les deux trop intelligents pour jouer avec les mots. Oublions ça et parlons franchement. J'ai essayé de convaincre les Anciens que le Sourcier apportait beaucoup à notre peuple. Mais ces vieillards sont confits dans leurs certitudes, et ils peuvent se montrer si têtus que j'en perds parfois mon calme. J'ai peur de ce que Richard et vous ferez s'ils vous opposent un refus*

— *Richard a promis qu'il ne maltraiterait pas votre peuple.*

— *Encore des mots! Ils ne sont rien à côté du sang d'un père... ou d'une sœur.*

Transie par la bise, Kahlan resserra autour d'elle les pans de son manteau.

— *Je suis née Inquisitrice*, dit-elle, *et je n'ai jamais cherché le pouvoir. Si on m'avait donné le choix, j'aurais préféré être comme tout le monde. Mais je dois faire avec ce que j'ai, et en tirer le meilleur parti. Malgré ce que les gens pensent des Inquisitrices, nous sommes au service des autres. Et de la vérité! J'aime tous les peuples des Contrées du Milieu, et je donnerais volontiers ma vie pour leur liberté. Voilà ce que je veux faire. Et pourtant, je suis seule...*

— *Richard veille sur vous!*

— *Il vient de Terre d'Ouest et ignore qui je suis. S'il le savait...*

À ces mots, l'Homme Oiseau fronça les sourcils.

— *Pour quelqu'un qui sert la vérité...*, commença-t-il.

— *S'il vous plaît, ne m'y faites pas penser. C'est un problème que je me suis créé et dont je redoute les conséquences. Mais ça ne change rien à mon raisonnement. Le Peuple d'Adobe vit loin de tout. Par le passé, cela lui a permis de rester à l'écart des tempêtes. Mais celle-là soufflera aussi sur lui. Les Anciens peuvent pérorer tant qu'ils veulent sur les avantages de la neutralité, ils seront impuissants quand la réalité les prendra entre ses griffes. S'ils font passer la fierté avant la sagesse, les vôtres en paieront le prix.*

L'Homme Oiseau ne fit aucun commentaire, mais son silence était attentif et respectueux.

— *À cet instant*, continua Kahlan, *je ne peux pas dire ce que je ferai si les Anciens nous refusent leur soutien. Mon désir n'est pas de nuire à votre peuple, mais de lui éviter des souffrances. J'ai vu ce que Darken Rahl fait à ses victimes. Et j'imagine sans peine ce qu'il vous infligera. Pour l'arrêter, s'il fallait tuer l'adorable fils de Savidlin, j'accepterais de m'en charger, quitte à en avoir le cœur brisé. Mais pour sauver des milliers d'enfants adorables, je n'hésiterais pas une seconde. C'est cela, mon fardeau : la malédiction du guerrier. Vous avez sûrement dû tuer des gens pour en sauver d'autres, et je sais que vous n'y avez pris aucun plaisir. Darken Rahl n'est pas comme nous, croyez-moi ! S'il vous plaît, aidez-moi à protéger votre peuple sans qu'aucun de ses membres ne souffre.* (Des larmes perlèrent aux cils de Kahlan.) *Je voudrais tant ne faire de mal à personne !*

L'Homme Oiseau la tira vers lui et la laissa sangloter sur son épaule.

— *Les peuples des Contrées du Milieu ont de la chance d'avoir une guerrière comme vous...*

— *Si nous trouvons ce que nous cherchons, Darken Rahl ne pourra pas s'en emparer et il mourra le premier jour de l'hiver. Personne d'autre ne perdra la vie. Mais nous avons besoin de votre aide.*

— *Le premier jour de l'hiver ? Mon enfant, cela nous laisse peu de temps. L'automne touche à sa fin...*

— *Ce n'est pas moi qui ai écrit les règles du jeu... Si vous connaissez un moyen d'arrêter le temps, n'hésitez pas à me le communiquer.*

— *Mon enfant, vous êtes déjà venue ici, et je vous ai vue vivre parmi les miens. Vous avez toujours respecté leur volonté sans chercher à leur nuire. Il en va de même avec le Sourcier. Je suis de votre côté et je ferai de mon mieux pour convaincre les Anciens. Mais ça ne suffira peut-être pas. Et je veux que mon peuple ne souffre pas.*

— *Si la réponse est négative, la menace ne viendra ni du Sourcier ni de moi. La tempête soufflera de D'Hara et elle vous détruira. Contre Rahl, vous n'aurez aucune chance. Il vous massacrera !*

Ce soir-là, dans la quiétude du foyer de Savidlin, Kahlan raconta à Siddin l'histoire d'un pêcheur transformé en poisson qui vivait dans un lac et se servait de son intelligence pour délester les hameçons de leurs appâts sans se faire attraper. Une fable dont sa mère la régalait quand elle avait à peu près l'âge de cet enfant. L'émerveillement du petit bonhomme lui rappela le sien, quand elle avait entendu le conte pour la première fois.

Plus tard, pendant que Weselan préparait un repas à base de succulentes racines, Savidlin montra à Richard comment préparer des pointes de flèches différentes selon la proie qu'on visait. Ensuite, il les durcit dans le feu et les enduisit de poison.

Kahlan resta assise sur le sol, l'enfant endormi blotti entre ses bras. Alors qu'elle lui caressait la tête, elle dut ravaler la boule qui se formait dans sa gorge. N'avait-elle pas dit l'après-midi même qu'elle tuerait sans hésiter ce mignon petit garçon ?

Elle aurait donné cher pour n'avoir jamais prononcé ces mots. C'était la vérité, mais pour une fois, il aurait mieux valu la cacher...

Richard ne l'avait pas vue parler à l'Homme Oiseau et elle ne lui avait rien dit de cette conversation. Pourquoi l'inquiéter ? Ce qui devait arriver arriverait. Mais elle espérait tant que les Anciens entendraient la voix de la raison...

Le lendemain, le vent soufflait, charriant parfois de la pluie, et il faisait exceptionnellement chaud pour la saison. Au début de l'après-midi, une foule se massa devant la maison des esprits pour voir poser les dernières tuiles et, surtout, assister au premier feu de cheminée. Des cris émerveillés retentirent quand la fumée sortit docilement du conduit. Les villageois jetèrent un coup d'œil dans la salle et virent qu'elle n'était pas enfumée. L'idée de ne plus vivre en permanence avec les yeux qui piquent sembla les enthousiasmer autant que la perspective de ne plus se faire tremper la tête. Pour les toits de chaume défectueux, l'association du vent et de la pluie était une catastrophe...

Tous regardèrent, stupéfaits, l'eau glisser sur les tuiles sans s'infiltrer dans le bâtiment.

Richard sauta du toit, de très bonne humeur. La cheminée tirait bien, les tuiles ne fuyaient pas et les villageois semblaient aux anges. Ses assistants, fiers d'avoir réalisé et appris tant de choses, désignaient du doigt, avec force commentaires, les points clés du chantier.

Ignorant les curieux, Richard reprit son épée et gagna le centre du village, où les Anciens attendaient sous une des structures ouvertes. Kahlan et Savidlin l'escortaient, décidés à plaider sa cause s'il le fallait. La foule les regarda s'éloigner puis s'éparpilla dans le village en bavardant gaiement.

Richard marchait les mâchoires serrées.

— Tu crois que l'épée est indispensable ? lui demanda Kahlan.

Les cheveux humides de pluie, il se tourna vers son amie sans ralentir le pas.

— Je suis le Sourcier ! fit-il avec un sourire matois.

— Richard, ne joue pas à ça avec moi ! Tu sais très bien ce que je veux dire.

— D'après moi, voir cette arme les incitera à prendre la bonne décision.

Kahlan eut la détestable sensation que les choses échappaient à son contrôle. Si les Anciens se montraient rétifs, Richard allait commettre des actes terribles ! Du matin au soir, il avait travaillé comme une brute, persuadé qu'il remporterait la partie. C'était fait, en un sens, puisque la majorité des villageois le soutenait. Mais il restait à convaincre les gens qui comptaient vraiment. Et elle redoutait qu'il n'ait pas vraiment réfléchi à la position qu'il prendrait au cas où on lui opposerait un refus.

Toffalar attendait, droit comme un *i* sous le toit de chaume de la structure. Des gouttes d'eau s'écrasaient à ses pieds pour y former de petites flaques. Surin, Caldus, Arbrin, Bringinderin et Hajanlet se tenaient à ses côtés. Tous portaient leurs peaux de coyote, une tenue qu'ils adoptaient, avait appris Kahlan, uniquement pour les événements officiels. Presque tout le village s'était réuni sur la place, sous la pluie ou à l'abri relatif des structures ouvertes. D'autres Hommes d'Adobe, à leurs fenêtres, attendaient comme leurs concitoyens que les Anciens décident de leur avenir.

Kahlan repéra l'Homme Oiseau près d'un des poteaux qui soutenait le toit sous lequel paradaient les Anciens. Des guerriers armés l'entouraient. Quand leurs regards se croisèrent, la jeune femme sentit ses jambes se dérober. Elle tira Richard par la manche et lui souffla à l'oreille :

— Quoi que disent ces hommes, n'oublie pas que nous devons sortir vivants d'ici pour continuer à combattre Darken Rahl. Nous sommes deux et ils sont très nombreux, épée ou pas…

Le Sourcier l'ignora superbement.

— Vénérables Anciens, dit-il d'une voix assurée, j'ai l'honneur de vous annoncer que la maison des esprits a désormais un toit étanche. (Kahlan traduisit dans la foulée.) Et j'ai eu le plaisir d'apprendre à vos hommes comment faire, pour qu'ils améliorent tous les autres toits du village. Mes actes étaient dictés par le respect que j'éprouve pour votre peuple, et je n'attends rien en retour, sinon votre satisfaction.

Les six vieillards restèrent de marbre quand Kahlan eut fini de traduire.

— *Nous ne sommes pas satisfaits !* dit enfin Toffalar.

— Pourquoi ? demanda Richard, l'air sombre, quand Kahlan eut traduit.

— *Quelques gouttes de pluie n'ont jamais fait fondre la force du Peuple d'Adobe. Ton toit ne fuit pas parce qu'il est « intelligent » à la manière des étrangers, qui n'est pas la nôtre. Et si nous commençons à laisser les étrangers nous dire que faire, ils n'arrêteront plus… Nous savons très bien ce que tu désires. Faire partie de notre peuple afin que nous convoquions en ton nom le conseil des devins. Une ruse pour que nous soyons à ton service, rien de plus ! Tu entends nous entraîner dans une guerre qui n'est pas la nôtre. Nous refusons !* (Il se tourna vers Savidlin.) *Le toit de la maison des esprits doit redevenir ce qu'il était. Car nos ancêtres désiraient qu'il en soit ainsi.*

Savidlin blêmit mais ne broncha pas. Un petit sourire sur les lèvres, Toffalar se tourna vers Richard.

— *À présent que tes manigances ont échoué, vas-tu te venger sur notre peuple, Richard Au Sang Chaud ?*

Un défi visant à discréditer le Sourcier…

Kahlan n'avait jamais vu une telle colère sur le visage de son ami. Il jeta un rapide coup d'œil à l'Homme Oiseau, puis se concentra de nouveau sur les six Anciens. L'Inquisitrice retint son souffle et un silence de mort tomba sur les villageois.

—Je ne ferai pas de mal à votre peuple, dit Richard. (Quand Kahlan eut traduit, la foule soupira de soulagement.) Mais je pleurerai sur le sort qui l'attend. (Il leva une main et désigna les six vieillards.) Sur vous, je ne verserai pas une larme. Il n'y a aucune raison de regretter la mort d'un tas d'imbéciles.

Devant cet outrage, l'assistance hoqueta de stupéfaction.

Alors que Toffalar blêmissait de colère, des murmures affolés coururent dans les rangs de villageois. Kahlan regarda l'Homme Oiseau, qui semblait avoir vieilli d'un coup. Dans ses yeux, elle vit à quel point il était inquiet. Quand leurs regards se rencontrèrent, ils partagèrent un instant le chagrin de savoir que la tempête les emporterait tous. Mais l'Homme d'Adobe baissa très vite la tête.

À une vitesse inouïe, Richard dégaina l'Épée de Vérité. De surprise, tous les villageois, y compris les Anciens, reculèrent d'un pas et s'immobilisèrent, comme pétrifiés. Les six vieillards évoquaient à présent des statues à la gloire de la peur.

Seul l'Homme Oiseau n'avait pas bougé.

Kahlan avait redouté que la colère de Richard explose. Résolue à ne pas intervenir, elle était néanmoins prête à tout pour protéger le Sourcier, quelles que soient ses intentions. Autour de la jeune femme, pas un murmure ne s'était élevé depuis que l'arme, en sortant du fourreau, avait émis sa note si particulière. Richard braqua la lame étincelante sur les Anciens, la pointe à quelques pouces de leurs visages.

—Ayez le courage de faire une dernière chose pour les vôtres! cria-t-il.

En entendant ses mots, Kahlan frissonna. Elle traduisit par habitude, trop terrorisée pour penser à faire autre chose.

Richard retourna l'épée, la tint par la lame et tendit la garde aux Anciens.

—Prenez mon épée! ordonna-t-il. Et servez-vous-en pour égorger les femmes et les enfants. Ce sera une mort plus douce que celle qui les attend de la main de Darken Rahl. Ayez le courage de leur épargner d'immondes tortures. Une fin rapide est parfois un don des cieux…

Face à son assurance, les six vieillards se décomposèrent.

Kahlan vit des femmes en pleurs serrer leurs enfants dans leurs bras. Pris dans l'étau d'une terreur qui frappait comme la foudre, les Anciens n'esquissèrent pas un mouvement. Mais leurs yeux fuirent le regard impitoyable du Sourcier.

Quand il fut clair qu'aucun n'aurait le courage de saisir l'épée, Richard la remit au fourreau avec une lenteur délibérée, comme s'il les privait par ce geste de leur dernière chance de salut. Par leur refus, ces vieillards s'étaient à jamais aliénés le Sourcier, qui ne lèverait plus le petit doigt pour eux.

Quand Richard se tourna vers Kahlan, elle lut sur son visage autre chose que de la fureur. Il éprouvait un profond chagrin pour un peuple qu'il avait appris à aimer et qu'il ne pourrait pas sauver. Tous les regards restèrent rivés sur lui quand il approcha de sa compagne et la tira par le bras.

— Rassemblons nos affaires et partons, dit-il. Nous avons perdu beaucoup de temps. J'espère qu'il n'est pas déjà trop tard. (Des larmes perlèrent aux paupières du Sourcier.) Kahlan, je suis navré d'avoir pris la mauvaise décision.

— Richard, ce n'est pas toi qui t'es trompé, c'est eux !

La colère de la jeune femme, comme une dalle de marbre posée sur un tombeau, scellait le destin de ces gens. S'inquiéter pour eux ne servait plus à rien : c'étaient désormais des morts-vivants. Ils avaient eu une chance et n'avaient pas su la saisir.

Quand ils passèrent devant Savidlin, le Sourcier et l'Homme d'Adobe se prirent un moment par les bras sans oser se regarder. Dans la foule, personne n'avait bougé. Lorsque les deux étrangers s'y frayèrent un chemin, des mains se tendirent pour toucher Richard, qui serra des dizaines d'avant-bras en réponse à ces témoignages muets de sympathie. Mais il ne put regarder dans les yeux aucun de ces cadavres en sursis.

Ils récupérèrent leurs affaires chez Savidlin et rangèrent leurs manteaux dans leurs sacs. Kahlan se sentait vide et épuisée. Quand son regard croisa enfin celui de Richard, ils se jetèrent dans les bras l'un de l'autre, unis par le chagrin qu'ils éprouvaient pour tous ces nouveaux amis qu'ils savaient condamnés. Sur ce coup-là, ils avaient misé le seul bien précieux à leur disposition : le temps. Et ils avaient perdu !

Quand ils s'écartèrent l'un de l'autre, Kahlan ferma son sac. Richard ressortit son manteau du sien et fouilla dans ses possessions, l'air inquiet. Pour mieux voir, il approcha de la porte d'entrée restée ouverte. Très vite, il laissa pendre le sac au bout de son bras droit, et lâcha :

— La pierre de nuit a disparu.

— Tu l'as peut-être laissée ailleurs…

— Non. Je ne l'ai jamais sortie de mon sac.

— Richard, il n'y a pas de quoi s'affoler. Elle ne nous sert plus à rien, maintenant que nous sommes loin du Chas de l'Aiguille. Adie te pardonnera de l'avoir perdue. Et nous avons des problèmes plus pressants.

Le Sourcier fit un pas vers son amie.

— Tu ne comprends pas. Nous devons la trouver !

— Pourquoi ?

— Parce que je crois que cette pierre peut réveiller les morts ! Kahlan, j'y ai réfléchi sans cesse. Tu te rappelles combien Adie était nerveuse en me la donnant ? Elle regardait par la fenêtre, comme si un danger menaçait. Et ça a duré jusqu'à ce que j'aie rangé la pierre. Dans le Passage du Roi, à quel moment les ombres nous ont-elles attaqués ? Quand j'ai sorti la pierre ! Tu te souviens ?

— Mais selon Adie, personne d'autre que toi ne peut s'en servir. Donc…

— Elle parlait de la lumière, pas du reste ! Elle n'a rien dit au sujet des morts. Je ne peux pas croire qu'elle ne nous ait pas prévenus…

Kahlan réfléchit quelques secondes, les yeux mi-clos.

— Elle l'a fait, Richard ! s'exclama-t-elle. Elle t'a averti en utilisant une énigme. Tous les magiciens adorent ça. Je suis désolée de ne pas y avoir accordé plus d'attention. Une femme comme Adie n'exprime pas toujours les choses directement, mais sous la forme d'une charade…

— Je n'en crois pas mes oreilles ! s'écria Richard en jetant un coup d'œil dehors. Le monde risque d'être anéanti, et cette vieille peau s'amuse à des âneries ! (Il flanqua un coup de poing dans le chambranle de la porte.) Elle aurait dû nous prévenir clairement !

— Elle avait peut-être une bonne raison d'agir ainsi. Ou elle ne pouvait pas faire autrement…

— Tu te rappelles, elle a dit que j'étais « assoiffé ». Et elle a parlé de l'eau, dont la valeur dépend des circonstances. Pour quelqu'un qui se noie, c'est une calamité… C'était sa façon de nous avertir de l'ambivalence de la pierre. (Il regarda de nouveau dans son sac.) Elle était là hier, je l'ai vue. Qui a pu la prendre ?

Ils se regardèrent et comprirent en même temps.

— Siddin ! crièrent-ils ensemble.

Chapitre 26

Leurs sacs abandonnés sur le sol, les deux jeunes gens sortirent de la maison et foncèrent vers l'endroit où ils avaient aperçu Savidlin pour la dernière fois. Les voyant courir comme des fous dans la boue, tous les villageois s'écartèrent de leur chemin. Quand ils déboulèrent sur la place, la foule paniquée s'éparpilla et les Anciens se replièrent sous leur abri de fortune. L'Homme Oiseau se dressa sur la pointe des pieds pour mieux voir ce qui se passait ; ses archers, derrière lui, tirèrent des flèches de leurs carquois et les encochèrent sur leurs arcs.

Savidlin sembla désorienté de les entendre crier à tue-tête le nom de son fils.

— *Savidlin !* lança Kahlan. *Il faut trouver Siddin. Et l'empêcher d'ouvrir la bourse de cuir avec laquelle il joue !*

Blanc comme un linge, l'Homme d'Adobe tourna sur lui-même pour sonder les environs, puis il partit chercher l'enfant parmi les villageois qui couraient en tous sens.

Kahlan ne parvint pas à localiser Weselan. Richard et elle se séparèrent pour étendre le champ de leurs recherches. Dans la confusion, la jeune femme dut écarter sans douceur tous ceux qui lui barraient le passage.

Si Siddin ouvrait la bourse...

Soudain, elle vit le petit garçon.

Au centre du village, assis dans la boue, il ne prêtait pas une once d'attention à la panique ambiante. Très concentré, il secouait la bourse pour essayer d'en faire sortir la pierre.

— *Siddin, non !* cria Kahlan sans cesser de courir.

Comme tout le monde braillait, l'enfant n'entendit pas l'appel de son amie.

Il ne réussira peut-être pas à l'ouvrir ! pensa Kahlan. *Ce n'est qu'un petit garçon sans défense... Fasse le ciel que le destin se montre clément avec lui.*

À cet instant, la pierre tomba de la bourse et atterrit dans la boue. Tout content, Siddin la ramassa.

Kahlan sentit son sang se glacer dans ses veines.

Des ombres tueuses se matérialisèrent autour du gamin et tourbillonnèrent telles des volutes de brume comme si elles cherchaient à se repérer. Puis elles flottèrent vers Siddin.

Richard arrivait déjà.

— Kahlan, cria-t-il, récupère la pierre et remets-la dans la bourse !

Son épée décrivit de grands arcs de cercle, fauchant les ombres qui se désintégraient avec un hurlement de douleur. Alarmé par ces horribles cris, Siddin releva les yeux et se pétrifia. Kahlan lui cria de ranger la pierre dans la bourse, mais il ne pouvait plus bouger… et il entendait désormais d'autres voix que celle de l'Inquisitrice. La jeune femme courut à une vitesse qu'elle n'avait jamais atteinte, slalomant entre les ombres qui flottaient vers le petit garçon.

Quand quelque chose siffla à son oreille, elle eut si peur qu'elle manqua une inspiration. Lorsqu'elle entendit le même bruit, encore et encore, elle comprit. Des flèches ! L'air en était rempli, car l'Homme Oiseau avait ordonné à ses chasseurs d'abattre les ombres. Tous les projectiles touchaient leur cible. Mais ils la traversaient comme s'il s'était agi d'une colonne de fumée.

Des flèches à la pointe empoisonnée volaient partout. Si Richard ou Kahlan étaient blessés, ils ne survivraient pas. À présent, en plus d'éviter les ombres, ils devaient esquiver ces traits mortels.

Kahlan entendit un nouveau sifflement et s'écarta à la dernière seconde. Une autre flèche ricocha sur la boue et passa à quelques pouces de sa jambe droite.

Richard avait rejoint l'enfant. Contraint de repousser les ombres à grands coups d'épée, il lui était impossible de s'occuper de la pierre.

Kahlan était encore assez loin, ralentie par ses zigzags alors que le Sourcier, grâce aux ravages que faisait sa lame, avait pu avancer en ligne droite. Mais si l'Inquisitrice touchait une ombre, c'en serait fini d'elle. Il y en avait tant qu'elle aurait cru se déplacer dans un labyrinthe obscur.

Richard dessinait autour de Siddin un cercle défensif qui rétrécissait régulièrement. L'épée tenue à deux mains, il frappait sans relâche. S'il faiblissait, comprit Kahlan, les ombres le submergeraient.

Et ces maudites flèches, alliées involontaires des créatures, qui la ralentissaient encore ! Aussi fort qu'il soit, Richard ne tiendrait plus longtemps. Kahlan était sa seule chance et elle n'arrivait pas à le rejoindre !

Un autre projectile siffla près de sa tête.

— *Plus de flèches !* cria-t-elle à l'Homme Oiseau. *C'est nous que vous risquez de tuer !*

L'Homme d'Adobe comprit qu'elle avait raison. À contrecœur, il ordonna à ses archers de cesser de tirer. Mais ils sortirent leurs couteaux et chargèrent les ombres. Ignorant à quel ennemi ils osaient se frotter, ces malheureux allaient être massacrés jusqu'au dernier.

— *Non !* cria Kahlan. *Reculez ! Si vous les touchez, vous mourrez ! Battez en retraite !*

L'Homme Oiseau leva une main pour arrêter ses hommes. Kahlan comprit qu'il devait se sentir terriblement impuissant, condamné à la regarder courir entre les ombres pour se rapprocher de Richard et de Siddin.

Alors retentit la voix de Toffalar.

— *Arrêtez nos vrais ennemis! Ils détruisent les esprits de nos ancêtres! Criblez d'acier les deux étrangers!*

Les archers hésitèrent puis encochèrent de nouvelles flèches. Désobéir à un Ancien était impossible!

— *Tuez-les!* beugla Toffalar en brandissant le poing. *Vous m'avez entendu? Abattez-les!*

Les hommes armèrent leurs arcs. Kahlan se ramassa sur elle-même, prête à sauter sur le côté au moment où les archers tireraient. Mais l'Homme Oiseau se campa devant eux, les bras en croix, pour les empêcher de décocher leurs flèches. Toffalar et lui échangèrent quelques mots peu amicaux que Kahlan ne comprit pas. Résolue à ne plus perdre de temps, elle reprit sa course, baissant parfois la tête pour passer sous les bras tendus des ombres.

Du coin de l'œil, elle aperçut Toffalar. Un couteau au poing, il s'était lancé à sa poursuite. Elle estima qu'il n'était pas dangereux: tôt ou tard, il percuterait une ombre et serait tué.

L'Ancien s'arrêtait parfois pour implorer les créatures – probablement, car Kahlan ne comprenait pas ce qu'il disait. Quand elle tourna la tête, elle constata qu'il l'avait presque rattrapée. Comment avait-il réussi à ne pas heurter un des monstres? Pour une raison inconnue, des brèches s'ouvraient dans les rangs ennemis pour le laisser passer. Mais la jeune femme ne s'inquiéta pas. La chance de Toffalar ne durerait pas éternellement.

Quand l'Inquisitrice arriva près de Richard et de Siddin, elle s'aperçut, accablée, que le cercle d'ombres qui les emprisonnait était infranchissable. Elle courut autour, mais ne trouva pas de faille. Si près du but… et pourtant si loin! De plus, le piège menaçait de se refermer aussi sur elle. Dix fois, elle recula juste à temps pour ne pas être encerclée par des ombres. Richard l'avait repérée et tentait d'ouvrir une brèche dans les rangs ennemis. Chaque fois qu'il était sur le point d'y parvenir, il devait se retourner pour repousser les ombres acharnées à s'emparer de Siddin.

Soudain, Kahlan vit la lame d'un couteau fendre l'air. Toffalar l'avait rattrapée! Fou de haine, il braillait des paroles incohérentes. Mais son attitude se passait de traduction. Il voulait la tuer!

Elle esquiva le premier coup de l'Ancien et se prépara à riposter.

Hélas, elle fit une erreur.

Au moment où elle tendait le bras pour toucher Toffalar avec son pouvoir, elle vit que Richard la regardait, et se pétrifia, pensant qu'il allait la voir telle qu'elle était vraiment, avec toute son horrible puissance. Cette hésitation permit à Toffalar de repasser à l'attaque. Richard cria pour la prévenir, puis se retourna et frappa les ombres qui se pressaient derrière lui.

L'arme de l'Ancien s'abattit sur le bras droit de l'Inquisitrice ; la lame glissa sur l'os.

La douleur exacerba la fureur de Kahlan. Exaspérée par sa propre stupidité, elle ne manqua pas sa deuxième occasion de contre-attaquer. Sa main gauche vola dans les airs et se referma sur la gorge de Toffalar, qui ne put plus respirer, la trachée artère comprimée. Pour le neutraliser, Kahlan avait simplement besoin de le toucher. Le saisir à la gorge était l'expression de sa colère, sans lien direct avec l'utilisation de son pouvoir…

Malgré les cris de panique des villageois et les hurlements de douleur des ombres que Richard abattait, un grand calme se fit dans l'esprit de l'Inquisitrice. Elle n'entendait plus rien. À part le silence. Ce silence si particulier, à ces instants-là…

Une fraction de seconde – qui lui parut durer une éternité –, elle vit dans les yeux de Toffalar une terreur sans borne. L'Homme d'Adobe savait ce qui allait lui arriver et tout en lui se révoltait contre l'inéluctable. Il tenta de lutter, tous les muscles tendus, les mains levées en vain vers le poignet gauche de Kahlan. Espérait-il vraiment se libérer ?

Il n'avait pas une chance ! Kahlan contrôlait la situation. Maîtresse du temps et de son ennemi, elle n'éprouvait ni pitié ni remords. Seulement une sérénité terrifiante.

Comme elle l'avait fait d'innombrables fois, la Mère Inquisitrice permit à cet océan de calme de briser les digues qui retenaient son pouvoir. Libre de déferler, il se répandit dans tout le corps de Toffalar.

L'air vibra comme si le tonnerre venait de frapper sans un bruit. Les flaques d'eau, autour de Kahlan, bouillonnèrent tels des geysers et des gouttes de vase s'écrasèrent autour d'elle.

Toffalar écarquilla les yeux. Tous les muscles de son visage se relâchèrent…

— *Maîtresse !* cria-t-il avec une ignoble ferveur.

Sur le visage de Kahlan, le calme céda la place à une colère meurtrière. De toute sa force, elle poussa l'Ancien vers le cercle d'ombres qui menaçait de submerger Richard et Siddin. Battant des bras, l'Ancien tomba au milieu des créatures et hurla avant d'atterrir dans la boue. Étrangement, son corps ouvrit une minuscule brèche dans la masse grisâtre. Sans hésiter, Kahlan bondit et traversa la faille un instant avant qu'elle se referme.

Elle se jeta sur Siddin.

— Vite ! cria Richard.

L'enfant ne regarda pas Kahlan. La bouche ouverte, tétanisé, il ne pouvait pas détourner les yeux des ombres. Quand la jeune femme essaya de lui prendre la pierre, elle ne parvint pas à lui ouvrir le poing. Après lui avoir arraché la bourse, elle lui saisit le poignet et, de sa main libre, entreprit de desserrer l'un après l'autre les minuscules doigts qui s'accrochaient à la pierre.

— *Lâche-la ! Lâche-la !* criait-elle.

Siddin ne l'entendait toujours pas.

Le sang qui coulait sur le bras blessé de Kahlan, mêlé à la pluie, rendait ses paumes poisseuses et glissantes.

Quand la main d'une ombre se tendit vers son visage, elle recula d'instinct. La lame de Richard s'abattit à quelques pouces de son nez et une nouvelle entité hurla à la mort avec ses congénères. Siddin fixait toujours les ombres, les muscles tendus à craquer. Richard se battait à moins d'un pas de Kahlan, sa lame toujours aussi dévastatrice. Mais il ne pourrait plus céder de terrain. Ils étaient acculés et le poing de l'enfant refusait de s'ouvrir.

Non ! Au prix d'un effort tel qu'elle crut que son bras blessé allait exploser, l'Inquisitrice réussit à arracher la pierre de nuit au petit garçon. Hélas, elle glissa de sa main, rebondit sur ses genoux et tomba sur le sol. Vive comme l'éclair, Kahlan la ramassa, gluante de boue, la remit dans la bourse et renoua le cordon.

Les ombres hésitèrent. Sans s'en apercevoir, Richard continua à les frapper, le souffle de plus en plus court. Mais ses ennemies reculèrent, d'abord lentement, comme si, désorientées, elles cherchaient à se repérer. Puis elles se volatilisèrent, en route pour le royaume des morts. Il suffit d'un clin d'œil et... plus rien ! Richard, Kahlan et Siddin étaient seuls près du cadavre de Toffalar.

L'Inquisitrice prit l'enfant dans ses bras pour le serrer très fort. Épuisé, Richard ferma les yeux et se laissa tomber à genoux. Puis il s'assit sur les talons, la tête baissée.

— *Kahlan*, gémit Siddin, en larmes, *elles criaient mon nom...*

— *Je sais, mon petit chéri... Mais tout va bien, maintenant. Tu as été très courageux. Comme un grand chasseur !*

Le gamin lui passa les bras autour du cou. Kahlan tremblait de tous ses membres et elle était à bout de forces. Ils avaient failli mourir pour sauver une seule personne ! Alors qu'elle avait dit et répété au Sourcier que leur mission passait avant les individus, ils avaient tous les deux fait le contraire sans hésiter un quart de seconde. Mais comment auraient-ils pu agir autrement ? Sentir les bras de l'enfant autour d'elle valait de courir tous les risques !

Richard tenait toujours son épée, dont la pointe reposait dans la boue. Kahlan tendit une main et lui effleura l'épaule.

À ce contact, il releva aussitôt la tête. Puis l'épée fendit l'air pour s'immobiliser à un pouce du visage de l'Inquisitrice. La rage de tuer brûlait toujours dans les yeux du Sourcier.

— Richard, c'est moi ! Il n'y a plus de danger ! Je ne voulais pas t'effrayer.

Sonné, le jeune homme se laissa tomber sur le flanc.

— Désolé..., dit-il, le souffle toujours heurté. Quand ta main m'a touché... j'ai cru que c'était une ombre...

Des jambes apparurent soudain dans le champ de vision de Kahlan, qui leva les yeux et reconnut l'Homme Oiseau, Savidlin et Weselan, qui pleurait à fendre l'âme.

La Mère Inquisitrice se leva et lui tendit son fils. Weselan le donna à son mari, se jeta dans les bras de sa bienfaitrice et la couvrit de baisers.

— *Mère Inquisitrice, merci d'avoir sauvé mon petit ! Merci ! Mille fois merci !*

— *Oui... Oui... Tout va bien, maintenant,* dit Kahlan en rendant son étreinte à la Femme d'Adobe.

Toujours en larmes, elle s'écarta de l'Inquisitrice pour prendre le petit garçon dans ses bras.

Kahlan baissa les yeux sur le cadavre de Toffalar, toujours étendu dans la boue. Vidée, elle se laissa glisser sur le sol et s'assit, les bras autour de ses jambes repliées.

Elle posa la tête sur ses genoux et éclata en sanglots. Pas parce qu'elle avait tué l'Ancien, mais à cause de son hésitation au moment crucial. Cette réaction stupide avait failli lui coûter la vie, plus celles de Richard et de Siddin – et d'une bonne partie des villageois. Pour que Richard ne la voie pas telle qu'elle était vraiment, elle avait manqué concéder la victoire à Darken Rahl. La pire bêtise de sa vie – à part de n'avoir pas révélé au Sourcier qu'elle était une Inquisitrice. Elle en pleurait si fort que ses épaules tremblaient.

Une main se glissa sous son bras indemne et la releva doucement. Debout face à l'Homme Oiseau, Kahlan se mordit les lèvres pour s'arrêter de pleurer. Pas question de montrer ses faiblesses à ces gens. Elle restait une Inquisitrice !

— *Bravo, Mère Inquisitrice,* dit l'Homme d'Adobe.

Il enroula autour de la plaie de la jeune femme une bande de tissu arrachée à la tunique d'un de ses hommes.

— *Merci, très honorable Homme Oiseau...*

— *Cette plaie devra être recousue. Notre guérisseuse la plus délicate s'en chargera...*

Kahlan se mordit les lèvres pour ne pas crier quand l'Homme Oiseau serra le bandage. Puis il regarda Richard, toujours allongé dans la boue, l'air heureux comme s'il était lové entre des draps de soie.

— *Vous m'aviez conseillé, Mère Inquisitrice,* dit l'Homme d'Adobe en désignant Richard, *de ne pas lui donner une raison de dégainer son épée, et ce n'étaient pas des paroles en l'air* ! (Il fit un clin d'œil à Kahlan, eut un petit sourire et se tourna vers le Sourcier.) *Une démonstration impressionnante, Richard Au Sang Chaud ! Par bonheur, les esprits maléfiques n'ont pas encore appris à brandir des épées...*

— Qu'a-t-il dit ? demanda Richard.

Kahlan traduisit. Le Sourcier sourit de cette référence à une de leurs conversations, se releva et rengaina son arme. Puis il récupéra la bourse de cuir dans la main de son amie, qui n'avait même pas conscience de la tenir encore.

— Fasse le ciel que nous ne devions jamais combattre des esprits armés d'épées, dit le Sourcier en glissant la bourse dans sa poche.

L'Homme Oiseau hocha pensivement la tête.

— *À présent, mon peuple et moi avons du travail...*

Il se baissa et saisit un coin de la peau de coyote qui enveloppait toujours Toffalar. Quand il tira dessus pour la récupérer, le cadavre roula sur le flanc dans la boue.

—*Enterrez-le!* dit l'Homme Oiseau à ses hommes. *Tout entier!*

Les chasseurs se regardèrent, hésitants.

—*Homme Oiseau, tu veux dire tout, sauf le crâne?*

—*Non! Le crâne aussi! Nous gardons ceux des ancêtres que nous vénérons, pour ne jamais oublier leur sagesse. Celui d'un imbécile ne mérite pas cet honneur!*

La foule frissonna d'émotion. C'était la pire insulte qu'on pouvait faire à un Ancien. Et le plus grand déshonneur, car cela impliquait que sa vie n'avait eu aucune importance.

Les chasseurs ne discutèrent pas. Et personne ne plaida la cause du défunt, pas même ses cinq collègues survivants.

—*Il nous manque un Ancien*, dit l'Homme Oiseau. (Il balaya la foule du regard, puis se redressa de toute sa taille et tendit la peau de coyote à Savidlin.) *C'est toi que je choisis...*

Rayonnant de fierté, Savidlin prit la peau souillée de boue avec la révérence qu'on réserve d'ordinaire à un sceptre ou à une couronne.

—*Maintenant que tu es un Ancien, as-tu une déclaration à faire à ton peuple?*

Malgré la forme interrogative, la phrase de l'Homme Oiseau était un ordre.

Savidlin vint se placer entre Richard et Kahlan. Il posa la peau sur ses épaules, sourit triomphalement à sa femme puis s'adressa aux villageois. Non sans surprise, Kahlan s'avisa que la communauté entière les entourait.

— *Très honoré Homme Oiseau,* dit-il, *ces deux jeunes gens se sont battus héroïquement – sans penser à eux-mêmes –, pour défendre notre peuple. De ma vie, je n'ai jamais rien vu de tel. Ils auraient pu nous abandonner, car nous leur avons tourné le dos. Au lieu de cela, ils nous ont montré de quel bois ils sont faits! Ils égalent les meilleurs d'entre nous.* (Des murmures approbateurs coururent dans la foule.) *Je demande qu'ils soient désormais des nôtres!*

L'Homme Oiseau s'autorisa un petit sourire qui s'évanouit dès qu'il se tourna vers les cinq Anciens. Même s'il le cachait bien, Kahlan lut dans ses yeux qu'il bouillait de fureur.

—*Avancez!* dit-il. (Les cinq vieillards se regardèrent puis obéirent.) *Ce que demande Savidlin est hors du commun. Soutenez-vous sa proposition?*

Savidlin approcha des chasseurs et s'empara d'un arc. Sans quitter les Anciens des yeux, il encocha lentement une flèche et banda l'arme.

—*Demandez la même chose que moi! Sinon, ce sont vos successeurs qui s'en chargeront...*

Les cinq Anciens ne réagirent pas et l'Homme Oiseau ne fit pas mine d'intervenir. Dans un silence de mort, sous le regard fasciné de la foule, Caldus fit enfin un pas en avant. Il posa une main sur l'arc de Savidlin et appuya dessus pour qu'il le pointe vers le sol.

—*S'il te plaît, laisse-nous parler avec nos cœurs, pas sous la menace d'une flèche.*

— *Nous vous écoutons !*

Caldus alla se camper devant Richard et le regarda droit dans les yeux.

— *La chose la plus difficile pour un homme,* dit-il lentement afin de laisser le temps à Kahlan de traduire, *surtout quand il a mon âge, est d'admettre qu'il s'est conduit comme un crétin égoïste. Je ne vous ai jamais vus faire montre de stupidité ou d'égoïsme. Donc, vous êtes pour nos enfants un meilleur exemple que moi. Je demande à l'Homme Oiseau de vous accueillir parmi mon peuple. Richard Au Sang Chaud, Mère Inquisitrice Kahlan, je vous prie d'accepter, car nous avons besoin de vous.* (Il tendit les mains, paumes vers le haut.) *Si vous me jugez indigne de formuler cette requête en votre nom, abattez-moi pour qu'un homme meilleur que moi s'en charge à ma place.*

La tête inclinée, il s'agenouilla devant les deux étrangers. Kahlan traduisit toutes ses paroles, à l'exception du titre qu'il lui avait donné. Les quatre autres Anciens vinrent s'agenouiller à côté de Caldus et firent la même déclaration que lui. Kahlan en soupira de soulagement. Enfin, ils avaient gagné !

Les bras croisés, Richard ne baissa pas les yeux sur les vieillards et ne desserra pas les dents. Pourquoi ne leur disait-il pas de se relever ? Qu'attendait-il ? La partie était terminée, et il n'avait plus qu'à se montrer généreux en acceptant leur repentir.

Quand elle vit les mâchoires serrées de son ami, Kahlan frissonna. Dans ses yeux, elle lut une colère inouïe. Ces vieillards s'étaient opposés à Richard et à elle, et ils avaient franchi le point de non-retour. Elle se rappela comment il avait rengainé son épée devant eux, un peu plus tôt dans la journée. C'était une rupture définitive, pas du théâtre. Le Sourcier ne réfléchissait pas. Il se préparait à tuer !

Richard décroisa les bras et sa main droite vola vers la garde de son épée. Il dégaina l'arme lentement, un rappel de la manière dont il l'avait remise au fourreau la dernière fois. La note haut perchée retentit, glaçant le sang de Kahlan. Elle vit la poitrine de Richard se soulever et s'abaisser rapidement, un signe qui ne trompait pas.

L'Inquisitrice regarda l'Homme Oiseau, qui ne bronchait pas. Richard l'ignorait, mais selon les lois du Peuple d'Adobe, tuer ces hommes était son droit. En proposant qu'il les exécute, Caldus et les autres n'avaient pas joué la comédie. Et Savidlin non plus ne bluffait pas : s'ils s'étaient entêtés, il les aurait abattus sans hésiter. La notion de force, pour ce peuple, signifiait qu'on avait la puissance de tuer ses ennemis. Aux yeux des villageois, ces vieillards étaient déjà morts, et seul Richard pouvait les épargner.

Mais les lois du Peuple d'Adobe n'importaient pas ! Le Sourcier, juge et bourreau, n'avait de compte à rendre qu'à lui-même. Personne ne pouvait l'arrêter.

Les phalanges de Richard blanchirent quand il leva à deux mains son épée au-dessus des têtes des cinq Anciens. Kahlan sentit sa fureur, sa soif de sang, son désir de tuer. Elle se crut dans un rêve – un cauchemar, plutôt, où elle était impuissante…

Elle pensa à tous les malheureux qui avaient déjà péri. Les innocents et ceux qui avaient donné leurs vies pour arrêter Darken Rahl. Dennee, les autres Inquisitrices, Shar... et peut-être Zedd et Chase.

Alors, elle comprit.

Richard ne se demandait pas s'il fallait tuer ces hommes, mais s'il pouvait courir le risque de les épargner. Devait-il mettre entre leurs mains ses chances de vaincre Rahl ? Parier sur leur sincérité ? Leur confier son destin ? Ou valait-il mieux demander l'assistance d'un nouveau conseil des Anciens ?

S'il soupçonnait ces vieillards de duplicité, il devrait les tuer et faire les remplacer par des hommes qui seraient vraiment de son côté. Le combat contre Rahl passait avant tout. Ces cinq individus seraient sacrifiés s'ils menaçaient d'être un obstacle à leur mission. Richard agissait comme il le fallait, et l'Inquisitrice, à sa place, aurait agi comme lui. Car c'était cela, le devoir du Sourcier.

Elle le regarda. La pluie avait cessé et de la sueur ruisselait sur son front. Après avoir tué le dernier survivant du *quatuor*, il avait atrocement souffert. Sa colère, cette fois, suffirait-elle à lui épargner ces tourments ?

Kahlan comprit enfin pourquoi les Sourciers étaient tellement redoutés. Ce n'était pas un jeu, ni de la comédie. Richard était perdu au plus profond de lui-même, seul avec sa magie. Si quelqu'un tentait d'intervenir, il le tuerait aussi. À condition que l'imprudent soit passé d'abord sur le corps de Kahlan...

Le Sourcier leva l'épée devant ses yeux. Tremblant de colère, il inclina la tête et baissa les paupières. Devant lui, ses victimes ne bougeaient toujours pas.

Kahlan se rappela la façon dont l'Épée de Vérité avait fait exploser la tête du tueur. Du sang partout...

Mais Richard avait réagi à une menace. Tuer ou être tué, en somme. Et qu'importait si la menace s'adressait à elle et pas à lui. Aujourd'hui, elle était indirecte et ça changeait tout. Il s'agissait d'une exécution. Richard, après avoir prononcé la sentence, allait devoir l'appliquer.

Il regarda les Anciens, lâcha l'épée d'une main, baissa la lame, la posa sur son avant-bras gauche et s'entailla la chair. Puis il fit tourner l'arme dans son sang, qui coula le long de la lame et dégoulina de sa pointe.

Kahlan regarda autour d'elle. Les villageois n'osaient plus respirer, fascinés par le drame qui se déroulait devant eux. Même s'ils brûlaient d'envie de ne pas voir ça, détourner les yeux leur était impossible. Personne ne parlait ni ne bougeait.

Tous les regards suivirent l'épée quand Richard la releva pour se toucher le front avec.

— Ma lame, souffla-t-il, ne me trahis pas aujourd'hui.

Sa main gauche était couverte de sang et il tremblait, possédé par la soif de tuer. Entre les rigoles rouges, l'acier de l'épée étincelait comme jamais.

Le Sourcier baissa la tête sur ses victimes.

— Regarde-moi ! dit-il à Caldus, qui ne bougea pas. Regarde-moi faire ! Tu entends ! Je veux que tes yeux soient rivés dans les miens !

Caldus ne réagit toujours pas.

— Richard…, dit Kahlan. (Des iris brûlant de fureur se tournèrent vers elle, comme s'ils la dévisageaient depuis un autre monde – celui de la magie.) Richard, il ne comprend pas…

— Alors, traduis !

— *Caldus…* (Le vieillard releva la tête.) *Le Sourcier veut que tu le regardes en face pendant qu'il…*

Elle ne finit pas sa phrase. L'Ancien ne dit rien mais obéit.

Richard inspira douloureusement et leva l'épée. Un instant, Kahlan vit la pointe s'immobiliser au zénith de sa trajectoire.

Certains villageois détournèrent la tête. D'autres voilèrent les yeux de leurs enfants. Kahlan retint son souffle et se tourna à demi pour ne pas être percutée de plein fouet par les fragments d'os et les lambeaux de chair.

Le Sourcier cria en abattant son arme, qui siffla dans l'air comme un serpent.

La foule gémit d'horreur.

La lame s'immobilisa à un pouce du crâne de Caldus. Exactement comme quand Zedd avait demandé à Richard de couper le petit arbre.

Le Sourcier resta un moment immobile, les muscles de ses bras durs comme de l'acier. Quand ils se détendirent enfin, il éloigna la lame de Caldus et cessa de le regarder dans les yeux.

— Kahlan, dans leur langue, comment dit-on : « Je vous rends vos vies et votre honneur » ?

La jeune femme prononça lentement les paroles idoines.

— *Caldus, Surin, Arbrin, Bringinderin et Hajanlet,* dit le Sourcier assez fort pour que tous l'entendent, *je vous rends vos vies et votre honneur.*

Après un court silence, des acclamations retentirent. Richard rengaina son épée puis aida les Anciens à se relever. Blêmes, ils lui sourirent, ravis de son comportement et… immensément soulagés.

Puis ils se tournèrent vers l'Homme Oiseau.

— *Nous t'avons tous demandé la même chose, honorable parmi les honorables. Quelle est ta réponse ?*

Les bras croisés, l'Homme d'Adobe dévisagea les Anciens, puis Kahlan et Richard, son regard trahissant la tension qu'il éprouvait après ces événements dramatiques. Il laissa tomber ses bras le long de ses flancs et approcha du Sourcier, qui semblait épuisé. Il lui posa une main sur l'épaule, fit de même avec Kahlan – comme pour les féliciter de leur courage –, et tapota celles des Anciens pour leur signifier que tout était rentré dans l'ordre. Ensuite, il se détourna et s'en fut. Kahlan et Richard le suivirent, Savidlin et les autres Anciens sur les talons. Une escorte royale !

— Richard, souffla Kahlan, tu te doutais que l'épée s'arrêterait ?

— Non…, répondit le Sourcier sans la regarder.

Cette réponse ne surprit pas l'Inquisitrice, qui essaya d'imaginer ce qu'il éprouvait. Même s'il n'avait pas abattu les Anciens, il avait décidé de le faire. Ces cinq exécutions ne pèseraient pas sur sa conscience mais il devrait quand même vivre avec l'*intention* qu'il avait eue...

Kahlan se demanda s'il ne se trompait pas en se pliant au verdict de l'épée. À sa place, elle n'aurait pas accepté cette clémence, car les enjeux étaient trop élevés. Mais elle avait vu beaucoup plus de choses que Richard. Trop, peut-être, pour rester raisonnable. Dans une situation périlleuse, on ne pouvait pas tuer chaque fois qu'un nouveau risque se présentait. Il fallait définir des limites...

— Comment va ton bras ? demanda Richard.

— Il me fait un mal de chien. L'Homme Oiseau dit que la plaie doit être cousue.

— J'ai besoin de mon guide, souffla Richard, toujours sans la regarder, et tu m'as inquiété...

À l'évidence, il ne comptait pas aller plus loin en matière de remontrances. Empourprée, Kahlan se félicita qu'il n'ait pas tourné la tête vers elle. Il ne savait rien de ce qu'elle pouvait ou ne pouvait pas faire, mais il avait capté son hésitation. Pour une raison absurde, elle avait failli commettre une erreur fatale. Pourtant, alors qu'il avait l'occasion – et le droit – de la harceler de questions, il respectait ses sentiments. Kahlan crut que son cœur allait se briser...

La petite colonne s'arrêta sous la zone ouverte protégée par un toit de chaume. Les Anciens se placèrent derrière l'Homme Oiseau, qui fit signe aux deux jeunes gens de venir à ses côtés, face à la foule qui les avait suivis.

— *Mère Inquisitrice*, dit-il, *êtes-vous prête à aller jusqu'au bout ? Et votre compagnon ?*

— *Que voulez-vous dire ?* demanda Kahlan, alarmée par le ton de l'Homme d'Adobe.

— *Ceci : si vous voulez appartenir à notre peuple, il vous faudra, comme tous ses membres, respecter nos lois et nos coutumes.*

— *Je suis la seule à connaître vraiment notre ennemi et je ne m'attends pas à survivre à ce combat. Ce n'est pas illogique, car j'ai déjà esquivé la mort plus de fois qu'il ne devrait être permis à un individu. Nous voulons aider les vôtres, fût-ce au prix de nos vies. Que peut-on nous demander de plus ?*

L'Homme Oiseau comprit qu'elle éludait la question et il ne la laissa pas s'en tirer à si bon compte.

— *Je ne prends pas cette décision de gaieté de cœur, mais parce que je crois que vous combattez pour la bonne cause et que vous protégerez mon peuple de la tempête qui se prépare. Mais j'ai besoin de votre aide. Vous devrez vous plier à nos coutumes. Pas afin de me satisfaire, mais par respect pour mon peuple. Car c'est ce qu'il attend.*

Kahlan avait la gorge si sèche qu'elle eut du mal à parler.

— *Je ne mange pas de viande*, mentit-elle. *Vous l'avez remarqué lors de mes précédentes visites...*

— *Bien que vous soyez une guerrière, vous êtes aussi une femme, et ça vous sera pardonné… Je peux m'en assurer, car être une Inquisitrice vous met à part.* (Le regard de l'Homme d'Adobe se durcit. À l'évidence, il en avait fini avec les concessions.) *Il en va autrement avec le Sourcier. Lui devra se plier à tout!*

— *Mais…*

— *Vous avez déclaré que vous ne le prendriez pas pour compagnon. S'il veut demander une réunion du conseil des devins, il devra être l'un des nôtres.*

Kahlan se sentit piégée. Si elle déboutait l'Homme d'Adobe, Richard serait furieux et il aurait raison. Car Rahl aurait alors gagné. Né en Terre d'Ouest, son ami ignorait tout des coutumes des peuples de son pays. Informé de certaines, il hésiterait peut-être, et elle ne pouvait pas prendre ce risque.

L'Homme Oiseau attendait, impassible.

— *Nous obéirons à vos lois*, dit enfin Kahlan en essayant de cacher ce qu'elle pensait vraiment.

— *Ne voulez-vous pas consulter le Sourcier sur certaines… choses?*

— *Non.*

L'Homme Oiseau la prit par le menton et la força à le regarder.

— *Alors, il vous reviendra d'assurer qu'il se comporte comme il faut. Sur votre honneur!*

Kahlan sentit la colère monter en elle…

— Que se passe-t-il? demanda Richard.

— Rien… Tout va bien…

L'Homme Oiseau lâcha le menton de Kahlan, se tourna vers son peuple et souffla dans son sifflet. Pendant qu'il parlait aux villageois de leur histoire, de leurs coutumes, des raisons pour lesquelles ils évitaient l'influence des étrangers et de leur légitime fierté, des colombes apparurent dans le ciel et vinrent se poser parmi les Hommes et les Femmes d'Adobe.

Oppressée comme un animal aux abois, Kahlan écouta d'une oreille distraite. Quand elle avait souscrit au plan de Richard, elle n'avait pas imaginé qu'il leur faudrait en passer par là, persuadée que leur initiation serait une simple formalité en prélude à la convocation du conseil des devins. Mais les événements ne tournaient pas comme prévu…

Cela dit, elle pourrait cacher certaines choses à Richard, et il n'en saurait jamais rien, puisqu'il ne parlait pas la langue du Peuple. Oui, elle se tairait. C'était la meilleure solution.

Mais d'autres «détails», pensa-t-elle, abattue, seraient d'une évidence incontournable. Elle sentit qu'elle s'empourprait et une boule se forma dans sa gorge.

Convaincu que le discours de l'Homme Oiseau n'était pas essentiel pour lui, Richard ne lui demanda pas de traduction.

Puis le vrai chef du village entra dans le vif du sujet.

— *Quand ces deux jeunes gens sont arrivés ici, c'étaient des étrangers. Par leurs actes, ils ont prouvé leur valeur et leur affection pour nous. À partir d'aujourd'hui, que le monde entier sache que Richard Au Sang Chaud et l'Inquisitrice Kahlan appartiennent au Peuple d'Adobe!*

Pendant que la foule se perdait en acclamations, Kahlan traduisit en omettant de nouveau son titre.

Avec un grand sourire, Richard tendit une main vers les villageois, qui se réjouirent de plus belle. Savidlin lui tapa amicalement sur l'épaule. L'Homme Oiseau les serra dans ses bras, avec pour Kahlan un sourire censé soulager le poids du fardeau qu'il lui avait imposé.

L'Inquisitrice se résigna. Il fallait en passer par là! D'ailleurs, ce serait bientôt terminé, et ils repartiraient combattre Darken Rahl. Cela seul comptait. De plus, elle avait moins que quiconque d'autre le droit de juger ce peuple...

— *Encore une chose*, ajouta l'Homme Oiseau. *Ces jeunes gens ne sont pas nés parmi nous. Kahlan est une Inquisitrice. Ce n'est pas un choix, mais un héritage. Richard Au Sang Chaud vient de Terre d'Ouest, de l'autre côté de la frontière, un pays dont nous ignorons les coutumes. Ils ont tous les deux accepté d'être des nôtres et de respecter nos lois, mais nous devons comprendre qu'elles ne leur sont pas familières. Il faudra se montrer patients durant leur apprentissage. Nous faisons partie du Peuple d'Adobe depuis toujours... eux commencent aujourd'hui. Ce sont en somme de nouveaux enfants! Accordez-leur la tolérance dont bénéficient vos fils et vos filles, et ils s'efforceront de faire de leur mieux.*

Les villageois parlèrent un peu entre eux et convinrent que l'Homme Oiseau avait raison. Kahlan en soupira de soulagement. L'Homme d'Adobe s'était ainsi laissé – et à eux, par la même occasion – une marge de manœuvre si les choses tournaient mal. Décidément, c'était un vrai sage...

Il lui posa une main sur l'épaule et la serra gentiment. Elle enlaça les doigts de l'Homme d'Adobe pour lui rendre cette amicale pression.

Sans perdre une seconde, Richard se tourna vers les Anciens.

— Je suis honoré d'être accepté parmi vous. Où que j'aille, je porterai le flambeau de notre peuple, afin que vous soyez fiers de moi. Hélas, nous sommes en danger. Pour nous protéger, j'ai besoin d'aide. Je demande que le conseil des devins se réunisse!

Kahlan traduisit. Tous les Anciens signifièrent qu'ils étaient d'accord.

— *Il en sera fait selon ton désir*, dit l'Homme Oiseau. *Mais il faudra trois jours pour tout préparer...*

— Honorables Anciens, dit Richard en s'efforçant au calme, le danger est imminent. Je respecte vos... nos coutumes, mais n'est-il pas possible d'aller un peu plus vite? La survie de notre peuple dépend de notre rapidité.

— *Dans ces circonstances très spéciales*, dit l'Homme Oiseau, *nous pouvons accélérer les choses. Un banquet aura lieu ce soir et le conseil se réunira demain au crépuscule. Se presser davantage est exclu. Les Anciens doivent se préparer à franchir l'abîme qui nous sépare des esprits.*

— Demain soir, alors, conclut Richard.

L'Homme Oiseau souffla de nouveau dans son sifflet et les colombes s'envolèrent. Kahlan eut le sentiment que ses espoirs, aussi impossibles et stupides fussent-ils, s'en allaient avec elles.

On lança aussitôt les préparatifs.

Savidlin amena Richard chez lui pour soigner ses blessures et le nettoyer. L'Homme Oiseau confia Kahlan à une guérisseuse. Le pansement de fortune était imbibé de sang et la plaie la faisait atrocement souffrir. Tandis qu'il l'accompagnait, un bras autour de ses épaules, l'Homme d'Adobe n'évoqua pas le banquet… et elle lui en fut très reconnaissante.

Il ordonna à Nissel, la guérisseuse, de s'occuper de sa patiente comme si elle était sa propre fille. Vieille femme voûtée par l'âge, Nissel souriait rarement – la plupart du temps à des moments saugrenus – et parlait peu, à l'exception de ses instructions lapidaires.

— Mettez-vous là ! Levez le bras ! Baissez-le ! Respirez ! Ne respirez pas ! Buvez ça ! Étendez-vous ! Récitez le Candra !

Kahlan n'avait pas la première idée de ce qu'était le Candra… Faisant contre mauvaise fortune bon cœur, Nissel, à la place, lui empila des petites pierres plates sur le ventre tout en inspectant sa blessure. Quand Kahlan tressaillit de douleur, au risque de faire tomber les pierres, Nissel lui ordonna de se concentrer pour qu'elles restent en équilibre. Après lui avoir donné à mâcher des feuilles au goût amer, elle déshabilla l'Inquisitrice et lui désigna un baquet d'eau chaude.

Le bain lui fit plus d'effet que les feuilles. Jamais ablutions ne lui avaient paru si agréables. Dans cette tiédeur, elle réussit presque à chasser ses sombres pensées…

Nissel la laissa un moment et en profita pour laver ses vêtements, qu'elle pendit près du feu où chauffait une casserole remplie d'une pâte brunâtre qui sentait l'aiguille de pin.

La guérisseuse sécha sa patiente, l'enveloppa de fourrures et lui ordonna de s'asseoir sur un banc taillé à même la cloison, près du brasero. À force de mâcher, Kahlan appréciait de plus en plus le goût des végétaux, mais sa tête commençait à tourner.

— *Nissel, à quoi servent ces feuilles ?*

La guérisseuse examinait la chemise de l'Inquisitrice, qui l'intriguait visiblement.

— *C'est pour vous relaxer. Comme ça, vous ne sentirez rien quand je m'occuperai de la blessure. Continuez à mâcher et ne vous inquiétez pas. Vous serez si détendue que vous n'aurez pas mal lorsque je recoudrai les chairs.*

Kahlan cracha aussitôt les feuilles, ce qui lui valut un regard désapprobateur de la guérisseuse.

— *Nissel, je suis une Inquisitrice ! Si je me détends de cette façon-là, je risque de ne pas contrôler mon pouvoir. Alors, dès que vous me toucherez, il pourrait se déchaîner malgré moi.*

— *Mais quand vous dormez, vous vous détendez…*

— *C'est différent… Je dors depuis le jour de ma naissance, bien avant que le pouvoir se soit développé en moi. Mais si je me détends, ou si je suis distraite, d'une façon qui ne m'est pas familière, comme avec vos feuilles, je peux faire mal sans le vouloir.*

Nissel eut un hochement de tête matois. Sourcils froncés, elle se pencha un peu plus vers Kahlan.

— *Mais alors, comment faites-vous quand…*

Kahlan resta d'une impassibilité qui en disait long… sans révéler grand-chose.

Nissel sembla soudain tout comprendre.

— *Oh, je vois, maintenant…*, dit-elle en se redressant.

Elle caressa gentiment les cheveux de Kahlan, puis gagna le fond de la pièce et en revint avec un morceau de cuir.

— *Prenez ça entre vos dents*, dit-elle en tapotant l'épaule intacte de Kahlan. *Si vous êtes de nouveau blessée, assurez-vous qu'on vous confie à moi. Je me souviendrai et je saurai que faire. Parfois, dans mon métier, il est plus important de savoir que d'agir. C'est peut-être pareil pour une Inquisitrice… Pas vrai ?* (Kahlan hocha la tête avec un petit sourire.) *Maintenant, mon enfant, il va falloir laisser l'empreinte de vos dents sur ce morceau de cuir.*

Quand elle eut fini de recoudre la plaie, Nissel essuya avec un bout de tissu humide et frais la sueur qui ruisselait sur le visage de Kahlan. Trop nauséeuse pour s'asseoir, l'Inquisitrice resta étendue pendant que la guérisseuse appliquait la pâte brunâtre sur la plaie puis la bandait.

— *Dormez un moment… Je vous réveillerai pour le banquet.*

— *Merci, Nissel…*, souffla Kahlan en prenant la main de la vieille guérisseuse.

L'Inquisitrice se réveilla avec le sentiment qu'on lui brossait les cheveux. Ce qui était exactement le cas.

— *Tant que votre bras n'ira pas mieux*, dit Nissel, *vous aurez du mal à le faire seule. Peu de femmes ont la chance d'avoir des cheveux pareils. J'ai pensé que vous voudriez qu'ils soient impeccables pour le banquet. Ça commence bientôt. Un beau jeune homme vous attend dehors.*

Kahlan se redressa lentement.

— *Il est là depuis quand ?*

— *Il n'a presque pas bougé depuis que vous êtes ici. J'ai essayé de le chasser avec mon balai, mais il n'a rien voulu entendre. Un garçon têtu, non ?*

— *Et pas qu'un peu !*

Nissel aida Kahlan à s'habiller. Son bras, constata-t-elle, lui faisait beaucoup moins mal.

Quand elle sortit, Richard s'écarta d'un bond du mur où il s'était adossé. Propre comme un sou neuf, l'air reposé, il portait une tunique et un pantalon en peau de daim. Bien entendu, l'Épée de Vérité pendait à son baudrier. Nissel avait raison : il était très beau.

— Ça va ? Et ton bras ? Tu te sens en forme ?

— Oui. Nissel s'est très bien occupée de moi.

Richard posa un baiser sonore sur le crâne de la vieille femme, qui venait de les rejoindre.

— Merci, Nissel. Du coup, je veux bien oublier le balai.

Quand Kahlan eut traduit, la guérisseuse sourit puis jeta au jeune homme un regard qui le mit mal à l'aise.

— *Inquisitrice, vous voulez que je lui donne une potion pour qu'il soit plus vigoureux ?*

— *Non !* s'écria Kahlan. *Je suis sûre qu'il s'en sortira très bien sans ça !*

Chapitre 27

Des roulements de tambours et des éclats de rire montaient du centre du village pendant que Richard et Kahlan avançaient entre les bâtiments sombres serrés les uns contre les autres. Bien que le ciel fût chargé, il ne pleuvait pas et l'odeur des herbes gorgées d'eau flottait dans l'air tiède et humide. Des torches illuminaient l'intérieur des aires délimitées par des poteaux. Sur le terrain découvert, de grands brasiers crépitants projetaient alentour des ombres dansantes. Réunir du bois pour les feux de cuisson et pour les fours de potier était un énorme travail. En général, le Peuple d'Adobe évitait les flambées trop généreuses. Aujourd'hui, il s'autorisait des largesses peu fréquentes.

De délicieuses odeurs de cuisine chatouillèrent les narines de Kahla – sans exciter son appétit. Dans leurs plus beaux atours, les villageoises s'affairaient un peu partout. Des adolescentes à leurs côtés, elles s'assuraient que tout se déroulait bien. Leurs plus belles fourrures sur les épaules, couteaux de cérémonie à la ceinture, les hommes, respectueux des traditions, avaient enduit leurs cheveux d'une boue épaisse qui les leur collait sur le crâne.

Les cuisinières travaillaient sans relâche. Autour d'elles, les Hommes et les Femmes d'Adobe déambulaient, bavardaient gaiement et, au passage, goûtaient les exquises préparations. On eût dit que le village était divisé en deux clans : celui des cordons bleus et celui des gourmets. Les enfants couraient en tous sens, excités comme des puces par ce festin nocturne inattendu…

Sous les toits des aires ouvertes, des musiciens martelaient leurs tambours ou faisaient monter et descendre des palettes de bois le long des arêtes sculptées de leurs boldas, de grands tubes creux en forme de cloche. Ces sons inquiétants – une mélopée destinée à inviter au banquet les esprits des ancêtres – se répercutaient très loin dans les plaines. D'autres musiciens jouaient du côté opposé de la place. Les mélodies syncopées des deux groupes, en harmonie ou non, se répondaient dans une explosion lancinante de roulements et de notes qui allaient crescendo. Des danseurs déguisés – certains en chasseurs, mais caricaturaux, et d'autres en animaux – faisaient revivre les plus belles légendes du Peuple d'Adobe. Rayonnant de joie, les enfants imitaient tous leurs gestes en tapant du pied au rythme des tambours. Des couples réfugiés dans les coins les plus sombres admiraient le spectacle en se cajolant.

Kahlan ne s'était jamais sentie aussi seule…

Sa peau de coyote fraîchement nettoyée sur les épaules, Savidlin aperçut les jeunes gens et s'empressa, en tapant abondamment sur les omoplates de Richard, de les guider vers l'abri où avaient pris place les Anciens. Assez important pour se dispenser d'en rajouter, l'Homme Oiseau n'avait consenti aucun effort vestimentaire. Weselan était là aussi, comme les autres épouses des Anciens. Elle vint s'asseoir près de Kahlan et lui demanda, sincèrement inquiète, comment allait son bras.

La jeune femme, habituée à ce qu'on ne se soucie pas d'elle, trouva fort agréable d'appartenir au Peuple d'Adobe – et tant pis si elle jouait la comédie ! Car elle restait avant tout une Inquisitrice. Même si elle aurait donné cher pour qu'il en fût autrement, rien, y compris un décret de l'Homme Oiseau, ne changerait jamais sa nature profonde. Recourant à une discipline apprise dès son plus jeune âge, elle refoula ses émotions pour réfléchir à la mission qui l'attendait. Darken Rahl devait être vaincu… et il leur restait si peu de temps.

Elle repensa aussi à Dennee…

Richard s'était résigné à attendre jusqu'au lendemain. Faisant contre mauvaise fortune bon cœur, il répondait à tout ce qu'on lui disait par des sourires et des hochements de tête, même s'il n'en comprenait pas un traître mot. Les Hommes et les Femmes d'Adobe défilaient devant l'abri des Anciens pour saluer leurs nouveaux compatriotes et leur flanquer de gentilles petites claques. En toute honnêteté, Kahlan dut admettre qu'ils lui témoignaient presque autant de considération qu'à Richard.

Des paniers d'osier et des coupes en céramique regorgeant de nourriture attendaient le bon vouloir des convives. Parfois, un des villageois venus congratuler les deux jeunes gens s'asseyait avec eux et goûtait l'une ou l'autre spécialité.

Richard fit honneur à tout sans oublier d'utiliser exclusivement sa main droite. Pour ne pas paraître impolie, Kahlan grignota du bout des lèvres un morceau de tava.

— C'est très bon, dit le Sourcier en prenant une autre côtelette. À mon avis, c'est du porc…

— Non, du sanglier, répondit Kahlan en regardant les danseurs.

— La venaison est excellente… Tiens, essaie ça !

— Merci, mais je…

— Quelque chose ne va pas ? coupa Richard.

— Non. Je n'ai pas faim, c'est tout…

— Depuis que nous sommes arrivés, je ne t'ai pas vue manger de viande.

— Je n'ai pas faim, te dis-je ! Ce sont des choses qui arrivent…

Le Sourcier haussa les épaules et continua à se régaler.

Le flot d'Hommes et de Femmes d'Adobe se tarit enfin, au grand soulagement de Richard, qui commençait à avoir mal aux joues. Du coin de l'œil, Kahlan vit l'Homme Oiseau faire un signe à quelqu'un qu'elle ne distinguait pas. La jeune femme étouffa ses angoisses bien avant que ses tourments transparaissent sur ses traits. Une des leçons de sa mère : savoir se composer le masque d'une Inquisitrice !

Quatre jeunes femmes souriantes, leurs cheveux courts enduits de boue, approchèrent timidement. Comme avec les autres, Richard leur fit son plus beau sourire et y alla de sa gifle rituelle. Elles restèrent devant lui, prodigues en gloussements et en commentaires sur l'aspect avantageux du Sourcier.

Kahlan jeta un coup d'œil à l'Homme Oiseau, qui hocha la tête.

— Elles ne partiront jamais ? souffla Richard. Que veulent-elles ?

— Elles sont ici pour toi..., répondit Kahlan d'une voix qui ne tremblait pas.

— Pour moi ? répéta Richard avec un regard neutre pour les jeunes beautés. Que suis-je censé en faire ?

— Je te sers de guide, Richard, rien de plus, dit Kahlan. Si tu veux plus d'informations sur ce genre de choses, il faudra les chercher ailleurs...

— Les quatre sont pour moi ? lança le jeune homme après une courte réflexion.

Kahlan se tourna vers lui et découvrit sur son visage un sourire gourmand qui lui tapa franchement sur les nerfs.

— Non, tu dois en choisir une...

— En choisir une ? répéta Richard, sans se départir de son sourire idiot.

Kahlan se consola en pensant qu'il ne ferait pas de difficulté sur ce sujet-là. Toujours ça de gagné !

— Choisir..., fit le Sourcier en étudiant les filles. Ce ne sera pas facile... Combien de temps ai-je pour me décider ?

L'Inquisitrice se détourna, ferma brièvement les yeux puis s'adressa à l'Homme Oiseau.

— *Le Sourcier veut savoir quand il devra avoir fait son choix.*

— *Avant d'aller se coucher, bien sûr,* répondit l'Homme d'Adobe, surpris par la question. *Ce soir, il donnera un enfant à mon peuple. Ainsi, les liens du sang nous uniront...*

Kahlan traduisit aussitôt.

— Voilà qui est très intelligent, dit Richard. (Il se tourna vers l'Homme Oiseau et lui sourit.) Notre ami est un grand sage.

— *Le Sourcier dit que vous êtes un sage*, transmit Kahlan, la voix un peu moins assurée.

L'Homme Oiseau et les Anciens parurent satisfaits que tout se passe selon leurs prévisions.

— Mais ce sera une décision difficile, ajouta Richard. Il faut que je réfléchisse. En cette matière, la précipitation est mauvaise conseillère...

— *Le Sourcier a du mal à choisir,* annonça Kahlan aux quatre candidates.

Richard leur sourit et leur fit signe de les rejoindre sur l'estrade. Deux femmes s'assirent sur son côté libre. Les autres s'insinuèrent entre Kahlan et lui, forçant l'Inquisitrice à se pousser. Elles s'appuyèrent contre le Sourcier, posèrent les mains sur ses bras et s'extasièrent de la fermeté de ses muscles. Kahlan frémit quand elles lui lancèrent qu'il était très grand, comme elle, et qu'il leur donnerait sans doute un très bel enfant. Puis elles demandèrent s'il les trouvait jolies. Quand l'Inquisitrice répondit qu'elle n'en savait rien, elles l'implorèrent de lui poser la question.

— Elles aimeraient savoir si elles sont à ton goût, traduisit la jeune femme avec un grand soupir.

— Bien sûr ! Elles sont toutes superbes ! C'est pour ça que le choix est ardu. Tu ne les trouves pas belles ?

Kahlan ne répondit pas, mais assura aux quatre villageoises que le Sourcier était sensible à leur charme. Entendant les rires timides des femmes, l'Homme Oiseau et les Anciens rayonnèrent. Ces hommes adoraient avoir les événements bien en main…

Morose, Kahlan se détourna et regarda les danseurs d'un œil distrait.

Les jeunes femmes donnèrent la becquée à Richard en gloussant stupidement. Enthousiaste, il déclara n'avoir jamais assisté à un aussi beau banquet, et demanda à son amie si elle partageait son opinion. Sans se tourner vers lui, elle ravala la boule qui lui nouait la gorge et répondit que c'était une fête très réussie…

Un long moment après, une femme plus âgée que les candidates au mariage approcha, tête baissée, et présenta un plateau d'osier lesté de lanières de viande séchée.

Kahlan s'arracha aussitôt à ses sombres pensées.

Sans lever les yeux, la femme approcha des Anciens, plateau brandi. L'Homme Oiseau se servit le premier et commença à manger. Tous les Anciens l'imitèrent. Leurs épouses furent moins nombreuses à accepter. Assise à côté de son mari, Weselan refusa d'un signe de tête.

Kahlan fit de même quand la femme lui présenta le plateau.

Les quatre candidates refusèrent aussi et regardèrent Richard se servir. Quand il eut attaqué la viande, l'Inquisitrice tourna la tête, croisa le regard de l'Homme Oiseau, puis s'abandonna à la contemplation des feux de camp.

— Eh bien, dit Richard en avalant sa première bouchée, j'ai un mal de chien à me décider. Kahlan, tu ne voudrais pas m'aider ? Laquelle choisir ? Qu'en penses-tu ?

— Tu as raison, fit la jeune femme, exaspérée par le sourire béat de son compagnon, ce n'est pas facile… À mon avis, tu es plus qualifié que moi !

Le Sourcier mordit de nouveau dans la viande. Kahlan serra les dents et déglutit péniblement.

— Le goût est très particulier… Je suis sûr de manger ça pour la première fois. (Il marqua une pause et reprit, soudain plus grave :) C'est quoi ?

La question fit sursauter Kahlan. Les yeux de Richard ne lui avaient jamais paru aussi menaçants. Elle avait décidé de lui mentir, mais ce regard lui fit oublier sa résolution.

Elle traduisit la question à l'Homme Oiseau.

— C'est un Tueur de Feu…, transmit-elle à Richard.

— Un Tueur de Feu…, répéta le Sourcier. De quel genre d'animal s'agit-il ?

— Un des sbires de Darken Rahl, répondit Kahlan en le regardant dans les yeux.

— Je vois…

Il savait avant d'avoir posé la question, comprit l'Inquisitrice. Une épreuve pour découvrir si elle était capable de lui mentir.

— Qui sont ces Tueurs de Feu ?

Kahlan demanda aux Anciens comment ils étaient entrés en contact avec ces hommes. Savidlin s'empressa de lui raconter toute l'histoire…

— Ces miliciens sillonnent le pays pour faire appliquer les lois de Darken Rahl – qui interdit aux gens d'utiliser le feu. Ils ne sont pas réputés pour leur douceur. Savidlin m'a révélé que deux d'entre eux sont venus au village il y a quelques semaines. Quand le Peuple d'Adobe a refusé de se plier à la nouvelle législation, ils n'ont pas été avares de menaces. De peur qu'ils reviennent avec des renforts, nos amis les ont tués. Et ils… hum… croient s'approprier la sagesse de leurs ennemis en consommant leur chair. Pour être un véritable Homme d'Adobe, tu dois en manger aussi, histoire de bien connaître les adversaires de ton peuple. C'est le but principal du banquet. Ça et invoquer les esprits de leurs ancêtres…

— En ai-je avalé assez pour satisfaire les Anciens ? demanda Richard en foudroyant son amie du regard.

— Oui…, répondit-elle, accablée.

Elle aurait donné cher pour être ailleurs !

Avec un soin délibérément exagéré, Richard posa la lanière de viande sur le sol. Souriant de nouveau, il entoura les épaules des deux beautés qui se collaient à lui.

— Kahlan, tu peux me rendre un service ? J'aimerais que tu ailles chercher une pomme dans mon sac. Ça m'aidera à chasser ce goût de ma bouche…

— Tu as des jambes, non ? répliqua sèchement l'Inquisitrice.

— Certes, mais j'ai besoin de temps pour décider laquelle de ces beautés partagera ma couche.

Kahlan se leva d'un bond, jeta un regard noir à l'Homme Oiseau, et partit en trombe vers la maison de Savidlin, soulagée d'être loin de Richard et des quatre grâces qui lui dégoulinaient dessus.

Les ongles enfoncés dans les paumes, elle ne sentit pas la douleur en se frayant un chemin entre les villageois épanouis. Les musiciens tambourinaient, les danseurs se tortillaient et les enfants riaient aux éclats. Sur son passage, des inconnus lui souhaitèrent tout le bonheur possible. Si quelqu'un avait pu lui lancer des insultes, qu'elle ait un prétexte pour se défouler !

Chez Savidlin, elle se laissa tomber sur la peau de bête qui lui tenait lieu de lit et essaya en vain de ne pas éclater en sanglots. Résignée, elle s'accorda quelques minutes de désespoir avant de reprendre son contrôle. Oui, il ne lui faudrait pas plus que ça…

Richard se pliait aux exigences du Peuple d'Adobe, comme elle l'avait promis à l'Homme Oiseau. Elle n'avait aucun droit de lui en vouloir, d'autant plus qu'il ne lui appartenait pas. Cette imparable logique n'apaisa pas son chagrin. Même si rien ne l'autorisait à être furieuse, elle l'était, et…

Elle se souvint de ce qu'elle avait dit à l'Homme Oiseau : « C'est un problème que je me suis créé et dont je redoute les conséquences. » Et il était impossible de ne pas les assumer !

Le Sourcier avait bien agi. Le conseil des devins se réunirait, leur permettant de trouver la boîte et d'arrêter Rahl.

Kahlan essuya ses larmes.

Quand même, rien ne forçait Richard à prendre autant de plaisir à sa mission ! Il n'était pas obligé de se comporter comme un…

Elle se leva et prit une pomme dans le sac de son compagnon. Si changer le cours des choses n'était pas en son pouvoir, qui la contraignait à s'en réjouir ? Se composant un visage plus ou moins de marbre, elle ressortit, les lèvres pincées. Heureusement, il faisait nuit…

Quand elle revint sous l'abri, Richard était torse nu et les filles le peinturluraient de symboles à la gloire des chasseurs du Peuple d'Adobe. Leurs doigts étalaient de la boue blanche et noire sur sa poitrine – des lignes brisées – et sur ses biceps – des cercles !

Les candidates s'interrompirent quand Kahlan se campa devant elles, droite comme un *i*.

— Voilà ! lâcha-t-elle en laissant tomber la pomme dans la main de Richard.

Puis elle se rassit, plus maussade que jamais.

— Je n'ai pas encore décidé, dit le Sourcier en lustrant le fruit sur la jambe de son pantalon. Kahlan, tu n'as pas de préférence ? Ton aide me serait précieuse. (Il baissa la voix, le ton redevenu coupant.) Je m'étonne que tu n'aies pas déjà choisi pour moi…

Ébranlée, la jeune femme le regarda et comprit qu'il savait tout. Oui, il savait qu'elle s'était aussi engagée à *ça* en son nom.

— C'est ton affaire, dit-elle, et je suis sûre que tu ne regretteras pas ta décision…

— Kahlan, une de ces filles est-elle apparentée à un Ancien ?

— Celle qui est pendue à ton bras droit… C'est la nièce de l'Homme Oiseau.

— Sa nièce ! Parfait ! Eh bien, voilà l'heureuse élue ! Les Anciens seront ravis par ce témoignage de respect.

Il prit entre ses mains la tête de la candidate et l'embrassa sur le front. La fille se pâma d'aise, l'Homme Oiseau parut extatique, les Anciens sourirent… et les belles délaissées s'en furent.

Kahlan croisa le regard de l'Homme Oiseau et y lut une grande compassion pour elle. Elle détourna les yeux. Richard avait choisi ! Après une courte cérémonie présidée par les Anciens, l'heureux couple disparaîtrait pour aller s'ébattre à son aise. Dans l'obscurité, d'autres amoureux, main dans la main, s'éclipsaient discrètement. Une nouvelle fois, Kahlan ravala ses sanglots. Puis elle entendit Richard mordre dans sa stupide pomme…

Les Anciens et leurs épouses hoquetèrent d'effroi.

La pomme ! Dans les Contrées du Milieu, tous les fruits à la peau rouge étaient empoisonnés ! Les Hommes d'Adobe pensaient que Richard ingérait une substance mortelle !

Kahlan se retourna…

… et vit Richard, un bras levé, ordonner aux Anciens de se calmer et de se taire.

— Kahlan, dis-leur de se rasseoir…

La jeune femme obéit. Hésitants, les sages finirent par obtempérer.

Le Sourcier les regarda, l'air innocent comme un nourrisson.

— Chez moi, en Terre d'Ouest, on se gave de ces fruits. (Il prit une autre bouchée, horrifiant ses interlocuteurs.) Et ce depuis des temps immémoriaux. Les hommes et les femmes en consomment. Et nos enfants se portent à merveille !

Pendant que Kahlan traduisait, il prit une autre bouchée et la mâcha lentement histoire de faire monter la tension. Puis il se tourna vers l'Homme Oiseau.

— Évidemment, il se peut que ma semence, du coup, soit un poison pour une femme qui n'appartient pas à mon peuple. À ma connaissance, personne n'a jamais tenté l'expérience…

Il prit encore une bouchée et fixa Kahlan pendant qu'elle traduisait. Près de lui, l'heureuse élue semblait de plus en plus mal à l'aise, comme les Anciens. Seul l'Homme Oiseau restait impassible…

Richard avait plié les bras, le coude droit appuyé sur sa main gauche, pour que la pomme, bien visible, reste à proximité de sa bouche. Il fit mine de mordre de nouveau, puis se ravisa et proposa une bouchée à la nièce de l'Homme Oiseau. Bien entendu, elle détourna la tête.

— J'adore ces fruits, dit-il aux Anciens. (Il haussa les épaules.) C'est vrai, ils ont peut-être des effets très négatifs sur ma semence… Mais n'allez pas croire que je ne veux pas mettre cette théorie à l'épreuve. J'ai pensé que vous deviez être informés, voilà tout. Qu'on ne dise surtout pas que j'entends me dérober aux devoirs d'un Homme d'Adobe ! Surtout à ceux-là ! (Du dos de l'index, il caressa la joue de la jeune fille.) Sachez que c'est un honneur pour moi ! Et cette splendide damoiselle fera une mère parfaite pour mon enfant. (Il soupira.) Si elle survit…

Sur ces mots, il mordit de nouveau dans sa pomme.

En silence, les Anciens se dévisagèrent. L'ambiance n'était plus à l'autosatisfaction. La situation leur échappait et Richard avait pris la main.

Tout ça en un clin d'œil ! Terrorisés, ils n'osaient plus ciller. Sans leur accorder un regard, Richard pressa son avantage.

— Tout dépend de vous, mes amis. Je veux bien essayer, mais vous cacher la vérité aurait été déloyal. (Il se tourna vers les Anciens, fronça les sourcils et ajouta sur un ton beaucoup moins amical :) Alors, si les Anciens, dans leur grande sagesse, me demandent de m'abstenir, je comprendrai… Et bien qu'à regret, je leur obéirai…

Savidlin sourit. Peu désireux de se frotter à Richard, les cinq autres Anciens se tournèrent vers l'Homme Oiseau. Un filet de sueur coulant sur son cou, il soutint le regard du Sourcier, sourit et hocha pensivement la tête.

— *Richard Au Sang Chaud,* dit-il d'une voix assez forte pour que les villageois, massés autour d'eux, puissent l'entendre, *comme tu viens d'un autre pays, et que ta semence peut être dangereuse pour cette jeune femme…* (il leva un sourcil et se pencha imperceptiblement en avant)… *qui est ma nièce… nous te demandons de ne pas te plier à cette tradition. Ne prends pas pour épouse cette délicieuse beauté. Je suis navré de devoir te le demander, car je sais que tu brûlais d'envie de donner un enfant aux tiens.*

— C'était mon plus cher désir, dit Richard. Mais il me faudra vivre avec cet échec et espérer que le Peuple d'Adobe – mon peuple – aura bientôt d'autres raisons d'être fier de moi.

Une conclusion qui interdisait à ses interlocuteurs de revenir en arrière. Il appartenait à leur communauté, et ce « malheureux incident » n'y changerait rien.

Les Anciens soupirèrent de soulagement, ravis par ce dénouement. La jeune fille, également rassurée, sourit à son oncle et s'éclipsa sans demander son reste.

Très calme, Richard se tourna vers Kahlan.

— D'autres « épreuves initiatiques » dont tu aurais omis de me parler ?

— Non.

Kahlan ne savait plus où elle en était. Devait-elle se réjouir que Richard n'ait pas pris femme ? Ou se lamenter parce qu'il lui en voulait de l'avoir trahi ?

— Suis-je autorisé à me retirer ? demanda le Sourcier à ses hôtes.

Les cinq vieillards s'empressèrent de le dégager de toute obligation. Savidlin, lui, sembla un peu déçu…

L'Homme Oiseau déclara que le Sourcier, considérant le combat livré contre les ombres, avait le droit de prendre un peu de repos. Après tout, aujourd'hui, il avait sauvé son nouveau peuple…

Richard se leva, dominant Kahlan de toute sa taille. Elle sentit qu'il baissait les yeux sur elle, mais garda les siens rivés sur le sol.

— Un petit conseil, dit-il d'une voix étonnamment douce. Juste parce que je sais que tu n'avais jamais eu d'ami… Apprends que la liberté d'un ami – ses droits, si tu préfères – ne peut pas servir de monnaie d'échange. Et encore moins son cœur !

Kahlan ne trouva pas le courage de lever les yeux.

Il laissa tomber le trognon de pomme sur ses genoux et s'en fut.

Toujours assise sous l'abri des Anciens, à la dérive dans le brouillard de sa solitude, Kahlan regardait ses mains trembler. Tous ses compagnons s'intéressaient aux exploits des danseurs. Mobilisant sa volonté, elle entreprit de compter les roulements de tambours afin de contrôler sa respiration et d'endiguer ses larmes.

Quand l'Homme Oiseau vint s'asseoir à ses côtés, elle lui en fut immensément reconnaissante.

—*J'aimerais rencontrer un jour l'homme qui a désigné ce Sourcier. Et je donnerais cher pour savoir où il l'a déniché.*

À sa grande surprise, Kahlan se découvrit encore capable de rire.

—*Si nous vainquons, et si je survis, je jure de l'amener ici. Dans son genre, il est aussi remarquable que Richard.*

—*Alors, je devrai affûter mon intelligence pour qu'il ne me gobe pas tout cru.*

Kahlan posa la tête contre l'épaule de l'Homme d'Adobe et rit de bon cœur… jusqu'à ce qu'elle éclate en sanglots.

—*J'aurais dû vous écouter…*, souffla-t-elle. *Parler à Richard, le prévenir… Vouloir le manipuler était une erreur, et une mauvaise action…*

—*La volonté de vaincre Darken Rahl était votre seule motivation. Parfois, il vaut mieux se tromper que ne rien faire. Vous avez eu le courage de prendre une direction, et c'est très rare. Ceux qui restent à l'intersection, sans choisir, ne vont jamais nulle part.*

—*Le savoir en colère contre moi est si douloureux!*

—*Permettez-moi de vous dire un secret… Quelque chose que vous ne découvrirez pas avant d'être trop vieille pour en profiter. Richard souffre autant que vous. Vous en vouloir le torture!*

—*Vous croyez?*

—*J'en mettrai ma main à couper, mon enfant.*

—*Je n'avais pas le droit de me comporter ainsi. Et j'aurais dû m'en apercevoir! J'ai tellement honte…*

—*Ce n'est pas à moi qu'il faut le dire, mais à lui…*

Kahlan s'écarta de l'Homme Oiseau et admira son visage buriné.

—*Je vais le faire… Merci, honorable parmi les honorables…*

—*Quand vous lui ferez vos excuses, transmettez-lui aussi les miennes…*

—*Pourquoi?*

—*L'âge et le pouvoir n'empêchent pas un homme de s'accrocher à des idées absurdes. Aujourd'hui, j'ai moi aussi commis une erreur, pour Richard et pour ma nièce. Et j'ai outrepassé mes droits. Remercie-le de m'avoir évité d'imposer ma volonté sans me demander si c'était juste.* (Il retira le sifflet qu'il portait autour du cou.) *Un cadeau pour lui, parce qu'il m'a ouvert les yeux… Fassent les esprits qu'il lui soit utile! Demain, je lui montrerai comment s'en servir.*

— *N'en avez-vous pas besoin pour appeler les oiseaux ?*

— *J'en possède d'autres... Allez retrouver Richard, à présent...*

Kahlan prit le sifflet et essuya ses larmes.

— *Jusque-là, il m'était rarement arrivé de pleurer. Depuis que la frontière de D'Hara est tombée, je passe mon temps à ça !*

— *Vous n'êtes pas la seule, chère enfant...*

Kahlan embrassa l'Homme d'Adobe sur la joue et s'en alla.

Sur la place, elle ne vit pas trace de Richard, et personne ne put lui dire où il était. Alors qu'elle errait au hasard, des enfants voulurent l'entraîner dans leur danse, des villageois lui offrirent à manger et d'autres tentèrent d'engager la conversation. Poliment mais fermement, elle débouta tout ce petit monde.

Elle retourna chez Savidlin, convaincue que Richard y serait. Mais elle trouva la maison vide...

Assise sur sa peau de bête, elle se demanda s'il était parti sans elle. Paniquée, elle tourna la tête et vit que son sac était toujours là. De plus, il n'aurait pas quitté le village avant le conseil des devins...

Soudain, elle sut où il était ! Après avoir prélevé une nouvelle pomme dans le sac, elle sortit et prit la direction de la maison des esprits.

Une vive lumière déchira l'obscurité et illumina les bâtiments. D'abord, la jeune femme ne comprit pas ce qui se passait. Puis elle vit des éclairs dans le ciel. Dans toutes les directions, ils zébraient le firmament, éventrant les nuages comme s'ils brûlaient de l'intérieur. Tout cela sans un seul roulement de tonnerre...

En un clin d'œil, la lumière disparut et le ciel redevint d'un noir d'encre.

Le gros temps régnerait-il à jamais sur le monde ? Kahlan reverrait-elle un jour le soleil et les étoiles ? Ah, ces fichus sorciers et leurs nuages, quelle plaie !

Et Zedd, le retrouverait-elle jamais ? Au moins, ses nuages empêchaient Darken Rahl de pister Richard...

La maison des esprits, loin des festivités, était un havre de paix. Kahlan ouvrit doucement la porte. Le fourreau de son épée posé à sa droite, Richard contemplait le feu de cheminée. Il ne se retourna pas en l'entendant entrer.

— Ta guide voudrait te parler...

Alors que la porte se refermait en grinçant, Kahlan s'accroupit à côté du Sourcier.

— Et que veut-elle me dire ? demanda-t-il en souriant.

Malgré lui, pensa la jeune femme, rassurée.

— Qu'elle a commis une erreur..., murmura Kahlan en arrachant un fil qui dépassait de son pantalon. Et qu'elle est désolée. Pas seulement de s'être trompée, mais surtout de ne pas t'avoir fait confiance.

Les mains autour de ses genoux repliés, Richard se tourna vers elle. La lumière des flammes de la cheminée dansa dans ses yeux redevenus amicaux.

— J'avais préparé un long discours, mais je ne m'en rappelle pas un mot. Tu me fais toujours cet effet… (Il sourit.) Les excuses de ma guide sont acceptées.

— Et c'était un bon discours ? demanda Kahlan avec le sentiment que son cœur venait de renaître à la vie.

— Oui, selon ma première impression, mais j'ai changé d'avis…

— Pourtant, tu es un fameux orateur ! Les Anciens ont failli mourir de peur. Même l'Homme Oiseau n'en menait pas large.

Kahlan se pencha en avant et passa le sifflet autour du cou de son ami. Interloqué, il décroisa les mains pour prendre le petit objet entre le pouce et l'index de sa main droite.

— En quel honneur ?

— C'est un cadeau de l'Homme Oiseau, avec ses excuses pour avoir voulu t'imposer sa volonté. Il te remercie de lui avoir montré la vérité… Demain, il t'apprendra à te servir de son présent…

Kahlan se tourna pour exposer son dos à la chaleur des flammes… et être face à Richard. Avec la tiédeur de la nuit et le feu de cheminée, le Sourcier était lustré de sueur. Les symboles peints sur sa poitrine et ses bras lui donnaient un air primitif et sauvage.

— Tu as un don pour ouvrir les yeux aux gens… Tu devrais te reconvertir dans la magie !

— Qui te dit que ça n'est pas déjà fait ? Selon Zedd, un truc est parfois aussi efficace que la sorcellerie.

Le son de sa voix fit frissonner Kahlan, comme si elle était soudain prise de faiblesse.

— Et d'après Adie, souffla-t-elle, tu maîtrises la magie de la langue…

Le regard de Richard, plongé dans le sien, l'emplit de toute la puissance contenue du jeune homme. Kahlan sentit que son souffle s'accélérait. Dans le lointain, l'écho lancinant des boldas se mêlait aux crépitements du feu… et à ses halètements. Elle ne s'était jamais sentie aussi détendue. En sécurité. En même temps, la tension qu'elle éprouvait ne ressemblait à rien qu'elle eût connu. Une expérience troublante…

Elle détacha ses yeux de ceux de Richard et les laissa errer sur d'autres parties de son visage : son nez, ses joues, son menton si déterminé. Quand ils se posèrent sur sa bouche, elle s'avisa qu'il faisait vraiment une chaleur torride dans la maison des esprits. Avec cette touffeur, on pouvait facilement perdre la tête…

Croisant de nouveau le regard de Richard, Kahlan sortit la pomme de sa poche et la mordit lentement pour laisser sur la peau les empreintes de ses dents. Des reflets d'acier continuaient à virevolter dans les yeux du Sourcier.

Sur une impulsion, Kahlan mit la pomme devant la bouche de son ami pour qu'il en prenne aussi une bouchée.

Au lieu d'un fruit, si elle avait pu poser *ses* lèvres sur les siennes !

Et pourquoi pas ? Devrait-elle mourir en mission sans connaître la joie de devenir une femme ? N'était-elle qu'une guerrière ? Quelqu'un qui luttait pour le bonheur des autres sans jamais se soucier du sien ? Même dans les époques les plus paisibles, les Sourciers ne vivaient jamais vieux. Et les temps actuels n'avaient rien de paisible…

C'étaient ceux de l'apocalypse!

L'idée qu'il doive mourir lui déchirait les entrailles.

Sans cesser de le regarder dans les yeux, Kahlan poussa plus fort la pomme contre les lèvres de Richard. Si elle le choisissait, pensa-t-elle, il continuerait à se battre à ses côtés, peut-être avec plus d'ardeur que jamais. Pour d'autres raisons, certes, mais il n'en serait pas moins redoutable, bien au contraire. Il deviendrait… différent. L'homme qu'il était jusque-là aurait disparu pour toujours.

Au moins, il serait à elle! Elle le désirait tant que c'en était douloureux. Avait-elle déjà voulu quelque chose aussi fort? S'ils étaient destinés à mourir, n'avaient-ils pas le droit de vivre un peu, avant? Le désir de Richard se répandait dans son corps comme une délicieuse faiblesse…

Timidement, elle retira la pomme de la bouche du jeune homme, et du jus coula sur son menton. Très lentement, Kahlan se pencha et lécha cet enivrant nectar. Son compagnon ne bougea pas, leurs visages si près l'un de l'autre qu'elle sentait son haleine douce et chaude lui caresser les lèvres. À cette distance – ou plutôt, cette absence de distance –, les yeux de la jeune femme ne parvenaient plus à distinguer ceux de son bien-aimé.

La logique et la raison s'évanouirent de l'esprit de Kahlan, remplacées par des sentiments et des pulsions pleines de promesses d'épanouissement. Un désir dévorant de vivre!

Elle lâcha la pomme et posa ses doigts humides de jus sur les lèvres de Richard, qui les téta un à un, comme s'ils avaient été la source même de la vie. Sentir l'humidité de sa langue la fit frissonner comme jamais.

Le cœur battant la chamade, Kahlan gémit. Une tendre chaleur se répandit dans sa poitrine. Ses doigts coururent le long du menton de Richard, descendirent sur son cou puis sur son torse, le long des symboles peints par les villageoises. Un merveilleux voyage à travers les collines et les vallées de son corps!

À genoux au-dessus du jeune homme, elle dessina des cercles autour d'un de ses mamelons durcis et ferma un instant les yeux. Tendrement, mais avec une implacable fermeté, elle le renversa sur le dos. Sans résister, il la laissa se pencher vers lui, les mains à plat sur sa poitrine pour se soutenir. La délicate texture de sa peau et la dureté de ses muscles la surprirent, sensation grisante qui s'ajouta à la moiteur délectable de sa sueur, le contact de ses cheveux rêches faisant un délicieux contraste avec toute cette douceur. Au rythme de la vie enfin libérée, la poitrine de Richard se soulevait et s'abaissait comme si son torse était un océan déchaîné.

Un genou plaqué contre sa hanche, elle glissa une jambe entre les siennes et se pencha davantage. Ses épais cheveux noirs tombèrent comme un rideau sur le visage de Richard. Sans écarter les mains de sa poitrine – un contact qui faisait bouillir son sang – Kahlan se pencha un peu plus.

Entre ses genoux, les muscles de la cuisse de Richard se tendirent, affolant tellement son pauvre cœur que Kahlan dut ouvrir la bouche en grand pour continuer à respirer.

Un instant, elle se noya dans les yeux du jeune homme, ces puits jumeaux qui sondaient son âme et la mettaient enfin à nue.

Se lâchant d'une main, Kahlan déboutonna sa chemise et la sortit de son pantalon.

Toujours en équilibre sur un bras, à une distance délicieusement tentatrice du corps tant désiré, elle glissa sa main libre sous la nuque de Richard, saisit une poignée de cheveux et lui maintint la tête plaquée contre le sol.

Une main puissante s'insinua sous la chemise de la jeune femme, lui caressa le creux des reins, dessina de petits cercles, remonta le long de sa colonne vertébrale et s'immobilisa entre ses omoplates. Les yeux fermés, Kahlan cambra le dos, prête à le laisser l'attirer contre lui.

Son genou s'insinua aussi loin que possible entre les cuisses du jeune homme. Le souffle court, gémissante, Kahlan pensa, alors qu'elle le chevauchait, qu'il ne lui avait jamais paru aussi fort et puissant.

— Je te veux…, souffla-t-elle en approchant ses lèvres des siennes.

— Mais d'abord, dit Richard, une ombre de chagrin dans le regard, il faudra me dire qui tu es vraiment.

Comme s'il venait de la gifler, Kahlan écarquilla les yeux et recula un peu la tête. Mais elle le touchait avec son pouvoir ! Il ne pouvait pas lui résister, et c'était la dernière chose au monde qu'elle désirait. Le peu de contrôle qu'elle avait sur son pouvoir en temps normal n'existait plus. Elle le sentait libre et déchaîné. Sur un nouveau soupir d'extase, elle rapprocha ses lèvres de celles du Sourcier.

Sous sa chemise, la main remonta un peu, lui saisit les cheveux et la tira en arrière.

— Kahlan, je suis sérieux. Tu dois d'abord tout me dire.

La froide raison dont elle était pétrie déferla dans le cerveau de l'Inquisitrice, emporta sa passion et la glaça jusqu'aux os. Elle n'avait jamais aimé quelqu'un de cette manière. Comment osait-elle envisager de le toucher avec son pouvoir ? Faire une chose pareille à Richard était monstrueux.

Elle recula, dégrisée par la conscience de sa propre folie.

Elle s'assit sur les talons, retira sa main de la poitrine du jeune homme et la plaqua sur sa propre bouche. En un clin d'œil, le monde venait de s'écrouler autour d'elle. Tout lui dire était impossible. Il la haïrait et elle l'aurait perdu à jamais. Une perspective pire que la mort !

Richard se releva et la prit par les épaules.

— Kahlan, tu n'es pas obligée de parler si tu n'en as pas envie. Mais si tu désires que nous allions plus loin, il le faudra…

— S'il te plaît, serre-moi dans tes bras… Tu veux bien ?

Il l'attira vers lui, la laissant poser la tête contre son épaule, et la berça comme une enfant.

Kahlan n'avait jamais autant souffert. Était-il juste de connaître pareille torture simplement parce qu'on était… ce qu'on était ?

— Les amis sont faits pour ça…, murmura Richard à l'oreille de sa compagne.

— Juré, dit Kahlan, trop vidée pour pleurer, je te confierai tout un jour. Mais pas maintenant. Ce soir, je veux seulement que tu me serres dans tes bras. C'est d'accord ?

Richard se laissa doucement retomber sur le sol, l'entraînant avec lui.

— Tu parleras quand tu l'auras décidé, souffla-t-il. Pas avant…

Blottie dans les bras du Sourcier, Kahlan se glissa un doigt dans la bouche et le mordit pour s'empêcher de hurler. Comme un linceul, l'horreur de ce qu'elle était l'enveloppait autant que les bras de son compagnon. Et malgré la chaleur étouffante, elle frissonnait de froid.

Avant de sombrer dans le sommeil – sur une dernière pensée pour Richard – elle garda longtemps les yeux grands ouverts dans la pénombre…

Chapitre 28

Essaie encore une fois! s'écria l'Homme Oiseau. *Mais arrête de penser avec ta tête à l'oiseau que tu veux appeler! C'est dans ton cœur que ça doit se passer!*

Richard écouta attentivement la traduction de Kahlan puis remit le sifflet entre ses lèvres. Quand il souffla, sans produire un son, comme toujours, ses joues se gonflèrent démesurément. L'Homme Oiseau, Kahlan et lui sondèrent la plaine. Appuyés à leurs lances plantées dans le sol, les chasseurs qui les accompagnaient, vaguement nerveux, tournèrent la tête en tous sens.

Comme venues de nulle part, des nuées d'étourneaux, de moineaux et de rouges-gorges piquèrent sur le petit groupe d'humains. Riant aux éclats – et ce n'était pas la première fois de la journée! – les chasseurs baissèrent la tête pour les éviter. Il y en avait tant, une marée volante, que les hommes finirent par s'accroupir, toujours aussi hilares.

L'Homme Oiseau porta son propre sifflet à ses lèvres et souffla frénétiquement pour tenter de disperser l'armée de volatiles. Malgré ses efforts, il fallut un moment avant que les petits envahisseurs volants décident de retourner d'où ils venaient. Le silence retomba sur la plaine, n'étaient les rires hystériques des chasseurs, qui se roulaient sur le sol en se tenant les côtes.

Les poings sur les hanches, l'Homme Oiseau exhala un long soupir.

—*J'abandonne… On essaie depuis ce matin, et tu ne fais pas de progrès… Richard Au Sang Chaud, tu es le plus mauvais aspirant Homme Oiseau du monde! Un enfant apprend ça en trois coups de cuiller à pot, mais tu pourrais souffler jusqu'à la fin de ta vie sans aucun succès. C'est un cas désespéré! La seule chose que tu parviens à leur communiquer, c'est: « Venez tous, il y a à manger! »*

—Je pensais à un faucon, croyez-moi. Chaque fois que vous m'avez proposé un oiseau, j'ai joué le jeu sans rechigner.

Quand Kahlan eut traduit, les chasseurs faillirent s'étrangler de rire. Richard grogna pour manifester son mécontentement – il détestait qu'on se moque de lui –, mais il n'obtint aucun résultat.

— *Nous perdons notre temps,* dit l'Homme Oiseau. *Le conseil des devins se réunira bientôt...* (Pour le consoler, il posa une main sur l'épaule du Sourcier.) *Garde quand même le sifflet, mon ami. Il ne te sera jamais d'un grand secours, c'est vrai. Mais il te rappellera au moins que tu n'es pas meilleur que les autres dans tous les domaines... Dans celui-là, un nourrisson te damnerait le pion !*

Sous les lazzis des chasseurs, Richard lâcha un gros soupir et se résigna à sa défaite. Sur le chemin du village, il approcha de Kahlan et lui souffla à l'oreille :

— J'ai vraiment fait de mon mieux, tu sais. Mais ça me dépasse...

— Je suis sûre que tu y as mis tout ton cœur, répondit Kahlan avant de lui prendre la main.

Bien que le ciel fût couvert, la journée avait été plus claire et lumineuse que d'habitude, remontant un peu le moral de la jeune femme. Mais son grand soutien restait l'attitude de Richard. Sans rien exiger d'elle, il lui avait laissé tout loisir de se remettre des événements de la nuit précédente. Une présence amicale et aucune pression...

Au réveil, elle s'était inquiétée de ce qu'il penserait d'elle. Serait-il blessé ? Furieux ? La détesterait-il ? Même après avoir passé la nuit dans ses bras, la poitrine nue, elle s'était détournée en rosissant au moment de reboutonner sa chemise. Personne, avait-elle dit, ne pouvait se vanter d'avoir un compagnon aussi patient que lui. Un jour, elle espérait lui rendre son amitié au centuple...

— C'est déjà fait, avait-il répondu. Tu as remis ta vie entre mes mains et juré de te sacrifier pour moi s'il le faut. Que demander de plus ?

Kahlan s'était retournée. Résistant à l'envie de l'embrasser, elle l'avait remercié d'être si tolérant avec elle.

— Cela dit, avait-il ajouté, je ne regarderai plus jamais les pommes avec les mêmes yeux...

Kahlan avait ri pour cacher son embarras et il s'était joint à son hilarité. Ce moment d'abandon innocent l'avait réconfortée... et en partie soulagée de son fardeau.

Richard s'arrêta soudain de marcher. Tirée de ses pensées, Kahlan s'immobilisa près de lui.

— Richard, que se passe-t-il ?

— Le soleil..., dit le Sourcier, tendu. Un rayon a joué un instant sur mon visage.

La jeune femme se tourna vers l'ouest.

— Je ne vois que des nuages...

— Je n'ai pas rêvé... C'était très bref et c'est déjà fini...

— Tu crois que c'est important ?

— Je n'en sais rien... Mais depuis que Zedd les a invoqués, c'est la première fois qu'il y a une brèche dans les nuages. Bon, je m'inquiète peut-être pour pas grand-chose...

Ils reprirent leur chemin, guidés vers le village par les notes lancinantes des boldas.

Il faisait nuit quand ils y arrivèrent. Le banquet battait toujours son plein et il durerait jusqu'à la fin du conseil des devins. À part les enfants, qui dormaient debout ou s'étaient écroulés ici et là, les villageois semblaient en pleine forme.

Les Anciens attendaient sous leur dais – sans leurs épouses –, où ils avalaient consciencieusement un plat mitonné par des cuisinières formées pour les préparer au conseil des devins. Kahlan vit ces femmes leur servir à tous une boisson rouge vif qui ne ressemblait pas à celles qu'on leur avait proposées la veille. Les six vieillards avaient les yeux dans le vague, comme s'ils contemplaient un monde inaccessible au commun des mortels. Kahlan sentit un frisson remonter le long de sa colonne vertébrale.

Les esprits de leurs ancêtres étaient en eux !

L'Homme Oiseau eut un bref dialogue avec les Anciens. Quand il parut satisfait de ce qu'ils lui répondaient, il leur fit signe de se lever. Tous partirent en file indienne vers la maison des esprits. Le son des tambours et des boldas devint obsédant, une agression sonore qui fit un peu trembler les bras de Kahlan.

— *Le moment est venu*, dit l'Homme Oiseau en approchant. *Richard et moi allons vous laisser...*

— *Comment ça, « Richard et moi » ? Je viens aussi !*

— *Impossible !*

— *Pourquoi ?*

— *Seuls les hommes ont le droit d'assister au conseil des devins.*

— *Je suis le guide du Sourcier... et il a besoin que je traduise pour lui !*

— *Seuls les mâles ont le droit d'assister au conseil des devins,* insista l'Homme Oiseau, mal à l'aise et à l'évidence incapable de trouver un meilleur argument.

— *Eh bien, celui-là sera une exception !*

Richard avait compris que quelque chose se passait – le ton de Kahlan était explicite – mais il décida de ne pas intervenir.

— *Quand nous rencontrons les esprits,* dit l'Homme Oiseau, de plus en plus gêné, *il faut être comme eux...*

— *Je crois comprendre... Vous voulez dire qu'on ne peut pas porter de vêtements ?*

— *Et on doit avoir le corps couvert de boue...*

— *Eh bien, où est le problème ?*

L'Homme Oiseau hésita un moment.

— *Le Sourcier... Vous êtes sûre qu'il aimerait vous voir faire ça ? Il faudrait peut-être lui demander...*

Kahlan soupira et se tourna vers Richard.

— Il faut que je t'explique quelque chose... Quand un Homme d'Adobe demande la réunion du conseil, il arrive que les esprits lui posent des questions par l'intermédiaire des Anciens, pour savoir si ses intentions sont nobles. Si les réponses semblent mensongères ou manquent à l'honneur, la punition peut être la mort. Infligée par les esprits, pas par les Anciens...

— N'oublie pas que j'ai mon épée…

— Non, tu ne l'auras pas ! Pour assister au conseil, tu devras imiter en tout point les Anciens. Pas de vêtements, aucune arme, et de la boue sur tout le corps ! Si je ne suis pas là pour traduire, tu risques d'être exécuté parce que tu n'auras pas compris une question. Alors, Rahl aura gagné. Donc, il faut que je vienne. Pour ça, je devrai être nue. L'Homme Oiseau est très embarrassé et il voudrait savoir ce que tu en penses. En secret, il espère que tu m'opposeras un refus.

Richard croisa les bras et la regarda dans les yeux.

— On dirait que tu es destinée à te retrouver nue dans la maison des esprits…

Devant le sourire en coin de son compagnon, Kahlan eut du mal à ne pas éclater de rire. L'Homme d'Adobe les dévisagea tour à tour, l'air perdu.

— Richard, je suis sérieuse ! Et n'espère pas te rincer l'œil, parce qu'il n'y aura pas de lumière.

Le Sourcier redevint grave et se tourna vers l'Homme Oiseau.

— J'ai demandé une réunion du conseil. Il faut que Kahlan y assiste !

— *Depuis votre arrivée,* répondit l'Homme d'Adobe, *vous me poussez au-delà de mes limites… Pourquoi s'arrêter en si bon chemin ? Allons-y !*

Kahlan et Richard suivirent l'Homme Oiseau dans le dédale de passages du village. Sentant la nervosité de sa compagne, le Sourcier lui prit la main. De fait, la jeune femme n'était pas rassurée à l'idée de s'asseoir, nue comme un ver, au milieu de huit gaillards dans le même appareil. Mais elle ne pouvait pas reculer et saboter tous leurs efforts. Le temps pressait !

Elle se composa un masque d'Inquisitrice.

Un peu avant la maison des esprits, l'Homme Oiseau les fit entrer dans un petit bâtiment où attendaient les six Anciens, assis en tailleur sur le sol, le regard toujours aussi vide.

Kahlan sourit à Savidlin, qui ne réagit pas.

L'Homme Oiseau ramassa un petit banc et deux pots en céramique.

— *Venez quand j'appellerai votre nom. En attendant, ne bougez pas d'ici.*

Pendant qu'il sortait, Kahlan traduisit ses paroles à Richard.

Caldus fut le premier élu. Les autres Anciens suivirent, Savidlin en dernier. Il ne leur avait pas dit un mot et ne semblait pas s'être aperçu de leur présence. Ses yeux n'étaient plus vraiment les siens, mais ceux des esprits…

Kahlan et Richard patientèrent en silence dans la pièce obscure. Nerveuse, la jeune femme essaya en vain de ne pas penser au pétrin dans lequel elle s'était fourrée.

Sans son épée, Richard serait désarmé. Elle, nul ne pouvait la priver de son pouvoir. Donc, elle le protégerait. C'était l'autre raison – secrète – qui l'avait convaincue de se lancer dans l'aventure. Si les choses tournaient mal, elle mourrait à la place de Richard. C'était normal, et elle devait s'y préparer.

Richard se leva quand l'Homme Oiseau cria son nom.

— Espérons que ça marchera…, dit-il. Sinon, nous serons très très mal… Je suis content de t'avoir à mes côtés.

Une façon délicate de lui dire de ne pas relâcher sa vigilance…

— Richard, n'oublie pas que nous appartenons à leur peuple. Ils feront de leur mieux pour nous aider.

Quelques minutes plus tard, la Mère Inquisitrice sortit à son tour. Assis sur le petit banc, contre un mur de la maison des esprits, l'Homme Oiseau était nu, le corps couvert de symboles gravés dans la boue, ses longs cheveux gris enduits de la même substance.

Perchées sur un muret, des poules observaient la scène. Aux pieds du chasseur debout près de l'Homme Oiseau, Kahlan remarqua une pile de peaux de coyote, les vêtements de Richard, et son épée…

— *Déshabillez-vous !* dit l'Homme Oiseau.

— *Que fait-il ici ?* demanda Kahlan en désignant le chasseur.

— *Il doit s'occuper des habits… Il les déposera sous l'abri des Anciens, pour que les nôtres sachent que le conseil des devins s'est réuni. Un peu avant l'aube, il les rapportera ici, pour signifier que la réunion touche à sa fin.*

— *Bien… Dites-lui de se retourner.*

L'Homme Oiseau s'exécuta et le chasseur obéit. Kahlan ouvrit la boucle de sa ceinture, puis s'immobilisa.

— *Mon enfant, ce soir, tu n'es pas une femme, mais un membre du Peuple d'Adobe. Moi, je ne suis pas un homme, juste un guide spirituel.*

L'Inquisitrice se dévêtit et attendit, frissonnant dans l'air mordant de la nuit. L'Homme Oiseau prit une grosse poignée de boue blanche dans un des pots, tendit un bras… et se pétrifia. Malgré ses belles déclarations, il ne se sentait pas à l'aise. Entre regarder et toucher, il y avait une grande différence…

Kahlan lui prit la main, la plaqua sur son ventre et sursauta au contact de la boue glaciale.

— *Allez-y !* ordonna-t-elle.

Quand ce fut fini, ils entrèrent dans la maison des esprits. L'Homme Oiseau s'assit au milieu des Anciens, et Kahlan prit place près de Richard, en face de lui. Le visage du Sourcier n'était plus qu'un masque zébré de lignes blanches et noires, une apparence qu'ils avaient tous adoptée pour se présenter devant les esprits. Les crânes d'habitude rangés sur une étagère étaient disposés au centre du cercle de devins. Le petit feu qui brûlait dans la cheminée dégageait une odeur étrangement âcre. Le regard de plus en plus absent, les Anciens incantaient dans un antique langage que l'Inquisitrice ne connaissait pas.

Quand l'Homme Oiseau leva la tête, la porte se ferma toute seule.

— *À partir de maintenant, et jusqu'à la fin, à l'aube, nul ne pourra entrer ou sortir d'ici. Les esprits défendent cette porte…*

Kahlan regarda autour d'elle, ne vit rien et frissonna de plus belle.

L'Homme Oiseau prit un panier d'osier, derrière lui, en sortit une grenouille et le passa à l'Ancien assis à côté de lui. Tous saisirent un petit batracien et entreprirent de frotter son dos contre leur poitrine.

Quand Kahlan reçut le panier, elle leva les yeux vers l'Homme d'Adobe.

— *Pourquoi devons-nous faire ça ?*

— *Ce sont des grenouilles-esprits rouges, très difficiles à trouver. Leur dos secrète une substance qui permet d'oublier ce monde et de voir les esprits.*

— *Honorable parmi les honorables, j'appartiens à votre peuple, mais je reste une Inquisitrice. Mon pouvoir doit être sans cesse contenu. Si j'oublie ce monde, comme vous dites, il risque de se déchaîner…*

— *Il est trop tard pour reculer, car les esprits sont avec nous. Ils vous ont vue, le corps couvert de symboles qui les incitent à ouvrir les yeux. Partir vous est impossible. Et si vous restez en étant incapable de les voir, ils vous tueront pour voler votre âme. Je comprends le problème, mais je n'y peux rien. Essayez de contenir votre pouvoir. Si vous échouez, l'un de nous périra. C'est le prix qu'il faut accepter de payer. Mais si vous désirez mourir, alors, délaissez la grenouille. Pour vaincre Darken Rahl, la prendre est indispensable !*

Kahlan soutint un moment le regard de l'Homme Oiseau. Puis elle saisit la grenouille – qui gigota pour se dégager – et transmit le panier à Richard en lui expliquant ce qu'il devait faire.

Frémissant de dégoût, elle plaqua le dos glacé du batracien sur sa peau, entre ses seins, où il n'y avait pas de symboles, et lui fit décrire de petits cercles, à l'exemple des Anciens. Sa peau picota au contact de la substance et la sensation se diffusa dans tout son corps. Le son pourtant lointain des tambours et des boldas emplit ses oreilles, soudain si fort qu'elle crut que sa tête allait exploser. Alors que son corps tremblait au rythme de la musique, elle saisit son pouvoir dans un étau mental, le serra très fort et se concentra pour augmenter son contrôle. Espérant que cela suffirait, elle se laissa aspirer dans d'étranges limbes.

Tous les participants se prirent la main. Devant les yeux de Kahlan, les murs commencèrent à onduler. Comme des remous dans une mare, sa conscience se dilua, flotta à la dérive, se brouilla et… s'envola. Elle commença à tourner en rond avec les autres, partie intégrale d'une roue dont le moyeu était les crânes posés au centre du cercle. De ces reliques jaillit une lumière qui dansa sur les visages des officiants. Bientôt, tous furent plongés dans un néant étrangement amical. Des colonnes de lumière, au centre du cercle, tournaient de plus en plus vite avec eux.

Partout, des silhouettes apparurent. Glacée de terreur, Kahlan les identifia…

Des ombres !

La gorge nouée au point de ne plus pouvoir émettre un son, la jeune femme serra la main de Richard. Il fallait le protéger, c'était sa mission ! Elle tenta de se lever pour s'interposer entre les entités et le Sourcier, mais son corps refusa de lui obéir. Alors, elle s'aperçut que les mains de plusieurs ombres la maintenaient en place. Paniquée, elle tenta de se dégager. Des idées folles lui traversèrent l'esprit. Les ombres l'avaient-elles déjà tuée ? Était-elle morte ? Devenue à son tour un esprit ? À jamais incapable de bouger ?

Les ombres la regardaient... En principe, ces entités n'avaient pas de visage. Et surtout, elles ne ressemblaient pas à des Hommes d'Adobe...

Ce n'étaient pas des ombres, mais les esprits des ancêtres de son nouveau peuple. Kahlan inspira à fond pour recouvrer son calme.

— *Qui a demandé cette réunion du conseil des devins ?*

Tous les esprits parlaient en même temps d'une voix profonde, catégorique et immensément... morte... qui sortait des lèvres de l'Homme Oiseau.

— *Qui a demandé cette réunion ?* répétèrent-ils.

— *L'homme assis à côté de moi*, répondit Kahlan. *Richard Au Sang Chaud.*

Les esprits flottèrent entre les Anciens et se rassemblèrent au centre de la pièce.

— *Lâchez-lui les mains !*

Kahlan et Savidlin obéirent. Les esprits tourbillonnèrent au milieu du cercle. Sans crier gare, en file indienne, ils traversèrent le corps du Sourcier.

Il renversa la tête en arrière et hurla de douleur.

Kahlan bondit sur ses pieds. Tous les esprits flottaient derrière le jeune homme. Les Anciens et l'Homme Oiseau avaient fermé les yeux...

— Richard !

— Tout va bien, tout va bien..., souffla le Sourcier.

Mais le ton de sa voix démentait ses propos. Il souffrait atrocement.

Les esprits firent le tour du cercle et chacun s'immobilisa derrière un Ancien. Puis ils s'introduisirent dans leurs corps, pure pensée pour un instant unie à la chair. Les contours des vénérables fluctuèrent, comme s'ils n'étaient plus tout à fait de ce monde. Au même instant, tous ouvrirent les yeux.

— *Pourquoi nous as-tu appelés ?* demandèrent-ils par la bouche de l'Homme Oiseau.

Sans quitter le vieux sage du regard, Kahlan souffla à Richard :

— Ils veulent savoir pourquoi tu as convoqué le conseil...

Mal remis de son contact avec les entités, Richard prit quelques profondes inspirations.

— Je dois trouver un artefact magique avant Darken Rahl. Pour qu'il ne puisse pas l'utiliser...

Kahlan traduisit. Les esprits répondirent par la bouche d'un autre Ancien.

— *Combien d'hommes as-tu tués ?* demanda Savidlin d'une voix qui n'était plus la sienne.

— Deux, dit Richard sans aucune hésitation.

— *Pourquoi ?* lança Hajanlet.

— Pour les empêcher de m'abattre...

— *Dans les deux cas ?*

— Le premier, j'ai agi pour me défendre. Le second, c'était pour protéger une amie.

— *Protéger une amie te donne-t-il le droit de tuer ?* dirent les esprits par l'intermédiaire d'Arbrin.

— Oui.

— *Et si cet homme avait voulu éliminer ton amie pour préserver la vie d'un de* ses *amis ?*

— Je ne comprends pas ce que vous voulez dire…

— *C'est pourtant simple… Selon toi, on est autorisé à tuer pour défendre un être cher. Si cet homme voulait protéger quelqu'un, il avait le droit de s'en prendre à ton amie. Son acte étant justifié, le tien ne le serait plus, n'est-ce pas ?*

— Il n'existe pas de réponse à toutes les questions…

— *De réponses qui t'arrangent, en tout cas !*

— C'est possible…

Au ton de sa voix, Kahlan comprit que Richard perdait patience.

— *As-tu pris plaisir à tuer cet homme ?*

— Lequel ?

— *Le premier.*

— Non.

— *Et le deuxième ?*

— Quel est le sens de cette question ? demanda Richard entre ses dents serrées.

— *Chaque question est posée pour une raison bien particulière…*

— Et parfois, la raison n'a aucun rapport avec la question ?

— *Réponds-nous !*

— Pas avant de savoir pourquoi vous voulez savoir ça.

— *Tu es venu nous interroger. T'avons-nous demandé pourquoi ?*

— On dirait bien que c'est ce que vous faites, oui…

— *Réponds ! Sinon, tu n'obtiendras rien de nous !*

— Si j'obéis, me fournirez-vous les informations que je cherche ?

— *Nous ne sommes pas là pour marchander avec toi. On nous a appelés ! Réponds si tu ne veux pas que ce conseil s'arrête…*

— Oui, dit enfin Richard. J'ai pris plaisir à le tuer à cause de la magie de l'Épée de Vérité. Ce devait être ainsi. Si j'avais commis cet acte sans l'épée, je n'aurais éprouvé aucune joie.

— *Tu réponds à côté de la question !*

— Pardon ?

— *« Si » n'a aucun sens ! Et « je n'aurais » pas davantage ! De plus, tu nous as donné deux raisons à ce meurtre : défendre une amie et y prendre plaisir. Laquelle est la bonne ?*

— Les deux. J'ai tué pour défendre une amie et j'ai aimé ça à cause de l'épée.

— *As-tu pensé que ton amie n'avait peut-être pas besoin de protection ? Et si tu avais mal jugé la situation ? Imagine que la vie de cette personne n'ait pas été en danger ?*

Mal à l'aise, Kahlan hésita un peu avant de traduire.

— Pour moi, répondit Richard, l'acte est moins important que l'intention. Je pensais sincèrement que mon amie était en danger de mort, donc je me sentais le droit de tuer pour la défendre. Il fallait agir vite, car la moindre hésitation pouvait lui être fatale.

» Si vous pensez que j'ai eu tort, ou que ma victime était dans son droit, annulant le mien, c'est un sujet de désaccord entre nous. Certains problèmes n'ont aucune solution évidente. Parfois, on n'a même pas le temps d'y réfléchir. Mon cœur m'a poussé à intervenir. Naguère, un homme très sage m'a dit que tous les assassins pensaient avoir une bonne raison. Je tuerai sans hésiter pour me sauver, épargner un ami ou défendre un innocent. Si vous jugez que je me trompe, dites-le tout de suite, que nous en finissions au plus vite. Ainsi, je pourrai aller chercher ailleurs les réponses qu'il me faut.

— *Comme nous l'avons déjà souligné, nous ne sommes pas ici pour marchander. Pour toi, l'acte est moins important que l'intention. As-tu voulu tuer quelqu'un d'autre, te ravisant ensuite ?*

Kahlan frissonna, comme si les voix des esprits, telles des flammes, lui brûlaient la peau.

— Vous n'avez pas vraiment compris mes paroles… J'ai tué parce que je pensais devoir le faire. Cet homme voulait exécuter mon amie, donc je devais intervenir. Ça ne signifie pas que mes intentions soient toujours équivalentes à mes actes. La liste des personnes que j'ai eu envie de tuer, sans le faire, est sûrement très longue…

— *Et pourquoi t'être abstenu ?*

— Il y a une multitude de raisons. Dans certains cas, c'était uniquement un jeu, une sorte de fantasme pour atténuer l'impact d'une injustice. Parfois, bien que me sentant autorisé à agir, j'ai pu m'en sortir sans prendre une vie. Enfin, il est arrivé que je ne tue pas pour une raison inconnue…

— *Tu veux parler des cinq Anciens ?*

— Oui.

— *Mais tu désirais les exécuter ?*

Richard ne répondit pas.

— *Tu avais l'intention de les abattre, n'est-ce pas ?*

— Dans mon cœur, oui. Et le savoir me hante presque autant que si je l'avais fait…

— *Alors, il semble que nous n'ayons pas si mal compris que ça tes propos…*

Kahlan vit des larmes perler aux paupières de Richard.

— Pourquoi me torturez-vous avec ces questions ?

— *Pour quelles raisons veux-tu l'artefact ?*

— Il faut arrêter Darken Rahl !

— *Comment cet artefact peut-il s'opposer à lui ?*

Richard se pencha un peu en arrière, les yeux écarquillés. Il venait de comprendre ! Une larme coula lentement sur sa joue.

— Si je l'empêche de s'approprier cet objet, souffla-t-il, Rahl mourra. Je l'aurai assassiné d'une manière indirecte…

— *Ainsi, tu es venu nous demander de t'aider à tuer quelqu'un ?* dirent les esprits d'une voix plus profonde que jamais.

Richard hocha la tête.

— *Saisis-tu maintenant le sens de nos questions ? Tu entends faire de nous les complices d'un meurtre. Est-il anormal de chercher à savoir qui est l'homme que nous sommes censés aider à en abattre un autre ?*

— Ça me paraît logique, admit Richard, le front ruisselant de sueur.

Accablé, il ferma les yeux.

— *Pourquoi veux-tu la mort de Darken Rahl ?*

— Mes motivations sont nombreuses...

— *Pourquoi veux-tu la mort de Darken Rahl ?*

— Il a torturé et tué mon père ! Beaucoup d'autres innocents ont connu le même sort... Et si je ne l'abats pas, c'est lui qui me tuera. Alors, la liste de ses victimes s'allongera à l'infini. Il n'y a qu'un moyen de l'arrêter, car il est sourd à toute négociation. Ma seule option est de lui prendre la vie.

— *Réfléchis bien à notre prochaine question. Si tu ne nous dis pas la vérité, ce conseil sera terminé...*

Richard hocha la tête.

— *Si tu devais citer une seule raison de tuer Darken Rahl, laquelle choisirais-tu ? Laquelle primerait à tes yeux ?*

— Si je ne parviens pas à l'abattre, répondit Richard, des larmes ruisselant sur les joues, il assassinera Kahlan !

Sonnée comme si elle venait de recevoir un coup de poing dans le ventre, l'Inquisitrice dut faire un effort de volonté pour traduire ces mots. Dans un lourd silence, Richard resta assis immobile, l'âme aussi nue que le corps.

Kahlan détestait les esprits pour ce qu'ils venaient de faire à son ami. Mais ce qu'elle lui infligeait valait-il beaucoup mieux ? Shar avait eu raison de la prévenir...

— *Si Kahlan n'était pas impliquée, désirerais-tu encore la mort de cet homme ?*

— Oui. Vous avez voulu connaître ma principale motivation, et je n'ai pas triché...

— *Quel artefact cherches-tu ?* demandèrent soudain les esprits.

— Dois-je comprendre que je vous ai convaincus de mon bon droit ?

— *Non. Pour des raisons qui ne te regardent pas, nous avons décidé t'accéder à ta demande. Si c'est en notre pouvoir. Quel artefact cherches-tu ?*

— Une des trois boîtes d'Orden.

Dès que Kahlan eut traduit, les esprits hurlèrent de douleur.

— *Nous ne sommes pas autorisés à te répondre. Les boîtes d'Orden sont dans le jeu. Ce conseil est terminé !*

Les Anciens baissèrent les paupières.

Richard se leva d'un bond.

— Vous laisserez Rahl massacrer tant de gens, alors que vous pourriez l'en empêcher ?

— *Oui.*

— Y compris vos descendants ? La chair de votre chair, le sang de votre sang ? Pour les vôtres, vous n'êtes pas des esprits bienveillants, mais des traîtres !

— *C'est faux !*

— Alors, répondez-moi !

— *Impossible...*

— S'il vous plaît, ne nous abandonnez pas ! Laissez-moi poser une autre question !

— *Il nous est interdit de révéler où sont les boîtes d'Orden. Réfléchis bien à ce que tu veux demander...*

Richard se rassit et se frotta les yeux du bout des doigts. Le corps couvert de symboles, il ressemblait plus à une créature sauvage qu'à un homme...

Il se prit la tête à deux mains et réfléchit.

Enfin, il releva les yeux.

— Vous ne pouvez pas me dire où sont les boîtes... Y a-t-il d'autres restrictions ?

— *Oui.*

— Combien de boîtes Rahl a-t-il en sa possession ?

— *Deux...*

— Vous venez de me révéler où sont deux artefacts, dit Richard. Je vous rappelle que c'est interdit. Ou est-ce simplement une question de nuance sur la palette de vos intentions ?

Les esprits ne relevèrent pas l'ironie.

— *Cette information n'était pas secrète. Ta question ?*

Richard se pencha en avant comme un chien qui renifle une piste.

— Pouvez-vous me dire qui sait où est la troisième boîte ?

Kahlan se douta que le Sourcier connaissait la réponse avant d'avoir posé la question. Son art consommé de revenir par la fenêtre quand on l'avait expulsé par la porte !

— *Nous savons qui détient la boîte et nous pourrions te révéler les noms de ceux qui gravitent autour de cette personne. Mais cela reviendrait à te dire où est l'artefact, et ça nous est interdit.*

— Alors, donnez-moi le nom de quelqu'un, à part Rahl, qui ne possède pas la boîte, qui ne gravite pas autour d'elle, mais qui sait où elle est...

— *Une femme correspond à cette définition. Si nous te communiquons son nom, ça ne te conduira pas directement à l'artefact, mais à elle. Cela nous est permis, car ce sera toi, pas nous, qui devras lui arracher cette information.*

— Alors, voilà ma question : qui est cette femme ?

Kahlan ne traduisit pas la réponse des esprits. Décomposée, elle baissa la tête tandis que les Anciens, tout aussi sonnés, murmuraient entre eux.

— Richard, nous sommes des morts en sursis, souffla la jeune femme.

— Pourquoi ? De qui s'agit-il ?

— Une voyante nommée Shota...

— Tu sais où la trouver ?

—Dans l'Allonge d'Agaden, répondit Kahlan. (L'air terrifié, elle prononçait ce nom comme s'il avait un goût de poison.) Même un sorcier n'oserait pas s'y aventurer!

Richard vit la terreur inscrite sur le visage de sa compagne. Tournant la tête, il constata que les Anciens continuaient à trembler…

—Pourtant, déclara-t-il, nous allons y aller, trouver Shota et découvrir où est la boîte.

—*Nous espérons que le sort te sera clément,* dirent les esprits par la bouche de l'Homme Oiseau. *La vie de nos descendants dépend de toi.*

—Merci de votre aide, honorables ancêtres. Je ferai de mon mieux pour en finir avec Rahl et sauver notre peuple.

—*Tu devras utiliser ton cerveau, Sourcier. Darken Rahl est très intelligent. Si tu l'affrontes sur son terrain, tu perdras. N'oublie pas que rien ne sera facile. Tu devras souffrir, comme notre peuple et bien d'autres, avant même d'avoir une chance de vaincre. Et pour finir, tu échoueras probablement. Écoute nos avertissements, Richard Au Sang Chaud.*

—Je m'en souviendrai. Et je jure de lutter jusqu'à mon dernier souffle.

—*Ta détermination sera immédiatement mise à l'épreuve. Car nous pouvons te dire autre chose: Darken Rahl est là et il te cherche.*

Kahlan traduisit en se levant. Richard l'imita aussitôt.

—Quoi! Il serait ici? Que fait-il?

—*Sur la place du village, il massacre les nôtres…*

Alors que la peur paralysait Kahlan, le Sourcier fit un pas en avant.

—Je dois sortir! Avec mon épée, je défendrai les villageois.

—*Si c'est ce que tu veux… Mais tu dois d'abord nous écouter. Assieds-toi!*

Les deux jeunes gens obéirent. Voyant des larmes dans les yeux de son amie, Richard lui prit la main.

—Dépêchez-vous de parler! grogna-t-il.

—*Darken Rahl est ici pour toi et ton épée ne peut pas le tuer. Ce soir, le rapport de force est en sa faveur. Si tu sors, il t'abattra. Tu n'auras pas une chance. Pour vaincre, tu devras inverser le rapport de force, et c'est impossible aujourd'hui. Les malheureux qu'il attaque périront, que tu voles à leur secours ou pas. Si tu te bats, tu perdras la vie et Rahl fera beaucoup d'autres victimes. Pour triompher, il te faut avoir le courage d'abandonner ces hommes et ces femmes à leur destin. Préserve-toi pour être en mesure de lutter plus tard. Et supporte le fardeau qui pèsera sur ta conscience. Écoute ton cerveau, pas les appels de l'épée, et tu conserveras une chance de gagner.*

—Mais il faudra que je sorte à un moment ou à un autre!

—*Darken Rahl est le maître d'œuvre de bien des horreurs. Il doit jongler avec beaucoup d'éléments, et son temps est précieux. Il n'attendra pas toute la nuit. Non sans raison, il est sûr de pouvoir t'écraser quand il le voudra. Te guetter ici serait du gaspillage. Il s'en ira bientôt, concentré sur d'autres sombres projets. Et il s'occupera de toi plus tard…*

» Les symboles dessinés sur ton corps nous ont permis de te voir. À cause d'eux, Rahl, lui, en sera incapable. Sauf si tu dégaines ton épée. Dans ce cas, il te repérera et il t'aura à sa merci. Tant que les symboles ne seront pas effacés – et que ton arme restera au fourreau – Rahl ne réussira pas à te trouver sur le territoire du Peuple d'Adobe.

— Mais je ne peux pas rester ici !

— C'est vrai, tu devras partir pour le combattre. Dès que tu quitteras nos terres, les symboles perdront leur pouvoir et il te verra de nouveau.

La respiration de Richard s'accéléra. Voyant ses mains trembler, Kahlan comprit qu'il bouillait de passer outre ces avertissements pour courir au combat.

— À toi de décider, conclurent les esprits. *Attends ici pendant qu'il massacre les nôtres. Quand il sera parti, tu iras chercher la boîte et c'est lui qui mourra. Tu peux aussi sortir et te faire étriper pour rien.*

Richard serra les poings et ferma les yeux.

— J'attendrai…, souffla-t-il d'une voix à peine audible.

Kahlan lui jeta les bras autour du cou et l'attira vers elle. Alors qu'ils éclataient en sanglots, le cercle d'Anciens recommença à tourner.

Quand l'Homme Oiseau les secoua pour les réveiller, la jeune femme constata que ce « tourbillon » était son dernier souvenir de la nuit. Avec l'impression d'émerger d'un cauchemar, elle se souvint du massacre des Hommes d'Adobe, dehors, et de la révélation des esprits : pour trouver la boîte, ils devaient s'enfoncer dans l'Allonge d'Agaden et se frotter à Shota. Cette seule idée la rendait malade de peur.

Les Anciens étaient toujours là. L'air sinistre, ils aidèrent les deux jeunes gens à se relever. Quand des larmes perlèrent à ses paupières, Kahlan les força à refluer.

L'Homme Oiseau ouvrit la porte. Dehors, l'air était glacial sous un ciel clair piqueté d'étoiles.

Tous les nuages avaient disparu, y compris l'espion de Darken Rahl.

L'aube se lèverait dans moins d'une heure ; à l'est, l'horizon se colorait déjà de pourpre. Très solennel, un chasseur leur tendit leurs vêtements et l'épée du Sourcier. Ils s'habillèrent en silence et sortirent.

Une phalange de chasseurs et d'archers, beaucoup couverts de sang, entourait la maison des esprits.

— Qu'on me dise ce qui est arrivé ! ordonna Richard.

Un homme armé d'une lance vint se camper devant lui. Kahlan approcha pour traduire.

— Le démon rouge et son cavalier sont descendus du ciel ! cracha le guerrier, fou de rage. *C'était toi qu'ils cherchaient.* (Il leva sa lance et la braqua sur la poitrine du Sourcier. L'Homme Oiseau avança, saisit la hampe de l'arme et l'écarta de sa cible.) *Fou de rage d'avoir seulement trouvé tes habits, l'homme s'en est pris à nous. Et il n'a pas épargné les enfants ! Nos lances et nos flèches ne lui faisaient rien et nos mains étaient impuissantes. Ceux qui ont essayé de le toucher*

furent carbonisés par des flammes magiques. Quand il a vu nos feux de camp, la fureur de ce bourreau n'a plus eu de limites. Il les a tous fait s'éteindre. Après être remonté sur le démon rouge, il a dit qu'il reviendrait égorger tous nos enfants si nous ne renoncions pas au feu. Puis il a fait voler Siddin dans les airs par magie et l'a pris sous son bras. Un cadeau pour un ami! a-t-il lancé avant de s'envoler. Et toi, Richard Au Sang Chaud, où étais-tu pendant qu'on nous massacrait?

Savidlin ne parvint pas à retenir ses larmes. Kahlan porta une main à sa poitrine, comme si on venait de lui arracher le cœur. Elle savait à qui était destiné le « cadeau ».

L'homme à la lance cracha au visage de Richard. Savidlin voulut intervenir, mais le jeune homme l'en empêcha.

—*Les esprits de nos ancêtres ont parlé,* dit le père de Siddin. *Je sais que Richard n'est pas responsable de ça…*

Kahlan passa un bras autour des épaules musclées de l'Homme d'Adobe.

—*Ne perds pas espoir, ami. Nous avons déjà sauvé ton fils alors que tout semblait perdu. Crois-moi, nous recommencerons.*

Savidlin hocha bravement la tête. Quand Kahlan se fut écartée de lui, Richard voulut savoir ce qu'elle lui avait dit.

—Un mensonge, répondit-elle. Pour apaiser son chagrin.

—Tu as bien fait…, souffla le Sourcier avant de se tourner vers l'homme à la lance. Montre-moi les cadavres des victimes!

—*Pourquoi?*

—Ainsi, je n'oublierai jamais pour quelle raison je veux tuer leur bourreau.

L'homme foudroya les Anciens du regard, puis les conduisit au centre du village. Kahlan se composa un masque d'Inquisitrice – une défense contre les horreurs qui l'attendaient. Elle avait vu ça trop souvent, dans tant d'endroits différents…

Comme elle s'y attendait, la scène ressemblait à celles qui la hantaient toujours. Devant un mur, hâtivement empilés, gisaient des cadavres d'enfants déchiquetés et des corps calcinés d'hommes et de femmes auxquels il manquait parfois un membre ou la tête. La nièce de l'Homme Oiseau était du nombre…

Richard se fraya un chemin parmi les villageois en pleurs et vint se camper devant les suppliciés.

Le calme absolu dans l'œil du cyclone, pensa Kahlan. Ou peut-être, celui de l'éclair sur le point de frapper.

—*Voilà ce que tu nous as apporté!* cria le guerrier à la lance. *C'est ta faute!*

Autour d'eux, beaucoup d'Hommes et de Femmes d'Adobe approuvèrent en silence.

—Si cela peut te soulager, dit Richard à son accusateur, fais-moi porter le blâme. Moi, je préfère m'en prendre au monstre qui a du sang sur les mains. (Il se tourna vers l'Homme Oiseau et les Anciens.) Jusqu'à ce que tout ça soit fini, n'allumez plus de feu. S'entêter coûterait la vie à d'autres malheureux… Mes amis, je jure de punir le coupable, ou de mourir en essayant. Merci de m'avoir aidé. Merci à vous tous.

Quand il regarda Kahlan, elle lut dans ses yeux une colère qui dépassait tout ce qu'elle avait vu chez lui jusque-là. Pour l'éprouver, il fallait avoir été confronté à un charnier comme celui-là…

— Allons chercher cette voyante ! dit-il, les dents serrées.

Il n'y avait pas d'autre solution. Hélas, Kahlan en savait long sur Shota.

Ils allaient au-devant de leur mort !

Autant aller demander à Darken Rahl où était cachée la troisième boîte…

Kahlan approcha de l'Homme Oiseau et lui jeta les bras autour du cou.

— *Ne m'oubliez pas…*, murmura-t-elle.

Quand ils se furent écartés l'un de l'autre, l'Homme d'Adobe balaya l'assistance du regard.

— *Notre frère et notre sœur auront besoin d'une escorte pour atteindre en sécurité les limites de notre territoire…*

Savidlin se porta volontaire sans hésiter. Tout aussi résolus, une dizaine de ses meilleurs chasseurs lui emboîtèrent le pas.

Chapitre 29

La princesse Violette se retourna sans crier gare et flanqua une formidable gifle à Rachel. Sa victime, bien entendu, n'avait rien à se reprocher. Mais la princesse adorait la frapper aux moments où elle s'y attendait le moins. Un jeu très amusant !

Rachel ne tenta pas de cacher sa douleur. Quand ça ne faisait pas assez mal, Violette y allait aussitôt d'une autre claque. Des larmes dans les yeux, Rachel posa une main sur la marque rouge, la lèvre inférieure tremblante, et ne dit rien.

Revenue devant la petite commode en bois vernis, Violette glissa un index dans la poignée en or, ouvrit un nouveau tiroir et en sortit un collier d'argent incrusté de grosses pierres précieuses bleues.

— Celui-là est très joli. Relève-moi les cheveux.

La princesse se plaça devant le miroir en pied au somptueux cadre de bois et s'admira à loisir tandis que ses doigts boudinés, sur sa nuque, manipulaient le fermoir du bijou. Alors qu'elle tenait en l'air les longs cheveux d'un brun terne de sa maîtresse, Rachel aperçut dans le miroir le reflet de son visage, où s'étalait une grande marque rouge. Elle détestait se voir, surtout après que la princesse lui eut méticuleusement massacré les cheveux. Dans sa position, on n'avait pas le droit de les laisser pousser. Mais une coupe régulière, était-ce trop demander ? Si presque toutes les autres filles étaient tondues, le résultat, chez elles, avait meilleure allure. Hélas, Violette se régalait d'enlaidir Rachel à grands coups de ciseaux. Quand les gens jugeaient sa souffre-douleur disgracieuse, elle buvait du petit lait…

Rachel fit reposer son poids sur son pied droit et le massa avec sa cheville gauche pour se désankyloser. Elles avaient passé l'après-midi dans la salle des bijoux de la reine. La princesse n'aimait rien tant qu'essayer les trésors de sa mère en contemplant son reflet dans le miroir. Étant son jouet humain, Rachel devait rester et s'assurer que Violette s'amusait comme une petite folle. Des dizaines de tiroirs étaient ouverts, en grand ou seulement à moitié. Des colliers et des bracelets en dépassaient comme des langues étincelantes. D'autres étaient éparpillés sur le sol avec des broches, des tiares et des bagues.

La princesse baissa les yeux et désigna une pierre bleue montée sur un anneau d'or.

— Ramasse-moi ça !

Rachel obéit, puis glissa la bague au doigt que sa maîtresse lui tendit devant le nez. Quand ce fut fait, Violette fit des effets de main devant la glace, la posant sur sa robe en satin bleu pâle, histoire de mettre l'anneau en valeur. Avec un soupir d'ennui, elle se détourna de son image et approcha du piédestal de marbre blanc qui se dressait, solitaire, dans le coin opposé de la pièce. Là, elle contempla le trésor le plus cher de sa mère – dont elle ne manquait pas une occasion de vanter les mérites.

Les petits doigts trop gras de Violette saisirent la boîte d'or incrustée de pierres précieuses et l'arrachèrent à son écrin de velours.

— Princesse ! cria Rachel sans réfléchir. Votre mère vous a interdit d'y toucher !

Violette se retourna, l'air innocent, et lança la boîte à Rachel, qui la rattrapa au vol, horrifiée à l'idée qu'elle puisse s'écraser contre un mur. Tremblant de peur en pensant au fabuleux trésor qu'elle osait serrer entre ses mains, elle le posa sur le sol et le lâcha vivement comme s'il s'était agi d'un boulet de charbon chauffé au rouge.

Puis elle recula, certaine de recevoir le fouet si on découvrait qu'elle osait se tenir si près de la précieuse boîte.

— Où est le problème ? cria Violette. La magie interdit qu'on la sorte de cette salle. Personne ne risque de la voler ou de l'endommager.

Rachel ignorait tout de la magie. Mais elle ne voulait à aucun prix être surprise en train de toucher la boîte de la reine.

— Je descends dans la salle à manger, annonça la princesse, son gros nez levé, pour voir arriver les invités et attendre qu'on mange. Range-moi tout ça, puis va dire aux cuisiniers que je ne veux pas de la viande racornie, cette fois. Si ça recommence, je dirai à ma mère de leur faire donner le bâton.

— À vos ordres, princesse Violette, fit Rachel.

— Tu n'oublies pas quelque chose, ma fille ?

— Oh, oui ! Merci de m'avoir permis de venir ici. Vous êtes si jolie avec tous ces bijoux...

— Il faut bien que je fasse quelque chose pour toi. Tu dois en avoir assez de voir ton affreux visage dans la glace. Ma mère dit qu'il faut se montrer gentil avec ceux que le destin n'a pas gâtés. (Elle glissa une main dans sa poche.) Tiens, voilà la clé. N'oublie pas de refermer quand tu auras tout remis en ordre.

— Ce sera fait, princesse, souffla Rachel avec une révérence.

Alors qu'elle lui donnait la clé, la main libre de Violette jaillit de nulle part et percuta la joue de Rachel avec une violence inouïe. À demi sonnée, la pauvre enfant regarda son bourreau sortir en riant aux éclats. Bruit de gorge haut perché et grinçant de méchanceté, le rire de la princesse était presque aussi douloureux que ses gifles.

En larmes, Rachel s'agenouilla et entreprit de ramasser les trésors négligemment jetés sur le tapis. Marquant une pause, elle frotta la nouvelle marque laissée sur sa joue par sa maîtresse. Ça lui faisait un mal de chien !

Rachel décrivit de grands cercles autour de la boîte. Trop effrayée pour y toucher, elle lui jetait des regards en biais, consciente qu'elle devrait tôt ou tard la reposer à sa place. Elle mit un temps infini à ranger les bijoux et à fermer les tiroirs, avec l'espoir qu'elle n'en terminerait jamais et ne serait pas obligé de ramasser l'objet que la reine chérissait plus que tout.

La souveraine serait hors d'elle si elle apprenait qu'un minable jouet humain avait souillé sa précieuse boîte. Et comme un de ses passe-temps favoris était d'expédier les gens sous la hache du bourreau... Parfois, Violette amenait Rachel aux exécutions. Si elle fermait les yeux tout au long, sa maîtresse ne perdait pas une miette du spectacle.

Quand tous les bijoux furent rangés, et le dernier tiroir fermé, Rachel regarda la boîte du coin de l'œil. Elle eut le sentiment d'être dévisagée en retour, comme si l'objet risquait de la dénoncer à la reine. Mobilisant tout son courage, elle s'agenouilla, ramassa la boîte, et, la tenant à bout de bras, avança lentement entre les tapis, terrifiée à l'idée de laisser tomber son fardeau. Elle le remit en place sur le piédestal, très lentement pour ne pas risquer qu'une des incrustations se détache...

Enfin, soulagée, elle lâcha la boîte.

En se retournant, elle aperçut, sur le sol, l'ourlet d'une robe couleur argent, et en eut le souffle coupé. Comment était-ce possible, puisqu'elle n'avait pas entendu de bruit de pas ? Pourtant, quelqu'un était là.

Le regard de Rachel remonta lentement le long de la robe, vola sur les deux mains qui dépassaient des manches, survola la barbe blanche pointue puis le nez crochu et s'arrêta au niveau des yeux noirs que surmontait un crâne chauve.

Le sorcier !

— Maître Giller..., gémit-elle, certaine d'être foudroyée dans la seconde. Je la remettais en place, c'est tout... Je le jure ! S'il vous plaît, ne me tuez pas ! (Elle voulut reculer, mais ses pieds refusèrent de lui obéir.) S'il vous plaît !

Elle tira sur sa jupe et mordit l'ourlet pour ne pas éclater en sanglots.

Quand le sorcier s'accroupit devant elle, elle ferma les yeux, sûre que sa dernière heure avait sonné.

— Mon enfant, dit gentiment Giller. (Rachel ouvrit prudemment un œil et constata, stupéfaite, qu'il s'était simplement agenouillé en face d'elle, leurs visages au même niveau.) Je ne te ferai pas de mal, rassure-toi...

— Vraiment ? demanda Rachel en ouvrant son autre œil – tout aussi prudemment.

Elle n'en croyait pas un mot. Derrière le sorcier, la lourde porte était fermée, la privant de sa seule chance de fuir.

— Vraiment ! confirma Giller. Qui a déplacé la boîte ?

— On jouait, c'est tout. Oui, un jeu, rien de plus… Je l'ai remise en place pour faire plaisir à la princesse. Elle est très gentille avec moi, alors, je voulais l'aider. Elle est si merveilleuse, je l'adore, et elle…

Le sorcier posa un doigt sur les lèvres de l'enfant.

— J'ai compris, ma petite… Ainsi, tu es son jouet humain ?

— Oui. Rachel…

— Quel joli nom ! Je suis très content de te rencontrer, Rachel. Navré de t'avoir fait peur. Je venais simplement jeter un coup d'œil sur la boîte de la reine.

Personne ne lui avait jamais adressé de compliments sur son nom. Mais il avait aussi fermé la porte…

— Vous n'allez pas me faire brûler vive ? Ni me transformer en crapaud ?

— Mais non, ma chérie ! (Il la dévisagea.) Dis-moi, c'est quoi, ces marques rouges, sur ta figure ?

Rachel ne répondit pas, trop apeurée pour dénoncer sa maîtresse. Lentement, le sorcier lui toucha une joue du bout des doigts. Puis il passa à l'autre. La sensation de brûlure disparut aussitôt.

— Tu te sens mieux ?

Rachel hocha la tête. De si près, les yeux du sorcier lui paraissaient énormes. Ils lui donnèrent envie de tout lui dire, et elle ne résista pas.

— La princesse m'a frappée…, avoua-t-elle, honteuse.

— Vraiment ? Elle n'est pas si gentille que ça avec toi, pas vrai ?

Rachel fit non de la tête.

Alors, le sorcier eut un comportement qui la stupéfia. Il l'enlaça et la serra contre lui ! D'abord pétrifiée, Rachel se détendit, lui passa les bras autour du cou et lui rendit son étreinte. Ses longs favoris blancs lui chatouillèrent la gorge et le visage, mais ça ne la dérangea pas.

Le sorcier s'écarta d'elle et la regarda, l'air très malheureux.

— Désolé, mon enfant… La reine et la princesse peuvent se montrer très cruelles.

Sa voix, très agréable, lui rappela celle de Brophy. Sous son nez crochu, ses lèvres dessinaient un grand sourire.

— Mais j'ai quelque chose qui pourrait t'aider… (Il glissa une main dans sa robe et leva les yeux au plafond pendant que sa main fouillait sa poche. Rachel écarquilla les yeux quand il en sortit une poupée aux cheveux blonds très courts, comme les siens, et lui tapota le ventre.) C'est une poupée-malheur…

— Une poupée-malheur ?

— Exactement. (Giller sourit et des ridules se formèrent au coin de ses lèvres.) Quand tu as des malheurs, raconte-les-lui et elle te les fera oublier. Elle a un pouvoir, tu sais. Tiens, essaie…

Le souffle court, Rachel tendit les mains et saisit délicatement la poupée. Elle la blottit contre sa poitrine et la serra très fort. Puis, timidement, elle la leva à hauteur de son visage et ses yeux s'embuèrent.

— La princesse Violette dit que je suis laide, confia-t-elle à la poupée.

Quand les lèvres du jouet dessinèrent un sourire, Rachel en resta bouche bée.

— Je t'aime, Rachel, souffla une toute petite voix.

L'enfant poussa un petit cri de surprise. Puis, rayonnante, elle serra de nouveau contre elle la poupée-malheur.

Soudain, elle se souvint...

... et voulut rendre son cadeau au sorcier.

— Je n'ai pas le droit d'avoir une poupée. La princesse me l'interdit. Si elle la découvre, elle la jettera au feu. C'est ce qu'elle a dit !

— Hum... Laisse-moi réfléchir, fit le sorcier en se frottant le menton. Où dors-tu, mon enfant ?

— Presque toujours dans la chambre de la princesse... Elle m'enferme dans son coffre à linge. C'est très cruel. Parfois, quand elle estime que j'ai été méchante, elle me chasse du château pour la nuit. Alors, je dois me débrouiller dehors. Elle croit que c'est une punition. Moi, j'aime plutôt ça, parce que j'ai une cachette, dans un pin-compagnon, où je dors très bien.

» Les pins-compagnons n'ont pas de verrou, contrairement aux coffres à linge. Du coup, je peux faire mes besoins quand j'en ai envie. Parfois, la nuit est froide, mais j'ai un tas de paille, et je me glisse dessous pour me réchauffer. Je rentre toujours tôt au château, avant qu'elle envoie des gardes à ma recherche. Comme ça, ils ne risquent pas de trouver ma cachette. Sinon, ils le diraient à la princesse, et elle ne m'enverrait plus jamais dehors.

Le sorcier lui prit délicatement la tête entre ses mains tavelées. Une sensation très étrange...

— Ma pauvre enfant, soupira-t-il, dire que j'ai une part de responsabilité dans tout ça ! (Des larmes perlèrent à ses paupières. Rachel ne se doutait pas que les sorciers savaient pleurer.) Mais j'ai une idée ! (Il sourit de nouveau et tendit un index triomphal.) Tu connais les jardins ? Je veux dire, les beaux jardins, où il y a parfois des fêtes...

— Oui. Je dois les traverser pour rejoindre ma cachette, quand je dors dehors. La princesse me fait franchir le mur d'enceinte par le portail des jardins. Elle ne veut pas que je passe par-devant, où il y a des boutiques et des gens. Elle a peur que quelqu'un me recueille pour la nuit. Interdiction d'aller en ville ou près des fermes. La punition, c'est d'être dans la forêt !

— Bien... Quand on descend l'allée principale des jardins, on voit des vasques, des deux côtés, où sont plantées des fleurs jaunes.

— Oui, je les connais...

— Je cacherai ta poupée dans la troisième, sur la droite. Je la protégerai avec une Toile de Sorcier – un truc magique – pour que toi seule puisses la trouver. (Il prit la poupée et la fit disparaître sous sa robe.) Quand la princesse te chassera, tu passeras par là et tu récupéreras ta poupée. Ensuite, tu la garderas dans ton pin-compagnon, où personne ne viendra te la prendre.

» Je te laisserai un bâton de feu magique. Tu n'auras qu'à faire un petit tas de brindilles – pas trop gros, surtout ! –, et l'entourer de pierres. Quand tu pointeras le bâton dessus en disant « brûle pour moi », des flammes jailliront et tu auras chaud.

Rachel lui jeta de nouveau les bras autour du cou et le serra très fort pendant qu'il lui tapotait le dos.

— Merci, maître Giller !

— Quand nous sommes seuls, tu peux m'appeler Giller tout court, ma chérie. C'est ce que font tous mes amis.

— Merci pour la poupée, Giller. On ne m'avait jamais rien offert de si beau. Je veillerai bien sur elle. Mais à présent, je dois y aller. Il faut que je réprimande les cuisiniers au nom de la princesse. Après, je devrai m'asseoir et la regarder manger. (Rachel sourit.) Ça me laissera le temps de penser à une bêtise à faire pour qu'elle me jette dehors cette nuit.

Le sorcier rit de bon cœur, ses yeux pétillant de malice. Après avoir ébouriffé les cheveux de sa protégée, il l'aida à ouvrir et à fermer la porte, la verrouilla et lui rendit la clé.

— J'espère qu'on pourra encore se parler…, dit Rachel, pleine d'espoir.

— Nous nous reverrons, ma petite. J'en suis sûr.

Sur un dernier geste de la main pour son nouvel ami, Rachel courut dans le long couloir désert, plus heureuse que jamais depuis qu'elle était venue vivre au château. Pour gagner les cuisines – un long chemin – elle descendit plusieurs escaliers, traversa d'autres couloirs – avec des tapis sur le sol et des tapisseries aux murs –, passa dans de grandes pièces aux hautes fenêtres drapées de rideaux or et rouge, frôla des chaises en velours pourpre aux pieds dorés à l'or fin, marcha sur des tapis où on voyait se battre des hommes à cheval, croisa des gardes qui patrouillaient par paires, en vit d'autres immobiles comme des statues devant de grandes portes, et évita du mieux qu'elle put les domestiques qui couraient en tous sens, portant du linge, des plateaux, ou encore des seaux, des chiffons et d'énormes balais.

Personne ne fit attention à elle, même si elle courait. Tous la connaissaient, et ce n'était pas la première fois que le jouet humain fonçait à travers le château en « mission » pour sa princesse…

Rachel était épuisée quand elle arriva aux cuisines – une ruche bourdonnante d'activité à l'atmosphère saturée de vapeur et de fumée. Chargés de gros sacs, d'énormes casseroles ou de plateaux brûlants, les marmitons dansaient un ballet frénétique en essayant de ne pas se percuter les uns les autres. Sur de grandes tables, d'autres garçons de cuisine débitaient avec ardeur des produits que Rachel était trop petite pour apercevoir. Dans le bruit des poêles qui s'entrechoquaient, les cuisiniers braillaient des ordres aux assistants qui s'affairaient à pendre ou à décrocher toute une batterie d'ustensiles étranges rangés sur des râteliers. Tout le monde criait en même temps, couvrant le bruit des cuillers qui raclaient contre le fond des chaudrons et le doux crépitement du beurre, des oignons et des épices mis à frire avec de l'huile dans de grandes sauteuses. L'air embaumait tellement que la tête de Rachel lui tourna…

Elle tira sur la manche d'un des deux chefs cuisiniers et essaya de dire qu'elle avait pour lui un message de la princesse. Mais l'homme se disputait avec son collègue. Énervé, il lui ordonna d'aller s'asseoir et d'attendre qu'il ait fini. Rachel repéra une petite chaise, près des fours. Elle s'y installa, le dos contre la brique chaude. Les délicieuses odeurs de cuisson, pour une enfant affamée, tenaient de la torture. Mais si elle demandait quelque chose à manger, ça lui vaudrait des ennuis.

Debout devant une grosse cruche, les deux hommes s'invectivaient en agitant les bras. Soudain, le récipient tomba de la table, se fendit en deux et libéra un liquide ambré qui se répandit aussitôt sur le sol. Pour qu'il n'entre pas en contact avec ses pieds nus, Rachel sauta prestement sur sa chaise.

Les deux cuisiniers s'étaient pétrifiés, le visage presque aussi blanc que leurs tabliers.

— On est bien avancés, maintenant, dit le plus petit des deux. Que faire ? Il ne nous reste rien des ingrédients envoyés par le Petit Père Rahl.

— Une minute, souffla le plus grand, une main sur le front. Laisse-moi réfléchir…

Il se concentra, puis leva triomphalement les bras.

— J'ai une idée ! Déniche-moi une autre cruche, et ferme ta gueule ! On va peut-être sauver nos têtes… Trouve d'autres ingrédients, abruti !

— Quels ingrédients, espèce d'andouille ?

— Des trucs couleur ambre…

Rachel les regarda s'affairer. Ils mélangèrent toutes sortes de poudres dans une bouteille, ajoutèrent un liquide indéfinissable, agitèrent le tout et goûtèrent. Satisfaits du résultat, ils sourirent de toutes leurs dents.

— Parfait, ça marche, dit le plus grand. Enfin, je crois… Mais ferme-la et laisse-moi parler…

Sur la pointe des pieds, Rachel traversa le plancher humide et tira de nouveau sur la manche de l'homme.

— Tu es toujours là, toi ? Que veux-tu, à la fin ?

— La princesse Violette refuse de manger de la viande trop cuite et trop sèche. Si vous n'obéissez pas, elle demandera à sa mère de vous faire fouetter. (Rachel baissa humblement les yeux.) C'est elle qui m'a ordonné de vous prévenir…

Le cuisinier regarda l'enfant puis se tourna vers son collègue.

— Je te l'avais dit ! Bon sang, je te l'avais dit ! Pour la princesse, coupe le morceau en deux dans le sens de la largeur. Et ne te trompe pas d'assiette, ou nous finirons sur l'échafaud ! (Il regarda de nouveau Rachel, puis désigna la cruche.) Toi, tu n'as rien vu ni entendu…

— Je ne dois pas raconter que je vous ai vus cuisiner ? Eh bien d'accord… (Toujours sur la pointe des pieds, Rachel battit en retraite.) Je ne dirai rien, c'est promis. D'ailleurs, je déteste voir des gens être maltraités par ces hommes, avec leurs fouets… Juré, je garderai ça pour moi !

— Attends un peu ! Tu t'appelles Rachel, c'est ça ?

La gamine se retourna et hocha la tête.

— Reviens par ici, petite…

Rachel n'en avait pas envie du tout, mais elle obéit.

Le cuisinier prit un grand couteau qui la fit trembler de peur. Mais il approcha d'une table et, dans un plat, coupa une grosse tranche de rôti gorgée de jus. Rachel n'avait jamais vu – de si près, en tout cas – une viande aussi belle, sans gras et sans nerf. Le genre de morceaux de choix que la reine et la princesse se réservaient…

— Désolé d'avoir été méchant avec toi, Rachel. Va te rasseoir sur ta chaise et mange. Ensuite, nous nettoierons ton petit minois pour que personne ne s'aperçoive de rien…

La gamine hocha joyeusement la tête et courut vers le siège, trop excitée pour penser à marcher sur la pointe des pieds.

Vraiment, elle n'avait jamais rien goûté de si bon ! Elle essaya de faire durer le plaisir en mangeant lentement, fascinée par la frénésie des marmitons, mais elle n'y parvint pas. Du jus de cuisson ruissela sur ses avant-bras et sur ses coudes.

Quand elle eut fini, le petit cuisinier vint lui frotter les mains, les bras et le visage avec une serviette. Puis il lui donna une part de tarte au citron – sans la mettre sur une assiette, comme l'autre avait fait avec la viande. Ayant préparé lui-même la pâtisserie, il voulut savoir ce que Rachel en pensait. Quand elle déclara n'avoir jamais rien mangé d'aussi bon, il parut aux anges.

Aussi loin qu'elle remontât, c'était le meilleur jour de sa vie ! Deux événements heureux en quelques heures : la poupée-malheur et ce délicieux repas. De quoi se sentir une reine !

Un peu plus tard, dans la grande salle à manger, quand Rachel prit place sur sa petite chaise, derrière la princesse, son estomac, pour la première fois, n'émit pas de gargouillis saugrenus pendant que les gens importants se gavaient. La table d'honneur étant surélevée de six ou sept pieds, il lui suffisait de se tenir bien droite pour avoir une vue d'ensemble sur l'assistance.

Les serviteurs s'agitaient sans cesse. Ils débarrassaient certaines assiettes – encore à demi pleines ! –, servaient du vin à flots et remplaçaient les plats tièdes par des préparations sorties de la cuisine.

Le regard de Rachel s'attarda sur les gentes dames et les seigneurs richement vêtus qui jouaient avec enthousiasme de la fourchette et du couteau. Pour une fois, elle connaissait le goût des mets dont ils se régalaient. Mais elle ne comprenait toujours pas pourquoi ils avaient besoin d'autant de couverts. Quand elle lui avait posé la question, Violette s'était écriée qu'une pauvre souillon n'avait pas besoin de savoir ce genre de choses.

Lors des banquets, personne ne faisait attention à elle, et la princesse lui accordait rarement plus d'un ou deux coups d'œil. Violette voulait qu'elle soit là pour exhiber son jouet, rien de plus. Et peut-être aussi parce que la reine, pendant les repas, avait des gens assis ou debout derrière elle. Car Rachel, comme le disait souvent la souveraine, était là pour entraîner Violette à l'exercice du pouvoir…

L'enfant se pencha en avant et souffla :

— La viande est-elle à votre goût, princesse ? J'ai dit aux cuisiniers de ne plus vous traiter aussi mal...

Du jus dégoulinant de son menton, Violette jeta un coup d'œil derrière son épaule.

— Elle est assez bonne pour leur éviter le fouet. Et tu as raison, il est temps qu'ils apprennent à me traiter dignement...

Comme toujours lors des repas, la reine Milena avait son petit chien avec elle. Tout excité, il frétillait des quatre pattes, égratignant l'énorme bras de la souveraine pendant qu'elle le gavait de petits morceaux de nourriture dont Rachel aurait volontiers fait son ordinaire. Jusqu'à aujourd'hui, en tout cas, pensa-t-elle en souriant.

Rachel détestait cet animal. Il aboyait sans cesse et adorait, quand Milena le posait sur le sol, se jeter sur elle pour lui planter ses petites dents pointues dans les mollets. Bien entendu, l'enfant n'osait pas se plaindre. D'ailleurs, quand le cabot la mordait, la reine s'inquiétait toujours... qu'il puisse se faire mal ! Pour lui parler, elle prenait une voix haut perchée et douceâtre qui faisait grincer les dents de Rachel.

Pendant que Milena et ses ministres discutaient d'une affaire d'alliance, la fillette s'amusa à battre un peu des jambes et à jouer des castagnettes avec ses genoux. Pour passer le temps, elle pensa à sa poupée-malheur...

Le sorcier était assis derrière la reine, à sa droite, et il lui donnait son avis quand elle le demandait. Dans sa robe argentée, il avait l'air si majestueux ! Jusque-là, Rachel ne s'était pas beaucoup intéressée à lui : un courtisan parmi d'autres, toujours à la traîne de la reine, à l'instar de son fichu chien. Bien sûr, les gens avaient peur de lui – comme *elle* craignait le chien ! Mais à présent, son regard sur lui avait changé. Sans doute l'homme le plus gentil qu'elle ait jamais connu !

Il ne l'avait pas regardée une fois, sûrement pour ne pas attirer l'attention sur elle et éveiller le courroux de Violette. Une bonne initiative. Si elle avait su qu'il trouvait son nom joli, la princesse aurait piqué une crise de colère.

Chaque fois que la reine hochait la tête aux propos d'un courtisan, ses longs cheveux noirs ondulaient de droite à gauche sur le dossier sculpté de sa magnifique chaise.

Quand le repas fut terminé, des serviteurs arrivèrent, poussant un petit chariot sur lequel trônait la cruche que Rachel avait vue à la cuisine – la deuxième, évidemment. Avec une louche, ils remplirent des gobelets et en donnèrent à tous les convives, qui prirent aussitôt une mine très sérieuse.

La reine se leva, son gobelet dans une main et le chien sous son autre bras.

— Mesdames et messires, dit-elle, je vous invite à boire le verre de l'édification, afin que nous puissions voir la vérité. Ce nectar étant extrêmement rare, fort peu de gens ont eu l'occasion d'y goûter. Bien entendu, je fais exception à la règle, car il est essentiel, pour assurer le bien-être de mon peuple, que je sois constamment édifiée sur la sainte philosophie du Petit Père Rahl. À présent, buvons !

Certains convives parurent hésiter, mais ça ne dura pas longtemps, et tous vidèrent leurs gobelets. La reine but la dernière puis se rassit, l'air toute chose. Appelant un domestique, elle lui murmura quelques mots à l'oreille.

Lorsqu'elle vit que Milena fronçait les sourcils, Rachel frissonna. Dès que le front de la reine se plissait, les têtes ne tardaient pas à tomber.

Le grand cuisinier entra dans la salle à manger, tout sourire. Mais quand la reine lui fit signe d'approcher et de se pencher vers elle, Rachel vit que de la sueur ruisselait sur son visage. Était-ce à cause de la chaleur infernale qui régnait dans la cuisine ?

Assise derrière la princesse, elle-même à la droite de Milena, l'enfant put entendre le dialogue.

— Ça n'a pas le même goût que d'habitude, dit Milena d'une voix dure.

Elle ne prenait pas toujours ce ton-là. Raison de plus pour s'inquiéter quand elle y recourait.

— Eh bien, Majesté, pour tout dire, ce n'est pas… hum… tout à fait la même boisson… (Il parla très rapidement, ses sourcils se levant et se baissant à toute vitesse.) Vous voyez, en vérité, eh bien, je savais que c'était un banquet très important et que vous vouliez que tout se passe à merveille. Que tous les gens soient… hum… très édifiés, pour voir votre munificence, et votre clairvoyance au sujet… hum… de tous ces trucs… (Il se pencha un peu plus et baissa la voix.) Alors, j'ai pris la liberté de préparer un vin de l'édification un peu plus fort. Enfin, beaucoup plus fort, en réalité. Pour que l'assistance ne risque pas de passer à côté de la… euh… pertinence de vos propos. Croyez-moi, Majesté, ce vin est si fort que tout le monde sera plus édifié que jamais !

Il se pencha davantage et murmura :

— Pour tout vous avouer, Splendeur des Splendeurs, il est si corsé que tous ceux qui ne seront pas édifiés et vous contrediront pourront être tenus pour des… hum… traîtres.

— Vraiment ? lança Milena. Je me disais bien que ce vin était plus capiteux que d'habitude.

— Quelle perspicacité, Votre Majesté ! Votre palais est digne de celui des meilleurs goûteurs. J'étais sûr que vous vous en apercevriez !

— Certes… Mais ce vin n'est-il pas un peu *trop* fort ? Je suis tellement édifiée que j'en ai la tête qui tourne.

— Votre Majesté, dit le cuisinier, le vin de l'édification n'est jamais trop fort quand votre pouvoir est en jeu. Que les traîtres se démasquent donc !

Milena approuva du chef et sourit.

— Voilà un cuisinier sage et loyal. À partir de ce soir, je te nomme unique responsable de la préparation du vin de l'édification.

— Merci mille fois, Lumière de Notre Temps !

L'homme fit une demi-douzaine de révérences et s'éclipsa. Rachel se réjouit qu'il s'en sorte à si bon compte.

— Mesdames et messires, j'ai une petite surprise pour vous. Ce soir, j'ai demandé au cuisinier de nous servir un vin de l'édification très puissant. Ainsi, tous ceux qui me sont loyaux ne manqueront pas de reconnaître la sagesse des enseignements du Petit Père Rahl.

Les courtisans sourirent pour manifester leur fervente approbation. Certains annoncèrent qu'ils ressentaient les effets particulièrement édifiants de ce fabuleux nectar.

— Une autre petite surprise, mesdames et messires, pour vous divertir ! (La reine claqua des doigts.) Gardes, amenez ce fou !

Des soldats poussèrent un homme au centre de la salle, en face de la table d'honneur. Grand et musclé, le prisonnier était couvert de chaînes.

— Nous savons tous, continua la reine, qu'une alliance avec Darken Rahl nous serait bénéfique. Et les petites gens – les travailleurs ou les fermiers –, nous le savons aussi, en tireraient le plus grand profit. Car ils seraient enfin libérés du joug de ceux qui les exploitent honteusement pour s'enrichir et assouvir leurs bas instincts. À partir de maintenant, nous allons tous œuvrer pour le bien commun et oublier nos désirs individuels. (La reine braqua un index sur le prisonnier.) À présent, explique à ces dames et à ces seigneurs, si ignorants, pourquoi tu es beaucoup plus intelligent qu'eux, et pourquoi tu devrais être autorisé à travailler dans ton seul intérêt, au lieu de te dévouer aux autres.

L'homme avait l'air furieux. Rachel espéra le voir changer rapidement d'expression. Sinon, il risquait de gros ennuis.

— Le bien commun, dit-il en désignant l'assistance de son bras droit lesté de chaînes. C'est ça que vous appelez le « bien commun » ? Des hobereaux qui s'empiffrent tous les jours et s'asseyent devant leur cheminée quand il fait froid ? Mes enfants n'ont rien eu à manger ce soir parce que ma récolte a été réquisitionnée pour votre fameux « bien commun » ! Des pourceaux qui ne se donnent pas la peine de travailler et qui dévorent le fruit de mon labeur !

L'assistance éclata de rire.

— Tu voudrais que ces gens n'aient rien à se mettre sous la dent parce que tu as la chance d'avoir des champs fertiles ? demanda la reine. Quel égoïste !

— Leurs champs seraient tout aussi fertiles, s'ils daignaient les ensemencer !

— Donc, tu te soucies si peu des autres que tu les condamnerais sans remords à la famine ?

— Ma famille meurt de faim ! Tout ça pour vous nourrir et engraisser l'armée de Darken Rahl. Oui, pour vous nourrir, dames et seigneurs, qui savez seulement bavarder et décider comment répartir ma récolte entre des profiteurs qui n'ont rien fait pour qu'elle pousse !

Rachel espéra que l'homme se calmerait. S'il continuait comme ça, il ne garderait pas longtemps la tête sur les épaules, même si la reine et les courtisans, pour l'instant, semblaient le trouver amusant.

— Ma famille a froid, ajouta-t-il, de plus en plus furieux, parce qu'on nous interdit de faire du feu. (Il désigna une des nombreuses cheminées.) Ici, de belles flambées réchauffent les bouffons qui osent me dire que nous sommes tous égaux et que plus personne n'aura de privilèges. En conséquence, je n'ai plus le droit de conserver ce qui m'appartient ! N'est-il pas étrange que ceux qui parlent d'égalité – grâce à une alliance avec Rahl ! – et ne travaillent jamais, sauf pour savoir comment me dépouiller, soient bien nourris, bien chauffés et habillés de soie ? Les miens n'ont rien dans l'estomac et des haillons sur le dos !

Tout le monde rit, sauf Rachel, qui avait eu assez souvent faim et froid pour comprendre.

— Mesdames et messires, dit la reine, épanouie, ne vous avais-je pas promis un divertissement… royal ? Le vin de l'édification nous permet de voir cet homme sous son vrai jour : un imbécile égoïste ! Car il se croit vraiment en droit de prospérer pendant que les autres dépérissent. Son intérêt passe avant celui de ses frères humains. Au nom de sa cupidité, il exécuterait bien ceux qui ont faim !

Toute l'assistance rit de bon cœur avec la reine.

Soudain, elle tapa du poing sur la table. Les assiettes vibrèrent et quelques verres se renversèrent, tachant de rouge la splendide nappe blanche.

Tout le monde se tut, sauf le roquet, qui aboya, sa petite gueule chafouine tendue vers le prisonnier.

— Ce genre de cupidité disparaîtra quand l'Armée du Peuple viendra nous débarrasser de toutes les sangsues qui nous vident de notre fluide vital !

Milena s'était empourprée, les joues aussi rouges que les taches de vin, sur la table.

Les courtisans applaudirent en poussant des vivats. La reine se rassit et s'autorisa un sourire.

Aussi écarlate qu'elle, l'homme ne capitula pas.

— N'est-il pas curieux, à présent que les ouvriers et les paysans travaillent pour le bien commun, qu'il n'y ait plus assez de nourriture pour tout le monde ?

La reine se leva d'un bond.

— Ce n'est pas normal du tout ! cria-t-elle. Mais c'est la faute des profiteurs comme toi ! (Elle prit plusieurs inspirations, les joues un peu moins rouges, et se tourna vers sa fille.) Violette, ma chérie, il est temps que tu apprennes à gouverner. Au nom du bien public, évidemment ! La pratique étant beaucoup plus enrichissante que la théorie, je te laisserai juger cette affaire. Quel sort réserverais-tu à ce traître ? Choisis, mon enfant, et tu seras obéie.

La princesse se leva et, tout sourire, balaya l'assistance du regard.

— Voilà ma décision… (Elle se pencha au-dessus de la table, les yeux rivés sur le prisonnier.) Qu'on le décapite !

Tout le monde applaudit et glousse d'aise. Les gardes emmenèrent le condamné, qui leur jeta à la tête des adjectifs que Rachel ne connaissait pas. Mais elle était désolée pour lui, et pour sa famille.

Après quelques minutes de joyeux bavardages, les courtisans décidèrent d'aller assister à l'exécution du traître.

Quand la reine sortit, Violette se tourna vers Rachel et l'invita à venir regarder aussi.

L'enfant se campa devant sa maîtresse, les poings sur les hanches.

— Vous êtes très méchante ! Faire couper la tête de cet homme n'est pas bien !

La princesse mit également les poings sur ses hanches.

— C'est ce que tu penses ? Pour ta peine, tu passeras la nuit dehors !

— Princesse, il fait si froid dans la forêt…

— En grelottant, tu te demanderas comment tu as osé me parler sur ce ton ! Et pour que ça te serve de leçon, tu resteras dehors toute la journée de demain, et la nuit d'après. (La cruauté qui s'affichait sur son visage rappela à Rachel celle dont la reine faisait parfois montre.) Espérons que ça t'enseignera le respect !

Rachel voulut dire quelque chose pour sa défense. Mais elle se souvint de la poupée-malheur. Passer la nuit dehors était son plus cher désir !

La princesse désigna la porte.

— Va-t'en ! Et tu n'auras rien à manger ! ajouta-t-elle en tapant du pied.

Rachel baissa les yeux, comme si elle était désespérée.

— J'obéis, princesse Violette, dit-elle avec une révérence.

Tête basse, elle franchit la porte et descendit un couloir décoré de magnifiques tapisseries. Elle adorait contempler ces images. Mais elle s'abstint de relever les yeux, au cas où la princesse la regarderait encore. Pas question que sa tortionnaire s'aperçoive qu'elle était ravie de passer la nuit dehors ! Des gardes en armure, épée à la ceinture et hallebarde au poing, ouvrirent les grandes portes de fer sans dire un mot. Ils ne lui parlaient jamais quand elle sortait, et pas davantage lorsqu'elle revenait. Le jouet humain de Violette n'était rien pour eux, comme pour tous les autres.

Une fois dehors, elle se força à ne pas marcher trop vite, redoutant toujours qu'on l'observe. Sous ses pieds nus, les dalles lui parurent aussi froides que de la glace. Les mains glissées sous les aisselles pour garder ses doigts au chaud, elle passa d'une terrasse à l'autre, attentive à ne pas tomber, et atteignit enfin le chemin pavé. Des gardes patrouillaient. Comme leurs collègues, à force de la voir, ils ne lui prêtèrent aucune attention. Plus elle approchait des jardins, plus la fillette s'autorisait à allonger le pas…

Arrivée dans l'allée principale, elle ralentit et attendit que les soldats de faction aient tourné le dos. La poupée-malheur était là où Giller l'avait dit. Après avoir mis le bâton magique dans sa poche, l'enfant la serra contre elle, puis la cacha derrière son dos en lui murmurant de se tenir tranquille.

Rachel avait hâte d'arriver au pin-compagnon pour raconter à sa nouvelle amie combien Violette avait été méchante. Faire couper la tête d'un homme, quelle horreur !

Elle regarda alentour. Personne ne l'avait vue récupérer la poupée. Sur le mur d'enceinte, des sentinelles arpentaient le chemin de garde et d'autres flanquaient le portail, immobiles comme des statues dans leurs armures.

Dessous, ces soldats portaient une bizarre tunique rouge sans manches qui arborait le blason de la reine : une tête de loup noir.

Quand ils enlevèrent les lourdes barres de fer pour lui ouvrir les portes, aucun n'eut la curiosité de regarder ce qu'elle cachait dans son dos.

Dès qu'elle eut entendu un claquement sec – celui des barres qu'on remettait en place –, et vérifié que les sentinelles, sur les créneaux, ne regardaient pas dans sa direction, Rachel sourit de soulagement et s'autorisa enfin à courir. Il lui restait un long chemin à faire...

Au sommet d'une tour, deux yeux noirs la regardèrent détaler. Ils l'avaient vue passer devant les premiers gardes sans éveiller leur méfiance – invisible comme une vague dans la mer –, puis franchir sans difficulté le mur d'enceinte qui avait brisé les assauts de tant d'armées ennemies et interdit à des légions de traîtres de s'enfuir. Ils la suivirent alors qu'elle traversait le pont où des centaines d'assaillants étaient tombés, criblés de flèches, et la perdirent enfin de vue quand elle s'enfonça dans les champs, pieds nus, désarmée et innocente, en chemin vers la forêt et sa chère cachette...

Furieux, Zedd poussa violemment la plaque de métal glacé. La lourde porte de pierre se ferma lentement avec force grincements. Pour approcher du parapet, il avait dû enjamber des cadavres de gardes de D'Hara. Ses doigts se posèrent sur la pierre lisse si familière et il se pencha en avant, scrutant la cité endormie, en contrebas.

Du haut de cette muraille, à flanc de montagne, la ville semblait paisible. Mais pour venir, il s'était faufilé dans les rues obscures où les soldats grouillaient partout. Des troupes arrivées là au prix de beaucoup de vies perdues dans les deux camps.

Mais ce n'était pas le pire !

Darken Rahl était venu ici ! Zedd tapa du poing sur la pierre. Seul Rahl avait pu commettre ce vol !

La Toile de champs de force aurait dû résister. Mais ça n'avait pas été le cas. Bon sang, il s'était absenté trop longtemps ! Un vrai crétin !

— Rien n'est jamais facile..., marmonna-t-il.

Chapitre 30

Kahlan, dit Richard, quand nous étions chez le Peuple d'Adobe, un homme a dit que Rahl chevauchait un démon rouge. Tu sais de quoi il parlait ?

Les jeunes gens avaient voyagé pendant trois jours en compagnie de Savidlin et de ses chasseurs. Au moment de quitter leur ami, ils lui avaient promis de faire leur possible pour retrouver Siddin. Puis ils avaient passé près d'une semaine à cheminer vers les hautes terres pour s'enfoncer dans les Rang'Shada, une chaîne de montagnes qui, selon Kahlan, couvrait les Contrées du Milieu du nord jusqu'à l'est et abritait entre ses pics la lointaine Allonge d'Agaden. Entouré de cimes déchiquetées, un peu comme une couronne d'épines, cet endroit maudit était mieux défendu que certaines forteresses.

— Tu l'ignores ? répliqua Kahlan, arrachée à ses pensées par la question du Sourcier.

— Eh bien, oui...

Décidant qu'il était temps de faire une pause, Kahlan s'assit sur un mamelon rocheux. Avec un grognement de lassitude, Richard se débarrassa de son sac, se laissa tomber sur le sol, le dos contre un rocher, et y appuya ses bras pour les détendre. À présent que la boue blanche et noire ne maculait plus son visage, Kahlan lui semblait différente... Pendant les trois premiers jours de marche, il s'était habitué à la voir ainsi.

— De quoi parlait cet homme ? demanda-t-il de nouveau.

— D'un dragon.

— Quoi ! Il y en a dans les Contrées du Milieu ? Je croyais que ces monstres n'existaient pas !

— Eh bien, tu te trompais... Mais j'aurais cru que tu savais... Au fond, c'est logique, puisque la magie est inconnue en Terre d'Ouest. Les dragons ont des pouvoirs. Je crois qu'ils volent grâce à la sorcellerie...

— Moi, j'étais persuadé qu'il s'agissait d'animaux de légende... Des fables...

Richard cala un caillou entre son pouce et son index et l'envoya percuter un rocher.

— Des fables fondées sur de vieux souvenirs, sans doute, dit Kahlan. Car pour exister, ils existent ! (Elle souleva ses cheveux pour se rafraîchir la nuque et ferma les yeux.) Il y a différentes espèces. Les gris, les verts, les rouges, et quelques autres, plus rares. Les rouges sont les plus gros et les plus intelligents. Dans les Contrées du Milieu, certaines personnes prennent les gris comme animaux de compagnie, ou les dressent pour la chasse. Mais tout le monde se tient loin des verts, car ils sont stupides, agressifs et souvent très dangereux. (Kahlan leva les paupières et inclina la tête pour regarder Richard sous ses sourcils froncés.) Les rouges entrent dans une tout autre catégorie. Ils peuvent carboniser un homme ou le dévorer, si ça leur chante. Et ils sont très malins.

— Ils mangent les gens ! s'exclama Richard.

Déconcerté, il se passa les doigts dans les cheveux. Puis il s'appuya sur les yeux avec le dos de ses mains.

— Seulement s'ils sont affamés, ou très en colère. Pour eux, nous ne faisons pas un repas très consistant. (Quand Richard baissa les bras et rouvrit les yeux, le regard de Kahlan était braqué sur lui.) Mais je ne comprends pas pourquoi Rahl en chevauchait un…

Le Sourcier se souvint de la créature rouge qui l'avait survolé dans la forêt de Ven, juste avant qu'il aperçoive Kahlan.

— Ce doit être comme ça qu'il se déplace si vite, dit-il en expédiant un autre caillou contre le rocher.

— Ce n'est pas ça qui m'étonne… Mais pourquoi un dragon rouge se serait-il soumis à lui ? Ces monstres sont jaloux de leur indépendance et ils ne se mêlent pas des affaires des hommes. On peut même dire qu'ils s'en fichent totalement. Et ils préféreraient mourir plutôt que faire acte d'allégeance. Après un sacré combat ! Leur sorcellerie peut donner du fil à retordre à celle de D'Hara, au moins dans un premier temps. Et même si Rahl a menacé d'utiliser son pouvoir contre eux, ils n'auraient pas cédé, préférant la mort à la servitude.

» Les dragons rouges sont du genre à se battre jusqu'à ce que leur ennemi ait péri, ou jusqu'à ce qu'il les ait abattus. (Kahlan se pencha vers Richard et baissa la voix.) Un dragon rouge servant de monture à Rahl ? Quelle idée étrange… J'ai du mal à imaginer que quiconque puisse imposer sa volonté à une de ces créatures.

Kahlan fixa un moment son compagnon, puis elle se redressa et s'amusa à cueillir du lichen sur un rocher.

— Ces dragons sont une menace pour nous ? demanda Richard.

Une question plutôt stupide, s'avisa-t-il aussitôt, après ce que Kahlan venait de lui raconter.

— Pas vraiment… J'en ai rarement vu de près. Un jour, alors que je marchais sur une route, un rouge a piqué vers un champ, près de moi, pour attraper deux vaches. Il est parti avec, une dans chaque serre. Si nous en rencontrons un, et qu'il soit mal luné, ça pourrait être dangereux. Mais ça n'est pas très probable…

— Nous avons déjà eu affaire à un dragon rouge, lui rappela Richard, et ça s'est très mal terminé…

Kahlan ne répondit pas. Mais il semblait évident, à son expression, que ce souvenir l'attristait autant que lui.

— Eh bien, c'est donc là que vous êtes ! cria soudain une voix.

Richard bondit sur ses pieds, la main sur la garde de son épée. Kahlan l'avait imité, prête à tout.

— Asseyez-vous, asseyez-vous ! lança le vieil homme qui descendait le chemin à leur rencontre. Je ne voulais pas vous ficher la frousse. (Il éclata de rire, faisant trembloter sa barbe blanche.) C'est juste le vieux Jehan, qui vous cherche depuis si longtemps ! Asseyez-vous donc !

Dans sa robe marron foncé, son gros ventre rond tressautait au rythme de son hilarité. Sous ses cheveux blancs – avec une impeccable raie au milieu –, de longs sourcils frisés et des paupières tombantes protégeaient ses yeux noisette. Un grand sourire sur son visage poupin, il attendit que les deux jeunes gens lui obéissent.

Kahlan se rassit lentement. Sans éloigner la main de son épée, Richard s'accroupit un peu, le dos calé contre son rocher.

— Ainsi, vous nous cherchiez ? fit-il, méfiant.

— Mon vieil ami le sorcier m'a chargé de vous trouver !

Richard se releva d'un bond.

— Zedd ? C'est de lui que vous parlez ?

Le vieux Jehan rit de plus belle.

— Combien de vieux sorciers connais-tu, mon garçon ? Évidemment qu'il s'agit de Zedd ! (Il se prit la barbe et tira dessus en les fixant d'un œil matois.) Il avait une mission urgente à accomplir, mais à présent, il veut que vous le rejoigniez. Quand il m'a demandé d'aller à votre recherche, j'ai accepté, vu que je n'avais rien d'autre à faire. Il m'a dit où je vous trouverais, et il ne s'était pas trompé, comme d'habitude.

Richard sourit de cette dernière remarque.

— Comment va-t-il ? Où est-il et que nous veut-il ?

Toujours hilare, le vieux Jehan tira un peu plus fort sur sa barbe.

— Il m'avait prévenu que tu me bombarderais de questions… Ce vieux filou se porte à merveille. Cela dit, j'ignore ce qu'il vous veut. Quand Zedd est dans tous ses états, on lui obéit sans le soumettre à un interrogatoire !

— Mais où est-il ? C'est loin d'ici ? insista Richard, ravi à l'idée de revoir son ami.

Le vieux Jehan se gratta le menton et se pencha un peu en avant.

— Ça dépend du temps que tu passeras à bavarder sans bouger tes fesses, mon garçon !

Richard ramassa son sac, toute fatigue envolée. Alors qu'ils suivaient le vieil homme sur une piste caillouteuse, Kahlan lui fit son fameux « sourire spécial ». Le Sourcier la laissa passer devant lui et scruta les bois environnants. Selon son amie, ils n'étaient plus très loin du repaire de la voyante.

Richard avait hâte de revoir Zedd. Depuis leur séparation, il était mort d'inquiétude pour son vieux mentor. Il ne doutait pas qu'Adie ait fait son possible pour le sauver, mais elle ne leur avait pas garanti que ça réussirait. Et si le sorcier était rétabli, ça signifiait sans doute que Chase aussi allait bien. Revoir Zedd le ravissait. Il avait tellement de choses à lui raconter, et tant de questions à lui poser…

— Alors, il est en pleine forme ? lança-t-il au vieux Jehan. J'espère qu'il n'a pas perdu de poids… Déjà qu'il n'avait pas grand-chose sur les os !

— Non, répondit Jehan sans se retourner, il est exactement comme avant.

— Il n'a pas dévalisé votre garde-manger ?

— Ne te bile pas, mon garçon ! Un vieux sorcier rachitique, ça se remplit l'estomac avec trois fois rien.

Richard sourit sous cape. Zedd ne devait pas être totalement rétabli. Sinon, le vieux Jehan n'aurait pas parlé comme ça !

Après environ deux heures de marche forcée derrière le vieil homme, en meilleure forme qu'il n'y paraissait, la forêt devint plus dense et plus sombre, les arbres, plus gros, se serrant les uns contre les autres. La piste accidentée, surtout à ce rythme, n'était pas facile à négocier. Partout autour d'eux, d'étranges cris d'oiseau montaient des arbres…

Ils arrivèrent devant une fourche où Jehan prit le chemin de droite sans hésiter ni marquer une pause. Kahlan le suivit dans la foulée. Richard s'arrêta, gêné par un détail qu'il ne parvenait pas à aller pêcher au fond de son cerveau. Chaque fois qu'il essayait, il se retrouvait en train de penser à Zedd. Ne l'entendant plus marcher derrière lui, Kahlan se retourna et rebroussa chemin.

— Quelle route conduit au repaire de la voyante ? demanda Richard.

— Celle de gauche, répondit la jeune femme, visiblement soulagée que leur guide ait emprunté l'autre. Tu vois les pics qu'on aperçoit au-dessus de la cime des arbres ? Ce sont ceux qui entourent l'Allonge d'Agaden…

Les sommets enneigés brillaient dans le lointain. Richard n'avait jamais vu de montagnes à l'air aussi peu hospitalier. La comparaison avec une couronne d'épines lui sembla judicieuse.

Il sonda le chemin de gauche, qui s'enfonçait très vite dans la forêt.

— Vous venez ? lança le vieux Jehan, qui s'était retourné, les poings sur les hanches.

Richard regarda de nouveau l'autre piste. Même si Zedd avait besoin d'eux, ils devaient trouver la boîte manquante avant Rahl. C'était ça, leur priorité.

— D'après vous, Zedd pourrait-il nous attendre un peu ?

Le vieil homme haussa les épaules et tira sur sa barbe.

— Je n'en sais rien… Mais s'il n'y avait pas eu urgence, il ne m'aurait pas envoyé. À toi de décider, mon garçon. Pour revoir Zedd, il faut me suivre !

Richard aurait voulu ne pas devoir prendre cette décision. Il aurait voulu savoir ce que désirait Zedd, et si c'était si urgent que ça. *Arrête de vouloir des choses et réfléchis !* se tança-t-il.

— C'est encore loin ? demanda-t-il.

Tirant toujours sur sa barbe, le vieux Jehan regarda le ciel qui s'obscurcissait déjà.

— En marchant tard dans la nuit, et en ne dormant pas beaucoup, nous y serons demain vers midi...

Le vieil homme regarda Richard, attendant qu'il se décide.

Kahlan ne dit rien, mais le Sourcier devina ce qu'elle pensait. Approcher de Shota ne l'enchantait pas. Et s'ils allaient d'abord voir Zedd, comme il n'était pas très loin, revenir sur leurs pas ne serait pas une grande perte de temps. Si le sorcier avait découvert la localisation de la boîte, voire la boîte elle-même, ça leur éviterait de s'aventurer dans l'Allonge d'Agaden. Donc, suivre Jehan était le plus intelligent...

— Tu as raison ! lança le Sourcier à son amie.

— Mais... je n'ai rien dit...

— Je t'ai entendue penser ! Et j'approuve ton raisonnement. Continuons avec Jehan !

— Je ne savais pas que je pensais tout haut..., marmonna Kahlan.

— Jehan, lança Richard, si on ne s'arrête pas du tout, y serons-nous avant l'aube ?

— Je suis un vieil homme fatigué... Mais je vois que tu es pressé, et Zedd a rudement besoin de vous. (Il braqua un index accusateur sur le Sourcier.) Il m'avait prévenu, à ton sujet, et j'aurais dû l'écouter !

Richard eut un petit rire puis fit signe à Kahlan de passer devant lui. Elle accéléra pour rattraper leur guide, qui avait déjà pris de l'avance. Distrait, le jeune homme la regarda marcher, écarter une toile d'araignée de son visage et recracher des fils. Quelque chose clochait dans tout ça, et il ne parvenait pas à trouver quoi. Il essaya de réfléchir, mais repensa à Zedd, qu'il était si pressé de revoir, et à qui il avait tant à raconter. Persuadé que des yeux l'épiaient, il décida de faire comme si de rien n'était...

— C'est surtout mon frère qui me manque, confia Rachel à la poupée. On m'a dit qu'il est mort...

Toute la journée, Rachel avait confié au jouet les malheurs qui lui étaient revenus à l'esprit. Quand des larmes lui montaient aux yeux, la poupée répétait qu'elle l'aimait, et ça la réconfortait. Parfois, ça la faisait même rire.

La fillette remit un peu de petit bois dans le feu. Avoir de la lumière et ne pas trembler de froid était si agréable ! Mais comme Giller le lui avait conseillé, elle veillait à ce que les flammes ne soient pas trop hautes. Leur lueur lui évitait d'avoir peur dans cette forêt, surtout la nuit. L'obscurité reviendrait bientôt, avec les bruits étranges qui l'effrayaient et lui donnaient envie de pleurer. Mais être là valait quand même mieux qu'un séjour dans le coffre à linge.

— Ça s'est passé quand je vivais à l'endroit dont je t'ai parlé, avec d'autres enfants, avant que la reine vienne me prendre. J'étais beaucoup plus heureuse là-bas. Tout le monde était gentil avec moi. (Elle baissa les yeux sur la poupée pour s'assurer qu'elle écoutait.) Un homme appelé Brophy passait nous voir de temps en temps. Les gens disaient du mal de lui, mais il était très doux avec les enfants. Comme Giller, tu vois ? Il m'avait aussi offert une poupée... La reine m'a interdit de l'emporter. Je m'en fichais, parce que j'étais si triste que mon frère soit mort. Certaines personnes ont dit qu'il avait été assassiné. Pourquoi les gens tuent-ils les enfants ?

La poupée se contenta de sourire.

Rachel l'imita.

Puis elle pensa au nouveau petit garçon que la reine avait fait enfermer. Il parlait une drôle de langue – et il avait l'air bizarre –, mais il lui avait rappelé son frère. Surtout parce qu'il semblait effrayé. Comme son frère, qui avait toujours peur. C'était facile à voir, puisqu'il se tortillait comme un ver dès qu'il avait la frousse ! Rachel était désolée pour le nouveau petit garçon. Elle aurait aimé être une personne importante et pouvoir l'aider.

Elle mit les mains au-dessus du feu pour les réchauffer, puis en fourra une dans sa poche. Elle mourait de faim ! À part quelques baies, elle n'avait rien trouvé à se mettre sous la dent. Elle en sortit une grosse et la proposa à la poupée, qui ne semblait pas avoir d'appétit. Alors, elle la mangea, puis prit les autres et les dévora toutes. Pas rassasiée du tout, elle renonça à aller en cueillir de nouvelles. Il fallait aller loin de son refuge, et la nuit tombait. Pas question d'être dans la forêt quand il ferait noir. Sous le pin-compagnon, avec du feu et de la lumière, elle se sentait si bien...

—La reine deviendra peut-être plus gentille quand elle aura eu son alliance – même si j'ignore ce que c'est. Elle ne parle que de ça ! Si elle est plus heureuse après, elle n'aura peut-être plus envie de couper la tête des gens. La princesse me force à venir, mais je n'aime pas ça, alors je ferme les yeux. À présent, Violette aussi fait décapiter des hommes. Chaque jour, elle devient un peu plus méchante. Et si elle s'en prenait à ma tête, un jour ? Tu sais, j'aimerais m'enfuir et ne jamais revenir. Bien sûr, je t'emmènerai avec moi...

—Je t'aime, Rachel, dit la poupée en souriant.

La fillette serra le jouet contre elle et l'embrassa sur le sommet du crâne.

—Mais si nous partons, Violette enverra des gardes à ma recherche, puis elle te jettera dans le feu. Je ne veux pas que ça arrive, parce que je t'aime.

—Je t'aime, Rachel...

L'enfant serra de nouveau son jouet puis s'étendit dans la paille, la poupée tout près d'elle. Au matin, elle devrait retourner au château, et la princesse recommencerait à la maltraiter. En partant, elle laisserait la poupée derrière elle, sinon, c'était sûr, elle finirait dans les flammes...

—Tu es la meilleure amie que j'aie jamais eue... Avec Giller.

Mais qu'arriverait-il à la poupée quand elle serait seule dans le pin-compagnon ? Elle se sentirait solitaire et délaissée. Et si la princesse ne l'envoyait plus jamais dormir dehors ? Si elle découvrait que ça lui faisait en réalité plaisir, et qu'elle l'enferme au château, en guise de punition ?

—Sais-tu ce que je dois faire ? demanda-t-elle au jouet en regardant la lumière des flammes danser sur les branches de l'arbre.

—Aide Giller, répondit la poupée.

Rachel s'appuya sur un coude et dévisagea sa petite compagne.

—Je dois aider Giller ?

—Aide Giller…, répéta la poupée en hochant la tête.

Les reflets du soleil couchant sur le tapis de feuilles faisaient briller comme une balise le chemin qui serpentait dans la forêt. De temps en temps, Richard entendait résonner les talons des bottes de Kahlan sur les pierres dissimulées sous les végétaux. Une odeur de moisissure planait dans l'air. Entre les rochers, les petites piles de feuilles mortes amenées là par le vent se décomposaient déjà. Il en allait de même dans chaque creux du terrain où stagnait de l'humidité.

Bien que l'air se fût rafraîchi, Kahlan et Richard n'avaient pas mis leurs manteaux, le corps surchauffé par le rythme d'enfer que leur imposait le vieux Jehan. Le Sourcier essayait de penser à Zedd, mais il était sans cesse distrait par la nécessité d'accélérer le pas pour éviter d'être distancé. Peu à peu, l'épuisement effaça le sorcier de son esprit. Mais une idée ne le quittait pas : quelque chose ne tournait pas rond !

Cette intuition devint soudain un raisonnement structuré. Comment un vieillard pouvait-il le pousser à ses limites et rester rose et frais comme un gardon ? Richard se tâta le front, se demandant s'il avait de la fièvre. Effectivement, il était chaud. Donc, ça venait peut-être de lui, pas de leur compagnon. S'il était malade… D'accord, ils n'avaient pas ménagé leurs efforts, ces derniers jours. Mais il avait connu pire. Tout compte fait, il se sentait bien. À part la fatigue…

Il regarda Kahlan, qui le précédait toujours. Elle aussi peinait à tenir le rythme. Après avoir chassé une autre toile d'araignée de son visage, elle dut presque courir pour rattraper Jehan.

Comme lui, elle avait le souffle court. Sans qu'il sache trop pourquoi, l'intuition de Richard devint un mauvais pressentiment. Sur sa gauche, dans les bois, il aperçut une silhouette qui semblait les suivre. Sans doute un petit animal. Sauf que ça ressemblait à une créature aux membres si longs qu'ils traînaient sur le sol. Une seconde plus tard, il ne vit plus rien. La bouche sèche, il pensa que son imagination lui jouait des tours.

Il se concentra sur le vieux Jehan. Le chemin, assez large par moments, s'étrécissait parfois, à demi obstrué par des branches. Quand Kahlan et lui abordaient ces passages, ils devaient les écarter en tendant les bras ou faire un détour. Pas le vieil homme. Il restait au centre du chemin, les mains sur les pans de son manteau pour le tenir bien fermé, et ne semblait pas gêné par les obstacles.

Le regard de Richard fut attiré par une toile d'araignée qu'illuminaient les derniers rayons du soleil. Quand Kahlan l'atteignit et la traversa, des fils s'enroulèrent autour de ses jambes à l'endroit de la cassure.

La sueur qui ruisselait sur le visage de Richard lui sembla soudain glacée. Comment Jehan avait-il fait pour ne pas déchirer la toile ?

Devant eux, le Sourcier aperçut une branche dont la pointe saillait sur le chemin. Le vieil homme fit un écart insuffisant pour éviter l'obstacle… que son bras traversa comme s'il avait été composé de fumée.

Richard étudia les empreintes laissées par Kahlan sur une bande de terre meuble. Il ne vit pas trace de celles de Jehan !

Il tendit la main gauche, saisit son amie par la chemise et la tira vers lui. Alors qu'elle lâchait un petit cri de surprise, il la poussa derrière lui et dégaina son épée.

Entendant la note métallique de l'arme, Jehan s'arrêta et se retourna à demi.

— Que se passe-t-il, mon garçon ? lança-t-il d'une voix qui évoquait les sifflements d'un serpent. Tu as vu quelque chose ?

— Exactement… (Le Sourcier prit l'épée à deux mains et se campa solidement sur ses jambes. L'arme au poing, il sentit la colère balayer sa peur comme une bourrasque chasse des feuilles mortes.) Comment se fait-il que vous ne déchiriez pas les toiles d'araignée quand vous les traversez ? Et pourquoi ne laissez-vous pas d'empreintes sur le sol ?

Le vieux Jehan sourit.

— Tu t'étonnes que le vieil ami d'un sorcier ait des pouvoirs un peu… spéciaux ?

— Pas mal essayé…, fit Richard, le regard volant de droite à gauche, à l'affût d'un danger. Puisqu'on en parle, dites-moi un peu le nom de votre vieil ami ?

— Il s'appelle Zedd ! Comment le saurais-je si je ne le connaissais pas depuis des lustres ?

Le vieux Jehan tira les plis de son manteau sur son gros ventre et sa tête s'enfonça dans ses épaules.

— C'est moi, comme un idiot, qui vous ai dit qu'il se nommait Zedd. À présent, donnez-moi le nom complet de votre cher ami !

Le regard de Jehan changea. Vif, attentif, aux aguets… Les yeux d'un prédateur.

Avec un rugissement qui fit sursauter Richard, le vieil homme se retourna complètement, son manteau soudain ouvert. Dans le même mouvement, il avait poussé comme un champignon pour atteindre le double de sa taille d'origine.

À la place du vieillard se dressait un cauchemar ambulant composé de fourrure, de griffes et de crocs. Une bête rugissante et féroce ! Avec une gueule énorme…

Quand le monstre bondit, Richard recula de trois pas, l'épée serrée si fort qu'il en avait mal aux phalanges. Les cris sauvages et vicieux de cette horreur sur pattes emplissaient les bois et sa gueule s'ouvrait de plus en plus grand avec chaque hurlement.

La créature se pencha vers Richard, ses yeux rouges brillant d'avidité, et elle fit claquer ses énormes crocs. Le jeune homme recula encore, épée brandie. Il jeta un coup d'œil par-dessus son épaule… et ne vit pas Kahlan.

La bête chargea si vite qu'il n'eut pas le temps de lever son épée. Trébuchant sur une racine, il tomba à la renverse et se reçut sur le dos, le souffle aussitôt coupé. Par réflexe, il tendit son épée, espérant que le monstre s'empalerait dessus.

Des crocs acérés dégoulinant de bave évitèrent la lame et tentèrent de se refermer sur son visage. Il tendit davantage son arme, mais le corps de la bête restait hors de portée.

Des yeux rouges furieux se rivèrent sur la lame. Puis la bête recula vers les bois, sur sa droite, les oreilles rabattues comme si elle fuyait un danger.

Elle ramassa une pierre grosse comme deux fois la tête de Richard, leva son atroce museau, prit une grande inspiration, et, avec un rugissement, serra sa « proie » entre ses griffes. Les muscles noueux de ses bras se tendirent jusqu'à ce que la pierre explose avec un craquement sinistre qui se répercuta dans la forêt. De la poussière et des fragments de roc volèrent dans les airs.

La créature regarda autour d'elle, se détourna et s'enfonça dans les bois.

Toujours sur le dos, Richard se raidit, certain qu'elle allait revenir. Puis il appela Kahlan… et n'obtint pas de réponse.

Avant qu'il ait pu se relever tout à fait, une créature grisâtre aux bras interminables se jeta sur lui et le refit tomber sur le dos. Des mains noueuses saisirent les siennes, tentant de lui arracher l'épée. Avec des cris de rage à percer les tympans, le monstre lui flanqua dans la mâchoire un coup de coude qui manqua l'assommer. À chaque cri, les lèvres exsangues de la créature révélaient ses crocs pointus, et ses yeux jaunes globuleux ne quittaient pas le visage de sa proie – qu'elle entendait visiblement prendre pour cible.

Richard s'accrocha de toutes ses forces à l'épée et essaya d'échapper à l'étreinte des longs doigts de son assaillant.

— Mon épée ! rugit le monstre. Donne-moi mon épée !

Les deux adversaires roulèrent sur le sol, envoyant valser dans les airs des feuilles mortes et des brindilles. Puis une des énormes mains se tendit, saisit Richard par les cheveux et lui tira la tête en arrière pour la cogner sur une pierre. Sentant une trop grande résistance, la main vola de nouveau vers la garde de l'épée, en arracha la main droite du Sourcier, et se referma sur la gauche, qui tenait encore l'arme. Des cris atroces retentirent – peut-être des hurlements de triomphe – quand des doigts d'acier entreprirent d'ouvrir la main gauche du Sourcier, des griffes s'enfonçant dans sa chair.

Richard comprit qu'il ne gagnerait pas. La créature, malgré sa minceur et sa petite taille, était plus forte que lui. S'il ne trouvait pas une solution, elle ne tarderait plus à lui arracher l'épée.

— Donne-la-moi, siffla le monstre avant de tourner sa tête grise vers le Sourcier pour tenter de le mordre au visage.

Entre ses crocs, des immondices spongieuses se décomposaient dans une puanteur infernale. Une haleine de charnier ! Sur le crâne lisse jaunâtre du monstre, Richard aperçut d'immondes taches noires.

Alors qu'ils roulaient de nouveau sur le sol, le jeune homme porta une main à sa ceinture, dégaina son couteau, releva le bras et plaqua la lame sur le cou de son adversaire.

— Pitié ! Pas tuer ! Pas tuer !

— Lâche l'épée ! Tout de suite !

À contrecœur, la créature obéit. L'immonde bête toujours sur la poitrine, Richard la sentit devenir toute molle.

— Pitié, pas tuer ! gémit-elle.

Richard se dégagea du monstre, le plaqua dos au sol et appuya la pointe de l'épée sur son sternum.

Les yeux jaunes du vaincu s'écarquillèrent.

La colère de l'Épée de Vérité, qui avait jusque-là semblé diffuse, presque perdue, réinvestit l'âme du Sourcier.

— Si tu bronches d'une manière qui ne me plaît pas, dit-il, je t'enfonce cette lame dans le cœur. Compris ? (Le monstre hocha vigoureusement la tête.) Où est partie ton amie ?

— Mon amie ?

— La bête énorme qui a failli m'avoir avant que tu m'attaques !

— Le calthrop ? Pas ami à moi… Toi, chanceux. Le calthrop tue la nuit. Il attendait – plus de soleil. Pour te tuer. La nuit, il a des pouvoirs. Toi vraiment chanceux.

— Je ne te crois pas ! Tu es son complice.

— Non. Je suivais, c'est tout. Jusqu'à ce qu'il te tue.

— Pourquoi ?

Les yeux globuleux du monstre se posèrent sur l'épée.

— Mon épée. Tu me la donnes ? Pitié !

— Pas question !

Richard chercha Kahlan du regard. Son sac gisait sur le chemin, pas très loin derrière lui, mais elle n'était nulle part en vue. Fou d'inquiétude, il continua de sonder les alentours. Le calthrop, il le savait, n'avait pas pu capturer Kahlan, car il s'était enfui seul dans les bois. Sans cesser d'appuyer la pointe de sa lame sur la poitrine du monstre, il cria plusieurs fois le nom de son amie. En vain.

— Ma maîtresse a eu la jolie dame.

— Que racontes-tu ?

— Ma maîtresse. Elle a capturé la jolie dame. (Richard appuya plus fort sur l'épée, histoire de convaincre la créature de se montrer volubile.) On vous suivait. Pour voir le calthrop s'amuser avec vous. Regarder la suite…

Les gros yeux jaunes se posèrent de nouveau sur la lame.

— Et voler l'épée !

— Pas voler ! À moi ! Donne-la-moi !

Les mains de la créature se levèrent. Richard appuya un peu plus fort sur la lame, et tout rentra dans l'ordre.

— Qui est ta maîtresse ?

— Maîtresse ! cria le monstre, comme s'il appelait au secours. C'est Shota.

— La voyante ?

— Oui.

— Pourquoi a-t-elle capturé la jolie dame ? demanda Richard en serrant plus fort l'épée.

— Le sais pas ! Pour jouer avec, peut-être. Ou la tuer. Ou pour t'avoir toi ?

— Retourne-toi ! dit Richard. (La créature gémit.) Retourne-toi, ou je t'embroche comme un poulet !

Le monstre obéit en tremblant. Richard lui posa un pied au creux des reins, sous sa colonne vertébrale saillante. Il ouvrit son sac, en sortit une corde, fit un nœud coulant et le passa autour du cou de son prisonnier.

— Tu as un nom ?

— Compagnon. Je suis le compagnon de ma maîtresse. Samuel.

Richard tira sur la corde pour forcer le « compagnon » à se relever. Des feuilles mortes s'étaient collées à la peau grisâtre de sa poitrine.

— Samuel, nous allons chercher ta maîtresse. Tu ouvriras la marche. Au moindre faux mouvement, je t'arrache la tête en tirant sur la corde. Tu as compris ?

Samuel approuva frénétiquement du chef. Après un coup d'œil à la corde, il recommença, plus lentement.

— L'Allonge d'Agaden. Le compagnon t'y amener. Mais pas tuer, hein ?

— Si tu me conduis à ta maîtresse, et que la jolie dame n'a rien, je t'épargnerai.

Richard tira sur la corde pour montrer à Samuel qui était le chef, puis il remit son épée au fourreau.

— Tiens, tu porteras le sac de la jolie dame !

Samuel lui arracha le paquetage et commença à fouiller dedans.

— C'est à moi, donne !

Le Sourcier tira de nouveau sur la corde.

— Ça ne t'appartient pas ! Enlève tes sales pattes de là !

Deux yeux jaunes globuleux se braquèrent sur lui.

— Quand maîtresse t'aura tué, Samuel te mangera !

— Si je ne te bouffe pas avant ! lança Richard. J'ai une faim de loup ! Un petit ragoût de Samuel, en chemin, me calera peut-être l'estomac !

Dans le regard de la créature, la haine fut aussitôt remplacée par de la terreur.

— Pitié ! Pas tuer ! Samuel va te conduire chez sa maîtresse. Tu retrouveras la jolie dame. Juré ! (Le compagnon mit le sac sur son épaule, fit quelques pas et s'arrêta quand la corde n'eut plus de mou.) Suis Samuel, vite ! Et pas de ragoût, pitié !

Alors qu'ils redescendaient le chemin, l'étrange créature continua à implorer Richard de lui laisser la vie sauve. Cessant d'écouter, le jeune homme se demanda quel genre d'être était Samuel. Il éprouvait, en le regardant, une sensation dérangeante de… familiarité. Il n'était pas très grand, mais extrêmement fort. La mâchoire de Richard lui faisait encore mal à l'endroit où il l'avait frappé et son cuir chevelu restait douloureux…

Les longs bras de Samuel frôlaient le sol alors qu'il avançait d'une démarche bizarrement chaloupée, répétant toujours qu'il ne voulait pas finir dans un chaudron. À part un pantalon noir à jambes courtes tenu par des bretelles, il ne portait pas de vêtements. Ses pieds énormes faisaient le pendant avec ses mains et ses bras. Son ventre rond semblait bien rempli, même si Richard préférait ne pas savoir de quoi. Il n'avait pas un poil sur le corps ; à la couleur de sa peau, on aurait cru qu'il n'avait pas vu le soleil depuis des années. De temps en temps, il s'emparait d'un bâton, ou d'une pierre, et s'écriait : « À moi ! Donne-moi ! » sans s'adresser à personne. Très vite, perdant tout intérêt pour sa nouvelle trouvaille, il la jetait négligemment.

Sans cesser de surveiller les bois, Richard gardait un œil sur le compagnon et l'incitait fréquemment à accélérer le pas. Inquiet pour Kahlan, il était furieux de sa propre stupidité. Le vieux Jehan – ou plutôt le calthrop – l'avait roulé dans la farine. Comment pouvait-on être aussi crédule ? Il était tombé dans le panneau parce qu'il brûlait de croire à une fable, trop content à l'idée de revoir Zedd. Exactement ce qu'il conseillait aux autres de ne pas faire ! Et voilà qu'il avait fourni à un monstre des informations qu'il lui avait suffi de répéter pour prouver sa bonne foi ! Quel crétin, décidément ! De quoi avoir honte…

« Parfois, les gens croient des choses simplement parce qu'ils ont envie qu'elles se produisent », avait-il dit à Kahlan au sujet des Hommes d'Adobe. Il avait cédé à cette faiblesse, et maintenant, son amie était prisonnière de la voyante qui l'effrayait tellement. Dès qu'il baissait sa garde, la jeune femme payait les pots cassés. Mais si la voyante lui avait fait du mal, elle goûterait à la colère d'un Sourcier !

Une nouvelle fois, il se trouva idiot, car il laissait son imagination s'emballer. Si Shota avait voulu tuer Kahlan, elle l'aurait exécutée sur place, sans prendre la peine de l'emmener dans l'Allonge d'Agaden. Mais pourquoi l'avoir capturée ? Pour s'amuser avec elle, comme l'avait dit Samuel ? Il valait mieux ne pas trop remuer cette idée dans sa tête. C'était lui que la voyante voulait, pas Kahlan. Et si le calthrop avait déguerpi, c'était sûrement parce qu'elle lui avait fichu la frousse.

Quand ils arrivèrent à l'intersection, Samuel s'engagea immédiatement sur le chemin de gauche. La nuit tombait, mais le compagnon ne ralentit pas. La piste montait et descendait sans cesse. Elle les conduisit très vite hors des bois, sur un chemin à ciel ouvert qui serpentait entre les rochers, en direction des pics couverts de neige.

Au clair de lune, Richard distingua deux séries d'empreintes, dont celles de Kahlan. Un bon signe, puisque ça prouvait qu'elle était toujours en vie. Apparemment, Shota n'avait pas l'intention de l'éliminer. Pour le moment…

À ces hauteurs, la neige était humide, lourde et peu commode à traverser. Sans Samuel pour le guider vers les endroits les plus praticables du chemin, Richard aurait eu besoin de plusieurs jours pour franchir ces pics. Un vent glacial soufflait entre les rochers, poussant au loin les nuages de buée de leur respiration. Le compagnon tremblait de tous ses membres. Richard mit son manteau et sortit celui de Kahlan du sac que portait Samuel.

— Ce vêtement appartient à la jolie dame. Mais tu peux le mettre pour ne pas crever de froid.

Le compagnon lui arracha le manteau des mains.

— À moi ! Donne-moi ! Donne-moi !

— Si tu le prends comme ça, tu continueras à te geler !

Richard tira sur la corde et récupéra le bien de Kahlan.

— Pitié ! Samuel a froid… Il peut avoir le manteau de la jolie dame ?

Richard lui rendit l'objet de sa convoitise. Cette fois, Samuel le prit délicatement et le mit sur ses épaules.

La vue de cette créature donnait la chair de poule au Sourcier…

Affamé, il sortit de son sac un morceau de tava et le mangea en marchant. Quand il ne supporta plus que Samuel lui jette des coups d'œil par-dessus son épaule, il lui en proposa un morceau.

Deux mains énormes se tendirent avidement.

— À moi ! Donne-moi ! (Richard recula et deux yeux jaunes implorants se levèrent vers lui.) Pitié ?

Le Sourcier se laissa attendrir.

Après avoir englouti le pain, le compagnon marmonna dans sa barbe alors qu'ils avançaient toujours sur la neige. S'il en avait l'occasion, Richard n'en doutait pas, Samuel lui couperait la gorge sans hésiter. Cette créature n'avait décidément aucune qualité morale pour compenser sa laideur.

— Samuel, pourquoi Shota te garde-t-elle avec elle ?

La créature tourna la tête, le front plissé de perplexité.

— Moi compagnon…

— Ne sera-t-elle pas furieuse que tu m'aies conduit chez elle ?

Samuel émit un gargouillis que Richard interpréta comme un rire.

— Ma maîtresse pas peur du Sourcier.

Un peu avant l'aube, en haut d'une descente qui donnait sur une forêt obscure, Samuel pointa un bras vers le bas.

— Allonge d'Agaden, dit-il. (Il se retourna, un sourire narquois sur les lèvres.) Maîtresse !

Dans la forêt, il régnait une chaleur infernale. Richard enleva son manteau, récupéra celui de Kahlan et le remit dans le sac. Samuel le regarda faire sans protester, l'air ravi d'être de retour chez lui. Soucieux que le compagnon ne s'aperçoive pas qu'il était presque aveugle dans cette obscurité, Richard fit semblant de voir où ils allaient. En réalité, il se laissait guider par la corde. Samuel, lui, gambadait comme en plein jour. Chaque fois que sa tête chauve se tournait vers le Sourcier, ses yeux jaunes brillaient comme deux lanternes.

Quand la lumière de l'aube s'infiltra dans la forêt, Richard distingua d'énormes arbres aux troncs couverts de mousse, des flaques d'eau boueuse d'où montaient des volutes de vapeur et des yeux qui les épiaient, cillant dans les ombres. Des cris angoissants déchiraient la brume tandis que le Sourcier enjambait avec précaution des entrelacs de racines. L'endroit lui rappelait un peu le marais de Skow. Et ça puait au moins autant !

— C'est encore loin ? demanda Richard.

— Très près ! fit Samuel avec un rictus.

— N'oublie pas, lança le Sourcier en tirant sur la corde, si ça tourne mal, tu mourras le premier !

Le rictus s'effaça des lèvres exsangues du compagnon.

De-ci, de-là, dans la boue, Richard apercevait d'autres empreintes de Kahlan. Donc, elle avait survécu... au moins jusqu'ici. Des silhouettes noires les suivaient, tapies dans les broussailles, et lâchaient de temps en temps des hurlements étranglés. Inquiet, Richard se demanda si c'étaient des monstres dans le genre de Samuel. Ou pire ! Certaines créatures les pistaient en hauteur, passant de cime d'arbre en cime d'arbre. Malgré lui, un frisson courut le long de la colonne vertébrale du Sourcier.

Samuel fit un détour pour éviter les racines qui affleuraient d'un petit arbre au tronc ventru.

— Que fiches-tu ? demanda Richard en tirant sur la corde.

Samuel se retourna et sourit.

— Regarde !

Il ramassa un bâton aussi gros que son poignet et le lança vers l'entrelacs de racines. Des tentacules jaillirent, s'enroulèrent autour du bout de bois et le tirèrent dans la masse végétale désormais grouillante. Richard entendit un craquement sourd et Samuel gloussa comme une vieille oie.

Alors que le soleil continuait à s'élever dans le ciel, la forêt de l'Allonge d'Agaden sembla devenir de plus en plus obscure. Au-dessus de leurs têtes, des branches s'entrelaçaient si étroitement que la lumière ne passait plus. Avec les colonnes de brume qui se dressaient sur leur chemin, Richard n'arrivait plus à voir Samuel à l'autre bout de la corde. Mais il continuait d'entendre des grattements, des grincements de griffes et des ululements qui n'auguraient rien de bon. Parfois, la brume se déchirait sur le passage de créatures qui les frôlaient sans se dévoiler.

Richard se souvint de ce qu'avait dit Kahlan : ils étaient des morts en sursis ! Aussitôt, il tenta de chasser cette idée de son esprit. Son amie n'avait jamais rencontré Shota, mais ce qu'elle avait entendu à son sujet expliquait sa terreur. Ceux qui s'aventuraient sur son territoire n'en revenaient jamais. Même les sorciers refusaient d'y aller. Quoi qu'il en soit, cela restait des informations indirectes. Kahlan n'avait jamais vu Shota, et les gens, dans ce genre de cas, en rajoutaient toujours.

Enfin, pratiquement toujours, rectifia-t-il en sondant l'angoissante forêt.

Devant eux, la lumière du soleil filtra soudain des arbres serrés les uns contre les autres et un bruit de cascade monta aux oreilles du Sourcier. À mesure qu'ils avançaient, la lueur se fit de plus en plus vive. Quand ils atteignirent la lisière de la forêt, le chemin s'arrêta abruptement et Samuel éclata d'un rire joyeux.

À leurs pieds s'étendait une longue et étroite vallée luxuriante inondée de soleil et entourée d'une couronne de pics déchiquetés. Séparés par des étendues d'herbe jaunissante, les bosquets de chênes, de hêtres ou d'érables offraient aux caresses de la brise leurs riches couleurs d'automne. De là où ils étaient, à la limite de la forêt, les deux voyageurs auraient pu croire qu'ils regardaient le jour depuis le cœur même de la nuit. Non loin d'eux, des rapides dévalaient des rochers escarpés puis disparaissaient comme par magie, et sans un bruit, avant de rejoindre les ruisseaux et les étangs, beaucoup plus bas, d'où montaient des grondements lointains. Des embruns portés par le vent cinglèrent les joues du Sourcier et de son étrange compagnon…

— Maîtresse ! dit Samuel en désignant la vallée, en contrebas. Richard tira sur la corde pour le faire avancer. Ils traversèrent un labyrinthe de broussailles, d'arbres et de rochers couverts de fougères pour arriver à un endroit que le Sourcier n'aurait jamais découvert sans guide : une piste, au bord du précipice, qui serpentait entre d'autres rochers et des entrelacs de lianes, descendant en pente relativement douce vers la vallée. En chemin, Richard admira le magnifique panorama : les arbres qui semblaient si petits sur les flancs de douces collines, les cours d'eau qui ondulaient au milieu des champs, le ciel bleu qui veillait sur toutes ces merveilles…

Au centre de cette splendeur, niché au cœur d'un cercle de grands arbres, se dressait un palais d'une beauté à couper le souffle. De fines passerelles reliaient ses spires délicates et des escaliers s'enroulaient autour de ses tourelles. Partout, des étendards et des banderoles multicolores se laissaient paresseusement agiter par le vent. On eût dit que tout, dans cette étourdissante demeure, tendait en permanence à atteindre les cieux.

Richard en resta bouche bée un moment, se demandant s'il devait en croire ses yeux. Il adorait Hartland, sa ville natale, mais il n'y avait rien, là-bas, qui pût se comparer à ce chef-d'œuvre d'architecture. En un mot, c'était la plus belle réalisation humaine qu'il eût jamais contemplée ! Et il n'aurait pas imaginé qu'une telle beauté et un tel raffinement puissent exister…

Ils recommencèrent à descendre en direction de l'incroyable vallée. Par endroits, ils progressèrent sur des marches sculptées à même la roche. Des milliers de degrés qui descendaient en ligne droite, puis tournaient, retournaient, se déversaient en spirales et parvenaient même à passer les uns au-dessous des autres. Samuel les dévalait comme si c'était la millième fois, et qu'il les connaissait mieux que sa poche. À l'évidence, rentrer chez lui et retrouver la protection de sa maîtresse lui donnait du cœur au ventre.

Au pied de ce fabuleux escalier, en plein soleil, une route serpentait entre les collines boisées et les champs. Quand Samuel accéléra le pas, Richard tira un bon coup sur la corde pour lui rappeler qu'il était loin d'avoir recouvré sa liberté.

Alors qu'ils approchaient du palais, après avoir suivi un moment le cours d'un ruisseau, les arbres devinrent plus épais. Davantage serrés les uns contre les autres, c'étaient tous de magnifiques spécimens qui ombrageaient généreusement la route et les champs environnants. Au sommet d'une petite butte, ils semblèrent soudain massés comme des sentinelles devant une place forte. Entre leurs branches, Richard aperçut les spires du palais.

Ils entrèrent lentement dans cette cathédrale végétale pleine d'ombre et de quiétude.

Richard entendit le gazouillis de l'eau qui coulait entre de grosses pierres enveloppées de mousse. Dans la douce senteur de l'herbe et des feuillages, des rayons de soleil vaporeux illuminaient timidement cette oasis de paix.

Samuel tendit un bras vers le centre de la zone ouverte, au-delà des arbres, où se dressait un rocher d'où jaillissait une source qui alimentait un ruisseau au lit semé de pierres enveloppées dans un écrin de mousse verte et brillante.

Vêtue d'une longue robe blanche, une femme aux cheveux noirs, le dos tourné à Richard, était assise sur l'arête du rocher. Sous la lumière vaporeuse du soleil, elle passait lentement ses doigts dans l'eau claire, comme si elle eût voulu la caresser.

Même de dos, elle parut familière au Sourcier.

— Maîtresse..., annonça Samuel, le regard soudain vitreux. (Il tendit de nouveau un bras, vers le bas-côté de la route, plus près d'eux.) Et jolie dame.

Kahlan ! Oui, c'était elle ! Mais étrangement raide, comme si elle osait à peine respirer. On eût dit que quelque chose bougeait sur son corps... Des ombres... ou... ?

Samuel se retourna à demi et désigna la corde d'un long index gris. Puis il regarda fixement Richard.

— Tu as promis, Sourcier ! grogna-t-il.

Richard récupéra le sac de Kahlan sur l'épaule du compagnon, le posa sur le sol et libéra Samuel. Aussitôt, la créature lui fit une atroce grimace, siffla haineusement, puis alla se tapir dans les ombres, où elle s'accroupit comme un prédateur à l'affût.

La gorge nouée, Richard approcha de Kahlan...

... et sursauta quand il vit ce qui rampait sur elle.

Des serpents !

Une immonde masse de serpents ! Tous ceux qu'il reconnut étaient venimeux. Les plus gros s'enroulaient autour de ses jambes. L'un d'eux, plus hardi, lui enserrait la taille. D'autres enveloppaient ses bras, qu'elle tenait serrés le long des flancs. Dans ses magnifiques cheveux, de plus petits reptiles rampaient en dardant la langue. Autour de son cou, leurs compagnons lui composaient un redoutable collier. Enfin, sur sa poitrine, des téméraires tentaient de passer la tête entre les boutons de sa chemise pour s'y infiltrer.

Des larmes coulaient sur les joues de Kahlan. En la voyant trembler imperceptiblement, consciente que tout mouvement brusque la tuerait, Richard sentit son propre cœur cogner à tout rompre dans sa poitrine.

— Ne bouge pas…, dit-il d'une voix très calme. Je vais te débarrasser de ces horreurs…

— Non…, souffla Kahlan. Si tu les touches, ou si je bouge, ils me mordront !

— Tout va bien… mentit Richard pour la rassurer. Je vais te sortir de là !

— Non… Je suis fichue… Abandonne-moi ! Va-t'en d'ici. Vite !

Richard eut le sentiment qu'une main géante l'étranglait. Dans les yeux de son amie, il vit à quel point elle luttait pour ne pas céder à la panique. Désireux de la soutenir, il tenta de ne pas montrer son désarroi.

— Pas question de te laisser…, souffla-t-il.

Une vipère, la queue enroulée dans les cheveux de sa proie, laissa glisser sa gueule le long du visage de Kahlan et darda sa langue rouge. La jeune femme ferma les yeux, les dents serrées pour ne pas hurler. Lentement, le serpent ondula le long de sa joue, rampa sur son épaule et disparut sous sa chemise.

— Je vais mourir, Richard, murmura Kahlan. Tu ne peux rien pour moi. S'il te plaît, pense à toi ! Fuis tant qu'il te reste une chance !

Richard redouta soudain qu'elle bouge délibérément, afin d'être mordue. Ainsi, il n'aurait plus besoin de rester… Il devait la convaincre que ça ne changerait rien à sa décision !

— Non. Je suis venu pour découvrir où est la boîte. Pas question de partir sans avoir la réponse ! Alors, tiens-toi tranquille !

Kahlan écarquilla les yeux, sans doute à cause de ce que faisait la vipère sous sa chemise. Le front plissé, la jeune femme se mordit très fort les lèvres.

— Kahlan, résiste ! dit Richard, la bouche sèche. Essaie de penser à autre chose !

Furieux, il courut vers la femme assise sur le rocher, lui tournant toujours le dos. Une petite voix lui souffla de ne pas dégainer son épée, mais il refusa de contenir sa colère face à ce que l'inconnue infligeait à Kahlan.

Quand il fut à un pas d'elle, la femme se leva, se retourna avec grâce et prononça doucement le nom de Richard.

Cette voix, il la connaissait ! Il crut que son cœur allait exploser quand il vit le visage qui, inévitablement, allait avec.

Chapitre 31

C'était sa mère !

Comme si la foudre l'avait frappé, Richard se pétrifia. Sa colère et sa rage relâchèrent leur emprise sur son esprit, sans doute parce qu'il était impossible que l'image de sa mère et la soif de tuer y cohabitent.

— Richard…, dit-elle en souriant – un sourire mélancolique qui exprimait à quel point elle l'aimait et combien il lui manquait.

Dans un torrent de sentiments et d'idées, Richard essaya de comprendre ce qui lui arrivait. Mais comment faire correspondre son vécu – la terrible nuit de l'incendie – avec ce qu'il avait sous les yeux ? Cela ne pouvait pas être ! C'était impensable !

— Maman…, gémit-il.

Des bras dont il se souvenait encore, et qu'il avait si bien connus, s'enroulèrent autour de lui, le réconfortèrent et firent perler des larmes à ses paupières.

— Mon chéri, si tu savais combien tu m'as manqué !

Alors que des doigts doux et tendres lui ébouriffaient les cheveux, Richard, les jambes presque coupées, lutta pour reprendre le contrôle de ses émotions. Il devait se concentrer sur Kahlan ! Pas question de l'abandonner encore parce qu'il se laissait prendre à un piège. S'il avait été plus vigilant, face à « Jehan », son amie n'aurait pas eu à subir le supplice des serpents. Cette femme n'était pas sa mère, mais Shota, une voyante.

Peut-être… Et s'il se trompait ?

— Mon fils, pourquoi es-tu venu me voir ?

Richard posa les mains sur les épaules délicates de sa mère et l'écarta un peu de lui. Elle laissa glisser les siennes jusqu'à sa taille, la pressant avec une tendresse qui fit remonter en lui une multitude de souvenirs.

Ce n'était pas sa mère, se força-t-il à penser, mais une voyante qui savait où était cachée la troisième boîte d'Orden. Il devait obtenir cette information. Cela dit, au nom de quoi la lui donnerait-elle ?

Et s'il se trompait ? Si c'était quand même vrai…

Il posa un index sur la petite cicatrice, juste au-dessus de son sourcil gauche, et suivit ses contours si familiers. C'était lui le coupable ! Alors que Michael et lui se battaient en duel avec leurs épées en bois, il avait sauté du lit pour décocher à son frère un estoc beaucoup trop violent – juste au moment où elle entrait dans la chambre. L'épée l'avait percutée au front, son cri lui glaçant les sangs.

Les coups de fouet de son père l'avaient moins blessé que sa culpabilité. Envoyé au lit sans manger, il n'avait pas réussi à s'endormir. Très tard, sa mère, venue s'asseoir au bord de son lit, lui avait caressé les cheveux pendant qu'il pleurait comme une madeleine. Quand il lui avait demandé si ça lui faisait mal, elle avait souri avant de répondre…

— Beaucoup moins qu'à toi…, murmura la femme qui se tenait devant lui.

Richard écarquilla les yeux, des frissons le long des bras.

— Comment savez-vous que…

— Richard, dit dans son dos une voix très calme, mais pressante, qui le fit encore sursauter. Écarte-toi d'elle !

Zedd !

Sa mère voulut lui reprendre le visage, mais il l'ignora, tourna la tête, regarda derrière lui et aperçut le sorcier en haut de la butte. C'était bien Zedd ! Enfin, il le pensait. Cet homme ressemblait à Zedd, mais après tout, la femme était le sosie de sa mère, et…

Non, c'était Zedd ! Avec l'expression qu'il connaissait si bien. L'annonce d'un danger. Un avertissement…

— Richard ! répéta-t-il. Obéis-moi ! Éloigne-toi d'elle, tout de suite !

— Richard, gémit sa mère, je t'en prie, ne me quitte pas ! Tu ne me reconnais donc pas ?

Le jeune homme la regarda de nouveau.

— Si. Vous êtes Shota !

Il lui prit les poignets, arracha ses mains de sa taille et recula. Au bord des larmes, elle le regarda s'éloigner.

Puis elle se tourna vers le sorcier, les bras tendus. Avec un roulement de tonnerre, un éclair bleu jaillit de ses doigts et vola vers Zedd. Aussitôt, le sorcier leva les mains, générant un bouclier qui, comme le verre, reflétait la lumière. L'éclair de Shota le percuta, produisit un vacarme étourdissant, rebondit et alla frapper un chêne, qui explosa dans une gerbe d'échardes. Quand ce qui restait de l'arbre s'écrasa sur le sol, la terre trembla.

Zedd releva les mains. Le feu magique fusa de ses doigts crochus et vola vers sa cible avec un sifflement qui déchira l'air.

— Non ! cria Richard.

La boule de feu projetait partout une lumière jaune et bleu éblouissante.

Ce n'était pas possible ! Sans Shota, ils n'auraient plus aucun moyen de trouver la boîte. Leur seule arme contre Rahl !

Le projectile grossissait en approchant de la voyante, immobile comme une statue.

— Non ! cria encore Richard.

Il dégaina son épée et vint se placer devant Shota. La garde dans une main et la pointe dans l'autre, il brandit l'arme à l'horizontale, comme un bouclier.

La magie se répandit en lui et décupla sa colère. Désormais, lui aussi était le feu et son rugissement emplissait ses oreilles. Les yeux fermés, il tourna la tête sur le côté, retint son souffle, serra les dents et accepta l'idée que sa dernière heure venait de sonner. Il n'avait pas le choix ! La voyante était leur seule chance ! Si elle disparaissait, tout serait perdu.

Sous l'impact, il recula d'un pas. Puis il sentit l'atroce chaleur. Derrière ses paupières baissées, il vit quand même la lumière. Le feu magique hurla de rage quand il percuta l'épée et explosa autour du Sourcier.

Lorsque le silence revint, Richard rouvrit les yeux. Du feu magique, il ne restait plus trace…

Zedd ne capitula pas. Il envoya vers Shota une poignée de sa poussière spéciale. Derrière lui, Richard sentit comme un souffle d'air. La poussière magique de la voyante, aux particules brillant comme des cristaux de glace, éparpilla celle de Zedd et le percuta de plein fouet.

Le vieux sorcier se pétrifia, une main encore en l'air.

— Zedd !

Il n'y eut pas de réponse.

Richard se tourna vers Shota, qui ne ressemblait plus du tout à sa mère. Vêtue d'une robe vaporeuse – un dégradé de gris en guise de couleur – dont les manches et les voiles voletaient au gré du vent, elle arborait une splendide chevelure auburn et une peau de pêche. Ses yeux en amande rivés sur lui, elle était aussi belle que le palais qui se dressait derrière elle et la vallée environnante. Si séduisante que Richard en aurait eu le souffle coupé, n'était la colère qui bouillait encore en lui.

— Mon héros, dit-elle d'une voix mélodieuse qui ne ressemblait plus à celle de la femme de George Cypher. C'était parfaitement inutile, mais seule l'intention compte. Je suis très impressionnée…

— À qui suis-je censé parler ? À une autre vision née de mon esprit ? Ou à la véritable Shota ?

Furieux, Richard reconnut l'influence de l'épée, mais il décida de la garder au clair.

— Ces vêtements sont-ils vraiment toi ? lança la voyante en souriant. Ou les portes-tu pour obtenir un certain effet ?

— Quel effet voulez-vous obtenir à présent ?

— Te plaire, Richard… C'est tout.

— Avec une autre illusion ?

— Non…, dit-elle, la voix plus douce. Ce n'est pas une illusion, mais ce que je vois dans mon miroir… La plupart du temps, en tout cas… La réalité, si tu préfères.

Ignorant son babil, Richard désigna la route de la pointe de son épée.

— Qu'avez-vous fait à Zedd ?

Elle haussa les épaules et détourna le regard avec un sourire de petite fille sage.

— Je l'ai empêché de me nuire, rien de plus. Il va très bien. Pour le moment… (Ses yeux pétillèrent de malice.) Je le tuerai plus tard, quand nous aurons parlé…

— Et Kahlan ? demanda Richard, les phalanges blanches à force de serrer la garde de son épée.

La voyante regarda sa victime. Toujours immobile, livide, les lèvres tremblantes, ses yeux épiaient tous les mouvements de Shota. Richard comprit que son amie avait plus peur d'elle que des serpents. La voyante plissa le front et refit son sourire de gamine timide quand ses yeux se reposèrent sur Richard.

— C'est une femme très dangereuse, dit-elle, avec la conviction que donne une expérience bien supérieure à l'âge qu'elle affichait. Plus redoutable encore qu'elle ne le croit elle-même. Je dois me protéger. (Elle haussa les épaules et saisit adroitement un des voiles vagabonds de sa robe. Aussitôt, le vêtement cessa d'onduler, comme si le vent était tombé.) Alors, j'ai eu cette idée pour qu'elle se tienne tranquille. Si elle bouge, les serpents la mordront. Si elle reste tranquille, ils ne lui feront rien. (Elle réfléchit quelques secondes.) Elle aussi, je la tuerai plus tard…

Toutes ces horreurs, lâchées sur un ton si nonchalant !

Richard pensa à utiliser son épée pour trancher la tête de cette femme. Sa colère l'exigeait ! Il visualisa mentalement la scène, et espéra que Shota puiserait cette image dans son esprit. Puis il étouffa un peu sa rage, sans la conjurer vraiment.

— Et moi ? Vous n'avez pas peur de moi ?

— Un Sourcier ? lança Shota avec un rire de gorge. (Elle mit une main devant sa bouche, comme pour cacher son amusement.) Non, pas vraiment…

— Vous devriez peut-être ! grogna Richard, prêt à frapper.

— C'est exact… Dans des circonstances normales, en tout cas. Mais nous vivons des temps hors du commun. Sinon, pourquoi serais-tu ici ? Pour me tuer ? Tu viens juste de me sauver…

Elle foudroya le jeune homme du regard, histoire de signifier qu'il aurait dû avoir honte de dire des bêtises pareilles. Puis elle lui tourna lentement autour. Il tourna avec elle, l'épée brandie, même si elle semblait s'en soucier comme d'une guigne.

— Parfois, on est contraint à de bien étranges alliances, Richard… Seuls les forts sont assez sages pour le reconnaître. (Elle se tut, croisa les bras, et l'étudia avec un sourire pensif.) Mon héros… Je ne me rappelle plus quand quelqu'un m'a sauvé la vie pour la dernière fois… (Elle se pencha vers lui.) Très chevaleresque. Vraiment !

Elle lui passa un bras autour de la taille. Richard aurait voulu l'en empêcher, mais bizarrement, il n'y parvint pas.

— Ne va pas te monter la tête ! J'ai mes raisons pour agir ainsi…

Le jeune homme trouvait la nonchalance de la voyante énervante… et terriblement attirante. Pourtant, il n'aurait pas dû la juger séduisante. Ne venait-elle pas de dire qu'elle allait tuer ses deux meilleurs amis ? Et à voir comment elle avait traité Kahlan, ce n'étaient pas des propos en l'air. Plus grave encore, il tenait son épée, et la colère coulait en lui. Mais la magie de l'arme, s'aperçut-il, était neutralisée par celle de Shota. Il avait le sentiment de se noyer. À sa grande surprise, il trouvait l'expérience agréable…

Shota sourit de plus belle et ses yeux en amande étincelèrent.

— Comme je l'ai déjà dit, seuls les forts sont assez sages pour conclure les alliances qui s'imposent. Le sorcier n'était pas assez avisé, puisqu'il a essayé de me tuer. Idem pour la femme, qui aurait fait pareil. D'ailleurs, elle ne voulait même pas venir ici ! Toi, tu es suffisamment sage pour savoir que les temps actuels exigent que nous unissions nos forces.

— Pas question de faire cause commune avec quelqu'un qui veut tuer mes amis ! dit Richard, résolu à ne pas laisser mourir tout à fait sa colère.

— Même s'ils ont d'abord tenté de m'avoir ? N'ai-je pas le droit de me défendre ? Devrais-je offrir ma poitrine à leurs coups, sous prétexte que ces tueurs sont tes amis ? (Shota secoua la tête avec un sourire las.) Richard, réfléchis un peu à ce que tu dis ! Regarde les choses de mon point de vue…

Il médita sur la question, mais ne répondit rien.

— Tu as été très chevaleresque, continua Shota en le serrant contre elle. Mon héros, tu as fait une chose très rare : risquer ta vie pour défendre une voyante. Cette bravoure mérite une récompense. Je t'accorde la réalisation d'un souhait. Quoi que tu veuilles, il suffira de le dire pour l'avoir. (De sa main libre, elle fit des arabesques dans les airs.) N'importe quoi, parole d'honneur !

Richard voulut ouvrir la bouche, mais la voyante lui posa un index sur les lèvres. Son corps chaud et ferme se pressa contre le sien

— Ne gâche pas la bonne opinion que j'ai de toi en te précipitant. Tu peux avoir tout ce que tu veux. Ne rate pas ta chance. Réfléchis bien avant de parler. C'est un souhait important, accordé pour une bonne raison, et sans doute le plus crucial de ta vie. Aujourd'hui, impulsivité peut être synonyme de… mort.

Malgré l'étrange attirance qu'il éprouvait pour la voyante, Richard bouillait de rage.

— Inutile de me creuser les méninges des heures ! Je demande que vous ne tuiez pas mes amis. Ne leur faites pas de mal et laissez-les partir.

— Eh bien, soupira Shota, voilà qui complique les choses…

— Vraiment ? Votre parole d'honneur n'a donc aucune valeur ?

La voyante le foudroya du regard et durcit le ton.

— Ma parole est ma parole ! Mais je voulais te prévenir que ça n'allait rien simplifier… Tu es venu chercher la réponse à une question vitale. Et voilà que je propose de réaliser ton vœu ! Le plus logique serait de poser la fameuse question, et d'obtenir la réponse. N'est-ce pas ce que tu désires, au fond ? Essaie de déterminer ce qui compte le plus. Si tu faillis à ton devoir, combien d'innocents mourront? (Elle le serra de nouveau contre lui, son beau sourire revenu.) Richard, l'épée trouble ton raisonnement. La magie sème la confusion dans ton esprit. Remets-la au fourreau, et repense à ton problème. Si tu es vraiment un sage, tu écouteras mon avertissement. Ce ne sont pas des propos en l'air!

Richard rengaina vivement l'épée, histoire de montrer qu'il n'avait pas l'intention de changer d'avis. Il tourna la tête vers Zedd, toujours pétrifié, puis vers Kahlan, couverte de serpents. Quand leurs regards se croisèrent, il en eut le cœur serré. Son amie voulait qu'il utilise le vœu pour retrouver la boîte. C'était évident…

Il détourna la tête, incapable de supporter cette vision.

—Je ne tiens plus l'épée, Shota, et ça ne change rien. De toute manière, tu répondras à ma question, car ta vie aussi dépend de ma mission. Tout à l'heure, tu l'as implicitement reconnu. Je ne gaspille pas mon souhait. M'en servir pour avoir ce que tu as l'intention de me donner, voilà qui serait du gaspillage! À présent, tiens ta parole!

—Cher Richard, dit Shota, une antique sagesse dans le regard, un Sourcier a besoin de sa colère, mais ne la laisse pas chasser la raison de ton esprit. Ne juge pas trop vite des actes que tu ne comprends pas entièrement. Toutes les actions ne sont pas ce qu'elles semblent être. Et certaines ont pour but de te sauver.

Elle lui posa une main sur la joue, ravivant le souvenir de sa mère. Sa tendresse le calma et le rendit… mélancolique. Pour la première fois, il n'avait plus peur de Shota…

—S'il vous plaît…, souffla-t-il. J'ai formulé mon souhait. Exaucez-le.

—Ton vœu est exaucé, cher Richard, soupira Shota.

Le Sourcier se tourna vers Kahlan. Les serpents grouillaient toujours sur elle.

—Shota, vous aviez promis…

—De ne pas la tuer et de la laisser partir! Quand tu t'en iras, elle pourra t'accompagner. Mais elle est toujours dangereuse pour moi. Si elle se tient tranquille, les reptiles ne lui feront rien.

—Vous avez dit qu'elle aurait tenté de vous tuer. C'est faux! Elle m'a guidé jusqu'ici pour que nous vous demandions de l'aide. Mon amie ne vous voulait pas de mal, et vous l'auriez assassinée. À présent, vous lui imposez ce supplice.

—Richard, dit la voyante, un index pensif sur le menton, tu es venu en pensant que j'étais maléfique, n'est-ce pas? Sans rien savoir de moi, tu étais prêt à me nuire à cause de ce que tu avais imaginé. Ou de ce que tu avais entendu raconter par d'autres, et que tu croyais aveuglément. (Il n'y avait ni ruse ni ironie dans sa voix.) Les gens jaloux ou terrifiés disent du mal de tout. Certains affirment que le feu est un fléau, et que ses utilisateurs sont des démons. Faut-il les croire? D'autres prétendent que le vieux sorcier est un monstre responsable de beaucoup de morts. Faut-il les croire? Parmi les Hommes d'Adobe, il y en a eu pour t'accuser d'avoir apporté le malheur chez eux. Est-ce la vérité, juste parce que des fous en sont persuadés?

—Vous vous êtes fait passer pour ma mère, qui est morte. Est-ce le comportement d'une personne bien intentionnée ?

—Tu aimais ta mère ? demanda Shota, l'air sincèrement blessé.

—Bien sûr…

—Existe-t-il un plus beau cadeau que celui-là ? Revoir un être aimé que la mort a emporté ? N'as-tu pas été heureux de la retrouver ? T'ai-je demandé quelque chose en échange ? Un paiement ? Je t'ai offert quelques minutes de beauté et de pureté. Le souvenir *vivant* de l'amour qu'elle te portait, et de celui que tu éprouvais pour elle. Sais-tu seulement ce que ça m'a coûté ? Et tu trouves cela maléfique ? En échange, tu envisages de me décapiter avec ton épée ?

Richard ne répondit pas. Il détourna le regard, se sentant soudain honteux. Une réaction qu'il n'attendait pas…

—Ton esprit a-t-il été empoisonné par les paroles des autres ? Par leurs peurs ? Je demande seulement à être jugée sur mes actes. À être prise pour ce que je suis, pas pour ce que pensent les gens. Richard, ne va pas gonfler les rangs de cette armée d'imbéciles !

Le jeune homme en resta bouche bée. Presque mot pour mot, elle exprimait des convictions qui étaient siennes depuis toujours.

—Regarde autour de toi ! Cet endroit est-il laid ? Exsude-t-il le mal ?

—Je n'ai jamais rien vu d'aussi beau, avoua Richard. Mais ça ne prouve rien. Et ces bois sinistres, avant d'arriver ici ?

—Disons que ce sont les douves de mon château. Un obstacle qui tient à l'écart les fous animés de mauvaises intentions.

Mais Richard avait gardé pour la fin la question la plus dérangeante.

—Et lui ? demanda-t-il en regardant vers les ombres où Samuel était tapi.

—Samuel, viens ici, soupira tristement Shota.

La répugnante créature accourut, se plaça près de sa maîtresse, tout contre elle, et émit un étrange bruit de gorge. Puis ses yeux se rivèrent sur l'épée et n'en bougèrent plus.

Shota caressa la tête de Samuel et sourit gentiment à Richard.

—Je crois que des présentations s'imposent. Richard, voilà Samuel, ton prédécesseur. Le Sourcier précédent.

Richard baissa des yeux écarquillés sur le compagnon.

—Mon épée ! Donne-la !

Samuel tendit les bras et s'agita. Shota murmura doucement son nom. Aussitôt, il se calma et se réfugia contre sa hanche.

—Mon épée…, gémit-il. Mon épée…

—Pourquoi… pourquoi ressemble-t-il à ça ? demanda Richard, pas vraiment convaincu de vouloir connaître la réponse.

—Tu n'es pas informé, n'est-ce pas ? dit Shota, attristée. La magie… Le sorcier ne t'a pas prévenu ?

Richard secoua la tête, incapable d'articuler un son. Sa langue semblait collée à son palais.

—À ta place, j'aurais une petite conversation avec lui…

— Vous… voulez… dire, parvint à souffler Richard, que la magie… me fera… la même chose ?

— Désolée, mais je ne peux pas te répondre… Parmi mes pouvoirs, j'ai celui d'avoir des visions sur les événements que charrie le torrent du temps. Le futur, si tu préfères… Mais la magie de Zedd… Il m'est impossible de la distinguer dans ce flot tumultueux. J'y suis aveugle… Impossible de voir comment elle déferle dans l'avenir…

» Samuel fut le dernier Sourcier avant toi. Il est venu me voir il y a des années, pour demander de l'aide… Mais je ne pouvais rien pour lui, sinon m'apitoyer sur son sort. Puis le vieux sorcier nous est tombé dessus un jour, et il a pris l'épée. (Elle plissa le front, soudain menaçante.) Ce fut une expérience déplaisante – pour nous deux ! Désolée, mais je ne tiens pas ton ami en grande estime, et je n'ai aucune affection pour lui. (Son expression se radoucit.) Depuis, Samuel pense que l'Épée de Vérité était à lui. Mais je ne suis pas de cet avis. De tout temps, les sorciers furent les récipiendaires de l'arme et de sa magie. Ils les confient aux Sourciers… provisoirement !

Richard se souvint de ce que Zedd lui avait raconté. Alors que le précédent Sourcier était avec une voyante, il avait traversé la frontière pour récupérer l'épée. Il s'agissait de Samuel et de Shota ! Kahlan s'était trompée : un sorcier, au moins, avait eu le courage de s'aventurer dans l'Allonge d'Agaden.

— C'est peut-être parce qu'il n'était pas un authentique Sourcier, avança Richard, avant tout pour se rassurer.

— Possible…, souffla Shota, pleine de compassion. Mais je n'en sais rien.

— Ce doit être ça…, murmura Richard. Il faut que ce soit ça ! Sinon, Zedd m'aurait prévenu. C'est mon ami…

— Richard, il y a en jeu des choses bien plus importantes que l'amitié. Zedd le sait et toi aussi. Quand il le fallait, tu as choisi de le mettre en danger de mort pour préserver l'essentiel…

Richard tourna la tête vers le vieux sorcier. Il avait tellement besoin de lui parler ! Comment était-ce possible ? Tout à l'heure, sans hésiter, il avait pris le risque de sacrifier Zedd pour ne pas perdre sa seule chance de retrouver la boîte…

— Shota, tu avais promis de le laisser partir…

La voyante le dévisagea un long moment.

— Je suis désolée, Richard… (Elle agita une main en direction de Zedd, dont les contours se brouillèrent. Puis il disparut.) C'était une illusion. Dans l'intérêt de ma démonstration. Le sorcier n'a jamais été là.

Richard pensa qu'il aurait dû être furieux, mais ce n'était pas le cas. Avoir été abusé le blessait un peu et il se désolait que Zedd ne soit pas à ses côtés. Rien de plus…

Soudain, une vague de terreur glacée déferla en lui et il eut de nouveau des frissons dans les bras.

— Est-ce vraiment Kahlan ? Ou l'avez-vous déjà tuée et remplacée par une illusion ? Dans l'intérêt d'une autre démonstration ?

La poitrine de Shota se souleva quand elle prit une profonde inspiration.

— À mon goût, elle n'est que trop réelle. Et c'est bien là tout le problème…

Shota passa un bras sous celui de Richard et le conduisit devant Kahlan. Samuel les suivit comme leur ombre. Ses bras étaient si longs, même quand il se redressait entièrement, ses yeux globuleux volant de sa maîtresse au Sourcier, que ses doigts dessinaient des arabesques dans la poussière au gré de ses déplacements.

Perdue dans ses pensées comme si elle réfléchissait à un dilemme, Shota observa un long moment Kahlan. Richard voulait seulement que les serpents la laissent en paix. Malgré les paroles amicales et compatissantes de la voyante, Kahlan était toujours terrifiée, et ce n'était pas à cause des serpents. Ses yeux suivaient sans cesse Shota, comme ceux d'un animal pris au piège – braqués sur le trappeur, pas sur le collet.

— Richard, dit Shota, le regard plongé dans celui de Kahlan, pourrais-tu la tuer s'il le fallait ? Si elle devenait un obstacle à ta victoire, aurais-tu le courage de l'éliminer ? Pour sauver tous les autres ? Je veux la vérité…

Malgré le ton égal de la voyante, d'une neutralité désarmante, ses paroles s'enfoncèrent comme des dagues dans le cœur de Richard. Il chercha à croiser le regard de Kahlan, puis se tourna vers Shota.

— J'ai besoin d'elle… C'est mon guide, répondit-il simplement.

— Sourcier, tu éludes ma question !

Richard se tut et tenta de rester impassible.

— C'est bien ce que je pensais…, soupira Shota. Voilà pourquoi tu as fait une erreur en formulant ton souhait.

— Je ne me suis pas trompé ! Si je n'avais pas agi comme ça, vous l'auriez tuée !

— C'est vrai… Je ne l'aurais pas épargnée… L'image de Zedd était une épreuve. Tu l'as réussie, et je t'ai accordé la réalisation d'un vœu. Pas pour que tu obtiennes ce que tu voulais, mais afin d'accomplir à ta place un acte pénible que tu n'auras jamais le courage de faire. C'était la deuxième épreuve. Et là, mon cher garçon, tu as échoué. Je suis tenue d'exaucer ton souhait. Voilà ton erreur : tu aurais dû me laisser la tuer !

— Vous êtes folle ! D'abord, vous essayez de me convaincre que vous êtes bonne et qu'il faut vous juger sur vos actes. Ensuite, vous me prouvez le contraire en disant que j'ai eu tort de ne pas vous permettre de tuer Kahlan. Au nom de quoi ? D'un danger imaginaire ? Elle ne vous a pas menacée, et elle n'en a toujours pas l'intention. Comme moi, et comme vous, son but est de vaincre Darken Rahl.

Shota l'écouta patiemment jusqu'au bout, une sagesse sans âge passant de nouveau dans son regard.

— N'as-tu pas écouté quand j'ai dit que toutes les actions ne sont pas ce qu'elles semblent être ? Et que certaines visaient à te sauver ? Une fois de plus, tu juges trop vite, sans connaître toutes les données.

— Kahlan est mon amie. C'est tout ce que j'ai besoin de savoir.

Shota inspira à fond pour se calmer, comme si elle essayait d'expliquer quelque chose à un enfant. Cette réaction donna à Richard le sentiment d'être un rien borné…

—Richard, écoute-moi! Darken Rahl a mis dans le jeu les boîtes d'Orden. S'il réussit, personne n'aura le pouvoir de lui résister. Jusqu'à la fin des temps! Beaucoup de gens mourront. Toi et moi aussi. Il est dans mon intérêt de t'aider, parce que tu es le seul en mesure de se dresser contre lui. Comment ou pourquoi, je n'en sais rien, mais je vois le flux de pouvoir en toi. Toi seul peux réussir!

» Ça ne veut pas dire que tu vaincras, simplement qu'il y a un espoir. Aussi infime soit-il, c'est toi qui l'incarnes. Mais je sais aussi que des forces risquent de te détruire avant que tu puisses tenter ta chance. Le vieux sorcier est impuissant contre Rahl, c'est pour ça qu'il t'a confié l'épée. Comme lui, je ne peux pas m'opposer à Rahl, mais je suis en mesure de t'aider. C'est mon plus cher désir, et il y a dedans une part d'égoïsme… Je ne veux pas mourir! Et ce sera mon destin si Rahl triomphe.

—Je le sais… C'est pour ça que je n'ai pas utilisé mon souhait pour apprendre où est la boîte.

—Mais j'ai connaissance d'autres choses, Richard, que tu ignores.

Le visage de Shota exprimait une détresse qui serra le cœur de Richard. Dans ses yeux brillait la même intelligence que dans ceux de Kahlan. Il sentait en elle le désir sincère de l'aider. Soudain, il eut peur des « choses » qu'elle connaissait, parce qu'il comprit qu'elle ne cherchait pas à lui faire du mal. C'était tout simplement la vérité! Voyant le regard de Samuel rivé sur l'épée, il prit conscience que sa main reposait sur la garde, la serrant si fort que les lettres du mot « Vérité » appuyaient douloureusement contre sa paume.

—Shota, que sais-tu donc que j'ignore?

—Commençons par le moins pénible… Tu te rappelles comment tu as arrêté le feu du sorcier avec ton épée? Entraîne-toi à cette parade. Mon épreuve avait une raison. Zedd utilisera sa magie contre toi. Mais cette fois, ce ne sera pas une illusion. Le torrent du temps ne m'a pas dit lequel de vous deux vaincrait, seulement que tu aurais une chance.

—Ça ne peut pas être vrai…

—C'est aussi vrai, coupa Shota, que le croc donné par ton père pour désigner le gardien du livre et indiquer comment il l'a obtenu!

Un coup de poing aurait moins sonné Richard.

—Inutile de demander, j'ignore qui est le gardien. Tu devras le trouver tout seul.

Richard dut prendre sur lui pour poser sa question suivante.

—Si c'était le moins pénible, que dois-je attendre de la suite?

Dans une superbe envolée de cheveux auburn, Shota tourna la tête vers Kahlan.

—Je sais qui elle est, et combien elle est dangereuse pour moi… (Elle se retourna vers Richard.) À l'évidence, tu ignores sa véritable identité.

Sinon, tu ne serais peut-être pas avec elle. Kahlan a un pouvoir. Un pouvoir magique !

— Ça, au moins, je le sais…, révéla le Sourcier sans s'étendre sur le sujet.

— Richard… (Shota marqua une pause, comme pour chercher ses mots.) C'est difficile à expliquer… Je suis une voyante. Et j'ai la capacité de distinguer les choses telles qu'elles se produiront. C'est en partie pour ça que certains crétins ont peur de moi. (Elle approcha son visage de celui de Richard – une proximité troublante. Son haleine évoquait un bouquet de roses.) Par pitié, ne te range pas sous leur bannière ! Ne me crains pas à cause de pouvoirs que je ne contrôle pas. Si je peux voir des événements à venir dans toute leur vérité, il m'est impossible de les provoquer ou de les influencer. Et ce n'est pas parce que je les pressens qu'ils me réjouissent ! Nos actions présentes seules peuvent modifier ce qui risque de se passer demain. Sois assez sage pour tirer parti de la vérité au lieu de te répandre en imprécations contre elle.

— Et quelle vérité vois-tu, Shota ?

Les yeux en amande prirent une intensité inouïe. Et la voix de la voyante se fit tranchante comme une lame.

— Kahlan a un pouvoir. Si elle survit, elle l'utilisera sur toi. Il n'y a aucun doute sur cette vérité-là. Ton épée te protégera du feu de Zedd, mais elle ne pourra rien contre cette femme.

— Non…, souffla Kahlan. (Richard et la voyante se retournèrent et découvrirent le visage ravagé de douleur de la jeune femme.) Je ne le ferai pas ! Shota, je jure que je ne lui infligerai pas ça !

La voyante approcha de Kahlan et tendit un bras, sans redouter les reptiles, pour lui caresser la joue. Un geste de réconfort généreux et sincère.

— Si tu n'es pas morte avant, mon enfant, j'ai peur que tu ne te trompes… (Shota écrasa une larme qui coulait sur la joue de Kahlan.) Tu en as été très près, il n'y a pas si longtemps. Il s'en est fallu d'un souffle. (Malgré son évidente compassion, la voyante ajouta :) C'est la vérité, non ? Dis-lui ! Révèle-lui si je mens ou non !

Le regard de Kahlan se posa sur Richard. Il sonda ses magnifiques yeux verts… et se souvint des trois occasions où elle l'avait touché alors qu'il tenait l'épée. Chaque fois, la magie de l'arme lui avait lancé un signal d'alarme. Chez les Hommes d'Adobe, après le combat contre les ombres, l'avertissement était si violent qu'il avait failli frapper son amie avec l'épée avant de s'apercevoir de ce qu'il faisait.

Les sourcils froncés, Kahlan soutint son regard et se mordit la lèvre inférieure pour étouffer un gémissement.

— Est-ce vrai ? demanda Richard, le cœur serré. As-tu été à un souffle d'utiliser ton pouvoir sur moi, comme l'a dit Shota ?

Kahlan blêmit et ne put pas, cette fois, ravaler un cri pitoyable. Elle ferma les yeux et implora d'une voix brisée :

— Shota, s'il te plaît, tue-moi ! Il le faut ! J'ai juré de protéger Richard et de combattre Rahl. C'est la seule solution, sinon je faillirai à ma mission. Tue-moi !

— C'est impossible, souffla la voyante. J'ai exaucé un vœu. Un vœu très stupide !

Richard crut devenir fou de douleur. Voir Kahlan supplier ainsi qu'on la tue ! Il crut que la boule qu'il sentait dans sa gorge allait l'étouffer.

— Désolée, Kahlan. Si je permettais aux serpents de te mordre, je me parjurerais par rapport à Richard…

Kahlan se laissa tomber à genoux, face contre terre, les doigts enfoncés dans la poussière.

— Pardonne-moi, Richard, sanglota-t-elle. (Ses poings agrippèrent une touffe d'herbe, puis les jambes de son pantalon.) Par pitié, Richard ! J'ai juré de te protéger ! Tant d'innocents ont déjà péri. Dégaine ton épée et passe-la-moi dans le corps ! Fais-le, je t'en supplie ! Tue-moi !

— Kahlan, je ne pourrai jamais…, commença le Sourcier, incapable d'aller plus loin.

— Richard, dit Shota, au bord des larmes, si elle survit, avant que Rahl ouvre une boîte, elle utilisera son pouvoir sur toi. C'est une certitude ! Si elle vit, rien ne pourra l'empêcher. À cause de ton vœu, je ne peux pas porter la main sur elle. Tu dois le faire !

— Non ! cria Richard.

Kahlan hurla d'angoisse et dégaina son couteau. Alors qu'elle allait se l'enfoncer dans la poitrine, le Sourcier lui saisit le poignet au vol.

— Pitié, Richard ! gémit-elle en s'écroulant contre ses jambes. Tu ne comprends pas. Je dois mourir. Sinon, je serai responsable des atrocités de Darken Rahl. Oui, de tout ce qui arrivera !

Richard la tira par le poignet, la remit debout et lui tordit le bras dans le dos pour l'empêcher de se suicider avec sa lame. Il jeta un regard furieux à Shota, qui regardait la scène, les bras ballants. Tout ça était-il vrai ? Ces prédictions ahurissantes ? Il regrettait de ne pas avoir écouté Kahlan quand elle avait tenté de le dissuader de venir…

Comprenant à ses cris qu'il lui faisait mal, il relâcha un peu sa pression sur le bras de la jeune femme. Devait-il la laisser se tuer ? se demanda-t-il dans une étrange confusion mentale.

Sa main droite tremblait…

— Richard, souffla Shota, en larmes elle aussi, déteste-moi pour ce que je suis, si tu veux, mais pas parce que je t'ai dit la vérité.

— La vérité telle que tu la vois ! Peut-être pas telle qu'elle sera. Je ne tuerai pas mon amie à cause de tes paroles !

— La troisième boîte d'Orden, dit la voyante d'une voix blanche, est détenue par la reine Milena. Mais prends garde : elle ne la conservera plus longtemps. Tiens compte de cet avertissement, au moins si tu choisis de te fier à la vérité telle que je la vois ! (Elle se tourna vers le compagnon.) Samuel, conduis-les hors de l'Allonge. Ne t'approprie rien qui leur appartienne. Si tu désobéis, je serai très mécontente. Et ça inclut l'Épée de Vérité !

Richard vit une larme rouler sur la joue de Shota au moment où elle se détournait, sans le regarder, pour s'éloigner sur la route. Elle s'arrêta après quelques pas et resta un moment immobile, ses magnifiques cheveux auburn cascadant jusqu'à la taille de sa robe vaporeuse.

Elle leva la tête mais ne la tourna pas vers lui.

— Quand ce sera fini, dit-elle d'une voix brisée, et si tu parvenais malgré tout à vaincre, ne reviens jamais ici. Sinon, je te tuerai !

Elle avança vers son palais.

— Shota, souffla Richard, je suis navré…

La voyante ne s'arrêta plus…

Chapitre 32

À un angle du couloir, Rachel manqua s'étaler dans les jambes du sorcier. Il faisait si peu de bruit en marchant qu'elle ne l'avait pas entendu venir.

— Giller, vous m'avez fait peur ! s'exclama l'enfant, les yeux levés vers le visage de la silhouette en robe d'argent.

Le sorcier avait glissé les mains dans ses manches.

— Désolé, Rachel, ce n'était pas mon intention. (Il jeta un coup d'œil aux deux extrémités du couloir, puis s'agenouilla devant la fillette.) Que fais-tu là ?

— Je suis en mission..., soupira Rachel. Violette m'a chargée de houspiller encore les cuisiniers, puis je dois aller voir les blanchisseuses pour dire qu'elle a trouvé une tache de sauce sur une de ses robes. Le discours habituel, vous savez : ça ne devrait pas arriver, les femmes auraient dû s'en occuper, et si ça se reproduit, elle leur fera couper la tête. Je n'ai pas envie de leur répéter ça. Elles sont si gentilles... (Elle tira sur la manche ornée de broderies argentées de la robe du sorcier.) Mais si je ne le fais pas, la princesse me punira très sévèrement.

— Alors, obéis-lui... Les blanchisseuses devineront que ça ne vient pas de toi.

Rachel regarda le sorcier dans les yeux.

— Tout le monde sait que Violette n'a besoin de personne pour tacher ses robes !

— Tu as raison, approuva Giller, amusé. Je l'ai vue faire plus d'une fois. Mais tirer sur la queue d'un blaireau endormi n'apporte rien de bon. (Rachel ne comprit pas cette phrase et se rembrunit.) Ça veut dire que tu auras des ennuis si tu lui fais remarquer qu'elle a tort. Donc, il vaut mieux tenir ta langue.

Rachel approuva du chef. Le sorcier avait mille fois raison.

Giller sonda de nouveau le couloir. Ils étaient toujours seuls. Rassuré, il se pencha un peu plus vers la fillette.

— Je n'ai pas pu te parler plus tôt pour m'en assurer. Tu as trouvé la poupée-malheur ?

— Oui. Merci beaucoup, Giller. Elle est formidable. Depuis que vous me l'avez donnée, Violette m'a jetée deux fois dehors. La poupée m'a conseillé de ne pas vous parler tant que nous n'étions pas seuls, alors j'ai obéi. On n'arrête pas de se raconter des choses et ça me réconforte.

— Tu m'en vois ravi, mon enfant…

— Je l'ai baptisée Sara. Une poupée doit avoir un nom, pas vrai ?

— Ah bon ? fit le sorcier en levant un sourcil. Je l'ignorais. Sara me semble très bien, en tout cas…

Rachel sourit, contente que Giller approuve son initiative. Elle lui mit un bras autour du cou et lui murmura à l'oreille :

— Sara aussi m'a parlé de ses malheurs. J'ai promis de vous aider. Mais j'ignorais que vous vouliez fuir. Quand partons-nous, Giller ? La princesse me fait si peur…

Le sorcier la serra contre elle et lui tapota le dos.

— C'est pour bientôt, chère enfant. Mais nous devons d'abord prendre des précautions, afin de ne pas nous faire attraper. Personne ne doit nous suivre. Sinon, on nous ramènera ici et ce sera terrible. Tu comprends ?

Rachel acquiesça puis sursauta, car elle venait d'entendre des bruits de pas. Giller se releva et regarda à droite et à gauche.

— Rachel, ce serait une catastrophe si on nous voyait parler ensemble. Quelqu'un pourrait tout découvrir au sujet de la poupée. Je veux dire, de Sara.

— Il vaut mieux que je parte…

— Non, c'est trop tard. Plaque-toi contre le mur et montre-moi combien tu peux être courageuse… et discrète.

Rachel obéit. Il se campa devant elle, la dissimulant derrière sa robe.

La fillette entendit un cliquetis d'armure. Des gardes, sans doute. Puis des aboiements aigus retentirent. Le chien de Milena ! La reine approchait, entourée de soldats. Si elle la découvrait cachée derrière Giller, ils seraient dans de sales draps. Et Sara risquait de finir au feu ! Rachel se recroquevilla davantage dans sa cachette. Le tissu ondula un peu quand Giller fit une révérence.

— Votre Majesté…, dit-il en se redressant.

— Giller ! s'écria la reine. Pourquoi rôdez-vous dans ce couloir ?

— Rôder, Votre Majesté ? J'avais cru comprendre que vous m'employiez pour que nul ennemi à vous ne *rôde* dans le palais. J'étais venu vérifier les sceaux magiques de la salle des bijoux, pour voir si personne ne s'y était attaqué. (Rachel entendit le maudit roquet renifler l'ourlet de la robe du sorcier.) Si vous le désirez, Votre Majesté, je me fierai à la chance et n'enquêterai plus quand j'ai des doutes.

Le chien continuait à renifler, se rapprochant d'elle. Rachel espéra qu'il renoncerait avant de l'avoir découverte.

— À partir de maintenant, si c'est votre volonté, continua Giller, nous prierons les esprits, le soir, pour que tout se passe bien quand le Petit Père Rahl arrivera. Et si quelque chose tourne mal, nous lui dirons que nous n'avons pas vérifié, parce qu'il m'était interdit de rôder dans le palais. Sans doute comprendra-t-il.

Le chien grogna.

— Ne montez pas sur vos grands chevaux, Giller ! C'était une simple question… (Le roquet venait de fourrer son museau sous la robe du sorcier.) Mon petit chéri, couina la reine, qu'est-ce que tu fais ? Joli mamour, réponds à ta maman !

Le cabot grogna puis jappa. Giller recula un peu, écrasant Rachel contre le mur. Pour se réconforter, elle essaya de penser à Sara, désolée de ne pas l'avoir avec elle.

— Que t'arrive-t-il, mamour ? Tu as senti quelque chose ?

— J'ai peur, Votre Majesté, d'avoir aussi *rôdé* dans les écuries. Je parie que c'est ça qu'il renifle.

Dans son dos, la main de Giller se posa juste au-dessus de la tête de Rachel.

— Les écuries ? répéta la reine, méfiante. Que pouvez-vous y vérifier ? (Rachel entendit mieux la voix de Milena, qui s'était penchée pour ramasser le chien.) Qu'est-ce qui te prend, mamour ?

Rachel mordilla l'ourlet de sa robe pour s'empêcher de crier.

Quand Giller ressortit sa main, la fillette vit qu'il tenait quelque chose entre le pouce et l'index.

Le chien fourra de nouveau son museau sous la robe et aboya frénétiquement. Mais Giller ouvrit les doigts et de la poudre tomba sur la truffe de l'animal, qui éternua au moment où la reine le ramassait.

— Voilà, voilà, mamour… Tout va bien. Mon pauvre petit chéri. (Rachel l'entendit poser un baiser humide sur le museau du chien, comme elle le faisait souvent. Aussitôt, elle éternua également.) Que disions-nous, Giller ? Qu'est-ce qui intéresse un sorcier dans les écuries ?

— Votre Majesté, répondit le sorcier d'une voix peu commode (Rachel trouva très amusant qu'il rabroue Milena), si vous étiez un tueur désireux de s'introduire dans le château d'une reine pour lui loger une flèche dans le corps, essaieriez-vous de passer par le pont-levis, les mains dans les poches ? Ou choisiriez-vous d'entrer avec votre grand arc en vous cachant dans un chariot de foin ou de marchandises ? Puis vous en sortiriez la nuit, dans la quiétude des écuries…

— Eh bien… je… y a-t-il… avez-vous découvert quelque chose ?

— Les écuries ajoutées à la liste des endroits où je ne dois pas *rôder*, ça me fera moins de travail ! Cela dit, avec votre permission, lors de vos apparitions publiques, j'aimerais me tenir loin de vous. Histoire de ne pas être sur la trajectoire, si un de vos sujets décide de vous témoigner son affection à distance…

— Sorcier Giller, fit la reine d'une voix très amicale, comme quand elle parlait à son chien, je vous prie de me pardonner. Je suis sur les charbons ardents, ces derniers temps, avec l'arrivée imminente du Petit Père Rahl… Il faut que tout se passe bien, pour que nos souhaits se réalisent. Je sais que vous veillez sur moi. S'il vous plaît, continuez, et oubliez le moment d'égarement d'une dame énervée.

— Qu'il en soit ainsi, Votre Majesté, dit Giller en inclinant la tête.

La reine repartit en éternuant comme une perdue. Mais Rachel l'entendit s'arrêter net.

— Au fait, Giller, lança-t-elle, vous en ai-je informé ? Un messager est venu annoncer que le Petit Père Rahl arrivera plus tôt que prévu. Beaucoup plus tôt ! Demain, pour tout dire. Il voudra que je lui remette la boîte pour sceller notre pacte. S'il vous plaît, occupez-vous des détails pratiques…

Giller sursauta tant qu'il faillit faire tomber Rachel.

— À vos ordres, Votre Majesté, dit-il avec une révérence.

Il attendit que la reine et son escorte aient disparu, puis posa ses grandes mains sur la taille de Rachel, la souleva de terre et la cala sur sa hanche. Elle remarqua que ses joues n'étaient pas rouges, comme d'habitude, mais presque blanches. Il lui mit un doigt sur les lèvres, indiquant qu'elle devait se taire, et sonda de nouveau le couloir.

— Demain ! marmonna-t-il. Que les esprits soient maudits, je ne suis pas prêt !

— Que se passe-t-il, Giller ?

— Rachel, la princesse est-elle dans ses appartements ?

— Non… Elle est allée choisir le tissu de la nouvelle robe qu'elle portera en l'honneur du Petit Père Rahl.

— Sais-tu où elle cache la clé de la salle des bijoux ?

— Oui. Quand elle ne l'emporte pas, elle la range dans sa coiffeuse. Le tiroir du côté de la fenêtre…

Giller descendit le couloir, en direction des appartements de la princesse. Il semblait voler sur le tapis, ses pieds ne faisant pas le moindre bruit.

— On change de plan, chère enfant ! dit-il à Rachel. Seras-tu courageuse pour moi ? Et pour Sara ?

L'enfant fit oui de la tête et lui passa les bras autour du cou pour mieux se tenir, car il marchait très vite. Il passa devant une série de portes noires et s'arrêta devant la plus grande, à double battant et entourée de superbes sculptures. L'entrée des appartements de Violette !

Giller serra Rachel plus fort contre lui.

— Très bien…, souffla-t-il. Vas-y et rapporte-moi la clé. Pendant ce temps, je monterai la garde.

Il ouvrit la porte et la referma derrière la fillette.

Grâce aux rideaux ouverts, Rachel vit aussitôt que les lieux étaient déserts. Pas une domestique en vue. Le feu de cheminée agonisait et personne n'était encore passé en allumer un nouveau pour la nuit. Le lit à baldaquin de Violette était déjà fait. Rachel aimait bien le joli dessus-de-lit à fleurs assorti au baldaquin et aux rideaux. Elle s'était toujours demandé pourquoi la princesse avait besoin d'une couche assez grande pour dix personnes. Là d'où elle venait, six filles dormaient dans un lit minuscule, et la literie ne portait pas de décoration. Comment se sentait-on dans le nid douillet de la princesse ? Elle n'avait jamais eu le droit de simplement s'y asseoir…

Consciente que Giller l'attendait, elle traversa la pièce, foula les riches tapis et se campa devant la coiffeuse en bois précieux. Saisissant une poignée en or, elle ouvrit un tiroir d'une main tremblante. Même si Violette l'avait souvent envoyée chercher la clé, elle se sentait très nerveuse de le faire sans son autorisation. La grosse clé de la salle des bijoux reposait dans un compartiment en velours rouge, près de celle du maudit coffre à linge. Rachel la prit, la fourra dans sa poche et referma soigneusement le tiroir.

En retournant vers la porte, elle regarda le coin où était rangé le coffre. Même si elle était pressée, elle en approcha et l'ouvrit, car elle devait vérifier. Elle fouilla dedans, glissa une main sous la pile de couvertures, la souleva et soupira de soulagement.

Sara était toujours là.

— Je dois y aller, souffla Rachel. Je reviendrai plus tard.

Elle embrassa la poupée-malheur et la recouvrit avec la pile de couvertures. Là, personne ne la trouverait. Avoir amené Sara au château était risqué, mais elle n'avait pas eu le cœur de la laisser seule dans le pin-compagnon. On pouvait y avoir si peur, la nuit !

Elle gagna la porte, l'entrouvrit et regarda Giller, qui lui fit signe qu'elle pouvait venir.

— Tu as la clé ?

Rachel la sortit de la poche où elle gardait aussi son bâton magique. Ravi, il lui dit qu'elle était une brave petite fille. Personne ne l'avait appelée comme ça depuis très longtemps…

Le sorcier la reprit dans ses bras, remonta le couloir et s'engagea dans l'étroit escalier de service. Sur la pierre non plus, ses pieds ne faisaient pas de bruit ! Mais ses favoris gratouillaient le nez de l'enfant. Au bas des marches, il la reposa sur le sol.

— Rachel, fit-il en s'agenouillant près d'elle, écoute-moi bien. Ce n'est pas un jeu ! Nous devons sortir du château, sinon, on nous coupera la tête, comme Sara te l'a dit. Mais il faudra être malins pour ne pas se faire prendre. Si on se précipite, sans rien préparer, ça ne marchera pas. Et si nous agissons trop lentement… Hum, je préfère ne pas penser à ce qui arrivera.

— Giller, dit Rachel, des larmes dans les yeux, j'ai peur d'avoir la tête coupée. Les gens disent que ça fait très mal.

— Je sais, chère enfant, et j'ai peur aussi, avoua le sorcier en la serrant contre lui. Mais si tu fais exactement ce que je dis, comme une courageuse petite fille, nous réussirons à fuir, et nous irons à un endroit où on ne coupe pas la tête aux gens – qu'on ne fait pas dormir non plus dans des coffres à linge ! Tu auras Sara, et personne ne menacera de la jeter au feu. Tu comprends ?

— Ce serait merveilleux, Giller…

— Mais tu devras être courageuse et m'obéir. Ce ne sera pas toujours facile.

— Je t'obéirai, promis !

—Et moi, Rachel, je jure de tout faire pour te protéger. Nous sommes ensemble dans cette aventure, toi et moi, mais le sort de beaucoup d'autres personnes dépend de nous. Si on s'en tire bien, le monde changera et des multitudes d'innocents ne seront pas décapités.

—J'adorerais ça, Giller! Je déteste les exécutions. Ça me terrifie.

—Alors, nous sommes d'accord... D'abord, tu vas aller réprimander les cuisiniers, comme on te l'a demandé. Dans la cuisine, prends la plus grosse miche de pain que tu verras. Je me moque de la façon dont tu l'obtiendras. Si tu dois la voler, n'hésite pas. Ensuite, tu iras dans la salle des bijoux. Ouvre la porte, entre et attends-moi là. Je dois m'occuper d'autres détails... Je t'en dirai plus quand nous nous retrouverons. Tu peux faire tout ça?

—Bien sûr. C'est facile...

—Alors, file!

Elle courut dans le couloir du premier étage pendant que Giller, toujours aussi silencieux, remontait les marches. L'escalier des cuisines était à l'autre bout du corridor, derrière celui réservé à la reine. Rachel aimait bien passer par là quand elle accompagnait la princesse, parce qu'il y avait sur les marches des tapis beaucoup plus agréables que la pierre nue qu'elle foulait quand elle accomplissait ses « missions ». Le couloir était ouvert au milieu, à l'endroit où l'escalier d'apparat débouchait dans une grande salle aux dalles de marbre blanches et noires particulièrement glaciales pour la plante des pieds...

Rachel pensait au moyen de se procurer une miche de pain sans être obligée de la voler, quand elle aperçut la princesse dans la salle au sol noir et blanc, en route vers l'escalier, suivie par la couturière royale et deux petites mains chargées de rouleaux d'un joli tissu rose. Rachel chercha un endroit où se cacher, mais Violette l'avait déjà repérée.

—Oh, Rachel! dit-elle. Viens donc par ici!

La fillette obéit et se fendit d'une révérence.

—Que fais-tu donc?

—Ce que vous m'avez demandé, princesse. J'allais aux cuisines...

—Eh bien... ce ne sera pas la peine.

—Mais il faut que j'y aille!

—Pourquoi? Je viens de te dire que c'était inutile.

Rachel se mordit les lèvres. L'expression de Violette la terrifiait, mais elle essaya de penser à ce que Giller ferait à sa place.

—Si c'est votre volonté, j'obéirai... Pourtant, votre repas de midi était ignoble, et je serais navrée que celui de ce soir le soit aussi. Vous devez mourir d'envie de vous régaler. Mais si vous ne voulez pas que j'intervienne...

La princesse réfléchit quelques secondes.

—Tout bien pesé, vas-y, parce que c'était vraiment infâme. N'oublie pas de leur dire que j'étais furieuse!

—N'ayez crainte, princesse, assura Rachel en inclinant la tête.

Elle se détourna pour partir.

— J'ai un essayage ! lança Violette dans son dos. (Rachel fit volte-face.) Après, j'irai dans la salle des bijoux, pour voir ce qui siéra le mieux à ma nouvelle robe. Quand tu en auras fini avec les cuisiniers, passe chercher la clé chez moi et attends là-bas.

— Princesse, objecta Rachel, la bouche sèche, ne devriez-vous pas faire ça demain, quand la robe sera finie ? Vous verriez mieux quels bijoux conviennent...

— En effet, dit Violette, visiblement étonnée, ce serait beaucoup plus judicieux. (Elle se tut, pensive.) Je suis très contente d'avoir eu cette idée.

Rachel soupira de soulagement et fonça vers l'escalier de service. Mais sa maîtresse la rappela.

— Malgré tout, je dois choisir quelque chose pour le dîner de ce soir. J'irai donc quand même dans la salle des bijoux. On s'y retrouvera dans un moment...

— Mais, princesse...

— Il n'y a pas de « mais » ! Après avoir parlé aux cuisiniers, va chercher la clé et attends-moi dans la salle. Je viendrai dès que l'essayage sera fini.

Violette s'engagea dans l'escalier d'apparat et disparut.

Rachel ne savait plus que faire. Giller aussi lui avait donné rendez-vous dans la salle aux bijoux. Au bord des larmes, elle se demanda quoi décider.

Le mieux était d'obéir au sorcier ! Et d'être courageuse. Comme ça, plein de gens n'auraient pas la tête coupée. Elle ravala ses sanglots et partit pour les cuisines. Au fait, pourquoi Giller voulait-il une grosse miche de pain ?

— Alors, qu'en penses-tu ? souffla Richard. Tu as une idée ?

Kahlan était à plat ventre près de lui, perplexe tandis qu'elle regardait en contrebas de la crête où ils se dissimulaient.

— Pas la moindre... Je n'ai jamais vu autant de garns à queue courte en même temps...

— Et que font-ils brûler, d'après toi ?

— Rien du tout ! La fumée monte du sol. On appelle cet endroit Source Feu. De la vapeur s'élève de certains trous, dans d'autres, de l'eau bouillonne, et dans d'autres encore, on trouve un liquide jaune et de la boue. Et tout ça empeste ! Les émanations tiennent les curieux à l'écart. J'ignore ce que les garns font ici.

— Regarde par là, au pied de la colline, près du plus grand trou. Il y a dessus un truc en forme d'œuf avec de la vapeur autour. Ils n'arrêtent pas de le regarder et de le toucher.

— Tu as une meilleure vue que moi. Je ne saurais pas dire ce que c'est, ni même si c'est vraiment ovoïde.

Richard entendait des grondements monter du sol, certains suivis d'énormes geysers de vapeur. L'odeur suffocante du soufre dérivait dans l'air jusqu'à l'endroit où ils se tenaient, dans un bosquet d'arbres rachitiques.

— On devrait peut-être aller y voir de plus près, murmura Richard en regardant les garns s'agiter à leurs pieds.

— Ce serait idiot, souffla Kahlan. Du crétinisme pur ! As-tu déjà oublié ce que peut faire un seul garn ? Et là, il y en a des dizaines.

— Pas mal raisonné… Qu'y a-t-il derrière eux, juste au-dessus, à flanc de colline. Une caverne ?

— Oui. On la nomme la grotte du Shadrin. On raconte qu'elle traverse les montagnes et rejoint la vallée, de l'autre côté. Mais je ne connais personne qui ait vérifié cette théorie…

Richard regarda les garns se disputer la dépouille d'un animal.

— Un shadrin, c'est quoi ? demanda-t-il.

— Une bête qui vit dans les cavernes. Certains disent que c'est un mythe, d'autres affirment le contraire. Mais là encore, personne n'est allé vérifier…

— Et ton opinion ?

— Je n'en ai pas… Dans les Contrées du Milieu, beaucoup d'endroits sont censés être hantés par des bêtes. J'en ai visité des quantités sans rien trouver. La plupart des histoires ne sont que ça, des histoires ! Mais pas toutes…

Richard était ravi qu'elle lui parle. Depuis des jours, elle n'avait presque rien dit. Le curieux comportement des garns semblait avoir éveillé sa curiosité, la tirant pour un temps de son mutisme. Hélas, ils ne pouvaient pas rester étendus ici à bavarder. Ils perdaient du temps ! Et s'ils s'attardaient, les mouches à sang finiraient par les repérer. Ils rampèrent en arrière, loin du précipice, puis s'éloignèrent, pliés en deux, sans précipitation inutile.

Kahlan se replongea dans son silence obstiné.

Une fois loin des garns, ils reprirent la route de Tamarang, le territoire voisin du Pays Sauvage gouverné par la reine Milena. Très vite, ils atteignirent une intersection. Richard supposa qu'ils devaient prendre à droite, puisque Tamarang, selon Kahlan, se trouvait à l'est. Les garns et Source Feu étaient sur leur gauche…

Kahlan s'engagea pourtant sur la piste de gauche.

— Que fais-tu ? cria Richard.

Depuis leur départ de chez Shota, il la surveillait sans cesse. Lui faire confiance était devenu impossible. Elle voulait mourir et elle réussirait s'il ne prenait pas garde à chacun de ses mouvements.

Elle se retourna vers lui, aussi inexpressive que d'habitude.

— On appelle ça une intersection inversée…, dit-elle. Devant nous, là-haut, où il est difficile de voir à cause des buttes et de la forêt, les routes se croisent de nouveau et changent de direction. Avec les frondaisons, on a du mal à voir où est le soleil, donc à se repérer. Si on suit la piste de droite, on tombera sur les garns. L'autre conduit à Tamarang.

— Qui se donnerait le mal de construire une route de ce genre ?

— Une petite ruse des anciens rois de Tamarang, pour égarer les envahisseurs venus du Pays Sauvage… Ça les ralentissait un peu, laissant aux défenseurs le temps de se regrouper et de contre-attaquer.

Richard dévisagea son amie pour savoir si elle disait la vérité. Devoir se demander si elle lui mentait ou non le rendait fou furieux.

— C'est toi le guide, dit-il enfin. On y va !

Kahlan se détourna sans un mot et se remit en chemin.

Richard ignorait combien de temps il supporterait ça. Elle desserrait les lèvres uniquement pour répondre à ses questions pratiques, décourageait toute tentative d'engager une conversation et reculait dès qu'il approchait trop d'elle, comme si son contact avait été mortel. Mais c'était le contraire qui la terrorisait, ça, il l'avait compris. Leur dialogue, devant les garns, lui avait donné l'espoir que les choses changeaient. Une illusion ! Elle s'était très vite refermée sur elle-même.

Elle se comportait comme un prisonnier condamné à une marche forcée, le réduisant au rôle d'un geôlier peu convaincu. Il gardait le couteau de la jeune femme à sa ceinture, conscient de ce qui arriverait s'il le lui rendait. À chaque pas, elle s'éloignait un peu plus de lui. Il la perdait, c'était évident. Mais que faire pour éviter ça ?

La nuit, quand c'était à elle de monter la garde, il lui attachait les poignets et les chevilles pour qu'elle ne se donne pas la mort pendant qu'il se reposait. Quand il la saucissonnait, elle se laissait faire sans réaction. Pour lui, c'était une torture. Et il ne dormait que d'un œil, couché près d'elle pour qu'elle puisse le réveiller si elle voyait ou entendait quelque chose. Cette tension permanente l'épuisait…

Il regrettait plus que jamais leur rencontre avec Shota. L'idée que Zedd se retourne contre lui semblait absurde. Imaginer que Kahlan fasse de même lui déchirait les entrailles.

Richard sortit de la nourriture de son sac et lança, d'une voix qu'il espérait pleine d'entrain :

— Tu veux du poisson séché ? (Il fit la grimace.) Il est infect à souhait !

Sa plaisanterie ne la dérida pas.

— Non, merci, je n'ai pas faim…

Richard s'efforça de rester souriant et de ne pas trahir sa colère. Mais ses tempes battaient de fureur.

— Kahlan, tu n'as presque rien avalé depuis des jours. Il faut te nourrir.

— Je ne veux rien !

— Et pour me faire plaisir ?

— Que feras-tu si je refuse ? Tu me gaveras ?

Le calme de son amie exacerbait sa fureur, mais il se contint autant qu'il put.

— S'il le faut, oui.

Elle se retourna vers lui, excédée.

— Richard, je t'en prie, laisse-moi partir ! Je ne veux plus être avec toi. Laisse-moi !

La première fois qu'elle montrait ses émotions depuis leur départ de l'Allonge d'Agaden…

— Non, dit-il, jouant à son tour le jeu de l'impassibilité.

— Tu ne pourras pas me surveiller tout le temps. Tôt ou tard…

— Je ne te quitterai pas des yeux une minute, si c'est nécessaire.

Ils se défièrent un moment. Puis toute trace de vie déserta le visage de Kahlan, qui se détourna et recommença à marcher.

Ils ne s'étaient pas arrêtés longtemps, mais ça avait suffi pour que la créature qui les suivait commette une de ses rares erreurs. Elle s'était trop approchée, laissant le Sourcier revoir un instant ses yeux jaune brillant.

Depuis leur deuxième jour de voyage, Richard savait qu'on les pistait. Des années de solitude dans la forêt lui avaient appris à sentir quand il avait de la compagnie. Les autres guides et lui jouaient souvent à se suivre dans la forêt de Hartland pour voir combien de temps ils passaient inaperçus. Si l'être qui les traquait ne se débrouillait pas mal, il n'arrivait pas à la cheville du Sourcier. C'était la troisième fois qu'il apercevait les yeux jaunes. Mais personne d'autre que lui n'aurait réussi cet exploit…

Ce n'était pas Samuel, car les yeux, plus rapprochés et d'un jaune plus sombre, exprimaient davantage d'intelligence que ceux du compagnon. Il ne s'agissait pas non plus d'un chien à cœur, car il aurait déjà attaqué. Ce prédateur-là se contentait d'observer.

Kahlan, il l'aurait juré, ne s'était aperçue de rien, trop absorbée par ses sombres pensées. À un moment ou à un autre, la créature se montrerait et le Sourcier serait prêt à l'affronter. Mais avec Kahlan dans cet état, il n'avait pas besoin d'un nouveau problème…

En conséquence, il ne se retourna pas pour regarder et prévenir son adversaire qu'il avait des soupçons. Pas de brusque marche arrière ni de cercle soudain – le nom que ses collègues et lui avaient donné à une manœuvre originale. Au contraire, il se contentait de capter les indices quand ils s'offraient à lui, sans être constamment à l'affût. Ainsi, il était quasiment sûr que l'espion ne se savait pas repéré. Pour l'instant, ça l'arrangeait, car l'avantage était de son côté.

Il regarda Kahlan avancer, la tête dans les épaules, et se demanda ce qu'il ferait d'elle dans quelques jours, quand ils atteindraient Tamarang. Qu'il le veuille ou non, elle gagnerait leur guerre larvée, car ça ne pouvait pas continuer comme cela. Même si elle échouait des dizaines de fois, il suffisait d'une pour que… Il devait l'emporter à chaque passe d'armes. Une seule erreur et elle se suiciderait. Au bout du compte, il serait défait, et il ne voyait pas comment l'empêcher…

Rachel était assise sur le repose-pieds, en face de la somptueuse chaise revêtue de velours rouge et plaquée d'or fin. Elle attendait en se cognant les genoux l'un contre l'autre. *Vite, Giller!* se répétait-elle sans cesse. Le sorcier devait arriver avant Violette!

La fillette leva les yeux sur la boîte de la reine. Si la princesse se montrait avant Giller, elle espérait qu'elle ne jouerait pas encore avec. Rachel détestait qu'elle le fasse, ça la terrorisait.

La porte s'entrouvrit et Giller passa la tête dans la pièce.

— Vite ! souffla Rachel.

Il entra et referma derrière lui.

— Tu as le pain ?

— Oui. (Elle sortit un ballot de sous la chaise, se leva et le mit sur le repose-pieds.) Je l'ai enveloppé dans un torchon pour que les gens ne voient rien.

— Brave petite fille ! dit Giller.

Puis il se détourna d'elle.

— J'ai dû le voler, avoua Rachel, dépitée. C'est la première fois que je fais ça...

— Mon enfant, déclara le sorcier, qui approchait de la boîte, je t'assure que c'est pour une bonne cause.

— Giller, la princesse va venir ici.

— Quand ?

— Dès qu'elle aura essayé sa nouvelle robe. Comme elle est très exigeante, ça risque de prendre un moment, mais on ne peut pas être sûrs... Elle aime mettre des bijoux et se regarder dans le miroir.

— Maudits soient les esprits, marmonna Giller, rien n'est jamais facile...

Il prit la boîte qui reposait sur le piédestal de marbre.

— Giller ! Il ne faut pas y toucher ! C'est à la reine !

Le sorcier se retourna, l'air troublé, et baissa les yeux sur l'enfant.

— Non, ce n'est pas à elle ! Attends un peu et je t'expliquerai...

Il posa la boîte à côté de la miche de pain. Puis il sortit une autre boîte de sa poche.

— Qu'en dis-tu ? demanda-t-il à Rachel en brandissant la contrefaçon.

— Elle est exactement pareille !

— Parfait ! (Il posa la seconde boîte sur le piédestal, puis s'agenouilla près de Rachel.) Écoute-moi très attentivement, chère enfant. Le temps presse et il est capital que tu comprennes bien.

À l'expression de son protecteur, Rachel ne douta pas que c'était très grave.

— J'écoute, dit-elle.

Giller posa la main sur la boîte.

— Cet objet a un pouvoir magique... et il n'appartient pas à la reine.

— À qui est-il, alors ?

— Je n'ai pas le temps de te le dire... Peut-être quand nous serons loin d'ici. L'important, c'est que la reine est une méchante personne. (Rachel acquiesça. Ça, elle le savait déjà.) Elle coupe la tête des gens juste parce que ça l'arrange. Elle se fiche des autres et ne pense qu'à elle. Hélas, elle est au pouvoir. Ça signifie qu'elle peut faire tout ce qui lui passe par l'esprit. La magie de cette boîte renforce sa puissance. C'est pour ça qu'elle s'en est emparée.

— Je comprends. C'est comme la princesse, qui peut me gifler, me couper les cheveux n'importe comment, et se moquer sans arrêt de moi.

— C'est exactement ça. Bravo, Rachel ! À présent, écoute bien. Un homme appelé Darken Rahl est encore plus méchant que la reine !

— Le Petit Père Rahl ? fit Rachel, troublée. Tout le monde dit qu'il est gentil. Violette prétend que c'est l'homme le plus doux du monde.

— Elle affirme aussi que ce n'est pas elle qui tache ses vêtements, lui rappela Giller.

— Et c'est un mensonge !

— Je vois que tu me suis… Le Petit Père Rahl est l'homme le plus méchant du monde. À côté de lui, la reine passerait pour un modèle de gentillesse. Rahl tue même les enfants. Tu sais ce que ça veut dire, tuer quelqu'un ?

— On lui coupe la tête, ou quelque chose comme ça, et il est mort…

— C'est ça. Comme la princesse, qui rit quand elle te gifle, Darken Rahl s'amuse beaucoup quand il assassine des gens. Lorsque la princesse assiste à un banquet, avec les dames et les seigneurs, elle fait assaut de gentillesse et de politesse. Mais quand vous êtes seules, elle te tourmente. Tu vois ce que je veux dire ?

— Oui, fit Rachel, la gorge nouée. Elle ne veut pas que les autres sachent combien elle est méchante.

— C'est tout à fait ça ! Tu es très intelligente, chère enfant ! Eh bien, le Petit Père Rahl est comme elle. Pour que les gens ne se doutent de rien, il se fait passer pour l'homme le plus gentil du monde. Quoi qu'il arrive, Rachel, reste toujours loin de lui, si tu le peux…

— Ça, vous pouvez me faire confiance !

— Mais s'il te parle, sois très polie et ne montre pas que tu connais la vérité. Il ne faut pas dévoiler aux gens ce qu'on sait. C'est le meilleur moyen d'être en sécurité.

— Comme avec Sara… Les méchants ne savent pas qu'elle existe, donc ils ne risquent pas de me la prendre, et elle est en sécurité.

Giller la prit dans ses bras et la serra contre lui.

— Je remercie les esprits que tu sois si intelligente ! s'exclama-t-il. (Rachel fut ravie de cette déclaration. Personne n'avait jamais vanté son intelligence.) À présent, ouvre en grand tes oreilles. Nous entrons dans le vif du sujet.

— J'écoute, Giller.

— Cette boîte est magique. Si la reine la donne à Rahl, il se servira de son pouvoir pour torturer encore plus d'innocents. Et couper davantage de têtes. Comme la reine est méchante, et qu'elle le soutient, elle lui offrira la boîte.

— Giller, il faut l'en empêcher ! Tous ces malheureux qu'on décapitera…

Le sorcier sourit et se gratta le menton.

— Rachel, tu es la petite fille la plus intelligente que j'aie connue ! Vraiment !

— Il faut cacher la boîte, comme j'ai fait avec Sara.

— Une fois encore, tu as raison. (Il désigna la fausse boîte, sur le piédestal.) C'est un leurre. Pas la vraie boîte, juste une imitation… Ils s'y tromperont un moment, et ça nous laissera le temps de fuir.

Rachel regarda le « leurre ». On ne voyait pas la différence...

—Giller, tu es l'homme le plus intelligent du monde !

Le sourire du sorcier perdit de son éclat.

—J'ai peur, mon enfant, de l'être trop pour mon propre bien. (Il se ressaisit.) Voilà comment nous allons faire...

Il prit la miche de pain, la coupa en deux et retira une partie de la mie. Il en fourra une grosse quantité dans sa bouche, tellement pleine que ses joues se gonflèrent. Alors, il mit le reste dans celle de Rachel, qui mâcha aussi vite qu'elle put. C'était délicieux, encore un peu chaud... Quand ils eurent fini de faire disparaître les indices, Giller prit la boîte, la glissa dans le pain et remit les deux moitiés ensemble.

—Qu'en penses-tu ? demanda-t-il à Rachel.

—Tout le monde verra que cette miche a été cassée, dit la fillette, très inquiète.

—Intelligente... Oui, tu es vraiment très intelligente. Bon, comme je suis un sorcier, je peux arranger ça. Qu'en dis-tu ?

—C'est bien possible...

Il posa la miche sur ses genoux et fit de grands gestes avec ses mains, au-dessus et autour. Puis il montra de nouveau le pain à sa protégée. Plus de brisures ! On aurait dit que la miche sortait du four !

—Personne ne s'en apercevra, c'est sûr !

—Espérons que tu ne te trompes pas, mon enfant... J'ai lancé une Toile de Sorcier, un charme magique, sur ce pain, pour qu'on ne détecte pas non plus le pouvoir de la boîte.

Il reprit le torchon, enveloppa la miche dedans puis fit un nœud sur le dessus avec les quatre coins du tissu. Il tint ce petit ballot par le nœud, et le posa sur la paume de sa main libre, devant les yeux de Rachel. Alors, il la regarda sans sourire, comme s'il était malheureux.

—Maintenant, ça se complique, mon enfant. Nous devons sortir la boîte du château. Si nous la cachons à l'intérieur, ils finiront par la trouver. Tu te rappelles où j'avais dissimulé ta poupée, dans le jardin ?

—La troisième vasque sur la droite...

—J'y mettrai la miche. Tu devras te faire jeter dehors, aller la récupérer, comme avec Sara, et sortir du château. Et il faut agir ce soir !

—Giller, j'ai peur de toucher la boîte de la reine !

—Je sais, chère enfant... Mais souviens-toi qu'elle ne lui appartient pas. Tu veux empêcher qu'on coupe la tête à tous ces gens, non ?

—Oui... Mais tu pourrais emporter la boîte à ma place !

—Si c'était possible, je jure que je le ferais. Hélas, c'est hors de ma portée. On me surveille, et on ne me laisserait pas sortir du château. Si on m'attrapait avec la boîte, Rahl finirait par l'avoir, et nous ne voulons pas que ça arrive.

—Bien sûr..., dit Rachel, à présent terrorisée. Giller, tu avais promis de fuir avec moi...

— Et je tiendrai parole, crois-moi ! Mais il me faudra quelques jours pour m'échapper de Tamarang. Et la boîte ne doit plus y être demain ! Toi seule peux t'en charger. Apporte-la dans ta cachette, ton pin-compagnon, et attends-moi. Je couvrirai ta fuite puis je te rejoindrai.

— Je crois que je réussirai… Puisque c'est important, j'essaierai…

Giller s'assit sur le repose-pieds et prit Rachel sur ses genoux.

— Ma chérie, écoute-moi encore un peu… Même si tu devais vivre cent ans, tu ne feras plus rien d'aussi important. Tu dois être plus courageuse que jamais. Ne te fie à personne, et ne te sépare pas de la boîte. Je te retrouverai dans quelques jours, mais si ça tourne mal, et que je ne vienne pas, cache-toi avec ton trésor jusqu'au début de l'hiver. Alors, il n'y aura plus de danger. Si je connaissais quelqu'un susceptible de t'aider, je te déchargerais de ce fardeau. Mais ce n'est pas le cas. Toi seule peux le faire !

— Je suis si petite…, gémit l'enfant.

— C'est pour ça que tu n'auras rien à craindre. Tout le monde pense que tu ne comptes pas. Mais c'est faux. Tu es la personne la plus importante de l'univers ! Tu abuseras les gens parce qu'ils ne le savent pas ! Tu dois agir, Rachel ! J'ai besoin de ton aide, et je ne suis pas le seul. Tu es assez courageuse et intelligente pour réussir.

L'enfant vit des larmes perler aux paupières du sorcier.

— J'essaierai, Giller. Je serai courageuse. Tu es le meilleur homme du monde. Donc, si tu le dis, je le ferai…

— J'ai commis beaucoup d'erreurs, Rachel, soupira Giller. Longtemps, je suis resté très loin d'être le meilleur homme du monde. Si j'avais ouvert les yeux plus tôt… Si je m'étais rappelé ce qu'on m'a enseigné, mon devoir, mes raisons de devenir un sorcier, je n'aurais pas à te demander ça. Comme toi, c'est ce que j'aurai fait de plus important dans ma vie. Nous ne devons pas échouer, Rachel. Il faut que tu réussisses ! Quoi qu'il arrive, ne laisse personne se dresser sur ton chemin. Personne !

Il mit un index sur chacune des tempes de l'enfant, qui éprouva un merveilleux sentiment de sécurité. Elle sut qu'elle réussirait. Alors, elle ne devrait plus jamais obéir à la princesse. Elle serait enfin libre !

Giller retira vivement ses doigts.

— Quelqu'un vient… (Il posa un rapide baiser sur la joue de la fillette.) Que les esprits du bien te protègent.

Il se leva et se plaqua dos au mur, à côté de la porte. Après avoir glissé la miche de pain sous sa robe, il plaqua un index sur ses lèvres.

La porte s'ouvrit. Rachel se leva d'un bond et fit une révérence à la princesse, qui avança, la gifla et éclata de rire.

Rachel baissa les yeux. Alors qu'elle se frottait la joue, retenant ses larmes, elle aperçut un petit morceau de pain entre les pieds de Violette. Elle jeta un regard à Giller, caché derrière la porte ouverte. Voyant l'indice, silencieux comme un chat, il se pencha, le ramassa, le fourra dans sa bouche et se glissa dehors dans le dos de la princesse, qui ne s'aperçut de rien…

Les yeux dans le vide, Kahlan tendit les bras, les poings fermés et les poignets serrés l'un contre l'autre, attendant que Richard la ligote. Elle avait affirmé ne pas être fatiguée. Le jeune homme l'étant pour deux – son cœur battait si fort qu'il s'en sentait mal –, elle prendrait le premier tour de garde. Avec une efficacité douteuse, si on en jugeait par son regard absent…

Le Sourcier mit la corde en place, si las qu'il eut l'impression que tout espoir l'avait abandonné. Rien n'avait changé. L'incessante bataille continuait : elle voulait mourir et il tentait de l'en empêcher…

—Je n'en peux plus…, souffla-t-il en regardant les poignets de son amie à la lumière de leur petit feu de camp. Kahlan, tu veux te suicider, mais c'est moi que tu assassines lentement !

Les yeux verts de la jeune femme se levèrent vers lui.

—Alors, laisse-moi partir ! Si tu te soucies de moi, montre-le ! Laisse-moi partir…

Richard laissa tomber la corde. Les mains tremblantes, il tira de sa ceinture le couteau de Kahlan et le regarda un moment, le reflet de la lame lui semblant flou. Puis il glissa l'arme dans le fourreau accroché à la hanche de son amie.

—Tu as gagné… Va-t'en ! Hors de ma vue !

—Richard…

—Fiche le camp ! Retourne en arrière et laisse faire les garns ! Avec ton couteau, tu risquerais de saloper le boulot ! Je ne voudrais pas que la lame glisse et que tu te rates. Après tant d'efforts, il serait dommage que tu ne meures pas !

Il tourna le dos à Kahlan et s'assit contre un tronc mort d'épicéa, juste en face du feu. La jeune femme le regarda en silence, puis s'éloigna de quelques pas.

Richard, avec ce que nous avons traversé ensemble, ça ne peut pas se terminer comme ça… Je ne veux pas !

—Je me fiche de ce que tu veux ! Tu n'as plus le droit d'exiger ! (Il se força à cracher les mots suivants.) Fous le camp !

Kahlan baissa les yeux. Richard se pencha en avant, les coudes sur les genoux, et se prit la tête à deux mains. Il crut qu'il allait vomir.

—Mon ami, quand tout ça sera fini, j'espère que tu pourras penser à moi avec un peu de tendresse. Ce sera différent d'aujourd'hui, n'est-ce pas ?

C'était trop ! Richard se leva d'un bond, fit trois enjambées et saisit Kahlan par sa chemise.

—Je penserai à toi comme à ce que tu es ! Une traîtresse ! Quelqu'un qui a renié tous ceux qui sont morts et tous ceux qui mourront encore ! (Les yeux écarquillés, elle essaya de se dégager, mais il ne la tenait pas pour plaisanter.) Quelqu'un qui a trahi les cinq sorciers, Shar, Siddin, et tous les villageois massacrés par Rahl. Sans oublier sa propre sœur !

—C'est faux…

—Tous ces gens-là, et bien d'autres encore ! Si j'échoue, ils devront t'en remercier, et Rahl aussi ! Tu auras été son plus fervent soutien !

— Je fais ça pour t'aider ! As-tu entendu les paroles de Shota ?

Kahlan aussi perdait son sang-froid, à présent…

— Ça ne prend pas avec moi ! Oui, j'ai entendu… Shota a dit que Zedd et toi vous retourneriez contre moi. Pas que vous auriez tort !

— Qu'essaies-tu de… ?

— Je ne suis pas l'enjeu de cette quête ! Le but, c'est d'arrêter Rahl ! Comment sais-tu, quand nous aurons la boîte, que ce n'est pas moi qui la lui livrerai ? Si je finissais par trahir, vous forçant, Zedd et toi, à me combattre ?

— C'est absurde !

— Plus absurde que Zedd et toi désireux de me tuer ? Ta théorie implique que deux personnes auraient trahi. La mienne ne laisse qu'un renégat… La voyante a accouché d'une charade stupide, et c'est pour ça que tu veux mourir ? Nous ignorons ce que sera l'avenir. Le sens exact de ses paroles nous échappe. Si ce qu'elle prédit doit arriver… Quand nous y serons, nous comprendrons, et nous réagirons en conséquence.

— Je ne peux pas survivre et permettre à la prophétie de se réaliser, dit Kahlan. Tu es le seul fil rouge de ce combat !

— Un fil ne va nulle part sans une aiguille pour le guider. Tu es mon aiguille, Kahlan. Sans toi, je ne serais pas arrivé jusqu'ici. À chaque tournant, j'ai besoin que tu m'indiques la direction. Aujourd'hui, à l'intersection, j'aurais choisi le mauvais chemin. Tu connais la reine Milena. Pas moi. Même si je lui prends la boîte, où irai-je ? J'ignore tout des Contrées du Milieu ! Alors, dis-moi, où irai-je ? Comment me mettre en sécurité ? Je me jetterai entre les griffes de Darken Rahl, et il aura la boîte sans avoir consenti le moindre effort.

— Shota a dit que tu étais le seul à avoir une chance. Sans toi, c'est fichu ! Pas moi, toi ! Et si je vis, a-t-elle ajouté… Richard, je ne peux pas permettre ça. Tu comprends ?

— Tu *nous* trahis aussi…, dit-il, impitoyable.

— Malgré ce que tu crois, je fais ça pour toi. Et pour… *nous*.

Richard la poussa en arrière de toutes ses forces. Elle tomba et se reçut sur le dos.

Il vint se camper devant elle, de la poussière tourbillonnant autour de ses bottes, et baissa les yeux.

— Ne répète jamais ça ! hurla-t-il, les poings serrés. Tu fais ça pour toi, parce que tu n'as pas les tripes d'assumer les conséquences d'une victoire. N'ose plus prétendre que tu agis pour moi !

Elle se releva sans le quitter des yeux.

— Je donnerais presque tout, Richard, pour que tu ne gardes pas ce souvenir de moi. Mais je n'ai pas le choix. Il faut que je disparaisse. J'ai juré de protéger le Sourcier au prix de ma vie. L'échéance est arrivée…

Des larmes tracèrent des sillons sur ses joues maculées de poussière.

Alors qu'il la regardait se détourner et s'éloigner, Richard eut le sentiment qu'on venait d'ouvrir une vanne en lui, et que toute sa personnalité s'en écoulait.

Il revint près du feu, s’assit dos au tronc et se laissa lentement glisser jusqu’au sol. Les genoux pliés, il les entoura de ses bras, posa la tête dessus et pleura comme il n’avait jamais pleuré…

Chapitre 33

Assise sur sa petite chaise, derrière la princesse, Rachel se cognait un genou contre l'autre en réfléchissant à un moyen de se faire ficher dehors pour la nuit. Ainsi, elle irait récupérer la boîte, puis s'en irait pour ne jamais revenir. Elle pensait sans cesse à la miche de pain, avec son trésor caché dedans, qui l'attendait dans les jardins. Morte de peur, elle se sentait aussi excitée à l'idée des centaines de malheureux qui, grâce à elle, ne seraient pas décapités. Pour la première fois de sa vie, elle avait l'impression d'être une personne importante. Impatiente de partir, elle triturait l'ourlet de sa robe...

Les seigneurs et les dames en étaient à boire leur vin spécial, et ils semblaient ravis. Giller avait pris place avec les autres conseillers, dans le dos de la reine. Il parlait à voix basse avec le peintre de la cour. Rachel n'aimait pas cet homme, car il lui faisait peur. Il lui souriait bizarrement. En plus, il n'avait qu'une main ! Elle avait souvent entendu les domestiques s'inquiéter qu'il lui vienne l'idée de faire un portrait d'eux. Elle se demandait bien pourquoi...

Soudain, tous les convives eurent l'air effrayé. Regards braqués sur la reine, ils se levèrent. Rachel s'aperçut vite qu'ils ne fixaient pas Milena, mais quelque chose d'autre, derrière elle.

L'enfant écarquilla les yeux quand elle vit les deux colosses.

Les hommes les plus grands qu'elle ait jamais aperçus ! Ils portaient des tuniques sans manches. Sur leurs bras brillaient des cercles de métal hérissés de pointes. Tous les deux blonds et musclés, ils semblaient plus méchants encore que les gardes du donjon. Ils observèrent l'assemblée, impassibles, puis allèrent se camper, bras croisés, des deux côtés de la grande arche, derrière Milena. Offusquée, elle se tourna sur sa chaise pour voir ce qui se passait.

Un seigneur aux longs cheveux blonds et aux yeux bleus franchit l'arche. Vêtu d'une robe blanche, il portait à la ceinture un couteau à la garde en or. Dieu qu'il était beau ! pensa Rachel, éblouie.

Il sourit à la reine, qui se leva d'un bond.

— Quelle surprise… hum… euh… inattendue ! s'exclama-t-elle de la voix ridicule qu'elle employait pour parler à « mamour ». Nous sommes très honorés ! Mais n'auriez-vous pas dû arriver demain ?

— Majesté, dit l'homme en souriant, je ne pouvais plus attendre de revoir votre adorable visage. Veuillez me pardonner d'être en avance, Splendeur des Splendeurs…

Gloussant d'aise, Milena lui tendit sa main pour qu'il y pose un baiser. Elle adorait que les gens fassent ça !

Rachel fut étonnée par la déclaration du beau seigneur. À sa connaissance, personne n'avait jamais jugé la reine jolie, et encore moins « adorable ».

Après le baisemain, elle prit le bras de son invité et le guida jusqu'à la table.

— Seigneurs et gentes dames, puis-je vous présenter le Petit Père Rahl ?

Le Petit Père Rahl ! Rachel regarda autour d'elle pour voir si quelqu'un l'avait vue sursauter. Mais personne ne s'occupait d'elle. Le Petit Père Rahl mobilisait l'attention générale ! Soudain, la fillette pensa qu'il allait la regarder et deviner qu'elle prévoyait de s'enfuir avec la boîte. Elle tourna la tête vers Giller, qui ne parut pas s'en apercevoir. Il était livide…

Rahl était arrivé avant qu'elle s'enfuie avec la boîte. Que devait-elle faire ?

Ce que Giller lui avait dit, rien de plus ni de moins ! Être courageuse et sauver tous ces innocents ! Elle devait trouver une ruse pour se faire mettre à la porte…

Le Petit Père Rahl observa à son tour l'assemblée. Quand le chien de la reine aboya, il le regarda fixement. Aussitôt, l'animal gémit.

Rahl s'intéressa de nouveau aux seigneurs et aux dames, tous très silencieux.

— Le dîner est fini… Si vous voulez bien nous excuser…

Les courtisans murmurèrent entre eux, indignés. Puis ils se turent, comme paralysés par ses yeux bleus, et se retirèrent, d'abord en traînant les pieds, puis de plus en plus rapidement. Rahl fixa certains conseillers, qui parurent ravis de s'éclipser aussi. Ceux qu'il ne regarda pas, dont Giller, restèrent où ils étaient. La princesse ne partit pas non plus. Rachel se fit toute petite derrière elle, histoire qu'on ne la remarque pas.

— Si vous preniez un siège, Petit Père Rahl, dit la reine. Le voyage a dû être très fatiguant. Ce soir, il y avait un délicieux rôti au menu. Si ça vous tente…

Rahl la dévisagea de ses yeux bleus qui ne cillaient pas.

— Je n'approuve pas qu'on assassine des animaux innocents pour manger leur chair…

Rachel crut que la reine allait suffoquer.

— Eh bien… hum… Nous avons aussi une excellente soupe de navets, et d'autres délices… Je suis sûre que quelque chose vous conviendra. Sinon, les cuisiniers se feront un plaisir de…

— Une autre fois, peut-être… Je ne suis pas venu manger, mais recevoir votre contribution à notre alliance.

— Vous me prenez au dépourvu, seigneur ! Nous n'avons pas fini de rédiger le pacte, il reste des documents à parapher, et je suppose que vous voudrez les consulter avant…

— Je signerai avec joie tous les actes déjà préparés, et je vous donne ma parole d'honneur de valider tous les documents supplémentaires que vous me présenterez. (Rahl sourit.) Il n'était pas dans vos intentions de m'abuser, je suppose ?

— Bien entendu que non, Petit Père Rahl !

— Alors, où est le problème ? Pourquoi ferais-je vérifier ces textes, puisque votre honnêteté est sans faille ? C'est bien ce que je dois comprendre ?

— Évidemment, seigneur ! Il est inutile de vérifier… mais c'est assez inhabituel, et…

— Notre alliance est hors du commun ! coupa Rahl. Si nous passions aux choses sérieuses ?

— Oui, oui, si c'est votre volonté… (Milena se tourna vers un conseiller.) Allez chercher les documents déjà établis, et ramenez aussi de l'encre et des plumes. Et mon sceau ! (L'homme s'inclina et sortit.) Giller, il nous faut la boîte !

— J'y cours, Votre Majesté !

Quand elle vit le sorcier franchir l'arche, Rachel se sentit plus seule que jamais…

La reine profita de l'attente pour présenter son héritière au Petit Père Rahl. Il baisa la main de la princesse et assura qu'elle était aussi jolie que sa mère. Subjuguée, Violette sourit béatement et pressa contre son cœur la main où s'étaient posées les lèvres du seigneur.

Le conseiller revint avec une petite armée de clercs chargés de tonnes de documents. Ils écartèrent les assiettes, disposèrent les feuilles un peu partout sur la table, et indiquèrent les endroits où Rahl et la reine devaient signer. Quand c'était fait, un clerc versait de la cire rouge sur la feuille et Milena y imprimait son sceau. Rahl annonça qu'il n'en avait pas, mais que sa signature suffirait, car il ne doutait pas de reconnaître sa propre écriture, même dans des années.

Giller revint, se campa à côté de la table et attendit que la séance de paraphes soit terminée. Alors que les clercs se disputaient sur l'ordre de rangement des documents, la reine lui fit signe d'approcher.

— Petit Père Rahl, dit-il avec son plus beau sourire, puis-je vous remettre la boîte d'Orden de la reine Milena ?

Il tenait la fausse boîte avec révérence, exactement comme si c'était la vraie. Les pierres précieuses brillaient de tous leurs feux…

Rahl sourit et s'empara délicatement de la boîte. Il la contempla un moment, étudia ses ornements, appela un de ses gardes du corps, le regarda dans les yeux et lui tendit l'artefact.

D'une main, l'homme l'écrabouilla.

— Qu'est-ce que ça signifie ? s'écria la reine, les yeux ronds.

— C'est à moi de poser cette question, dit Rahl en la foudroyant du regard. Majesté, cette boîte était une contrefaçon !

— Quoi ? Impossible ! Il n'y a pas de… Je suis certaine que… Giller, qu'avez-vous à dire sur cette affaire ?

Le sorcier glissa les mains dans ses manches.

— Votre Majesté… Je ne comprends pas… Personne ne s'est attaqué aux protections magiques, je m'en suis assuré, comme vous le savez. Je jure que c'est la boîte sur laquelle vous m'avez chargé de veiller. À mon avis, il s'agissait d'un faux à l'origine. On nous a trompés ! C'est la seule explication…

Les yeux de Rahl n'avaient pas quitté le sorcier tout au long de son discours. Puis ils se tournèrent vers un de ses hommes. Le colosse approcha, saisit Giller par le dos de sa robe et le souleva de terre.

— Comment oses-tu ? Bas les pattes, espèce de gros bœuf ! Montre du respect à un sorcier, sinon tu le regretteras !

Les pieds de Giller battaient dans le vide tandis qu'il s'égosillait.

La gorge serrée et des larmes aux yeux, Rachel lutta pour ne pas éclater en sanglots. Si elle cédait à la panique, ils la remarqueraient, et…

Rahl s'humidifia lentement le bout des doigts.

— Ce n'est pas la seule explication possible…, dit-il. La vraie boîte a un pouvoir très particulier. Celui de la contrefaçon n'avait aucun rapport… Une reine ne s'en apercevrait pas, mais ça ne pourrait pas échapper à un sorcier… (Il sourit à Milena.) Ce bon Giller et moi allons nous éclipser pour avoir une petite conversation…

Il se détourna et sortit, suivi par le garde du corps qui tenait Giller. L'autre vint se camper devant l'arche, les bras croisés.

Rachel aurait voulu accompagner le sorcier. Elle avait si peur pour lui ! Juste avant de sortir, les pieds ne touchant pas le sol, il se retourna et ses grands yeux noirs se plantèrent dans ceux de la fillette. Alors, dans sa tête, elle entendit une voix, aussi claire que si elle avait résonné à ses oreilles, lui crier : *Enfuis-toi !*

Le sorcier disparu, Rachel aurait voulu verser toutes les larmes de son corps. Pour se calmer, elle porta à sa bouche l'ourlet de sa robe. Autour de la reine, tout le monde parlait en même temps. James, le peintre de la cour, entreprit de ramasser les débris de la boîte. Les tenant entre sa main valide et le moignon de l'autre, il les contemplait avec son éternel air bizarre.

Rachel entendait toujours dans sa tête les échos de l'ordre du sorcier. Regardant autour d'elle, elle constata que personne ne se souciait de sa présence. Elle fit le tour des tables, la tête baissée, histoire de rester invisible. Arrivée à l'autre bout de la pièce, elle jeta un coup d'œil pour voir si on l'observait. Mais la reine et ses conseillers avaient d'autres soucis…

Elle leva une main et s'empara d'un peu de nourriture : un morceau de viande, trois tranches de pain et une énorme part d'un fromage très dur. Après avoir rangé ce butin dans ses poches, elle vérifia une dernière fois qu'on ne la regardait pas.

Elle courut vers le couloir, s'interdisant de pleurer pour que Giller soit fier d'elle. Elle fonça sur le sol couvert de tapis sans jeter un coup d'œil aux magnifiques tentures. Avant d'arriver à la porte, elle ralentit pour ne pas éveiller l'attention des gardes. Quand ils la virent, ils lui ouvrirent et la laissèrent sortir sans rien demander. Les hommes en faction de l'autre côté du battant ne lui firent pas plus de difficultés.

Rachel essuya quelques larmes sur ses joues et descendit le grand escalier de pierre. Même quand on était courageuse, ne pas pleurer du tout n'avait rien de facile...

La patrouille l'ignora quand elle la croisa sur l'allée pavée du jardin.

Dès qu'on s'éloignait des torches accrochées au mur, il faisait très noir, mais elle connaissait le chemin par cœur. Sous ses pieds nus, l'herbe était humide de rosée. Quand elle eut atteint la troisième vasque, sur la droite, elle s'agenouilla, s'assura que personne ne la regardait, et passa une main entre les fleurs. Le ballot était là. Elle le sortit, l'ouvrit, rajouta son butin et le referma.

Au moment où elle allait courir vers le mur d'enceinte, elle se souvint et poussa un cri étouffé.

Elle avait oublié Sara dans le coffre à linge. La princesse finirait par la trouver et la jetterait au feu ! Rachel ne pouvait pas abandonner son amie alors qu'elle ne reviendrait plus jamais. Sans elle, Sara aurait peur. Puis elle finirait dans les flammes...

Elle remit le ballot dans la vasque et revint sur ses pas.

Devant le mur d'enceinte, un des gardes baissa les yeux sur elle.

— Je viens de te laisser sortir..., grogna-t-il.

— Oui, mais je dois retourner au château un moment...

— Tu as oublié quelque chose ?

— Oui... C'est ça...

Le soldat secoua la tête et ouvrit le fenestron.

— La porte ! lança-t-il à son collègue, de l'autre côté.

Une fois à l'intérieur, Rachel sonda le couloir. La grande salle au sol noir et blanc et l'escalier d'apparat n'étaient pas loin. Il suffisait de traverser quelques autres corridors plus une ou deux pièces, dont l'immense salle à manger. C'était le chemin le plus court. Mais si la reine, la princesse, ou même Rahl, la voyaient, ce serait très dangereux. Violette risquait de l'emmener chez elle et de l'enfermer dans le coffre...

Elle franchit une petite porte, sur sa droite. Le passage réservé aux domestiques. Un long détour, mais elle n'y croiserait pas de gens importants. Les serviteurs ne lui poseraient pas de questions et ne l'arrêteraient pas. Ils n'auraient pas envie de s'attirer des ennuis avec la princesse, à qui elle appartenait. Mais elle devrait traverser tous leurs quartiers, sous les grandes salles et la cuisine.

Les marches usées étaient en pierre. Une fenêtre, en haut de la cage d'escalier, n'était pas protégée et laissait entrer la pluie. Du coup, l'eau ruisselait sur les murs, puis sur les marches, couvertes par endroits d'une moisissure verte. Pour ne pas glisser, avec le peu de lumière que fournissaient les torches, il fallait être très prudente...

Dans les couloirs du sous-sol, Rachel croisa quelques serviteurs qui portaient du linge ou des fagots de bois destinés aux cheminées. Certains s'arrêtaient pour bavarder, l'air très énervé. Elle entendit plusieurs fois le nom de Giller et en eut des frissons glacés.

Quand elle passa devant les quartiers d'habitation, toutes les lampes à huile brûlaient. Par petits groupes, les gens se racontaient ce qu'ils avaient vu. Rachel remarqua maître Sander, l'homme qui portait un drôle d'uniforme et accueillait les invités aux banquets avant d'annoncer leurs noms. Entouré d'une nuée de femmes et de quelques hommes, il parlait haut avec de grands gestes de la main.

— Je l'ai entendu de mes propres oreilles, par les types qui gardaient la salle à manger. Vous savez de qui je veux parler : Frank, et l'autre, Jenkin, celui qui boite. Les soldats de D'Hara leur ont dit, en toute confidence, que le château allait être fouillé de fond en combles.

— Pour chercher quoi ? demanda une femme.

— Je n'en sais rien... Ils ne l'ont pas précisé. Mais je ne voudrais pas être le type qu'ils traquent. Ces soldats de D'Hara vous donneraient des cauchemars éveillés !

— J'espère que ce qu'ils cherchent sera sous le lit de Violette, dit quelqu'un d'autre. Pour une fois, j'aimerais que ce soit elle qui cauchemarde ! Au lieu d'empoisonner le sommeil des autres !

Tout le monde éclata de rire.

Rachel continua et traversa un grand entrepôt flanqué de colonnades.

D'un côté, elle vit des tonneaux empilés les uns sur les autres. Des caisses, des boîtes et des sacs leur faisaient face. L'air sentait le moisi et on entendait sans arrêt les petits bruits de souris occupées à grignoter. Rachel marcha bien au milieu, le long des colonnes, et atteignit une lourde porte, à l'autre bout. Quand elle la poussa, elle s'ouvrit en grinçant, et un peu de la rouille de la poignée se déposa sur ses mains – qu'elle essuya contre le mur.

Une autre porte bardée de fer, sur la droite, conduisait au donjon. Rachel s'engagea dans l'escalier. Il y faisait noir, car une seule torche brûlait au sommet, et de l'eau gouttait sur les marches. Arrivée en haut, Rachel poussa une autre porte et descendit des corridors perpétuellement venteux. Trop apeurée pour pleurer, elle pensait à Sara, qu'elle voulait emmener loin d'ici.

Revenue à l'étage supérieur, elle jeta un coup d'œil par la porte palière, puis sonda le couloir qui conduisait aux appartements de Violette. Il était désert ! Marchant sur la pointe des pieds, Rachel avança jusqu'à la porte de sa maîtresse, l'entrouvrit et regarda à l'intérieur. Pas de lumière... Elle entra et referma derrière elle...

Un feu brûlait dans la cheminée, mais toutes les lampes étaient éteintes. La fillette approcha du coffre, s'agenouilla devant et écarta la pile de couvertures.

Un petit cri lui échappa. Sara avait disparu ! Elle eut l'impression que son sang se glaçait dans ses veines.

— Tu cherches quelque chose ? lança la voix de Violette.

Rachel se pétrifia. Son souffle s'accéléra, mais elle parvint à ravaler ses sanglots. Pas question que la princesse la voie pleurer ! Elle recula, se retourna et aperçut une silhouette près de la cheminée.

Les mains dans le dos, la princesse fit un pas vers sa victime favorite.

— Non… Je venais me coucher dans mon coffre…

— Vraiment ? (Les yeux de Rachel habitués à la pénombre, elle vit que Violette souriait méchamment.) Tu ne cherchais pas plutôt… ça !

La princesse sortit lentement les mains de derrière son dos et brandit la pauvre Sara. Rachel écarquilla les yeux, mal à l'aise comme si elle avait soudain envie de faire ses besoins.

— Princesse Violette, par pitié…, gémit-elle en tendant les mains.

— Approche, et nous allons parler de tout ça !

Rachel obéit, puis s'immobilisa devant Violette et saisit l'ourlet de sa robe. Sans crier gare, sa maîtresse la frappa – plus fort que jamais ! Si fort, que Rachel lâcha un petit cri et recula d'un pas sous l'impact. Des larmes perlant à ses paupières, elle porta la main gauche à la marque cuisante, sur sa joue. La droite s'enfonça dans sa poche. Cette fois, elle ne se laisserait pas faire !

La princesse la gifla sur l'autre joue, du dos de la main. Le coup fit plus mal encore que le précédent. Rachel serra les dents et referma le poing sur l'objet qu'elle cachait dans sa poche.

Violette revint se camper devant la cheminée.

— Ne t'avais-je pas dit ce qui arriverait si tu osais avoir une poupée ?

— Princesse, par pitié, non…, gémit Rachel, tremblant de douleur et de peur. Permettez-moi de la garder. Elle ne vous fait pas de tort…

— Non, ricana Violette. Je vais la jeter dans le feu, comme promis. Pour que tu apprennes ta leçon. Comment s'appelle-t-elle ?

— Elle n'a pas de nom…

— Aucune importance, elle brûlera pareil !

Violette se tourna vers les flammes. Rachel sortit le bâton magique que lui avait donné Giller.

— Si tu jettes ma poupée au feu, tu le regretteras ! cria-t-elle.

La princesse fit volte-face.

— Qu'as-tu dit ? Et comment oses-tu me tutoyer ? Tu n'es rien, et je suis une princesse !

Rachel posa la pointe du bâton sur le napperon qui recouvrait un guéridon, à côté d'elle.

— Brûle pour moi…, murmura-t-elle.

Le napperon se consuma aussitôt. Sous le regard surpris de Violette, la fillette braqua son bâton sur un livre posé sur une table. Elle jeta un coup d'œil à la princesse, pour s'assurer qu'elle ne manquait rien du spectacle, et répéta son incantation. Le livre s'embrasa. Alors que sa maîtresse poussait un petit cri, Rachel le prit par un coin et le jeta dans la cheminée. Puis elle avança d'un pas et plaqua la pointe du bâton sur la poitrine de la princesse.

— Donne-moi ma poupée, ou je te fais brûler !

— Tu n'oserais pas…

— Obéis ! Sinon, tu te calcineras vivante !

— Tiens, Rachel, voilà ta poupée… Ne me fais pas brûler. J'ai peur du feu…

Sans cesser de menacer Violette avec le bâton, Rachel prit Sara de la main gauche et la serra contre elle.

La princesse tremblait de tous ses membres. Rachel eut presque de la peine pour elle. Puis elle pensa à la douleur, sur ses joues. Jamais elle n'avait eu aussi mal.

— Oublions tout ça, dit Violette, soudain très gentille. Tu garderas la poupée et on n'en reparlera plus.

Rachel ne se laissa pas prendre au piège. Dès qu'elle pourrait appeler un garde, sa maîtresse ordonnerait qu'on lui fasse couper la tête. Elle rirait bien et jetterait Sara au feu…

— Dans le coffre ! Tu verras comme c'est agréable !

— Quoi ?

Rachel appuya un peu plus fort sur le bâton magique.

— Obéis, ou tu flamberas !

La princesse avança vers le coffre, le bâton à présent pointé dans son dos.

— Rachel, réfléchis un peu… Si tu…

— Tais-toi et va là-dedans ! Sinon, gare à toi !

Violette s'agenouilla et entra dans le coffre.

— Bien au fond !

Quand la princesse eut obéi, Rachel referma le coffre, alla chercher la clé, verrouilla le meuble, et la remit dans sa poche. Puis elle s'agenouilla pour regarder par le petit judas. On voyait à peine les yeux de Violette briller dans le noir…

— Bonne nuit, princesse. Endors-toi vite ! Cette nuit, je vais essayer ton lit. Comme j'en ai assez de t'entendre, si tu cries, je viendrai te mettre le feu. Tu as compris ?

— Oui, répondit une voix étouffée.

Rachel souleva un tapis et le posa sur le coffre, pour que la princesse ne puisse pas regarder dehors. Elle alla s'asseoir sur le lit et le fit grincer, histoire de faire croire qu'elle y passerait vraiment la nuit.

Sara dans les bras, elle en descendit et sortit sur la pointe des pieds.

Après avoir refait sans encombre le même chemin qu'à l'aller, elle se présenta devant les gardes de la première porte. N'ayant aucune idée de ce qu'elle devait dire, elle se contenta de rester là, immobile et silencieuse.

— Alors, tu avais oublié ta poupée ? demanda le soldat.

Elle hocha la tête.

On la laissa passer sans l'ennuyer. Dans les jardins, il y avait plus de gardes que d'habitude. Des hommes vêtus d'un uniforme différent accompagnaient les patrouilles. Ils la regardèrent avec beaucoup d'attention tandis que leurs compagnons leur expliquaient qui elle était. Elle avança lentement, se forçant à ne pas courir, Sara serrée très fort contre elle.

Le ballot était toujours dans les fleurs. Rachel le prit et le tint par le nœud, la poupée calée sous l'autre bras. En traversant le jardin, elle se demanda si Violette la croyait toujours dans le lit, ou si elle avait éventé sa ruse et appelait au secours. Dans ce cas, on devait déjà l'avoir libérée – et des gardes la cherchaient sans doute. Par le chemin le plus long, il lui avait fallu du temps pour revenir ici. Elle tendit l'oreille, cherchant à savoir si on criait son nom, ou quelque chose comme ça…

Elle osait à peine respirer, incertaine de pouvoir sortir avant qu'on se lance à sa poursuite. Elle se souvint de ce que disait maître Sander : le château allait être fouillé. Pour trouver la boîte, évidemment. Et elle avait promis à Giller de fuir avec, afin d'épargner des innocents…

Des dizaines de soldats arpentaient le chemin de ronde. Devant le mur d'enceinte, Rachel ralentit. Jusque-là, elle avait toujours vu deux hommes devant la porte. Ce soir, un troisième les avait rejoints. Elle reconnut deux militaires – des gardes de la reine en tunique rouge. Le nouveau portait un uniforme de cuir noir et il était beaucoup plus costaud. Devait-elle continuer d'avancer, ou filer ? Mais filer où ? Pour ça, il fallait passer le portail.

Avant qu'elle ait pu se décider, les soldats l'aperçurent. Elle continua donc.

Un soldat en tunique rouge se tourna pour lui ouvrir. Mais l'homme en noir leva un bras.

— C'est le jouet humain de la princesse, expliqua le soldat. Parfois, elle passe la nuit dehors.

— Ce soir, personne ne sort, dit l'homme en noir.

— Désolé, ma petite, fit le premier garde, mais tu l'as entendu : on ne passe pas !

Rachel ne bougea pas, muette d'horreur. Elle regarda le soldat en noir, qui baissa les yeux sur elle.

Giller comptait sur Rachel pour sortir la boîte du château. Et il n'y avait pas d'autre issue. Qu'aurait-il dit à sa place ?

— Eh bien, d'accord, souffla-t-elle enfin. Il fait froid et je serai mieux à l'intérieur.

— L'affaire est réglée, conclut le soldat en tunique rouge.

— Vous vous appelez comment ? lança soudain Rachel.

— Je suis le lancier de la reine Reid.

Sara dans la main, la fillette désigna l'autre soldat en rouge.

— Et vous ?

— Le lancier de la reine Walcott…

— Les lanciers Reid et Walcott, répéta Rachel. Bien, je crois que je me souviendrai… (Elle désigna l'homme en noir.) Et vous ?

— Qu'est-ce que ça peut te fiche ? demanda le type en passant les pouces dans sa ceinture.

— Eh bien, dit Rachel, la princesse m'a punie. Si je ne dors pas dans la forêt, elle sera furieuse et voudra me faire couper la tête. Alors, je dois lui dire qui m'a empêchée de passer. Si j'ai vos noms, elle me croira et viendra vous poser des questions. J'ai très peur d'elle. Maintenant, elle envoie des gens se faire décapiter…

Les trois hommes se regardèrent, inquiets.

— C'est la vérité, dit le lancier Reid à l'homme en noir. La princesse est la digne fille de sa mère. Histoire de l'entraîner, elle la laisse se faire les dents sur la hache du bourreau !

— Personne ne sort ce soir sans ordre de la reine, répéta le type.

— Mon compagnon et moi, dit Reid, sommes plutôt pour exécuter ceux de la princesse. Si tu veux t'y opposer, pas de problème, à condition de savoir qui mettra sa tête sur le billot. Si on en arrive là, nous dirons que nous voulions laisser sortir la gamine. Pas question de risquer nos têtes ! (Walcott approuva du chef.) Surtout quand la menace est une fillette pas plus haute que trois pommes ! Tu me vois raconter que trois grands gaillards comme nous l'ont trouvée dangereuse ? À toi de décider, mais à tes risques et périls. Si la princesse s'en mêle, nous te laisserons te débrouiller avec le bourreau de la reine !

Le soldat en noir, l'air furieux, regarda de nouveau Rachel. Puis il étudia ses compagnons, et reposa les yeux sur elle.

— Bon, il semble évident qu'elle n'est pas une menace… Les ordres visaient d'éventuels espions, donc…

Walcott commença à ouvrir la porte.

— Mais je veux voir ce qu'elle emporte avec elle, ajouta l'homme.

— Ma poupée et mon dîner, fit Rachel, comme si ça n'avait aucune importance.

— Jetons quand même un coup d'œil !

Rachel posa le ballot sur le sol et l'ouvrit. Puis elle tendit Sara au soldat.

Il la prit dans sa grosse main, l'examina attentivement, la retourna et lui releva sa robe.

Aussi fort qu'elle put, Rachel lui tira un coup de pied dans la jambe.

— Ne faites pas ça ! cria-t-elle. Vous ne respectez rien ?

Les deux autres soldats éclatèrent de rire.

— Tu as trouvé un truc dangereux là-dessous ? demanda Reid.

L'homme en noir foudroya ses compagnons du regard et rendit le jouet à Rachel.

— Et ça, c'est quoi ?

— Mon dîner, je vous l'ai déjà dit.

L'homme s'agenouilla.

— Une gosse si petite n'a pas besoin d'une miche de pain aussi grosse…

— C'est à moi ! hurla Rachel. N'y touchez pas !

— Laisse tomber, dit Walcott au soldat en noir. Elle est toute maigre. Tu as l'impression que la princesse l'engraisse ?

— Pas vraiment, non, concéda l'homme en se relevant. Allez, file, sale petite peste !

Rachel referma le ballot à toute vitesse. Sara dans une main, son trésor dans l'autre, elle se faufila entre les jambes des soldats pour gagner la porte.

Dès qu'elle fut sortie, quand les hommes eurent refermé, elle partit à la course sans se retourner, trop effrayée pour tenter de savoir si on la poursuivait. Au bout d'un moment, elle s'arrêta quand même pour regarder. Personne ! Hors d'haleine, elle s'assit sur une grosse racine.

Elle voyait toujours les contours du château sous le ciel piqueté d'étoiles. Jamais elle n'y retournerait ! Giller et elle iraient dans un pays où les gens étaient gentils et ils ne reviendraient jamais !

—Rachel ? appela une petite voix.

Sara !

La fillette posa la poupée sur ses genoux, au-dessus du ballot.

—Nous sommes en sécurité, maintenant... Hors du château !

—Je suis si contente, Rachel.

—Et nous ne reviendrons jamais !

—Rachel, j'ai quelque chose à te dire de la part de Giller.

L'enfant dut se pencher, car elle entendait à peine le murmure de sa poupée.

—Quoi ?

—Il ne pourra pas venir avec toi. Tu dois continuer seule.

—Mais je veux qu'il m'accompagne !

—Il l'aurait voulu aussi, mon enfant, plus que tout au monde... Mais il doit rester en arrière et empêcher vos ennemis de te poursuivre. C'est le seul moyen...

—Je vais avoir peur, toute seule...

—Non, parce que je serai avec toi. Pour toujours !

—Mais que dois-je faire ? Où aller ?

—Il faut fuir. Giller ne veut pas que tu te caches dans ton pin-compagnon, parce qu'ils te trouveront. (Rachel écarquilla les yeux.) Choisis-en un autre, puis un autre encore, et fuis jusqu'à l'arrivée de l'hiver. Après, tu trouveras des personnes gentilles qui s'occuperont de toi.

—Si Giller l'a dit, alors, je le ferai !

—Il veut aussi que tu saches qu'il t'aime beaucoup.

—Je l'aime aussi... Plus que tout !

La poupée sourit.

Soudain, des lumières bleues et jaunes explosèrent dans la forêt. Rachel leva les yeux. Puis un roulement de tonnerre la fit se redresser d'un bond. Bouche bée, les yeux ronds, elle regarda une énorme boule de feu jaillir de derrière les murs du château.

Elle s'éleva dans le ciel. Des étincelles s'en échappaient et une fumée noire en montait. Mais les flammes s'éteignirent peu à peu et l'obscurité revint.

—Tu as vu ça ? demanda Rachel.

Sara ne répondit pas.

—J'espère que Giller va bien...

La fillette regarda sa poupée, qui ne dit pas un mot et ne sourit même pas.

—On ferait mieux d'y aller, fit Rachel en se levant. (Elle serra le jouet contre elle et prit le ballot.) Il faut obéir à Giller.

En passant devant le lac, elle jeta la clé du coffre à linge dans l'eau, aussi loin qu'elle le put, et sourit en entendant un gros « splash ».

Sara ne dit rien quand elles s'engagèrent sur la piste. Se souvenant que Giller lui avait interdit d'aller dans sa cachette, Rachel prit un petit sentier de chasseurs, à travers les ronces, et partit dans une nouvelle direction.

Vers l'ouest !

Chapitre 34

Richard entendit un bruit étrange. Étouffé, doux… Un infime crépitement.

Dans le brouillard du demi-sommeil, il ne parvint pas à l'identifier. Lentement au début, puis plus vite à cause de l'inquiétude, le Sourcier se réveilla tout à fait et sentit une délicieuse odeur de viande en train de rôtir. Sitôt conscient, il le regretta, car l'état de veille impliquait de se souvenir des récents événements – et de souffrir à cause de l'absence de Kahlan. Toujours dans la position où il s'était assoupi – les genoux repliés contre la poitrine et la tête dessus – le jeune homme était tétanisé par les crampes et l'écorce du tronc où il s'adossait lui blessait le dos. Avec la tête dans cette position, il ne voyait rien, sinon que l'aube commençait à se lever.

Et il y avait quelqu'un – ou quelque chose – près de lui.

Feignant de continuer à dormir, il évalua la position de ses mains par rapport à ses armes. L'épée était peu accessible et difficile à dégainer. Avec le couteau, c'était mieux, puisque le bout de ses doigts reposait sur le manche. Pliant les phalanges, il assura sa prise sur l'arme. L'intrus, qui que ce fût, se tenait sur sa gauche. Il suffirait de se lever d'un bond, de sauter et de frapper…

Le Sourcier jeta un coup d'œil prudent… et tressaillit. Kahlan ! Assise dos au tronc d'arbre, elle le regardait calmement. Dans le feu, un lapin finissait de cuire.

Richard se leva vivement.

— Que fais-tu ici ? demanda-t-il, essayant de ne pas trop élever la voix.

— Tu veux bien qu'on parle ?

Le jeune homme repoussa le couteau dans son fourreau, et s'étira pour rétablir sa circulation sanguine.

— Je croyais qu'on s'était tout dit hier soir, fit-il, regrettant aussitôt ses paroles. (Mais Kahlan ne broncha pas.) Désolé de ma muflerie… Bien sûr, qu'on peut parler ! Qu'est-ce qui… hum… t'amène ?

La jeune femme haussa les épaules.

— J'ai beaucoup réfléchi… (Pour se donner une contenance, Kahlan jouait avec une branche de bouleau qu'elle dépouillait consciencieusement de son écorce.) Hier, quand je suis partie, je sais que tu as eu une migraine…

— Comment as-tu deviné ?

— Je le vois dans tes yeux… Comme tu n'as pas beaucoup dormi, ces derniers temps, à cause de moi, j'ai décidé de monter la garde pendant que tu te reposais. Une sorte de cadeau, avant de m'en aller… définitivement. Alors, je me suis cachée dans ces arbres, là-bas, d'où je pouvais garder un œil sur toi. (Elle baissa les yeux sur sa branche.) Je voulais être sûre que tu dormirais bien…

— Tu es restée toute la nuit ? demanda Richard, plein d'espoir, mais trop anxieux pour croire ce que ça sous-entendait.

Kahlan hocha la tête, mais ne leva pas les yeux sur lui.

— Pendant que je veillais, j'ai décidé de fabriquer un collet, comme tu me l'as montré, histoire de t'attraper un bon petit déjeuner. Ensuite, j'ai réfléchi… Et beaucoup pleuré, aussi. Je ne supportais pas que tu penses toutes ces affreuses choses sur moi. Ça me blessait, et ça me rendait furieuse !

Richard jugea qu'il valait mieux ne rien dire pendant qu'elle cherchait péniblement ses mots. S'il faisait un impair, elle risquait de vouloir repartir.

— Puis je me suis souvenue de ce que tu disais… Tu sais, que tu aurais besoin de moi… J'ai pensé à ce qu'il fallait te révéler au sujet de la reine et du comportement à adopter avec elle. Puis aux routes que tu devrais absolument éviter… Je n'arrêtais pas de trouver des conseils à te donner ! Soudain, j'ai compris que tu avais raison. Absolument raison !

Richard estima qu'elle était au bord des larmes, mais elle ne pleura pas. Toujours occupée avec sa branche, dont elle envoyait les petits morceaux d'écorce dans le feu, elle refusait de le regarder. Décidé à ne pas brusquer les choses, Richard attendit.

Alors, elle lui posa une question déconcertante.

— As-tu trouvé Shota jolie ?

— Oui, mais moins que toi…

Kahlan sourit. Coquette, elle écarta une mèche de cheveux de son front.

— Peu d'hommes oseraient dire ça à une…, commença-t-elle. (Elle se reprit, et son secret se dressa soudain entre eux comme une personne vivante.) Richard, tu connais ce proverbe de vieille femme : « Ne laisse jamais une fille choisir ton chemin à ta place quand il y a un homme dans son champ de vision » ?

— Non, je ne l'ai jamais entendu…

Souriant, il se leva et s'étira de nouveau. Selon lui, Kahlan aurait eu tort d'être jalouse de Shota, qui avait juré de le tuer s'il osait revenir chez elle. Et même sans ça, elle n'aurait eu aucune raison de s'inquiéter…

Kahlan posa sa branche et, voyant qu'il se rasseyait, vint prendre place près de lui. Enfin, ses jolis sourcils arqués, elle le regarda dans les yeux.

— Richard, hier soir, j'ai été stupide. Très stupide ! J'avais eu peur que la voyante me tue. Soudain, j'ai compris qu'elle était en train de le faire. Mais je me chargeais du travail pour elle ! Bref, elle avait choisi mon chemin à ma place… Tu avais raison sur tous les points ! Comment ai-je pu être assez bornée pour réfuter les propos d'un Sourcier ? Si ce n'est pas trop tard, je voudrais reprendre mon travail de… guide.

Richard parvenait à peine à en croire ses oreilles. Ce drame était fini, et il se sentait l'homme le plus heureux du monde ! En guise de réponse, il prit Kahlan contre lui. Elle l'enlaça et s'abandonna un moment. Puis elle s'écarta.

— Richard, je n'ai pas terminé… Avant de me reprendre à tes côtés, tu dois tout entendre. Je ne supporte plus de te mentir par omission. Il faut que tu saches qui je suis ! Mentir me déchire le cœur, parce que tu es mon ami. J'aurais dû tout t'avouer dès le début. Mais je ne voulais pas te perdre ! À présent, je dois courir ce risque…

— Kahlan, je te l'ai déjà dit : tu es mon amie, et rien ne peut changer ça !

— Ce secret risque de nous séparer… C'est une affaire de… magie.

Soudain, Richard ne fut plus très sûr de vouloir entendre la suite. Alors qu'il venait de la retrouver, il ne tenait pas à perdre de nouveau Kahlan. Se penchant vers le feu, il récupéra le bâton où rôtissait le lapin.

Il était très fier de son amie, qui avait si bien retenu ses leçons de survie dans la nature…

— Kahlan, je me fiche de ton secret ! C'est toi qui m'intéresses, rien d'autre ! Tu n'es pas obligée d'en parler… Le lapin est cuit, partageons-le !

Il coupa une part de viande et la tendit à la jeune femme. Elle la tint du bout des doigts et souffla dessus pour la refroidir un peu. Lorsqu'il se fut taillé un morceau, le Sourcier se radossa à son tronc.

— Richard, quand tu as rencontré Shota, ressemblait-elle vraiment à ta mère ?

— Oui…

— Elle était très jolie ! Tu as ses yeux et sa bouche…

— Merci du compliment… Hélas, ce n'était pas vraiment elle.

— Tu étais furieux que Shota se fasse passer pour elle, n'est-ce pas ? Tu lui en as voulu de sa tromperie ?

Kahlan prit un peu de viande et ouvrit grand la bouche pour aspirer de l'air, car le lapin était toujours trop chaud.

— Je crois, oui, répondit Richard, mélancolique. Il n'était pas loyal de faire ça !

— C'est pour ça que je dois te dire qui je suis, et tant pis si tu me détestes après. Même si tu méritais mieux que moi, tu as été mon ami. Je suis aussi revenue parce que je refuse que tu apprennes la vérité de la bouche de quelqu'un d'autre. Tu m'écouteras, et, ensuite, si tu veux que je parte, je m'en irai…

Richard regarda le ciel, qui se teintait de rose. Il n'avait plus envie que Kahlan se confesse. Son seul désir était que les choses restent comme avant…

— N'aie crainte, je ne te chasserai pas… Nous avons du pain sur la planche ! Tu te souviens de ce qu'a dit Shota ? La reine ne gardera pas longtemps la boîte. Bref, quelqu'un va la lui prendre. Il faut que ce soit nous, pas Darken Rahl !

Kahlan posa une main sur le bras de son ami.

— Ne décide rien avant de savoir… Après, si tu ne veux plus de moi, je comprendrai… (Elle chercha son regard.) Richard, je n'ai jamais ressenti pour personne ce que j'éprouve pour toi, et il en sera ainsi jusqu'à la fin de mes jours. Mais je ne peux pas m'engager avec toi. Ces sentiments resteront stériles. Il ne peut rien en sortir. Rien de bon, en tout cas…

Richard ne pouvait accepter ce verdict. Il devait y avoir un moyen. Sûrement…

— Je t'écoute, fit-il avec un soupir.

— Un jour, je t'ai dit que certaines créatures des Contrées du Milieu avaient des pouvoirs magiques. J'ai ajouté qu'il leur était impossible de s'en défaire, parce qu'ils faisaient partie d'elles. Je suis du nombre, Richard. Pas une simple femme, mais…

— Mais quoi ?

— Une Inquisitrice.

Inquisitrice…

Richard connaissait ce nom.

Tendu à craquer, il crut qu'il allait s'étouffer. Un passage du *Grimoire des Ombres Recensées* lui revint soudain à l'esprit.

La véracité des phrases du Grimoire des Ombres Recensées, *quand elles sont prononcées par une autre personne que le détenteur des boîtes d'Orden – et non lues par celui-ci – exige le recours à une Inquisitrice…*

Il feuilleta mentalement les pages, survolant les mots, pour vérifier si le terme *Inquisitrice* figurait ailleurs dans le texte. Non, c'était la seule occurrence. Il connaissait le Grimoire par cœur, et ce terme ne se rencontrait qu'au début. Au cours de son apprentissage, il s'était demandé ce qu'il signifiait, pas même sûr qu'il s'agisse d'une personne.

Il sentit le contact du croc contre sa poitrine…

— Tu sais ce qu'est une Inquisitrice ? lança Kahlan, troublé par sa réaction.

— Non… J'ai entendu mon père en parler… Une fois ou deux… Mais ça s'arrête là… (Il lutta pour se ressaisir.) Alors, c'est quoi, une Inquisitrice ?

Kahlan plia les genoux, les entoura de ses bras et s'écarta un peu du Sourcier.

— Quelqu'un qui hérite d'un pouvoir transmis de mère en fille depuis des temps immémoriaux, longtemps avant les âges sombres.

Bien qu'il ne sût pas ce qu'étaient les « âges sombres », Richard se garda d'interrompre son amie.

— Nous naissons avec ce pouvoir, il fait partie de nous, et nous ne pouvons pas plus nous en séparer que tu pourrais te défaire de ton cœur. Une Inquisitrice donne le jour à d'autres Inquisitrices. C'est une règle immuable. Mais toutes n'ont pas le même pouvoir. Il est très fort chez certaines et plus faibles chez d'autres…

— Donc, il est impossible de t'en débarrasser, même si tu en avais envie. Mais de quelle magie s'agit-il ?

— Elle se communique par le contact, dit Kahlan en détournant les yeux. Le pouvoir est constamment en nous. Loin de l'invoquer quand nous en avons besoin, nous devons sans cesse le contenir. Pour l'utiliser, nous relâchons ce contrôle et nous laissons s'exprimer la puissance.

— Un peu le principe de rentrer le ventre ? demanda Richard.

— Un peu, oui..., répondit Kahlan, amusée par la comparaison.

— Et que fait ce pouvoir ?

— Les mots le décrivent très mal... Je n'aurais jamais cru que ce soit si difficile à expliquer. Mais c'est le cas, devant quelqu'un qui n'est pas originaire des Contrées du Milieu. Je n'ai jamais essayé, et je me demande si c'est possible. Comme parler du brouillard à un aveugle...

— Vas-y quand même !

— Eh bien, c'est le pouvoir de l'amour !

— Et c'est censé me faire peur ? s'exclama Richard, à un cheveu d'éclater de rire.

Kahlan se raidit. Dans ses yeux brillèrent de l'indignation et l'étrange sagesse sans âge que le Sourcier avait lue dans ceux d'Adie ou de Shota. Une façon de dire que ses paroles étaient irrespectueuses, comme son esquisse de sourire. D'habitude, Kahlan n'adoptait pas cette attitude avec lui...

Mal à l'aise, il comprit que son amie n'était pas accoutumée à ce qu'on rie d'elle et de son pouvoir. Son regard lui en apprenait plus qu'un long discours. Quoi que fût cette magie, ce n'était pas un sujet de plaisanterie. Richard redevint d'un sérieux mortel.

Quand elle fut sûre qu'il n'oserait plus se montrer impertinent, Kahlan continua :

— Tu ne comprends pas. Ce n'est pas à prendre à la légère ! Une fois touchée par ce pouvoir, une personne change du tout au tout et pour l'éternité. Elle appartient à l'Inquisitrice qui l'a touchée, à l'exclusion de toute autre. Ce qu'elle voulait, était ou rêvait d'être ne compte plus. La victime ferait n'importe quoi pour son Inquisitrice. Car son âme et sa vie ont changé de propriétaire. La personne d'origine n'existe plus.

— Et cette magie, demanda Richard, des frissons sur tout le corps, fait effet combien de temps ?

— Jusqu'à la mort de celui qui a été touché...

— En somme, tu ensorcelles les gens ?

— Pas exactement... Si ça t'aide à comprendre, on peut présenter les choses comme ça. Mais le « toucher » d'une Inquisitrice va beaucoup plus loin que ça. Plus puissant, et définitif... Un envoûtement peut être conjuré. Pas mon pouvoir. Shota t'a envoûté, même si tu ne t'en es pas aperçu. C'est un processus progressif. Les voyantes ne peuvent pas s'en empêcher. Mais ta colère et celle de l'épée t'ont protégé.

» Ma prise de contrôle est immédiate et irréversible. Rien ne fait office de bouclier. L'être que je touche ne peut pas être « ramené », car il n'existe plus. Sa volonté est à jamais détruite... C'est en partie pour ça que je redoutais

Shota, car les voyantes détestent les Inquisitrices. Elles sont jalouses de notre pouvoir, qui nous assure la dévotion totale de nos proies. Celui qui est touché par l'une de nous obéit à tous ses ordres. Je dis bien tous !

Richard eut le sentiment que son cerveau explosait, tant ses pensées, afin de s'accrocher désespérément à ses espoirs et à ses rêves, tourbillonnaient dans toutes les directions. Pour ne pas devenir fou, et se gagner un répit, histoire de réfléchir, il posa une nouvelle question.

— Et ça marche sur tout le monde ?

— Tous les êtres humains, à part Darken Rahl. Les sorciers m'ont prévenue que la magie des boîtes d'Orden le protégerait… Il n'a rien à craindre de moi. Sur la plupart des autres créatures, ça ne fonctionne pas, essentiellement parce qu'elles sont dépourvues de compassion, un sentiment indispensable pour que ma magie fasse effet. Un garn, par exemple, serait insensible à mon contact. Sur d'autres êtres, le résultat n'est pas tout à fait le même qu'avec les humains…

— Shar ? Tu l'as touchée avec ton pouvoir, n'est-ce pas ?

Kahlan hocha la tête et baissa les yeux.

— Oui… Elle était seule et moribonde, torturée parce qu'elle était loin des siens, et désespérée de mourir sans leur réconfort. Elle m'a demandé de le faire. Mon pouvoir a remplacé sa peur par un amour pour moi qui ne laissait plus de place à la douleur et à la solitude. Il ne restait rien, sauf cette dévotion…

— Sur la corniche, quand nous avons combattu le *quatuor*, tu as aussi touché un des hommes ?

Kahlan s'enveloppa dans son manteau comme si elle mourait de froid.

— Même s'ils sont engagés pour me tuer, dès que j'en touche un, il devient ma chose, et sacrifierait sa vie pour me protéger. C'est pour ça que Rahl envoie quatre hommes contre les Inquisitrices. Il sait qu'elles en subjugueront un, mais ça en laisse trois pour faire le sale travail. Ils tuent d'abord le « traître ». Bien sûr, il se défend et en abat souvent un, voire deux, mais il reste au moins un tueur pour exécuter le contrat. En de rares occasions, celui qui a été touché parvient à éliminer tous les autres. C'est comme ça que je me suis débarrassée du *quatuor* qui me traquait avant que les sorciers me fassent passer la frontière. Cela dit, ces équipes sont les plus rationnelles, les plus économiques, et elles réussissent presque toujours. En cas d'échec, Rahl en envoie simplement une autre.

» Sur la corniche, nous n'avons pas succombé parce que tu les as séparés. Celui que j'ai touché a tué son compagnon pendant que tu occupais les deux autres. Ensuite, il s'est retourné contre eux. Comme tu en avais déjà éliminé un, il a sacrifié sa vie pour faire tomber son chef dans le vide. Il a agi ainsi pour ne pas risquer de perdre un duel à l'épée. Ça ne changeait rien à son sort, mais il se fichait de mourir, car il était sous mon pouvoir. Il a choisi le meilleur moyen de me protéger…

— Tu ne peux pas toucher les quatre tueurs ?

— Non. À chaque utilisation, je suis vidée de mon pouvoir. Il faut un moment pour reconstituer mes réserves.

Richard sentit la garde de son épée appuyer contre son coude. Une idée lui traversa soudain l'esprit.

— Dans le Passage du Roi, l'homme qui te menaçait, celui que j'ai tué... Je ne t'ai pas vraiment sauvée, n'est-ce pas ?

Kahlan hésita avant de répondre :

— Un seul homme, aussi grand et fort soit-il, ne peut rien contre une Inquisitrice, même affaiblie. Surtout s'il s'agit de moi. Sans ton intervention, je m'en serais très bien sortie. Désolée, Richard, mais tu n'étais pas obligé de le tuer. J'aurais pu m'en charger.

— Au moins, souffla le jeune homme, amer, je t'aurai évité ça...

Kahlan se contenta de le regarder tristement. Comme si elle n'avait rien à dire qui pût le réconforter.

— Combien de temps faut-il pour qu'une Inquisitrice reconstitue son pouvoir ?

— C'est différent pour chacune. Aux moins fortes, il faut parfois des jours. En moyenne, vingt-quatre heures suffisent.

— Et toi ?

Elle le regarda, gênée, comme si elle aurait préféré qu'il ne pose pas cette question.

— Environ deux heures...

Richard se tourna vers le feu, mal à l'aise.

— C'est très inhabituel ?

— Il semble bien... Un délai plus court implique que le pouvoir est très fort et affecte plus violemment encore sa cible. C'est pour ça que le premier tueur que j'ai touché a éliminé les trois autres. Une Inquisitrice moins puissante n'aurait pas obtenu ce résultat.

» Notre hiérarchie est déterminée par cet élément. Les plus fortes engendrent des filles qui seront au moins aussi redoutables qu'elles ! Les autres ne les jalousent pas. Au contraire, elles les aiment et se dévouent pour elles en temps de crise. Comme depuis que Rahl a franchi la frontière. Les Inquisitrices de rangs inférieurs ont protégé les plus fortes, au prix de leur vie s'il le fallait...

Sachant qu'elle ne le dirait pas s'il ne posait pas la question, Richard lança :

— Et quelle est ta place dans la hiérarchie ?

— Toutes les Inquisitrices m'obéissaient. Beaucoup sont mortes pour que je survive et que je m'oppose à Rahl. Aujourd'hui, plus aucune ne m'obéit, parce que je suis la dernière. Darken Rahl a fait abattre toutes les autres.

— Je suis navré, Kahlan, souffla Richard, qui commençait à peine à mesurer l'importance de la jeune femme. As-tu un titre ? Comment les gens t'appellent-ils ?

— Je suis la Mère Inquisitrice.

Richard se tendit. Ces deux mots, « Mère Inquisitrice », évoquaient une formidable autorité. Il se doutait depuis le début que Kahlan n'était pas n'importe qui. Ayant fréquenté des gens importants, il avait appris à ne pas avoir peur d'eux. Mais découvrir qu'elle était aussi haut placée… Mère Inquisitrice !

Lui n'était qu'un guide forestier… Eh bien, tant pis, il ferait avec, et elle aussi, probablement ! Pas question de la perdre, et encore moins de la chasser, à cause de ça…

— J'ai du mal à voir ce que ça représente… C'est comme une princesse, ou une reine ?

— Les reines font la révérence devant la Mère Inquisitrice.

Cette fois, Richard fut intimidé.

— Tu es plus puissante qu'une reine ?

— Tu te souviens de la robe que je portais le premier jour ? C'est une tenue d'Inquisitrice. Nous les mettons pour qu'il n'y ait aucun malentendu sur notre identité, même si la plupart des habitants des Contrées nous reconnaîtraient sans ça. Toutes les Inquisitrices, jeunes ou vieilles, ont une robe noire. La blanche est réservée à la Mère Inquisitrice… Richard, je suis un peu gênée de te raconter tout ça. Ici, tout le monde est informé, donc je n'ai jamais eu à réfléchir à la façon de l'exprimer. J'ai l'impression d'être si… arrogante…

— Je viens d'un autre pays. Essaie de continuer, il faut que je comprenne.

— Les rois et les reines sont les maîtres de leurs royaumes. Il y a beaucoup de souverains dans les Contrées. Mais d'autres pays sont dirigés par des Conseils. D'autres encore sont réservés aux créatures magiques. Dans le domaine des flammes-nuit, par exemple, il n'y a aucun humain…

» Les Inquisitrices vivent dans un pays appelé Aydindril. C'est aussi la patrie des sorciers, et le siège du Conseil Central des Contrées du Milieu. Un endroit merveilleux… Hélas, il y a longtemps que je n'y suis pas retournée… Les Inquisitrices et les sorciers ont un lien très fort. Un peu comme Zedd est uni au Sourcier…

» Personne n'a de prétentions sur Aydindril. Tous les souverains redoutent les Inquisitrices et les sorciers. Mais les royaumes participent à l'entretien d'Aydindril en payant un tribut. Comme les Sourciers, les Inquisitrices sont au-dessus des lois. Pourtant, elles servent tous les peuples des Contrées par l'intermédiaire du Conseil Central.

» Jadis, des rois et des reines arrogants ont songé à plier les Inquisitrices à leur volonté. En ces temps-là, certaines de nos ancêtres, aujourd'hui vénérées comme des légendes, comprirent qu'il fallait donner des bases solides à leur indépendance – ou vivre à jamais dans la soumission. La Mère Inquisitrice utilisa son pouvoir pour renverser les souverains trop ambitieux. Ils furent remplacés par des gens qui respectaient la liberté des Inquisitrices, et amenés en Aydindril, où ils furent quasiment réduits en esclavage. Les Inquisitrices les faisaient voyager avec elles, pour porter les provisions et les bagages pleins d'objets cérémoniels… À cette époque, le rituel qui entourait notre activité était bien plus pompeux qu'aujourd'hui. Quoi qu'il en soit, le message passa très bien !

— Je ne comprends pas tout, avoua Richard. Ces rois et ces reines n'avaient-ils aucune protection ? Des gardes, des soldats, je ne sais quoi !

Comment les Inquisitrices parvenaient-elles à approcher assez des souverains pour les toucher avec leur pouvoir ?

— Tu as raison, ils étaient défendus, mais ça n'avait rien d'insurmontable. Il suffisait qu'une Inquisitrice touche une personne – par exemple un garde –, pour avoir un allié qui l'introduisait dans les lieux et la présentait à quelqu'un de plus haut placé. Et ainsi de suite ! En procédant ainsi, on arrive beaucoup plus vite que tu ne crois à entrer dans l'intimité des têtes couronnées. Très souvent, avant même que quelqu'un s'en inquiète ! Toutes les Inquisitrices savaient jouer ce jeu. Et c'était encore plus facile pour la Mère Inquisitrice.

» Avec un petit groupe de ses sœurs, elle pouvait contaminer un château plus vite que la peste. Évidemment, ce n'était pas sans danger, et beaucoup de ces femmes périrent. Mais le jeu en valait la chandelle ! Voilà pourquoi aucun pays ne ferme ses frontières à une Inquisitrice, même s'il refuse d'en recevoir plusieurs à la fois.

» Ne pas accueillir l'une des nôtres serait une reconnaissance implicite de culpabilité. Une raison suffisante pour que le souverain soit frappé par le pouvoir et détrôné. Tu comprends maintenant pourquoi le Peuple d'Adobe, qui déteste les étrangers, ne me chasse pas. S'il me repoussait, cela éveillerait des soupçons. Tous les monarques qui complotent s'empressent d'ouvrir les bras à une Inquisitrice, pour cacher leurs sombres desseins…

» À cette époque, quelques Inquisitrices rêvaient d'utiliser leur pouvoir librement, pour déraciner le mal, ainsi qu'elles le disaient. Les sorciers y ont mis le holà, mais les gens ont vu de quoi les nôtres étaient capables. Cela dit, les temps étaient différents…

Détrôner un monarque. Époque différente ou pas, Richard trouvait cela difficile à justifier.

— De quel droit ces femmes agissaient-elles ainsi ?

— Ce que nous voulons faire, toi et moi, est-il si éloigné que ça de leur objectif ? Détrôner un roi ? Nous faisons tout ce que nous jugeons nécessaire et juste.

— Je vois ce que tu veux dire, admit Richard à contrecœur. As-tu déjà renversé un souverain ?

— Non… Pourtant, tous sont très soucieux de ne pas attirer mon attention. C'est un peu pareil avec le Sourcier. Enfin, il en allait ainsi avant notre naissance. Alors, on redoutait plus les Sourciers que les Inquisitrices. (Elle le défia du regard.) Eux aussi renversaient des têtes couronnées. Aujourd'hui, où on méprise le Grand Sorcier, l'Épée de Vérité devenue un hochet du pouvoir, ils sont moins importants. De simples pions, voire des usurpateurs…

— Je ne jurerais pas que ça a changé, dit Richard, pensant tout haut. Le plus souvent, j'ai le sentiment d'être un pion déplacé par les autres. Y compris Zedd et…

Il se tut abruptement, mais elle finit sa phrase pour lui :

— … et moi !

— Ce n'est pas dans ce sens-là… Parfois, j'aimerais ne jamais avoir entendu parler de l'Épée de Vérité. Mais comme Rahl ne doit pas gagner, mon devoir devient une prison. C'est ça qui me pèse : ne pas avoir le choix !

Kahlan sourit tristement et replia les jambes sous elle.

— Richard, puisque tu commences à comprendre qui je suis, j'espère que tu n'oublieras pas qu'il en va de même pour moi. Tout choix m'est interdit. Et c'est encore pire, parce que je suis née avec mon pouvoir. Quand ce sera fini, tu rendras l'épée à Zedd, si ça te chante. Moi, je serai une Inquisitrice jusqu'à mon dernier souffle. (Elle marqua une courte pause.) Depuis que je te connais, je donnerais n'importe quoi pour être une femme comme les autres…

Ne sachant trop que faire de ses mains, Richard ramassa un bâton et dessina des lignes dans la poussière.

— Je ne comprends toujours pas le sens du mot « Inquisitrice ». Quelle est votre fonction ?

Kahlan parut si chagrinée qu'il en eut le cœur serré.

— Notre tâche est de rechercher la vérité. C'est pour ça que les sorciers nous ont donné le pouvoir, en des temps oubliés. Ainsi, nous servons le peuple…

— Rechercher la vérité ? répéta Richard. Comme un Sourcier ?

— Les Sourciers et les Inquisitrices ont des objectifs communs. D'une certaine façon, ils sont les faces opposées d'une même magie. Les sorciers de jadis, quasiment des rois, détestaient la corruption qui les entourait. Le mensonge et la trahison les révulsaient. Alors, ils cherchèrent un moyen d'empêcher les mauvais chefs de tromper et de manipuler leurs peuples. Souvent, ces souverains sans scrupules accusaient leurs adversaires politiques d'un crime imaginaire. Après les avoir déshonorés, ils les faisaient exécuter, et le tour était joué !

» Les sorciers ont voulu mettre un terme à ces exactions. Il leur fallait une méthode qui ne laisse aucune place au doute. Alors, ils ont imaginé une forme très particulière de magie. Une magie vivante, si tu préfères… À partir d'un groupe de femmes triées sur le volet, ils ont créé les Inquisitrices. La sélection devait être rigoureuse. Une fois éveillé à la vie dans ces candidates, le pouvoir devenait une force indépendante, et se transmettait à leur descendance. À jamais ! (Kahlan baissa les yeux et regarda Richard continuer à dessiner des arabesques dans la poussière.) Notre magie a pour but de découvrir la vérité dans les cas où c'est vital. Aujourd'hui, elle sert pour l'essentiel à déterminer si un condamné à mort est bien coupable. Nous touchons les criminels avec notre pouvoir. Quand ils sont devenus nos marionnettes, nous les forçons à avouer leurs forfaits.

Le bâton de Richard s'immobilisa brusquement. Au prix d'un gros effort de volonté, il parvint à le remettre en mouvement.

— Sous notre domination, le plus vil des meurtriers devient doux comme un agneau et se confesse. Parfois, les tribunaux eux-mêmes ont des doutes, alors ils nous appellent à la rescousse. Dans beaucoup de royaumes, la loi interdit d'exécuter un individu s'il ne s'est pas confié à une Inquisitrice.

Ainsi, il est établi qu'on envoie un coupable à la mort, et qu'il ne s'agit pas d'une condamnation politique.

» Certaines ethnies des Contrées du Milieu refusent de recourir à nos services. Le Peuple d'Adobe est du nombre. Ces gens détestent qu'on se mêle de leurs affaires. Mais ils nous craignent quand même, car ils savent de quoi nous sommes capables. Nous respectons la position de ces peuples, et aucune loi ne les oblige à nous appeler. Mais nous nous imposons dès qu'il y a un soupçon de manipulation ou de tromperie. Sache cependant que la majorité des royaumes acceptent nos interventions. Sans doute parce qu'ils trouvent ça commode…

» C'est nous qui avons découvert le complot ourdi au bénéfice de Darken Rahl. Bref, ce qui se cachait sous la subversion et le mensonge. C'est ça, la mission que les sorciers, à l'origine, ont affectée aux Inquisitrice et aux Sourciers. Crois-moi, Rahl n'a pas été ravi que nous le démasquions !

» Dans de très rares cas, un condamné à mort qui n'a pas été confronté à une Inquisitrice demande à en voir une. Afin que sa confession soit incontestable et son innocence définitivement établie. Dans les Contrées, c'est un droit inaliénable pour un individu promis au bourreau…

Kahlan baissa la voix, comme si elle avait du mal à continuer.

— C'est ce que je déteste le plus ! Aucun coupable n'exige l'intervention d'une Inquisitrice, puisque ça aggraverait encore son cas. Avant de toucher ces hommes, je sais qu'ils sont innocents. Mais je dois quand même faire mon travail ! Si tu voyais leur regard, au moment où je les touche, tu comprendrais… Bien qu'ils n'aient rien sur la conscience, après, il ne reste plus d'eux que…

Elle se tut, la gorge nouée.

— Et combien de confessions as-tu… prises ?

— Beaucoup trop pour pouvoir les compter… J'ai passé la moitié de ma vie dans des prisons, en compagnie des animaux les plus sauvages qui existent au monde. Pourtant, presque tous ressemblaient à de paisibles commerçants, de gentils pères de famille ou de sympathiques voisins. Après les avoir touchés, j'ai entendu de leurs bouches ce qu'ils avaient fait. Au début, et pendant longtemps, à force d'avoir des cauchemars, j'avais peur de m'endormir. Ces horreurs, Richard, tu ne peux même pas les imaginer…

Richard jeta son bâton au loin et prit la main de Kahlan, qui ne retenait plus ses larmes.

— Mon amie, tu n'es pas obligée de…

— Je me souviens du premier homme que j'ai tué… Il hante encore mes nuits. Il venait de me raconter comment il s'était « amusé » avec les trois filles de son voisin… La plus âgée n'avait que cinq ans ! Après m'avoir décrit ces atrocités, il m'a regardée avec de grands yeux, et il a dit : « Que voulez-vous que je fasse, à présent, maîtresse ? » Sans réfléchir, j'ai répondu : « Je veux que tu meures ! » (D'une main tremblante, Kahlan essuya les larmes qui ruisselaient sur ses joues.) Il est tombé raide devant moi !

— Qu'ont dit les témoins de ton acte ?

— Qu'auraient-ils osé dire à une Inquisitrice qui vient d'ordonner à un homme de cesser de vivre ? Ils ont tous reculé, et se sont écartés pour nous laisser partir. Tu sais, aucune de mes sœurs n'aurait pu faire ça. Mon sorcier lui-même en était muet de peur.

— Ton sorcier ?

— Comme nous sommes universellement redoutées et haïes, les sorciers se font un devoir de nous protéger. Nous nous déplaçons très rarement sans l'un d'eux. On nous en affecte… nous en affectait… un chaque fois que nous partions recueillir des aveux. Rahl a réussi à nous séparer de nos sorciers. À présent, ils sont tous morts, à part Zedd et Giller.

Richard prit le lapin rôti, qui refroidissait. Il coupa deux morceaux, en tendit un à Kahlan et s'attaqua à l'autre.

— Pourquoi êtes-vous redoutées et haïes ?

— Les parents et les amis des condamnés à mort nous détestent parce qu'ils refusent souvent de croire qu'un être aimé ait pu perpétrer de pareilles horreurs. Pour se rassurer, ils préfèrent penser que nous extorquons les aveux… (Elle détacha des petits morceaux de viande et les mâcha lentement.) J'ai découvert que les gens refusent souvent de croire à la vérité. Pour eux, elle n'a aucune importance. Certains ont essayé de me tuer. C'est en partie pour ça qu'un sorcier nous accompagnait, afin de nous protéger tant que nous n'avions pas reconstitué notre pouvoir…

— Ce que tu dis ne me paraît pas une raison suffisante pour haïr à ce point…

— Il n'y a pas que ça… Mes histoires doivent sembler étranges pour quelqu'un qui n'a pas grandi ici. Les coutumes des Contrées du Milieu, la magie… Tu trouves ça bizarre, n'est-ce pas ?

Bizarre, n'était pas le mot exact, pensa Richard. *Effrayant* aurait mieux convenu.

— Les Inquisitrices sont indépendantes et les gens le leur reprochent. Les hommes détestent ne pas pouvoir nous soumettre, ni même nous donner des ordres. Les femmes nous jalousent parce que nous ne vivons pas la même vie qu'elles. Nous échappons au rôle traditionnel du sexe féminin. Pas question d'être aux petits soins pour un mari, et encore moins de lui obéir. Elles nous tiennent pour des privilégiées. Nous avons les cheveux longs, un symbole de notre autorité. Elles doivent porter les leurs courts, pour afficher leur allégeance à leurs maris et à toutes les personnes d'un rang plus élevé que le leur. Ça te paraît peut-être un détail mineur, mais chez nous, rien de relatif au pouvoir n'est sans importance. Une femme qui se laisse pousser les cheveux au-delà de la longueur autorisée par son rang doit renoncer à une part de ses privilèges. Une rude punition ! Chez nous, une longue chevelure, chez une femme, est un signe d'autorité qui éveille la méfiance. Cela indique que nous pouvons agir à notre guise, et que nul n'est autorisé à nous donner des ordres. Donc, nous sommes une menace pour tout le monde. Ton épée transmet à peu près le même message, d'ailleurs… Aucune Inquisitrice ne porte les cheveux courts. Les gens sont ulcérés de ne pas pouvoir nous y contraindre. Paradoxalement, nous sommes moins libres qu'eux, mais ils ne s'en aperçoivent pas. Nous faisons le sale travail à leur place, et il nous est interdit de choisir notre destin. Car nous sommes prisonnières de notre magie.

Kahlan finit sa viande. En la regardant manger, Richard pensa à un autre « paradoxe ». Si les Inquisitrices offraient de l'amour aux pires criminels, il leur était impossible d'en donner aux êtres dont elles auraient voulu être proches...

Mais ce n'était pas tout. Kahlan avait encore autre chose à lui révéler...

—Je trouve tes cheveux parfaits comme ça, dit Richard.

—Merci...

La jeune femme jeta les os rongés dans le feu, contempla un moment les flammes, puis regarda ses mains, jouant à heurter l'un contre l'autre les ongles de ses pouces.

—Enfin, soupira-t-elle, il y a le choix de notre partenaire...

—Le choix d'un partenaire ? Que veux-tu dire ?

—Quand une Inquisitrice atteint l'âge d'être une bonne mère, elle doit se choisir un partenaire. (Kahlan garda les yeux obstinément rivés sur ses mains.) Elle peut sélectionner l'homme qu'elle veut, même s'il est déjà marié. Si ça lui chante, elle a le droit d'écumer les Contrées pour trouver le père de ses filles. Un mâle fort et puissant. Quelqu'un qu'elle juge beau... Il n'existe pas de limites...

» Les hommes nous redoutent quand nous sommes en quête d'un partenaire, parce qu'ils ne veulent pas être touchés par le pouvoir. Les femmes ont peur aussi, car nous risquons de leur prendre un époux, un frère ou un fils. Tous savent qu'ils sont impuissants, puisque quiconque fait obstacle au choix d'une Inquisitrice le paie de sa personnalité. Les gens me craignent parce que je suis la Mère Inquisitrice... et que j'aurais dû choisir un partenaire depuis longtemps.

—Mais si tu as de l'affection pour quelqu'un, et qu'il te la rend, que se passe-t-il ? demanda Richard, résolu à s'accrocher bec et ongles à ses espoirs et à ses rêves.

—Les Inquisitrices n'ont pas d'amis... à part leurs sœurs. Le cas que tu évoques ne se produit jamais. Tous les hommes ont peur de nous. (Elle ne précisa pas que cette analyse n'était plus valable, mais sa voix tremblait.) Dès notre plus jeune âge, on nous prépare à choisir un homme fort, pour que nos filles le soient aussi. Mais il ne faut pas que nous ayons de l'affection pour lui, car s'unir à nous le détruira. Voilà pourquoi il ne peut rien sortir de bon de... nous...

—Pourquoi ? demanda Richard, refusant de capituler.

—Parce que... (Elle se détourna, incapable de retenir ses sanglots et de dissimuler plus longtemps son chagrin.) Parce que dans le feu de la passion, l'Inquisitrice relâche sa prise sur le pouvoir. Elle « touche » son partenaire, même si elle ne le veut pas, et il cesse d'être l'homme qui avait ému son cœur. Il n'y a aucun moyen d'empêcher ça. L'homme lui appartiendra, mais pas dans le sens habituel. Son aimé sera à ses côtés à cause de la magie, pas par choix ou par désir. Devenu une coquille vide, il ne sera plus que le réceptacle du pouvoir. Quelle Inquisitrice ferait ça à quelqu'un dont elle se soucie ?

» C'est pour ça que mes sœurs, depuis des temps immémoriaux, se sont coupées des hommes par peur de s'attacher à l'un deux. On nous croit sans cœur, mais ce n'est pas vrai. Nous redoutons ce que le pouvoir ferait à un être aimé. Certaines choisissaient des hommes unanimement détestés, afin de ne pas détruire un cœur pur et doux. Bien que peu y aient recouru, c'était une façon de résoudre le problème, et on ne doit pas les en blâmer. Nous comprenons cette démarche, et nous ne la critiquons pas…

— Mais… je pourrais…, commença Richard, incapable de trouver comment plaider sa cause.

— Rien n'est possible ! Pour moi, ce serait comme ce que tu as vécu face à Shota, quand elle se faisait passer pour ta mère. Tu aurais voulu que ce soit vrai, mais ce n'était pas le cas. Ce serait une illusion d'amour ! Comprends-tu ? En retirerais-tu une quelconque joie ?

Richard sentit que les flammes de sa logique – de son intelligence même – consumaient ses espoirs. Et son cœur ne serait bientôt plus que cendres…

— Ce qui s'est passé dans la maison des esprits, fit-il, cassant. C'est à ce moment-là, comme l'a dit Shota, que tu es passée à un souffle d'utiliser ton pouvoir sur moi ?

Sa voix, s'aperçut-il, était un peu plus froide qu'il ne l'aurait voulu.

— Oui…, admit Kahlan, menacée de perdre son combat contre les larmes. Je suis navrée, Richard… Je n'ai jamais éprouvé ça pour quelqu'un. À trop te désirer, j'ai failli oublier qui j'étais. Ou même ne plus m'en inquiéter ! (Des larmes s'échappèrent de ses yeux.) Vois-tu à présent combien mon pouvoir est dangereux ? J'aurais pu te détruire. Si tu ne m'avais pas arrêtée, tu aurais été… perdu…

Richard éprouvait une telle compassion pour Kahlan qu'il en souffrait physiquement. Elle était impuissante face à son destin ! Un sort atroce… En même temps, le sentiment d'avoir perdu quelque chose d'inestimable lui déchirait les entrailles. Pourtant, en réalité, il n'avait jamais rien eu à gagner. Entre eux, tout était impossible dès le départ. Mais il s'était autorisé à rêver. Oui, un rêve éveillé, voilà ce qu'il avait vécu !

Zedd avait tenté de le prévenir, pour lui épargner du chagrin. Quel idiot il avait été de croire qu'il trouverait un moyen ! Comment pouvait-on être aussi stupide ?

La réponse était assez simple, il suffisait de regarder Kahlan…

Il se leva et s'écarta du feu pour qu'elle ne voie pas ses yeux rougis.

— Pourquoi ne parles-tu que d'Inquisitrices ? Est-ce un pouvoir réservé aux femmes ? Vous ne donnez jamais la vie à des garçons ?

Kahlan ne répondant pas, Richard écouta crépiter le feu. Puis il entendit des sanglots, derrière lui, et se retourna. Son amie lui tendit la main. Quand il l'eut aidée à se relever, elle s'adossa au tronc de l'épicéa, écarta des mèches rebelles de ses yeux et croisa les bras au-dessous de sa taille.

— Les Inquisitrices accouchent de garçons… Moins souvent que jadis, mais ça arrive encore. Le pouvoir est plus fort en eux. Ils n'ont pas besoin de temps pour le régénérer… Parfois, il devient tout pour eux, et cela les corrompt. Une erreur des sorciers…

» Ils ont choisi des femmes pour éviter ça, mais sans accorder assez d'attention à la manière dont cette magie indépendante se développerait. Ils n'ont pas prévu que le pouvoir, héréditairement transmis à ces hommes, se manifesterait différemment chez eux.

» Il y a très longtemps, quelques Inquisiteurs se sont unis pour instaurer un règne d'une atroce cruauté. On appelle cette époque les âges sombres. Un temps semblable à celui que nous vivons aujourd'hui avec Darken Rahl. Les sorciers ont pourchassé ces Inquisiteurs et ils les ont abattus. Dans ce conflit, ils ont subi de lourdes pertes… Depuis, ils n'ont plus jamais tenté de diriger les Contrées. De toute façon, ils n'étaient plus assez nombreux. Aujourd'hui, ils essaient simplement d'être utiles quand c'est possible. Ils auront dû apprendre une leçon bien amère…

» Pour une raison inconnue, il faut le type de compassion dont les femmes seules sont capables pour assumer le pouvoir et ne pas subir son influence corruptrice. Les sorciers n'ont pas plus d'explications que nous… Il en va de même avec le Sourcier : ce doit être le bon candidat, sinon il se servira de sa magie dans son propre intérêt. Tu comprends maintenant pourquoi Zedd était furieux qu'on lui ait retiré le privilège de nommer les Sourciers ? La plupart des Inquisiteurs sont dépassés par le pouvoir. Ils ne savent pas le brider quand il faut… Lorsqu'ils désirent une femme, ils s'en emparent, un point c'est tout. Et ils ne se contentent pas d'une seule ! Rien ne les retient et ils n'ont aucun sens des responsabilités. D'après ce que je sais, les âges sombres furent une longue succession d'atrocités. Cela dura des années et les sorciers, pour en finir, firent un massacre. Ils tuèrent tous les descendants de ces Inquisiteurs, pour que le pouvoir ne se répande pas sans aucun contrôle. Dire qu'ils en furent malheureux est un euphémisme…

— Et aujourd'hui, demanda Richard, agressif, qu'arrive-t-il quand une des vôtres accouche d'un garçon ?

— Le nouveau-né est amené dans un lieu prévu pour ça, au centre d'Aydindril. La mère le pose alors sur la Pierre…

Kahlan hésita, comme s'il lui était impossible de prononcer les paroles suivantes. Richard lui prit les mains et les massa avec ses pouces. Mais pour la première fois, il eut le sentiment que rien ne l'autorisait à la toucher d'une manière aussi… familière.

— Comme je te l'ai dit, continua-t-elle, un homme touché par une Inquisitrice exécute toutes ses volontés. (Richard sentit que les mains de son amie tremblaient.) La mère ordonne et le père… met un bâton sur la gorge du bébé… et… il marche sur les deux extrémités…

Richard lâcha les mains de l'Inquisitrice.

— Tous les nourrissons mâles ?

— Oui… On ne peut pas prendre le risque d'en épargner un. Personne ne veut voir arriver de nouveaux âges sombres. Les sorciers et les autres

Inquisitrices s'occupent de celles qui sont enceintes, et font tout pour les réconforter quand elles ont un garçon, qui doit être…

Richard comprit soudain qu'il détestait les Contrées du Milieu presque autant que Darken Rahl. À présent, il savait pourquoi les habitants de Terre d'Ouest avaient voulu bannir la magie de leur vie. Comme il aurait aimé retourner chez lui, loin de la sorcellerie ! Des larmes lui montèrent aux yeux quand il pensa à la forêt de Hartland, qui lui manquait tellement. S'il vainquait Rahl, décida-t-il, il ferait tout son possible pour qu'on érige une nouvelle frontière. Zedd l'aiderait, il en était sûr. Désormais, il ne s'étonnait plus que son vieil ami ait voulu rester loin des Contrées du Milieu. Quand il y aurait une nouvelle frontière, il resterait du bon côté – et ce jusqu'à la fin de ses jours !

Avant, il s'occuperait de l'épée. Au lieu de la rendre à Zedd, il la détruirait !

—Merci, Kahlan, se força-t-il à dire. Merci de m'avoir parlé… Je n'aurais pas voulu apprendre ça d'une tierce personne.

Il se tut, comme si ses paroles se dissolvaient dans le néant. Jusque-là, vaincre Rahl lui avait semblé un prélude à sa vie. Un nouveau commencement, à partir duquel tout serait possible. À présent, il voyait cela comme un point final. Pas seulement à l'existence de Rahl, mais aussi à la sienne. Au-delà, il n'y avait rien. À part le désespoir et la mort… S'il gagnait, et que Kahlan survive, il retournerait chez lui seul, et sa vie serait terminée.

Derrière lui, il entendit la jeune femme pleurer.

—Richard, si tu veux que je parte, ne crains pas de me le dire. Je comprendrai. Les Inquisitrices ont l'habitude…

Le Sourcier contempla un moment les flammes agonisantes. Puis il ferma les yeux, ravala la boule qui lui nouait la gorge et fit la grimace, car chaque inspiration lui déchirait la poitrine.

—Kahlan, s'il y a un moyen, pour nous, de… Dis-moi qu'il y en a un !

—Non !

Richard venait de jouer sa dernière carte. Et il avait perdu…

—Existe-t-il une loi, une règle ou je ne sais quoi qui nous interdise d'être amis ?

—Non, heureusement…

Il se tourna vers elle et lui posa une main sur l'épaule.

—En ce moment, j'aurais fichtrement besoin d'une amie !

—Moi aussi…, souffla la jeune femme en le serrant dans ses bras. Mais je ne serai jamais rien de plus pour toi…

—Je sais… Kahlan, je t'ai…

Elle lui posa un doigt sur les lèvres.

—Ne dis pas ça… Je t'en supplie, ne dis jamais ça !

Elle pouvait l'empêcher de le prononcer à voix haute. Pas dans sa tête…

Il repensa à leur premier soir, dans le pin-compagnon, quand le royaume des morts avait voulu la reprendre. Elle s'était blottie contre lui, comme ce soir. Et il avait remarqué qu'elle n'était pas habituée à ce genre de contact. À présent, il savait pourquoi.

Il posa une joue sur les cheveux de Kahlan. Mais soudain, dans les braises presque froides de ses rêves, une petite flamme de colère se raviva.

— Tu n'as pas encore choisi ton partenaire, as-tu dit ?

— Non, et j'ai d'autres soucis en tête pour le moment. Mais si je suis encore vivante après notre victoire, je devrai le faire.

— Promets-moi une chose…

— Si c'est possible…

— Jure de ne pas le choisir avant que je sois retourné en Terre d'Ouest ! Je ne veux pas savoir qui c'est !

Kahlan ne répondit pas tout de suite. Ses doigts s'accrochant à sa chemise, elle souffla entre deux sanglots :

— C'est juré !

Richard la serra longtemps contre lui, luttant pour se ressaisir et repousser l'obscurité qui envahissait son âme. Puis il se força à sourire.

— Tu avais tort sur un point !

— Lequel ?

— Tu as dit qu'aucun homme ne pouvait donner d'ordres à une Inquisitrice. C'est faux ! Moi, j'en donne à la Mère Inquisitrice en personne. Tu as fait le serment de me protéger et je te confirme dans ta fonction de guide.

Kahlan eut un rire étranglé.

— Tu as raison… Bravo, tu es le premier à avoir réussi ça ! Quels sont les ordres de mon maître ?

— J'interdis à ma guide de me casser les pieds en essayant de mettre fin à ses jours, car j'ai besoin de son aide. À présent, elle va devoir me conduire chez la reine, m'aider à récupérer la boîte, et faire en sorte que nous nous en sortions vivants.

Kahlan hocha la tête contre la poitrine de son compagnon.

— Qu'il en soit ainsi, seigneur !

Elle s'écarta de lui, lui posa les mains sur les biceps, les serra tendrement et lui sourit à travers ses larmes.

— Comment se fait-il que tu parviennes toujours à me réconforter, même aux pires moments de ma vie ?

Bien que tout en lui ne fût plus que douleur et vide, Richard haussa les épaules et lui rendit son sourire.

— Je suis le Sourcier. Rien ne m'est impossible.

Il aurait voulu en dire plus, mais la voix lui manqua.

— Tu es un être comme on en rencontre rarement, Richard Cypher, souffla Kahlan.

Peut-être… Mais il aurait donné cher pour ne pas avoir de compagnie et pleurer comme un enfant.

Chapitre 35

Du bout d'une botte, Richard recouvrit de poussière les braises agonisantes du feu, étouffant la seule source de chaleur de cette aube glaciale. Le ciel était d'un bleu d'acier et un vent froid soufflait de l'est. Près de son autre pied, il remarqua le bâton qui avait servi à rôtir le lapin. Une proie que Kahlan avait attrapée seule, avec le collet qu'il lui avait appris à fabriquer.

Il sentit qu'il s'empourprait à cette idée. Un pauvre petit guide forestier, enseigner des idioties pareilles à une femme comme elle ! La Mère Inquisitrice ! Plus qu'une reine ! D'ailleurs, les souverains ne s'inclinaient-ils pas devant elle ? Il ne s'était jamais senti aussi idiot ! La Mère Inquisitrice ! Pour qui se prenait-il ? Zedd avait essayé de le prévenir, mais bien entendu, il s'était abstenu de l'écouter !

Le vide menaçait de l'engloutir. Il pensa à son frère, puis à ses amis, Chase et Zedd. Même s'ils ne comblaient pas le gouffre qui béait en lui, il les avait, et c'était bien. Il regarda Kahlan ramasser son sac et pensa qu'elle n'avait personne. Ses uniques amies, les autres Inquisitrices, étaient mortes. Seule au monde, dans les Contrées du Milieu, entourée par des gens qu'elle voulait sauver mais qui la détestaient, elle devait lutter contre des ennemis impitoyables, sans avoir un sorcier à ses côtés…

Il comprenait qu'elle ait eu peur de lui parler. Comment ne pas redouter de perdre son seul ami ? N'avait-il rien dans le ventre, pour penser uniquement à lui ? S'il ne pouvait être que ça, eh bien, il serait au moins son compagnon. Oui, il lui donnerait son amitié, même si ça le tuait…

— Me parler n'a pas dû être facile, dit-il.

Kahlan s'enveloppa dans son manteau, transie par le vent. Son visage avait repris sa neutralité coutumière. Mais à présent, il en savait assez sur elle pour y voir une ombre de chagrin.

— Me suicider aurait été moins pénible…, avoua Kahlan.

Elle se mit en route et il la suivit. Si elle lui avait tout révélé dès le début, se demanda-t-il, serait-il resté avec elle ? Avant de la connaître, n'aurait-il pas eu trop peur pour supporter sa présence, comme tous les autres ? Elle avait sans doute eu raison de ne pas se précipiter. Même si cela lui aurait épargné ses tourments actuels…

Vers midi, ils atteignirent une intersection signalée par une pierre à moitié grande comme Richard. Il s'arrêta et étudia les symboles gravés dessus.

— C'est quoi ?

— Des indications sur la localisation des villes et des villages, répondit Kahlan en se glissant les mains sous les aisselles pour les réchauffer. Et sur la distance qui nous en sépare. Pour éviter de croiser des gens, cette piste-là est la meilleure…

— Celle du milieu ? Nous arriverons dans combien de temps ?

Kahlan étudia attentivement les inscriptions.

— D'habitude, je vais de ville en ville en empruntant les routes principales. La pierre n'indique pas de distance par la piste… Mais c'est un détour de deux ou trois jours…

— Y a-t-il une ville dans les environs ? demanda Richard en pianotant sur la garde de son épée.

— Oui… Nous sommes à environ deux heures de Chante-Scie. Pourquoi cette question ?

— Avec des chevaux, on gagnerait du temps.

Kahlan sonda la route comme si elle voyait la cité, tout au bout.

— L'économie de Chante-Scie repose sur le bois. On y trouve une grande scierie et les chevaux n'y manqueront sans doute pas. Mais ce n'est peut-être pas une bonne idée. Les habitants, dit-on, sont plutôt partisans de D'Hara.

— On devrait quand même aller voir. À cheval, on gagnerait au moins une journée. J'ai des pièces d'argent, et une ou d'eux d'or. On pourra peut-être acheter des montures.

— En étant prudents, tenter le coup est envisageable. Mais ne t'avise pas de sortir tes pièces. Elles portent le sceau de Terre d'Ouest et ces gens tiennent pour une menace tout ce qui vient de ce côté-là de la frontière. Les légendes et les superstitions…

— Alors, les chevaux, il faudra les voler ?

— As-tu la mémoire si courte ? Tu voyages avec la Mère Inquisitrice ! Il me suffira de demander.

Richard s'efforça de dissimuler son malaise, mais il n'aurait pas juré que c'était réussi.

— Alors, allons-y !

Chante-Scie se dressait sur les berges du fleuve Callisidrin. L'eau boueuse servait de force motrice à la scierie, puis de moyen de transport pour les rondins. Des déversoirs serpentaient entre les zones de travail, et les bâtiments délabrés de la scierie dominaient toutes les autres structures. Sous les toits d'entrepôts ouverts aux quatre vents, des piles de rondins attendaient que des barges les emportent par voie fluviale, ou que des chariots les envoient par la route dans des directions différentes. Richard remarqua qu'il y en avait d'autres, stockés en plein air, mais sous des bâches goudronnées. Les habitations se pressaient sur le flanc de la colline, à côté de la scierie. Usées par les ans et les intempéries, on eût dit des abris temporaires devenus permanents à cause d'une douloureuse nécessité.

Même de loin, Richard et Kahlan virent que quelque chose clochait. Aucun bruit ne montait de la scierie et les rues étaient désertes. Normalement, la ville aurait dû fourmiller d'activité et grouiller de gens affairés. Là, on n'apercevait ni homme ni bête. Et il n'y avait pas un son, n'étaient celui des bâches qui claquaient au vent et le grincement des panneaux de fer-blanc de la scierie.

Quand ils approchèrent, le vent charria jusqu'à leurs narines une atroce odeur de décomposition. Richard vérifia que l'Épée de Vérité coulissait bien dans son fourreau…

Des corps boursouflés, proches de l'explosion et suintant de fluides noirs gisaient aux coins des rues et au pied des bâtiments, empilés comme des feuilles mortes. Presque tous portaient d'horribles blessures et des lances brisées dépassaient encore de leurs poitrines. Dans ce charnier, seul le silence semblait vivant. Les portes des maisons, fracassées, pendaient encore à un gond miraculeusement intact, ou gisaient sur la chaussée, parmi des débris de meubles et de petits objets de la vie quotidienne. Toutes les vitres des maisons avaient explosé. Et certains bâtiments n'étaient plus que des carcasses encombrées de gravats.

Richard et Kahlan se protégèrent le nez et la bouche avec le col de leurs manteaux et continuèrent d'avancer.

— Rahl ? demanda le jeune homme.

— Non. Ce n'est pas sa façon de tuer. Il y a eu une bataille ici…

— Plutôt un carnage, je dirais…

— Oui… Tu te souviens des morts, chez le Peuple d'Adobe ? Les victimes de Rahl ressemblent toujours à ça. Ici, c'est différent.

Ils traversèrent la ville en longeant les bâtiments, évitant le centre des rues même quand il leur fallait enjamber des cadavres. Toutes les boutiques avaient été pillées et ce qui n'était pas transportable gisait en miettes. D'une devanture, un rouleau de tissu bleu pâle, avec des taches sombres régulièrement espacées, était déployé dans la rue, comme si les pillards l'avaient délaissé parce que le propriétaire, en mourant, avait salopé la marchandise.

Kahlan remonta sa manche et tendit un doigt.

Sur le mur blanc d'une maison s'affichait un message en lettres de sang.

Mort à tous ceux qui résistent à Terre d'Ouest.

— Qu'est-ce que ça signifie… ? murmura Kahlan, comme si elle avait peur que les morts l'entendent.

— Je n'en ai pas la moindre idée, répondit Richard en étudiant les lettres rouges tremblotantes.

Il avança, mais se retourna deux fois pour relire le message.

Puis il aperçut un chariot, devant une graineterie. Il était à demi chargé de petits meubles et de vêtements ; le vent faisait claquer les manches de robes d'enfant. Les deux jeunes gens se regardèrent. Il y avait des survivants, et ils s'apprêtaient à partir!

Richard entra dans la boutique, dont la porte manquait, Kahlan sur les talons. Les rayons de soleil qui pénétraient par les fenêtres et l'encadrement de la porte déchiraient l'air chargé de poussière pour éclairer des sacs de grains renversés et des tonneaux éventrés. Richard et Kahlan attendirent sur le seuil que leurs yeux s'habituent à la pénombre. Dans la poussière, ils repérèrent des empreintes de pas, surtout d'enfants. Elles cessaient devant le comptoir. Sans la dégainer, Richard saisit la garde de son épée et approcha.

Derrière le comptoir, des malheureux tremblaient de peur.

—Je ne vous ferai pas de mal, dit le Sourcier. Sortez…

—Vous êtes un soldat de l'Armée du Peuple venu nous aider? demanda une voix de femme.

Richard et Kahlan échangèrent un regard étonné.

—Non…, dit l'Inquisitrice. Nous sommes des voyageurs…

Une femme au visage maculé de poussière et de larmes, ses cheveux noirs coupés court emmêlés, se leva. Sa robe était en lambeaux…

Pour ne pas l'effrayer, Richard éloigna sa main de la garde de son arme. Les lèvres tremblantes, ses yeux hagards rivés sur eux, la malheureuse fit signe à ses compagnons de la rejoindre. Six enfants – cinq filles et un garçon –, une autre femme et un vieillard.

Les enfants s'accrochèrent aux jupes des femmes. Comme le vieillard, elles étudièrent d'abord Richard, puis dévisagèrent Kahlan. Les yeux écarquillés, tous les trois reculèrent contre le mur. D'abord désarçonné, Richard comprit ce qui se passait. Ils avaient remarqué les cheveux longs de Kahlan.

Les trois adultes tombèrent à genoux, les yeux baissés, et les enfants, sans un cri, se cachèrent le visage dans les jupes des femmes. Après un bref coup d'œil à Richard, Kahlan fit signe à ces pauvres gens de se relever. Le regard rivé sur le sol, ils ne s'en aperçurent pas.

—Debout! dit-elle. Inutile de vous prosterner. Debout!

Ils relevèrent les yeux, virent les gestes frénétiques de Kahlan, et obéirent à contrecœur.

—À vos ordres, Mère Inquisitrice, dit une des femmes, la voix tremblante. Pardonnez-nous, mais nous ne vous avions pas reconnue, à cause de vos vêtements, et…

—Ce n'est pas grave, coupa Kahlan. Comment vous appelez-vous?

—Regina Clarn, Mère Inquisitrice.

—Regina, dit Kahlan en saisissant la femme par l'épaule pour la relever tout à fait, que s'est-il passé ici?

Des larmes aux yeux, Regina tourna la tête vers Richard.

—Mon ami, dit Kahlan, tu devrais emmener le vieillard et les enfants dehors…

Comprenant que la femme était trop effrayée pour parler devant lui, le Sourcier proposa son bras au vieil homme et poussa quatre enfants dehors.

Les deux plus jeunes fillettes refusèrent obstinément de lâcher les jupes des femmes. Mais Kahlan lui fit signe que ce n'était pas gênant.

Les quatre gamins, les yeux vides, s'assirent dans la poussière. Aucun ne répondit quand il demanda leurs noms. Ils ne le regardèrent pas, sinon furtivement, pour s'assurer qu'il n'approchait pas trop. Le vieillard ne réagit pas davantage quand Richard voulut savoir comment il se nommait.

— Qu'est-il arrivé ici ? demanda le Sourcier.

— Les soldats de Terre d'Ouest…, répondit l'homme, le regard rivé sur le bout de la rue.

Les yeux pleins de larmes, il ne dit rien de plus. Répugnant à le brusquer, Richard n'insista pas. Il lui offrit un morceau de viande séchée sorti de son sac, mais il ne réagit pas. Les enfants reculèrent quand il tendit la main vers eux. Accablé, il remit la viande dans son paquetage. La fille la plus âgée, presque une femme, le regardait comme s'il allait les étriper… ou les gober tout crus.

Le Sourcier n'avait jamais vu des gens aussi terrifiés. Pour ne pas aggraver les choses, il garda ses distances, sourit gentiment et assura qu'il ne leur ferait pas de mal. Voyant qu'ils ne le croyaient pas, il se tourna vers la porte, pressé que Kahlan le rejoigne.

Elle sortit enfin, un calme effrayant sur le visage. Richard la connaissait assez pour deviner qu'elle était tendue à craquer. Les enfants se précipitèrent dans la boutique. Le vieillard, lui, ne bougea pas.

Kahlan prit le Sourcier par le bras et le força à s'éloigner.

— Il n'y a pas de chevaux ici…, dit-elle, le regard fixe. Je crois qu'on ferait mieux d'éviter les routes principales. Les petites pistes seront plus sûres.

— Kahlan, que se passe-t-il ? (Richard regarda derrière lui.) Qu'est-il arrivé ici ?

L'Inquisitrice, sans s'arrêter, tourna la tête vers le message écrit sur le mur.

MORT À TOUS CEUX QUI RÉSISTENT À TERRE D'OUEST.

— Des missionnaires sont venus vanter à ces gens les vertus de Darken Rahl. Ils passaient souvent, et décrivaient au conseil municipal les merveilles qui arriveraient dès que D'Hara gouvernerait tous les royaumes. Selon eux, Rahl est éperdu d'amour pour tous les êtres vivants…

— C'est de la folie ! grogna Richard.

— Peut-être, mais les habitants de Chante-Scie furent subjugués et acceptèrent que la ville devienne un territoire de D'Hara. L'Armée du Peuple pour la Paix l'a investie. Les soldats se sont montrés très respectueux. Et ils dépensaient leur argent sans compter. (Elle désigna les rondins protégés par des bâches.) Les missionnaires furent fidèles à leur parole. Les commandes affluèrent ! Du bois pour construire d'autres cités dont les résidents vivraient heureux sous le glorieux règne de Darken Rahl.

— Et après ?

— Partout, on a vite su qu'il y avait trop de travail, ici, pour que les habitants l'assument seuls. Du labeur au bénéfice du Petit Père Rahl ! Beaucoup d'hommes et de femmes sont venus s'atteler à la tâche. Puis les missionnaires ont parlé de la menace contre le Petit Père qui venait de Terre d'Ouest.

— De Terre d'Ouest ? répéta Richard, incrédule.

— Oui… L'Armée du Peuple est partie, prétendument pour combattre les hordes de Terre d'Ouest et défendre les autres villes loyales à D'Hara. Les habitants ont supplié qu'on ne les laisse pas sans défense. En récompense de leur fidélité et de leur dévotion, un petit détachement est resté.

Richard poussa sa compagne sur la piste et jeta un dernier regard derrière lui.

Le chemin étant assez large pour qu'on y marche de front, Kahlan attendit qu'il l'ait rejointe et reprit :

— Non, ce n'étaient pas les troupes de Rahl… Pendant un moment, m'ont raconté les femmes, tout s'est passé à merveille. Mais il y a une semaine, à l'aube, un régiment de Terre d'Ouest a attaqué, tuant jusqu'au dernier les soldats de D'Hara. Après, ces monstres ont massacré les citadins et mis à sac la ville. En égorgeant des innocents, ils criaient que c'était le sort réservé à tous les partisans de Rahl. Et à ceux qui résistaient à Terre d'Ouest. Un peu avant le crépuscule, ils sont partis au grand galop…

Richard prit son amie par l'épaule et la força à se tourner vers lui.

— C'est faux ! Les militaires de Terre d'Ouest ne feraient pas ça ! C'est impossible ! Tu m'entends ?

— Richard, je n'ai pas prétendu que c'était vrai ! Je te répète ce que ces gens m'ont dit, et ce qu'ils continuent à croire.

Le jeune homme retira la main de l'épaule de Kahlan, car ce contact lui donnait une seconde raison de s'empourprer.

— L'armée de Terre d'Ouest n'aurait pas fait ça, ne put-il s'empêcher de répéter.

Il voulut repartir, mais l'Inquisitrice le retint par le bras.

— Je ne t'ai pas encore tout dit…

Au regard de Kahlan, Richard n'eut aucune envie d'entendre la suite. Mais il lui fit quand même signe de continuer.

— Quelques survivants sont partis le soir même en emportant tout ce qu'ils pouvaient. D'autres s'en sont allés le lendemain, après avoir enterré leurs morts. Ce soir-là, une cinquantaine d'hommes de Terre d'Ouest sont revenus. Il ne restait plus qu'une poignée de citadins… On leur annonça que les ennemis de Terre d'Ouest n'avaient pas droit à une sépulture. Leurs cadavres devaient être jetés en pâture aux animaux, en guise d'avertissement pour ceux qui s'aviseraient de résister. Pour bien se faire comprendre, ils ont raflé les hommes encore présents, même les gamins, et les ont exécutés. (À l'accent que mit Kahlan sur ce dernier mot, Richard jugea inutile de demander des détails.) Le petit garçon et le vieillard ont réussi à se cacher, sinon ils auraient subi le même sort. Les femmes furent forcées à assister à ces horreurs…

— Combien d'entre elles ont survécu ?

— Je n'en sais rien, sûrement très peu… (Elle se retourna et regarda un moment la ville.) Les soldats les ont violées. Sans épargner les fillettes… Celles que tu as vues ont subi les outrages de…

— Des soldats de Terre d'Ouest n'auraient pas fait ça ! coupa Richard.

— Je sais. Mais qui est coupable ? Et pourquoi ?

— Ne pouvons-nous rien pour ces malheureux ? demanda Richard.

— Notre mission n'est pas de protéger quelques personnes, et encore moins des cadavres. Il faut arrêter Darken Rahl, pour sauver des multitudes… Le temps presse et nous devons atteindre au plus vite Tamarang. Pour éviter les problèmes, mieux vaut se tenir à l'écart des grandes routes.

— Tu as raison, admit le Sourcier à contrecœur. Mais je n'aime pas ça…

— Moi non plus ! Richard, je crois qu'ils s'en sortiront. Ces bouchers ne reviendront pas pour une poignée de femmes et d'enfants. Ils doivent poursuivre des proies plus excitantes.

Une drôle de consolation ! Penser que des assassins chassaient des innocents au nom de son pays natal ! Richard était écœuré par tout ça. Et dire que chez lui, avant de se lancer dans cette aventure, son grand problème était que Michael veuille diriger sa vie à sa place…

— Un groupe de soldats si important ne voyagera pas sur des pistes si étroites, dit-il. Mais nous devrions quand même camper dans des pins-compagnons, la nuit. On ne sait jamais qui pourrait nous espionner.

— Bonne idée… Richard, beaucoup de mes compatriotes se sont ralliés à Darken Rahl, et ils ont commis des actes indicibles. Ton jugement sur moi en est-il modifié ?

— Bien sûr que non…

— Je ne te blâmerai pas non plus si les coupables étaient des soldats de Terre d'Ouest. Ces actes que tu vomis ne font pas de toi leur complice, même si tes concitoyens les ont perpétrés. Nous sommes en guerre. Ensemble, nous tentons ce que nos ancêtres, des Inquisitrices et des Sourciers, ont réussi avant nous : renverser un souverain. Pour ça, nous ne pouvons compter que sur nous.

Kahlan dévisagea Richard avec dans le regard la sagesse sans âge qui l'impressionnait tant. Soudain, il s'avisa qu'il serrait très fort la garde de son épée.

— Bientôt, tu seras peut-être seul face à Rahl. Nous faisons tous ce que nous devons faire…

Ce n'était pas Kahlan qui venait de parler, mais la Mère Inquisitrice.

Un long moment, tendus à l'extrême, ils se défièrent du regard. Puis la jeune femme détourna les yeux et se remit en route. Richard resserra les pans de son manteau, l'âme aussi transie que le corps.

— Ce n'étaient pas des hommes de Terre d'Ouest…, marmonna-t-il en marchant.

— Brûle pour moi ! dit Rachel.

Le petit tas de brindilles qu'elle avait entouré de pierres s'embrasa aussitôt, illuminant l'intérieur du pin-compagnon d'une lumière rouge.

La fillette remit le bâton magique dans sa poche et se réchauffa les mains au-dessus des flammes.

— Nous serons en sécurité cette nuit, dit-elle à Sara, qui reposait sur ses genoux.

La poupée ne répondit pas. Depuis leur fuite du château, elle n'avait pas dit un mot. Mais Rachel faisait comme si le jouet continuait à lui répéter qu'il l'aimait. Pour la remercier, elle blottit Sara dans ses bras.

Elle sortit des baies de sa poche et les grignota lentement, se réchauffant les mains entre chaque fruit. Sara avait refusé d'en manger... Quand elle eut fini, Rachel mordilla le morceau de fromage dur comme du bois. Le reste de son butin avait disparu depuis longtemps. À part la miche de pain, bien entendu. Elle ne pouvait pas la manger, puisque la boîte y était cachée.

Giller lui manquait beaucoup. Mais elle devait lui obéir. Continuer à fuir et se trouver chaque soir un nouveau pin-compagnon. Elle ignorait à quelle distance elle était du château. Elle marchait toute la journée, le soleil dans son dos le matin, et devant elle le soir. Un truc que lui avait appris Brophy, qui appelait ça « naviguer au soleil ». Elle ne comprenait pas vraiment ce mot, *naviguer*, mais il devait vouloir dire quelque chose comme « voyager ».

Une branche bougea toute seule, la faisant sursauter. Puis elle vit la grosse main qui la tenait. Ensuite, elle aperçut la lame d'une très longue épée. Les yeux écarquillés, elle se pétrifia.

Un homme passa la tête dans le refuge.

— Qu'avons-nous là ? demanda-t-il en souriant.

Rachel entendit un gémissement et s'aperçut qu'il sortait de sa propre gorge. Mais elle était toujours paralysée... Une tête de femme apparut derrière celle de l'homme.

Rachel serra plus fort sa poupée.

— Rengaine ton épée ! dit la femme en passant devant son compagnon. Tu vois bien que ça lui fait peur !

Rachel tira vers elle la miche de pain à demi déballée. Elle aurait voulu s'enfuir, mais ses jambes refusaient de lui obéir. La femme avança et s'agenouilla devant elle. Dans son dos, l'homme l'imita.

La fillette dévisagea l'intruse à la lueur des flammes et remarqua soudain ses cheveux longs. Un autre gémissement s'échappa de sa gorge. Ses jambes réagirent enfin – un tout petit peu –, la propulsant contre le tronc de l'arbre. Heureusement, elle n'avait pas lâché la miche...

Les dames aux cheveux longs n'annonçaient jamais rien de bon. Rachel mordit le pied de Sara et gémit de nouveau. Serrant la poupée de toutes ses forces, elle s'arracha à l'attraction du regard de la dame et jeta des coups d'œil autour d'elle pour trouver un moyen de fuir.

— Tu n'as rien à craindre de moi, dit la femme.

Sa voix était douce, mais Violette lui parlait souvent comme ça juste avant de la gifler. Elle posa une main sur le bras de Rachel, qui recula en criant.

— S'il vous plaît, implora-t-elle, ne jetez pas Sara dans le feu.

— Qui est Sara ? demanda l'homme.

Sa compagne se retourna et lui fit signe de se taire. Puis elle regarda de nouveau Rachel, ses longs cheveux cascadant sur ses épaules. La fillette riva son regard sur cette inquiétante crinière.

— Je ne ferai pas de mal non plus à Sara, assura la femme, la voix toujours aussi douce.

Quand une dame aux cheveux longs utilisait ce ton, elle mentait. Rachel le savait. Pourtant, celle-là avait l'air vraiment gentille...

— Vous ne pourriez pas nous laisser seules ? souffla Rachel.

— Nous ? (La dame regarda autour d'elle, puis ses yeux se posèrent sur la poupée.) Je vois... C'est donc Sara ? (Rachel hocha la tête et mordit plus fort le pied de son jouet. Quand on ne répondait pas à une dame aux cheveux longs, les gifles ne tardaient pas à tomber.) Une très jolie poupée...

La femme sourit. Rachel aurait préféré qu'elle s'en abstienne. Un autre signe que les choses allaient mal tourner !

— Je m'appelle Richard, dit l'homme en avançant la tête. Et toi, tu t'appelles comment ?

— Rachel, répondit l'enfant, un peu rassurée.

— Rachel ! Un très joli nom ! Mais je dois t'avouer, ma petite, que tu as les cheveux les plus affreux que j'aie jamais vus !

— Richard ! cria la femme. Comment oses-tu dire une chose pareille ?

— Parce que c'est vrai... Qui te les a massacrés comme ça, une vieille sorcière au nez crochu ?

Rachel eut un gloussement nerveux.

— Richard, arrête ! Tu lui fais peur !

— Mais non ! Rachel, j'ai des ciseaux dans mon sac, et je suis assez doué pour la coiffure. Tu voudrais que je t'arrange ? Une coupe régulière serait mieux. Si tu restes comme ça, tu risques d'effrayer même les dragons.

Rachel gloussa de nouveau, mais plus joyeusement.

— Oh, oui, j'aimerais ça ! Si mes cheveux étaient bien, ça me ferait plaisir.

— Viens sur mes genoux, et tu vas voir le résultat !

Rachel se leva, contourna la femme sans la regarder et approcha de l'homme. Il la prit par la taille, l'assit sur ses genoux et lui passa une main dans les cheveux.

— Voyons un peu l'étendue du désastre !

Rachel garda un œil sur la femme, au cas où elle voudrait la gifler. Richard leva les yeux et désigna sa compagne du bout de ses ciseaux.

— Elle s'appelle Kahlan. Moi aussi, j'ai eu peur, la première fois. Elle est affreusement laide, pas vrai ?

— Richard ! Où as-tu appris à parler comme ça aux enfants ?

— Auprès d'un certain garde-frontière, je suppose...

Rachel ne put s'empêcher de sourire.

— Non, elle n'est pas laide, dit-elle. Je crois que c'est la plus jolie dame que j'aie vue…

C'était vrai. Mais les cheveux de Kahlan la terrorisaient quand même.

— Merci du compliment, Rachel… Tu es très jolie aussi. Tu as faim ?

Rachel n'avait pas le droit de dire à un seigneur ou à une dame qu'elle avait envie de manger. Selon Violette, c'était malpoli, et elle l'avait punie, un jour, pour avoir osé le faire. Richard souriait, l'encourageant, mais elle n'osait toujours pas avouer à Kahlan qu'elle était affamée.

— Je suis sûre que oui, dit la femme en lui tapotant le bras. On a pêché des poissons. Si tu nous permets de le cuire sur ton feu, tu auras ta part.

Rachel interrogea Richard du regard.

— J'ai peur que nous n'ayons eu les yeux plus gros que le ventre, fit-il. Si tu ne nous aides pas, on devra en jeter…

— Alors, c'est d'accord. Pour ne pas gaspiller, je veux bien vous aider…

— Où sont tes parents ? demanda Kahlan en se débarrassant de son sac.

— Ils sont morts, répondit Rachel, trop à court d'idées pour ne pas dire la vérité.

Richard s'arrêta de lui couper les cheveux, puis recommença. Kahlan sembla attristée, mais Rachel ignorait si c'était sincère.

— Désolée, ma chérie…

La fillette n'était pas si chagrinée que ça. Elle ne se rappelait pas ses parents, seulement l'endroit où elle vivait avec d'autres enfants.

Richard continua à la coiffer pendant que son amie sortait une poêle de son sac pour faire frire les poissons. L'homme avait raison, la pêche était bonne ! Comme les cuisiniers du château, Kahlan les saupoudra d'épices pendant qu'ils cuisaient. Ça sentait si bon que son estomac gargouilla. De petits cheveux volaient tout autour d'elle. La princesse aurait été furieuse de savoir que quelqu'un la rendait belle. Richard coupa une des mèches les plus longues, l'attacha avec un petit morceau de liane, et la lui mit dans la main.

Elle regarda ce « cadeau », perplexe.

— En principe, tu es censée la garder. Un jour, si tu aimes bien un garçon, tu lui donneras cette mèche de tes cheveux, et il la mettra dans la poche de sa chemise, près de son cœur. (Il lui fit un clin d'œil.) Pour penser à toi.

Rachel eut un petit rire.

— Tu es l'homme le plus bizarre que j'aie vu, dit-elle.

Richard sourit et Kahlan aussi.

— Tu es un seigneur ? demanda l'enfant en fourrant la mèche dans sa poche.

— Désolé, mais je ne suis qu'un humble guide forestier.

Rachel crut le voir se rembrunir. Elle, ça lui faisait plaisir de savoir qu'il n'était pas un seigneur !

Richard fouilla dans son sac, en sortit un petit miroir, et le lui tendit.

— Dis-moi ce que tu en penses…

Elle essaya de se voir dans le miroir, mais il était si minuscule qu'il lui fallut un moment pour réussir. Quand elle réussit, elle en eut les larmes aux yeux.

— Merci, Richard, merci ! cria-t-elle en se jetant au cou de son bienfaiteur. Mes cheveux n'ont jamais été si jolis.

Il lui rendit son étreinte, et elle trouva ça aussi agréable que quand Giller la serrait dans ses bras. Une de ses grandes mains, si chaudes, lui tapotait le dos. Ils restèrent ainsi longtemps – ça ne lui était jamais arrivé ! – et elle aurait voulu que ça ne s'arrête pas. Hélas, il la repoussa gentiment.

— Tu es un être comme on en rencontre rarement, Richard Cypher, dit Kahlan.

Puis elle piqua un gros filet de poisson sur un bâton, le tendit à Rachel et lui conseilla de souffler dessus pour ne pas se brûler les lèvres. L'enfant obéit, mais elle avait trop faim pour attendre longtemps. Le meilleur poisson qu'elle ait jamais mangé ! Aussi bon que la tranche de viande du cuisinier, au château…

— Tu en veux encore ? demanda Kahlan. (Rachel hocha la tête.) On peut avoir une tranche de ton pain pour l'accompagner ?

Voyant la femme sortir un couteau, la fillette se jeta sur la miche et la blottit contre sa poitrine.

— Non ! cria-t-elle en reculant sur les fesses, le plus loin possible de la femme.

Richard s'arrêta de manger et Kahlan plissa le front. Rachel glissa une main dans sa poche et la referma sur le bâton magique.

— Rachel, qu'est-ce qui te prend ?

Giller lui avait dit de ne se fier à personne. Il fallait trouver une idée. Qu'aurait-il inventé à sa place ?

— C'est pour ma grand-mère !

— Dans ce cas, dit Richard, nous n'y toucherons pas. Promis ! N'est-ce pas, Kahlan ?

— Bien sûr… Désolée, Rachel, nous ne savions pas. Je jure aussi. C'est oublié ?

Rachel sortit la main de sa poche et fit oui de la tête.

— Ma chérie, demanda Richard, où est ta grand-mère ?

Rachel se pétrifia. Elle n'avait jamais eu de grand-mère. Paniquée, elle essaya de penser à un nom de ville entendu de la bouche d'un des conseillers de la reine. Elle cita le premier qui lui passa par la tête.

— À Chante-Scie…

Elle comprit aussitôt qu'elle venait de commettre une erreur. Richard et Kahlan eurent l'air troublé, et ils se regardèrent en silence. Ignorant ce qu'il allait se passer, Rachel se demanda si elle pourrait fuir par un côté du pin-compagnon.

— Rachel, nous ne toucherons pas au pain de ta grand-mère, répéta Richard. C'est promis.

— Prends un autre morceau de poisson, ajouta Kahlan. Tu peux poser ta miche, elle ne risque plus rien.

Rachel ne bougea pas. Elle aurait voulu fuir, mais ils couraient plus vite qu'elle, et ils n'auraient aucun mal à la rattraper. Si elle ne faisait pas ce qu'avait dit Giller – se cacher jusqu'au début de l'hiver – tant de malheureux auraient la tête coupée...

Richard ramassa Sara et la cala sur ses genoux.

— Ta poupée va tout manger, dit-il en faisant semblant de nourrir le jouet. Si tu as encore faim, tu devrais venir. Allez, assieds-toi sur mes genoux et régale-toi !

Rachel dévisagea les deux adultes pour savoir s'ils lui disaient la vérité. Les femmes aux cheveux longs n'avaient aucun mal à mentir. Richard, lui, semblait sincère. Elle se leva et courut vers lui.

Quand elle fut assise, il lui posa Sara sur les genoux.

Rachel se blottit contre lui pendant qu'ils mangeaient. Elle évita de regarder Kahlan. Parfois, les dames aux cheveux longs trouvaient ça impoli. Enfin, d'après la princesse... Et elle n'avait pas envie de prendre une gifle. Ni d'être obligée de s'en aller des genoux de Richard. Il faisait chaud près de lui, et elle était en sécurité.

— Rachel, dit-il, je suis désolé, mais nous ne pouvons pas te laisser aller à Chante-Scie. Il ne reste personne, là-bas, et ce serait dangereux.

— D'accord... J'irai ailleurs.

— Le danger est partout, intervint Kahlan. Nous t'emmènerons avec nous, comme ça, tu n'auras rien à craindre.

— Où ?

— Nous allons à Tamarang, voir la reine. (Rachel s'arrêta de mâcher, le souffle coupé.) Tu viendras avec nous. Milena trouvera quelqu'un pour s'occuper de toi, si je le lui demande...

— Kahlan, tu es sûre ? souffla Richard. Et le sorcier ?

— On s'occupera d'elle avant que j'écorche vif Giller, murmura la jeune femme.

Rachel se força à avaler pour pouvoir respirer. Elle le savait ! On ne pouvait pas se fier aux femmes aux cheveux longs. Elle en aurait pleuré, car elle commençait à bien aimer Kahlan. Et Richard était si gentil. Que faisait-il avec quelqu'un d'assez méchant pour vouloir blesser Giller ? Peut-être était-il agréable avec elle pour se protéger, comme elle avec la princesse. Oui, il devait avoir peur qu'elle le frappe. Pauvre Richard ! Mais ne pouvait-il pas s'enfuir, comme elle l'avait fait ? Si elle lui parlait de la boîte, il voudrait peut-être partir avec elle, loin de Kahlan.

Non. Giller lui avait recommandé de ne faire confiance à personne. S'il avait trop peur de Kahlan, il lui dirait tout. Il fallait être courageuse pour Giller. Et pour tous ces innocents. Elle devait fuir. Seule.

— On décidera demain matin, dit Kahlan. Il faut dormir, comme ça, on partira dès le lever du soleil.

Richard serra Rachel dans ses bras et acquiesça.

— Je prends le premier tour de garde. Repose-toi un peu.

Il souleva Rachel et la tendit à Kahlan. La fillette se mordit la langue pour ne pas crier. Quand la dame aux cheveux longs la blottit contre elle, elle baissa les yeux sur son couteau. Même Violette n'en avait pas ! En gémissant, elle tendit les bras à Richard, qui sourit et lui donna sa poupée. Ce n'était pas ce qu'elle voulait, mais elle prit quand même Sara et lui mordit le pied pour ne pas pleurer.

Richard lui caressa les cheveux.

— À demain matin, petit cœur.

Il sortit, la laissant seule avec Kahlan. Elle ferma les yeux aussi fort que possible, pour être courageuse et ne pas verser de larmes. Mais ça ne marcha pas.

Quand Kahlan la serra plus fort, elle se mit à trembler. Tandis qu'elle la berçait et lui caressait les cheveux, Rachel aperçut une brèche entre les branches du pin-compagnon, juste en face d'elle.

La poitrine de Kahlan se soulevait et s'abaissait très vite. Surprise, Rachel comprit qu'elle pleurait aussi, la tête posée sur la sienne.

S'était-elle trompée ? Mais non ! Un jour, Violette lui avait dit que punir faisait parfois plus mal que d'être puni. Que préparait Kahlan, pour pleurer autant ? Elle n'avait jamais vu la princesse verser des larmes quand elle s'apprêtait à la châtier.

Rachel éclata en sanglots.

Kahlan écarta la main qu'elle avait portée à sa bouche et essuya ses larmes. Les jambes en coton, l'enfant comprit qu'elle ne pourrait pas fuir maintenant.

— Tu as froid ? murmura Kahlan d'une voix tremblante, comme si elle pleurait toujours.

Rachel ne dit rien, de peur de recevoir une gifle. Elle hocha la tête, prête à tout subir. Mais Kahlan prit une couverture dans son sac et les en enveloppa toutes les deux.

Ainsi, pensa la fillette, elle aurait plus de mal à lui échapper…

— Reste près de moi, et je te raconterai une histoire. Comme ça, on se tiendra chaud. D'accord ?

Rachel se coucha sur le côté, le dos contre Kahlan, qui se serra contre elle et l'enlaça. C'était agréable, même s'il s'agissait d'une ruse… La bouche près de son oreille, la dame aux cheveux longs lui raconta l'histoire d'un pêcheur qui se transformait en poisson. Les mots firent naître des images dans sa tête. Un moment, elle en oublia ses angoisses. Kahlan et elle rirent même un peu ensemble.

Quand l'histoire fut terminée, elle lui posa un baiser sur la tête et lui caressa les tempes.

Rachel joua à croire que la dame n'était pas vraiment méchante. Faire semblant ne pouvait pas être dangereux. Rien ne lui avait jamais paru aussi doux que les doigts qui la caressaient et la chanson que lui fredonnait Kahlan. Ce devait être un peu comme ça, avoir une mère…

Sans le vouloir, elle s'endormit et fit des rêves merveilleux.

Elle se réveilla au milieu de la nuit, quand Richard vint secouer Kahlan. Mais elle garda les yeux fermés et ne bougea pas.

— Tu veux continuer à dormir avec la petite ? souffla-t-il.

Rachel retint son souffle.

— Non. Je vais monter la garde…

La fillette l'entendit mettre son manteau et sortir. Elle écouta pour savoir dans quelle direction elle s'éloignait…

Après avoir remis du bois dans le feu, Richard s'allongea près d'elle. À la lumière des flammes, elle devina qu'il la regardait, car elle sentait son regard poser sur elle. Elle aurait tant voulu pouvoir lui dire que Kahlan était méchante, puis lui demander de fuir avec elle. Il était si gentil, et se blottir dans ses bras lui semblait la chose la plus merveilleuse du monde. Quand il remonta la couverture sur elle, la coinçant sous son menton, elle ne put s'empêcher de pleurer.

Elle l'entendit se tourner sur le dos et tirer sa propre couverture. Quand sa respiration devint régulière, la preuve qu'il dormait, elle se leva…

Chapitre 36

Kahlan leva la tête quand Richard écarta une branche pour se glisser dans le pin-compagnon. Se laissant tomber près du feu, il saisit son sac et commença à fourrer ses affaires dedans.

— Alors ? demanda l'Inquisitrice.

— J'ai trouvé ses traces... Elle se dirige vers l'Ouest, là d'où nous venons. Ses empreintes rejoignent la piste à quelques centaines de pas d'ici. Elles datent de plusieurs heures... (L'air furieux, il désigna le fond du refuge.) Elle est passée par là. Pour te contourner, elle a fait un détour dans les bois. J'ai traqué des types déterminés à ne pas être suivis, et c'était beaucoup plus facile que ça ! Elle a marché sur des pierres et des racines, et avec son poids, elle ne laisse pas beaucoup d'empreintes. Tu as vu ses bras ?

— Oui. Ils étaient couverts de bleus. Sans doute des marques de cravache.

— Je parlais d'égratignures...

— Elle n'en avait pas.

— Exact. Sa robe était déchirée... Elle a traversé des broussailles, mais elle ne s'est pas blessé les bras. Comme elle a une peau de bébé, elle évite de se frotter aux buissons. Un adulte ne prendrait pas ces précautions, et sèmerait derrière lui des branches cassées ou dérangées. Rachel ne touche presque rien. Tu devrais voir le fouillis de branchages que j'ai laissé derrière moi en essayant de la suivre. Un aveugle se repérerait sans peine ! Elle, c'est un vrai courant d'air ! J'ai même eu du mal à déterminer où elle est revenue sur la piste. Comme elle a les pieds nus, elle ne marche pas dans les flaques de boue – logique, puisqu'elles sont glaciales ! Et sur les endroits secs, on ne repère presque rien !

— J'aurais dû la voir partir...

Richard comprit que Kahlan se sentait coupable. Mais il ne la réprimanda pas.

— Ce n'est pas ta faute, lâcha-t-il, un peu exaspéré. À ta place, je ne l'aurais pas remarquée non plus. Elle voulait passer inaperçue, et c'est une gamine rudement intelligente.

Cette déclaration ne parut pas réconforter Kahlan.

— Mais tu pourras la suivre, n'est-ce pas ?

— Oui. (Il porta une main à sa poche de chemise.) J'ai trouvé ça… (Il sortit la mèche de Rachel.) Près de mon cœur, pour que je pense à elle.

— C'est ma faute, dit Kahlan, le teint cendreux.

Elle se leva et sortit du pin-compagnon, évitant la main de Richard quand il voulut la retenir par le bras.

Le jeune homme prit son paquetage et la suivit. Les bras croisés, Kahlan sondait intensément la forêt.

— Ce n'est pas ta faute, répéta Richard.

— Si ! Tu as vu son angoisse quand elle a découvert mes cheveux ? J'ai vécu ça des milliers de fois. Sais-tu ce que c'est, d'effrayer tout le monde, même les enfants ? (Richard ne répondit pas.) S'il te plaît, coupe-moi les cheveux !

— Pardon ?

Elle se tourna vers lui, implorante.

— Coupe-moi les cheveux !

— Pourquoi ne l'as-tu pas fait toi-même ? demanda Richard, voyant à quel point elle était bouleversée.

— C'est impossible, répondit-elle en se détournant. La magie ne le permet pas aux Inquisitrices. Si on essaie, la douleur est telle qu'on n'insiste pas.

— Mais comment… ?

— Tu te souviens de ce que t'a infligé l'épée, quand tu as tué cet homme ? C'est la même chose… Avant d'avoir fini, je perdrais conscience. Je le sais, parce que j'ai tenté l'expérience, comme toutes mes sœurs. Une fois, pas plus ! Quand ils sont vraiment trop longs, nous demandons à quelqu'un d'intervenir. Mais personne n'oserait nous tondre ! (Elle se tourna de nouveau vers lui.) Le ferais-tu pour moi ?

Richard leva les yeux au ciel pour éviter le regard de Kahlan. Ne sachant plus trop ce qu'il éprouvait lui-même, il se demanda ce qu'elle ressentait. Il ignorait tant de choses à son sujet. Son existence et son monde étaient une énigme pour lui. Au début, il avait désiré tout connaître. À présent, il savait que c'était impossible. Dans le gouffre qui les séparait, ce n'était pas une rivière qui coulait, mais une magie conçue spécifiquement pour les tenir loin l'un de l'autre.

— Non, dit-il enfin en plongeant son regard dans celui de l'Inquisitrice.

— Puis-je savoir pourquoi ?

— Parce que je te respecte pour ce que tu es. La Kahlan que je connais refuserait de tromper les gens en se faisant passer pour quelqu'un d'autre. Même si certains tombaient dans le panneau, ça ne changerait rien. Tu es la Mère Inquisitrice. Et nul ne peut être autre chose que ce qu'il est. (Il sourit.) Une femme très intelligente – une amie à moi –, me l'a dit jadis.

— Tout homme sauterait sur l'occasion : couper les cheveux d'une Inquisitrice !

— Pas celui qui se tient en face de toi. Car c'est ton ami…

Kahlan hocha lentement la tête.

— Rachel doit avoir froid. Elle n'a même pas emporté une couverture.

—Elle n'a pas pris de nourriture non plus. À part la miche de pain qu'elle n'a pas touchée alors qu'elle mourait de faim.

—Elle s'est goinfrée, dit Kahlan avec un pauvre sourire. Au moins, elle a le ventre plein. Mais quand elle arrivera à Chante-Scie…

—Elle n'y ira pas.

—Si, pour retrouver sa grand-mère…

—Rachel n'a pas de grand-mère ! Quand je lui ai dit que Chante-Scie était un endroit à éviter, elle a simplement répondu qu'elle irait ailleurs. Sans trahir d'inquiétude ! Elle n'a pas reparlé de sa grand-mère ni élevé une objection. À mon avis, elle fuit quelque chose…

—La personne qui lui a fait ces bleus sur les bras ?

—Et dans le dos. Dès que mes mains la touchaient, elle tressaillait, mais elle ne s'est jamais plainte. Elle avait trop besoin d'être blottie. (Kahlan baissa tristement les yeux.) D'après moi, elle fuit celui ou celle qui lui a massacré les cheveux.

—Tu crois ?

—Oui. C'était fait pour la marquer, comme un propriétaire avec son troupeau. On n'inflige pas une coupe pareille à quelqu'un sans vouloir délivrer un message. Surtout dans les Contrées du Milieu, où les cheveux sont si importants. C'était un signe de domination ! C'est pour ça que je suis intervenu. Afin d'effacer la marque.

—Ça explique pourquoi elle était si contente…, souffla Kahlan.

—Mais il n'y a pas que cette raison à sa fuite. Elle ment plus facilement qu'un arracheur de dents. Comme quelqu'un qui a besoin de ça pour survivre…

—Et pour quelle raison ?

—Ça, je n'en sais rien… Mais c'est lié à la miche de pain.

—Tu es sûr ?

—Elle n'a pas de chaussures ou de manteau. Rien du tout, à part sa poupée. Sara est son bien le plus précieux, et elle ne nous a pas interdit de la toucher. En revanche, impossible d'approcher de la miche ! Je ne sais pas grand-chose de la magie dans les Contrées du Milieu, mais chez moi, une petite fille n'accorderait pas plus de valeur à du pain qu'à sa poupée. Je doute que ce soit très différent ici. Tu as vu son regard quand tu voulais prendre la miche ? Si elle avait eu un couteau, et que tu avais insisté, elle t'aurait égorgée !

—Richard, une fillette ne ferait jamais ça. Surtout pour une miche de pain !

—Vraiment ? Tu as dit toi-même qu'elle s'est goinfrée. À la fin, j'ai pensé que c'était une parente de Zedd ! Alors qu'elle mourait de faim, peux-tu m'expliquer pourquoi elle n'a pas entamé la miche ? Il y a un mystère, et le pain en est le centre.

Kahlan fit un pas vers son compagnon.

—Alors, nous la suivons ?

Richard sentit le croc peser contre sa peau. Il prit une grande inspiration et la relâcha lentement.

— Non. Comme dit Zedd, rien n'est jamais facile. Tu voudrais courir après une gamine pour résoudre l'énigme de sa miche de pain alors que Rahl est la recherche de la boîte ?

Kahlan prit une main du Sourcier entre les siennes.

— Darken Rahl nous dicte notre conduite et je déteste ça ! Rachel s'est fait si vite une place dans nos cœurs…

Richard passa un bras autour des épaules de l'Inquisitrice.

— C'est vrai… Une petite fille très spéciale… J'espère qu'il ne lui arrivera rien, et qu'elle trouvera ce qu'elle cherche. (Il lâcha son amie.) Et maintenant, en route !

Refusant de se livrer à une introspection pénible – après tout, ils abandonnaient une enfant sans défense dans un monde plus dangereux que jamais – les deux jeunes gens se concentrèrent sur le chemin. Vite épuisés par la traversée d'un terrain très accidenté, ils ne s'aperçurent pas qu'il faisait de plus en plus froid.

Richard souriait chaque fois qu'une toile d'araignée se dressait sur leur chemin. Ces derniers temps, il avait tendance à considérer les arachnides comme ses anges gardiens. À l'époque où il n'était qu'un guide, elles le gênaient plus qu'autre chose. *Merci, petite sœur araignée*, pensait-il chaque fois qu'il voyait une toile.

Vers midi, ils firent une pause près d'un ruisseau glacé entouré de rochers chauffés par le soleil. Richard s'aspergea le visage d'eau pour se redonner un peu d'énergie. La fatigue ne le quittait pas…

Après avoir expédié un repas froid, ils s'essuyèrent les mains sur leurs pantalons et repartirent.

Bien qu'il s'efforçât à ne pas penser à Rachel, la fillette ne quittait pas son esprit. Parfois, Kahlan tournait la tête de gauche à droite, le front plissé, sondant la forêt. Inquiet, il lui demanda à une occasion si elle redoutait qu'il n'ait pas pris la bonne décision. Comprenant immédiatement de quoi il parlait, elle répondit par une question : combien de temps leur aurait-il fallu pour rattraper l'enfant ? Au moins deux jours, répliqua-t-il. Un pour la retrouver, et un autre pour revenir sur leurs pas. Un luxe qu'ils ne pouvaient pas s'offrir, trancha Kahlan, ce qui le rassura un peu.

En fin d'après-midi, le soleil sombra derrière un pic lointain des Rang'Shada. Dans une lumière diffuse, le vent tomba et un grand silence se fit autour d'eux. Préoccupé par ce qui les attendait à Tamarang, Richard parvint pour un temps à chasser Rachel de ses pensées.

— Kahlan, lança-t-il soudain, Zedd nous a dit à tous les deux de rester loin de Darken Rahl, parce que nous sommes sans défense contre lui !

— Exact…

— Selon Shota, la boîte ne sera plus longtemps entre les mains de la reine.

— Elle voulait peut-être dire que nous la récupérerions vite…

— Non. C'était un avertissement, pour nous inciter à agir rapidement. Et si Darken Rahl était déjà là-bas ?

Kahlan ralentit pour se laisser rattraper.

— Et alors ? Nous n'avons pas d'autre solution… Moi, je vais à Tamarang ! Si tu veux m'attendre ici…

— Mais non ! Je voulais juste dire que nous risquons de nous jeter dans la gueule du loup…

— J'y pense depuis pas mal de temps…

Richard marcha en silence un court moment.

— Puis-je connaître tes conclusions ? Que ferons-nous si Rahl est déjà sur place ?

— Dans ce cas, il est très vraisemblable que nous mourrons !

Richard ralentit. Sans l'attendre, Kahlan continua son chemin. Alors que la pénombre tombait sur la forêt, les rares nuages se colorèrent de rouge. La piste longeait à présent le fleuve Callisidrin, parfois assez près pour qu'ils aperçoivent ses eaux saumâtres. Et même quand ils ne les voyaient pas, ils continuaient à les entendre dévaler les collines. Richard n'avait pas encore repéré de pin-compagnon. Sondant les cimes des arbres, il n'en vit pas dans le lointain. Quand le soir tomba, il abandonna tout espoir d'en trouver un et se mit en quête d'un autre refuge. À une bonne distance de la piste, il repéra une faille assez large au pied d'une paroi rocheuse. Protégée par des arbres, elle ferait un camp assez sûr, même s'il était à ciel ouvert.

La lune était déjà haute quand Kahlan mit un ragoût à cuire sur un petit feu. Coup de chance inespéré, Richard prit deux lapins au collet plus tôt qu'il l'espérait et les ajouta à leur ordinaire.

— On en aurait assez pour nourrir Zedd ! s'extasia Kahlan.

Comme s'il répondait à une invocation, le vieux sorcier, sa crinière blanche en désordre, avança dans le cercle de lumière, s'arrêta devant le feu et mit les poings sur ses hanches. Richard remarqua que sa tunique était en piteux état.

— Je meurs de faim ! s'écria-t-il. Si on mangeait un morceau ?

Kahlan et Richard se levèrent d'un bond, les yeux ronds comme des billes. Le vieil homme écarquilla les siens quand le Sourcier dégaina son épée, bondit en avant et lui plaqua la pointe sur le sternum.

— Que se passe-t-il, bon sang ?

— En arrière ! rugit Richard.

L'épée entre eux, ils reculèrent jusqu'aux arbres. Le Sourcier sonda les alentours du regard…

— Puis-je savoir quelle mouche t'a piqué, mon garçon ?

— Ces derniers jours, tu m'as envoyé chercher, puis je t'ai vu, et ce n'était jamais toi ! Seul un crétin se laisse prendre trois fois au même truc ! (Richard repéra enfin ce qu'il cherchait.) Et je ne suis pas un idiot ! Par là ! (Il fit un signe du menton.) Passe entre ces deux arbres.

— Pas question ! Vas-tu enfin rengainer ta fichue épée !

— Si tu ne m'obéis pas, tes tripes lui serviront de fourreau ! grogna le Sourcier.

Le vieil homme plissa le front, releva sa tunique et avança en marmonnant tandis que Richard lui chatouillait le dos du bout de sa lame. Après un bref regard en arrière, « Zedd » passa enfin entre les deux pins. Quand la toile d'araignée se déchira, le Sourcier sourit de toutes ses dents.

— Zedd ! C'est vraiment toi !

— Vrai, comme verrue de verrat, mon garçon !

Richard rengaina son arme et donna l'accolade au vieil homme, manquant lui briser les côtes tant il le serra fort.

— Zedd, je suis si content de te voir !

Le sorcier battit des bras, avide de respirer. Richard relâcha sa prise, le regarda dans les yeux et le serra de nouveau avec un enthousiasme juvénile.

— Si tu étais encore plus content de me voir, marmonna le sorcier, j'ai bien peur que ma dernière heure sonnerait…

Une main sur l'épaule de Zedd, Richard le reconduisit près du feu.

— Désolé, mais je devais savoir… Je n'arrivais pas à croire que c'était toi, en chair et en os ! Ça me fait tellement plaisir. Et nous avons tant de choses à nous raconter.

— Oui, oui… On pourrait se remplir l'estomac, à présent ?

Kahlan approcha et serra aussi le sorcier dans ses bras.

— Nous étions si inquiets pour vous !

Un œil sur le ragoût, Zedd rendit son étreinte à la jeune femme.

— Merci, merci… Mais on parlera beaucoup mieux après dîner !

— Ce n'est pas cuit, hélas, dit Kahlan.

— Pas cuit ? Tu es sûre, mon enfant ? Il faudrait peut-être goûter…

— Inutile. Nous venons juste de le mettre au feu…

— Pas cuit…, marmonna Zedd. (Se soutenant le coude droit avec la main gauche, il se massa le menton.) Bien, on va arranger ça. Reculez, tous les deux.

Il remonta ses manches. Foudroyant le feu du regard comme s'il s'agissait d'un enfant désobéissant, il tendit ses bras squelettiques, les doigts en avant. Une lumière bleue dansa autour de ses mains, accumulant de l'énergie. Puis elle vola en sifflant vers la casserole, la percuta et la fit vibrer. L'énergie bleue enveloppa le récipient. À l'intérieur, le ragoût bouillonna au point de déborder un peu. Alors, Zedd baissa les bras et le feu bleu disparut.

— À table, les enfants ! C'est cuit.

Kahlan goûta le ragoût avec une cuiller en bois.

— Il a raison… C'est parfait.

— Richard, ne reste pas planté là. Sors des assiettes !

Le jeune homme secoua la tête et obéit. Kahlan servit une portion gargantuesque à Zedd et disposa des biscuits secs sur le bord de son assiette. Sans s'asseoir, le sorcier dévora le ragoût en quelques secondes. Il en redemanda avant même que Kahlan ait pu remplir l'assiette de Richard et la sienne.

Un peu moins vorace, le vieil homme prit le temps de s'asseoir avant de se remettre à manger. Ses deux jeunes compagnons s'installèrent en face de lui, sur une pierre plate.

Richard attendit que son ami ait englouti la moitié de son deuxième service avant de demander :

— Alors, comment ça s'est passé avec Adie ? Elle s'est bien occupée de toi ?

Zedd releva les yeux. Même à la lueur des flammes, Richard aurait juré qu'il s'était empourpré.

— Adie ? Eh bien… (Il regarda Kahlan, ouvertement perplexe.) Nous nous sommes entendus… à merveille. Mon garçon, de quel droit me poses-tu ce genre de question ?

Richard et Kahlan échangèrent un bref coup d'œil.

— Il n'y avait rien de sous-entendu…, mentit le jeune homme. Mais je n'ai pas pu m'empêcher de remarquer la beauté d'Adie. Et toutes ses autres qualités… J'aurais parié que tu la trouverais… hum… fascinante.

Zedd s'intéressa de nouveau à son ragoût.

— Une superbe femme, oui… (De la pointe de sa fourchette, il désigna quelque chose dans son assiette.) Qu'est-ce que c'est ? J'en ai mangé trois morceaux, et je n'arrive pas à le déterminer…

— De la racine de tava, répondit Kahlan. Vous n'aimez pas ?

— Ai-je dit que ça me déplaisait ? Mais j'adore savoir ce que j'avale… (Il releva les yeux.) Adie m'a raconté qu'elle t'a donné une pierre de nuit. C'est grâce à ça que je t'ai retrouvé. (Il brandit agressivement sa fourchette.) J'espère que tu as été prudent avec ce foutu truc. Ne l'utilise qu'en cas d'urgence, compris ? Les pierres de nuit sont très dangereuses. Adie aurait dû te prévenir… D'ailleurs, je ne lui ai pas laissé dire ! (Il piqua un morceau de racine de tava sur sa fourchette.) Il vaudrait mieux nous en débarrasser.

— Nous le savons…, soupira Richard.

L'esprit en ébullition, il ignorait par quelle question commencer. Comme souvent, Zedd prit les devants.

— Vous m'avez écouté, au moins ? Vous êtes-vous tenus loin des ennuis ? Au fait, qu'avez-vous fichu ?

— Pour tout te dire, fit Richard, nous avons passé pas mal de temps chez le Peuple d'Adobe.

— Vraiment ? (Zedd prit le temps d'assimiler l'information.) Très bien, dit-il enfin, avec ces gens, vous ne risquiez pas grand-chose. Kahlan, tu pourrais me resservir du ragoût ? Et des biscuits ? Merci ! Où en étions-nous ? Ah oui, le Peuple d'Adobe… C'était bien ? (Les deux jeunes gens ne mouftèrent pas.) Ne me dites pas que vous vous êtes fourrés dans le pétrin avec ces braves types !

Richard regarda Kahlan, qui trempait un morceau de biscuit dans sa sauce.

— J'ai tué un des Anciens…, avoua-t-elle.

Zedd en lâcha sa fourchette… et la rattrapa au vol.

— Quoi ?

— De la légitime défense, intervint Richard. Kahlan, il essayait d'avoir ta peau !

— Quoi ? Fichtre et foutre ! Un Ancien n'oserait jamais s'en prendre à une…

Il se tut avec un regard gêné pour Richard.

— Une Inquisitrice…, acheva le Sourcier, soudain morose.

— Ainsi, mon enfant, tu as fini par lui parler…

Les deux jeunes gens gardèrent les yeux rivés sur leurs chaussures.

— Il y a quelques jours…, souffla Kahlan.

— Quelques jours, oui…, grogna Zedd. (Il recommença à manger en leur jetant des regards soupçonneux.) Pourquoi un Ancien a-t-il attenté aux jours d'une Inquisitrice ?

— Eh bien…, dit Richard, au moment où nous avons découvert les… hum… inconvénients… de la pierre de nuit. Juste avant qu'ils acceptent de faire de nous des membres du Peuple d'Adobe.

— Ils vous ont adoptés ? Pourquoi ? (Zedd écarquilla les yeux.) Mon garçon, tu as pris une épouse ?

— Euh… non… (Richard tira la lanière de cuir de sous sa chemise et montra au sorcier le sifflet de l'Homme Oiseau.) À la place, ils m'ont donné ça…

Zedd jeta un coup d'œil au petit instrument.

— Pourquoi ont-ils accepté que tu ne… D'abord, pour quelle raison tordue vous ont-ils adoptés ?

— Parce que nous l'avons demandé. C'était la seule solution pour qu'ils convoquent un conseil des devins.

— Allons bon ! Ils ont fait ça pour vous ?

— Oui. Juste avant l'arrivée de Darken Rahl.

— Quoi ? s'écria Zedd en se levant d'un bond. Darken Rahl ! Je vous avais dit de ne pas approcher de lui !

— On ne l'a pas vraiment invité, précisa Richard en relevant les yeux.

— Et il a tué beaucoup de ces malheureux, ajouta Kahlan.

Zedd se tourna vers elle, constata qu'elle gardait la tête baissée, puis se rassit lentement.

— Désolé pour vous, mes enfants… Que vous ont dit les esprits des ancêtres ?

— D'aller voir une voyante, lâcha Richard, conscient qu'il s'enfonçait de plus en plus.

— Fichtre et foutre ! Une voyante, maintenant ! Laquelle ? Et où ?

— Shota, dans l'Allonge d'Agaden.

Zedd faillit lâcher son assiette et émit un soupir de baudruche qui se dégonfle.

— Shota ! (Il regarda autour de lui comme si on les espionnait.) Kahlan, fit-il en baissant la voix, es-tu devenue folle ? Conduire ce gamin dans l'Allonge d'Agaden ! Tu as juré de le protéger !

— Croyez-moi, dit l'Inquisitrice en levant enfin les yeux, je n'y tenais pas du tout !

— Mais il le fallait, ajouta Richard, volant au secours de son amie.

— Pour savoir où est la boîte. Et ça a marché. Shota nous l'a dit...

— Sans blague ? ironisa Zedd. Que t'a-t-elle appris d'autre, mon garçon ? Cette calamité ne lâche jamais l'information qu'on lui demande sans ajouter quelque chose qu'on préférerait ne pas entendre !

Kahlan jeta à Richard un regard qu'il fit mine de ne pas remarquer.

— Rien. Elle ne nous a rien dit de plus. (Il soutint sans ciller le regard du sorcier.) Selon elle, la reine Milena détient la troisième boîte à Tamarang. Elle a parlé parce que sa vie est menacée aussi...

Richard aurait juré que Zedd ne gobait pas son mensonge, mais il refusait de tout lui révéler. Comment lui dire que deux d'entre eux – ou un seul ! – risquait de trahir leur cause ? Le vieil homme utiliserait son feu magique contre lui, et Kahlan le toucherait avec son pouvoir ! Il redoutait que ce soit justifié. Après tout, c'était lui qui « possédait » le grimoire. Eux ignoraient jusqu'à son existence...

— Zedd, dit-il, tu m'as demandé de vous conduire dans les Terres du Milieu parce que tu avais un plan. Mais tu as été assommé, puis dans le coma, et nous ne savions pas quand – ou même si – tu te réveillerais. J'ignorais que faire, et tu ne m'avais pas soufflé mot de ton plan. L'hiver approche. Nous devons arrêter Darken Rahl ! (Il durcit le ton.) Sans toi, j'ai agi de mon mieux. Et j'ai perdu le compte des occasions où nous avons failli mourir. La seule option était de retrouver la boîte. Kahlan m'a aidé et nous savons à présent où elle est. Crois-moi, nous avons payé de nos personnes. Si ça ne te convient pas, reprends ta foutue Épée de Vérité, car je commence à en avoir par-dessus la tête. De tout !

Il jeta son assiette dans la poussière, se leva, s'éloigna dans la pénombre et leur tourna le dos, la gorge serrée. Devant lui, les grands arbres furent voilés par la bruine qui coulait de ses yeux. Son explosion de colère le surprenait... Il avait rêvé de revoir Zedd. À présent, il était furieux contre lui. Eh bien tant pis ! Il laissa libre cours à sa rage, attendant qu'elle retombe toute seule.

— Oui, dit Zedd à Kahlan, à présent, je vois que tu lui as parlé... (Il posa son assiette, se leva et alla tapoter l'épaule de la jeune femme.) Désolé pour toi, mon enfant.

Richard ne broncha pas quand le sorcier approcha de lui et lui tapota à son tour l'épaule.

— Et pour toi aussi, mon garçon. Vous êtes passés par de sacrées épreuves...

— Et j'ai tué un homme avec l'épée... Avec la magie...

— Te connaissant, dit Zedd après un moment de réflexion, tu devais y être obligé...

— Non, souffla Richard, la voix brisée. J'aurais pu l'éviter. Ignorant qu'elle était une Inquisitrice, je pensais sauver Kahlan. Mais elle n'avait rien à faire de ma protection. Zedd, je voulais tuer ce type. Et j'y ai pris plaisir.

— Tu as cru t'en réjouir... Un effet de la magie...

— Je n'en sais rien… Faire la différence entre ce qui vient d'elle et de moi est difficile…

— Richard, pardonne-moi d'avoir été agressif avec toi. En réalité, c'est contre moi que je suis furieux ! Tu t'en es bien tiré, et j'ai lamentablement échoué. Viens donc t'asseoir… Je vais tout vous raconter.

Ils retournèrent près du feu. Kahlan les regarda approcher, silhouette solitaire à la lueur des flammes. Richard s'assit près d'elle et lui fit un petit sourire qu'elle lui rendit.

Zedd ramassa son assiette, lui jeta un regard noir et la reposa.

— Mes enfants, je crains que nous ne soyons dans la mouise…

Richard ravala la remarque sarcastique qui lui vint à l'esprit et demanda :

— Pourquoi ? Ton plan n'a pas marché ?

— Mon plan…, ricana le sorcier. (Il plia les genoux et tira sa tunique sur ses jambes.) J'avais prévu de vaincre Rahl sans devoir l'affronter directement et en évitant de vous mettre en danger. Bref, je voulais vous protéger et me débrouiller seul. Mais on dirait que vous êtes notre unique espoir, à présent. Mes enfants, je ne vous ai pas tout dit au sujet des boîtes d'Orden, parce que vous n'aviez pas à le savoir. C'était mon affaire, pas la vôtre… (Il les regarda tour à tour et de la colère passa un instant dans ses yeux.) Mais ça n'a plus d'importance…

— Et qu'est-ce qui n'était pas notre affaire ? demanda Kahlan, lâchant la bride à sa propre fureur.

Comme Richard, elle ne semblait pas apprécier d'avoir été en danger sans connaître toutes les données.

— Eh bien, fit Zedd, les trois boîtes fonctionnent comme je vous l'ai dit. Chacune a sa propre finalité, mais il faut savoir laquelle ouvrir. Sur ce point-là, je suis calé. Tout figure dans le *Grimoire des Ombres Recensées*. On y trouve des instructions pour l'utilisation des boîtes. Et je suis son gardien.

Richard se pétrifia. Le souffle coupé, il eut le sentiment que le croc voulait sauter de sa poitrine.

— Vous savez quelle boîte ouvrir ? demanda Kahlan.

— Non. Cette information figure dans le grimoire, mais je suis seulement son gardien, et je ne l'ai jamais lu. J'ignore comment différencier les boîtes – et même la façon de s'y prendre. Si j'avais ouvert le grimoire, le savoir aurait pu se… diffuser. C'est trop dangereux ! Alors, je n'y ai jamais jeté un coup d'œil. Ce n'est pas le seul dont je suis le gardien. Mais il est très important.

Richard s'avisa qu'il faisait des yeux de crapaud et tenta d'y remédier en cillant. Il attendait depuis si longtemps de rencontrer le gardien du grimoire. Et c'était Zedd, un homme qu'il avait toujours côtoyé. Quel choc !

— Où est le grimoire ? demanda Kahlan. Et qu'est-il arrivé ?

— Il était dans mon fief. La Forteresse du Sorcier, en Aydindril.

— Vous y êtes allé ? s'exclama l'Inquisitrice. Tout va bien là-bas ?

— Hélas, pas vraiment… Aydindril est tombée…

— Non, souffla Kahlan, des larmes dans les yeux.

— J'ai peur que si…, dit Zedd. Les choses ont mal tourné… Mais j'ai donné aux envahisseurs matière à réflexion, ajouta-t-il dans sa barbe.

— Le capitaine Riffkin ? Les lieutenants Delis et Maller ? La Garde Nationale ?

Zedd secoua tristement la tête.

Kahlan porta une main à son cœur et se mordit les lèvres. La nouvelle de la mort de ces hommes, qui qu'ils fussent, semblait la bouleverser.

Richard décida de cacher son trouble en intervenant dans la conversation.

— La Forteresse du Sorcier, as-tu dit ?

— Un sanctuaire où nous gardons les livres de prophéties et les grimoires comme celui des *Ombres Recensées*. Certains de ces ouvrages servent à la formation des nouveaux sorciers. D'autres sont des sources de références. Enfin, quelques-uns sont des armes. On y conserve aussi d'autres objets magiques, comme l'Épée de Vérité, entre deux Sourciers. La Forteresse est bardée de protections. À part un sorcier, personne ne peut y entrer. Pourtant, quelqu'un a réussi. Sans se faire tuer, ce qui me dépasse ! Ce devait être Darken Rahl ! Donc, il détient le grimoire.

— Rahl n'y est peut-être pour rien…, dit Richard, toujours pétrifié.

— Si ce n'est pas lui, alors, le coupable est un voleur. Très intelligent, mais un voleur quand même.

Richard parvint à avaler la boule qui lui obstruait la gorge.

— Zedd… D'après toi, ce grimoire pourrait-il nous indiquer comment vaincre Rahl ? Une façon de l'empêcher d'utiliser les boîtes ?

— Comme je l'ai dit, je ne l'ai jamais ouvert. Mais d'après ce que je sais des autres grimoires de ce genre, il sert uniquement à la personne qui détient les boîtes. C'est une aide à la sorcellerie, pas un mode d'emploi à l'attention de ceux qui la combattent. Selon toute probabilité, il ne nous aurait servi à rien. Mon plan était de le détruire, pour empêcher Rahl d'obtenir ces informations. Comme j'ai échoué, trouver la boîte manquante est notre seul espoir.

— Sans le grimoire, Rahl peut-il ouvrir une boîte ? demanda Kahlan.

— Pour ce que j'en sais, je répondrais oui. Mais il ignorerait toujours laquelle choisir.

— Il est obligé de le faire, sinon, il mourra, dit Richard. Il n'a rien à perdre. Même si tu avais détruit le grimoire, il aurait tenté sa chance. Après tout, il a une possibilité sur trois de choisir la bonne.

— Avec le grimoire, il saura laquelle ! En détruisant l'ouvrage, je nous laissais un espoir de vaincre même si nous ne retrouvons pas la troisième boîte. N'oublie pas que de notre point de vue, il a deux chances sur trois de *mal* choisir ! Fichtre et foutre, je donnerais n'importe quoi pour brûler ce grimoire.

Kahlan posa une main sur le bras de Richard, qui sursauta comme si un insecte l'avait piqué.

— Richard a agi comme le devait un Sourcier. Il a découvert où la boîte est cachée. Chez la reine Milena… (Elle sourit à son ami.) Le Sourcier n'a pas failli à sa mission.

Richard était bien trop perturbé pour rendre son sourire à la jeune femme.

Zedd se prit le menton entre le pouce et l'index.

— Et comment pensez-vous la récupérer ? Ce n'est pas un jeu d'enfant…

— Milena est la reine à qui un certain serpent en robe argentée a vendu ses services, dit Kahlan. Cet homme aura bientôt un entretien très déplaisant avec la Mère Inquisitrice…

— Giller ? C'est Milena qui l'emploie ? (Le visage déjà parcheminé de Zedd se plissa davantage.) Il sera très étonné de croiser de nouveau mon regard…

— Ne vous mêlez pas de ça…, dit Kahlan. C'est mon sorcier ! Je me chargerai de lui.

Richard les dévisagea tour à tour et se sentit soudain surnuméraire. Le grand Zedd et la Mère Inquisitrice débattaient du sort d'un sorcier renégat comme s'il s'agissait d'arracher les mauvaises herbes d'un jardin. Il pensa à son père, qui avait volé le grimoire pour éviter qu'il tombe entre de mauvaises mains – celles de Darken Rahl – et parla sans réfléchir.

— Giller avait peut-être de bonnes raisons d'agir ainsi.

Zedd et Kahlan se tournèrent vers lui et l'étudièrent, l'air d'avoir oublié sa présence.

— De bonnes raisons ? cria Kahlan. La cupidité, voilà ce qui le motivait ! Il m'a livrée aux tueurs des *quatuors !*

— Parfois, les motifs des gens ne sont pas ce qu'ils semblent être, insista Richard. Il jugeait peut-être la boîte plus importante…

Kahlan fut trop surprise pour répliquer.

Zedd plissa le front sous sa crinière blanche en bataille.

— Tu sais que ce n'est pas idiot, mon garçon… S'il était informé que la reine détenait la boîte, il a pu vouloir la protéger. Et il était sans doute au courant… (Il eut un sourire ironique pour Richard.) Le Sourcier nous ouvre de nouvelles perspectives. Nous avons peut-être un allié à Tamarang.

— Et peut-être pas…, souffla Kahlan.

— On le saura très bientôt, conclut le sorcier.

— Zedd, lança soudain Richard, hier nous sommes passés par Chante-Scie, où…

— J'y étais aussi, coupa le vieil homme. Et j'ai vu d'autres cités pareillement ravagées.

— Ce n'étaient pas des soldats de Terre d'Ouest, n'est-ce pas ? C'est impossible ! J'ai fait dire à Michael de lever une armée et de protéger notre pays. Pas de massacrer n'importe qui ! Et encore moins des innocents. Mes compatriotes n'auraient pas agi comme ça…

— Rassure-toi, tu as raison… Michael n'est pour rien dans ces horreurs.

— Alors, qui les commet ?

— Les hommes de Rahl, sur son ordre…

— Absurde ! s'écria Kahlan. La ville était loyale à D'Hara. Des soldats de l'Armée du Peuple ont été tués.

— C'est pour ça que Rahl a frappé.

Les deux jeunes gens regardèrent le sorcier sans comprendre.

— C'est absurde ! répéta Kahlan.

— La Première Leçon du Sorcier..., marmonna Zedd.

— Pardon ? fit Richard.

— La Première Leçon du Sorcier : les gens sont stupides ! (Richard et Kahlan en restèrent bouche bée.) Je répète, les gens sont stupides ! Avec la motivation idoine, ils avalent presque n'importe quoi. Étant stupides, ils goberont un mensonge parce qu'ils veulent y croire, ou parce qu'ils ont peur que ce soit la vérité. Leurs têtes sont pleines de connaissances, de faits et de croyances erronés, mais ils les tiennent pour authentiques. Oui, mes enfants, les gens sont stupides ! Ils parviennent exceptionnellement à distinguer la vérité du mensonge. Mais ils sont persuadés du contraire et en deviennent plus faciles encore à berner !

» À cause de la Première Leçon, les sorciers d'antan ont créé les Inquisitrices et les Sourciers, pour qu'ils découvrent la vérité quand le jeu en vaut la chandelle. Rahl connaît toutes les Leçons du Sorcier. Et il se sert abondamment de la première. Les gens ont besoin d'un ennemi pour avoir un but dans la vie. Avec ça, il est beaucoup plus facile de les embrigader. Avoir un but, lutter pour une cause, est de loin plus important que la vérité. De fait, elle n'a rien à voir dans l'affaire. Les gens sont stupides et ils ont besoin de croire, donc ils ne s'en privent pas !

— Mais ces massacres..., grogna Richard. C'est faux ! Comment Rahl réussit-il à faire passer de tels mensonges ?

— Tu en savais plus long que la moyenne des gens, dit Zedd en le foudroyant du regard. Presque sûr que ce ne pouvait pas être des soldats de Terre d'Ouest, tu doutais pourtant de ton analyse. Parce que tu craignais que ce soit quand même vrai ! Redouter qu'une chose soit vraie revient à accepter une *possibilité*. Et c'est le premier pas vers la crédulité. Au moins, tu es assez intelligent pour te poser des questions. Mais pense combien il est facile de croire pour ceux qui ne s'en posent jamais, et qui ignorent même comment on fait ? Pour la majorité de nos contemporains, ce n'est pas la vérité qui compte, mais la cause. Comme Rahl est malin, il leur en a donné une. Et voilà ! Au fait, c'est la Première Leçon du Sorcier parce qu'il s'agit de la plus importante !

— Mais les hommes qui ont perpétré ces massacres... Eux, ils savent ! Comment peuvent-ils commettre des meurtres pareils ?

— Le but ultime ! Ils agissent pour la cause...

— C'est contre nature ! Le meurtre n'est pas naturel !

— Erreur, mon garçon, dit Zedd en souriant. C'est la quintessence même de la nature. Le point commun de tous les êtres vivants.

Richard comprit que Zedd recourait à la provocation. Il adorait attirer les gens sur son terrain avec des déclarations fracassantes. Trop furieux, il ne put s'empêcher d'entrer dans le jeu du vieil homme.

— Pas tous les êtres vivants ! Seulement les prédateurs. Et uniquement pour survivre. Regarde ces arbres, l'idée de meurtre leur est totalement étrangère !

— Le meurtre est la quintessence même de la nature, répéta Zedd. Tout être vivant est un assassin.

Richard jeta un regard éperdu à Kahlan.

— Ne cherche pas du secours près de moi, dit-elle. J'ai appris très jeune à ne jamais polémiquer avec un sorcier.

Richard regarda un magnifique pin, autour d'eux. Et soudain, il comprit. Il vit les branches tendues vers le ciel dans leur éternel combat pour s'offrir aux rayons du soleil et accabler les arbres voisins de leur ombre. Un désir de meurtre... Réussir gagnerait de la place pour la progéniture du pin, dont il étoufferait aussi une bonne partie. Les arbres qui flanquaient ce vainqueur étaient ratatinés, presque agonisants. Des victimes ! Zedd avait raison : le meurtre était le moteur de la nature !

Le sorcier croisa le regard de son protégé. Il venait de lui donner une leçon, comme il le faisait depuis des années...

— Tu as appris quelque chose, mon garçon ?

— La vie appartient aux plus forts. Les vaincus n'éveillent aucune sympathie. Mais on admire la force des vainqueurs.

— Les gens ne pensent pas comme ça ! s'écria Kahlan, incapable de se contenir plus longtemps.

— Tu crois, mon enfant ? susurra Zedd. (Il désigna un arbre rachitique.) Regarde-le bien, ma petite. (Il tendit un index vers le superbe pin.) Puis étudie celui-là. Et dis-moi lequel tu préfères.

— Le grand, répondit la jeune femme. C'est un arbre magnifique.

— Tu vois ? Les gens pensent bien ainsi. Un arbre magnifique ? Tu as choisi l'assassin, pas sa victime. (Zedd eut un sourire triomphal.) La quintessence même de la nature...

— Je savais bien que j'aurais dû me taire, marmonna Kahlan, les bras croisés.

— Tu peux fermer la bouche, tu n'empêcheras pas ton cerveau de penser. Pour vaincre Darken Rahl, nous devons le comprendre, afin de mieux le détruire.

— Voilà comment il conquiert des territoires, dit Richard en pianotant sur la garde de son épée. Il confie le travail à d'autres, en leur fournissant une cause. Ainsi, il peut s'occuper de chercher les boîtes, et personne ne le gêne...

— Exact, approuva Zedd. La Première Leçon du Sorcier lui facilite grandement la tâche. Et c'est ce qui complique la nôtre. Les gens se rallient à lui, car ils se contrefichent de la vérité. Ils exécutent ses volontés parce qu'ils croient le désirer. Pour ces idées erronées, ils sont prêts à combattre jusqu'à la mort.

Richard se leva, le regard perdu dans le lointain.

— Jusque-là, je pensais que nous combattions le mal. Le mal absolu et déchaîné ! Mais je me trompais ! Nous sommes plutôt confrontés à une épidémie. Une épidémie de crétinisme !

— Très bien vu, mon garçon. Une épidémie de crétinisme !

— Orchestrée par Darken Rahl, souligna Kahlan.

Zedd la dévisagea un moment avant de répondre.

— Si quelqu'un creuse un trou qui se remplit d'eau de pluie, à qui la faute ? À la pluie ? Ou à celui qui a creusé ? Est-ce Rahl le coupable, ou ceux qui ont foré le trou qu'il tente de remplir ?

— Les deux sont peut-être coupables, concéda Kahlan. Ce qui nous laisse beaucoup d'ennemis.

— Et ils sont très dangereux ! renchérit Zedd, un index brandi. Les crétins aveugles à la vérité sont un fléau. Mais tu as sans doute appris ça dans l'exercice de ta profession… (Kahlan hocha la tête.) Ils ne font pas toujours ce qu'on prévoit, même si ça serait bon pour eux, et on peut être pris au dépourvu. Des gens qui semblent inoffensifs vous enfoncent soudain un poignard dans le dos…

— Tout ça ne change rien, dit Kahlan. Si Rahl se procure toutes les boîtes, et s'il ouvre la bonne, c'est lui qui nous tuera. Il est la tête du serpent et nous devons la couper.

— Bien raisonné, admit Zedd. Mais pour éliminer le serpent, il faut rester vivants, et une multitude de vipères risquent de nous mordre avant.

— Cette leçon-là, nous avons déjà payé pour l'apprendre, rappela Richard. Mais Kahlan a bien résumé la situation : ça ne modifie rien ! Pour tuer Rahl, il faut nous procurer la boîte.

Il se rassit près de son amie.

— N'oublie pas une chose, dit Zedd, l'air sinistre. Rahl peut te tuer, tuer Kahlan, ou me tuer, sans la moindre difficulté.

— Alors, qu'attend-il ?

— Quand tu entres dans une pièce, massacres-tu tous les moustiques ? Non. Tu les ignores ! Ils ne méritent pas ton attention… jusqu'à ce qu'ils te piquent. Alors, tu les écrabouilles. (Il se pencha vers les deux jeunes gens.) Et nous sommes sur le point de piquer Rahl…

Kahlan et Richard échangèrent un rapide regard.

— La Première Leçon du Sorcier, répéta le jeune homme, une sueur froide ruisselant dans son dos. Je m'en souviendrai…

— Ne la répétez à personne, mes enfants ! Les Leçons sont en principe réservées aux sorciers. Elles peuvent vous paraître cyniques, voire ridicules, mais ce sont des armes puissantes quand on sait s'en servir. À cause de leur véracité ! La vérité, c'est le pouvoir ! Je vous en ai révélé une parce que je suis le chef des sorciers, et que je juge essentiel d'éclairer votre lanterne. Vous devez comprendre ce que fait Rahl, puisque c'est nous trois qui avons mission de l'arrêter.

Richard et Kahlan hochèrent solennellement la tête.

— Il se fait tard, dit Zedd en bâillant. J'ai beaucoup voyagé pour vous retrouver. Nous reparlerons plus tard…

Richard se leva d'un bond.

— Je prendrai la première garde, dit-il. (Il avait quelque chose à faire et tenait à en avoir fini au plus vite.) Zedd, prends ma couverture…

— D'accord. Je me chargerai du deuxième tour…

C'était le plus pénible, car on devait dormir en deux fois. Kahlan voulut protester, mais le sorcier leva un index.

— J'ai parlé avant toi, mon enfant…

Richard désigna le rocher où il se posterait après avoir inspecté les environs. Puis il s'éloigna, des milliers de pensées se bousculant dans son esprit. Mais une dominait toutes les autres…

La nuit, froide et silencieuse, n'était pas vraiment désagréable. Il ne ferma pas son manteau en s'enfonçant entre les arbres, concentré sur sa destination. Autour de lui, les animaux nocturnes criaient, ululaient ou grognaient, mais il s'en aperçut à peine. À un moment, il grimpa sur un rocher, regarda entre les arbres et attendit que ses amis, près du feu, se soient enroulés dans leurs couvertures. Alors, il sauta à terre et continua à avancer, se fiant au bruit régulier de l'eau.

Au bord du fleuve, il trouva vite un morceau de bois flotté assez gros pour ce qu'il voulait faire. Zedd lui avait dit et répété qu'il devait avoir le courage d'accomplir tout ce qui s'imposerait pour atteindre leur but, y compris tuer un de ses amis si c'était nécessaire. Connaissant le sorcier, ce n'étaient pas des paroles en l'air. Et ça signifiait aussi que Zedd n'hésiterait pas à l'éliminer lui, et, plus important, à abattre Kahlan.

Il enleva le croc pendu autour de son cou, le contempla à la lumière de la lune et repensa à son père. Ce croc était le seul moyen de prouver à Zedd que George Cypher n'avait pas été un vulgaire voleur. Qu'il avait pris le grimoire pour que Darken Rahl ne se l'approprie pas. Richard aurait tellement voulu raconter au sorcier que son père, un héros, avait sacrifié sa vie pour les protéger tous. Sa mémoire devait être honorée jusqu'à la fin des temps ! Il fallait que Zedd sache !

Et pourtant, il ne saurait jamais rien…

Le sorcier voulait détruire le *Grimoire des Ombres Recensées*. Et Richard *était* le grimoire, à présent. Shota l'avait averti que Zedd utiliserait son feu magique contre lui, mais qu'il aurait une chance de vaincre. L'explication se cachait peut-être là… Pour détruire le grimoire, Zedd serait obligé de le tuer.

Le Sourcier ne redoutait pas la mort. Surtout depuis qu'il n'avait plus aucune raison de vivre…

Mais si Kahlan mourait…

Informé que son jeune ami avait mémorisé le grimoire, Zedd lui demanderait de réciter le texte. Ainsi, il saurait que Rahl, pour s'assurer de sa véracité, aurait besoin d'une Inquisitrice. Et il n'en restait plus qu'une. Kahlan ! Alors, au lieu de s'en prendre à Richard, le sorcier éliminerait la jeune femme pour priver Rahl d'informations vitales.

Et ça, c'était hors de question !

Le Sourcier entortilla la lanière de cuir autour du morceau de bois et glissa le croc dans une fissure, l'enfonçant assez pour qu'il ne ressorte pas. Il fallait que cet objet soit le plus loin possible de lui…

— Pardonne-moi, père…, murmura-t-il.

De toutes ses forces, il lança le morceau de bois vers le fleuve, le regarda voler dans les airs et entendit un « splash » sonore quand il s'écrasa dans l'eau. À la lumière de la lune, il le vit remonter à la surface et partir à la dérive.

Richard soupira. Sans ce pendentif, il se sentait comme nu…

Quand il ne vit plus rien, il fit le tour du camp, l'esprit embrumé. Puis il s'assit sur son rocher et sonda l'obscurité.

Il détestait tout ça ! Devoir mentir à Zedd. Être contraint de ne pas se fier à lui. Où allait-il, s'il ne pouvait plus faire confiance à son vieil ami ? Malgré la distance, la main de Rahl l'atteignait et le poussait à faire des choses qui lui répugnaient.

Mais quand tout serait fini, Kahlan indemne, il rentrerait chez lui…

Vers le milieu de son tour de garde, il sentit de nouveau la présence de la créature qui les suivait. Sans voir ses yeux, il les devinait, braqués sur lui depuis une colline, de l'autre côté du camp. À l'idée qu'il était épié, il eut un frisson glacé…

Un bruit lointain le fit sursauter. Un grognement, suivi par un cri… Quelque part, une bête venait de mourir. Richard plissa le front, mais il ne vit rien dans l'obscurité. Leur poursuivant avait tué un autre être vivant. Ou c'était lui qui avait péri… Curieusement, cette idée chagrina le jeune homme. Depuis qu'il les pistait, l'espion n'avait pas tenté de leur nuire. Bien sûr, ça ne voulait pas dire grand-chose, car il attendait peut-être simplement son heure. Mais Richard n'y croyait pas. Sans savoir pourquoi, il aurait juré que cet être ne leur voulait pas de mal.

Il sentit de nouveau un regard peser sur lui, et sourit : leur compagnon invisible était toujours vivant. Il eut envie d'aller le débusquer, mais se ravisa. Ce n'était pas le moment ! Avec une créature nocturne, mieux valait ne pas prendre de risques quand le soleil était couché…

Un peu plus tard, Richard entendit un nouveau cri d'agonie. Moins loin de lui, cette fois…

Sans qu'il soit allé le réveiller, Zedd vint prendre le relais. L'air frais comme une rose, il grignotait un morceau de viande séchée.

Il s'assit près de son jeune ami et lui tendit un bout de viande.

— Non, merci, déclina Richard. Et Chase, comment va-t-il ?

— Très bien ! Pour ce que j'en sais, il est parti exécuter tes ordres.

— Je suis content qu'il s'en soit tiré…

Richard sauta à terre, pressé d'aller prendre un peu de repos.

— Mon garçon, que t'a dit Shota ?

Le Sourcier dévisagea son vieil ami à la pâle lueur de la lune.

— C'est privé… Personne d'autre ne doit l'entendre. (La dureté de sa voix surprit le jeune homme.) Et nul ne l'entendra !

— L'épée est très en colère à cause de ça. Je vois que tu as du mal à la contrôler…

— D'accord ! Puisque tu insistes, je vais te répéter une partie de ce que m'a dit Shota. D'après elle, je devrais avoir une conversation avec toi au sujet de Samuel.

— Samuel ?

— Mon prédécesseur !

— Ah… Ce Samuel-là…

— Exactement ! Aurais-tu l'obligeance de m'expliquer ? Puis-je savoir comment je vais finir ? Ou as-tu prévu de te taire jusqu'à ce que je sois ravagé, à force de faire ton travail, et que tu remettes l'épée à un autre pigeon ? (Zedd ne broncha pas face à l'excitation croissante de son protégé, qui l'attrapa par sa tunique et l'attira vers lui.) La Première Leçon du Sorcier ! C'est en la mettant en application que vous trouvez un candidat assez abruti pour accepter l'épée ? Un imbécile vous tombe sous la main et le tour est joué ! Un nouveau Sourcier ! Aurais-tu omis de me confier d'autres petits détails désagréables de ce genre ?

Richard lâcha la tunique du vieil homme et résista à grand-peine à l'envie de dégainer son arme. Alors qu'il haletait de rage, Zedd lui souffla :

— Je suis navré, mon garçon, qu'elle t'ait fait mal à ce point…

Richard sentit sa colère s'éteindre comme une chandelle mouchée par le vent. Tous les derniers événements lui revinrent à l'esprit. Où était l'espoir, dans ce désastre ? Que lui restait-il à attendre de la vie ?

Il éclata en sanglots et se jeta contre Zedd, lui passant les bras autour du torse. Incapable de se contrôler, il s'abandonna à son chagrin.

— Zedd, gémit-il, je voudrais seulement rentrer chez moi…

— Je sais, Richard, je sais, murmura le sorcier en lui tapotant le dos.

— Je regrette de ne pas t'avoir écouté… Mais c'est plus fort que moi. Je ne peux pas étouffer mes sentiments, aussi fort que j'essaie. On dirait que je me noie ! Ce cauchemar doit cesser. Je hais la sorcellerie et les Contrées du Milieu ! Rentrer chez moi, Zedd, voilà mon seul désir. Être débarrassé de cette épée et de sa magie ! Puis ne plus en entendre parler !

— Rien n'est jamais facile…, souffla le sorcier.

— Ce serait moins dur si Kahlan me détestait, ou si elle se fichait de moi. Mais je sais qu'elle partage mes sentiments. La magie, voilà ce qui nous sépare !

— Crois-moi, je sais ce que tu ressens…

Richard se laissa glisser sur le sol. Adossé au rocher, il continua à pleurer. Zedd s'assit près de lui…

— Que vais-je devenir ?

— Tu continueras ton chemin, mon garçon. Il n'y a pas d'autre solution.

— Je ne veux pas continuer ! Et Samuel ? Est-ce le sort qui m'attend ?

— Navré, mais je n'en sais rien… Je t'ai remis l'épée à contrecœur, parce qu'il le fallait pour sauver des innocents. À la fin, l'Épée de Vérité détruit le Sourcier. Les prophéties disent que celui qui maîtrisera vraiment la magie de l'arme, dont la lame deviendra alors blanche, ne connaîtra pas ce sort. Mais j'ignore comment tu devras t'y prendre. À vrai dire, je ne sais même pas ce que ça signifie. Je n'ai pas eu le courage de t'en parler, et je m'en excuse. Si tu veux, tu peux m'abattre sur-le-champ pour te venger. Mais avant, jure-moi que tu tenteras quand même de vaincre Rahl.

À travers ses larmes, Richard eut un rire amer.

— T'abattre sur-le-champ ! Quelle idiotie ! Tu es tout ce qui me reste. Le seul être que j'ai le droit d'aimer. Comment pourrais-je te tuer ? C'est à mes jours que je devrais mettre fin…

— Ne dis pas des choses pareilles… Richard, je comprends ce que tu éprouves pour la sorcellerie. J'ai moi-même essayé de la fuir. Mais parfois, les événements nous dictent notre conduite. Toi aussi, tu es tout ce qu'il me reste. Je voulais détruire le grimoire pour que tu ne sois pas en danger. Mon garçon, je ferais n'importe quoi pour que tu ne souffres pas. Hélas, je ne peux pas t'épargner ces épreuves. Il faut arrêter Rahl, pas seulement pour nous, mais au nom de tous ceux qui n'auront aucune chance contre lui.

Richard s'essuya les yeux.

— Je sais… Je ne démissionnerai pas en cours de route, promis. Après la victoire, je pourrai peut-être rendre l'épée avant qu'il soit trop tard.

— Va dormir… Chaque jour, tu te sentiras un tout petit peu mieux. Si ça peut te consoler, sache une chose : j'ignore pourquoi les Sourciers finissent comme Samuel, mais je suis persuadé que ça ne t'arrivera pas. Si je me trompe, il faudra pas mal de temps, et ça signifiera que tu auras vaincu Rahl et sauvé des multitudes d'innocents. Si ça se produit, fiston, je m'occuperai de toi pour toujours. Et je t'aiderai à trouver comment faire blanchir la lame…

Richard se leva et resserra son manteau autour de lui.

— Merci, mon ami… Désolé d'avoir été si dur avec toi. Je ne sais pas ce qui m'arrive… Les esprits du bien se sont peut-être détournés de moi. Et excuse-moi de ne pas pouvoir te répéter ce qu'a dit Shota…

Le Sourcier fit quelques pas et se retourna.

— Zedd, sois très prudent ce soir. Quelque chose nous guette. Nous sommes suivis depuis des jours. J'ignore de quoi il s'agit et je n'ai pas le temps de tendre un piège. À mon avis, les intentions de la créature ne sont pas hostiles. Mais comment savoir, dans les Contrées du Milieu ?

— J'ouvrirai l'œil, n'aie crainte…

Richard s'éloigna, mais Zedd le rappela.

— Félicite-toi qu'elle ait une aussi grande affection pour toi. Sinon, elle t'aurait peut-être déjà touché…

— J'ai bien peur, en un sens, que ce soit déjà fait…, murmura Richard.

Kahlan se fraya un chemin dans l'obscurité entre les rochers et les arbres. Assis en tailleur sur un rocher, Zedd la regarda approcher.

— Je serais venu te réveiller pour prendre ton tour, dit-il.

La jeune femme s'assit auprès de lui, emmitouflée dans son manteau.

— Je sais, mais je ne pouvais pas dormir… Alors, j'ai pensé qu'un peu de compagnie vous plairait…

— Tu m'as apporté à manger ?

Kahlan sortit un petit paquet de sous son manteau.

— Voilà… Les restes de lapin et des biscuits.

Pendant que Zedd se régalait, la jeune femme sonda le ciel en se demandant comment poser la question qui lui brûlait les lèvres.

— Merveilleux, mon enfant, merveilleux ! dit le sorcier après avoir englouti son repas. Tu n'as rien d'autre ?

— Si ! répondit Kahlan en souriant. J'ai aussi des baies… (Elle sortit un autre petit paquet.) Un peu de sucré, pour changer… Je pourrais en avoir ?

Zedd l'étudia de pied en cap.

— Menue comme tu es, tu n'en mangeras pas tant que ça…

Kahlan sourit, ouvrit le paquet et fit tomber quelques baies dans sa paume.

— Je comprends pourquoi Richard est si doué pour trouver de la nourriture ! Ayant grandi près de vous, il avait intérêt à être bon, sinon, il serait mort de faim !

— Je ne l'aurais pas permis ! protesta Zedd. Je l'aime trop…

— Je sais. Moi aussi…

Le sorcier croqua quelques baies avant de déclarer :

— Merci d'avoir tenu ta promesse, mon enfant.

— Ma promesse ?

Sans cesser de dévorer les fruits, le sorcier lui jeta un coup d'œil en biais.

— Celle de ne pas le toucher avec ton pouvoir.

— Ah… (Kahlan rassembla tout son courage.) Zedd, à part Giller, vous êtes le dernier sorcier vivant. Moi, je suis la dernière Inquisitrice. Vous avez vécu dans les Contrées du Milieu et en Aydindril. Donc, vous savez ce que c'est d'être dans ma position. J'ai essayé de l'expliquer à Richard, mais il faut une vie entière pour saisir. Et encore… Je crois que seuls un sorcier ou une autre Inquisitrice en sont capables…

— Tu as sans doute raison, dit le vieil homme en lui tapotant la main.

— Je n'ai personne, et je ne peux avoir personne. Imaginez-vous ce que ça représente ? Zedd, s'il vous plaît, pouvez-vous me libérer ? Retirer la magie qui est en moi pour que je sois une femme comme les autres ?

Kahlan avait le sentiment d'être suspendue par un fil au-dessus d'un gouffre sans fond. Quand elle tourna la tête pour croiser le regard du sorcier, elle crut sentir le fil vibrer.

Zedd baissa les yeux.

— Mère Inquisitrice, il n'y a qu'une façon de te libérer de ta magie.

— Laquelle ? s'exclama Kahlan.

— Te tuer…, souffla Zedd en levant enfin la tête.

Le fil venait de se briser ! Kahlan s'efforça de se composer un masque d'Inquisitrice pendant qu'elle tombait dans le gouffre.

— Sorcier Zorander, merci d'avoir répondu à ma question. Je devinais la réponse, mais il fallait que je sache. J'apprécie votre honnêteté. À présent, vous devriez aller dormir.

— D'abord, mon enfant, répète-moi ce qu'a dit Shota.

— Demandez au Sourcier. C'est à lui de répondre. Moi, j'étais couverte de serpents…

— Des serpents ? Shota devait t'avoir à la bonne. Je l'ai vue faire bien pire.

— Elle m'a fait pire aussi…

— J'ai demandé à Richard, insista Zedd. Muet comme une tombe ! Tu dois me répondre !

— Vous voudriez que je sème la zizanie entre deux amis ? Que je trahisse sa confiance ? Pas question !

— Richard est très intelligent, dit Zedd. Sans doute plus que tous les Sourciers que j'ai rencontrés. Mais il ne connaît rien aux Contrées du Milieu. Curieusement, c'est peut-être sa meilleure protection et son atout majeur. Pour découvrir la troisième boîte, il est allé chez Shota. Aucun Sourcier natif des Contrées ne s'y serait risqué. Kahlan, tu as passé ta vie ici, et tu connais presque tous les dangers. Certaines créatures de ce pays pourraient retourner contre lui la magie de l'épée. D'autres le videraient de son pouvoir et le tueraient ainsi. Les périls ont mille visages. Comme le temps nous manque pour le former, nous devons le protéger, afin qu'il accomplisse sa mission. Je dois savoir ce qu'a dit Shota. Si c'est important, il faudra que je prenne des mesures…

— Zedd, c'est mon seul ami ! Ne me forcez pas à le trahir.

— Mon enfant, je suis également ton ami. Aide-moi à le défendre. Ce que tu me révéleras me sera utile ! Il ne saura jamais que tu m'as parlé.

— Il a un don inné pour découvrir ce qu'on aimerait bien lui cacher…

Zedd sourit de cette remarque. Puis son expression se durcit.

— Mère Inquisitrice, ce n'est pas une requête, mais un ordre ! Et j'entends que tu obéisses !

Kahlan croisa les bras et se détourna à demi du sorcier, hors d'elle. Comment osait-il la traiter ainsi ? Elle ne pouvait plus se dérober…

— Shota a dit que Richard seul avait une chance d'arrêter Darken Rahl. Elle ne sait pas comment, ni pourquoi, mais c'est ainsi.

Zedd attendit quelques secondes en silence.

— Continue !

— Elle a ajouté que vous tenteriez de le tuer avec le feu magique, mais qu'il aurait une possibilité de vaincre. Vous risquez donc d'échouer…

Kahlan se tut de nouveau.

— Mère Inquisitrice…

— D'après elle, j'utiliserai aussi mon pouvoir contre lui. Mais là, il ne s'en sortira pas. Si je vis, je n'échouerai pas.

— Je vois pourquoi il est resté muet comme une carpe, soupira Zedd. Pourquoi Shota t'a-t-elle épargnée ?

Kahlan aurait donné cher pour qu'il cesse de la harceler.

— Elle n'en avait pas l'intention, dit-elle en se tournant vers le vieil homme. Vous étiez là… Enfin, pas vous, juste une illusion, mais il croyait que c'était vous. Votre image a essayé de tuer Shota. Sachant qu'elle seule pouvait nous conduire à la boîte, Richard s'est interposé. Il a… hum… détourné votre feu magique, et Shota a pu… hum… riposter.

— Vraiment ? Intéressant…

— En récompense de l'avoir « sauvée », Shota lui a accordé la réalisation d'un vœu. Richard lui a demandé de ne pas nous tuer, vous et moi. Et il n'a pas voulu changer d'avis. Shota était furieuse. S'il revient chez elle, a-t-elle dit, il n'en repartira pas vivant.

— Ce garçon ne cesse de me surprendre. Il a vraiment choisi d'obtenir des informations au prix de ma vie ?

— Il s'est placé sur la trajectoire du feu magique, confirma Kahlan, un peu surprise par le sourire du sorcier. Et il a utilisé l'épée pour le dévier.

— Très impressionnant, dit Zedd en se frottant le menton. Exactement ce qu'il fallait faire. J'ai toujours eu peur qu'il n'en soit pas capable, si on en arrivait là. Mais plus besoin de m'inquiéter ! Bon, j'attends la suite !

— Je voulais que Shota me tue, mais elle n'a pas voulu, car elle avait donné sa parole à Richard. Zedd, je refusais l'idée de lui faire une chose pareille. J'ai supplié Richard de m'abattre. Pour éviter que la prophétie se réalise, il fallait que je meure. (La jeune femme croisa nerveusement les mains.) Il n'a pas voulu m'exécuter. Alors, pendant des jours, j'ai tenté de me suicider. Richard m'a pris mon couteau, il m'attachait la nuit, et il ne me quittait jamais du regard. Moi, j'avais l'impression d'être devenue folle. Et c'était peut-être vrai… Puis il m'a convaincu que le sens de cette prophétie nous échappait. Et si c'était lui qui devait un jour se retourner contre nous ? Si nous étions obligés de l'abattre pour vaincre Rahl ? J'ai admis qu'une prédiction aussi vague ne pouvait pas me dicter ma conduite…

— Mon enfant, je suis navré d'avoir dû te contraindre à parler, et ce que vous avez vécu me brise le cœur. Richard a raison ! Les prophéties sont trop dangereuses pour qu'on les prenne au sérieux.

— Celles d'une voyante sont toujours exactes, non ?

— Oui, mais pas nécessairement comme on le pense. Parfois, elles s'autoalimentent.

— Vraiment ? s'étonna Kahlan.

— Et comment ! Imagine, pour l'intérêt de la démonstration, que j'essaie de te tuer pour protéger Richard de la prophétie. Il intervient, nous nous battons, et l'un de nous gagne. Supposons que c'est lui. Cette partie de la prédiction étant réalisée, il peut avoir peur que la suite s'avère aussi, et projeter de t'éliminer. Refusant de mourir, tu le touches avec ton pouvoir pour te protéger. Et nous y voilà : la prophétie s'est autoalimentée ! L'ennui, c'est ça. Sans elle, rien ne serait arrivé. Les prophéties sont toujours vraies, mais nous savons rarement dans quel sens. Tu as saisi ?

— J'ai toujours cru qu'il fallait en tenir compte…

— C'est vrai, mais pas si on ignore toutes ces choses. Les prophéties sont dangereuses ! Comme tu le sais, les sorciers sont les gardiens des Livres des Prophéties. Quand je suis passé à la Forteresse, j'en ai relu certains. Et je n'ai pratiquement rien compris ! Jadis, des sorciers passaient tout leur temps à les interpréter. Dans ces livres, il y a des prédictions qui te feraient mourir de peur si tu les connaissais. Parfois, je m'éveille en pleine nuit, couvert de sueur. Quelques textes semblent parler de Richard et ils me terrifient. D'autres évoquent à coup sûr notre Sourcier. Comme je ne sais pas exactement ce qu'ils signifient, je n'en tiens pas compte pour agir. Quand on ignore le sens d'une prophétie, il vaut mieux la garder secrète. Sinon, ça risque de provoquer beaucoup de problèmes…

— Richard, dans les Livres des Prophéties ? s'exclama Kahlan. Je n'ai jamais rencontré quelqu'un qui y figure.

— Tu y es aussi, mon enfant…

— Moi ? Mon nom est dans ces textes ?

— Oui et non… Ce n'est pas si simple. En principe, on n'est jamais sûr. Mais dans ce cas, c'est différent. On parle çà et là de la « dernière Mère Inquisitrice ». Pour moi, il n'y a pas de doute sur son identité. C'est toi, Kahlan ! Et le « Sourcier qui commandera le vent contre le fils de D'Hara » est de toute évidence Richard. Le fils de D'Hara ne peut être que Rahl…

— « Qui commandera le vent » ? Qu'est-ce que ça veut dire ?

— Je n'en ai pas la moindre idée…

— Zedd, demanda Kahlan en baissant les yeux, que raconte-t-on de moi dans ces textes ?

— Désolé, mon enfant, mais je ne peux pas te le révéler. Tu n'oserais plus jamais t'endormir !

— Je comprends… J'ai été stupide de vouloir attenter à mes jours à cause de la prédiction de Shota. Vous devez me trouver ridicule !

— Kahlan, avant que les choses se passent, on ne peut rien savoir. Mais ne te sens pas idiote. Il reste possible que tout soit vrai : Richard seul a une chance, tu nous trahiras en le touchant avec ton pouvoir, et Darken Rahl triomphera. Peut-être aurais-tu dû te suicider pour nous sauver tous.

— Une drôle de façon de me réconforter…

— Il se peut aussi que Richard se retourne contre nous et que tu nous sauves en le touchant…

— Je déteste les deux possibilités !

— Les prophéties ne sont pas faites pour que les gens les connaissent. Parfois, elles provoquent des désastres pires que ce que tu imagines. Il y a eu des guerres à cause d'elles. Et quand on sait que même un homme comme moi n'y comprend rien ! Si nous avions encore les sorciers de jadis, ces experts en prédictions, ils nous seraient sans doute d'un grand secours… Sans eux, oublions les charades de Shota ! Tu sais ce que dit la première page d'un des livres ? « Gardez ces prophéties à l'esprit, pas dans votre cœur. » C'est la seule phrase de toute la page, dans un livre presque aussi grand qu'une table ! Toutes les lettres sont enluminées. Tu vois à quel point c'est important !

— La prophétie de Shota est différente de celles des livres, n'est-ce pas ?

— Oui. Prononcée à haute voix, une prédiction est censée aider la personne à qui on s'adresse. Shota voulait soutenir Richard, et elle n'en sait sûrement pas plus que nous, car elle ne fut qu'un intermédiaire. Un jour, ça aura peut-être un sens pour Richard, et ça lui sera d'un certain secours. Hélas, on ne peut pas savoir. J'espérais comprendre et lui être utile. Tu sais que les énigmes l'énervent. Manque de chance, c'est une Prophétie à Fourche et elle ne nous avance à rien !

— Vous voulez dire qu'elle peut aller dans plusieurs directions ?

— Oui. Son sens peut être littéral… ou pas du tout. Ces prophéties-là ne servent pratiquement jamais à rien ! À peine mieux qu'une devinette. Richard a eu raison de ne pas s'y fier. J'aimerais penser que c'est à cause de mon enseignement, mais c'est une affaire d'instinct. Le flair du Sourcier !

— Zedd, pourquoi ne lui parlez-vous pas de tout ça ? N'a-t-il pas le droit de savoir ?

— C'est difficile à expliquer…, soupira le sorcier après un long silence. Richard a une sorte de sixième sens… (Il fit une étrange grimace.) As-tu déjà tiré à l'arc ?

Kahlan sourit. Elle plia les genoux, croisa les mains dessus et laissa reposer son menton sur ses doigts.

— Les filles ne sont pas censées faire ce genre de choses… Mais quand j'étais jeune, avant d'exercer mon métier, je me suis amusée à essayer.

— Pouvais-tu *sentir* la cible ? Savais-tu ignorer tous les bruits, écouter le silence et savoir où irait la flèche ?

— Ça m'est arrivé une ou deux fois. Je vois ce que vous voulez dire…

— Eh bien, Richard peut sentir la cible quasiment à volonté. Parfois, je me dis qu'il la toucherait les yeux fermés. Quand je lui demande comment il fait, il hausse les épaules et ne répond pas. Tout ce qu'il sait, c'est qu'il sent où volera la flèche. Et il répète cet exploit mille fois ! Mais si je lui communique des données, comme la vitesse du vent, la distance où se trouve la cible, ou encore que l'arc a passé la nuit dehors et qu'il est imbibé d'humidité, il ne parvient même plus à toucher le sol à ses pieds. Parce que la réflexion tue son intuition.

» Il est pareil avec les gens. Quand il s'agit de trouver des réponses, il se montre infatigable. Penses-y, il a volé vers la boîte comme une flèche ! Sans avoir jamais vu les Contrées du Milieu, il a trouvé un moyen de nous faire passer la frontière. Puis il a déniché les réponses nécessaires pour se diriger vers sa cible. C'est ainsi qu'agit un authentique Sourcier. Si je lui fournis trop d'informations, il exécutera ce qu'il pensera être ma volonté, et ne se fiera plus à son instinct. Mon travail est de l'orienter dans la bonne direction – vers la cible – et de le laisser voler. Il doit trouver par lui-même !

— Quel cynisme, Zedd ! Richard est un être humain, pas une flèche. Il s'est engagé dans cette aventure parce qu'il ferait n'importe quoi pour vous satisfaire. Vous êtes son idole et il vous adore !

— Je ne pourrais pas être plus fier de lui, admit le sorcier, le regard noir, ni l'aimer davantage. Mais s'il ne terrasse pas Darken Rahl, je serai une idole morte ! Parfois, les sorciers doivent utiliser les gens au nom de l'intérêt général…

— Je comprends ce que vous ressentez… Être obligé de lui cacher ce que vous aimeriez lui révéler…

Zedd se leva soudain.

— Je suis navré que vous en ayez tant bavé, tous les deux. Maintenant que je suis là, ce sera peut-être moins dur. Bonne nuit, chère enfant.

Il s'enfonça dans l'obscurité.

— Zedd ! appela Kahlan.

Le sorcier se retourna, silhouette noire dans la forêt obscure.

— Zedd, vous aviez une femme…

— C'est vrai.

— Comment c'était ? Je veux dire, aimer quelqu'un plus que soi-même, être avec cette personne, et recevoir son amour en retour ?

Un long moment, le sorcier la regarda en silence. Elle attendit, désolée de ne pas voir son expression. Puis elle comprit qu'il ne répondrait pas.

— Sorcier Zorander, ce n'est pas une requête, mais un ordre. Répondez !

— C'était comme avoir trouvé l'autre moitié de moi-même. Être complet, épanoui, pour la première fois de ma vie…

— Merci, Zedd… (Kahlan se réjouit qu'il ne puisse pas voir les larmes qui perlaient à ses paupières.) C'était juste une question, comme ça… Simple curiosité !

Chapitre 37

Richard se réveilla quand il entendit Kahlan revenir et jeter un peu de bois dans le feu. Une lumière rose commençait à couronner les montagnes, les nuages noirs faisant une toile de fond parfaite aux pics enneigés. Les yeux grands ouverts, étendu sur le dos, Zedd ronflait comme un sonneur. Richard se frotta les yeux et bâilla à s'en décrocher la mâchoire.

— Que dirais-tu d'une bouillie de racines de tava ? murmura-t-il pour laisser le sorcier continuer son somme.

— Que du bien…, souffla Kahlan.

Richard sortit les racines de son sac et entreprit de les peler avec son couteau. Kahlan se mit en quête d'une casserole.

Quand il eut débité les racines, il les jeta dans l'eau – tirée d'une outre – qui chauffait déjà.

— C'étaient les dernières, dit-il. On devra creuser pour en trouver d'autres, mais j'ai peur qu'on ne déniche pas de tava dans un sol aussi rocheux.

— J'ai cueilli des baies, l'informa Kahlan.

Ils se réchauffèrent les mains au-dessus des flammes.

Cette femme est plus puissante qu'une reine ! pensa le Sourcier. Il essaya d'imaginer une souveraine, avec sa couronne et sa robe d'apparat, occupée à ramasser des baies…

— Tu as vu quelque chose pendant ton tour de garde ?

La jeune femme secoua la tête. Puis elle sembla se souvenir d'un détail.

— À un moment, j'ai entendu un bruit étrange. Par ici, près du camp. D'abord un grognement, puis un cri… J'ai failli venir te réveiller, mais c'était très bref et ça ne s'est pas reproduit.

— Près du camp, dis-tu, fit Richard en regardant autour de lui. Je me demande ce que c'était. Mais ça ne m'a pas tiré du sommeil, sans doute parce que j'étais trop épuisé…

Il vérifia que les racines étaient cuites, les retira du feu, les écrasa avec une fourchette et mit un peu de sucre. Kahlan les servit et ajouta une grosse poignée de baies sur chaque bol.

— Tu ne réveilles pas Zedd ? demanda-t-elle.

— Regarde bien…, fit Richard, tout sourire.

Avec sa cuiller, il tapa doucement contre le bol en étain.

Zedd grogna et s'assit comme s'il était une marionnette dont on venait de tirer les fils.

— Le petit déjeuner est prêt ? demanda-t-il en clignant deux fois des yeux.

Lui tournant le dos, Richard et Kahlan gloussèrent bêtement.

— Tu es de bonne humeur, ce matin, dit la jeune femme à son compagnon.

— C'est normal, Zedd est de nouveau avec nous.

Richard approcha du sorcier, lui tendit une portion de bouillie, puis s'assit sur une pierre plate pour s'attaquer à la sienne. Kahlan s'installa confortablement sur le sol, une couverture enroulée autour des jambes. Le sorcier commença à manger sans s'extraire de la sienne. Attendant le bon moment pour agir, Richard savoura lentement son petit déjeuner pendant que Zedd l'engloutissait.

— Succulent ! s'exclama le vieil homme.

Il se leva pour aller se resservir.

Richard attendit qu'il soit occupé par la casserole, et lâcha :

— Kahlan m'a raconté… Elle m'a dit comment tu l'as obligée à tout lui révéler à propos de Shota.

La jeune femme se pétrifia comme si elle avait été frappée par la foudre.

Zedd se releva et se tourna vers elle.

— Pourquoi lui as-tu parlé ! Je croyais que tu ne voulais pas qu'il sache que…

— Zedd… je n'ai pas…

Le sorcier fit la grimace et regarda Richard, qui continua paisiblement à manger et ne daigna même pas relever les yeux.

— Elle ne m'a rien dit. C'est toi qui viens de te trahir !

Le Sourcier porta sa dernière cuillerée à sa bouche, avala lentement, lécha son couvert et le laissa retomber dans le bol.

Puis son regard, calme et triomphant, se riva dans celui de Zedd.

— La Première Leçon du Sorcier ! annonça-t-il avec un sourire en coin. On gobe un mensonge parce qu'on désire y croire, ou parce qu'on a peur que ce soit la vérité.

— Je vous l'avais dit ! explosa Kahlan. Je savais qu'il découvrirait tout !

Zedd ignora l'intervention de la jeune femme, ses yeux soudain ternes ne quittant pas ceux du Sourcier.

— J'ai réfléchi, cette nuit, annonça Richard en posant le bol. Et j'ai conclu que tu avais raison de vouloir savoir, à propos de Shota. Pour un sorcier, il y a peut-être là-dedans quelque chose d'exploitable contre Darken Rahl. Sachant que tu n'abandonnerais pas avant d'être informé, j'avais décidé de t'en parler aujourd'hui. Puis j'ai compris que tu forcerais Kahlan à se confier – d'une manière ou d'une autre.

Kahlan se rassit sur sa couverture en riant aux éclats.

— Fichtre et foutre ! s'écria Zedd, les poings sur les hanches. Richard, as-tu idée de ce que tu viens de faire ?

— De la sorcellerie ! J'ai entendu dire qu'un truc, quand il est bien fait, équivaut à de la magie.

— Vraiment…, fit Zedd en secouant la tête. (Il brandit un index squelettique, ses yeux de nouveau vifs et brillants.) Tu as piégé un sorcier avec son propre axiome. Aucun de mes élèves n'avait jamais réussi ça. (Il fit un pas en avant, un grand sourire sur les lèvres.) Fichtre et foutre, Richard ! Tu as le don ! Oui, tu l'as ! Tu pourrais être un sorcier du Premier Ordre, comme moi.

— Je n'ai aucune intention d'entrer dans ta confrérie…

— Tu as passé la première épreuve, continua Zedd comme s'il n'avait rien entendu.

— Tu viens de dire qu'aucun de tes élèves n'y était parvenu. Comment sont-ils devenus des sorciers, s'ils ont raté la première épreuve ?

— C'étaient des sorciers du Troisième Ordre. Giller est du Deuxième. Tous ont raté les épreuves qui donnent accès au Premier. Ils n'avaient pas le don. Juste la vocation.

— Ce n'était qu'un truc, dit Richard. Ne fais pas une montagne d'une souris…

— Un truc très réussi ! Je suis impressionné. Et rudement fier de toi.

— Si c'est la première épreuve, combien y en a-t-il d'autres ?

— Ma foi, je n'en sais trop rien… Quelques centaines, à peu près. Mais tu as le don, Richard ! (Une ombre d'inquiétude passa dans les yeux de Zedd, comme s'il était pris au dépourvu.) Tu devras apprendre à le contrôler, sinon… (Son regard pétilla de nouveau.) Je t'apprendrai ! Tu peux vraiment devenir un sorcier du Premier Ordre !

S'avisant qu'il écoutait avec un intérêt suspect, Richard secoua la tête pour s'éclaircir les idées.

— Je te l'ai déjà dit, être un sorcier ne m'intéresse pas ! (Il ajouta, marmonnant dans sa barbe :) Quand tout ça sera fini, je ne veux plus avoir affaire à la magie. (Soudain, il remarqua que Kahlan aussi le regardait avec des yeux ronds.) Arrêtez ça, tous les deux ! C'était un truc, une ruse très simple. Rien de plus.

— Si tu l'avais fait à quelqu'un d'autre, ce serait vrai. Mais abuser un sorcier…

— Vous êtes tous les deux des…, commença Richard.

— Peux-tu commander au vent ? coupa Zedd en tendant le cou vers son protégé.

Richard recula d'un demi-pas.

— Bien sûr ! dit-il, entrant dans le jeu du vieil homme. (Il leva les bras vers le ciel.) Viens à moi, frère le vent ! Déchaîne-toi ! Qu'une bourrasque souffle pour moi.

Il écarta théâtralement les mains.

Kahlan resserra à tout hasard les pans de son manteau. Zedd regarda autour de lui. Rien ne se produisant, le sorcier et l'Inquisitrice parurent vaguement déçus.

— Qu'est-ce qui vous prend ? demanda Richard. Vous avez mangé des baies empoisonnées ?

— Il apprendra ça plus tard…, dit Zedd en se tournant vers la jeune femme.

Elle réfléchit, puis regarda Richard.

— Tu sais, on ne propose pas à beaucoup de gens d'entrer dans cette profession…

— Fichtre et foutre ! lança Zedd en se frottant les mains. Je regrette de ne pas avoir les livres avec moi. Je parie une dent de dragon qu'ils parlent de ce sujet… (Il se rembrunit.) Mais il y a le problème de la douleur, et…

— De toute façon, coupa Richard, mal à l'aise, tu es un sorcier à la noix ! Tu ne portes même pas de barbe !

— Plaît-il ? lança Zedd, arraché à ses pensées.

— Ta barbe ! Où est-elle ? Je me pose la question depuis que je connais ta véritable identité. Les sorciers sont censés être barbus !

— Qui t'a dit ça ?

— Euh… Je ne sais pas. Mais c'est de notoriété publique. Les sorciers doivent porter la barbe. Je suis étonné que tu l'ignores.

Zedd fit la grimace, comme s'il venait de mordre dans un citron.

— Je déteste les barbes ! Ça gratte !

— Si tu ignores qu'un sorcier doit en avoir une, le taquina Richard, tu en sais sûrement moins long sur la magie que tu le prétends.

Indigné, Zedd croisa les bras.

— Une barbe, dis-tu ? Une fichue barbe ?

Il décroisa les bras et passa le bout de ses doigts le long de son menton. Des favoris apparurent sur ses joues. Puis ils s'allongèrent. Les yeux ronds, Richard regarda pousser une superbe barbe blanche qui atteignit vite le milieu de la poitrine de Zedd.

Le sorcier défia son protégé du regard.

— Ça te convient, mon garçon ?

Richard s'aperçut qu'il était bouche bée. Il la referma et dut se contenter d'un hochement de tête.

Le vieil homme se gratta le menton et le cou.

— Très bien. À présent, passe-moi ton couteau, que je me rase. Ça démange comme une fourmilière !

— Mon couteau ? Pourquoi ? Tu n'as qu'à la faire disparaître, voilà tout !

Kahlan gloussa mais reprit son sérieux dès qu'il la regarda.

— Ça ne marche pas comme ça, dit Zedd, et tout le monde le sait, mon garçon ! (Il se tourna vers l'Inquisitrice.) N'est-ce pas, que c'est de *notoriété publique* ? Explique-lui, mon enfant !

— La magie utilise des éléments préexistants. Elle ne peut pas défaire ce qui est déjà là.

— Je n'y comprends rien !

— Alors, voilà ta première leçon, dit Zedd, au cas où tu changerais un jour d'avis. Nous maîtrisons tous les trois une forme de magie qu'on appelle Additive. Elle se sert de ce qui existe pour y ajouter quelque chose, ou l'utiliser d'une manière ou d'une autre. Celle de Kahlan attise l'étincelle d'amour qui brûle dans tout être humain, si petite soit-elle, et l'alimente jusqu'à ce qu'elle se transforme en autre chose. Celle de l'Épée de Vérité se sert de ta colère et l'exacerbe pour y puiser du pouvoir… et la transformer en quelque chose de différent.

» Il en va de même pour moi. Dans la nature, je peux tout transformer. Par exemple, changer un insecte en fleur, faire de la peur un véritable monstre, ressouder un os cassé… Ou encore m'emparer de la chaleur qui existe dans l'air et la développer pour générer du feu magique. Dans le même ordre d'idée, me doter d'une barbe est un jeu d'enfant. Mais il m'est impossible de la supprimer. (Une pierre grosse comme son poing lévita soudain devant lui.) Je peux soulever un objet et le détruire.

La pierre explosa.

— Tu as tous les pouvoirs…, souffla Richard.

— Non ! Soulever la pierre ou la broyer, mais pas la faire disparaître. Où irait-elle ? La magie qui détruit les choses est dite « Soustractive ». La mienne, celle de Kahlan et celle de l'épée sont de ce monde. Toutes les formes de sorcellerie de notre univers sont Additives. Darken Rahl a accès aux mêmes que moi. (Le sorcier se rembrunit.) La Magie Soustractive est originaire du royaume des morts. Rahl la maîtrise aussi. Pas moi.

— Est-elle aussi puissante que la Magie Additive ?

— C'est son parfait opposé. Comme la nuit pour le jour. Mais elles sont des parties d'un tout. La magie d'Orden les englobe toutes les deux. Elle peut ajouter des choses au monde, ou le réduire à néant. Pour ouvrir une boîte, il faut être un maître dans les deux disciplines. On ne s'inquiétait pas que ça arrive, parce que personne, jusque-là, n'était parvenu à exploiter la Magie Soustractive. Rahl réussit sans difficulté.

— Comment est-ce possible ? demanda Richard.

— Je n'en sais rien. Mais ça me perturbe beaucoup…

— Eh bien, pour en revenir à nos moutons, je persiste à dire que tu fais une montagne d'un petit rien. C'était juste un truc…

— Si la victime avait été une personne normale, répliqua Zedd, tu aurais raison. Mais je suis un sorcier qui n'ignore rien de la Première Leçon. Tu n'aurais pas pu me jouer ce tour sans avoir un don pour la magie. Richard, j'ai formé beaucoup de disciples, et il a fallu que je leur enseigne ce que tu appelles un « truc ». Sinon, ils n'auraient pas pu l'utiliser. De temps en temps, quelqu'un naît avec le don. J'étais du nombre. Et toi aussi ! Tôt ou tard, tu devras apprendre à le contrôler. (Il tendit la main.) À présent, donne-moi le couteau que je me débarrasse de cette barbe ridicule !

Richard posa la garde sur la paume de son ami.

— La lame est émoussée… J'ai épluché des racines avec. Si tu te rases, ce sera un massacre !

— On parie ?

Zedd prit la lame entre le pouce et l'index et les fit descendre le long du tranchant. Puis il saisit fermement la poignée. Richard frémit à l'idée qu'il allait se raser à sec.

Le sorcier passa vivement la lame dans sa barbe. Une touffe de poils s'en détacha aussitôt.

— De la Magie Soustractive ! s'écria Richard. Tu as éliminé une partie de l'acier pour aiguiser le reste !

— Non, répliqua Zedd, le front plissé, j'ai utilisé quelque chose de préexistant et reformé le tranchant pour qu'il coupe.

Pendant que son vieil ami se rasait, Richard, quelque peu perplexe, alla rassembler leurs affaires. Kahlan vint lui prêter main-forte.

— Tu sais, Zedd, dit le jeune homme en ramassant les bols, je crois que tu deviens un peu trop têtu. Quand nous aurons vaincu, tu auras besoin de quelqu'un… Une personne qui s'occupe de toi et qui t'aide à élargir ton horizon. Un être qui stimule ton imagination. Bref, une épouse…

— Pardon ?

— C'est évident ! Il te faut une femme. Tu devrais peut-être retourner voir Adie.

— Adie ?

— Oui. Adie, tu te rappelles ? La beauté qui n'a qu'un pied.

— Oh, pour me rappeler, je me rappelle ! (Il gratifia Richard de son regard le plus innocent.) Mais elle a deux pieds, comme tout le monde.

Richard et Kahlan se relevèrent d'un bond.

— Quoi ?

— Eh oui, triompha Zedd. On dirait que le deuxième a repoussé… (Il se pencha et sortit une pomme du sac de Richard.) Inattendu, non ?

Richard tira le sorcier par la manche pour le forcer à se retourner.

— Zedd, tu as…

— Es-tu absolument sûr de ne pas vouloir rejoindre ma confrérie ?

Il mordit dans la pomme et savoura… l'air éberlué de Richard. Puis il lui rendit son couteau, au tranchant plus affûté que jamais.

Le jeune homme secoua la tête et s'éloigna.

— Mon seul désir est de rentrer chez moi pour exercer ma profession : guide forestier ! Rien de plus. (Il réfléchit puis posa une question :) Zedd, j'ai grandi près de toi sans soupçonner que tu étais un sorcier. Tu ne recourais jamais à la magie. Comment as-tu pu t'en priver ? Et pourquoi ?

— Eh bien, la magie n'est pas sans danger. Ni sans douleur.

— Quels dangers ?

Zedd dévisagea un instant son jeune ami.

— Tu le sais aussi bien que moi, puisque tu as été exposé à celle de l'épée.

— C'est différent, justement parce qu'il s'agit d'un artefact ! Quels dangers court un sorcier qui exerce son art ? Et quelle douleur peut-il ressentir ?

Zedd eut un petit sourire.

— Il vient de découvrir la Première Leçon, et il voudrait déjà passer à la Deuxième…

— Oublie ça ! dit Richard en ramassant son sac. Mon seul désir, c'est d'être un bon guide forestier…

Sa pomme à la main, Zedd se mit en route.

— Il me semble que tu l'as déjà dit. (Il mordit à belles dents le fruit à la peau rouge.) Maintenant, raconte-moi tout ce qui est arrivé après que j'ai été assommé. N'omets pas un détail, même s'il te semble sans importance.

Richard et Kahlan échangèrent un regard embarrassé.

— Je ne dirai rien si tu te tais aussi, murmura le jeune homme.

— Juré, je ne ferai pas la moindre allusion à ce qui s'est passé dans la maison des esprits, souffla l'Inquisitrice.

À son regard, il sut qu'elle entendait tenir parole.

Toute la journée, pendant qu'ils suivaient diverses pistes, toujours à l'écart des voies principales, les jeunes gens se relayèrent pour informer Zedd de ce qui s'était produit depuis le jour de l'attaque, près de la frontière. Aux moments les plus incongrus, le sorcier les faisait revenir en arrière pour préciser un détail à première vue sans intérêt. Quand ils en furent à leur séjour chez le Peuple d'Adobe, ils réussirent à éviter toute mention de leurs débordements, dans la maison des esprits.

En approchant de Tamarang, ils croisèrent plusieurs routes et commencèrent à voir des réfugiés, leurs possessions sur le dos ou sur de petits chariots. Richard s'assura qu'ils ne restaient pas longtemps à la vue des gens et se plaçait entre Kahlan et eux dès qu'il le pouvait. Personne ne devait reconnaître la Mère Inquisitrice. Dès qu'ils revenaient dans la forêt, il se sentait immensément soulagé. C'était là qu'il respirait le mieux, même si on pouvait aussi y faire de mauvaises rencontres…

Vers le soir, ils durent emprunter la route principale pour franchir le fleuve Callisidrin. Les eaux étant trop tumultueuses pour une traversée à gué, ils passèrent par le grand pont de bois. Protecteurs, Zedd et Richard gardèrent Kahlan entre eux, car beaucoup de gens se pressaient sur le pont. Soucieuse de dissimuler ses cheveux, l'Inquisitrice releva la capuche de son manteau…

En majorité, les voyageurs se dirigeaient vers Tamarang, en quête d'un abri contre les hordes prétendument venues de Terre d'Ouest. Selon Kahlan, la ville n'était plus très loin, et ils arriveraient le lendemain vers midi. Désormais, ajouta-t-elle, ils seraient obligés de suivre la route. Mais pour camper, insista Richard, ils devraient se renfoncer dans la forêt, le plus loin possible des réfugiés.

Il surveilla la course du soleil pour ne pas rater le moment où ils devraient bifurquer vers les bois.

— C'est confortable, pas vrai ?

Rachel fit comme si Sara avait répondu par l'affirmative et disposa un peu plus d'herbe autour de la poupée pour être sûre qu'elle ait chaud. Puis elle posa la miche de pain, toujours enveloppée dans son torchon, près du jouet.

— Tu n'auras pas froid, comme ça… Je vais aller chercher du bois avant qu'il fasse trop noir. Après, nous serons toutes les deux au chaud…

Elle laissa Sara et la miche dans le pin-compagnon et sortit. Le soleil était couché, mais sous les nuages colorés de rose, la lumière restait suffisante. Rachel jeta de petits coups d'œil au ciel en ramassant des brindilles qu'elle coinçait sous son bras gauche. Puis elle vérifia que le bâton magique était toujours dans sa poche. La nuit précédente, elle avait failli l'oublier, et il ne fallait pas que ça se reproduise.

Elle regarda de nouveau les nuages et aperçut une grande silhouette noire qui volait au ras des cimes au-dessus d'une colline. Sans doute un oiseau géant. Les corbeaux étaient énormes et noirs comme de l'encre. Ce devait être l'un d'eux…

L'enfant ramassa un peu plus de bois. Avisant un buisson de baies en terrain découvert, ses feuilles mordorées par l'automne, elle lâcha ses brindilles et courut vers cette manne.

Affamée, elle s'assit devant le buisson et dévora les baies aussi vite qu'elle réussissait à les cueillir. À cette période de l'année, les fruits se ratatinaient et perdaient presque tout leur jus, mais ils restaient délicieux quand on avait l'estomac vide. Un peu rassasiée, Rachel décida de mettre une baie dans sa poche pour chacune qu'elle mangeait. Rampant sur les genoux, elle continua sa cueillette : un fruit dans la bouche, un autre dans la poche. De temps en temps, elle regardait les nuages, qui viraient lentement du rose au violet…

L'estomac moins avide et les poches pleines, Rachel récupéra son petit bois et regagna le pin-compagnon. À l'intérieur, elle défit le torchon qui enveloppait la miche et fit tomber les baies dessus. Confortablement assise, elle recommença à manger en bavardant avec Sara – qui refusa presque tous les fruits qu'elle lui proposa.

Rachel aurait voulu avoir un miroir, pour contempler ses cheveux. Aujourd'hui, elle avait pu se regarder dans une mare. Que sa coupe était belle – et si régulière ! Richard avait été tellement gentil de s'en occuper !

Il lui manquait. S'il avait été là, il l'aurait blottie dans ses bras, le soir… Ses bras, l'endroit qu'elle préférait au monde ! Si Kahlan avait été moins méchante, il l'y aurait sans doute blottie aussi, et elle aurait adoré ça ! Bizarrement, elle manquait également à l'enfant. Ses histoires, ses chansons, ses caresses sur le front… Pourquoi était-elle mauvaise au point de vouloir faire du mal à Giller ? Un des hommes les plus adorables de l'univers… Celui qui lui avait donné Sara !

Rachel cassa son petit bois pour que les morceaux entrent dans le cercle de pierres. Après les avoir disposés soigneusement, elle sortit son bâton magique.

— Brûle pour moi !

Elle posa le bâton sur le torchon, près des dernières baies, et se réchauffa les mains sur les flammes en finissant de manger. Ensuite, elle raconta ses malheurs à Sara : elle aurait voulu que Richard la serre dans ses bras, que Kahlan ne soit pas méchante, qu'elle ne veuille pas frapper Giller… et qu'il y ait ce soir autre chose à manger que des baies !

Soudain, un insecte lui piqua le cou. Avec un petit cri, Rachel l'écrasa d'une tape. Quand elle regarda sa main, il y avait un peu de sang dessus.

Et une mouche morte.

— Sara, cette stupide bestiole m'a mordue jusqu'au sang !

La poupée sembla désolée qu'elle ait des ennuis.

Pour se consoler, Rachel mangea quelques baies.

Quand une autre mouche la piqua, elle l'écrasa aussi, mais sans crier. Sur sa main, elle vit une autre tache de sang.

— Ça fait mal ! dit-elle à Sara.

Puis elle jeta la mouche écrasée dans le feu.

Celle qui la piqua au bras la fit sursauter. Sans pitié, elle l'écrabouilla. Mais une autre s'attaqua à son cou.

Il y en avait partout autour d'elle. Deux de plus s'en prirent à son cou, la faisant saigner avant qu'elle les tue. Des larmes de douleur perlèrent à ses paupières…

— Fichez le camp ! cria-t-elle en agitant les bras.

Quelques insectes s'étaient glissés sous sa robe et lui piquaient la poitrine et le dos. D'autres se reposaient déjà sur son cou.

Rachel hurla en essayant de les chasser. À présent, des larmes ruisselaient sur ses joues. Une piqûre dans l'oreille la fit crier encore plus fort. Entendre bourdonner l'insecte dans son conduit auditif la rendit folle de terreur. Elle y enfonça un doigt pour tenter d'expulser l'intrus.

Hurlant de terreur, elle sortit du pin-compagnon, des mouches collées à ses yeux. Quand elle courut, battant des bras pour s'en débarrasser, ses ennemies la suivirent.

Lorsqu'une silhouette se dressa devant elle, Rachel s'arrêta net. Ses yeux remontèrent le long de la créature géante au corps couvert de fourrure. Sur son ventre rose, des mouches s'agglutinaient…

Sous les couleurs agonisantes du ciel, le monstre déploya ses immenses ailes et les écarta. Elles ne portaient pas de plumes, juste une peau transparente sous laquelle pulsaient des veines.

Rassemblant tout son courage, Rachel glissa la main droite dans sa poche. Mais le bâton n'y était pas !

Les jambes coupées, la fillette ne sentait même plus les piqûres des mouches.

Entendant comme un ronronnement de chat, mais beaucoup plus fort, elle leva un peu plus la tête.

Des yeux verts brillants la fixaient. Le ronronnement était en réalité un grognement…

La gueule du monstre s'ouvrit pour dévoiler des crocs énormes.

Rachel ne pouvait pas courir. Ni même bouger ou crier. Son regard comme aspiré par celui de la créature, elle tremblait de tous ses membres.

Elle ne savait plus comment faire avancer ses pieds !

Une longue griffe se tendit vers elle.

Soudain, un liquide chaud coula le long de ses jambes.

Chapitre 38

Richard croisa les bras et s'adossa à son rocher.

— Ça suffit ! cria-t-il.

Zedd et Kahlan se tournèrent vers lui, ébahis comme s'ils avaient oublié sa présence. Depuis une demi-heure, il les écoutait se disputer, et ça commençait à le fatiguer. De plus, il était épuisé. Le repas terminé, ils auraient dû dormir depuis longtemps. Au lieu de se reposer, ils tentaient de décider ce qu'ils feraient le lendemain, en atteignant Tamarang. Fatigués de se quereller, l'Inquisitrice et le sorcier entreprirent de plaider leur cause devant lui.

— On entre et je m'occupe de Giller ! lança Zedd. Après tout, c'est mon disciple ! Je réussirai à le faire parler. Fichtre et foutre, je suis quand même un sorcier du Premier Ordre ! Il m'obéira et me donnera la boîte !

Kahlan sortit sa robe blanche de son sac et la montra à Richard.

— C'est ça, l'arme absolue contre Giller ! Mon sorcier fera ce que je lui dirai. En cas de refus, il sait ce qu'il risque…

Richard soupira d'exaspération en se frottant les yeux.

— Vous vendez la peau de l'ours avant de l'avoir tué ! Et même de savoir de quel plantigrade il s'agit…

— Que veux-tu dire ? demanda Kahlan.

Enfin, il avait attiré l'attention de ses deux bouillants amis !

— Au mieux, Tamarang est plutôt favorable à D'Hara. Au pire, Darken Rahl y est déjà. La situation réelle oscille probablement entre ces possibilités. Si nous entrons en force pour exiger la boîte, ça risque de déplaire à ces gens. Et ils ont une armée sur le pied de guerre pour nous exprimer leur mécontentement. Que ferons-nous ? Combattre des régiments à trois ? Vous croyez que nous obtiendrons la boîte ? Ou que nous arriverons à approcher de Giller ? Si on doit lutter, je préférerais que ce soit pour sortir, pas pour entrer !

Richard s'attendait à des objections virulentes, car il venait en somme de passer un savon à ses compagnons. Comme ils ne bronchèrent pas, il continua :

— Giller espère peut-être que quelqu'un vienne et reparte avec la boîte. Il peut aussi être déterminé à ne pas la lâcher. Nous n'en saurons rien tant que nous ne l'aurons pas contacté, pas vrai ? (Il se tourna vers Zedd.) Tu m'as dit que la boîte a un pouvoir qu'un sorcier – ou Darken Rahl – doit détecter. Mais un membre de ta confrérie peut voiler cette magie avec une Toile de Sorcier, interdisant ainsi qu'on repère l'artefact. Milena a peut-être engagé Giller pour ça : dissimuler la boîte histoire qu'elle devienne une monnaie d'échange lors de négociations avec Darken Rahl. Si nous mettons Tamarang sens dessus dessous, Giller risque de prendre peur et de s'enfuir. Dans le cas où Rahl attendrait que sa proie se montre pour lui sauter dessus, vous imaginez le résultat ?

— Je crois que le Sourcier parle d'or, dit Zedd à Kahlan. On devrait peut-être l'écouter ?

— Vous parlez d'or aussi, mon bon sorcier, dit Kahlan avec l'ombre d'un sourire. Richard, que proposes-tu ?

— Tu connais Milena. Comment est-elle ?

Kahlan n'eut pas besoin de réfléchir pour répondre :

— Tamarang est un royaume mineur sans grande importance stratégique. Ça n'empêche pas Milena de se montrer aussi pompeuse et arrogante que toutes les reines.

— Un petit serpent, mais qui peut pourtant nous tuer, résuma Richard.

— Oui. Un serpent avec une grosse tête !

— Les petits reptiles sont très prudents quand ils ignorent à qui ils se frottent. La priorité, c'est de l'inquiéter. Lui faire perdre son assurance pour qu'elle n'ose pas nous mordre.

— Ce qui signifie, en clair ? demanda Kahlan.

— Tu as déjà eu affaire à elle... Les Inquisitrices vont dans les royaumes recueillir des confessions, inspecter des prisons et découvrir la vérité. Milena ne fermerait pas la porte de Tamarang à une Inquisitrice ?

— Pas s'il lui reste la moitié d'un cerveau ! lança Zedd.

— Alors, voilà ce que nous allons faire... Kahlan, tu remettras ta robe et tu feras ton devoir. Une Inquisitrice qui accomplit sa mission, rien de plus ! La reine ne sera pas ravie, mais elle te traitera bien. Elle te laissera voir tout ce que tu veux pour que tu repartes au plus vite. En toute logique, elle n'a aucun intérêt à faire un esclandre. Donc, tu visiteras ses cachots, tu souriras – ou tu plisseras le front, selon ce qui convient. Avant de partir, tu demanderas à parler à ton ancien sorcier.

— Tu veux envoyer cette pauvre enfant seule ? s'indigna Zedd.

— Non. Kahlan n'a pas de sorcier avec elle et la reine trouverait cette vulnérabilité... tentante. Nous ne voulons pas la faire saliver.

— Je serai le sorcier de Kahlan ! déclara Zedd.

— Pas question ! Au moment où nous parlons, Darken Rahl tue des gens pour te débusquer. Si tu neutralises ta Toile et révèles ton identité, nous aurons des problèmes avant d'avoir pu filer avec la boîte. Qui sait quelle récompense est placée sur ta vieille peau ridée ? Tu protégeras Kahlan, mais dans l'anonymat. Tu te présenteras comme... (Richard réfléchit en pianotant sur la garde de son épée.) J'ai trouvé ! Un devin qui lit dans les nuages. Le précieux conseiller de la Mère Inquisitrice, en l'absence d'un sorcier. (Zedd grommela ; Richard le foudroya du regard.) Je suis sûr que tu joueras ce rôle à la perfection.

— Ainsi, dit Kahlan, tu dissimuleras aussi ton épée et ton identité à Milena ?

— Non. La présence d'un Sourcier calmera ses ardeurs. Un autre sujet d'inquiétude qui l'incitera à garder ses crocs rentrés jusqu'à ce que nous soyons partis. La base de ma stratégie, c'est de la confronter à quelqu'un de familier – une Inquisitrice – pour qu'elle ne s'alarme pas. En même temps, un Sourcier et un devin la mettront assez mal à l'aise pour qu'elle veuille s'en débarrasser au plus vite, avant de découvrir quel genre de tracas ils peuvent lui apporter. Vos plans, mes amis, nous auraient obligés à livrer un combat périlleux. Ma méthode réduit ce risque. Et si nous devons en découdre, ce sera pour sortir avec la boîte. (Il leur jeta un regard sévère.) Vous vous souvenez que c'est notre objectif, n'est-ce pas ? Au cas où vous auriez un trou de mémoire, c'est ça qui nous intéresse, pas d'avoir la tête de Giller dans un panier. On se fiche du camp dans lequel il est ! La boîte, voilà ce que nous voulons, et rien de plus !

Le front plissé, Kahlan croisa les bras. Zedd contempla les flammes en se frottant le menton. Richard les laissa ruminer un moment. Leurs stratégies conduiraient à la catastrophe et ils ne tarderaient pas à le reconnaître.

— Tu as raison, évidemment, dit Zedd en se tournant vers son protégé. Je souscris à ton plan. (Il regarda Kahlan.) Et toi, Mère Inquisitrice ?

La jeune femme dévisagea le vieil homme avant de lever les yeux vers Richard.

— Je suis d'accord. Mais il y a un problème. Vous devrez jouer le rôle de courtisans d'une Mère Inquisitrice. Richard, Zedd connaît le protocole, mais pas toi !

— J'espère ne pas traîner longtemps à Tamarang... Dis-moi ce qu'il faut savoir pour faire illusion un moment.

— Eh bien, déclara Kahlan après avoir pris une grande inspiration, le plus important, c'est que vous passiez pour des membres de ma suite. Il faudra être très respectueux. (Elle s'éclaircit la gorge et détourna le regard.) Comportez-vous comme si j'étais la personne la plus importante du monde. Traitez-moi avec déférence, et personne ne mettra notre comédie en doute. Toutes les Inquisitrices laissent une certaine liberté à leurs assistants. Richard, si tu t'écartes un peu de la règle, personne ne s'en étonnera. Et même si tu juges que je me comporte étrangement, continue à jouer ton rôle. Compris ?

Richard la regarda un moment. Tête baissée, elle fixait le sol.

— Mère Inquisitrice, dit-il en se levant, ce sera un honneur.

Il ponctua cette déclaration d'une révérence.

— Incline-toi plus bas, mon garçon ! dit Zedd. Tu ne voyages pas avec une Inquisitrice du tout venant. C'est la *Mère* Inquisitrice que tu escortes !

— D'accord, d'accord..., soupira le Sourcier. Je ferai de mon mieux. À présent, dormons un peu ! Je prends le premier tour de garde.

—Richard! appela Zedd. (Le jeune homme se retourna.) Dans les Contrées du Milieu, beaucoup de gens et de créatures ont un pouvoir magique. Il existe de nombreux types de sorcellerie, tous redoutables. Nous ignorons de quels sycophantes s'est entourée la reine. Écoute bien ce que Kahlan et moi te disons, et ne marche sur les pieds de personne. Tu ne sauras jamais qui, ou quoi, sont les membres de son entourage.

Richard resserra les plis de son manteau autour de lui.

—On entre et on sort en déplaçant le moins d'air possible. C'est aussi ce que je veux. Si tout va bien, demain à la même heure, nous aurons la boîte et notre seul souci sera de la cacher jusqu'au premier jour de l'hiver.

—Très bien. Tu as tout compris, mon garçon. Bonne nuit…

Dans un coin pas trop broussailleux, Richard trouva une souche couverte de mousse. Un endroit idéal pour garder un œil sur le camp et surveiller la forêt. Avant de s'asseoir, il vérifia que la mousse était sèche, peu désireux d'attraper froid à cause d'un fond de pantalon humide. Rassuré, il écarta l'épée de sa hanche, s'assit et s'emmitoufla dans son manteau. Avec les nuages qui voilaient la lune, sans le feu de camp, il aurait monté la garde dans le type d'obscurité qui donne le sentiment d'être aveugle.

Richard broya vite du noir. Il n'aimait pas l'idée que Kahlan remette sa robe et prenne d'énormes risques. Pour ne rien arranger, c'était sa proposition! Et qu'avait-elle voulu dire par «comportement étrange»? Pourquoi cela risquait-il de le sortir de son rôle? Quant à la traiter comme si elle était la personne la plus importante du monde… Voilà qui lui déplaisait fort. À ses yeux, Kahlan était une amie – faute de mieux. Voir en elle l'imposante Mère Inquisitrice ne l'enchantait pas. Car c'était la magie liée à son titre, justement, qui les empêchait d'être davantage que des amis. La voir comme les autres la voyaient l'angoissait. Tout ce qui lui rappelait l'identité de Kahlan, et sa magie, creusait davantage la plaie qu'il portait au cœur.

Un bruit à peine audible le fit sursauter. Il se redressa, tous les sens à l'affût.

Les yeux jaunes l'épiaient. Même s'il ne les voyait pas, il sentait un regard peser sur lui. Il frissonna, conscient qu'une créature, très près de là, le guettait. Soudain, il se sentit comme nu. Et infiniment vulnérable.

Les yeux écarquillés, le cœur battant la chamade, il sonda l'endroit où la créature se cachait. Le silence, n'étaient les battements de son cœur à ses tempes, lui semblait oppressant. Il retint son souffle et tendit l'oreille.

Il entendit de nouveau le bruit d'une patte ou d'un pied qui foulait à peine le sol. La créature approchait! Richard sonda l'obscurité, tentant de capter un mouvement.

Le prédateur n'était plus qu'à dix pas de lui lorsqu'il vit enfin ses yeux, à ras du sol. Ils étaient rivés sur lui.

Quand la créature s'immobilisa, le Sourcier retint son souffle.

Le prédateur grogna et bondit. Richard se leva, porta la main à son épée et vit qu'il avait affaire à un loup. Le plus gros qu'il ait jamais croisé!

L'animal fut sur lui avant qu'il ait pu dégainer son arme et ses pattes avant lui percutèrent la poitrine. Sous l'impact, Richard bascula en arrière, par-dessus la souche où il était assis.

Alors qu'il se réceptionnait sur le dos, la tête renversée, il vit derrière lui une créature bien plus effrayante que le loup.

Un chien à cœur !

Des mâchoires monstrueuses se tendirent vers lui au moment où le loup, au terme de son bond, sautait à la gorge du monstre.

La tête du Sourcier heurta une surface dure. Avant de s'évanouir, il entendit un jappement et le bruit de crocs qui déchirent de la chair…

Quand Richard rouvrit les yeux, Zedd était agenouillé près de lui, un doigt sur chacune de ses tempes. Près d'eux, Kahlan tenait une torche. Encore nauséeux, le jeune homme se leva sur des jambes mal assurées. L'Inquisitrice le fit s'asseoir sur la souche.

Soucieuse, elle lui passa les doigts sur les joues.

— Tu vas bien ?

— Je crois… Mais ma tête me fait mal…

Encore un peu, et il vomirait tripes et boyaux !

Zedd prit sa torche à Kahlan et éclaira le cadavre du chien à cœur, la gorge déchiquetée. Puis le sorcier regarda l'épée de Richard, toujours au fourreau.

— Comment se fait-il que ce chien ne t'ait pas eu ?

Le Sourcier se tâta l'arrière du crâne, douloureux comme si on y avait planté une dizaine de dagues.

— Je n'en sais rien… C'est arrivé si vite. (Soudain, il se souvint, comme on retient les images d'un rêve au réveil.) Un loup ! (Il se releva.) C'était un loup qui nous suivait !

Kahlan approcha et lui enlaça la taille pour le soutenir.

— Un loup ? demanda-t-elle d'une drôle de voix. Tu es sûr ?

— Oui. J'étais assis… Soudain, j'ai senti qu'il m'épiait. Quand il s'est approché, j'ai vu ses yeux jaunes. Puis il a bondi sur moi. J'ai cru qu'il m'attaquait, alors j'ai tenté de dégainer l'épée, mais il voulait seulement me faire tomber. Sa cible, c'était le chien à cœur, derrière moi ! Je ne l'avais pas vu, ni senti, avant de basculer en arrière. Ce loup m'a sauvé la vie !

Kahlan lâcha Richard et se tourna vers les bois, les poings sur les hanches.

— Brophy ! Je sais que tu es là ! Viens ici, tout de suite !

La tête basse et la queue entre les jambes, le loup sortit des ombres et entra dans le cercle de lumière de la torche. Du bout du museau à la pointe de la queue, son épaisse fourrure était gris anthracite. Sur sa gueule sombre, ses yeux jaunes brillaient comme deux étoiles. Avec un jappement, il se mit à plat ventre et rampa jusqu'aux pieds de Kahlan. Puis il se roula sur le dos, les pattes en l'air, et gémit.

— Brophy ! le tança Kahlan. Tu nous suivais ?

— Pour vous protéger, maîtresse.

Richard en resta bouche bée. Un coup sur la tête pouvait-il avoir ce genre d'effet ?

— Il parle ! s'écria-t-il. Je l'ai entendu ! Ce loup sait parler !

Zedd et Kahlan regardèrent le jeune homme comme s'il avait perdu la tête. Puis le sorcier, dubitatif, se tourna vers Kahlan.

— Je croyais que tu lui avais tout dit ?

L'Inquisitrice tressaillit.

— Il semble que j'aie oublié quelques détails… (Elle fit la grimace.) Il ignore tant de choses ! Tout ça fait partie de nos vies depuis toujours. Pas de la sienne !

— Bon, venez, grommela le vieil homme. Retournons tous au camp !

Il ouvrit le chemin, torche au poing. Le loup marcha près de Kahlan, les oreilles et la queue basses.

Quand ils s'assirent autour du feu, Richard regarda l'animal, qui avait pris place à côté de l'Inquisitrice.

— Mon ami le loup…, commença le Sourcier.

— Brophy. C'est Brophy, mon nom !

— Désolé… Brophy, je me nomme Richard et je te présente Zedd. Merci de m'avoir sauvé la vie.

— De rien, grogna l'animal.

— Brophy, dit Kahlan, toujours courroucée, que fais-tu ici ?

Le loup baissa de nouveau les oreilles.

— Tu étais en danger, maîtresse, et je voulais te protéger.

— Je t'ai libéré ! lui rappela l'Inquisitrice.

— C'était toi, la nuit dernière ? demanda Richard.

Brophy tourna vers lui ses yeux jaunes.

— Oui. Autour de votre campement, j'ai éliminé les chiens à cœur. Plus d'autres créatures nuisibles. Hier, un peu avant l'aube, un monstre s'est approché de votre bivouac. Je me suis chargé de lui. Le chien de ce soir avait entendu battre ton cœur, ami Richard, et il te traquait. Maîtresse Kahlan aurait été triste qu'il te dévore, alors, je suis intervenu.

— Encore merci, dit Richard d'une voix tremblante.

— Mon garçon, fit Zedd en se frottant le menton, les chiens à cœur viennent du royaume des morts. Jusque-là, aucune de ces créatures ne t'a cherché des noises. Qu'est-ce qui a changé ?

Le Sourcier faillit s'étrangler, mais il se reprit.

— Hum… Euh… Adie a donné un talisman à Kahlan pour la protéger des monstres quand nous traversions la frontière. Moi, j'avais un vieil os offert par mon père. Selon la magicienne, il devait faire le même effet. Mais je l'ai perdu il y a un jour ou deux…

Plongé dans une intense réflexion, Zedd ne fit pas de commentaires.

— Pourquoi sais-tu parler ? demanda Richard au loup.

Tout changement de sujet serait hautement bienvenu !

— Pour la même raison que toi, répondit Brophy, la langue dardée entre les crocs. Parce que… (Hésitant, il regarda Kahlan.) Il ne sait vraiment pas ce que je suis ?

L'Inquisitrice foudroya du regard l'animal, qui s'aplatit sur le sol, la gueule sur les pattes avant.

Kahlan croisa les mains sur ses genoux et joua des claquettes avec les ongles de ses pouces.

— Richard, tu te souviens de notre conversation ? Je t'ai dit que les gens que nous confessons sont parfois innocents. Très rarement, un condamné à mort demande à nous voir pour prouver qu'il n'est pas coupable…

— Oui, je me rappelle…

— Brophy devait être exécuté pour avoir tué un petit garçon.

— Je ne fais pas de mal aux enfants, grogna le loup en se redressant.

— Tu veux raconter l'histoire à ma place ?

— Non, maîtresse…, couina l'animal en se recouchant.

— Brophy préférait être touché par le pouvoir d'une Inquisitrice plutôt que de passer pour un assassin d'enfant. Et quand je dis assassin, j'omets de préciser ce qu'a subi la petite victime avant sa mort… Il a donc demandé à voir l'une d'entre nous. Ça arrive très rarement – la plupart des hommes préfèrent le bourreau –, mais c'était très important pour lui. Je t'ai déjà dit qu'un sorcier nous accompagne quand nous allons recueillir une confession. C'est pour nous protéger, mais il y a une autre raison… Quand un homme est injustement accusé, et que nous prouvons son innocence, il ne peut pas redevenir ce qu'il était, à cause du pouvoir. Alors, le sorcier le métamorphose. Cela élimine une partie de la magie de l'Inquisitrice. Et l'individu se soucie assez de lui-même pour recommencer une nouvelle vie…

— Tu étais innocent ? demanda Richard au loup. Et voilà ce que tu es devenu ? Jusqu'à la fin de tes jours…

— Parfaitement innocent, confirma l'animal.

— Brophy ! lança Kahlan sur un ton que Richard connaissait trop bien.

— Du meurtre de l'enfant…, corrigea le loup en levant sur l'Inquisitrice des yeux pleins d'appréhension. C'est tout ce que je voulais dire. Innocent de la mort du petit…

— Ce qui signifie ? demanda Richard.

— Quand il s'est confessé, répondit Kahlan, il a avoué des choses dont il n'était pas accusé. Disons que certaines de ses occupations étaient… douteuses. (Elle regarda durement le loup.) Très à la limite de la légalité !

— Je faisais honnêtement des affaires, se défendit Brophy.

— Notre ami était marchand, précisa Kahlan.

— Mon père aussi ! s'indigna Richard.

— J'ignore ce que négocient les marchands de Terre d'Ouest. Ici, certains se spécialisent dans les objets magiques.

— Et alors ? lança Richard en pensant au *Grimoire des Ombres Recensées*.

— Quand je dis « objets », répliqua Kahlan, il arrive que certains soient vivants !

Brophy se leva d'un bond.

— Et comment l'aurais-je su ? Parfois, c'est impossible à voir et on pense qu'il s'agit simplement d'un artefact, comme un livre qu'un collectionneur paiera à prix d'or. Dans d'autres cas, c'est un peu plus : une pierre, une statuette, une baguette ou peut-être un... Comment savoir si c'est vivant ou pas ?

Depuis le début de la conversation, Kahlan n'avait pas cessé de garder un œil sur le loup.

— Tu as fait commerce d'autre chose que de livres ou de statuettes ! cria-t-elle. En exerçant son « innocente profession », Brophy a souvent eu des désaccords avec de tierces personnes. Au sujet de droits de propriété, par exemple. Dans son ancienne vie, il était aussi costaud que sous sa forme animale. À l'occasion, il s'est servi de sa force pour « convaincre » des clients de faire ce qu'il voulait. Est-ce faux, Brophy ?

Les oreilles du loup semblèrent se ratatiner.

— Non, maîtresse, c'est vrai... J'avais un fichu caractère. Mais il s'exprimait seulement quand on essayait de me flouer. Beaucoup de gens estiment normal d'escroquer les marchands. Ils nous jugent à peine meilleurs que des voleurs et pensent qu'il n'y en a pas un pour racheter les autres. Quand je réglais les querelles à ma façon, on ne revenait plus dessus !

Kahlan gratifia le loup d'un petit sourire.

— La réputation de Brophy, bien que méritée, était un peu excessive. (Elle regarda Richard.) Son négoce se révélait très dangereux, mais formidablement lucratif. Du coup, il avait assez d'argent pour entretenir sa « danseuse ». Presque personne n'était au courant avant qu'il me fasse sa confession.

Le loup se cacha les yeux sous les pattes.

— Maîtresse, gémit-il, est-ce bien nécessaire ?

— Quelle « danseuse » ? demanda Richard.

— Il avait une faiblesse : les enfants ! Lors de ses voyages pour trouver de la marchandise, il s'arrêtait dans les orphelinats et s'assurait qu'ils avaient de quoi s'occuper correctement des gosses. Beaucoup de son or finissait là, pour que les enfants aient à manger et tout ce qu'il faut d'autre. Il tordait un peu les bras des directeurs de ces établissements, histoire qu'ils gardent le secret. Nul ne devait savoir ! Comme tu t'en doutes, il n'avait pas besoin de tordre très fort...

Les pattes toujours sur la tête, Brophy avait fermé les yeux.

— Maîtresse, par pitié ! J'ai une réputation à défendre, moi ! (Il ouvrit les yeux et se redressa.) Et elle était *sacrément* méritée ! J'ai brisé mon lot de bras et de nez ! Et j'ai fait des trucs pas très nets !

— C'est vrai, dit Kahlan, pleine de désapprobation. Quelques années de prison t'auraient mis du plomb dans la tête ! Mais de là à te la décoller du cou... (L'Inquisitrice se tourna vers Richard.) À cause de sa réputation, et puisqu'on l'avait vu rôder autour d'orphelinats, personne ne s'étonna qu'on le soupçonne du meurtre d'un petit garçon.

— Demmin Nass ! aboya Brophy. C'est lui qui m'a fait accuser !

Il grogna, découvrant ses crocs.

— Pourquoi les directeurs des orphelinats n'ont-ils pas témoigné pour toi ? demanda Richard.

— Demmin Nass, encore et toujours ! Il leur aurait coupé la gorge !

— Qui est Demmin Nass ?

— Richard, quand Rahl est venu au village et qu'il a pris Siddin, tu te souviens de ce qu'il a dit ? « Un cadeau pour un ami ! » Il s'agissait de Demmin Nass. Mais son intérêt pour les petits garçons n'a rien à voir avec les motivations de Brophy…

Terrifié, Richard en eut le cœur brisé pour Siddin et pour ses parents. Il avait promis à Savidlin de retrouver le petit. Jamais il ne s'était senti aussi impuissant…

— Si je mets la main sur ce salaud, grogna Brophy, il aura des comptes à rendre. Pas question de le tuer. Il faudra d'abord qu'il paie pour ses crimes.

— Tu dois t'en tenir loin ! dit Kahlan. Il est dangereux et je ne veux pas que tu souffres encore, après tout ce que tu as subi.

Les yeux jaunes du loup brillèrent d'une colère dirigée contre l'Inquisitrice. Mais cela ne dura pas.

— Comme tu voudras, maîtresse, dit-il en s'aplatissant sur le sol. J'aurais affronté le bourreau la tête droite, car les esprits savent que je méritais l'échafaud. Mais pas pour un crime pareil. Me laisser décapiter par des gens persuadés que j'avais violenté des enfants ? Impossible ! Alors, j'ai demandé à voir une Inquisitrice.

— Je ne voulais pas recueillir sa confession, dit Kahlan en ramassant un bâton pour dessiner dans la poussière. Coupable, il ne se serait pas exposé à mon pouvoir. Mais le Juge, en regard de la gravité de l'acte, a refusé de commuer la sentence. C'était le billot… ou la confession. Brophy est resté ferme sur sa position.

» Après, je lui ai demandé en quoi il voulait être transformé. Il a choisi de devenir un loup. (La jeune femme sourit.) J'ignore pourquoi, mais j'ai une théorie : ça convient à sa nature profonde !

— Oui, dit Richard, parce que les loups sont des animaux très honorables. Kahlan, tu as toujours vécu parmi les gens, pas dans la forêt. Les loups sont sociables et ils tissent entre eux des liens très forts. De plus, ils protègent férocement leur progéniture. La meute entière se bat quand les petits sont en danger. Et tous les adultes s'en soucient…

— Quelqu'un qui me comprend…, murmura Brophy.

— C'est vrai ? s'étonna Kahlan.

— Oui, maîtresse. Ma vie est très agréable… (Sa queue fouetta joyeusement l'air.) J'ai une compagne ! Une louve merveilleuse. Elle sent divinement bon et ses morsures coquines me font frissonner. En plus, elle a le plus joli petit… Hum, laissons tomber ! (Il leva les yeux vers Kahlan.) Elle dirige notre meute. Avec moi à ses côtés, bien entendu. Je crois qu'elle est très satisfaite de notre union. Selon elle, je suis le loup le plus fort qu'elle connaisse. Au printemps, nous avons eu des louveteaux. Six ! Adorables, mais ils sont presque adultes, à présent. Une vie merveilleuse ! Très dure, et pourtant superbe. Maîtresse, merci de m'avoir libéré !

— Je suis contente pour toi, Brophy. Mais que fais-tu ici ? Ne devrais-tu pas être avec ta famille ?

— En sortant des Rang'Shada, vous êtes passés devant ma tanière. J'ai senti ta présence, maîtresse, et le désir de te protéger était trop fort pour que j'y résiste. Tu es en danger. Je ne pourrai pas vivre paisiblement avec ma meute tant qu'il en sera ainsi. Je dois te protéger !

— Brophy, nous combattons Darken Rahl. Rester avec nous est trop risqué. Je ne veux pas que tu meures. Par l'intermédiaire de Demmin Nass, Rahl t'a déjà fait trop de mal…

— Maîtresse, une fois métamorphosé en loup, j'ai perdu la plus grande partie de mon désir de te plaire. Pourtant, je mourrais encore pour toi, et aller contre ta volonté m'est extrêmement difficile. Aujourd'hui, je ne puis faire autrement. Pas question de t'abandonner ! Je dois veiller sur toi, sinon, je ne serai jamais en paix avec moi-même. Ordonne-moi de partir si tu veux, mais je n'obéirai pas. Je te suivrai comme ton ombre jusqu'à ce que Rahl ne te menace plus.

— Brophy, intervint Richard. (Le loup leva les yeux sur lui.) Moi aussi, je veux que Kahlan soit en sécurité, pour qu'elle puisse lutter efficacement contre Rahl. T'avoir avec nous sera un honneur. Mon ami, tu as déjà prouvé ta valeur et ton courage. Si tu peux m'aider à la protéger, ne tiens pas compte de ce qu'elle dit !

Brophy regarda l'Inquisitrice, qui lui sourit.

— C'est le Sourcier… Comme Zedd, j'ai juré de le défendre au péril de ma vie. S'il en décide ainsi, je dois m'incliner.

La mâchoire inférieure de Brophy s'affaissa.

— Il te donne des ordres ? Cet homme commande à la Mère Inquisitrice ?

— Oui.

Le loup étudia Richard comme s'il le voyait pour la première fois.

— Le miracle des miracles ! (Il se lécha les babines.) Au fait, Richard, merci pour la nourriture que tu laissais à mon intention.

— De quoi parles-tu ? demanda Kahlan.

— Quand il attrapait des proies, il y en avait toujours une pour moi.

— C'est vrai, Richard ?

— Je savais qu'on nous suivait. J'ignorais qui, mais j'aurais juré que la créature ne nous voulait pas de mal. Pour montrer que c'était réciproque, je lui ai offert de quoi manger… (Il sourit au loup.) Mais quand tu m'as sauté dessus, tout à l'heure, j'ai bien cru m'être trompé. Encore merci !

Brophy se leva. Les témoignages de gratitude semblaient le mettre très mal à l'aise.

— Je suis là depuis trop longtemps… Il faut que j'aille patrouiller, qui sait ce qui se tapit dans les bois ? Ce soir, mes amis, vous n'aurez pas besoin de monter la garde.

Richard jeta un bâton dans le feu et regarda les flammes crépiter.

— Brophy, quand Kahlan t'a touché, comment c'était ? Qu'as-tu éprouvé lorsque son pouvoir s'est répandu en toi ?

Dans un silence de mort, Richard plongea son regard dans celui du loup, qui tourna la tête vers Kahlan.

— Tu peux lui dire…

Brophy se coucha de nouveau, les pattes croisées, mais la tête bien droite. Il attendit un long moment avant de parler.

— J'ai du mal à tout me rappeler, mais je ferai de mon mieux… (Il inclina un peu la tête.) La douleur. C'est la première chose. Une douleur terrible, pire que tout ce que tu peux imaginer, Richard. Après est venue la peur. Une angoisse atroce de déplaire à Kahlan. Je crevais de peur à l'idée qu'elle soit mécontente de moi. Quand elle m'a interrogé, j'ai connu la plus grande joie de ma vie, parce que j'avais un moyen de lui faire plaisir. Tu comprends ? Elle m'avait demandé quelque chose, et j'allais pouvoir le lui donner ! C'est mon souvenir le plus fort : un désir désespéré de lui obéir, de la combler, de la rendre heureuse… Il n'y avait plus rien d'autre dans mon esprit ! La voir était une extase ! J'en ai pleuré de reconnaissance !

» Elle m'a demandé de lui dire la vérité, et j'étais ravi, car je pouvais le faire. Avoir une mission dans mes cordes, quel bonheur ! J'ai parlé si vite, pour lui dire *toute* la vérité, qu'elle a dû me demander de ralentir, car elle ne comprenait plus rien. Si j'avais eu un couteau, je me le serais planté dans le cœur pour me punir de l'avoir désobligée… Quand elle m'a dit que ce n'était pas grave, j'ai pleuré de joie ! Alors, je lui ai raconté – lentement – ma vérité. (Ses oreilles retombèrent.) Lorsque je lui ai juré que je n'avais pas tué l'enfant, elle m'a posé une main sur le bras – ce contact a manqué me faire défaillir de plaisir – et murmuré qu'elle était désolée. J'ai cru qu'elle avait de la peine parce que je n'avais pas assassiné le petit garçon. Sais-tu ce que j'ai fait ? Je l'ai suppliée de me laisser sortir pour en égorger un à sa gloire ! (Des larmes coulèrent des yeux jaunes du loup.) Elle m'a expliqué qu'elle se désolait qu'on m'ait accusé à tort. J'en ai pleuré de plus belle ! Elle était gentille avec moi, elle m'aimait, elle me voulait du bien ! Je me souviens encore du bonheur que j'éprouvais près d'elle. C'était de l'amour, je crois, mais les mots ne signifient plus rien quand on adore quelqu'un avec cette force-là !

Richard se leva, osant à peine jeter un regard à Kahlan… et à ses larmes.

— Merci, Brophy. (Il marqua une pause pour s'assurer que sa voix ne tremble pas.) Il est tard. Nous devons dormir, car la journée de demain sera décisive. Je prends le premier tour de garde. Bonne nuit…

— Dormez tous les trois ! dit le loup en se redressant. Je me chargerai de votre sécurité.

— Merci, mais je préfère prendre mon tour. Si tu veux, tu pourras surveiller mes arrières.

Le Sourcier se détourna.

— Richard, appela Zedd dans son dos, comment était l'os que t'a donné ton père ?

S'il te plaît, Zedd, pensa Richard, affolé, *si tu dois gober un seul de mes mensonges, que ce soit celui-là !*

— Tu dois t'en souvenir… Un petit os rond… Je suis sûr que tu l'avais vu.

— Oui, ça me revient ! Bonne nuit mon garçon.

La Première Leçon du Sorcier.

Merci, mon vieil ami, de m'avoir enseigné comment protéger la vie de Kahlan…

Richard s'enfonça dans la nuit, le cœur lourd de chagrin – pour les autres et pour lui-même.

Chapitre 39

La cité de Tamarang n'était pas assez grande pour contenir tous ceux qui voulaient y entrer. Des réfugiés arrivaient de partout, en quête de protection et de sécurité. Repoussés par la garde, ils avaient investi les alentours de la ville. Au pied des murs et jusque sur les collines environnantes, des tentes et des cabanes se dressaient les unes contre les autres. Dès le matin, les gens avaient afflué sur le marché improvisé installé à l'aplomb des murailles. Dans les échoppes faites de bric et de broc, des fugitifs venus des villes, des villages et des grandes cités vendaient tout ce qu'ils possédaient. On trouvait de tout, des vieux vêtements jusqu'aux bijoux les plus fins. À d'autres endroits, on proposait des fruits et des légumes.

Des barbiers, des guérisseurs et des diseuses de bonne aventure abordaient le chaland tous les trois pas. Des « peintres » proposaient un portrait-minute et des illuminés armés de sangsues bradaient des saignées à la criée. Le vin et les alcools forts étaient en vente libre. En dépit des sinistres raisons de leur présence, tous ces déracinés semblaient de joyeuse humeur. L'illusion d'être en sécurité, selon Richard, et l'abondance de boissons…

Les merveilles qu'apporterait le Petit Père Rahl étaient un des grands sujets de conversation. Au centre de petits groupes de citoyens, des orateurs gonflés d'importance annonçaient les dernières nouvelles et décrivaient dans le détail les plus récentes atrocités. La foule de miséreux gémissait et hurlait de rage en prenant connaissance des exactions de l'armée de Terre d'Ouest, et les plus excités criaient vengeance d'une voix avinée.

Richard ne vit pas une femme dont les cheveux dépassent la ligne de la mâchoire.

Le château se dressait au sommet d'une colline, derrière son propre mur d'enceinte. Le long du chemin de ronde, des dizaines d'étendards rouges à tête de loup noire flottaient au vent. Les énormes portes en bois de la cité, dans la première muraille, étaient fermées. Sans doute pour contenir la racaille…

Des cavaliers patrouillaient dans les rues de fortune. Leurs armures étincelantes, sous le soleil de la matinée, évoquaient des phares dans cet océan de pauvres gens bruyants comme une tempête. Devant ces patrouilles, certains réfugiés souriaient d'aise. D'autres inclinaient respectueusement la tête. Mais tous, sans exception, s'écartaient pour laisser passer des soldats qui ne leur accordaient pas un regard. Et ceux qui n'étaient pas assez vifs pour dégager assez rapidement le passage recevaient un bon coup de pied dans la tête.

Cela dit, la foule se dispersait moins vite devant les soldats que sur le chemin de Kahlan. À voir les badauds s'écarter dès qu'ils apercevaient la Mère Inquisitrice, Richard pensa à une meute de chiens qui fuit devant un porc-épic.

La robe blanche de la jeune femme brillait agressivement au soleil. Le dos bien droit, la tête haute, elle avançait comme si la ville entière lui appartenait. Le regard fixe, elle n'accordait pas la moindre attention à la populace. Elle avait refusé de mettre son manteau, qui serait allé contre l'effet recherché : il ne devait pas y avoir de doute sur son identité. Et c'était réussi !

Les gens se bousculaient pour ne pas rester sur son passage. Une fois à l'abri, ils inclinaient la tête et se répétaient les uns aux autres le titre de Kahlan, afin que nul ne l'ignore.

Régalienne, l'Inquisitrice dédaigna aussi toutes les révérences qu'on lui faisait.

Zedd, qui portait le sac de Kahlan, marchait au côté de Richard, deux pas derrière leur « maîtresse ». Les deux hommes, en bons gardes du corps, ne cessaient de sonder la foule.

Depuis qu'il connaissait le sorcier, Richard ne l'avait jamais vu s'embarrasser d'un sac. Une vision des plus étranges.

Le Sourcier avait ouvert son manteau pour exposer l'Épée de Vérité. Quelques sourcils se froncèrent sur son passage, mais ça n'avait aucune mesure avec la tempête soulevée par la Mère Inquisitrice.

— C'est comme ça partout où elle va ? demanda Richard.

— J'ai bien peur que oui, mon garçon…

Sans hésiter, Kahlan traversa le pont de pierre qui conduisait aux portes de la ville. Les gardes qui se tenaient de l'autre côté s'écartèrent prudemment. Richard regarda autour de lui, au cas où ils devraient battre en retraite d'urgence.

Les vingt soldats qui protégeaient les portes avaient à l'évidence l'ordre de ne laisser entrer personne. Au garde-à-vous, ils se jetèrent des regards inquiets, sans doute parce qu'ils n'attendaient pas une visite de la Mère Inquisitrice. Avec un grincement métallique d'armure, certains reculèrent, se percutant les uns les autres. D'autres ne bougèrent pas, totalement désemparés. Kahlan s'arrêta et fixa les portes comme si elle pensait que ces obstacles de chair et d'os allaient se volatiliser. Les hommes qui lui faisaient face reculèrent en jetant des coups d'œil désespérés à leur capitaine.

Zedd passa devant Kahlan, se tourna vers elle, fit une révérence, comme pour s'excuser de son audace, puis pivota sur les talons et se campa devant le capitaine.

— Que se passe-t-il ? Es-tu aveugle, officier ? Fais ouvrir les portes !

Les yeux noirs du militaire se posèrent sur le sorcier, puis sur Kahlan.

— Désolé, mais nul ne peut passer. D'ailleurs, comment vous appelez-vous ?

Zedd s'empourpra si comiquement que Richard dut faire un effort pour ne pas éclater de rire.

— Capitaine, siffla-t-il, oseriez-vous prétendre qu'on vous a ordonné de barrer la route à la Mère Inquisitrice si elle se présentait à vous ?

— Eh bien... hum... on m'a dit... je n'ai pas...

— Ouvrez ces portes sur-le-champ ! cria Zedd, les poings sur les hanches. Et allez chercher une escorte digne de votre visiteuse !

Le capitaine sursauta si violemment qu'il faillit en sortir de son armure ! Quand il beugla des ordres, ses hommes commencèrent à courir comme des fourmis dérangées par un voyageur. Les portes s'ouvrirent vers l'intérieur. Des cavaliers en jaillirent et vinrent se placer en colonne devant Kahlan, porte-étendard en tête. D'autres montures arrivèrent derrière eux. Des fantassins accoururent, flanquant l'Inquisitrice... à une distance respectable.

Pour la première fois, Richard mesurait la solitude de la jeune femme. Son pain quotidien, dans les Contrées du Milieu ! Comment avait-il pu se vautrer dans un désespoir absurde ? Rongé de remords, il comprit qu'un ami, pour elle, c'était déjà beaucoup !

— Vous appelez ça une escorte digne d'une Mère Inquisitrice ? rugit Zedd. Enfin, il faudra s'en contenter... (Il se tourna vers Kahlan et se fendit d'une révérence si exagérée que son nez manqua traîner dans la poussière.) Toutes mes excuses, Mère Inquisitrice, pour l'insolence de cet homme et l'indigence de l'escorte.

Son regard daignant se poser sur le sorcier, Kahlan inclina imperceptiblement la tête.

Bien que cela lui fût interdit, la silhouette de la jeune femme, dans cette robe, faisait transpirer Richard à grosses gouttes.

Les hommes de l'escorte attendirent, gardant un œil circonspect sur Kahlan. Quand elle avança, ils lui emboîtèrent le pas. Les sabots des chevaux soulevèrent des nuages de poussière lorsqu'ils franchirent les portes.

Au passage, Zedd, qui suivait Richard, souffla au capitaine :

— Remerciez les esprits du bien que l'Inquisitrice ne connaisse pas votre nom !

Quand ils se furent éloignés, le Sourcier regarda brièvement derrière lui et vit le militaire soupirer de soulagement. Le jeune homme eut un petit sourire. Il voulait ficher la trouille à ces gens, et ça marchait au-delà de ses espérances !

À l'intérieur de la ville régnait un ordre inversement proportionnel au joyeux charivari qui sévissait dehors. Dans les rues qui partaient en étoile du château, des boutiques proprettes exposaient leurs marchandises derrière des vitrines impeccables. Ici, la poussière et les odeurs fortes de l'extérieur brillaient par leur absence. Quant aux auberges, Richard n'en avait jamais vu d'aussi luxueuses – sans même parler d'y descendre ! Devant certaines, des portiers en uniforme rouge – avec des gants blancs – montaient consciencieusement la garde. Sur les magnifiques enseignes s'affichaient des noms à faire rêver : *Le Jardin d'Argent*, *L'Hostellerie de la Colline*, *L'Étalon Blanc* ou encore *Le Clos du Chariot*.

Des hommes en riches manteaux aux couleurs vives escortaient des femmes vêtues de robes sophistiquées. Avec un calme régalien, tout ce petit monde vaquait gracieusement à ses occupations. Le seul point commun entre ces gens et ceux de l'extérieur ? Eux aussi faisaient de profondes révérences dès qu'ils apercevaient la Mère Inquisitrice. Entendant les sabots des chevaux marteler les pavés, et les cliquetis des armures, ils s'écartaient comme les gueux, mais un peu plus lentement. Leur déférence manquait de spontanéité, et il n'y avait aucune sincérité dans leur soumission. Au fond de leurs yeux, Richard crut voir une ombre de mépris. Fidèle à son attitude hautaine, Kahlan les ignora superbement.

Ces gens, remarqua le Sourcier, regardaient l'Épée de Vérité avec plus d'intérêt que les réfugiés. Les yeux des hommes s'attardaient un peu sur la garde et les femmes s'empourpraient de dédain.

Si ces dames portaient en règle générale les cheveux courts, certaines les avaient cependant jusqu'aux épaules. Jamais plus longs. Ce détail aussi isolait Kahlan, avec sa superbe crinière qui lui cascadait dans le dos. Aucune femme n'arborait pareille chevelure, et Richard se félicita d'avoir refusé de tondre son amie.

Sur un ordre de son chef, un des cavaliers quitta les rangs et galopa jusqu'au château pour annoncer l'arrivée de la Mère Inquisitrice. En avançant, Kahlan arborait l'expression indéchiffrable que Richard lui avait vue à plusieurs occasions. À présent, il comprenait que c'était le masque imposé à une Inquisitrice.

Quand ils furent en vue des portes du château, des trompettes annoncèrent l'arrivée de la visiteuse. Le chemin de ronde grouillait de lanciers, d'archers et de fantassins. En rangs serrés, ils s'inclinèrent comme un seul homme lorsque Kahlan arriva devant l'arche, et ne relevèrent pas la tête pendant qu'elle la franchissait. Dans le tunnel d'accès, des soldats au garde-à-vous, alignés le long des murs, la saluèrent sans qu'elle daigne tourner son regard vers eux.

Dans les jardins en terrasses, des vasques de pierre flanquaient les sentiers. Beaucoup contenaient encore des plantes, voire des fleurs qui devaient sans doute provenir de serres et être repiquées chaque jour. Sur les parties plates des jardins, des haies parfaitement entretenues composaient de fabuleux labyrinthes végétaux. Près du château, plus grandes, elles étaient taillées pour représenter des objets ou des animaux.

Levant les yeux vers les hautes murailles, Richard fut ébloui par ce chef-d'œuvre de maçonnerie. La première fois, dans sa vie, qu'il était si près d'une structure de cette taille construite par l'homme. Le palais de Shota n'était pas petit, mais sans comparaison avec celui-là, et il ne s'en était pas approché. Les tours et les tourelles, les murs et les rampes d'accès, les balconnets et les niches des statues… Tout cela tutoyait le ciel où que son regard se posât. Si ce royaume était vraiment mineur, comme l'affirmait Kahlan, à quoi ressemblaient donc les capitales des autres ?

Les cavaliers les ayant abandonnés, les fantassins les flanquèrent, six de front avec assez de place pour en ajouter six autres, alors qu'ils franchissaient la porte à double battant plaquée de laiton. Dès qu'ils furent dans le château, l'escorte s'écarta, laissant les trois visiteurs avancer seuls, Kahlan toujours en tête.

Le hall était immense, avec un sol en marbre en damier qui semblait s'étendre à l'infini. Si larges qu'il aurait fallu dix hommes se tenant par la main pour en faire le tour, des colonnes de pierre polie aux sculptures en torsade, alignées des deux côtés de la salle, supportaient une infinité d'arches qui tutoyaient le plafond nervuré voûté au centre.

Sur les murs, des tapisseries géantes illustraient les épisodes les plus héroïques d'anciennes batailles. Richard avait déjà vu des tapisseries, car son frère en possédait deux. Il les aimait bien, même s'il jugeait extravagant que Michael s'entoure d'un tel luxe. Mais devant celles-là, on aurait cru comparer une superbe peinture à l'huile à des dessins tracés dans la poussière du bout d'un bâton. Que de telles splendeurs puissent exister fut une révélation pour le jeune homme.

Zedd s'approcha de lui et murmura :

— Arrête de regarder partout, la bouche ouverte comme un péquenot !

Vexé, le Sourcier serra les mâchoires et s'interdit de tourner la tête. Se penchant vers Zedd, il lâcha du coin des lèvres :

— Kahlan vit tout le temps dans ce genre d'endroit ?

— Non. La Mère Inquisitrice est habituée à beaucoup mieux que ça !

Accablé, Richard n'insista pas.

Devant eux se dressait un grand escalier. D'un coup d'œil, Richard estima que sa maison, avec de la place autour, aurait tenu tout entière sur le palier central. De chaque côté, des marches en marbre se déroulaient majestueusement.

Des gens attendaient au pied de l'escalier.

La reine Milena se tenait au centre, un peu devant ses courtisans. Vêtue d'une robe de soie aux couleurs tapageuses, grassouillette à souhait, elle portait une cape en peau de renard tacheté, un animal très rare. Ses cheveux, nota Richard, étaient presque aussi longs que ceux de Kahlan. Au début, il ne reconnut pas ce qu'elle portait sous le bras. Une série de jappements lui indiqua qu'il s'agissait d'un chien.

À part la reine, tout le monde s'agenouilla à leur approche. Oubliant l'ordre de Zedd, Richard fixa intensément Milena. La première souveraine qu'il voyait de sa vie! Le sorcier lui jetant un coup d'œil agacé, il détourna le regard, et, comme son vieil ami, tomba à genoux, la tête inclinée. Ainsi, seules Kahlan et Milena restèrent debout...

Son genou avait à peine touché le sol quand tout ce petit monde se releva. Il suivit le mouvement, supposant que les deux femmes n'étaient pas contraintes de sacrifier à ce genre de simagrées.

Milena regarda Kahlan. La tête bien droite, son masque d'impassibilité intact, la jeune femme ne broncha pas, comme si ses yeux traversaient la reine sans la voir.

Kahlan leva une main, l'éloignant à peine de son corps, le bras bien raide, et ne bougea plus. Milena se rembrunit, mais l'Inquisitrice ne broncha pas. Si quelqu'un avait cligné des yeux, dans ce silence de mort, on eût entendu le battement de ses cils...

La reine se tourna sur le côté et tendit le chien à un homme vêtu d'un justaucorps vert pomme, d'une culotte à rayures rouge et jaune et d'un collant noir. Derrière Milena, Richard remarqua une petite troupe de mâles attifés de la même façon. Avec un grognement vicieux, le cabot mordit la main du malheureux, qui fit de son mieux pour ne pas réagir.

La reine s'agenouilla devant Kahlan.

Un jeune homme vêtu de noir accourut au côté de la souveraine. Il s'inclina, son front frôlant le marbre, et présenta un plateau à Milena. Elle prit une petite serviette, la trempa dans une coupe d'eau claire et s'essuya les lèvres. Puis elle reposa la serviette.

Prenant délicatement la main de Kahlan, elle la baisa de ses lèvres fraîchement purifiées.

—Je fais serment d'allégeance aux Inquisitrices, dit-elle. Sur ma couronne, sur mon royaume, et sur ma vie!

Richard n'avait jamais entendu quelqu'un mentir avec tant d'aisance.

Kahlan baissa enfin les yeux sur Milena.

—Relève-toi, mon enfant.

Beaucoup plus puissante qu'une reine..., pensa Richard. Il se rappela avoir appris à Kahlan comment confectionner un collet, suivre une piste ou dénicher des racines. À ces souvenirs, ses joues s'empourprèrent.

Milena se releva péniblement avec sur les lèvres un sourire qui n'avait pas d'écho dans ses yeux.

—Nous n'avons pas demandé à voir une Inquisitrice, dit-elle.

—Et pourtant, me voilà, répondit Kahlan d'une voix glaciale.

—Eh bien, c'est... hum... merveilleux. Oui, tout simplement merveilleux! (Le visage de Milena s'illumina.) Nous allons organiser un festin. Un grand banquet! Des messagers iront porter les invitations. Tout le monde viendra! Qui se priverait du plaisir de dîner avec la Mère Inquisitrice? (Elle tourna la tête et désigna les hommes en culotte rayée.) Ce sont mes juristes. (Ils firent une révérence à Kahlan.) Désolée, mais je n'ai pas retenu tous leurs noms... (Elle montra du doigt deux courtisans en robe jaune.) Je vous présente

Silas Tannic et Brandin Gadding, les conseillers en chef de la Couronne. (Les deux hommes saluèrent de la tête.) Voilà mon ministre des finances, le seigneur Rondel, et dame Kyley, mon astrologue.

Dans l'entourage de Milena, Richard ne remarqua pas l'ombre d'un sorcier en robe argentée.

— Et voilà James, le peintre de la cour, acheva la reine en désignant un homme fort pauvrement vêtu.

Du coin de l'œil, Richard vit Zedd se raidir. Sans détourner son regard libidineux de Kahlan, le type se fendit d'une révérence théâtrale. La main droite coupée à ras du poignet, il eut un sourire si mielleux que Richard, par réflexe, porta la main à la garde de son épée. Sans bouger le reste du corps, le sorcier lui saisit le bras et l'immobilisa en plein vol. Richard regarda autour de lui et constata que personne n'avait remarqué l'incident. Logique, puisque tous les regards étaient braqués sur la Mère Inquisitrice.

Kahlan désigna ses deux compagnons.

— Zeddicus Zorander, un devin qui lit dans les nuages, mon conseiller personnel. (Le vieil homme se fendit d'une révérence comique à force d'exagération.) Et Richard Cypher, Sourcier de Vérité et protecteur de la Mère Inquisitrice.

Richard imita plus ou moins adroitement son vieil ami.

— Un défenseur plutôt indigent, pour une Mère Inquisitrice, lâcha Milena en dévisageant le jeune homme.

Richard resta de marbre et Kahlan ne perdit pas une once de son impassibilité.

— C'est l'épée qui frappe, l'homme ne compte pas. Si son cerveau manque de vigueur, son bras a la force voulue. Cela dit, il a tendance à se servir un peu trop souvent de son arme…

La reine ne sembla pas croire un mot de cette déclaration.

Derrière les courtisans, une petite fille descendait les marches d'un pas léger. Affublée d'une robe rose bonbon, elle croulait sous le poids de bijoux trop grands pour elle. Elle vint se camper près de la reine, rejeta ses longs cheveux noirs derrière son épaule, et ne jugea pas utile de s'incliner devant Kahlan.

— Ma fille, dit Milena, la princesse Violette. Ma chérie, je te présente la Mère Inquisitrice.

— Tes cheveux sont trop longs, Mère Inquisitrice ! lança la princesse. Nous devrions peut-être te les couper.

Richard vit l'ombre d'un sourire satisfait flotter sur les lèvres de la reine. Le moment idéal, décida-t-il, pour lui ficher un peu la trouille.

Il dégaina l'Épée de Vérité, la note métallique résonnant longtemps dans l'immense salle. La pointe de l'arme à un pouce de la poitrine de Violette, il lâcha la bonde à sa colère, histoire d'être plus convaincant.

— Incline-toi devant la Mère Inquisitrice ! rugit-il. Ou meurs sur-le-champ !

Sous le regard suprêmement ennuyé de Zedd, Kahlan n'ayant pas bronché non plus, la princesse fixa la pointe de l'arme, les yeux écarquillés. Puis elle se laissa tomber à genoux, tête baissée. Quand elle se releva, elle jeta un coup d'œil inquiet au Sourcier pour savoir s'il était satisfait de sa révérence.

— Réfléchis avant de te servir de ta langue, grogna Richard. La prochaine fois, je te la couperai avec cette lame !

Violette hocha timidement la tête et alla se placer derrière sa mère.

Richard rengaina l'épée, s'inclina devant Kahlan et revint se camper dans son dos, comme un garde du corps digne de ce nom.

La démonstration eut l'effet recherché sur Milena, qui reprit la parole d'une voix beaucoup moins arrogante.

— Euh… hum… comme je le disais, vous recevoir est un grand honneur… Nous sommes positivement ravis ! Permettez-nous de vous conduire dans nos plus belles chambres. Le voyage a dû être épuisant ! Avant le banquet, un peu de repos vous fera du bien, et après, nous aurons une longue conver…

— Je ne suis pas venue m'empiffrer, coupa Kahlan, mais inspecter vos cachots !

— Les cachots ? répéta Milena, décomposée. C'est un endroit si triste et si crasseux ! Ne préféreriez-vous pas…

— Je connais le chemin, coupa de nouveau Kahlan en avançant. (Richard et Zedd la suivirent comme son ombre.) Votre Majesté, ajouta l'Inquisitrice d'une voix à faire geler les banquises, veuillez attendre ici jusqu'à ce que j'aie fini.

La reine s'inclina. Sans lui accorder un regard, Kahlan s'en fut d'un pas décidé.

S'il n'avait pas mieux connu son amie, cette scène aurait glacé les sangs de Richard. Et même comme ça, elle lui laissait une étrange impression…

Ils descendirent dans les entrailles du château, traversant des pièces de moins en moins somptueuses à mesure qu'ils progressaient. Richard s'ébahissait toujours de la taille du palais…

— J'espérais que Giller serait là, dit Kahlan. Nous n'aurions pas eu besoin de nous imposer cette épreuve.

— Ça, c'est vrai comme verrue de verrat, marmonna Zedd. Contente-toi d'une inspection rapide. Demande si quelqu'un veut se confesser. Quand tout le monde aura refusé, nous remonterons chercher Giller. (Il sourit à Kahlan.) Tu t'en es très bien tirée, mon enfant. (L'Inquisitrice sembla touchée par le compliment.) Richard, tiens-toi loin de ce peintre, James…

— Pourquoi ? Il risque de faire un mauvais portait de moi ?

— Ne le prends pas à la légère ! Évite-le parce qu'il pourrait permettre qu'on te jette un sort.

— Pardon ? Qui a besoin d'un peintre pour ensorceler quelqu'un ?

— On parle beaucoup de langues dans les Contrées du Milieu, même si la principale est identique à celle de Terre d'Ouest. Pour jeter un sort, il faut comprendre ses paroles. Quand on ne parle pas un langage, la magie est impuissante sur ceux qui le pratiquent. Mais un dessin, tout le monde le saisit ! James peut rendre presque n'importe qui vulnérable à un sort. Kahlan et moi sommes immunisés, mais pas toi. Alors, fuis-le comme la peste.

Leurs pas résonnaient sinistrement sur les marches de pierre. Dans les sous-sols, les murs suintaient d'humidité et des plaques de mousse les couvraient par endroits.

Kahlan désigna une porte bardée de fer, sur sa droite.

— Nous allons par là...

Richard poussa la porte, qui s'ouvrit en grinçant. Ils s'engagèrent dans un couloir au plafond si bas qu'il dut baisser la tête. À la chiche lueur des torches, l'air empestait l'humidité. Le sol boueux était tapissé de paille...

Au bout du corridor, Kahlan s'arrêta devant une grille de fer. Derrière, des yeux brillaient dans la pénombre.

— La Mère Inquisitrice veut voir les prisonniers, dit Zedd. Ouvrez-nous !

Richard entendit le bruit d'une clé qui tourne dans une serrure. Un garde courtaud affublé d'un uniforme en piteux état tira la grille. Près d'une série de trousseaux, une hache pendait à sa ceinture. Il s'inclina devant Kahlan, visiblement à contrecœur. Sans un mot, il leur fit traverser la petite pièce où il passait ses mornes journées, les guida le long d'un autre couloir obscur et descendit quelques marches jusqu'à une nouvelle grille. Du poing, il tapa trois fois sur les barreaux. Les deux gardiens qui se tenaient derrière sursautèrent et s'inclinèrent à la hâte devant Kahlan. Puis, avec le premier homme, ils décrochèrent des torches de leurs supports et conduisirent les visiteurs jusqu'à une troisième grille que tous durent franchir en se pliant en deux.

La lumière des torches déchira l'obscurité. Derrière des barreaux de fer, des deux côtés d'un étroit couloir, des prisonniers reculèrent dans l'ombre, un bras levé pour se protéger de la « lumière ».

— Zedd..., souffla simplement Kahlan.

Comprenant ce qu'elle voulait, le sorcier prit sa torche à un des geôliers et la tint au-dessus de l'Inquisitrice pour que les condamnés voient qui elle était.

Des cris de surprise montèrent des cachots.

— Combien de ces hommes doivent être exécutés ? demanda Kahlan.

— Tous, ma dame, répondit le gardien courtaud en frottant son menton mal rasé.

— Tous..., répéta Kahlan.

— Complot contre la Couronne !

— Avez-vous tous commis des crimes capitaux ? lança Kahlan aux prisonniers.

Après un long silence, un homme aux joues creuses approcha des barreaux, les saisit à deux mains et... cracha sur l'Inquisitrice.

Elle leva une main pour dissuader Richard d'intervenir.

— Tu viens faire le sale boulot de la reine ? Je vomis sur toi et sur cette maudite Milena !

— Je ne suis pas au service de la reine, mais de la vérité...

— La vérité ? Si tu veux le savoir, aucun d'entre nous n'est coupable. À part de s'être élevé contre les nouvelles lois. Refuser que nos familles meurent de faim ou de froid, est-ce un complot contre la Couronne ? Les collecteurs d'impôts de Milena ont pris presque toute ma récolte, me laissant à peine de quoi nourrir les miens. Quand j'ai voulu vendre mon maigre surplus, on m'a accusé d'exploiter les gens ! Les prix montent chaque jour. J'essayais simplement de survivre, mais on va me décapiter pour *spéculation !* Tous mes compagnons sont des fermiers, des commerçants ou des marchands honnêtes. Nous allons mourir pour avoir voulu gagner notre vie.

— L'un de vous veut-il se confesser pour prouver son innocence ?

Des murmures affolés répondirent à Kahlan.

Au fond d'un cachot, un homme décharné se leva et approcha des barreaux.

— Moi ! Je n'ai rien fait, pourtant on va me supplicier. Ma femme et mes enfants devront se débrouiller seuls. Recueillez ma confession… (Il tendit les mains à Kahlan, s'écorchant aux barreaux.) Je vous en prie, Mère Inquisitrice…

D'autres prisonniers demandèrent à se confesser. Bientôt, tous implorèrent Kahlan de prouver leur innocence.

La jeune femme et le Sourcier échangèrent un regard sinistre.

— Jusque-là, souffla-t-elle à Richard, trois hommes seulement m'avaient présenté cette requête…

— Kahlan ! cria soudain une voix familière, au fond d'un des cachots.

Kahlan s'approcha.

— Siddin ? Siddin ! (Elle fit volte-face.) Gardiens, tous ces hommes se sont confessés à moi, et ils sont innocents. Ouvrez les geôles !

— Un moment… Je ne peux pas libérer tant de gens.

Richard dégaina son épée. À cause de l'exiguïté des lieux, la lame percuta les barreaux, faisant voler dans l'air des étincelles. D'un coup de pied, le Sourcier ferma la porte de fer, dans son dos, et pointa son arme sur les gardiens avant qu'ils aient seulement songé à s'emparer de leurs haches.

— Obéissez, ou je vous coupe en deux histoire de récupérer plus facilement les trousseaux accrochés à vos ceintures !

L'homme qui avait le plus de clés s'empressa d'ouvrir les cellules. Kahlan s'engouffra dans un cachot et en sortit presque aussitôt, Siddin dans les bras. Terrorisé, l'enfant blottit sa tête contre l'épaule de l'Inquisitrice, qui lui murmura des mots tendres à l'oreille pour le rassurer. Siddin lui répondit dans l'idiome du Peuple d'Adobe. Elle lui sourit et parvint à le dérider en lui murmurant quelque chose que Richard, bien entendu, ne comprit pas.

Le gardien ouvrait déjà l'autre cellule. L'enfant calé sur un bras, de sa main libre, Kahlan le saisit par le col.

— La Mère Inquisitrice affirme que ces hommes sont innocents. J'ordonne qu'on les relâche ! Toi et tes deux collègues, vous les escorterez hors de la ville. (L'homme faisait une bonne tête de moins que Kahlan, qui colla son nez contre le sien.) Si ça se passe mal, tu en répondras devant moi.

—Oui, Mère Inquisitrice. C'est compris. Nous nous en chargerons. Sur mon honneur !

—Non, sur ta vie, corrigea Kahlan.

Elle lâcha le geôlier. Les prisonniers sortirent et s'agenouillèrent autour d'elle, en larmes. Ils embrassèrent l'ourlet de sa robe, voulurent lui baiser les pieds…

Elle les chassa sans douceur.

—Ça suffit ! Filez, tous autant que vous êtes ! Mais souvenez-vous : les Inquisitrices ne sont au service de personne, à part la vérité !

Les hommes jurèrent qu'ils n'oublieraient pas et suivirent les gardiens. Richard vit que leurs chemises étaient déchirées dans le dos et tachées de sang. Les marques du fouet…

Avant d'entrer dans la salle où attendait la reine, Kahlan s'arrêta et tendit Siddin à Zedd. Puis elle se lissa les cheveux, ajusta sa robe et se passa une main sur le visage.

—Ne perds pas de vue la raison de notre venue, Mère Inquisitrice, dit le sorcier.

La jeune femme hocha la tête, releva le menton et franchit la porte. Milena n'avait pas bougé, et sa suite non plus.

—J'espère que tout était en ordre, Mère Inquisitrice ? demanda la reine avec un regard inquiet pour Siddin.

—Que faisait cet enfant dans tes cachots ?

—Eh bien, je ne sais plus trop… Je crois qu'il a été pris en train de voler. On l'a mis là en attendant de trouver ses parents. Croyez-moi, ce n'était rien de plus…

—J'ai établi l'innocence de tous les prisonniers, dit Kahlan, et ordonné qu'on les libère. À coup sûr, vous vous réjouirez de n'avoir pas dû exécuter des innocents. Quant à indemniser les familles qui ont souffert de ces « erreurs », je ne doute pas que cela ira de soi. Si de semblables… méprises… devaient se reproduire, à mon prochain passage, en plus des cachots, je viderai… le trône !

Richard comprit que Kahlan ne jouait pas la comédie pour récupérer la boîte. Elle faisait son travail, tout simplement. Les sorciers avaient créé les Inquisitrices pour ça. Et son amie en était une jusqu'au bout des ongles.

—Que-quoi ? s'étrangla la reine. (Elle se reprit aussitôt.) Bien sûr, Mère Inquisitrice. Quelques-uns de mes commandants sont dévorés d'ambition. Ce sont eux, sans doute, qui ont arrêté ces gens sans que j'en sois informée. Merci de nous avoir évité ce déni de justice. Je m'assurerai que ça n'arrive plus, selon vos ordres. Si j'avais été au courant, croyez-moi, je ne vous aurais pas attendue pour…

—Nous allons partir, à présent, coupa Kahlan.

—Déjà ? s'exclama Milena, sans parvenir à cacher son soulagement. Que c'est dommage ! Nous espérions tant vous avoir à notre table. Désolée que vous deviez nous quitter…

— Je dois traiter d'autres affaires urgentes. Avant de m'en aller, je voudrais parler à mon sorcier.

— *Votre* sorcier ?

— Giller..., siffla Kahlan.

Une fraction de seconde, la reine leva les yeux au plafond.

— Hélas, j'ai peur que... ce ne soit pas possible.

— Arrange-toi pour que ça le devienne ! Sur-le-champ !

— Mère Inquisitrice, gémit la reine, livide, croyez-moi, vous détesteriez voir Giller dans... l'état où il est.

— Sur-le-champ ! répéta Kahlan.

Richard fit jouer l'épée dans son fourreau, histoire de ponctuer les propos de son amie.

— Très bien... Il est à l'étage...

— Attends ici jusqu'à ce que j'en aie fini avec lui.

La reine baissa la tête.

— Si c'est votre volonté, Mère Inquisitrice... (Elle se tourna vers un des « juristes ».) Montrez-lui le chemin.

L'homme leur fit monter l'escalier jusqu'au dernier étage. Ils traversèrent une série de couloirs, gravirent un autre escalier, étroit et en spirale, et débouchèrent au sommet d'une tour. Blême, le courtisan s'arrêta devant une porte de bois. Quand Kahlan le renvoya d'un geste, il s'inclina et détala, ravi de s'éclipser.

Richard ouvrit. Quand ils furent entrés, il referma derrière eux.

Kahlan eut un cri étranglé, se détourna et se réfugia dans les bras du Sourcier. Zedd plaqua une main devant les yeux de Siddin.

La salle était dévastée comme par une tempête. Il ne restait rien, pas même le toit, dont la moitié des poutres avait disparu aussi. Une corde pendait à une des survivantes.

Le corps nu de Giller, les pieds en l'air et la tête en bas, se balançait sous les rayons du soleil. Un crochet de boucher traversait une de ses chevilles. Si le toit n'avait pas manqué, permettant une certaine aération, la puanteur les aurait chassés de la pièce.

Zedd tendit Siddin à Kahlan. Ignorant le cadavre, il fit lentement le tour de la salle circulaire, le front plissé. Il s'arrêta et toucha les échardes de bois qui s'étaient enfoncées dans les murs après l'explosion des meubles – comme dans du beurre, alors qu'il s'agissait de pierre de taille.

Pétrifié, Richard ne parvenait pas à détourner le regard du corps de Giller.

— Mon garçon, viens voir ça ! lança Zedd.

Le sorcier passa la main sur une zone du mur noire et rugueuse. À côté, il y en avait une autre, de la même taille. Deux taches noires dessinaient les silhouettes d'hommes au garde-à-vous, comme s'ils étaient sortis en oubliant leurs ombres derrière eux. Au niveau de leurs coudes, un cercle de métal doré avait fondu dans la pierre.

— Du feu magique, diagnostiqua Zedd.

— Tu veux dire… C'est tout ce qui reste de deux hommes ?

— Calcinés dans le mur, oui… (Il passa un doigt dans la suie noire, la goûta du bout de la langue et sourit.) Mais c'était davantage qu'un simple feu magique. Goûte aussi, Richard.

— Pourquoi ?

Du dos des phalanges, le vieil homme tapota le crâne de son protégé.

— Pour apprendre quelque chose !

Avec une grimace, Richard obéit.

— C'est sucré !

— Comme je te le disais, jubila Zedd, c'est beaucoup plus qu'un simple feu magique. Giller l'a nourri de son énergie vitale. Il a consumé son essence dans ces flammes. Un Feu de Vie de Sorcier…

— Il est mort pour faire ça ?

— Oui. Et le goût sucré indique qu'il s'est sacrifié pour sauver quelqu'un. S'il s'était suicidé, par exemple pour échapper à la torture, la saveur serait amère. Giller a donné sa vie pour un autre être…

Zedd approcha du cadavre, chassa les mouches, se tordit le cou pour voir Giller dans le bon sens, et écarta un morceau d'intestin afin d'étudier son visage.

— Il a laissé un message, dit-il en se redressant.

— Un message ? répéta Kahlan. Lequel ?

— Il sourit. Quand on s'y connaît en la matière, on sait qu'un sourire, figé par la mort, indique que le défunt n'a pas abdiqué… (Zedd désigna l'abdomen ouvert en deux du cadavre.) Tu vois cette plaie, Richard ? Elle est typique d'une magie divinatoire appelée anthropomancie. Ses pratiquants lisent dans les entrailles des êtres vivants. Darken Rahl fait le même genre de blessures que son père…

Richard repensa au sien, qui avait subi un supplice identique.

— Vous êtes sûr que c'était lui ? demanda Kahlan.

— Qui d'autre ? Lui seul aurait pu survivre à un Feu de Vie. Et cette plaie est sa signature… Regardez, tous les deux. Vous voyez l'extrémité de la coupure ? La manière dont elle commence à tourner ?

— Et alors ? fit Kahlan en détournant le regard.

— Le crochet… Enfin, quand on finit le travail… L'entaille a une forme de crochet, c'est obligatoire. Pendant les incantations, cette incision lie le bourreau à sa victime, qui est contrainte de répondre à toutes les questions. Sur Giller, le crochet n'est pas terminé. Il a donné sa vie au feu avant ! Et il a attendu que Rahl en ait presque terminé. Au dernier moment, il l'a privé de la réponse qu'il cherchait. Sûrement le nom de la personne qui détient la boîte ! Mortes, ses entrailles ne pouvaient plus renseigner Rahl.

— Je n'aurais pas cru Giller capable d'un acte aussi altruiste, souffla Kahlan.

— Zedd, dit Richard d'une voix blanche, alors qu'on le torturait aussi affreusement, comment Giller a-t-il pu mourir en souriant ?

Le vieil homme lui jeta un regard qui lui fit froid dans le dos.

—Les sorciers doivent devenir des familiers de la douleur... Ils sont obligés de la connaître intimement. Pour t'épargner ça, j'accepte avec joie que tu refuses d'en devenir un. Peu de candidats survivent...

Zedd, pensa Richard, *combien de secrets connais-tu sans les avoir partagés avec moi ?*

Le vieil homme caressa la joue de Giller.

—Tu as bien agi, mon élève... L'honneur à la fin...

—Darken Rahl a dû être blanc de rage, dit Richard. Zedd, on devrait filer d'ici. Tout ça me rappelle trop un appât accroché à un hameçon !

—La boîte n'est plus là, c'est une certitude. Et Rahl ne l'a pas. Pas encore, en tout cas ! (Il tendit les bras.) Donne-moi le petit, Kahlan. Il faut continuer à jouer nos rôles... Inutile de révéler à ces gens le véritable but de notre visite.

Zedd murmura quelques mots à l'oreille de Siddin, qui éclata de rire et lui jeta les bras autour du cou.

La reine Milena, toujours livide, jouait nerveusement avec un coin de sa cape quand Kahlan revint se camper devant elle.

—Merci de votre hospitalité, dit-elle, repassant au vouvoiement. À présent, nous partons.

—Une visite de la Mère Inquisitrice est toujours un plaisir, mentit Milena. (La curiosité lui fit surmonter sa peur.) Et... hum... Giller ?

—Je regrette que vous m'ayez prise de vitesse, dit Kahlan, glaciale. J'aurais aimé me charger de lui en personne, ou au moins assister au spectacle. Mais seul le résultat compte. Vous avez eu un litige ?

—Il m'a volé un objet précieux, confirma la reine, ses couleurs lui revenant.

—Oui... J'espère que vous avez récupéré votre bien. Au revoir. (Kahlan s'éloigna puis se retourna.) Reine Milena, je reviendrai m'assurer que vos commandants dévorés d'ambition ont été ramenés à la raison. Si j'apprends qu'ils exécutent encore des innocents par... erreur...

Elle ne finit pas sa phrase.

Richard et Zedd, Siddin dans les bras, suivirent la Mère Inquisitrice.

L'esprit en ébullition, le Sourcier marcha près de son vieil ami et remarqua à peine les gens qui s'inclinaient sur leur passage alors qu'ils sortaient de la ville.

Qu'allaient-ils faire, maintenant ? Shota les avait prévenus que Milena ne garderait pas longtemps la boîte. Elle ne s'était pas trompée. Où était l'artefact ? Retourner chez la voyante pour le lui demander lui aurait coûté la vie. Mais à qui Giller avait-il confié la boîte ? Comment la découvrir ?

Déprimé, Richard eut envie de tout laisser tomber. À voir les épaules voûtées de Kahlan, il devina qu'elle pensait la même chose. Aucun de ses amis ne parlait. Siddin jacassait gaiement, mais il ne comprenait pas un mot...

— Que dit-il ? demanda-t-il à Zedd.

— Qu'il a été courageux, comme le lui avait conseillé Kahlan. Mais il est content que Richard Au Sang Chaud soit venu le chercher pour le ramener chez lui.

— Je comprends parfaitement ce qu'il éprouve... Zedd, qu'allons-nous faire ?

— Comment le saurais-je, mon garçon ? C'est toi, le Sourcier !

De mieux en mieux ! Il avait donné le meilleur de lui-même, la boîte leur échappait toujours, et c'était lui, comme d'habitude, qui devait trouver une solution. Il se sentit sonné comme s'il venait de percuter un mur dont il ignorait l'existence. Certes, ils marchaient, mais il n'avait plus la moindre idée de leur destination.

À la lumière du soleil couchant qui teintait d'or et de pourpre les nuages, Richard crut distinguer quelque chose dans le lointain. Il accéléra le pas et rattrapa Kahlan. Elle aussi avait vu. À l'approche de la nuit, la route était quasiment déserte.

Mais quatre chevaux galopaient vers eux. Et un seul avait un cavalier.

Chapitre 40

Richard posa la main sur son épée, plus pour se rassurer qu'autre chose, et regarda les chevaux approcher, le bruit de leurs sabots soudain audible. Penché sur l'encolure de sa monture, le cavalier lui imposait un train d'enfer.

Le Sourcier fit jouer la lame dans le fourreau, histoire de vérifier qu'elle coulissait bien. Puis il la lâcha, car l'homme, tout de noir vêtu, lui rappelait quelqu'un.

— Chase !

Le garde-frontière s'arrêta à quelques pas d'eux.

— Vous avez tous l'air en forme, dit-il quand la poussière se fut dissipée.

— Chase, te revoir est toujours une joie ! Comment nous as-tu trouvés ?

— Je suis un garde-frontière, grogna le colosse, vexé. (Visiblement, il jugeait l'explication suffisante.) Vous avez ce que vous cherchiez ?

— Non…, soupira Richard. (Il remarqua que deux minuscules mains s'accrochaient à la taille du garde-frontière. Un petit visage familier apparut derrière le manteau noir.) Rachel ? C'est toi !

Le petit visage se fendit d'un grand sourire.

— Richard ! Je suis si contente de te revoir ! Chase est formidable ! Il a combattu un garn qui voulait me dévorer.

— En guise de combat, marmonna Chase, je lui ai collé un carreau dans le crâne.

— Mais s'il l'avait fallu, insista Rachel, tu l'aurais affronté. Tu es le plus grand héros du monde !

L'air chagriné, Chase roula de grands yeux.

— N'est-ce pas la plus vilaine petite fille de l'univers ? lança-t-il. (Il se retourna et regarda la fillette.) Je n'arrive pas à croire qu'un garn ait voulu te manger !

Rachel éclata de rire et lui serra plus fort la taille.

— Regarde, Richard ! (Elle tendit un pied, fière de montrer qu'il était chaussé.) Chase a abattu un daim, mais il ronchonnait, parce qu'il était trop gros. Alors, il a fait du troc avec un homme. L'autre n'avait rien à échanger, à part ces chaussures et un manteau. C'est pas formidable ? Et Chase a dit que je pouvais les garder !

— Formidable, oui, répéta Richard en souriant.

Il remarqua la poupée et la miche de pain, dans son torchon, nichées entre Chase et l'enfant. Il s'avisa aussi que Rachel regardait sans cesse Siddin, comme si elle l'avait déjà vu.

Kahlan posa une main sur la jambe de la petite.

— Pourquoi t'es-tu enfuie ? Nous avons eu très peur pour toi !

Rachel frissonna au contact de l'Inquisitrice. Elle lâcha Chase de la main droite, qu'elle glissa dans sa poche. Sans répondre à la question, elle regarda de nouveau Siddin.

— Pourquoi est-il avec vous ?

— Kahlan l'a sauvé, dit Richard. La reine l'avait enfermé dans ses cachots. Comme ce n'est pas la place d'un enfant, mon amie l'en a sorti.

— Et la reine n'était pas furieuse ? demanda Rachel en baissant enfin les yeux sur la jeune femme.

— Je ne laisse personne maltraiter les enfants, répondit Kahlan. Même les têtes couronnées...

— Bon, intervint Chase, si vous arrêtiez de bavarder ? Je vous ai amené des chevaux. En selle ! J'étais sûr de vous rattraper aujourd'hui. Un sanglier rôtit à l'endroit où vous avez campé hier, sur cette rive du fleuve Callisidrin.

Une main sur le pommeau, Zedd sauta en selle, Siddin calé sur l'autre bras.

— Un sanglier ! Quel abruti tu fais ! Laisser sans surveillance un sanglier qui grésille sur des flammes ! N'importe qui pourrait s'en emparer...

— C'est pour ça que j'aimerais qu'on presse le mouvement ! J'ai trouvé des traces de loups autour de votre camp. Mais en principe, ces bestiaux n'approchent pas des feux.

— Ne touche pas à un poil de ce loup ! lança Zedd. C'est un ami de la Mère Inquisitrice.

Chase jeta un coup d'œil à Kahlan, puis à Richard. Perplexe, il fit volter son cheval et partit vers l'ouest au galop.

Revoir le garde-frontière avait remonté le moral du jeune homme, comme si tout était de nouveau possible. Kahlan choisit un cheval, sauta en selle, Siddin en croupe, et bavarda joyeusement avec lui pendant le trajet...

Au camp, Zedd se précipita sur le sanglier et annonça péremptoirement qu'il était cuit. Remontant sa tunique, il s'assit et attendit, souriant comme un gosse, qu'une bonne âme munie d'un couteau veuille bien découper le dîner. Tout aussi épanoui, Siddin prit place près de Kahlan et se blottit contre elle. Richard et Chase se chargèrent du découpage. Rachel s'assit près du garde-frontière. Sa poupée sur les genoux et la miche contre sa hanche, elle le regarda travailler en gardant un œil méfiant sur Kahlan.

Richard coupa une grosse portion de viande et la tendit à Zedd.

—Alors, Chase, demanda-t-il, qu'est-il arrivé ? Avec mon frère, je veux dire ?

—Quand je lui ai transmis ton message, il a décidé de voler à ton secours. Il a mobilisé l'armée et nous avons affecté le gros des forces le long de la frontière, sous le commandement de mes gars. Lorsque la frontière a disparu, Michael a refusé d'attendre sur place. À la tête d'un millier de ses meilleurs soldats, il est entré dans les Contrées du Milieu. Ils bivouaquent dans les monts Rang'Shada, en attendant de venir t'aider.

Richard arrêta de découper le sanglier, pétrifié de surprise.

—Vraiment ? Michael a réagi comme ça ? Il vient nous aider ? Et avec une armée ?

—Comme je te le dis ! Puisque tu étais dans le coup, a-t-il déclaré, il y serait aussi !

Richard se sentit honteux d'avoir douté de son frère, et fou de joie qu'il ait tout abandonné pour venir lui prêter main-forte.

—Il n'était pas en colère contre moi ?

—J'aurais parié qu'il le serait, et qu'il me passerait un savon, mais il désirait seulement savoir où tu étais et quel danger te menaçait. Te connaissant, a-t-il dit, si tu pensais que c'était important, tu devais avoir raison. Il voulait m'accompagner, mais j'ai refusé. Il est avec ses hommes, sans doute sous sa tente, à tourner en rond en attendant le moment d'agir. Franchement, sa réaction m'a autant surpris que toi.

—Mon frère et mille de ses soldats dans les Contrées du Milieu, dit Richard, qui n'en croyait pas ses oreilles, tout ça pour venir à mon secours ! (Il se tourna vers Kahlan.) N'est-ce pas merveilleux ?

La jeune femme se contenta de lui sourire.

—À un moment, dit Chase, l'air sinistre, quand j'ai vu que vos traces conduisaient à l'Allonge d'Agaden, j'ai cru que vous étiez foutus !

—Tu t'y es aventuré aussi ?

—J'ai l'air d'un crétin ? On ne devient pas chef des gardes-frontière quand on a un petit pois à la place du cerveau ! Non, je me suis juste demandé comment annoncer ta mort à Michael. Puis j'ai vu votre piste ressortir de l'Allonge. (Il plissa le front.) Comment avez-vous réussi à vous en tirer vivants ?

—Je suppose que les esprits du bien…, commença Richard.

Un cri de Rachel l'interrompit.

Le Sourcier et le garde-frontière se retournèrent, couteaux brandis. Avant que Chase puisse frapper, Richard lui saisit le poignet.

Brophy trottinait vers eux.

—Rachel ? C'est vraiment toi ? lança-t-il.

La fillette retira de sa bouche le pied de Sara et écarquilla les yeux.

—Ta voix ressemble à celle de Brophy ! s'écria-t-elle.

—Normal, puisque c'est moi ! fit l'animal, sa queue battant joyeusement l'air.

Il s'approcha de l'enfant.

— Mais comment es-tu devenu un loup ?

Brophy s'assit sur ses pattes arrières face à Rachel.

— Un gentil sorcier m'a transformé. Je voulais être un loup, et il a exaucé mon souhait.

— Giller a fait ça ?

Entendant ce nom, Richard eut le souffle coupé.

— Exactement. Ma nouvelle vie est merveilleuse.

Rachel enlaça le loup, qui lui lécha le visage, la faisant glousser un peu.

— Rachel, dit Richard, tu connais Giller ?

La fillette se dégagea, mais garda un bras autour de l'encolure de Brophy.

— Giller est très gentil. C'est lui qui m'a donné Sara. (Elle jeta un regard méfiant à Kahlan.) Tu voulais lui faire du mal ! La reine est ton amie et tu es très méchante !

Pour se protéger, elle se serra contre le loup, qui lui lécha tendrement une joue.

— Tu te trompes, Rachel, dit-il. Kahlan est mon amie. C'est une des personnes les plus bienveillantes du monde.

La jeune femme sourit et tendit les bras à l'enfant.

— Approche…

Rachel consulta Brophy, qui hocha la tête pour confirmer qu'elle n'avait rien à craindre. Encore dubitative, la petite fille avança.

Kahlan lui prit les mains.

— Tu m'as entendu dire de vilaines choses sur Giller, pas vrai ? (Rachel fit oui de la tête.) Ma chérie, la reine est très méchante. Jusqu'à aujourd'hui, j'ignorais à quel point. Giller était mon ami. Quand il a rejoint Milena, j'ai cru qu'il était devenu méchant aussi. Qu'il passait dans son camp, comprends-tu ? Mais je me trompais. À présent que je le sais, plus question de toucher à un seul de ses cheveux !

Rachel se tourna vers Richard.

— C'est la vérité, dit-il. Nous sommes du même côté que Giller.

Du regard, l'enfant interrogea le loup, qui hocha la tête.

— Richard et toi n'êtes pas des amis de la reine ?

— Pour ça, non ! Si ça ne tenait qu'à moi, elle ne garderait pas longtemps sa couronne. Quant à Richard, il a sorti son épée et menacé de tuer la princesse. Je doute que ça lui ait gagné la sympathie de Milena.

— Violette ? Richard, tu as fait ça à la princesse ?

— Eh oui ! Elle a mal parlé à Kahlan, et j'ai juré de lui couper la langue si elle recommençait.

— Elle n'a pas ordonné qu'on te décapite ? s'étonna Rachel.

— Sa mère et elle n'enverront plus personne sur l'échafaud, dit Kahlan.

Des larmes aux yeux, Rachel se tourna vers l'Inquisitrice.

— Je croyais que tu étais méchante et que tu t'en prendrais à Giller. Je suis si contente d'avoir eu tort !

Elle se jeta au cou de la jeune femme et la serra très fort. Kahlan lui rendit son étreinte...

— Tu as pointé ton épée sur la princesse ? dit Chase à Richard. Tu sais que c'est un outrage majeur ?

— Si j'avais eu le temps, je l'aurais mise sur mon genou pour lui flanquer une fessée. (Rachel gloussa à cette idée.) Ma chérie, tu connais la princesse, on dirait ?

— Je suis son jouet humain..., répondit la gamine, son rire s'étranglant dans sa gorge. Je vivais dans un joli endroit, avec d'autres enfants. Après la mort de mon frère, la reine est venue me chercher et elle m'a offerte à Violette.

— Le frère de Rachel..., dit Richard à Brophy. C'était... hum... celui dont nous avons parlé ? (Le loup hocha tristement la tête.) Donc, ma petite, tu vivais avec la princesse. C'est elle qui t'avait massacré les cheveux, je parie ? Et elle te battait.

— Elle est très méchante, confirma l'enfant. Elle a même commencé à envoyer des gens se faire couper la tête. Comme j'avais peur qu'elle s'en prenne à la mienne, je me suis enfuie.

Richard jeta un coup d'œil à la miche de pain, puis s'agenouilla devant la fillette.

— Giller t'a aidé à fuir, n'est-ce pas ?

— Oui, et il m'a donné Sara. Il voulait partir avec moi, mais un homme très mauvais est arrivé. Le Petit Père Rahl. Il était en colère contre Giller, qui m'a dit de fuir, de me cacher jusqu'à l'hiver, puis de chercher une nouvelle famille. (Une larme roula sur la joue de Rachel.) Sara m'a appris qu'il ne pouvait plus m'accompagner...

Richard regarda de nouveau la miche de pain. Elle était de la bonne taille, d'après ce qu'il savait.

— Rachel, Zedd, Kahlan, Chase et moi luttons contre Darken Rahl pour qu'il ne fasse plus de mal à personne.

L'enfant regarda le garde-frontière.

— C'est la vérité, mon enfant. Dis-lui tout ce que tu sais...

Richard prit la fillette par les épaules.

— C'est Giller qui t'a donné cette miche de pain ? demanda-t-il.

— Oui.

— Nous allions le voir pour trouver une boîte. Une arme très efficace contre Darken Rahl. Tu veux bien nous la donner ? Pour nous aider ?

Avec un sourire courageux, malgré ses larmes, Rachel prit le ballot et le tendit au Sourcier.

— Elle est dans le pain... Giller l'a cachée avec sa magie.

Richard serra si fort la fillette qu'elle faillit ne plus pouvoir respirer. Il se releva et la fit tourner dans les airs jusqu'à ce qu'elle éclate de rire.

— Rachel, tu es la plus courageuse, la plus intelligente et la plus jolie petite fille du monde !

Quand il la reposa sur le sol, la petite courut vers Chase et se glissa sur ses genoux. Le garde-frontière l'attira contre lui et lui caressa la tête.

Richard prit la miche de pain, la déballa, et la tendit à Kahlan, qui refusa en souriant.

Il n'eut pas plus de succès avec Zedd.

— Le Sourcier l'a trouvée ! dit-il. À lui de la dévoiler !

Richard cassa la miche en deux, révélant la troisième boîte d'Orden. Il s'essuya les mains sur son pantalon, tira l'artefact de sa cachette et le leva pour l'exposer à la lumière des flammes. Grâce au *Grimoire des Ombres Recensées*, il savait que la boîte parée d'ornements dissimulait le véritable objet magique. Toujours grâce au grimoire, il aurait pu retirer le camouflage…

Il posa sa trouvaille sur les genoux de Kahlan. En la prenant, elle lui fit le plus beau sourire qu'il lui ait jamais vu. Sans réfléchir, il se pencha et lui donna un rapide baiser. Elle écarquilla les yeux et ne lui rendit pas son baiser. Mais le contact de ses lèvres le ramena brutalement à la réalité.

— Euh… Excuse-moi…, souffla-t-il.

— Tu es tout pardonné ! lança la jeune femme en souriant.

Richard et Zedd s'étreignirent en riant comme des gosses. Ému et content, Chase les regarda sans cesser de cajoler Rachel.

Richard ne parvenait pas à y croire ! Quelques heures plus tôt, découragé, il ignorait que faire et où aller pour combattre Rahl. Et voilà que la boîte leur tombait entre les mains !

Il la posa sur un rocher, pour que tout le monde la voie, puis fit avec ses amis le meilleur repas de sa vie. Kahlan et lui racontèrent à Chase une partie de leurs aventures. À la secrète satisfaction du jeune homme, le garde-frontière fut fort marri d'apprendre qu'il devait la vie à William, l'aubergiste de Havre du Sud. À son tour, Chase leur narra les innombrables difficultés rencontrées pour conduire un millier d'hommes jusqu'aux Rang'Shada. Il insista lourdement sur les absurdités dont accouchaient en toutes circonstances les bureaucrates.

Rachel ne quitta pas les bras du colosse pendant le dîner. Richard trouva intéressant qu'elle choisisse, pour être réconfortée, le membre le plus effrayant de leur groupe. Quand le garde-frontière eut fini son récit, elle leva les yeux vers lui et demanda :

— Chase, où dois-je me cacher pour attendre l'hiver ?

— Tu es trop vilaine pour qu'on te laisse en liberté. Un garn s'empresserait de te manger. (La fillette rit, sachant qu'il plaisantait.) J'ai des enfants, qui sont tous très laids aussi. Tu ne détonneras pas. Je crois que tu devrais vivre chez moi.

— Tu es sérieux, Chase ? demanda Richard.

— Il m'est trop souvent arrivé, en rentrant, que ma femme me présente un nouveau mioche. Il est temps de lui rendre la pareille ! (Il baissa les yeux sur Rachel, qui s'accrochait à lui comme si elle avait peur qu'une bourrasque le lui arrache.) Mais il y a des règles à la maison. Tu devras t'y plier.

— Je ferai tout ce que tu voudras, Chase !

— Eh bien, commençons tout de suite ! Voilà la première : aucun de mes gamins ne m'appelle Chase. Si tu veux faire partie de la famille, « papa » est de rigueur. Autre chose : tes cheveux sont trop courts. Mes petits ont tous de superbes crinières, et j'aime ça. Donc, tu devras les laisser pousser. Chez nous, tu auras une mère, et il faudra l'aimer beaucoup. Enfin, une obligation absolue : jouer avec tes sœurs et tes frères. Tous les jours ! Tu crois pouvoir supporter ce régime ?

Rachel hocha la tête, trop émue pour parler.

Ils avaient mangé avec un appétit vorace. Zedd lui-même semblait rassasié ! Richard se sentait épuisé. En même temps, avoir récupéré la boîte le remplissait d'énergie. Le plus dur était fait ! Il avait découvert l'artefact et il suffisait de le garder loin de Rahl jusqu'au premier jour de l'hiver.

— Nous cherchons la boîte depuis des semaines, dit Kahlan. Dans un mois, ce sera l'hiver. Il y a quelques heures, nous pensions ne plus avoir assez de temps pour réussir. À présent, ce délai nous semble une éternité. Que faire en attendant qu'il se soit écoulé ?

— Nous sommes là pour protéger la boîte, déclara Chase, et un millier d'hommes sont prêts à nous défendre. Et quand nous aurons retraversé la frontière, il y en aura dix fois plus !

— Zedd, demanda Kahlan, pensez-vous que ce soit très sage ? Mille hommes sont très faciles à repérer. Ne vaudrait-il pas mieux nous cacher plus discrètement ? Tous les quatre…

Le sorcier se pencha en arrière et massa son estomac rebondi.

— Nous serions mieux dissimulés, mais plus vulnérables si on nous trouve. Chase a sans doute raison. Une troupe de cette taille serait une bonne protection. Et s'il le faut, nous laisserons les soldats et trouverons une autre cachette.

— En tout cas, conclut Richard, il faudra partir d'ici dès l'aube !

Il faisait à peine jour quand ils se mirent en chemin. Les chevaux empruntèrent la route. Brophy s'enfonça dans la forêt, ombre fidèle des quatre cavaliers, mais n'hésita pas à jouer de temps en temps les éclaireurs. Hérissé d'armes, les bras de Rachel autour de la taille, Chase conduisait la colonne au trot. Siddin devant elle, Kahlan – qui avait remis ses vêtements de forestière – chevauchait près de Zedd. Richard avait insisté pour que le sorcier se charge de la boîte. Enveloppée dans le torchon qui protégeait auparavant la miche de pain, elle était attachée au pommeau de sa selle. Richard assurait l'arrière-garde, l'œil sans cesse aux aguets dans l'air froid de la matinée. À présent qu'ils détenaient l'artefact, il se sentait plus vulnérable que jamais, comme si tout le monde risquait de s'en apercevoir au premier coup d'œil.

Il entendit rugir les eaux du fleuve avant qu'ils passent un tournant et aperçoivent le pont. À son grand soulagement, la route était déserte. Chase se lança au galop et ses compagnons talonnèrent leurs montures pour suivre le rythme.

Richard comprit immédiatement la manœuvre du garde-frontière. Depuis toujours, il lui répétait que les ponts étaient la malédiction des imprudents. Pendant que ses compagnons traversaient à bride abattue la vieille structure de bois, il regarda derrière lui, puis à droite et à gauche. Pas de danger en vue.

Au milieu du pont, lancé à pleine vitesse, il percuta violemment quelque chose… d'invisible.

Sonné, il s'assit sur le séant, humilié de se retrouver par terre. Devant lui, son cheval rouan galopait avec les autres et s'arrêta quand ils s'immobilisèrent et se retournèrent pour voir ce qui se passait. Sous les yeux étonnés de ses compagnons, le Sourcier se releva, l'esprit toujours confus, épousseta ses vêtements et boitilla jusqu'à sa monture. Revenu au centre du pont, il se heurta de nouveau à l'obstacle. Un mur de pierre lui aurait valu les mêmes ennuis, sauf… qu'il n'y avait rien. De nouveau sur les fesses, il entendit ses amis revenir vers lui. Tous l'entouraient quand il se remit debout.

Zedd sauta de cheval, tint les rênes d'une main et aida son protégé de l'autre.

— Que se passe-t-il ?

— Je n'en sais rien… J'ai eu l'impression de percuter un mur, au centre du pont. Mais j'ai dû trébucher. Je crois que ça va aller, maintenant.

Zedd regarda autour de lui, puis poussa Richard en avant. Le phénomène se reproduisit. Mais le choc fut moins rude, car Richard n'avançait pas vite. Au lieu de se retrouver sur le derrière, il recula simplement de quelques pas. Quand il fit une nouvelle tentative, cela recommença.

Sous le regard inquiet de Zedd, le Sourcier tendit la main et sentit la surface solide et bien réelle du mur qui l'empêchait de passer sans gêner le moins du monde ses compagnons. Le contact avec cette barrière le rendit aussitôt nauséeux, la tête lui tournant à une vitesse folle. De plus en plus intrigué, le vieux sorcier traversa plusieurs fois l'obstacle invisible.

— Richard, dit-il en s'immobilisant à l'endroit exact où se dressait le mur, retourne à l'entrée du pont et marche vers moi.

Le jeune homme revint sur ses pas en tâtant la bosse qui se formait sur son front. Dans son dos, Kahlan sauta de cheval près de Zedd. Brophy la rejoignit pour essayer de comprendre ce qui se passait.

Quand il repartit en avant, Richard tendit les bras devant lui. Un peu avant d'être à mi-chemin, il se heurta à la barrière et dut reculer pour échapper aux détestables symptômes que lui valait son contact.

— Fichtre et foutre ! lança le vieux sorcier en se frottant le menton.

Comme il ne pouvait pas les rejoindre, ses compagnons allèrent à la rencontre du Sourcier. De nouveau, Zedd le poussa en avant. À l'impact, le jeune homme recula un peu.

— Touche l'obstacle de la main droite, dit le sorcier en lui prenant la gauche.

Richard obéit et résista jusqu'à ce que la nausée le force à retirer sa main. À travers lui, le malaise semblait s'être communiqué au vieil homme.

À présent, ils étaient presque à l'entrée du pont. Chaque impact contre le mur l'avait fait reculer de plusieurs pas...

— Fichtre, foutre et triple foutre !

— C'est quoi ? demanda Richard.

Avant de répondre, le sorcier coula un regard sinistre à Kahlan et à Chase.

— Un sort gardien...

— Pardon ?

— Un sortilège dessiné par ce maudit peintre, James ! Il l'a tissé autour de toi, et au premier contact, le sort s'est activé. Depuis, il se referme comme un piège. Si on ne te tire pas de là, il se contractera jusqu'à ce que tu sois incapable de bouger. Pris dans la nasse, en somme...

— Et après ?

— Quand tu le touches, un poison se diffuse en toi. Lorsque le sort t'enveloppera comme un cocon, il t'écrasera, ou la substance toxique te tuera.

Affolée, Kahlan tira le sorcier par la manche de sa tunique.

— Nous devons rebrousser chemin ! Et libérer Richard !

— C'est ce que nous allons faire, bien sûr, dit Zedd en se dégageant. Nous trouverons le dessin et nous l'effacerons...

— Je sais où sont les grottes sacrées, dit Kahlan en se hissant sur sa monture, un pied dans l'étrier.

— Alors, nous n'avons pas de temps à perdre ! En route !

— Non ! lâcha le Sourcier.

Tous se retournèrent, les yeux ronds.

— Richard, il le faut ! lança Kahlan.

— Elle a raison, mon garçon. C'est la seule solution.

— Non ! C'est ce que nos ennemis attendent. Zedd, tu as dit que James ne pouvait rien contre toi ou contre Kahlan. Alors, il s'en est pris à moi, pour nous forcer à revenir en arrière. La boîte est trop importante pour courir ce risque. Kahlan, dis-moi où sont ces grottes. Toi, Zedd, explique-moi comment effacer ce sort.

Kahlan prit les rênes de son cheval et attrapa au vol celles du rouan de Richard.

— Zedd et Chase se chargeront de la boîte. Moi, je viens avec toi.

— Pas question ! J'irai seul. L'épée me protégera. Notre première responsabilité, c'est la boîte d'Orden. Elle passe avant tout. Indiquez-moi comment trouver les grottes, puis annuler le sort. Quand j'aurai fini, je vous rattraperai.

— Richard, je crois...

— Plus un mot ! Le but est d'arrêter Darken Rahl ! Nos vies ne comptent pas. Kahlan, tu n'iras pas, c'est un ordre !

— Dis-lui où sont les grottes, mon enfant, souffla Zedd.

L'Inquisitrice lança les rênes au sorcier, ramassa un bâton et dessina une carte dans la poussière.

— Voilà le fleuve Callisidrin, dit-elle en suivant une ligne de la pointe de son bâton. Le pont est là. Ça c'est la route, et de ce côté, Tamarang et le château. (Elle dessina une nouvelle route.) Dans ces hauteurs, au nord-est de la ville, un cours d'eau coule entre deux collines jumelles. Après environ un quart de lieue, un petit pont le traverse. À cet endroit, les collines ont des parois rocheuses, du côté de l'eau. Les grottes sont dans la falaise située côté nord-est de la rivière. C'est là que le peintre jette ses sorts.

Zedd prit son bâton à Kahlan, le cassa en deux et roula une moitié, longue d'environ quatre pouces, entre ses paumes.

— Voilà. Ça effacera le sort. Sans le connaître, je ne peux pas te dire quelle partie tu dois éliminer, mais tu le découvriras sans doute tout seul. C'est un dessin, donc tu réussiras à lui trouver un sens… Un sort de ce type doit en avoir un, sinon il ne fonctionne pas.

Au toucher, le demi-bâton que Zedd avait « traité » n'évoquait plus du bois. Contre la peau, son contact était doux et un peu collant. Richard le rangea dans sa poche.

Le sorcier fit subir le même sort à l'autre morceau de bois. Quand il le donna à Richard, il était noir comme du charbon et beaucoup plus dur.

— Avec celui-là, tu pourras modifier le sort s'il le faut.

— Le modifier comment ?

— Là encore, je ne peux rien dire sans l'avoir vu. Tu devras te fier à ton jugement. Maintenant, dépêche-toi ! Mais je pense toujours que nous devrions…

— Non, Zedd. Nous savons tous de quoi Darken Rahl est capable. Tout dépend de la boîte ! Sois très prudent, et veille sur Kahlan. (Il se tourna vers Chase.) Conduis-les à Michael. Il vous aidera à protéger l'artefact. Ne traînez pas en chemin pour m'attendre. Je vous rattraperai sans problème, le moment venu. Et si je ne me montre pas, j'interdis que vous veniez me chercher. Votre mission, c'est de partir avec la boîte. Compris ?

— Tu as ma parole d'honneur…, dit Chase.

Il expliqua au Sourcier comment rejoindre l'armée de Terre d'Ouest, dans les Rang'Shada.

Richard s'approcha de Kahlan.

— Veille bien sur Siddin. Et ne t'inquiète pas, je serai vite de retour. Maintenant, filez !

Zedd monta en selle. Kahlan lui confia Siddin.

— Partez devant, dit-elle au garde-frontière. Je vous rejoindrai dans quelques minutes.

Le sorcier voulut protester, mais elle l'en empêcha d'un geste.

Elle regarda les deux chevaux traverser le pont et s'éloigner. Puis elle se tourna vers Richard.

— Je t'en prie, laisse-moi venir…

— Non !

Vaincue, elle n'insista pas.

— Dans les Contrées du Milieu, dit-elle, des larmes aux yeux, il y a des dangers dont tu ignores tout. Sois prudent.

— Je serai revenu avant d'avoir eu le temps de te manquer.

— J'ai peur pour toi.

— Je sais. Mais tout ira bien.

Elle le regarda avec ses yeux verts où il aurait tant voulu se noyer.

— Je ne devrais pas faire ça…, souffla-t-elle.

Elle se jeta à son cou et l'embrassa. Un baiser violent, passionné et… désespéré.

Un instant, alors qu'il la serrait contre lui, le contact des lèvres de la jeune femme, la douceur de ses doigts sur sa nuque et le petit gémissement qui lui échappa firent oublier jusqu'à son nom au Sourcier.

Quand elle s'écarta, l'esprit embrumé, il la regarda glisser le pied dans un étrier et monter en selle. Elle tira sur les rênes, amenant le cheval près de lui.

— Jure-moi de ne rien faire de stupide, Richard Cypher !

— Promis, dit le Sourcier sans préciser que la mettre en danger était ce qu'il considérait comme le comble de l'idiotie. Ne te tourmente pas, je ne serai pas absent longtemps. Fais en sorte que Rahl n'ait pas la boîte. C'est l'essentiel ! À présent, file !

Les rênes de son rouan dans la main, il regarda la jeune femme traverser le pont au galop.

— Je t'aime, Kahlan Amnell…, murmura-t-il.

Richard tapota gentiment la tache grise, sur l'encolure du rouan, et le guida hors de la piste après qu'ils eurent traversé le petit pont de bois. Ils suivirent la rive. En confiance, l'animal n'hésita pas à avancer dans l'eau quand des broussailles leur barraient le passage. Sous le soleil, des collines quasiment chauves flanquaient la rivière. Quand les berges devinrent trop escarpées, Richard fit remonter un peu le rouan, pour que sa progression soit plus facile. Il n'avait pas cessé de sonder les alentours, sans rien remarquer de suspect. Les lieux semblaient déserts.

Des falaises de craie blanche bordaient les berges de la rivière – la face rocheuse des collines identiques qu'il longeait. Richard tira sur les rênes et sauta de selle avant même que sa monture se soit arrêtée. Puis il l'attacha à un buisson dont les baies rouges étaient déjà sèches et ratatinées. Quand il descendit vers l'eau, ses bottes glissèrent dans la boue. Un sentier étroit serpentait le long de la falaise. En le suivant, il arriva devant l'entrée d'une caverne. L'ouverture, très large, évoquait une gueule béante.

Une main sur la garde de son épée, Richard sonda l'obscurité, cherchant à repérer le peintre, ou un autre importun. Personne en vue ! Dès l'entrée de la grotte, des dessins couvraient ses parois. Et ils continuaient jusqu'à se perdre dans ses entrailles obscures.

Comment trouver le bon ? Il y en avait des centaines, peut-être des milliers. Certains ne dépassaient pas la taille de sa main. D'autres étaient aussi grands et larges que lui. Ils représentaient des scènes très diverses. Sur la plupart ne figurait qu'une personne. Mais il y avait quelques exceptions. À l'évidence, plusieurs « artistes » avaient conjugué leurs efforts. Une partie des images était d'une précision pointilleuse et les jeux d'ombre et de lumière témoignaient d'une grande maîtrise. On y voyait des personnages aux membres cassés, ou buvant dans des coupes ornées de crânes et d'os, ou debout devant des champs aux récoltes ravagées…

Ailleurs, œuvres d'un peintre beaucoup moins doué, il s'agissait plutôt d'esquisses, souvent maladroites. Mais les scènes restaient tout aussi lugubres. À coup sûr, le talent du dessinateur comptait peu. Seul le message avait de l'importance !

Richard découvrit des dessins aux auteurs différents, mais aux nombreux points communs. Autour de chaque personnage étaient dessinés une carte et un cercle dans lequel s'inscrivaient un crâne et deux fémurs croisés.

Des sorts gardiens !

Mais comment trouver celui qui le concernait ? Il y en avait partout ! Sans avoir une idée de ce qu'il cherchait, c'était une mission impossible. De plus en plus angoissé, il avança dans la pénombre, scrutant en vain les parois. Au passage, il laissait courir ses mains sur les images pour n'en rater aucune. Son regard volait de droite à gauche, affolé par la multitude de sorts et vainement en quête d'un détail familier. De quoi devenir fou, quand on ignorait que chercher et où le trouver.

Richard continua d'avancer. Les dessins finissaient bien quelque part. Et en toute logique, les derniers devaient être au fond de la grotte. Quand il fit trop noir, il battit en retraite pour récupérer une des torches en roseau stockées à l'entrée.

Après quelque pas, il percuta le mur invisible et comprit, glacé de terreur, qu'il était prisonnier de la grotte. Il ne lui restait presque plus de temps et les torches étaient hors de sa portée !

Il reprit ses recherches. Mais il ne distinguait presque plus les dessins et le fond de la caverne semblait encore très loin. Une idée qui le vit frissonner de déplaisir lui traversa l'esprit.

« Quand il fera assez noir pour que ce soit indispensable. » Les paroles d'Adie…

La pierre de nuit !

Richard sortit aussitôt la bourse de cuir de son sac. Il la posa sur sa paume et tenta de décider si elle l'aiderait ou lui attirerait davantage d'ennuis. Du genre qu'il ne pourrait pas gérer… Mais chaque fois qu'il avait utilisé la pierre, les ombres avaient mis un moment pour arriver. S'il la sortait un bref instant, pour jeter un coup d'œil autour de lui, et la rangeait aussitôt dans la bourse, il aurait gagné le temps qu'il lui fallait avant que les ombres le trouvent. Était-ce vraiment une bonne idée ?

« Quand il fera assez noir pour que ce soit indispensable. » Une phrase à double sens…

Il fit tomber la pierre dans sa main. Aussitôt, la grotte fut illuminée comme en plein jour. Richard ne tenta pas de détailler les dessins. Au contraire, il avança en quête de l'endroit où il n'y en avait plus. Du coin de l'œil, il vit la première ombre se matérialiser. Assez loin de lui, pour le moment. Il continua.

Quand il aperçut la dernière image, des ombres le serraient de près. Alors, il remit la pierre dans la bourse. Retenant son souffle, de nouveau aveugle, il attendit de sentir le contact glacial de la mort. Rien ne vint. Un peu de lumière filtrait de l'entrée, mais elle n'était pas suffisante pour voir les dessins. Tôt ou tard, il devrait ressortir la pierre.

Avant, il glissa une main dans sa poche et en sortit le demi-bâton un peu collant que lui avait donné Zedd. Puis il ressortit la pierre. Un instant ébloui, il regarda autour de lui dès que ce fut fini.

Alors, il vit ce qu'il cherchait. L'homme représenté sur le mur était de sa taille, la carte et le cercle dépassant au-dessus de sa tête. Aussi rudimentaire que fût le trait, se reconnaître ne lui posa pas de problème. Le mot « Vérité » figurait sur la garde de l'épée que brandissait le personnage. La silhouette était entourée d'une carte semblable à celle qu'avait dessinée Kahlan. D'un côté, une ligne droite, partant du bord extérieur du cercle, longeait le fleuve Callisidrin et passait exactement au milieu du pont. L'endroit où il avait activé le sort !

Les ombres murmuraient son nom... Richard se retourna et vit des mains se tendre vers lui. Plaqué à la paroi, il remit la pierre dans la bourse. Désespéré, il pensa que le cercle, autour du personnage, montait beaucoup trop haut sur le mur pour qu'il puisse l'effacer entièrement. Et s'il en éliminait seulement une partie, il ne saurait pas où se situerait la brèche. Comment faire pour qu'elle soit dans la grotte où il était coincé ?

Il s'écarta un peu de la paroi pour avoir une meilleure vue d'ensemble quand il ressortirait la pierre de nuit. Mais il percuta le mur invisible. Affolé, il comprit qu'il lui restait très peu de temps. Le piège se refermait.

Il sortit la pierre et entreprit d'effacer l'épée, avec l'espoir de se libérer du sort en privant le dessin de son identité. Mais les lignes résistaient. Et quand il recula d'un pas, ce fut pour percuter de nouveau le cocon invisible.

Les ombres approchaient toujours et susurraient son nom.

Il rangea la pierre, haletant dans l'obscurité comme un animal pris au piège. Inutile d'espérer contenir les ombres d'une main pendant qu'il effacerait de l'autre. Il avait déjà combattu ces adversaires, et dû mobiliser toutes ses ressources. Que faire ? L'épée n'était plus sur le dessin et ça n'avait rien changé. Le sort le reconnaissait toujours ! Et il ne lui restait pas assez de temps pour s'attaquer à toutes les lignes à sa portée.

C'était la fin !

Soudain, il capta du coin de l'œil une lumière vacillante, et se retourna. Une torche à la main, son sourire mielleux sur les lèvres, James venait d'entrer dans la grotte.

— Je me doutais que tu serais là..., dit-il. Alors, je suis venu jeter un coup d'œil. Puis-je t'aider ?

À la façon dont le peintre éclata de rire, Richard comprit qu'il n'avait aucune intention de lui porter secours. Et James savait que l'obstacle invisible le mettait à l'abri de l'Épée de Vérité.

James rit de plus belle, ravi de savoir son adversaire impuissant.

Richard tourna la tête et constata que la lumière de la torche lui permettait de voir le dessin. Mais le mur invisible le poussa contre la paroi. Nauséeux, il s'aperçut qu'il n'en était plus qu'à un pas. Bientôt, il serait coincé, puis écrasé ou empoisonné. Il se tourna vers le dessin. Effaçant d'une main, il fourra l'autre dans sa poche et sortit le deuxième bâton. Celui qui pouvait modifier l'image…

James tendit le cou pour voir ce qu'il faisait.

— Que fiches-tu donc ? demanda-t-il, son rire s'étranglant dans sa gorge.

Richard ne répondit pas et continua à effacer la main droite du dessin.

— Arrête ! cria James.

Richard l'ignora. Jetant sa torche, le peintre sortit son propre crayon et commença à dessiner à toute vitesse, sa main projetant autour de lui des gouttelettes d'une sueur grasse. Il esquissait une silhouette. Un nouveau sort ! S'il finissait avant lui, comprit Richard, tout serait perdu.

— Arrête, espèce de fou ! brailla James sans cesser de travailler.

Le cocon invisible fit pression contre le dos du Sourcier et le poussa vers la paroi. Bientôt, il ne pourrait plus bouger les bras. James avait déjà dessiné l'épée de son personnage, et il s'apprêtait à écrire le mot « Vérité ».

Richard prit son deuxième bâton et, d'une simple ligne, relia les deux côtés du poignet de son propre personnage, pour représenter un moignon comme celui de James.

Dès qu'il eut fini, la pression se relâcha dans son dos et la nausée cessa.

James hurla.

Gisant sur le sol, plié en deux, il vomissait tripes et boyaux. Impassible, le Sourcier ramassa la torche.

Le peintre leva sur lui des yeux implorants.

— Je ne voulais pas te tuer… seulement te piéger…

— Qui t'a demandé de m'ensorceler ?

— La Mord-Sith, souffla James avec un rictus pervers. Tu vas crever…

— Une Mord-Sith ? C'est quoi ?

Un craquement d'os suivi du sifflement d'une baudruche qui se vide lui apprit que James venait de mourir. Et ce n'était pas lui qui le pleurerait !

Bien qu'il ignorât ce qu'était une Mord-Sith, Richard jugea inutile de s'attarder sur les lieux pour le découvrir. D'autant plus qu'il se sentait seul et vulnérable. Zedd et Kahlan l'avaient mis en garde contre les multiples manifestations de la magie dans les Contrées du Milieu. Il détestait la sorcellerie et ce foutu pays ! Son seul désir était de retourner près de la jeune femme…

Il courut vers la sortie de la grotte, lâchant sa torche au passage. Dehors, ébloui par la lumière, il s'arrêta et se protégea les yeux. Quand il retira son bras, les paupières plissées, il vit les soldats qui l'attendaient. En uniforme de cuir noir, un fourreau sur l'épaule, ils portaient à la ceinture des haches de guerre et des coutelas.

Devant eux, face à Richard, se tenait une femme aux longs cheveux auburn nattés. Son uniforme de cuir rouge sang la moulait comme une seconde peau. Sur son ventre étaient dessinés un croissant et une étoile jaunes. Les hommes portaient sur la poitrine les mêmes symboles, mais les leurs étaient rouges.

La femme le regardait, l'ombre d'un sourire ironique sur les lèvres.

Richard écarta les pieds, assurant ses appuis, et saisit la garde de son épée. Sans connaître les intentions de ces gens, que pouvait-il faire de plus ? La femme leva les yeux, fixant un point au-dessus de lui. Aussitôt, le Sourcier entendit deux hommes sauter de la falaise, dans son dos.

La colère de l'épée passa dans sa main et se communiqua à tout son corps. Il serra les dents pour empêcher sa rage d'exploser.

La femme claqua des doigts à l'intention des hommes placés dans son dos, puis le désigna.

— Capturez-le !

C'était tout ce que le Sourcier voulait savoir... Le pacte était scellé. Le messager de la mort se réveilla.

Il dégaina en se retournant et lâcha la bride à une fureur qui le submergea. Dans le regard des deux hommes, alors qu'ils dégainaient leurs lames, il vit briller la soif de tuer.

Richard garda l'Épée de Vérité à hauteur de sa taille, prêt à mettre tout son poids et toute sa force dans le coup. Méfiants, les deux soldats baissèrent leurs armes.

Le Sourcier hurla sa rage et son désir de sang. Puis il s'abandonna à l'ivresse du meurtre, conscient que toute retenue lui coûterait la vie.

La pointe de sa lame fendit l'air en sifflant.

Le messager de la mort !

L'acier scintilla dans l'air limpide de la matinée.

Deux grognements retentirent, suivis, à l'impact, par un double son écœurant comme celui que produisent des melons pourris en s'écrasant sur le sol. Dans un geyser de sang et d'entrailles, coupés en deux au niveau de la taille, les soldats s'écroulèrent, le haut de leurs corps basculant en arrière pendant que le bas s'affaissait mollement.

La lame du Sourcier continua sa course au milieu des filaments de sang et de fluides vitaux. Faisant volte-face, il concentra sa colère, sa haine et sa soif de mort sur une autre cible. La femme commandait ces soldats. Il devait la vider de sa vie. La saigner à blanc. Lui déchirer les chairs ! La magie se déversait en lui comme un torrent. De sa gorge sortait toujours un cri de dément.

La femme en rouge le regardait, un poing sur la hanche.

Richard croisa son regard et modifia légèrement l'angle de frappe de son épée pour la toucher juste au-dessus du nez. Le sourire qu'il vit naître sur ses lèvres attisa le feu de sa colère. Alors qu'ils se défiaient du regard, l'Épée de Vérité vola vers la tête de l'insolente.

Plus rien n'arrêterait le Sourcier.

Le messager de la mort!

La douleur infligée par la magie de l'épée le frappa comme une averse d'eau froide sur un corps nu. La lame n'atteignit jamais sa cible. La lâchant, Richard tomba à genoux. La souffrance lui fouailla les entrailles et le força à se plier en deux.

Le poing toujours sur la hanche, sans cesser de sourire, la femme approcha et le regarda vomir du sang, la respiration coupée par ce flot venu du plus profond de son être.

Le corps en feu, les poumons vidés de leur air, la douleur consumait Richard de l'intérieur. Au désespoir, il tenta de reprendre le contrôle de la magie pour chasser la souffrance comme il avait appris à le faire après avoir tué son premier homme. Mais rien ne se passa. Fou de panique, il comprit que le pouvoir de l'épée ne lui obéissait plus.

La femme le maîtrisait!

Richard bascula en avant, face contre terre. En vain, il tenta de crier ou de respirer. Un instant, il pensa à Kahlan. Puis la force qui le déchirait de l'intérieur lui enleva aussi cela…

Aucun des autres soldats n'avait bougé. La femme lui écrasa une botte sur la nuque et s'accroupit, un coude posé sur son genou. De l'autre main, elle saisit les cheveux du Sourcier et lui releva la tête. Son uniforme de cuir craqua quand elle se pencha un peu plus.

— Eh bien, eh bien…, siffla-t-elle. Moi qui croyais devoir te torturer pendant des jours avant que tu sois assez furieux pour utiliser ta magie contre moi! Mais ne t'inquiète pas, j'aurai d'autres raisons de te mettre au supplice…

Dans le brouillard de sa souffrance, Richard comprit qu'il avait commis une erreur fatale. Sans savoir comment, il avait transmis à la femme le contrôle de l'Épée de Vérité… et de sa magie. Bref, il se retrouvait dans une situation désespérée! Mais Kahlan était en sécurité, et cela seul importait…

— Tu veux que la douleur s'arrête, gentil petit chien?

Cette question le fit bouillir de rage. La haine qu'il éprouvait pour la femme, et son envie de l'éventrer, décuplèrent sa douleur.

— Non, parvint-il quand même à répondre.

— Personnellement, ça ne me dérange pas… Quand tu en auras assez, il te suffira d'arrêter de penser des méchantes choses à mon sujet. Désormais, je contrôle la magie de ton arme. Si tu prémédites seulement de lever un doigt sur ma personne, la souffrance te jettera au sol, hurlant comme un possédé. (Elle sourit.) C'est la seule douleur que tu pourras influencer. Pense quelque chose d'agréable sur moi, et elle cessera.

» Mais ne rêve pas! Je la contrôle aussi, et je te l'infligerai chaque fois que ça me chantera. Comme tu le verras bientôt, j'ai d'autres trésors de terreur à ta disposition. (Elle plissa le front.) Dis-moi, petit chien, as-tu osé tourner ta magie contre moi parce que tu es idiot, ou parce que tu te prends pour un héros?

La douleur diminuant un peu, Richard aspira une goulée d'air. Sa tortionnaire, comprit-il, avait relâché la pression pour qu'il puisse répondre.

— Qui… êtes… vous ?

Elle le reprit par les cheveux et lui tordit le cou pour le regarder dans les yeux. La botte appuya plus fort sur sa nuque et du feu liquide se déversa dans ses épaules.

— Tu ignores qui je suis ? dit la femme, intriguée. Dans les Contrées du Milieu, tout le monde me connaît…

— Je viens de… Terre d'Ouest.

— Terre d'Ouest ! Quelle délicieuse surprise ! On va beaucoup s'amuser ! Je me nomme Denna. Maîtresse Denna, pour toi, petit chien ! Je suis une Mord-Sith.

— Je ne… vous dirai… jamais où est Kahlan. Vous feriez mieux de me tuer…

— Kahlan ? Qui est-ce ?

— La… Mère… Inquisitrice…

— La Mère Inquisitrice…, répéta Denna, comme si elle avait du fiel dans la bouche. Que ferais-je d'une Inquisitrice ? C'est toi, Richard Cypher, que maître Rahl m'a chargée de capturer. Imagine-toi qu'un de tes amis t'a trahi ! (Elle lui tira plus fort sur la tête ; sa botte lui écrasa davantage la nuque.) Et je t'ai eu ! Je m'attendais à des difficultés, mais tu m'as mâché le travail. Et un peu gâché le plaisir… Je suis responsable de ton dressage, petit chien. Mais puisque tu viens de Terre d'Ouest, tu ignores sûrement de quoi je parle. Alors, écoute bien ! Une Mord-Sith porte toujours du rouge quand elle dresse quelqu'un. Pour que les taches de sang ne se voient pas trop ! À mon avis, et la perspective me réjouit, j'aurai sur moi beaucoup de ton sang avant d'en avoir fini avec toi.

Elle lui lâcha la tête, appuya encore plus fort sur sa nuque, et lui brandit sa main devant les yeux. Il vit que le dos de son gant était revêtu de fer, y compris sur les doigts. À son poignet, tenue par une élégante chaîne en or, pendait une lanière de cuir rouge d'un pied de long. L'instrument de torture oscillait devant son visage, atroce promesse des exactions à venir.

— C'est un Agiel. Entre autres choses, il me servira à te dresser. (Elle sourit, un sourcil levé.) Tu es curieux ? Une démonstration te ferait plaisir ?

Denna appuya l'Agiel contre le flanc de Richard. Fou de douleur, il hurla, bien qu'il se fût juré de ne pas lui donner la satisfaction de voir à quel point il souffrait. Les muscles tétanisés, il ne sentait plus que l'atroce brûlure de l'Agiel. Et une seule pensée emplissait son esprit : qu'on éloigne cet objet maudit de lui ! Denna poussa un peu plus fort et lui arracha un autre cri. Un bruit sourd lui apprit qu'une de ses côtes avait cédé.

Quand elle retira l'Agiel, du sang ruissela sur le flanc du jeune homme. Étendu sur le sol, trempé de sueur, du sang et de la poussière dans la bouche, il haletait, les yeux noyés de larmes. Denna lui avait-elle donc arraché ou déchiqueté tous les muscles ?

— Maintenant, petit chien, répète après moi : Merci, maîtresse Denna, de m'avoir donné une leçon. (Elle attendit un peu.) Dis-le !

Richard se concentra sur son désir de la tuer et imagina que la lame de l'Épée de Vérité lui fendait le crâne.

— Crève, salope !

Les yeux mi-clos, Denna frissonna d'extase et se passa la langue sur les lèvres.

— Quelle image délicieusement méchante, petit chien ! Bien sûr, tu le regretteras... Mais te dresser promet d'être très amusant ! Dommage que tu ne saches rien des Mord-Sith. Mieux informé, tu serais mort de peur, et j'adorerais ça. Cela dit, je me régalerai encore plus en te surprenant sans cesse, petit chien !

Jusqu'à ce qu'il perde connaissance, Richard garda à l'esprit l'image de la lame plantée dans le crâne de Denna...

Chapitre 41

L'esprit embrumé, Richard entrouvrit les yeux. À la lueur vacillante d'une torche, il était étendu à plat ventre sur un sol de pierre glacé. Autour de lui, dans les murs, aucune fenêtre pour lui apprendre s'il faisait jour ou nuit… Un goût de cuivre dans la bouche, il se souvint que c'était celui du sang. Où était-il et pourquoi l'avait-on emprisonné ? Quand il essaya de respirer à fond, une douleur fulgurante, au flanc, lui coupa le souffle. Tout son corps lui faisait mal. Un océan de souffrance ! Comme si on l'avait passé à tabac avec une massue.

Le souvenir de ces horribles moments lui revint en mémoire. Dès qu'il pensa à Denna, sa colère explosa. Aussitôt, la magie le punit, lui arrachant un cri. À la torture, il se recroquevilla en position fœtale et gémit comme un enfant. Pour chasser la rage, il pensa à Kahlan et à leur baiser, au moment de se séparer. La douleur se calma. Pour la tenir loin de lui, il se concentra sur l'image de son amie. Il ne devait plus souffrir ! Ce qu'il avait subi dépassait déjà sa résistance. Si ça recommençait…

Il fallait trouver un moyen de se sortir du piège. Sans contrôler sa colère, il n'aurait aucune chance. Toute son enfance, son père l'avait mis en garde contre la rage et il avait appris à l'étouffer. Récemment, Zedd lui avait dit qu'il était parfois plus dangereux de laisser libre cours à sa colère que de la réprimer. C'était une des occasions dont il parlait ! Après une vie entière passée à se contenir, il pouvait réussir.

Cette idée le réconforta un peu…

Lentement, en bougeant le moins possible, il évalua la situation. L'Épée de Vérité était dans son fourreau, son couteau aussi, et la pierre de nuit n'avait pas quitté sa poche. Son sac reposait contre un mur, loin de lui. Tout le côté gauche de sa chemise était amidonné par le sang séché. Sa tête lui faisait mal, mais pas plus que le reste de son corps.

Tournant les yeux, il aperçut Denna. Elle était assise sur une chaise, dans un coin, les chevilles croisées, son coude droit appuyé sur une table en bois rudimentaire. Sa main gauche plongeait régulièrement une cuiller dans la coupe qu'elle tenait de l'autre main. Elle mangeait, les yeux rivés sur lui.

Il jugea judicieux de dire quelque chose.

— Où sont vos hommes ?

Denna mâcha un bon moment sans répondre. Puis elle posa la coupe et désigna un point, sur le sol, à côté d'elle.

— Viens par ici..., dit-elle d'une voix presque amicale.

Richard se leva péniblement et se plaça là où elle lui ordonnait. Denna le regarda sans trahir d'émotion. Puis elle se leva, écartant la chaise d'un coup de pied. Dos tourné au jeune homme, elle ramassa un gant, sur la table, et le passa à sa main droite.

Sans crier gare, elle se retourna et flanqua un revers de la main à Richard, visant sa bouche. Le blindage de fer lui fit éclater les lèvres.

Avant que la colère s'empare de lui, il pensa à une splendide clairière, dans la forêt de Hartland. À cause de la douleur, des larmes lui montèrent aux yeux...

— Tu as oublié le protocole, petit chien, fit Denna avec un grand sourire. Je te l'ai déjà dit : tu dois m'appeler « maîtresse », ou « maîtresse Denna ». Tu as de la chance d'être tombé sur moi. Les autres Mord-Sith sont beaucoup moins clémentes. À la première offense, elles auraient utilisé leur Agiel. Mais j'ai une faiblesse coupable pour les beaux jeunes hommes. Et j'aime recourir à mon gant, même si c'est une punition très douce. J'adore ce contact, comprends-tu ? L'Agiel est beaucoup plus efficace, mais quand on utilise sa main, on sent mieux ce qu'on fait. (Elle plissa le front, la voix plus dure.) Écarte ton bras de ta bouche !

Richard obéit et laissa pendre ses bras le long de ses flancs. Extatique, Denna regarda le sang ruisseler sur son menton. Puis elle se pencha en avant, le lécha et sembla apprécier le goût. Excitée, elle se pressa contre lui, prenant sa lèvre inférieure entre les siennes... et mordit à l'endroit où elle avait éclaté. Richard ferma les yeux, serra les poings et retint son souffle jusqu'à ce qu'elle s'écarte et se passe lascivement la langue sur les lèvres.

Il tremblait de douleur, mais garda à l'esprit l'image de la forêt de Hartland.

— Un avertissement sans frais, dit Denna, comme tu le verras bientôt. À présent, repose ta question correctement.

Richard décida instantanément qu'il l'appellerait maîtresse Denna. Pour lui, ce serait, en secret, une manifestation de mépris. Il ne lui donnerait jamais du « maîtresse » tout court. Un moyen de la combattre et de conserver sa dignité. Mentalement, à tout le moins...

— Où sont vos hommes, maîtresse Denna ? demanda-t-il, concentré pour empêcher sa voix de trembler.

— Voilà qui est mieux ! Beaucoup de Mord-Sith interdisent de parler aux sujets en cours de dressage. Mais ça devient vite ennuyeux. Moi, je préfère dialoguer avec mon petit chien. Encore une fois, tu as eu de la chance ! (Elle lui sourit presque gentiment.) J'ai renvoyé mes hommes, car ils ne me servaient plus à rien. J'en ai besoin pour la capture et pour retenir mon prisonnier jusqu'à ce qu'il utilise sa magie contre moi. Après, ils sont superflus ! Tu ne peux pas t'enfuir ni me résister. Tu es impuissant !

— Pourquoi ai-je encore mon épée et mon couteau ?

Il se souvint trop tard qu'il aurait dû ajouter « maîtresse Denna ». Mais il dévia le poing qui volait vers son visage. Hélas, cette rébellion fut immédiatement punie par la magie. Et l'Agiel le frappa à l'estomac. Il s'écroula, hurlant à la mort.

— Debout !

Richard étouffa sa colère pour que la magie cesse de le tourmenter. La brûlure de l'Agiel ne se dissiperait pas si vite… À grand-peine, il se releva.

— Maintenant, à genoux, et implore mon pardon !

Comme il n'obéit pas assez promptement, Denna posa l'Agiel sur son épaule et le força à s'agenouiller. Le bras droit de Richard lui fit mal comme si des rats l'avaient dévoré de l'intérieur.

— Maîtresse Denna, pardonnez-moi, par pitié !

— Très bien ! Relève-toi ! (Elle le regarda vaciller.) Tu as ton épée et ton couteau parce qu'ils ne sont pas une menace pour moi. Un jour, tu les utiliseras peut-être pour me défendre. J'aime que mes sujets gardent leurs armes. Ça leur rappelle qu'ils ne peuvent rien contre moi.

Elle lui tourna le dos et retira son gant. Richard ne douta pas qu'elle avait raison pour l'épée, puisqu'elle contrôlait sa magie. Mais il y avait peut-être un autre moyen… Et il devait savoir.

Ses mains volèrent vers le cou de Denna.

Imperturbable, elle continua à retirer le gant tandis qu'il tombait à genoux, foudroyé par la douleur. De nouveau, il pensa à la forêt de Hartland. La souffrance évanouie, il se releva quand Denna le lui ordonna.

— Tu vas me rendre les choses difficiles, pas vrai ? lança-t-elle, exaspérée. (Elle se radoucit aussitôt, souriante.) Mais j'adore qu'un homme me résiste ! Cela dit, tu triches. Pour cesser de souffrir, je t'ai dit de penser des choses gentilles à mon sujet. Mais tu évoques des arbres mortellement ennuyeux ! Dernier avertissement : obéis-moi, ou je te laisserai te tordre de douleur toute la nuit. Compris ?

— Oui, maîtresse Denna.

— Très bien, ça ! Tu vois que tu peux être dressé ? Mais n'oublie pas : tu dois penser du bien de moi ! (Elle lui prit les mains et les posa sur ses seins.) D'expérience, je sais que les pensées positives des hommes se concentrent sur cette partie de ma personne. (Elle se pencha vers lui, sans lui lâcher les mains, et souffla, mutine :) Mais si tu préfères un autre endroit, ne te gêne surtout pas !

Richard décida que ses cheveux étaient superbes. S'il devait penser du bien d'elle, autant se limiter à ça.

La douleur le précipita à genoux, les poumons comprimés. Il ouvrit la bouche, mais ne put pas aspirer d'air. Ses yeux menacèrent de sortir de leurs orbites…

— Montre-moi que tu peux le faire ! Libère-toi de la douleur de la façon convenable.

Il regarda les cheveux de Denna et pensa combien il trouvait sa natte jolie. Oui, elle était vraiment magnifique ! La souffrance disparue, il se laissa tomber sur le flanc, haletant.

— Debout ! (Il obéit.) Tu t'en es bien tiré. N'oublie plus jamais que c'est le seul moyen de t'éviter la torture. Sinon, j'altérerai la magie pour que tu ne puisses plus rien contre elle. C'est compris ?

— Oui, maîtresse Denna. (Il lutta pour reprendre son souffle.) Maîtresse Denna, vous avez dit que quelqu'un m'a trahi. Qui ?

— Un des tiens…

— Aucun de mes amis ne ferait ça, maîtresse Denna.

— Alors, il faut en déduire que ce ne sont pas vraiment des amis ! Qu'en penses-tu ?

Richard baissa les yeux, une boule dans la gorge.

— Maîtresse Denna, qui m'a trahi ?

— Maître Rahl n'a pas jugé utile de me le dire… Ce que tu dois savoir, c'est que personne ne viendra à ton secours. Tu ne retrouveras jamais la liberté. Si tu assimiles ça, tout sera plus facile pour toi. Y compris ton dressage.

— Et dans quel but me dressez-vous, maîtresse Denna ?

— Pour t'enseigner le sens de la douleur. Et te faire comprendre que ta vie ne t'appartient plus. Elle est à moi et je peux en user à ma guise. Quand je te torture, j'ai le droit de prolonger ton calvaire à l'infini, et personne à part moi ne peut te secourir. Tu apprendras que tu me dois tes rares moments de répit. Tu apprendras à obéir sans poser de questions, et sans hésiter, quels que soient mes ordres. Enfin, tu apprendras à m'implorer pour obtenir ne serait-ce qu'une miette de pain.

» Après quelques jours de dressage ici, quand tu auras fait assez de progrès, je t'emmènerai ailleurs, dans un lieu où vivent d'autres Mord-Sith, et je continuerai à te dresser aussi longtemps que ce sera nécessaire. Pour te prouver que tu as eu de la chance, je laisserai mes collègues s'amuser un peu avec toi. Tu sais, j'aime les hommes. D'autres Mord-Sith les détestent. Tu passeras un moment avec elles, histoire de découvrir à quel point je suis gentille…

— Maîtresse Denna, quelle est la finalité de ce dressage ? Que voulez-vous ?

Denna parut sincèrement ravie de répondre à cette question.

— Tu es quelqu'un de très spécial. Maître Rahl en personne a ordonné qu'on te dresse. (Elle sourit de fierté.) Et il m'a spécifiquement désignée. Selon moi, il a quelque chose à te demander. Et pas question que tu me fasses honte le moment venu. Quand je t'aurai dressé, tu imploreras de lui révéler tout ce qu'il veut savoir. Ensuite, tu seras mon petit chien, jusqu'à la fin de ta vie. Quelle que soit sa durée…

Pour ne pas laisser exploser sa colère, Richard pensa aux cheveux de Denna. Darken Rahl voulait le *Grimoire des Ombres Recensées.* Mais la boîte était en sécurité… et Kahlan aussi. Rien d'autre n'importait. Denna pouvait le tuer, si ça lui chantait! En réalité, il ne demandait que ça…

Denna le contourna lentement, l'évaluant de la tête aux pieds.

—Si tu es un bon petit chien, je ferai peut-être de toi mon compagnon… (Elle s'arrêta en face de lui, approcha son visage du sien, et eut un sourire complice.) Les Mord-Sith s'unissent pour la vie. Et j'ai eu beaucoup de compagnons… Mais ne te fais pas trop d'idées, petit chien, je doute que tu apprécies l'expérience, si tu y survis. Tu serais bien le premier! Mes compagnons précédents sont morts très vite…

Richard pensa que c'était le cadet de ses soucis. Darken Rahl voulait le grimoire. S'il ne parvenait pas à fuir, il le tuerait comme il avait assassiné son père et Giller. En lui ouvrant les entrailles, il apprendrait où était le grimoire – dans son crâne! – et rien de plus, car il serait trop tard pour lui arracher des informations. Son seul désir, si ça se passait ainsi, serait de vivre assez longtemps pour voir la tête que tirerait Rahl en s'apercevant qu'il venait de commettre une erreur fatale.

Pas de grimoire. Pas de troisième boîte. Rahl était un mort en sursis. Et ça valait bien tous les calvaires!

Quant à la trahison d'un de ses amis, il n'y croyait pas. Rahl connaissait les Leçons du Sorcier, et il se servait de la première pour lui faire croire que cette infamie était possible. Le premier pas vers la crédulité! Mais il ne se laisserait pas avoir! Zedd, Chase, Kahlan… Il les connaissait trop bien pour se laisser tromper par Rahl.

—Au fait, demanda soudain Denna, comment t'es-tu procuré l'Épée de Vérité?

—Je l'ai achetée à son dernier propriétaire, maîtresse Denna.

Vraiment? Et qu'as-tu donné en échange?

—Tout ce que j'avais, maîtresse Denna. Plus ma liberté, et très bientôt ma vie…

—Tu as de l'humour! J'adore briser un homme de ton calibre. Sais-tu pourquoi maître Rahl m'a choisie?

—Non, maîtresse Denna.

—Parce que je suis impitoyable. Peut-être moins cruelle que mes sœurs, mais mater un homme m'amuse beaucoup plus qu'elles. Faire mal à mes petits chiens est mon seul plaisir. Le sens de ma vie! Je n'abandonne pas, je ne me fatigue pas, et je ne relâche jamais mon emprise!

—Maîtresse Denna, je suis honoré d'être entre les mains de la meilleure…

Denna posa l'Agiel contre les lèvres blessées de Richard et maintint le contact jusqu'à ce qu'il tombe à genoux, des larmes dans les yeux.

—C'est la dernière insolence que je veux entendre sortir de tes lèvres! (Elle retira l'Agiel et lui flanqua un coup de genou dans la bouche, l'envoyant valser sur le dos. Puis elle lui pressa son instrument de torture sur le ventre, attendant pour arrêter qu'il soit près de s'évanouir.) As-tu quelque chose à dire?

— Par pitié, maîtresse Denna, parvint à cracher Richard au prix d'un gros effort, pardonnez-moi !

— Très bien… Debout ! Nous allons commencer ton dressage.

Elle approcha de la table et y prit quelque chose.

— Viens là, tout de suite !

Richard avança aussi vite qu'il put. Mais il lui était impossible de se relever tout à fait : la douleur ne le lui aurait pas permis. Il s'immobilisa à l'endroit que désignait Denna, haletant et couvert de sueur.

La Mord-Sith lui tendit un collier en cuir rouge auquel pendait une chaîne.

— Mets-le ! ordonna-t-elle.

Richard n'était plus en état de poser des questions. Pour éviter l'Agiel, s'aperçut-il, il se sentait prêt à faire n'importe quoi. Tremblant, il passa le collier autour de son cou et le ferma. Denna saisit la chaîne et glissa l'anneau de métal qui la terminait sur le montant de la chaise.

— Si tu ne m'obéis pas, la magie te punira. Idem si tu vas contre ma volonté. Quand je place cette chaîne quelque part, j'entends qu'elle y reste jusqu'à ce que je la retire. Tu es ici pour apprendre que tu ne peux pas le faire à ma place. (Elle montra du doigt la porte ouverte.) L'heure qui va suivre, je veux que tu essaies d'atteindre le seuil. Si tu ne fais pas de ton mieux, voilà ce qui te guette jusqu'à la fin de ces soixante minutes.

Elle posa l'Agiel sur le côté droit de son cou, insistant jusqu'à ce qu'il tombe à genoux et la supplie d'arrêter. Elle accéda à sa requête, lui ordonna de commencer et alla s'adosser contre un mur, les bras croisés.

Il tenta d'abord de marcher vers la porte. La douleur lui coupa les jambes avant que la chaîne soit tendue, et cessa quand il recula vers la chaise.

Il tendit alors une main pour saisir l'anneau. Son bras se tétanisa comme si on lui enfonçait des milliers d'aiguilles dans la chair. Inondé de sueur, Richard essaya de s'approcher encore puis de tourner autour du siège. Avant que ses doigts touchent la chaîne, la souffrance le jeta de nouveau à terre. Il résista, voulut saisir la chaise, mais la douleur se révéla insurmontable. Plié en deux, il vomit du sang et de la bile. Quand ce fut fini, il se releva sur une main et se tint l'estomac de l'autre. Des larmes plein les yeux, tremblant, il vit Denna décroiser les bras et s'écarter du mur.

Il recommença à avancer.

Mais sa tactique ne le conduirait à rien. Il devait trouver un autre moyen. Il dégaina l'épée avec l'idée de soulever la chaîne pour dégager l'anneau. Dès que la lame toucha sa cible, la douleur l'obligea à lâcher l'arme. Elle cessa seulement quand il eut réussi à la ramasser et à la remettre au fourreau.

Une autre idée lui vint. Il s'étendit sur le sol, et, vif comme l'éclair, tira un coup de pied dans la chaise avant que la souffrance le paralyse. La chaise glissa sur le sol, percuta la table et se renversa. L'anneau de la chaîne sauta du montant.

Richard n'eut pas le temps de savourer sa victoire. La douleur atteignit des niveaux inédits. S'étranglant à moitié, les poumons en feu, Richard se servit de ses ongles pour ramper sur la pierre. Chaque pouce gagné lui valait un nouveau paroxysme de souffrance. La vision brouillée, comme si ses yeux n'allaient pas tarder à exploser, il ne devait pas avoir avancé de plus de deux pieds. Que faire maintenant ? Tétanisé, le corps en feu, il n'était plus en état de réfléchir.

— Pitié, maîtresse Denna, souffla-t-il avec ce qu'il lui restait de force, aidez-moi ! Je vous en supplie !

Il chialait comme un mioche, mais ça ne comptait pas.

L'essentiel était que la chaîne retourne à sa place, pour que son calvaire s'arrête.

Denna approcha, se pencha, releva la chaise et remit l'anneau sur le montant. Un peu moins torturé, Richard roula sur le dos, incapable d'endiguer ses sanglots.

Denna se pencha vers lui, les poings sur les hanches.

— Nous en étions à peine à un quart d'heure. Comme j'ai dû t'aider, nous repartons de zéro. Et si je dois encore intervenir, l'épreuve durera deux heures. (Elle lui plaqua l'Agiel sur l'estomac pour ponctuer son propos.) Compris ?

— Oui, maîtresse Denna, gémit Richard.

Existait-il un moyen de s'en sortir ? S'il le trouvait, que lui arriverait-il ? Et s'il n'essayait pas, que subirait-il ? Devant lui, toutes les voies conduisaient à la peur et à la souffrance…

À la fin de l'heure, il n'avait toujours pas découvert la solution.

Denna vint se camper devant lui, alors qu'il gisait à quatre pattes, misérable.

— Tu as compris, maintenant ? Tu sais ce qui arrivera si tu essaies de t'enfuir ?

— Oui, maîtresse Denna, j'ai compris…

Il ne mentait pas. S'évader était impossible. Désespéré, il désirait la mort comme une délivrance.

Alors, il pensa au couteau toujours accroché à sa ceinture.

— Debout ! (Comme si elle lisait ses pensées, Denna susurra :) Si tu envisages de mettre fin à ta carrière de petit chien, réfléchis-y à deux fois. La magie t'en empêchera, comme elle t'a interdit de déplacer la chaîne. Le suicide n'est pas une option ! Tu seras à moi tant que je déciderai de te laisser vivre.

— Ça ne sera pas long, maîtresse Denna… Darken Rahl me tuera.

— Peut-être, mais pas avant que tu lui aies dit ce qu'il désire savoir. Je veux que tu répondes à ses questions et tu le feras ! Tu ne le crois peut-être pas encore, mais je suis une experte pour dresser les gens. J'ai toujours su briser les hommes qu'on me confiait. Imagine que tu seras la première exception, si ça t'amuse. Mais tu me supplieras bientôt, avide de me plaire…

Sa première journée avec Denna n'était pas terminée, et Richard savait déjà qu'il finirait par faire presque tout ce qu'elle voudrait. Il lui restait des semaines pour le dresser. S'il avait pu forcer son propre cœur à s'arrêter, il n'aurait pas hésité une seconde. Le pire restait la conscience aiguë que sa tortionnaire avait raison. Il était à sa merci, et il n'y avait pas en elle une once de compassion.

— Je comprends, maîtresse Denna, et je vous crois.

Le sourire ravi de la Mord-Sith le contraignit à penser d'urgence à la beauté de sa natte.

— Très bien. À présent, enlève ta chemise.

Denna sourit de l'air étonné de son « petit chien », qui commença néanmoins à ouvrir les boutons. Quand il eut fini, elle lui brandit l'Agiel devant le visage.

— Il est temps de t'apprendre toutes les merveilles que peut faire cet instrument. Si tu gardes ta chemise, elle sera pleine de sang, et je ne verrai plus s'il reste un endroit intact sur ton torse. Tu vas enfin comprendre pourquoi je porte un uniforme rouge !

Richard commença à tirer les pans du vêtement hors de sa ceinture.

— Maîtresse Denna, gémit-il, au bord de la panique, qu'ai-je fait de mal ?

Elle lui flatta la joue, feignant la compassion.

— Tu ne le sais pas ? (Il secoua la tête.) Tu t'es laissé capturer par une Mord-Sith ! Tu aurais dû abattre tous mes hommes avec ton épée. Je crois que tu aurais réussi. Tu étais si impressionnant ! Après, tu aurais dû me tuer avec ton couteau, ou à mains nues. Au moment où j'étais vulnérable, quand je ne maîtrisais pas encore ta magie. Mais tu m'as donné une chance de le faire en essayant de me frapper avec ta lame !

— Maîtresse Denna, je voulais savoir pourquoi vous allez m'infliger l'Agiel. Je ne vous ai pas déplu…

— Non, mais tu dois continuer à apprendre ! À découvrir que je peux faire tout ce que je veux et que tu es impuissant contre moi. Tu n'as pas de recours, et tes seuls moments de répit, comme je te l'ai dit, tu me les devras.

Denna approcha de la table et en revint avec des fers où était fixée une lourde chaîne.

— Bien… Tu as un problème qui m'agace. Petit chien, tu n'arrêtes pas de tomber ! Nous allons arranger ça. Mets ces fers !

Elle les lui lança. Richard passa en tremblant les cercles de métal à ses poignets. Denna tira la chaise sous une poutre et monta dessus pour la fixer à un crochet de fer.

— Tends les bras ! C'est trop court ! Dresse-toi sur la pointe des pieds. (Richard obéit.) Voilà ! À présent, tu ne passeras plus ton temps à te casser la figure.

Pendu à la chaîne, les cercles de fer enfoncés dans ses poignets à cause de son propre poids, Richard essaya de ne pas céder à la terreur. Avant d'être dans cette position, il savait déjà qu'il était impuissant. Mais là, ça devenait encore pire. Livré à sa tortionnaire, il était plus que jamais conscient de n'avoir aucun moyen de combattre.

Denna remit son gant et fit plusieurs fois le tour de sa victime, tapant l'Agiel contre sa main histoire d'exacerber son angoisse.

Mourir en affrontant Darken Rahl, aussi indirectement que ce fût, était un prix que Richard avait accepté de payer. Mais là… L'agonie et jamais de délivrance! Un destin de mort-vivant! Sans qu'on lui concède le droit de résister. Une négation absolue de sa dignité. Ayant déjà goûté à l'Agiel, il n'avait plus besoin de démonstrations. Mais elle faisait ça pour lui arracher sa fierté et son respect de lui-même. Pour le briser!

Continuant à décrire des cercles autour de lui, Denna lui tapota le dos et la poitrine avec l'Agiel. Chaque contact était pire qu'un coup de dague. Elle n'avait pas vraiment commencé, et il criait déjà comme un cochon qu'on égorge, se tortillant dans ses chaînes. Le premier jour n'était pas terminé. Beaucoup d'autres suivraient…

Il pleura de désespoir.

Pour ne pas sombrer, il pensa à sa dignité de créature vivante, et à son respect de soi d'être humain. Puis il visualisa mentalement une pièce interdite à tout ce qui était mal. Il y déposa sa dignité et son respect et verrouilla la porte. Personne n'en obtiendrait jamais la clé. Ni Denna ni Darken Rahl! Lui seul la posséderait. Ainsi, il subirait ce qui l'attendait, aussi longtemps que cela durerait. Sans sa dignité, il se plierait à toutes les bassesses. Un jour, il rouvrirait la porte et redeviendrait lui-même, tant pis si c'était au moment de mourir! Pour le moment, il serait l'esclave de Denna. Mais pas à jamais. Tôt ou tard, cela finirait…

Denna lui prit le visage entre ses mains et l'embrassa sauvagement. De nouveau, ses lèvres lui firent un mal de chien. Devant sa souffrance, la Mord-Sith sembla apprécier encore plus ce baiser. Elle écarta son visage du sien, les yeux brillant de plaisir.

— Nous commençons, mon petit chien? lança-t-elle gaiement.

— Par pitié, maîtresse Denna, ne faites pas ça…

— Excellent! C'est ce que j'espérais entendre…

Denna se lança dans sa démonstration. Quand elle passait l'Agiel sur sa peau, sans appuyer, cela laissait des zébrures remplies d'un fluide clair. Dès qu'elle augmentait la pression, les marques se gorgeaient de sang. Et lorsqu'elle y mettait toute sa force, il sentait quelque chose d'humide et de chaud couler sur sa peau lustrée de sueur. La Mord-Sith pouvait aussi lui infliger une douleur équivalente sans laisser de traces.

À force de serrer les dents, Richard eut mal aux mâchoires et aux gencives…

Fine stratège, Denna restait parfois un moment immobile derrière lui, attendant qu'il ne soit plus sur ses gardes pour le blesser de nouveau. Quand elle se fatigua de ce jeu, elle lui ordonna de fermer les yeux, se remit à tourner autour de lui et appuya à intervalles irréguliers l'Agiel sur sa peau.

Lorsqu'il se tendait, sûr que l'horrible lanière allait le toucher, et que rien ne se produisait, la Mord-Sith éclatait de rire, ravie du bon tour qu'elle venait de lui jouer.

Quand un coup particulièrement violent le força à ouvrir les yeux, elle saisit cette occasion d'utiliser son gant, et le força à lui demander pardon d'avoir levé les paupières sans autorisation. Les poignets de Richard, déchirés par les fers, étaient désormais à vif.

Il perdit une seule fois le contrôle de sa colère – quand Denna glissa l'Agiel sous son aisselle. Un rictus sur les lèvres, elle le regarda se débattre. Crucifié par la douleur, il tenta désespérément de penser à ses cheveux. Ravie de ce résultat, elle se concentra sur ce point sensible, mais il ne commit pas deux fois la même erreur. Déçue qu'il ne s'inflige pas lui-même les tourments de la magie, elle s'en chargea à sa place. Et là, il n'eut aucun moyen de faire cesser l'épreuve, aussi fort qu'il essayât. Contraint de la supplier, il consentit à descendre encore plus bas dans l'humiliation.

Pour le récompenser, Denna se serra plusieurs fois contre lui, le contact du cuir contre ses plaies ajoutant à son calvaire.

Richard perdit la notion du temps, seulement conscient de la souffrance, comme une bête fauve tapie dans son corps. À un certain point, il sut qu'il obéirait à tous les ordres de la Mord-Sith, pour peu qu'elle cesse de le torturer.

La simple vue de l'Agiel le faisait désormais pleurer comme un enfant. Denna n'avait pas menti : impitoyable, elle ne se fatiguait jamais et ne perdait à aucun moment sa passion pour son « métier ». Fascinée, amusée et comblée, rien ne semblait lui plaire plus que de le martyriser – sinon les moments où il l'implorait d'arrêter. Pour améliorer un peu son sort, Richard l'aurait bien suppliée en permanence. Hélas, la plupart du temps, aucun son ne consentait à sortir de ses lèvres, et le simple fait de respirer lui coûtait des efforts titanesques.

Renonçant à soulager la pression sur ses poignets, il se laissa pendre, inerte et au bord de l'inconscience. Et si Denna s'arrêta un moment – mais il n'aurait pas pu le jurer –, cela ne changea rien, car elle lui en avait assez fait pour qu'il ne sente plus la différence.

La sueur qui ruisselait de son front aveuglait le jeune homme. Sur le reste de son corps, couvert de plaies, elle brûlait comme de l'acide.

À un moment, alors qu'il recouvrait une vague lucidité, Denna se campa derrière lui, immobile. Certain qu'elle rejouait à son petit jeu, il se prépara au pire. Mais elle se contenta de lui saisir les cheveux pour le forcer à tourner la tête.

— À présent, mon petit chien, je vais te montrer quelque chose de nouveau. Tu découvriras à quel point ta maîtresse est gentille ! (Denna tira plus fort. La douleur l'obligea à tendre les muscles de son cou pour résister. Agacée, elle lui plaqua l'Agiel sur la gorge.) Arrête de t'opposer à moi, ou je continue jusqu'à ce que tu t'étouffes !

Du sang coulait déjà dans la bouche de Richard. Il détendit ses muscles, la laissant tirer autant qu'elle voulait.

— Bien… Écoute attentivement, petit chien. Je vais introduire l'Agiel dans ton oreille droite. (Richard faillit s'étrangler de peur. Elle lui renversa la tête en arrière pour qu'il déglutisse.) C'est très différent de ce que tu as connu jusque-là. Beaucoup plus douloureux, aussi… Mais tu devras faire exactement ce que je te dis. (La bouche contre son oreille, elle murmurait comme une amante.) Par le passé, quand il m'arrivait de travailler en duo avec une autre Mord-Sith, nous enfoncions nos Agiel chacune dans un conduit auditif du sujet. Ça produisait des cris si merveilleux ! J'en frissonne encore de plaisir. Une symphonie, mon petit chien !

» Hélas, le cobaye ne survivait pas. Nous n'avons jamais réussi cette manœuvre raffinée sans le tuer. Et pourtant, ce ne fut pas faute d'essayer ! Réjouis-toi d'être entre mes mains : certaines de mes sœurs n'ont toujours pas renoncé.

— Merci, maîtresse Denna…

Richard ne savait pas trop de quoi il la remerciait. Mais si ça pouvait la dissuader d'aller plus loin…

— Écoute attentivement, répéta-t-elle. Dès que je commencerai, tu ne devras plus bouger. Sinon, tu n'en sortiras pas indemne. Oh, ça ne te tuera pas, mais les séquelles seront permanentes. Les petits chiens désobéissants sont devenus aveugles, ou paralysés d'un côté, ou muets, ou incapables de marcher… Tous, sans exception, en ont gardé un handicap. Mais je veux te préserver, vois-tu ? Les Mord-Sith plus cruelles que moi ne préviennent pas leurs petits chiens. Donc, la preuve est faite que je ne suis pas aussi monstrueuse que tu le penses ! Cela dit, seuls quelques hommes ont réussi à ne pas bouger. Malgré ma gentillesse, ces idiots se sont tortillés comme des vers, et ils en ont payé le prix.

— Maîtresse Denna, ne faites pas ça ! Par pitié, par pitié !

Richard se maudit de sa bassesse, mais rien au monde n'aurait pu l'empêcher d'implorer la clémence de la Mord-Sith.

— J'en ai envie, mon petit chien, dit-elle en lui passant la langue sur le lobe de l'oreille. Alors n'oublie pas, tiens-toi tranquille ! Pas un mouvement !

Richard se raidit, mais rien n'aurait pu le préparer à ça. On eût dit que sa tête, transformée en une boule de verre, venait de voler en éclats. Les ongles enfoncés dans les paumes de ses mains, il perdit tout sens de l'espace et du temps. Propulsé dans un désert où ses tourments n'avaient ni commencement ni fin, il sentit tous ses nerfs, un à un, être cisaillés par une douleur tranchante comme une lame de rasoir. Incapable de dire si Denna l'avait supplicié pendant une seconde ou un millénaire, quand elle cessa enfin, il poussa un cri qui se répercuta une éternité contre les murs de pierre.

Quand il se tut enfin, vidé de son énergie, Denna lui embrassa l'oreille et murmura :

— Un cri extraordinaire, mon petit chien ! Le plus beau que j'aie entendu. À part un hurlement d'agonie, bien sûr. Tu t'en es très bien tiré, sans bouger d'un pouce. (Elle lui embrassa le cou, puis revint à son oreille.) On essaie l'autre côté ?

Richard trembla à en faire vibrer la chaîne. Il aurait voulu crier, mais ses cordes vocales refusèrent de lui obéir. Denna lui tira plus fort sur la tête et vint se placer sur son côté gauche.

Quand elle en eut enfin terminé, elle détacha la chaîne et il s'écroula sur le sol. Persuadé de ne plus pouvoir bouger, il se releva dès qu'elle lui agita l'Agiel sous le nez. Ce morceau de cuir rouge, dès qu'il le voyait, le rendait docile comme un… chiot.

— Ce sera tout pour le moment…, dit Denna. (Richard crut qu'il allait s'en étouffer de joie.) J'ai besoin d'un peu de sommeil. Aujourd'hui, c'était une demi-séance… Demain, on passera aux choses sérieuses. Tu verras, c'est encore plus amusant…

Dans son état, Richard se fichait de ce qui arriverait le lendemain. Rester étendu, même sur ce sol glacé, voilà tout ce qu'il souhaitait ! Des draps de soie ne l'auraient pas davantage tenté.

Denna alla chercher la chaise, remonta dessus, et accrocha la chaîne de son collier à la poutre. Il la regarda faire, trop épuisé pour s'interroger sur ses intentions. Son travail terminé, Denna se dirigea vers la porte. Alors, Richard s'aperçut que sa laisse n'avait pas assez de mou pour qu'il s'allonge.

— Maîtresse Denna, comment vais-je pouvoir dormir ?

— Dormir ? (La Mord-Sith se retourna, un sourire condescendant sur les lèvres.) Je ne me souviens pas t'avoir dit que tu y avais droit. C'est un privilège, petit chien, et tu dois le mériter. Aujourd'hui, c'est raté ! Tu te rappelles, ce matin, quand tu imaginais me fendre le crâne avec ton épée ? Ne t'ai-je pas prévenu que tu le regretterais ? Bonne nuit…

Elle fit mine de sortir, mais se ravisa.

— S'il te vient l'idée de détacher la chaîne pour que la douleur te fasse perdre conscience, tu auras une mauvaise surprise. J'ai altéré la magie, qui ne te permettra plus de t'évanouir. Si tu déplaces la chaîne, volontairement ou en tombant, je ne serai pas là pour t'aider. Tu imagines, une nuit entière à souffrir ? Penses-y si tes paupières se ferment toutes seules !

Elle sortit, emportant la torche.

Dans l'obscurité, Richard éclata en sanglots. Quand il parvint à s'arrêter, il pensa à Kahlan. Une chose agréable que Denna ne pouvait pas lui enlever… Au moins, pas cette nuit ! Il se réconforta en l'imaginant en sécurité, entourée de Zedd, de Chase, et bientôt de Michael et d'un millier de soldats. À cette heure, elle devait camper, Siddin et Rachel près d'elle. Leur racontait-elle des histoires qui faisaient briller leurs yeux ?

Il sourit de cette vision et savoura le souvenir de leur baiser. De son corps pressé contre le sien… Même quand ils n'étaient pas ensemble, elle le rendait heureux et ramenait un sourire sur ses lèvres. Ce qui lui arrivait n'avait aucune importance. Kahlan vivrait, ça lui suffisait. Zedd, Chase et elle ne risquaient plus rien et ils avaient la boîte. Darken Rahl mourrait bientôt. Pas Kahlan !

Puisque tout était fini, qu'importait son sort ? Il aurait aussi bien pu être déjà mort. Denna ou Rahl finirait par le tuer. Jusque-là, il devrait supporter la torture, et c'était faisable. Il n'avait plus rien à perdre ! Aussi cruelle et ingénieuse qu'elle fût, la Mord-Sith ne lui infligerait pas pire que ce qu'il avait vécu. Savoir qu'il ne pourrait jamais vivre avec Kahlan ! La femme qu'il aimait… et qui choisirait bientôt un autre homme.

Mourir avant ça était une chance. Surtout s'il pouvait accélérer les choses. Mettre Denna en colère ne devait pas être… sorcier. S'il bougeait, la prochaine fois qu'elle lui introduirait l'Agiel dans l'oreille, il deviendrait une sorte de légume. Dès qu'il ne lui servirait plus à rien, Denna le tuerait sans doute…

— Je t'aime, Kahlan, murmura-t-il dans le noir.

Mais il ne s'était jamais senti aussi seul de sa vie.

Comme Denna le lui avait promis, le deuxième jour fut pire.

Fraîche comme une rose, la Mord-Sith semblait avoir de l'énergie à revendre, et elle s'attela à sa tâche avec enthousiasme.

Richard gardait un atout dans sa manche. Dès qu'elle s'en prendrait à ses oreilles, il secouerait la tête comme un fou et détruirait une partie de son cerveau. Ainsi, il aurait gagné, au bout du compte…

Denna ne répéta pas cette torture, comme si elle avait deviné ses intentions. Paradoxalement, cela lui redonna un peu d'espoir. Car il avait réussi à influencer le comportement de sa tortionnaire ! Moins toute-puissante qu'elle le croyait, elle avait dû se plier à *sa* volonté. Un événement qui le réconfortait…

Savoir sa dignité et son respect de lui-même à l'abri dans une pièce close, au fond de sa tête, lui donna la force d'agir comme ça s'imposait. Il exécuta toutes les volontés de sa maîtresse sans hésitations inutiles.

Denna le laissa en paix deux ou trois fois, le temps de se restaurer. Assise à la table, sans le quitter des yeux, elle mangea des fruits, souriant quand elle l'entendait gémir. À part un peu d'eau, qu'elle lui fit boire dans une coupe, il resta l'estomac vide toute la journée.

Le soir, elle raccrocha la chaîne à la poutre, lui interdisant de dormir. Il ne daigna pas lui demander pourquoi. Elle n'en faisait qu'à sa tête et il n'avait aucun moyen d'intervenir.

Le lendemain matin, quand elle revint avec une torche, Richard était toujours debout, mais à un souffle de s'écrouler.

Denna semblait d'excellente humeur.

— Je veux un baiser ! dit-elle, souriante. Et cette fois, mets-y un peu de bonne volonté ! Montre que tu es heureux de revoir ta maîtresse !

Il fit de son mieux, mais dut se concentrer très fort sur la beauté de sa natte. Et leur étreinte réveilla ses blessures. Quand elle s'écarta, ravie de le voir trembler de tous ses membres, Denna décrocha la chaîne et la laissa tomber près de lui.

— Tu apprends à devenir un brave petit chien. En récompense, tu peux te reposer deux heures…

Il se laissa tomber à terre et s'endormit avant que le bruit des pas de la Mord-Sith se soit éloigné dans le couloir.

Deux heures plus tard, Richard découvrit qu'être réveillé par l'Agiel était pire que tous les cauchemars du monde. Ce bref répit ne lui avait fait aucun bien. Pour récupérer, il lui fallait plus que ça. Il décida donc de s'efforcer d'obéir au doigt et à l'œil à Denna. S'il ne commettait pas la moindre erreur, elle lui autoriserait peut-être une nuit entière de sommeil.

Il se tint à son programme, espérant qu'elle serait satisfaite. En cas de succès, aurait-il quelque chose à manger ? L'estomac vide depuis sa capture, que désirait-il le plus ? Dormir, ou manger ? Aucun des deux ! Il voulait que la douleur s'arrête. Ou qu'on le laisse enfin mourir…

À bout de force, sentant sa vie lui couler entre les doigts, il attendait la fin avec impatience. Denna dut le deviner, car elle y alla plus doucement et lui laissa plus de temps pour récupérer. Conscient qu'il était fichu, car son supplice ne cesserait jamais, Richard ne s'en réjouit pas. Il avait abdiqué sa volonté de vivre, de tenir, de continuer…

Alors qu'il pendait à sa chaîne, durant les moments de répit, Denna lui murmura des paroles apaisantes et lui caressa le visage. Elle l'exhorta à ne pas abandonner. Une fois qu'il serait brisé, lui promit-elle, tout irait beaucoup mieux.

Il l'écouta, trop vidé pour pleurer.

Quand elle le libéra de ses fers, il pensa que ce devait être la nuit. Mais il avait perdu le compte des heures. Allait-elle le rattacher à son collier, ou jeter la chaîne près de lui et l'autoriser à dormir ?

Ni l'un ni l'autre…

Denna passa l'anneau sur le montant de la chaise, lui ordonna de rester debout et sortit. Elle revint quelques minutes plus tard avec un seau d'eau.

— À genoux, petit chien !

Elle s'assit près de lui, tira une brosse de l'eau chaude savonneuse et entreprit de le nettoyer. Les poils raides, sur ses blessures, brûlèrent comme du sel.

— Nous sommes invités à dîner ! Alors, il faut que je t'arrange un peu. J'adore l'odeur de ta sueur et de ta peur, mais je crains que ça n'incommode les autres convives.

Elle s'occupa de lui avec une étrange tendresse qui lui rappela celle qu'un propriétaire témoigne à son chien. Il s'appuya contre elle, incapable de garder l'équilibre. Il aurait donné cher pour ne pas s'abaisser à ça, mais c'était au-delà de ses forces. Tout le temps qu'elle lui fit sa toilette, Denna ne le repoussa pas.

Il se demanda qui les avait invités, mais ne posa pas la question.

Denna le lui dit quand même :

— La reine Milena en personne nous demande de partager son repas. Un grand honneur, pour un être aussi inférieur que toi, non ?

Il hocha la tête, trop faible pour parler.

Milena… Ainsi, ils étaient au château. Cette révélation ne le surprit pas, car Denna n'aurait guère eu le temps de l'emmener ailleurs.

Sa toilette terminée, elle l'autorisa à dormir une heure, pour être en « pleine forme » au banquet. Il se lova sur le sol, à ses pieds…

Elle le réveilla en le poussant du bout de sa botte, pas avec l'Agiel. Il faillit en pleurer de reconnaissance et s'entendit, à sa propre surprise, la remercier profusément d'avoir été aussi gentille. La Mord-Sith lui donna ensuite des instructions sur la conduite à tenir pendant le banquet. La chaîne accrochée à la ceinture de sa maîtresse, il devrait garder les yeux sur elle, ne parler à personne, sauf si on lui posait des questions – à condition qu'elle l'ait autorisé à répondre. Bien entendu, il ne serait pas assis à la table, mais sur le parquet. Et s'il se tenait bien, on le laisserait manger.

Richard promit d'obéir au doigt et à l'œil. La perspective d'être assis sur le sol le réjouissait. Ne pas devoir tenir debout, ne pas être torturé... Et la possibilité de se nourrir, par-dessus tout! Denna pouvait être certaine qu'il ne ferait rien pour lui déplaire!

L'esprit embrumé, il la suivit dans les couloirs, lié à elle par la chaîne et concentré sur un seul point: s'assurer qu'il y ait assez de mou pour que ça ne devienne pas douloureux. Denna lui avait retiré ses fers, mais les blessures, à ses poignets, continuaient à lui faire mal.

Dans une salle bondée de gens, Denna ralentit le pas et passa de groupe en groupe pour échanger quelques phrases avec des seigneurs et des dames en tenues d'apparat. Richard ne quitta pas des yeux la natte de sa maîtresse et constata qu'elle avait dû l'arranger pendant qu'il dormait. Car l'usage intensif de l'Agiel l'avait quelque peu décoiffée, cet après-midi...

Le jeune homme se surprit à s'extasier sincèrement sur les cheveux de Denna, qu'il trouvait beaucoup plus belle que toutes les femmes présentes. Tandis qu'il suivait la Mord-Sith comme un petit chien, il sentit des regards méprisants peser sur lui et surtout sur son épée. Mais pour l'heure, se souvint-il, sa fierté était enfermée dans une pièce inviolable. L'objectif de cette soirée, où Denna ne le tourmenterait pas, devait être de se reposer et de se nourrir. Rien de plus!

Pendant que sa maîtresse saluait la reine, il fit une révérence et ne releva pas la tête. Milena et la Mord-Sith ne se congratulèrent pas: un bref hochement de tête réciproque mit fin à leur dialogue. Avisant la princesse, à côté de sa mère, Richard repensa à la manière dont elle avait traité Rachel. Pour ne pas exploser, il s'empressa de penser à la splendide natte de Denna.

Quand elle prit place à table, sa maîtresse claqua des doigts et lui désigna le parquet, derrière sa chaise. Aussitôt, il s'assit en tailleur et ne bougea plus. Denna était entre Milena, à droite, et Violette, à sa gauche. La petite princesse jeta un regard glacial à Richard...

Reconnaissant certains conseillers royaux, il sourit intérieurement en constatant que James manquait à l'appel. Même si la table d'honneur était surélevée, de sa position, il ne voyait pas grand-chose des autres convives.

— Sachant que vous ne mangez pas de viande, dit la reine à Denna, je vous ai fait préparer un menu spécial. Des soupes délicieuses, plus des légumes et des fruits très rares...

La Mord-Sith remercia son hôtesse et lui sourit. Alors qu'elle attaquait son repas, un serviteur s'approcha, une assiette pleine posée sur un plateau.

— Pour mon petit chien, fit Denna sans tourner la tête.

L'homme tendit à Richard l'assiette qui contenait un gruau peu ragoûtant. Pourtant, quand il la porta à ses lèvres, il pensa n'avoir jamais rien senti de meilleur.

— Si c'est votre petit chien, dit Violette, pourquoi l'autorisez-vous à se nourrir comme ça ?

— Que voulez-vous dire, princesse ?

— Un chien doit manger à même sa gamelle, sans utiliser ses mains.

— Fais ce qu'elle dit, lâcha Denna, une lueur amusée dans le regard.

— Pose ton assiette par terre, précisa Violette, et mange comme un chien. Ainsi, tout le monde verra que le Sourcier ne vaut pas mieux que n'importe quel cabot.

Trop affamé pour s'insurger, Richard se concentra sur l'image mentale de la natte et posa délicatement l'assiette sur le parquet. Après avoir regardé la princesse dans les yeux, ce qui la fit ricaner, il dévora sa bouillie sous les éclats de rire de l'assistance. Il lécha jusqu'à la dernière miette de nourriture, car il aurait besoin de toutes ses forces si une occasion d'échapper à cet enfer se présentait à lui.

Le repas terminé, des soldats poussèrent au centre de la salle un homme couvert de chaînes. Richard reconnut un des prisonniers que Kahlan avait libérés. Les deux malheureux échangèrent un regard où se mêlaient le désespoir et la compassion.

Les convives évoquèrent bruyamment d'horribles histoires de meurtre et de prévarication. Sachant que c'étaient des mensonges, Richard fit de son mieux pour ne pas les entendre.

Milena énuméra brièvement les crimes de l'homme puis se tourna vers Violette.

— La princesse aimerait peut-être énoncer la sentence ?

Rose de satisfaction, Violette se leva.

— Pour ses offenses à la Couronne, je le condamne à cent coups de fouet. Ensuite, pour avoir agi contre le peuple, il sera décapité.

Des murmures satisfaits coururent de table en table. Richard en eut la nausée. En même temps, il regretta de ne pouvoir changer de place avec le condamné. Les coups de fouet ne lui faisaient plus peur et la hache eût été une délivrance.

Dès qu'elle fut rassise, Violette s'adressa à Denna :

— Un jour, j'aimerais voir comment vous vous y prenez avec vos petits chiens…

— Passez quand vous voulez, répondit Denna. Je vous ferai une petite démonstration…

Dès qu'ils furent de retour dans la pièce aux murs aveugles, la Mord-Sith suspendit Richard à la poutre sans prendre le temps de lui retirer sa chemise. Presque mutine, elle l'informa qu'il avait trop laissé traîner son regard, pendant le banquet.

Richard frémit de désespoir quand les fers se refermèrent sur ses poignets à vif. En quelques minutes, Denna le transforma en une loque sanguinolente qui hurlait de douleur. Pour lui ôter toutes ses illusions, s'il lui en restait, la Mord-Sith annonça qu'il était encore tôt. Avant la fin de la soirée, conclut-elle, ils auraient fait beaucoup de progrès…

Quand elle lui passa l'Agiel sur le dos, Richard tendit les muscles, se soulevant un peu du sol. Il supplia Denna d'arrêter, mais elle fit mine de ne pas l'avoir entendu.

Alors qu'il se débattait dans ses fers, il aperçut une silhouette, sur le seuil de la pièce.

— J'adore la façon dont vous le forcez à implorer grâce, dit Violette.

— Approchez, ma chère, et je vous montrerai d'autres merveilles…

Denna se serra contre lui, un bras autour de sa taille. Comme toujours, le contact du cuir raviva ses douleurs. Après lui avoir embrassé l'oreille, elle murmura :

— Montrons à notre invitée que tu supplies mieux que personne, d'accord ?

Richard se jura de ne pas céder. Il ne lui fallut pas longtemps pour se renier. Contente d'avoir un public, Denna utilisa brillamment tout son répertoire.

— Je peux essayer ? demanda Violette au bout d'un moment.

Denna la dévisagea, pensive.

— Bien sûr, très chère, dit-elle enfin. Je suis sûre que mon petit chien n'y verra pas d'inconvénient. (Elle sourit à Richard.) N'est-ce pas, brave toutou ?

— Par pitié, maîtresse Denna, ne faites pas ça ! C'est une enfant ! Je vous obéirai, quoi que vous demandiez, mais ne la laissez pas me torturer ! Pitié…

— Vous voyez, ma chère, ça ne le dérange pas du tout.

Denna tendit l'Agiel à Violette.

Souriante, la princesse le saisit fermement, tapota la cuisse de Richard, et rayonna quand elle le vit se tordre de douleur. Ravie, elle lui tourna autour, l'aiguillonnant à loisir.

— C'est tellement facile ! s'extasia-t-elle. Je croyais que faire saigner les gens était plus compliqué !

Les bras croisés, un sourire sur les lèvres, Denna regarda la fillette s'enhardir peu à peu. Sa cruauté naturelle ne fut pas longue à remonter à la surface. Ce nouveau jeu était formidable !

— Te souviens-tu de ce que tu m'as fait ? demanda-t-elle à Richard. (Elle lui appliqua l'Agiel sur le flanc.) Tu m'as humiliée, sale chien ! Mais tu reçois la punition que tu mérites. Qu'en dis-tu ? (Richard serra les mâchoires.) Réponds ! C'est un juste châtiment, n'est-ce pas ?

Les yeux fermés, Richard tenta de ne pas relâcher son contrôle sur la douleur.

— Réponds ! Puis implore-moi ! Je veux t'entendre supplier pendant que je te fais mal !

— Tu devrais lui obéir, dit Denna. Elle apprend vite !

— Par pitié, maîtresse Denna, ne lui enseignez pas ces horreurs. Vous lui faites plus de mal qu'à moi ! C'est une enfant... Ne lui infligez pas ça ! Elle ne doit pas apprendre ces choses !

— J'apprends ce que je veux ! Implore-moi ! Tout de suite !

Conscient qu'il aggravait son sort, Richard attendit que la douleur soit intolérable avant de céder.

— Je suis navré, princesse Violette. Pardonnez-moi ! J'ai eu tort...

Cette déclaration sembla exciter la fillette. Très vite, elle maîtrisa toutes les subtilités qui permettaient de lui faire crier grâce même quand il ne le voulait pas. Comment une petite fille pouvait-elle faire ça ? Et y prendre plaisir ? Une monstrueuse absurdité...

Le lorgnant du coin de l'œil, Violette lui écrasa l'Agiel sur le ventre.

— Tout ça n'est rien, dit-elle, à côté de ce qui attend la Mère Inquisitrice. Un jour, elle paiera le prix fort ! Et c'est moi qui m'en chargerai. Ma mère a promis de me la livrer quand elle reviendrait. Supplie-moi de torturer l'Inquisitrice ! Demande-moi de la condamner à avoir la tête coupée !

Richard sentit quelque chose s'éveiller en lui. Il n'aurait su dire quoi, mais c'était là, tapi dans sa tête...

Violette lui abattit l'Agiel sur le ventre, faisant tourner l'instrument pour augmenter la douleur.

— Implore-moi de faire décapiter cette ignoble Kahlan !

Richard hurla à la mort.

Denna s'interposa et arracha l'Agiel à la princesse.

— Assez ! Vous allez le tuer !

— Merci, maîtresse Denna, souffla Richard, étrangement ému que la Mord-Sith soit venue à son secours.

— Je me fiche qu'il meure ! cria Violette, hors d'elle.

— Pas moi, dit Denna. Il a trop de valeur pour qu'une enfant s'amuse à lui ôter la vie.

La Mord-Sith détenait le pouvoir, pas Violette ni même Milena. Denna était un agent de Darken Rahl...

La princesse la regarda, hautaine.

— Ma mère a dit que nous réserverons une surprise à l'Inquisitrice quand elle reviendra. Je vous en informe, parce qu'elle a ajouté, Mord-Sith, que vous ne seriez plus de ce monde quand ça arriverait. Et c'est moi qui déciderai du sort de Kahlan. Pour commencer, je lui couperai les cheveux. (Les poings serrés, Violette s'empourpra de colère.) Ensuite, je permettrai à tous les gardes de s'amuser avec elle. Oui, elle passera quelques années dans nos cachots, pour le plaisir de ces hommes. Quand la tourmenter ne m'amusera plus, je la confierai au bourreau, et sa tête finira sur une pique, afin que je la voie pourrir lentement.

Richard eut le cœur serré pour la petite princesse. La tristesse le submergea, car cette enfant était autant une victime qu'un bourreau. À cet instant, la force qui s'était éveillée en lui prit une étrange vigueur...

Violette ferma les yeux et tira la langue aussi loin qu'elle put.

Cela agit comme une cape rouge pour un taureau.

Le pouvoir fraîchement éveillé explosa en Richard.

Quand sa botte la percuta, il sentit la mâchoire de l'enfant exploser comme une coupe de cristal qui se brise sur un sol de pierre. L'impact fit voler la princesse dans les airs. Avant de se casser, ses dents lui sectionnèrent net la langue. Elle atterrit sur le dos, plusieurs pas en arrière, et tenta de crier malgré le sang qui l'étouffait.

Denna regarda Richard. Un instant, il vit de la peur passer dans les yeux de la Mord-Sith.

Comment avait-il réussi ça sans que la magie l'arrête ? À voir l'expression de Denna, elle ne le savait pas non plus…

— Je l'avais prévenue, dit-il en soutenant le regard de sa maîtresse. Chose promise, chose due ! (Il sourit.) Maîtresse Denna, merci de m'avoir sauvé la vie. J'ai une dette envers vous…

Denna le fixa un moment, puis se rembrunit et sortit de la pièce sans un mot.

Toujours pendu à la poutre, Richard regarda la princesse recroquevillée sur les dalles glaciales.

— Retourne-toi, Violette, dit-il, ou tu vas te noyer dans ton propre sang. Retourne-toi !

La fillette parvint à retirer la tête de la mare de sang qui s'élargissait sous elle. Puis des hommes entrèrent et se précipitèrent vers elle. Sous le regard de Denna, revenue avec eux, ils la soulevèrent du sol et l'emportèrent.

Richard se retrouva seul avec la Mord-Sith.

Les charnières de la porte grincèrent quand elle la referma du bout d'un doigt à l'ongle effilé.

En quelques jours, Richard avait découvert que Denna éprouvait pour lui une… tendresse… étrangement distordue. À sa façon de manier l'Agiel, il pouvait désormais connaître ses états d'âme. Souvent, alors qu'elle le tourmentait, il sentait qu'elle étouffait la compassion perverse qu'il lui inspirait. C'était de la folie, mais parfois, il le savait, elle exprimait ses sentiments pour lui en se montrant plus cruelle que jamais. Et ce soir, devina-t-il, il en irait ainsi.

Debout près de la porte, elle le regarda un long moment.

— Tu es un être comme on en rencontre rarement, Richard Cypher, dit-elle. Maître Rahl m'a conseillé d'être prudente, car les prophéties parlent de toi. (Elle approcha lentement de lui, plongea son regard dans le sien, et plissa le front, le souffle plus heurté que d'habitude.) C'était très impressionnant ! Et excitant au possible… Alors, j'ai décidé de te laisser partager ma couche.

Impuissant dans ses chaînes, Richard ne put rien opposer à cette nouvelle folie. Même s'il ignorait quel pouvoir s'était éveillé en lui, il tenta de l'invoquer. En vain.

Denna semblait sous l'emprise d'une force qu'il ne comprenait pas, comme si elle tentait de trouver le courage de faire une chose qu'elle redoutait tout en la désirant. Son souffle s'accélérait, soulevant sa poitrine, alors qu'elle sondait son regard. Stupéfait, Richard découvrit une réalité que la cruauté de Denna lui avait jusque-là cachée. Cette femme était séduisante ! Belle à couper le souffle ! Désirable à s'en damner !

Était-il en train de devenir fou ?

Troublé et bizarrement inquiet, il la regarda prendre lentement l'Agiel entre ses dents. Voyant ses pupilles se dilater, il devina qu'elle souffrait atrocement. Livide et un peu tremblante, elle inspira à fond. Puis elle lui mit une main sur la nuque et lui poussa la tête en avant. Ses lèvres s'approchèrent des siennes pour un baiser passionné durant lequel, pour la première fois, ils partagèrent la douleur de l'Agiel, qu'elle continuait à tenir avec sa langue. La Mord-Sith se pressa contre lui, ondulant comme un serpent.

Le corps de Richard n'était plus qu'un océan de souffrance. Il aspirait un air sorti des poumons de Denna, et elle faisait de même. Elle était devenue son souffle et lui le sien. Et la souffrance lui faisait tout oublier, à part cette femme, dont la présence envahissait son esprit. Entendant ses gémissements, il comprit qu'elle souffrait au moins autant que lui. Sur sa nuque, les doigts de Denna se refermèrent pour former un poing. Elle gémissait de douleur, les muscles tétanisés. Et cette tempête faisait rage dans leurs deux corps.

Sans comprendre pourquoi, Richard répondit au baiser avec une passion et une sauvagerie identiques à celles de sa maîtresse. Toutes ses perceptions distordues par la souffrance, il n'avait jamais embrassé personne avec une telle lubricité. Il aurait tout donné pour qu'elle arrête ! Lui, il en était incapable.

Le mystérieux pouvoir se manifesta de nouveau. Il tenta de s'en emparer, mais il lui échappa et s'évanouit.

Denna pressa plus fort ses lèvres sur les siennes, l'Agiel entre eux, leurs dents frottant quand même les unes contre les autres. Elle se pressa davantage contre lui et enroula une jambe autour de la sienne, comme accrochée à lui.

Les gémissements d'angoisse de Denna devenaient de plus en plus désespérés et la serrer contre lui déchirait les chairs de Richard. Sentant qu'il allait perdre conscience, elle s'écarta de lui sans lui lâcher les cheveux. Des larmes dans les yeux, elle fit rouler l'Agiel dans sa bouche et le mordit, tremblante de douleur, comme pour prouver qu'elle était plus forte que lui.

Levant lentement la main, elle retira l'instrument de torture de ses lèvres. Les yeux révulsés, elle chercha sa respiration. Des larmes de douleur – mais pas seulement – ruisselaient sur ses joues.

La Mord-Sith donna à Richard un autre baiser dont la tendresse et la douceur le stupéfièrent.

— Nous sommes liés, murmura-t-elle. L'Agiel nous a unis. Je suis désolée, Richard… (Elle essuya ses larmes d'une main tremblante.) Pardonne-moi tout ce que je vais te faire… Tu es mon partenaire, pour la vie…

— S'il vous plaît, maîtresse Denna, dit Richard, ébahi par la compassion de la Mord-Sith, laissez-moi partir ! Au moins, aidez-moi à arrêter Darken Rahl. Si vous faites ça, je jure de rester près de vous jusqu'à la fin de mes jours. Même si la magie ne me retient plus, je ne vous quitterai jamais !

Denna lui posa une main sur la poitrine pour ne pas vaciller.

— Crois-tu que j'ignore ce que tu endures ? Ton dressage, puis ta servitude, dureront quelques semaines. Ensuite, tu mourras. Une Mord-Sith est « formée » pendant des années. Tout ce que je t'ai infligé, et bien plus que ça, je l'ai subi des milliers de fois. Mon premier maître m'a prise dans son lit à quinze ans, après m'avoir dressée depuis que j'en avais douze. Je n'arriverai jamais à être son égale en matière de cruauté, ni dans son art de maintenir quelqu'un en équilibre sur le fil qui sépare la vie de la mort. Il m'a tenue sous sa coupe jusqu'à mes dix-huit ans, quand je l'ai tué. Pour ça, j'ai subi l'Agiel tous les jours pendant deux ans. Cet Agiel-là, celui avec lequel je te tourmente. On me l'a remis quand je fus nommée Mord-Sith. L'utiliser est ma seule raison de vivre.

— Maîtresse Denna, je suis désolé…, souffla Richard.

— Et tu le seras encore plus bientôt ! dit Denna, le regard de nouveau dur comme l'acier. Personne ne viendra à ton secours. Et moi non plus ! Tu découvriras qu'être le partenaire d'une Mord-Sith n'apporte aucun avantage, et décuple la douleur…

Richard ne broncha pas, abattu par l'énormité de tout cela. Comprendre un peu mieux sa tortionnaire augmentait son désespoir. Il n'avait plus une chance de s'en tirer. Désormais, il était le compagnon d'une folle !

— Pourquoi as-tu fait ça à la princesse ? demanda Denna, son sourire retrouvé. Tu devais te douter que je te punirais…

— Maîtresse Denna, qu'est-ce que ça change ? Vous m'auriez torturé de toute façon. Et je ne vois pas ce que vous pourriez me faire de plus…

— Mon amour, tu manques d'imagination !

Elle saisit la boucle de la ceinture de Richard et entreprit de l'ouvrir.

— Il est temps de te faire mal à de nouveaux endroits… Et de voir un peu de quel bois tu es fait ! (La lueur qui passa dans le regard de la Mord-Sith fit frissonner Richard.) Merci, cher amour, de m'avoir donné un prétexte pour te choisir. Je n'avais jamais utilisé l'Agiel ainsi avec quelqu'un, mais j'ai subi ça assez de fois. C'est ce qui m'a brisée quand j'avais quatorze ans. Ce soir, mon cœur, ni toi ni moi ne dormirons…

Chapitre 42

Le contact de l'eau glacée – tout un seau ! – sur sa peau nue parvint à peine à ranimer Richard. Dans un brouillard, il aperçut les petits ruisseaux teintés de rouge qui coulaient autour de lui sur le sol de pierre où il gisait à plat ventre. Chaque inspiration lui coûtait un effort terrible. Dans sa confusion mentale, il se demanda, presque détaché, combien de côtes Denna lui avait brisé.

— Habille-toi ! cria-t-elle. On s'en va.

— Oui, maîtresse Denna, souffla-t-il, la voix tellement cassée d'avoir hurlé qu'il devina qu'elle ne l'entendrait pas.

Et si elle pensait qu'il refusait de répondre, elle le punirait. Hélas, il ne pouvait pas faire mieux…

Les coups d'Agiel ne venant toujours pas, il tourna la tête, aperçut ses bottes et tendit un bras pour les tirer vers lui. Puis il s'assit, mais constata qu'il lui était impossible de relever la tête. À grand-peine, il entreprit d'enfiler les bottes. Le contact du cuir sur les griffures de ses pieds lui fit monter des larmes aux yeux.

Un coup de genou dans la mâchoire l'expédia à la renverse sur le dos. Denna sauta sur lui, s'assit sur sa poitrine et lui martela le visage de coups de poings.

— Quel abruti tu fais ! On met son pantalon avant ses chaussures ! Faut-il que je te dise tout !

— Oui, maîtresse Denna, non maîtresse Denna, pardon maîtresse Denna ! Merci de me torturer, maîtresse Denna, et de m'apprendre tant de choses, maîtresse Denna…

La Mord-Sith en haleta de rage. Mais elle finit par se calmer.

— Allez, je vais t'aider… (Elle se pencha et l'embrassa.) Un peu de courage, mon amour, tu te reposeras pendant le voyage…

— Oui, maîtresse Denna, croassa Richard.

— Courage, dit la Mord-Sith en l'embrassant. Tout ira mieux, maintenant que je t'ai brisé. Tu verras…

Une voiture fermée les attendait dans la nuit. La vapeur qui sortait des naseaux des chevaux dérivait en fines volutes dans l'air glacial. Gêné par la chaîne, qui manquait souvent de mou, Richard trébucha plusieurs fois. Il ignorait combien de temps était passé depuis qu'elle avait décidé de le prendre pour compagnon. À vrai dire, il s'en fichait totalement !

Un garde ouvrit la portière du véhicule.

Denna jeta dedans l'extrémité libre de la chaîne.

— Embarque !

Richard s'accrocha aux montants de la portière. Entendant des bruits de pas, il s'immobilisa. D'un geste, sa maîtresse lui indiqua d'attendre où il était.

— Denna ! cria une voix de femme.

Milena, à la tête de tous ses conseillers !

— Maîtresse Denna, corrigea la Mord-Sith.

— Où croyez-vous aller avec cet homme ! rugit la reine.

— Cela ne vous regarde pas. Il est temps que nous partions. Comment va la princesse ?

— On ignore si elle survivra… Je veux le Sourcier ! Il doit payer.

— Le Sourcier est ma propriété, et celle de maître Rahl. Il est déjà puni, et cela continuera jusqu'à ce que le maître ou moi le tuions. Rien de ce que vous pourriez lui infliger ne serait pire que ce qu'il subit…

— Il sera exécuté sur-le-champ !

— Rentrez dans votre château, Milena. Profitez-en, tant que vous en avez encore un…

Richard vit briller la lame d'un couteau dans la main de la reine. Le garde qui avait ouvert la portière décrocha sa hache de guerre de sa ceinture. Un silence de mort tomba sur la scène.

La reine essaya d'écarter Denna et brandit son couteau en direction de Richard. Sans effort, la Mord-Sith l'arrêta, l'Agiel plaqué sur sa plus qu'opulente poitrine.

Quand le garde passa devant lui, hache levée pour frapper Denna, le mystérieux pouvoir de Richard se manifesta de nouveau. Il mobilisa ce qui lui restait de force, ne faisant plus qu'un avec l'étrange puissance. Le bras gauche passé autour de la gorge du soldat, il dégaina son couteau de la droite et le lui enfonça dans la poitrine. Denna jeta un regard indifférent derrière elle quand elle entendit le cri d'agonie du type. Puis elle sourit et dévisagea de nouveau la reine, pétrifiée sur place, l'Agiel coincé entre ses deux énormes seins.

D'un coup de poignet, Denna fit osciller l'instrument de torture. Milena s'écroula comme une masse.

— Le cœur de cette malheureuse a lâché, dit la Mord-Sith aux conseillers royaux. Ce fut si soudain ! Je vous prie de transmettre mes condoléances au peuple de Tamarang. Quant à vous, je vous suggère de dénicher une reine, ou un roi, plus attentif aux désirs de maître Rahl.

Tous inclinèrent hâtivement la tête.

Son nouveau pouvoir ayant disparu, Richard se sentait vidé de ses forces. Tuer le garde l'avait comme achevé. Ses jambes se dérobant, il s'écroula.

Denna saisit la chaîne tout près du collier et lui souleva la tête de terre.

— T'ai-je autorisé à t'effondrer ? Debout !

Richard constata qu'il ne pouvait plus bouger. La Mord-Sith lui enfonça l'Agiel dans l'estomac, remonta le long de sa poitrine et s'attarda sur sa gorge. Il se tordit de douleur mais ne parvint pas à obéir.

— Pardon..., souffla-t-il.

Comprenant qu'il était paralysé, Denna lui lâcha la tête et se tourna vers un autre garde.

— Mets-le dans la voiture !

Quand l'homme eut obéi, elle embarqua à son tour, cria au cocher de fouetter ses chevaux et referma la portière. Dès que le véhicule s'ébranla, Richard fut violemment projeté en arrière.

— Par pitié, maîtresse Denna, bredouilla-t-il, pardonnez-moi d'avoir désobéi. J'aurais dû rester où vous me l'aviez ordonné... La prochaine fois, je me comporterai mieux. S'il vous plaît, punissez-moi pour que je devienne meilleur...

Denna saisit la chaîne, à ras du collier, et le souleva de son siège.

— Ne t'avise pas de me claquer entre les mains ! cria-t-elle avec un atroce rictus. Pas encore ! Il te reste des choses à faire !

— Vos désirs sont des ordres, maîtresse Denna, dit Richard, les yeux fermés.

Denna lâcha la chaîne, prit le jeune homme par les épaules, l'allongea sur le siège et lui posa un baiser sur le front.

— Tu as la permission de te reposer, mon amour... Le chemin sera long. Nous ne recommencerons pas avant un long moment...

Richard sentit encore un peu les cahots de la route. Bercé par la main de Denna qui lui caressait les cheveux, il s'endormit très vite.

Il se réveilla plusieurs fois à demi, jamais vraiment conscient. De temps en temps, Denna le laissait reposer contre elle et le nourrissait à la cuiller, comme un enfant. Avaler lui était un effort presque insupportable. Il grimaçait à chaque cuillerée, la faim ne suffisant pas à lui faire oublier la douleur, et détournait fréquemment la tête.

Denna lui murmura des encouragements et l'implora de manger pour qu'elle soit contente. Le seul argument auquel il ne pouvait pas résister...

Chaque fois qu'un cahot plus violent que les autres le réveillait en sursaut, il s'accrochait à la Mord-Sith, en quête de protection, et ne la lâchait pas avant qu'elle lui ait assuré que tout allait bien. Alors, il se rendormait aussitôt.

Il ne vit pas les paysages qu'ils traversaient et ne s'en soucia pas. Tant que Denna était près de lui, rien n'importait, sinon être prêt à lui obéir en toutes circonstances. Deux ou trois fois, il se réveilla et vit qu'elle s'était tassée au bout de la banquette pour qu'il puisse s'allonger, la tête sur sa poitrine, son manteau étendu sur lui. Comme Denna lui caressait les cheveux, il fit semblant de continuer à dormir pour qu'elle n'arrête pas.

À chaque occasion, alors qu'elle le réconfortait ainsi, il sentit s'éveiller en lui son nouveau pouvoir. Sans essayer de le maîtriser, il se contenta de noter sa présence. Puis il le reconnut enfin et ne fut pas vraiment surpris : c'était la magie de l'épée !

Alors qu'il était lové contre Denna, empli du besoin de sa chaleur, la magie de l'épée l'accompagnait. Il la toucha, la caressa, sentit sa puissance. Elle ressemblait à celle qu'il avait invoquée pour tuer, mais avec de subtiles différences qu'il ne parvenait pas à définir. Le pouvoir de naguère avait disparu, car Denna le détenait. Mais celui-là échappait à la Mord-Sith. Dès qu'il essayait de saisir cette magie, elle disparaissait comme de la vapeur. Dans un coin de son esprit, il désirait que cette force vienne à son secours. Incapable de le contrôler, voire de l'invoquer, il finit par s'en désintéresser.

Avec le temps, ses blessures cicatrisèrent. À chaque réveil, il se sentait un peu mieux. Quand Denna annonça qu'ils étaient arrivés, il réussit à tenir debout, même si son esprit restait quelque peu confus.

Denna le fit sortir du véhicule et le guida dans l'obscurité. En marchant, il regarda où sa maîtresse mettait les pieds et s'efforça de laisser à la chaîne un mou suffisant. Du coin de l'œil, il aperçut néanmoins les lieux où ils entraient. À côté, le château de Tamarang ressemblait à une maison de poupées. Les murs se perdaient dans le lointain, les tours et les toits tutoyant les nuées. Même s'il n'était pas totalement lucide, Richard remarqua que l'élégance et la grâce présidaient à cette architecture. Des bâtiments imposants, mais sans rien d'hostile voire de menaçant.

Denna lui fit traverser des couloirs de marbre et de granit flanqués de majestueuses colonnades. Lors du trajet, Richard s'aperçut qu'il avait repris beaucoup de forces. Quelques jours plus tôt, il ne serait pas resté debout aussi longtemps.

Ils ne croisèrent personne. Levant les yeux sur la natte de Denna, Richard la trouva comme d'habitude magnifique, et se félicita d'avoir une compagne aussi belle. Quand il pensa qu'il l'adorait, le pouvoir se fit plus fort. Avant qu'il s'évapore de nouveau, la partie affaiblie et « enfermée » de son esprit s'en empara alors que le reste de son cerveau se concentrait toujours sur Denna. S'avisant qu'il contrôlait le pouvoir, Richard cessa de penser à la Mord-Sith. L'espoir renaissait : il pourrait peut-être s'évader ! Aussitôt, la mystérieuse puissance se volatilisa.

D'abord désespéré, il songea vite que cela n'avait aucune importance. Il ne s'échapperait jamais. D'ailleurs, pourquoi l'aurait-il voulu ? Où irait-il, à présent qu'il était lié pour la vie à Denna ? Et que ferait-il si elle n'était pas là pour lui donner des ordres ?

La Mord-Sith leur fit passer une porte et la referma derrière eux. Dans la pièce où une unique fenêtre, protégée par de simples rideaux, laissait entrer le froid de la nuit, Richard remarqua un lit, avec une couverture épaisse et de gros oreillers, une table où reposaient des lampes à huile, une chaise et une armoire de bois noir placées contre un mur, près d'une seconde porte. Sur un guéridon reposaient une bassine et une cruche.

—Mes quartiers, annonça Denna en décrochant la chaîne de sa ceinture. Étant mon compagnon, tu pourras dormir ici, si je suis contente de toi. (Elle glissa l'anneau au montant du lit, claqua des doigts et désigna le sol.) Tu es invité cette nuit. Mais tu coucheras par terre.

Richard baissa les yeux sur le parquet poli. L'Agiel se posa sur son épaule, le forçant à s'agenouiller.

—J'ai dit par terre!

—Oui, maîtresse Denna. Pardon, maîtresse Denna.

—Je suis épuisée… Ce soir, je ne veux plus entendre un son sortir de ta bouche. Compris?

Richard hocha la tête, n'osant pas dire un mot.

—Très bien…

La Mord-Sith se laissa tomber à plat ventre sur le lit et s'endormit aussitôt.

Richard massa son épaule douloureuse. Voilà longtemps qu'elle n'avait plus utilisé l'Agiel. Au moins, elle ne l'avait pas fait saigner… Peut-être, pensa-t-il, parce qu'elle ne voulait pas salir ses quartiers. Mais c'était peu probable, car elle aimait son sang à la folie.

Le jeune homme s'étendit sur le parquet. Demain, Denna recommencerait à le faire souffrir. Il essaya de ne pas trop y penser: ses plaies cicatrisaient à peine…

Il se réveilla avant sa maîtresse, ravi d'éviter que l'Agiel le tire du sommeil. Quand une sonnerie de cloche retentit, Denna ouvrit aussitôt les yeux, resta un moment sur le dos, sans un mot, puis s'assit et vérifia que Richard ne dormait plus.

—Les dévotions matinales, dit-elle. La cloche nous y appelle. Après, nous reprendrons ton dressage.

—Oui, maîtresse Denna…

Elle raccrocha la chaîne à sa ceinture et lui fit retraverser des couloirs pour déboucher sur une petite cour à ciel ouvert entourée d'arches. Au centre, autour d'une pierre noire, s'étendait du sable blanc ratissé en cercles concentriques. La cloche reposait sur le bloc de pierre. Sur le sol en mosaïque, entre les colonnes, des gens étaient agenouillés, le front plaqué aux carreaux.

—Maître Rahl nous guide! psalmodiaient-ils. Maître Rahl nous dispense son enseignement! Maître Rahl nous protège! À sa lumière, nous nous épanouissons. Dans sa bienveillance, nous nous réfugions. Devant sa sagesse, nous nous inclinons. Nous existons pour le servir et nos vies lui appartiennent.

Denna claqua des doigts et désigna le sol. Richard s'agenouilla et imita les autres fidèles. La Mord-Sith s'accroupit près de lui, posa le front sur les carreaux et entonna la prière.

S'avisant que Richard n'incantait pas, elle s'arrêta.

— Ça nous fait deux heures ! Si je dois encore te rappeler à l'ordre, ça passera à six.

Richard pria, contraint de se concentrer sur la natte de sa maîtresse pour prononcer ces mots sans que la colère ne lui vaille une punition de la magie. Il ne parvint pas à déterminer combien de temps durèrent les dévotions, mais ça ne devait pas être loin de deux heures. Les mots qui ne changeaient jamais lui donnaient l'impression de mâcher et remâcher la même guimauve, et il eut très vite mal au dos à cause de la position, inhabituelle pour lui.

Quand la cloche sonna deux fois, les fidèles se levèrent et s'éparpillèrent. Bien que sa maîtresse fût debout, Richard ne bougea pas, ignorant ce qu'il devait faire. Rester agenouillé pouvait lui attirer des ennuis, mais s'il se redressait alors qu'il n'aurait pas dû, la punition serait pire. Lorsqu'il entendit des bruits de pas dans leur direction, il ne releva pas davantage la tête.

— Sœur Denna, dit une rauque voix féminine, que je suis contente de te revoir ! Sans toi, D'Hara s'ennuyait…

D'Hara ! Malgré le brouillard qui enveloppait son esprit, une conséquence du dressage, Richard sursauta, le cerveau en ébullition. Pour se protéger, il pensa à la natte de Denna…

— Sœur Constance, je suis heureuse d'être rentrée et de te revoir.

Au ton de sa voix, Richard sut que la Mord-Sith était sincère. Un Agiel vint frôler sa nuque, la douleur lui coupant le souffle, comme si une corde s'enroulait autour de son cou. À la manière dont on maniait l'instrument de torture, il devina que ce n'était pas celui de Denna.

— Et qu'avons-nous donc là ? demanda Constance.

Elle écarta l'Agiel de sa peau. Haletant de douleur, Richard se leva quand Denna le lui ordonna. Il regretta amèrement de ne pas pouvoir se cacher derrière elle…

Plus petite que Denna d'une bonne tête, mais robuste, Constance portait un uniforme de cuir marron. À part la couleur, il était identique à celui de la maîtresse de Richard. Ses cheveux bruns, également nattés, étaient tout ce qu'il y avait de plus banal. À voir son visage, on aurait juré qu'elle venait de manger quelque chose qu'elle détestait.

— Mon nouveau compagnon, dit Denna en tapotant du dos de la main l'estomac de Richard.

— Compagnon…, répéta Constance, dégoûtée. Denna, je ne comprendrai jamais pourquoi tu fais ça. L'idée même me donne la nausée ! Mais chacun sa vie… en tout cas, c'est une belle prise ! Le Sourcier, comme je le vois à son épée ! Ça n'a pas dû être facile…

— Il a tué deux de mes hommes, puis il a tourné sa magie contre moi. (L'étonnement de Constance fit sourire sa collègue.) Il vient de Terre d'Ouest !

— Non ! Incroyable ? Est-il brisé ?

— Oui, soupira Denna. Mais il me donne encore des raisons de me réjouir. Nous n'en sommes qu'aux dévotions matinales, et il a déjà pris deux heures !

— Je peux venir avec toi ?

—Constance, tu sais que tout ce qui m'appartient est à toi… Si tu veux, tu seras mon assistante.

La Mord-Sith parut ravie et très fière. Pour ne pas exploser de colère, Richard dut penser à la natte de sa maîtresse. Très fort !

—Et si ça te chante, ajouta Denna, je te le prêterai une nuit. Tu es la seule pour qui je ferais ça. (Constance se révulsant à cette idée, Denna éclata de rire.) Quand on n'essaie pas, on ne sait pas si c'est bon !

—Je tirerai du plaisir de sa chair, mais d'une autre façon. Le temps de passer mon uniforme rouge et je te rejoins !

—Inutile… Le marron ira très bien, pour le moment…

—Voilà qui ne te ressemble pas, Denna.

—J'ai mes raisons… Et c'est maître Rahl en personne qui m'a confié cette mission.

—Maître Rahl… Comme tu voudras, dans ce cas… Après tout, c'est toi qui décides.

En chemin, Constance s'amusa à faire un croc-en-jambe à Richard. Il s'écroula face contre terre et ne put retenir sa colère. La Mord-Sith se campa au-dessus de lui, contente d'elle, et le regarda lutter contre la souffrance.

La salle de dressage était un simple carré aux murs et au sol de pierre grise. Un faisceau de poutres courait au plafond.

Denna lui ramena les coudes et les poignets en arrière et les immobilisa avec un étrange harnais. Puis il fut accroché et pendu à une corde actionnée par une poulie et fixée à un anneau, dans la cloison. Elle tira jusqu'à ce qu'il se tienne sur la pointe des pieds, et attacha la corde. La tension de ses épaules torturait déjà Richard, et elle ne lui avait même pas encore appliqué l'Agiel ! Avant qu'elle ait commencé, il était réduit à l'impuissance, debout en équilibre précaire, fou de douleur et désespéré.

Denna s'assit sur une chaise, près du mur, et invita Constance à s'amuser tout son saoul. Quand elle le dressait, sa maîtresse avait souvent un sourire sur les lèvres. Constance ne les desserra pas une seule fois. Elle travaillait comme un bœuf attelé à une charrue, sa natte en désordre, et fut couverte de sueur en quelques minutes. Sa technique était des plus simples et elle ne jouait pas de toute la palette de son Agiel. Des coups violents, furieux et haineux ! Richard n'eut jamais besoin de se préparer à une nouvelle série de contacts, car elle ne marquait pas de pause. Mais si elle ne lui laissa pas de répit, elle s'abstint pourtant de le faire saigner.

Denna regarda la scène avec un sourire béat. Quand elle s'arrêta enfin, Constance se tourna vers sa collègue.

—Il encaisse bien, dit-elle. Voilà un moment que je n'avais pas fait une séance pareille. Mes derniers petits chiens craquaient au premier bobo.

—Je dois pouvoir t'aider, fit Denna en se levant. Sœur Constance, laisse-moi te montrer son point faible.

Elle vint se placer derrière Richard et n'agit pas tout de suite, le prenant par surprise. À l'instant où il se détendait un peu, l'Agiel toucha la chair tendre de son aisselle. Il hurla, mais sa maîtresse maintint la pression. Les pieds quittant le sol, le jeune homme ne put plus soutenir son propre poids et la tension de la corde devint telle qu'il redouta que ses bras se détachent de son torse. En ricanant, Denna garda l'Agiel en contact avec sa peau jusqu'à ce qu'il pleure comme un enfant.

— Pitié, maîtresse Denna, sanglota-t-il, pitié !

— Tu vois ? dit la Mord-Sith en retirant son instrument de torture.

— Denna, soupira Constance, je donnerais cher pour avoir ton talent…

— Voilà un autre endroit sensible. (Richard hurla.) Et un autre, et encore un autre… (Elle vint se camper devant le supplicié et lui sourit.) Tu ne vois pas d'inconvénient à ce que je montre tout ça à Constance, petit chien ?

— Pitié, maîtresse Denna, ne le faites pas ! C'est trop douloureux !

— Tu vois, Constance ? Ça ne le dérange pas du tout…

Denna alla se rasseoir, insensible aux larmes de Richard. Sans sourire ni minauder, Constance se remit au travail et eut tôt fait de le contraindre à l'implorer.

Sa méthode rudimentaire et son entêtement, sans laisser une seconde de répit à sa victime, la rendaient plus terrible encore que Denna. Constance ignorait la compassion dont sa collègue faisait souvent montre. Et si elle s'arrêtait parfois, c'était sur les conseils de Denna, qui ne tenait pas à ce qu'elle tue ou handicape gravement Richard. En bonne assistante, Constance se laissa imposer le protocole de douleur choisi par sa sœur.

— Denna, dit-elle à un moment, si tu as des choses à faire, rien ne t'oblige à rester. Ça ne me gênera pas…

Richard paniqua. Pour rien au monde, il ne voulait être seul avec cette femme. À coup sûr, elle en profiterait pour lui infliger tout ce que Denna lui aurait interdit de faire. Même s'il ignorait de quoi il s'agissait, il en mourait de peur.

— Une autre fois, je te le laisserai, histoire que tu travailles à ta manière. Mais pas aujourd'hui.

Richard fit un gros effort pour dissimuler son soulagement. Résignée, Constance se remit au travail.

Se plaçant derrière lui, elle le prit par les cheveux et lui tira la tête en arrière. Sachant ce que ça annonçait, Richard se souvint de l'effroyable douleur et trembla de tous ses membres, le souffle coupé par l'angoisse.

— Pas ça, Constance ! cria Denna en se levant.

La Mord-Sith tira plus fort sur les cheveux de Richard.

— Pourquoi ? Tu ne lui as pas fait ?

— Si, mais je refuse que tu t'y essaies. Il n'a pas encore parlé à maître Rahl. Je ne veux courir aucun risque.

— Denna, attaquons-nous à ses deux oreilles ensemble ! Comme jadis !

— Maître Rahl veut l'interroger, te dis-je !

— Après, alors ?

— Voilà longtemps que je n'ai pas entendu ce cri-là... (Elle chercha le regard de Richard.) Si maître Rahl ne le tue pas et s'il ne succombe pas à d'autres... événements..., nous lui ferons ça ensemble. D'accord? Mais aujourd'hui, pas question. Et s'il te plaît, Constance, respecte ma volonté: pas d'Agiel dans l'oreille pour lui!

— Tu t'en tires à bon compte, pas vrai? siffla la Mord-Sith en lâchant les cheveux du jeune homme. Mais tôt ou tard, nous serons seuls et je prendrai mon plaisir avec toi...

— Oui, maîtresse Constance, gémit Richard.

Quand elles eurent fini de le dresser, les deux Mord-Sith allèrent déjeuner. Richard les suivit, sa chaîne accrochée à la ceinture de Denna. Le réfectoire, une pièce d'une élégante simplicité – sol de marbre blanc et murs lambrissés de chêne – bruissait de conversations à mi-voix, car presque toutes les tables étaient occupées. En s'asseyant, Denna claqua des doigts et désigna le sol, derrière sa chaise. Des serviteurs apportèrent à manger aux femmes, mais rien à Richard. Le menu se composait d'une soupe épaisse, de fromage, de pain noir et de fruits. Pas de viande... Les odeurs délicieuses firent craquer Richard. Au milieu du repas, Denna se tourna et l'informa qu'il n'aurait rien parce qu'il avait écopé de deux heures le matin. Mais s'il se comportait bien, il pourrait dîner.

L'après-midi commença par des dévotions, suivies d'heures de dressage, Denna et Constance se partageant le travail. Richard s'efforça de ne rien faire de mal. Le soir, il fut récompensé par une assiette de riz et de légumes. Après le dîner, une séance de dévotions préluda à un nouveau programme de dressage. Puis ils abandonnèrent Constance et retournèrent dans les quartiers de Denna. Épuisé, Richard tituba tout le long du chemin, plié en deux par la douleur.

— Je veux prendre un bain, déclara sa maîtresse.

Elle lui désigna la petite pièce adjacente à sa chambre. Elle était vide, exceptés la corde pendue au plafond lestée du harnais et une baignoire rangée dans un coin. L'équipement de torture, précisa la Mord-Sith, était là au cas où un dressage d'urgence s'imposerait. Ainsi, elle ne souillerait pas ses quartiers et pourrait le laisser suspendu comme un jambon toute la nuit. À son avis, conclut-elle, il passerait beaucoup de son temps dans ce réduit.

Denna ordonna à Richard de traîner la baignoire jusqu'au pied du lit. Elle lui dit ensuite de prendre le seau qui s'y trouvait et lui indiqua où se procurer de l'eau chaude. Il ne devrait parler à personne, même si on s'adressait à lui, et se dépêcher, pour que l'eau n'ait pas refroidi avant que la baignoire soit pleine. S'il n'obéissait pas à la lettre pendant qu'elle ne pouvait pas le surveiller, la magie le terrasserait. Et si elle devait venir le chercher, il regretterait beaucoup de l'avoir déçue...

Richard jura de suivre ses instructions. L'endroit où il puisa l'eau – une source chaude qui se déversait dans un bassin entouré de bancs en marbre – était assez loin des quartiers de sa maîtresse. Quand la baignoire fut pleine, le jeune homme, ruisselant de sueur, se sentit plus épuisé que jamais.

Pendant que Denna faisait trempette, il lui frotta le dos, défit sa natte et l'aida à se laver les cheveux.

Elle posa les bras sur les bords de la baignoire, inclina la tête et ferma les yeux. Alors qu'elle se détendait, Richard resta agenouillé près d'elle, au cas où elle aurait besoin de quelque chose.

— Tu n'aimes pas Constance, pas vrai ? lança soudain Denna.

Que répondre ? Il valait mieux ne rien dire de négatif sur l'amie de sa maîtresse. Mais s'il mentait, ça lui vaudrait également une punition.

— J'ai… peur d'elle, maîtresse Denna.

— Une esquive habile, mon amour… Tu n'essaies pas d'être insolent, j'espère ?

— Non, maîtresse Denna. C'est la vérité…

— Parfait… Tu as raison de la redouter. Elle déteste les hommes. Chaque fois qu'elle en tue un, elle crie le nom de celui qui l'a brisée, Rastin. Tu te souviens du type qui m'a dressée, puis prise dans son lit ? Celui que j'ai tué… Avant de s'occuper de moi, il avait formé Constance. Rastin… C'est lui qui l'a brisée. Et c'est elle qui m'a dit comment l'exécuter. Depuis, je ferais n'importe quoi pour elle. Et comme j'ai abattu l'homme qu'elle haïssait, elle m'est dévouée à jamais.

— Je comprends, maîtresse Denna. Mais par pitié, ne me laissez pas seul avec elle…

— À ta place, je m'efforcerais de bien me comporter. Si tu ne commets pas d'erreur, et ne récoltes pas trop d'heures, je resterai pendant qu'elle te dresse. Tu vois la chance que tu as d'avoir une gentille maîtresse ?

— Oui, maîtresse Denna, merci de me dresser si bien. Vous êtes un professeur très doué.

La Mord-Sith ouvrit un œil pour s'assurer qu'il n'y avait pas trace d'ironie dans le regard du jeune homme.

— Passe-moi une serviette et pose ma chemise de nuit sur la table de chevet.

Richard l'aida à se sécher les cheveux. Négligeant de se vêtir, Denna s'étendit sur le lit, sa crinière encore humide formant une auréole autour de sa tête.

— Souffle la lampe à huile, dit-elle. (Richard obéit immédiatement.) Et apporte-moi l'Agiel, mon amour…

Richard sursauta. Il détestait qu'elle lui demande l'Agiel, car le toucher était une torture. Craignant que trop d'hésitation lui vaille une punition, il serra les dents et saisit l'instrument, le posant sur les paumes de ses mains. La douleur remonta jusqu'à ses coudes et se diffusa dans ses épaules. Il pria pour que Denna lui prenne au plus vite l'Agiel.

Les oreillers adossés à la tête de lit, elle s'était assise et le regardait. Quand elle tendit la main pour récupérer l'Agiel, il soupira de soulagement.

— Maîtresse Denna, pourquoi n'avez-vous pas mal quand vous le tenez ?

— J'ai mal, autant que toi… Son contact est douloureux parce que c'est celui avec lequel on m'a dressée.

— Vous voulez dire… Quand vous le maniez, vous souffrez ? À chaque instant, pendant que vous me dressez ?

Denna fit tourner l'Agiel dans sa main, hocha la tête et détourna le regard.

— La douleur, sous une forme ou une autre, est ma compagne quotidienne. C'est pour ça, entre autres raisons, que la formation d'une Mord-Sith dure des années. Il faut longtemps pour dominer la douleur… Et c'est sans doute aussi pour ça, selon moi, que les Mord-Sith sont exclusivement des femmes. Les hommes sont bien trop faibles ! La chaîne passée à mon poignet me permet de laisser pendre l'Agiel. Quand je ne le tiens pas, il ne me fait rien. Mais dès que je l'utilise, la souffrance est constante.

— Je n'avais pas deviné…, dit Richard, la gorge nouée. Je suis navré, maîtresse Denna. J'ai du chagrin que vous deviez subir tant de choses pour me dresser…

— La douleur peut apporter une forme de plaisir, mon amour. C'est ce que j'essaie de t'enseigner. Et l'heure d'une nouvelle leçon a sonné. (Elle le regarda lascivement.) Assez bavardé !

Richard reconnut la lueur qui passa dans les yeux de sa maîtresse. Il vit aussi sa poitrine se soulever et s'abaisser de plus en plus vite…

— Maîtresse Denna, vous êtes toute propre, et je suis couvert de sueur.

— J'adore ça…, souffla Denna.

Sans quitter Richard du regard, elle prit l'Agiel entre ses dents.

Les jours passèrent dans une uniformité abrutissante. Les dévotions ne gênaient pas trop Richard, puisqu'elles étaient un dérivatif à son dressage. Mais il détestait ânonner ces incantations et devait, tout du long, se concentrer sur la natte de Denna. Au fond, répéter les mêmes paroles pendant des heures, à genoux et le front contre le sol, lui coûtait à peine moins que les séances de dressage. Parfois, il se réveillait en pleine nuit et chantonnait :

— *Maître Rahl nous guide ! Maître Rahl nous dispense son enseignement ! Maître Rahl nous protège ! À sa lumière, nous nous épanouissons. Dans sa bienveillance, nous nous réfugions. Devant sa sagesse, nous nous inclinons. Nous existons pour le servir et nos vies lui appartiennent.*

Denna ne portait plus son uniforme rouge. Elle l'avait remplacé par un blanc, la preuve, expliqua-t-elle, que le sujet, une fois brisé, était devenu son partenaire. Ne plus lui tirer de sang symbolisait le pouvoir absolu qu'elle détenait sur lui. Pour Richard, cela ne faisait guère de différence. Hémorragies ou pas, l'Agiel le torturait autant. La moitié du temps environ, Constance assistait Denna. Quand elle s'absentait, c'était pour s'occuper d'un autre petit chien. Elle insistait pour rester seule avec Richard, mais Denna se montrait inflexible. Le jeune homme était de plus en plus terrifié par la Mord-Sith en cuir marron. Et Denna lui souriait toujours quand elle disait à Constance de prendre le relais…

Un jour, les dévotions de l'après-midi terminées, alors que Constance était partie dresser un autre homme, Denna le conduisit dans le réduit attenant à ses quartiers, le suspendit à la corde et tira tellement que ses pieds touchaient à peine le sol.

— Maîtresse Denna, demanda soudain Richard, à partir de maintenant, accepteriez-vous que Constance se charge seule de mon dressage ?

Sa question eut un effet inattendu. Folle de rage, Denna le regarda, les joues rouges. Puis elle le battit avec l'Agiel, le lui enfonça dans les chairs, et l'insulta copieusement. Il ne valait rien, lui hurla-t-elle, et elle en avait assez de l'entendre dire des bêtises. Denna était une femme forte et résistante. La pluie de coups dura une éternité…

Richard ne l'avait jamais vue si furieuse, sévère et cruelle. Bientôt, il perdit tout sens du réel, oubliant même jusqu'à son nom. Fou de douleur, il ne pouvait plus rien dire, incapable de l'implorer d'arrêter. Bien qu'il pût à peine respirer, la Mord-Sith ne marqua pas de pause, comme si le blesser attisait sa colère. Du sang coulait sur le sol et maculait son bel uniforme blanc. Le souffle court à force de rage et de violence, sa natte en bataille, Denna s'acharna longtemps sur sa victime.

Au paroxysme de la haine, elle l'empoigna par les cheveux, lui tira la tête en arrière, et, sans avertissement, lui enfonça l'Agiel dans l'oreille avec une violence qu'il ne lui avait jamais connue. Elle recommença des dizaines de fois, conduisant Richard au bord de la folie et du néant mental.

Elle s'arrêta enfin, debout près de lui et pantelante de colère.

— Je vais dîner, dit-elle.

Aussitôt, Richard sentit la douleur de la magie prendre le relais de celle de l'Agiel.

— Pendant mon absence, et crois-moi, je prendrai mon temps, la magie se chargera de toi ! Tu ne pourras pas l'arrêter, ni t'évanouir. Et si tu lâches la bride à ta colère, ce sera encore pire ! Comme tu ne pourras pas la contrôler indéfiniment, je te promets bien du plaisir…

Elle approcha du mur et tira sur la corde jusqu'à ce que les pieds de Richard ne touchent plus le sol. Les bras en feu, il hurla comme un cochon qu'on égorge.

— Amuse-toi bien ! lança Denna en sortant.

En équilibre sur le fil qui sépare la santé mentale de la folie, Richard souffrait tant qu'il fut vite incapable de contenir sa colère, comme la Mord-Sith l'avait prédit. La douleur devint alors un incendie qui le consumait. Étrangement, c'était pire encore parce que sa maîtresse n'était pas là. Il ne s'était jamais senti aussi seul et impuissant. La souffrance, impitoyable, ne lui laissait même plus le loisir de pleurer, tant il devait lutter pour aspirer un peu d'air.

Il ne sut jamais combien de temps il était resté seul. Soudain, il eut conscience d'être tombé sur le sol, les bottes de Denna des deux côtés de sa tête. Elle le libéra de la magie, mais ne lui détacha pas les bras, lui laissant les épaules en feu. Il éclata en sanglots dans la flaque de sang où il gisait.

— Je t'ai dit, cracha Denna, que nous étions unis pour la vie. La tienne, en tout cas ! (Elle était toujours furieuse, comprit Richard.) Avant que je m'occupe sérieusement de toi et que tu ne puisses plus parler, dis-moi pourquoi tu veux que Constance te dresse !

Il cracha du sang, émettant un sinistre gargouillis.

— Ce n'est pas une façon de s'adresser à moi ! À genoux ! Vite !

Les bras liés dans le dos, Richard ne réussit pas à s'agenouiller. Denna le prit par les cheveux et le força à se relever. Il s'affaissa contre elle, le visage dans la tache de sang qui s'étalait sur le cuir blanc. Son sang !

Denna l'écarta en lui planquant la pointe de l'Agiel sur le front. Richard ouvrit les yeux et les leva sur elle, prêt à répondre à sa question.

La Mord-Sith le gifla à la volée.

— Baisse les yeux quand tu me parles ! Qui t'a autorisé à me regarder ? (Richard obéit.) Tu arrives au bout de ton sursis. Réponds avant de connaître l'enfer !

Richard cracha de nouveau du sang. Tandis que le fluide chaud coulait sur son menton, il dut lutter pour ne pas vomir.

— Maîtresse Denna, croassa-t-il, j'ai demandé ça parce que je sais que tenir l'Agiel est une torture pour vous. Me dresser vous fait souffrir… Si maîtresse Constance s'en charge, vous serez épargnée. C'est tout ce qui compte pour moi. Je sais ce que souffrir veut dire, parce que vous me l'avez appris. Il ne faut plus que vous ayez mal. Je préfère être entre les mains de maîtresse Constance. Pour que vous alliez bien.

Dans le lourd silence qui suivit, Richard s'efforça de rester en équilibre sur les genoux. Les yeux toujours baissés sur les bottes de Denna, il toussa un peu, chaque inspiration devenue un calvaire. Maintenant que Denna savait, qu'allait-elle lui faire ?

— Je ne te comprends pas, Richard Cypher, dit-elle enfin, sa colère envolée. Que les esprits m'emportent, mais tu es une énigme pour moi !

Elle se plaça derrière lui, le libéra du harnais qui lui liait les bras et sortit sans ajouter un mot. Trop ankylosé, Richard ne parvint pas à conserver son équilibre et s'écrasa face contre terre. Il n'essaya pas de se relever et pleura sur le sol taché de sang.

Quand la cloche sonna les dévotions du soir, Denna revint, s'agenouilla près de lui, lui passa tendrement un bras autour du torse et l'aida à se relever.

— Il est interdit de manquer les dévotions, dit-elle en accrochant la chaîne à sa ceinture.

L'uniforme blanc de la Mord-Sith était couvert de sang, comme son visage et sa superbe natte. En chemin, les gens qui la saluaient d'habitude détournèrent le regard ou s'écartèrent vivement.

La position de prière, dans l'état où il était, fut une torture pour Richard. Il éructa les paroles, incertain de les réciter dans le bon ordre. Denna ne le corrigeant pas, il continua, surpris de ne pas s'écrouler sur le flanc avant la fin.

Quand la cloche sonna deux fois, Denna se leva mais sans faire mine de l'aider. Constance apparut, souriante, pour une fois.

—Eh bien, Denna, on dirait que tu t'es sacrément amusée ! (Elle gifla Richard, qui réussit à ne pas s'écrouler.) Tu as été méchant, vilain garçon ?

—Oui, maîtresse Constance.

—Très méchant, on dirait ! Formidable ! Denna, je n'ai rien à faire. Montrons-lui de quoi sont capables deux Mord-Sith en pleine forme.

—Non. Pas ce soir, Constance…

—Comment ça, non ?

—Non ! explosa Denna. C'est mon partenaire, et je le ramène chez moi pour le dresser sur un autre plan ! Veux-tu regarder nos ébats ? Voir ce que je fais avec l'Agiel entre mes dents ?

Richard perdit tout espoir. C'était donc ça qu'elle avait en tête… Ravagé comme il l'était, il ne survivrait pas…

Des hommes en robes blanches – des missionnaires, selon Denna – ne perdaient pas une miette du spectacle. Quand la Mord-Sith les foudroya du regard, ils s'éparpillèrent comme une volée de moineaux. Les deux femmes s'étaient empourprées, Denna de fureur, et Constance d'embarras…

—Bien sûr que non, Denna, souffla-t-elle. Désolée, je ne savais pas… À présent, je vais… hum… te laisser à tes occupations. (Elle se tourna vers Richard.) Tu as l'air assez piteux comme ça, mon garçon. J'espère que tu seras à la hauteur, sinon…

Elle lui flanqua un petit coup d'Agiel dans l'estomac et s'en fut. Richard se plia en deux. Denna lui passa une main sous le bras pour le relever. Elle regarda Constance s'éloigner, puis se mit en chemin.

Bien entendu, Richard la suivit.

Quand ils furent de retour chez la Mord-Sith, elle lui tendit le seau. À l'idée de devoir remplir la baignoire, Richard manqua s'évanouir.

—Va chercher un seau d'eau chaude, dit doucement Denna.

Richard obéit, soulagé que la tâche soit si facile. En chemin, il s'interrogea sur sa maîtresse. Elle semblait furieuse, mais pas contre lui. Quand il fut de retour, il posa le seau sur le sol et baissa les yeux. Denna tira la chaise près d'eux. Pourquoi ne lui avait-elle pas demandé de le faire ? s'étonna-t-il.

—Assieds-toi…, dit-elle.

Elle approcha de la table et revint avec une poire. Elle joua un moment avec le fruit, l'observa pensivement, puis le lui tendit.

—Je l'avais apportée pour la manger ici. Mais je n'ai plus faim… Tu peux l'avoir, puisque tu n'as pas dîné.

—Maîtresse Denna, elle est à vous, pas à moi…

—Je sais, Richard. Obéis-moi…

Il dévora la poire, pépins compris. Pendant ce temps, Denna s'agenouilla et entreprit de le nettoyer. Sans comprendre ce qui se passait, Richard eut mal tout le temps que dura l'opération, mais ce n'était rien comparé à l'Agiel. Pourquoi faisait-elle ça, alors qu'une séance de dressage était programmée ?

—J'ai très mal au dos, dit la Mord-Sith comme si elle avait lu dans ses pensées.

— Maîtresse Denna, pardon de m'être mal comporté. C'est à cause de moi que vous souffrez…

— Tiens-toi tranquille, dit-elle presque tendrement. Pour soulager mon dos, je dois dormir sur une surface dure. Le sol conviendra très bien. Du coup, tu prendras mon lit, et je ne veux pas le tacher de sang.

Richard en resta quelque peu perplexe. Le sol était assez grand pour qu'ils y dorment à deux, et d'habitude, elle ne se souciait pas qu'il y ait du sang dans son lit. Conscient qu'il n'était pas en position de l'interroger sur le sujet, il ne dit rien.

— Bien, fit-elle quand elle eut fini, va au lit, à présent.

Richard s'allongea sous le regard de la Mord-Sith. Résigné, il prit l'Agiel, sur la table de chevet, et le tendit à sa maîtresse, la douleur remontant comme toujours le long de son bras. Il aurait tant voulu qu'elle ne lui impose pas ça…

Denna prit l'instrument de torture et le reposa sur la table.

— Pas ce soir… J'ai trop mal au dos… (Elle souffla la lampe.) Dors, maintenant…

Richard l'entendit s'allonger par terre en marmonnant un juron. Trop fatigué pour réfléchir, il s'endormit comme une masse.

Le matin, quand la cloche le réveilla, Denna était déjà debout. Son uniforme nettoyé, elle avait réarrangé sa natte. Sur le chemin de la cour de dévotion, elle ne dit pas un mot. Torturé par la position de prière, Richard soupira de soulagement quand ce fut terminé. Il s'étonna vaguement de n'avoir pas aperçu Constance, puis, toujours accroché à sa maîtresse, il prit la direction de la salle de dressage. Comme elle ne s'était pas engagée dans le même couloir, la chaîne se tendit et le força à s'arrêter.

— Nous n'allons pas par là…

— Oui, maîtresse Denna.

Elle repartit et descendit des couloirs qui semblaient s'étendre à l'infini. Au bout d'un moment, elle se retourna, l'air exaspéré.

— Marche donc près de moi ! Nous allons faire une petite promenade. J'aime ça, de temps en temps… Surtout quand j'ai mal au dos. Ça me soulage…

Richard ne s'était jamais éloigné autant des quartiers de sa maîtresse. Autour de lui, il découvrit, de-ci, de-là, d'autres cours de dévotions, elles aussi à ciel ouvert, avec un bloc de pierre noire et une cloche. Pour certaines, l'herbe remplaçait le sable blanc et le bloc reposait dans un petit bassin aux eaux claires où des poissons nageaient par bancs serrés. Certains couloirs étaient parfois aussi grands que des pièces, avec des mosaïques sur le sol, des colonnades et de très hauts plafonds. De larges fenêtres laissaient entrer à flots la lumière du soleil.

Les lieux grouillaient de monde, le plus souvent des hommes et des femmes en robe blanche ou pastel. Personne ne se pressait, mais presque tous ces gens, à part ceux qui se reposaient sur les bancs de pierre, semblaient savoir très exactement où ils allaient et pourquoi. Richard aperçut très peu de soldats.

Si quelques individus saluèrent Denna ou lui sourirent, la plupart la croisèrent comme si elle était invisible – sans même parler de son « petit chien ».

Cet endroit était immense ! Les couloirs et les allées se déroulaient à perte de vue, de grands escaliers montant ou descendant vers d'autres zones de l'imposant édifice. Dans un corridor, des statues représentaient des hommes et des femmes nus immortalisés dans des poses altières. En pierre polie blanche veinée d'or, ces œuvres d'art faisaient bien deux fois la taille du jeune homme.

Richard ne vit pas un coin qui fût obscur, laid ou simplement sale. Ici, tout n'était que beauté ! Jusqu'aux bruits de pas, sur le marbre, qui évoquaient des murmures respectueux !

Comment un complexe de cette taille avait-il pu sortir de l'imagination d'un homme, puis être construit ? Sans nul doute, cela avait dû prendre des générations…

Denna le conduisit dans une cour à ciel ouvert. Entre de grands arbres, un chemin pavé serpentait jusqu'au centre de cette forêt intérieure. En le suivant, Richard admira les végétaux, magnifiques même s'ils avaient perdu leur feuillage.

— Tu aimes les arbres, on dirait ? lança la Mord-Sith.

— Beaucoup, oui, maîtresse Denna…

— Pourquoi ?

Richard réfléchit quelques secondes.

— Parce que je crois qu'ils font partie de mon passé… Je me rappelle vaguement avoir été guide forestier… Mes souvenirs sont très flous, maîtresse Denna. Mais je suis sûr d'aimer la forêt.

— Quand on est brisé, on oublie beaucoup de choses. Plus je te dresserai, plus tes souvenirs s'effaceront, sauf quand je te poserai des questions spécifiques. Bientôt, ta mémoire sera presque redevenue vierge…

— Je comprends, maîtresse Denna. Mais puis-je vous demander où nous sommes ?

— Dans le Palais du Peuple, le cœur du pouvoir à D'Hara. Et la résidence de Darken Rahl.

Ils mangèrent ailleurs que d'habitude, et Denna, sans qu'il comprenne pourquoi, lui permit de s'asseoir sur une chaise. Pour les dévotions de l'après-midi, elle choisit un lieu où l'eau remplaçait le sable. Après, ils se promenèrent encore, revenant en terrain connu seulement à l'heure du dîner. Richard se sentait beaucoup mieux. Un peu de marche lui avait dénoué les muscles…

— Et votre dos, maîtresse Denna ? La promenade vous a soulagée ?

— C'est supportable…

Denna marcha lentement autour de Richard, les yeux baissés. Puis elle s'arrêta en face de lui, Agiel au poing, et l'étudia attentivement.

Sans relever les yeux, elle murmura :

— Dis-moi que tu me trouves laide…

Le jeune homme la fixa jusqu'à ce qu'elle redresse la tête.

— Non… Ce serait un mensonge !

— Tu viens de commettre une erreur, mon amour, soupira tristement Denna. Tu as désobéi à un ordre et oublié de me donner mon titre.

— Je sais, maîtresse Denna…

Elle ferma les yeux, mais parla d'une voix un peu plus ferme.

— Tu es une source incessante de problèmes… Je me demande pourquoi maître Rahl m'a chargée de te dresser. Pour tes transgressions, tu auras deux heures…

Elle mit sa menace à exécution. Moins dure qu'à l'accoutumée, elle le fit quand même hurler de douleur. Après, déclarant que son dos la tourmentait toujours, elle dormit par terre et lui laissa le lit.

Les quelques jours qui suivirent, ils reprirent leur protocole habituel, avec des séances de dressage moins pénibles et moins longues, sauf quand Constance y participait. Mais Denna surveillait sa collègue et ne lui laissait pas autant de latitude qu'avant. L'autre Mord-Sith n'aima pas ça et ne fit rien pour le dissimuler. Mais dès qu'elle se montrait trop violente, Denna ne l'invitait pas à la séance suivante…

Sous ce régime plus tolérable, Richard recouvra un peu de lucidité et se souvint de bribes de son passé. De temps en temps, quand le dos de Denna repassait à l'attaque, ils faisaient de longues promenades dans des lieux d'une étonnante beauté.

Un jour, les dévotions de l'après-midi achevées, Constance demanda à rester avec eux. Avec un sourire, Denna répondit par l'affirmative. Quand elle voulut se charger du dressage, son amie y consentit aussi. Plus impitoyable que jamais, elle poussa Richard aux limites du tolérable. Il priait pour que Denna intervienne. Au moment où elle se leva de sa chaise, un homme entra dans la pièce.

— Maîtresse Denna, maître Rahl vous demande.

— Quand veut-il me voir ?

— Tout de suite !

— Constance, tu veux bien terminer la séance ?

— Bien sûr, ma chère, répondit la Mord-Sith en dévisageant Richard, triomphante.

Terrifié, il n'osa pas dire un mot.

— Nous avions presque fini, ajouta Denna. Ramène-le dans mes quartiers, et laisse-le seul. Je ne serai sûrement pas longue.

— Entendu. Tu peux compter sur moi…

Denna s'éloigna. Avec un sourire vicieux, Constance saisit la boucle de ceinture du jeune homme et l'ouvrit.

— Constance, dit Denna, revenue sur ses pas, je refuse que tu lui fasses ça.

— En ton absence, je suis responsable de lui, et je fais ce que je veux.

— C'est mon compagnon, insista Denna en avançant d'un pas, et je refuse ! Pas d'Agiel dans l'oreille non plus, c'est compris ?

— Je fais ce que…

— Non ! explosa Denna. Quand nous avons tué Rastin, c'est moi qui ai été punie. Moi ! Pas toi ! Je n'en ai jamais parlé jusque-là, mais le moment est venu. Tu sais ce qu'on m'a fait. Pourtant, je n'ai jamais dit que tu étais impliquée. Cet homme est mon compagnon, et je suis sa Mord-Sith. Pas toi ! Si tu passes outre ma volonté, il y aura un conflit entre nous.

— D'accord, Denna, grogna Constance. Je respecterai tes souhaits...

— Tu as intérêt, sœur Constance...

Denna partie, Constance termina la séance en se déchaînant, mais elle garda, à quelques incartades près, l'Agiel dans les zones autorisées par sa collègue. Richard eut parfaitement conscience qu'elle avait fait durer le plaisir plus longtemps que prévu. Après l'avoir ramené chez Denna, elle l'avait battu pendant une bonne heure. Puis, attachant la chaîne au montant du lit, elle lui avait ordonné de ne pas bouger jusqu'au retour de sa maîtresse.

Avant de partir, elle le toisa de toute sa hauteur – pas vraiment impressionnante – et lui plaqua une main sur l'entrejambe.

— Prends bien soin de tes jolies petites boules, ricana-t-elle, car tu ne les garderas pas longtemps. Maître Rahl te placera bientôt sous ma responsabilité. À ce moment-là, je modifierai quelque peu ton anatomie. À mon avis, tu n'aimeras pas beaucoup ça !

Richard ne put contenir sa colère et, aussitôt foudroyé par la magie, tomba à genoux. Très contente d'elle, Constance sortit en riant aux éclats. Richard parvint à contrôler sa colère, mais la souffrance cessa seulement quand il se releva.

Un peu réconforté par les rayons de soleil qui filtraient de la fenêtre, il espéra que Denna reviendrait bientôt.

Le crépuscule tomba. Bien après l'heure du dîner, la Mord-Sith ne s'était toujours pas montrée. Richard s'inquiéta, pressentant que quelque chose ne collait pas. Quand la cloche des dévotions sonna, il ne put pas y aller, puisque la magie l'enchaînait au lit, lui interdisant même de s'agenouiller. Devait-il réciter la prière ? Comme personne ne serait là pour l'écouter, il décida de s'en abstenir.

La nuit tombée, il se réjouit que les lampes soient allumées. Sinon, il aurait dû rester debout dans le noir. Une double sonnerie de cloche annonça la fin des dévotions. Et toujours pas de Denna. Lorsque l'heure de son dressage fut largement passée, Richard eut les tripes nouées par l'angoisse.

Enfin, la porte s'ouvrit et sa maîtresse entra, la tête baissée et le dos raide. Sa natte défaite, elle avait les cheveux en bataille. Pour refermer la porte, elle dut fournir un effort visible. Le teint grisâtre, elle avait les yeux embués de larmes.

— Richard, dit-elle sans le regarder, tu veux bien me préparer la baignoire ? S'il te plaît... Je me sens très sale...

— Bien sûr, maîtresse Denna.

Il alla chercher la baignoire et courut aussi vite que possible pour charrier l'eau. Sous l'œil éteint de Denna, il s'acquitta de sa tâche en un temps record, puis s'immobilisa devant la Mord-Sith, pantelant.

Denna entreprit maladroitement de déboutonner son uniforme.

— Tu veux bien m'aider ? J'ai peur de ne pas y arriver seule.

Richard obéit et constata qu'elle tremblait de tous ses membres. Le cœur serré, il dut lui arracher une partie du dos, car la peau venait avec le cuir. Affolé, il découvrit que le corps de sa maîtresse, de la nuque aux chevilles, était couvert de zébrures. Saisi de terreur, il partagea sa souffrance, la sentant se diffuser dans sa propre chair. Le pouvoir rugit soudain en lui, mais il l'ignora.

— Maîtresse Denna, qui vous a fait ça ?

— Maître Rahl. Rien que je n'aie mérité...

Il l'aida à entrer dans la baignoire et frémit quand elle poussa un petit cri au contact de l'eau.

— Maîtresse Denna, pourquoi cette punition ?

La Mord-Sith grimaça quand il commença à lui laver le dos.

— Constance a dit au maître que j'étais trop indulgente avec toi. La punition est juste. Je ne t'ai pas dressé comme il le fallait. Une Mord-Sith ne peut pas faillir...

— Vous vous trompez, maîtresse Denna. C'est moi qu'on aurait dû châtier, pas vous.

Tandis qu'elle s'accrochait au bord de la baignoire, les bras tremblants, Richard la lava et essuya doucement la sueur qui ruisselait sur la peau livide de son visage. Elle refusa de croiser son regard, et des larmes coulèrent sur ses joues.

— Maître Rahl veut te voir demain... (Richard cessa un instant de lui frotter les jambes.) Je suis désolée... Mais tu répondras à ses questions !

— Oui, maîtresse Denna. (Prenant de l'eau dans ses mains, il la rinça doucement.) Maintenant, laissez-moi vous sécher. (Il mania la serviette aussi délicatement que possible.) Voulez-vous vous asseoir ?

— Je crains que ce ne soit pas une bonne idée, fit Denna, gênée. Aide-moi à m'étendre sur le lit. (Elle accepta la main qu'il lui tendit.) Pourquoi ne puis-je pas arrêter de trembler ?

— Parce que vous avez mal, maîtresse Denna.

— J'ai enduré bien pire. C'était juste une manière de me rappeler qui je suis. Et pourtant, je tremble toujours...

Elle s'étendit sur le ventre, la tête tournée vers lui. L'inquiétude de Richard, et sa compassion, réveillèrent un peu plus son esprit.

— Maîtresse Denna, mon sac est ici ?

— Dans l'armoire... Pourquoi ?

— Ne bougez pas, maîtresse Denna, et laissez-moi faire quelque chose... si je me rappelle comment.

Il sortit son sac de l'armoire, le posa sur la table et fouilla dedans. Denna le regarda, la joue posée sur le dos de ses mains. Sous un sifflet en os pendu à une lanière de cuir, il trouva le paquet qu'il cherchait et l'ouvrit. Il en sortit une petite coupe en étain, tira son couteau de sa ceinture et le posa aussi sur la table. Retournant devant l'armoire, il trouva sans peine le pot d'onguent que sa maîtresse se passait parfois sur la peau. Exactement ce qu'il lui fallait.

— Maîtresse Denna, je peux l'utiliser ?

— Pourquoi ?

— Je vous en prie !

— Vas-y...

Richard prit toute sa réserve de feuilles d'aum séchées et les mit dans la coupe. Il y ajouta d'autres herbes qu'il reconnut à l'odeur, car il avait oublié leurs noms. Avec le manche de son couteau, il réduisit le tout en poudre. Puis il vida le pot d'onguent dans la coupe et mélangea avec les doigts.

Ensuite, il vint s'asseoir au chevet de Denna.

— Ne bougez pas, surtout...

— Richard, mon titre ! Tu n'apprendras donc jamais ?

— Navré, maîtresse Denna. Vous me punirez plus tard ! (Il sourit.) Pour le moment, laissez-vous faire. Quand j'aurai terminé, vous vous sentirez assez en forme pour me dresser toute la nuit. C'est promis !

Il appliqua délicatement sa mixture sur les plaies, la lissant du bout des doigts. Denna gémit, puis ferma les yeux. Quand il en arriva à ses chevilles, elle somnolait. Pendant que l'onguent séchait, il lui caressa les cheveux...

— Comment allez-vous, maîtresse Denna ? murmura-t-il.

Elle rouvrit les yeux et roula sur le côté.

— La douleur a disparu ! Comment as-tu fait ?

Richard rayonna de satisfaction.

— Un truc que m'a appris un vieil ami... (Il plissa le front.) Je ne me rappelle plus son nom ! Mais je le connais depuis toujours, et il m'a enseigné bien des choses. Maîtresse Denna, je suis si soulagé. Je déteste vous voir souffrir.

La Mord-Sith lui caressa la joue du bout des doigts.

— Tu es un être comme on en rencontre rarement, Richard Cypher. Je n'ai jamais eu un partenaire tel que toi. Les esprits m'emportent, je n'ai jamais croisé une personne qui te ressemble ! J'ai tué l'homme qui m'a fait ce que je t'ai infligé, et toi, tu m'aides...

— Nous sommes seulement ce que nous sommes, maîtresse Denna, rien de plus ni de moins. (Il baissa les yeux sur ses mains.) Je n'aime pas ce que maître Rahl vous a fait...

— Tu ignores tout des Mord-Sith, mon amour... On nous sélectionne soigneusement, très jeunes... Les « élues » sont les plus douces et les plus gentilles fillettes qu'on puisse imaginer. On dit que la pire cruauté naît de l'amour le plus profond... Chaque année, en D'Hara, on choisit six petites filles. Et une Mord-Sith est brisée trois fois !

— Trois fois ? répéta Richard, incrédule.

— La première, celle que je t'ai imposée, casse l'esprit. La deuxième ravage la compassion. Pour cela, l'homme qui nous dresse torture notre mère sous nos yeux, en fait son jouet – et nous devons la regarder mourir de souffrance. La troisième nous vide de la peur de faire mal aux autres et nous apprend à tirer du plaisir de leurs tourments. Pour ça, nous devons briser notre père, sous la supervision du dresseur, en faire notre petit chien, et continuer à le torturer jusqu'à ce qu'il meure.

— On vous a infligé tout ça ? souffla Richard, en larmes.

— Ce que tu as subi n'est rien comparé à la deuxième et à la troisième étape. Plus une fille est gentille, meilleure sera la Mord-Sith, mais la briser pour la deuxième et troisième fois est très difficile. Maître Rahl me tient en haute estime, car la deuxième phase fut particulièrement délicate. Ma mère s'est accrochée à la vie afin que je n'abdique pas tout espoir, mais ça n'a rien arrangé. Pour nous deux ! La troisième étape étant un échec, les dresseurs avaient renoncé, et ils voulaient me tuer. Persuadé que je deviendrais une Mord-Sith hors du commun si on finissait par réussir, Maître Rahl s'est chargé en personne de ma formation. C'est lui qui m'a brisée pour la troisième fois. Le jour où j'ai tué mon père, il m'a ouvert sa couche pour me récompenser. Après, j'étais dévastée…

Pour parler, Richard dut avaler la boule qui s'était formée dans sa gorge.

— Je ne veux plus qu'on vous torture, maîtresse Denna, dit-il en écartant doucement des mèches rebelles du front de la Mord-Sith. Plus jamais !

— Maître Rahl m'a fait un grand honneur… Prendre sur son temps pour châtier – avec mon propre Agiel – une femme aussi insignifiante que moi…

— Maîtresse Denna, j'espère qu'il me tuera, demain. Ainsi, je ne devrai plus apprendre des choses qui me désespèrent…

— Pour te briser, souffla Denna, je t'ai torturé comme personne dans ma vie. Et pourtant, depuis qu'on m'a choisie, tu es le premier qui ait tenté d'apaiser ma douleur. (Elle s'assit et prit la coupe d'étain.) Il en reste un peu ! Je vais t'en appliquer à l'endroit où Constance t'a blessé alors que je le lui avais interdit.

Denna passa de l'onguent sur les épaules du jeune homme, puis sur son ventre et sa poitrine, et remonta jusqu'à son cou.

Quand leurs regards se croisèrent, elle cessa de le soigner. Dans un silence absolu, elle se pencha vers lui et l'embrassa tendrement. Une main sur sa nuque, elle l'attira vers elle pour un nouveau baiser.

— Viens, mon amour, dit-elle en s'étendant sur le dos. (Elle lui emprisonna une main entre les siennes et la posa sur son ventre.) J'ai envie de toi. Très fort !

Richard tendit la main vers l'Agiel, posé sur la table de chevet. Denna lui toucha doucement le poignet.

— Cette nuit, je te veux sans l'Agiel. S'il te plaît, enseigne-moi comment c'est sans la douleur !

Elle lui remit une main sur la nuque et l'attira doucement vers elle.

Chapitre 43

Le lendemain matin, Denna ne le dressa pas, mais l'emmena en promenade. Maître Rahl voulait le voir après les deuxièmes dévotions. Quand l'heure fut venue, alors qu'ils se préparaient à partir, Constance les intercepta.

— Sœur Denna, tu as l'air étonnamment en forme, ce matin ! lança-t-elle.

Denna la regarda sans trahir l'ombre d'une émotion. Furieux que la Mord-Sith en cuir marron l'ait dénoncée, le jeune homme dut se concentrer intensément sur la natte de sa maîtresse.

— Eh bien, ajouta Constance en se tournant vers lui, il paraît que maître Rahl t'accorde une audience aujourd'hui. Si tu en sors vivant, nous nous verrons beaucoup plus souvent. Quand il en aura fini avec toi, je veux récupérer une partie de ton anatomie…

Richard répliqua sans réfléchir.

— Quand on vous a choisie, maîtresse Constance, ce devait être une très mauvaise année en matière de candidates. Sinon, quelqu'un d'aussi borné ne serait jamais devenu une Mord-Sith. Il faut être bien stupide pour accorder plus d'importance à ses ambitions qu'à une véritable amie. Surtout quand elle s'est sacrifiée comme l'a fait maîtresse Denna. Vous ne méritez pas d'embrasser son Agiel ! (Constance en resta bouche bée. Confiant et serein, Richard ajouta :) Priez les esprits que maître Rahl me tue ! S'il m'épargne, à notre prochaine rencontre, j'aurai votre peau pour ce que vous avez fait à maîtresse Denna.

Constance se ressaisit et leva son Agiel sur l'insolent. Denna dévia le coup, plaqua son propre Agiel sur la gorge de sa collègue et la força à reculer. Les yeux exorbités de surprise, Constance cracha un peu de sang, tomba à genoux et se prit la gorge à deux mains.

Denna la toisa un moment, sans un mot, puis se détourna. Richard la suivit, toujours lié à elle par la chaîne. Il accéléra le pas pour marcher près d'elle.

— Pour t'amuser, dit Denna sans tourner la tête, essaie de deviner combien d'heures te coûtera ton morceau de bravoure !

— Maîtresse Denna, si une Mord-Sith est capable de faire hurler un cadavre, je parierais que c'est vous !

— Et si maître Rahl ne te tue pas, combien d'heures ?

— Maîtresse Denna, il n'y a pas assez d'heures dans une vie pour me gâcher le plaisir d'avoir mouché cette garce !

Denna eut un demi-sourire mais ne se retourna pas.

— Je suis contente que le jeu, à tes yeux, en ait valu la chandelle… (Elle lui coula enfin un regard de biais.) Je ne te comprends toujours pas. Comme tu l'as dit, nous sommes ce que nous sommes. Je regrette de ne pas pouvoir être plus, et j'ai peur qu'il te soit impossible d'être moins. Si nous étions dans le même camp, dans cette guerre, je te garderais près de moi pour la vie, en m'assurant que tu meures de vieillesse.

— Si c'était le cas, maîtresse Denna, dit Richard, touché par ces propos, je m'efforcerais de vivre le plus longtemps possible.

Ils descendirent des couloirs, passèrent devant les cours de dévotions, longèrent les grandes statues et croisèrent une foule de gens. Denna le fit monter à l'étage puis traverser des salles somptueusement décorées. Elle s'arrêta devant une porte à double battant sculptée de paysages forestiers plaqués à l'or fin.

— Es-tu prêt à mourir aujourd'hui, mon amour ? demanda la Mord-Sith en se tournant vers Richard.

— La journée n'est pas encore finie, maîtresse Denna…

Elle lui passa un bras autour du cou et l'embrassa tendrement. Puis elle s'écarta un peu et lui caressa la nuque.

— Richard, je suis navrée de t'avoir infligé tout ça, mais j'ai été dressée pour agir ainsi, et je n'y peux rien. Si j'avais eu le choix, je ne t'aurais pas torturé. Hélas, une Mord-Sith reste une Mord-Sith. Si tu péris aujourd'hui, rends-moi fière de toi en mourant bravement.

Je suis le compagnon d'une folle, pensa tristement Richard. *Et elle n'est pour rien dans sa démence…*

Denna poussa la porte et entra dans un grand jardin intérieur. S'il n'avait pas eu l'esprit ailleurs, Richard aurait été impressionné. Ils longèrent un sentier qui cheminait entre les fleurs et les buissons, passèrent devant des murets couverts de lierre et des petits arbres, puis débouchèrent sur une étendue de pelouse. Le plafond en verre laissait entrer la lumière et permettait aux végétaux de s'épanouir.

Deux hommes parfaitement identiques les attendaient au bout du chemin. Des colosses ! Sur leurs bras nus, juste au-dessus du coude, Richard vit des cercles de métal hérissés de pointes. Des gardes, sans doute… Un troisième homme se tenait près d'eux : une poitrine d'athlète, des cheveux blonds coupés en brosse traversés par une unique bande noire…

Campé au centre de la pelouse, près d'un cercle de sable blanc, baigné par les rayons du soleil couchant, un autre homme leur tournait le dos. La lumière faisait briller sa robe et ses longs cheveux blonds, se reflétant sur sa ceinture en or et le manche du couteau incurvé qui y était accroché.

Denna s'agenouilla, le front pressé contre le sol. Selon les ordres qu'elle lui avait donnés, Richard l'imita, écartant son épée pour qu'elle ne le gêne pas.

— *Maître Rahl nous guide!* déclamèrent-ils ensemble. *Maître Rahl nous dispense son enseignement! Maître Rahl nous protège! À sa lumière, nous nous épanouissons. Dans sa bienveillance, nous nous réfugions. Devant sa sagesse, nous nous inclinons. Nous existons pour le servir et nos vies lui appartiennent.*

Ensuite, ils attendirent, toujours prostrés.

Richard se souvint qu'il n'aurait jamais dû s'approcher de Rahl. C'était très important, même s'il ne se rappelait plus qui lui avait dit ça. Pour ne pas exploser de colère contre l'homme qui avait puni Denna, il se concentra très fort sur la natte.

— Relevez-vous, mes enfants…

Richard se redressa, épaule contre épaule avec Denna. Constater que le maître, dont les yeux bleus étaient rivés sur lui, avait des traits agréables qui respiraient la bonté et l'intelligence ne le rassura pas et ne fit pas taire la petite voix qui hurlait dans son subconscient.

— Tu as l'air étonnamment en forme, ce matin, ma petite chienne, dit Rahl en regardant enfin Denna.

— Maîtresse Denna sait aussi bien supporter la douleur que la dispenser, maître Rahl, osa dire Richard.

Les yeux bleus se posèrent de nouveau sur lui. La sérénité presque nonchalante de Rahl le fit frissonner.

— Ma petite chienne m'a dit que tu es une source incessante de problèmes. Je suis content de voir qu'elle ne m'a pas menti. Mais que tu sois ainsi m'agace beaucoup. (Il joignit les mains, l'air très détendu.) Qu'importe! Heureux de te rencontrer enfin, Richard Cypher.

Denna plaqua l'Agiel dans le dos du jeune homme pour lui rappeler ce qu'il devait dire.

— Être ici est un honneur pour moi, maître Rahl. Je vis pour vous servir. En votre présence, je me sens si petit…

— Ça, fit Rahl avec un sourire, je n'en doute pas! (Il dévisagea Richard un long moment.) J'ai des questions à te poser, et tu y répondras.

— Oui, maître Rahl, fit Richard, déjà tremblant.

— À genoux, souffla le maître.

Le contact de l'Agiel sur son épaule força le jeune homme à obéir. Denna se campa derrière lui, une botte contre chacune de ses jambes, lui enserra les épaules entre ses cuisses, lui saisit les cheveux et le força à relever la tête pour croiser le regard de Rahl.

— As-tu jamais vu le *Grimoire des Ombres Recensées?* demanda le maître d'une voix égale.

Au fond de son esprit, une voix cria à Richard de ne pas répondre. Denna lui tira plus fort les cheveux et posa l'Agiel à la base de son crâne.

La tête du jeune homme parut exploser. Seule la main de la Mord-Sith l'empêcha de la baisser. On eût dit que sa maîtresse avait condensé en une seconde toute la douleur d'une séance de dressage. Incapable de bouger, de respirer ou de crier, Richard fut propulsé bien au-delà de la souffrance. La tempête qui le dévastait emporta tout ce qui était en lui, laissant derrière elle un vortex destructeur de glace et de feu.

Quand elle écarta l'Agiel, Richard n'aurait plus su dire qui il était, où il se trouvait, ni qui le tenait dans un étau. Tout ce qu'il savait encore, c'était qu'il n'avait jamais autant souffert, et qu'un homme en robe blanche se dressait devant lui.

— As-tu jamais vu le *Grimoire des Ombres Recensées* ? répéta le maître.

— Oui, s'entendit répondre Richard.

— Et où est-il ?

Le jeune homme hésita. Il ignorait que dire, doutant du sens de la question. De nouveau, la douleur explosa dans sa tête. Quand ce fut fini, il sentit des larmes couler le long de ses joues.

— Où est-il ?

— Par pitié, ne me faites plus mal ! gémit Richard. Je ne comprends pas ce que vous me demandez !

— En quoi est-ce compliqué ? Dis-moi simplement où est le grimoire.

— Le livre lui-même, ou les connaissances qu'il contient ?

— Le livre…

— Les flammes l'ont consumé il y a des années…

Richard crut que les yeux bleus de Rahl allaient le foudroyer sur place.

— Et où sont les connaissances ?

Le jeune homme hésita trop longtemps. Après un nouveau torrent de douleur, Denna lui tira plus fort la tête en arrière pour que le regard de Rahl plonge dans le sien.

— Où sont les connaissances ?

— Dans mon cerveau ! Avant de détruire le grimoire, je l'ai appris par cœur.

Rahl ne manifesta aucune surprise.

— Récite les premières lignes…

Richard comprit qu'il allait céder. Tout plutôt que de sentir encore l'Agiel à la base de son crâne !

— *La véracité des phrases du* Grimoire des Ombres Recensées, *quand elles sont prononcées par une autre personne que le détenteur des boîtes d'Orden – et non lues par celui-ci – exige le recours à une Inquisitrice…*

Inquisitrice !

Kahlan !

Ce nom explosa comme un roulement de tonnerre dans l'esprit de Richard. Le pouvoir se réveilla, balayant le brouillard qui voilait l'éclat de ses souvenirs. La porte de la pièce secrète, dans son cerveau, s'ouvrit à la volée. Tout lui revint, ramené à sa conscience par le pouvoir qui grandissait en lui. À l'idée que Rahl capture Kahlan et la torture, il ne fit plus qu'un avec cette force mystérieuse.

Darken Rahl se tourna vers ses trois compagnons. Le colosse à la mèche noire avança vers lui.

— Tu vois, mon ami ? Le destin est mon allié. Elle chemine déjà vers nous en compagnie du Vieux... Trouve-la et assure-toi qu'on me l'amène. Prends deux *quatuors*, mais pas de bêtises, parce que je la veux vivante ! Compris ? (Le géant acquiesça.) Tes hommes et toi serez protégés par un de mes sorts. Le Vieux est à ses côtés, mais il sera impuissant contre la magie du royaume des morts. S'il est toujours vivant à ce moment-là... (Rahl durcit le ton.) Demmin, je me fiche que tes hommes s'amusent avec elle, mais elle doit arriver ici vivante, et en état d'utiliser son pouvoir.

— Oui, maître Rahl, dit l'homme, soudain livide. Il en sera fait selon vos ordres.

Il s'inclina, jeta un horrible regard de connivence à Richard, et s'en fut.

— Continue..., dit Rahl à son prisonnier.

Le moment de mourir était venu.

— Non ! Et vous ne réussirez pas à m'y forcer. J'accueille avec soulagement la douleur et la mort.

Avant que l'Agiel s'abatte sur la tête du prisonnier, les yeux de Rahl se rivèrent sur Denna, qui lâcha aussitôt les cheveux de Richard.

Un des gardes approcha, la saisit à la gorge et serra jusqu'à ce qu'elle puisse à peine respirer.

— Petite chienne, tu m'as dit qu'il était brisé...

— C'est la vérité, parvint à souffler la Mord-Sith. Je le jure !

— Tu me déçois beaucoup, Denna...

Quand l'homme la souleva de terre, Richard entendit sa maîtresse gémir de douleur. Le pouvoir redevint un torrent de lave qui coulait dans ses veines. Denna souffrait ! En un éclair, il se releva, ses forces décuplées par la magie.

Il passa un bras autour du cou de l'homme, prenant appui sur son épaule. Saisissant la tête de sa victime de sa main libre, il lui imprima une violente torsion. La nuque brisée, le soldat s'écroula sans un cri.

Richard se retourna. L'autre garde était déjà sur lui, un bras tendu pour le prendre à la gorge. Le jeune homme lui saisit le poignet au vol et se servit de son élan pour l'embrocher sur le couteau qu'il venait de dégainer. Remontant sa main, il déchira les chairs jusqu'à atteindre le cœur de son adversaire, qui s'effondra aussi, ses entrailles répandues sur le sol.

Le souffle coupé par le pouvoir, Richard constata que tout était blanc dans son champ de vision. La chaleur insoutenable de sa magie !

Denna avait porté les mains à sa gorge, comme si elle tentait d'en arracher la souffrance.

Impassible, le regard rivé sur Richard, Darken Rahl s'humecta le bout des doigts.

Denna activa la douleur magique, forçant Richard à tomber à genoux, les mains sur le ventre.

— Maître Rahl, croassa la Mord-Sith, confiez-le-moi pour la nuit. Au matin, je vous le jure, il fera tout ce que vous voudrez, s'il est encore vivant… Donnez-moi une chance de me racheter !

— Non, répondit Rahl, pensif, avec un geste nonchalant de la main. Toutes mes excuses, petite chienne. Tu n'es pas responsable. J'ignorais à quoi nous avions affaire. Libère-le de la douleur.

Richard se releva. Dans sa tête, le brouillard s'était dissipé, lui laissant le sentiment de s'éveiller d'un rêve pour tomber dans un cauchemar. Sa fierté et son respect étaient sortis de la pièce secrète, et il ne les y enfermerait plus. Il mourrait entier, avec sa dignité et toute sa conscience. Et même s'il contenait sa colère, des flammes dansaient dans ses yeux.

— C'est le Vieux qui t'a appris ça ?

— Appris quoi ?

— À compartimenter ton esprit. C'est comme ça que tu as réussi à ne pas être brisé.

— De quoi parlez-vous ?

— Tu as créé un compartiment, pour protéger le noyau de ton être et sacrifier le reste à Denna. Une Mord-Sith est désarmée face à un esprit compartimenté. Elle peut punir, mais pas briser ! (Rahl regarda Denna.) Encore une fois, excuse-moi, petite chienne. J'ai cru que tu m'avais trahi, mais je me trompais. Seule la meilleure Mord-Sith pouvait le pousser aussi loin. Tu as bien travaillé… Et ces nouveaux éléments changent tout…

Il sourit, s'humidifia les doigts et les passa sur ses sourcils.

— À présent, Richard et moi allons avoir une conversation privée. Tant qu'il sera ici en ma compagnie, fais en sorte que la magie ne le torture pas quand il parle librement. Cela pourrait interférer avec ce que je devrai peut-être faire. Dans ce jardin, qu'il échappe donc à ton contrôle ! Retourne dans tes quartiers. Quand j'en aurai fini, s'il respire encore, je te l'enverrai, comme promis.

— Je vis pour vous servir, maître Rahl, dit Denna en s'inclinant. (Elle se tourna vers Richard, empourprée, glissa un index sous son menton, le relevant un peu.) Ne me déçois pas, mon amour.

— Jamais, maîtresse Denna, répondit le Sourcier.

En la regardant s'éloigner, il libéra sa colère, juste pour le plaisir de la sentir. Il était furieux contre Denna et contre ce qu'on lui avait infligé.

Ne pense pas au problème, se dit-il, *mais à la solution.*

Richard fit face à Darken Rahl, toujours aussi impassible. Il décida de lui offrir un visage tout aussi indéchiffrable.

— Tu es conscient que je veux savoir tout ce que dit le grimoire.

— Tuez-moi !

— Un jeune homme pressé de mourir ?

— Oui. Abattez-moi. Comme vous avez massacré mon père.

Sans cesser de sourire, Rahl plissa le front.

— Ton père ? Richard, je n'ai pas tué ton père…

— George Cypher ! Vous l'avez éventré ! Inutile de nier ! Et vous vous êtes servi du couteau pendu à votre ceinture !

Rahl écarta les mains, moqueuse incarnation de l'innocence.

— Je ne nie pas avoir tué George Cypher. Mais pas ton père…

— De quoi parlez-vous ? s'exclama Richard, décontenancé.

Le maître tourna lentement autour de son prisonnier, amusé de le voir se tordre le cou pour le suivre du regard.

— Extraordinaire ! Et je n'exagère pas. La meilleure que j'ai jamais vue. L'œuvre du grand parmi les grands…

— Pardon ?

Darken Rahl se lécha les doigts et s'immobilisa face à Richard.

— Je parle de la Toile de Sorcier qui t'entoure. Un chef-d'œuvre. Elle t'enveloppe comme un cocon et elle est là depuis très longtemps. Tellement compliquée… Je doute de pouvoir la défaire.

— Si vous voulez me persuader que George Cypher n'était pas mon père, c'est raté ! En revanche, si vous désirez que je vous croie fou, inutile de vous fatiguer. C'est déjà fait !

— Mon pauvre garçon, ricana Rahl, je me fiche de savoir qui tu tiens pour ton père ! Quoi qu'il en soit, une Toile de Sorcier te dissimule la vérité.

— Vraiment ? Très bien, jouons le jeu. Si ce n'est pas George Cypher, qui m'a donné la vie ?

— Je n'en sais rien… La Toile m'empêche de le découvrir. Mais d'après ce que j'ai vu, j'ai des soupçons… À présent, que dit le *Grimoire des Ombres Recensées* ?

— C'est ça, votre question ? Quelle déception…

— Pourquoi ?

— Après ce qu'il a fait à votre ordure de père, je pensais que vous voudriez connaître le nom du grand sorcier.

Darken Rahl dévisagea Richard en s'humectant les doigts.

— Comment s'appelle le vieux sorcier ?

Richard sourit et, à son tour, écarta les mains.

— Ouvrez-moi le ventre, c'est écrit dans mes entrailles. Il faudra y chercher la réponse…

Se sachant sans défense, Richard provoquait Rahl dans l'espoir qu'il le tue. Lui mort, le grimoire disparaîtrait. Sans la troisième boîte et sans le livre, Rahl serait fichu. Alors, Kahlan ne risquerait plus rien. C'était tout ce qui comptait.

— Dans une semaine, au premier jour de l'hiver, je connaîtrai le nom du sorcier et j'aurai le pouvoir de m'emparer de lui, où qu'il soit, et de me faire livrer sa vieille carcasse.

— Dans une semaine, vous serez mort. Vous n'avez que deux boîtes.

Rahl s'humidifia de nouveau les doigts et les passa sur ses lèvres.

— Au moment où nous parlons, la troisième approche de mon palais.

Richard ne broncha pas, préférant ne pas y croire.

— Une fanfaronnade courageuse ! Mais un mensonge quand même. Dans une semaine, il en sera fini de vous.

— Mon enfant, je ne t'ai pas menti. Tu as été trahi. Et celui qui t'a vendu à moi m'a également livré la boîte. Elle sera ici dans un jour ou deux.

— Je ne vous crois pas !

Darken Rahl recommença son manège avec le bout de ses doigts, puis fit lentement le tour du cercle de sable.

— Vraiment ? Alors, laisse-moi te montrer quelque chose…

Richard suivit le maître jusqu'à une zone de pierre blanche où une plaque de granit, supportée par deux colonnes cannelées, servait de présentoir à deux boîtes d'Orden. La première ressemblait à un coffret à bijoux, comme celle que connaissait Richard. La deuxième, telle la pierre de nuit, était noire, sa surface évoquant un abîme de vide sous la lumière du jardin. La vraie boîte, sans le camouflage qui la protégeait.

— Deux boîtes d'Orden, annonça Rahl en désignant les artefacts. Pourquoi voudrais-je le grimoire ? Sans la troisième, il ne me servirait à rien. C'est toi qui la détenais. Celui qui t'a trahi m'en a informé. Si elle ne devait pas m'être bientôt livrée, qu'aurais-je à faire du grimoire ? Ne serait-il pas plus intelligent de t'ouvrir le ventre pour savoir où est celle qui me manque ?

— Qui m'a trahi ? rugit Richard, fou de colère. Qui vous a procuré la boîte ? Je veux son nom !

— Que feras-tu si je ne réponds pas ? Tu m'éventreras pour le découvrir dans mes entrailles ? Je ne trahirai pas la personne qui m'a aidé. Que ça t'étonne ou pas, tu n'es pas le seul à avoir le sens de l'honneur.

Richard ne savait plus que croire. Mais Rahl ne mentait pas sur un point. Sans les trois boîtes, le grimoire ne servait à rien. Donc, Richard avait bien été trahi. Aussi impensable que ça paraisse, c'était vrai.

— Tuez-moi vite, fit-il d'une voix peu assurée. (Il tourna le dos à Rahl.) Je ne dirai rien. Autant m'ouvrir le ventre et en finir.

— D'abord, il faut me convaincre que tu ne mens pas. Qui me prouve que tu as appris tout le grimoire ? Tu pourrais avoir simplement lu la première page et brûlé le reste. À moins que tout ça soit un tissu de mensonges.

Richard croisa les bras et jeta un coup d'œil derrière son épaule.

— Pourquoi voudrais-je vous convaincre que je dis vrai ?

— Je pensais que tu te souciais de cette Inquisitrice. Kahlan… Que son sort t'intéressait, en somme… Si tu ne me persuades pas que tout ça est exact, c'est elle que je devrai éventrer, pour voir s'il y a quelque chose sur ce sujet dans ses entrailles…

— Ce serait une erreur grossière ! Pour confirmer la véracité du grimoire, vous aurez besoin d'elle. Elle morte, vous n'aurez plus une chance !

— C'est ton avis… Comment savoir si tu connais vraiment la totalité du grimoire ? En éventrant cette femme, elle me confirmera peut-être – très indirectement, je te l'accorde – que c'est la vérité.

Richard ne répondit pas, des milliers d'idées tourbillonnant dans sa tête. *Pense à la solution*, se répéta-t-il, *pas au problème.*

— Sans le grimoire, comment avez-vous retiré la protection d'une des boîtes ? demanda-t-il.

— Le grimoire n'est pas la seule source d'informations sur la magie d'Orden. En d'autres lieux, j'ai trouvé de l'aide. (Il baissa les yeux sur la boîte noire.) Pour la libérer de sa gangue, il a fallu un jour entier, et tout mon talent. Le camouflage est fixé par magie, vois-tu… Mais j'ai réussi, et il en ira de même avec les autres boîtes.

Richard fut accablé que Rahl soit parvenu à dégager une boîte de son camouflage. Pour ouvrir ces artefacts, c'était obligatoire. Sans le grimoire, Rahl aurait dû être coincé par cet obstacle. Mais il n'en était rien. Un espoir de plus envolé en fumée.

Richard riva les yeux sur la boîte « déguisée » en coffret.

— Page douze du *Grimoire des Ombres Recensées*. Sous le titre *Retirer l'Enveloppe Magique*. Voilà ce que ça dit : « *La protection des boîtes peut être enlevée par quiconque est en possession du savoir, pas seulement par celui qui les a mises dans le jeu.* » (Richard saisit la boîte encore camouflée.) Page dix-sept, troisième paragraphe en partant du bas : « *Si c'est impossible pendant les heures où règne l'obscurité, la protection magique de la deuxième boîte, quand brille l'astre du jour, peut être enlevée en procédant comme suit. Face au nord, il faut tenir l'artefact de façon à ce que les rayons du soleil s'y reflètent. Si le ciel est nuageux, placer la boîte à l'endroit où le soleil la toucherait, mais en se tenant face à l'ouest.* (Richard orienta la boîte de la manière indiquée.) *Tournez la boîte jusqu'à ce que le petit côté portant une pierre bleue soit face au soleil, la pierre jaune restant sur le dessus.* (Il exécuta ces instructions.) *L'annulaire de la main droite posé sur la pierre jaune, placer le pouce de cette même main sur la pierre claire du socle, dans le coin gauche.* (Il suivit encore ces consignes.) *Ensuite, mettre l'index gauche sur la pierre bleue de la face orientée vers le soleil et le pouce sur le rubis de la petite face la plus proche.* (Encore une fois, Richard se plia à cette gymnastique.) *Enfin, vider son esprit et se concentrer sur l'image d'un fond blanc avec un carré noir au centre. En écartant les mains, le camouflage viendra avec.* » Sous le regard fasciné de Rahl, Richard ne pensa plus à rien, imagina une étendue blanche et son carré noir et tira doucement. Le camouflage émit un cliquetis et se détacha. Le jeune homme tint la boîte au-dessus de la plaque de granit et retira le leurre à la manière dont on casse un œuf pour le jeter dans une poêle. Deux boîtes noires identiques reposaient à présent sur le présentoir.

— Remarquable, souffla Rahl. Et tu connais aussi bien tous les passages du grimoire ?

— Mot pour mot ! Mais ce que je vous ai révélé ne servira à rien pour la troisième boîte. Chacune doit être traitée différemment.

— C'est sans importance, fit Rahl, avec un geste insouciant de la main, je trouverai tout seul ! (Il se prit le menton, pensif.) Bien, tu es libre de t'en aller.

— Comment ça, libre de m'en aller ? Vous n'allez pas essayer de m'arracher mon secret ? Ou au moins, m'exécuter ?

— Ta mort ne m'apporterait rien. Et si je te faisais parler, la méthode employée endommagerait ton cerveau et les informations seraient trop fragmentaires. Avec un autre ouvrage, je pourrais reconstituer le puzzle. Mais pas avec ce grimoire, car le texte est trop précis. Des données altérées ne me seraient d'aucune utilité. Comme tu ne me sers pas non plus, pour le moment, tu peux partir…

Inquiet, Richard flaira un piège.

— Comme ça ? Sans condition ? Vous savez bien que je continuerai à lutter contre vous…

Rahl s'humidifia de nouveau les doigts.

— Je me fiche de ce que tu fais ou ne fais pas. Mais il faudra être de retour dans une semaine, si tu te soucies de ce qui risque d'arriver au monde.

— Que voulez-vous dire ?

— Dans une semaine, le premier jour de l'hiver, j'ouvrirai une des boîtes. Par une autre source que le grimoire, celle qui m'a permis de retirer le premier camouflage, je sais laquelle des trois me tuerait. À part ça, je devrai deviner… Si je choisis la bonne, je régnerai sans partage. Si je me trompe, le monde sera détruit.

— Et vous prendriez ce risque ?

Rahl plissa le front et se pencha vers Richard.

— Mon monde, ou plus de monde du tout. C'est ainsi qu'il doit en être…

— Je ne vous crois pas. Vous ignorez quel artefact vous tuerait.

— Même si je mentais, j'aurais toujours deux chances sur trois que cela se passe comme je l'entends. Toi, tu n'en aurais qu'une. Pas très bon, ça… Mais je ne mens pas. Le monde sera détruit ou m'appartiendra. À toi de décider ce que tu préfères. Si tu ne m'aides pas, et que je me trompe, je disparaîtrai avec tout le reste, y compris les gens que tu aimes. Mais si je réussis sans ton concours, je confierai Kahlan à Constance pour un dressage long et complet dont tu seras le témoin, avant que je t'exécute. Ensuite, ton Inquisitrice me donnera un fils. Et il aura son pouvoir !

Richard frissonna au souvenir de ce que lui avait fait endurer Denna.

— Essayez-vous de me proposer un marché ?

— Tu as tout compris ! Si tu reviens m'aider, je te laisserai vivre.

— Et Kahlan ?

— Elle habitera ici et sera traitée comme une reine. Tout le confort que peut vouloir une femme. Oui, le genre de vie dont les Inquisitrices ont l'habitude. Ce que tu ne pourras jamais lui offrir ! Une existence paisible, sûre, et la joie de me donner le fils qu'elle me fera dans tous les cas. Ça, c'est mon choix ! Le tien est simple : veux-tu que Kahlan soit la petite chienne de Constance, ou une souveraine heureuse ? Vois-tu, je parie que tu reviendras ! Et si je me trompe… (Il haussa les épaules.) Mon monde, ou pas de monde…

—Je suis certain que vous ignorez quelle boîte vous tuera !

—Tu es libre de penser ce que tu veux, je me moque de te convaincre. (Il se rembrunit.) Réfléchis bien, mon jeune ami. Tu détestes sans doute l'avenir que je te propose. Pourtant, si tu ne m'aides pas, ce sera bien pire. Dans la vie, les choix ne sont pas toujours ceux qu'on voudrait, mais là, tu dois faire avec, car il n'y a pas d'échappatoire. Parfois on doit penser à ceux qu'on aime plutôt qu'à soi.

—Vous ne savez pas quelle boîte vous tuera…, murmura Richard.

—Crois ce que tu veux. Mais parieras-tu l'avenir de Kahlan sur une supposition ? Et même si tu as raison, souviens-toi que ça te laisse une chance sur trois, pas plus.

—Puis-je partir ? demanda Richard, accablé.

—Eh bien, je crains que nous n'ayons pas tout à fait fini…

Richard fut soudain paralysé de la tête aux pieds, comme si des mains invisibles le maintenaient. Darken Rahl s'approcha, glissa une main dans la poche du jeune homme et en sortit la bourse de cuir de la pierre de nuit. Richard voulut se libérer, mais il ne parvint pas à bouger. Rahl fit tomber la pierre dans sa paume et la regarda en souriant.

Des ombres se matérialisèrent autour de Rahl. Toujours pétrifié, Richard ne put pas reculer.

—Il est temps de rentrer chez vous, mes amies, dit le maître.

Les ombres tournèrent autour de Rahl, de plus en plus vite, jusqu'à devenir une informe masse grise. Un hurlement retentit quand elles furent aspirées par la pierre de nuit dans un tourbillon de fumée sombre.

Le silence revint. Dans la paume de Rahl, la pierre n'était plus qu'un petit tas de cendres. Il souffla dessus, le dispersant dans les airs.

—Le Vieux sait qu'il peut te trouver en utilisant la pierre. La prochaine fois qu'il essaiera, une sacrée surprise l'attendra. Un petit voyage dans le royaume des morts, si tu veux tout savoir.

Richard bouillait de colère. Ce que Rahl voulait faire à Zedd l'enrageait, et ne pas pouvoir bouger n'arrangeait rien. Impuissant, il devait se contenter d'assister à tout ça…

Soudain, il se contraignit au calme, cessa d'essayer de se libérer, et chercha à atteindre une parfaite sérénité. Son esprit se vida et son corps se relaxa. La force invisible s'évanouit presque aussitôt.

Il fit un pas en avant.

—Bravo, mon garçon ! s'exclama Darken Rahl. Tu sais briser une Toile de Sorcier. Une petite, en tout cas… Ça reste quand même un exploit ! Le Vieux choisit bien ses Sourciers. (Il hocha la tête, pensif.) Mais tu es beaucoup plus qu'un Sourcier, car tu as le don. J'attends avec impatience le jour où nous serons dans le même camp. T'avoir à mes côtés, quel plaisir ! Les gens qui m'entourent sont si… limités. Quand le monde sera unifié, je t'apprendrai d'autres choses, si tu veux.

—Nous ne serons jamais dans le même camp !

— C'est ton choix, Richard. Je n'ai aucune mauvaise intention à ton égard, et j'espère que nous deviendrons amis. Ah, encore une chose ! Tu peux rester au Palais du Peuple ou t'en aller. Mes gardes te faciliteront les choses dans les deux cas. Mais sache qu'une Toile de Sorcier t'enveloppera. Au contraire de celle qui te paralysait, elle n'aura pas d'effet sur toi, mais sur ceux qui te verront. En conséquence, tu ne pourras pas la briser. On l'appelle une Toile d'Ennemi. À cause d'elle, tous tes alliés te verront comme un adversaire. Ça ne changera rien pour mes fidèles, qui te considèrent déjà ainsi, puisque tu t'opposes à moi, au moins pour le moment. Mais tes amis, mon garçon, croiront être face à la personne qu'ils redoutent le plus. Je veux que tu saches comment les gens me regardent. Vois le monde avec mes yeux et mesure à quel point on me juge injustement !

Richard n'eut pas besoin de lutter pour maîtriser sa colère, car une étrange sorte de paix l'avait envahi.

— Puis-je partir, à présent ?

— Bien entendu, mon garçon.

— Et maîtresse Denna ?

— Dès que tu sortiras d'ici, tu seras de nouveau à sa merci. Elle contrôle toujours la magie de l'épée. Quand une Mord-Sith a volé le pouvoir de quelqu'un, elle le garde. Il m'est impossible de le lui reprendre. Tu devras te débrouiller seul.

— Alors, comment être vraiment libre de partir ?

— N'est-ce pas évident ? Pour ça, tu dois la tuer…

— La tuer ? Si j'en étais capable, vous croyez que j'aurais attendu si longtemps ? Avec tout ce qu'elle m'a fait subir ?

— Tu aurais toujours pu la tuer, Richard…

— Comment ?

— Rien de ce qui existe n'a qu'une seule face. Même la plus fine feuille de papier en possède deux. La magie aussi n'a pas qu'une dimension. Comme beaucoup de gens, tu n'as regardé qu'une face. Intéresse-toi à l'autre. Regarde le tout ! (Il désigna les cadavres des gardes.) Denna commande ta magie, pourtant tu as abattu ces hommes.

— Contre elle, ça ne marcherait pas.

— Si. Mais il faudra maîtriser *absolument* le pouvoir. Les demi-mesures sont dangereuses. Denna te contrôle grâce à la dimension de ta magie que tu lui as livrée. Utilise l'autre face. Tous les Sourciers en sont capables, mais aucun n'a jamais réussi. Peut-être seras-tu le premier.

— Et si j'échoue ?

Au goût de Richard, Rahl tenait des raisonnements trop semblables à ceux de Zedd. Son vieil ami avait toujours procédé ainsi : le pousser à réfléchir et à trouver seul la solution.

— Dans ce cas, mon garçon, tu resteras ici, et la semaine à venir ne sera pas agréable. Denna était furieuse contre toi. Dans sept jours, elle te conduira devant moi, et tu me communiqueras ta décision. M'aider ou laisser tous tes amis souffrir et mourir…

— Dites-moi comment utiliser la magie de l'épée. Comment la maîtriser...

— Ben voyons! Ensuite, tu me réciteras le *Grimoire des Ombres Recensées*! (Rahl sourit.) Voilà qui m'étonnerait... Bonne nuit, Richard. Et n'oublie pas: une semaine!

Le soleil se couchait quand Richard sortit du jardin. Tout ce qu'il avait appris lui faisait tourner la tête. Que Darken Rahl sache quelle boîte le tuerait était inquiétant. Mais au fond, il avait pu faire usage sur lui de la Première Leçon du Sorcier. L'affaire du traître était pire. Effroyable, même. D'autant qu'il savait qui soupçonner. Shota l'avait prévenu que Zedd et Kahlan retourneraient leurs pouvoirs contre lui. Donc, c'était un des deux. Il n'arrivait pas à rendre ça cohérent, de quelque façon qu'il s'y prenne. Aucun n'avait pu le trahir, pourtant, il n'y avait pas d'autre solution. Il les aimait plus que sa propre vie. Mais Zedd lui avait dit de ne pas hésiter à les abattre s'ils menaçaient leur succès. Ou simplement s'il les en suspectait. Il chassa cette idée atroce de son esprit...

D'abord, il devait trouver un moyen d'échapper à Denna. Sinon, tout le reste n'aurait aucune importance. Sans avoir résolu celui-là, penser à ses autres problèmes ne le conduirait à rien. Il fallait faire vite, car Denna le punirait dès son retour chez elle, et il ne serait plus en état de réfléchir. Le dressage lui faisait tout oublier et lui brouillait l'esprit. Il avait peu de temps devant lui...

L'Épée de Vérité... Denna commandait la magie de l'arme. Mais il n'avait pas besoin de cette lame. S'il s'en débarrassait, serait-il libéré du pouvoir que la Mord-Sith s'était approprié? Il porta la main à la garde de l'épée. La magie l'empêcha de l'atteindre!

Il se mit en chemin vers les quartiers de sa maîtresse, qui étaient encore loin. Et s'il suffisait de prendre une autre direction et de sortir du palais? Rahl lui avait assuré que ses gardes ne s'y opposeraient pas. Arrivant à une intersection, il tenta de s'engager dans le mauvais couloir. La souffrance le fit tomber à genoux. Non sans peine, il recula et prit le corridor qu'il était censé emprunter. Le souffle court, il dut marquer une pause.

Devant lui, dans la direction qu'il suivait, la cloche annonça les dévotions du soir. Il décida d'y aller, histoire de gagner un peu de temps...

Quand il s'agenouilla, il soupira de soulagement, car la magie ne s'y opposa pas. Il était dans une des cours dotées d'un bassin. Ses préférées, car il y régnait une grande paix. Très près du bord de l'eau, des fidèles autour de lui, il posa le front contre les carreaux et commença à prier pour se vider l'esprit. L'incantation lui servit à dissoudre ses inquiétudes, ses angoisses et ses soucis. Oubliant ses problèmes, il chercha la paix et laissa son esprit vagabonder. Quand la cloche sonna deux fois, il lui sembla que les dévotions venaient juste de commencer. Il se leva, revigoré, le cerveau comme neuf, et reprit son chemin vers les quartiers de Denna.

Les couloirs, les pièces, les escaliers... Tout était magnifique, et il s'en émerveilla autant qu'à l'accoutumée. Pourquoi un être aussi vil que Darken Rahl avait-il pris la peine de s'entourer de telles splendeurs?

Parce que rien n'était unidimensionnel !

Les deux faces de la magie…

Richard réfléchit aux occasions où l'étrange pouvoir s'était éveillé en lui. D'abord, quand il avait eu du chagrin pour Violette. Puis quand le garde de Milena avait voulu frapper Denna. Et lorsqu'il avait souffert à l'idée du calvaire de la Mord-Sith. Enfin, quand il avait imaginé Rahl en train de torturer Kahlan, puis quand les gardes du maître avaient maltraité Denna. Chaque fois, sa vision était devenue en partie blanche.

La magie de l'épée. C'était elle, dans tous les cas. Avant, la magie de l'arme était déclenchée par la colère. Oui, mais cette rage-là était différente ! Il pensa à ce qu'il ressentait quand il dégainait sa lame sous l'effet de la colère. La fureur, la folie, la soif de tuer…

La haine !

Richard s'immobilisa au milieu d'un couloir désert. Un frisson glacé courut dans tout son corps.

Deux faces ! Il avait compris !

Les esprits soient loués, il venait de trouver la solution.

Il invoqua le pouvoir et tout s'auréola d'une lumière blanche…

Enveloppé par le halo blanc de la magie, presque en transe, Richard referma derrière lui la porte de la chambre de Denna. Commandant sereinement le pouvoir, maître absolu de son aveuglante blancheur, il acceptait la joie et la tristesse mêlées à la magie. Au cœur de la pièce silencieuse, seule brûlait la lampe de chevet, lumière vacillante dans une atmosphère aux senteurs délicates.

Denna était assise au milieu de son lit. Fragile dans sa nudité, elle avait croisé les jambes, sa natte défaite libérant sa longue chevelure auburn. La chaîne passée autour de son cou, l'Agiel reposait entre ses seins. Les mains nichées dans son giron, elle riva sur lui de grands yeux mélancoliques.

— Mon amour, tu es venu me tuer ? souffla-t-elle.

— Oui, maîtresse, dit-il en soutenant son regard.

— Richard, c'est la première fois que tu m'appelles simplement « maîtresse », pas « maîtresse Denna ». Cela signifie quelque chose ?

— Oui. Cela a un sens très profond, ma compagne. Ça veut dire que je te pardonne tout.

— Je me suis préparée, tu vois…

— Pourquoi es-tu nue ?

— Parce que je n'ai que des tenues de Mord-Sith, répondit Denna, la lumière de la lampe se reflétant dans ses yeux embués de larmes. Je ne possède rien d'autre. Et je ne voulais pas mourir dans ces vêtements. Je désire partir telle que je suis née. Denna. Rien de plus.

— Je comprends… Comment savais-tu que je viendrais te tuer ?

— Quand maître Rahl m'a choisie pour te capturer, puis te dresser, il ne m'a rien ordonné, mais simplement demandé si j'étais volontaire. Il m'a révélé que les prophéties parlent d'un Sourcier qui sera le premier à maîtriser la magie de l'épée : la magie blanche ! Avec lui, la lame deviendra de cette couleur. Si tu étais ce Sourcier, a-t-il ajouté, je devrais mourir de ta main, au cas où tu en déciderais ainsi. J'ai demandé à être ta Mord-Sith ! Je n'ai jamais fait à personne ce que je t'ai infligé, parce que j'espérais que tu serais ce Sourcier, et que tu me tuerais pour te venger. Quand tu as frappé la princesse, je me suis doutée que tu étais l'homme des prophéties. Aujourd'hui, lorsque tu as abattu les gardes, j'en ai eu la certitude. Tu n'aurais pas dû réussir, Richard, car je te tenais sous l'influence de la magie…

Autour de la beauté enfantine du visage de Denna, tout était blanc aux yeux de Richard.

— Je regrette tellement, Denna…, murmura-t-il.

— Tu te souviendras de moi ?

— J'aurai des cauchemars jusqu'à la fin de mes jours.

— Je suis contente… (Elle sourit, sincèrement fière.) Tu aimes la femme appelée Kahlan ?

— Comment sais-tu ça ?

— Parfois, quand les hommes souffrent trop, ils ne savent plus ce qu'ils disent et crient le nom de leur mère ou de leur épouse. Toi, tu appelais Kahlan. Vas-tu la prendre pour compagne ?

— Non…, croassa Richard. C'est une Inquisitrice. Son pouvoir me détruirait.

— J'ai de la peine pour toi… Ça te fait souffrir ?

— Plus que tout ce que tu m'as infligé…

— C'est parfait… Je suis contente que ta bien-aimée puisse te faire plus mal que moi…

À sa manière, aussi distordue fût-elle, Richard comprit qu'elle voulait le réconforter. Pour elle, se réjouir qu'une autre le torture davantage était une ultime preuve d'amour. Parfois, elle l'avait tourmenté pour lui démontrer son affection. À ses yeux, si sa rivale le faisait souffrir, ça impliquait qu'elle l'aimait…

Une larme coula sur la joue de Richard. Qu'avait-on fait à cette pauvre enfant pour qu'elle en arrive là ?

— C'est une souffrance différente, précisa-t-il. Dans ton art, maîtresse, nul ne peut prétendre t'égaler.

— Merci, mon amour, souffla Denna, vibrante de fierté. (Elle retira l'Agiel de son cou et le lui tendit.) Le porteras-tu en souvenir de moi ? Si tu le mets à ton cou, comme ça, il ne te fera pas souffrir. Idem si tu le tiens par la chaîne. On a mal quand on le prend dans sa main…

— Ce sera un honneur, ma compagne, dit Richard.

Il se pencha pour qu'elle lui passe la chaîne autour de la tête et ne recula pas quand elle lui posa un baiser sur la joue.

— Comment vas-tu faire ? demanda-t-elle.

Comprenant de quoi elle parlait, Richard ravala la boule qui lui nouait la gorge. Puis sa main glissa lentement vers la garde de l'épée.

Quand il la dégaina, il n'y eut pas de note métallique, comme avant. Mais un sifflement. Chaud et blanc…

Sans regarder, le Sourcier sut que la lame avait changé de couleur. Les yeux dans ceux de Denna, il sentit le pouvoir couler en lui. Mais il était en paix, la colère, la haine et la méchanceté disparues. Alors que l'épée, jadis, lui imposait ses sentiments, il n'éprouvait plus que de l'amour pour cette enfant qu'on avait emplie de douleur comme un simple récipient. Ce réceptacle innocent de la cruauté des autres, pauvre âme torturée et dressée pour faire ce qu'elle détestait le plus au monde : tourmenter des innocents. Sa compassion pour elle, source d'une tristesse déchirante, lui fit éprouver pour la Mord-Sith un amour sans limite.

— Denna, souffla-t-il, tu pourrais simplement me laisser partir. Il n'est pas indispensable de faire ça. Je t'en prie, libère-moi ! Ne me force pas à te…

— Si tu essaies de t'en aller, dit Denna en relevant le menton, je t'en empêcherai avec la magie, et tu regretteras de m'avoir attiré tant d'ennuis. Je suis une Mord-Sith. Et ta maîtresse ! Je ne puis être plus que ce que je suis. Et toi, tu ne peux pas être moins, mon compagnon…

Tenant l'épée contre elle, il se pencha et lui passa un bras autour des épaules. Quand elle lui embrassa la joue, il contint le pouvoir de toutes ses forces.

— Richard, je n'avais jamais eu un compagnon comme toi, et je suis contente de ne jamais en avoir d'autre. Tu es un être comme on en rencontre rarement. Le premier, depuis qu'on m'a choisie, qui se soit soucié de ma douleur et qui ait tenté de m'en libérer. Merci pour la nuit dernière… Merci de m'avoir montré comment ça aurait pu être…

En larmes, Richard la serra contre lui.

— Pardonne-moi, mon amour…

— Tout ce que tu veux ! Et merci de m'avoir appelée « mon amour ». J'aime l'entendre dire sincèrement, pour une fois, juste avant de mourir. Tourne la lame dans la plaie, pour être sûr que ce soit bien fini… Richard, s'il te plaît, veux-tu recueillir mon dernier soupir ? Comme je te l'ai montré ? Je désire tant qu'il te revienne…

Hébété de chagrin, Richard posa ses lèvres sur celles de Denna, l'embrassa, et ne sentit même pas sa propre main droite bouger.

Il n'y eut aucune résistance. La lame traversa le corps de la jeune femme comme s'il eût été en gaze. Richard sentit sa main faire tourner l'épée. Alors, il recueillit le dernier soupir de la moribonde.

Il la rallongea dans le lit, se coucha près d'elle et pleura longtemps en caressant son visage couleur de cire.

Désespéré d'avoir dû détruire ce qu'il avait construit…

Chapitre 44

La nuit était bien avancée quand Richard quitta les quartiers de Denna. Dans les couloirs vides, la lumière des torches faisait danser sur les murs des silhouettes de cauchemar. Alors qu'il avançait, toujours dans le brouillard du chagrin, le bruit de ses pas se répercutait à l'infini sur les dalles en pierre polie. Le regard vide, chaque fois qu'il passait devant une torchère, il s'étonnait de voir son ombre tourner étrangement autour de lui. Son seul réconfort était de sentir peser un sac sur son épaule, preuve incontestable qu'il allait bientôt quitter le Palais du Peuple. Sa destination ? Il n'en avait aucune idée. L'essentiel était de s'éloigner de cet enfer…

La douleur typique d'un Agiel, au creux de ses reins, le força à s'arrêter, le souffle aussitôt coupé et le front déjà inondé de sueur. Les hanches et les jambes en feu, il entendit une voix rauque lancer :

— Où va-t-on comme ça ?

Constance !

Richard tenta de dégainer son épée. Dans son dos, la Mord-Sith éclata de rire. En un éclair, il pensa à ce qui l'attendait s'il lui livrait le contrôle de sa magie. Tout recommencerait ! Cette éternité de servitude et de douleur…

Il éloigna la main de la garde de l'arme et étouffa la colère de la magie. Constance vint se camper devant lui, un bras autour de sa taille pour garder l'Agiel en contact avec ses reins. Ainsi, ses jambes refuseraient toujours de bouger.

Richard remarqua qu'elle portait une tenue rouge.

— Alors ? Tu ne vas pas utiliser ta magie contre moi ? Pas tout de suite, en tout cas… Mais tu y viendras, contraint et forcé, pour tenter de sauver ta sale petite peau. (Elle eut un rictus.) Épargne-toi des souffrances inutiles. Fais-le maintenant. J'aurai peut-être pitié de toi, si tu essaies sur-le-champ !

Richard pensa à toutes les façons dont Denna l'avait torturé. Pour lui faire de plus en plus mal, elle avait augmenté son seuil de tolérance, lui apprenant à bloquer la douleur. Il était temps de tirer profit de ces enseignements. En se concentrant, il réussit d'abord à prendre une grande inspiration.

Puis il enlaça Constance du bras gauche, la tira contre lui et, de la main droite, saisit l'Agiel de Denna pendu à son cou. Son bras sembla aussitôt se déchirer de l'intérieur. Refusant de céder à la souffrance, il souleva Constance du sol. Elle grogna de rage et tenta d'appuyer plus fort son propre Agiel dans le dos de Richard. Le bras coincé, incapable de faire levier, elle obtint un résultat dérisoire.

Quand il l'eut soulevée assez haut, le visage grimaçant de la femme face au sien, il lui plaqua l'Agiel de Denna sur la poitrine. La Mord-Sith, se souvint-il, avait procédé ainsi avec la reine Milena. Sur Constance, l'effet fut similaire. Elle trembla et relâcha sa pression sur le dos de Richard. Encore à la torture, car les deux Agiels restaient en contact avec ses chairs, il se raidit pour bloquer la souffrance.

— Je ne vais pas te tuer avec l'épée… Pour ça, il faudrait que je te pardonne tout. Je pourrais oublier ce que tu m'as fait, mais pas que tu as trahi Denna. Pour moi, c'est un crime inexpiable.

— Pitié… gémit Constance.

— Chose promise…, siffla Richard.

— Non… je t'en supplie… non…

Richard fit osciller l'Agiel, comme Denna quand elle avait tué Milena. Constance tressaillit et devint toute molle dans ses bras. Du sang coulait de ses oreilles…

Il laissa le cadavre glisser sur le sol.

— … chose due ! acheva-t-il.

Il resta un long moment immobile, les yeux baissés sur la morte, avant de s'apercevoir qu'il tenait toujours l'Agiel, qui le faisait encore souffrir. Il le lâcha et le laissa pendre sur sa poitrine.

Merci, Denna, pensa-t-il, *de m'avoir appris à supporter l'insupportable. Tu m'as sauvé la vie…*

Il lui fallut une heure pour s'orienter dans le labyrinthe de couloirs et déboucher à l'air libre. La main sur la garde de son épée, il franchit le portail sous l'œil de deux gardes qui se contentèrent de le saluer poliment, comme s'il était un invité de marque quittant les lieux après un banquet.

Il s'arrêta et sonda le paysage qui s'étendait sous la lumière des étoiles. Voir le ciel ne lui avait jamais fait aussi plaisir. Il regarda partout autour de lui. Défendu par d'imposantes murailles, le Palais du Peuple se dressait sur un vaste plateau qui descendait abruptement vers une plaine. L'à-pic était vertigineux – des centaines de pieds – mais une route, creusée à même la roche, serpentait jusqu'en bas de la falaise.

— Un cheval, messire ?

Richard se tourna vers le garde qui venait de lui parler.

— Pardon ?

— Je demandais si vous vouliez un cheval. Vous semblez sur le départ, et c'est un long chemin.

— Un long chemin vers quoi ?

Le soldat désigna l'abîme.

— Les plaines d'Azrith. Vous regardiez vers l'ouest, en direction des plaines. Ce n'est pas à côté… Alors, désirez-vous un cheval ?

Ainsi, pensa Richard, exaspéré, Darken Rahl se souciait si peu de ce qu'il pouvait faire qu'il lui procurait même une monture !

— Oui, j'en veux un.

L'homme se tourna vers un garde posté sur le chemin de ronde et émit une série de sifflements modulés. Richard entendit le code se répercuter de poste en poste.

— Ce ne sera pas long, messire, dit le garde en reprenant position près du portail.

— D'ici, combien de temps faut-il pour atteindre les monts Rang'Shada ?

— Où exactement dans les monts ? Ils sont très étendus…

— Au nord-ouest de Tamarang, là où ils touchent presque la cité.

— Quatre ou cinq jours de cheval, répondit l'homme, pensif. (Il se tourna vers son collègue.) Qu'en dis-tu ?

— En galopant jour et nuit, et en changeant souvent de monture, on doit pouvoir y arriver en cinq. Mais quatre, ça m'étonnerait…

Accablé, Richard ne s'étonna plus que Rahl lui fournisse obligeamment un cheval. Il ne pouvait aller nulle part ! Michael et ses soldats étaient à cinq jours de là, dans les Rang'Shada. Impossible de les rejoindre et de revenir avant le début de l'hiver.

Kahlan devait être plus près. Rahl avait lancé à sa poursuite le colosse à la mèche noire et deux *quatuors*. Si elle avait été si loin, ils n'auraient pas pu revenir à temps. Mais pourquoi n'était-elle pas avec Michael ? Il lui avait ordonné de ne pas partir à sa recherche. Ce fichu Chase avait dû passer outre ses instructions ! En tout cas, il n'avait pas réussi à faire obéir l'Inquisitrice. Après une explosion de rage, Richard se calma très vite. À la place de ses amis, il ne serait pas non plus resté les bras ballants sans savoir ce que devenait un frère d'armes. D'ailleurs, s'avisa-t-il, les soldats de Terre d'Ouest étaient peut-être avec eux, également à sa recherche. Hélas, une armée ne lui servirait à rien. Dix bons soldats, du haut de ces murs, pouvaient repousser mille hommes pendant un mois.

Deux cavaliers en armure franchirent le portail, une troisième monture tenue par la bride.

— Vous faut-il une escorte, messire ? demanda le garde. Ce sont de solides guerriers.

— Non, répondit Richard avec un regard furibond. J'irai seul !

Le soldat fit signe aux deux cavaliers de repartir.

— Vous allez vers l'ouest-sud-ouest, donc ? (Le jeune homme ne répondant pas, l'homme continua :) Tamarang est dans cette direction. Puis-je vous donner un petit conseil ?

— Essayez toujours, fit Richard, méfiant.

— Si vous chevauchez dans ce sens-là à travers les plaines d'Azrith, vers le matin, vous arriverez devant un champ de rochers, au milieu de hautes collines. Dans un canyon très profond, vous trouverez une intersection. Prenez à gauche, surtout !

— Pourquoi ?

— Parce que la route de droite conduit au territoire d'un dragon. Un dragon rouge. Il sert maître Rahl et il a un fichu caractère !

Richard monta en selle et regarda le soldat.

— Merci du conseil. Je m'en souviendrai…

Il talonna le cheval et s'engagea sur la route tortueuse. Au sortir d'un lacet, il vit qu'on était en train de baisser un pont-levis. Le temps qu'il l'atteigne, c'était fait, et il put le traverser au galop. Ce chemin était le seul accès au plateau. Le pont levé, l'abîme devenait un obstacle infranchissable pour toute armée d'invasion. Même sans les troupes cantonnées au palais, et sans la magie de Darken Rahl, le domaine du maître était inaccessible.

En chevauchant, Richard défit le collier de cuir tant détesté et le jeta dans le ravin. Il n'en porterait plus jamais. Pour personne. Et pour aucune raison.

Il regarda derrière lui et aperçut la forme noire du Palais du Peuple, au sommet du plateau. L'énorme structure voilait tout un pan de ciel…

L'air glacial lui faisait pleurer les yeux. Ou était-ce le souvenir de Denna ? Il ne parvenait pas à la chasser de ses pensées. S'il n'y avait pas eu Kahlan et Zedd, il se serait suicidé près de son cadavre, tant il avait de chagrin.

Tuer avec l'épée sous le coup de la colère et de la haine était affreux. La magie blanche, celle de l'amour, se révélait encore pire. Au-delà de l'horreur ! La lame avait repris sa couleur habituelle, mais il savait comment la faire redevenir blanche. Et il espérait mourir avant de devoir recommencer ! Car même si ça s'imposait, il n'était pas sûr de s'y résoudre…

À présent, il galopait dans la nuit, en route vers ses deux amis, pour savoir lequel avait livré la boîte à Darken Rahl. Lequel avait trahi le monde au bénéfice du maître…

Ça ne tenait pas debout. Si Zedd était le félon, pourquoi Rahl aurait-il voulu le piéger avec la pierre de nuit ? Et si c'était Kahlan, il ne lui aurait pas envoyé ses sbires aux trousses… Pourtant, Shota avait assuré que le sorcier et l'Inquisitrice tenteraient de le tuer. Donc, le coupable était bien un des deux. Que devait-il faire ? Rendre la lame blanche et les abattre l'un et l'autre ? Absurde ! Plutôt mourir lui-même que toucher à un de leurs cheveux. Mais si Zedd était le traître, le tuer devenant le seul moyen de sauver Kahlan ? Ou l'inverse ? Préférerait-il encore mettre fin à ses jours ?

L'essentiel restait d'arrêter Rahl. Pour ça, il fallait récupérer la troisième boîte. Penser à des problèmes hypothétiques était un gaspillage d'énergie. Une fois Rahl vaincu, tout se remettrait en place. Ayant découvert l'artefact une fois, il pouvait recommencer…

Mais que faire ? Le temps pressait ! Comment trouver Kahlan et Zedd alors qu'il devrait fouiller tout un pays à cheval ? Si Chase les accompagnait, inutile de s'attendre à les repérer sur les routes principales. Le garde-frontière choisirait les pistes les moins exposées. Et lui, il ne connaissait rien à ce territoire !

Une mission impossible. Trop de terrain à explorer…

Darken Rahl avait semé le doute en lui ! Ses pensées tourbillonnaient, devenant de plus en plus confuses et négatives. Son esprit, comprit-il, était à présent son pire ennemi. Pour s'empêcher de penser en rond, il se vida la tête et entonna le texte débilitant des dévotions. Déclamer sa foi à l'homme qui voulait le tuer avait un côté franchement stupide, mais il passa outre.

Maître Rahl nous guide ! Maître Rahl nous dispense son enseignement ! Maître Rahl nous protège ! À sa lumière, nous nous épanouissons. Dans sa bienveillance, nous nous réfugions. Devant sa sagesse, nous nous inclinons. Nous existons pour le servir et nos vies lui appartiennent.

Il accorda deux pauses au cheval, mais le poussa à ses limites le reste du temps. Les plaines d'Azrith, nues et désolées, semblaient s'étendre à l'infini. L'incantation lui permit de ne plus penser à rien, sauf à l'horreur d'avoir tué Denna. Ce souvenir-là ne le lâcherait pas. Et à ce sujet, il ne ravalerait pas ses sanglots…

À l'aube, il eut enfin un peu de compagnie : son ombre ! Comme l'avait annoncé le soldat, il aborda une zone semée de rochers qui projetaient leurs silhouettes noires en travers de la sienne. Dans ce paysage déchiqueté, le terrain devint vite très accidenté. De crevasses en passages étroits, il atteignit un canyon exigu et fut bientôt en vue de l'intersection.

Suivant le conseil du garde, il prit le chemin de gauche.

Mais une idée explosa dans son esprit. Tirant sur les rênes de son cheval, il le força à s'arrêter et à reculer de quelques pas. Devant le chemin de droite, plus étroit, il réfléchit quelques instants puis s'y engagea résolument.

Darken Rahl l'avait laissé libre d'aller où il voulait, y compris à cheval. Verrait-il un inconvénient à ce qu'il lui emprunte son dragon ?

Lâchant la bride à sa monture, il regarda autour de lui, la main sur son épée. Repérer un dragon rouge ne devait pas être difficile. À part celui des sabots du cheval, il n'entendait aucun bruit…

Aux aguets, il avança longtemps entre les rochers. Puis il commença à s'inquiéter. Et si le dragon était parti ? Rahl le chevauchait peut-être à cet instant précis, en quête de la boîte manquante. Son idée n'était sans doute pas géniale, conclut-il. Hélas, il n'en avait pas d'autre…

Une langue de flammes aveuglante jaillit soudain devant lui avec un fracas étourdissant. Alors que sa monture reculait, Richard sauta de selle, se rétablit souplement et se cacha derrière un rocher pour éviter les éclats de pierre et les flammèches qui volaient partout. Certains projectiles ricochèrent juste au-dessus de sa tête. Il entendit un choc sourd et comprit que son cheval venait de s'écrouler. Une odeur de poils brûlés monta à ses narines, immédiatement suivie par un cri atroce qui s'acheva sur de sinistres craquements d'os. Pressé contre son rocher, Richard n'osa pas regarder.

Alors que retentissaient d'autres bruits d'os brisés, et le son caractéristique de la chair qu'on déchire, il se dit que son « idée » était d'une stupidité crasse. Mais comment le dragon avait-il pu se cacher aussi bien ? Et l'avait-il vu plonger derrière son rocher ? Pour l'heure, il semblait que non. Pressé de trouver un moyen de filer, Richard dut vite se résoudre à l'évidence. Sur ce terrain découvert, il serait visible comme le nez au milieu de la figure. Les bruits de mastication lui retournaient l'estomac. Par bonheur, ils cessèrent assez rapidement. Les dragons piquaient-ils un petit somme après un bon repas ?

Il entendit quelques grognements. De plus en plus près de lui ! Le moment ou jamais de se faire tout petit !

Des serres saisirent son rocher, le soulevèrent et l'envoyèrent bouler au loin. Deux immenses yeux jaunes se posèrent sur le jeune homme. Tout le reste de la bête était rouge. Hérissée de piques souples aux pointes noires à la base de la mâchoire et derrière les oreilles, la tête du dragon se balançait au bout d'un long cou attaché à un corps gigantesque. La queue se terminait par des piques, mais dures comme de l'acier, celles-là. Elle battait de droite à gauche, renversant des rochers au passage. Quand le monstre tendit ses ailes, des muscles puissants saillirent entre les écailles de ses épaules. Des crocs acérés, rouges de sang frais, garnissaient le long museau aux immenses narines d'où s'échappaient encore des volutes de fumée.

— Eh bien, qu'avons-nous donc là ? lança une voix incontestablement féminine. Une gâterie ?

Richard se dressa de toute sa hauteur et dégaina son épée.

— J'ai besoin de ton aide…

— Je me ferai un plaisir de te donner un coup de main, petit homme. Quand tu seras dans mon estomac !

— Je te préviens, garde tes distances ! Mon épée est magique.

— Magique ! railla la femelle dragon, une serre posée sur la poitrine. Pitié, grand héros, ne me tue pas avec ton arme enchantée !

Le monstre émit un gargouillis mêlé de fumée qui devait être un éclat de rire.

Richard ne rengaina pas son épée. Mais il se sentit complètement ridicule.

— Tu veux vraiment me manger ?

— Eh bien, à vrai dire, c'est plus pour le plaisir que pour le goût…

— J'ai entendu dire que les dragons rouges sont indépendants et malins. Toi, tu n'es guère mieux qu'un toutou pour Darken Rahl. (Une boule de feu jaillit de la gueule du monstre et s'éleva dans les airs.) Je pensais que tu aimerais être libérée de ton esclavage.

La tête rouge, plus grande que lui, constata Richard, non sans frayeur, s'approcha de la sienne. Les oreilles pointées, la bête sortit sa langue rouge bifide comme celle d'un serpent et la darda vers lui pour une inspection méticuleuse. Il écarta l'épée du chemin quand cet appendice râpeux remonta de son entrejambe à sa gorge. Ce contact délicat, pour un dragon, força Richard à reculer de quelques pas.

— Et comment accomplirais-tu ce prodige, petit homme ?

— Je combats Darken Rahl et je veux le tuer. Si tu m'aides, tu n'auras plus de chaînes.

La femelle dragon releva la tête, cracha un peu de fumée par les naseaux et éclata de rire. Le sol tremblant sous les pieds de Richard, la bête le regarda de nouveau et s'esclaffa de plus belle.

Elle s'arrêta net et le foudroya du regard.

— Tu crois que je mettrais mon destin entre les mains d'un nain comme toi ? Je préfère assurer mon avenir en servant maître Rahl. Assez plaisanté ! Il est temps de déguster ma gâterie !

— Comme tu voudras, je suis prêt à mourir. (Richard devait gagner du temps pour réfléchir à la question cruciale : pourquoi une femelle dragon, rouge qui plus est, servait-elle un humain ?) Avant que tu te régales, puis-je dire quelque chose ?

— Vas-y, mais fais court !

— Originaire de Terre d'Ouest, je n'avais jamais vu de dragon… Depuis toujours, je pense que ce sont des créatures effrayantes, et pour ça, on peut dire que tu l'es ! Mais je suis quand même surpris…

— Par quoi ?

— Tu es sans nul doute la plus belle créature que j'aie jamais contemplée.

C'était la stricte vérité. Malgré sa cruauté et sa férocité, la bête était splendide.

Stupéfaite, la femelle dragon recula la tête, son cou dessinant un *s* fort gracieux. Elle plissa un peu les yeux, méfiante.

— Je suis sincère, dit Richard. Pourquoi mentir avant d'être dévoré ? Tu es très belle. Je n'aurais pas cru poser les yeux un jour sur une créature aussi superbe. As-tu un nom ?

— Écarlate…

— Écarlate ? Ça te va à ravir ! Tous les dragons rouges sont aussi beaux, ou tu es une exception ?

— Ce n'est pas à moi de le dire, minauda Écarlate en se posant de nouveau une serre sur la poitrine. (La tête se tendit davantage vers Richard.) Tu es le premier homme qui me le dit avant que je le mange…

Une idée germa dans l'esprit de Richard, qui rengaina son épée.

— Écarlate, je sais qu'une créature aussi fière que toi déteste être à la botte de quelqu'un. Surtout d'un homme comme Darken Rahl ! Il doit y avoir une raison impérieuse. Tu es trop belle et trop noble pour accepter qu'on te domine.

— Pourquoi me dis-tu tout ça ? demanda la femelle dragon en approchant davantage la tête.

— Parce que je crois à la vérité. Comme toi.

— Comment t'appelles-tu ?

— Richard Cypher. Je suis le Sourcier.

— Le Sourcier, répéta Écarlate en se tapotant les crocs du bout d'une serre à la pointe noire. Je n'en ai jamais mangé, à ma connaissance… (Un étrange sourire s'afficha sur sa gueule.) Quand je parlais de gâterie ! Notre conversation est terminée, Richard Cypher. Merci du compliment.

La gueule monstrueuse s'ouvrit en grand.

— Darken Rahl t'a volé ton œuf, pas vrai ?

Écarlate replia le cou. Elle foudroya Richard du regard, rejeta la tête en arrière, et poussa un cri qui vit vibrer les écailles de sa gorge. Une langue de feu jaillit vers le ciel, le souffle provoquant un petit éboulis sur les parois du canyon.

Les naseaux fumants, Écarlate darda de nouveau la tête vers Richard.

— Que sais-tu à ce sujet ?

— Qu'une créature fière comme toi ne sert personne, sauf si on la fait chanter. En menaçant ce qu'elle chérit le plus au monde. Sa descendance, par exemple...

— Tu as tout compris... Mais ça ne te sauvera pas.

— Même si je peux te révéler où Rahl a caché ton œuf ?

— Où ? (Richard dut s'écarter pour éviter un jet de flammes.) Dis-moi où !

— Tu ne préfères pas me manger ?

— Quelqu'un devrait te faire ravaler ton insolence ! grogna Écarlate.

— Désolé... C'est une mauvaise habitude qui m'a déjà valu bien des tourments. Cela dit, si je te permets de récupérer l'œuf, Darken Rahl n'aura plus de prise sur toi. En échange, m'aideras-tu ?

— T'aider comment ?

— Tu transportes Rahl là où il veut. C'est ce que je te demande. Sois ma monture pendant quelques jours, pour que je retrouve des amis à moi et que je les défende contre Rahl. Il me faut couvrir de grandes distances, fouiller une vaste zone. Si je peux regarder le monde d'en haut, comme un oiseau, j'ai une chance de réussir, et il me restera assez de temps pour arrêter Rahl.

— Je déteste transporter des humains. C'est humiliant.

— Dans six jours, tout sera fini, d'une manière ou d'une autre. Après, quoi qu'il arrive, je ne te demanderai plus rien. Si tu me tournes le dos, combien de temps devras-tu servir Rahl ?

— Dis-moi où est mon œuf et je te laisserai partir.

— Et si j'ai menti ? Si je dis n'importe quoi pour sauver ma peau ?

— Comme les dragons, les véritables Sourciers ont le sens de l'honneur. Si tu sais quelque chose, dis-le et je t'épargnerai.

— Non !

— Non ? rugit Écarlate. Comment oses-tu ?

— Je me fiche de vivre ou de mourir ! Comme toi, je me soucie de choses plus importantes. Si tu veux ton œuf, accepte de m'aider à sauver ceux qui me sont chers. Nous irons d'abord chercher ton petit, puis nous nous occuperons de mon problème. Une proposition très honnête ! La vie de ton enfant contre quelques jours d'assistance...

Écarlate lui colla son museau sous le nez.

— Et comment es-tu sûr, petit homme, que je remplirai ma part du marché, une fois que j'aurai ce que je veux ?

— Parce que tu comprends ce que c'est d'avoir peur pour quelqu'un qu'on aime. Et parce que tu as le sens de l'honneur. Moi, je n'ai pas le choix. C'est le seul moyen d'éviter que mes amis souffrent jusqu'à la fin de leurs jours sous le joug de Rahl. Et tu sais ce que ça signifie ! Pour retrouver l'œuf, je risquerai ma vie. Je crois que tu respectes la parole donnée. Alors, je mise mon existence sur ce pari.

Écarlate grogna, recula un peu et le dévisagea. Puis elle replia ses ailes, sa queue battant furieusement, tempête miniature pour les pierres et les petits rochers.

Richard ne broncha pas.

La femelle dragon tendit une patte. Une serre à pointe noire, grosse comme la jambe du Sourcier et plus affûtée que son épée, se glissa sous le baudrier de Richard et le tira doucement vers la gueule du monstre.

— Marché conclu. Sur ton honneur et sur le mien. Mais je n'ai pas promis de renoncer à te croquer à la fin des six jours.

— Si mes amis sont sauvés, et Rahl vaincu, je me fiche de ce que tu me feras. (Écarlate grogna son approbation.) Les garns à queue courte sont-ils un danger pour les dragons ?

— Les garns ! cracha Écarlate en lâchant le baudrier de Richard. J'en ai mangé treize à la douzaine ! Ils ne peuvent rien contre moi, à moins d'être à neuf ou dix contre un. Mais ils ne sont pas grégaires. Donc, aucun problème !

— Détrompe-toi… Là où est ton œuf, il y en a des dizaines et des dizaines.

Écarlate rugit et cracha quelques flammèches.

— Des dizaines… Dans ce cas, ils peuvent me faucher en plein vol. Surtout si je porte mon œuf.

— Voilà pourquoi tu as besoin de moi ! triompha Richard. Je vais réfléchir à un plan…

Zedd hurla à la mort.

Kahlan et Chase reculèrent vivement. L'Inquisitrice s'inquiéta, car il n'avait jamais réagi comme ça quand il cherchait Richard par l'intermédiaire de la pierre de nuit. Le soleil était presque couché. Malgré la pénombre, la jeune femme vit que la peau du sorcier était presque aussi blanche que ses cheveux.

Elle le prit par l'épaule.

— Zedd, que se passe-t-il ?

Le vieil homme ne répondit pas. Les yeux révulsés, il inclina la tête, comme si son cou ne pouvait plus la soutenir. Il ne respirait toujours pas, mais ça n'avait rien d'alarmant, car il en était toujours ainsi quand il se concentrait sur la pierre de nuit. Le sentant trembler sous sa main, l'Inquisitrice échangea un regard angoissé avec Chase.

— Zedd ! cria-t-elle en le secouant. Arrêtez ! Revenez avec nous !

Le sorcier haleta puis marmonna quelque chose. Kahlan approcha une oreille de sa bouche.

— Zedd, s'exclama-t-elle, horrifiée, je ne peux pas vous faire ça.

— Qu'a-t-il dit ? demanda Chase.

— Il veut que je le touche avec mon pouvoir…

— Royaume des morts ! croassa le sorcier. Seul moyen !

— Zedd, que vous arrive-t-il ?

— Je suis piégé. Obéis-moi, ou je suis fichu. Vite !

— Il faut l'écouter, souffla Chase.

— Zedd, je ne peux pas vous faire ça ! répéta Kahlan.

— Allez ! cria Chase. Ce n'est pas le moment de polémiquer.

— Que les esprits du bien me pardonnent, murmura l'Inquisitrice en fermant les yeux.

Elle détestait ne pas avoir le choix. Redoutant ce qu'elle allait faire, elle vida son esprit. Dans un calme absolu, son contrôle se relâcha, et le pouvoir se déversa dans le corps du vieil homme.

L'air trembla, comme sous l'effet d'un coup de tonnerre silencieux. Des aiguilles de pin tombèrent tout autour d'eux. Trop près de ses amis, penché sur eux, Chase gémit de douleur.

Puis le silence revint…

… mais Zedd ne respirait toujours pas.

Soudain, il cessa de trembler, ouvrit les yeux, battit plusieurs fois des paupières, leva les mains et les referma sur les bras de Kahlan.

— Merci, mon enfant, souffla-t-il.

La magie de l'Inquisitrice, apparemment, ne l'avait pas affecté. Il était toujours lui-même. La jeune femme en fut soulagée, mais immensément surprise.

— Zedd, vous allez bien ?

— Oui, grâce à toi ! Si tu n'avais pas été là, ou si tu avais hésité un peu plus, je serais prisonnier du royaume des morts. Ton pouvoir m'en a ramené…

— Mais pourquoi ne vous a-t-il pas… transformé ?

Zedd lissa sa tunique, visiblement embarrassé de s'être trouvé dans une situation si fâcheuse.

— À cause de l'endroit où j'étais… (Il releva le menton.) Et parce que je suis un sorcier du Premier Ordre. Ton pouvoir m'a servi de fil rouge, pour retrouver mon chemin. Comme une balise lumineuse dans l'obscurité. Je l'ai suivi sans le laisser agir sur moi.

— Que faisais-tu dans le royaume des morts ? demanda Chase avant que Kahlan ait pu poser la question.

Le sorcier le foudroya du regard et ne répondit pas.

— Zedd, dit Kahlan, expliquez-nous ! Ça ne s'était jamais produit. Pourquoi avez-vous été attiré dans le royaume des morts ?

— Quand je cherche la pierre de nuit, une partie de moi la rejoint là où elle est. C'est ainsi que je la localise.

Kahlan fut terrifiée par les implications de ces deux phrases.

— Mais la pierre de nuit est toujours en D'Hara, comme Richard… (Elle saisit le sorcier par sa tunique.) Zedd…

Le vieil homme baissa les yeux.

— La pierre de nuit n'est plus en D'Hara, mais dans le royaume des morts. (Il releva la tête, le regard brûlant de colère.) Ça ne signifie pas que Richard l'ait suivie ! Ni qu'il lui soit arrivé malheur. Seule la pierre est concernée !

Tendu à craquer, Chase commença à installer le camp avant qu'il fasse trop noir.

Glacée de terreur, Kahlan n'avait pas lâché le sorcier.

— Zedd… s'il vous plaît… vous vous trompez peut-être…

— Non. La pierre est là où je le dis. Mon enfant, ça n'implique pas que Richard y soit aussi. Ne te laisse pas emporter par la peur.

— Ça doit être ça…, dit la jeune femme, des larmes sur les joues. Il faut que ce soit ça ! Si Rahl l'a épargné si longtemps, ce n'était pas pour le tuer maintenant…

— Nous ne savons même pas s'il est entre les mains de Rahl.

Kahlan comprit que le vieil homme refusait simplement d'admettre la vérité. Au Palais du Peuple, qui d'autre que Rahl pouvait détenir Richard ?

— Zedd, lors de votre dernière recherche, vous l'avez senti, et il était vivant. (Elle lutta pour poser la question qui lui déchirait les entrailles.) Avez-vous capté sa présence dans le royaume des morts ?

— Non…, répondit le sorcier après un long silence. Mais je ne sais pas si je l'aurais senti… S'il était mort, je veux dire. (Kahlan éclata en sanglots. Il l'attira contre lui et la laissa pleurer sur son épaule.) Pourtant, je crois que seule la pierre était là. Rahl a tenté de me piéger. Il a dû prendre l'artefact à Richard et l'envoyer dans le royaume des morts pour me tendre un traquenard.

— Nous continuons à le chercher, dit Kahlan. Je ne rebrousserai pas chemin.

— Nous non plus, rassure-toi…

La jeune femme sentit une langue chaude et douce lui lécher la main. Elle caressa la tête du loup et lui sourit.

— Nous le trouverons, maîtresse Kahlan. Ne désespérez pas !

— Brophy a raison, dit Chase. J'attends avec impatience le sermon qu'il nous infligera pour être allés à sa recherche.

— La boîte est en sécurité, rappela Zedd, c'est l'essentiel. Demain, nous serons à cinq jours du début de l'hiver. Alors, Darken Rahl mourra. Nous rejoindrons Richard après… ou peut-être même plus tôt que ça, bien que j'en doute.

— Si c'est ça que vous insinuez, grommela Chase, je vous aurai conduits à lui longtemps avant la fin de ce délai…

Chapitre 45

Quand Écarlate vira abruptement sur la gauche, Richard s'accrocha de toutes ses forces aux piques de ses épaules. À sa grande surprise, il avait découvert qu'il ne glissait pas latéralement quand la femelle dragon tournait d'un côté ou de l'autre. Au contraire, ce mouvement le pressait plus fort contre elle. Le vol, pour lui, était une expérience sublime mais quelque peu effrayante. Comme se tenir au bord d'une falaise incroyablement haute – et en mouvement. Sentir Écarlate décoller le faisait toujours sourire. Sous lui, il sentait se tendre tous les muscles de la bête, chaque battement de ses ailes puissantes leur faisant prendre un peu d'altitude. Mais quand elle les repliait pour piquer vers le sol, ses yeux se remplissaient de larmes à cause du vent, et il avait l'impression que son estomac allait se retourner. Cela dit, chevaucher un dragon était un petit miracle dont il s'émerveillait.

— Tu les vois ? cria-t-il pour couvrir le rugissement du vent.

Écarlate émit un grognement positif. À la lumière mourante du soleil, les garns, en contrebas, ressemblaient à des chiens noirs. Des volutes de vapeur jaillissaient toujours de Source Feu et Richard, même de si loin, sentait monter à ses narines les fumées acides. Écarlate prit soudain de l'altitude, le contraignant à la serrer plus fort entre ses jambes. Quand elle fut assez haut, elle vira très sèchement vers la droite.

— Ils sont beaucoup trop nombreux, dit-elle.

— Pose-toi derrière ces collines, là-bas, pour qu'ils ne nous repèrent pas.

La femelle dragon continua à prendre de l'altitude. Ébahi, Richard découvrit que le monde, à ces hauteurs jusque-là inconnues pour lui, ressemblait à une mosaïque de taches de couleur. S'étant assez écartée de Source Feu, la bête plongea vers la terre ferme, slaloma entre des falaises et revint en arrière vers le point que son cavalier lui avait indiqué. Quelques battements d'ailes silencieux plus tard, elle atterrit en douceur près de l'entrée d'une grotte et baissa le cou pour que Richard puisse descendre de son perchoir. À l'évidence, elle n'avait aucune envie qu'il s'attarde inutilement sur son dos…

Elle tourna la tête vers lui, le regard brillant de colère.

— Il y a trop de garns. Darken Rahl savait ce qu'il faisait. Même si je retrouvais mon œuf, impossible de le reprendre ! Tu as parlé d'échafauder un plan… As-tu avancé ?

Richard jeta un coup d'œil à la caverne. La grotte du Shadrin, lui avait dit Kahlan…

— Il nous faut une diversion pour les occuper ailleurs pendant que nous récupérons ton œuf…

— Pendant que *tu* récupères mon œuf, rectifia Écarlate en crachant une flammèche pour souligner son propos.

Richard regarda de nouveau la grotte.

— On m'a dit que cette caverne traversait tout le terrain jusqu'à l'endroit où est l'œuf. Je devrais peut-être m'y enfoncer, prendre ce qui nous intéresse et revenir ici.

— Qu'attends-tu pour y aller ?

— On ne pourrait pas en discuter avant ? Ensemble, nous trouverons peut-être une meilleure idée. La grotte, toujours selon ce qu'on m'a dit, a un locataire…

— Un locataire ? répéta Écarlate en le foudroyant du regard. (Elle plaça sa gueule dans l'ouverture et cracha un enfer de flammes.) Eh bien, à présent, il n'y en a plus… Va chercher mon œuf !

La grotte était longue de plusieurs lieues. Aussi puissant fût-il, le feu d'Écarlate n'avait pas pu tout nettoyer. L'ennui, c'était que Richard avait donné sa parole. Résigné, il cueillit des roseaux qui poussaient alentour et composa plusieurs petits fagots qu'il attacha avec des lianes. Il en présenta un à Écarlate.

— Tu veux bien embraser une extrémité ?

La bête arrosa le fagot de petites flammes.

— Tu attends ici, dit Richard. Parfois, mieux vaut être petit que colossal. Je serai plus difficile à repérer. Quand j'aurai trouvé une idée, j'irai chercher l'œuf et je le ramènerai. C'est un long chemin, et je risque de ne pas être revenu avant le matin. Les garns me poursuivront sans doute, donc tu devras être prête à décoller. Reste vigilante ! (Il accrocha son sac à une pique, sur le dos d'Écarlate.) Garde-le pour moi. Inutile de me charger plus que nécessaire.

Un dragon pouvait-il avoir l'air inquiet ? En tout cas, il aurait juré que celui-là se rongeait les sangs.

— Sois délicat avec l'œuf, dit-elle. Il éclora bientôt. Mais si la coquille est brisée avant l'heure…

— Rassure-toi, tout se passera bien…

Écarlate l'accompagna jusqu'à l'entrée de la grotte – sur terre, elle se dandinait d'une manière assez cocasse – et le regarda s'y enfoncer.

— Richard Cypher, lança-t-elle, sa voix se répercutant contre la roche, si tu essaies de fuir, je te retrouverai tôt ou tard. Et si tu reviens sans mon petit, tu regretteras que les garns ne t'aient pas tué, parce que je te ferai frire lentement, en commençant par les pieds.

— J'ai donné ma parole, répondit Richard en se retournant. Si les garns me tuent, j'essaierai d'en éliminer assez, avant de succomber, pour que tu puisses prendre l'œuf et t'enfuir.

— J'espère que ça ne tournera pas comme ça, grogna Écarlate, parce que j'ai toujours l'intention de te manger quand le délai sera écoulé.

Richard sourit et avança dans une obscurité si épaisse qu'elle engloutissait la lumière de sa torche et lui donna le sentiment de s'enfoncer dans le néant. À peine s'il y voyait trois pas devant lui ! À mesure qu'il progressait, le sol s'inclinait et l'air devenait de plus en plus froid. Bientôt, le passage rétrécissant, il aperçut la voûte et les parois rocheuses, très près de lui. Ce tunnel déboucha assez vite dans une grande salle naturelle. Le chemin, une étroite bande de pierre, longeait un lac aux paisibles eaux verdâtres. Ici, constata Richard, sous la voûte déchiquetée, les parois étaient composées de pierre lisse. À l'abord d'un passage où le plafond rocheux plongeait vers le sol, il dut se baisser pour continuer. Une heure durant, il marcha ainsi, des crampes dans les épaules à force d'incliner la tête. De temps en temps, il frottait sa torche contre la voûte pour la débarrasser des cendres et raviver sa flamme.

L'obscurité l'entourait, le suivait, l'aspirait de plus en plus loin, le poussait en avant à l'aveuglette... Dans cette atmosphère oppressante, il remarqua des parterres de cristaux aux couleurs délicates qui semblaient, tels des végétaux, éclore au sein même de la roche. Des lueurs multicolores l'accompagnaient, reflets de la flamme de sa torche quand il passait devant ces merveilles de la nature. Dans un silence absolu, seul l'écho du grésillement des flammes montait à ses oreilles.

Richard traversa des salles d'une beauté fulgurante. Il serpenta entre d'immenses colonnes de pierre déchirées comme des vagues, certaines figées en plein envol avant d'avoir atteint la voûte. Des stalagmites, à l'aplomb, semblaient se tendre en vain pour les rejoindre. Par endroits, des tentures cristallines pendaient aux parois telles des coulées de pierres précieuses.

Il dut se faufiler dans des crevasses et traverser de petits gouffres à quatre pattes, attentif à ne pas basculer dans le vide. Au cœur de ce monde souterrain, l'air était curieusement inodore. Dans ce royaume de la nuit éternelle, comprit-il, nulle lumière ni aucun être vivant ne s'était jamais aventuré. Alors qu'il s'échinait à avancer, le corps surchauffé par l'effort, la fraîcheur de l'air faisait monter de sa peau de petites colonnes de vapeur. Quand il éclairait sa main libre, il voyait ses doigts fumer, comme si on les drainait de leur énergie vitale. Bien qu'il ne fît pas glacial à la manière de l'hiver, dehors, le froid était du genre à tuer lentement quiconque aurait eu l'imprudence de rester ici trop longtemps, ou pire, de s'y assoupir. Une mort lente, la vie s'en allant peu à peu avec la chaleur...

Sans sa torche, Richard se serait perdu en quelques minutes. Dans cet environnement, les imprévoyants ou les malchanceux ne survivaient pas longtemps.

À force de monter et de descendre, le jeune homme ne sentait presque plus ses jambes. Épuisé, il espéra arriver enfin au bout de la grotte. Combien de temps avait-il marché ? Toute la nuit ? Ici, la notion même de temps n'avait plus de sens…

Les parois se resserrèrent de nouveau. La voûte s'abaissa, le forçant d'abord à se plier en deux, puis à avancer à quatre pattes. Le sol devint boueux et exhala une ignoble odeur de pourriture. La première chose qu'il sentait depuis une éternité ! Et cette gadoue glacée lui gelait les mains…

Au moment de s'engager dans un tunnel encore plus étroit, il s'arrêta net, car cela ne lui disait rien de bon. De l'air s'engouffrait dans ce conduit naturel, menaçant de souffler sa torche. Il la brandit devant lui, pour sonder l'obscurité, et ne vit rien, sinon un autre océan de nuit. Que devait-il faire ? Continuer dans ce goulot d'étranglement ? Sans savoir pendant combien de temps, ni ce qui l'attendait au bout ? La présence d'un courant d'air indiquait l'existence d'une sortie. Vers l'œuf et les garns… Serait-elle assez large pour qu'il l'emprunte ?

Richard recula. Dans une autre salle, derrière lui, il devait y avoir un chemin plus facile. Mais combien de temps perdrait-il à le chercher ? Et s'il échouait, pour finir ?

L'estomac noué, il se renfonça dans le conduit de pierre.

Décidé à dominer sa peur, il décrocha son épée du baudrier, la brandit devant lui avec ses torches de réserve et s'enfonça dans le trou. Aussitôt, il fut terrorisé de sentir sur son corps la pression des parois et de la voûte. Les bras tendus, la tête sur le côté, il avança en ondulant comme un serpent. La roche l'emprisonnant comme un cercueil, il lui devint impossible de respirer à fond et la fumée de la torche commença à lui brûler les yeux.

Il tenta de se comprimer, puis bascula les épaules d'avant en arrière à la manière d'un serpent qui lutte pour se glisser hors de son ancienne peau. Devant lui, toujours aucune trace d'une issue…

Ne cède pas à l'angoisse, s'exhorta-t-il. *Rampe et avance, c'est tout !*

La pointe de ses pieds calée contre la pierre, il poussa en se tortillant. Rien ne se produisit. Il recommença et ne bougea pas d'un pouce. Furieux, il poussa encore plus fort. Sans résultat… Cette fois, il ne put rien contre la panique. La roche faisait pression sur sa poitrine et son dos et lui coupait le souffle. Il était coincé ! Une montagne de pierre pesait sur lui, prison d'il ne savait combien de milliers de pieds d'épaisseur. Affolé, il essaya de reculer. Même en faisant levier avec ses bras, agrippé à une saillie de pierre, il ne bougea pas d'un pouce. Coincé ! Piégé ! Fichu !

Comme s'il se noyait, ses poumons le brûlèrent, incapables d'aspirer encore de l'air. Des larmes dans les yeux, la gorge nouée par la peur, il laboura le sol de la pointe des pieds, pour se déplacer dans un sens ou dans un autre. Rien n'y fit. La position de ses bras, tendus à l'extrême, lui rappela le harnais infernal de Denna. L'impuissance absolue ! Privé de la mobilité de ses membres supérieurs, un homme devenait quasiment impuissant. Une sueur froide ruisselant sur son visage, il cria de panique, soudain certain que les parois cherchaient à le broyer entre leurs mâchoires de pierre. Quelqu'un allait-il enfin venir à son aide ? Par pitié ! Il le fallait ! Mais dans les entrailles de la terre, qui pouvait l'entendre ?

Au prix d'un effort surhumain, il avança de quelques pouces. Un remède pire que le mal, puisque la pression de la voûte et du sol augmenta. Persuadé d'entendre craquer ses os, il cria hystériquement.

Maître Rahl nous guide ! Maître Rahl nous dispense son enseignement ! Maître Rahl nous protège ! À sa lumière, nous nous épanouissons. Dans sa bienveillance, nous nous réfugions. Devant sa sagesse, nous nous inclinons. Nous existons pour le servir et nos vies lui appartiennent.

L'invocation stupide avait explosé dans son esprit. Il la répéta jusqu'à ce que son souffle s'apaise et qu'il eût retrouvé son calme. Son corps restait piégé, mais son esprit fonctionnait de nouveau !

Alors, quelque chose toucha sa cheville. Un contact timide, exploratoire…

Les yeux écarquillés de terreur, Richard détendit sa jambe autant qu'il le put pour chasser l'intrus. Cette infime secousse suffit à le repousser.

Pas longtemps… Richard se pétrifia. Cette fois, une masse froide, humide et visqueuse s'insinua dans la jambe de son pantalon. Une sorte de tentacule à pointe dure rampa sur sa peau et remonta jusqu'à sa cuisse. Une nouvelle ruade – ô combien dérisoire – ne le découragea pas de continuer. La pointe dure tapota sa peau. En amont de l'agresseur, quelque monstrueux appendice la pinça. La panique revint, mais le Sourcier parvint à la conjurer.

À présent, il n'avait plus le choix. L'idée lui avait déjà traversé l'esprit, trop effrayante pour qu'il se résigne à l'essayer. Certain de jouer sa dernière carte, il vida tout l'air de ses poumons, se faisant aussi petit que possible. Alors, il poussa avec ses pieds, tira avec ses mains et se tortilla de nouveau comme un ver. Et enfin, il avança !

Le passage devint encore plus étroit. Toujours sans respirer, Richard chassa la douleur et la panique de son esprit. Au terme d'une autre poussée, ses doigts rencontrèrent quelque chose. Les bords d'une ouverture, peut-être… L'issue de ce piège ?

Il expira encore au moment où la créature qui l'attaquait lâchait un grognement et s'accrochait violemment à sa jambe. Richard tendit ses doigts au maximum, les referma sur les bords de l'ouverture, et poussa encore avec ses pieds. Il avança, les coudes au niveau de l'orifice. Sur toute la longueur de sa jambe, des griffes pointues comme celles d'un chat s'enfoncèrent dans sa chair. Incapable de crier, il glissa encore, poussé par la douleur qui remontait de sa cheville à sa hanche.

La torche, les roseaux de réserve et l'Épée de Vérité tombèrent en avant. En heurtant la pierre, l'arme émit une série de cliquetis métalliques. Les coudes comme points d'appui, Richard passa le torse dans l'ouverture et aspira aussitôt une énorme goulée d'air. Puis il arracha son corps entier à sa prison de roche, bascula dans le vide, tête la première, et resta suspendu ainsi.

Le monstre le retenait toujours par la jambe !

La torche brûlait encore, éclairant une salle à l'étrange forme ovoïde. L'épée reposait non loin de là. Quand il tendit les bras pour s'en emparer, les griffes résistèrent, le redressant un peu tant elles étaient puissantes. Il cria de douleur et l'écho se répercuta tout autour de la salle.

Richard ne pouvait pas atteindre l'épée ! Lentement, douloureusement, les griffes du prédateur inconnu le ramenaient dans le tunnel. Tandis qu'elles lui déchiraient la chair, insensibles à ses hurlements de douleur, il sentit un deuxième tentacule s'infiltrer dans son autre jambe de pantalon et tester le muscle de son mollet du bout de la pointe.

Le Sourcier dégaina son couteau et se plia en deux pour atteindre la créature qui l'emprisonnait. Sans relâche, il la larda de coups jusqu'à ce que retentisse, venu des profondeurs du conduit, un cri aigu de douleur. Les griffes se rétractèrent. Richard glissa le long de la roche et atterrit près de la torche. Saisissant le fourreau de la main gauche, il dégaina l'Épée de Vérité et la brandit quand les deux tentacules émergèrent du trou et ondulèrent comme des serpents, à la recherche de leur proie. Alors qu'ils rampaient vers lui, le jeune homme abattit sa lame. Soudain plus courts d'un bon pied, les appendices battirent en retraite et un grognement sourd retentit dans les profondeurs du conduit.

À la lumière de la torche, qui brûlait toujours sur le sol, Richard vit une masse sombre se glisser par l'ouverture. Trop loin pour la frapper avec son épée, il n'était pourtant pas question qu'il la laisse entrer dans la salle.

Un tentacule s'enroula autour de sa taille et le souleva. Richard se laissa faire. Un œil brilla soudain dans la pénombre, sondant les lieux. Puis une gueule immense s'ouvrit sur des crocs dégoulinant de bave. Au moment où le tentacule l'en approchait, le Sourcier enfonça sa lame dans le globe oculaire bulbeux. Son adversaire le lâcha et hurla à la mort. Alors qu'il glissait de nouveau sur la roche, Richard vit la bête se renfoncer dans le trou. Les tentacules disparurent les derniers dans un concert de cris qui mourut lentement à mesure que le monstre s'éloignait.

Tremblant, Richard s'assit et se passa une main dans les cheveux. Peu à peu, sa respiration se stabilisa et sa peur se dissipa. Quand il baissa les yeux sur sa jambe, il constata que le pantalon était poisseux de sang. Pour l'instant, il n'y pouvait rien. L'urgence, c'était de retrouver l'œuf…

Il s'engagea dans le tunnel qui s'ouvrait à l'autre bout de la salle. Dans ce passage, confortablement large, brillait une lumière pâlichonne mais de fort bon augure. De fait, il atteignit vite la sortie de la grotte.

La lueur rosée de l'aube l'accueillit, ponctuée par les chants joyeux des oiseaux. En contrebas, des dizaines de garns grouillaient. Richard s'assit sur un rocher et contempla l'œuf, entouré de volutes de vapeur. Comme il le redoutait, il était trop gros pour passer dans la grotte. Et de toute manière, il refusait d'y retourner. Mais comment s'y prendre pour le ramener à Écarlate ? Bientôt, il ferait jour. S'il ne trouvait pas vite une solution…

Un insecte se colla à sa jambe blessée et le piqua. D'instinct, il l'écrasa cet importun.

Une mouche à sang!

Après cette erreur grossière, les garns n'auraient aucun mal à le trouver...

Quand une deuxième mouche le piqua, une idée lui traversa l'esprit. Il dégaina son couteau, découpa en lanières la jambe rougie de son pantalon, s'en servit pour essuyer le sang sur sa peau, et attacha une pierre au bout de chacune.

Il prit le sifflet de l'Homme Oiseau, à son cou, et souffla dedans à s'en rompre les muscles du cou. Puis il ramassa une des bandes de tissu lestées d'une pierre, la fit tourner autour de sa tête et la lança vers le bas, au milieu des garns. Il répéta l'opération avec les autres, visant de plus en plus loin parmi les arbres, sur sa droite. Même s'il ne les entendit pas, il sut que les mouches devaient déjà s'affoler. Du sang si frais, un régal pour elles!

Des oiseaux affamés, d'abord quelques-uns, puis des centaines et des milliers, apparurent dans le ciel et piquèrent sur Source Feu, gobant les mouches au passage. Dans la confusion générale, des garns hurlèrent de rage de voir les oiseaux cueillir leurs petites compagnes en plein vol, certains assez audacieux pour les leur subtiliser sur le ventre. Puis quelques monstres s'envolèrent. Pour chaque oiseau qu'ils tuaient, une centaine de nouveaux arrivaient...

Richard descendit la colline. Accroupi, il passait de rocher en rocher sans craindre d'être entendu sous le piaillement cacophonique des volatiles. Fou furieux, les garns luttaient grotesquement contre ces minuscules envahisseurs. L'air n'était plus qu'un océan de plumes. Richard sourit, désolé que l'Homme Oiseau ne soit pas là pour voir ça.

Il sortit du champ de rochers et courut vers l'œuf. Autour de lui, dans un épouvantable chaos, les garns se bousculaient les uns les autres et commençaient à se battre. Il transperça de son épée un des monstres qui le remarqua, en blessa un autre à la patte, coupa l'aile d'un troisième et trancha les bras d'un quatrième. Il les avait épargnés délibérément, histoire qu'ils ajoutent à la confusion en se roulant sur le sol, leurs cris de douleur en prime. Dans cette cohue, les monstres qui le voyaient ne songeaient même plus à l'attaquer. Mais lui ne s'en priva pas.

Il en tua deux à côté de l'œuf. Puis il s'empara du trésor d'Écarlate – chaud, mais pas assez pour le brûler – le cala dans ses bras et constata qu'il était plus lourd que prévu. Aussi vite qu'il put avec ce fardeau, Richard courut vers la gauche, en direction de la ravine qui serpentait entre deux collines.

Les oiseaux volaient en tous sens et certains s'écrasèrent contre lui. Quand deux garns lui fondirent dessus, il posa l'œuf, tua le premier puis coupa une patte au second. Un troisième bondit, venant obligeamment s'empaler sur son épée.

Richard ramassa l'œuf avant de s'enfoncer entre les collines, les bras douloureux et le souffle court. Un groupe de garns lancés à sa poursuite gagna rapidement du terrain. Il reposa son fardeau, décapita le premier et s'apprêta à repousser la charge des autres.

Autour de lui, les arbres s'embrasèrent, les pierres chauffant au rouge. Une langue de flammes venait de carboniser les monstres! Levant les yeux,

Richard vit Écarlate, en vol stationnaire au-dessus de sa tête. Enragée, elle arrosait tout de flammes. Sans cesser de semer la mort, elle tendit une serre, récupéra l'œuf, puis répéta l'opération pour soulever Richard par le dos de sa chemise. Il décollait à peine quand deux nouveaux garns tentèrent de l'arrêter. L'un goûta au tranchant de l'Épée de Vérité et l'autre disparut dans une colonne de feu.

Sur un dernier rugissement de rage, Écarlate prit de l'altitude, Richard toujours piqué au bout de sa serre. Tant qu'à voler, il préférait une position plus confortable, mais c'était toujours mieux qu'un petit séjour parmi une bande de garns – forcément.

Écarlate le conduisit loin de Source Feu. Transporté comme ça, il avait le sentiment d'être une proie qu'elle ramenait à ses petits. Ses côtes lui faisaient un peu mal, mais il se garda bien de se plaindre. À cette hauteur, mieux valait qu'elle ne le lâche pas en essayant d'améliorer son confort…

Ils volèrent pendant des heures. Très prudemment, Richard parvint à adopter une position moins pénible. Alors, il regarda stoïquement les arbres et les collines défiler sous lui. Au passage, il aperçut un ruisseau, des champs cultivés et même un village. Puis les collines grandirent, se couvrirent de pierre et devinrent des falaises et des pics. À grands battements d'ailes, Écarlate prit davantage d'altitude, les pieds de Richard frôlant parfois quelque pointe de montagne plus haute qu'une autre.

La femelle dragon les conduisit dans un paysage désolé semé de grandes pierres marron et gris qui semblaient avoir été empilées là au hasard par un géant, comme des pièces de monnaie sur une table. Si de fières colonnes survivaient encore, la plupart s'étaient affaissées, voire écroulées.

Au-delà de ces amas de pierres se dressaient des falaises déchiquetées constellées de crevasses et hérissées d'éperons rocheux. Devant, quelques filaments de nuages dérivaient paresseusement. Écarlate fonça vers une de ces murailles. Certain qu'ils allaient s'écraser, Richard crut sa dernière heure venue. Mais au dernier moment, la femelle dragon décéléra, s'immobilisa et le déposa sur une grande saillie rocheuse avant d'atterrir à côté de lui.

Une grotte s'ouvrait dans la paroi. Écarlate y entra, non sans difficulté. Au fond, Richard aperçut une sorte de nid de pierres. Sa nouvelle amie y déposa l'œuf puis cracha du feu tout autour. Ébahi, le Sourcier la regarda caresser la coquille du bout d'une serre, l'inspectant minutieusement. Elle crachota encore des flammèches autour de son trésor, puis tendit le cou et écouta, tous les sens en éveil.

—Tout va bien ? demanda Richard.

—Oui, c'est parfait, répondit la femelle dragon, extatique.

—J'en suis très content, Écarlate. Du fond du cœur !

Il avança vers elle. Aussitôt, sa tête se tendit, menaçante.

—Je voudrais récupérer mon sac, c'est tout… Il est pendu à une pique, sur ton épaule.

—Désolée, j'ai cru que… Vas-y !

Richard reprit son bien et s'assit contre la paroi, près de l'entrée, pour avoir un peu de lumière. Jetant un coup d'œil dehors, il constata qu'ils étaient à des milliers de pieds d'altitude. Si Écarlate n'était pas du genre à tenir parole…

Il sortit du sac son pantalon de rechange…

… et eut la surprise d'y trouver autre chose. Un pot rempli de l'onguent qu'il avait préparé pour Denna quand Rahl s'était acharné sur elle. Elle avait dû le mettre là à un moment ou à un autre… Baissant les yeux sur l'Agiel, il sourit tristement au souvenir de sa maîtresse. Comment pouvait-il avoir de la peine pour quelqu'un qui l'avait tourmenté ? La réponse était simple : il lui avait pardonné avec l'aide de la magie blanche…

L'onguent à base de poudre d'aum lui fit un bien fou. La brûlure des griffes apaisée, il gémit d'aise et remercia mentalement Denna d'avoir mis ce trésor dans son sac. Puis il retira les lambeaux de son pantalon.

— Tu as l'air ridicule en caleçon ! lança Écarlate.

Richard se retourna d'un bond.

— Un homme ne se sent jamais très rassuré quand une femme lui dit ça, même si c'est un reptile ailé géant…

Il lui tourna le dos et enfila son pantalon de rechange.

— Tu es blessé ? demanda Écarlate. Les garns ?

— Non… Dans la grotte… (Il s'interrompit, secoué par cet horrible souvenir. Puis il se rassit, les yeux rivés sur la pointe de ses bottes.) J'ai dû passer dans un tunnel très étroit… Le seul chemin. Et j'ai été coincé. (Il releva la tête.) Depuis que je suis parti de chez moi pour lutter contre Rahl, j'ai eu peur plus souvent qu'à mon tour. Mais être piégé sous terre, sans pouvoir respirer, écrasé par la roche… Eh bien, c'était une de mes pires expériences. De plus, je ne sais quel monstre m'a enfoncé ses griffes dans la jambe pendant que j'essayais de m'en sortir…

Une serre sur son trésor, Écarlate le regarda un long moment en silence.

— Richard Cypher, dit-elle enfin, merci d'avoir tenu parole. Tu m'as rendu mon petit ! Même pour une créature sans écailles et sans ailes, tu es rudement courageux. Je n'aurais jamais cru qu'un humain risquerait sa vie pour aider un dragon.

— Je ne l'ai pas fait que pour toi… Comme ça, je pourrai aussi sauver mes amis.

— Et il est honnête, en plus ! soupira Écarlate. Je crois que tu aurais agi ainsi de toute façon… Désolée que tu aies été blessé et que tu aies eu si peur. En général, les hommes essaient de tuer les dragons. Tu es peut-être le premier qui en aide un. Quelles que soient les raisons ! Crois-moi, j'avais des doutes…

— Pour tout dire, tu es arrivée au bon moment. Ces garns auraient fini par m'avoir. Au fait, pourquoi m'as-tu désobéi ? Je t'avais dit de m'attendre.

— Bien que j'aie honte de l'avouer, je pensais que tu avais filé. En venant jeter un coup d'œil, j'ai entendu le vacarme. C'est aussi simple que ça. À présent, je vais honorer ma part du marché.

— Merci, Écarlate ! Mais peux-tu laisser l'œuf sans soins ? Et si Rahl le volait de nouveau ?

— Pas ici… Après qu'il me l'eut pris, j'ai passé des semaines à chercher un endroit comme celui-là. Pour cacher mon petit, si je le retrouvais… Rahl ne le découvrira jamais… Quant aux soins, ce n'est pas un problème. Lorsque les femelles dragons vont chasser, elles chauffent la pierre avec leur souffle, pour que l'œuf soit au chaud.

— Écarlate, il ne me reste plus beaucoup de temps. Quand pouvons-nous partir ?

— Tout de suite !

Chapitre 46

Une journée frustrante ! Écarlate avait survolé des forêts très denses pendant qu'ils sondaient les routes et les pistes. Pas de trace des amis de Richard... Découragé, et passablement fatigué, il lui restait à peine la force de s'accrocher aux piques de la femelle dragon, qui continuait inlassablement les recherches. Le Sourcier refusait de se reposer : il devait trouver Zedd et Kahlan ! En plus de la fatigue, il avait récolté une terrible migraine pour avoir trop forcé sur ses yeux. Chaque fois qu'il apercevait un groupe de voyageurs, il oubliait ses misères, se concentrait de nouveau... et finissait par annoncer à Écarlate que ce n'étaient toujours pas ceux qu'ils cherchaient.

La bête fit du rase-mottes, frôlant la cime des pins, au bord d'un champ. Soudain, elle lâcha un cri perçant qui fit sursauter Richard et vira si sèchement qu'il en eut la nausée. Un daim traversait le champ, chassé du couvert des bois par le hurlement de la femelle dragon. Repliant les ailes, elle piqua sur sa cible, l'attrapa en pleine course et lui brisa la nuque sous l'impact. L'habileté à la chasse de sa compagne volante impressionna beaucoup Richard.

Écarlate remonta en altitude, parmi les nuages auréolés de pourpre par le soleil couchant. Aussi mélancolique que si son cœur avait sombré à l'horizon avec l'astre du jour, le jeune homme comprit qu'elle reprenait le chemin de son nid. Il aurait voulu lui demander de continuer un peu, mais comment l'empêcher d'aller rejoindre son – futur – petit ?

Au crépuscule, Écarlate se posa sur la saillie rocheuse, attendit qu'il soit descendu de son dos, et se précipita dans la grotte. Mort de froid, Richard s'emmitoufla dans son manteau et s'assit contre la paroi.

Après s'être occupée de l'œuf, le couvant puis le réchauffant avec ses flammes, Écarlate décida qu'il était temps de s'intéresser au daim.

— Tu dois avoir un appétit de moineau, dit-elle. T'en donner un peu ne me privera pas.

— Tu pourrais le faire cuire ? Je ne mange pas de viande crue...

Comme elle acquiesça, Richard se coupa un solide morceau de viande et le piqua au bout de l'Épée de Vérité. Puis il tendit l'arme devant lui et détourna la tête quand Écarlate souffla dessus un filet de flammes. Dès que ce fut cuit, il retourna dans son coin et mangea en essayant de ne pas trop regarder la femelle dragon déchirer la chair sanguinolente avec ses crocs et ses griffes. Des morceaux de bidoche volaient un peu partout, et elle avalait sans même prendre le temps de mâcher…

— Si nous ne trouvons pas tes amis, demanda-t-elle une fois restaurée, que feras-tu ?

— Nous devons les trouver ! Je ne veux pas penser à une autre possibilité…

— À l'aube, demain, il restera quatre jours avant le début de l'hiver…

— Je sais…

— Pour un dragon, la mort est préférable à la servitude, affirma Écarlate en fouettant l'air avec sa queue.

— S'il doit choisir pour lui seul, peut-être… Mais quand d'autres vies sont en jeu ? Tu as accepté la servitude pour donner à ton petit une chance de grandir.

La femelle dragon grogna, ne répondit pas, et retourna s'occuper de son trésor.

S'il ne parvenait pas à arrêter Rahl, Richard savait qu'il choisirait de sauver ceux qui pouvaient l'être. Pour éviter à Kahlan de tomber entre les mains d'une Mord-Sith, il aiderait son pire ennemi à ouvrir la bonne boîte. Alors, son amie aurait le genre d'existence qui revenait à une Inquisitrice.

Permettre à Rahl de régner en maître absolu sur tous et sur tout le désespérait. Mais quel choix avait-il ? Shota avait sans doute eu raison : Kahlan et Zedd tenteraient de le tuer. Et il le méritait peut-être, pour avoir simplement pensé à aider Darken Rahl. Mais si la décision lui revenait, envers et contre tout, il ne laisserait pas la jeune femme subir les ignominies d'une Mord-Sith.

Richard s'étendit, trop déprimé pour finir son repas. Il posa la tête sur son sac, se couvrit avec son manteau et pensa à Kahlan.

Il s'endormit comme une masse.

Le lendemain, Écarlate choisit d'explorer les routes et les pistes autour de l'endroit où se dressait naguère la frontière. Un écran de nuages épais voilait le soleil. Richard espérait que ses amis ne s'étaient pas aventurés aussi près du repaire de Darken Rahl. Mais si Zedd avait cherché à localiser la pierre de nuit avant que leur adversaire la détruise, découvrant ainsi qu'il était au Palais du Peuple, il fallait craindre qu'ils se soient rués dans cette direction. Écarlate fit du rase-mottes dès qu'ils aperçurent des voyageurs et leur ficha une sacrée frousse. En vain, car ce n'était pas ceux qu'ils cherchaient…

Vers midi, Richard les repéra enfin ! Zedd, Chase et Kahlan galopaient sur une piste parallèle à la route principale. Il cria à Écarlate de se poser. Elle vira sur l'aile et tomba en piqué, flèche rouge dans le ciel grisâtre. La voyant arriver, les trois cavaliers arrêtèrent leurs montures et sautèrent à terre.

Écarlate écarta ses ailes, ralentit leur descente et atterrit dans une clairière, au bord de la piste. Richard sauta de son dos et courut vers ses amis, debout près de leurs chevaux, les rênes à la main. Dans l'autre, Chase tenait une masse d'armes.

Revoir Kahlan manqua le faire défaillir de bonheur et de soulagement. Tous ses souvenirs d'elle prenaient soudain corps devant lui. Tandis qu'il courait vers ses amis, avalant sans peine une petite butte de la piste, ils ne bronchèrent pas, comme pétrifiés. Richard baissa les yeux, histoire de voir où il marchait et de ne pas s'étaler ridiculement.

Quand il les releva, du feu magique volait vers lui. Il se figea de surprise. Que fichait donc Zedd ? La boule de flammes était plus grosse que toutes celles qu'il avait vues. Elle illuminait les arbres alentours et avançait en sifflant comme un serpent. Une fraction de seconde, il la regarda fondre sur lui.

Puis il saisit son épée et sentit les lettres du mot « Vérité » s'enfoncer dans sa paume. Il dégaina la lame et la note métallique emplit l'air. La magie se déversa aussitôt en lui. Comme ce jour-là, chez Shota, il prit l'arme à deux mains et la brandit comme un bouclier. Fou de rage à l'idée que Zedd l'ait trahi, il attendit l'impact.

Le choc eut lieu et le força à reculer d'un pas. Le feu magique se dispersa tout autour de lui, retourna en partie de là où il venait, puis se dissipa en un clin d'œil.

— Zedd ! Qu'est-ce qui te prend ? C'est moi, Richard !

Il avança, furieux que Zedd l'ait attaqué, sa colère décuplée par la magie de l'épée. De la rage liquide coulait à flot dans ses veines.

Dans sa tunique toute simple, aussi décharné qu'à l'accoutumée, le sorcier ne sembla pas vouloir céder un pouce de terrain. Lesté d'armes, l'air toujours aussi redoutable, Chase paraissait dans le même état d'esprit. Le vieil homme prit le bras de Kahlan et la tira derrière lui pour la protéger. Chase fit un pas en avant, son regard plus noir encore que ses vêtements.

— Chase, souffla Zedd, ne fais pas l'idiot ! Reste où tu es…

— Que vous arrive-t-il ? explosa Richard. Et que fichez-vous ici ? Je vous avais ordonné de ne pas me suivre ! Darken Rahl a envoyé des hommes à votre poursuite. Vous devez partir !

Ses cheveux blancs plus en bataille que jamais, Zedd se tourna vers Kahlan sans quitter Richard du coin de l'œil.

— Tu comprends ce qu'il raconte ?

— Non. Je crois que c'est du haut d'haran. Je ne parle pas cette langue…

— Du haut d'haran ? Vous êtes devenu fous ? Que…

Soudain, Richard se souvint. La Toile d'Ennemi dont Rahl l'avait enveloppé ! Ses compagnons ne le reconnaissaient pas ! Pire que tout, ils le prenaient pour Rahl en personne !

Une autre idée lui donna le vertige. Zedd l'avait frappé avec le feu magique parce qu'il croyait avoir en face de lui son ennemi mortel. Donc, ce n'était pas lui le traître ! Ça ne laissait plus que Kahlan… Mais si elle était passée dans le camp de Rahl, elle devait le voir sous son véritable jour.

Terrifié à l'idée de vérifier sa théorie, il avança néanmoins et plongea son regard dans les yeux verts de la jeune femme. Kahlan se raidit, les poings sur les flancs et la tête bien droite. Richard reconnut cette attitude. Une menace. Très sérieuse! Et il savait ce que son pouvoir lui ferait… Selon Shota, se souvint-il, il avait une chance contre Zedd, mais aucune face à la Mère Inquisitrice, qui n'échouerait pas.

Zedd essaya de rester entre eux. Richard l'écarta presque négligemment et continua à avancer. Derrière lui, le sorcier lui posa une main sur la nuque, ce qui lui valut une douleur très semblable à celle de l'Agiel. Du feu liquide se déversa dans ses bras puis dans ses jambes, torturant tous ses nerfs. Avant les jours passés à la merci de Denna, il se serait écroulé. Mais sa maîtresse lui avait appris à augmenter son seuil de tolérance. Compagnon de la souffrance, il savait désormais composer avec elle. Et même si Zedd n'était pas loin de valoir la Mord-Sith, il puisa dans ses réserves de volonté, chassa la douleur et la remplaça par la colère de l'épée.

Quand il jeta un regard d'avertissement au sorcier, il ne recula pas. Alors, Richard le poussa. Une simple bourrade… Mais avec la force que lui conférait la magie, le pauvre Zedd s'étala de tout son long en arrière.

Devant le jeune homme, Kahlan n'avait toujours pas bronché.

— Qui vois-tu en face de toi? demanda-t-il. Darken Rahl… ou Richard?

Kahlan tremblait un peu, apparemment incapable de bouger. Soudain, le regard de Richard capta quelque chose, à la périphérie de sa vision. Un reflet métallique! La pointe de l'Épée de Vérité était plaquée sur la saignée de la gorge de la Mère Inquisitrice! Il ne l'avait pas levée consciemment, comme si la magie eût agi toute seule. Mais c'était une illusion! Il avait accompli ce geste. Et Kahlan tremblait à cause de ça. Sous la pointe d'acier, une goutte de sang perlait déjà. Si cette femme avait trahi, il devrait l'exécuter.

La lame était devenue blanche. Comme le visage de l'Inquisitrice.

— Qui vois-tu? insista le Sourcier.

— Qu'avez-vous fait à Richard? croassa Kahlan, sa fureur audible malgré le mal qu'elle avait à parler. Si vous l'avez blessé, je jure que je vous tuerai!

Il se souvint de la façon dont elle l'avait embrassé. Ce n'était pas le baiser d'une mante religieuse, mais d'une femme amoureuse. Même si ses soupçons s'avéraient un jour, jamais il ne pourrait lui ôter la vie. De toute façon, elle n'avait pas trahi, sa réaction le prouvait. Des larmes aux yeux, il rengaina sa lame.

— Pardonne-moi, Kahlan… Que les esprits du bien m'aient en pitié, car j'ai failli commettre une abomination! Je sais que tu ne me comprends pas, mais pardonne-moi quand même. Darken Rahl s'est servi sur moi de la Première Leçon du Sorcier. Il voulait nous monter les uns contre les autres. J'ai failli croire en son mensonge! À présent, je sais que ta loyauté et celle de Zedd sont indéfectibles. Pardon d'en avoir douté…

— Que voulez-vous? demanda Zedd. Nous ne comprenons pas un mot à vos discours!

— Zedd… Comment te faire saisir ? (Il prit le sorcier par sa tunique.) Zedd, où est la boîte ? Je dois la récupérer avant que Darken Rahl se l'approprie. Il ne faut pas qu'il l'ait !

Zedd plissa le front. Richard sut que tout ça ne le conduirait à rien. Aucun d'eux ne le comprenait ! Il approcha des chevaux et entreprit de fouiller les sacoches.

— Cherchez autant que vous voulez ! lança le sorcier. Nous n'avons pas la boîte et vous serez mort dans quatre jours !

Richard sentit un mouvement derrière lui. Il se retourna et découvrit Chase, masse d'armes prête à frapper. Une langue de feu jaillit entre eux une seconde avant que le coup parte. Écarlate continua à souffler jusqu'à ce que le garde-frontière recule.

— Tu parles d'une bande de copains…, grommela la femelle dragon.

— Darken Rahl a lancé sur moi une Toile de Sorcier. Ils ne me reconnaissent pas…

— Peut-être, mais si tu t'attardes ici, ils finiront par avoir ta peau.

Richard dut reconnaître que c'était bien vu. Il comprit aussi que ses amis n'avaient sûrement pas la boîte. Venus en D'Hara pour le sauver, ils n'auraient pas pris le risque de la rapprocher de Rahl.

Silencieux, ils regardaient Richard et la femelle dragon.

— Écarlate, dis-leur quelque chose, pour voir s'ils te comprennent.

— D'accord… Ce n'est pas Darken Rahl, mais votre ami Richard, caché par une Toile de Sorcier. Vous avez pigé ?

Aucune réaction. Exaspéré, Richard approcha de Zedd.

— Je t'en prie, essaie de comprendre ! Ne cherche plus la pierre de nuit. C'est un piège et tu finiras prisonnier du royaume des morts ! Essaie de comprendre, bon sang !

Autant parler à un caillou. Richard sut ce qu'il lui restait à faire : s'occuper d'abord de la boîte, puis revenir pour les protéger des *quatuors* de Rahl.

À contrecœur, il remonta sur le dos d'Écarlate. Elle les foudroya du regard et cracha quelques flammes en guise d'avertissement. Richard aurait tout donné pour rester avec Kahlan, mais c'était impossible.

— Partons d'ici ! lança-t-il. Il faut trouver mon frère.

Sur un dernier jet de flammes dissuasif, Écarlate décolla. Richard s'accrocha à ses piques tandis qu'elle montait en flèche vers les cieux, prête à fendre les nuages. Tant qu'il les aperçut, le jeune homme ne quitta pas des yeux ses trois amis, qui les regardaient s'éloigner à tire-d'aile. Quel crève-cœur que de les abandonner ainsi ! Si au moins il avait pu voir Kahlan sourire, ne fût-ce qu'une fois…

— Et maintenant ? demanda Écarlate.

— Comme j'ai dit, nous devons trouver mon frère. Il est avec une armée de mille hommes, quelque part dans les monts Rang'Shada. On ne devrait pas avoir de mal à les repérer.

— Tes amis ne m'ont pas comprise, rappela la femelle dragon. Comme je suis de ton côté, la Toile agit aussi sur moi. Mais elle n'altère pas mes perceptions, parce qu'elle doit être conçue exclusivement pour les humains. Si ces trois-là ont tenté de te tuer à cause du sort de Rahl, les autres auront la même réaction. Et je ne suis pas de taille à te défendre contre mille hommes.

— Je dois essayer quand même. Michael est mon frère, il sera peut-être plus facile de lui faire sentir qui je suis. Il est venu m'aider. Et j'ai besoin de secours !

Une armée étant plus simple à repérer, ils restèrent en altitude pour balayer davantage de terrain. Écarlate décrivit de grands cercles entre les nuages cotonneux. Quand on les voyait de si près, constata Richard, on découvrait à quel point ils étaient gros. À certains moments, on se serait cru dans un paysage flottant où alternaient les pics et les vallées. La femelle dragon passait le plus souvent sous le ventre de ces amas grisâtres, sa tête ou le bout de ses ailes disparaissant parfois au milieu d'une extension inattendue. Dans cet environnement, elle-même semblait minuscule.

Ils cherchèrent des heures durant sans apercevoir l'ombre d'une armée. De plus en plus à l'aise dans les cieux, Richard ne se tenait plus en permanence aux piques de sa monture. Adossé entre deux excroissances, il s'autorisait des moments de détente, sans pour autant cesser de sonder la route.

Une seule pensée l'habitait : comment se faire reconnaître de Michael ? À l'évidence, c'était lui qui avait la boîte. Zedd avait dû la dissimuler par magie et laisser à l'armée le soin de la protéger. S'il parvenait à communiquer avec son frère, il se la ferait confier. Écarlate la transporterait dans son nid, et Rahl aurait perdu la partie…

Alors, il mourrait dans trois jours et demi. Kahlan ne risquerait plus rien. Jusqu'à la fin de ses jours. Quant à lui, il rentrerait en Terre d'Ouest et n'aurait jamais plus affaire avec la magie.

Ni avec Kahlan… L'idée de ne jamais la revoir le vidait de toutes ses forces.

En fin d'après-midi, Écarlate repéra la troupe. À cette altitude, elle avait une vue bien plus perçante que la sienne. Pour apercevoir les soldats, dans le lointain, il dut plisser les yeux, et ne distingua d'abord qu'une colonne de poussière…

— Quel est ton plan ? demanda la femelle dragon.

— Crois-tu pouvoir te poser un peu devant eux sans qu'ils te voient ?

Écarlate tourna à demi la tête pour le foudroyer d'un seul œil.

— Je suis un dragon rouge, petit homme ! Si ça m'amusait, j'atterrirais au milieu de ces soldats sans qu'ils me remarquent. À quelle distance veux-tu en être ?

— Pour éviter des ennuis, il faut que je puisse accéder à Michael sans que ses hommes ne m'aperçoivent. (Il réfléchit quelques instants.) Dépose-moi sur leur chemin, avec quelques heures d'avance sur eux. Je les laisserai venir à moi. À la faveur de la nuit, je contacterai mon frère.

La femelle dragon écarta les ailes et vira lentement vers un amas de collines, devant l'armée en marche. Elle amorça sa descente à l'abri d'une de ces buttes, survola des vallées, hors de vue de la route, et atterrit dans une petite clairière semée d'herbes jaunissantes. Alors que ses écailles brillaient sous les rayons de la fin d'après-midi, Richard se laissa glisser de son dos.

— Et maintenant ? demanda Écarlate.

— J'attendrai jusqu'à ce qu'ils s'arrêtent pour camper. Quand ils auront dîné, je m'introduirai sous la tente de Michael pour lui parler seul à seul. Je trouverai bien un moyen de lui prouver mon identité.

La femelle dragon regarda le ciel, puis la route, et grogna.

— Il fera bientôt nuit. Je dois retourner au nid, l'œuf a besoin de chaleur.

— Je comprends… Reviens me chercher demain matin. Je t'attendrai ici…

— Le ciel se couvre. S'il y a trop de nuages, je ne pourrai pas les traverser.

— Pourquoi ?

— Parce qu'il y a des rochers cachés dedans !

— Pardon ?

— Les nuages dissimulent les choses ! s'impatienta Écarlate, sa queue fouettant l'air. Comme le brouillard. Bref, on n'y voit rien ! Et quand on est aveugle, on se heurte aux obstacles – par exemple les collines et les montagnes. Je suis solide, mais une rencontre imprévue avec un rocher me briserait le cou. Si les nuages sont assez hauts, je vole au-dessous. Quand ils sont très bas, je passe au-dessus. Mais dans ce cas, je ne vois pas le sol. Donc, je ne te trouverai pas. Que faire si les nuages ou un autre ennui sabotent notre rendez-vous ?

Richard posa la main droite sur la garde de son épée et sonda la route.

— Dans ce cas, je retournerai vers mes trois autres amis. Par la route principale, pour que tu puisses me repérer plus tard. Si rien ne marche, j'irai au Palais du Peuple dans trois jours. Écarlate, au cas où tout ce que je tente échoue, tu devras me ramener à temps chez Darken Rahl. Dans trois jours !

— Un délai plutôt serré…

— Je sais…

— Encore trois jours et je serai débarrassée de toi !

— Ce sont les termes du marché, oui, fit Richard avec un grand sourire.

Écarlate leva de nouveau les yeux.

— Ce ciel ne me dit rien qui vaille, grommela-t-elle. Bonne chance, Richard Cypher. Je serai de retour au matin.

Elle prit un peu d'élan et décolla. Richard la regarda décrire un grand cercle autour de lui, presque en rase-mottes, puis s'éloigner, rapetisser et disparaître entre les collines. À cette vision, un souvenir s'éveilla en lui. Il avait déjà contemplé ce spectacle le jour de sa rencontre avec Kahlan, après que la liane-serpent l'eut attaqué. Oui, il avait vu Écarlate lui passer au-dessus de la tête puis se fondre dans les collines. Mais que faisait-elle en Terre d'Ouest à ce moment-là ?

Se frayant un chemin dans les hautes herbes desséchées, Richard approcha d'une colline et monta au sommet afin d'avoir une vue dégagée sur l'ouest. Installé dans une cachette confortable, au cœur des broussailles, il mangea un peu de viande fumée et quelques fruits secs. Puis il constata qu'il lui restait aussi deux ou trois pommes. Il les grignota sans véritable plaisir, les yeux rivés sur la route d'où arriverait l'armée de Terre d'Ouest. Comment se faire reconnaître de Michael ? se demandait-il sans cesse.

Fallait-il essayer d'écrire ou de dessiner sur du papier ou dans la poussière ? Non, beaucoup trop simple pour fonctionner… Si la Toile d'Ennemi brouillait ses paroles, il en irait de même pour ses écrits. Alors, que faire ? Se référer à un jeu que son frère et lui pratiquaient jadis ? Rien ne lui vint à l'idée. À vrai dire, Michael ne s'amusait pas beaucoup avec lui quand ils étaient enfants. À part les duels à l'épée de bois. Mais lui brandir l'Épée de Vérité devant le nez risquait de ne pas être très parlant…

Soudain, un détail lui revint. Quand ils s'affrontaient à l'épée, Michael aimait que Richard le salue, un genou en terre. S'en souviendrait-il ? Ce rite le réjouissait tellement ! Il l'appelait le « salut du vaincu ». Quand Richard gagnait, son aîné refusait de s'y plier. Beaucoup plus petit et moins fort, à l'époque, il n'avait jamais réussi à l'y obliger. Mais il s'était retrouvé plus d'une fois dans cette position presque humiliante. Aujourd'hui, ce vestige du passé le faisait sourire, même s'il en avait souffert en ce temps-là. Michael ne pouvait pas avoir oublié. En tout cas, ça méritait d'être essayé…

Un peu avant la nuit, le Sourcier entendit le vacarme d'un galop ponctué de cliquetis d'armures et de craquements de cuir. Une cinquantaine de cavaliers passèrent bientôt devant lui dans une colonne de poussière. Tout de blanc vêtu, Michael conduisait ces soldats armés jusqu'aux dents. Richard reconnut les uniformes de Terre d'Ouest, avec les armoiries de Hartland aux épaules. L'étendard, lui, représentait un pin – bleu ! – sous lequel s'entrecroisaient deux épées. Chaque homme portait une épée courte dans le dos, une hache de bataille à la ceinture et une lance coincée dans un étrier. Les cottes de mailles brillaient comme des pierres précieuses à travers la poussière. Ce n'était pas un détachement de l'armée régulière, mais la garde personnelle de Michael.

Où était le reste de la troupe ? Du ciel, Richard avait vu les cavaliers et les fantassins avancer ensemble. Mais ces chevaux allaient trop vite pour qu'on les suive à pied. Richard resta un moment sur sa colline, pour voir si le gros de la colonne allait se montrer. Rien ne se passa…

D'abord inquiet, il se détendit en comprenant de quoi il retournait. Zedd, Chase et Kahlan avaient laissé la boîte à Michael, annonçant qu'ils partaient en D'Hara à la recherche de leur ami. Incapable de rester en place, son frère avait sûrement décidé de les rejoindre. Les fantassins étant trop lents pour atteindre à temps le Palais du Peuple, il était parti en éclaireur.

Cinquante hommes, même d'élite, ne pèseraient pas lourd s'ils rencontraient un régiment de Rahl. En l'occurrence, Michael avait laissé son cœur prendre le pas sur son intelligence.

Richard rejoignit les cavaliers après la tombée de la nuit, car ils n'avaient pas ralenti le rythme, s'arrêtant tard pour camper. Quand il atteignit leur bivouac, un bon moment après le dîner, les chevaux étaient déjà bouchonnés et attachés. Quelques hommes dormaient, des sentinelles veillant sur leur repos. Richard n'eut aucun mal à les repérer et à les éviter…

Par cette nuit d'encre où les nuages voilaient la lune, il rampa en silence entre les gardes. Un exercice tout à fait dans ses cordes. Il avait localisé les hommes et ils ne s'attendaient pas à ce qu'on tente de s'infiltrer dans leurs rangs. Dès qu'une tête se tournait dans sa direction, il lui suffisait de se baisser, et le tour était joué ! Le périmètre de surveillance franchi, il étudia le campement. Michael lui avait facilité le travail, car sa tente se dressait loin des dormeurs. Dans le cas contraire, la tâche aurait été un peu plus compliquée. Cela dit, des soldats montaient la garde autour du petit pavillon. Richard étudia leurs mouvements, prit note des points faibles du dispositif, et trouva vite l'endroit où se faufiler entre eux. L'ombre que projetait la tente, à la faveur des feux de camp ! Les sentinelles restaient à la lumière, car elles ne voyaient plus rien dans ces îlots d'obscurité.

Le Sourcier avança, plié en deux, plus silencieux qu'un renard aux abords d'un poulailler. Quand il fut assez près de la tente, il tendit l'oreille pour déterminer s'il y avait quelqu'un avec Michael. Il capta des bruits de papier froissé. Une lampe brûlait, mais aucune conversation n'était en cours. Il approcha encore et fit une petite entaille dans la toile, pour regarder à travers. Michael était assis à une table de campagne pliante, concentré sur des documents. Sa tête, toujours aussi hirsute, reposait sur le dos de sa main gauche. Les documents, à voir leur taille, semblaient être des cartes plutôt que des textes…

Il devait entrer, se redresser, tomber sur un genou et faire son salut avant que Michael donne l'alarme. Dans la tente, juste devant lui, était installé un lit de camp. Exactement ce qu'il lui fallait pour dissimuler son entrée par effraction.

Tendant la corde pour que la tente ne vibre pas, il coupa une fixation, juste derrière le lit de camp. Puis il souleva la toile et se glissa à l'intérieur, dissimulé par le meuble de campagne.

Alerté par un bruit, Michael se retourna. Richard se leva d'un bond, en face de la table, et sourit, ravi de revoir enfin son frère aîné.

Le Premier Conseiller blêmit, sauta sur ses pieds et parla avant que le Sourcier ait pu faire son salut du vaincu.

— Richard… comment as-tu… que fais-tu ici ? Je suis si content que tu sois là. Nous nous sommes tellement… inquiétés…

Le sourire de Richard s'effaça.

La Toile, avait dit Rahl, n'aurait aucun effet sur ceux qui le servaient. Et Michael le voyait sous sa véritable apparence !

Le traître, c'était lui ! Son frère l'avait livré à Rahl pour qu'il soit capturé et torturé par une Mord-Sith. S'il le laissait faire, il vendrait aussi Zedd et Kahlan à leur pire ennemi. Oui, Michael, son frère ! Un infâme comploteur prêt à remettre le monde entier entre les mains de Darken Rahl.

— Où est la boîte ? croassa Richard.

—Ah… Tu as l'air affamé, petit frère. On va t'apporter quelque chose. Ensuite, nous parlerons…

Craignant de l'utiliser, Richard garda sa main droite aussi loin que possible de l'épée. Il devait se souvenir qu'il était le Sourcier, pas Richard Cypher, le frère de cet homme. Et le Sourcier avait une mission à accomplir qui lui interdisait de céder aux sentiments de Richard. Les comptes se régleraient plus tard. Pour l'instant, d'autres enjeux primaient.

—Où est la boîte ?

—La boîte…, répéta Michael en détournant le regard. Oui, Zedd m'en a parlé… Il allait me la donner, puis il a marmonné un truc incompréhensible au sujet d'une pierre et de D'Hara – un moyen de te trouver, si j'ai bien compris – et tous les trois sont partis à ta recherche. Je voulais les accompagner, pour te sauver, mais je devais rassembler mes hommes et les préparer au départ. Alors, le sorcier a gardé la boîte et ils ont filé en éclaireurs.

Richard comprit que Rahl ne lui avait pas menti : il détenait la troisième boîte !

Grâce à Michael !

Richard étouffa ses émotions et évalua la situation. La seule chose importante, à présent, était de rejoindre Kahlan. S'il se faisait tuer ici, elle subirait les outrages et la douleur d'un Agiel. Pour se calmer, il se surprit à invoquer l'image de la natte de Denna. Pourquoi pas, au fond ? Tant que ça fonctionnait… Abattre Michael était impossible, car ses hommes le captureraient ensuite. Donc, son frère ne devait pas se douter qu'il avait tout compris, car ça ne servirait à rien, sinon à compliquer encore les choses.

—Si la boîte est en sécurité, dit-il en se forçant à sourire, c'est tout ce qui compte.

Michael retrouva soudain un peu de ses couleurs.

—Richard, tu vas bien ? Tu as l'air… changé. Comme si tu en avais bavé…

—Tu ne sauras jamais à quel point, mon frère, dit le Sourcier en s'asseyant sur le lit.

Michael battit prudemment en retraite vers sa chaise. Avec sa chemise blanche, son pantalon bouffant de la même couleur et sa ceinture en or, il ressemblait à un disciple de Darken Rahl. Richard jeta un coup d'œil aux documents déroulés sur la table. Des cartes de Terre d'Ouest ! Un cadeau pour Rahl…

—Michael, j'étais en D'Hara, comme te l'a dit Zedd, mais je me suis enfui. Il faut nous éloigner de ce pays ! Mettre le plus de distance entre lui et nous ! Je dois rattraper les autres et les ramener. Toi, retourne chez nous avec ton armée. Terre d'Ouest aura besoin de défenseurs. Au fait, merci d'être venu à mon secours.

—Tu es mon frère…, fit Michael, de plus en plus détendu. Qu'aurais-je pu faire d'autre ?

Les entrailles déchirées par cette trahison, Richard parvint quand même à sourire. En un sens, c'était pire que de se découvrir vendu par Kahlan.

Avec Michael, il avait grandi, joué, espéré, pleuré… Cet homme faisait depuis toujours partie de sa vie. Un aîné admiré, aimé, soutenu contre vents et marées… Combien de fois s'était-il vanté, devant d'autres enfants, d'avoir un frère formidable ?

— Michael, il me faut un cheval. Je dois repartir au plus vite !

— Nous viendrons tous avec toi ! Maintenant que je t'ai retrouvé, plus question de te perdre de vue !

— Non ! cria Richard en se levant d'un bond. (Il se calma aussitôt.) Tu me connais, j'ai l'habitude de suivre les pistes seul. C'est ma spécialité. Toi et tes hommes me ralentiriez… et le temps presse !

Michael se leva aussi et jeta un coup d'œil au rabat de la tente.

— Pas question ! Nous allons…

— Non. Tu es le Premier Conseiller de Terre d'Ouest. La sécurité du pays est ta priorité, pas jouer les nounous pour ton petit frère. Je t'en prie, ramène tes forces chez nous. Je m'en sortirai très bien…

— Je suppose que tu as raison, fit Michael en se frottant le menton. Nous allions en D'Hara pour t'aider. Alors, maintenant que tu es en sécurité…

— Encore merci d'être venu, grand frère. Je me débrouillerai pour trouver un cheval. Retourne à tes occupations…

Richard se serait volontiers décerné le titre du plus formidable crétin de la création ! Il aurait dû deviner depuis longtemps. En tout cas, après le discours délirant de son frère sur le feu. Ce soir-là, Kahlan avait essayé de le prévenir. Ses soupçons étaient exacts. S'il avait écouté sa tête au lieu de se fier à son cœur…

La Première Leçon du Sorcier : les gens sont stupides et croient ce qu'ils ont envie de croire. Lui, il avait battu des records en la matière ! Au point d'être trop en colère contre lui-même pour en vouloir à Michael !

Son aveuglement allait lui coûter la victoire. Il n'avait plus d'option, à présent. Et il méritait de mourir.

Les yeux rivés dans ceux de son frère, il se laissa tomber sur un genou et fit le salut du vaincu.

— Tu t'en souviens…, murmura Michael, les poings sur les hanches, un sourire aux lèvres. Ça fait un sacré bout de temps, petit frère…

Richard se releva.

— Pas si longtemps que ça… Et certaines choses ne changent jamais. Je t'aime toujours, Michael. Au revoir…

Le jeune homme repensa à la possibilité de tuer son frère. Il devrait utiliser la colère de l'épée, car il était au-dessus de ses forces de tout pardonner à Michael pour que la lame tourne au blanc. Ce qu'il lui avait fait, il pouvait peut-être l'oublier. Mais pas ses actes contre Kahlan et Zedd. De plus, éliminer un traître importait moins que sauver ses amis. Laver sa propre stupidité dans le sang serait un trop grand risque.

Il sortit de la tente et Michael le suivit.

— Au moins, mange un peu avant de repartir. Nous devons parler d'autres sujets. Je ne suis toujours pas sûr que…

Richard se retourna et lut sur le visage du Premier Conseiller qu'il n'avait aucune intention de le laisser filer. Il attendait simplement que ses hommes viennent l'aider.

— S'il te plaît, laisse-moi faire. Je dois partir.

— Gardes ! appela Michael. Je veux que mon frère reste avec nous. Pour son propre bien.

Trois soldats avancèrent vers Richard, qui sauta dans les broussailles puis s'enfonça au cœur de la nuit. Ils le suivirent maladroitement. Ce n'étaient pas des forestiers, mais des militaires. Et il refusait de les tuer, car ils venaient de Terre d'Ouest.

Il s'éloigna du camp tandis que des ordres retentissaient un peu partout. Michael cria à ses soldats de capturer le fugitif, mais de le ramener vivant. Logique : il voulait le livrer en personne à Darken Rahl !

Au nez et à la barde des gardes, Richard approcha du corral. Il coupa toutes les cordes, puis sauta sur un étalon sans perdre de temps à le seller. Criant comme un perdu, il flanqua des claques sur la croupe des autres montures, qui détalèrent, paniquées.

Alors, il talonna son cheval.

Les échos de voix moururent vite derrière lui. Le visage trempé de rosée et de larmes, il s'enfonça dans l'obscurité comme s'il avait l'enfer à ses trousses.

Chapitre 47

Aux premières lueurs de l'aube, Zedd gisait sur le dos, parfaitement réveillé. Des pensées troublantes tourbillonnaient dans son cerveau. Pendant la nuit, le ciel s'était chargé et la journée promettait d'être pluvieuse. Près de lui, couchée sur le côté, Kahlan dormait profondément. Chase montait la garde, lui seul savait où.

Le monde se désintégrait et le vieux sorcier se sentait impuissant comme une feuille morte ballottée par le vent. À son âge canonique, et avec sa profession, il aurait cru avoir un certain contrôle sur les choses. Pourtant, il n'était guère plus qu'un spectateur qui regardait les autres souffrir et mourir. Oui, un adjuvant réduit à guider ceux qui pouvaient vraiment faire la différence !

Un sorcier du Premier Ordre savait bien que s'aventurer en D'Hara était suicidaire. Mais que faire d'autre pour sauver Richard ? Dans trois jours, le glas sonnerait pour Darken Rahl, privé de la troisième boîte. S'ils n'intervenaient pas, ce monstre exécuterait Richard avant de rendre son dernier soupir…

Et leur rencontre avec Rahl, la veille ? Il ne lui trouvait aucun sens, autant qu'il essayât ! Incompréhensible ! Rahl était si pressé de s'approprier l'artefact qu'il n'avait pas pris le temps de tuer l'homme qui avait abattu son père. Sa proie lui tombait entre les mains, et il n'en faisait rien !

Et s'il n'y avait eu que ça…

Voir l'Épée de Vérité entre les mains de Rahl avait tétanisé Zedd. Mais que fichait avec cette arme le maître absolu des deux magies ? Et qu'avait-il fait à Richard pour qu'il la lui remette ?

Le plus étrange restait le moment où il avait pointé la lame sur Kahlan. De sa vie, Zedd ne s'était jamais senti aussi impuissant. Et quelle idiotie, d'avoir utilisé la douleur du sorcier contre Rahl ! Ceux qui avaient le don, et survivaient à l'épreuve de souffrance, pouvaient repousser cet assaut. Mais là encore, que tenter d'autre ? Voir Rahl plaquer l'épée sur la gorge de Kahlan lui avait fait mal – la pire sorte de tourment possible. Un instant, il aurait juré que la dernière heure de l'Inquisitrice avait sonné.

L'instant d'après, avant qu'il ait le temps d'intervenir, leur adversaire, des larmes dans les yeux, avait baissé l'épée. Absurde ! De plus, Rahl n'avait nul besoin d'une arme pour exécuter Kahlan – ou quiconque d'autre. Claquer des doigts aurait suffi ! Alors, pourquoi l'épée ? Et pourquoi ne pas être allé jusqu'au bout ?

Le pire, c'était d'avoir vu la lame devenir blanche. Devant ce spectacle, Zedd avait failli sortir de sa vieille carcasse comme un serpent qui mue. Les prophéties parlaient de l'élu qui ferait virer au blanc l'Épée de Vérité. Comme d'habitude, elles étaient très sibyllines. Que Rahl soit cet homme le glaçait jusqu'au fond de l'âme. Voir Richard dans ce rôle lui aurait déjà fichu une sacrée trouille. Mais là…

Le voile, comme l'appelaient les prophéties, le voile entre la vie et le royaume des morts… Si la magie d'Orden le déchirait par l'intermédiaire d'un *agent*, seul le Sourcier qui avait fait tourner l'épée au blanc pourrait le réparer. Sans cela, le royaume des morts envahirait le monde des vivants…

Le mot *agent* inquiétait terriblement Zedd. Il pouvait signifier que Rahl n'agissait pas pour son propre compte, mais au bénéfice d'une tierce puissance. En un mot, qu'il était un serviteur du royaume des morts. Qu'il maîtrise la Magie Soustractive laissait penser que c'était le cas. En conséquence, s'il échouait et mourait, le pouvoir d'Orden déchirerait quand même le voile.

Zedd préférait ne pas s'appesantir sur les implications de ces prophéties. Le royaume des morts se déchaînant sur le monde ! Une perspective à glacer les sangs ! À tout prendre, il préférait mourir avant. Et que tous les autres soient morts aussi !

Mais il y avait Richard. Le seul qu'il ne voulait pas voir périr.

Rien n'était jamais facile…

Zedd s'assit en sursaut. Quelque chose clochait ! Trop de lumière pour que Chase ne soit pas déjà revenu… Un doigt posé sur le front de Kahlan, il la réveilla.

— Que se passe-t-il ? marmonna-t-elle, devant l'angoisse du vieil homme.

— Chase ne revient pas… Ce n'est pas normal…

— Il se sera peut-être endormi… (Zedd leva un sourcil incrédule.) Bon, je sais, c'est impossible… Mais il doit y avoir une raison, et…

— Nos chevaux ne sont plus là !

Kahlan se leva d'un bond et vérifia que son couteau était bien à sa ceinture.

— Sentez-vous où il est ?

— Des gens l'entourent. Des gens qui ont été en contact avec le royaume des morts.

Au moment où Zedd se levait, Chase traversa le petit camp et vint s'écrouler dans les cendres du feu, face la première. Couvert de sang, il avait les mains liées dans le dos.

Zedd capta la présence de quatre hommes autour d'eux. Et il les reconnut…

Le colosse qui venait de pousser Chase avança. Dans ses cheveux blonds coupés court – une brosse militaire –, une mèche noire courait jusque sur sa nuque. Ses yeux froids et son sourire pétrifièrent le vieux sorcier.

— Demmin Nass…, souffla Kahlan, en position de combat.

Le géant passa un pouce dans sa ceinture.

— Je vois que la Mère Inquisitrice a entendu parler de moi… Eh bien, c'est réciproque ! Ton ami a tué cinq de mes meilleurs hommes. Après les réjouissances, je l'exécuterai de mes mains. Mais je veux qu'il ait le plaisir de voir tout ce que nous allons te faire…

Kahlan tourna la tête quand trois autres colosses, moins grands que Nass mais plus que Chase, sortirent des broussailles. Ils étaient encerclés.

En principe, ça n'était pas un problème pour un sorcier…

Les trois tueurs avaient des cheveux blonds et des muscles saillants. À les voir couverts de sueur malgré le froid, Chase avait dû leur donner du fil à retordre.

À présent, certains de maîtriser la situation, ils avaient rengainé leurs armes.

Leur confiance irrita Zedd et leurs sourires le firent sortir de ses gonds. Avec la lumière de l'aube, ces quatre paires d'yeux bleus brillaient à lui en transpercer l'âme.

Le sorcier savait qu'ils avaient affaire à un *quatuor*, et il n'ignorait rien de ce que ces hommes infligeaient aux Inquisitrices. Cela acheva de le mettre hors de lui. Pas question, tant qu'il vivrait, que Kahlan subisse ça !

Demmin Nass et l'Inquisitrice se défiaient toujours du regard.

— Où est Richard ? Que lui a fait Rahl ?

— Qui ?

— Je parle du Sourcier !

— Ah… C'est l'affaire de maître Rahl, à présent. Et la mienne. Ça ne te regarde pas !

— Répondez !

— Tu devrais avoir d'autres soucis en tête, Inquisitrice, fit Nass avec un sourire graveleux. Mes hommes vont passer un sacré bon moment avec toi. Il faut te concentrer pour les satisfaire. Oublie ce guignol de Sourcier !

Zedd décida qu'il était temps d'intervenir. Une main levée, il lança la plus puissante Toile paralysante de son répertoire. Des éclairs de lumière verte jaillis avec un rugissement volèrent dans quatre directions. Comme prévu, ils touchèrent leurs cibles.

Avant que le sorcier puisse réagir, les choses tournèrent à la catastrophe.

La lumière verte rebondit sur les tueurs. Trop tard, Zedd comprit qu'ils étaient protégés par un sort du royaume des morts qu'il n'avait pas pu repérer. Quand les quatre rayons revinrent à l'expéditeur, il se retrouva pétrifié par sa propre magie. Impossible de bouger, ne fût-ce qu'un cil !

— Un problème, vieil homme ? lança Nass en retirant son pouce de sa ceinture.

Folle de rage, Kahlan posa une main sur la poitrine glabre du colosse. Zedd se prépara à l'onde de choc du tonnerre silencieux.

Rien ne se passa.

À voir la surprise de l'Inquisitrice, ce n'était pas normal.

Demmin Nass abattit son poing et brisa le bras de Kahlan.

Elle tomba à genoux en criant. Mais elle se releva aussitôt, son couteau dans la main gauche, et voulut frapper le colosse. Il lui prit les cheveux et la tint à distance. Quand elle lui enfonça son arme dans le bras, il la sortit de ses chairs, la lui arracha et la jeta dans les buissons. Sans lâcher les cheveux de l'Inquisitrice, il la gifla plusieurs fois, ricanant de la voir se débattre en vain.

Les trois autres types approchèrent.

— Désolé, Mère Inquisitrice, mais tu n'es pas mon genre... Heureusement, mes compagnons se feront un plaisir de t'honorer. Cela dit, essaie de bien remuer les fesses, parce que j'adore voir ça !

Demmin Nass tendit leur proie à ses hommes. Ils la firent tourner entre eux, la giflant au passage, jusqu'à ce qu'elle s'affaisse et passe comme un ballon d'une paire de bras à une autre. Une souris piégée par trois chats ! Les cheveux dans les yeux, elle essayait de frapper ses bourreaux mais les ratait chaque fois.

Ils en rirent de plus belle.

L'un deux lui flanqua son poing dans l'estomac. Elle se plia en deux et tomba à genoux. Un autre tueur la releva par les cheveux. Le troisième approcha et fit éclater les boutons de sa chemise. Tirant d'avant en arrière, il déchiqueta le vêtement. Chaque fois que son bras cassé bougeait, Kahlan hurlait de douleur.

Zedd ne pouvait même pas trembler de rage ! S'il avait au moins pu fermer les yeux et se boucher les oreilles ! Des souvenirs atroces – la même scène, aux détails près – se superposèrent aux images qu'il était contraint de regarder. L'horreur de ce drame passé lui déchirait les entrailles. Et celle de l'abomination présente jetait du sel sur ses tripes ouvertes. Pour se libérer, il aurait donné sa vie !

Au moins, si Kahlan n'avait pas résisté, aggravant encore son sort. Mais les Inquisitrices, il le savait, n'abdiquaient pas. Elles se débattaient en usant de toutes leurs ressources. Et ces ressources – il le savait aussi – ne suffiraient pas...

Dans la prison de son corps pétrifié, Zedd lutta contre son impuissance avec tous les sorts, les trucs et les pouvoirs dont il disposait. Ça non plus, ça ne suffisait pas. Il sentit des larmes rouler sur ses joues...

Kahlan hurla à la mort quand un des types, la tirant par son bras cassé, la jeta dans les bras d'un autre. Les lèvres retroussées sur ses dents serrées, elle se débattit encore tandis qu'il la tenait par le bras et les cheveux.

Le troisième homme défit la ceinture de Kahlan et commença à déboutonner son pantalon. Il s'amusa de ses cris et de ses insultes, puis fit glisser sur les jambes de sa victime le pantalon qui se boudina autour de ses chevilles. Les deux autres parvinrent à peine à contenir la fureur de l'Inquisitrice. Sans son bras cassé, ils auraient peut-être dû la lâcher.

Ils lui tirèrent la tête en arrière. Leur compagnon se pencha et lui mordilla le cou de plus en plus fort. Lui pétrissant les seins d'une main, il défit sa propre ceinture et entreprit de se débarrasser de son pantalon. Puis sa bouche se posa sur celle de sa proie et sa main libre, tel un serpent, descendit vers son entrejambe.

Comme elle résistait, il introduisit un genou entre les cuisses de Kahlan, la forçant à les écarter. Elle gémit de rage, consciente que ses efforts n'empêcheraient pas le violeur d'arriver à ses fins. Les doigts épais de l'homme s'insinuèrent dans ses chairs pour les ouvrir.

Les yeux écarquillés, rouge de fureur, l'Inquisitrice respirait si fort qu'on aurait cru que sa poitrine allait exploser.

— Couchez-la par terre et tenez-la bien ! grogna l'homme.

Le genou de Kahlan lui écrasa les testicules. Le voyant se plier en deux en couinant de douleur, ses compagnons éclatèrent de rire.

Il se releva, le regard brûlant de haine. Son poing vola et fit éclater les lèvres de l'Inquisitrice, inondant son menton de sang.

Les bras toujours liés dans le dos, Chase se précipita tête la première dans le ventre du type. Ils tombèrent ensemble sur le sol. Entravé par le pantalon enroulé autour de ses chevilles, le tueur ne put pas se dégager. Chase lui prit le cou entre ses cuisses et serra. Puis il roula sur le côté en ramenant les genoux vers lui. La nuque du tueur se brisa avec un bruit sec.

Furieux, Demmin Nass roua le garde-frontière de coups de pied dans la tête et les côtes.

Jaillie de nulle part, une boule de fourrure, griffes et crocs dehors, attaqua le second de Darken Rahl.

Le loup et l'homme roulèrent sur le sol.

La lame d'un couteau brilla soudain au soleil.

— Non ! cria Kahlan. Brophy ! Va-t'en !

Trop tard. L'arme s'enfonça jusqu'à la garde dans le flanc de l'animal et un impact sourd signala que la main de Nass venait d'entrer en contact avec ses côtes. Retirant le couteau, il l'enfonça de nouveau, et éventra le loup.

Quand Nass s'arrêta de frapper, Brophy gisait sur le sol, la fourrure rouge de sang. Ses pattes tremblèrent un peu…

… puis ce fut fini.

Les bras et la tête immobilisés, Kahlan cria le nom de son ami mort.

Nass se releva, haletant après ce combat aussi bref que féroce. Du sang – le sien – ruisselait sur sa poitrine et ses bras.

— Faites-la payer ! cracha-t-il à ses hommes. Labourez-la jusqu'au sang !

— Quel est ton problème, Demmin ? lança Kahlan en se débattant. Tu n'as pas ce qu'il faut pour t'en charger toi-même ? De vrais mâles doivent faire le boulot à ta place ?

Kahlan, pensa Zedd, *par pitié, tais-toi ! Plus un mot, ou ce sera encore pire !*

Nass s'empourpra, serra les poings et riva son regard haineux dans celui de l'Inquisitrice.

—Au moins, eux, ils ont quelque chose entre les jambes ! Quand il faut s'occuper d'une femme, ils ne manquent pas de répondant ! Mais toi, Nass ? Les petits garçons, voilà tes proies ! Pourquoi, mon pauvre chou ? On a peur de montrer sa misère à une vraie femme ? Je rirai de toi pendant que de vrais étalons me déchireront !

—Ta gueule, salope ! siffla Nass en avançant.

Kahlan lui cracha au visage.

—Ton père ferait pareil, s'il savait que tu es incapable de chevaucher une femme ! Tu déshonores son nom !

Kahlan avait-elle perdu l'esprit ? se demanda Zedd. Pourquoi se comportait-elle ainsi ? Si elle voulait pousser Nass à bout, c'était imparable.

Le colosse parut sur le point d'exploser. Mais il se reprit, sourit, regarda autour de lui et repéra ce qu'il cherchait.

—Là ! cria-t-il à ses hommes. Mettez-la en travers de cette souche, sur le ventre ! Tu veux que ce soit moi, salope ? D'accord, tu auras ce que tu cherches. Mais à ma façon ! On va voir comment tu sais brailler de douleur !

—Ta gueule, voilà ce que tu as de plus grand ! hurla Kahlan. Mon pauvre vieux, tu vas te ridiculiser. On rira comme des petits fous, tes hommes et moi ! Et après, ils devront faire le travail à ta place, comme d'habitude ! (Elle réussit à sourire – un défi à la virilité de Nass.) J'attends, mon chou ! Fais-moi ce que te faisait ton père, qu'on s'amuse un bon coup en t'imaginant à genoux sous lui. Montre-moi comment il s'y prenait !

Les yeux écarquillés, Nass prit Kahlan à la gorge et la souleva du sol. Tremblant de rage, il serra, la privant d'air.

—Commandant Nass, souffla un des hommes, vous allez la tuer.

Demmin leva des yeux furieux sur son sbire mais relâcha sa prise.

—Que sait une putain comme toi d'un homme tel que moi ? lâcha-t-il.

—Que tu es un menteur ! Mon pauvre petit chou, tu crois que ton maître te tient au courant du sort qu'il réserve à des ennemis aussi puissants que le Sourcier ? Tu ne sais rien ! C'est pour ça que tu as refusé de me répondre. Mais tu es trop minable pour l'admettre !

Ainsi, c'était pour ça, comprit Zedd. Certaine de mourir, Kahlan défiait Nass, au risque de subir des horreurs, pour apprendre ce qu'il était advenu de Richard. Elle ne voulait pas quitter ce monde sans savoir s'il était sain et sauf. L'énormité de ce qui se déroulait sous ses yeux lui tira des larmes. À ses pieds, il entendit Chase remuer.

Nass abandonna la gorge de Kahlan et fit signe aux deux tueurs de la lâcher. Puis il lui flanqua un formidable direct. Elle perdit l'équilibre et s'écroula sur le dos. Se penchant sur elle, il la souleva par les cheveux.

—Tu ne sais rien ! cracha-t-elle. Rahl parlerait peut-être à ton père, mais pas à son petit giton chéri !

—Très bien, tu as gagné… Je vais te le dire. Il sera encore plus amusant de t'empaler quand tu sauras ce que nous faisons aux moustiques comme le Sourcier. Tu comprendras peut-être que nous combattre est une perte de temps.

Il remit Kahlan debout. Nue et rouge de colère, elle semblait minuscule face à Nass. Pourtant, elle n'était pas du genre frêle. Un poing sur la hanche, son bras cassé le long du corps, le souffle heurté et du sang partout, elle attendit que Demmin parle.

— Il y a environ un mois, un peintre a jeté un sort pour que le Sourcier soit capturé. Ton Richard a tué le gribouilleur, mais il est quand même tombé entre les mains d'une Mord-Sith.

Toute couleur déserta le visage de Kahlan.

Zedd eut l'impression qu'on venait de le poignarder au cœur. S'il avait pu bouger, il se serait sûrement écroulé comme une masse.

— Non, gémit l'Inquisitrice.

— Eh si, ma belle ! Et une Mord-Sith parmi les pires, pour ne rien arranger. Cette Denna, même moi, je m'en tiens aussi loin que possible. C'est la préférée de maître Rahl à cause de ses… compétences. À ce que j'ai entendu dire, elle s'est surpassée avec le Sourcier. Un soir, au dîner, j'ai aperçu ce pantin couvert de sang de la tête aux pieds…

Kahlan tremblait, des larmes sur les joues. Zedd n'avait jamais vu un être vivant aussi blême.

— Mais il n'est pas mort…, murmura-t-elle.

Demmin eut un sourire pervers.

— En vérité, Mère Inquisitrice, la dernière fois que j'ai croisé le Sourcier, il était à genoux devant maître Rahl, l'Agiel de Denna plaqué sur la nuque. À mon avis, il ne savait même plus son propre nom. Et maître Rahl était très mécontent. Dans ce genre de circonstances, ceux qui l'énervent ne survivent jamais. D'après ce qu'il a dit avant que je parte, je suis sûr que le Sourcier ne s'est jamais relevé. Son corps doit déjà être décomposé…

Zedd maudit la paralysie qui l'empêchait de réconforter Kahlan. Et d'être réconforté par elle…

La Mère Inquisitrice cessa de trembler. Mortellement calme, elle leva lentement les bras pour monter les poings au ciel. Puis elle inclina la tête en arrière et poussa un cri qui n'avait plus rien d'humain. Criblant Zedd d'un millier d'échardes de glace, il se répercuta dans les collines, puis à travers les vallées, et fit vibrer les arbres alentour. Nass et ses deux sbires reculèrent de quelques pas.

S'il n'avait pas déjà été pétrifié, Zedd en aurait perdu tous ses moyens, terrorisé par ce qu'elle entendait faire. Et dont elle n'aurait pas dû être capable !

Elle prit une grande inspiration et serra plus fort les poings.

Puis elle cria de nouveau. Le sol trembla et des cailloux sautèrent comme des morceaux de viande dans une poêle. Sur les lacs environnants, l'eau se rida. L'air lui-même parut en être ébranlé.

La Mère Inquisitrice prit une autre inspiration, le dos incurvé tant elle se tendait vers le ciel.

Le troisième cri fut encore pire. La magie déchira le tissu même de l'air. Persuadé que son corps allait se désintégrer, Zedd vit un tourbillon de poussière et d'énergie tourner autour de la jeune femme.

Une magie millénaire aspira la lumière – tout comme elle attirait le vent – et l'obscurité vint se joindre aux forces qui enveloppaient l'Inquisitrice.

Zedd crut mourir de peur. Il avait déjà vu tout cela une fois, et ça avait très mal fini. Kahlan unissait la Magie Additive, celle des Inquisitrices – l'amour –, à son double du royaume des morts, la Magie Soustractive, qui se nourrissait de la haine.

Au centre du maelström, elle criait toujours et absorbait la lumière. Bientôt, tout ne fut plus qu'obscurité à part sa silhouette.

Des éclairs zébrèrent le ciel noir, l'embrasant comme si un incendie s'y déchaînait. Le tonnerre se mit de la partie, assourdissant, pour s'unir lui aussi au hurlement de Kahlan.

Le sol trembla et le cri, qui n'avait plus rien d'un son au sens habituel du mot, devint une entité différente de tout ce qui existait en ce monde. Partout, des crevasses s'ouvrirent dans la terre et des rayons de lumière violette en jaillirent. Ces geysers ondulèrent comme des serpents. Puis, à une vitesse incroyable, ils se précipitèrent vers le vortex et percutèrent Kahlan. Devenue une silhouette iridescente dans un océan d'obscurité, elle seule existait désormais. Tout le reste, réduit à néant, n'avait même plus le droit de refléter la lumière.

Le sorcier ne voyait plus que la jeune femme.

L'air vibra sous l'effet d'une formidable onde de choc. À la faveur d'un éclair, Zedd vit les arbres environnants perdre toutes leurs aiguilles, noyant les silhouettes des humains dans un brouillard vert solide. Une muraille mobile de poussière et de sable percuta le vieil homme et menaça de l'écorcher vif tant l'impact fut violent.

L'explosion chassa les ténèbres. La lumière revint.

L'union était achevée !

Zedd vit Chase debout près de lui, les bras toujours liés dans le dos. Les gardes-frontière, pensa-t-il, étaient plus coriaces qu'il n'aurait dû être permis…

Une lueur bleu pâle auréola Kahlan puis gagna en intensité, en couleur et en… violence.

L'Inquisitrice se tourna. Son bras cassé retomba le long de son flanc. L'autre se baissa à demi, pointé vers le sorcier. La lumière bleue cessa de former un ovale autour d'elle pour se focaliser sur son poing tendu. Un instant, elle sembla vouloir se fondre dans la chair de la jeune femme. Puis elle vola vers Zedd, le percuta et l'illumina, comme s'il était uni à Kahlan par un cordon de lumière vivante. Aussitôt, le vieil homme sentit le contact familier de la Magie Additive, et celui, moins puissant et totalement étranger, de la Magie Soustractive. Quand il recula d'un pas sous l'impact, la Toile qui le retenait explosa. Dès qu'il fut libre, le cordon de lumière disparut.

Grâce à un sort élémentaire, le sorcier dénoua les liens de Chase, qui grogna de douleur en se massant les poignets.

— Zedd, murmura-t-il, au nom de tous les prophètes, qu'est-ce qui se passe ? Que fait-elle ?

Kahlan passa les doigts à travers la lumière bleue qui l'enveloppait. Elle la caressa, s'en imprégna, se baigna dans sa chaleur. Demmin Nass et un de ses hommes la regardaient sans oser avancer. Ses yeux, avaient-ils compris d'instinct, contemplaient des objets et des êtres qu'ils ne pouvaient pas distinguer. Ils étaient littéralement dans un autre monde.

Zedd savait ce qu'ils voyaient : des souvenirs de Richard !

— On appelle ça le Kun Dar, répondit-il à Chase. La Rage du Sang. Seules les plus puissantes Inquisitrices y ont accès. À Kahlan, ce devrait être interdit.

— Pourquoi ?

— Parce que seule sa mère naturelle aurait pu lui apprendre à l'invoquer en cas de nécessité. C'est une magie aussi ancienne que celle des Inquisitrices – une de ses composantes, en fait – et on l'utilise rarement. Pour la maîtriser, une jeune fille doit avoir atteint un certain âge. Selon Adie, la mère de Kahlan est morte trop tôt pour lui transmettre ce pouvoir. Et pourtant, elle le contrôle ! Cette invocation spontanée, due à l'instinct et à la volonté, fait écho à de bien sombres passages des prophéties…

— Pourquoi n'y a-t-elle pas recouru plus tôt ? demanda Chase, toujours pragmatique. Ça lui aurait évité des tourments.

— Une Inquisitrice ne peut pas invoquer cette puissance dans son propre intérêt. Elle doit agir au nom de quelqu'un. Là, c'est pour Richard, après avoir appris sa fin. Et nous sommes dans de sales draps !

— Pourquoi ?

— Le Kun Dar a pour objet la vengeance. Celles qui l'utilisent survivent rarement, car elles acceptent de sacrifier leur vie au nom d'une cause supérieure. La vengeance ! Et Kahlan va s'attaquer à Darken Rahl…

— Je croyais que son pouvoir était impuissant contre lui ?

Il en était ainsi *avant*. Je doute que ça ait changé, mais elle essaiera quand même. Sous l'emprise du Kun Dar, elle se fiche de mourir ! Elle tentera de frapper Rahl, même si c'est inutile et si ça doit lui coûter la vie. Si quiconque prétend l'en empêcher, elle l'exécutera. (Il approcha son nez de celui de Chase pour souligner son propos.) Y compris si c'est toi, ou moi…

Kahlan était presque roulée en boule sur le sol, la tête inclinée et les mains croisées sur les épaules. Toujours enveloppée de lumière bleue, elle se releva lentement, écartant la lueur comme un oisillon casse la coquille de son œuf. Le sang gargouillant encore à ses blessures, le menton souillé de rouge, la jeune femme nue aurait pu incarner toute la souffrance du monde.

Mais son visage exprimait une douleur sans rapport avec ses meurtrissures physiques.

Puis cela disparut et il ne resta que le masque d'une Inquisitrice.

Elle se tourna vers un des deux tueurs qui l'avaient livrée à la merci de Nass. L'autre n'était nulle part en vue. Très calmement, elle tendit un bras en direction du grand type, debout à cinq pas d'elle.

L'air vibra. Un roulement de tonnerre silencieux… Zedd en eut mal jusque dans les os.

— Maîtresse ! cria l'homme en se jetant à genoux. Que m'ordonnes-tu ? Que puis-je faire pour te combler ?

Kahlan le regarda sans broncher.

— Mourir sur-le-champ !

Le tueur tomba comme une masse, raide mort.

L'Inquisitrice se dirigea vers Nass, qui l'attendit, les bras croisés, souriant comme s'il se sentait invulnérable. Kahlan leva son bras indemne et le lui plaqua sur la poitrine.

— Très impressionnant, petite salope ! cracha Demmin en la défiant du regard. Mais je te rappelle que tu viens d'épuiser ta réserve de pouvoir. En plus, je suis protégé par un sort de mon maître ! Tu as perdu la partie et je vais t'enseigner une rude leçon. Crois-moi, tu gigoteras comme personne ne l'a jamais fait. (Il la saisit par les cheveux.) Penche-toi, et tourne-toi !

Kahlan ne frémit pas.

De nouveau, il y eut un roulement de tonnerre silencieux. Cette fois, Zedd crut que ses vieux os n'y résisteraient pas.

Nass écarquilla les yeux et sa mâchoire s'affaissa.

— Maîtresse, gémit-il…

— Comment a-t-elle fait ? demanda Chase au sorcier. Elle n'a même pas touché le premier type ! Et là… Les Inquisitrices doivent régénérer leur pouvoir entre chaque utilisation…

— Plus maintenant. Le Kun Dar la libère de ces contingences…

— Reste là et attends ! ordonna Kahlan à Nass.

Avec une fluidité pleine de grâce, elle approcha du sorcier et lui tendit son bras cassé.

— Arrangez-moi ça, je vous en prie ! J'en ai besoin !

Le sorcier baissa les yeux sur le membre meurtri. Il le prit délicatement et murmura des banalités pour détourner l'esprit de Kahlan de la douleur qu'il allait lui infliger. Doucement, il réduisit la fracture. L'Inquisitrice ne sursauta pas. À se demander si elle sentait encore quelque chose ! Le vieil homme passa délicatement les doigts sur la cassure, laissant la chaleur de la magie s'y immerger. La souffrance de Kahlan passa en lui, aussitôt maîtresse de tous ses nerfs. Il se résolut à la supporter, l'accueillant comme une compagne familière.

Il en eut néanmoins le souffle coupé. La douleur de Kahlan, mêlée à son chagrin, manqua le submerger. Mais il se ressaisit, acheva de ressouder les os et ajouta encore un peu de magie pour protéger et renforcer le membre jusqu'à ce qu'il ait bénéficié du processus naturel de guérison.

Quand il eut fini, il lâcha le bras de l'Inquisitrice, croisa son regard et frémit en y lisant une rage froide comme la glace.

— Merci, dit-elle. Attendez ici…

Elle retourna près de Nass, immobile comme un bon toutou.

— S'il te plaît, maîtresse, dit-il en sanglotant, donne-moi un ordre.

Sans un mot, Kahlan sortit son couteau. De l'autre main, elle décrocha la masse d'armes pendue à la ceinture de l'homme.

— Enlève ton pantalon. (Il obéit prestement.) À présent, agenouille-toi !

Le ton de l'Inquisitrice fit frissonner Zedd.

Pendant que Nass s'accroupissait, Chase saisit le sorcier par sa tunique.

— Zedd, nous devons arrêter ça ! Elle va le tuer, et il nous faut des informations. Quand il aura parlé, nous le lui laisserons. Pas avant !

— Même si je suis d'accord avec toi, nous ne pouvons rien tenter. Si on s'en mêle, elle nous tuera. Fais deux pas vers elle et tu seras mort avant d'avoir esquissé le troisième. Une Inquisitrice sous l'emprise de la Rage du Sang n'est pas accessible à la raison. C'est comme essayer de discuter avec un orage. On finit foudroyé, rien de plus !

Chase lâcha le sorcier, grogna de frustration et croisa les bras.

Kahlan tendit la masse d'armes à Nass, manche vers lui.

— Tiens ça pour moi...

Il prit l'arme et la laissa pendre le long de son flanc. Kahlan s'agenouilla devant lui.

— Écarte les jambes ! (Elle tendit une main et saisit les testicules de Nass, qui grimaça.) Ne bouge pas ! (Il se calma aussitôt.) Combien de petits garçons as-tu tués après les avoir violentés ?

— Je ne sais pas, maîtresse. Tenir le compte ne m'est pas venu à l'idée... Mais je fais ça depuis mon adolescence... Et je ne les tue pas tous. Beaucoup ont survécu...

— Donne-moi une estimation raisonnable !

— Eh bien... Plus de quatre-vingts, mais pas davantage que cent vingt.

Zedd vit briller la lame du couteau entre les cuisses de Nass. Chase décroisa les bras, les mâchoires serrées d'indignation devant l'étendue des crimes de cet homme.

— Je vais te les couper... Et je ne veux pas t'entendre crier. Ni même te voir tressaillir.

— Oui, maîtresse.

— Regarde-moi dans les yeux !

La lame fendit l'air et ressortit rouge d'entre les cuisses de Nass.

Sur le manche de la masse d'armes, les phalanges de l'homme blanchirent.

La Mère Inquisitrice se releva.

— Tends la main !

Demmin obéit et elle lui posa les bourses de chair dans la paume.

— Mange-les !

— Bien joué ! souffla Chase. Voilà une femme qui connaît le sens du mot « justice ».

Kahlan jeta le couteau et regarda Nass mâcher laborieusement.

— Donne-moi la masse d'armes ! ordonna-t-elle quand il eut fini.

Il obéit.

— Maîtresse, je perds beaucoup de sang. Je vais peut-être m'écrouler...

— Ça me déplairait beaucoup... Essaie de tenir, ce ne sera plus long...

— Bien, maîtresse.

— Ce que tu as dit au sujet du Sourcier était vrai ?

— Oui, maîtresse.

— Tout ?

Demmin réfléchit un instant.

— Absolument tout, maîtresse.

— Et m'as-tu caché quelque chose ?

— Oui, maîtresse. J'ai oublié de préciser que la Mord-Sith l'avait pris dans son lit. Sans doute pour le faire souffrir davantage.

Il y eut un long silence. Kahlan resta immobile au-dessus de Demmin Nass. De douleur et de chagrin, Zedd pouvait à peine respirer et ses genoux tremblaient.

— Tu es sûr qu'il est mort ? souffla enfin Kahlan.

— Je n'ai pas assisté à sa fin, maîtresse. Mais je jurerais qu'il n'a pas survécu.

— Pourquoi ?

— Maître Rahl semblait décidé à en finir avec lui. Et même s'il ne l'a pas fait, Denna s'en sera chargée. C'est ainsi qu'agissent les Mord-Sith. Leurs partenaires ne vivent jamais très longtemps. J'étais surpris qu'il soit encore de ce monde quand j'ai quitté les lieux. Il était en piteux état. C'est la première fois que je vois un homme survivre à autant d'applications de l'Agiel à la base du crâne.

» Il criait ton nom, maîtresse. Denna ne l'a pas laissé mourir parce que maître Rahl voulait l'interroger encore. Même si je ne l'ai pas vu périr, je suis sûr qu'il est mort. Denna contrôlait la magie de son épée. Il n'avait aucun moyen de lui échapper. Elle l'a gardé plus longtemps que d'habitude, torturé davantage que la norme, et tenu longtemps en équilibre entre la vie et la mort. À ma connaissance, aucun homme n'a autant résisté. Pour une raison que j'ignore, maître Rahl voulait que le Sourcier vive un long calvaire. Voilà pourquoi il a choisi Denna. Aucune Mord-Sith n'aime plus son métier. Et ses sœurs n'ont pas son art de prolonger un « petit chien » ainsi. Elles font mourir les leurs beaucoup plus vite. Avoir partagé la couche de cette femme aura suffi à le tuer, même si maître Rahl l'a épargné…

Zedd tomba à genoux, le cœur brisé. Il éclata en sanglots, comme si son univers venait d'exploser. Crever, voilà tout ce qu'il voulait ! Qu'avait-il fait, pauvre vieux fou ? Impliquer Richard dans cette horrible aventure ! Richard, l'être qui comptait le plus à ses yeux… À présent, il savait pourquoi Rahl ne l'avait pas éventré, la veille. Il voulait d'abord qu'il souffre mille morts. C'était bien dans son style…

Chase s'agenouilla près du sorcier et lui passa un bras autour des épaules.

— Zedd, je suis navré… Richard était aussi mon ami, et je partage ton chagrin.

— Regarde-moi ! cria soudain Kahlan, la masse d'armes tenue à deux mains.

Nass leva les yeux. De toutes ses forces, l'Inquisitrice abattit l'arme, qui s'enfonça dans le front du colosse. Foudroyé, il s'écroula, arrachant dans sa chute la masse des mains de son exécutrice.

Zedd se força à ne plus pleurer. Il se leva au moment où Kahlan arrivait après avoir récupéré une coupe en étain dans un de leurs sacs.

Elle la tendit à Chase.

— Remplis-la à demi de baies empoisonnées d'un buisson de sang-gorge.

— Maintenant ? demanda le garde-frontière, perplexe.

— Oui.

Remarquant le regard impérieux de Zedd, Chase obéit sans un mot. Avant de s'éloigner, il enleva son lourd manteau noir et le posa sur les épaules de l'Inquisitrice pour couvrir sa nudité.

— Kahlan..., commença-t-il.

Incapable d'exprimer ses sentiments, il partit accomplir sa mission.

La jeune femme ne bougea pas, le regard dans le vide. Zedd la prit par les épaules et la fit s'asseoir sur une couverture. Puis il ramassa ce qui restait de sa chemise, finit de la déchirer et humidifia les lambeaux avec l'eau d'une outre.

Tendrement, il nettoya les plaies de Kahlan et appliqua ensuite du baume sur certaines et de la magie sur d'autres. Elle le laissa faire sans gémir ni parler. Quand ce fut terminé, il lui mit un index sous le menton et la força à le regarder.

— Mon enfant, Richard n'est pas mort pour rien. En trouvant la boîte, il a sauvé le monde. Souviens-toi de lui comme du seul homme qui pouvait réussir ça.

Un crachin commença à tomber, mêlant de l'eau de pluie à leurs larmes.

— Je me souviendrai seulement que je l'aimais... et que je n'aurai jamais pu le lui dire.

Zedd ferma les yeux et lutta contre le chagrin – l'impitoyable fardeau d'être un sorcier !

Chase revint et tendit à Kahlan la coupe de baies empoisonnées. Quand elle demanda de quoi les écraser, il tailla en un éclair un bâton pour en faire un mortier de fortune. Kahlan se mit aussitôt à l'ouvrage.

Elle s'arrêta, frappée par une idée, puis leva ses yeux verts brûlants de haine.

— Darken Rahl est à moi !

Un avertissement. Et une menace.

— Je sais, mon enfant, dit le sorcier.

Kahlan recommença à piler les baies.

— Je vais enterrer Brophy, souffla Chase à Zedd. Les autres pourriront au soleil !

Quand elle eut réduit les baies en bouillie, Kahlan ajouta une pincée de cendres du feu. Puis elle demanda à Zedd de tenir devant elle un petit miroir pendant qu'elle se dessinait sur le visage les symboles du Kun Dar. Deux éclairs jumeaux incarnant la magie qui guiderait ses mains. Partant de chaque tempe, ils ondulaient au-dessus de ses sourcils, s'enroulaient autour d'un œil et descendaient jusqu'au creux de chacune de ses joues.

Le résultat était terrifiant – et pas par hasard! Un avertissement pour les innocents. Et une promesse faite aux coupables…

Après avoir démêlé ses cheveux, Kahlan sortit sa robe blanche de son sac, enleva le manteau de Chase et s'habilla.

Le garde-frontière revenant, elle lui tendit le vêtement et le remercia.

—Conserve-le, dit-il, il est plus chaud que le tien.

—La Mère Inquisitrice ne porte pas de manteau.

Chase n'insista pas.

—Tous nos chevaux ont disparu.

—Alors, nous marcherons, dit Kahlan. Sans nous arrêter la nuit… Vous pouvez venir, si vous ne me ralentissez pas.

Chase fronça les sourcils sous l'insulte involontaire, mais il ne riposta pas. Kahlan se mit en route sans daigner récupérer son paquetage. Chase soupira, regarda Zedd et entreprit de rassembler ses affaires.

—Pas question de partir sans mes armes…

—On devrait se dépêcher, avant qu'elle ait pris trop d'avance. Elle ne nous attendra pas…

Le sorcier ramassa le sac de Kahlan et commença à le remplir.

—Emportons quand même l'essentiel de nos fournitures… (Il lissa un pli, sur le sac.) Chase, nous ne survivrons pas à cette histoire. Le Kun Dar est une mission suicide. Tu as une famille… Inutile de venir!

Le garde-frontière ne leva pas les yeux.

—Une Mord-Sith, c'est quoi? demanda-t-il, imperturbable.

Le sorcier serra le sac si fort que ses mains tremblèrent.

—Très jeunes, ces femmes sont entraînées à l'art de la torture et à l'utilisation d'un atroce instrument, l'Agiel. La lanière rouge qui pendait au cou de Darken Rahl… Les Mord-Sith sont des armes vivantes contre tous ceux qui ont des pouvoirs magiques. Elles retournent le pouvoir d'une personne contre elle-même, si tu préfères… (La voix de Zedd se brisa.) Richard l'ignorait, donc il n'avait pas une chance de s'en tirer… Les Mord-Sith n'ont qu'une raison de vivre: tourmenter jusqu'à la mort ceux qui maîtrisent la magie.

—Je viens, dit Chase en fourrant des couvertures dans son sac.

—Je serai ravi de t'avoir à mes côtés, dit simplement Zedd.

—Ces Mord-Sith sont un danger pour nous?

—Pas pour toi, car tu n'as aucun pouvoir. Et les sorciers ont des protections…

—Kahlan?

—La magie des Inquisitrices diffère de toutes les autres. Une Mord-Sith qui s'y frotte connaît une fin atroce. J'ai vu ça un jour et j'espère ne plus le revoir. (Zedd regarda les cadavres, repensant à ce que ces hommes avaient fait à Kahlan – et à ce qu'ils avaient failli lui faire.) En vérité, j'ai vu beaucoup de choses que j'espère ne plus jamais revoir…

Alors que Zedd mettait le sac de l'Inquisitrice sur son épaule, l'air vibra sous l'effet d'un coup de tonnerre silencieux. Les deux hommes se lancèrent sur la piste pour rattraper Kahlan. Très vite, ils découvrirent le cadavre du dernier tueur à l'endroit où il s'était tapi en embuscade. La garde de sa propre épée dépassait de sa poitrine, ses deux mains refermées dessus...

Ils continuèrent à courir et rejoignirent l'Inquisitrice. Elle ne se retourna pas, ne ralentit pas et parut à peine s'apercevoir de leur présence. Comme une flamme dans le vent, sa robe blanche claquait derrière elle. Depuis toujours, Zedd trouvait les Inquisitrices splendides dans leurs tenues. Surtout celle de la Mère Inquisitrice... Pour la première fois, il vit ces vêtements comme ce qu'ils étaient vraiment. Des armures de guerre!

Chapitre 48

L'eau de pluie – un crachin agaçant – ruisselait sur le visage de Richard, créant un goutte-à-goutte énervant au bout de son nez. Il l'essuya d'un geste rageur. Bien au-delà de la fatigue, le jeune homme ne savait plus très bien ce qu'il faisait. Une seule certitude lui restait : il ne réussirait pas à trouver ses amis. Au terme d'inlassables recherches, il devait se résigner. Arpenter dans tous les sens les routes et les pistes n'avait rien donné. Pas un signe de Zedd, Chase et Kahlan ! Bien sûr, il n'avait exploré qu'une infime partie de ces chemins, s'autorisant très peu d'heures de repos la nuit – surtout pour ne pas épuiser son cheval. Et même là, il avait parfois continué à pied. Depuis qu'il avait faussé compagnie à son frère, les nuages bas et lourds limitaient la visibilité. Une malédiction de plus, au moment où il avait plus que jamais besoin d'Écarlate !

Tout conspirait contre lui, comme si le destin s'était pour de bon rangé dans le camp de Darken Rahl. Kahlan devait être sa prisonnière, à présent. Depuis le temps, elle avait sûrement atteint le Palais du Peuple.

Il força sa monture à avancer sur le chemin de montagne qui serpentait entre des bosquets d'épicéas. Le sol couvert de mousse étouffait le martèlement des sabots de la bête. Dans une obscurité quasi totale, l'homme et le cheval gagnèrent une zone où les arbres devenaient plus rares, les exposant à la morsure d'un vent glacial qui faisait claquer le manteau de Richard et gémissait à ses oreilles. Des filaments de nuages noirs et des volutes de brume ondulaient devant lui. Pour se protéger un peu, il releva sa capuche. Bien qu'il ne vît rien, il sentit qu'il avait atteint le sommet du col et commençait à descendre le long du versant opposé.

Il était très tard dans la nuit. À l'aube, ce serait le premier jour de l'hiver. Celui qui sonnerait le glas de la liberté.

Avisant un abri acceptable, sous un rocher, Richard décida de dormir un peu avant de voir le dernier soleil levant de sa vie. Il se laissa tomber du dos trempé d'eau et de sueur de son cheval et l'attacha à un arbrisseau rachitique presque étouffé par de hautes herbes. Sans prendre la peine de sortir sa couverture, il se nicha sous le rocher, enveloppé dans son manteau, et essaya de s'assoupir. Mais il pensa à Kahlan et à ce qu'il devrait faire pour empêcher qu'une Mord-Sith la torture.

Dès qu'il aurait aidé Rahl à ouvrir la bonne boîte, c'en serait fini de lui. Même si son ennemi avait promis de l'épargner, quelle existence mènerait-il après avoir été touché par le pouvoir de la Mère Inquisitrice ?

De toute façon, Rahl lui avait menti. Jamais il ne lui laisserait la vie ! Son seul espoir ? Que sa fin soit rapide ! Sa décision d'aider le « maître », il le savait, condamnait aussi Zedd à mort. Mais tant d'autres innocents vivraient ! Sous le joug de Darken Rahl, sans doute… Ça valait encore mieux que périr ! De quelque façon qu'il envisage le problème, Richard ne pouvait supporter l'idée d'être responsable de la fin de tout et de tous. Au sujet de la trahison, Rahl ne lui avait pas menti. Donc, il savait sûrement aussi quelle boîte le tuerait. Et même si ce n'était pas vrai, comment risquer la survie de l'univers sur un pareil coup de dé ? À court d'options, Richard n'avait plus qu'un seul chemin : aider Rahl !

Ses côtes se ressentaient toujours des mauvais traitements de Denna. S'étendre restait difficile et respirer lui faisait mal. Dès qu'il se fut endormi, les cauchemars revinrent. Depuis son départ du Palais, ils le hantaient chaque nuit. Au moins, il tenait la promesse faite à Denna ! Il rêvait d'elle, de son instrument de torture, de l'impuissance qu'il avait éprouvée. Au plus profond de lui-même, il restait persuadé de ne pas pouvoir échapper à la Mord-Sith. Parfois, Michael était présent pendant les « séances », observateur intéressé… Ou c'était Kahlan qu'on torturait, toujours sous le regard de son frère…

Richard se réveilla couvert de sueur et tremblant de peur. Dans son hébétude, il s'entendit gémir et implorer grâce…

Les rayons du soleil frappaient le sol de biais sous son abri. À l'est, l'astre du jour apparaissait, boule orange dans un ciel gris.

Richard se leva et s'étira, le regard rivé sur l'aube du premier jour de l'hiver. Il était très haut dans la montagne. Autour de lui, les pics se perdaient dans les nuages qui couvraient à l'infini l'horizon gris vaguement teinté de rose.

Au milieu de cette mer de nuées se découpaient les contours du Palais du Peuple. Caressé par les premières lueurs du jour, l'édifice se dressait devant lui, guettant son arrivée.

Richard sentit un frisson courir le long de son échine. Il lui restait un sacré bout de chemin à faire ! Une erreur tragique de calcul… Il devait se dépêcher ! Quand le soleil serait à son zénith, l'heure d'ouvrir les boîtes sonnerait…

Un mouvement, à la périphérie de son champ de vision, attira son attention. Derrière lui, le cheval hennit à la mort. Des hurlements lui répondirent.

Des chiens à cœur !

Richard dégaina son épée au moment où ils surgissaient de derrière les rochers. Avant qu'il ait pu le rejoindre, les chiens attaquèrent son cheval et le renversèrent. D'autres bondirent sur le Sourcier. Un instant paralysé par la peur, il se ressaisit et sauta sur le rocher au creux duquel il avait dormi. Gueule grande ouverte, les monstres tentèrent de le suivre. Il tua les premiers, mais dut reculer quand les suivants prirent pied sur son perchoir. L'épée fendit d'autres crânes et ouvrit d'autres ventres…

Un océan de fourrure et de crocs déferlait sur Richard par vagues successives. Il continua de frapper et de reculer. Puis il entendit dans son dos des raclements de griffes sur la pierre. Pris en tenailles, il sauta sur le côté. Les monstres se percutèrent et se battirent pour gagner le droit d'être le premier à lui arracher le cœur.

Richard monta plus haut sur le rocher. À grands coups d'épée, il contint ses agresseurs, égorgeant tous ceux qui osaient approcher. Mais c'était un combat perdu d'avance. Tôt ou tard, il serait submergé par le nombre…

Il s'abandonna à la fureur de l'épée et… avança sur ses adversaires. Impossible d'abandonner Kahlan si près du but ! Il devait réduire en bouillie les chiens à cœur !

Dans un brouillard de sang, le Sourcier, livré à sa rage, marchait inexorablement à la mort…

Puis les flammes se déchaînèrent.

Dans un enfer de feu, les cris de douleur des chiens à cœur furent vite couverts par les rugissements d'un dragon. L'ombre d'Écarlate tomba sur Richard, qui n'avait pas cessé de pourfendre les monstres trop téméraires. L'air empestait le sang et la fourrure calcinée.

Écarlate saisit Richard du bout d'une serre et le souleva de terre, l'arrachant à la meute. Pendant que la femelle dragon volait vers une clairière, sur le flanc d'une autre montagne, il reprit péniblement son souffle. Puis son amie le posa et atterrit en douceur près de lui.

Au bord des larmes, le Sourcier lui passa les bras autour du cou et se blottit contre ses écailles rouges.

— Merci… Tu m'as sauvé la vie. Et celle de tant d'innocents ! Tu es une femelle dragon d'honneur !

— Un marché est un marché, bougonna Écarlate en crachant quelques flammèches. Et puis, il fallait bien que je t'aide. Dès qu'on te laisse seul, tu te fourres dans les ennuis jusqu'au cou !

— Tu es la créature la plus belle que j'aie jamais vue ! lança Richard. (Toujours haletant, il désigna le haut-plateau.) Écarlate, je dois aller au Palais du Peuple. Tu veux bien m'y amener ?

— Tu n'as pas trouvé tes amis ? Et qu'en est-il de ton frère ?

— Il m'a trahi… Ce lâche a tout vendu à Darken Rahl. J'aimerais que les hommes aient la moitié du sens de l'honneur des dragons…

— J'ai de la peine pour toi, Richard Cypher… Monte, je vais te conduire…

À petits coups d'ailes réguliers, le reptile volant s'éleva au-dessus de la mer de nuages qui couvrait les plaines d'Azrith. En route pour le dernier endroit au monde où Richard avait envie d'aller !

À cheval, le voyage lui aurait pris une bonne partie de la journée. À dos de dragon, il fallut moins d'une heure…

Écarlate replia les ailes et piqua vers le plateau. Les vêtements claquant au vent, Richard regarda approcher le Palais du Peuple. Vu du ciel, on prenait toute la mesure de son immensité. Comment des hommes avaient-ils pu construire pareille merveille ? On eût dit le rêve d'un architecte fou.

Écarlate décrivit un cercle au-dessus du plateau, à bonne distance des tours, des murailles et des toits. Les voir défiler sous lui donna le tournis à Richard, soulagé quand son amie piqua vers une grande cour, à l'intérieur du mur d'enceinte, et battit des ailes pour atterrir.

Pas de gardes en vue. Ni d'autres âmes qui vivent…

Richard se laissa glisser à terre. Écarlate secoua la tête puis la baissa vers lui, les oreilles aplaties.

— Tu veux vraiment que je te laisse seul ici ? (Richard acquiesça.) Alors, le délai de six jours est écoulé, et notre marché n'existe plus. Lors de notre prochaine rencontre, je ne ferai pas de quartier.

— C'était la règle du jeu, mon amie, dit Richard avec un sourire. Mais tu n'en auras pas l'occasion. Aujourd'hui, je vais mourir…

— Essaie d'éviter ça, Richard Cypher…, grommela Écarlate. J'ai toujours l'intention de te dévorer.

Souriant de toutes ses dents, Richard flatta la gorge de la bête.

— Prends soin de ton petit quand l'œuf éclora. J'aurais aimé le voir. Mais je ne doute pas qu'il soit superbe. Même si tu détestes servir de monture aux humains, merci de m'avoir fait découvrir l'ivresse du vol. Et sache que je tiens cela pour un privilège.

— J'adore ça aussi… Tu es un être comme on en rencontre rarement, Richard Cypher. Je n'ai jamais croisé personne qui t'arrive à la cheville !

— Je suis le Sourcier. Le dernier…

— Sois prudent, Sourcier. Tu as le don. Utilise-le ! Sers-toi de toutes tes armes pour lutter. Et n'abandonne jamais ! Rahl ne doit pas te dominer. Enfin, s'il faut mourir, fais-le en combattant avec tout ce que tu as et tout ce que tu sais. Comme un dragon !

— Si ça pouvait être aussi simple…, soupira Richard. Écarlate, avant la disparition de la frontière, avais-tu conduit Rahl en Terre d'Ouest ?

— Très souvent, oui…

— Où le déposais-tu ?

— Près d'une maison plus grande que les autres. Avec des murs de pierre blanche et des toits en tuile. Un jour, je l'ai amené ailleurs. Une modeste chaumière, où il a tué un homme. J'ai entendu ses cris, tu sais… Quelques jours plus tard, il a voulu que je me pose près d'une autre demeure très simple.

La résidence de Michael, la maison de son père, et la sienne…

Accablé de tristesse, Richard baissa les yeux et soupira.

— Merci encore, Écarlate. (Il ravala la boule qui lui nouait la gorge et releva la tête.) Si Darken Rahl essaie encore de te réduire en esclavage, j'espère que ton petit sera en sécurité, et que tu pourras le combattre jusqu'à la mort. Il y a trop de noblesse en toi pour que tu aies un maître...

Écarlate lui fit son étrange sourire de dragon et s'envola. Richard la regarda décrire un grand cercle au-dessus de lui, puis s'orienter vers l'ouest et s'éloigner à tire-d'aile. Quand elle ne fut plus qu'un point minuscule dans le ciel, il approcha du palais.

Il se prépara à un combat contre les deux gardes du portail... qui se contentèrent de le saluer poliment. Un invité de retour!

S'engageant dans un couloir, il prit la direction – très générale! – du jardin intérieur où Darken Rahl conservait les boîtes. Un moment, il eut du mal à se repérer. Puis il reconnut quelques colonnades et passa devant des cours de dévotions familières. À l'abord des quartiers de Denna, il garda la tête bien droite et s'interdit d'y jeter un coup d'œil.

Son cerveau était comme embrumé par l'énormité de la décision qu'il avait dû prendre. Richard Cypher, l'homme qui livrerait le pouvoir d'Orden à Darken Rahl! Même si cela épargnerait un calvaire à Kahlan, et sauverait d'innombrables vies, il se sentait dans la peau d'un traître. Si quelqu'un d'autre avait pu se charger d'aider Rahl! Mais lui seul détenait les réponses dont ce monstre avait besoin...

Il s'arrêta devant une cour de dévotions munie d'un bassin et regarda les poissons onduler dans l'eau. Combattre avec tout ce qu'il savait, avait dit Écarlate. Que pouvait-il y gagner? Et l'univers? Le même résultat final, ou pire encore! Jouer avec sa vie était une chose. Risquer celles des autres... Et celle de Kahlan, surtout! Non, il était là pour assister Darken Rahl, et il jouerait son rôle. Pas question de revenir là-dessus!

La cloche sonna. Richard regarda les fidèles affluer, s'agenouiller et commencer à psalmodier. Deux Mord-Sith en cuir rouge approchèrent et le dévisagèrent, étonnées de le voir debout. Jugeant plus prudent d'éviter les conflits, il s'agenouilla, pressa le front sur la mosaïque et pria comme les autres. Sa décision prise, il n'avait nul besoin de réfléchir...

Maître Rahl nous guide! Maître Rahl nous dispense son enseignement! Maître Rahl nous protège! À sa lumière, nous nous épanouissons. Dans sa bienveillance, nous nous réfugions. Devant sa sagesse, nous nous inclinons. Nous existons pour le servir et nos vies lui appartiennent.

Il répéta inlassablement ces absurdités, se vidant de son angoisse. À force de chercher la paix intérieure, il allait la trouver quand une idée explosa dans son esprit.

Tant qu'à murmurer une prière, autant qu'elle ait un sens profond pour lui. Pour cela, il suffisait de quelques modifications...

— *Kahlan me guide! Kahlan me dispense son enseignement! Kahlan me protège! À sa lumière, je m'épanouis. Dans sa bienveillance, je me réfugie. Devant sa sagesse je m'incline. J'existe pour la servir et ma vie lui appartient.*

Alors, une autre idée lui explosa dans la tête. Sous le choc, il s'en redressa sur les talons, les yeux écarquillés.

Il savait ce qu'il devait faire !

Zedd le lui avait dit : ce que croyaient la plupart des gens était faux. La Première Leçon du Sorcier. Voilà trop longtemps qu'il était le dindon de la farce. Trop longtemps qu'il écoutait les autres. À présent, il ne fuirait plus la vérité.

Un sourire s'épanouit sur son visage.

Il se leva. Désormais, il *croyait* de tout son cœur. Tremblant d'excitation, il se fraya un chemin parmi les fidèles agenouillés.

Les deux Mord-Sith se redressèrent. Épaule contre épaule, l'air sinistre, elles lui barrèrent le chemin.

Il s'arrêta.

La plus grande des deux tortionnaires, une blonde aux yeux bleus, brandit son Agiel.

— Personne n'a le droit de se soustraire aux dévotions. Personne !

Richard soutint le regard furieux de la femme.

— Je suis le Sourcier, dit-il en saisissant l'Agiel légué par sa maîtresse. Et le compagnon de Denna. C'est moi qui l'ai tuée avec la magie qu'elle utilisait pour me dominer. Je viens de faire ma dernière prière à maître Rahl. À vous de décider si vous entendez vivre ou mourir.

Les Mord-Sith se regardèrent, froncèrent les sourcils et s'écartèrent.

Richard reprit le chemin du Jardin de la Vie – vers son rendez-vous avec Darken Rahl.

Alors qu'ils gravissaient péniblement la route conduisant au plateau, Zedd jeta un coup d'œil méfiant à ce qui les attendait au-delà du brouillard, de plus en plus fin avec l'altitude. Bientôt, il se dissipa, les laissant sur un chemin baigné par le soleil du milieu de matinée. Devant eux, un pont-levis commença à s'abaisser sur un abîme infranchissable autrement. Quand il aperçut les soldats qui attendaient de l'autre côté du passage, Chase s'assura que son épée courte coulissait bien dans son fourreau. Mais les gardes ne portèrent pas la main à leurs armes. Alignés des deux côtés de la route, ils jetèrent à peine un regard aux trois visiteurs.

Kahlan les dépassa sans tourner la tête. Chase, lui, les foudroya du regard, comme un fou furieux qui s'apprête à faire un massacre. Ils le saluèrent, certains allant jusqu'à lui sourire.

Sans quitter des yeux les militaires, Chase souffla à Zedd :

— Je déteste ça. C'est trop facile…

— Pour nous tuer, Darken Rahl doit d'abord nous laisser atteindre le lieu de l'exécution…

— C'est censé me rassurer ? grogna le garde-frontière.

— Ton honneur n'en sera pas souillé, mon ami…, dit le sorcier, une main sur l'épaule du colosse. Rentre chez toi avant que la porte se referme sur nous à jamais.

— Quand tout ça sera terminé…

Zedd approuva du chef et accéléra le pas pour marcher dans le sillage de Kahlan. Lorsqu'ils atteignirent le plateau, ils furent vite arrêtés par un mur d'enceinte qui s'étendait à l'infini. Des dizaines d'hommes grouillaient sur les remparts. Sans ralentir, Kahlan approcha du portail. Dès qu'ils la virent, deux gardes s'échinèrent à pousser les lourds battants. L'Inquisitrice les franchit sans hésiter.

— On entre ici comme dans un moulin ? lança Chase au capitaine de la garde.

— Cette dame est attendue par maître Rahl, répondit l'officier, surpris.

— Au temps pour le prendre par surprise ! marmonna le garde-frontière.

— Personne ne surprend un sorcier de l'envergure de Rahl, dit Zedd.

— Un sorcier ? répéta Chase en tirant le vieil homme par le bras. Rahl est un sorcier ?

— Évidemment ! Sinon, comment maîtriserait-il aussi bien la magie ? Il descend d'une longue lignée de sorciers...

— Je croyais que tes semblables et toi aidiez les gens... Pas que vous cherchiez à les dominer.

— Avant que certains d'entre nous décident de ne plus se mêler des affaires humaines, nous dirigions le monde. Il y eut un conflit – la guerre des sorciers – entre les tenants des deux théories. Les rares survivants du camp des « dominateurs » ne renoncèrent pas à rechercher le pouvoir et à régner sur les hommes. Darken Rahl est le descendant direct de cette dynastie – la Maison Rahl. Il est né avec le don, ce qui est rare. Mais il l'utilise à des fins personnelles. Cet homme n'est pas encombré par le fardeau d'une conscience !

Chase ne desserra pas les lèvres tandis qu'ils montaient une formidable volée de marches, slalomaient entre des colonnades et franchissaient une arche ornée de feuilles de vigne sculptées dans la pierre. Quand ils s'engagèrent dans un couloir, le garde-frontière regarda avidement autour de lui, étonné par la taille et la beauté de ces lieux. Insensible au décor, Kahlan continua d'avancer comme un automate, l'écho de ses pas se perdant dans les entrailles mystérieuses du palais.

Des hommes et des femmes en robes blanches arpentaient les couloirs. D'autres, assis sur des bancs de marbre, méditaient avec l'éternel sourire béat des fidèles qui se croient élus des esprits. Tous arboraient une assurance tranquille coulée dans le bronze de certitudes et de révélations fantaisistes. Pour ces gens, la réalité était un brouillard que leur logique démente chassait toujours plus loin – jusqu'à ce qu'il s'échappe par les fenêtres ! Les serviteurs et les disciples de Darken Rahl ! Des « initiés » qui s'aperçurent à peine de la présence de trois nouvelles têtes, se contentant au grand maximum de les saluer distraitement.

Hautaines dans leurs uniformes de cuir rouge, deux Mord-Sith avançaient à leur rencontre. Quand elles virent Kahlan et reconnurent les éclairs jumeaux symboles du Kun Dar, elles blêmirent, firent demi-tour et disparurent prestement.

Le couloir conduisit Zedd et ses compagnons devant une immense zone ronde – la configuration exacte d'une roue – d'où partaient des dizaines d'autres corridors. La voûte de verre coloré, très haut au-dessus de leurs têtes, laissait pénétrer un kaléidoscope de rayons de soleil dans la salle centrale aux allures de caverne.

Kahlan s'arrêta et se tourna vers le sorcier.

— Par où ? demanda-t-elle.

Le vieil homme désigna un couloir, sur leur droite. La Mère Inquisitrice s'y engagea sans hésitation.

— Comment être sûrs que c'est par là ? s'étonna Chase.

— J'ai deux moyens de me repérer. *Primo*, l'architecture de ce palais m'est familière, parce qu'elle imite celle d'un sortilège. En réalité, cet édifice est un sort géant dessiné sur la face même du monde. Il vise à protéger Darken Rahl et à amplifier son pouvoir. Pour l'essentiel, c'est une défense contre les autres sorciers. Ici, je suis presque impuissant. Le cœur de ces lieux est un endroit appelé le Jardin de la Vie. Darken Rahl nous y attendra…

— Et le *secundo* ? demanda Chase.

— Les boîtes… Elles ne sont plus camouflées. Je les sens. Elles aussi attendent dans le Jardin de la vie.

Et quelque chose clochait terriblement. Zedd savait ce qu'il éprouvait à proximité d'une boîte. En toute logique, en présence de deux, la sensation aurait dû être deux fois plus forte.

Pas trois !

Le vieux sorcier orienta Kahlan de couloirs en couloirs et lui fit emprunter les escaliers idoines. Chaque corridor et chaque étage étaient individualisés par une pierre d'une couleur ou d'un type bien précis. À certains endroits, les colonnades se dressaient sur plusieurs niveaux, des balcons connectant les couloirs. Au gré de leur errance, ils passèrent devant des statues géantes alignées le long des murs comme des sentinelles.

Il leur fallut des heures pour gagner leur destination dans ce dédale où il était délibérément impossible d'aller en ligne droite d'un point à un autre.

Enfin, ils arrivèrent devant des portes sculptées de scènes champêtres.

— Nous y voilà, mon enfant, annonça Zedd. Le Jardin de la Vie. Les boîtes y sont. Et Rahl aussi…

— Merci de m'avoir accompagnée jusque-là, Zedd, dit Kahlan. Et toi aussi, Chase…

Elle se tourna vers la porte. Zedd lui posa une main sur l'épaule et la fit doucement pivoter vers lui.

— Darken Rahl n'a que deux boîtes. Il mourra bientôt, même si tu ne fais rien…

— Alors, lâcha la Mère Inquisitrice, je n'ai pas une minute à perdre !

Elle poussa les battants et entra dans le Jardin de la Vie.

Chapitre 49

Le parfum des fleurs flatta les narines des trois compagnons dès qu'ils furent dans le Jardin. Zedd sut immédiatement que quelque chose n'allait pas. Aucun doute : toutes les boîtes étaient présentes ici ! Rahl les détenait et ça changeait tout ! Le sorcier sentit une autre bizarrerie. Avec ses pouvoirs amoindris, il ne put rien tirer de cette intuition. Chase à ses côtés, il suivit Kahlan comme son ombre tandis qu'elle serpentait entre les arbres, longeant des murs couverts de lierre et des parterres de fleurs.

Quand le sentier déboucha sur une grande pelouse, l'Inquisitrice s'arrêta.

Au milieu se découpait un cercle de sable blanc. Du sable de sorcier ! Dans sa longue vie, Zedd n'en avait jamais vu autant à la fois. À vrai dire, en trouver assez pour remplir une bourse était déjà un miracle. En telle quantité, ce sable valait largement dix royaumes ! Sur l'étendue blanche se reflétaient de minuscules lucioles de lumière prismatique. Étrangement excité, Zedd se demanda pourquoi Rahl avait besoin de tant de sable. Et que faisait-il avec ce trésor dont le vieil homme avait un mal fou à détourner les yeux ?

Au-delà du cercle blanc se dressait un autel sacrificiel. Les trois boîtes d'Orden reposaient dessus, débarrassées de leur camouflage. Plus noires que la nuit, elles étaient reconnaissables entre toutes, même si Zedd aurait préféré ne pas en croire ses yeux.

Devant l'autel, leur tournant le dos, Darken Rahl attendait. Le sang du vieux sorcier bouillit quand il vit l'assassin de Richard. La lumière qui jaillissait à flots des fenêtres faisait briller la robe blanche et les cheveux blonds de ce monstre. Il contemplait les boîtes, ses fabuleux trophées…

Comment s'était-il procuré la troisième ? se demanda Zedd, fou de rage. Il oublia aussitôt ce détail, devenu sans importance. Que faire ? Voilà la seule question qui avait encore un sens…

En possession des trois boîtes, Rahl pourrait en ouvrir une. Alors…

Sous le regard du sorcier, Kahlan approcha de Rahl. Qu'elle le touche avec son pouvoir et ils seraient tous sauvés ! Mais elle n'était sûrement pas assez puissante pour ça… Dans ce palais, surtout au cœur du Jardin, Zedd sentait son propre pouvoir quasiment neutralisé. L'édifice entier était un sort qui désarmait tous les sorciers, à l'exception de Rahl. Avec la Rage du Sang, Kahlan gardait néanmoins une petite chance. La seule, et la dernière…

L'Inquisitrice avait presque traversé la pelouse. À quelques pas de Rahl, elle se retourna et posa une main sur la poitrine de Zedd.

—Attendez ici tous les deux…

Le vieux sorcier lut dans ses yeux une colère qu'il partageait, car lui aussi souffrait de la disparition de Richard.

Quand Kahlan s'écarta un peu, il leva la tête et croisa le regard bleu intense de son pire ennemi. Ils se défièrent un moment en silence, puis celui de Rahl se posa sur Kahlan, qui finissait de contourner le cercle de sable.

—Que ferons-nous si ça ne marche pas ? souffla Chase.

—Nous mourrons…, répondit Zedd.

Son pessimisme l'abandonna un peu quand il vit l'air inquiet de Rahl. De la peur passa même dans son regard lorsqu'il remarqua les éclairs rouges peints sur le visage de la jeune femme. Il ne s'attendait pas à ça, et semblait de plus en plus terrorisé.

Il agit quand même. Kahlan presque en face de lui, il dégaina l'Épée de Vérité, qui émit un curieux sifflement, sa lame aussi blanche que le sable. La pointe de l'arme à un pouce de la poitrine, la jeune femme s'immobilisa.

Plus personne n'arrêterait ce duel. Mais Zedd devait aider Kahlan à mobiliser la seule force qui pouvait encore les sauver. Puisant dans des réserves d'énergie qu'il aurait souhaitées plus vivaces, il expédia un rayon bleu à travers le cercle de sable. Vidé d'un coup de toute sa puissance, il regarda l'éclair magique percuter l'épée et l'arracher des mains de Rahl. L'arme vola dans les airs et atterrit à bonne distance des deux adversaires.

Rahl cria quelque chose à Zedd, puis débita à l'Inquisitrice un discours incompréhensible.

Quand Kahlan avança, il recula, vite coincé par l'autel. Alors, il se passa une main dans les cheveux…

Le sourire triomphant de Zedd s'évanouit. Ce réflexe étrange lui disait quelque chose…

La Mère Inquisitrice saisit son adversaire à la gorge.

—Pour Richard, lâcha-t-elle.

Le sang glacé dans ses veines, Zedd comprit enfin ce qu'était la « bizarrerie ». Un cri s'échappa de sa gorge.

Ce n'était pas Darken Rahl.

—Kahlan, arrête ! Arrête ! C'est…

L'air vibra comme sous l'effet d'un coup de tonnerre silencieux. Toutes les feuilles des arbres tremblèrent et l'herbe fut balayée par un vent invisible.

—… Richard !

Zedd avait tout compris en une fraction de seconde. Trop tard !

—Maîtresse…, gémit « Rahl » en tombant à genoux.

Pétrifié, le vieux sorcier sentit le désespoir l'envahir, chassant le soulagement de savoir Richard vivant.

Dans un mur, une porte dissimulée par du lierre s'ouvrit pour laisser passer le véritable Darken Rahl, suivi par Michael et deux gardes.

Désorientée, Kahlan battit des paupières.

Puis la Toile d'Ennemi se dissipa. Dans une lumière tremblotante, le faux Darken Rahl reprit les traits de Richard Cypher.

Kahlan recula, horrifiée. En elle, le pouvoir du Kun Dar vacilla puis mourut. Elle hurla d'angoisse quand elle mesura l'étendue de son erreur.

Voyant les deux colosses se placer derrière elle, Chase voulut saisir son épée, mais il se pétrifia avant d'avoir atteint la garde. Zedd leva les mains. Rien ne se produisit, car il ne lui restait pas une once de pouvoir. Il courut vers ses deux amis. Un mur invisible l'arrêta avant qu'il ait fait deux pas.

Il était pris au piège, tel un condamné dans une cellule. Comment avait-il pu être aussi stupide ! pensa-t-il, fou de rage.

Kahlan se tourna vers un garde et lui subtilisa le couteau qu'il portait à la ceinture. Le retournant contre elle, elle visa son cœur.

Michael la ceintura, lui arracha l'arme et la lui plaqua sur la gorge. Richard bondit comme une furie et… percuta un mur invisible qui le renvoya en arrière. Épuisée par le Kun Dar, Kahlan n'avait plus la force de lutter. Quand elle éclata en sanglots, un garde lui noua un bâillon sur la bouche, l'empêchant même de murmurer le nom de Richard.

Toujours à genoux, le jeune homme rampa jusqu'à Rahl et s'accrocha à ses robes.

— Ne lui faites pas de mal ! Par pitié, ne lui faites pas de mal !

Rahl posa une main sur l'épaule du Sourcier vaincu.

— Ravi que tu sois revenu, Richard. J'aurais parié que tu le ferais… Savoir que tu m'aideras me réjouit. Et j'admire ta loyauté envers tes amis.

Zedd crut que ses oreilles lui jouaient des tours. En quoi Rahl pouvait-il avoir besoin de Richard ?

— Par pitié, ne lui faites pas de mal…

— Mon garçon, ça dépend de toi ! cracha Rahl en se dégageant.

— Je ferai n'importe quoi ! Mais laissez-la !

Avec un sourire triomphal, Rahl s'humecta le bout des doigts puis passa l'autre main dans les cheveux du jeune homme.

— Désolé que ça doive se finir ainsi, Richard… Crois-moi, je suis sincère. T'avoir à mes côtés, tel que tu étais *avant*, m'aurait beaucoup plu. Même si tu l'ignores, nous nous ressemblons beaucoup. Mais tu es une victime de plus de la Première Leçon du Sorcier.

— Ne frappez pas maîtresse Kahlan, je vous en supplie !

— Si tu m'obéis, je tiendrai ma promesse, et elle sera très bien traitée. Je pourrais peut-être même te transformer en quelque chose que tu aimeras… Son animal de compagnie, par exemple. Un petit chien ? Tu dormirais dans sa chambre, histoire de voir que je tiens toujours parole. Et pour te récompenser, je donnerai ton prénom à mon fils. Richard Rahl ! Tu aimerais ça ? Une douce ironie, non ?

— Infligez-moi ce que vous voulez, mais épargnez maîtresse Kahlan. Dites-moi ce que je dois faire, par pitié !

— Un peu de patience, fiston, fit Rahl en tapotant la tête de Richard. C'est pour bientôt. Attends-moi ici...

Il s'éloigna et contourna le sable pour venir se camper devant Zedd, ses yeux bleus cherchant son regard.

— Quel est ton nom, le Vieux ?

— Zeddicus Zu'l Zorander. (Bien qu'il ne se fût jamais senti aussi vide, Zedd releva le menton et ajouta :) L'homme qui a tué ton père !

— Oui... Sais-tu que ton feu magique m'a aussi touché ? Qu'il m'a presque tué alors que je n'étais qu'un gosse ? Des mois de douleur ont suivi ! Et je porte toujours les cicatrices de ton attaque, sur mon corps et dans mon âme !

— Je regrette d'avoir blessé un enfant, même si c'était toi. Appelons ça une « punition préventive », si tu veux bien...

Rahl eut l'ombre d'un sourire.

— Nous passerons un long moment ensemble, toi et moi. Tu découvriras à quel point j'ai souffert, puis tu iras bien au-delà. Histoire d'apprendre ce que ça fait.

— Rien ne dépassera la douleur que tu m'as déjà infligée, souffla Zedd.

— Nous verrons..., lâcha Rahl en s'humectant le bout des doigts.

Il se détourna du sorcier et alla se camper devant Richard.

— Mon garçon ! cria Zedd. Ne l'aide pas ! Kahlan préférerait mourir que te savoir de son côté !

Richard regarda le vieil homme comme si ses yeux le traversaient, puis leva la tête vers Rahl.

— Si vous l'épargnez, je ferai tout ce que vous voudrez.

Darken Rahl lui ordonna de se relever.

— Obéis, et je te jure qu'il ne lui arrivera rien. À présent, récite le *Grimoire des Ombres Recensées.*

Zedd en sursauta de surprise.

— Que dois-je faire, maîtresse ? demanda Richard en se tournant vers Kahlan.

L'Inquisitrice se débattit entre les bras de Michael et cria des mots incompréhensibles sous son bâillon.

— Récite le grimoire, Richard, dit Rahl d'une voix très douce. Sinon j'ordonnerai à Michael de lui couper les doigts l'un après l'autre. Plus tu te tairas et moins il lui en restera.

Paniqué, Richard se retourna vers le maître.

— *La véracité des phrases du* Grimoire des Ombres Recensées, *quand elles sont prononcées par une autre personne que le détenteur des boîtes d'Orden – et non lues par celui-ci – exige le recours à une Inquisitrice...*

Zedd tomba à genoux, refusant d'en croire ses oreilles. Mais à entendre Richard, plus aucun doute ne lui était permis, car il reconnaissait le style caractéristique d'un grimoire. Impossible de tricher. C'était bien le texte ! Et le vieil homme était trop vidé pour se demander pourquoi Richard l'avait appris par cœur.

Le monde qu'ils avaient connu touchait à sa fin. Aujourd'hui commencerait le règne de Darken Rahl. Tout était perdu ! L'univers entier appartiendrait à un monstre.

Zedd continua d'écouter, abattu. Certains mots eux-mêmes étaient magiques et seul un individu né avec le don avait pu mémoriser le texte. Sinon, ces mots clés auraient tout effacé du cerveau de Richard. Une protection judicieuse pour empêcher que quelqu'un s'approprie par hasard des connaissances capitales. Entendre Richard réciter le grimoire prouvait qu'il était né de et pour la magie ! Aussi violemment qu'il la détestât, il était fait pour elle, comme l'annonçaient les prophéties.

Zedd se fustigea d'avoir commis tant d'erreurs. Comment avait-il pu être idiot au point de vouloir protéger Richard de forces qui l'auraient utilisé à bon escient si elles avaient su le reconnaître ? Comme le démontrait Darken Rahl, ceux qui naissaient avec le don étaient vulnérables pendant leur enfance. Le vieil homme avait choisi de ne pas former Richard pour le garder hors de portée de ces forces. Dès le début, il avait craint – et espéré – que le petit ait le don. Mais s'il grandissait assez avant que *cela* se manifeste, s'était-il dit, lui prodiguer l'enseignement requis serait moins dangereux. Un être plus mûr et plus fort supporterait mieux le choc – à condition d'intervenir avant que son don le tue !

Un effort inutile ! Pire, une absurdité aux conséquences catastrophiques ! Et Zedd, au fond, avait toujours su que Richard possédait le don. Tous ceux qui le connaissaient voyaient en lui un être hors du commun. Quelqu'un de rare.

La marque même de la magie…

Des larmes aux yeux, le vieil homme se souvint des jours heureux passés auprès de Richard. De très bonnes années, sûrement les meilleures de sa vie. Loin de la magie, avec quelqu'un à aimer sans angoisse – ni arrière-pensées. La possibilité d'être l'ami du jeune homme, et rien de plus…

Richard récitait le grimoire sans hésiter ni achopper sur une syllabe. Émerveillé par cet exploit, Zedd éprouva une bouffée de fierté, puis regretta aussitôt que le garçon soit aussi doué. La plus grande partie du texte qu'il restituait concernait des opérations déjà réalisées – comme l'élimination du camouflage –, mais Darken Rahl ne lui demanda pas de sauter ces sections, ni d'accélérer le rythme, car il avait visiblement peur de rater un détail important. Laissant Richard déclamer, il écoutait attentivement. De temps en temps, il se faisait répéter certains passages, pour être sûr d'avoir bien compris. Pensif, il plissait le front tandis que le jeune homme parlait d'angle solaire, de configuration des nuages ou de force des vents.

L'après-midi passa ainsi. Richard récitait, Rahl tendait l'oreille et Michael gardait son couteau sur la gorge de Kahlan. Les deux gardes tenaient infatigablement les bras de l'Inquisitrice. Pétrifié, Chase avait toujours la main à mi-chemin de son épée, et Zedd restait assis sur le sol, coincé dans sa cellule invisible…

Le sorcier s'était aperçu que le protocole d'ouverture des boîtes prendrait beaucoup plus longtemps qu'il ne l'aurait cru. Toute la nuit, sans doute… Il faudrait dessiner beaucoup de sortilèges. Voilà pourquoi Rahl avait besoin d'une telle quantité de sable ! Les boîtes devaient être disposées d'une façon précise afin que le soleil d'hiver les touche selon un angle prédéterminé. Les ombres qu'elles projetteraient définiraient alors la façon de les placer.

Bien qu'elles fussent identiques, les boîtes avaient toutes des ombres différentes. Alors que l'astre du jour descendait à l'horizon, la première projetait un seul petit rectangle noir. La deuxième en diffusait deux, et la troisième trois ! À présent, Zedd comprenait pourquoi le livre était intitulé *Grimoire des Ombres Recensées*…

Quand Richard atteignait un passage « technique », Darken Rahl lui demandait d'arrêter et dessinait des figures complexes dans le sable. Certains sorts portaient des noms que le vieux sorcier lui-même n'avait jamais entendus. Mais Rahl ne semblait pas désorienté et il travaillait d'une main sûre. Quand il fit trop sombre, il alluma des torches tout autour du cercle. À leur lumière, il continua à dessiner les sortilèges à mesure que Richard les nommait. En silence, tous les témoins le regardaient faire, fascinés par son habileté. Impressionné aussi, Zedd frissonna en reconnaissant parfois des runes du royaume des morts.

Ces figures géométriques, le sorcier le savait, ne toléraient pas la moindre erreur. Il fallait tracer chaque ligne dans l'ordre requis, au bon moment et selon une séquence très stricte. En cas d'imprécision, impossible de corriger ou d'effacer pour tout recommencer. Le plus petit défaut était mortel !

Certains sorciers étudiaient un sort des années durant avant d'oser le dessiner dans le sable. Darken Rahl ne semblait pas avoir le moindre doute sur ses talents. Sa main ne tremblait pas. Et au vu de la difficulté, il progressait à une vitesse surprenante. Le confrère le plus doué que Zedd eût jamais vu ! Au moins, pensa-t-il, amer, ils seraient exécutés par un champion ! Malgré les circonstances, un tel degré de maîtrise forçait l'admiration. Avoir vu ça avant de mourir en valait presque la peine…

Ce rituel complexe visait à déterminer quelle boîte serait la bonne pour Rahl. Selon le grimoire, il pouvait en ouvrir une à n'importe quel moment – à ses risques et périls ! Habitué aux grimoires, Zedd savait que ces complications visaient à interdire un exercice trop facile de la magie. Pas question qu'il suffise, pour devenir le maître du monde, d'ouvrir un livre et de suivre un mode d'emploi ! À sa connaissance, le vieux sorcier lui-même n'avait pas les compétences exigées pour simplement suivre les instructions. En vue de cette journée, Darken Rahl avait étudié pendant sa vie entière. Son père, selon toute probabilité, avait commencé sa formation dès sa plus tendre enfance…

Zedd regretta que le feu magique n'ait pas tué le fils en même temps que son géniteur. Après une courte réflexion, il décida que ce n'était pas une pensée digne de lui.

À l'aube, tous les sortilèges dessinés, Rahl disposa les boîtes sur le sable. Identifiée par le nombre d'ombres qu'elle projetait, chacune fut placée sur un diagramme précis. Alors, le maître de cérémonie psalmodia les incantations idoines.

Quand les premiers rayons de soleil du deuxième jour de l'hiver frappèrent l'autel, Rahl remit les boîtes dessus. À présent, constata Zedd, étonné, elles diffusaient toujours une, deux ou trois ombres, mais dans un ordre différent. Une autre précaution ! Comme l'indiquait le grimoire, celle qui n'en projetait qu'une fut placée à gauche, près de celle qui en diffusait deux, elle-même flanquée par celle que trois rectangles noirs entouraient.

— Continue, Richard, dit Rahl, le regard rivé sur les artefacts.

— *Une fois dans cette configuration, la magie d'Orden est prête à être commandée. Alors qu'une seule ombre ne suffit pas à obtenir le pouvoir nécessaire à maintenir en vie celui qui les a mises dans le jeu, trois sont une charge trop écrasante pour que toute vie puisse la supporter. Ainsi, l'équilibre est atteint en ouvrant la boîte aux deux ombres : une pour le maître, et l'autre pour le monde qu'il dominera grâce au pouvoir d'Orden. Un monde et un chef – c'est cela le secret de la boîte aux ombres doubles. Ouvre-la et tu obtiendras ta récompense.*

— Continue, souffla Rahl en se tournant lentement vers Richard.

— *Règne comme tu l'as choisi.* Ce sont les derniers mots…

— Impossible !

— Maître Rahl, je vous jure qu'il n'y a rien d'autre. *Règne comme tu l'as choisi.* C'est l'ultime phrase.

— Tu as appris tout le grimoire ? rugit Darken Rahl en prenant le jeune homme à la gorge.

— Oui, maître…

— Ce n'est pas la bonne réponse ! explosa Rahl. La boîte aux deux ombres me tuera ! Je t'ai dit que cette information était en ma possession !

— J'ai tout répété sans modifier un mot, maître…

— Je ne te crois pas ! (Rahl lâcha Richard.) Michael, égorge cette femme !

— Pitié ! cria Richard en tombant à genoux. Vous m'avez donné votre parole. Si je vous aidais, ma maîtresse serait épargnée ! Et je vous ai dit la vérité !

Rahl retint d'un geste la main de Michael.

— Je ne te crois pas ! Si tu ne cesses pas de mentir, j'ouvrirai les entrailles de ta maîtresse.

— Non ! implora Richard. La vérité, vous la connaissez déjà ! Changer maintenant serait un mensonge.

— C'est ta dernière chance, Richard : parle, ou elle mourra.

— Je ne peux rien vous dire d'autre ! sanglota le jeune homme. Sinon, ce serait un mensonge ! Chaque mot était la vérité !

Zedd se leva et regarda Kahlan. Puis il se tourna vers Rahl. À l'évidence, le « maître » tenait une part de ses informations d'une autre source que le grimoire. Et toutes ces données étaient à présent contradictoires ! Cela se produisait souvent. Un sorcier du calibre de Rahl ne pouvait pas l'ignorer. En cas de conflit, les instructions du grimoire spécifique avaient la préséance. Agir autrement revenait à signer son arrêt de mort – une protection supplémentaire pour assurer l'intégrité de la magie. Si l'arrogance de Rahl le poussait à se défier du grimoire, tout n'était peut-être pas perdu…

Rahl s'humecta les doigts, les passa sur ses sourcils et eut un sourire triomphant.

— Parfait, Richard… Je voulais m'assurer que tu ne me mentais pas…

— Je jure d'avoir dit la vérité, sur la tête de maîtresse Kahlan. Chaque mot que j'ai prononcé était authentique…

Rahl fit signe à Michael d'éloigner la lame du cou de Kahlan, qui ferma les yeux, des larmes ruisselant sur les joues.

— Enfin…, murmura le maître, la magie d'Orden est à moi…

Sans le voir, Zedd devina que son ennemi soulevait le couvercle de la boîte du milieu. Il en fut sûr quand une merveilleuse lumière dorée en sortit, s'éleva lentement comme si elle pesait très lourd, et auréola la silhouette de Rahl.

Il se retourna, extatique, la lueur accompagnant chacun de ses mouvements. Alors, il s'éleva un peu dans les airs – assez pour que ses pieds ne touchent plus le sol – et flotta jusqu'au centre du cercle de sable, les bras en croix. Au moment où il fit face à Richard, la lumière commença à tourner doucement autour de lui.

— Merci, mon fils, d'être revenu aider le Petit Père Rahl. Comme promis, tu seras récompensé de m'avoir remis ce qui m'appartenait de toute éternité. Je sens le pouvoir, et c'est… merveilleux !

Impassible, Richard se releva et contempla le maître de la magie d'Orden. Les jambes de Zedd se dérobèrent de nouveau. Qu'avait fait son protégé ? Comment avait-il pu livrer à Darken Rahl la magie suprême ? Et lui permettre ainsi de régner sur le monde ? La réponse était simple : touché par le pouvoir d'une Inquisitrice, Richard Cypher n'avait pas eu le choix. Il était innocent ! Zedd lui pardonna, conscient que tout était fini…

En pleine possession de son pouvoir, il eût invoqué un Feu de Vie pour en terminer sur-le-champ avec sa misérable existence. Mais en ces lieux, et en présence de Darken Rahl, il n'était plus qu'un très vieil homme fatigué et impuissant. Par bonheur, son calvaire serait bientôt terminé, Rahl s'en assurerait.

Ce n'était pas sur son sort qu'il pleurait. Mais sur celui qui guettait tous les autres…

Baigné de lumière dorée, Rahl s'éleva davantage au-dessus du cercle de sable. Il souriait et ses yeux bleus pétillaient comme jamais. Renversant la tête d'extase, il baissa les paupières. Ses cheveux cascadant sur ses épaules, des particules de lumière orbitaient toujours autour de lui.

Le sable devint jaune or, continua à s'assombrir et passa à un marron brûlé. Autour de Rahl, la lumière aussi vira à l'ambre. Le maître du monde, son sourire effacé, releva la tête et ouvrit les yeux.

Le sable blanc devint noir et le sol trembla.

Richard alla ramasser l'Épée de Vérité. Aussitôt la colère de l'arme fit briller son regard gris.

Zedd se leva d'un bond. Autour de Rahl, la lumière était à présent d'un marron brunâtre. Il écarquilla les yeux de terreur.

Un rugissement de fin du monde monta du sol. Sous les pieds de Rahl, le sable s'ouvrit et un maelström d'éclairs violets l'enveloppa.

Il se débattit en hurlant!

Le souffle heurté, comme transfiguré, Richard ne quittait pas des yeux son ennemi.

Autour de Zedd, la prison invisible explosa. La main de Chase continua sa course vers l'épée et la dégaina tandis qu'il bondissait vers Kahlan. Les deux gardes la lâchèrent et se campèrent face au garde-frontière.

Pâle comme la mort, Michael regarda le colosse abattre son premier adversaire. Profitant de sa distraction, Kahlan lui flanqua un coup de coude dans l'estomac et lui arracha le couteau de la main.

Le Premier Conseiller regarda autour de lui, affolé, et s'enfuit à toutes jambes sur un sentier qui serpentait entre les arbres.

Chase et le deuxième garde tombèrent sur le sol, chacun résolu à égorger l'autre. Puis un cri retentit et le garde-frontière se releva. Pas son adversaire...

Chase regarda Rahl avant de se lancer à la poursuite de Michael. Du coin de l'œil Zedd vit Kahlan se précipiter dans une autre direction.

Comme Richard, le vieil homme ne pouvait détourner le regard de Darken Rahl, pris au piège dans l'étau de la magie d'Orden. Les éclairs violets et des ombres noires le crucifiaient à l'aplomb du trou béant.

— Richard! cria-t-il. Qu'as-tu fait?

Le Sourcier approcha du cercle de sable noir.

— Ce que vous me demandiez, maître Rahl, fit-il, innocent comme l'agneau qui vient de naître. J'ai dit ce que vous aviez envie d'entendre, rien de plus...

— Mais c'était la vérité! Tous les mots, as-tu juré!

— C'était exact, à une omission près... Le paragraphe, à la fin... *« Mais prends garde! L'effet des boîtes n'est pas statique. Il se déplace en fonction de l'intention. Pour être le Maître de Tout et pouvoir aider les autres, décale d'une boîte sur la droite. Pour être le Maître de Tout afin que tous t'obéissent, décale d'une boîte sur la gauche. Règne comme tu l'as choisi. »* Darken Rahl, tu avais raison : la boîte aux deux ombres était celle qui signe ton arrêt de mort!

— Mais tu devais m'obéir! Une Inquisitrice t'a touché avec son pouvoir!

— Tu crois? La Première Leçon du Sorcier! Placée en tête de liste parce que c'est la plus importante. Tu aurais dû t'en méfier davantage, « maître »! Voilà le prix de l'arrogance. J'ai accepté ma vulnérabilité, pas toi! Je n'aimais pas les choix que tu me laissais. Dans l'impossibilité de jouer selon tes règles, j'en ai inventé d'autres. Le grimoire disait que tu devais contrôler sa véracité par le biais d'une Inquisitrice. Et tu as pensé l'avoir fait ! La Première Leçon du Sorcier ! Tu t'en es persuadé parce que tu voulais le croire ! Je t'ai battu, Darken Rahl !

— Impossible ! Comment as-tu fait ça ?

— C'est toi qui m'as donné la clé. En m'enseignant que rien, même la magie, n'a qu'une seule face. « Regarde le tout », disais-tu. « Rien n'est unidimensionnel. Regarde le tout ! » (Richard secoua lentement la tête.) Tu n'aurais pas dû m'apprendre une vérité qui risquait de te nuire. Cette connaissance acquise grâce à toi, je pouvais l'utiliser à mon gré. Merci, Petit Père Rahl de m'avoir inculqué la chose la plus importante que j'aurai jamais apprise : comment aimer Kahlan !

Défiguré par la douleur, Rahl éclata d'un rire horrible qui était aussi un hurlement de souffrance.

— Où est Kahlan ? demanda Richard en regardant autour de lui.

— Je l'ai vue partir par là…, répondit Zedd en tendant un index décharné.

Richard rengaina son épée et se tourna vers la silhouette prisonnière de la lumière et de l'obscurité.

— Adieu, Petit Père Rahl. Je crois que tu mourras loin de mon regard…

— Richard ! cria Rahl alors que le Sourcier s'éloignait. Richard !

Zedd resta seul avec le maître déchu. Les yeux ronds, il vit des doigts de fumée transparents s'enrouler autour de la robe blanche et plaquer les bras de Rahl contre son flanc.

Quand le vieux sorcier approcha, des yeux bleus se braquèrent sur lui.

— Zeddicus Zu'l Zorander, tu as gagné cette bataille, mais peut-être pas la guerre.

— Arrogant jusqu'au bout ?

— Dis-moi qui il est, souffla Rahl en souriant malgré la douleur.

— Qui, le Sourcier ?

Malgré son calvaire, Rahl éclata de rire. Les entrailles déchirées, il secoua violemment la tête, puis son regard se reposa sur Zedd.

— C'est ton fils, n'est-ce pas ? Au moins, j'aurai été vaincu par du sang de sorcier ! Car tu es son père.

— Non. Son grand-père…

— Mensonge ! Si ce n'est pas toi, pourquoi avoir placé une Toile sur lui pour dissimuler l'identité de son géniteur ?

— Je l'ai fait pour qu'il ne sache pas quel fils de pute aux yeux bleus a violé sa mère, lui donnant ainsi la vie !

— Mais… Ta fille a été tuée. Mon père me l'a dit…

— Un petit truc, pour garantir sa sécurité. (L'expression de Zedd se durcit.) Tu ne savais pas qui elle était, mais ça ne t'a pas empêché de la faire souffrir. Sans le savoir, tu lui as aussi offert le bonheur. En lui donnant Richard !

—Je suis son père ? gémit Rahl.

—Quand tu as violé ma fille, sachant que je ne pouvais rien contre toi, ma priorité fut de la réconforter et de la protéger. Alors, je l'ai amenée en Terre d'Ouest. Elle a rencontré un jeune veuf qui avait un fils en bas âge. George Cypher était un homme doux et bon. Je fus très fier qu'il devienne mon gendre. George aimait Richard comme s'il avait été de lui, mais il connaissait la vérité. Sauf à mon sujet, car je l'avais dissimulée avec une Toile.

» J'aurais pu haïr Richard à cause des crimes de son père. Mais j'ai choisi de l'aimer pour ce qu'il était. C'est devenu un sacré type, tu ne trouves pas ? Tu as été vaincu par l'héritier dont tu rêvais. Un fil né avec le don ! C'est très rare, tu le sais… Richard est le véritable Sourcier. De la lignée Rahl, il a hérité la rage, la colère et l'aptitude à la violence. Mais le sang des Zorander lui donne la capacité d'aimer, de comprendre et de pardonner.

Les contours de Darken Rahl se troublèrent dans les ombres de la magie d'Orden. Son corps entier devenait peu à peu transparent…

—Dire que les lignées Rahl et Zorander sont réunies dans un seul être ! Richard est bien mon héritier… Alors, en un sens, j'ai gagné.

—Non ! Tu as perdu, et dans tous les sens du mot.

De la vapeur, de la fumée, des ombres et de la lumière tourbillonnaient en rugissant. Le sol trembla de nouveau et le sable de sorcier, à présent noir comme de la poix, fut aspiré dans le vortex. L'ensemble tourna au-dessus de l'abîme, les sons du monde des vivants se mêlant à ceux du royaume des morts pour former un seul et unique hurlement.

La voix de Darken Rahl retentit une dernière fois, vide, froide et atone comme si elle montait déjà d'outre-tombe.

—Lis les prophéties, vieil homme. Tout ça n'est peut être pas encore fini. Je suis un agent…

Un point lumineux aveuglant apparut au centre de la masse tourbillonnante. Zedd leva une main pour se protéger les yeux. Des rayons d'une chaude lumière blanche volèrent vers la voûte, traversèrent les fenêtres et filèrent vers le ciel. D'autres s'enfoncèrent dans l'abysse infiniment obscur. Alors qu'un cri perçant retentissait, l'air se brouilla sous l'effet de la chaleur, de la lumière et du bruit. Puis tout s'illumina en blanc et le silence revint.

Zedd écarta lentement sa main de ses yeux. Il ne restait plus rien. Tout avait disparu. Les rayons du soleil réchauffaient le sol à l'endroit où s'ouvrait, quelques instants plus tôt, le trou noir insondable. Le sable de sorcier s'était volatilisé, remplacé par un cercle de terre nue. La blessure entre les mondes guérissait. En tout cas, Zedd l'espérait…

Le vieil homme sentit le pouvoir revenir dans ses os fatigués. Ceux qui avaient dessiné le sortilège qui agissait contre lui n'étaient plus là. Alors, ses effets se dissipaient…

Zedd se campa devant l'autel, écarta les bras et ferma les yeux, s'offrant au soleil.

— Que toutes les Toiles soient bannies ! Désormais, je suis celui que j'étais jadis : Zeddicus Zu'l Zorander, sorcier du Premier Ordre. Que tout le monde le sache de nouveau. Et connaisse le reste aussi…

Le peuple de D'Hara était magiquement lié à la Maison Rahl. Ce lien avait été forgé des lustres plus tôt par le camp des sorciers désireux de diriger le monde. Il enchaînait le peuple à la Maison Rahl… et la Maison de Rahl au peuple. Les Toiles retirées, cette osmose serait perceptible pour beaucoup de gens, qui sauraient alors que Richard était désormais… Maître Rahl.

Zedd devrait lui dire tôt ou tard que Darken Rahl était son père. Mais pas aujourd'hui. D'abord, il faudrait trouver les mots justes. Le vieil homme avait beaucoup de choses à confier à Richard. Heureusement, ça pouvait attendre encore un peu…

Richard retrouva Kahlan près du bassin d'une cour de dévotions déserte. Le bâillon pendait autour de son cou, oublié dès qu'elle l'avait retiré de sa bouche. En larmes, pliée en deux, ses cheveux cascadèrent sur ses épaules quand elle se pencha davantage vers le couteau qu'elle tenait à deux mains, la lame orientée vers sa poitrine.

Richard l'arrêta alors que la pointe entrait déjà en contact avec le tissu de sa robe.

— Ne fais pas ça…, murmura-t-il.

— Il le faut. Parce que je t'aime ! Et je t'ai touché avec mon pouvoir… Mieux vaut mourir qu'être ta maîtresse. C'est le seul moyen de te libérer. (Elle redressa un peu le menton.) Je voudrais que tu m'embrasses et que tu me laisses seule. Je refuse que tu assistes à ça.

— Non.

— Qu'as-tu dit ? souffla Kahlan en levant les yeux.

Richard mit les poings sur ses hanches.

— « Non », voilà ce que j'ai dit. Pas question de t'embrasser avec ces peintures ridicules sur tes joues. Elles ont failli me faire mourir de peur.

— Tu ne peux rien me refuser ! fit l'Inquisitrice, incrédule. Je t'ai touché avec mon pouvoir…

Richard s'agenouilla près d'elle et défit le bâillon de son cou.

— Bien… Tu m'as ordonné de t'embrasser… (il trempa le morceau de tissu dans l'eau)… et j'ai répondu que je ne le ferais pas tant que tu aurais ces peintures sur le visage. (Il entreprit d'effacer les éclairs des joues de sa compagne.) Donc, la seule solution est de les enlever.

Kahlan se laissa faire sans protester. Quand il eut fini, il jeta le bâillon, s'accroupit en face d'elle et lui passa les bras autour de la taille.

— Richard, je t'ai touché avec ma magie. Je l'ai senti, vu et entendu. Pourquoi le pouvoir ne t'a-t-il pas emporté ?

— Parce que j'étais protégé…

— Par quoi ?

— Mon amour pour toi. J'ai compris que je t'aimais plus que la vie elle-même. Plutôt que d'être sans toi, je préférais me livrer à ton pouvoir. Rien de ce que la magie aurait pu me faire n'était pire qu'une séparation définitive. Je voulais tout abandonner pour toi, Kahlan. Alors, j'ai offert au pouvoir tout ce que je possédais. Mon amour pour toi ! Ayant mesuré à quel point je t'aimais, prêt à t'appartenir sous n'importe quelles conditions, j'ai compris que la magie ne détruirait rien en moi. Je te suis déjà dévoué corps et âme, alors, pourquoi me transformerait-elle ? Ma protection, c'était d'avoir déjà été touché par ton amour. Convaincu que tu éprouvais la même chose, je n'avais aucune crainte. Au moindre doute, la magie se serait ruée sur la faille pour me ravager. Mais je n'en avais aucun ! Mon amour pour toi est un bouclier lisse et sans craquelures. Il m'a protégé de la magie.

Kahlan le gratifia de son sourire « spécial Richard ».

— Tu n'avais vraiment aucun doute ?

Le Sourcier lui rendit son sourire.

— Eh bien, un instant, quand j'ai vu les éclairs sur ton visage, j'avoue avoir été inquiet. J'ignorais ce qu'ils signifiaient. Alors, j'ai sorti l'épée pour gagner du temps, histoire de réfléchir. Puis j'ai compris que ça n'avait pas d'importance : tu étais toujours Kahlan, je t'aimais, et le reste ne comptait pas. Je désirais que tu me touches, pour t'offrir mon amour et ma dévotion, mais j'ai dû monter une petite mise en scène au bénéfice de Darken Rahl.

— Ces symboles, murmura Kahlan, signifiaient aussi que j'étais prête à tout abandonner pour toi.

Elle enlaça Richard et l'embrassa. Agenouillés sur les carreaux, devant le bassin, ils se serrèrent l'un contre l'autre. Richard s'enivra des lèvres qu'il avait des milliers de fois rêvé de sentir sous les siennes. Il continua même quand la tête lui tourna, se fichant des regards étonnés que leur jetaient les fidèles en promenade.

Après une petite éternité de bonheur, il décida que rejoindre Zedd serait quand même judicieux. Bras dessus, bras dessous, la tête de Kahlan sur son épaule, ils retournèrent dans le Jardin de la Vie, non sans s'embrasser une nouvelle fois avant de franchir les portes.

Une main sur sa hanche osseuse, l'autre lui frottant le menton, le vieux sorcier étudiait l'autel et les autres objets rituels. Kahlan se jeta à genoux devant lui et embrassa ses mains ridées et décharnées.

— Zedd, Richard m'aime ! Il a réussi à neutraliser la magie ! Il y avait un moyen, et il l'a découvert !

— Eh bien, il en aura mis, du temps…

Kahlan se releva.

— Vous… vous saviez comment faire ?

— Mon enfant, pour qui me prends-tu ? Je suis un sorcier du Premier Ordre. Évidemment, que je savais…

— Et vous n'avez rien dit ?

— Si j'avais parlé, très chère, ça n'aurait pas marché. Ce savoir aurait été le terreau idéal où ensemencer le doute. Et l'ombre d'une ombre de défiance aurait conduit à l'échec. Pour être le grand amour d'une Inquisitrice, il faut un engagement total qui outrepasse la magie. Sans la volonté de s'abandonner à toi, en s'oubliant lui-même en toute connaissance de cause, Richard n'aurait pas réussi.

— Vous en connaissez long sur le sujet…, fit Kahlan. Moi, je n'en avais jamais entendu parler. Combien de fois cela s'est-il produit ?

Zedd se frotta de plus belle le menton et leva les yeux vers les fenêtres.

— Euh… Une seule fois, avant aujourd'hui… (Il regarda ses deux jeunes compagnons.) Mais il ne faudra le dire à personne, comme je l'ai fait. Quel que soit le chagrin que ça provoque, ou la gravité des conséquences, vous devrez vous taire. Si quelqu'un sait, ça risque d'être répété, et ceux qui viendront après vous n'auront plus aucune chance. Un des paradoxes de la magie : accepter l'échec pour avoir une possibilité de réussir. C'est aussi un de ses fardeaux. Privilégier les résultats, même si ça condamne d'autres personnes à mort, pour ne pas priver d'espoir l'avenir. L'égoïsme saccage la vie, et les possibilités, de ceux qui ne sont pas encore nés.

— Je jure de me taire, dit Kahlan.

— Moi aussi, renchérit Richard. Zedd, c'est fini ? Darken Rahl… est mort ?

Zedd coula à Richard un regard qui le mit mal à l'aise. Très étonnant, dans ces circonstances…

— Oui, il est mort… (Le sorcier posa une main sur l'épaule de son petit-fils et la serra très fort.) Tu t'en es tiré comme un chef, Richard ! Mais tu as failli me faire crever de peur. Je n'ai jamais été témoin d'un numéro pareil !

— Un truc, Zedd. Rien qu'un petit truc, souffla Richard, rayonnant de fierté.

Zedd secoua vigoureusement la tête, ses cheveux blancs volant dans toutes les directions. Comme ça, il avait un peu l'air d'un vieux fou…

— Beaucoup plus que ça, mon garçon. Beaucoup plus que ça !

Entendant des bruits de pas, les trois amis se retournèrent. C'était Chase, qui tenait Michael au collet comme un vulgaire voleur. À voir les vêtements blancs souillés du Premier Conseiller, le « convaincre » de venir n'avait pas dû être facile.

Chase le poussa devant Richard.

— Je ne me laisserai pas traiter comme ça, petit frère, dit Michael, aussi hautain qu'à son habitude. Dans ton ignorance, tu as saboté des plans essentiels. Sais-tu que j'aurais aidé le monde entier en unifiant Terre d'Ouest et D'Hara ? Mais il a fallu que tu t'en mêles ! À présent, ces peuples sont condamnés à des souffrances inutiles que Darken Rahl aurait pu leur éviter. Tu es un imbécile !

Richard pensa à tout ce qu'il avait subi. Puis au calvaire de Zedd, de Kahlan et de Chase. Sans oublier tous les gens qu'il connaissait morts à cause de Rahl. Et ceux, plus nombreux encore, qu'il n'avait jamais rencontrés.

La souffrance, la cruauté, la brutalité… Les légions de tyrans qui avaient prospéré sous le règne du maître, de la princesse Violette à Rahl lui-même…

La note métallique de l'Épée de Vérité déchira le silence. Michael écarquilla les yeux quand la pointe se posa sur sa gorge.

— Fais-moi le salut du vaincu, Michael…

— Plutôt mourir !

Richard écarta l'épée et chercha le regard de son frère. Luttant contre sa colère, il tenta de faire tourner la lame au blanc. En vain. Résigné, il la rengaina.

— Je suis content de voir qu'il nous reste un point commun, Michael. Tous les deux, nous sommes prêts à mourir pour nos idées. (Il se tourna vers Chase, baissa les yeux sur la hache de guerre qui pendait à sa ceinture, puis dévisagea le garde-frontière à l'expression sinistre.) Exécute-le… et remets sa tête au capitaine de sa garde personnelle. Dis-lui qu'il a été décapité sur mon ordre, pour haute trahison. Terre d'Ouest devra se choisir un nouveau Premier Conseiller.

Le poing de Chase se ferma sur les cheveux du condamné.

Michael cria, tomba à genoux et fit enfin le salut du vaincu.

— Richard, par pitié ! Je suis ton frère ! Ne le laisse pas me tuer ! Pardonne-moi ! J'avais tort ! Je t'en prie, pardonne-moi !

Richard regarda son aîné, prostré devant lui, les mains jointes pour implorer grâce. Puis il saisit l'Agiel pendu à son cou, accepta la douleur et laissa des souvenirs atroces remonter à sa conscience.

— Darken Rahl t'a dit ce qu'il comptait me faire. Tu savais ! Et tu t'en fichais parce que ça servait tes intérêts. Mon frère, je te pardonne tout ce que tu as fait contre moi.

Michael soupira de soulagement, mais le Sourcier continua :

— Hélas, je ne peux pas te pardonner ce que tu as fait aux autres. Des innocents ont perdu la vie à cause de tes machinations. Tu mourras du fait de ces crimes, pas parce que tu m'as trahi.

Michael cria et sanglota tandis que Chase le tirait vers le lieu de son exécution. Le cœur serré, Richard regarda son grand frère partir vers le destin qu'il s'était choisi.

Zedd posa une main sur le poing de Richard, toujours fermé sur l'Agiel.

— Lâche-le, mon garçon…

Les sinistres pensées du Sourcier avaient jusque-là occulté la douleur. Il se tourna vers Zedd, debout près de lui, sa main osseuse sur la sienne, et lut dans ses yeux quelque chose qu'il n'y avait jamais vu : le partage du chagrin et de la douleur…

Il lâcha l'Agiel.

Le regard de Kahlan se posa sur l'atroce instrument, de nouveau pendu à son cou.

— Richard, dois-tu vraiment garder ce… cet objet ?

— Pour l'instant, oui… Je l'ai promis à quelqu'un que j'ai dû tuer. Une personne qui m'a aidé à comprendre combien je t'aime. Darken Rahl pensait que ça me briserait. Au contraire, ça m'a montré comment le vaincre. Si je me débarrasse de cet Agiel, je nierai tout ce que je suis, tout ce qui vit à l'intérieur de moi.

— Aujourd'hui, dit Kahlan en lui posant une main sur le bras, je ne comprends pas. Mais un jour, j'espère que ça changera…

Richard jeta un regard circulaire au Jardin de la Vie et repensa à la mort de Darken Rahl. Puis à celle de son père… Justice était faite ! Mais dès qu'il évoqua George Cypher, le chagrin revint. Un instant seulement, car il avait, se dit-il, rempli la mission que George lui avait confiée. Il s'était souvenu à la perfection de chaque mot du grimoire secret. Son devoir était accompli. Et son père pouvait enfin reposer en paix…

— Fichtre et foutre ! lança soudain Zedd. Dans un palais aussi grand, on doit bien pouvoir manger, non ?

Richard sourit, prit ses deux amis par les épaules et sortit avec eux du Jardin de la Vie.

Dans le réfectoire dont il se souvenait, les fidèles se restauraient comme si rien n'avait changé.

Ils s'assirent à une table libre, dans un coin, et se firent apporter du riz, des légumes, du pain noir, du fromage et des assiettes fumantes de soupe aux épices. Surpris mais souriants, les serveurs continuèrent à alimenter Zedd quand il eut tout englouti.

Richard goûta le fromage. À sa grande surprise, il le trouva infect. L'air écœuré, il jeta le morceau sur la table.

— Un problème ? demanda Zedd.

— Le plus mauvais fromage que j'aie jamais mangé !

Zedd renifla l'objet du dégoût de son protégé et le mordit.

— Mon garçon, ce fromage est délicieux !

— Parfait ! Ne te gêne pas pour le dévorer…

Zedd s'empressa d'obéir. Richard et Kahlan se régalèrent de soupe et de pain, ravis de voir leur vieil ami se goinfrer. Quand il ne put plus rien avaler, ils repartirent dans les couloirs, à la recherche de la sortie.

Lorsque la cloche sonna l'heure des dévotions, Kahlan, sourcils froncés, regarda les fidèles accourir pour s'agenouiller et psalmodier. Depuis qu'il avait modifié les paroles de l'incantation, Richard n'éprouvait plus la compulsion de se joindre aux autres. En chemin, ils passèrent devant une multitude de cours bondées de disciples. Le jeune homme se demanda s'il devait intervenir – tenter de les arrêter – mais il décida qu'il avait déjà fait l'essentiel pour les délivrer.

Ils émergèrent enfin au soleil, face aux marches géantes qui donnaient sur la cour intérieure. Ils s'immobilisèrent et Richard sursauta en découvrant la foule qui s'y était massée.

Des milliers d'hommes au garde-à-vous ! Au premier rang, en bas des marches, se tenaient les soldats de la garde personnelle de Michael, jadis appelés les Volontaires Régionaux. Au soleil, leurs cottes de mailles, leurs boucliers et leurs étendards jaunes brillaient de mille feux. Derrière eux, les soldats de l'armée de Terre d'Ouest attendaient sans broncher. Dans leur dos, cinq ou six fois plus d'hommes de D'Hara gardaient aussi la position.

Chase s'était campé devant ces troupes, les bras croisés et le regard levé sur les marches. Près de lui, la tête de Michael reposait sur une pique plantée dans le sol.

Richard ne bougea pas, ébahi par le silence. Si un homme du dernier rang, à cinq cents pas de lui, avait toussoté, il l'aurait entendu.

Zedd lui plaquant une main dans le dos, il commença à descendre. Mais à son goût, ce geste ressemblait un peu trop à une franche poussée… Kahlan lui prit un bras, le serra gentiment et se redressa de toute sa hauteur tandis qu'ils franchissaient les multiples paliers.

Chase chercha le regard du Sourcier, qui aperçut, accrochée à la jambe du colosse, la petite Rachel, sa poupée serrée dans la main droite, que Siddin lui tenait aussi. Quand il aperçut Kahlan, le petit garçon lâcha son amie et courut comme un dératé. Ravie, la jeune femme s'accroupit pour le réceptionner dans ses bras. Avant de l'enlacer, il sourit à Richard en débitant un petit discours qu'il ne comprit pas.

Kahlan l'étreignit, lui murmura quelques mots à l'oreille et le reposa, lui prenant la main.

Le capitaine de la garde personnelle de Michael avança.

— Les Volontaires Régionaux sont prêts à te jurer fidélité, Richard.

Le commandant de l'armée de Terre d'Ouest rejoignit son camarade.

— L'armée aussi, dit-il simplement.

Un officier d'haran vint se placer près des deux hommes.

— Tout comme les forces de D'Hara !

Richard les regarda, hébété. Puis il sentit la colère monter en lui.

— Personne ne jurera fidélité à personne, et encore moins à moi ! Je suis un humble guide forestier. Enfoncez-vous ça dans le crâne ! Un guide !

Il sonda cet océan de visages humains. Tous les regards étaient rivés sur lui ! Puis ses yeux se posèrent sur la tête tranchée de Michael.

— Enterrez ça avec le reste de sa dépouille ! lança-t-il aux Volontaires Régionaux. (Personne ne broncha.) C'est un ordre !

Quelques hommes quittèrent les rangs et emportèrent l'horrible trophée.

— Faites circuler la nouvelle, dit alors Richard à l'officier d'haran. Les hostilités sont terminées. Oui, la guerre est finie ! Que toutes les forces retournent dans leur pays. Je ne veux plus voir une armée d'occupation nulle part ! Et j'entends que tout homme, général ou fantassin, coupable d'exactions contre des civils innocents soit passé en jugement et puni selon la loi. Les forces de D'Hara auront mission de secourir les populations menacées par la famine à cause de leurs pillages. Le feu n'est plus proscrit. Quiconque refusera de se plier à ces ordres devra être combattu. (Richard désigna le commandant de Terre d'Ouest.) Soutenez-le avec vos hommes. Ensemble, vous serez trop forts pour qu'on passe outre. (Les deux officiers écarquillèrent les yeux. Richard se pencha un peu vers eux.) Si vous ne vous en chargez pas, ce ne sera jamais fait…

Le poing sur le cœur, les deux militaires inclinèrent la tête.

Alors, le D'Haran osa croiser le regard de Richard.

— À vos ordres, maître Rahl !

Richard en sursauta de surprise, puis pensa que c'était un lapsus. L'homme était tellement habitué à donner du « maître Rahl » à son chef…

Dans les rangs, il remarqua un soldat qu'il connaissait. C'était le capitaine de la garde qui, à son départ du palais, lui avait procuré un cheval avant de lui conseiller d'éviter le dragon. Richard lui fit signe d'approcher. Il obéit et se mit au garde-à-vous, l'air pas vraiment rassuré.

— J'ai une mission pour toi… À mon avis, elle t'ira comme un gant. Je veux que tu réunisses toutes les Mord-Sith, sans exception.

— À vos ordres ! cria le capitaine, soudain très pâle. Elles seront toutes exécutées avant le coucher du soleil.

— Non ! Il n'est pas question de les tuer.

— Euh… hum… Dans ce cas, que devrai-je en faire ?

— D'abord, détruis leurs Agiels ! Jusqu'au dernier ! Je ne veux plus en voir un de ma vie. (Il souleva celui qui pendait à son cou.) À part celui-là. Ensuite, trouve de nouveaux vêtements à ces femmes et brûle toutes leurs tenues de Mord-Sith. Mais traite leurs propriétaires avec gentillesse et respect.

— Gentillesse…, s'étrangla le capitaine, et… respect ?

— Exactement. Puis affecte-les à des postes où elles devront aider les gens, pour leur apprendre à faire elles aussi montre de gentillesse et de respect. Inutile de poser des questions, je n'ai pas la moindre idée sur la façon de t'y prendre. À toi d'improviser ! Mais tu m'as l'air d'un type intelligent. Je me trompe ?

— Et si elles refusent de changer ?

— Si elles s'entêtent à rester sur le même chemin, dis-leur que le Sourcier les attendra au bout avec son épée à la lame blanche.

L'homme sourit, plaqua un poing sur son cœur et s'inclina.

— Richard, souffla Zedd, les Agiels sont des objets magiques. Les détruire ne se fait pas comme ça…

— Alors, aide cet homme, Zedd ! À les détruire, à les cacher, ou à tout ce que tu voudras. D'accord ? L'essentiel, c'est que plus personne, jamais, ne souffre de leur morsure.

— Je serai ravi de remplir cette mission, mon garçon. (Le sorcier hésita, se gratta le menton du bout de l'index et ajouta, toujours à voix basse :) Tu crois que ça marchera ? Je veux dire, rappeler les armées et les faire aider par nos troupes ?

— Probablement pas… Mais sait-on jamais, avec la Première Leçon ? Au minimum, ça les occupera. Et quand tout le monde sera chez soi, tu pourras rétablir la frontière. Alors, nous en aurons fini avec la magie.

Un rugissement tomba soudain du ciel. Richard leva les yeux et vit Écarlate tourner au-dessus de leurs têtes. Quand elle piqua avec l'intention manifeste de se poser au pied des marches, les hommes reculèrent dans une belle pagaille.

Avec une précision admirable, la femelle dragon atterrit devant Richard, Kahlan, Zedd, Chase et les deux enfants.

— Richard ! Richard ! cria-t-elle en sautant d'une patte sur l'autre, excitée comme une… puce. Mon œuf a éclos ! Un splendide petit dragon, comme tu l'avais prédit. Il faut que tu viennes le voir. Un vrai costaud ! Dans un mois, je parie qu'il volera. (Écarlate sembla soudain remarquer les soldats. Méfiante, elle les balaya du regard, les yeux plissés, puis baissa la tête vers Richard.) Un problème, mon ami ? Si tu veux que je crache un peu de feu…

— Non, fit Richard, tout sourire. Pas d'ennuis en perspective…

— Alors, saute sur mon dos et en route pour le nid !

— Si Kahlan vient aussi, dit Richard en enlaçant la jeune femme. À condition qu'elle nous accompagne, je suis partant !

Écarlate étudia l'Inquisitrice de pied en cap.

— Si c'est ton amie, elle sera la bienvenue.

— Richard, intervint Kahlan, et Siddin ? Weselan et Savidlin doivent être morts d'inquiétude. (Elle se serra plus fort contre lui et souffla :) Nous avons un… travail à achever… dans la maison des esprits. Une pomme, je crois, que nous n'avions pas fini de manger.

Elle augmenta sa pression sur la hanche de Richard et s'autorisa un sourire en coin qui manqua lui couper le souffle.

Non sans peine, il détacha son regard de la jeune femme et s'adressa à Écarlate :

— Ce petit a été arraché au Peuple d'Adobe quand tu y as conduit Darken Rahl. Sa mère doit avoir hâte qu'on le lui rende, comme toi avec ton œuf. Après la visite à ton nid, tu pourrais nous amener là-bas ?

La femelle dragon étudia l'enfant.

— Ma foi, je peux comprendre que sa mère se ronge les sangs. Marché conclu ! En selle, tout le monde !

Zedd s'approcha du reptile volant, les poings sur les hanches.

— Tu acceptes de transporter un homme ? lança-t-il, incrédule. Toi, un dragon rouge ? Et tu le conduiras où il veut ?

Écarlate cracha un peu de fumée au nez du sorcier, le forçant à reculer.

— Un homme, pas question ! Mais celui-là est le Sourcier. Je suis à ses ordres. Pour lui, j'irais même faire un petit tour dans le royaume des morts !

Richard saisit une pique et sauta sur le dos d'Écarlate, qui se baissa pour lui faciliter la tâche. Kahlan lui fit passer Siddin. Il le mit sur ses genoux et aida sa compagne à monter derrière lui. Les bras autour de sa taille, mains croisées sur sa poitrine, elle posa la tête contre son omoplate et ferma les yeux.

Richard se pencha vers Zedd.

— Sois prudent, mon vieil ami ! (Il sourit au sorcier.) L'Homme Oiseau sera ravi d'apprendre que j'ai décidé d'épouser une Femme d'Adobe ! À mon retour, où te trouverai-je ?

Zedd leva un bras et tapota la cheville du Sourcier.

— En Aydindril… Rejoins-moi quand tu en auras terminé…

Richard se pencha un peu plus et gratifia le sorcier de son regard le plus sombre.

— Oui, et nous aurons une conversation… très longue !

— J'espère bien, mon garçon…

Le Sourcier sourit à Rachel, salua Chase puis tapota une écaille d'Écarlate.

— Direction le ciel, ma très rouge amie !

La femelle dragon cracha une langue de flammes et décolla, emportant sur son dos les rêves et le bonheur de Richard Cypher.

Zedd garda ses angoisses pour lui tandis qu'il regardait la femelle dragon s'éloigner à tire-d'aile.

Chase ébouriffa les cheveux de Rachel. Puis il croisa les bras et fronça les sourcils en se tournant vers le sorcier.

— Pour un guide forestier, il donne beaucoup d'ordres !

— Pour sûr ! approuva Zedd.

Il ne put s'étendre sur le sujet, car il avisa un petit bonhomme chauve qui dévalait les marches en agitant les bras.

— Sorcier Zorander ! Sorcier Zorander ! (Il arriva enfin devant le vieil homme et répéta :) Sorcier Zorander !

— Quoi, encore ? grommela Zedd.

— Sorcier Zorander, nous avons un gros problème.

— Quel genre ? Et d'abord, qui es-tu ?

— Le chef des serviteurs de la crypte, souffla le type sur un ton de conspirateur. C'est là qu'il y a un problème.

— Quelle crypte ?

— Celle de Panis Rahl, bien sûr ! Le grand-père de maître Rahl !

— Et quel problème, exactement ?

— Je ne l'ai pas vu de mes yeux, sorcier Zorander, mais mon personnel ne ment jamais. Ce sont mes gens qui m'ont informé, et on peut leur faire confiance.

— Au fait ! explosa Zedd. Que se passe-t-il ?

— Les murs, sorcier Zorander, lâcha le petit homme d'une voix étranglée. Les murs…

— Quoi, les murs ?

— Ils fondent. Les murs de la crypte fondent !

— Fichtre et foutre ! Tu as des réserves de pierre blanche extraite de la carrière des prophètes ?

— Bien sûr !

Zedd sortit une petite bourse de sa poche.

— Scelle l'ouverture de la tombe avec ces pierres blanches…

— Fermer la crypte, sorcier Zorander ?

— Oui ! Sinon, tout le palais fondra. (Il tendit la bourse à son interlocuteur.) Mélange cette poudre magique au mortier et achève les travaux avant le coucher du soleil. Compris ? Tout doit être fini avant la nuit.

Le type prit la bourse, hocha la tête et remonta les marches aussi vite que ses jambes courtaudes le lui permettaient. Un autre homme, plus grand, les mains glissées dans les manches de ses robes blanches brodées d'or, le croisa sans lui accorder un regard et continua à descendre, la tête bien droite.

Chase se tourna vers Zedd et lui tapota la poitrine du bout de l'index.

— Panis Rahl, le grand-père de maître Rahl ?

— Eh bien… hum… oui, il faudra que nous ayons une petite conversation, un de ces jours…

— Sorcier Zorander, dit l'homme en blanc en approchant, maître Rahl est-il ici ? Nous avons à discuter…

— Maître Rahl sera absent quelque temps, répondit Zedd en scrutant le ciel.

— Mais il reviendra ?

— Oui… Pas d'inquiétude, il reviendra… Jusque-là, vous devrez expédier les affaires courantes…

— Ici, nous avons l'habitude d'attendre le retour du maître, dit l'homme en se détournant.

Mais Zedd le rappela.

— J'ai faim ! On peut se remplir l'estomac quelque part, chez vous ?

L'homme sourit et désigna l'entrée du palais.

— Bien sûr, sorcier Zorander. Si je peux vous conduire à une salle à manger…

— Chase ? On casse une croûte ensemble avant que je me mette en chemin ?

— Tu as faim ? demanda le garde-frontière à Rachel, qui hocha vigoureusement la tête. Invitation acceptée, Zedd. Et où iras-tu ensuite ?

— Voir Adic…

— Un peu de repos et de… détente ?

— En partie, oui, admit le sorcier. Après je la conduirai en Aydindril, dans la Forteresse du Sorcier. Des séances de lecture nous attendent…

— Pourquoi amener Adie si loin pour lui faire lire des trucs ? s'étonna Chase.

— Parce que c'est la personne au monde qui en sait le plus long sur le royaume des morts, répondit Zedd avec un regard en coin pour le garde-frontière.

Découvrez
le premier chapitre de la suite de
La Première Leçon du sorcier

La Pierre des Larmes

L'Épée de Vérité – livre deux

Chapitre premier

Rachel serra la poupée contre sa poitrine et regarda la silhouette noire qui l'épiait, cachée dans les fourrés.

Mais l'épiait-elle vraiment ? Difficile à dire, puisque les yeux de la créature étaient aussi sombres que son corps, sauf quand la lumière s'y reflétait. Dans ces moments-là, ils émettaient une vive lueur jaune.

La petite fille avait souvent vu des animaux dans la forêt : des lapins, des ratons laveurs, des écureuils et bien d'autres encore. Cette bête-là était beaucoup plus grosse. Au moins aussi grande que Rachel et peut-être davantage. Les ours avaient une fourrure noire. Et si c'en était un ?

Cela dit, l'enfant n'était pas vraiment dans la forêt, mais à l'intérieur d'un bâtiment. La première fois de sa vie qu'elle voyait des bois *couverts*. Y trouvait-on les mêmes animaux que dans la véritable nature ?

Si Chase n'avait pas été là, elle aurait été morte de peur. Avec lui, elle ne craignait rien, parce que c'était l'homme le plus courageux du monde ! Pourtant, elle ne se sentait pas très r assurée. Selon Chase, elle était la *petite fille* la plus courageuse du monde. Alors, pas question qu'il la croie terrorisée par un gros lapin !

Il s'agissait peut-être seulement de ça : un gros lapin assis sur un rocher ou une souche. Mais elle ne voyait pas ses longues oreilles. Et un ours n'en avait pas…

Rachel mordit très fort le pied de sa poupée.

Elle tourna la tête vers l'étendue d'herbe – au bout du sentier, au-delà des parterres de fleurs et des murets couverts de lierre – où Chase était en grande conversation avec Zedd, le vieux sorcier. Debout devant un autel de pierre, ils regardaient trois petites boîtes et se demandaient ce qu'ils allaient en faire. Rachel savait ce que ça signifiait : Darken Rahl n'avait pas gagné et il ne ferait plus jamais de mal à personne. Une nouvelle qui la comblait de joie.

La petite fille tourna de nouveau la tête et constata, soulagée, que le monstre noir était parti. Sondant les alentours, elle ne le vit nulle part.

— Sara, où est-il allé ? souffla-t-elle.

La poupée ne répondit pas. Rachel lui mordit le pied plus fort et décida de rejoindre Chase. Même si ses jambes auraient aimé courir, il ne fallait pas que son nouveau papa doute de sa bravoure. Ses compliments lui avaient fait tellement plaisir ! En marchant, elle jeta un coup d'œil derrière son épaule et ne vit pas trace du monstre. Il était sûrement retourné dans son terrier, s'il en avait un.

Les jambes de Rachel insistaient toujours pour courir, mais elle les en empêcha.

Quand elle eut rejoint Chase, elle se blottit contre lui et passa les bras autour d'une de ses énormes cuisses. Sachant qu'il était impoli d'interrompre les adultes, elle attendit en tétant le pied de Sara.

— Qu'arriverait-il si tu refermais simplement le couvercle ? demanda Chase au sorcier.

— Comment veux-tu que je le sache ? s'écria Zedd, les bras levés au ciel, sa crinière blanche en bataille ondulant en rythme. Bon sang, je ne suis pas devin ! Connaître la nature des boîtes ne suffit pas à savoir comment procéder, maintenant que Darken Rahl en a ouvert une. La magie d'Orden l'a puni en lui ôtant la vie. Elle aurait aussi bien pu détruire le monde. Si je referme la boîte, elle risque de me tuer. Ou de faire pire encore…

— On ne peut pas laisser ces trucs comme ça, soupira Chase. Il faut agir !

Sourcils froncés, le sorcier étudia les boîtes. Après une longue minute de silence, Rachel tira sur la manche du garde-frontière, qui baissa les yeux vers elle.

— Chase…

— Comment ça, *Chase* ? Je croyais t'avoir informée des règles en vigueur chez moi… (Il plaqua les poings sur ses hanches et fit une grimace comique pour avoir l'air sévère. Rachel éclata de rire et lui serra plus fort la jambe.) Tu es ma fille depuis quelques semaines et tu désobéis déjà ? « Papa », voilà comment il faut m'appeler ! Aucun de mes gosses n'a le droit de me donner du « Chase ». C'est compris ?

— Oui, Cha… papa.

Le garde-frontière roula de gros yeux et secoua la tête. Puis il ébouriffa les cheveux de la fillette.

— Que se passe-t-il, ma chérie ?

— Une bête se cache dans les fourrés. Je crois que c'est un ours. Tu devrais dégainer ton épée et aller voir…

— Un ours ? C'est un jardin intérieur, Rachel. Il n'y a aucun danger. Tu as peut-être vu une ombre. Ici, la lumière a des effets bizarres…

— Ce n'était pas une ombre, Cha… papa, insista Rachel. Et ça me regardait !

Chase lui ébouriffa de nouveau les cheveux, posa un de ses battoirs sur sa joue et l'attira plus près de sa jambe.

— Reste près de moi et ce gros monstre ne t'embêtera plus.

Rachel se blottit de plus belle, le pied de Sara toujours dans la bouche. Rassurée, maintenant qu'elle était avec son protecteur, elle osa regarder de nouveau les fourrés.

Dissimulée derrière un muret, la créature noire approchait lentement. Rachel mordit le pied de Sara, gémit et leva les yeux vers Chase, qui désignait l'autel.

— Et cette pierre, ou cette gemme… enfin, ce *machin* ? Est-il sorti de la boîte ?

— Oui, répondit Zedd. Mais je ne te dirai pas ce que c'est avant d'en être sûr. En tout cas, pas à haute voix…

— Papa, pleurnicha Rachel, le monstre approche !

— Oui, oui…, fit Chase en baissant les yeux sur l'enfant. Tu veux bien le surveiller pour moi ? (Il regarda de nouveau le sorcier.) Comment ça, tu ne me diras rien ? Ça a un rapport avec l'histoire du voile déchiré, entre le royaume des morts et notre monde ?

Zedd se massa le menton du bout de ses doigts décharnés et contempla dubitativement la pierre noire posée devant la boîte ouverte.

— C'est bien ce qui m'inquiète…

Rachel essaya de voir où était le monstre et frissonna quand une main s'accrocha au rebord du muret. La bête approchait toujours. Et ce n'était pas une main, mais une patte, avec de longues griffes recourbées.

Elle leva les yeux vers Chase, pour voir s'il était assez bien armé. Son… papa… portait au ceinturon une multitude de couteaux, une énorme hache et des massues hérissées de piques. Une grande épée pendait à son épaule, juste à côté d'une arbalète. La fillette espéra que ça suffirait. Si cette panoplie effrayait les hommes, elle ne semblait pas impressionner la créature noire. Le sorcier, lui, n'avait même pas une dague. Dans sa tunique toute simple, il paraissait squelettique. Tout le contraire de Chase ! Mais ses pouvoirs feraient peut-être fuir le monstre…

La magie ! Rachel se souvint du bâton de feu que Giller, un autre sorcier, lui avait donné. Elle glissa une main dans sa poche et le saisit, décidée à être courageuse si Chase avait besoin d'aide. La bête ne ferait pas de mal à son nouveau papa !

— Cette pierre est dangereuse ? demanda le garde-frontière au sorcier.

— Si c'est ce que je pense, répondit Zedd, le regard noir sous ses sourcils broussailleux, et qu'elle tombe entre de mauvaises mains, « dangereuse » est un foutu euphémisme !

— Dans ce cas, on devrait la détruire, ou la jeter au fond d'une crevasse.

— Pas question ! Nous pourrions en avoir besoin.

— Alors, si on la cachait ?

— C'est la meilleure solution. Mais où ? Et il y a d'autres difficultés. Avant de décider du sort de la pierre et des boîtes, je dois emmener Adie en Aydindril et étudier les prophéties avec elle.

— En attendant d'être sûr, que proposes-tu ?

Rachel surveillait toujours le monstre, qui s'était approché au maximum – sans se faire voir. Les griffes toujours accrochées au rebord, il regarda par-dessus le muret et ses yeux plongèrent dans ceux de la fillette.

La créature sourit, révélant ses crocs acérés. Le souffle coupé, Rachel vit les épaules du monstre tressauter. Il riait ! Le cœur battant la chamade, l'enfant écarquilla les yeux de terreur.

— Papa…, gémit-elle.

Chase ne la regarda pas et lui fit signe de se taire. Toujours hilare, la créature entreprit d'enjamber le muret. Elle étudia Chase et Zedd, puis s'accroupit en lâchant un sifflement amusé.

Rachel tira sur la jambe de pantalon du garde-frontière et lutta pour parler malgré sa gorge nouée.

— Papa, le monstre est là !

— Merci, ma chérie… Zedd, je ne sais toujours pas…

À la vitesse de l'éclair, la créature chargea en hurlant. Elle courait si vite qu'on voyait seulement une ombre noire.

Rachel cria et Chase se retourna au moment où la bête le percutait. Alors que des griffes déchiraient l'air, le garde-frontière s'écroula, laissant le monstre sauter sur Zedd.

Le sorcier battit des bras. Des éclairs jaillirent du bout de ses doigts, ricochèrent sur la peau de la créature et allèrent frapper le sol. Comme Chase, Zedd bascula en arrière et s'écroula.

Moitié riant, moitié hurlant, le monstre se jeta sur le garde-frontière, qui tentait de tirer sa hache de sa ceinture. Rachel cria quand les affreuses griffes entaillèrent les chairs de Chase. Plus rapide qu'aucun animal qu'elle ait vu, la bête frappait si vite qu'on ne distinguait plus ses pattes.

Rachel comprit que son papa souffrait atrocement.

Sans cesser de rire, la créature fit sauter la hache des mains de Chase.

La fillette sortit son bâton magique, avança et appuya la pointe sur le dos du monstre.

— Brûle pour moi ! cria-t-elle.

La bête noire s'embrasa, lâcha un affreux hurlement et se retourna, sa gueule grande ouverte déjà enveloppée de flammes. Elle riait toujours, mais pas du tout comme les grandes personnes, quand elles trouvent une situation amusante…

Rachel en eut la chair de poule.

Toujours en flammes, le monstre se jeta sur l'enfant, qui recula d'un bond.

Chase leva un bras. S'encourageant d'un grognement, il lança une de ses massues hérissées de piques, qui s'enfonça dans l'épaule de leur agresseur. La bête se tourna vers le garde-frontière, rit de plus belle, leva un bras en arrière et arracha l'arme. Puis elle chargea l'humain qui avait osé l'attaquer.

Zedd se releva. Des flammes jaillirent de ses mains et vinrent s'ajouter à celles qui léchaient déjà le monstre. Dans un concert d'éclats de rire moqueur, toutes les langues de feu s'éteignirent. Quand la fumée se fut dissipée, la bête réapparut, identique à ce qu'elle était avant l'attaque. D'ailleurs, pensa Rachel, elle semblait avoir déjà été brûlée, avant même qu'elle n'utilise son bâton magique.

Chase se remit debout, couvert de sang. Le voyant ainsi, l'enfant ne put retenir ses larmes. Mais le garde-frontière, insensible à la douleur, s'empara de son arbalète et, à une vitesse ahurissante, décocha un carreau. Le projectile s'enfonça dans l'épaule du monstre… qui l'arracha en riant aux éclats.

Chase jeta l'arbalète, dégaina son épée et chargea. Il frappa, mais sa cible se déplaçait trop vite et la lame siffla dans le vide. Par bonheur, Zedd dessina dans l'air des arabesques qui envoyèrent la créature bouler dans l'herbe, comme si un bélier invisible l'avait percutée. Épée brandie, Chase se campa devant Rachel. De sa main libre, il la tira derrière lui.

Le monstre se releva, étudiant ses trois adversaires.

— Marchez ! cria Zedd. Ne courez pas ! Mais ne restez pas immobiles non plus !

Chase prit Rachel par le poignet et recula lentement. Le sorcier imita la manœuvre. Décontenancée, la créature cessa de rire et les regarda.

Sa cotte de mailles et sa tunique de cuir zébrées de griffures, le garde-frontière haletait. Sentant ruisseler sur le dos de sa main le sang qui coulait le long du bras de son « papa », Rachel éclata en sanglots. Elle adorait Chase et refusait qu'il souffre ! Paniquée, elle serra plus fort Sara et son bâton magique.

— Continue de marcher ! dit Zedd à Chase.

Le sorcier s'immobilisa. La créature le suivit des yeux, un sourire fendant de nouveau son affreuse gueule. Un ricanement jaillit de sa gorge et elle bondit, griffant l'air devant elle.

Zedd leva les mains. Dans un tourbillon d'herbe et de terre, le monstre fut propulsé en arrière. Avant qu'il ait touché le sol, des rayons bleus le percutèrent. Enveloppé de fumée, il atterrit lourdement, et salua sa chute d'un éclat de rire tonitruant.

Alors, quelque chose d'autre se produisit. Rachel ne comprit pas pourquoi, mais la bête, après s'être relevée, resta plantée là, les bras tendus comme si elle voulait courir et n'y parvenait pas. Malgré ses efforts rageurs, elle ne réussit pas à bouger d'un pouce…

Zedd décrivit de nouvelles arabesques dans les airs, puis tendit les mains. Le sol trembla comme si la foudre l'avait frappé et des éclairs blancs firent chanceler la créature noire. Elle rit plus fort.

Il y eut un bruit sec, comme un craquement de bois mort, et elle sauta sur son agresseur.

Zedd recula de quelques pas. Perplexe, le monstre plissa le front. Le sorcier s'arrêta et leva les bras. Une boule de feu vola vers son adversaire – qui venait de repartir à l'assaut – grossissant à mesure qu'elle approchait de sa cible.

L'impact fut si violent que la terre trembla. Aveuglée par l'explosion de lumière bleu-jaune, Rachel dut baisser les paupières.

La boule de feu enveloppa le monstre et se consuma en rugissant.

Plus hilare que jamais, la créature à la peau fumante s'arracha du brasier, dont les flammes moururent dans un ultime crépitement d'étincelles.

— Fichtre et foutre ! jura le sorcier en faisant quelques pas en arrière.

Rachel ignorait ce que ça voulait dire, mais elle avait entendu Chase demander à Zedd de ne pas utiliser ces mots quand elle était là. Pourquoi, elle ne le savait pas non plus…

Avec ses cheveux blancs emmêlés et collés par la sueur, le vieil homme ressemblait à un épouvantail.

Rachel et Chase avaient presque atteint la porte du jardin. Zedd les rejoignit à reculons. Dès qu'il s'immobilisa, le monstre se remit en mouvement.

Un mur de flammes lui barra le chemin, mais il continua d'avancer et le traversa. Une nouvelle muraille de feu apparut… et n'eut pas davantage d'effet.

Zedd recula de nouveau. La créature s'arrêta près d'un mur couvert de lierre et l'observa attentivement. Alors, des vrilles épaisses s'écartèrent, s'allongèrent en un clin d'œil et s'enroulèrent autour de ses membres et de son torse.

— On fait quoi, maintenant ? demanda Chase.

— On espère pouvoir emprisonner cette horreur dans le jardin…, répondit le sorcier, l'air épuisé.

Sans perdre de temps à observer le combat du monstre contre les vrilles qui tentaient de le clouer au sol, les trois rescapés franchirent le portail. Zedd et Chase poussèrent les lourds battants recouverts d'or et les verrouillèrent.

Derrière, un hurlement retentit, suivi d'un bruit assourdissant. Propulsé dans les airs par la bosselure qui jaillit du métal martyrisé, Zedd atterrit lourdement sur le dos.

Une main sur chaque battant, Chase banda ses muscles pour repousser la charge du monstre.

À grands coups de griffes, celui-ci parvint à transpercer les portes. Couvert de sueur et de sang, Chase ne tiendrait plus longtemps. Se relevant péniblement, Zedd vint lui prêter main-forte.

Une griffe s'insinua entre les deux battants et les écarta. Une seconde s'infiltra sous la porte…

De l'autre côté, Rachel entendait le rire hystérique de la bête. Grognant comme un ours, Chase résistait toujours. Mais le métal grinçait de plus en plus sinistrement.

Zedd recula et tendit les bras, les paumes en avant comme s'il voulait repousser l'air. Aussitôt, les grincements cessèrent et le monstre hurla de rage.

Le sorcier tira le garde-frontière par la manche.

— Filons d'ici !

Chase recula et désigna la porte.

— Tu crois que ça le retiendra ?

— J'en doute… Si le monstre t'attaque, marche normalement. Courir ou s'immobiliser attire son attention. Dis-le à tous les gens que tu verras.

— Zedd, quelle est cette créature ?

Il y eut un autre bruit sourd, puis une seconde bosselure déforma la porte. Des griffes traversèrent le métal et entreprirent de le déchirer.

Le bruit aigu perça les tympans de Rachel.

— Filez ! Vite ! cria Zedd.

Chase passa un bras autour de la taille de la fillette, la souleva de terre et fonça dans le couloir.

BRAGELONNE – MILADY,
C'EST AUSSI LE CLUB :

Pour recevoir le magazine *Neverland* annonçant les parutions de Bragelonne & Milady et participer à des concours et des rencontres exclusives avec les auteurs et les illustrateurs, rien de plus facile !

Faites-nous parvenir votre nom et vos coordonnées complètes (adresse postale indispensable), ainsi que votre date de naissance, à l'adresse suivante :

Bragelonne
60-62, rue d'Hauteville
75010 Paris

club@bragelonne.fr

Venez aussi visiter nos sites Internet :
www.bragelonne.fr
www.milady.fr
graphics.milady.fr

Vous y trouverez toutes les nouveautés, les couvertures, les biographies des auteurs et des illustrateurs, et même des textes inédits, des interviews, un forum, des blogs et bien d'autres surprises !

CPI
AUBIN IMPRIMEUR

IMPRIM'VERT
Votre imprimeur agit pour l'environnement

Achevé d'imprimer en février 2011
N° d'impression L 74146
Dépôt légal, mars 2011
Imprimé en France
35294465-1